〔英国〕约翰·高尔斯华绥 ◎ 著

马婷婷　曹丽 ◎ 译

福尔赛世家

（中）

海峡出版发行集团
THE STRAITS PUBLISHING & DISTRIBUTING GROUP

海峡文艺出版社
Haixia Literature & Art Publishing House

第二部　进退维谷

累世嫌隙的两大家门，如今又出新的纷纭。

——《罗密欧与朱丽叶》

第一卷

1. 偶摩西家的聊天

有些人以为占有欲不会增长的，它以一个平稳的状态存在于人们内心。事实上并非如此，人心是贪婪的，欲望是无止境的。福尔赛家的人以为自己可以维持自身的占有欲，可最终，他们的欲望受着环境的影响，还是控制不住地疯狂增长起来。这就好比，土豆要长成什么样子全不是由它自己决定的，而是它所处的土壤决定一样。

不过，他们可以宣称自己是无辜的，因为当时整个英国都贪欲暴涨，帝国侵略主义盛行。英国八十年代和九十年代的历史学家，将会在一个恰当的时机，以史家之笔来记录下这一突变过程。福尔赛家族正是受着整个国家侵略野心的潜移默化的影响，渐渐地变得欲望重重。不单是对外，对内也是一样。他们终究还是没能把持住自身的占有欲，实在令人为之痛心。

说起来，那是一八九五年的旧事——福尔赛家的名叫苏珊·海曼的老姑太——她年纪轻轻，不过才七十四岁——便追随亡故的丈夫而去，并且还接受了火葬。然而，令人不解的是，福尔赛家余下的在世的老一辈得知消息后，居然没有一点动静。要知道，按照家族惯例，福尔赛死后，是要土葬在高门山祖坟那里的。

　　如果一定要解释老福尔赛们何以如此冷淡，那么原因可能有如下三个：

　　其一，一八九二年老佐里恩过世后，一声不吭地选择葬在了罗宾山，成了第一个打破惯例的人。不巧，那年史悦辛的葬礼办得很合乎祖制，所以，老佐里恩的行为在伦敦湾水路的偶摩西家里引起了诸多议论。有的表示惋惜，比如裴丽姑太；有的表示赞同，比如弗兰茜。并且她还直言不讳地说："抛开那些陈规陋习，多痛快！"自从刚与他孙女珍订婚的小波辛尼和索密斯的妻子伊莲有了暧昧关系后，老佐里恩便开始与族人暗中较劲，他一向以一意孤行的形象在族中出现，他的人生哲学，本来就很容易挣脱福尔赛主义的捆绑。但是，族人们万万没想到他会出这么一招，尽管他们差不多猜测到他会葬在别处。更让大家意想不到的是，老佐里恩居然在遗嘱里给索密斯出走的妻子伊莲留下了一万五千镑，真是匪夷所思。这个令福尔赛家族蒙羞的女人，居然还能获得老佐里恩的遗产！还好，并不是全部给她，老佐里恩的全部财产有十四万五千三百零四镑，负债不过三十五镑七先令四便士。他的处理未免太不像话了，那份怪异的遗嘱差不多毁掉了他在家族中的"完人"形象。以此之故，苏珊·海曼葬在沃金①也并未引起族人们

①沃金：萨里郡的一个小镇，为当时殡仪馆的所在地。

的关注，这或许可以算是一个原因。

其二，说起来有点依据。除了坎普顿山住宅，苏珊还拥有一块丈夫留给她的空地，位于紧挨着伦敦的汉普郡，那可是一块宝地，海曼家的男子之所以能够成为优秀的骑手和枪手，都是拜这块地所赐。大家觉得，既然在乡下有那么一块好地，她要是选择葬在那里，也没有什么可说的。但是，她居然选择了火葬，真让人想不通！讣告发出去，小尼古拉和索密斯也去了。没有任何财产纠纷，苏珊·海曼姑太是吃年金的，按照遗嘱，身后的财产由她的几个儿女平分了事。也许是这些事料理得过于顺利，苏珊的火葬也平平淡淡，没能引起多大的轰动。

第三个原因，很实在，如同脸色苍白、矮小瘦弱的尤菲米雅所说的那样，不管死活，谁的身体谁说了算。这话出自她的嘴巴是相当骇人的，毕竟，她的父亲尼古拉是个老牌自由党人，而且是最为保守的那一派①。

话说安姑太去世的那一年——一八八八年，差不多正是索密斯出现婚姻危机的时候——世情的变化，倒是在这件事上显出了一些端倪。尤菲米雅的话是带着孩子气的，这要怪她的不经世事。她虽然也三十出头了，却还是姓着福尔赛。但是，她的话却道出了更大的自由意识，这体现在她将控制权从别人那向自己身上的归集。听到海斯特姑太转述自己女儿的那句话之后，尼古拉立即骂了起来："这些婆娘，她们只知道自由，没完没了。我就知道，那个'杰克逊'诉讼案会把人身保护权带进沟里！"其实，他对已婚妇女财产

---

① 1895年，英国自由党在爱尔兰自治问题上发生内讧，部分倾向于保守党内阁的称作保守自由党人，尼古拉即属于这一派。

法案的颁布一直都耿耿于怀。然而，若不是他在已婚妇女财产法案[①]颁布前就结了婚，天知道他今天会过成什么样子。

但不可否认，在年轻一辈的福尔赛们中，对于别人控制自己，都有一种抵制和反抗意识。这种类似于殖民地闹自治的倾向，一直都在不停地悄悄发展着。令人不解的是，这就是帝国主义的萌芽。

这些年轻一辈中只有几个没有结婚：乔治仍旧对德孚酒店和伊希姆俱乐部很迷恋，经常出没于这两个地方；弗兰茜在切尔西区金斯路一家工作室里搞着她的音乐，还经常带她的"情人们"出入舞会，婚姻对她而言倒会成为束缚事业的绳子；尤菲米雅则住在家里，整天埋怨尼古拉，父女俩话不投机；还有那一对"德罗米欧兄弟"，海曼家的基里斯和杰斯。第三代的人口还不多——小佐里恩家有三个孩子，威尼弗列德家有四个孩子，小尼古拉家倒是有六个，小罗杰有一个，玛丽安·特威第曼也有一个，圣·约翰·海曼有两个。剩下的十六个结婚的，有几房，这么些年居然都没生出个一儿半女：二房詹姆士家的索密斯、拉契尔和席西莉，四房罗杰家的欧斯代斯和汤姆士；五房尼古拉家的叶尼斯特、阿奇贝尔德和弗罗林斯；海曼家的奥古斯特和安娜贝尔·史宾德，统统都还没有孩子。话说，老一辈的福尔赛一共十个，最后生了二十一个儿女。轮到小一辈们，二十一个人一共才有十七个后人，而且，照目前的情况看来，除了意外再添上几个孩子，都应该不会再有了。

研究统计学的人，不难从上述数据中推出这样一个结论：人口出生率的起伏与投资的利息是成正比的。多赛特大老板，也就是

①已婚妇女财产法案：19世纪70年代，英国通过已婚妇女财产法案，允许妇女处理自己的财产和收入，而在此之前，妇女财产在婚后则归丈夫所有。

福尔赛祖父多赛特，生活于十九世纪初期。那时的年息是一分，也就是十厘，因此生了十个孩子。这十个孩子，把单身的和裘丽姑太除去（裘丽姑太的丈夫差不多刚结婚就去世了，所以她也不能算数），每人平均可以拿四到五厘钱的利息，生的孩子也刚好是这个数。可是，他们的二十一个孩子如今只能净拿三厘利钱了。因为他们的父亲们深思熟虑，为了逃避遗产税，防止大笔钱财被充公，在把产业留给他们时，买了许多公债。这些孩子中六个有了后人，一共十七个人，于是利钱就变得更少了，每房恰好是二又六分之五厘。

　　这代人的生育率之所以低下，大概也和他们对自身赚钱能力的不自信有关。毕竟人活着就得花钱，衣食住行都要开支。再者，他们都知道自己的父亲们一时半会儿也死不了，遗产也不会那么快到手。在这种情况下，如果生儿育女，花费就会增多。另外，要是一个人的话，想到哪里就去哪里，想干什么就干什么，自由自在得多。要是有了儿女，又得为儿女操心，被他们给拴住，哪里都去不了，啥事干起来都不自在。所以还不如一个人，一个人花钱总归要少得多，还可以过得更加享受，比如去买辆车。事实上，欧斯代斯已经买了一辆，只是太颠簸了，还磕掉了他的一颗上犬齿。因此，关于买车的计划，便都推到了等它们能跑得安全一点儿再说。加之那时流行的"世纪末"思想，使他们更加觉得孩子是多余之物，万万不可要！于是，都不要儿女了，连已经有了六个孩子的尼古拉都不敢生了，整整三年，家里没有任何动静。

　　其实，这一切都预示着福尔赛家族的败落，甚至于分崩离析。但事实上，还没坏到这个地步。比如罗杰·福尔赛一八九九年去世时，这个家族的成员并非如所想的那样一盘散沙，倒是出奇地都集合在了一起，这便是个极好的例证。那年夏天特别明媚，福尔赛家族的人都忙着去享受了，有的去了国外，有的去了海边。等到他们全都回到伦敦集结时，罗杰却忽地在他王子花园的房子里去世了。他的死，很像他在世时那样别具一格。对于罗杰的死，偈摩西家有人认为，这肯定跟他饮食上的习惯有关，就拿羊肉来说，他只吃德国牌的羊肉，其他牌子的羊肉他一概不碰。

罗杰的殡礼是在高门山公墓举行的，葬礼举行得相当成功。索密斯一送完殡，就去了他叔父偈摩西的家——他几乎是不知不觉地就走到了湾水路。而且，叔父家里还有两个女人在等着听他讲罗杰殡礼的相关情况，一个是裘丽姑太，一个是海丝特姑太。索密斯的老父亲已经是八十八岁的高龄了，他深知自己这把老骨头无法承受送殡的劳顿，就没去参加罗杰的葬礼。索密斯的叔父偈摩西照例是不去的，所以到了最后，罗杰的老兄弟只有一个人去了，那就是尼古拉。但送殡的人并没有因为他的两个老兄弟没去而减少，去的人还是挺多的。这样一来，两位姑太一定会乐意听一些殡礼上的见闻。

索密斯这次去叔父家，除了满足两个老女人欲知天下事的宏愿，还为了获取一些同情心。这种奇怪的特征，是福尔赛家族所特有。说起来，索密斯是受了他那老父亲的遗传。他的老父亲一直也有这样的习惯，每周都会去偈摩西家会会那些姐妹。这个习惯一直持续到他八十六岁才停止。那时，他神志上已经有些不清楚了，没有妻子爱米莉的照顾压根儿就没法出门，便放弃了多年的习惯。他之所以放弃，还可能是因为当着妻子的面，无法跟其他的女人自在地聊天，所以干脆就不去了。就这样，索密斯接了他父亲的班，几乎每周都会去一次，在那里坐上半天。偶摩西家的小客厅，因为索密斯的艺术眼光发生了巨大改变：比如，多了几个瓷器，尽管这些瓷器对眼光挑剔的索密斯来说还不够精致；还有两张作为圣诞节礼物的巴比松画派的油画。巴比松画派的油画可给索密斯带来不少收益。不过最近一些年，索密斯已经转而投资马里斯兄弟[1]、伊斯拉尔斯[2]、毛沃[3]的画，他觉得这些画会更有赚头。

他在泰晤士河上游的麦波杜伦有一所房子，里面置有一间画廊，挂满了他收集来的画作。听说他的画展示得相当美观，再加上光线很好，使得他的画廊在伦敦商人中间小有名气。他的画廊是可以去参观的，不过要等到周末，星期天的下午也可以带着客人来参观。帮他迎接客人是他的妹妹，要么是威尼弗列德，要么是拉契尔。带客人来参观自己的画廊，这种行为本身就是对自己收藏的炫耀。可是索密斯在炫耀的同时不露声色，他会安安静静地陪着客人欣赏他的画，而客人们对他这种默默收藏画作的能力十分佩服。这种佩服其实也很现实，与钱有关，因为索密斯他能够预知画作市场价格情况。说白了，大家更佩服的是他预测市场的能力。

他对市场的精通，让他总是可以在与古董商人的生意中占得上风，这也成了他去偶摩西家炫耀的主题之一。往往在这时候，他的两个姑太都会上前拍他马屁，这让他觉得很舒服，所以每次回去的时候都心情大好。今天下午他的心情也很好，但好像和与古董商在

---

①马里斯兄弟：18世纪荷兰画家马里斯三兄弟。
②伊斯拉尔斯：1824—1911年，荷兰风俗、风景画家。
③毛沃：1838—1888年，荷兰风俗、风景画家，与以上四人同属海牙画派的翘楚。

生意上的胜利无关。他还穿着葬礼上的衣服，非常得体，然而颜色不是纯黑的。不过也不奇怪，死的人只是他的叔父，他可不想表现得那么悲伤。这时候，他坐在椅子上看着墙壁，非常的安静，没有说一句话。椅子是镶着花的，视线所及的天青色墙壁也是在灰泥所浇的墙体上镶了金边的。也不知道是不是因为刚从殡礼上回来，他那副福尔赛家族特有的容貌今天看起来特别顺眼，他的脸很长，中间凹下去，肉鼓鼓的下巴看起来非常大，好像整个脸就只剩下巴。但是，却又不显得难看。

　　他比任何一个时候都觉得庸碌无为的偈摩西没救了，而可怜的两位姑太，就好像生活在维多利亚中期一样。事实上，今天来偈摩西家之前，他就想好话题了——关于他的婚姻问题。说起来，这令他很尴尬。他很少提起那件对自己来说不光彩的事情，自己的妻子和别的男人搞到一起，怎么说也令自己难堪。他现在只想离婚，然后去娶一个他爱的女人。他是在今年的春天才产生这种想法的，而且越来越强烈。一来，他想起自己在妻子有了外遇之后的十二年里拼命地挣钱，虽然有了十多万镑的钱财，却无人继承托付，便觉得失去了继续挣下去的动力。二来，他骨子里生儿育女传宗接代的观念很深，若不是妻子搞外遇伤了他的心，他估计早就有孩子了。其实这两个原因是次要的，最要命的是第三个原因——他迷恋上了一个女人，这个女人激发了他深埋已久的情欲、婚姻和儿女观念。

　　这个女人是个法国人，索密斯料想她不可能接受非法的婚姻。何况，索密斯本人也对那种可耻的念头深恶痛绝，他生来就是个纪律、法律、道德皆遵守的良好公民。虽然他曾在孤独的岁月里尝试过那些下流的行为，但事后总是心生厌恶。所以，他要合法正常的婚姻，发自内心地抵制非法的结合。那个让他迷恋的法国女人叫安妮特，她在她母亲的饭店里负责管账。其实，把她弄到手不是件难事，只要在位于巴黎的英国大使馆登记一下，再带着她旅行几个月，便可以彻底得到她。对于这一点，索密斯出奇地自信。娶到一个法国姑娘，会是件多么光彩而浪漫的事情！索密斯甚至都想好了，等安妮特嫁给他后，他就把她安排到麦波杜伦的"憩园"来。她的到来，肯定会让他的画廊更加迷人，更加声名远播。他本人肯定也会成为诸多好友及其他认识他的人的话题焦点，这多么美妙！眼下，阻碍他这一梦想的，是他还没有跟妻子伊莲离婚，况且安妮特也并非一定愿意嫁给他。关于追求安妮特的事，索密斯现在还不敢想，毕竟他连婚都没离，有什么资格去追求人家呢？

　　他一个人在那里胡思乱想，还是隐约听到了他们的一些话。有关于他父亲的，比如"你父亲身体近来可好呀？""他可以出门了吗？""你一定记得跟你父亲说冬青叶的效用，提醒他一定记得试一下，你海斯特姑姑已经试过，效果很好！""隔三个小时重新敷一回，然后再贴上红法兰绒。""今年的李子长得很不错，要不要尝尝她们用李子做的蜜饯，一小罐就行！"随后，话题又转向了达尔提一家。"你不知道，威尼弗列德跟蒙塔谷最近正在闹矛盾吗？"偶摩西透露，这应该是蒙塔谷的错，那个蒙塔谷在外面鬼混，还拿了她的首饰送给一个舞女，大家应该站在威尼弗列德这边帮腔。他又说，他们俩的破事对马上要去大学读书的瓦尔可能造成不好的影响，并叮嘱索密斯去看望下他的妹妹，顺便弄清真相。

　　但话题很快转向了战争，那时公债行情还不错，偶摩西买了许多公债，现在战争打响，他很担心布尔人①会不会抵抗。要是他们不抵抗，战争就会很快结束，对他的公债不会造成多少影响。要是他们抵抗，战争一时半会结束不了，那他的公债可能暴跌，造成的损失可就大了。后来，不知道谁说了句"好在罗杰已经去世，不用为这些烦恼"。这一提到罗杰，裘丽姑太就一阵伤感，顿时回想起来了许多关于罗杰的事情，还絮絮叨叨地说给大家听。苍老的裘丽姑太一边用手帕去擦拭快要滴落在她那肉脸上的泪珠，一边回忆她和罗杰的趣事，就像是小时候罗杰用针戳她的脸之类的事情。海斯特姑太实在见不得这种令人伤感的局面，便将话题引向了政治，对张伯伦②是否会被任命为首相发了一番议论。在她看来，他倒是个不错的人选，可以稳住局面的大人物。至于那个老克鲁格，她则想着把他流放到拿破仑战败后被囚禁的那个圣赫勒拿岛③上。海斯特姑太甚至因此想起，大家得知拿破仑死讯时的反应，她只记得索密斯的祖父好像立刻显出了一副卸下重担的舒服模样。至于她和裘丽，那时还是懵懂的小丫头，什么感觉都没有。

索密斯喝了一杯海斯特姑太递给他的茶，还吃了几块偈摩西家

①布尔人：指居住于南非的荷兰、法国和德国等白人移民后裔形成的混合民族，尤指德兰士瓦及奥兰治自由邦之早期居民，其名字来源于荷兰语"农民"一词，现已改称阿非利卡人。19世纪初，英国开始侵入南非，以武力侵占其土地。两者关系剑拔弩张，英国当局派遣军队到德兰士瓦，德兰士瓦总统克鲁格要求军队撤退不遂，即联合奥兰治自由邦向英国宣战，布尔战争（又称南非战争）爆发，从1889年持续至1902年。英军死伤甚众，但最终以荷兰人在南非的殖民地完全为英国吞并而告终。
②张伯伦：指约瑟夫·张伯伦（1836—1914年），即财政大臣奥斯丁·张伯伦和首相内维尔·张伯伦的父亲，其当时任英国殖民地大臣，极力推行帝国扩张政策。以此之故，海斯特姑太才会问他是否要出任首相。
③圣赫勒拿岛：南大西洋中的一个火山岛，拿破仑战败后在这里被囚禁至死。

做的杏仁饼。他脸上的傲慢笑容又深了少许。这倒是他们福尔赛永远改不了的浅陋之处，不管他们赚了多少钱，还是改变不了这一类本性。而且越是接触，就越是能发觉他们的浅陋。话题依旧继续，他们聊到了老尼古拉，说他是个自由贸易主义者，甚至还是这类人的组织机构——革新俱乐部的会员。不过，那里的会员如今基本上都已经成了保守党，要不然他也不会参加。接着，他们又聊到了偶摩西，对他戴着帽子睡觉一事大加评议。裘丽姑太之后扯到了索密斯的好气色，由此联想到过去团聚的时刻——当时她丈夫还活着。她顿了顿，差点落下泪来，不过幸好她忍住了。然后，她突然话锋一转，提到了索密斯今天准备已久的话题——他的妻子伊莲："亲爱的索密斯，你最近有没有听到关于伊莲的消息？"对于这个有些过头的问题，海斯特姑太表示了对裘丽姑太的无奈，她总是那么不懂分寸。索密斯一听到妻子的名字，脸上的笑容一下子僵住了。这是个尴尬的问题，除非他自己提出来谈，那倒可以聊聊。要是别人提出来，那他的话就会被堵住——就像现在，他没法接着说，甚至已经想着要走了。他觉得太尴尬了。

　　裘丽姑太的话匣子仿佛一下被打开了："索密斯，听说佐里恩一开始准备把那一万五千镑直接给你妻子的，但后来不知怎么地，他改变了主意，改成了给你妻子送终的时候用——看来他并没有老糊涂。对于这个，你应该听说过吧？"

　　索密斯有些无奈，但还是点头承认了。

　　"还有，你应该知道堂嫂子已经过世了。你堂兄就是你妻子的委托人。想必这些你都知道吧？"

　　索密斯心里暗暗叫苦，这裘丽姑姑今天怎么问了这么些糊涂问题。其实，他遇到过堂兄小佐里恩，那时，小佐里恩是要去通知他的妻子波辛尼去世的消息。但他还是摇摇头，故意装不知道。

裘丽姑太一下子又回想起了小佐里恩的小时候，她想得出神，但嘴里还是说着关于小佐里恩的事。她跟他们讲起来了关于小佐里恩的过去："他出生在蒙特街，比他们搬到斯丹赫普门要早很久，那是在一八四七年十二月的样子，也就是在巴黎公社①成立前，到现在算起来他也将近五十岁了。想当初，他还是一个惹人爱的漂亮娃娃，我们都宝贝似的疼他。你们这一辈就数他最大了。"裘丽姑太忍不住来了一声叹息，随着这叹息而来的，是她一团散下来的头发。海斯特姑太看到后直打哆嗦。这时，索密斯终于觉得自己坐不下去了，他站起身子，准备要走。他觉得自己真是奇怪，原本是特意来谈这些事情，甚至还要说说自己无法解决的困境；但是，这个糊里糊涂的裘丽姑太实在是太让他害怕了，让他忍不住要逃避这尴尬的处境。

见索密斯要走，裘丽姑太急忙喊道："索密斯，你不会现在就要走了吧？"

索密斯有些不好意思地笑笑说："嗯，我要走了。再见，两位姑姑！劳烦你们帮我向偎摩西叔叔问声好！"他轻轻地吻过两位姑太那皱巴巴的额头，头也不回地走了。

两位姑太目送着索密斯离去，说她们觉得相当不好意思，难为索密斯来看她们，而被她们却东拉西扯地扰了心情。

索密斯一边下楼，一边涌起些许歉意。同时，他发现这里一点

①此处显然是裘丽姑太将巴黎公社和法兰西第二共和国混为一谈了，前者成立于1871年，后者成立于1848年。

儿都没变，樟脑和波得酒闻起来还是那么好。等走下石阶来到街上时，他原先对自己的自责瞬间消失了，脑子又装满了安妮特迷人的面庞。不过，他还是不得不抽出心思来想一想，如何来摆脱眼前尴尬的处境。他开始后悔当初自己没有抓住时机离婚，要知道，那时的证据随手一抓就是一大把①。想到这里，索密斯无奈地朝妹妹威尼弗列德位于梅菲尔区格林街的居所走过去。

2. 一位头面人士的垮台

索密斯的妹夫——蒙塔谷·达尔提，这一个饱经世事的头面人士，若不是他的岳父老詹姆士帮他支付了租金、屋税和修葺款，他绝不会在那一所房子中住上二十年。他的岳父用这样一种简单的方法，让自己的女儿和外孙们得以安身度日。老实说，一个安稳的住所对于达尔提这样冒失的赌徒来说，实在太重要了。近一年来，他总算老实了一些，不再到处赌博了。他的兴趣转移到了跑马上，而且相当迷恋。老詹姆士知道后，又是气不打一处来。但在得知蒙塔谷与乔治一同养出了一匹好货色的母马后，他就不生气了。因为这匹母马品种优良，它的母亲是殉道者②，父亲是火布衫，而火布衫的母亲是背带裤，他们给它起名叫"纽扣子"。虽然说它也出身于名门，但是，这匹三岁的栗色马驹却因为一些乱七八糟的原因，没

①英国法律对于离婚的支持理由，第一条是通奸，第二条是遗弃，第三条是虐待，第四条是精神失常，唯独没有不合或分居这些理由。索密斯在此遗憾的是，伊莲和波辛尼的陈年旧事已经超过了受理期限。
②殉道者、火布衫、背带裤都是名马的名字，欧洲人赛马最看重追溯马的世系。

有机会显露身手。达尔提拥有这匹大有希望的动物的一半主权，于是，他就和很多其他的人一样，一切躲藏在心底的那些理想一下子全部冒了出来，几个月来，他对生活都莫名地满怀期望，不再像从前那么浑浑噩噩了。眼下，他手里的这匹马的确是不错的货色，秋季障碍赛是三对一，外边的堵盘开到了二十五对一，从前最好的时候都难比得上它。所以，达尔提连自己的衬衫都扔在了这火布衫的"女儿"身上，他这一下子究竟能捞多少，就全都要仰仗这背带裤的"外孙女"了。

四十五岁对于福尔赛家族的人来说，是一个放纵自己的时期。同样地，四十五岁的达尔提也是如此。到了这年纪，他们好像也无法控制自己，变得非常浪荡。达尔提最近迷恋上了一个舞女，这感情应该是实打实的爱情，可他没钱，于是这感情因为缺乏金钱的重量，竟变成也只是像她那飘荡的舞裙一样的幻梦而已。达尔提是个穷光蛋，口袋里一直空空荡荡。他一向是靠借钱度日的，平时靠从威尼弗列德那里弄点钱，或者找其他人借点过日子，反正能借的地方他都会厚着脸皮去借。而威尼弗列德是个坚强的女人，常常还是会给他一点，之所以给他，也仅仅是念及他是孩子的父亲，以及夫妻之间曾经有过的爱情——年轻时吸引过她的瓦杜尔街①的俊俏面孔如今已经完全不见了。可是很快，达尔提就会把从四处借来的钱在牌桌或者赛马上输掉。因为詹姆士年纪已经很大，不想为他太费心，而索密斯则总是义正词严地拒绝。所以，这两个人他都几乎是不去找的。说他总是在幻想中过日子，一点也不过分，

---

①瓦杜尔街：伦敦一条以卖旧家具和假古董而著名的街道，经营者多为意大利人。此处用以形容达尔提徒有其表，外强中干。

达尔提本身对钱其实没有什么兴趣，他情愿将钱花在自己的享受上，他内心是看不起福尔赛家族那种将钱存起来购置产业、做投资的老毛病的。他不爱钱，但是他喜欢那些用钱买到的一切享乐之物。他总是一面标榜，说"一个真正热爱运动的人是不可能爱钱的"，一面向乔治借二十五镑。事实上，他原本想要借五百镑的，但他相当有分寸，知道狮子大开口别人肯定不会借。这也算得上是他少有的可爱之处，就像乔治·福尔赛说的，在这方面他是出类拔萃的。

九月的最后一天，障碍赛总算要开赛了，那天的清晨天气非常好，达尔提心里别提多畅快了。他提前一天就赶到了赛区，穿着一身整洁的格子衣服，登上一个土坡，看着那匹有自己一半的母马驹做最后的演练。假如这匹马赢了，他可以轻轻松松入账三千镑，想到这，他觉得这一阵子自己劳心费力地伺候它也值了。只是，他没钱加码，否则他就可以挣到更多。现在，他的马赔率已经升到了八比一。要不要借这个机会对冲一下？他看了一眼他的马那边，云雀在头顶唱着歌，四周弥漫着青草的香味，今天那马看起来非常漂亮，骄傲地昂着头，在他面前飞驰而过，像一匹缎子一样。他一阵冲动，要赌一把，毕竟他的马现在行情很好，豪赌的血液在他的身体里沸腾。虽然，现在割舍掉没有任何风险，但是只能赢到一半的赚头一千五百镑，但是，他无论如何也没法凭借这仅有的一千五百镑搞定那舞女。所以还不如拼到最后，赚更多钱。他转身对乔治说："这匹马绝对是好货色，一定不会出岔子的。"事实上，乔治这家伙早就对冲了全部的马票，自己还押上一些。所以不管结果如何，他都是赢家。当他听到达尔提这样说，他低下强壮的身子看着

443

达尔提，咧嘴笑着说："啊哈，算是一个识相的家伙！"其实，乔治早些年已经在这上面付了不少学费，也遇到了许多的危难，全是依靠老罗杰的钱才能顺利渡过难关。而他之后所挣的钱，也都是在老罗杰的指导下获得的。这个时候，他已经是一个典型的福尔赛家族的人，而不是那个马主了。

在一生中，我们总是会碰上这样或那样希望破灭的时候，连敏感的作者也骇于提及这样的事情。不用说，本以为稳操胜券的胜局竟然成了意想不到的败局，达尔提和乔治精心伺候的那匹行情很好的纽扣子居然输了，而且输得一败涂地，连最小的奖都没有拿到！这下达尔提完蛋了，他非但没赚到钱，连衬衫都搭了进去。

在索密斯走向格林街的时候发生了这样的事情，当然没什么好结果！

就连达尔提这种人，为了达到目的，都可以像一个虔诚的信徒一样，一连守上几个月的清规戒律。然而，到头来居然什么都没得到。他没有呼天抢地地去死，却仍然指天画地地活着，搅得家里整日不宁。

威尼弗列德虽说是个十分时髦的女子，但同时也是个坚强的女人，遇到任何事情总能挺得住。虽然达尔提让她受了整整二十一年的气，但她还是不相信自己的丈夫会做出这种事情来——女人都这样，总以为自己了解丈夫。可她忘了男人都一样，到了四十五岁时总会想去干一些出格的事——抱着那种"过一把瘾就再死"的心态。十月二日那天，威尼弗列德在家里检查自己的首饰盒的时候，吓了一大跳，她最喜欢的一条珍珠项链不见了。这项链还是一八八五年她生下小宾尼狄克特时，蒙塔谷送给她的。然而她不知道，直到一八八七年詹姆士怕把事情闹大，才被逼付了这条项链的账。威尼弗列德去找达尔提，要他帮忙，他却只是淡淡嘟囔道"早晚要找到的"。威尼弗列德急了，嚷道："既然这样，蒙第，我就将这事情交给苏格兰场了。"见此，达尔提没招了，只好硬着头皮去找。

要是精心谋划、迅速行动的话，说不定能挽回一些事情。遗憾的是达尔提受贪杯的影响，什么事儿都没办成。当天夜晚，他喝得大醉回来了，还喋喋不休。若不是惦记着自己那失窃的项链，威尼弗列德早锁上门睡觉去了，眼下却只得守着他，待他酒醒了再问情况。达尔提从衣袋里掏出一把手枪，在桌面上摆弄着，威胁她，让她不要再找麻烦，说自己也活够了。威尼弗列德紧靠在餐桌另一端，答话道："蒙第，不要装神弄鬼，你去过苏格兰场没有？"

听到这话，达尔提抓起手枪，对自己的胸口连扣扳机。没有子弹。他咒骂着丢下枪，嘴上嚷嚷着"为了孩子们"，跌倒在一把椅子上。威尼弗列德把枪捡起来，递给他一杯掺苏打水的白兰地，他喝了一点。奇怪的是，这酒真的有效。达尔提唠唠叨叨说，威尼弗列德让他这一辈子大吃苦头，她从来没有"体酿"过自己，那项链是他拿去送了那个西班牙小丫头。不过，这项链本来就是他送给威尼弗列德的，本来就是他的东西。这事儿，威尼弗列德要是敢反对，他一定要切了——她的——脖子。这都算是些什么事情！没准儿，历史上"切脖子"这个词儿就是这样来的，因为一切古老的混话都是这样没来由的。

威尼弗列德强忍着怒火，她早年在一个要求严格的学校里学会了自我约束。眼下，她终于忍不住抬头问："西班牙的小丫头！那个庞蒂蒙尼姆芭蕾舞团的舞女？你简直是一个混蛋！一个小偷！"这句话损着了达尔提的牙眼，他跳起来，一把扭住了威尼弗列德的胳膊，痛得她直流泪。她强忍着，默不作声，趁达尔提一松劲挣脱出来。她在餐桌对面大声咒骂："蒙第，你就是个烂货！"无疑，"烂货"这词儿也就是这样来的，英语的表述可谓充满张力。然后，威尼弗列德跑上了楼，锁上房门，只留下达尔提一个人在那里喋喋不休，唾沫沾满了胡须。她用热水洗了一下手臂，整晚都没有睡着，一直在想着自己的项链正戴在那个小丫头脖子上，心下怀疑自己的丈夫究竟靠这交易得了什么好处。

　　早上醒来，那位头面人士感到自己的名誉受损，隐隐记得妻子居然骂他是"烂货"。他坐在圈椅上足足想了半小时，这简直是他人生当中最难过的半小时了。他总是觉得，一件事情无论如何告终，都是让人有些难过的，而且，眼下这一切一定非告终不可了。饭厅里挂着威尼弗列德用詹姆士的钱买来的窗帘，是尼肯斯-贾飞斯公司的货。但是，以后他再也不能在这个饭厅里面打盹了，再也不能欣赏从窗帘的缝隙里透进来的晨曦了。他甚至没办法继续享受他的热被窝和热水澡，再也吃不到花梨木餐桌上的芥末炒腰子了。他决定离开家去找他亲爱的舞女，听说舞团要去布宜诺斯艾利斯，他可不能放她跑了，如果就这么放弃了，那他的项链岂不是白送了——游戏才刚刚开始。他掏出身上所有的钱，都是一些五镑和十镑的票子，一共四百镑，这是用他的那半只纽扣换来的，昨天现场与乔治·福尔赛交易的！经过跑马的失败，他对那匹马恨之入骨，而乔治赢了钱，对这匹马反而并不像达尔提那样讨厌。

　　他蹑手蹑脚地上楼，换了一件衣服，没有刮胡须，也没有洗澡——水是冷的——简单收拾了一下东西，就提着行李箱下楼了。

他连自己心爱的擦得锃亮的靴子都没带走，因为实在装不下了。屋子里静静的，他的四个小达尔提都生在这儿。走过妻子门外时，他心里古怪地想到，就算到自己从未爱过这个女人，至少也心存感激过，可如今她居然骂自己是"烂货"！这坚定了他离家的决心。接着，走过两个女儿的门前，他有些迈不动脚了。茂德去学校了，伊莫金依旧在睡梦中。达尔提差点要落下泪来。刚刚成年的伊莫金实在是一个美人，有着深色头发和棕色的眼睛，特别像他。早晨的日光照在达尔提温情脉脉的脸上，那是一张充满父爱的慈祥的脸庞，毫无虚伪和做作。想到可能再也见不到女儿了，达尔提的脸色就愈发的黯然。他抿了抿嘴巴，穿着格子纹的毛呢裤子的腿怎么都迈不开。他实在没办法想象，自己竟然被这样逼着离家出走。他小声咕哝着："他妈的，怎么会这个样子！"用人们已经准备起床了，在楼上发出了"砰砰"的响声，催促达尔提不得不立刻轻手轻脚地下楼。他的眼睛湿润了，但是这种不舍与痛心让他觉得很欣慰，因为这样自己才像一个真正的牺牲者。他在楼下的一个房间里又待了一会，收拾了几样东西带走，包括他全部的雪茄、部分文件、一顶帽子、一个银烟盒和一本《罗孚马经》①。之后，他抽着雪茄，又倒了一杯浓浓的掺了苏打的威士忌，站在女儿们的相片前面徘徊不定，那银相框是威尼弗列德的。他对自己说："是的，她还可以照一张新的，我却没机会了！"想罢，他决定带走这些相片。然后，他穿戴好帽子和大衣，又挑选了一根最好的棕榈手杖和一把雨伞带着，然后打开了前门走出了屋子，又轻轻地将前门掩上。这一辈子，他从未携带过这样沉重的行李，他走过街角，等着马车。

①《罗孚马经》：1842年，由罗孚创立的一本赛马年鉴。

这便是蒙塔谷·达尔提在他四十五岁那年离开所谓自己的房子的过程……

等到威尼弗列德醒来时，她发现丈夫并未在楼下，屋子里也没看到他的人影。她顿时感觉莫名的恼火——整个晚上她可是一刻都没睡，冥思苦想地准备了一堆骂他的话，结果，他却跑了，实在气人！一想到他可能是带着那个女人，去了纽马基特[①]或是伯明顿[②]，她就忍不住在心里骂了一句下流。但女儿和用人就在眼前，她不好发作。她想告诉父亲，可是，又怕父亲承受不了这样的坏消息。于是下午的时候，她来到了偶摩西家，跟裘丽和海斯特姑太诉说了一切，说完还叮嘱她们要为她保密。第二天，等到发现女儿相片不见了，她才意识到事情的严重性。她把丈夫的东西全部查了一遍，更加确定他是真的走了，不会再回来了。当她越来越肯定这个事实的时候，她呆呆地望着一个个被拉开的抽屉和被翻得一团糟的房间，努力想搞清楚自己的心思。这实在是一件很难的事情。虽然达尔提是个不折不扣的"烂货"，但到底还是属于她的财产。不管怎么说，这都是一个巨大的损失。她才四十二岁，丈夫这一走，她岂不成了寡妇！家里可是有四个儿女呀，这让别人怎么看她？她可不想被人同情。何况，她丈夫是跟一个西班牙的舞女跑了，这该怎么说？是宣布他们之前的爱情的破灭吗？这时，那些她以为早就死去的旧日的缠绵与深情又涌进了她的心头，搞得她五味杂陈，爱恨交加。她把抽屉都推了回去，然后跑到自己的床上趴着。她确实很坚强，一滴眼泪都没流，眼泪在她看来实在是无用的。午饭的时候，

[①] 纽马基特：英格兰东南部的一座城镇，为当时著名的赛马中心。
[②] 伯明顿：位于多赛特郡的英格兰南部小镇，亦为当时著名的赛马中心。

她决定把大儿子从学校找回来，她觉得只有这样才能安慰自己了。她的大儿子瓦尔马上就要去牛津大学读书了，学费照样由他外祖父出，他现在还在小汉普顿，在"教练"的带领下，为初次考试准备最后的一次"试跑热身"——这种说话的口气，是瓦尔跟他父亲学的。她立刻叫人给瓦尔发了一封电报。

"我要去检查一下他的行头，"她和伊莫金说，"牛津的男孩子可都很讲究这个，不能让瓦尔邋邋遢遢地去上学。"

伊莫金说："不过，瓦尔有那么多衣服呢！"

"我知道，但需要收拾一下，我想他能回来一趟。"

伊莫金又提醒她："他会很快回来的，但眼下让他回来，可能会影响考试。"

威尼弗列德听后，叹了口气："但是，我现在需要他呀！"

伊莫金看了一眼母亲的脸色，便不再说话了，一定是父亲的问题！六点钟的时候，瓦尔就飞奔而至。

这个瓦尔，正是浪荡子达尔提和福尔赛家族的结晶，他的名字也很有趣——小蒲白里斯·瓦尔利斯·达尔提——简直让人闻名而如见其人。在他出生的时候，他的母亲威尼弗列德正是春风得意，心气正高，于是在取名上也一定要胜过别人，取个有特点的名字——后来她才庆幸，好歹没把伊莫金叫作狄思碧①——偏偏一个星期之后，达尔提跟乔治在吃饭的时候谈起来，爱捉弄人的乔治就在

①狄思碧：古巴比伦传说中皮拉莫斯的情人，他们在墙缝中偷情，相约在尼诺坟墓幽会。狄思碧先到的时候，发现一头母狮子吃掉了一头牛，吓得丢下衣服逃跑了。皮拉莫斯后到，发现狄思碧的衣服染着血，以为狄思碧已死，就自杀了。狄思碧回到原处，发现皮拉莫斯的尸体，也自杀殉情。莎士比亚的《仲夏夜之梦》中，有关于这个故事的一段戏中戏。

孩子的名字上掺和了一下。

他建议："就叫'加图'，这名字多响亮！"他刚从一匹同名的马身上赢了十镑。

"加图？"达尔提也喝多了，"那不像一个基督徒的名字。"

"你来，"乔治叫来一个穿着短裤的仆人，"去图书室把《大英百科》C字部拿来。"

随从去图书室拿来了。

乔治手里夹着雪茄，指给达尔提看："瞧瞧，加图是个多么好的名字！"他说："这不就有个加图·蒲白里斯·瓦勒里[①]，父母分别是维吉尔和莉迪亚[②]，多合你心意！这个名字配得上一个基督徒吧？"

达尔提回家跟威尼弗列德说起乔治的建议，她也觉得这是个好名字，够特别。于是，蒲白里斯·瓦勒就成了瓦尔最初的名字。后来，他们发现这个名字没想象中那么好，只不过是一个名气不大的加图[③]。到一八九〇年，瓦尔快十岁时，人们开始时兴起一些庄重的名字，而不再追求新潮，这让威尼弗列德有些不安。另外，小瓦尔的同学都叫他"宝贝"，让他大加抱怨，只念了一个学期，便完全没法在学校待下去了。向来果决的威尼弗列德立马决定给儿子换个学校，并直接将名字改成瓦尔，至于蒲白里斯，则连简写都去了。

---

①加图·蒲白里斯·瓦勒里：生于公元前1世纪，古罗马诗人。

②在这里，乔治是在糊弄达尔提。卡图曾经写过一首诗，关于莉迪亚的，曾被误认为出自维吉尔之手。

③古罗马史上，有两个加图比较有名望，一位是老加图（前234—前149年），又叫检察官加图；另一个是前者的曾孙，又叫小加图（前95—前46年），是一位哲学家、政治家。

现在的瓦尔已经十九岁了，是个活泼的男青年，脸上有一些雀斑，大大的嘴巴，浅色的眼珠配上又长又黑的睫毛，笑的时候特别惹人爱。只不过，他总是熟悉一些本不该知道的事情，而对应该熟悉的事情却一无所知。在学校里，他是个另类，搞得自己差点被开除。他还是个爱骗人的坏蛋。他亲了一下威尼弗列德，又扯了扯妹妹伊莫金的嘴巴，便三级一步上了楼，换好吃晚饭的礼服，又四级一步下了楼。他向母亲道歉，因为他的"教练"也回来了，并且邀请他去牛津-剑桥俱乐部吃饭，不去怕要得罪他，那老家伙会生气的。威尼弗列德虽然有些不高兴，同时又觉得这是件光彩的事情，便同意了。毕竟，虽然她更希望儿子在家陪她，但儿子能得到补习老师这样的认同，也实在值得开心。瓦尔出门的时候一边向他的妹妹挤眉弄眼，一边对母亲说："啊，妈妈，厨房还有好多千鸟蛋，可不可以留两个给我回来吃？哎呀，还有件事，我实在没钱了，就向老斯诺贝借了五镑，你能不能给我一点？"

威尼弗列德一脸溺爱，说道："哎，我的心肝，你花起钱来还真是大手大脚的。不过，我可提醒你，今晚你可别还钱，是他请客！"威尼弗列德看着儿子，他穿着白色的背心，十分帅气，修长的身材，乌黑的睫毛是那样浓密！

"可是妈妈，我可能要请他看戏呢！他请我吃饭，不请他看戏，我会过意不去的！他也没什么钱，这你也清楚。"

"喏，这个给你，拿去还他吧，但不要请他看戏了。"威尼弗列德一边拿出五镑钱给他，一边叮嘱道。

瓦尔立刻将钱放进兜里，回答道："晓得啦！还了钱之后，就没办法请他看戏了！我要走了，妈妈，再见！"

他非常开心地出了门，抬着头，兴致勃勃地斜戴着帽子，尽情呼吸着毕卡第里大街上的空气，就像猫儿狗儿从一个烂地方跑进了林子里。

瓦尔是在山羊俱乐部，而不是牛津-剑桥俱乐部同他的"补习老师"会面的。这位"老师"，叫库伦姆，是一个比瓦尔仅年长一岁的年轻人，褐色的眼睛十分漂亮，黑色的头发油光可鉴，还长着小小的嘴巴和椭圆的脸蛋，一副懒散的样子，他丝毫挑不出毛病的穿着和冷峻的神情，让他完全可以轻松地傲立于一群年纪相仿的小青年中间。一年前，他差点也被开除，最后他竟上了牛津。这让瓦尔对他敬若天神。他还有一个特点，钱花得极快，很少有人可以和他匹敌，他仿佛活着就是为了花钱，看得小瓦尔眼花缭乱。有的时候，瓦尔的那一半福尔赛基因也会让他产生疑惑：这人为何要这么花钱？

晚上，他们两个一起吃饭，晚餐讲究而且体面。吃完饭，两个人叼着雪茄，兜里各揣着一瓶酒，大摇大摆地出来了。随后又一起去自由剧场看戏，位置还很靠前。看戏的时候，瓦尔一直在胡思乱想。这位库伦姆，想必是自己怎么也比不上他，单是那种公子哥派头他都学不来。和他比起来，瓦尔觉得自己实在差太多了，想着，甚至连那些滑稽的曲子和迷人的大腿都索然寡味了。首先是自己嘴巴过大，其次是穿不了那种有辫子花边的裤子，淡紫的手套背面也没有细细的黑色缝线。就算是笑，库伦姆也十分有办法，他可以不出任何声音地微笑，精心修剪过的黑眉毛略微一抬，正好可以在垂下的两道眼皮当中挤出一条线，形成锋利的棱角。是啊，他永远都赶不上库伦姆！但是这戏还是挺不错的，辛西娅·达克的表演惹得人们捧腹大笑。换幕期间，库伦姆还跟瓦尔讲起了关于辛西娅的风流韵事，还说自己有办法到后台去。瓦尔本想立即让库伦姆带他去，出于面子没有说出口。这样一来，他在看最后两幕的时候心情很闷。

看完戏，库伦姆对他说："不如再去庞蒂蒙尼姆舞团看看，那里应该还有半小时的戏可以看。"于是，他们特地坐马车赶了一百码的路过去，买了两张七先令六便士的门票。他们走到站池^①里面。库伦姆在某些细枝末节上慷慨得让人羡慕，好像他完全不把钱当作一回事。这个时候，正在进行当晚的最后一场芭蕾舞表演，舞台的周围被人挤得水泄不通，男人女人在栏杆前面挤了三层。这里就是瓦尔理想中的地方，令人眼花缭乱的旋转舞台，忽明忽暗的灯光，男人的烟草味混合着女人的体香，出入于站池的男女就这样展示着暧昧的风情。瓦尔十分羡慕地看着眼前的一个年轻女子，忽然发现她年纪不小了，便连忙别过头去。啊，这耍弄人的辛西娅·达克！那位年轻女子的胳膊碰到了他，他闻到了一股麝香和木樨的气味，用眼角瞥了一眼。也许她还算年轻，她踩到了他，跟他说声对不起。

他回了句："没事，芭蕾舞还不赖，对吧？"

"我可是看厌了，没什么好看的！你呢？"

小瓦尔没有回答，只是张着嘴巴笑。可能他自己也不知道，他那一半的福尔赛基因在起着作用。绚丽的芭蕾舞在那里不停地转呀转呀，白的、红的、绿的、紫的，各种各样的颜色最终汇聚成了多彩耀眼的金字塔。戏也就在这时候谢了幕，垂下深紫色的幕布，全场顿时响起了热烈的掌声。人群开始散去，拥挤不堪，年轻女人的

①站池：位于舞台下大厅座位的后面，有男有女，故而库伦姆喜欢在那儿。

胳膊紧挨着他的胳膊。不远处一阵骚动，大家都围着一个衣襟上插着粉红色石竹花的男人。瓦尔一开始没发现，他忙着偷看那个年轻的女人。他顺着女人的目光，看到了人群里出来三个互相挽着胳膊的男人，连路都走不稳。其中一个男人穿了件白色的背心，还插着一支粉色的石竹，唇髭是深褐色的，摇摇晃晃地走过来。库伦姆缓缓地说："看那个'二流子'，醉成这样！"瓦尔转头去看，那个"二流子"已经抬着胳膊指向自己这边了。

库伦姆冷静地对瓦尔说："看起来，他认识你！"

这时，那"二流子"喊道："嘿，大家都过来看看，这是我那混蛋儿子！"

瓦尔认出了，那人不是别人，正是他的父亲达尔提！此刻，他恨不得躲在通红的地毯下面。让他觉得如此丢人的，并不是在这里撞见父亲，也不是因为他喝得酩酊大醉，而是库伦姆所说的"二流子"这个词。这个词就像是老天向他揭露的真相一样，告诉他，像他父亲那样脸色蜡黄、插粉红色石竹花，走路摇摇晃晃的人，就是一个"二流子"。他沉默了，连忙低头躲在那个年轻女人身后，溜了出去。他离开站池，沿着厚厚的地毯，穿过拥挤的人群，不顾有人在叫他的名字，一下子逃到了广场上。

对瓦尔这样的年轻人来说，为自己的父亲感到丢人，可能是他这一辈子最伤心的事情。瓦尔觉得，自己的大好前程还没有开始，从他逃跑的那一刻起，一切就已经结束了。他觉得，自己没有办法跟库伦姆这一班漂亮的牛津朋友一起玩了，毕竟，这些人都会知道自己的父亲是一个"二流子"！忽然，他怪罪起库伦姆来，他算一个什么玩意儿，居然这样说自己的父亲！现在，如果他敢出现，自己一定会给他一通老拳，让他趴在人行道上起不来。那可是他的亲生父亲呀！他的喉咙里有些难受，拼命将手伸进大衣的口袋。该死的库伦姆！他突然有个奇怪的想法，打算现在回去把父亲扶起来，挽着他，与他同行，大摇大摆地走过库伦姆面前。但他很快放弃了这个念头。

他漫无目的地沿着毕卡第里大街走着，突然闪出来一个年轻的女人拦住他，嘴里还念叨着："亲爱的，不要生气！"把他吓个半死。他赶紧躲开她，快步向前走。一下子，他平静了下来。觉得这也没什么，要是库伦姆敢跟人说起他父亲，哪怕是透露一个字，他都会狠狠揍他一顿。多简单的事，何必烦恼。他又走了大约一百码的样子，又开始觉得这个打算虽然不坏，但是依旧让人不安，这可不是简单的事情。上学的时候，只要有学生的家长不够体面，就会被无情地嘲笑，没完没了。这可是难以磨灭的羞耻。于是，很快他又骂起了上帝，为何给他这么一个"二流子"父亲。当他听到库伦姆说父亲是一个"二流子"，他一下子便意识到，自己其实早就没把父亲当成上流人了。让一个儿子去否定自己的父亲，这是多么伤心的一件事情！

他垂头丧气地回了位于格林街的家，用偷来的钥匙打开门。他走到饭厅，发现了他爱吃的千鸟蛋早已经放在那儿，看起来非常美味，还配上了牛油和面包片。为了让自己的儿子有成人的感觉，威尼弗列德甚至在酒壶里留了恰当分量的威士忌。可是，瓦尔看到这些，觉得非常厌恶，完全没了食欲，就上楼回自己房间了。

威尼弗列德听到儿子经过自己的门外，心里安慰地想："我亲爱的瓦尔，他真乖，一点都不像他的父亲。这真是令我欣慰！真是庆幸呀，他还是比较像我！"

3. 索密斯出谋划策

威尼弗列德的客厅是路易十五时期的风格，小凉台上放了几盆百合花，夏天的时候则会换成绣球花。索密斯来到了妹妹家，他看到的依旧是多年前的模样，并没有人世沧桑的变化。客厅的装饰摆设，跟二十一年前，妹妹结婚时没什么两样。家具都是当年由他挑选布置的，相当完备，以至于尽管之后又有所增加，却仍旧保持着原来的格调。说实话，也难为妹妹了，跟那个混蛋达尔提在一起，还能将家保留成结婚时的原样。说起达尔提，他老早就觉得那人靠不住了。在他看来，达尔提不过是长得帅，嘴巴甜，哄骗了他的妹妹和父母，让他们晕头转向。不然，他的老父亲也不会一点聘礼都不要，就将威尼弗列德许给了他。

索密斯先是欣赏着屋子里家具，然后看到了书桌前的妹妹，那桌子是布尔式①的。他的妹妹正坐着读一封信，他看着她现在的模样，竟涌起一阵哀伤。看到哥哥来了，威尼弗列德立马将信揉成了一团，可随后又递给了索密斯。现在，他是她唯一可以求助的人了！毕竟索密斯既是她的哥哥，又是她的律师。

索密斯读了这封写在伊希姆俱乐部的纸笺上的信：

我不会再给你侮辱我的机会啦！明天我就会离开英格兰，看你还能拿我怎么样！谁让你总是侮辱我，你真是活该！作为一个尚

_____
①布尔式：一种镶嵌铜和玳瑁的家具装饰风格。

有些许自尊心的人，我无法继续容忍你的行径了。从今往后，我一个子儿也不会要你的！我们不会再见面了。我拿走了女儿们的照片作纪念，你替我向她们吻别吧！我才不管你的兄弟和父母怎么评价我，就算是骂我混蛋，我也不在乎！一切都是你们的错，我是被逼的！现在，我要开始自己的新生了！

—— 蒙塔谷·达尔提

看完之后，索密斯断定这是在酒足饭饱之后写的，并且发自内心地觉得这家伙走得好。但他看到了信件上还没有干掉的泪痕——那明显是威尼弗列德的，便没有将心里的想法说出来。哎，没想到现在连妹妹都和他一样了——同是福尔赛家的人，拥有着名存实亡的婚姻，却无法离婚。他们之间的差别不过是，一个刚刚踏入黑暗，一个正在挣扎而已。

索密斯看着转过身正在嗅着一个金色盐瓶的妹妹，心里生出了一丝怜悯，还夹杂着些许难过。他来妹妹这里，其实是为了诉说自己的不幸，想得到妹妹的安慰。可没有想到，她和自己一样了。威尼弗列德也想从他这里获得同样的东西呀！哎，看来是没人知道自己内心的苦处了。为什么每次都这样，大家都无视他的痛苦和决定。他将那带着泪痕的信折得好好的，还给了妹妹，询问道："到底发生了什么？"

于是，威尼弗列德就把丢项链的事情一五一十地告诉了索密斯。

"索密斯，你说说，他这次是真的走掉了？你一定可以发现他喝多了之后写的信。"

每当索密斯觉得某些事情尚有希望的时候，他总会装作不太乐观，以此来缓解老天的意图。基于这种思想，他回答道："未必，我去找他俱乐部的人问问。"

"假如你在那儿找到乔治，说不定会了解一点儿什么。"威尼弗列德说。

"乔治？今天我还在他父亲的殡礼上看到他了。"

"这么说，他现在一定在俱乐部。"

对于妹妹的冷静和清晰的思维，索密斯在心里叫好，但还是有些不情愿地问道："我去打探一下，关于你们的事，你没在公园巷说过吧？"

"我只跟爱米莉说了，我可不敢告诉父亲，那会把他气晕的。"威尼弗列德回答说，她提到她的母亲的时候，总是用这样特别的称呼。

妹妹的选择是对的，现在所有令人不快的事情，都万万不能让詹姆士知道。索密斯临走时，又看了一番他当初置办下的家具，像是要以此来体会妹妹内心的真实感受一般，然后便往毕卡第里大街去了。已经入夜了，雾气蒙蒙，带着十月的寒凉。他赶着到苏荷区吃晚饭，因此走得匆忙。俱乐部的服务生说达尔提并没有来这里，这让他产生了怀疑，于是他改问乔治是否在这里，那人给了肯定的回答。他对乔治并无好感，因为他老跟自己嘻嘻哈哈，烦人得很。不过今天，既然他刚刚死了父亲，索密斯倒对与他见面没了多少抵触。他为此获利了三万镑，除此之外，还有罗杰生前为了躲避遗产税而事先划入他名下的财产。这时，乔治正坐在拱形窗边吃东西，一边呆呆地望着窗外，跟前放着一盆吃了一半的甜饼。他的身材非常高大，一身黑色，透过光看上去显得格外吓人，但却十分洁净，就像普通的跑马迷一样。他用满脸横肉挤出一个微笑，对索密斯说道："索密斯，你好，要不要吃点甜饼？"

"谢谢，不了。"索密斯小声回答。他摸了摸自己的帽子，觉得自己有些唐突了，便继续搭话："五婶没事吧？"

"谢啦，她就那样吧。对了，好久不见，你从不来跑马场的。城里生意如何？"

索密斯知道他又在逗自己玩，便再懒得拐弯抹角，直接问道："我找你是想问问达尔提的状况，我听说——"

"私奔了，跟那个美丽的罗拉①跑了，去了布宜诺斯艾利斯。不过也好，你妹妹和孩子们倒可以安宁些了，他可真是一个丢脸的家伙。"

对于他的说法，索密斯表示赞同，虽然这两个堂兄弟很少有意见一致的时候，眼下对于达尔提，却取得了一致的评价。

"詹姆士伯伯这下可安心了，他和你都累得够呛！"

索密斯笑了笑。

"你们任何人都没我更了解他，他其实就是一个二流子。至于你的侄儿，瓦尔，也要好生管教一下了。可怜威尼弗列德，摊上这么个丈夫。不过我挺佩服她的，她是个有胆识、有气魄的女人。"

索密斯表示赞同他的话，点了好几次头："我还要回去答复她，她也只不过想弄清楚事情的原委，或许我们去起诉那家伙，事情应该是这样的吧？"

"办得妥妥的。"乔治回答道。他的很多语言都是原创的，虽然经常被误认为是别人发明的。乔治继续说："你不知道，他昨晚醉

———————————

①罗拉·蒙泰兹：1818—1861年，一位有过私奔经历、舞女出身的欧洲交际花。

成了什么样子，跟一摊烂泥似的。但到了早上，居然站起来好好地走了。他上了那艘名叫'杜斯卡罗拉'的船，换作我，肯定马上就起诉他了，昨晚那家伙简直气死我了！"说着，他还掏出一张名片，上面写着："蒙塔谷·达尔提先生，请寄布宜诺斯艾利斯邮局"。

"说是这么说，但做起来就没那么容易了。"索密斯说着，看了一眼乔治，那眼神让他想起自己的家事来。于是，他站起来跟乔治握手告别，乔治说："记得替我向威尼弗列德问好，要我说，赶快劝你妹妹直接'押定离婚'！"

到了俱乐部的门口，索密斯回头，乔治又跟他一开始看到的那样——呆呆望着窗外，一身黑色，那样子虽然魁梧却透着一种寂寞。索密斯心想："也难怪，死的是他的父亲，他多多少少会难过……财产分配上，他们每人都拿到了差不多价值五万镑的财产。房地产最好别细分到每个人头上，还该让它们待在一起。战争一打起来，价格估计就掉了。说起来，他老爹还真有眼光！"夜幕将至，安妮特那美丽的面庞却闯进他的心房。她那褐色的头发、睫毛，还有蓝色的眼珠，出现在他的脑海里，在伦敦这样天气恶劣的地方，她却依然有着红润的脸庞和嘴唇，身段也是法国人所特有的婀娜。他对自己说："一定要解决这事！"

他回到妹妹那里，恰好碰到了瓦尔，就随他一起走了进去。索密斯想到，要解决自己的离婚问题，首先要去罗宾山拜访他的堂兄佐里恩，因为他是伊莲的委托人。"罗宾山"这三个字，对他来说是有特殊的含义，特殊极了！在罗宾山，有一所波辛尼为他和伊莲建造的房子，但他们从未住进去过。那是一所不吉利的房子。现在倒好，成了佐里恩的住所。

这时，他突然闪过一个想法：佐里恩家有个小孩正在念牛津大学，为什么不带着小瓦尔去拜访一下？这真是个好借口，如此就不会显得太唐突了。打定主意，他一边上楼，一边对瓦尔说："恰好你有个表哥在牛津念书，你们没见过，明天我带你去他家，以后你们也好互相有个照应。"瓦尔支吾地答应着，但一脸平淡。索密斯怕他反悔，就跟他说："我午饭后来接你过去，他住得并不远，在乡下，你一定会感兴趣的。"

走到客厅门口，他终于想起来，自己现在该操心的是妹妹的事情，不是自己的私事。

威尼弗列德像日里那样，仍旧坐在布尔式的书桌前。他跟威尼弗列德讲了自己打听的结果："果然如此，达尔提真跑了，去布宜诺斯艾利斯了。他今天早上走的，我们要在船靠岸之前截住他，越早越好。我现在就去发电报，不然以后就麻烦了，可能要花上很多钱！真恨当初——"他突然止住话头，侧脸看着默默不语的威尼弗列德，继续问道："另外，他对你施暴没有？"

听到这个，威尼弗列德有气无力地说："施暴？我不大清楚。"

"他有没有打你，或者有其他的暴力行为？"

威尼弗列德摆头示意没有，那下巴一副坚强的样子！

不过，她还是说了一些："他曾用力地扭过我的胳膊，还用枪指着我！还有，他喝醉酒了衣服都脱不下来——不行，不能把孩子也扯进来！"

索密斯急了："不行，什么不行！真搞不懂你！还有一种选择就是分居，可这法子一点都不好！"

"什么是分居？"

"就是他不可以碰你，你也不可以碰他，你们两个有夫妻之名而没有夫妻之实，懂吧？"说到这里，他哼了一声。其实，这就是他自己眼下那该死的处境在法律上的一种描述。不，他不能让妹妹也这样！他坚定地说："你一定要和那混蛋离婚，他没有对你施暴，至少，你可以尝试告他遗弃你们。本来需要两年才能离婚的，眼下还有一个更快的办法，那就是你去向法庭申请恢复夫妻关系，而他不同意的话，只要六个月，我们就可以提请离婚。我知道，你也不想让他回来，但是法庭可不管这个。这么做还是有缺陷，他还是有可能回来。所以，我还是倾向于告他施暴。"

"这也太丢人了！"威尼弗列德摇着头说。

"好吧，让他回来，也没什么不好的。但是只要他还迷恋那些事情，手上再有些闲钱，他就一定不会回来。要么，你就不要跟别人说起这事，他借钱欠债什么的，你一概不要管。"索密斯嘟囔着。

威尼弗列德唉声叹气起来，她对达尔提还有感情，尽管他那样伤害他。当她听到索密斯让她不要再替丈夫还债的时候，她却愈发肯定了这样的感觉，像是自己生活里的某些乐趣被剥夺了。她失去了丈夫，失去了项链，就连自己努力拯救家庭的勇敢作风也失去了。现在这样，她只能形单影只地去面对一切，让她真正有了失去亲人的感受。

索密斯亲吻了一下威尼弗列德的前额，这个吻不像平时那样冷淡，而是多了不少热情。他跟威尼弗列德告别，说："我想带瓦尔去罗宾山一趟，正好，我有事情要找佐里恩谈，他家里有个在牛津念书的孩子。我想让瓦尔和他认识一下，这样以后，在学校他们两个孩子互相也有个照应。你记得星期六带着孩子来'憩园'散心。哦，还是算了，我想起来，我还请了其他客人。"说完这些，他就告别了妹妹，往苏荷区赶去。

4. 索密斯在苏荷区

伦敦是一个乱糟糟的变幻莫测的城市，但最让福尔赛家族避之唯恐不及的地方，则非苏荷区莫属。如果让乔治看见了，他肯定会坏笑着说："索密斯，是一条汉子！"这个地方肮脏不堪，各式各样的人、事、物都有，骗子、人渣、意大利人、野猫、烂柿子、饭馆、手风琴、色彩艳丽的衣服、稀奇古怪的姓氏，还有许多在高高的楼顶窗户里向外窥探的人们。它和英格兰其他地方格格不入，像一个孤僻的异类。但是，它却有着自己独特的经营模式，拥有着另类的繁华——比如，别的地方的房租都降了，它这里却在涨价，活见鬼！对索密斯来说，在这儿这么多年了，也仅仅熟悉了位于它的西部的阵地——瓦杜尔街，他在这里买了不少便宜的东西，间或也淘到一些珍贵的货品。就在波辛尼去世、伊莲离家出走之后的七年里，他住在布莱顿[1]，也从这里买过一些东西，只不过实在没有地方摆放。当时，他确信伊莲永远不会再回来之后，他就在自己位于孟特贝利尔广场的房子上挂了一块牌子，上面写着：

售高档住宅

洽谈地点：贝尔格拉维亚，考特街，列森-杜克斯公司

———————
①布莱顿：英格兰东南的一个海滨小镇。

不到一周，这房子就顺利售出了。在以往的岁月里，在它那无微不至的庇护之下，曾经有一男一女默默地在那里备受煎熬。

就在那块出售房屋的牌子被摘下不久，索密斯回去过一次。那是一月的雾蒙蒙的傍晚，索密斯就靠在广场的栏杆边上，远远地望着那一扇没有灯光的窗户，然后仔细品味着不堪回首的过往。他不明白为什么她从未爱过他，这是为什么啊！不管她要什么，他都会给她。在那漫长的三年岁月里，他从她那里得到了需要的一切——除了她的真心。他发出一声呻吟，一个路过的巡警向他投来怀疑的目光。那扇挂着出售牌子的带着雕花门钮的大门，已经不会为他开放了！他感觉喉咙莫名地堵塞了，三步并作两步地隐没在雾霭里。那天晚上，他就搬去了布莱顿。

现在，他快走到马尔达街的布列塔格尼饭店了，安妮特正在俯身理账。他想到在布莱顿的七年时光，自己都觉得不可思议，他居然可以在那个粗鄙的小镇上住这么久。那里连一点香豆花的味道都闻不见，也没地方放画。这几年他都没有时间看画了，也难怪，他将所有的时间都花在赚钱上。他的律师事务所炙手可热，每天可以接到很多业务。他忙得很，每天早晨坐着普尔曼火车①进城，傍晚再同样坐回去。即使是晚餐过后，仍然埋首苦干，非弄得自己疲惫得不行了才去休息，第二天一大早又起来工作。奇怪的是，他从周六到下周一，却一直待在伦敦的俱乐部里，同别人恰恰相反。他一直小心翼翼地坚持这样的想法：他觉得一个人在工作紧张的时候，才需要去坐上火车去呼吸一些海滨的空气，休息下来时，还得跟家

①普尔曼火车：美国人普尔曼设计的一种火车结构，每节车厢分为若干包房，座位可以两个人相向而坐，也可以供一个人躺卧。

人们聚一聚才行。星期天的时候，他会回公园巷看他父母，去佣摩西家跑一趟，有时候也去格林街或是其他人家里。这种跑动，就跟周一到周六的海滨空气一样，对他的健康来说至关重要。即使是搬到了麦波杜伦之后，他还是保留着这样的生活方式。但是，认识安妮特之后，他居然改变了。也许是安妮特的出现改变了他的观念，又或许是他改变观念之后，才看上了安妮特，具体是怎样的，索密斯自己也不知道。这就跟人们没办法断定一个圆圈起于何处一样。总的来说，自己有财产却找不到人来托付，是有悖于福尔赛主义的。这是一个复杂的心理过程，而且在索密斯的心里愈演愈烈。这一年的时间里，索密斯最放心不下的，就是这件事情了：到底需不需要一个继承人来延续自己的生命，在他逝去的地方重新开始，从而确保自己那些不舍得放弃的东西继续存在。四月的某个傍晚，他买下了一件维基伍德瓷器，然后就去了马尔达街。那里有他父亲的一处房产，他看到那处房产改成了一座饭店，与租赁合同的用途不一致。他随后站在外面将这饭店审视了一番，外面是美丽的奶油色漆，门口凹进去一块，放了两个木制的蓝色箱子，并栽上了一些小桂树；门上面挂了一块金字招牌，写着"布列塔格尼饭店"。令索密斯满意的只有那金色的店名。走进去之后，他发现里面有几位客人坐在那里，饭店里还有许多绿色的放着鲜花和布列塔格尼瓷盆的小圆台子。索密斯对一个穿着整洁的女侍应生说要见这里的老板。然后，他被领到一个房间里，那里有一个女孩坐在一张简陋的摊着几份文件的书桌边上，房间里还有一张放着两套餐具的小圆桌。见他来了，女孩起身问道："这位先生，是不是要找我母亲？"她的声音引起了索密斯的注意，他发现她说话的声调很独特，难怪这里这样洁净优雅。

"我是你们房东的儿子，想见见你的老板。"索密斯答道。

"哦，那请坐。"她随后对一个女侍应生说，"麻烦你去喊我母亲来这里，说有人找她。"

从生意的眼光看，女孩子对他的亲热态度，让他很开心。突然，女孩在他眼里变得十分美丽，那是一种让人无法从她脸上移开目光的美。她搬了一张椅子给索密斯坐，在这个过程中，她的身体微微地轻摆着，就像是被一种隐秘而奇特的技术操控着，而她那微微露出的脖子和那张脸庞也仿佛洒上了露珠。索密斯可能就在这时做出了决定，认为这家店的店主并没有违反租赁合同。当然，从他及他父亲的角度来看，他做出这个结论，是认为这里的装修虽然不符合规范，却很好看，而且饭店生意也不错，显示了拉莫特太太良好的经营能力。当然了，他还没忘记，有些事还得再观察一下。以这个为借口，他就必须得再跑过来很多次。所以，就在这个房间里面，他瘦瘦削削的身材，苍白的脸色，方形的下巴，精心修剪过的小胡子，以及深褐色的鬈发，都渐渐为这个饭店里的人所熟悉。

在拉莫特太太眼里，索密斯是一个"异常体面"①的先生。没过多久，她便觉得他"非常和气，但有些奇怪"——他一直盯着自己女儿在看。

说起拉莫特太太，她是一个身材略微发福的、五官端正的、深褐色头发的法国女人。仅仅通过观察她的言行举止、音容笑貌，我们就可以得知她是多么能干。她肯定在家务、烹饪和积累财富方面很在行。

----

①此处为法文，因为拉莫特太太和安妮特是法国人。

在拜访过布列塔格尼饭店以后，索密斯就不再拜访其他地方了。实际上，他也没有做出什么具体的决定，毕竟索密斯是福尔赛家的人，和其他英国人一样，天性里面就只相信经验。不过，这不仅仅是生活方式上的变化，也是观念上的变化。他渐渐意识到，自己要改变现在的生活处境，不能再做一个没有婚姻的已婚男子，要重新走进婚姻。

一八九九年十月的一天傍晚，他在去马尔达街的时候买了一份报纸，关心了一下德莱弗斯案①有没有什么新的进展。他知道把这个消息告诉安妮特母女，肯定可以讨得他们的欢心。因为她们都信奉天主教，跟她们谈论这案子，一定可以讨得她们欢心。

索密斯快速看了一遍报纸的新闻版块，里面并没有什么和法国有关的新闻，却报道了债券下跌的消息，以及一篇关于德兰士瓦的不祥预言。他在走进门的时候，心里正想着"战争一定快爆发了，还是得卖掉公债"。其实因为利息比较低，所以他手上也并没多少公债，但是他必须要告诉他的那些公司关于公债要下跌的消息。穿过大厅往里面的办公区走去时，他一下子就发现，这里的生意还是和往常一样兴隆。如果现在是四月份的话，他说不定会为此感到开心，但是现在他却并不高兴。假如他最后不得不选择离婚，娶安妮特为妻，那么，她的母亲最好还是回法国比较好。如此一来，这个生意兴隆的饭店反倒会成为阻碍。法国人是来英国赚钱的，而他要把饭店买下来的话，就要花更多的钱，简直不知道到要花多少。想到这里，他已经站在小房间门前了。他又开始感到心跳加速，喉咙

①德莱弗斯案：德莱弗斯是一名法国炮兵上校，犹太人，因被诬告泄露国防机密而被判处流放，左拉曾为其写作《我控诉》以代鸣不平。

甜得发腻，让他没办法再胡思乱想下去了。

在安妮特房间的门口，他隐约看到有个穿着宽松的黑裙子的身影从那里出来，进了饭店里面。同时，他看到美丽的安妮特正抬着手拨弄自己的头发。这个姿势是那样的柔和、秀美，是他最爱看的姿势了。

"我这次来只是跟你妈妈谈拆掉那面隔板的事，唉，你还是别去叫她了。"

"还有十分钟就开饭了，先生跟我们一起用餐，怎么样？"

"你今天看起来真美，知道吗？你实在太美了！"索密斯握着她的手，有些情不自禁。

安妮特脸颊微红，将两手收回来，羞涩地说道："你人真好，先生！"

"哪里。"索密斯叹了口气，颓然地坐下。

安妮特樱红的嘴唇露出微笑，还配上了一个愉快的手势。

索密斯看着她的嘴唇，问道："英国和法国，你更喜欢哪个？是待在这里快活，还是愿意回法国？"

"我喜欢伦敦，也喜欢巴黎！不过，伦敦一定要比奥尔良好，而且，英国连乡下都那么漂亮，上个星期，我还去里希蒙玩了。"

索密斯内心十分纠结，犹豫着要不要提起麦波杜伦的事。他一定要邀请她们去那里，并且告诉她们可以在那看到些什么事情！而且，在那里他们可以谈很多事情，而在这里却开不了口。打定主意，他忽然开口道："我想邀请你同你的母亲，下个星期天一起去看看我的画廊，房子就建在河边。趁着现在天气还不冷，你觉得如何？"

安妮特拍手叫好："啊，河边一定很漂亮！"

"那行，一言为定，一会儿我跟你母亲提这事情！"

他觉得自己今晚已经说了很多话了，不能再说了，言多必失。他这样直接地发出邀请，已经很让人怀疑他的用心了。毕竟，单身的他约一个开饭店的女人，以及她美丽的女儿去自己的乡间别墅里玩，正常吗？安妮特可能很单纯，她母亲可是一个精明的生意人，她会不知道？不过无所谓，拉莫特太太看出来的已经够多的了。何况，自己已经是第二次留下来跟她们共进晚餐，这也算欠她们的人情吧……

他回到公园巷的父亲家，回想着今天安妮特那温柔的手在自己手中握着的感觉，心神动荡。一定要解决！但是解决什么？又该如何解决？将丑事搞得人尽皆知吗？可恶！谁都知道他是个能干的人，也很有眼光，总是有办法替家人排忧解难！他总是代表法律，帮助别人维护利益，但自己却被法律大大地戏弄了！想到这些，他就十分生气！威尼弗列德已经发生了这样糟糕的事情，怎么能让一个家庭闹出两桩这样的事情来！还不如找一个情妇，让她生个儿子过继到自己家，这样行不行？但是，还有那个绊脚石——拉莫特太太，那个又黑又胖、伶牙俐齿的女人，绝不会答应让自己女儿做情妇的。现在这个想法，还是建立在安妮特已经爱上他之上的，但像他这样年纪的人，又怎么敢奢望这样的事情。或者她的母亲觉得能赚很多钱，也有可能答应。只是也许！也许也会碰壁的。他对自己说："我可不是这样的混蛋，我不能害了她，也不能苟且度日。我一定要得到她，还要让她替我光明正大地生孩子。既然这样，我只能离婚了！我要离婚，我反正是要离婚的！"

他顺着格林公园的栏杆漫步着，灯光在地面上投下悬铃木的树影，而背光的那些树林的间隙中凝结着浓重的雾霭。他想到自己年轻的时候，从父亲的房子里出来，经常会经过这里。结婚后的四年时光里，他从自己那孟特贝利尔广场的房子里出来，也无数次走过那里，应该经过了几百次了吧！今晚，在他想办法怎样脱离这段冗长却毫无用处的婚姻的时候，他突然有了兴致，顺着海德公园的三角场走到公园里面，再经武士桥门走出来，就像伊莲还在时，他们一起回家时走的那条路线。也不知道伊莲现在过得如何？这么多年没有见面了，她经历过什么呢？时光匆匆，已经十二年过去了，距离佐里恩大伯留给她遗产也过去七年了！她还是那么漂亮吗？也不知道，再见面的时候能不能将她认出来？索密斯想："我还没变得太老，但是她一定老了，她让我那么痛苦！"他想起了婚后的一个晚上，那时他们刚刚结婚一年，他独自参加马尔堡校友聚餐，赶回来的时候，她正在弹琴。他轻手轻脚地去了门口，开了门，就这样呆呆地站着看她。索密斯看到了她那与平时同自己在一起时完全不同的神情，那么自然，那么享受，就像她把那颗他从未看到过的心全部交给了那美妙的音乐。接着，等到她抬头看到自己，脸上又恢复到平日的神情——跟弹琴时完全不一样。这使得他心里一凉，尽管他还是伸手去抚摸她的肩膀。是呀，她实在伤他太深了，必须要离婚！可是，已经分开许多年了，现在跟她提出离婚是不是有点太突然。但别无他法，这婚必须离。他忽然又产生了一些现实的想法："是由她来提出离婚好，还是我自己提好呢？毕竟是她先抛弃我的，欠债还钱，总归有人要付出代价的。"想到这里，他难听地笑了一声，转身向公园巷走去。

5. 詹姆士的胡思乱想

前来应门的是管家，又轻轻地关上，只剩下索密斯独自站在门毯上。

"少爷，你可回来啦！"瓦姆生边帮索密斯开门，边小声地催促着，"你快去看看老爷吧，他还没睡呢！等你很久了，人还在饭厅里。"索密斯小心地应承着，他在这所房子里已经习惯这样了。

"他为什么这样？瓦姆生。"

"估计是心烦吧，可能是因为葬礼的事，也可能是因为达尔提太太，她今天下午来看望过老爷，肯定跟他说了些什么事情。我要去给老爷弄一杯甜酒，太太刚上楼了……"

索密斯把帽子挂在一根桃花心木雕成的鹿角上。

"哦，你去睡觉吧，老爷由我来扶上楼。"说完，索密斯朝饭厅走去。

詹姆士正坐在一张大圈椅上烤火，他把自己裹得严严实实的，除了一身大礼服。他还围了一条轻暖的驼毛围巾，花白胡须落在围巾上。火光和灯光交错，可以看到他那同样花白的头发。一双淡灰色的眼睛直瞪着前方，两颊还比较红润，上面残留着泪迹。脸上的纹路像沟壑一样，延伸到他那剃得精光的嘴角，好像在自言自语。他那瘦长的双腿，让他看起来像一只白鹭，那腿上套着一条黑白格呢子长裤。此时，他正曲着腿，张开瘦长的五指，在自己膝盖上不停地敲着，指甲长得吓人，闪着光。身旁的凳子上有一杯糖酒，已经喝去了一半，杯身还带着一些水珠。除了吃饭，他整天都待在那里。他已经八十八岁了，身体依然硬朗。但他也有烦心的事，家里人好像什么事情都瞒着他，什么都不跟他说，这让他有一种被孤立起来的感觉。比如罗杰的去世，就没一个人通知他。显然，妻子爱米莉一直在瞒着他。一想到爱米莉，他心里就很不舒服——她才七十岁！詹姆士对此真的很不高兴，因为，自己应该活不了多少年就会去世了，而爱米莉她估计还要活很久。他很后悔当年娶她，他应该找个跟他年纪差不多的女人，这太不合理了。等他死后，爱米莉至少还能活十五或二十年，在这其间，估计会用掉他的很多财产，她总是大手大脚地花钱，那些汽车，她也肯定会去买一部的，现在就时兴这个。眼下，拉契尔、席西莉、伊莫金这些年轻人都开始骑脚踏车四处乱跑了！

随着罗杰的去世，詹姆士隐约有种预感，但是说不出到底是什么。这个家族正在走向衰败。索密斯一定清楚，他的那位五叔到底留下了多少遗产。对于罗杰，他好像并不觉得那是他的兄弟，只觉得是他儿子的五叔。他越来越觉得，在这个不断坍塌的世界里，自己的儿子索密斯才是唯一靠得住的。他是个多么好的人，为人谨慎，心地善良，可是将来却无人可以继承他的产业。他真不知道为什么会这样！张伯伦那个混蛋！其实，詹姆士的政治主张在1870年到1885年之间就基本定了型，他并不支持那些 "混蛋过激派"，因为他觉得他们会对自己的财产造成威胁。尽管后来他又支持他，但是即使到现在，他对张伯伦也是非常不信任，他觉得，他一准儿要搞垮这个国家的，一定会弄得货币贬值。张伯伦简直是个扫把星！

索密斯今天去哪儿了？他肯定是出门去给罗杰叔叔送殡了，没人跟詹姆士说起这事。但他一看到儿子的裤子，就知道他干什么去了。罗杰也睡在棺材里了。啊，一想起罗杰，他的脑海里就浮现出当年两人一起在西部上学的事情。那是一八二四年，他们一起坐着一辆老式的慢吞吞的邮车回家，两人原本一起坐在驾驶座上，结果，罗杰却偷偷溜到下面车厢里睡大觉。想到这里，虽然事隔多年，詹姆士还是觉得好笑："这可笑的罗杰，什么都与众不同！"但让他觉得无法理解的是，罗杰比他小，居然走到了他的前头，看来，这个家确实要垮了。还有自己的外孙瓦尔，虽然是用他的钱读的大学，却从不回来看他一眼！这真是个浪费的时代，他想到有这样四个外孙、外孙女要花自己的钱，就觉得不快。并非因为他们花自己的钱而是觉得这些钱花掉了，却还不知道会找来什么麻烦。他为了这个感觉很着急，他最痛苦的事情，是怕这一份家产被挥霍一空。

席西莉也出嫁了，而且，说不好日后也会有孩子，可能也要靠他的钱过日子。一想到这里他就觉得烦，现在的人都不知道怎么了，什么事情都不想，只知道花钱，东游西逛的，照他们的想法就是"好好享受一番"。这时，窗外传来了汽车轰隆隆开过去的声音，真是令人讨厌，吵得要命！但说实话，现在全国不都是这样吗，整个国家都浮躁不堪，所有人都忙碌不已，哪管什么派头不派头。在詹姆士的眼里，他的四轮马车和栗色大马，可比这些新潮的玩意儿有派头得多。而且，国内的钞票太多了，不然公债何以炒得这么高——都到一百六了。他还想起了老克鲁格，尽管没人告诉他，但他心里非常清楚，因为在格莱斯顿①在位时，南非的情况已经很糟糕了。当初，格莱斯顿那家伙在马朱巴②一战之后，就弄得一塌

①威廉·尤尔特·格莱斯顿：1809—1898年，英国政治家，自由党人，曾四度出任首相，于1894年卸任。
②马朱巴：德兰士瓦境内的一座山。1881年2月26日，乔治·科利曾率领六百余人夜袭这里，次日清晨被布尔人扫荡净尽，科利阵亡。时任首相便是格莱斯顿，詹姆士因此归罪于他。

糊涂，要不是他死了，英国非得四分五裂不可。他觉得，这不仅仅是一块殖民地的问题，还可能预示着整个大英帝国正走向分裂和衰危，他眼前甚至出现了帝国破败的情景，这让他非常惊慌，连饭都快吃不下了。与其说他是为帝国的担忧，不如说，他是害怕自己的财产受到损失，因为帝国的强盛与完整正是他财产的保障。

不过，这又算什么？午饭后，他真正的精神折磨来了。当时，他正有些犯困，忽然听到威尼弗列德再跟她母亲说话，谈到了"蒙第"。又是那个家伙，永远是这个混蛋，声音消失了，只剩下詹姆士一个人那儿，耳朵像兔子一样地竖着，心里七上八下的。可是很奇怪，为什么她们不和他一起商量呢？为什么要瞒着自己？这让他想起了自己经常担忧的一件事，眼下，他确信这件事变成现实了：那个可恶的达尔提一定是破产了，他常常坑蒙拐骗，早晚有一天会搞成这样。但是为了帮助女儿及几个孩子，最后自然还是要由他收场，虽然一定要花去很多钱，或者也可以让索密斯想个办法，把达尔提变成不连带其他人的有限责任公司。可是想想，他觉得这几乎不可能，这实在太麻烦了！

在爱米莉进来前的每一分钟，他的疑心都不断加重，在那里做着最坏的打算，假设着种种糟糕的局面。他的心情越来越差，甚至都在想，是不是达尔提耍小聪明，在签字的时候弄虚作假，结果被投进了监狱。詹姆士的眼睛一直盯着墙壁中间，那儿有一张模糊的特纳的油画，他像在受罚一样。他似乎看到，女儿还有外孙、外孙女们最后连家都没了，露宿街头。他想象着自己为了帮他们渡过难关，连墙上那张特纳油画都弄到拍卖行去了，自己的所有产业也因此垮掉了。他还想着女儿生活变得非常拮据，只能穿着十分土气的衣服。爱米莉又开始没完没了地对他说："你不要胡闹，好不好？"她总是这样讲，他很反感这种口吻，她却照旧如此。他越发地后悔，自己娶了比自己小十八岁的她。

他还沉浸在自己的胡思乱想里，妻子爱米莉过来了。"亲爱的，你睡得好吗？"

睡觉？他可以说是在受罪，她怎么能这样问呢！"你们别想瞒我，达尔提发生什么事了？"詹姆士紧盯着她。

爱米莉依旧是一副镇定的模样。"你知道了什么？"她轻声地问道。

"发生什么事了？他是不是破产了？"詹姆士有些生气了。

"你别胡思乱想！"

詹姆士突然气呼呼地站了起来，撑着那颤巍巍的如同干柴一样的身体。"我就知道，他一定是破产了，你就是不肯对我说实话！哼！"

爱米莉觉得还是应该告诉他，否则这个死脑筋会没完没了的！不管了！

"他没有破产，只是去了布宜诺斯艾利斯！"她坚定地说。

这个时候，就算是对他说"达尔提去了火星"，给詹姆士的震撼也不过如此了。他只知道自己的产业和英国，而对于火星或是布宜诺斯艾利斯，一点也没有了解。

"他为何去那个地方？没钱怎么去的？"

威尼弗列德已经够让爱米莉费心的了，詹姆士又在这个时候胡闹起来！爱米莉无法保持镇定了，很坦然地说道：

"他带着威尼弗列德的珍珠项链，还有一个舞女！"

"啊！"还没说完，詹姆士就瘫在了椅子上。

"你不要胡闹了，好不好？"她看到他瘫了下去，有些慌张，赶快抚摸着他的额头。

　　詹姆士的整张脸涨得像一块猪肝。

　　"那珍珠项链可是我花钱买的，"詹姆士用颤抖的声音说，"达尔提这个混蛋！我早就看出来了。他是要气死我才肯罢休呀！他——"詹姆士不知道该怎么骂下去，僵在椅子上没有动静。爱米莉虽然自以为很了解他，但此时也不敢保证，眼下究竟会出什么状况。她赶忙跑到橱柜那儿去拿盐汽水，怕他会晕过去。可是，詹姆士现在虽然身体羸弱，但福尔赛家族那特有的顽强正发动起来，抗拒着那对福尔赛主义的自尊造成伤害的痛苦！他们家族那坚毅的精神正在安慰他说："你千万不能难过，否则，你的午饭就消化不了，你会晕倒的！"爱米莉不知道，他这样想，可比盐汽水管用得多了。

　　"喝一点这个！"爱米莉说。

　　詹姆士推开了。

　　"威尼弗列德怎么这么不小心，让达尔提把珍珠项链给偷了去？"

　　詹姆士说这话，让爱米莉觉得他的愤怒已经过去了。于是，她松了口气，淡淡地说道："偷去就偷去了，我这里不是也有一条嘛，反正我很少戴，给她不就行了！还是让她赶紧离婚，这才是上策。"

　　"你别老扯什么离婚，我们福尔赛家就没有人离过婚。对了，索密斯跑哪儿去了？"

　　"估计马上回来。"

"哼，你别骗我啦！我知道罗杰死了，他送葬去了！啥事都瞒着我！"詹姆士简直无法控制自己的情绪。

"既然你什么都知道，那我们把什么事都告诉你，只是你不要这样闹，好不好？"爱米莉倒不受他影响，平静地帮他摆弄好靠垫，将盐汽水放在他手边，转身出门了。

老詹姆士又干坐着胡思乱想了，他想到女儿最后向法院诉讼离婚了，报纸上刊登了这个消息，福尔赛家族成了人们口中的笑柄；他想着一层层的黄土把罗杰的棺材渐渐覆盖；他又想到瓦尔跟他父亲达尔提一样成了二流子；他还想到并心疼着自己一去不复返的珍珠项链；想到眼下的利钱居然跌到了四厘，看国家怎么收拾这局面。从下午一直到傍晚，他都沉浸在这纷乱的思绪里，他吃完下午茶，又吃完晚饭，这杂七杂八的想法一直未离开过他，而且越想越不安。她们什么都瞒着他，即便这个家破了产，她们还是会瞒着他！他又念叨起了索密斯，他怎么还不回来？

他举起杯子，准备喝一点甜酒，蓦然瞥见索密斯就站在前面，正盯着他。他顿时松了一口气，放下杯子，对索密斯说："你可回来了！达尔提跑到布宜诺斯艾利斯去了！"

"没事儿，他走了更好！"

听到儿子这么说，他安心多了。要知道，这家里就索密斯还算有主见。可是，为什么索密斯就不来家里住呢？他又没子嗣。想到这里，他微带凄凉地说道："儿子，我年纪大了，很多事情操心不过来，你有空就多来看看我！"

索密斯又点了点头。可是，从他那张毫无生气的脸上，丝毫看不出他明白詹姆士心思的样子。他凑近父亲，然后在他的肩上轻轻蹭了下。

“对了，今天倜摩西家的人让我问候您！”索密斯说，“葬礼很顺利。还有威尼弗列德的那些事情，我打算打官司。”但考虑到父亲的承受能力，他没有继续说下去。

詹姆士抬头望向儿子，全白的长胡子抖动着，他的脖子瘦得只剩下一个喉结格外突兀，像一块赤裸裸的软骨。

他无力地说：“我一整天都过得很不好，大家什么事情都瞒着我！”

索密斯心里一阵翻滚。

“没事，一切都挺好的，我现在扶你上楼休息吧！”说着，他伸出一只手去搀扶父亲的胳膊。

詹姆士颤颤巍巍，很顺从地站起来。就这样，索密斯扶着他的父亲，两人先慢慢地走出那个灯火通亮的大房间，走到楼梯口，慢腾腾地上了楼。

“晚安，孩子。”到了卧室门口，詹姆士对儿子说。

“晚安，父亲！”索密斯拍了拍围巾下父亲的胳膊，却只觉得拍到了衣服——詹姆士实在太瘦了。在詹姆士卧室透出的灯光照射下，索密斯转头走回了自己的房间。

他呆呆地坐在床边，脑中只有一个念头：“我该有个儿子。”

6. 年近半百的佐里恩

一棵树是不必在意时间的。当年，波辛尼来到罗宾山坡上的草坪上，就躺在那棵橡树下，对索密斯说：“嗨，福尔赛，房址我已经替你选好了，就这儿，看吧！"如今，这棵树看上去还是很年轻的样子。在这棵树下，史悦辛曾在这里做过梦。在这棵树下，老佐里恩死了。而眼下，在这棵树下靠近秋千架的地方，衰老的佐里恩时常在这里画画。就算把世界上很多的名胜古迹放在一起，这个地方在他心目中也算得上是最神圣的地方了，因为，他跟自己的父亲感情甚笃。

　　佐里恩时常望着这棵合围的大树思绪起伏。它已经满身斑驳，上面爬满了苔藓，但是依旧显得活力十足，永远不会老去，让人浮想联翩。它也许是一棵见证了整个英国历史的树，说不定，在伊丽莎白时代就有了。他觉得自己过去的这五十年的人生和它比起来，简直过于渺小。它背后的那座房子，眼下还是自己的，然而等三百年而不是十二年过后，又该是谁的？但是，这棵树多半还会留在这里，长得高大又茂密——是的，它简直像有神明保佑一样，没准到那时候，会有另外一个福尔赛守护着它。想到这，佐里恩又想起了那所房子三百年后的模样会如何。房子肯定比不上树，它现在已经在老去了，瞧，它身上布满了藤蔓，俨然已是一所旧屋了。那三百年后，这房子会不会依然像现在一样，保持着波辛尼赋予它的形象？会不会被偌大的伦敦城围住，兀立在周围都是破房子的旷野里，像一处避难所呢？不管是在屋内还是在屋外，他经常会想，当时波辛尼在建造这所房子时肯定下了一番功夫，简直有老天在帮着他。世道一天不如一天了，现在的房子能建成这样，那是非常难得了，说不定有朝一日，它也会成为那种有代表性的"英国之家"中的一例。

　　此时，爱美之心和他继续沿有的福尔赛精神结合了起来，他为自己有这样美丽的房子而非常骄傲。他一心将这房子传给自己的子孙，就像传家宝一样，一代传给一代，永久地掌握在自己的手里。这感觉中带有一种虔敬和祖先崇拜的感觉，尽管这事儿同他的祖先中的任何一位都无关系。他的父亲当年也对这所房子情有独钟，他的晚年就是在这里度过的，他爱这里的庄园，爱这里的树，爱这里的风景，爱这里的一切，最主要的是，他的父亲是第一个住在这里的人。作为画家的佐里恩，他在这里度过的十一年里也取得了一生中最好的成就，他的画技大增，成了一个小有名气的水彩画家。他的画行情一路看涨，足以卖出好价钱。他用自己顽强的血统专门研究这个，因此发达起来，尽管有点晚——他已经老了。可是，一切在他眼里并不晚。毕竟，在每个福尔赛家族的人心里，他们是不会死的，所以并无嫌迟恨晚的遗憾。他在艺术上的底蕴的确变深了，技艺也提高了。于是，他特地蓄了一丛精致的胡须，现在年纪大了，胡子也由黑渐白，长度刚好把他那富有家族特色的下巴给遮住。他那张深黄的脸庞，已经看不到放逐时期的那种僵硬的表情了，若非说他的容貌有什么变化——那便是他反而比过去年轻了。

他的妻子于1894年去世。失去亲人本是一件令人沉痛的事情，但佐里恩妻子的死却给大家都带来了好处。这并非说佐里恩是个无情的人，其实，他非常看重感情，也一直很宠爱她。只是，他的妻子却变得讨人嫌，忌妒心很重，甚至对自己和前妻的女儿珍，以及己出的小女儿好丽都嫉妒起来。她经常抱怨说："我知道你不爱我！是的，我现在病成这副模样，确实讨人嫌，真不如死了好呢！"妻子去世时，佐里恩恸哭了一回，但在伤心过后，精神状态却更年轻了。他想，如果妻子活着的时候，能够相信自己给她的幸福，那么，他们一起生活过的这二十年会快活很多！

其实，珍与她的关系一直都很差，珍痛恨她代替了自己的母亲。在老佐里恩去世后，珍本来在伦敦租住了一间画室。然而，等她继母一去世，她立马就搬回了罗宾山，而且很快就接管了这个家的一切大小事情。那时候，佐里恩另外的两个孩子——儿子佐里在哈罗中学读书，好丽跟布斯小姐读书，加上这个家目前没什么好让他操心的，佐里恩便带着自己的悲痛和画具，去国外写生了。他在国外四处辗转，在布列塔格尼停留的时间比较长，最后选择在巴黎定居，并在那儿居住了七个月之久。从巴黎回来时，他有了一副崭新的形象，变得更加年轻，并蓄了精美的胡子。对于珍掌管家务，他没什么意见，毕竟他是个很随意的人。而且女儿管家也挺好，这样，他就可以悠闲自在地到处游历写生了。虽然珍在管家方面还是有些问题的，比如收留一些被社会排斥的可怜人，但佐里恩并没有什么意见。因为，一想到自己也曾被这个社会排斥过，所以，他对同此遭遇的人反而多了一份同情。对付这些人也很简单，给他们一顿饭吃就行了。在他眼里，他们还是挺有一套的，既能让女儿动了恻隐之心，又顺从了她的臭脾气——他倒是很佩服珍，不知道用了什么法子，一下子找到这么多的可怜人回来。

佐里恩也隐约感觉到，这些年来，他跟子女打交道的时候甚至都没有父亲的威严。他像朋友一样和他们相处，随意得有些过分。在去哈罗中学看望儿子的时候，他觉得自己就像是儿子的兄长。他们两个人并肩而坐，一起吃樱桃，脸上尽力保持着微笑，嘴角微微翘起，眉毛皱着上扬起来。他去看儿子的时候，总会记得在兜里放一些钱，衣着上尽量跟上潮流，只是为了不让儿子觉得自己丢了他的脸。两人看起来关系非常亲密，但父子之间却很少有谈心的机会。或许，福尔赛家族特有的敏感起了作用，两人都有着一个默契——平时无须说那么多，真到了紧要关头，父子会坚定地团结在一起。佐里恩最讨厌那些一副正经模样的人，因为他坚信，每个人一出生就是罪人，到这个世界是来赎罪的。另外，他年轻的时候也曾是个混蛋，干过不少混账事情。

　　佐里恩如果要对儿子说些什么话，大致就是这些："孩子，你听我说，记住你是个有身份的人，别出现不符合身份的言行，懂吗？"说完后，他又会忐忑不安，自己这么说，是不是太过傲慢？最让他难受的是，他们一起去看每年的板球赛。因为佐里恩的中学时代就是在伊顿度过的。在比赛期间，常常遇到这种尴尬的情景：如果伊顿进球了，佐里恩会叫道："哈哈，倒霉儿子，贵校又输了一球！"如果哈罗进球了，佐里会叫道："老爹，哈哈，贵校刚丢了一球！"他们就这样地边看比赛边交流。在这种情况下，为了儿子的脸面，佐里恩每次都取下自己心爱的硬呢帽，改成另一种灰色的大礼帽——他是绝不会戴黑色大礼帽的。在陪儿子去牛津大学的时候，他也非常谨慎，又带着点担心，自己都感觉自己很可笑。但是他小心翼翼地为儿子保持脸面，在他看来，那地方的学生比他还要成熟大方。于是，他便拿画家这个职业当挡箭牌。"幸好我是一个画家"，这个理由可以让他心里舒服一些——至于劳埃德船级社的工作早就不做了——画家是与世无争的，而别人又无法忽视你的存在。

　　佐里天生气度不凡，很快就有了一帮固定的朋友，这让佐里恩暗地里觉得很欣慰。他重新打量了一下儿子，淡淡的头发，有些微微蜷曲，深灰色的眼睛像老佐里恩，身材魁梧直挺。他觉得儿子长得非常帅气，面对儿子的健美，他反倒有了一种奇怪的敬畏感——大概画家都是如此，看到形体完美的同性会心生一丝莫名的敬畏。不过，在送儿子去牛津的时候，他还是克服了那种奇怪的畏惧感，用父亲的身份说："嘿，孩子，我觉得你，日后肯定会欠一屁股的债。不过，你要真到了那个地步，记得来我这里，我会给你的。但我想说的是，你要学会理财，这样你才能保住自己的自尊，记住这句话，同时切记：不管你有多么缺钱，也不要向我之外的人借钱，知道吗？"

佐里当时就回答说："嗯，知道了，父亲，我不会向别人借钱的。"自此之后，佐里确实没有向谁借过钱。

"我还要提醒你一点：我也不是很明白，什么是道德或背德，不过你要记住：你在做任何一件事情时，除非万不得已，不要损及他人，这样的想法会很有好处。"

听了佐里恩的话，佐里若有所思地点了下头，然后坚定地握了一下父亲的手。佐里恩见状，开始担心：自己刚才那么说是否合适。在与儿子打交道的过程中，他总是小心翼翼，生怕有什么过错，会导致他们父子之间多年的理解和信任毁于一旦。他之所以有这样的担心，是因为他自己早些年就丧失了与父亲的那种默契。那时候，他们表面上很好，其实已有了隔阂。佐里恩显然想多了，他对这个时代的精神完全没有把握准，他不知道自从他1866年进入剑桥之后，时代早已变化了，他的儿子佐里完全理解他所说的话。在佐里心中，父亲佐里恩是一个非常亲和的人。

然而，也许正因为这种亲和，或是因为他的怀疑主义，他对珍总是怀着一种莫名的戒备心理。珍是这么一个性格坚强的人，对于任何她想做的事情，她一开始会非常固执地坚持做下去，但往往后来会因为某种原因而甩手不干——这一点像极了她的母亲，所以，她母亲才会终日以泪洗面，这完全是性格所致。佐里恩跟前妻关系不太好，但他跟女儿的关系倒不坏。女儿毕竟是个小辈，他可以一笑了之，可跟妻子是无法一笑了之的。每次佐里恩看到珍在思考某件事鼓着下巴的时候，他并没有什么感觉，因为女儿并没有妨碍到他的自由。一谈到他的自由，他的下巴也会鼓起来，而且他那花白胡子下面的下巴也是很坚强的。他和女儿之间没有什么知心话讲，他觉得没有那个必要。有时遇到一些事，他就无奈地一笑了之，这是他常常用的方法。珍最让他觉得不满意的地方，就是她的容貌不符合他画家的艺术眼光。其实，珍长得还是可以的，有着一头美丽的金红色长发和一双如海水般湛蓝的眼睛。并且，她身上透着一种时刻准备拼命的精神。

　　但是，小女儿好丽和珍是完全不同的类型，他觉得好丽温柔贤淑，柔弱多情，有时，又有一点可爱的淘气。佐里恩特别喜欢自己的小女儿，在好丽还是个小孩时，他就一直格外注意她。她的脸蛋是卵圆形的，灰色的眼睛永远都像在沉思，褐色的睫毛长得像两把小扇子，她一定会长成一个美人的——当然，也可能长歪。直到去年，他终于能确定了，她马上就要变成个美人了，虽然皮肤不那么白，性格仍然像小时候那么害羞，但确实是一个即将长成的美人。她芳龄十八，布斯小姐已经告辞了，好丽跟她学习了十一年。从前，布斯小姐嘴里总是夸着"那些有教养的小泰勒们"，现在她去别家教书，估计也会将好丽挂在嘴边，说起"有教养的小福尔赛"

了。好丽的法语很出色，尽得她的真传！

　　画家佐里恩对画人像并不在行，但出于对小女儿好丽的喜爱，他多次给她画像。一天，正是一八九九年十月四日，他正在给女儿画像——已经是第四幅了，家里的用人递给他一张名片，看到名片，他的眉头皱了起来：

索密斯·福尔赛
麦波杜伦圣詹姆士街憩园鉴赏家俱乐部

　　至此，我们必须停下来说一些此前发生的别的事情……

　　那年，佐里恩结束在西班牙几个月的旅游，赶回了家。他永远也忘不了那幅场景：整个房子的窗户都被窗帘遮住了，小女儿好丽在那里不知所措地哭着，而亲爱的父亲无声地躺在那里——他去世了。他原本就是个心善敏感的一个人，这个情景他再也没有忘记过。每次他想起那个令人痛不欲生的日子，心里都会产生怀疑：一向做事很有打算，有条不紊的父亲，怎么会这样不明不白地死去了？他想不通父亲之前为何不跟他说些什么？死了也没留下任何遗言，甚至都没有一声道别，死得如此突兀，出人意料。那时候，小女儿好丽还曾抽泣着跟他提起过一个"浅灰色衣服的太太"，而布斯小姐则跟他说有一位"海伦①太太"，"海伦"是谁？他一头雾水。后来，通过父亲的遗嘱他才知道，原来这女人就是堂弟索密斯的妻子——伊莲。父亲的遗嘱里，将他指定为遗嘱的执行者，他得去通知伊莲——堂弟索密斯的妻子——得到了他父亲一万五千镑的

①在此，布斯小姐是按照法语发音拼读伊莲的姓氏的，因此将"黑隆"读作"海伦"。

遗赠，但这笔赠金只能动用利息不能动用本金，一直到她去世为止。之后，他曾经见过伊莲，跟她讲了关于遗嘱的相关事宜，告诉她这些财产是一些印度股票，扣除去所得税，她可以获得的年息是四百三十镑多一点。

那次见面，是他和索密斯妻子的第三次见面，而佐里恩不清楚她现在是否仍是堂弟的妻子。还记得第一次看到她，她正在植物园那里等着波辛尼——她长得实在太美丽了，让他联想到提香的《天堂之爱》。第二次则是在得知波辛尼死后的那一天下午，他遵从父命去孟特贝里尔广场，将波辛尼的死讯通知她。他还记得当时的情景，她突然从客厅门口走了出来，那张本来满怀着热情与希望的美丽面庞，瞬间被冰冷的绝望所掩盖。佐里恩当时心里很不忍，而索密斯冷笑着下了逐客令，说"我们不见客"，于是砰地关上了门。

最后见到伊莲时，佐里恩发现她的身段和容颜比之前看到的还要美，在她的脸上已经看不出任何的情绪——没有希望，亦没有失望或绝望。看着她现在的模样和状态，佐里恩觉得，这正是父亲老佐里恩喜欢的那一种女子啊！他又想起了那段夏末的日子，父亲的死，一切历历在目。伊莲在说起老佐里恩的时候充满着尊敬，眼里带着泪，话语里满是对他父亲的敬重。她说："您父亲对我实在是很照顾，我也不知道他为何如此。但他真的是个好人。他就坐在树底下的椅子上，看上去那么安详与平静。你要知道，那天是个好天气，恐怕没有比这样离开人世更幸福的。我想我们每个人都会期待这样子死去。"

佐里恩听后，心想："她讲得实在太对了！哪个男人不希望自己在一个美好的夏季，当一个美丽的女子正朝自己款款走来的时候安然而去呢？"他瞥了一眼伊莲那个拥挤的小客厅，然后问她对以后的生活有什么想法。

"多谢您的关心！我想暂时放松一下。我一直打算出去旅游，去意大利看看。正好现在有了点钱。哎，我手里从来就没有过钱，有了钱人就能更自由点啊。不过，这个公寓我住惯了，会一直住在这儿的。"

"当然啦！"他小声地说了一句，眼睛一直盯着她微笑的嘴唇。"真是个大美人，只可惜红颜薄命，我无比赞同父亲给她留下这一笔钱。"

之后，佐里恩就没见到过她的人影了。佐里恩每个季度都会给她开一张支票，给她的户头存钱，并往她的住处——切尔西公寓发个便条，告诉她钱已经打到她的户头上了，请她查收。佐里恩每次寄出便条后都会收到伊莲的回信，内容很简单，就是告诉他，她收到钱了。不过这信有时是发自她的公寓，有时是发自意大利。每当佐里恩收到信时，他闻着浅灰色信纸的淡淡的清香，看着那几行秀气的字，还有信里对他略显亲热的称呼——"亲爱的佐里恩兄长"，他就仿佛看到了她本人。

佐里恩现在有了一些属于自己的产业，每次给伊莲开那张小额的支票时，他总是担心："这点钱是不是太少了，估计刚好够用吧。"不过，要是没有这点钱，她都不知道怎么活下去。在这个世界里，这样的美色，如何不令一些男人垂涎？要是没有钱，那她估计就会彻底沦落了。一开始的时候，小女儿好丽还经常提起那个"浅灰色衣服的太太"，但她不过是个孩子，这事儿很快从她记忆里消失了。而珍，跟伊莲曾是非常亲密的朋友。在老佐里恩刚去世后头几个星期，任谁提到伊莲，她都不予理会，所以别人都知趣地避免说起这个名字。有一次，珍终于开口了，表明了自己的态度："我原谅她了，她现在可以独立生活，不用去求谁了，我很为她高兴。"

接过名片后，佐里恩让女用人将索密斯带去书房——他可不愿让男管家插手这个——说自己马上就会过去。然后，他对好丽说："还记得小时候那个教你弹琴的'浅灰色衣服的太太'吗？"

"嗯，我还记得，怎么了？难道她来了？"

佐里恩摇头不语，他把身上的粗麻布套衫脱下来，换了件衣服。关于过去的事情，他觉得还是不要再和年轻人提起了。在去书房的路上，他的脸上是一副奇怪又疑惑的表情："索密斯今天到访所为何事呢？"

到了书房，他看到有两个人站在窗前。都望着房子旁的那棵树。一个是中年男人，想必是索密斯。还有一个是个年轻人，他会是谁呢？索密斯可没有孩子的啊！

这两个第二代福尔赛见了面，比起老一辈福尔赛们来说，注定要虚情假意得多。佐里恩和索密斯在这里相见，难免要陷于尴尬，这座房子原先是建给索密斯住的，现在却是佐里恩住在这里。可是，双方倒是装得很亲热，看起来实在让人觉得虚伪。佐里恩盘算着："他会是为了他妻子的事情而来吗？"而同时，索密斯正在想着："我该如何开口呢？"至于瓦尔，本来索密斯带他来就是为了缓解尴尬气氛的，结果那小子跟个半傻子似的站在那里，一双睫毛浓密的眼睛，直勾勾地盯着佐里恩的"山羊胡子"。

"哦，这位就是我的外甥，名叫瓦尔·达尔提。他马上就要去牛津大学上学了，听说令郎也在牛津念书，我觉得他们两个可以认识一下。"索密斯试图打破这静默的僵局。

"原来是这样啊！很遗憾佐里现在不在家。你读哪一个书院^①？"佐里恩问瓦尔。

"青铜鼻。"瓦尔答道。

"佐里读基督堂！他一定很高兴认识你的！"

"谢谢。"

"对了，我小女儿好丽在家，如果你不介意和小姐妹们接触的话，可以让她带你到处转转。过了这个大厅，穿过那些窗帘，你就能看到她了，我刚才还在给她画像，她应该还在的！"

"哦，谢谢！"说完，瓦尔转身跑了，留下两个人，双方仍不知说什么好。

"说起来，我曾在水彩画俱乐部看到过你的几幅作品！"索密斯说。

听到索密斯这么说，佐里恩眨了下眼睛。虽然他跟福尔赛这家人足有二十六年没打过交道了，可看到他们，他总会想起两位英国画家的画作——弗里士^②的《赛马日》和兰德西尔^③的那些版画。他记得珍曾说过，索密斯是一个鉴赏画作的行家，他由此对他更加讨厌，对他的到访生出一种说不出的厌恶来。

"好久不见了。"佐里恩敷衍道。

"是的，确实好久了。"索密斯也漫不经心地回应，然而他又郑重起来，"我还是不拐弯抹角了，我就是为了那件事情来的，听

---

①牛津大学包括38座书院，下文"青铜鼻"和"基督堂"各为其中之一。
②威廉·包威尔·弗里士：1819—1909年，《赛马日》为其代表作品。
③兰德西尔：1802—1873年，动物画家，作品由其父兄约翰、汤姆二人镂刻传世。

说你是她的执行人。"

佐里恩点点头。

"都已经十二年了，已经不算短了，我厌倦了这样的日子！"索密斯很快地说道。

佐里恩不知道如何应答，只好问他："要不要抽烟？"

"不需要，谢谢。"

佐里恩自己点了一支烟，抽了起来。

"我不想要这种名存实亡的婚姻，我想和她离婚。"索密斯唐突地说道。

"但我并没有和她直接见面。"佐里恩一边吞吐着烟雾，一边支吾道。

"你至少知道她的住处，对吧？"

佐里恩点点头，在伊莲同意之前，他是不会跟他说的。

索密斯自然明白，说："我并不想要她的住址，因为我知道她住在哪里。"

"那你的意思是？"

"是她遗弃了我，我要离婚。"

"事过境迁呀，你觉得呢？"

"唉！"索密斯叹了口气，就沉默不语了，佐里恩也跟着沉默了下来。

"这种事情我也不太懂，或者，我已经记不清楚了。"佐里恩的脸上浮现出不自然的笑容，他和前妻的离婚也是拖了许久，一直到她死了才离掉，他问道："你的意思是，让我找她谈谈？"

"是的，她肯定有其他人了。"索密斯望着这位堂兄。

佐里恩耸了耸肩，说："我不知道她现在是什么情况，但是，我觉得你们彼此都可以无视对方，毕竟这种情况有很多。"

索密斯转身望着窗外，他看到一些过早落下的树叶飘落在走廊上，被风卷走。佐里恩则望着女儿和瓦尔的背影，他们正走在草地上，朝着马厩那边走去。

"我可不做老好人，两头都顾着，我只会帮一边。我要帮伊莲，我想，如果父亲还在，也肯定会支持我这么做的。"佐里恩想着，恍惚看到自己的父亲正搭着腿，坐在索密斯背后的圈椅里看《泰晤士报》，但很快又消失了。"我父亲生前很喜欢她。"他平静地说道。

"我实在搞不懂，他为什么会喜欢她！她害了令爱。"索密斯背着身又说道，"她谁都害，她要什么我都给了她，可她还是背叛了我。而且，对她那么大的过错，我都能原谅，可她就是不回来！"

其实，佐里恩心里对索密斯是很同情的。可是，索密斯说话的口气是那么咄咄逼人，佐里恩的那一点怜悯顿时消失了，无论如何，他对这人就是同情不起来。"你这样想的话，我帮你问问她，没准儿她会同意，但我也不敢担保。"佐里恩说。

索密斯点点头。

"嗯，好的，就请你尽力了。我知道她的住址，但我实在不想与她相见！"索密斯边说着，边用舌头舔着嘴唇，估计有些口渴了。

佐里恩见状，说："你要不要喝杯茶？"差点连"再带你看看我的房子"这一句，也跟着冒出来。

他带着索密斯来到了厅堂，然后吩咐用人准备茶水。他看到了自己刚才给女儿画的画像还在那里摆着，便将画翻过去对着墙壁——不知为何，他不想让索密斯看到自己的画作。索密斯在屋子中间四处看着，他看到了那堵本来为他设计的墙，那是为挂他收集来的藏品而设计的。佐里恩在一旁看到索密斯一副沉思的模样，这副模样和他自己是那么相像，都是福尔赛家人的样子，下巴鼓突，脸庞狭窄，连出神的表情都相似。他对自己说："这个机关算尽、口是心非的家伙，多么可悲！"

7. 一对少年男女的邂逅

从两个第二代福尔赛身边离开，瓦尔心想："此行实在无趣，被索密斯舅舅骗来这里，不知这个女孩会是怎样？"他正沮丧着，突然发现好丽正望着他——啊呀，原来她真是一个美人儿。

他年轻的心一下子欢快起来："嗨，你大概还不知道我是谁吧？我的名字是瓦尔·达尔提。我们是堂表亲戚，你是我的表妹，我的母亲是你的姑姑。"

"我对我家有哪些亲戚一无所知，有很多吗？"好丽问道，她的一只小手还在他手里，她抽回来也不是，不抽也不是。

"多得是，而且有几个特别令人厌恶。至于其他的，估计也是如此。亲戚多半是惹人厌的，对吧？"

"我想在他们眼里，别人也是讨厌的。"好丽说道。

"我不清楚他们为啥会这样想！不过，我确定，他们一定不会讨厌你的！"

好丽看了他一眼，他的眼眸是浅灰色的，带着一点羞涩、拘谨和天真无邪。瓦尔撞上这样的目光，内心生出了男孩子本能的保护欲望，他敏捷地接着说道："我是说，人都是不同的。比如，令尊就是个正直的人！"

"是啊，父亲是很正直的。"好丽很高兴地回应。

这时候，瓦尔想起发生在庞蒂蒙尼姆舞团的事情，那个皮肤黧黑、插着粉红色的石竹的男人，居然是自己的父亲，他脸上微微泛红。想到这里，他语气突然变了，恶狠狠地说："可是那些福尔赛家的亲戚，却实在讨人厌……对了，你还不知道他们！"

"他们都是些什么样的人？"

"嗯，神经兮兮，谨慎得过分，一点也没有人情味儿！不信的话，你看看我那索密斯舅舅就明白了。"

"是吗？我这会儿真想去瞧瞧。"好丽说道。

瓦尔想要挽起她的手臂，但克制住了自己。他说道："算了吧，等一会儿你会看到他的。咱们去别处看看，你哥哥是个怎样的人？"

提起佐里，好丽陷入思索中，一时没有答话，默默地带着瓦尔来到草地上。她不知道怎么形容佐里，从她记事起，哥哥在她心里一直处在一个很高的位置，像领袖和主人，或者说像理想一样主宰着她。

"你哥哥会不会以大欺小？"瓦里故意说道，又说，"我和他可能会在牛津大学碰面，因为我马上要去牛津大学念书啦！你家养马了没有？"

好丽点点头："你想去马厩看看吗？"

"好啊！"

于是，二人走过那棵橡树，越过一丛灌木，来到养马的院子。

钟楼下有一只老狗，毛发蓬松，毛色棕白，除了微微摇动那根反贴在背上的尾巴，它老得连站起来的力气都没有了。

"嘿，瓦尔，它名字叫伯沙撒。它可是条忠诚的狗，和我差不多大，呀，可怜的老家伙！对我父亲可忠心了！"

"伯沙撒，名字真奇怪！这条狗不是纯种的，你知道吗？"

"我知道，但是，它可招人喜欢啦！"说着，她弯腰轻轻地拍了拍那条狗。她的动作是那么温柔，她没有戴帽子，深色的头发散落下来，露出纤柔的脖子，脖子的颜色和她的小手掌一样，晒得发黄。眼前这个姑娘他是第一次见到，她是那样可爱，让他不由自主地想亲近她。这跟他从前的一切体验都不一样，他觉得她很亲切。

"这狗是看着我祖父去世的，那两天，它什么都不吃。"

"你是说老佐里恩爷爷吗？我妈妈经常跟我说，他是一个好人！"

"那是肯定的。"好丽毫不否认，然后带着瓦尔进了马厩。一匹栗色的马儿站在眼前，有五英尺多高，带着一块块银灰色的斑点，鬃毛和尾巴则是黑色的。好丽说："这就是我的马儿，她叫'仙女'！"

"哦！"瓦尔说，"真的不错，很好的一匹小马，不过你该把它的尾鬃剪得短一些，那样就会好看多了！"瓦尔说完，看了好丽一眼，觉得她好像并不在意自己刚才的建议，心里有些纳闷：她到底对什么感兴趣？实在搞不懂。他深吸了一口马厩内的空气，接着说："马还是挺好玩的，对吧？我老爹——"提到自己的父亲，他突然不知道怎么说了。

"如何？"好丽让他说下去。

那些话差点就迸出来了，但他还是憋住了。"哦，没什么。我想说，他经常在马身上乱花钱。当然，我也很喜欢马，骑马，打猎什么的，特别喜欢跑马，将来我要当一名业余跑马手！"他忽然想起来，自己只能在伦敦逗留一天，而且还有两个约会，便说，"对了，要不明天我去租一匹马，我们去里希蒙公园转一圈，怎么样？"

好丽拍着手，表示赞成。

"实在太好了，我喜欢骑马！你不用租马，我哥哥佐里就有一匹，你干脆骑他的！就在这马厩里。一会儿吃完茶，我们一起去！"

瓦尔见自己穿着长裤子，这副模样骑马恐怕不好看，他需要专门的行头——棕色长筒靴和贝德福呢马裤，一定要让好丽觉得帅气才行。

他说："还是明天吧，也许你哥哥不想让我骑他的马，再说，索密斯舅舅估计马上要回去了。倒不是说我非得听他的，只是，等你有这样一个舅舅就知道了。这真是一匹好牲口！"瓦尔上下打量着佐里的那匹枣骝马，那马儿也正望着他眨眼。"大概，你们很少打猎吧？"

"嗯，我们不打猎，虽说很好玩，但太血腥了，对吧？珍是这么跟我讲的。"

"瞎说什么？珍是谁？居然这样胡说八道！"瓦尔忍不住说道。

"是我的姐姐，是同父异母。她可比我大很多呢！"好丽上前抱着马儿的脸颊，和马碰鼻子，还轻轻哼着声，那马儿也像被催眠了一样。他看到她那温柔的眼睛，正亮闪闪地看着自己。"多像一只可爱的小鸟啊。"瓦尔爱怜地想。

之后两人去了大房子，彼此的话也变得少了起来。那只老得快走不动的伯沙撒跟在他们身后，它走得慢极了，几乎是世界上走得最慢的动物了，而且，它好像希望让他俩能停下来等等它。

他们走到橡树下，等着伯沙撒。瓦尔看着这里的风景，不禁赞叹道："这儿真美！"

"好是好，但我更想到处跑，真希望我是一个吉卜赛女子。"

"哈哈，是呢！吉卜赛女子可是最自由的女人。"瓦尔临时起意地顺着她说，"不过，你还不知道吧，你身上就有吉卜赛女人的味道。"

听到他这么说，好丽脸红了，就像深色的叶子被抹上了一层金色的霞光。

"就这么漫无目的地四处闯荡，看遍天下，吃饭睡觉都在露天的野地里，啊，多么美妙！"

"我们试试吧！！"

"好啊，我们试试！"

"肯定很有意思，就我们两个。"

好丽听出这话不对劲儿，脸羞红了。

"对，我们找机会一定得试试。"瓦尔也脸红了，却继续说下去，"知道吗？只要你喜欢的事情，我觉得都可以去试下。对了，那边都有些什么？"

"菜圃、池塘、小树林和田地！"

"那我们去看看吧！"

好丽回头看了看房子。

"该喝茶了！看，父亲在朝我们挥手呢！"

瓦尔像狗一样哼叫了一声，跟好丽一起回到那座大房子。

他们回到厅堂，索密斯和佐里恩正在用茶点。两个年轻人像是接到了什么禁令，都不吱声了。眼前这景象让人看一眼就忘不掉：两个中年堂兄弟坐在一条银中带红色的嵌花长椅上，使得这条长椅看起来像三张椅子拼起来的，前面是张低矮的茶几。他们故意分坐在长椅两端，离得远远的，避免看到对方的脸，也几乎不聊天。索密斯好像对这些食物满不在乎，而佐里恩像是在暗自轻笑。乍一看，你肯定觉得他们并不是那种贪吃的人，可事实上，他们已经吃了不少食物——唯有如此，才能暂时遮住彼此的尴尬。用人又送上来一些茶点，瓦尔和好丽也安静地吃着。

　　吃完茶点，佐里恩和索密斯在抽烟的时候，才开始交谈。佐里恩问索密斯："詹姆士叔叔身体可好？"

　　"谢谢！已经老得不像样了！"

　　"我们家族的人实在长寿，有一天我翻阅了我父亲保存下来的家传《圣经》，发现家族中十位老人的平均年龄居然高达八十四岁！而且，另外还有五位长辈在世，他们估计还要活更久，打破这个纪录！"佐里恩带着奇怪的神情看了看索密斯，接着说，"不过，你应该知道，我们这一辈可不行咯！"

　　索密斯听后一笑，像是在说："我可不会像你这么认为！我可不会轻易放弃任何什么东西，尤其是性命！"

　　"当然，也许我们可以跟他们一样长寿。"佐里恩又继续说，"但是，过于敏感又让我们吃尽苦头，这就是我们的不同之处。就在这里，我们失去了信仰。这种奇怪的敏感，从何时开始，如何开始的，我一直都没搞明白。我知道，我父亲身上有一点这种奇怪的敏感，但在家族其他人身上，好像从来没有发现过。他们不会在

497

乎别人对自己的看法，坚持着自我的信念，这应当是他们长寿的秘诀。从这一个世纪的全部历史，就可以看出我们和他们这两代人的差别。当然，在我们之间也有一些差别。"佐里恩的眼睛透过吐出来的烟圈，意味深长地盯着瓦尔和好丽，那样子有点滑稽，看得两个年轻人浑身难受，"到底是哪里不同，我也说不上来。"

索密斯掏出表看了一下时间，说："我们要走啦，再不走就赶不上火车了！"

"索密斯舅舅从来都不会错过火车的！"瓦尔一边往嘴里塞点心，一边说道。

"能赶上干吗要错过？"索密斯简单地回道。

"我的意思是，别人肯定有时会错过，但你决定不会！"瓦尔小声地嘀咕着。

在门口，瓦尔一直偷偷地拉着好丽那黄色的纤瘦的小手，很久也没松开。

他小声对她说："别忘了，明天三点钟，我在路口等你，到时候我们一起好好转一圈。"在走到门口的时候，他还回头望了望她。如果不是自己城里人身份的限制，他肯定会对着她挥挥手了。索密斯这时候还在对他说着什么，但他哪里听得进去。他不担心舅舅责备，因为索密斯也一直沉浸在自己遥远的思绪中，基本不怎么说话。

他们两个就这么走在路上，片片黄叶飘落下来。多年前，这是索密斯经常走的一条路，大概有一英里半，那时候他来这里是来看房子的进度，心头总是很高兴。那房子本来是为他和伊莲准备的，但现在，他却要和她离婚了。他回头望望这条小路，路两边是金黄

色的篱笆，路上落叶满地，多么浓重的秋色！满心期待带她住进新
居的日子，恍如隔世！他之前还对佐里恩说"不想再看到伊莲"，
可此时，他心里犹豫了。"这是真的吗？"想到这里，他觉得一股
凉意袭背，打了一个寒噤，感到毛骨悚然。就好像人家说的那样，他
"听到了自己坟墓上的脚步声"，多么残忍的现实！他侧身看了一眼
旁边的瓦尔，心想："这年纪真好！不知道她如今是什么样子？"

8. 佐里恩受人之托

　　索密斯和瓦尔走的时候，天差不多要黑了。佐里恩没有继续自
己未完成的画，而是去了书房。刚才有那么一瞬间，他似乎看到父
亲坐在那张褐色的大圈椅上，跷着二郎腿，从那圆圆的大额头下抬
起一双正直的眼睛盯着他。他现在很想看看，能不能再一次见到。
这间书房是他父亲待得最久的地方，也是这幢房子里给人感觉最舒
适的地方。佐里恩能够经常在这里和自己逝去的父亲进行片刻的心
灵交流，经常会有那么一刹那，他能感受到他的气息。佐里恩并不
相信精神永存，因为这不符合逻辑，所以将这种现象，认定为一种
精神氛围上的感染，是自己精神上的影像的再现，就像一种香味一
样。或者与画家对光线特别敏感有关，是屋子的光线效果，让他感
受到那种强烈的精神影像。而且，他很喜欢来到这里，因为只有在
这间父亲生前逗留最多的房子里，看到这里的一切摆设原封未动，
他仿佛才能重新感觉到父亲依然健在，能感觉到他的足智多谋，以
及那坚强又仁慈的力量，并觉得那是永存的。

　　现在，看着这些曾经的悲剧又像旧病一样复发了，佐里恩希

望父亲能给他一些建议。伊莲是父亲临终前几个星期内最欣赏的女子，现在，她遇到困难了，父亲会怎么做呢？"我一定要帮她一把！"佐里恩坚决地想，"父亲在遗嘱中说，让我代办她的事情，但我该怎么做？"他在父亲的椅子上坐下，和他一样搭着腿，似乎这样，他就能拥有那个老福尔赛生前的智谋了。但是，坐了一会，没有任何的奇迹发生，他感觉自己像个影子一样呆坐着，没有任何的好点子。外面的风卷着小东西砸到落地窗上，就像有手指在敲打着玻璃，透过窗户的光线渐渐少了，直到外面变成一片漆黑。

"去看望一下她，"佐里恩在那里继续拼命地思考，"还是把她约出来，当面谈一谈？不知道现在这个女子过着什么样的生活？这个时候来趟这浑水，真是可气。"他始终忘不了索密斯当年的那副德行，跟看门狗似的扶着大门，那样子就像老式时钟报点时，从里面走出来的木偶一样。那大门真气派啊，刷着鲜艳的橄榄绿色——他不让佐里恩进去，而且他的声音比任何的钟声都清晰得多："我的事情不需要别人过问，我跟你说了，再郑重地说一遍给你听，我们不见客。"当时，佐里恩简直对他厌恶到了极点：两颊瘦得没有一点肉，胡须刮得精光，趾高气扬的，跟一只癞皮狗没两样，腰有点佝偻着，就像癞皮狗在研究怎么啃一根难以消化的硬骨头似的。一切都那么让人恶心！现在这种感觉又来了，甚至比当时还讨厌！他也不明白自己为何如此讨厌他，他也觉得很奇怪。

"就是讨厌索密斯，"他想着，"不过，这样也不错，他就可以心安理得地帮伊莲了。"佐里恩的本性，只有一半是属于福尔赛家族的，另一半则属于艺术家。他从来都不喜欢跟人争执，只要不把他惹急了，他就像用来形容母狗的那句话"能逃就逃，万不得已才打架"。他兀自想着，脸上浮现出微妙的笑：没想到索密斯也有这一天，亲自上门来了，这可是本属于他的房子，现在，他来到这里，看到了这一切，肯定会心有不甘的。佐里恩想着索密斯在房间里东瞧西嗅的样子，有一个直觉："索密斯肯定还想将这房子夺回去，毕竟，这是一个占有欲极强的家伙。无论用什么办法，我一定要好好地整治他一番！可是用什么办法呢？这事实在太费神了。"想到这里，佐里恩觉得头痛。

当晚，佐里恩就向切尔西公寓寄了一封信，约伊莲当面谈一谈。

在这个漫长的世纪里，个人主义曾一度盛行，现在却面临着一个剧变的关口。伦敦本来就是这样一个城市——在暑期快结束的时候，它会显得喧嚣无比。现在，关于战争的风言风语，使这个城市显得更加活泼了。佐里恩很少进城，所以，当他再次来到伦敦的时候，他觉得这个城市是如此的疯狂。一切的罪魁祸首，就是那些新式的汽车和出租车，这些新鲜玩意简直是在和他的审美作对。他记得一年前，大概三十辆车子里才有一辆汽车，其他的都还是马车。而现在，他坐在马车里，朝外望着并数了数：差不多二十辆车里就一辆汽车了。他心里想："看这架势，汽车是站住脚了，估计日后的伦敦将充斥着它的隆隆声和难闻的尾气。"佐里恩是个自由党人，但自由党人里也鲜有像他这样的：对任何新鲜的事物，但凡以物质形式呈现出来的，都持排斥的心理。所以，他赶快让车夫别在街上走，选择沿着河边前进，同时好让他透过车窗眺望一下那条河。伊莲住的切尔西公寓离河边很近，只有五十码。到了公寓楼下，他让车夫等着他，自己则上了二楼。

啊，黑隆太太居然在家！

他回想起八年前自己来到这公寓，通知伊莲关于遗产的事时，看到的只是一片萧条的景象。而现在，情况已经得到了很大的改观。看来，每月固定的一笔钱还是起了不小的作用。这屋子显得比以前气派多了，主人把房间里布置得雅致脱俗，隐约还可以闻到飘来的花香。屋内整体呈现一片银灰的颜色，个别地方有着其他的颜色，比如黑色、蓝色和金黄。看来伊莲着实是一个"有情调的女子"，这地方被她布置得好极了。岁月流逝，一般会在人的身上留下痕迹。佐里恩算是一个例外，因为福尔赛家的人都不容易老。但对于伊莲，时光则仿佛都没有触动过她。她还是那么美丽，那么动人，八年的光阴在她的身上没有留下任何蛛丝马迹。她穿着一条深灰色的丝绒裤子，依然是那一双深褐色的眼睛，和一头金黄色的秀发，丝毫不见衰老。她站在那里，向佐里恩伸出手来，面带着微笑："请坐下吧！"

他坐下了，感到前所未有的拘谨。

"你好像一点儿也没有变！"

"佐里恩兄长，你却是比从前更年轻了些！"

佐里恩摸了摸脑袋，庆幸头发还并未谢去，他说："其实我老了，只是，我并不觉得我老了。画画就是有这样一点好处，让你不觉得老之将至。提香也是一名画家，他活到了九十九岁！要不是遇到那该死的瘟疫，估计还要更长寿呢！你知道吗？在我第一次看到你时，我就想到了他的一幅画！"

"那是在什么时候？"

"植物园。"

"我们那时还不认识，你怎么知道那就是我？"

"我看到有一个人来找你，才知道你是谁。"佐里恩试探性地看了她一眼，但她脸上并未有任何变化。

"啊，恍若隔世。"

"伊莲，你怎么会一直保持这样年轻？"

"心如死灰，形如槁木而已。"

心如死灰，这正是她的伤心话！佐里恩趁机说："你还记得我那个堂弟索密斯吗？"这话非常突然，他看到伊莲微微一笑，便放心地接着说："前两日他突然找到我，说要同你离婚。你可同意？"

"我？"这个字像是伊莲从心头喊出来的，"都已经过去十二年，也太迟了。会不会有什么困难呢？"

佐里恩盯着她的脸，说："除非——"

"除非我眼下有一个情人？但是从那以后，我一直独身。"

这坦率的一句话，让佐里恩既感到欣慰，又感到惊讶，还有一些同情。这一位美丽的爱神独居了十二年，居然没有一个情人！

"你也应该希望早日脱离这关系，自由自在地生活，对吧？"

"我自己也不大清楚了，眼下一切都不要紧了。"

"要是你爱上哪个男人呢？"

"那我肯定愿意！"这一句简单的话，明明白白地将一个从人世隐退之人的全部想法表达了出来。

"好的，你需要我带什么话给索密斯吗？"

"你就跟他说，这么多年过去了，他还没能自由，我觉得很抱歉。当年那么好的机会，不明白他为什么不把握住。"

"要我说，这就是我们福尔赛家族的传统。对于到手的东西，我们一般都不会放弃，除非有了可以替代的东西！而且，就算如此，我们也不一定放手。"

"未必尽然，比如佐里恩兄长，我觉得你就会放手。"伊莲笑着说。

"那是自然，我不完全是一个纯粹的福尔赛。比如，我开支票的时候不会把零头抹掉，反而会多添上半个便士，凑成整数。"佐里恩说完有些局促。

"那你说，索密斯现在肯放手，他在盘算什么？"

"我也不太清楚，估计是为了找个女人给他生个儿子吧！"

伊莲沉默了，低下头去。

"是的，"良久之后，她才说，"那确实是让他很痛苦。如果可以，我倒是愿意成全他的自由。"

佐里恩好像只敢盯着自己的帽子看了，与伊莲的交谈让他觉得越来越局促，而且，他对她也越发地赞赏起来，还带着一种怜惜之情。这个女子多么美丽，多么孤单，眼前这情形，简直太微妙了。

"那今天就这样吧！我还要找索密斯谈谈。如果你还有什么需要我帮忙，只管说一声，我会尽力帮你。虽然我这个人没什么能耐，但多少可以像先父一样照应你一下。待我同索密斯聊完后，有什么事情需要你知晓的，我都会一并告知。而且，他估计自己会弄出一点证据什么来。"

她摇了摇头，说："那倒未必，他是有身份、有地位的，而我什么都没有，我很想让他自由，但我实在找不出什么办法来帮他。"

"我现在也没有好主意。"佐里恩说着，便转身离开。那时才三点半，索密斯应该还在事务所里上班。

于是，他隔着车窗对车夫说："去鸡鸭街。"一路上，他听到了卖报的喊着"德兰士瓦局势严重",但他对这些一点儿都不在意。他所有的心思都在伊莲身上,此时,他正在回想着伊莲的美丽身段。他忘不了她的目光,那么温柔又那么忧郁,更忘不了伊莲说"但是从那以后,我一直独身"。啊,这个女人的心像一口枯井一样没有生机吗?这么多年,她是怎么过来的?一个人,何况还是个弱女子。那些不怀好意的男人一大堆,只要她稍稍放松自己,就会被他们拽过去。可是,她居然就这么一年又一年地平安度过了!

突然,车夫一声高呼——鸡鸭街!将他从思绪中拉回到现实。

他下了车,看到了那块青豆色底上的黑字:福尔赛-布斯达律师事务所。他盯着招牌,提起了一点精神,一步步踏着石阶走上楼梯,一边嘀咕着:"多么腐朽的占有欲呀!我们福尔赛还真摆脱不了它!真是可怜!"

"我找索密斯·福尔赛先生。"他要开门的小伙子去通报一声。

"您是?"

"佐里恩·福尔赛。"

小伙子诧异地看着他,他从未见过蓄胡子的福尔赛,但还是乖乖地去通报了。

索密斯的律师事务所,已经一步步地吞并了图丁-鲍尔斯律师事务所,把二楼全占去了。事务所里只有很少的人,包括索密斯及他手下的管理员和实习生。这律师事务所,在六年前詹姆士退休后,反倒生意兴隆起来了,布斯达走后,生意更是一日千里。布斯达在弗里尔控告福尔赛的官司上花费了太多工夫,结果深陷泥潭,一大批曾经靠这个官司吃饭的人也丢了饭碗。而索密斯就比较聪明,他见这官司难打,便从来不在这上面出一些力气。而且,这案子每年会带给他二百镑的收入，他为什么不拿钱看热闹？

佐里恩进去之后，看到索密斯在抄一张表格，好像是公债数字表。那表格是索密斯给那些聘请他律师事务所为法律顾问的公司的一些建议，他想建议他们把公债尽早抛售。看到佐里恩来了，索密斯转过来瞧了他一眼，对他说："你来了，等我一下好吗？先坐一会儿，马上就好！"说完，他又抄了三个数目字，然后把它压在一根尺子下面，转过身去看着佐里恩，一边啃起了那一根扁扁的手指头。

"怎么样？"他说。

"我去找她了。"

索密斯变得严肃起来，问："那怎么样？"

"她对你们的事情仍然放不下。"

可是话刚说完，佐里恩就觉得自己太糟糕了。这个玩笑怎么能开呢？索密斯已经很惨了，他听了这话脸都红了。于是，佐里恩赶忙解释道："我是说，她对你十分抱歉，因为你这十二年都不得自由。你是搞法律的，比我清楚，应当知道如何办吧？"听了这段话，索密斯低低地吭了一声，沉默了足足有一分钟。他的脸迅速从红晕恢复了原状，佐里恩看着他，心想："这张脸仍然没有表情！哼，他想干什么，想怎么做，肯定不会让我看出一丝一毫，这一木然的蜡像！"他把视线转到墙上的一幅图画上，那是一个名叫"海上小街"的小镇规划图，鼓舞着那些来事务所的当事人的占有欲。佐里恩突然产生了一个奇怪的想法："索密斯会不会给我一些钱？毕竟我帮他东跑西跑，他应该给我点钱。他开的账单上面写着：佐里恩·福尔赛和我讨论如何离婚的事宜，并向我汇报拜访我妻子的过程，且还请他再去拜访一次，故付给他十六先令八便士。"

索密斯突然激动地说："我不想一辈子像现在这样活着了，跟你说，我真的不能这样子了！"他的双眼飞快地左右扫视，仿佛一头受困的野兽。看着他这般模样，佐里恩动了恻隐之心，心想："尽管我讨厌他，但也不能对他的痛苦视而不见！"

于是，他温和地说："这件事情全在你自己，认真一些，一个男人会有解决办法的！"

索密斯转过身来，对着他，一字一句好像从心地里发出来的："可是，为什么要由我来做这事情？我已经吃足了苦头！"

佐里恩无话可说，他对索密斯的境况从理性角度来说是同情的，但在情感上却非常讨厌，自己也搞不清楚是什么原因。

"我实在搞不懂，你父亲为什么那么关心伊莲！"索密斯接着说，"而且，你好像也是如此！难道一个人做了一件对不起别人的错事，反而能得到全天下人的支持？我不明白我到底错在哪了？我一直不明白，我对她一直那么好，不管她要什么，我都能给她！我从没有说过不要她！"

佐里恩听后，他的理智开始点点头，随后又本能地摇头，他想："实在捉摸不透他的立场，这是怎么回事？看来是我自己有些什么不对劲的地方，但是，要果真如此，那我也情愿一直错下去！"

"说到底，"索密斯的表情变得狰狞起来，"伊莲一直以来都还是我的妻子！"

佐里恩知道，心想："这家伙的占有欲又在抽风了，的确，我们确实都想占有一些东西，但是，人，是你能随便占有的吗？哼！"于是，他淡然地说："索密斯，你得按事实说话，而且最重要的是看有没有事实！"

索密斯马上带着怀疑的神情扫了他一眼，答道："事实？是的，不过我根本不相信那些！"

"请你原谅，"佐里恩说，"反正，伊莲的话我已经很清楚地告诉你了。"

"可是根据我的经验，她的话是不可轻信的。看着吧，以后你就知道了！"

佐里恩毫不犹豫地站起身来。"再会。"他简短地说。

"再会。"索密斯也一样。佐里恩离开事务所，一路上，他都在努力地思量着，索密斯奇怪的表情到底在表达着什么意思？仿佛是一半的惊讶，又仿佛有一半的威胁。去滑铁卢车站的路上，佐里恩的心情一直很激动：他终于和索密斯撕破脸皮了。在火车上，他一直在回想着伊莲独自寂寞地住在公寓里，回想着索密斯在他冷清的事务所里办公，觉得这两个人实在悲惨，两个人的命运就这样没有缘由地被冻结着，不知道如何解脱。

"这真是进退维谷，"他想，"他们两个一定要对抗到底，争一个头破血流——然而，她的模样是多么俊俏！"

9. 瓦尔得知了消息

小瓦尔·达尔提从来没有把赴约看得这么重要，他之前的两个约会都没去。但对于跟好丽骑马出游的约定，却认真地照办了。在那之后，他在马背上颠簸着从罗宾山回到了城中，他自己都惊讶居然没有爽约。好丽骑着那匹栗色的、有着银灰色斑点、尾巴长长的小马，在瓦尔看来，比昨天更加好看了。在他们两小时的联辔骑行中，从始至终，瓦尔始终留意着自己的马靴是否光亮。他还掏出自己崭新的金怀表——"猎人"牌的，那是外祖父詹姆士送给他的——但他并没有看上面的时间，而是拿表盖当镜子，察看着自己的脸。他眉头上有一个粉刺，让他有些恼怒，这会影响好丽对自己的印象。他想，库伦姆脸上才不会有这些东西！一想起库伦姆，他就联想起庞蒂蒙尼姆舞池中父亲出丑的一幕，备感蒙羞。到现在，他都并没有打算跟好丽聊一聊他的父亲。毕竟，在他十九年的生命中，这么浪漫美好的约会还是第一次，提他父亲会大煞风景。现在，瓦尔眼里只剩下这个有着一头深色头发、羞答答的表妹好丽，之前的那些他看作欢乐化身的辛西娅·达克啦，庞蒂蒙尼姆啦，还有那个说不出年纪的陌生女子，全被他抛到九霄云外去了。

没看出来，好丽倒是挺会骑马的，在里希蒙公园的一条大路上，她可以跟着瓦尔随意地到处跑，瓦尔觉得这种感觉太棒了。但不知为何，他却在这一天反常地变得有点口拙起来，他既纳闷又懊恼。他想，只要还有这样的机会，他肯定能讲出许多巧妙幽默的话儿，让她笑得合不拢嘴。不过，想到以后可能很少会有这样的机会了，他心里有点不好受。要知道，等在他前面的事有一大堆，第二天就要回小汉普顿，十二号还要参加牛津大学的考试。可能以后都没有机会和她见面了，一想到这些，他的心情就如同暗夜一样，比夜色降临的速度还要快。好在，他俩约定要互相通过信件联系，而且好丽可能还会去牛津找他哥哥，到时候两人可能有机会见面。

于是，瓦尔心里有了盼头。当他走进斯隆广场，进了佩德克马房时，这种盼头越发明朗，这个希望就像黑暗的傍晚天空升起的第一颗明星。他将马牵回了马厩，伸展了一下筋骨，感觉有些疲惫，毕竟他们骑了将近二十五英里。回去之前，他那达尔提的天性使他还跟小佩德克瞎侃了好几分钟，他们在讨论剑桥郡的赛马活动中哪一匹马有机会赢，随后还不忘说一声，"马儿的租金记在账上"。回家的路上，他累得膝盖都并不到一块儿了，一边走一边琢磨着，拿那一节一节的小马鞭轻抽着自己漂亮的马靴。"我不想再出去了，"他对自己说，"这是在家的最后一晚，不知道妈妈会不会给我来一点香槟？"如果那样，就可以边喝着香槟边回忆今天的美妙，来度过一个漫长的夜晚了。

他洗了个澡，下楼的时候，身上一点臭汗味和灰尘都没有了。他瞧见母亲穿着一件领子很低的晚礼服，正在同索密斯舅舅神秘地聊着什么，舅舅心里有点不高兴，他们看到瓦尔进来，马上停下了交谈。没多久，索密斯开口说道："我觉得，还是让瓦尔知道要好些。"

肯定是关于父亲的事情。而瓦尔第一反应，却以为跟好丽有关。难道有什么关于好丽的风言风语？他的母亲说话了。

"是你父亲，"她说，仍然像那些时髦女人那样拿腔拿调，同时无意识地去拽着一块湖绿色的刺绣，样子很是可怜，"你的父亲，我亲爱的儿子，他——走了，没去纽马基特，去了南美洲。他——不要我们了！"

瓦尔看了看母亲和舅舅，不知道该如何反应。他是不是应该表现得难受一点？他实在不清楚，自己对父亲是何种情感，是否喜欢他呢？过了一会，他忽然回过神来，猛然间像吸进了栀子花的甜香和雪茄气味似的，他的心刺激得抽搐了一下，他居然难受起来。毕竟，父亲终归是自己的亲人，怎么能这样一走了之？这绝对不行！

说起来，达尔提也不只是那个庞蒂蒙尼姆站池里的"二流子"形象，他也给瓦尔留下很多不错的回忆，在裁缝店，在跑马日。他时而还会给自己一些小钱——假如他运气不错的话，也肯大方地为他花钱。

"为什么？"他不甘心地问，但马上就觉得自己不该如此问。因为不管怎么说，父亲也算是一个头面人士。他母亲本来是一副强装镇定的表情，此时却痛苦起来。看到母亲的样子，他又说："算了，妈妈，你不用回答我了！但是，你们为何告诉我？"

"瓦尔，我们也许会离婚！"

听到这，瓦尔奇怪地轻哼了一声。他扫了一眼舅舅，一直以来，他都觉得正因为自己有这样一位父亲，所以一定才要有这样一位舅舅作为保险栓。甚至，他对于自己骨子里流淌的达尔提的血液，也是一种保障。可是，舅舅此刻却将那张两颊瘦削的脸侧了过去，这让他感到一种恐慌。

"会不会闹得大家都知道？"

瓦尔想起以前在报纸上看到过许多离婚案件，里面自然都没写些什么好事，他想到自己的家庭要就要成为这种事件的主角，就觉得丢脸。他支支吾吾地说："可不可以偷偷地就离掉？毕竟这事太不光彩——呃，无论是对妈妈——还是对大家。"

"你大可不必担心，我们尽可能地不声张！"

"是的，可我想说的是，没必要一定非离婚不可吧？反正妈妈又不会改嫁。"瓦尔说道。在他心里，他还是很担心，若母亲离婚再嫁，他在同学和库伦姆，或是牛津的那班朋友，特别是好丽面前，该有多么丢脸！这样有何益处？

"妈，你会再婚吗？"他逼问着。

儿子这一问把她逼得死死的，让她无法再逃避自己的想法了，而且，问话的又是她在这个世界上最亲爱的人。威尼弗列德从那张帝国时代的大椅子上缓缓地站了起来，她觉得，如果不说清楚，以后儿子或许会恨她。可是，该怎么说呢？她的手仍揪着那块刺绣，她望着索密斯，像是在向他求助，瓦尔也盯着自己的舅舅。这位拥有上层社会地位及财产意识的代表，显然不希望自己的妹妹受到这样的责难！他拿起一把裁纸刀，在嵌花的光滑桌面上轻轻划过，看都不看瓦尔一眼，说："你知道这二十年来，你妈妈过的是什么日子？他不辞而别，不过是这长久折磨的结束而已，瓦尔。"

索密斯冷冰冰地看了一眼威尼弗列德，问她："要不要我把事情都告诉他？"

威尼弗列德并没有直接回答，她只是觉得这事不告诉儿子，儿子就会恨她的，而自己又没错。可是，一旦他得知自己的父亲居然做出这种丢人的事情，他会多么难过！但现在事情已经走到这么个地步——威尼弗列德双唇紧闭，点了点头。索密斯把所有的事一股脑全都倒了出来，声音里没带任何情绪："这么多年来，你父亲其实一直在拖累你母亲，她不知道给他还了多少外债。他喜欢喝酒，这你是知道的，每次喝醉了，都会恐吓你母亲。这次，他是跟一个舞女跑到布宜诺斯艾利斯去了！"仿佛觉得这些话还不够似的，他马上又加了一句："还偷了你母亲的项链，送给了那个女人！"

瓦尔听到这些，双手痛苦地抖了一下。威尼弗列德看在眼里，她大叫道："够了！索密斯——别说了！"

瓦尔的心里，达尔提血液和福尔赛血液此刻正在做着激烈的心理斗争——这一半,他觉得男人赌钱、欠债都是常事,酗酒或是跟一个舞女混在一起,也未尝不可;而另一半,他又觉得偷项链这事情,简直太过分了!突然,他感觉到母亲握住了自己的手。

索密斯又开口说话了:"你应该知道,眼下的事情是无法敷衍过去了,一切都该有个底线,我们必须抓住时机把问题解决掉,越拖越麻烦!"

瓦尔使劲从母亲手中抽出自己的手,大声说:"反正,你绝对不能——绝对不能把偷项链的事情宣扬出来,我受不了!我一点也受不了!"

威尼弗列德大声喊道:"不是这样的,瓦尔,不是这样的!我们只是想让你更加了解你父亲多么差劲!"索密斯也点头表示赞同。瓦尔感觉稍微好点了,他掏出了一根烟——那只扁烟盒还是父亲给他买的。唉,糟糕透顶,偏偏这时候,他要去牛津大学了!

"舅舅,有没有什么法子可以在不离婚的前提下,保障我母亲的权益?我觉得我还可以照顾她。如果以后闹得除了离婚别无他法的时候再离,可以吗?"

听到瓦尔这么说,索密斯冷笑了一下,但是马上暴躁起来:"你懂什么?你是不知道,这事可万万不能拖,越拖越麻烦!"

"为什么?"

"好吧,孩子,我是过来人,我清楚!越拖延结局只能更糟!"

他的声音中带些愤怒,瓦尔实在惊讶,他第一次看到舅舅这样的表情。不过,他隐约记起了关于索密斯的往事。看来,和他伊莲舅妈的事有关,关于这个没人敢多言。他听父亲讲这个舅妈时,好像用了一个令人难以启齿的字眼。

"瓦尔，我不想在你面前，说你父亲的不是。"索密斯很坚决地表明自己的态度，"但是，我了解他，我能确定，不出一年，他就会再回来的。但是，经历了这样的事情他还跑回来，你母亲心里将是什么感觉？你全家的滋味都不好受！要想让你母亲不再痛苦，只有一个法子，那就是同他断绝关系！"

瓦尔对索密斯的说法虽然并不认可，但还是被说动了。特别是在看到母亲时，他觉得，整个事情真正受苦的是母亲，而不是自己——这是他平生第一次这样觉得。他说："好吧！妈妈，我支持你。不过我想知道，你打算什么时候提出来？我不想在去牛津的第一个学期，就看到这件事情闹起来。"

"哦！我亲爱的瓦尔，对不起，这事给你造成了这么大的麻烦。"威尼弗列德看着瓦尔，那脸上的表情，以及这样的话语，都显示这歉意是诚惶诚恐的。她问道："大概什么时候离婚呢？索密斯。"

"说不好，几个月的时间总是要的。我们必须向法院提请让你们夫妻复合。"

"什么鬼玩意啊！"瓦尔心想，"还要那么久？律师果然都是些笨蛋！不过，我今天晚上可不想待家里吃饭！"他想着，随后跟威尼弗列德说："妈妈，不好意思，有人约了我，今天晚上我就不在家吃了！"

虽然这是他在家里的最后一夜，威尼弗列德却对他感激得不得了，连连点头。她们都觉得，彼此的表情和措辞有些过于生分了。

瓦尔不过是找个借口离开家罢了。他走向了格林街，准备在那雾蒙蒙的空气中散散心。他就这么漫无目的地走着，一直走到了毕卡第里大街，才觉得肚子饿了。他一摸口袋，里面只有一个半先令。这可不够一顿晚饭的钱，但是他确实很饿了！他满心期待地看了一眼伊希姆俱乐部的窗子，那是父亲以前经常带他吃大餐的地方。哦，父亲——但偷项链的事情，实在不可原谅。他不停地想着，越走越远，也越走越饿，要回家又不太可能。他现在只有两个地方可以去，要么去公园巷的外祖父家，要么去湾水路的倜摩西家。他比较着这两家哪一个会让他更自在一些，便选择了外祖父家。尽管他不太喜欢那里，但去了肯定可以吃上一顿不错的晚餐，去倜摩西家就说不准了，除非他们正盼望着你过去大吃一顿，不然一口都吃不上。另外他还想到，自己就要到牛津去了，外祖父应该给自己一些零花钱，否则就有点说不过去了。但是，如果母亲知道他去了外祖父家，会觉得很纳闷。他眼下实在饿得发慌，哪管得了那么多？他摁了门铃。

"嗨，瓦姆生，你觉得，我赶上晚饭了吗？"

"正好呢！瓦尔少爷，福尔赛先生如果看到你，肯定会非常高兴的！今天中午吃饭的时候，他还在念叨说一直看不到你！"

"既然如此，你是不是该把肥牛犊宰了①？瓦姆生，来一点香槟吧。"

这个瓦尔专爱捉弄人，瓦姆生微笑着说："我得先请示下福尔赛太太，瓦尔少爷。"

"喂，知道吗？"瓦尔一边絮叨着，一边把大衣脱了下来，"我已经不是中学生了！"

瓦姆生也很风趣，于是，他打开了鹿角衣架后边的那一道门，

①此处化用《新约·路加福音》中浪子回家的故事。

通报道："太太，瓦尔先生到访。"

"这个混蛋！"瓦尔暗骂着，一边朝里面走去。

爱米莉热情地拥抱他，詹姆士也不再抱怨了："瓦尔啊，你总算来了！"詹姆士声音有点发抖，自尊心又全部恢复了。"亲爱的，为何不提前跟我们说一声？你瞧，现在只剩羊胛肉了！"爱米莉说道，"瓦姆生，香槟。"于是，两人继续交谈起来。

那张大餐桌，现在已经缩到最短了。当年孩子们都在家时，桌子下不知多少绅士淑女时髦的腿脚在那里休息过，现在，詹姆士和爱米莉分别坐在桌子的两边，瓦尔坐在中间的位置。他们的四个儿女都长大成人离开了，只剩下两个孤零零的老人。瓦尔看着他们，也觉得可怜。"我可不能老得像外公这样，然后死掉。"他想着，"这可怜的老家伙，已经瘦得就像一根铁棍了！"

詹姆士正跟瓦姆生聊着在汤里放糖的事，瓦尔则趁此机会，压低声音跟爱米莉说："我家没法待了，所以我才跑过来。外婆，你应该知道发生了什么吧？"

"我都知道，我的小宝贝。"

"我从家里跑出来的时候，索密斯舅舅还在。我说，难道非离婚不可吗？他为何那么坚持让我爸妈离婚？"

"嘿，轻点声，小宝贝，"爱米莉小声说，"你外公还不知道这事！"

正说着，詹姆士从桌子那头发话了："说什么，你们两个在那里嘀咕什么？"

"没什么，聊聊瓦尔的学堂。"爱米莉太知道怎么对付这个老头了，"那学堂小帕里赛也念过，詹姆士，你还记得吗？那家伙后来将蒙地卡罗①的银行都给挤兑倒了！"

"我没听说过那个人。"詹姆士不以为然地说，"不过，瓦尔，你去学校可要自己小心点，不要跟人去学一些坏习惯！"他有些担忧地看着外孙，带着不信任的神情。

"放心吧！我现在犯愁的是钱的问题！"瓦尔盯着盆子说。

他太了解外祖父的弱点了，这老头就是生怕自己的孙儿孙女没有保障。

"这个，"詹姆士说，汤匙里的汤都流了下去，"你不必担心，你会得到一笔足够的钱，但你不要乱花！"

"当然不乱花，"瓦尔顺从地回了一句，马上又问起最关心的事，"你说的足够多是多少呢，外公？"

"三百五十镑！多吧！我跟你这般大的时候，从不太花钱！"

瓦尔有些失望，他本指望可以得到四百镑的，但也担心他只给三百镑。这时，詹姆士说道："你的表哥也在牛津大学读书呢！不知道他父亲给他多少——他可是有钱得很！"

"你没有钱吗？"瓦尔放胆问。

"我？"詹姆士一时不知怎么回答，"我怎么能和他比，到处都要我掏钱，特别是你父亲——"詹姆士没接着往下说。

"说起来，我刚刚还和索密斯舅舅一起去过佐里表哥家。那里真不错！特别是马厩，建得好极了！"

"哦！"詹姆士意味深长地感叹了一声，"我就知道会是这样的结果，那房子——"詹姆士嘴里吃着鱼，陷入了忧郁的深思。毕竟，索密斯的悲剧就是在那里上演，而这一场悲剧，给整个福尔赛

———————————————
①蒙地卡罗：是法国东南的一座城市，属于摩纳哥公国，以博彩闻名。

家族造成了深刻的裂痕。一想起这事，他仍会被一股无形的力量拖进难以自拔的烦恼和惶惑之中。而瓦尔此刻却特想聊聊罗宾山，因为俊俏的好丽就住在那里。于是，他问外祖母："听说，那房子一开始是建给索密斯舅舅住的？"

"嗯，是呢！"

看见外祖母点一下头，他继续问道："我真的想听您说说他的事情，那——外婆，我那个伊莲舅妈，她之后去了哪里？她还活着吗？"今天晚上，瓦尔似乎对这些事情特别感兴趣。

爱米莉示意小声点，但詹姆士已经听到了"伊莲"这个名字。

"你们又在聊什么？谁见过她？自从那次后，就没人知道关于她的任何消息了！"他正准备吃那块放到嘴边的羊肉，却停了下来。

"没什么呢！詹姆士。"爱米莉赶紧哄他，"你听错了，我们什么都没聊。你好好吃饭吧！"

詹姆士把叉子放了下来。"你总是这样，"他有些生气地说，"是不是等到我快死了，你才会跟我说？别以为我不知道，索密斯准备离婚，对不对？"

"瞎说什么！"爱米莉面不改色，"索密斯可是个懂事的孩子！"

詹姆士烦躁地抓着头，连胡须和脖子都不放过。

"她——她从来都——"这时，瓦姆生来了，詹姆士赶忙停住了，他可不想让外人听到。毕竟，这可跟从前的那一件丑事有关！后来，他们就没聊什么了，因为上了许多好吃的，羊胛肉下面是点心、色拉和水果、甜食。吃完饭，詹姆士给了瓦尔二十镑的支票，还亲了他一下。詹姆士的吻和其他人不同，像是不能控制自己一样，猛地往前戳一下。

"外婆，跟我讲讲索密斯舅舅的事吧！还有，他为何催妈妈离婚呢？"在过道里，瓦尔追着外祖母问。

"你忘啦，你舅舅可是律师，他知道事情怎么做是最合适的！我的孩子。"爱米莉装作不在意地说道。

"是吗？"瓦尔显然还不太明白，"好吧！伊莲舅妈后来怎么样了？我记得，她是一个很美丽的女人呢！"

"她嘛——呃——"爱米莉不愿意多说，"这个女人不检点，没人愿意说起她。"

"我也不希望牛津大学的同学都知道这些事！"瓦尔声音开始变大，"我觉得，这种方法太差劲了！把我父亲管好就行了，为何非要把事情闹大呢！"

爱米莉无奈地叹气。要知道，她以前就一直都处在离婚的氛围内，那些来她家做客、将腿放在桌子下的时髦人士中，很多就因为这个搞得名声很臭！但是，对自家人，她也和其他人一样讨厌起来。她是个非常现实的女人，也是一个言出必行的女人，不理会现实，去追逐一个影子，这可绝不是她的风格。

"至于你母亲，如果她可以同你父亲离婚，获得绝对的自由，她会比现在要开心一些。好啦，亲爱的瓦尔，晚安！你记着，去牛津读书可不能跟现在一样穿得花里胡哨，这样穿不合适。来，这是给你的。"

又搞到五镑钱，瓦尔心里开心极了，心里暖暖的——其实，自己还是很喜欢外祖母的。瓦尔从公园巷出来，天色已晚。雾气早被风吹得无影无踪，道路两旁的树叶被风吹得哗哗响，星空璀璨。

现在兜里有了不少钱，他那"见见世面"的想法又蠢蠢欲动。但朝着毕卡第里大街的方向走了还没有四十码，他便想起了好丽娇羞的面容，严肃的眼神中带着天真，自己的手像是握在她戴手套的小手中，暖暖和和的。

"见鬼，不去了！"他想着，"我要回家了。"

10. 索密斯决定再娶新妇

河岸上已经是一片深秋的景象，天气却难得晴朗。在那黄叶下面，仍旧有夏天的味道残留在那里。星期天的清晨，索密斯就到了他那靠近麦波杜伦的河滨花园，他有好几次，都望了望天，感叹这美好的天气。今天是安妮特母女来这里做客游玩的日子。他将采来的花在船馆①里插遍了，他还准备了一艘小船，打算午饭之后带安妮特母女去河里游玩，并细心地在船座上放了一些中式靠垫。他现在都不确定自己是不是想单独同安妮特一起去河上游玩。安妮特如此美丽，他实在不确定自己会不会被迷得说出一些关于爱情或婚姻的承诺。玫瑰花正在走廊上娇艳地开着，那些篱笆是那么的青绿，眼前的这番景象可以说没有一点秋的伤感，一切显得这么的安静美好。可是，他还是紧张万分，感到心神不宁，左右都不适，他生怕自己哪里做得不好，在她们母女心目中留下不好的印象。这次，他打算通过邀请她们母女来游玩，让他们对他的身家财产有个清楚的认识。这样，在今后他给她们提什么建议的时候，可能会重视它的分量。今天，他特别注意自己的穿着。这套衣服让他看上去既不老

①船馆：临河停泊的大船，只作观赏风景之用，并不航行。

也不过分年轻。好在他没有丝毫秃顶的迹象，而且没有一丝白发，所以看上去一点都不显老。他去画廊看了好几次，那是他最得意的地方。他想只要她们稍微对画有点认识，一定会明白这些收藏品的珍贵——它们值三万多镑呢。他还去看了那间朝河的卧室，在那里可以将整条河及沿岸的风景尽收眼底。另外，如果她们母女过来了，就会在这里放她们的帽子，所以还是要注意下这里打扫得是否干净，东西摆放是否整齐。假如，假如事情成功了，他成功娶到了安妮特，那这个房间可就是她的卧室了。

在梳妆台前，他摸着那个装着各种针的淡紫色的针囊，歪着头闻着一盆什景香料散发出的馨香，心想：若能同伊莲顺利离婚，那该多好呀！省得老挂念着这桩烦心事。必须先离婚，不然怎么娶安妮特？他满怀心事地望着外面出神，外面就是玫瑰花丛，而在不远处的草地后面，就是那条闪烁着银光的河了。安妮特的母亲肯定不会让女儿错过这种机会，而安妮特也肯定不会反对母亲的安排。眼下只要他能得到自由就行了。坐马车去车站接安妮特母女的时候，第一眼见到她们，索密斯就感叹，法国女人就是不一样，太会穿衣服了。拉莫特太太一身黑衣，加上一点淡紫色的装饰，显得格外素雅。安妮特穿着一件淡紫灰色的麻纱衣服，戴着乳白的手套和帽子。她脸色苍白，浑身有一种十足的伦敦派头，清澈的蓝眼睛里透着庄重的神情。

准备好午饭后，索密斯就在楼下等她们。他站在客厅那一扇敞开的落地窗那里，窗外明媚的阳光，清新的花草香，生机勃勃的树林，让他的五官感觉非常舒服。这样的快乐只有在青春和美的陪伴下，才能充分地感受到。午饭也是他精心准备的，菜品各式各样，酒也是极好的特色梭特尼酒①。一切都是那么无可挑剔，连在走廊上喝的咖啡都是顶级的。安妮特滴酒不沾，拉莫特太太反倒喝了点薄荷酒。安妮特的言谈举止是那么的迷人，只是会无意中带出一种"自以为很美"的味道。索密斯想："她如果继续在伦敦过一年这样的日子，她真的会废掉！"

　　拉莫特太太就是那种传统法国人那样的兴致勃勃，高兴之中又避免过度张扬。她高兴地说："这里实在太好了！看，多么好的阳光呀！一切都这么美！安妮特，你觉得呢？我觉得索密斯先生真是个基督山伯爵！"安妮特随意地回应着母亲，却时不时瞄几眼索密斯，这让他猜不透她的意思。他们随后一起坐船去河上玩了一圈。索密斯划着船，对面是母女两个，而其中的安妮特优雅而美丽地靠在中式靠垫上，让他的心都醉了，也让他有一种坐失时机的痛苦感，所以他们只是朝着庞波尼那个方向划了一小段路，然后就任船顺流漂回来了。他看到偶尔会有一些发黄的树叶打着旋儿掉下来，落在安妮特或者她母亲那肥硕的黑身躯上。索密斯此刻正烦恼着，在心里盘算着怎么开口："怎么说呢——什么时候说呢——在哪个场合说呢——说什么呢？"如果告诉她们自己结了婚，只是还没离婚，会不会把她们吓跑了？如果现在不表明自己对安妮特的心迹，可能他还没自由，安妮特这朵鲜花就已经被其他人摘了。

　　在喝茶的时候，安妮特和母亲都只在茶里放柠檬片，索密斯跟她们聊起了德兰士瓦的局势。

　　"听说马上要开打了！"索密斯说。

────────

①梭特尼酒：一种带着甜味的淡色白葡萄酒。

拉莫特太太显然不把这些事放在心上。

"那些牧羊人①真是可怜！可是，为什么要管他们的事情呢？"索密斯觉得好笑，居然有人会问这样荒唐的问题。

"您也是做生意的，应该知道我们英国人是不可能让任何人损害我们合法的贸易利益的！"

"哦！那倒也是！"虽然嘴里这么说，可拉莫特太太还是觉得英国人表里不一。他们一直在宣讲正义，张口闭口都是"你们外国人怎样怎样"。说起来，索密斯还是第一个跟她聊生意的英国人。

"这些布尔人还未完全进入文明社会呢！"索密斯说，"他们阻碍了时代的进步，我们绝不会放弃自己的宗主权的！"

"宗主权是什么意思？你刚才的话要表达什么？这么奇怪的说法！"拉莫特太太的话让索密斯觉得很震惊，这女人居然对政治一窍不通。他有些激动了，主要是安妮特现在也一脸奇怪地望着他。于是，他开始口若悬河地讲起来。好在安妮特很懂事，马上说道：

"我觉得您说得很对，是该让那群布尔人尝尝苦头！"

"我的意思不是用武力侵略他们，而是要掌握一定的度。我们的立场一定要坚定，但不能莽撞。好啦，不说这些了，我带你们去看我收藏的画，怎么样？"说着，就带她们上楼了。对于他珍贵的收藏品，她们连看了好几张也没什么反应，他就知道这两个女人完全不懂画。比如，他们在看到《稻草车回家》时，并没有停留，而是像看石印的画一样一扫而过——那可是精品呀！而那张伊斯里尔斯的画更是珍宝，目前价格在拼命涨呢！估计现在已经涨得不能再涨了，索密斯还打算拿到市场上去卖掉呢！他几乎是把心提到嗓子

①指布尔人。

口地期待着她们能对这幅画发表点看法，但她们居然视而不见！这让他感到震惊。不过，安妮特还是一张白纸，可以以后慢慢培养她的眼力。她再怎么无知也好过那些不上不下、半吊子水平的英国中产阶级——他们可是真愚蠢。

突然，拉莫特太太在画廊尽头的一幅画面前停住了。这是一张不怎么值钱的法国画家梅索尼埃①的画，让他觉得丢脸，因为它一直在贬值。

"你这里居然有梅索尼埃的画，这可是好东西呀！"拉莫特太太有些夸张地惊呼，因为她以前听过这个名字。趁此机会，索密斯轻轻地触碰了一下安妮特的胳膊，问她："你喜欢这里吗，安妮特？"

安妮特没有躲避，但也没有其他的反应。她就这么仰面，看着他，然后垂下了眼帘，小声地回答道："怎么会不喜欢呢？这里这么美！"

"那就好！也许，未来的某一天……"索密斯不敢再说下去。

他有点害怕地看着安妮特，她有一双蓝绿色的眼睛——而且神态是那么坦然，雪白的脖子，充满诱惑的身段线条，总是能吊起人们那邪恶的念头。不行，不！我一定要把握住这次机会。"如果我还拖着，不主动点，"他想，"会让她着急上火的。"于是，他鼓起勇气走到拉莫特太太的旁边，而她还在欣赏梅索尼埃的画作。他说："对了，拉莫特太太，你现在看到的这幅画是梅索尼埃晚年的佳作。我希望你下次能继续赏脸来这里。现在，我邀请你今天晚上一定在我这儿住着！可以在灯光下欣赏这些画作。"

---

①梅索尼埃：1815—1891年，法国画家，所以拉莫特太太知道他。

"那太好了，这些美丽的画在灯光的照耀下一定会美极了！另外，晚上月光笼罩下的河流，也肯定同样迷人！"拉莫特太太对这样的夜晚仿佛充满期待。

可是，安妮特却小声地说道："你还真是个多情的人哪，妈妈！"

多情？这个身着黑衣、模样还算顺眼、壮实的胖法国女人，用多情来形容她？索密斯顿时觉得这两个人应该都不是那种多情的人。也好，多情可没什么用！只是——

最终，索密斯还是陪着她们去了车站，送她们上火车时，他握着安妮特的手同她道别，他觉得她的手指在他那紧紧握着的手里有所回应。夜色中，一张美丽的脸对他微笑着。

送走她们后他又回到马车那儿，一直没回过神来。索密斯对马夫说："你先回去，佐尔丹，我想一个人走走。"天渐渐暗下来，他走在昏暗的街上，心里有两股力量在较量——对女人的戒备心和对女人的占有欲。"再见，先生！"安妮特用法语道别的声音是那么柔和。可他猜不透安妮特在想什么。没办法，法国人就像猫一样神秘，你是猜不到的，但她又是多么迷人啊！他想象着把这个年轻的安妮特抱在怀里，那种感觉肯定妙极了。如果能给未来的继承人找这么一个美丽的母亲，想想也觉得不错。特别是，当家人看到他居然娶了一个法国女人，估计会非常惊诧，带着一肚子的好奇。而他，肯定会借此好好戏弄一下他们。想到这里，他不屑地发出了笑声："这一群混蛋！"杨树叶好像在风中轻轻地叹息，猫头鹰发着孤独而凄凉的鸣叫，水面黑漆漆的倒影更加深沉了。索密斯想："我要争取自己的自由，我不能再继续这样过了！我要亲自去找伊莲，只要成功了！我一定重新生活——生活，动作，存留^①。"

这句古怪的《圣经》句子刚念叨完，他就听到晚上教堂祈祷的钟声了，好像在回应那些句子。

11. 似是故人来

于是，那个星期二的傍晚，他去俱乐部吃完晚饭就出发了。毕竟去面对这样一件事，确实需要很大的勇气，但不需要准备得很仔细。除开他的出生和那次行动^②，这算是他生命中的大事了。他选择晚上去伊莲那里，一是他觉得晚上她在家的可能性比较大，二是晚上比白天更容易下决心，不成的话还可以喝杯酒给自己壮壮胆。

到了切尔西河滨道，他从马车上下来，走到了老教堂那边。索密斯其实并不知道伊莲的具体住处是哪幢，只知道伊莲住的是公寓。后来，在一幢很大的房子的后边，他找到了她，他看到了门牌的名字："伊莲·黑隆太太"。黑隆，果然是她！伊莲居然用回了娘家的姓氏！这让他觉得很耻辱，非常气愤。索密斯退到街上去望了望伊莲的房间，看了看二楼的窗户，发现最角边有一间房子的灯是开着的。而且，房间里还传来一阵钢琴声，想必是伊莲在弹钢琴吧！其实，他从来就不喜欢音乐，在以前的那些日子里，他还暗自憎恨音乐，因为那时候伊莲经常利用钢琴来作为她的庇护所，而自己则对音乐一窍不通。这么多年，他内心积压着的、克制着的爱与恨同时爆发出来了，音乐更是让他的脑海里再现这些痛苦的回忆。

①语出《新约·使徒行传》第十七章二十八节。
②指同波辛尼打官司一事。

钢琴声说明了伊莲此刻就在家里，他敢百分百肯定能够见到她。可是，他却定在了那里，开始犹豫不决。他紧张得有点发抖，而且口干舌燥，心跳加速。"我没有什么可以感到害怕的！"他对自己说。突然，他那律师的头脑开动了，他觉得自己是不是太笨了，是否应该带着佐里恩一同来呢，因为他好歹是她的委托人，这样也显得正式一点。可是，这个佐里恩一直都站在伊莲这边，来了反而对他不利。所以，绝对不能让他来！于是，他又走进大门，一步一步缓慢地上了楼梯——好使他剧烈跳动的心平静下来。他按了门铃。门打开的时候，一股从久远的岁月里飘来的而且非常熟悉的香味穿越时空，传到了他的鼻子里，牢牢地抓住了他的一切感知。这种香味！就是以前他自己经常进出的客厅，就是他自己的房子里特有的香味啊——混合了干玫瑰叶子和蜂蜜的香味！

开门的是一名女用人。

"告诉你们太太，我是福尔赛先生。"索密斯说，"她会见我的。"他之前就想好了，伊莲肯定以为是佐里恩来了。

女用人进去后，他一个人在窄小的穿堂东张西望：墙上有一个挂着的烛台，罩着一个珠灰色的罩子，里面透出暗淡的光。包括墙壁和地毯在内，整个屋子都显得灰蒙蒙的，让那些墙壁围着的中间的空间显得那么的阴森惨淡！他只能一个人可笑地想道："待会儿进去的时候，我是穿着大衣，还是脱掉大衣好呢？"正在这时，钢琴声停了，女用人走出来，在客厅门口招呼他："先生，请进！"

待索密斯走进去后，他发现里面仍然是一片银灰色。他看见了那台椴木小钢琴。她此刻已经站起来了，身子靠在钢琴上，一只手还摆在琴键上。她突然按了一下琴键，响起了一阵刺耳的乐声，停留了一会儿，她这才拿开手。伊莲穿着一身黑色礼服，额上罩着薄纱。索密斯脑子中好像没有关于伊莲穿黑衣服的记忆，他觉得奇怪，家里只有她一个人，而她还穿着礼服。

"是你！"伊莲低声说了一句。

关于两人再次相见的这个场景，索密斯不知道幻想了多少次，也准备了各种台词。可是，那些准备没有任何的效果，他此刻再也说不出话了。因为他实在失算了，这个女人，曾经是他热烈想拥有，完全占有过的人，十二年后他再次面对她，竟仍然使他方寸大乱。他曾以为自己面对她时，会像生意人和法官那样。但现在他发现，让他不安的，似乎并不是一个普通女人，也不是一个行为让人不齿的妻子，而是来自他自己内心和外在的一种虚无的力量，看不见摸不着，面对这些，他无计可施，只能在心里自我解嘲地笑笑。

"原谅我奇怪的到访，你还好吧？"

"多谢关心，请坐！"

她离开钢琴。走到窗户旁边，心情沉重地坐在了一张椅子上。并将两手放在膝盖上，紧紧握在一起。光线照在她身上，索密斯打量着她的脸、眼睛和头发，真是奇怪，她和他记忆中的一模一样，还是惊人的美。

他在身旁找了把椴木椅子坐下，他发现椅子坐垫也是银色的。

"你还和以前一样。"他吐出一句。

"是吗？你今天过来有事吗？"

"嗯，我想跟你谈一谈。"

"你要谈的，你堂哥都跟我说了。"

"那你的想法呢？"

"我同意，我从来就没有反对过。"

伊莲的声音既有节制、又有力度。但她的身体摆着一副防卫的姿势，这倒帮了索密斯的忙，让他能继续说下去了。本来，对她的那些回忆让他无法下定决心，而现在，看到她居然这么提防着自己，他想起了此行的目的。他冷冰冰地说："如果你不介意，我请你告诉我一些事情，这样我就可以着手此事。毕竟，还是要按法律办事。"

"我能说的都跟你说了！"

"都已经十二年了！你以为我会相信你说的吗？"

"我想你不会相信我说的任何话的，但是那些的确是事实！"

索密斯咬牙切齿地盯着她，刚开始发现她没变，其实她确实变了。那种变化不是外表，不是脸——因为她的脸比以前更美了，也不是腰身——腰身变得更丰满了一点。她的主要变化是在精神上，现在，她有些地方给人的感觉是更加激动及勇敢，过去的她仅仅是消极地反抗他。"哼，都是佐里恩大伯害的，给了她一笔钱！"索密斯在心里不快地想道。

"你现在肯定过得很舒服吧？"他略带讽刺。

"谢谢，是这样的。"

"为何不来找我？我也能担当一点，虽然发生了那些事，我还是愿意帮你的。"

她嘴角飘过一丝微笑，没有吱声。

"不管怎么说，你始终还是我的妻子。"索密斯说。真要命，自己为什么要这么说啊？他到底想表达什么？他当时和之后都不知道那是什么原因，太可笑了！说这种荒唐的话。但话是收不回了，而且让伊莲有了一种让人意想不到的激烈反应：她蓦地站了起来，好长时间都没动一下，只是盯着他。他看到她的胸脯急剧地起伏着。然后，她转过身去，打开了窗户。

"你打开窗子做什么？"索密斯大声责问她，"你穿这种衣服，小心着凉！我没那么可怕吧！"说着，索密斯不自然地干笑了两声。

她也对他报以讽刺的笑，虽然很轻微。

"我这是习惯！"

"这确实是你的习惯，这么多年了，"索密斯话里带着恨意，"关了窗子！"

于是，伊莲又关了窗子坐下了。索密斯觉得这个女人——他的妻子——相比以前，身上有了一种力量，在她坐下的那一刻，他就觉察到了。这种力量由内到外自然地迸发出来，就仿佛穿了一身厚厚的护甲，无所畏惧！索密斯不由自主地走上前去看她，离她非常近，妄图通过她的脸部表情来发现她的破绽。她直视着他的眼睛，没有一丝退缩。就在那一刹，他的心忽然剧烈跳动起来，天啊！多么清澈的褐色眼睛啊，她的皮肤还是那么白，她的头发火红火红的像琥珀一样，露出来的肩膀白得像雪。他觉得这种感觉真的很怪——他本来应该恨她啊！

"伊莲，你跟我实话实说吧！离婚于你于我都是好事。可是，当年的事情已经过时了！"

"我已经全跟你说了。"

"你不会是想让我相信，这么多年来，你一点事情都没有发生，没有找其他人？”

"没有。所以你还是去自己身上找找吧！"

索密斯被她的这个回答呛得很难受，他在钢琴和火炉之前来回走了好几趟，跟以前遇到难处理的事情时，在他们的家的客厅里来回踱步的样子一样。

"当然不行！"他说，"当初可是你背叛我，理应你——"

她雪白的肩膀耸了一下，无力又含糊地说："对，但当初你干什么去了？你以为那时你找我离婚，我会犹豫吗？"

他不踱步了，站在那儿盯着她，眼里充满了好奇。这么些年她都是一个人！他开始疑惑这个事了：平日里就她一个人？那她怎么过来的？而且自己为什么当时不跟她离婚呢？他一边盯着她，一边想着这些，再一次，他感到她从来就没了解过他，一直都对不起他。

"你为什么不能好好地当我的妻子呢？"他问道。

"是的，嫁给你已经是一个错误了，我已经受够了惩罚了。我觉得你肯定还是有办法吧！你想怎么弄就怎么弄，不用顾及我的脸面，我已经什么都不在乎了。现在你还是回去吧！"

这句话让索密斯感到一种挫败感，他觉得一股冷气扑面而来。他甚至觉得自己没了任何辩护的权利，还有一种他自己也说不清楚的东西！他下意识地从旁边的火炉架上拿起了一个瓷碗，他就这么来回翻看着。

"罗威斯托夫特瓷，"他问，"你怎么搞到的？怎么感觉这个和我以前在乔伯生拍卖行里买的那个一模一样？"突然，他想起来了，很多年前，两人曾一起去买瓷器，这些回忆仿佛就盛在这只碗里，他拿在手中，承受这回忆带来的痛苦。伊莲的话将他拉回了现实。

"你把这瓷碗拿去吧，我不要这个东西！"

索密斯把碗又放回火炉架上。"握握手可以吗？"他说。

伊莲的唇边露出一丝的冷笑，还是伸出了手。他热情地牵住了她的手，可是这手非常冰凉。"这女人是水，不，这女人是冰块，是一块永不融化的冰块！"即使他心里这样想，可是，她的体香和衣服上的香味依旧在诱惑着他，让他的心神游荡。但是她心里掩藏不住的柔情，从来不曾给过自己。现在尽管挣扎，却还是能感受到它们的存在。

他一句话没说，掉头走了。转眼之间，就已经离公寓很远了，连马车都忘了叫。这个心灵受了重伤的人快步地走在街上。道路空荡荡的，冰冷的河水在缓缓流动，树叶在地面厚厚地铺了一层，看到这一切，他心里倒舒服了一些，此时，他心乱如麻，感觉自己好像在生气，却又觉得自己犯了错，而且还没意识到这些错误的后果。一个念头忽然一闪：如果伊莲当时说"请他住下来"而不是说"请你走吧"，那结局会是怎样呢？啊，看来，在多年的离别和憎恨之后，她那如同诅咒一样的美丽还是在那里等着他，只要它轻轻地一挥手，或者只要轻轻地触碰他一下，就会马上骑到自己脑袋上去。"我真是个蠢货！我去那儿自取其辱吗？"他在心里骂着自己，"一点效果都没有，谁能想到呢？我可从没想到会——"偏偏这个时候，他又想起多年前两人刚结婚的时候的场景，记忆也来残忍地开自己的玩笑。没想到，她到现在还这么美丽——这种曾经属于他并且他早已熟稔于心的美——她不配拥有这种美丽！他对自己这种如此顽强的爱慕之情感到愤恨。要知道，通常情况下，没有任何一个男人会再去见这样的妻子呀！这是她自作自受的！这个坏女人，她毁了他的一生，践踏了他的自尊，搞得他到现在还没有儿子。可是，为什么，仅仅见了一次面，而且她的冷落倔强并未有丝毫改变，但为何还拥有能让他再次为她屈服的力量呢？她的魅力也太大了，可恶！这十二年来，她自己说自己一直洁身自好，肯定是波辛尼那个讨厌的家伙这么多年来一直还占据着她的心！想到这里，索密斯不知道自己现在到底是该高兴，还是该难过！

在临近俱乐部的地方，他终于站住脚了，买了份报纸看。头版头条的标题就是："布尔人不承认英国的宗主权！""宗主权吗？"索密斯想，"就和她一样，在法律上，我还是拥有对她的宗主权的，只是这个女人一直不承认而已，在那破公寓里住着，鬼知道她住在那个破烂的小公寓里是不是寂寞得要死呢！"

12. 交易所里纷纷登场

索密斯是两个俱乐部的会员，一个是鉴赏俱乐部，一个是革新俱乐部。他在自己的名片上印着鉴赏俱乐部，却很少去；而后一个并没有印上去，但是他经常去。这个革新俱乐部之前是一个自由党的组织，在五年前，他弄清了里面会员的情况，他们在政治主张上反对保守，但是不管是思想感情还是财富构成，差不多是保守派的特点。索密斯弄清了这些信息，然后才放心地加入了。而且引他加入的就是他的叔叔——尼古拉。在革新俱乐部里，有一间阅览室，装修得特别好看，是按照英国建筑家罗伯特·亚当①的风格布置的。

①罗伯特·亚当：1728—1792年，其与父兄威廉、约翰均为建筑大师。

晚上，他去了俱乐部一趟。在进到那间阅览室之前，他在电报牌子上看到了公债价格下落的消息，已经在早上跌到了七十六，他正转身去阅览室的时候，听见后边有个声音："怎么样，索密斯，那天的葬礼办得很好！"

原来是尼古拉叔叔，他穿着一身礼服——礼服的领子还是自己特别缝制的——戴着一条黑色的领带，上面还别了一只圈子。天啊！看起来既年轻又整洁！完全看不出他已经八十二岁了。

"我想罗杰活着一定会非常开心的！"尼古拉接着说道，"事情办得真不赖。布列克莱①吗？让我记一下。布克斯顿我去过了，但是没有任何的作用。再说，最近那些布尔人搞得我烦死啦！而且张伯伦那家伙可是在逼着国家开战，你觉得呢？"

"是啊，就要开战啦！"索密斯回答道。

尼古拉摸了一把自己那胡子刮得干干净净的光滑下巴，经过一个夏天的休养后，他的脸色显得非常红润。他微微噘着嘴巴，一副若有所思的模样。这件事情让他体内的自由党人的见解又活跃了起来。

"我对这个家伙实在不信任，他就是一颗灾星。如果现在开战的话，那么房价肯定就会跌了。哎，到时候你罗杰叔叔的财产会让你觉得很麻烦的。早些年，我就同他说过，把房子卖掉一部分。可是他呢，简直就是个榆木疙瘩！"

"你们两个其实有很多类似的地方！"索密斯在心里默默地想着。但他从不会说出来顶撞自己的叔父。正因为如此，索密斯使得叔父们都认为他是个精明的人，而且还聘请他作为自己的财务法律顾问。

---

①此处尼古拉可能在同俱乐部的其他人搭话，所以语意不明。

"偁摩西家有人跟我说，达尔提最终还是跑了。"尼古拉低声说，"这对你父亲来说，实在是件好事，终于可以松一口气了。要我说，这达尔提完全无药可救喽！"

对于这个，索密斯发自内心地赞同，听完后不住地点头。毕竟，蒙塔谷·达尔提的人品在福尔赛家人的印象中可是一样地差劲。

"但你们还是要小心点，不然他又会出来给你们添乱子了！威尼弗列德最好还是把对自己无用的东西丢了得了！我觉得，这东西既然已经没用了，就没必要留着了！"尼古拉接着说道。

索密斯看了他一眼，经过刚才那次不高兴的会面后，他明显感到这些话是很容易与自己扯上关系的。

"我也是这样劝她的。"索密斯说道。

"唉……我的车还在等我呢，我要回家了。我的身体很糟糕，记得替我向你父亲问声好。"就这样，把大家的血缘关系在台面上摆了一下之后，他就迈着充满活力的步子下了台阶。一个小侍从还帮他穿上了皮大衣。

"尼古拉叔叔整天将'我身体很糟糕'挂在嘴边，"索密斯沉吟着，"可他明明看起来很硬朗，可以活到一百岁的样子。我们福尔赛家人还真是奇怪呢！看他现在的样子，我要是跟他一样，还有三十八年的年轻时光呢！我可得好好活着，不能荒废了！"他走到镜子前面细细地看着自己，觉得自己不过是脸上有了一两条皱纹，两撇胡须有几根发白而已。其实他跟伊莲看起来差不多年轻，都没有老——他们的确都正值壮年！就在这时他的脑子里突然闪过一个荒唐的念头。他骂自己"实在蠢得可以"！可是，这念头却挥之不去了。他突然觉得有些慌张，就像感冒之前打喷嚏一样。于是他赶忙去称自己的体重，十一英石①。都二十多年了，他发觉自己几乎只重了两磅。伊莲多少岁了？好像快三十七岁了！她这个年龄还不晚，还可以要个孩子。好像下个月九号就是她三十七岁生日了。说起来，伊莲的生日索密斯一直都牢记在心，每次都会像参加宗教仪式一样去给她庆祝生日。连那年伊莲离家出走时，虽然他知道她已经背叛了他，但他还是为她庆祝了。伊莲有四个生日是在索密斯那里度过的，而且，他过去特别期待这个日子。因为表面上仅仅是说一些客套话，但实际上他可以借这个日子给伊莲赠送礼物，表达自己对她的爱与关心，以此讨得伊莲的欢心。只是在最后的一个生日时，他并没有抱着这种心思，因为那时他有私心，所以那个生日的庆祝弄得像宗教仪式一样，太过守旧了。

这时，他不愿再接着想下去，因为记忆就像是一堆烂树叶，一个人过去的做法就像是烂树叶下面的尸体，会悄悄地散发出一些让人不悦的气味来。突然他又想着："在她今年生日的时候可以给她送个礼物，毕竟我们都是基督徒。哎，我们会不会有可能重新在一起呢？"他叹了口气，坐在了称体重的机器上。他想起了安妮特，他和安妮特之间最大的阻碍就是这个鬼一样的离婚问题了，唉，该怎么离呢？

照佐里恩的说法："这件事情全在你自己，认真一些，一个男人会有解决办法的！"

可是，凭什么要他出这个丑呢？他的事业就是维护法律的权威，他何必冒着断送自己的前程的风险，去制造一件对自己不利的丑闻呢，这太不公平了！也只有傻瓜会这么干！在夫妻分离的十二年里，他从未有过跟伊莲提出离婚的念头。可是，这偏偏成了现在

---

①英石：英文作stone，英制重量单位，合14磅。

离婚的拦路虎，成了他不予追究的证明！伊莲和波辛尼的事在法院那里已经起不到任何作用。即使现在有伊莲和波辛尼当年交往的证据，也没什么作用了，而且他还未必找得到证据。加上自己现在拥有的身份和社会地位，他也不可能再去旧事重提。他确实太痛苦了。只有她被自己抓住了把柄才可能离得了婚，但是她却说没有，而他也几乎相信她，简直是没有任何的办法！

他本来坐在一个红丝绒的座位上，那座位都被他的体重给压得凹下去了。现在他站了起来，觉得自己的五脏六腑都无法承受如此多的思绪。要是一直持续这种状态，他今晚肯定又得失眠了。于是，他拿起衣服和帽子，离开了俱乐部。出了门，他朝东边走去，一直走到特拉瓦尔加广场。在那里，他听到许多卖报的小贩在河滨道口子上叫卖报纸。人多音杂，他压根就听不出他们在喊什么。于是，他停住脚步仔细听，恰好有一个卖报的过来了。

"卖报，卖报，号外……克鲁格下了最后通牒，要宣战啦！"听到这个消息，他随即买了一份报纸。他的第一个念头是："这些布尔人简直是在自杀！"第二个念头是："对了，我还有哪些股票，可以卖掉，我得仔细想想。不过，他已经没机会啦！因为现在已经是晚上了，第二天股票肯定会大跌的。"他轻蔑地点了点头，算是接受了自己的想法。他觉得这个克鲁格下什么最后通牒，简直就是对英国不敬。一定要让这些布尔人吃吃苦头才行，他就是亏死也不愿放过他们。但是降服他们至少需要三个月，而去那边的兵力太少，这届政府太过无能，派遣军队的速度远远跟不上时间。这些卖报的真的挺烦的！大晚上吵醒大家有什么意思呢？就这消息，明天早上知道就行了。此时他忽然想到了父亲，怕卖报的吵到他。要是他知道了这一消息，肯定得胡思乱想，晚上又得失眠了。于是他赶忙喊了辆马车赶去公园巷。

待他回到家时，詹姆士和爱米莉刚刚上楼睡觉。于是，索密斯把这个消息先跟瓦姆生说了，本打算跟瓦姆生一起上楼。可是，他想了想，站住了。

"瓦姆生，对于这件事你怎么看？"索密斯问道。

瓦姆生正在刷索密斯的丝绒帽子，于是他停了下来，脸微微前倾，低声说道："唉，少爷，他们输定了。不过，听说他们枪法不错。我的一个儿子就在英尼斯吉林骑兵旅①服役。"

"哦？原来你结过婚！"索密斯吃惊地说道。

"是的，少爷，我从没有跟你说过。我想，我儿子他估计也会奔赴战场的。"

索密斯一直以来都自认为跟瓦姆生很熟，到今天才知道自己其实对他了解很少。他很是吃惊，可是一想到这次战争可能会影响他的个人生活时，他觉得自己的吃惊就有点不值一提了。说起来，索密斯出生的那年，恰逢克里米亚战争爆发。待他懂事的时候，印军哗变②刚好已经结束。在那之后，大英帝国的多数小规模战争都是派遣职业军人，不会去招募民兵参与。所以，福尔赛家人的生命以及财产都不会和战争沾边。当然，这次即将爆发的战争也是如此，和他们并无多大关系。只是，经过和瓦姆生的谈话，他想到自己家族里的人——海曼家有两个孩子在骑兵义勇队里。说起来，这些在骑兵义勇队当兵的孩子曾让他觉得很光彩。因为在骑兵义勇队当兵可

①英尼斯吉林骑兵旅：英国著名的一支骑兵队伍。
②印军哗变：指1857—1859年的印度士兵反英起义。

是件很值得骄傲的事。他们经常穿着镶着银边的军服，骑着马耀武扬威的。他还记得尼古拉的一个儿子阿其贝亚德，他曾经参加民兵团，惹得尼古拉很生气地骂他："你这臭小子，整天游手好闲穿个军装东游西荡！"最后弄得亚奇只好退出了民兵团。不过，最近，他又听说小尼古拉的长子小小尼古拉也去了骑兵义勇队。"不，"索密斯心想，"这又有什么关系呢！"

　　他站在父母卧室旁边的楼梯口下面时，心里想着是否该去安慰安慰父亲。他推开窗子，站在那里听了听。一开始，他听到了一阵汽车轰鸣的声音从毕卡第里大街传过来，不禁联想到："这汽车假如继续增加的话，会影响自己的房产。"接着，在他正准备走上楼梯，去那为自己一直留着的那间房睡觉时，他听到报贩在外面大声而急促地喊着那则消息。尽管那人离这里有点远，但很明显，通过他的声音可以断定他正朝这里走来。索密斯赶忙敲了敲门，走进了母亲的房间。

　　一进门，他就看到父亲坐在床上，被爱米莉打理得非常整齐的花白头发下，两只耳朵正竖了起来，在听报贩叫喊着的消息。雪白的被单，雪白的枕头，衬得他的脸红通通的。他现在看起来非常整洁。不过，还是瘦得可怕，肩胛骨将高领的薄睡衣顶了起来，乍一看就像两个小山包。詹姆士的头并没有转过来，只是那满是皱纹的眼皮底下的那双灰色的眼睛，带着疑虑的目光，刚刚从窗口收了回来，却很快转向了爱米莉。此时的爱米莉穿着一件长睡衣，正在房间里来回地走着。她正摁着香水瓶的橡皮球喷香水，屋子里也弥漫着她的香水味道。

　　"父亲，没事的，你别担心。"索密斯说，"那不是火灾警报，只是布尔人宣战了而已。"

此时爱米莉停止了喷香水，简单地回了声"哦"，然后望着詹姆士。

索密斯说完后，也望着父亲。不过，詹姆士的反应有些让他们觉得意外。他并没有立即回话，好像在那里思考着一些他们不是很熟悉的念头。过了好一会儿，他才突然开口说："唉，看来我等不到战争结束的那天了！"

"你胡说什么呢！要我说，圣诞节之前就会打完的！"

"你知道什么？一定很棘手的，不然，怎么会在夜里宣传这样的消息！"他严厉地说道。但很快他也一声不吭了。索密斯和爱米莉仿佛是受到催眠一样，在默默地等待他继续开口说："具体的我也不清楚，但我早就预感到问题会变得很严重。"可惜，詹姆士并没有这么讲下去，他那双灰色的眼睛在屋子里东张西望，似乎在室内找不到他想要的。很快，他弓起了自己的膝盖，把被子顶得老高。

"我觉得，他们应该把罗伯兹①将军派去打仗。说起来，整个战争全都是格莱斯顿和他的马朱巴事件挑起来的。"

詹姆士说话的声音和平时大不相同，透着一种极度的焦虑。仿佛在说："我觉得我这把老骨头是看不到这个国家的太平了！恐怕还没等到他们凯旋，我就入土了。"虽然索密斯和艾莉米都觉得不能让詹姆士在这样继续闹下去，但却各自都有所感想。索密斯走到床前，轻轻地摩挲着父亲露在被子外面的手。那只手青筋遍布，瘦长瘦长的，皮肤也皱巴巴的。

"记住我跟你说的，公债恐怕要跌破票面了！而且，瓦尔搞不

---

①弗雷德里克·罗伯兹：1832—1914年，英国驻印将军，后来战事吃紧，英国果然派他去南非救火。

好会去参军的，哎！"

"哦！詹姆士，你不要这么说，好像我们要遭大难了一样！"爱米莉叫道，她的这句话好像起到了一定的安慰作用，詹姆士慢慢恢复了平静。

"是啊，其实我只是说将会出现什么情形，但是，具体怎样我也不知晓——你们一直都瞒着我。孩子，你今天在家里睡吗？"

担忧终于结束了，詹姆士确实恢复了常态。虽然他的脸上还是有些焦虑，可那已经是正常的了。索密斯回答说："是的，父亲，我今天在家睡。"说完，他拍了拍詹姆士的手，然后上楼去睡了。

第二天下午，索密斯去了倜摩西家，这么多年来第一次看到这个家里聚集了这么多人。不过，在国家处于目前这种状况的时候，一个人真的无法避免不来这里。这并不是因为大事不妙，也不是为了因为一丁点不妙，就来这里寻求彼此的支撑与肯定。

尼古拉叔叔很早就来了。昨天，他和索密斯在俱乐部里也曾聊过战争的相关事情，他说肯定会有战争。他觉得这个克鲁格老糊涂了。那克鲁格也确实老了，都七十五岁了——尼古拉也已经八十二岁了。至于倜摩西的看法，早在马朱巴事件发生时，他就觉得非常难受，布尔人都是贪得无厌之辈！差不多尼古拉前脚进门，黑头发的弗兰茜后脚就跟进来了。她插一句："尼古拉叔叔，您说得很对，那些外邦人①没一个好东西！他们值多少钱？"居然说"值多少钱"，这真是闻所未闻的新话。所有人都猜测，一定是她那哥哥乔治发明的。

———————————
①布尔人虽然是荷兰人血统，但在南非已经生活了200年，所以英国人称之为"外邦人"。

裘丽姑太觉得弗兰茜这么说实在欠妥，便说道："亲爱的马坎德太太的儿子查理·马坎德也是外邦人，但是，他完全跟贪得无厌沾不上边。"听到裘丽姑太的意见，弗兰茜脱口又来了这么一句滑稽话："你觉得那个查理·马坎德很不错？你可知道，他老爸是苏格兰人[①]，他老妈是一只老狐狸！"

　　这话让在场的人都觉得很震惊，并且在这之后，这句话被好多人流传着。

　　裘丽姑太本不想听到弗兰茜说这种话，可是还没来得及将自己的耳朵塞住，那话已经进了她的耳朵。海斯特姑太倒是笑了起来，而尼古拉，本来对玩笑话不感兴趣，所以并没有什么感觉，而他也没有说俏皮话的能力。就在这时候，玛丽安·特威第曼进来了，接着是小尼古拉。尼古拉见到后者，便站起身来，说："我要走了！嘿，各位，尼克现在就可以告诉你们谁会跑赢这场比赛！"

　　他丢下这么一句话就走了，因为他大儿子一直以来都因他的会计水平而声名远播，而且还是一家保险公司的董事。大家都知道，他们父子两个根本就对跑马不感兴趣。这么一来，那尼古拉说的比赛具体指什么呢？会不会仅仅是一个玩笑？这老尼古拉一把年纪了还能有这种良好的状态？裘丽姑太忙着招呼："亲爱的玛丽安，你需要加点糖吗？"时而又询问基里斯与杰斯的情况，她认为，现在骑兵义勇队肯定在海边警戒。毕竟虽然这布尔人自己并不拥有军舰，可是法国人假如有机会，说不定会耍滑头[②]。那次恐怖的法绍

---

①意即财迷，为英格兰对苏格兰人诋毁说法。
②当时，整个欧洲都倾向于支持布尔人，反对英国干涉他们的独立自由，其中以法国为甚。

达事件①之后，几个月里偶摩西都不敢买进什么新股票了。那些布尔人也确实不是省油的灯，对他们那么好，但他们还是不知恩图报，这不，他们就把詹姆森博士②给抓了起来。

可是，天真的马坎德太太一直以为他是个好人，是个地道的绅士。后来，英国还任命如此聪明能干的米尔纳子爵③同布尔人谈判。她真是不知道这些布尔人是怎么打算的！

突然，发生了一件非常少见的事，一个只在出大事的时候现身的人来了。

"珍·福尔赛小姐。"

裘丽姑太与海斯特姑太马上起身相迎。她们一边强压着自己对她的一些旧怨，一边，那些曾经的情谊又翻涌了起来。同时，心里又对珍的重新回归升起一股得意之情。可以说，现在这两个老女人的心里各种情感在乱窜交织，让她们不住地抖动。这真是出乎意料，时光流逝，世事变迁，可亲爱的珍气色还是一如既往的好，没有丝毫改变。她们两个几乎昏了头，差点问她"你亲爱的祖父是否安好"，好在没说出口。要知道，她们老姐妹忘了那个可怜的老佐里恩差不多已经入土七年了。

说起珍，她还真是这福尔赛家族里特立独行的人物。她勇敢而爽快，有一头火红的头发，身材矮小，但她有着一双奕奕有神的眼

①法绍达事件：1898年9月，法国兵分两路进军侵入埃及尼罗河上游，占领了尼罗河边的法绍达村，企图为法属刚果打通红海出口，后被英埃联军逼退。偶摩西之所以受惊，大概是因为持有苏伊士运河股票。
②詹姆森博士：英国南非公司的高级雇员，1895年12月28日，他率领500名公司武装人员进攻德兰士瓦，反被南非警察俘虏，后被判刑15年。
③米尔纳子爵：1854—1925年，1897年出任南非开普殖民地总督，受任不久就惹出了布尔战争，"一战"后被任命为殖民地大臣。

睛，下巴透着一种坚毅。她很自然地坐在一张精致的镶着金边的椅子上，好像已经忘了上次回来看望两位姑太，已经是十年之前的事了。十年的独立生活及经历，特别是近来她照顾的那些可怜虫，都已经成了画家、雕刻家之类的人物了，让她对福尔赛家人越发地瞧不起，更对他们奇怪而俗气的艺术见解感到不屑且厌烦。也难怪，这么多年来，她差不多忘掉了自己还有些族人生活在这个世界上，珍坐在那里，扫了一眼周围的人，目光里带有一种挑衅的意味。带刺的目光让周围的人都觉得很难受。不过，她可没觉得自己是来故意让他们不爽的，她只是过来看看这两个可怜的老东西，没想到会看到这么多人，她都不知道到底是什么原因，她是从牛津街区拉狄麦路一家画室的途中无意路过这里时，忽然想起这两个她多年来一直不怎么理睬的可怜虫，觉得有点过意不去。

还是裘丽姑太打破这种沉寂的氛围："我们接着刚才的聊吧，那些布尔人，他们实在混蛋！特别是那个老不死的克鲁格，真是个不要脸的家伙！"

"不要脸？"珍说，"我觉得他们一点都没有做错，我们凭什么干涉别人？那是他们的土地。那些外地人的眼里只有钱。如果克鲁格把他们全都打跑了，那才让人觉得痛快呢！"

弗兰茜打破了这个由于惊讶而引起的尴尬局面："难道，你是亲布尔派的人吗！"无疑，她是第一次使用这个名词。

"可是——我们为何要干涉别人的事情呢？"珍辩解道。正说着，女用人在门口通报说："索密斯·福尔赛先生！"太意外了，简直太意外了！屋子里所有人都在期待着珍跟索密斯会面会是怎样一幅场景，他们都知道珍和索密斯的瓜葛，尽管并不是很清楚事情本身，但总是猜测。自从她的未婚夫波辛尼和索密斯的妻子之间出现了那次不幸的事件之后，他们两个就没再见过面了。然而，他们两个连问候都差点省略掉了，只是将手轻轻碰了一下，然后互相扫了对方一眼。裴丽姑太见状，赶忙出来缓和这种局面。

"珍的见解还真是独特呢！她刚才说我们不该怪罪布尔人。索密斯，你怎么看呢？"

"他们只是想要独立而已。他们为什么不能提出独立的要求呢？"珍又说。

"因为，不巧的是他们承认了我国的宗主权！"索密斯嘴角露出不屑的笑容答道。

"宗主权！难道我们喜欢别国对我们有宗主权吗！"珍很鄙夷地答了一句。

"他们可是同我国签了合约的，而且他们有钱赚，他们也并不吃亏！合约毕竟是合约啊！"索密斯回答道。

"这合约可并没有你说的那么公平，"珍听到索密斯的话，心里很窝火，"我觉得这种不公平的合约就该废除。何况，布尔人那么弱小，我们不该跟他们计较那么多！"

"你这是感情用事，太天真了！"索密斯冷哼了一声。

海斯特姑太最怕抬杠了，于是赶忙起身来说道："按照以往经验，每年的这个时候，天气都会如此美好。"

可珍并不会让海斯特姑太岔开话题，她接着说道："我不知道我感情用事有什么好笑的？我觉得这是多么好的一件事！"说完，她带着充满敌意的目光环视着四周，以至裴丽姑太不得不继续出来打圆场。

"索密斯，你最近可又买了什么好画？"

这裘丽姑太还真不愧是天生会说话的绝顶高手！索密斯不禁红了脸。如果他自己说出最近买的那些画，那岂不是自讨没趣？不知为什么，大家都知道珍特别喜欢那些没什么名气的落魄天才，而特别瞧不起那些暴富的人，除非她在其中出了一分力！

"最近我买到两幅。"他说道。

好在说完后，他看到珍反而变得温和了起来。原来，珍血液里流淌着的福尔赛性格让她意识到这可能是一个机会，索密斯为何不买一点埃里克·柯布莱的画，那是她最近接济过的一个落魄画家。她立马问道："索密斯，你知道埃里克·柯布莱的作品吗？他可是很有才华！估计会成为一位名画家的！"

"这人我知道，他的画我也曾有幸看过。不过，在我看来，他简直是瞎画一通，永远都不会有人喜欢的！"索密斯微带不屑地说道。

珍火冒三丈，说："对，他的画肯定不会有人喜欢。就像我一样，要讨人喜欢我还不来这里呢！之前还以为你是个鉴赏家呢，搞半天，原来你不过是个商人啊！"

"索密斯当然是鉴赏家啊，他很有眼光的，哪个画家的画要涨价他都能提前预知。"裘丽姑太帮索密斯说话。

"可惜啦！我就讨厌这种成名的价值标准！为什么买画不买自己喜欢的呢？实在可笑！"珍吸了一口气，从精致的椅子上站了起来。

"珍，你的意思是说你很喜欢那些？"弗兰茜插了一句。

在他们争论的间歇中，恰好听到小尼古拉在那里嘀咕着："我家那四小子维埃拉现在还在学粉笔画呢，不知道这些玩意有啥用。"

"再见了，姑太们，我得离开了。"珍吻了两位祖姑后，又带着挑衅的目光扫了屋子里每个人一眼，接着说了句"再见"，就离开了。她就好像一阵风刮了出去，仿佛还伴随着屋里人的叹息。

大家还没来得及说话，第三位许久不来的稀客又登场了。

"詹姆士·福尔赛先生。"

此时詹姆士先生来了。只见他手里拄着手杖，身着皮质大衣，这身打扮让大家觉得有些奇怪。见他老人家来了，大家全都起身相迎。詹姆士还真是老了，说起来，都将近两年没来过侗摩西家了。

"这里太热了。"詹姆士说道。

索密斯赶忙帮父亲脱掉了外面的那件皮质大衣，看到父亲的衣着实在得体，心里偷偷地高兴着。詹姆士在一张椅子上坐下，别人只看得到他的膝盖、手肘、大礼服和那长长的胡须。

"这是什么情况？"他问道。

虽然没人知道他具体指什么，但肯定都知道他说的就是珍。他在索密斯的脸上扫来扫去，仿佛想在那里找到答案，随后说道："我就是想亲自过来瞧瞧，看他们给了克鲁格一些什么答复。"

索密斯听了，便拿起一份晚报，把上面的标题念给詹姆士听："我国政府正式宣布采取行动-全国进入战争状态！"

詹姆士叹了口气说道："哎，还真开打了！我真担心他们会跟老格莱斯顿一样开溜①！这一次我们必须打败他们。"

整个屋子的人都望着詹姆士，在他们的眼里，詹姆士一直都是这样子的——爱唠叨、爱胡思乱想、烦恼不断，而且他总是喜欢说："我老早就提醒你别这么干！"还有，他看待任何事情都带着悲

_____

①1877年英国侵占德兰士瓦，1880—1881年布尔人起义，格莱斯顿被迫承认德兰士瓦共和国独立。

观主义，投资的时候过分的谨慎。在福尔赛家像他这么一把年纪了还有这么坚强的意志，实在让人觉得奇怪。

"倜摩西呢？他应该对这件事很关注啊。"

"不清楚，他今天中午没有跟我讲他去哪里了。"裘丽姑太回答说。这时，海斯特姑太突然起身出去了。

弗兰茜好像故意让詹姆士烦恼，悠悠地说："听说布尔人也不是那么容易被打败，詹姆士伯伯！"

"哼！你哪里听说的？怎么没人和我说起过呢？"

小尼古拉幽幽地说："我大儿子尼克最近必须经常去操练。"

"哎！"詹姆士说着，此时他脑里都是瓦尔，"不可能，他现在要照顾他的母亲，他没工夫去操练的，谁叫他摊上这么个父亲！"这一番毫无头绪的心里话，听得大家都默不作声。最后，还是他自己打破了这沉默的局面："珍来这里干什么？他父亲现在可非常有钱了。"

说着，詹姆士带着怀疑的目光将屋里每个人依次看了一眼，然后将话题引到佐里恩。他说自己在何时还看到过他，现在他妻子去世了，想来他肯定会到国外转转，见见各种各样的外国人。虽然他的画看起来没什么特别的，但现在居然有了名气。弗兰茜插了句："我们在场的诸位都想见到他，他这个人非常惹人爱。"

裘丽姑太也说道："佐里恩有一次还在那里睡着了！就在你现在坐的位置，他这个人，永远那么慈眉善目。你觉得呢？索密斯。"

所有人都清楚，伊莲的委托人现在就是佐里恩。问这个问题，让人觉得很微妙，都想看索密斯会如何回答。索密斯脸上有些红了。

"他现在已是满头白发了！"索密斯说道。

"不会是真的吧？你还真见到过他本人？"

索密斯点点头默认了。这时候，他脸上的红晕也消退了。

詹姆士见状，突然开口说："这个……我怎么压根儿就不知道？实在想不通。"这几句话却道出了屋内其他人的想法，大家总觉得这两个人的见面肯定有些不可告人的秘密，所以没有一个人敢接话茬。就在这时，海斯特姑太走了进来。

她压低声音说道："我找到偁摩西了，他出去买地图了，还在地图上插了三面国旗①。"

偁摩西——众人间一阵唏嘘。

如果偁摩西真的已经插了三面国旗在地图上的话，那么，这个国家还是有很大机会顺利解决战争问题的。这相当于宣告战争已经结束了。

13. 佐里恩明白自己的处境

佐里恩正站在好丽的旧卧室的窗前。这间房如今已被改成画室，倒不是因为这扇朝北的窗子可以透光，而是因为这里可以眺望到远处爱普索姆跑马场的看台。他转向旁边临近马厩的窗户，在那里，他看到了自家的那条老狗伯沙撒天天趴在钟楼下晒太阳，他朝它吹了一声口哨，那狗立马抬头瞧了瞧他，还摇了摇尾巴。"可怜的老东西！"佐里恩在心里想道。随后便又回到靠北的窗户那边了。

自打他开始打算做这个执行委托人以来，他的心已经有一个星期没有安静过了。他的内心一直比较敏感，现在似乎有点不舒服，

① 当时，布尔人兵分三路进攻英属纳塔尔。

他那怜悯之心本来就很容易激动，现在弄得更为烦恼了。另外，他还发觉自己好像给自己心中的美找到了一个着落点，这真是一种从没有过的奇怪感受。他看到秋天已经在老橡树身上留下痕迹，树叶已经泛黄。今年的夏天好热，主要是太阳太毒辣了。树有这么一天，人的生命又何尝不是如此呢！"我要活得更久一些。"佐里恩心里暗想着，"也许是因为少了热量，我才显得黄了些，如果哪天我真的老得画不了画了，我就干脆去巴黎。"但记忆中的巴黎，其实也给不了他多少激情。而且，他现在如何能说服自己离去呢？他觉得自己有必要留下来看看索密斯会搞出什么新的事端来。"何况我现在是伊莲的委托人，不能就这么走掉。"他想着。

只要一想到伊莲，他就仿佛清晰地看到，她现在就在那间他去过两次的小客厅里，这点他自己也觉得很奇怪。他想，她依旧是那么美，那么气质优雅、身段匀称，全身上下透露出一种和谐美，任何优秀的画家都不能用笔来描绘出她的美。其实，她就是……他却有些说不上来，是啊！是什么呢？这时，嗒嗒的马蹄声将佐里恩拉回了现实，好丽骑着那匹长毛小马走进了马厩，她抬起头来，佐里恩跟她打了声招呼。看着女儿的背影，他的思绪又转到女儿身上。好丽最近很少来跟他聊天了。也许是长大了吧，有了自己的心事。佐里恩也觉得现在是时候替她计划下未来了。哎，年轻人都这样！时间啊时间，你还真是个魔鬼，走得这么快。他突然觉得自己不能再浪费光阴了，那简直就是一种无法原谅的愚蠢。他必须抓紧时间创作。可是，一旦提起笔，他还是静不下心，根本无法集中精力去画。再加上天色渐晚，光线太暗。于是，他想着什么时候再去城里一趟。正想着，走到厅堂下，他遇到了一个仆人。

"有一位太太想见您！叫黑隆太太。"

"真巧啊。"他赶忙走到自己画廊，看到伊莲正站在他刚站过的地方——窗户边上。

伊莲朝佐里恩这里走来，笑着说道："我今天差不多是闯进来的，穿过了那边那片树林和花园，以前我都是这样来看佐里恩大伯的呢！"

"你来这里怎么能说是闯进来，"佐里恩回答，"这些都是前番注定的。便在刚才，我还想着什么时候去找你呢！"

伊莲听后，开心地笑着。看着她的笑颜，佐里恩觉得实在是赏心悦目，而且那不仅仅是一种自然的亲和——比那更加完美无缺，更加撩人心弦。

"注定的！"她低声说，"记得有一次我跟佐里恩大伯说，爱情是永远不死的。可是，最近我发现并不是如此，真正永存的是厌恶！"伊莲轻声说道。

佐里恩望着她，难道她对波辛尼的爱已经渐渐消退了？

他对伊莲说："你说得很对，厌恶其实比爱与恨都要长存一些，那是一种神经的自然反应，这是我们无法改变的。"

"其实，我今天来只是来跟你说一件事，索密斯去找过我。他跟我说了一句令我很恐惧的话，他说'你还是我的妻子'！"

"所以，你不能一直一个人生活！"佐里恩破口而出。他盯着她，心里觉得有些痛苦，这个世界哪里有美色，哪里就不会太平。也许正因为如此，所以许多人才认为美色是不道德的。

"他还对你做了什么？"

"他在临走时，提出和我握手。"

"那你和他握了吗？"

"是的。我看，他进来的时候，压根儿就不会想着和我握手。可是，他进来后却慢慢地发生了改变……"

"唉！你万万不可一个人住！"

"那怎么办？我这边又没有可以搬来与我同住的女性朋友，而且，我也找不到一个现成的情人，佐里恩兄长。"

"愿上帝保佑，希望以后不要遇到这种情况，实在太恶心了！今晚就在我这里吃吧，如果不方便，我们也可以一起回城，正好我晚上打算去城里一趟。"

"是真的吗？"

"是真的，你等我五分钟。"

在去车站的路上，他们两个从绘画聊到音乐，又转向聊英国和法国两个国家的人民的性格差异还有他们在艺术观上的差异。但是给佐里恩留下深刻印象的，是一路上的风景：在那两边点缀着篱笆的小路上，四处都是秋的迷人景色，一路上啁啾的碛鹟跟随着他们的脚步，空气里有杂草焚烧后的清香，还有伊莲优雅的头颈姿势，而那双迷人的深褐色双眸，还不时地瞧自己几眼，还有她那性感的身段，他的腰杆不自觉地挺得笔直，步子也迈得更显活力。

在火车上，佐里恩好像给她面试一样，问她每天一个人是怎么打发日子的。

伊莲笑着回答说，她就是裁一些衣服，上街买东西，偶尔还会弹钢琴，做一点法语翻译工作。近来在帮一个出版社做书稿，顺便还可以挣点钱。至于晚上，一般很少出去。"其实，我一个人生活已经习惯了，也无所谓了，我的性格天生就有点孤僻。"

"不要这么说，"佐里恩说，"那你熟人多不多？"

"很少。"

到了滑铁卢车站后，佐里恩喊了一辆马车，将伊莲送到了她的公寓门口。分别的时候，佐里恩拉着伊莲的手关切地道说："如果有事，请记得一定来罗宾山找我。还是那句话，有什么事你一定要告诉我。伊莲，再见！"

"嗯，再见！"伊莲小声地道谢告别。

回到马车上，佐里恩开始有些后悔自己为什么不带她去吃个饭，然后再去看个戏。伊莲一个人生活是多么孤单，多么寂寞啊！随后，他向窗外跟车夫说了一声："去什锦俱乐部。"可是，当马车行驶到河滨大道时，他看到一个人身穿大衣，头戴礼帽，正挨着墙快步走着，身子仿佛与墙面融为一体。

"天啊！这是索密斯啊！"佐里恩在心里想道，"这家伙这个时候出现，到底想干什么？"当马车驶到街角时停了下来，他下了车，然后一步一步地跟在索密斯的后面。果然，如佐里恩担心的那样，索密斯径直来到了伊莲现在住的公寓下面，正看着伊莲窗户的灯光。"假如他现在要是进去了，我该怎么办呢？可我又有什么资格上前管这事呢！"这个家伙没有说错，他们现在还是夫妻，他要找她的麻烦很容易！"哼！他要是敢进去，我就也跟着进去。"想到这里，他也朝公寓走了过去。可这索密斯继续向前走了几步，都快到大门口了，居然停了下来转身朝河这边走来。佐里恩对索密斯的怪异举动表示无法理解，正纳闷时，发觉索密斯如果再走上十几步，就可以认出自己来了。佐里恩赶忙溜回了马车。他堂弟的脚步紧紧跟随在后面，还好，他上马车的时候，索密斯还没拐过弯来。佐里恩赶忙喊车夫："走！"可索密斯的脚步已经跟上来了。

索密斯问车夫："嘿，伙计，你这车有人吗？"

佐里恩硬生生地回答说："啊呀！这不是索密斯吗？"

在灯光的照耀下，他可以看到索密斯一脸的疑问，他打定主意了："正好，我可以带你一程，如果你要往西走的话！"

"那谢谢了！"索密斯回答，于是上了马车。

"我刚刚去看望了伊莲。"马车走动时佐里恩说道。

"哦，是吗？"

"而且，我知道你昨天去看过她。"

"对呀，但有什么关系，她现在可还是我的妻子，这你应该清楚的！"

看着他那微微翘起的唇，听着那语气里透出的讥讽，佐里恩就气不打一处来，但他还是忍着。"我当然明白，只是我提醒你，如果你确实想离婚的话，最好还是别再去看她了。你觉得我说得对不对？不能脚踏两只船。"

"谢谢你的忠告，但是，我还没下定决心呢！"索密斯说道。

"但是，她已经下定决心了。你要知道，你们不可能像十二年前那样！"佐里恩正视着索密斯说道。

"那咱们走着瞧吧！"

"你听我说，"佐里恩说，"她现在活得其实艰难，我现在是唯一在法律上对她的事情有说话权利的人。"

"那我呢，我也很艰难，她现在这样的处境完全是活该，而且我的难处也是她造成的。可我还下最后的决心要不要接她回家，这完全是为了她本身的好处考虑！"

"什么？"佐里恩听后大叫起来，他觉得自己的身体都惊恐得在发抖。

"我不懂你这'什么'是什么意思，"索密斯冰凉地说道，"你最好弄清楚自己在她的事情上所拥有的发言权，只限于给她开支票而已。当年我之所以保留自己的权利，是因为我不想因为离婚而让她丢人现眼。再者，就像刚才我说的，行不行使我的权利是我说了算，我现在还没下定决心！"

"我的天！"佐里恩禁不住大叫，不过很快又发出一声短笑。

"怎么？你忘了你父亲曾给我取了个外号——'有产者'？"索密斯带着恶毒的声音说道，"对，我就是个有产者，这称号可不是浪得虚名的！"

"啊，简直不知所谓！"佐里恩嘀咕了一声，随后想道："这家伙再厉害也不可能强迫自己妻子和他同居吧！现在已经不比从前了，没有那么多旧礼教压制妇女！"他转过头来看着索密斯，看着这个坐在自己旁边的男人，他真的这么想吗？但是索密斯看起来，却非常认真，笔直地坐在座位上，苍白的脸上两撇整齐的胡须显得很帅气，翘起的嘴唇下露出一颗牙齿组成一个固定的微笑。就这样过了很长时间，双方都没有说话。佐里恩心想："这次没给她帮上什么忙，反而把事情搞复杂了。"

这时，索密斯又突然冒出一句话："不管从哪方面来看，对伊莲来说，这绝对是件再好不过的事情。"

这话让佐里恩变得更加激动了，他甚至觉得在这马车内他实在待不下去了。这种情形，仿佛是把自己和许多英国人囚禁在一起，把他跟那种讨厌却普遍的国民性格囚禁在一起——这些性格，就是英国人那种对契约与权利的强烈信念，以及他们在行使这一类权利时那种心安理得的道德感。现在的这部马车里，坐在他旁边的人，刚好是这种财产意识的典型代表，甚至可以说是其肉身，是它的亲骨肉！这简直太荒诞了，太让人吃不消了！"这个人甚至更恶劣，"他很厌恶地想着，"人说狗会吃自己呕吐的东西，索密斯这个混蛋，肯定是看到她后，又重新贪恋起她的美貌。啊，真是离奇！"

"我刚才说了，"索密斯说，"我还没做好决定呢！但是，如果你能不管她的事，那就太感谢你了！"

佐里恩紧紧地咬着嘴唇，他这个人一向不喜欢争吵。但现在，他还真是想吵上一架，那才痛快呢！他简短地应答："我不可能答应你做这种事！"

"行，那就这样吧，我们心里都有数了！车夫，停车，我在这里下车！"索密斯叫住了马车，招呼也没打就下了车。佐里恩去了自己的俱乐部。

大街上，一些关于战争的时新消息，仍然在卖报的口中叫喊着，可是佐里恩根本没心思关心这些。他在想着如何能帮助伊莲，父亲如果依旧健在，那该是多么好的事情呀！他肯定可以想出一些好办法！但是，为什么他就没有父亲的这种解决问题的能力？难道是年龄还不够大吗？他可是年近五十岁的人了啊，而且经历了两次婚姻，又生育了两个女儿和一个儿子，而且他们也已经都成年了。他想："真是奇怪啊，如果伊莲只是个相貌一般的女人，他也许不会经常地想起她。啊，美貌啊美貌，一旦感受到了，还真是个魔鬼啊！"他就这样带着杂乱的心去了俱乐部的阅览室。他还记得，他还曾在一个夏天的午后跟波辛尼在那里聊过，为了女儿珍跟他讲过一大段含糊的话。当时，他还大胆地说了一些对福尔赛家人的分析，并让波辛尼注意提防一种女人，至于是哪一种，他自己也不太懂。不过，好像现在他自己也需要一个同样的警告。"又可气又可笑，"他心里想道，"真是又可气又可笑呢！"

14. 索密斯认识了自己的需要

想着刚刚说的"我们心里都有数了"，索密斯觉得，这话说出口倒是很简单，可是仔细想想，又搞不清自己到底是什么意思了。其实，他说那些话，只是为了发泄自己的情绪，表达自己的强烈的嫉妒而已。他在下车时，心里充满了怨恨。他恨佐里恩见到了伊莲，又恨自己没勇气进去见她。现在，又恨自己心里乱得很，恨自己连到底想要什么都不知道。

索密斯之所以提前下车，是因为他当时实在受不了和堂兄坐在一起了。他一边向东面快步走去，一边心想："佐里恩这家伙，我压根儿没信任过，贼永远是贼！"这家伙完全只会同情——同情那些——放荡之人。他费了好大劲儿，才绕开想到"罪恶之人"这样的字眼，因为评价一个福尔赛，这样讲未免有些不当。

索密斯如此迷茫地不知自己想要什么，还是第一次，此时他就像个小孩子，他有一个玩具可以拿，但是必须放弃另一个玩具，至于到底选哪个自己也不知道。他其实也搞不懂自己为何如此。毕竟在上个星期天，愿望还是那么简单，只想着尽快离婚，然后跟安妮特在一起。可是现在居然动摇了，摇摆不定。"我有必要去趟安妮特那里吃晚饭。"他想，这样能让自己稳定下心思，不会那么暴躁，让头脑清晰起来。

　　饭店的生意几乎爆满。其中还有许多外国人，另外还有许多人，看穿着像是文学家或是艺术家。吃饭的时候，周边断断续续传来人们议论战争的声音。他清晰听到有人对布尔人表示同情，对英国政府却大肆批判。他自我安慰："也许，是我把这里的客人想得太复杂了。"于是，他敷衍了事地吃完了自己的晚饭，喝掉了那些咖啡。他不想让拉莫特母女知道他已经来了，吃过晚饭，他走向了拉莫特太太的密室。她们正在吃夜宵，而且相当丰盛，这让他有些后悔了。见到索密斯来了，她们一脸诧异，索密斯看着她们的表情，他心里有点疑虑：她们是不是早知道自己来了，现在才故作惊讶而已？他悄悄地仔细朝安妮特那里看了看，但从她脸上，也看不出什么问题来，那是一张多么美丽而坦诚的面孔。不过，她这样是不是在勾引自己早日来追求她呢？于是，他特意跟拉莫特太太说："我也是在这里吃的晚餐。"

　　"真的吗？你早点来多好啊！真可惜了，不然，还可以给你推荐一下哪些菜比较好吃。"拉莫特太太很遗憾地说道。不过，这却让索密斯更加怀疑了。

　　"看来我做事得小心点了。"他想着。

　　"先生，要不，我再给你上点我们这儿顶级的咖啡。和一杯格兰马尼尔？"说完，拉莫特太太就去安排这些精美饮料了。

　　拉莫特太太一走，就只剩索密斯和安妮特两个人了。"你现在感觉如何，安妮特？"他笑着，唇边浮起一点防御性的微笑。

　　安妮特立马羞红了脸。这要是换作上个星期天，他估计就会被迷得神魂颠倒。可现在，他觉得安妮特不过像是一条自己养的哈巴狗，在摇尾乞怜。不知道，他从哪里得到了一种古怪的特权，眼下他以为，如果让安妮特马上来吻他，估计她也会顺从。可是，另外的一个身影仿佛也在这屋子里晃荡，让他觉得心里发痒。啊，他现在也搞不清自己到底想要哪个了！他望了一眼客人吃饭的地方，对安妮特说："你这里有些客人很独特，你对现在的生活满意吗？"

安妮特瞄了索密斯一眼，随后垂着眼，摆弄着叉子。

"不，"她说，"其实我根本就不喜欢这里的生活。"

"呵呵，这女人已经是我的了，如果我想要她的话。可是，我真的愿意要她吗？"索密斯想道。安妮特其实也是个不错的女人，有风度，长得也美，而且品位不俗。可是，索密斯在扫视着这个小房间时，脑海里却立刻浮现出了另一个地方，那里略显灰暗的烛光，银白色的墙面，椴木制的钢琴，一个美丽的女人倚靠在旁边，仿佛要与他保持距离似的。这个女人的雪白的肩颈是他熟悉的，她那双深褐色眼睛，也是他熟悉的，满头金黄发亮的头发好像一堆深色的琥珀。就像是艺术家追求那可望而不可即的东西，却越来越饥渴一样，索密斯此时的心里，燃烧起因为那段旧情没有得到满足而引发的饥渴。

"不过，安妮特，你还如此年轻，还有大把的机会！"索密斯平静地说道。

安妮特摇了摇头。

"我觉得，我以后肯定是干苦活的命，哪敢奢想那么多，我没母亲那么勤劳！"

"你母亲确实很能干呢！她绝不会允许失败住进自己家里！"索密斯半开玩笑地说道。

"做有钱人，每天一定过得很好！"安妮特发出一声叹息。

"哈，你有一天也会成为有钱人的！"索密斯依旧带着玩笑的语气说道，"不要发愁！"

"啊，我知道先生是个好人！"安妮特说着，往自己嘟着的嘴里塞了块巧克力。

"对了，亲爱的安妮特，你的嘴唇真漂亮！"索密斯想道。

这时，拉莫特太太端着咖啡和甜酒进来了，聊天也随之终结。于是，索密斯坐了一会儿，很快就告辞了。

索密斯在苏荷区的街道走着，总觉得自己在这里的财产以后会后继无人。他一边走，一边在不停地思考。他觉得，要是早些年伊莲能帮他生个儿子，那自己现在也不会这么急切地想找个女人了。这种思想，从他内心深处突然蹦出来。如果有一个儿子，那么自己生活也就有了希望，以后的日子也将活得更有价值。那些财产有人可以接手，便代表自己能够永远地将其占有下去。"如果我有个儿子该多好啊！"他无奈地想着。他现在只想要一个合法的儿子，如此一来，他便觉得自己完全可以像过去那样将就着生活下去，反正在他看来，女人都差不多。他走着走着，却又摇了摇头，现实的情况却并不是这样，女人也并非都是一样的。过去他的婚姻生活并不幸福，他曾多次这么想过，但最后都没付诸行动，如今他还是会这么想。他觉得，可以将安妮特看作另外那个自己喜欢的女子，但是现实却并不一样，她没有以前那个人的那种诱惑力。而且，"伊莲还是我的妻子"，法律也是认同的。况且，他也并没有做出任何背叛她的事，让她离自己而去。所以，两人复合又有什么关系呢？这一切都是合法的，一来旁人不会说什么，假如她不喜欢——可是，为什么自己得不到她的喜欢呢？我又不是个大麻风病人，况且她在和他分居后，也没有找其他的男人，她现在就像一所无主的房子，就等着他这个法律上的主人重新住进去，重新占有她。所以，他现在何必为了离婚到法庭上去自讨羞辱，做那么多妥协，接受那些无形的失败呢？对于索密斯这种精于谋算的人来说，能够不招人非议，又能悄悄收回自己的财产，这简直就是天底下最划算的事情了。"不，"他沉吟着，"今天来看安妮特还真是来对了，现在，我确定自己想要的是哪一个了。我要去找伊莲，只要她肯回到我身边，要我怎么顺从，我就怎样顺从，要我多么体贴，我就多么体贴，她可以按照自己的想法生活——这样的话，说不定她会迁就我呢。"他的心情顿时变得好极了，甚至开始幻想以后的美好生活了。他加快脚步，顽强地沿着格林公园的栏杆朝父亲的住处走去，一边故意地踏着自己在月光中的影子！

第二卷

1. 第三代福尔赛们

时值十一月，一个下午，佐里·福尔赛正沿着牛津的高街走着，碰见瓦尔·达尔提从相反的方向逛过来。佐里刚刚换掉了划船穿的法兰绒裤子，正赶去油锅俱乐部，他刚刚注册为这所俱乐部的会员。瓦尔也是才脱下他的骑马装束，眼下正要往火坑①里跳，到谷物市场的一家买马场去。

"嗨，瓦尔！"佐里跟瓦尔打招呼。

"嘿，佐里！"瓦尔回应道。

说起来，这表兄弟俩只见过两次。第一次是二年级的佐里做东，第二次是前一晚，在某个带点儿外国情调的场合中。

一些家境不错的未成年学生住在谷物市场一带，其中有一个，就住在一家缝纫店楼上。说起来，这家伙蛮可怜的，父母双亡。但他继承了一大笔遗产，而且他的监护人也离得远远的，这个纨绔子

————————
① 英语中有"才出油锅，又入火坑"的俗语，以此讽刺瓦尔嗜赌。

弟天性顽劣，他十九岁时，便开始玩起那些十分刺激但一般人很难理解的新奇玩意儿。因为对于一般人来说，一次破产就够受了。他最近又弄了一套很新奇的轮盘赌具，整个牛津只有这么一个，让他在学校名声大噪。同时，他也正在用不可思议的速度飞快地输掉父母亲留给他的产业，简直比库伦姆还要过分。可是，这小子长相一般，肥头大耳，面色发红，身上压根儿就没有库伦姆的那种气质。轮盘赌对瓦尔来说，如果有人愿意带他去玩儿，那简直就相当于一次洗礼，接着他还会跟着同学一起赌博。他们的赌场设在一个隐蔽的地方，需要爬过一扇铁窗才能进去。有一天晚上，瓦尔正赌得起劲儿，他那双原来盯着那充满诱惑的绿呢台子的眼睛抬了起来，透过烟气看见了在对面坐着的这位表兄，一直在兴奋地喊："纯红，单数，小点啊！"后来就没有看到他人了。

"来，跟我一起去油锅俱乐部喝喝茶。"佐里说，随后两人就进去了。

在外人看来，这两个第三代福尔赛总有些说不出的相同之处。他们的脸型其实看起来差不多，不过佐里的眼珠要更灰一些，发色要淡一些，而且要蜷曲一些。

"请给我们来点儿茶，然后再来点儿那种涂牛油的小甜圆面包。"佐里对俱乐部的侍从说。

"来，抽根烟。"瓦尔递给佐里一支烟，接着他又说，"昨晚我看到你了，你运气如何？"

"我没赌。"

"我昨晚赢了十五镑。"

佐里这时突然想起，父亲佐里恩曾神秘兮兮地跟自己聊到赌博，他是这么讲的："你若输了，心里会觉得不舒服；你若赢了，心里又可能会觉得有些过意不去。"现在，佐里很想将父亲的话向瓦尔重复一遍，但想了想，只是说了这么一句："我认为赌博是件很没意思的事情，那个坐庄的家伙是我的中学同学！他也是个很没意思的家伙。"

"这样啊，不过，我觉得他是个不错的赌棍！"瓦尔这话，像是在替自己崇拜的神作辩解。说完，两人都默默地抽起了烟，没再说话。

"你见过我的家人，对吧？他们明天就会进城来！"佐里说道。

瓦尔不禁脸红了："是吗？对了，我可以告诉你一些曼彻斯特本月障碍赛的内幕，可都是很难弄到的消息。"

"谢谢，我只喜欢传统赛马①。"

"那样几乎赢不到什么钱的。"瓦尔说。

"我就不喜欢跑马场，"佐里说，"感觉那里太闹腾，而且气味又难闻。我还是喜欢在草地赛马。"

"好吧，不过我更喜欢押自己看中的马！"瓦尔回答。

"我不会看马，每次买马都是输。"佐里笑了，简直和他父亲没什么两样。

"是啊，你这相当于花钱交学费。"

"是的，只是觉得这里面复杂得很！尔虞我诈的！"

"当然，这就是乐趣之所在，一不小心，人家就会欺诈你。"

佐里表现出蔑视的表情。

"你自己一般玩儿什么？划船玩儿吗？"

①传统赛马：这一类比赛往往只有一些彩票，而赌博较少。

"不，我喜欢骑马，四处转转。而且，如果我外祖父愿意资助我，下学期，我可能会去学打马球。"

"你说的是詹姆士叔祖，对吗？他现在怎么样？"

"他呀，老得比得过一座山，"瓦尔说，"而且总觉得自己会变成穷光蛋。"

"好像我的祖父跟他是兄弟吧！"

"我觉得，这些老顽固们没一个称得上大方，"瓦尔说，"他们肯定只爱钱。"

"但我祖父是个例外！"佐里有些得意地说道。

瓦尔用手弹了弹烟灰，接着说："钱这东西就是用来花的，我真想自己手里有很多钱。"

听到瓦尔这么说，佐里立马抬头看了他一眼，这种带有判断性质的目光，是从老佐里恩那儿遗传来的，他觉得钱这东西不应挂在嘴边。又是一阵沉默，两人喝着茶吃着小甜圆面包。

"你家人进城后准备住哪儿？"瓦尔装作很随意地问了一句。

"彩虹旅馆，对了，你如何看待战局？"

"感觉非常糟糕！因为这群布尔人总是东躲西藏地打游击，从不光明正大地跟你打。"

"人家为什么要跟你硬碰硬？他们目前的打法可是明智的选择，其他打法对他们没有好处，我挺佩服他们的。"

"好像他们既会骑马，又会射击呢！"瓦尔承认，"实在令人讨厌！库伦姆这个人你晓得不？"

"一面之缘，默顿学院的吧？纨绔子弟一个，外强中干的家伙！"

瓦尔却很认真地讲："他是我的朋友！"

"这样啊，那刚才实在对不起！"两人都无聊地坐在那里，瞪着眼睛，看都不看对方一眼，心里却各有一套瞧不起对方的理由。此时的佐里，心理很像一种人，这种人的口头禅是："像你这种人，连得到我们的讨厌都不配。人生转瞬即逝，我们要珍惜时间，多做些实事，多学点知识，对于你想得到的那些东西，我都不愿多谈。我们是最优秀的一类人，也是最坚强的一群人！"而瓦尔则在心里想着："我们才不会对你们这帮家伙感兴趣呢！我们正眼都不会瞧你们一眼。我们整天都在接受着新事物，无所不知，无所不晓，即使不知道也要装着见识过。我们活得简直是充充实实，秉烛夜游又有什么不好？我们就算赌得输掉裤子，也不会皱一下眉头。我们的步伐飞速向前，什么烦恼都可以抛之脑后！在烟草的香味里，朝着生活的远方快活迈进！毕斯米拉①！"

英国人骨子里那种牢固的竞争意识，使得这两个年轻的福尔赛各执一个理想，可是在这个时期——世纪末，理想也是过于分化的。那些贵族，大多抱着"去他妈的"态度，虽然已经是七零八落，但像库伦姆这号人还是见得到的——他便是贵族子弟中的一例，松松垮垮，沉迷于赌博的乐趣，那曾是整个八十年代的那一群"顽主"和"登徒子"们所追求的最高理想。所以，这种人周围反而聚集了一大帮追随者，誓死效忠。

不过，这两个表兄弟还互相有着一个不太明显的反感，那就是，他们的容貌看起来有些地方惊人的相似。这是他们厌恶却不能

---

① 毕斯米拉：伊斯兰教义中"太斯米"一语——意为"诵真主之名"的起首读音，常被教徒用作冲锋口号。

改变的，而且，两人都隐约感到，在整个福尔赛家族的两个不同的支系之间，仍然存在着古老的仇恨，这其实是祖辈们平时随口的一句话，或者一点暗示，在他们头脑里所形成的印象。想到这里，佐里颇不耐烦地将茶匙搅动得很响，心里想着："我讨厌这家伙，讨厌他的那根领带别针和那件大衣，讨厌他慢吞吞的说话方式及赌钱的爱好，简直讨厌死了！"而瓦尔，一边把小甜圆面包吃完，一边想："这个小王八蛋！"

"我想，你该去迎接你的家人了吧？"瓦尔说着，站了起来，"如果他们到了，可以跟他们说，我非常乐意带他们到青铜鼻学院参观。不过，实在没什么好看的。"

"好的，我会帮你把话带到。"

"到我这里来吃午饭也行！我有一个用人，菜做得很棒。"

"但我不知道他们是否有空。"

"但还是麻烦你替我问候他们，好吗？"

"感谢你的好意。"佐里说，他的意思是不想让他们去，但是由于他的礼貌是与生俱来的，便又说了一句，"这样吧，你明天晚上来跟我们吃饭吧！"

"行，大概什么时候？"

"七点半！"

"需要穿礼服吗？"

"不必啦。"

于是，表兄弟俩互相道别，心里各自带着一些难以言说的敌对情绪。

好丽和父亲坐火车到的时候，已经是中午了。这是她第一次来到这个有着钟楼和充满幻想的古城，她一直都不说话，只是微带羞涩地看着佐里哥哥。因为她总觉得，佐里也是这里的一部分。午饭过后，好丽悠闲地到处转着，非常好奇地观看哥哥的屋子和他生活的内容。佐里的卧室墙壁上贴着木板镂刻画，一套印刷的巴托罗季作品展现着它的艺术性，这还是老佐里恩当年买来的。墙上还挂着佐里的一些生活照，里面都是年轻人，非常有精神，也有点英雄气息。好丽仔细地看着照片上的年轻大学生，与脑子里的瓦尔进行着比较。佐里恩同样在仔细地观察着一切，因为这些反映了儿子的性格，还有他的喜好。

佐里急着想要带他们看他划船，于是，三个人就一起去了河边。一路上，好丽走在父亲与哥哥中间，每当路人望向她时，她就觉得很开心。为了更好地观看佐里划船，他们在佐里上船后，就去了河对面的小路——那里是拉纤的地方。佐里人不胖①，在八人选拔队里担任第二桨手，他划得非常认真卖力。望着儿子，佐里恩觉得他是其中长得最帅气的一个，心里感到非常骄傲。而好丽则和一般做妹妹的一样，觉得另外的一两个长得比较帅气，但她肯定不会把自己的想法说出来的。佐里恩观察到这条河的风景非常不错，绿油油的草地、明媚的阳光、翠青的树林，异常的静谧地笼罩着这座古城，给人的感觉很不错。于是，他想："如果这里天气一直这么好，我这几天一定要来这里写生！"结果，正选队再次超越了选拔队，沿着许多平底船使劲儿地向终点赶——佐里输了，他板着一副臭脸看起来很不开心。待船靠岸后，好丽和佐里恩赶忙又去河边等佐里。

———————————————

①整个福尔赛家族中，只有史悦辛、乔治两个胖子。

在走到基督堂学院外边的草坪时，佐里开口说道："哦！我打算今晚请瓦尔·达尔提吃饭，他本打算请你们吃午饭，带你们去青铜鼻学院参观的。我邀他过来，是因为我不想你们去他那里，我实在不喜欢那家伙。"

好丽那张俊俏的长脸蛋顿时红了，问："为什么？"

"哦！具体我也说不上来，只是觉得这个人不靠谱，而且很不注意穿着。他家是个什么样的家庭？父亲，他只是一个远房表弟兄，对吧？"

佐里恩笑而不语，不想回答这个问题，只说："好丽和他舅舅见过面，你问她吧！"

"我觉得瓦尔还不错，和他舅舅完全是两种人！"说完后，她偷偷瞄了哥哥一眼。

突然，佐里恩抱着一种不可名状的心情说道："孩子们，你们有没有听说过我们家的历史？那简直就像是童话！第一代佐里恩·福尔赛，不管是不是第一代，反正是我们比较了解的，是你们的高祖父，他一开始不过是多赛特海边以土地为生的农民，正如你们那些姑太所说的，他们在职业上是'农业家'，而且也是'农业家'的儿子，事实上就是种田的。所以，你祖父常常说他们那一辈都是一些'不足挂齿的人'。"说到这里，佐里恩看了看佐里，看佐里那少爷脾气能不能承受，又看了一眼好丽，发现她好像对哥哥僵硬的脸色感到一丝坏坏的得意。

"可以想象，我们的祖辈肯定都是四肢健壮的，他们代表着工业革命前的英国。但到了第二代，也就是你的曾祖父——佐里恩·福尔赛二世，可就大不一样了。佐里，外面的人都喊他多赛特·福尔赛大老板。根据史籍的记述，他是搞建筑的，一共有十个儿女。而且，那时他就已经搬到伦敦住了。听说，他很喜欢喝马蒂拉酒。我们其实可以设想，他就好比是拿破仑战争和动荡时代的英国。他的六个儿子里最大的一个，是你们的祖父——佐里恩三世。他特别了不起，是个茶商，而且还是好几家公司的董事长。他是最正派的英国人，是我最敬重、最爱的人！"一提到自己的父亲，佐里恩口气里都透着敬重，连之前的讥讽意味都立马没了踪影，一双儿女也庄重地注视着他。

"你们都知道，他为人处世公正而坚强，心地善良，处事果断。你们还记得他，我也记得他。另外，我们再说说其他人，你们的二叔祖——詹姆士，就是瓦尔的外祖父，索密斯就是他的儿子。至于索密斯，就是从他那里传出了那个关于他们夫妻之间不好的传闻，我想还是不跟你们说为好。詹姆士连同多赛特·福尔赛的其他八个儿女，可以说代表了英国维多利亚时代，也同样代表着这时代的五厘利息加本钱的生意经和个人主义时代。正是他们，在这漫长的一生中，用自己的双手将三万英镑的本钱翻了许多倍，最后大家的财产加起来都有一百万英镑。他们基本上都是守规矩的人，唯独你的三叔祖史悦辛例外，因为我以前听说他有一回押宝①被人给骗了。说起来，他还有一个外号呢，叫'四马手福尔赛'，因为他的双马车赶得不错。现在，他们这一代已经老去，他们的时代也随之过去了。但是，对这个国家来说，不一定是好事。至于你们的老爹我，说起来，该是佐里恩·福尔赛第四代了。但是，我一直都觉得

①押宝：一种赌博游戏，庄家以快速的手法摆弄三只杯子，让人猜在哪一只下藏着东西。

自己配不上这个称号。"

"父亲，您配！"佐里说道，好丽也抓住了佐里恩的手。

"我是真的不配。只能说我们这一代只是一个样品，什么都代表不了，怕只能代表这个世纪！我们不劳而获，玩弄钱财，追求着自由，但这不是个人主义。现在，佐里，你可是我们的佐里恩·福尔赛第五代了，你们将是一个新世纪的主人！"

聊到这时，三人拐了个弯，往学校大门走去。好丽说："父亲，很有趣！"

可佐里恩和佐里并不觉得这有什么好玩的，佐里仍然一脸严肃。他们一行来到了彩虹旅馆。这旅馆看起来土里土气的，估计也就牛津这边的旅馆是这副模样。他们定了个房间，进去时发现是个墙上贴着橡木板的小居室。等到那位唯一的客人赶到时，好丽已经身穿一套白衣服，独自静静地坐着了，一脸娇羞。

瓦尔温柔而小心地握住好丽的手，她是否会愿意戴一朵"平淡无奇的花儿"？这朵花戴着肯定特别好看，瓦尔微笑着，从大衣上把栀子花拿下来。

"不用了，谢谢你，多不好意思呀！"不过，她还是接过瓦尔的花，用别针别在衣领上。但很快，她想到了"不靠谱"之类的说法，若瓦尔在衣领别花，一定会让哥哥很反感的。她现在多么希望哥哥也能喜欢上他。其实在她面前，瓦尔可是很守规矩、很安静的。正是如此，才讨得了她的欢心，她自己是否明白呢？

"瓦尔，我没和任何人说我们一起骑过马。"

"对，这是我们的秘密，不要跟其他人讲好一些！"

看着瓦尔手脚局促的样子，好丽心里有一种很甜蜜的权力感。

同时，产生一种柔情蜜意，希望可以让他开心一点。

"你必须和我讲讲你在牛津的生活，我觉得一定特别好玩。"

"在这里确实挺自在的，没人管，想什么就干什么。而且，上课是很容易应付的事情，而且我还有几个同学挺有意思的，跟着他们一起玩特别开心。但是，"他又加了一句，"我还是宁愿待在伦敦，这样，我想你的时候便可以去乡下看你。"

听到瓦尔这么说，好丽垂下了眼帘，一只手羞涩地在膝盖上挪动着。

"你肯定没忘记我们的约定吧？有机会，我们要去一起流浪的。"瓦尔突然很认真地说。好丽忍不住笑了。

"瓦尔，别那么天真，那只能想想，长大了我们就不太可能做那种事情了！"

"谁说的？我觉得表兄妹有机会的，绝对可以！等暑假开始，也就是六月份，我们就可以试着去做。因为暑假那么长，我们应该有机会！"

尽管这些冒险刺激着她，让她想想就觉得很开心很兴奋。可是，她还是觉得不太可能。她小声地说："这是行不通的啊。"

"怎么会？"瓦尔激动地说，"又没人能拦住我们。你父亲和哥哥该不会——"

正说着，佐里恩和佐里就来了。好丽和瓦尔只好停住了谈话，浪漫女神只好躲进瓦尔的漆皮靴和好丽的白缎鞋里，在这个无法公开诉说情话的晚上，它一直藏在双方的内心深处，把心弄得痒痒的。

细心的佐里恩很快就发现了一些问题。两个男孩之间好像互相有些敌视，同时又有点弄不懂好丽是怎么回事。他也不知道怎么了，跟他们这些年轻人聊天的时候，总是喜欢说一些冷嘲热讽的话。搞得大家聊得都不怎么自在和开心。晚饭后，有人给他带来一封信件。看完信后，他立即陷入了沉默。甚至在佐里和瓦尔起身准备离开的时候，他都没太说话。他静静地陪他们走出去，路上也在抽着闷烟，一声不吭，直走到基督堂学院的大门前面。在归来的路途中，他在路灯下重新看了一遍那封信。信的内容如下：

佐里恩兄长：

索密斯今晚又跑过来了——今天是我三十七岁生日。我觉得你说得很对，这里我不能再住下去了，明天我就会搬到彼得蒙旅馆去住。在出国之前，我很想和你见一面，现在心情很差，我的整个世界也显得冷清异常！

伊莲

他把信折好放回口袋，慢慢地向前走去，他也很惊讶自己居然会如此激动。这家伙到底做了什么过头的举动？或是说了什么过头的话？

他转了个弯到了高街，朝着瓦杜尔街的方向行进。身旁的许多钟楼、穹顶以及学院式建筑物简直像个迷宫，月光像牛奶一样倾泻在它们身上，将它们照得明晃晃的，又或是笼罩在黑暗的影子里。他在这一切事物中间走着，踱步在英国文明的中心。很难想象，一个孤独的女人会被别人恼扰和逼迫。她的信还表达出了什么？除了索密斯真的是打算逼迫伊莲跟他和好，而且，他这样做还会得到大家的支持与法律的认可。"都已经是1899年了，"他一边想着，一边望向附近村舍墙头上那些碎玻璃片，"可是，一旦涉及财产问题，我们这个文明的国度，还是会露出野蛮的獠牙。明天一早我就去伦敦见伊莲，我要去支持她，出国是个最好的选择！"

可是，很快他又觉得不开心了。索密斯把她赶到国外去了。到了国外，索密斯如果跟了去继续纠缠，她就会更加无助。"我得小心点好好盯着索密斯，那家伙做事毫无理性，那天夜里在马车上，我就很讨厌他的作风。"他想着。随后，佐里恩突然想到了他的女儿珍。或许，珍可以帮到伊莲，在过去珍和伊莲是很好的朋友。现在伊莲也是个可怜人，应该符合女儿的脾气，也许会帮她。想到这里，他决定给女儿发份电报叫她来帕丁顿车站接他。可是，待他回到彩虹旅馆后，他再一次发觉，自己的反应实在是不合常理。若换作其他的女人，他还会如此烦恼吗？绝对不会！佐里恩一想到这点就觉得很无力，此时好丽早已进入梦乡，佐里恩就轻手轻脚地去了自己的房间。他彻底失眠了，辗转反侧！最后蜷缩在自己的大衣里，望着屋顶冰凉的月光，在窗户旁坐了许久。

隔壁房间里的好丽也睡不着，正在想瓦尔上眼皮和下眼皮上的睫毛，特别是下睫毛。同时她又在思考，如何才能让佐里对瓦尔多一点好感。瓦尔送的栀子花，香气弥漫在好丽的卧室里，让她觉得很甜蜜。

而瓦尔呢，此时也正在想着好丽。他站在青铜鼻学院二楼自己房间的窗台前，倚窗望着月色下的四合院，心里想着好丽穿着白衣、身段苗条地坐在火炉旁的样子。便是白日里他见到好丽时，她那安静而美丽的模样。

至于佐里，在他那间窄得让人做噩梦的卧室里，腮帮子枕着手臂，他居然梦到自己和瓦尔同在一条船上，参加了一场输掉的比赛。他的父亲站在拉纤小路上，高喊着："二号，别把手放那儿，上帝！"

2. 索密斯的再度出击

伦敦西城的许多商铺，以它们珠光宝气的橱窗，为这座城市大大增添了光彩。在索密斯眼里，维斯-柯蒂高尔珠宝店最"吸引眼球"——这是个最近才流行起来的词语。其实，索密斯从来没有像他叔叔史悦辛那样对宝石感兴趣，自从伊莲在1889年离开后，将他送的一切亮晶晶的宝石都还给了他，索密斯就对这种投资形式厌恶起来。但是，他仍然懂得哪些是真正的好钻石。所以，在伊莲的生日前的一个星期里，他去鸡鸭街或者是从那儿回来时，总是找机会在几家大珠宝铺子前徘徊。在这些大珠宝店里，也许你会在价钱上吃一点亏，但货色还是相当不错的。

自那晚与佐里恩同车之后，他思考了许多，并且真正地意识到，自己现在正处于人生的关键时期。他觉得，自己必须果断做出决定，并积极行动起来，不能出任何差错！他现在非常冷静且坚定地认为，想要成立家庭、生个一儿半女的话，现在就必须抓紧了。不然，以后就没机会了。就在这个时候，他看到自己曾经热烈追求过的妻子时，内心重新升腾起对她的欲望，他觉得放弃自己的这个美人实在是不合情理，更违反了福尔赛不惹是非的家训。

关于威尼弗列德的讼事，索密斯曾找过一个叫德里麦的皇家法律顾问咨询过了。德里麦还告诉他，他应该去找沃特布克，不过他已经被任命为法官了——这个任命如此晚，很容易让人怀疑这仅是一个政治手段。德里麦还忠告他们，现在就必须行动，争取早日获得法院关于他们重新和好的判决。对此，索密斯坚信不疑。待恢复婚姻关系的判决下来后，再看看他们双方谁不服从判决。如果还不遵守判决，那就是对法律的不服从，那么他们就可以以此为借口，收集对方行为不端的证据，向法院申请离婚。这些程序做法索密斯早就全知道了，亏别人还说德里麦是数一数二的大律师！

接着，索密斯又想到了自己和伊莲的问题，连他妹妹这么简单的离婚案都这么烦琐，那他如果跟伊莲离婚，岂不是要更棘手。所以，不管怎么办，让伊莲重新跟他和好，才是最简单的处理方式。要是她觉得这样对她而言太委屈了，那索密斯自己不也很委屈么——他也一直过得不好，他要心平气和地和她好好谈谈，原谅她之前的一切不对，忘掉过去的痛苦。再说，索密斯并没有做过对不起她的事，这个世界是需要人妥协的。他会给她比现在更好的生活和享受，还会给她一大笔钱，让她不再为钱操心。他也不会去限制她的自由，都随她。索密斯最近对自己的相貌仔细端详了一番，他从来就不想成为达尔提那样的浪荡子，也从来没有幻想自己成为情场老手，但他对长相却颇为自信。而且，他那福尔赛相貌确实不难看，身材匀称，保养得当，眉目分明，健康强壮，虽然血色不是很好，但绝对看不出有酗酒和纵欲的现象。他那福尔赛的下巴，以及凝聚神采的眼睛也是优点。他觉得，自己身上没有任何令人不喜欢的地方。

人都是如此，总是依赖幻想和愿望过日子，尽管它们离现实还是那么遥远，但久而久之便会变得非常坚定，以至于使人相信它们会实现。如果用实际行动来证明，自己对过去已经不在乎了，同时还想尽办法哄她开心，伊莲为何不同他重归于好呢?

　　于是在十月九号早晨，他去了维斯-柯蒂高尔珠宝店，买了一个非常漂亮的钻石别针。"四百二十五镑，先生，真是便宜得没的说，这都是阔太太们喜欢戴的。"这正好打中了他的软肋，于是，他二话没说就买了。随后，他就把那绿摩洛哥皮的盒子揣在怀里去鸡鸭街了。这一整天，他忍不住多次偷偷地打开盒子看那钻石别针。椭圆形的丝绒垫子上摆着七颗大钻石，光彩熠熠。

　　"相信这么精美的礼物，太太一定会喜欢的，若不然，也随时可以拿来换掉。请您放心!"要是真的能让伊莲喜欢，那就太好了! 想到这里，他兴奋不已。为了压制自己的激动，他开始了忙碌的工作，这是他唯一能够让自己安静下来的方法。正在办公时，从布宜诺斯艾利斯那边的代办所发来了一个电报，称有个女用人随时都可以出庭，还留下了她的名字以及地址。索密斯不愿意搞得自己声名扫地。这份电报给了他很大的刺激。他坐地铁去维多利亚车站的时候，无意间在晚报上看到一个最新的离婚诉讼案件，这又坚定了他复合的信心。一个真正的福尔赛，在心里焦急不安的时候，便会急着回家。这种向组织靠拢的倾向，使得索密斯决定晚上要去父亲那里吃饭。至于他内心的想法，他仍没有打算告诉家人，而且也没法告诉他们，因为他不太喜欢说话且死要面子。但是，如果他们得知他的决定，也许会为自己开心，想到这些，他就觉得非常兴奋。

　　詹姆士近来心情很低落，克鲁格的最后通牒激起所带来的利好消息，因为受到了上个月的蹉跎战事以及《泰晤士报》上的呼吁的影响，他觉得意兴阑珊。他现在不知道结局到底会怎么样，索密斯不断地提到布勒①，其实他这样说，不过是想借此让他的父亲高兴些罢了。但是他却说不准，比如说以前的科利——最后死在了那座山上，还盆地中的史密斯夫人城②被团团围住。这一切看上去都是这么糟糕。索密斯认为，必须把海军也派去，这才是厉害的角色，因为他们曾在克里米亚打了胜仗。但随后，他转而去安慰威尼弗列德了。原来，她刚刚收到了瓦尔的信，信上说在盖伊·福克斯节③那天，学校里出了些乱子。但瓦尔这小子很机警，用营火的灰把脸抹得黑乎乎的，所以没有人知道他是谁。

看了信后，詹姆士小声地嘀咕："看来这小鬼还挺机灵的！"可是，才说话他就又皱着眉摇头，说他不知道瓦尔以后会变得怎样！接着，他望向正在思索的索密斯："你什么时候帮我生个孙子呢？我真想看到你能有个儿子。哎——现在这样，算个什么事啊！"

索密斯心里有些惧怕，他没想到父亲会突然跟自己说这些——他可没想过要跟父亲说出心里的秘密。爱米莉看到索密斯有些为难，便说：

"詹姆士，你说这些干啥！"

可詹姆士也不看任何人的脸色，一个劲儿地说着："儿子，你也

①布勒：1839—1908年，曾作为士兵参与第二次鸦片战争，为英军火烧圆明园而拒绝受勋。布尔战争爆发后，其担任指挥官连吃败仗，后改派罗伯兹前去。
②史密斯夫人城：又译作莱迪史密斯，1899年11月2日被布尔人围困，翌年2月28日方才解围。
③盖伊·福克斯节：1605年11月5日，英国人盖伊·福克斯（1570—1606年）在上议院埋下炸药，企图炸死詹姆士一世及上、下两院的议员，后来事发被捕，先被绞死，而后又被砍头，剖腹，焚烧内脏，最后被分尸。后来，这一日就被叫作盖伊·福克斯节，要燃放烟火并烧掉象征福克斯的草人，电影《V字仇杀队》中有对这一事件的影射。

看到的，像罗杰、尼古拉、佐里恩，他们可都是儿孙满堂。虽然史悦辛和倜摩西没有成家，但他们都已经尽力了。你再看看我，都半身埋黄土了！"说完这些，他好像在这一大堆话中释放了自己压抑的情绪，平静了下来，一声不吭地开始用叉子吃着羊脑和面包，吃了一整个。

索密斯很快吃完饭，然后找了个借口离开了。今晚不是很冷，他却裹了一件厚厚的皮大衣，像是借以缓解不时袭来的精神刺激。他内心深处觉得自己肯定比穿一件普通的皮大衣帅气多啦！然后，他摸了摸放在胸口装有钻石别针的扁平皮盒子，朝伊莲住处的方向走去。他一般不抽烟，现在却点了一根烟，边走边轻轻地抽着。他沿着海德公园慢慢向武士桥方向走去，估计九点十五分能走到伊莲居住的切尔西公寓。一路上，他的思绪开始纷飞：伊莲一个人待在那个破公寓里，晚上她是怎么过的呢？哎，女人实在是一种匪夷所思的生物！就算你和她生活在一起，你也可能压根儿就搞不清楚她们心里在想什么。实在有些搞不懂，波辛尼哪里吸引她？让她为了他如此疯狂，甚至甘愿抛弃婚姻。而且，她在毁掉自己的同时也把我给毁了。

索密斯瞬间觉得，自己变得高大了许多，就像自己是传说中仁爱牺牲如基督一般的男人，觉得自己即将拯救她于苦难之中，给她生存的所有希望，原谅并忘掉她过去的一切不是，为她指明前方的道路。在走到武士桥岗哨一棵树下时，他发觉，今晚的月光分外明亮，于是又把那首饰盒子拿了出来，在月光下端详。在月光的照射下，别针上的钻石发出了绚丽的光彩，是的，这是最美好的光彩！

但是当他重新关上盒子时，他又立马心生凉意。这种凉意准确地说是一种莫名的紧张，他快速地朝目标地行进，一路上手也突然用力地攥紧了——他害怕见到她，甚至有点希望她最好不在家。他觉得这个女人实在太神秘了，一想到她就有点发慌。她每晚都是一个人在家吃饭，而且还穿着正式的礼服，仿佛就在参加交际会；她还经常一个人弹钢琴，自弹自娱。看她的样子，身边连个宠物都没有。由此，索密斯突然想起了自己以前养过的专门用来拉马车去车站的一匹马，每次他去马厩，这马便在冷清的马厩里打着瞌睡。可是，一旦往回走时，这马就轻快地跑起来，好像那个冷冰冰的马厩才是它的最爱。索密斯接着胡思乱想起来："我要小心翼翼地对她好，要给她温暖。"然后，他又将以后美好的生活幻想了一遍，以至于他走到坎辛顿车站对面的时候，竟然做起了美梦，越发觉得自己的选择实在是明智。但是这种美梦上天好像一直很少赐予他。

　　在走到金斯路时，索密斯看到一个醉汉正摇摇晃晃地从酒店走出来，手里还在拉着手风琴。他脚下打着晃，却伴着噪声一般的琴声疯癫地在人行道上跳舞，索密斯赶紧跑到了马路对面，怕被这大汉给撞倒。可这大汉好像察觉到了索密斯是在躲自己，于是便冲对面的索密斯大骂起来。索密斯被骂，自然觉得不快，便恶狠狠地想："大路上来来往往那么多的单身女人，怎么能让这种流氓乱闯，应该把他抓走！"索密斯之所以由醉汉想到单身女人，是因为他面前就有一个女人的身影。说起来，这女人走路的姿势看起来很熟悉，像是自己的某个熟人。在街口转弯的地方，这个女人朝着他的目的地拐去，索密斯心里就不禁一阵乱跳。他赶紧跟了上去，才看清楚，确实就是伊莲。她在街上走路就是这个样子的，没错！她又转了两个弯口，最后他看见她进了自己的公寓。此时，他快步追了上来，迅速走上楼梯，刚好看见她走到了她公寓的门口。就在伊莲进屋准备转身关门的一瞬间，索密斯出现在门口，刚好赶到她面前，她着实吓了一跳！

索密斯喘着气说道："不要惊讶，我也是碰巧看到你，就跟来了。我进去坐一下，好吗？"

伊莲用手轻拍着自己的胸口，眼睛睁得圆圆的，脸都吓白了。过了好一会儿，她终于平静下来了，说了句："好吧。"

索密斯进去之后，心潮澎湃。他差不多花了足足一分钟的时间，努力让自己平静下来，不停地深呼吸。他觉得在这个充满幻想的时刻，拿出摩洛哥皮盒子装着的礼物显得有些突兀，可是，现在不拿出来，就无法说明今天到来的原因。在这种比较尴尬的情形下，他也不想找过多的借口和解释，于是便鼓起勇气，把这一场不得不演的戏演完，他听到了她那冰凉的话语，其间充斥着不快和对他的可怜。

"你今天又来做什么？你应该知道，我并不想见到你！"

索密斯瞄了一眼她的穿着，一件深褐色的丝绒上衣，黑色的领子，还有一顶相同料子做的小圆帽，打扮得非常合身得体。看来，她还有余钱添置衣物。他有些傻乎乎地说："今天可是你的生日！我有一个礼物要送给你！"说完，索密斯就把那摩洛哥皮盒子递了上去。

"哎！不！不！"

索密斯打开盒子，别针上的七颗钻石在浅灰色丝绒上璀璨夺目。

"你为何不肯接受？就当作以后不再恨我，怎么样？"

"不可能！"

索密斯却固执地将别针从盒子中取出来。"来，让我给你戴上，看看是什么样子。"

伊莲后退了两步。

他走近两步，一只手拿着别针，准备给她戴，都已经碰到她胸口的衣服了，她又后退了两步。

索密斯无奈地放了手。

"伊莲，我们可以忘掉过去吗？我现在就可以做到，我也相信你也可以。再给我们彼此一个从头开始的机会，就当什么都没发生过，好吗？"他声音里带着乞求的味儿，渴望的目光看着伊莲，期待得到她的回答。

这时，伊莲已经紧靠墙壁了。她说不出话来，只是咽了一口气，算是回答了他。

索密斯又接着说："难道，你真的要在这个鬼地方像个活死人一样耗尽你的一生吗？回来吧，我可以给你一切。当然，你也可以完全按照你自己的意愿来生活，我绝不干涉你的自由。我现在就能对上帝发誓！"

可是，伊莲脸上显现出了讥讽与恐惧的神情。

他的声音显得有些发抖了，接着说道："我跟你说实话吧，我现在只有一件事情想求你——我想要你帮我生个儿子！你别这副表情，我真的需要一个，没儿子太难受了！"他有些激动了，语速也变快了许多，两次将头转到身后，仿佛透不过气。看到伊莲正盯着他，恐惧的神情中带着一些激动，他突然振作起来，痛苦的呓语转换为愤怒，恶狠狠地说："你是冷血动物吗？你还是我的合法妻子，我要你帮我生个孩子，难道这很过分吗？你把我们俩都害惨了！弄得现在什么事都不对劲儿。我们都跟活死人一样生活，一点儿指望都没有。我觉得我已经尽力了，连你的过去都不在乎，还当你是我的妻子，难道你觉得这样还不够面子吗？你倒是说句话呀！天啊！"

伊莲张了张嘴想说话，却一句话都没说出来。

索密斯见状，声音也变得柔和了一些："我说这些不是为了吓你，我这样只是想告诉你，没有你我过得很难，我想你回到我身边，我很想你。"

伊莲用手捂住了半张脸，似乎受了惊吓。她依旧盯着索密斯的眼睛，好像要靠这目光来逼退他。索密斯身体里多年累积的寂寞与痛苦，在此时突然翻腾起来，自从——啊，从何时——他们认识的时候起，一切往事从索密斯的记忆深处翻滚出来，让索密斯痛苦不已，脸上的肉也在颤抖着。

他说："伊莲，现在一切都还不晚。只要你还相信我，一切还不算晚。"

伊莲将手从嘴巴移到了胸前，表现出非常痛苦的样子。然而，索密斯却突然抓住了她的手。

"不要这样！"她低声说道。可索密斯还是没有松手，死死地盯着伊莲的双眼。最后，伊莲平静地说道："现在我一个人住在这里，请你不要再像从前那样。"

听了这话，索密斯仿佛被烫伤了一般，丢开了伊莲的手。他转过身去不再看她，想着，难道她还在恨他吗？当年粗暴的占有行为，难道仍然让她怀恨于心？难道自己没有任何的希望了吗？索密斯心里煎熬着，没有抬头，却固执地说："伊莲，你必须清楚地回答我。我所做的，没有几个男人会像我这样。所以，我希望你给我一个——理性的答案。"

这时，伊莲出乎意料地开口了："你得不到一个理性的答案，这和理性是两码事。你只能面对一个残酷的现实，我死都不会回去。"

索密斯瞪着她，"嗯"了一声。他觉得自己无法说出话来，甚至动弹不得，就像是一个人自尊心受到极大的打击，一时不知怎么办了，或者说，对自己该怎么做感到恐惧那样。

"哦！"他又说了一句，"跟我在一起就这么可怕？还不如死掉？好吧，这真是一个很好的回答！"

"抱歉，是你逼的。我不得不说实话，你说呢？"

这句真心话让索密斯的幻想全部破灭，把他拉回到了现实。他把礼物收了起来，放回了大衣的口袋。

他说："实话？你们女人会说什么实话？全都有病，疯子！"

这时，他听见伊莲冷冷地回了一句："对，但疯子是不会说假话的，你难道不知道吗？"

索密斯听到伊莲这么说，心里乱糟糟的："我要恨这个女人！我一定会恨她！"可是，问题就在这，他根本就恨不起来！他瞥了她一眼，看到她正背靠着墙一动不动，用力地攥紧双手，抬着头的模样像是在等着受死的犯人。

他赶紧说道："我不会相信你的任何话！你肯定有情人，要是你真一个人，你怎么会像现在这样，这么愚蠢！"透过她的眼睛，他知道自己肯定又在胡说八道了，很像当年两人一同生活时的情形，他朝门口走去，却迟迟无法踏出门去。他心里仿佛有一种东西把他给拦住了——那就是福尔赛性格最深处的神秘气质，这让他无法完全放手，无法看清自己那坚强的性格是多么的荒唐和执拗。他又转过身来，靠着门站着，就像她紧靠着墙壁一样，完全没有意识到，两个人这样站着有什么可笑之处。

"除了你自己，你可曾为别人考虑过吗？"他说。

伊莲的嘴唇颤抖着，随后慢慢地答道："你知不知道？就在我们新婚的第一个晚上，我就发现自己犯了一个无法挽回的错误！你是否知道有三年，我一直在试图挽回那个错误！你以为我是为了我自己才如此吗？"

索密斯听后，没好气地说："我怎么会知道你到底为了谁？我根本就不知道你每天在想什么，对你永远一无所知！过去，你要什么我就给你什么，现在也是，你要什么我就给你什么，我甚至会对你更好。我到底哪里不好？我现在只想问你一个问题：到底哪里不好？"索密斯非常激动，接着说道："我又不缺手缺脚，又不是那种惹人厌的男人，而且我又不傻，也并非无趣，我有哪里让你不满意呢？"

伊莲的回答，只是长长的叹息。

伊莲两手紧紧勒着，这个样子让他心里更是充满诧异："我之所以今晚来你这里，只是想与你好好谈谈，让我们将过去彻底地忘记，重新开始。可是你呢，除了偶尔回句'神经'，就是沉默、叹息，一点实质性的话都没有。完全像——就像一张蜘蛛网！"

"你说得很对！"

这句来自房间对面的回答，使索密斯的火气更大了："行，但我可不想困在你的网里！我要撕破它！"索密斯走上前去，至于要干什么，自己也糊里糊涂的。他径直走到她跟前时，闻着她身上曾经那么熟悉的香味儿，突然心动了。他两手抱着她的头，弯下腰吻她，但是他吻到的不是伊莲的嘴唇，而只是紧闭的僵硬的唇线。随即，伊莲用两只手推开他，说道："啊！不要！"顿时，他觉得非常羞耻、自责、白费力气。

他转身走了，再也没有看一眼。

3. 彼得蒙饭店再访伊莲

佐里恩看到珍就在帕丁顿车站等他，她在吃早饭的时候收到了电报。为了完全独立，珍特地在圣约翰林的某一个花园租了三间屋子，其中一间作为画室，另外两间则被用作卧室。在这里，她就可以不用担心有恶意的邻居老太太监视她，更没有仆人给她带来无谓的麻烦。这样一来，她就可以很自在地随时去做自己想做的事情——帮助那些落魄的可怜人。很多的可怜人连自己的画室都没有，所以他们就能利用珍的这个画室。她对自己目前的生活状态感到很开心，而且每天都热情饱满。以前，她在波辛尼身上倾注了太多狂热的感情——加之福尔赛家族的那种顽强，估计波辛尼应该已经被她缠得生腻了——而现在，她差不多将那种狂热全部洒给了这些落魄的艺术家和正在萌芽的艺术天才们。事实上，她所做的一切，就是帮助那些像丑小鸭一样落魄的艺术家成名变成白天鹅。不过，这种庇护弱者的热情误导了她的判断力。她诚实而又大方，那一只急切的小手总是在反抗学院派和商业界的世俗意见。所以，虽然她的收入相对不错，但存折上差不多经常是入不敷出。

在去帕丁顿车站之前，她曾去看过埃里克·柯布莱，也因此窝了一肚子火。因为有一家垃圾画廊居然不同意让这个天才画家在它那里开个人画展！那个低俗而没品位的经理在看过他的画之后，居然这么评价："从经济角度来看，这简直是必亏的买卖！"珍没想到，这种世俗到了极点的市井小人的代表，竟然这样来打击自己最得意的可怜人——可怜的柯布莱穷得要命，家里还有妻子和两个孩子，搞得珍又为他透支了钱——这一切让她那张坚定的小脸到此时还被气得发红，那一头红发比任何时候更像一团火苗了！她很亲热地搂了父亲一下，然后一起上了马车，她正好有很多事要求助于佐里恩，就像佐里恩也正有事需要她帮忙一样。现在的问题是，看谁先说。

佐里恩刚开口说了句话："亲爱的，我是为了——"还没待他说完，佐里恩就发现珍滴溜着两只蓝眼珠子，就像猫儿摇晃着尾巴一样，一副心不在焉的样子。

"父亲，难道我现在还不能动用自己的那笔钱吗？"

"你现在只能用利息，这样最好，亲爱的。"

"这太没情理了，父亲！能不能帮我一个忙，我知道你一定可以办到的。我看中了一家小画廊，只要给我一万镑，我就有希望把它买下来。"

"一家小画廊，倒不是什么过分的要求，可是，你祖父早就预料到了。"佐里恩喃喃地说。

"我觉得，"珍气呼呼地说，"在钱上面如此挖空心思，太没意思啦！现在，这个世界上不知道有多少天才，就是因为差那么一点点钱而被埋没了。反正我是永远不会再结婚了，更别谈生儿育女。所以，能不能让我拿那钱做点儿有益的事？难道非要把它们留起来，一分不动，来防备那可能压根儿不会发生的意外？"

"可是，亲爱的，别忘了我们是福尔赛家族的子孙！"佐里恩用有点傲慢的口吻说道，这种口吻是他那性情冲动的女儿永远无法习惯的。

"所有的福尔赛人，你应该明白，都会把自己的财产留给自己的孙辈。同时，为了预防他们比自己的父母死得早，所以都会立下一个遗嘱，只能在他们的父母死后，财产才会完全属于他们。也许你搞不懂吧。其实我也不明白呢！但这确实是个不错的法子，可以把家族的财产留在家族，而不会让这些利益流到外人手中。就好比，如果你还没结婚就去世了，属于你的那份遗产就会归在佐里和好丽以及他们的儿女名下，如果他们结婚生子的话。这样一来，不管你们如何闹腾，都不会导致任何一个人落得一文不名。这样难道不是皆大欢喜吗？"

"我可不可以先借用一下呢？"

佐里恩摇了摇头，说："不过，你倒是可以先花自己的钱租下一家画廊来，如果你能够从你的收入里开支掉。"

珍冷冷地哼了一声："是啊！那样的话，我就没钱去帮别人了。"

"我亲爱的孩子，"佐里恩嘀咕着，"横竖都是一样的。"

"那可不一样！如果我花一万镑把它买下来，那我一年只需花四百镑。而租下来的话，一年就要花一千镑，那我就只剩下五百镑，压根就没法帮别人了。父亲，你想想，如果我买下它，我可以做好多事情！我甚至可以立马让埃里克·柯布莱一举成名，还能帮其他的人成名。"珍回答说，这正是她精明的地方了。

"出名这种事情，时机到了自然出名。"

"等到他们死了以后吧？"

"但你知不知道，亲爱的，有什么人生前出了名，还能取得进步的？"

"我知道啊，你不就是！"说着，珍亲热地抱住了佐里恩的臂膀。

佐里恩听后，心里有些吃惊："我吗？不过，这肯定是她想让我帮忙！我——我们福尔赛家人——都有一套能够达到自己目的的办法。"

珍在车上继续向父亲身上靠近些。

"好父亲，"她说，"要不你花钱去盘下那家画廊，然后我每年还是出那四百镑给你。这么一来，我们两人都不会有什么损失，而且，这算得上是一个不错的投资！"

佐里恩推辞道："可是，你想一想，以我一个艺术家的身份去盘一家画廊是不是有些不合适？再说，我又不是一个生意人，一万镑也不是小数目。"

珍立马用佩服的眼神望着他："你当然不是商人，但是你很有做生意的眼光呢！而且，我可以保证我们开店可以赚很多钱。到时候，我再去把那些混蛋商人及买画的人好好奚落一番，这实在是最好不过了！"珍说到这里，又紧紧地勒了一下父亲的臂膀。

佐里恩有些尴尬，又有点儿失望。

"那么，你说的那个可爱的画廊在哪里呢？位置应该很不错吧？"

"离科克街非常近！"

"啊！我就猜到会有一点儿的距离，但我现在就要去找她了。"佐里恩想道。

"行，你让我考虑一下，我们现在先不谈这个了，我有一件事想让你帮忙。你还记得伊莲吗？我想让你跟我一起去看她。因为，索密斯现在又在纠缠她。我在想，要是我们可以帮她找个地方避一下难的话，她也许会更安全些。"

"避难"是佐里恩不经意间说的一个词，很显然，这是最能引起珍兴趣的字眼。

"伊莲？我好久没看到她了。不过，我还是很乐意帮她。"

佐里恩勒着珍的胳膊，对自己生的这个小东西所拥有的宽宏大量表示由衷的赞赏。

"你知道的，伊莲很高傲。" 他说，同时眼睛瞟了一下，看到女儿这么拘束后开始有所怀疑，"我们帮她的忙不是很容易，我们得谨慎一些。我们就约在这个地方，我给她打一个电话，让她在那里等我们，我们先递上名片。"

"这个索密斯，我一看到他就来气，"珍在下车的时候不屑地说，"但凡是没名气的作品都入不了他的眼！"

此时，伊莲已经坐在了彼得蒙旅店的"女宾"客厅里。

珍最大的优点就是勇敢而充满正义感，她很大方地走到自己老朋友面前，亲了亲她的脸颊，然后同坐在一张长沙发上，那沙发大概自从旅馆开张以来便没人坐过。佐里恩看得出来，伊莲已经被珍这种单纯的原谅深深感动了。

"索密斯又去找你麻烦了？"佐里恩问道。

"昨晚他又来了，让我回去。"

"你当然不能回去，是吗？"珍不禁大叫道。

伊莲笑了笑，摇摇头，但还是小声地说："不过，他现在情形非常尴尬。"

"那能怪谁？他当年就应该选择和你离婚的！"

这让佐里恩想起了当年，伊莲为了使自己死去的不忠实的情人的名字不受侮辱，曾多么希望不要闹出离婚事件。

"我们还是听听伊莲现在是什么打算。"佐里恩问道。

伊莲的嘴唇微微颤抖着，可是语气很坦然地说道："我觉得，我最好还是制造一个新的证据，好让他能早日解决事情。"

"太不像话！"珍叫了起来。

"可是，另外能有什么法子呢？"

"不必这样，你又没有什么情人。"佐里恩讲了一句法文。

佐里恩本以为伊莲可能会哭，可是她却很快地站了起来，然后半转着身子，努力地平复自己的情绪。

珍突然说道："看来，我得去找索密斯，不准他再来纠缠你。他都这么大年纪了，还想要干什么！"

"他想要一个孩子，说起来，这也是人之常情。"

"想要一个孩子，"珍很厌恶地叫出来，"当然了，他是想把自己的钱留下。要是他真的那么想要一个儿子的话，早就可以和别的女人生一个出来。这样你既可以和他离婚，他也可以娶到那个女人。"

佐里恩这时才觉得，让珍过来实在是犯了个大错，因为她的过激言语简直是在变相地帮索密斯的忙。

"我觉得最好的方法，还是让伊莲偷偷搬到我们罗宾山去，然后静观其变。"

"这个方法也行，只是——"珍欲言又止。

这时，伊莲看了佐里恩一眼。这个举动让佐里恩事后琢磨了很久，始终不知道是什么意思。

"不可以，我怎么能给你们带来这么大的麻烦，我还是去国外！"

佐里恩听出她已经下了决心，当时，他的脑海里突然闪过一个和当时的情况完全无关的念头："那样，我岂不就要去国外看望她了！"但是，他却说："可是，假如索密斯跟到了国外，那你岂不是显得更孤立无援吗？"

"这我不清楚，只能这样试试了。"

这时候，珍突然站了起来，并在客厅里来回地踱着步。"太不像话了，"她说，"哎，为什么人要被这虚无的法律一年又一年地折磨呢？就这样受着折磨而永远无计可施。"看到有人来了，珍只好停下来站着。佐里恩来到伊莲的跟前。

"你需要钱吗？"

"不需要。"

"那你的那个公寓，要不要我帮你出租给别人？"

"行，那麻烦你了，佐里恩！"

"你什么时候出发？"

"明天。"

"那切尔西那边，你应该暂时不会回去了，对吧？"问这句话时，他觉得自己的语气里藏有一丝焦虑，他自己都觉得很奇怪。

"不去了，我已经把需要的东西都拿来了。"

"那到时候，你可要记得把你国外的住址告诉我们。"

"在我看来，你像一座大山。"伊莲朝他伸出手来。

"沙堆而已！"佐里恩说，使劲握着她的手，"不过，我还是很乐意能帮上你，如果需要，我随时愿意为你效劳。另外，要是你改变想法的话，就回来吧。过来，珍，来和伊莲道一声别！"

珍听后，就从窗户那里走了过来，张开双臂紧紧地把伊莲搂住。

"不要去想那些，自己过得开心点，上帝会保佑你的！"珍小声说道。

伊莲眼里的泪打着转，嘴边却挂着一丝微笑，她正在回想过去的一切。随后，珍和佐里恩默默地走了。出去的时候，他们经过那个刚刚进来打断他们谈话的妇女旁边，她正在看桌上的报纸。

来到国家艺廊附近时，珍终于叫了起来："居然还有这么厚脸皮的混蛋和恶心的法律！"

佐里恩并没有理会，他遗传了父亲的冷静头脑，即使在情绪特别激动的情况下，仍旧可以很客观地看待问题。法律，向来就把人性看得很低下，而且就是为关照那些人性低下的人而制定的。他现在觉得，不能跟自己女儿待在一起太久，因为他保不准会受到她影响说出偏激的话来。于是，他告诉女儿要去赶火车回牛津。他雇了一辆马车，丢下女儿独自去看特纳的水彩画，并答应她考虑一下盘下那画廊的事情。

现在，佐里恩的脑海里全是伊莲，根本没想什么画廊。怜惜往往与爱挂钩！如果真是这样，那他有爱上伊莲的危险，因为自己现在就非常怜惜她。他无法想象她无依无靠，孤身一人在欧洲飘荡，他的心里充满担心。"我真的希望，她能够头脑清醒一些！"他想，"不然，她极有可能会心生绝望。"事实上，她如果把之前那点儿可怜的工作也丢了的话，他真的无法想象她以后该怎么生活下来——如此的一位天生尤物，却生活得毫无一点希望，成为一班好色之人的猎物。他焦虑无比，不仅仅是因为那一点点的担心和嫉妒，而是实在担心，女人在绝望的时候，常会做出意想不到的事情来。他心里想："不知道索密斯又会有什么动作，啊，这件事简直就像一团乱麻。而且，他们最后一定会笑话伊莲：'一切都是她自找的！'"上火车时，他心不在焉地想着心事，还带着一股恨，差点儿连车票都找不到。到达牛津车站时，他遇到一位太太①，就脱帽打了声招呼——他发现这位太太有一些面熟，但是不知道她叫什么，便是后来在彩虹饭店看到她吃茶，他也还是不知道她的名字。

4. 福尔赛家的尴尬之地

　　索密斯的幻想全部破灭了，他用那只绿色的摩洛哥皮的盒子死死地抵着自己的胸口，一面感受着自己内心的痛楚，他心痛得全身发抖；一面反复思量着，心里恨得要死。啊，果然像张蜘蛛网。一路上，他脚步匆匆，尽管月光明亮，他还是没看清周边任何东西。他在反复地回想着刚才发生的那一幕，回想起自己抓住了她那僵硬的躯体。他越来越感觉到，她现在肯定有情人，不然，她何以会说出"我宁愿去死"的话，如果没有岂不是太搞笑了。说起来，伊莲就算从未爱过他，但至少也是在有了波辛尼这个情人才吵着要离开他。而现在，她肯定有了新的情人，否则她绝不会用这么戏剧性的话语来回答他的提议。毕竟，索密斯认为自己的要求不管怎么看都是合情合理的。是呀！这样一来事情就明朗了！

---

①这个女人就是之前在彼得蒙饭店打断他们谈话的人，她由包迪德私人侦探公司派来监视伊莲。

他在想："我还是要去打听打听，看自己现在到底处于什么状况。明天一大早我就去包迪德那儿！"

可是，他知道即便自己已经下定了决心，依旧会有不少的麻烦在等着处理。包迪德是一家私人侦探所，他平时曾为了业务需要雇佣过他们。最近，为达尔提的离婚事宜，他也雇佣过他们。可是，自己从来就没想过要找这些人来跟踪自己的妻子。

这实在是让自己很丢人。

他想着这些事情，自尊心大大受挫，就这样睡了一晚——整夜都没合眼。他在刮胡须的时候突然想到了应对方法，伊莲现在不是用的"黑隆"的父姓吗？包迪德他们肯定一时不会知道她是谁的妻子。那样的话，至少在开始的时候，包迪德不会一面对他惺惺作态说好话，一面却在背地里笑话他。索密斯打算一开始就说她只是他某个当事人的妻子，这也并没有骗他们。毕竟，他现在不正是以律师的身份在替自己办案吗？

他担心自己优柔寡断，下不了决心解决这个问题，很早便起来了。他让瓦姆生帮他泡了一杯咖啡，喝完后没到早饭时间就悄悄地走了。他匆匆往西城的一条小街赶去，在那条街上，有很多家私家侦探所，他们专为那些有钱人办事，而包迪德私家侦探所也在其中。以前他找包迪德办事，都是让他们去鸡鸭街找自己，但他知道侦探所的地址。所以，一开门他便已经赶到了。外面是一间布置得很好的屋子，让人看起来就觉得特别舒服。所以，索密斯差点把这里误认为是类似放高利贷的地方。这时，一个女人走了下来接待他，索密斯觉得她挺适合当一名小学教师。

"我来找克劳德·包迪德先生，请你帮忙通报一声。你不必问我的姓，他知道的。"

索密斯这会儿最大的一个愿望，就是不想索密斯·福尔赛找私人侦探监视自己妻子的事情被任何人知晓。

和路易·包迪德[1]几乎没有什么相同之处，克劳德·包迪德看起来像是一个犹太人，长着黑黑的头发，鹰钩鼻，还长着一双深黄色的眼睛，眼珠灵活地滴溜着。可事实上，他是一个腓尼基人。他把索密斯带到一间非常隐秘的屋子，那屋子铺着厚厚的地毯，窗帘也遮蔽得十分严实，屋子里没有任何文件。

包迪德毕恭毕敬地跟索密斯打了一声招呼，然后带着讨好的表情，锁上了那扇唯一的门。他像往常那样说道："假如我们去当事人那里，那么，如何保守秘密就是他的事情了。但是如果当事人来我这儿，我就一定会让他相信我们是密不透风的。我敢这么说，可能我们其他方面比其他家私人侦探所要差些，但是，我们的保密工作绝对是一流的！先生，您这次来是需要我们为您做什么呢？"

这时，索密斯的话好像都堵在了嗓子眼里说不出来。一定得瞒着他，要设法让他确定自己来这里除了是为了职业的需要之外，与自己没有其他任何的关系！想到这里，索密斯立马侧过脸微笑了一下。

"我这么早跑过来，是因为这次的事情有点紧急。一刻也耽搁不得！"因为他担心耽搁下来，恐怕自己就要变卦。他接着问道："你这儿有那种非常可靠的女人吗？"

包迪德从抽屉里抽出一份简历，瞧了瞧，随即关上了抽屉，说："有一个，只有她符合您的要求。"

索密斯坐着，跷起了二郎腿。他的脸上泛着些许红晕，但这也

---

①前文并未提及此人，可能是克劳德·包迪德的父亲，并与索密斯有一定交情。

596

有可能是他原本的肤色，所以无法从外表上看出什么端倪。

"接到进一步指示之前，你尽快派她去监视伊莲·黑隆太太，她的具体地址是切尔西特鲁公寓D室。"

"是，我们马上就去办。我想，应该是离婚案吧？"包迪德说着，就在一个话筒那里说道，"布兰姬太太来了没？让她在十分钟之内过来找我！"

"你必须亲自写所有的报告书，并且亲自寄给我，上面标注密件，再盖上火漆，用挂号信寄。我的当事人希望所有的一切都在绝对保密的状态下进行！"索密斯强调道。

包迪德觉得有点可笑。通过他脸上的笑容仿佛听到他在讲："亲爱的先生，我就是干这行的里手了，还要你教？"随后，有那么一瞬间，他的目光带着一种非职业性的神色，瞥了一眼索密斯。

"你跟你的当事人说，让他放一百个心。抽烟吗？"

"哦，谢谢，不用。只是你必须要知道，不能有一点儿纰漏。这次的行动如果被人发现或者名字被泄密，后果就会相当严重！"

包迪德听后点了点头，随后说："放心，我会将它列入密码的行列，所有涉及保密的名字，我们都会使用密码代替。"

说完后，包迪德从一个抽屉里拿出了两张纸片，用笔在上面写了些什么，并将其中一张给了索密斯。

"这是密码表，你自己留好，我手里这张是副本。这个案子的代号就是'7X'，被监视的那个人是'17'，监视者则是'19'，而公寓的代称则是'25'，你本人——或者说你的律师事务所的代称则是'31'，我这里的代号就是'32'，我自己是'2'，如果我们需要提到你的当事人，那就称他为'43'，我们这边发现的任何嫌疑人，代号为'47'，要是不止一个，另一个用'51'代称。监视期间，你还有什么其他特殊的要求或盼咐吗？"

"没什么，只要将事情考虑周全就行了。"

包迪德听后点头称是，随后问道："那费用呢？"

"在合理的范围内就行，不过整个过程你要亲自把好关。"索密斯耸了耸肩，给了个简洁的答案，就起身了。

"肯定的。"说话的时候，包迪德忽然出现在索密斯和门的当中，再次用他那非职业性的眼光看了一眼索密斯，一边开门一边说道，"再见了，先生，关于另外一桩案子，没多久我就可以去找您了。"

"拜拜！"索密斯说完，就直视着前方扬长而去。

索密斯在街上一边走着，一边咒骂着。这整件事情就像张蜘蛛网一样，而且只有用这种卑鄙、下流的隐秘办法才能割破这张网。他自己原本是那种认为私生活神圣不可侵犯的人，而如今却要做这种下流的事情，连自己都深感厌恶。但是事已至此，覆水难收。一到自己的律师事务所，他就把那个绿色摩洛哥皮的盒子，连同那一张将会彻查他的家庭破裂问题的密码表都锁了起来。

不过，令人奇怪的是，索密斯本人就是一直以来将他人的财产纠纷及家庭问题等隐私披露在公众面前的人，现在却害怕公众将那种目光聚集在自己的身上。其实，说起来也是可以理解的，又有谁能比他还要清楚法律过程中的冷酷无情呢！

索密斯一整天都拼命地工作着。他让威尼弗列德四点就来他这里，因为他准备带她去法学院找皇家法律顾问德里麦商量一下，希望他能帮她想些更好的法子。索密斯一边等着威尼弗列德，一边重新看了一遍她写给达尔提的信。那封信是在达尔提跑掉的那天，索密斯硬逼着她写的。

亲爱的蒙塔谷:

　　信已收到，已知你永远地离我而去，并且已在前往布宜诺斯艾利斯的船上。得知这个消息，我震惊万分。遂趁早写下这封信，希望你能立刻回到我身边，我保证不追究你从前的过错。现在我心里乱糟糟的，不想说太多。这封信是按照你留在俱乐部的地址寄出去的，收到请回电报。

　　　　　　　　　　　　　　　　　　依然爱你的妻子
　　　　　　　　　　　　　　　　　　威尼弗列德·达尔提

　　现在想来，实在是无聊得很！因为，在让威尼弗列德用铅笔照着他写的稿子抄时，她中途还停了下来问道:"如果达尔提真回来了，那我们怎么办?"回想起她当时的语气，就可以明显看出，她对这件事根本没有什么主见。索密斯回答她:"除非他身上的钱都用光了，不然他是不会回来的，所以，我们要迅速行动起来!"随后，索密斯把达尔提在伊希姆俱乐部喝醉酒时写下的东西，也附带在后面。他很希望以后在法庭上可以让人不知道这是在醉酒时写下的，这样就能蒙混过去，因为法庭经常在这种地方较真。他仿佛能猜出那法官肯定会说:"你就这么看重这张条子? 还如此郑重地写信给他? 你觉得他写的这些能当真吗?"不过这都无所谓了，毕竟达尔提乘船离开是事实，并且至今未归。再者，他还回电说:"坚决不回，达尔提。"这也可以作为附件。不过，索密斯还是觉得很棘手，因为如果不能在这几个月内搞定这件事情的话，那达尔提肯定会像一块儿烂货一样蹦出来。要知道，甩掉这个达尔提一年可以省一千镑。而且，他妹妹和父亲也能省很多心。想到这里，索密斯对自己说："我还是得给德里麦鼓鼓劲儿，赶紧促成这件事情。"

威尼弗列德的衣服简直像穿着半孝①，不过跟她淡色的头发和高个头很搭配。她是坐着詹姆士的四轮活顶双马车来的，这让索密斯觉得很吃惊，因为自从父亲退休后，就再没见过他的马车出现在城里，眼前突然出现很不协调。"时代变了，"索密斯想，"以后还不晓得会是个什么模样呢？"现在，连戴大礼帽的人都少见了！随后，索密斯问起瓦尔的情况。"瓦尔啊！"威尼弗列德说，"他来信说，他想下学期去学打马球。"她还说，瓦尔交了一些还不错的朋友。接着她按捺住内心的焦急，用一种时髦的提法提了个问题："我和达尔提的离婚案到时候不会搞得人尽皆知吧？报纸一定会报道这件事吗？若真是如此，瓦尔和姑娘们可能会觉得难堪。"

索密斯哪管得了那么多，他自己的一摊烂事儿就够他烦的了。于是，他回答说："这些报纸就喜欢报道离婚之类的事情，所以，你想要他们不报道几乎是不可能的。虽然他们说报道这些是为了宣传道德，可是，他们不知道这类下作报道只会让公众的道德进一步沦丧。不过，现在还没到这个地步。我们今天去找德里麦，跟他谈谈恢复你和达尔提的夫妻关系这个问题。虽然他知道我们这不过是为了离婚而做出的准备，但你还是要装一下，装得好像你极其愿意同达尔提和好。我觉得，你现在就可以先预演一下。"

威尼弗列德不禁长叹一声："啊，蒙第你这个蠢货！"

听到她语气里透着的同情，索密斯忍不住投去恨其不争的目光。看来这威尼弗列德确实还是念着旧情，搞不好一有机会，她就

①半孝：相对于重孝多一点淡色花边的衣服，多在居丧的后期穿着。

会同达尔提破镜重圆。索密斯在妹妹的离婚问题上，一直态度坚决，甚至已经不惜损失一点自身的面子，受些羞辱——这样，自己的妹妹和几个孩子以后就能避免受到真正的羞辱。假如让达尔提继续拖累他们，这个家会被搞垮的。至少，詹姆士留给威尼弗列德的遗产会被他变着法子花光，虽然这些钱已经被冻结，但是那个混蛋佬一定会挖出来，让一家人为他赔上一笔，免得他去坐牢或是破产。

兄妹两个走下了那辆气派的马车，将那两匹油光发亮的马儿和帽子锃亮的马夫留在河滨大道上，然后走进皇家法律顾问德里麦的事务所。

"德里麦先生估计十分钟左右就回来，他的助手贝尔比先生在，您有事可以找他。"一个职员说。

贝尔比先生比想象中的助理辩护律师年龄要大得多。不过，也只有著名的辩护律师才有可能被德里麦雇佣，而究竟怎样来判定一个辩护律师的名气是不是值得自己雇佣，对他来说，永远搞不清楚。此时，贝尔比先生在那坐着看着文件，他也许刚从法庭过来，还戴着假发，穿着长袍。这身打扮，让他那像小喷水桶的手柄似的鼻子看起来很显眼，不过，加上湛蓝的双眼和厚实的嘴唇，这贝尔比的模样倒还看得过去。他看上去很适合做德里麦的助理，或者说是吹鼓手。

索密斯将他介绍给妹妹认识后，威尼弗列德就跟贝尔比直接跳过了天气之类的寒暄，开始聊起战争局势。突然，索密斯插进来说："若是达尔提没有回来的打算，我们就没必要等过六个月再提出离婚。贝尔比先生，我的要求是现在就提。"

贝尔比说话的时候，稍稍带有一些爱尔兰的口音。他笑着跟威尼弗列德解释道："这个期限是法律规定的，达尔提太太。"

"可是，六个月之后，就是六月了。拖到那个时候，等案子开审还要耗费一个漫长的暑假去等待，太麻烦了。所以，我们必须趁热打铁，贝尔比！"索密斯接着说道。说实话，只要让威尼弗列德不反悔，索密斯甚至可以停下自己手头的所有事情。

"现在，你可以去见德里麦先生了。"

于是，他们就陆续走了进去。第一个进去的是贝尔比，而索密斯则看着表等了一分钟，才和威尼弗列德一起进去。

皇家法律顾问德里麦身披长袍，不过假发已经取下来了，现在正在火炉面前，仿佛在等待客人。他从头到脚都给人一种饱读诗书的气质，戴着眼镜，肤色光滑发亮，长着微白的络腮胡，唯一的不足，是他的鼻子有点大。（德里麦有一个奇怪的癖好，爱瞪着一只眼睛，而且还喜欢用上唇盖住下唇，以至于吐字不清。他的另一特色是，喜欢在对方说话的时候，突然绕过对方。除了这些特点，还要加上那令人不安的声气，以及在开口说话之前，他会叫唤几声。由于他成功处理了许多遗产及离婚方面的案件，这种种怪癖，为他奠定了在这个方面无人能及的名气。）这时，他又瞪着一只眼睛，在听完贝尔比轻描淡写地将整个情况介绍了一遍后，开始了习惯性的叫唤：

"我全部知道啦！"随后，他绕到索密斯妹妹的前面，嘟嘟囔囔地说道："你还是希望我们找他回来，对吧，达尔提太太？"

"德里麦先生，你不知道我妹妹受了那个混蛋多少苦！"索密斯果断地插话进来。

德里麦又叫唤了一声，说道："确实，那现在，我们是直接以这封电报为证？还是待过完圣诞节，给他一个机会让他再写一封呢？

这个才是关键，你认为怎样？"

"哪种法子最快，就——"索密斯说。

德里麦没等他说完，就绕到了他助理的面前："贝尔比，你认为呢？"

此时，贝尔比像一头猎狗一样嗅着气味，说："这案子可不能拖这么久，十二月中旬才开始审理，太晚了，我觉得不必给达尔提这么长的期限。"

索密斯在一旁赶忙说："就是，这弄得我妹妹多麻烦啊，而他倒在外逍遥——"

"逍遥快活！"德里麦打断了他的话，并绕到他的面前说，"你说得对，一个人可不能在外逍遥快活，对不，达尔提太太？"说完，他把长袍往上拉了一下，提成一个弧形，"好，我同意了！我们会提出来的，你们还有什么事情？"

"没事了，我今天就只是想让你同舍妹见一下面。"索密斯对德里麦表示钦佩。

德里麦又轻声地叫唤了一声："我深感荣幸，再见！"说完，他把防御意味的长袍又放下来了。

于是，三人相继走了出去。威尼弗列德先走了，索密斯自己则在最后。此时，他对德里麦也不得不发自内心地钦佩起来。

"我觉得，证据方面是充足的，"他对贝尔比说，"我现在只想啰唆一遍，这案子拖不得，必须早点解决。不然，可能永远得不到想要的结果，你觉得他明白我的想法吗？"

"放心，我会让他明白的。他在这方面非常厉害，非常厉害！"贝尔比说。

索密斯点了点头。随后赶上了妹妹。他发现威尼弗列德好像很难过，正用面纱挡住自己的脸，眼泪都快流下来了，便马上说道："单凭那个女侍的证据就足够了！"

威尼弗列德板着脸，表情变得很严肃。两人坐在马车上回格林街的路上，始终没有说一句话，都在想着同样的心事："唉！为什么！为什么我的不幸遭遇要弄得人尽皆知呢？而且还要请私家侦探来监视我的私人问题！这又不是我犯的错！"

5. 佐里给出的裁断

占有欲在受到无可能挽回的沉重打击时——比如眼下福尔赛家的这两个人遇上的情况——必然会迫使人不得不放弃一些无望的追求，然而在时下的英国，这种占有欲的本性却丝毫没有消退，反而越来越坚定。尼古拉本来不怎么担心战争给他造成财产损失，最近却也对布尔人大放厥词。骂他们简直是一群蠢物，造成了巨大的战争开销，应当狠狠地将他们早日打败，让他们吃点苦头，长长记性。如果是他指挥的话，他会派沃尔塞莱①去打仗。尼古拉的目光很长远，一切福尔赛家族积累的财富都是这样得来的，凭借这眼光，他断言布勒绝对是一个没用的家伙——简直蠢如笨牛，打起来仗来只靠一股蛮劲。要是他们还是这么瞎打一通，估计史密斯夫人城不久也要被丢掉。果不其然，在他说完这些后，十二月初便迎来了一个黑色星期②。这时，尼古拉遇到人就理直气壮地自夸道："怎么样，

①约瑟夫·沃尔塞莱：1833—1913年，英国殖民战争中的著名将领。
②1899年12月10—15日，英国军队在布尔战争中败仗连连。

我之前就这样预测过吧！"那个星期对福尔赛家人来说，确实是以前从未遇到过的一个黑色星期。同时，小小尼古拉已经在他的军事团队"魔鬼训练营"里接受了好几次训练。这让小尼古拉特别着急，慌忙去找家庭医生，看儿子有没有得病，却惊奇地发现他什么病都没有。想来，这小小尼古拉刚刚从法学院毕业，家里刚花钱帮他当上了律师。现在，平民中的军事人才最紧俏，而他刚好在这个时期搞什么军事训练，想想就让小尼古拉夫妇觉得可怕。不过，祖父觉得他们完全是杞人忧天，因为在他看来，英国历次对外战争都不是大规模的战争，而且派去的都是职业军人，不大可能让非职业的军人上前线。那种让全国人民积极参军的事，在他看来，是绝不可能发生的事情。何况，现在的战况对尼古拉自己很不利，因为他有一支德皮尔公司①的股票，正在大跌着。在尼古拉看来，这些损失要大过了孙子的性命。

　　不过，牛津却被另外一种情绪所主导。在英国接连打败仗的那一个星期之前，牛津大学已开学两个月了。整个学生群体从开始的群情激奋，渐渐分化为持不同观点的两个对立阵营。一个是正常的年轻人——他们是英国的保守派，对事情考虑没那么仔细，都愤慨地说应该给布尔人点颜色，狠狠地打他们一顿。持这种观点的人几乎占总人数的一大半，瓦尔就是他们其中的一个。另外的一些人则是有些偏激的年轻人，他们认为应该停战，并且承认独立自主是布尔人本有的权利，英国不该干涉。持有这种观点的人并不多，却吵得很凶。这两个阵营在那个节节败退的黑色星期之前并没有明显的界限，差不多是杂糅在一起的，仅仅偶尔出现一些学院式的辩论。

①德皮尔公司：一家德兰士瓦公司，尼古拉持有其股票，所以布尔人战败会对他不利。

当时，就有一些人立场模糊，不知道自己该站在哪一派。佐里就是其中一个。他之所以如此，有两方面的原因。一方面是受了祖父的影响，他也心怀正义，所以在看待一些问题的时候很全面。另外，在他自己的那类"最优秀的人"里有一个很有影响力的家伙，曾发出高见——"关我们屁事！"这让佐里站到了中间派。他本想从父亲那里获得一些参考，可他父亲的态度也很模糊——这对于一个二十多岁的青年来说是可以理解的。他特别想从父亲身上找到一些可以纠正的缺点，但父亲的所有言行都保持着一种"风度"，这种风度让他的讽刺性的容忍原则也散发出光彩。所有人都知道，艺术家是行动上的弱者，他们喜欢在做一件事情之前瞻前顾后。由此，我们应该明白，在某些时候，一个人不一定要跟随父亲的想法，就是关系再亲密也最好别那样。但是，佐里恩原来的想法是："这事本与你无关，而你非要去管一下，就有多管闲事之嫌"——就像那些"外邦人"一样——"另外，通过一些手段踩在别人头上，也不见得是什么厚道的行为。"

　　尽管这些话也许没什么具体的例证可言，可是不管怎么说，儿子还是表示很感兴趣。因为，佐里很看重高贵的品格。另一方面，对于自己这一派人称作"神经病"，或者瓦尔他们一派叫作"没种"的，佐里都很满意。因此，在英国军队节节败退的那个黑色星期，当钟声响起的时候，他依旧还在纠结当中。铛，铛，铛，分别从斯托姆堡[1]、马格斯芳坦[2]、考伦苏[3]传来一连串英国军队战败的消

---

①英国将领加达克尔被布尔人打败于斯托姆堡。
②英国将领米苏恩率领一万人集中在奥兰治南岸，打算救金伯利之围，在夜里偷袭马格斯芳坦，但是被布尔人击溃。
③英军统帅布勒率领二万人解救史密斯夫人城，被布尔人在考伦苏击溃。

息。听到第一个消息，佐里想："没关系，米苏恩还在。"听到第二个消息时，佐里急了："全靠布勒了！"接下来，他感到非常沉重，狠下了心，跟自己说："我可不管谁对谁错了，看来这些穷鬼就是欠揍啊，妈的！"他还不知道，父亲现在也同他一样，对布尔人也开始恨起来了。

　　之后的一个星期天，有人邀请佐里参加了一个酒会，受邀的都是"优秀者"。在众人第二次举杯的时候，佐里说："希望布勒给那些布尔人致命一击！"说完，未与人碰杯就把大学酿的勃艮第酒一口饮尽了。这时，他发现瓦尔·达尔提居然也被邀请来了，并正对他别有意味地笑了笑，随后与旁人聊着什么。佐里知道，达尔提肯定在说他坏话。于是，他顿时红了脸，一声不吭。因为他一直比较讨厌被众人围观，也很讨厌当众搞出什么事情来，不知道为什么，他总是对这位远房的表亲带着一种莫名的敌视，这种敌视现在骤然加深了。他默默在心里说道："好呀，朋友，咱们走着瞧！"根据大学的规矩，现在大家都喝得有点多了，这让他更加难以忘怀。当众人排着队来到一个僻静处时，他碰了碰瓦尔的臂膀。

　　"你刚刚是不是在同别人说我什么？"

　　"我随便讲讲也不行？"

　　"不行。"

　　"我是在说你站在布尔人那边，这是事实！"

　　"你在瞎扯！"

　　"你准备大闹吗？"

　　"对！不过这儿不合适，有种跟我来花园！"

　　"好啊，谁怕谁！"

于是，这表兄弟俩就一起朝花园走去。一路上虽然东倒西歪的，却还不忘不时地用仇视的目光瞟对方一眼，谁都不甘示弱。在翻栏杆的时候，瓦尔的袖子被栏杆的尖端给扯了一下，这让他暂时分了下神。佐里心想："在这么个陌生的地方干架，而且离学校又不远，被发现可麻烦了。但是不管了，他真是个小畜生！"

两人穿过一片草地，来到了一个漆黑的角落，脱光了上身的衣服。

"你有没有喝醉？要是你有点醉了，我可不好意思欺负你！"佐里忽然冒出一句话。

"好像没你醉得厉害！"

"行，放马过来吧！"

两人省去了拉手的礼仪，直接摆出了一副防御的架势。其实，这表兄弟俩都有些喝多了，因此很小心地装出一副很正常的样子。两人开打了，佐里差点儿让瓦尔的鼻子中招。随后，这表兄弟俩很快扭打成一团。在树荫的遮蔽之下，只能看到丑陋的一团。两人一直纠缠到没了力气，遂在无人喊停的情况下都松了手，并且都有些站不稳，惯性地往后退了些距离才稳住。突然，有个声音响起：

"两位少爷，你们姓甚名谁？"

这个声音是从花园门口处的灯光下传来的，语气带着讥讽，就好比是神的质问一样。听到有人说话，俩人慌忙抓起上衣就跑，很快地翻越花园的栏杆，朝着之前的僻静处奔去。这里还有些光，俩人便都抹了抹自己的脸，互不言语，还故意隔开了十步左右的距离，这才往学院的大门赶去。他们一声不吭地走出大门，随后分道扬镳。瓦尔沿酿酒厂朝宽街走着，而佐里则自小巷朝高街走去。

此时，佐里还在生气，特别后悔刚才打架自己压根就没发挥出来。比如，有几招反击与杀手，他就没用出来。现在，他边走边使着这两招。不过，他正幻想着一场和这完全不同的搏斗，在那场虚构的搏斗里，他的表现可好多了。他正如军人一样，戴着肩衣，手持军刀，时而刺向瓦尔，时而挡住瓦尔的进攻。就像在他最爱的大仲马小说里一样，他就是那些英雄人物，比如说拉莫尔、阿拉米、布西、西高或者是达特里昂的合体，但他却无法将瓦尔幻想成柯科那斯、布里沙克和罗契弗特中的任何一个。这瓦尔，就是个混蛋，他不配成为其中的任何一个。不过这些其实都无所谓，毕竟刚才也让他吃了些苦头。不过，瓦尔的那句"站在布尔人那边"，还是让他感觉很难受。现在，佐里发疼的脑子里满是关于当兵的想法。他幻想着自己骑着马在南非的辽阔高原上疾驰而过，并朝着布尔人勇敢地开枪，让布尔人最终像兔子一样倒在他脚下。此时，他的眼睛已然发酸，但还是抬起头看高街上面那璀璨的星空。他幻想自己正裹着一床棉被匍匐在卡罗河边，端着来复枪埋伏着，双眼仰望着那片灿烂的星空。

　　翌日清晨，他头疼欲裂。他遵循着"优秀者"的做派，将头埋入冰凉的水里，还泡了一杯非常浓的咖啡，结果却难以喝下去。午饭也没吃好，仅仅抿了几口好克酒。对于自己脸上的伤疤，他撒谎说是在街头拐角处被某个莽撞汉给撞了。至于跟瓦尔打架，他是不可能跟别人说起的，因为他在细细权衡之后，觉得说出来不免丢脸。

　　随后，他就回到了伦敦，回到了自己的家——罗宾山。在家里只看到珍与好丽，父亲已经去了巴黎。他觉得这次假期很不安，坐不住，而且也很少跟珍和好丽聊天。珍当然一直在忙着帮那些落魄的艺术家，而这些人，佐里一直都瞧不上眼。特别是埃里克·柯布莱及其家人，在他看来，那是一群上不了台面的乡巴佬，总是在放假期间把他们家弄得乱七八糟。至于好丽，近来好像同他有了一种莫名的隔阂，好像她的思想已经独立了一样。不过，这在佐里看来，实在没必要如此。

他猛锤了一阵拳击皮套，然后独自一人像亡命之徒似的骑马向里奇蒙公园奔去。骑的时候，他非常想去跳过一根挡道的高栏——它挡住了前方一条已被践踏得不像样的青草马路。对于自己的行为，佐里的解释是为了让自己一直能集中精神。之后他又弄了把来复枪，并在罗宾山的田地里立了个靶子，然后站在小水池的位置朝菜园的墙壁打枪玩，压根不顾在那里劳动的园丁。佐里边打枪边想，搞不好哪天自己还真去当了兵，如若真当兵了，一定要想办法帮英国把南非给保住！而且，近来骑兵义勇队招兵的宣传搞得他心里乱糟糟的，他在犹豫是否参军。而且，他一直跟其中的几个人通信，就他所知，那些"优秀者"中没有一个人愿意参加。说实话，若有人给他鼓鼓劲儿，估计他会立马报名——因为他拥有很强烈的竞争心，再加上最好面子，万事不愿落于人后。但自己如果真去做这件事，还是显得有些"出风头"，因为事实上不是非参军不可。再说，他也并不是特别想去，因为这个小福尔赛的性格里还有一个特点，那就是喜欢"三思而后行"。现在，他的心里五味杂陈，整个人看起来也不像往常一样安静和高贵了。

但是，有一天，他看到让他很难受的一幕，简直是让他气得不行——好丽同那个"二流子"瓦尔·达尔提在一片空地上骑马，就在里奇蒙公园离汉姆门比较近的树林中。只见好丽在左，正骑着她那浑身银白的小马，而瓦尔则在右。本来他的第一个想法，是直接奔到他们面前，质问他们两个这是什么荒唐行为，并让瓦尔滚远点儿，自己则带妹妹回家去。随后又想到，若好丽和瓦尔并不理睬他，那他岂不是跟笨蛋一样了？于是，他拉住马跑到树后躲了起来，可他又觉得这样跟偷窥差不多，简直一点儿也不体面！所以，只能等好丽回家再说了。

关于好丽跟那个小混蛋游逛的事情，他无法跟珍聊起，因为珍当天随着埃里克·柯布莱那群人跑到伦敦去了，而佐里恩在遥远的破巴黎。他想起了自己读中学时，曾和一个叫勃兰特的同学一起，在书房里点起报纸，以此来训练自己的冷静。他觉得，眼下也正是训练自己保持冷静的绝好时机。但是，在马厩等待妹妹归来时，他却压根就无法保持冷静。于是，他有些萎靡不振地用手拍着家里的老狗伯沙撒，它现在胖得很，胃功能好像已经不行了，再加上佐里恩不在家，它觉得很难受。于是，它抬头对佐里的照顾表示感谢。半个小时后，好丽终于回来了。她回来的时候脸颊通红，看起来比往日要美丽多了，简直就不应该这样子的。佐里看到好丽很快地瞄了自己一眼，便认定她是心虚。于是，他就跟着好丽一起走进了屋子，然后一把抓住她，带她来到了祖父的书房。

这个房间现在几乎没有用了，但是在佐里和好丽兄妹俩看来，这里依旧残存着祖父的好脾气、大大的白胡须、雪茄的味道以及爽朗的笑声。在佐里还没上学的时候，经常和祖父在这书房里打闹。说起来，尽管那时老佐里恩已是八十岁的高龄，但还是忍不住用腿勾人。至于好丽，则经常蹲在那皮圈椅子的扶手上，一边摸着他两鬓的白发，一边趴在他耳朵边说话。而且，在他们的记忆里，他们三人曾多次一起从落地窗跑到草地那里，要么打板球玩，要么玩一种只有他们三人会的游戏，而且绝不会让其他人知道。这种游戏很神秘，名叫"胡皮西—抖数"，经常让老佐里恩玩得全身发热。好丽还记得，有一天夜里，她做了一个噩梦，就穿着睡衣找祖父安慰自己。而佐里则记起有一个早上，他曾干了一件很糟糕的事——往布斯小姐的鸡蛋里放泻盐，接着发生的事更糟糕了，那天佐里恩正好不在家，于是布斯小姐就抓着他到祖父那里告状，以下就是当时的对话：

"嘿，乖孙子，你可不能这么不听话呀！"

"爷爷，她打了我一巴掌，然后我只好还手打她一下，接着她又打了我一下。"

"你怎么能打女人呢？不管怎么样都是不行的，你跟她说'对不起'没？"

"没呢！"

"那你必须得快去跟她道歉，快去！"

"是她先打我的，爷爷。再说，我挨了她两下，而她只被我打了一下而已。"

"乖孙子，你实在太不像话啦！"

"是她在发火，我可没生气呢！"

"快去吧！"

"那你跟我一起，爷爷。"

"行，但只此一次！"

于是，祖孙俩牵着手去了。

在书房里，那些名家名著的位置没有一点变化，有司各特的小说、拜伦的诗集、吉本的《罗马帝国衰亡史》、亨博尔特的《宇宙论》。还有放置在火炉板上面的铜像，以及那幅名画《荷兰渔船夕照》，都如同命运本身一样屹立不动。就算有些东西的位置发生了变化，书房里还是给人一种老佐里恩依旧健在的感觉。他仿佛正坐在大圈椅上，跷着二郎腿在读《泰晤士报》，那突出的额头，凹陷下去的双眼，还有那严厉的目光，依然如故。

这时，好丽和佐里走了进来。佐里先说："今天我看到你和那家伙一起在公园玩！"他看到妹妹脸颊顿时涨得通红，这才觉得稍微有些满意，她确实该为此感到羞愧！

"那又怎样？"好丽说道。

对于妹妹的回答，让佐里感到很意外。因为他原想得到的回答不是这样的，应该是更多，或者是更少！

"你知道吗？"他严肃地说道，"上学期他还说我是站在布尔人那边的！而且，我还和他干架了！"

"谁赢了？"

佐里本来想说："本来我可以打赢他的！"想想，又觉得没必要说。

"我们不扯这个，"他说，"你为何偷偷和他约会？而且还没跟任何人讲！"

"我为何要告诉别人？再说，父亲又没在家。还有，我跟他骑马玩怎么了？"

"你想骑马可以找我呀！他就是一个没前途的小混蛋！"

好丽气得脸色发白。

"谁说他是小混蛋？你要是不喜欢他，那是你的事！"

说完，她气呼呼地丢下佐里走了，只剩下佐里一人呆呆地睁大眼睛，看着放置于龟壳上的那尊维纳斯铜像。好丽那黑色的秀发，加上头上戴着的软毡骑马帽，刚才正好挡住了那尊铜像。佐里此时感觉内心难受得要命，甚至感觉自己有点受不了，这简直是太失败了。他来到那尊铜像的跟前，呆呆地看着那块龟壳。他也说不出讨厌瓦尔的原因，上一辈发生了什么事他其实并不了解，只是了解到十三年前，波辛尼背叛了珍而与索密斯的妻子相爱，估计因此两家结下了仇怨。他也并不了解瓦尔，只是莫名地讨厌他。他目前也不知道该怎么办，但他偏偏就是讨厌瓦尔。可现在的问题是，他该如何做才好？瓦尔说起来还是他的表弟，但这层关系并不是好丽可以和他交游的理由，而他也不是那种喜欢告密的小人。他觉得很为难，于是，他坐在了那个皮圈椅上，跷着二郎腿，并望着窗外的那株古老的橡树，它虽然枝条密布却还未长出一片叶子。渐渐地，天色转暗，那株橡树也渐渐成了夜幕下的一个颜色较深的黑色圆形了。

"啊，爷爷！"他想着，掏出了一只表。天色已晚，他已看不到时针，于是按了一下推杆，已经五点了。这金表是老佐里恩的第一只带壳面金表，由于长期使用，壳面看起来光滑锃亮，壳面上的花纹已经全被磨损了，还被摔出不少凹下去的印记。金表的打簧声就好比是那个黄金年代在小声地说话。那时，他们乘坐祖父的马车刚从伦敦圣约翰林搬到这里，而且差不多立即就迷恋上了这里高大的树木。佐里当时还上了树，看着祖父在树下给那些绣球花浇水。是告诉父亲，让他立马回来，还是把心里的想法讲给珍听？珍是一个性子很急的人，告诉她恐怕不太好。懒得管了，随它吧，由老天决定吧！反正这假期马上就要结束了，到时候去伦敦提醒瓦尔以后别去罗宾山了！但是，我如何搞到瓦尔的住址呢？好丽看样子是不肯透露半个字的！现在脑子里一团糟，简直是一团乱麻！他点了根烟抽了起来，可抽到一半时，本来皱着的眉却舒展开来了，好像有一双老人干枯的手在抚平他的额头。并且，他隐约听到有人在他的耳内小声说道："你什么都不要做，乖孙儿，记得对你妹妹好，要对她好！"听到这儿，佐里长叹一声，心里也恢复了安宁，并从鼻子里喷出了烟雾……

但此时好丽正待在自己的房间里，脱下了骑马的装束，依旧皱着眉，嘴唇努动着，好像在说："他不是，他不是！"

6. 佐里恩的两难选择

每次去巴黎，佐里恩都会将住处安排在一个私人旅馆里——这旅馆很小，就在离圣拉萨尔车站不远处的一家很有名的饭店的楼上。他非常讨厌那一帮同在国外的福尔赛们，他们总是像缺氧的鱼儿一样，精神不振地挤在一处处小水汪中，比如戏园子、爱丽舍、红磨坊。一看他们那种急急慌慌的架势，佐里恩就觉得气不打一处来。好在这个小旅馆里，只有佐里恩一个福尔赛住，其他同类压根就没来过。在这旅馆，他可以在自己的卧室生火取暖。并且，他认为这里的咖啡口味很正。在他看来，较之于其他地方的冬天，巴黎总显得要可爱些。每户人家都会传来一阵带着辣味的烟，那是他们在烧柴、烤栗子。在每个晴天，冬日的阳光总是那么明媚。大马路上总能看到一些悠闲的人，他们非常活泼。在那露天的咖啡馆里，总是有人全然不顾冬天的寒冷，在那里品着咖啡。这一切仿佛在跟他说，巴黎这里的冬天好像拥有候鸟一样的灵魂，在盛夏的时候飞走了。

佐里恩的法语说得不错，还结交了几个朋友。他甚至清楚，在哪家小餐馆里能吃上可口的饭菜，而且总能遇见一些奇怪的人物。他感觉一到巴黎，自己就像一位哲学家了，讽刺起来显得更加敏锐而深刻。人生存在某种精细却毫无目的的意义，它变幻为一束芳香扑鼻的鲜花，一片被希望之光所刺破的黑暗。

在十二月的头个星期，当佐里恩打算去巴黎时，他并不认为，自己如此决定是因为伊莲身在巴黎。但是，在到了巴黎才一天多的工夫，他就开始觉得，自己来巴黎的主要原因无非是想见见伊莲。这要是还在英国，人们是绝不会承认那些显而易见的事。他本打算见到她后，跟她聊一下她那公寓出租的情况，以及一些其他的事。但到了巴黎，他突然明白了自己该干什么。巴黎身上仿佛有一种多彩的光环。于是，第三天，他就写信给伊莲，在收到伊莲的回信时，佐里恩感觉到一种兴奋的震动。回信内容如下：

佐里恩兄长：

很高兴能在巴黎看到你！

伊莲

随后，佐里恩就去了伊莲所在的旅馆。那天的天气特别好，佐里恩的心情好比正在欣赏一幅自己特别喜欢的画，感觉非常愉悦。在他的印象中，他自己好像从未对任何女子产生过如此强烈的且没有牵扯到私人情感的兴奋。他决定要坐在伊莲的住处好好地看看她，饱饱眼福也好，以期在离开时更加了解她，并且已经打算好明天还要来欣赏她的美。伊莲所在的旅馆很小，临近塞纳河畔。在佐里恩迈入旅馆那间曾经色彩绚丽但如今已经褪色的小客厅的那一刻，他的心情就是如此。此时，一个小侍者叫了一声"太太"，就消失了。然后，佐里恩的眼前就出现了伊莲。佐里恩看着她的笑、她的脸蛋以及她的腰身，感觉和自己设想中的样子差不多，伊莲的表情像是在说："啊，我的亲人！"

"最近还好吧？发生什么事没有，可怜的逃亡者？"他说。

"什么都没有！"

"索密斯那边没什么事吧？"

"没有。"

"对了，你的公寓我已经帮你租给别人了。另外，我这个人喜欢多管闲事，这次给你带了点钱过来。你认为巴黎如何？"

在他跟她提起一大串关切的问题的时候，他突然留意到伊莲那迷人而性感的唇，她的下唇微微向上翘起，而上唇的一角连着一个不太显眼的酒窝，这是之前他从未注意到的。这好像是一尊温柔但有些地方脱落了泥的女人雕像，原本对它并无什么私人情感的倾心，如今却突然成了一个大活人一样。她承认，孤身一人生活在巴黎有些受不了。而且，巴黎这个城市充满了生机与活力，更加反衬出她的荒凉无比。但她诚实地承认，这对自己并不是坏事。再说，英国人眼下在法国并不受待见。

"我认为这些都与你无关，要知道，法国人应该都会喜欢你。"佐里恩说。

"但还是有些不方便的地方。"

佐里恩点头称是，接着说道："那就趁着我在这里，跟我一起到处转转。从明天起，我们就四处走动下吧！晚上你来我那里吃饭，我们再一起去喜剧场看戏！"

　　就这样，他们差不多每天都会见面。

　　很快，佐里恩就发觉，让一个人对感情一直保持现状是件很难的事情。跟这么一个美丽的女子待在一起，让他觉得巴黎既是个最好的地方，又是个最坏的地方。其实就像一只在你心上歇脚的鸟儿，它正在唱着："这就是你梦中的女人呀！这就是你梦中的女人呀！"有时候，他觉得这是件很正常的事情，有时候却又觉得可笑至极——这可是个男人晚节不保的最糟糕的事例啊。由于佐里恩曾经很长一段时间没受到过社会的关注，也差不多从那时起，他就没有看重过传统美德。但他对伊莲的爱顶多存于潜意识，因为，尽管他爱她，但她肯定是不会爱上自己的。毕竟，佐里恩明白自己已经老了。

　　佐里恩对伊莲的生活状态感到满腹怒气，为什么要让这么一个美丽温柔的女人，过这种孤寂又无聊的日子呢？但他发觉自己有能力给她一丝慰藉，发觉每次她同他一起游玩时她明显很开心。因此，佐里恩更加满意于他们之间这种和谐的状态，他可不想因为一些不正经的言行毁掉他们的快乐。他俩的状况就好比是一棵干枯的植物在吸收水分，佐里恩仿佛亲眼看着他和伊莲的友情在不断地吸收养分，不断加深巩固。根据佐里恩掌握的情况，只有他一人知道伊莲在巴黎的住处。她在巴黎根本就没有认识的人，而他认识的人也少得可怜。因此，两人在一起的时候，比如聊天散步、去音乐厅、美术馆、剧院、下饭馆以及去凡尔赛宫、圣克劳德、枫丹白露这些地方，他们都可以不必约束自我的言行。

　　时间飞逝，整整一个月—— 一个没有过去，也没有未来的一个月——就这样过去了。若他现在还是年轻人，他对伊莲的情感一定会变为狂热的追求。可是现在，他虽然一样的深情，但要柔和多了，因为他为她所迷，又没有什么企图，再加上骑士精神，他一直保持着礼节——觉得每次同伊莲一起，那份友谊同样让他感到十分的开心。而且，伊莲在他眼里看上去依旧那么的美丽，两人又是那么的心有灵犀。所以，他宁愿让自己的感情保持在现在这种带着保护性的友情状态下。伊莲的人生观跟佐里恩差不多保持一致，极易为情感所左右而很少受理智的约束，对许多事情，总是持着一种质疑的批判精神。而且，对美的事物很敏锐，总是会带着一股热情的人情味，并会很容忍。但是，在这种天性中却藏有一丝坚毅。作为一个单纯的男人，他还很难做到这一点。所以，这一切都让他对伊莲很钦佩。在这两人共处的一个月里，他每次出门的心情都和第一次见她一样——那是一种前去观赏一件自己喜爱的艺术品的心情，就像是一种根本不会计较自己个人得失的心理。但是，未来还是无情地让现在的日子显得有些不安，一直以来他都谨慎地摆好自己的位置，不去正眼仔细看它，他害怕会打乱自己宁静的心灵。他现在在计划着如何去寻找一个更好玩的地方，那里必须阳光充足，而且有一些稀奇的玩意可以用来观赏和作画，继续享受着。可是，这一切很快就结束了，他在一月二十日那天收到一封电报：

　　已申请入伍皇家义勇军——佐里。

　　收到电报时，佐里恩正准备出门跟伊莲见面，约在罗浮宫美术馆。这封电报让他非常震惊，他觉得自己应该是佐里人生路上的导师和谋划者，但当他正在享受美好悠闲的时光时，佐里却大步地朝危险和困难走去——甚至还有可能死亡。这让他感到很难受，也才发现，原来伊莲就像一株藤蔓一样，已经扎根于他的心和灵魂，将他缠绕。在这就要分离的关口，他才知道，他对伊莲确实是抱有了私人情感的，而且这是事实。不过，佐里恩也明白，他现在不得不结束自己的美好时光。他也清楚自己现在是怎么想的，很留恋，不想离开。也许乍一看很荒唐，但这的确都是真实存在的，而且最终是无法避免地会暴露出来的。只是现在，他还是想尽力掩盖这些痕迹，不让自己露出任何破绽。佐里恩感觉到，佐里参军的决定现在正无情地阻挠他同伊莲之前的关系。其实，他也为佐里的决定感到自豪，毕竟佐里是自己的儿子，拥有报国之心确实值得赞扬和骄傲。看来，英国军队的那一个黑色星期对佐里也产生了影响，动摇了他支持布尔人的立场。哎，有时候事情就是这样，还没开始就要完结了！还好，他没有过很明确的表白！

当佐里恩来到美术馆时，他看到伊莲正面带微笑，全神贯注地欣赏一幅名叫《磐石处子》的画作。她的举止很优雅，对佐里恩的注视一无所知。佐里恩想："我觉得我一定要故意不去看她吗，只要她愿意，我又何必放弃对她的注视和欣赏呢？"于是，他就这样在没被察觉的情况下站着看她，他一边把她美妙的身段存入自己的脑子里，一边居然有些嫉妒那幅得到女神青睐良久的名画。不过，伊莲有两次转头朝门口处张望，佐里恩想："她是在找我！"最终，他走上前去，把电报递给了伊莲："你看一下！"

看完电报，伊莲长叹了一声。

佐里恩知道伊莲是为了他叹气。他觉得自己现在的处境有些残酷，为了儿子，他必须现在立马跟伊莲道别离去。为了无愧于自己的感情，他又觉得自己有必要告知她自己现在的心情。至于她能不能感觉到他为何久久地盯着那幅名画默不作声，他也没有把握。

"看来，我马上就得走了。跟你在一起真的很快乐，我真的很不舍！"佐里恩总算开口了。

"我也是啊，可是，你必须回去！"

"这样……"佐里恩说着伸出了手，两人四目相对，让他有些不能自己。

"人生就是如此！你好好照顾自己。"佐里恩说道。

走的时候，他觉得自己步履沉重，就像脑袋并不愿让他离去。走到门口，他回头看到伊莲抬起手，用指头碰了碰嘴唇。于是，他庄重地整了一下帽子，头也不回地走了。

7. 达尔提起诉达尔提

对于自己的离婚官司，威尼弗列德其实还不确定自己的想法，但是案子依旧一点点地朝着裁判日进展着。一直拖到圣诞节休庭前还是没有开审，到了圣诞节之后才重新开庭审理这桩案子——达尔提状告达尔提，向法院要求夫妻恢复同居关系。但是，这案子竟被定在第三个。威尼弗列德较以往的圣诞节更加注重时髦，她穿了一件低胸装，而这案子就像被埋在她的胸口里边。在这个圣诞节，她的父亲詹姆士也给了她特别的优待，借着这个节日向她表达了同情之心和安慰。因为她终于要跟那个"宝贝混蛋"达尔提离婚了。詹姆斯心里明白得很，却说不出口。

跟公债价格下跌相比，达尔提的失踪都显得没什么好说的。

再说，詹姆士真的恨死这个混蛋了。他现在可是个快要入土的福尔赛，对他而言，名声的重要性已经比不过财产的重要性了。于是，詹姆士现在也不再关心打官司会给自己丢脸。尽管如此，别人还是不能随便在他面前提起此事，除非是他自己主动说起。作为一个律师和父亲，最令人头疼的事莫过于达尔提会突然出现，而且在法庭裁决时他还可能表示接受！那这个结果就真是令人伤脑筋。其实他很担心这件事，所以在他把一张巨额的圣诞支票送给威尼弗列德时，他说："把这个给外面那家伙，防止他回来。"这的确是有点浪费钱，但这相当于买了保险，只要离婚案能够办理成功，他就不用再担心自己的财产受到威胁。并且他多次询问过威尼弗列德，以确定她已经把钱汇了出去。在汇这笔钱的时候，可怜的威尼弗列德感到非常痛心，在她看来，这钱最终还是会被那个"贱人"换了首饰。

索密斯听到这件事后并不以为然，他们对付的这个人并没有福尔赛那样坚定的品质，没有弄清楚那边的情况就把钱贸然寄过去是非常危险的。但是，在法庭上提起这件事倒是会有不错的效果，他要嘱咐德里麦记得提起这件事。他突然说道："不知道那个芭蕾舞团离开阿根廷根之后会去哪儿。"他一有时机就会提醒威尼弗列德，因为即使威尼弗列德对达尔提已经没有什么留恋之情，但他还是担心她不忍心把他的陈年丑事抖出来。索密斯虽然很少对什么人表现出钦佩，但他还是觉得威尼弗列德把事情处理得很好——家里的孩子们焦急而无助地等待着父亲的消息——伊莫金刚刚到了出入社交场合的年龄，而瓦尔则总是很担心这整件事情。他觉得，对威尼弗列德而言，瓦尔才是整件事情的关键所在，因为在那么多孩子当中，毫无疑问，她最爱的是瓦尔。只要瓦尔有意愿，她就可以阻止这件离婚案。因此，索密斯总是小心翼翼，生怕初审将要开庭的消息被瓦尔得知。除此之外，他还邀请瓦尔一起去革新俱乐部共进晚餐，在瓦尔叼着雪茄的时候，他故意提起瓦尔最感兴趣的话题。

索密斯说道："我听说你准备在牛津打马球呢。"

躺在椅子里的瓦尔稍稍坐直了一点儿，他说道："正是这样！"

"嗯，"索密斯回答道，"打马球很花钱，你外祖父不见得会答应，除非他确定其他的方面不会让他花太多的钱。"他停下来，想看看瓦尔有没有听懂他的话。

瓦尔的眼睛被他那浓密的睫毛遮住了，张着大嘴发出一阵怪笑，说道："我想，你是说我父亲？"

"正是，"索密斯答道，"这主要得看他会不会继续拖累别人。"之后他一言不发，就让这小家伙自己去琢磨吧。

但是，瓦尔这几天却总是梦想着拥有一匹银白色的小马，和那个骑在马上的女孩。其实库伦姆人在伦敦，只要瓦尔说一声，库仑姆就可以把辛西娅·达克介绍给他。只是瓦尔并没有提起这件事，甚至他还有意避开库伦姆，过着一种自己都觉得莫名其妙的日子，只有在跟成衣店和马厩算账的时候，他才感觉到生活并没有脱离正常的轨道。在他的家人看来，他好像把假期都花在了"拜访"上面，晚上则在家里睡大觉。白天只要他们邀请他一起去做什么事情，他总是回答说："不好意思，我要去拜访一个人。"并且，他总是有办法使自己一身骑马的打扮，在出门和回家的时候不被人看到。他总算被接纳为山羊俱乐部的会员，这样他便可以搬到俱乐部那里，在无人理会的情况下换上衣服，然后骑上租来的马儿前往里奇蒙公园。

　　他深深地隐藏自己那如同宗教一样暗暗生长着的感情，那些他不去"拜访"的人，他从不会向他们透露半句心声。对照别人和自己的信条，这事说出去实在显得有些搞笑。但是他现在对其他的事情压根就全部失去了兴趣，而且他自己想不出办法去改变。照常理，年轻人在这个时候总会去自由地找乐子，可是这件事却让他与那些乐子彻底绝缘了。他知道自己定会被库伦姆认作是一名懦夫。他目前所有的心思就是穿上自制的新式骑马装束，偷偷地跑到罗宾山的大门口，然后不一会儿，一个秀发乌黑的苗条女孩就会骑着那匹银白色的小马，庄重地跑到他的面前。接着，两人就会在已经掉光了树叶的树影下一起骑着马。没有多少言语，时而跑一小段路，时而互相挽着对方。

　　有几个傍晚，他一时心血来潮，特别想跟母亲说，这位害羞的表妹是怎样闯入他的生活，又是怎么把他的生活给搅乱的。可是，一个人若过了三十五岁，便不可能再成为一名朋友，这痛苦的经验让他控制住了自己的冲动。瓦尔认为自己终究得大学毕业，而好丽终究会长到交际的年纪，到了那时候，他们才能谈婚论嫁。至于现在，只要还能和她偶尔见见面，就没必要把事情搞得这么复杂。与姐妹开开玩笑还行，她们可不会同情你。至于兄弟，那更加糟糕。所以，瓦尔都没有一个可以倾诉心声的人，再加上那个破离婚官司，他实在感到无可奈何，只能自认倒霉，要是自己姓戈登、司各特或霍华德，甚至普通一些的姓，那该是多么美妙的一件事啊！可是偏偏，这达尔提是全英国少有的姓氏！能不让人注意到吗？就算如此，那姓摩金也行呀，为何非要姓达尔提！

就这样，时间一天天地在过去，已经是一月中旬了。这一天，银白色的小马迟迟不来。他在寒风中伫立，想着是否该骑着马去那所大房子找她。但佐里搞不好就在家，那晚两人的扭打他还记得很清楚，总不能跟他就这么一直打下去吧！于是，他有些泄气地回了城，垂头丧气地度过了一个无趣且漫长的夜。翌日，吃早饭时，他看到威尼弗列德一身特别的打扮，看上去非常美丽，衣服是黑色的，上面点缀着些许蓝色的斑点，而且还戴了一顶黑色的大帽子。吃完早饭的时候，威尼弗列德就叫瓦尔去了客厅，这让他立即心生懊恼。母亲很谨慎地关了门，然后用手帕擦了擦嘴角，还闻了闻那手帕上的紫罗兰香水味。瓦尔不安地想道："她不会是要问我和好丽的事吧？"

　　这时，母亲的话打断了他的胡思乱想："我的乖乖，你准备对我好吗？"

　　瓦尔一脸怀疑地傻笑。

　　"今天上午你愿意跟我一起去吗？"

　　"呃——我打算去拜——"瓦尔看到母亲的脸色那么难看，立马没有接着说下去了，反问，"难道，你是说——"

　　"是的，我今天早晨要去法庭！"

　　这破案子不知不觉原来已经来了！因为没人跟他提过，所以他还差点忘了。现在，他正带着满腹的委屈，站着玩弄自己手指上的皮屑。一看到母亲那副央求的神情，他就妥协了："妈，我跟你一块去！那群混蛋！"这句话在骂谁，他也不清楚。但是，这句话却道出了母子俩的心声，因此在他说完后，两人都陷入了沉默。

　　"我觉得我还是换一件黑色的衣服吧！"瓦尔嘀咕了一声，就跑回了卧室。他穿上黑色的衣服，配上高高的领子，插上一支珠式别针，并穿上了那最整齐的灰色瘦腿裤，嘴里嘟嘟嚷嚷地叫骂着。他在镜子面前看着自己，说道："我要是说一句表态的话，我就是王八羔子！"下了楼，他看到外祖父的马车在自家门口停着，而母亲已经换上了一件皮大衣，看上去就好像是去市政府的慈善会捐款的贵族太太。母子二人在关了车顶的马车内紧靠着坐在一起，在去法院的途中，瓦尔只问了一句："珍珠项链的事情不会被提起吧？"

威尼弗列德小皮手袋上面的白色尾饰，随着马车的颠簸而抖动着。"放心，不会的。今天其实没什么事情，没那么重要。本来你外婆也要过来的，但我没同意。因为我觉得你可以照顾我。今天你看起来很帅气，我的好儿子！来，把你的衣领往上拉拉，对，就这样！"

"要是非说不可呢——"

还没待瓦尔说完，威尼弗列德就说："他们应该不会那么做，而且，我会保持冷静的，只能这么办！"

"会不会要我作证，或者要我做其他的事情？"

"放心，不会的。乖儿子，一切都已经提前安排好了。"威尼弗列德轻拍了几下瓦尔的手。看着母亲一脸坚定的神情，瓦尔本来乱糟糟的心总算平静了，只见他脱下手套又重新戴好，不断地重复。这时，他才发现自己的手套和绑腿裤的颜色不太搭。他应该拿一副灰色手套的，结果却戴着这副鹿皮手套出了门，这是深黄色的。于是，他开始烦恼是接着戴着，还是收起来。十点多钟，瓦尔就到了，这是他第一次上法庭，看到如此宽敞宏大的建筑，瓦尔还是觉得非常吃惊。

"哦，上帝！"在同母亲一起经过大厅的时候，他说，"这儿估计可以建四五个顶级的网球场呢！"

索密斯在一个楼梯的下方等他们的到来。

"来啦！"他说，却没有同他们握手。就好像因为这离婚案他们已经过于熟悉，都不用这套礼仪了。"我们去一号法庭，是哈普里·布朗，我们的案子先审。"

这时，瓦尔觉得胸口袭来了一种奇怪的感觉，跟他在玩板球击打球时差不多。他有些勉强地跟着母亲和舅舅走着，尽量不四处看，因为他觉得这里有一股发霉的味道。而且，他感觉这里四处有人躲在暗处看着他们。因此，他扯了扯索密斯的衣袖，说道："舅舅，你别跟我说你让报社里的那一帮混蛋也进来了？"

索密斯瞄了瓦尔一眼，这种神情曾让许多人很自然地闭上了嘴巴。

"他们已经来啦！"索密斯说，"威尼弗列德，你不必脱掉大衣。"

瓦尔跟着他们进入法庭，心里很气恼，却高昂着头。在这个讨厌的地方，尽管那些人——简直密密麻麻——前后隔着一排座位，但是看起来，前面的好像都坐在后排人的腿上一样。瓦尔还觉得，这些人稍不小心就可能从座位上滑到地板上。在某个瞬间，瓦尔看到桃花心木家具、辩护律师的黑长袍、白色的假发、人脸或者报纸，此刻都不怀好意地在叽喳议论着。但是，他就跟啥事都没有一样，很自然地挨着母亲在前排背对着人群坐了下来。他闻到母亲今天喷了紫罗兰香水，接着他把手套彻底脱了下来。他突然发现，母亲一直在望着他，这让他觉得自己确实需要坐在母亲的身边，何况他本人已经被当作这离婚案的一部分了。那好吧，干脆让他们好好瞧瞧！他挺起肩，跷着二郎腿，睁大着眼睛看着自己的绑腿，想让别人无法猜透他的想法。这时，出现了一个"老骨头"，身披黑色长袍，头戴假发，看上去就像个打扮古怪的老女人。这人出了门，并在对面的高位上坐了下来，于是瓦尔赶忙放下了自己跷起的腿。然后，所有人都站起来。

"达尔提起诉达尔提！"

居然把自己的姓氏当着这么多人的面喊出来，瓦尔觉得，这法官可恶至极！突然他发现在他身后不远处，已经有人在谈论起他的家庭了。扭头一看，竟然是个头发花白的老头，他说话时给人的感觉，像是嘴里在嚼着什么东西似的，奇怪极了。而且，他曾在吃晚饭的时候在公园巷被瓦尔撞见过两次。那时，这老家伙还在抢别人的波得酒喝，直到现在他才明白，这些人都是哪儿来的[①]。尽管这样，他依然觉得那些老头特别有意思。如果不是威尼弗列德推了他一下，瓦尔估计还在瞧着他们。这么一来，他只能无奈地直视前方，死死地盯着法官看。看着这"老骨头"尖嘴猴腮的模样，以及那双狡猾的双眼，他就想不通为何这人有权力管他父母离婚的事情。他想，这法官难道闲得慌？他自己的事情呢，不需要忙，不需要去烦恼吗？

想到这里，像瓦尔这类人隐秘而深埋着的个人主义思想跟瘟疫一样爆发了。他听到后面还有人在嗡嗡地继续念叨："由于答辩人——这称呼真奇怪，难道是指父亲？——花钱大手大脚，因此与我的当事人在金钱方意见不合，造成了如今这种不好的局面。而且，达尔提先生经常不回家。我认为，我的当事人没做错什么，法官大人一定也会这么认为。她还非常积极地想办法，以期阻止达尔

①这些人大多来自公园巷，跟詹姆士一样，都是法律界的"老骨头"。

提进行纸牌、跑马赌博等会让他名誉扫地的危险行为。"听到这里，瓦尔想道："是呀！全都抖出来吧！""十月初，那一起矛盾爆发了，应诉人在俱乐部给我的当事人写了一封信，我向法官大人提出请求，请让我将这信一字不落地读给诸位听。可是，庭上，我不得不说，这是在吃完晚饭后写下的，里面有些错别字，我只能代为修正。"

听到这，瓦尔将腰挺了起来，直直地坐起，心里却生气极了。"老不死的，给你钱你就做出这种侮辱人的事来吗？"瓦尔想道，随即脸上红了一点。

"'我不会再给你侮辱我的机会啦！明天我就会离开英格兰，看你还能拿我怎么样！'——法官大人，就单单从这口气上来看，就可以推知这个人是个没什么出息的家伙！"

"这老家伙真是尖酸！"瓦尔想道，脸上更显通红了。

"而那句'我不会再给你侮辱我的机会啦'，我的当事人会告诉法官大人，那所谓的侮辱，不过是我的当事人斥责他：'你就是个烂货！'我认为，不管在什么情况下说出这句话，都算不上一句很重的话！"

瓦尔斜瞄了一眼威尼弗列德，看到她脸上并没有什么表情，但是眼神却透着一丝无奈。他觉得妈妈现在真可怜，于是用自己的手臂碰了碰她，以示安慰。这时，身后那老头又念叨起来了："'现在，我要开始自己的新生了！蒙塔谷·达尔提。'"

"于是翌日，应诉人蒙塔谷·达尔提便乘坐杜斯卡罗拉号轮船，跑到了布宜诺斯艾利斯。之后，他音信全无，仅仅发回一封表示不再归来的电报。而且，这还是因为我的当事人在事发后的第三天，在非常烦恼的情况下给他寄了一份请求他归来的信。而那电报，就是对那封信的回答。如果法官大人同意，我想请达尔提太太出庭作证。"

在威尼弗列德站起来时，瓦尔本想也站起说："你们听好了！要是让我妈妈受委屈了，我可要你们好看！"但是，他还是控制住了自己。他听到母亲说："这些都是实话，绝对真实！"随后，瓦尔就把头抬起来了。他扭头看到母亲身穿皮大衣，戴着皮帽子，身材显得有点臃肿，颧骨上泛着红晕，但是态度沉稳，神情非常平静。看到这儿，瓦尔很为母亲感到自豪。因为能够这样面对那些混蛋辩护律师实在不容易。 随后，问讯便启动了。瓦尔晓得这不过是离婚前的准备阶段，于是心里很轻松，悠悠地听着早已设计好的问答。所有的问答也不过是为了造一个假象，好像威尼弗列德是真的想让蒙塔谷·达尔提回来。作为一个旁观者，瓦尔觉得这场戏演得实在完美，把那"戴着假发的老头子"骗得团团转。

但是，他很快吃了一惊，因为法官开口问道："请问，你丈夫究竟为何要离你而去？你应该比谁都清楚，绝不是因为你骂的那一句'烂货'！"

瓦尔注意到，索密斯抬眼看了一眼证人席这里，脸色毫无变化。接着，他又听到自己身后传来了一阵鼓捣文件的哗哗声。他隐隐约约觉得，事情有点不妙，搞不好是索密斯舅舅和后面那个老头出了什么差错。

这时，威尼弗列德开口说道："是的，不单是因为那一句话，法官大人，我们这样都好多年了！"她说话的时候拖长了声音。

"什么东西好多年了？"

"因为金钱上的矛盾。"

"但是，他的钱不是你给的吗？难道说，他之所以离开，是为了让自己过得更好吗？"

"妈的，这个老不死的！老畜生！他一定是觉得哪里不对劲儿了！正在盘问我妈妈呢！"瓦尔想着，他有些提心吊胆。要是真被法官查出什么的话，那他就会明白，母亲根本就不是真想让父亲回来。

威尼弗列德又说话了，看上去她的样子更像是一个时髦女子了。

"不是的，法官大人，我很早以前就已经不给他钱了。他过了很长一段时间，才弄清楚这一点，之后就——"

"我明白了，你拒绝给他钱，但为何在他出走后又寄钱给他。"

"法官大人，那是因为我想他回到我身边。"

"那你觉得这样有用吗？"

"法官大人，我不清楚，但是，这是我父亲劝我这么做的。"

瓦尔盯着法官，从他的表情以及自己身后翻动文件的哗哗声，还有索密斯突然跷起的二郎腿，可以推断出刚才妈妈回答得很妙。

"真狡猾啊！只是——这事他妈的真无聊！"

法官又问道："我再问你最后一个问题，达尔提太太，你现在依然爱着你的丈夫吗？"

瓦尔原来放松的双手听到这个，立马捏成了拳头。他觉得，这个法官真是不讲道理，怎么突然扯到个人情感上了？而且，在众人面前，要母亲说出自己的心事，她自己说不定还是糊里糊涂！实在有些丢脸。他听到母亲有些小声地回答："是的，法官大人。"瓦尔看着这个混蛋法官点了点头，他真想抓起一块石头砸烂那法官的脑瓜！随后，他的母亲回到了身旁的位置。接着，来了一些其他的证人，他们都过来作证，证实蒙塔谷·达尔提确实是突然走了而且一直都没回家。甚至，连自家的女用人都来作证了。这让瓦尔觉得很不开心。接下来，又是一些无聊的废话。最后，法官宣布判决——恢复他们夫妻的关系。然后，大家都起身走了。

瓦尔跟着母亲走出法庭，鼓着下巴，低垂着眼皮，拼命地记恨着这里所有的人。在走过一个过道的时候，威尼弗列德的声音将他从恼怒的失落中拉了回来。

"你刚才在法庭上的表现实在太好了，我的乖儿子。你真会安慰人呢！我打算跟你舅舅一起吃午饭。"

"哦，你去吧！我想我还有时间去拜访一下那家伙。"说完，他就突然撇开他们，飞快地下了楼梯，跑到了法庭外面。他急匆匆地喊了一辆马车，朝山羊俱乐部赶去。现在，瓦尔心里只有好丽。他在想，如果佐里明天看到报纸上关于他父母的消息后，告诉好丽了，那该咋办呢？

瓦尔走后，索密斯和威尼弗列德朝老柴郡奶酪酒馆①走去，索密斯提出，要在那里同贝尔比先生见一面。此时距离午饭时间还尚早，他们也正好借机放松一下。威尼弗列德觉得，在这里见识一下这家远近闻名的酒店也是一件挺好玩的事。两人只点了几个菜——这让服务员觉得很奇怪—— 一边等着上菜，一边等候着贝尔比先生的到来。刚刚打完一场令众人关注的官司，每个人都处于紧张的状态之中，兄妹俩都一声不吭。很快，贝尔比先生来了。他们首先看

---

① 老柴郡奶酪酒馆：伦敦一家知名酒馆，律师出身的狄更斯以及其他一些名家，都是这里的常客。

到的是他那标志性的长鼻子。贝尔比先生好像很开心，简直是索密斯他们有多不高兴，他就有多开心。贝尔比见状，说道："你们为何这副样子，刚刚不是判决恢复夫妻关系了吗？"

索密斯放低声音，说道："是呀，不过我们还得去继续寻找证据。因为，搞不好离婚案将来也是他当法官。要是我们一开始就知晓达尔提行为不端的事情被发觉，结果一定很不好。因为，从他刚才提出的那些问题完全可以看出，他根本就不喜欢这种靠在法庭上耍小聪明暗度陈仓的行为。"

"你多虑了！他肯定会记不清的！你想啊，等到那一天来临时，他估计已经又审了好多案件了，哪还记得那么清楚。再说，只要证据方面没什么问题，他还是得按照法律的规定判离婚，你担心什么！我们是绝不会让他们晓得你妹妹已经知道这些事实。而且，德里麦那边处理得很好，他一向做事严谨，你放心！"

索密斯点头称是。

"我不得不夸你，威尼弗列德，你刚才的作证处理得太漂亮了，很可靠很稳当，就像坚硬的石头一样！"贝尔比先生说道。

这时，侍者上了三份菜，并说道："先生，布丁马上就上，今天菜里有很多云雀①哟！"

贝尔比先生那大鼻子点了一下，表示对侍者的话非常喜爱。但是，索密斯和威尼弗列德则失落地看着自己手头清淡的午餐，全是一堆酱色的玩意儿，他们认真地在盘里拨弄着，期望能翻出一只有滋有味的云雀。可是开始吃时，他们才发觉其实自己比想象中要饿，很快就把面前的菜吃光了。他们每人还点了一杯波得酒。话题

①这家酒馆有一道著名的冬季菜色——云雀饼。

转到战争上了，索密斯觉得史密斯夫人城也许还是会被布尔人攻陷，而且战争会持续大概一年时间，贝尔比则认为，战争将于夏天停息。但是，他们都认为英国方面需要投入更多兵力。为了大英帝国的面子，这一仗必须要打胜，不然能有什么好法子。接着，威尼弗列德把话题拉回到较为实际的话题上，她说关于她的离婚案，希望最好在牛津大学暑假后审。如此一来，等到瓦尔回到学校，他的同学和朋友就差不多忘掉了这件事情。而且，那时，伦敦游乐宴饮的季节也刚好完了。两位律师都让她放心，那六个月的拖延本来就很有必要。不过，过了那个时间，还是越早开庭越好些！

这时，饭店的人逐渐多了起来，他们几个便分手各自离去。索密斯去了城里，贝尔比则回到了自己的办事处，威尼弗列德则叫了一辆马车去了公园巷，她打算跟母亲讲讲是如何应对这些事情的，毕竟事情总体来说还是挺好的。因此，他们觉得可以跟詹姆士说说，因为他天天絮叨，自己根本就不知道女儿的事情现在怎么样了，他完全不了解。随着时光的飞逝，这一些人情世事反而对他显得愈发重要。他是这样认为的——我必须趁我还活着的时候多关心一些事，多操操心，因为过不了多久，我就没法为这些尘事操心了。

结果，詹姆士在听完她们母女俩的讲述后，非常不开心。这种新兴的法子，他实在无法理解！但他还是递给女儿一张支票，说："你大概很需要一些用度，这是新买的帽子吧？为什么瓦尔都不来看望我和他外婆？"

听到父亲问起瓦尔，威尼弗列德赶忙说，过两天就带瓦尔来这里吃饭，看望两个老人。回家后，她径直走进了卧室，以免遇到人。现在的情况是，法庭已经命令丈夫回来，接受她的管理和教育。可是，无人可以将他从威尼弗列德的世界里移除。她现在需要好好想想，自己那颗痛苦而寂寞的心到底想怎么样。

8. 佐里的挑战

上午是浓雾的寒天，在瓦尔策马朝罗汉普顿门奔来时，太阳已经升上了天空。他又从这里向约会的地点缓缓骑去，心里突然来了兴致。早上的那场官司，如果不是因为隐私被人揭发出来而有点出丑，对他来说实在也没有什么。他想道："如果我们已经订了婚，那么，这种事情简直就无关紧要。"的确，他觉得自己对婚姻的结果并不抱很高的期望，然而和大多数人一样，他还是希望能风风火火地去结婚。在里奇蒙公园的草地上，他快马加鞭，生怕会迟到。然而到了约会的地点，好丽还是没有出现。他心里很不痛快，因为这是好丽第二次爽约了。他觉得，在回家之前必须见她一面，于是他从公园出来，上了罗宾山。他还没想好自己能去见谁，如果碰到她的父亲，或者她的哥哥姐姐，该怎么办？所以他打算冒险，去把他们每个人都问一次，假如自己运气好的话，碰上他们都不在家，这样就能轻松地见到好丽，那当然是很好的结果。倘若他们有一个在家，便只能靠"遛马"这借口来搪塞了。

"少爷，家中只有好丽小姐。"

"哦，谢谢。麻烦把我的马牵到马厩去，若有人问起，就说我是她的表哥——瓦尔·达尔提先生。"

他刚从马厩那边回来，好丽已经在厅堂里了，脸色通红，一副窘迫的样子。她把他带到厅堂的角落，两人在靠窗的座位上坐了下来。

瓦尔轻声说道："发生了什么事吗？我刚才实在是很担心。"

"我们一起骑马的事情，被佐里知道了。"

"他现在在家吗？"

"不在，但我猜他很快就会回来了。"

"那样的话，我——"瓦尔喊着，低头猛然抓住好丽的手。本来她准备把手缩回来，可是已经晚了，于是干脆让他抓着，若有所思地望着他。

他开始说话了："首先，我要把家里的情况向你说明一下，我父亲，你知道的，人有点儿——我是说，他已经离开了我的母亲，并且他们已经打算让他俩离婚。所以，他们已经命令他回来，你明白吗？明天，你在报纸上就可以知道这件事了。"

于是，她的眼睛充满了恐惧和好奇，愈发深邃，紧紧抓着他的手。这时，瓦尔的赌徒性格又原形毕露了，他急忙接着说下去："离婚官司真是让人伤脑筋，虽然目前还看不出有什么，但是在这件事结束以前，估计肯定是会发生什么事的。你知道的，我为何要告诉你，因为——因为——你应该知道——假如——"他支支吾吾地，盯着好丽那双发愁的眼睛："假如——假如你将成为我的珍宝，你爱我的话，好丽，我爱你——我一直爱你，我想要和你订婚。"他恨自己把这事干得非常不像样，他简直都想捶自己的脑袋了。他两条腿跪下了，想离好丽那张柔美却布满愁苦的脸更近一些。"你是真的爱我的，对吗？倘若你不爱我，我就会——"于是出现了一刹那令人难堪的沉默和焦虑，他感到很窘迫，沉默得似乎连远方草地上割草机的声音都能听得见。后来她转动身子，一只空着的手不小心碰到了他的头发，他发出了一声低沉的叹息："啊，好丽！"

她也温柔地回答道："啊，瓦尔！"

他曾无数次地梦想过这个时刻，只是在梦想的时候，如同一个自信的年轻情人一样。在他的想象中，他完全是一副高高在上发号施令的模样，可是现在他却觉得自己很失败，同时似乎也被感动了，全身瑟瑟发抖。他膝盖都不敢动一下，生怕破坏了这种迷人的气氛，生怕她因此而把手缩回去，不想向他屈服。在他紧握着她时，她是多么温柔而怯弱，两眼微闭，连嘴唇都几乎被他的嘴唇碰到了。她睁开了眼睛，身体似乎有点站不稳，他用嘴唇轻轻贴着她的嘴唇。然而，他突然惊跳了起来，因为他听到了一阵脚步声和一声怪异的呻吟。他的目光扫过四周，可是连人影都没有看到，只是那隔断外面厅堂的长帘幕在颤动着。

"上帝！是谁？"

好丽也惊慌地站起来。

"恐怕是佐里，我觉得。"她低声说道。

瓦尔握紧了拳头，并且已经下定了决心。

"没事！"他说道，"既然我们现在已经订婚，我就没什么好怕的了。"瓦尔一边说着，一边向帘幕走去，并且把帘幕拉开了。原来，佐里就站在厅堂的壁炉前面，此时他把身子勉强收了回去。于是瓦尔向前逼近几步，佐里这时也转过身来面向着他。

"不好意思，不小心听到了你的话。"佐里说道。

尽管瓦尔是在求婚，但是这时他还是很佩服佐里，因为佐里看起来很坦然，并且样子相当神气，就像他做的事情并没有违反原则一样。

"不关你的事。"瓦尔突然开口说道。

"噢！"佐里叫了一声，然后对瓦尔说道，"跟我到这边来。"说完之后就转身穿过厅堂。瓦尔跟随其后。到书房门口时，佐里感到他的胳膊被人碰了一下，原来是好丽。她对他说道："我也要来。"

"不行。"佐里回答道。

"我要去。"好丽说。

佐里开了门，三个人一起走了进去，到房间之后，三个人各站在土耳其旧地毯的一角上，看起来恰好形成了一个三角形。三个人都显得不太自然，也没有互相看看，完全不知道这个情景看起来其实相当可笑。

瓦尔终于打破了沉默："我已经和好丽订婚了。"

这时佐里向后退了两步，靠着窗棂。

佐里开始说话了："这是在我们家，我不想冒犯你。我父亲不在家由我来照顾我妹妹，你这是目中无我。"

"我没有这个打算。"瓦尔气愤地争辩道。

"我觉得你就是这样的，"佐里说道，"你如果不是有所企图的话，完全可以先通过我，或者等我父亲回来再说。"

"我有我的理由。"瓦尔说道。

"什么理由？"

"我刚才告诉了她我家里的事，我希望她可以事先知道。"

佐里的脸色忽然没有那么神气了。

"你们自己也知道，你们现在不过还是孩子。"

瓦尔争辩道："我可不是。"

"你是，你还没有到二十岁。"

"那你呢？"

"我已经有二十岁了。"佐里说。

"不过刚刚满罢了，总之，我和你一样也是大人。"

佐里有些迷惘，并且脸涨得通红。看得出他心里很矛盾，瓦尔和好丽在盯着他，他那种内心的矛盾非常明显，他们甚至可以听到佐里的呼吸声。过了一会儿，佐里的神情忽然有点好转了，眼中透露出坚定。

他说："这个问题暂且不谈，我想先做一件事，我要跟你打赌。"

"跟我打赌？"

"就是跟你打赌，并且，我还知道你绝不敢应赌。"佐里笑着说。

瓦尔像是被戳了一刀，战战兢兢，就像是盲人骑在瞎马上。

"我还记得，你是一个决斗高手，而且你就是这样一种人。你叫过我亲布尔派，是不是？"佐里慢悠悠地说道。

瓦尔听到自己沉重的呼吸声，还伴着一声喘息，同时注意到好丽的脸色苍白，眼睛睁得很大。

佐里似笑非笑地继续说道："是呀，等着瞧吧！瓦尔·达尔提先生，我准备去参加皇家义勇兵，你敢去吗？"

瓦尔的头晃了一下，就像鼻梁突然被人打了一拳，完全出乎意料。即便是做梦也无法想象会这样的糟糕，如此不合常理。他朝好丽瞥了一眼，眼神惨兮兮的。

佐里又开始说话了："你坐下，不用着急，好好考虑一下！"他在自己祖父留下的那张椅子的靠手上坐了下来。

瓦尔并没有坐，他两只手插在马裤口袋里站着，有些瑟瑟发抖。去或者不去，这个决定充满了尴尬，就好像是个怒发冲冠的邮差使劲在他脑门上敲了两下子。如果他不敢接受这个"挑战"，那么，他就会在好丽面前颜面扫地，而且还要在她这个年轻气盛、目中无人的哥哥面前出丑。但如果接受挑战，她的容颜，她的美目和秀发，以及方才那一吻——这一切都要告别！

"想一想，别慌，"佐里说道，"我不急于想知道。"

两人不约而同地朝好丽看了看，好丽紧紧缩着身子，背后那些书架一直顶到天花板，她的脑袋靠在吉本的《罗马帝国衰亡史》上，眼睛注视着瓦尔，淡灰色的眼眸中含着一丝痛苦。瓦尔虽然并不精于人情世故，但此时立刻明白，好丽一定会为她的哥哥——便是他的对手——感到骄傲，同时也会看不起他。他的两只手像弹簧似的从裤袋里抽了出来。

"好，"他说道，"一言为定！"

此时，瓦尔看到好丽的脸兴奋地红了起来，并且向他走来。实在奇怪！瓦尔这时意识到自己的决定并没有错，因为他分明从好丽的脸上看到了赞许和爱意。佐里也站起来，欠了一下身，像是说："有种。"

"那么，明天一起去报名！"佐里说。

此时，瓦尔已经从狼狈的状态中恢复过来，他满怀恶意地朝佐里瞥了一眼，心想："算你狠，我去报名，但我回来一定报复。"他故作轻松地说："照你说的办。"

"十二点，新兵站。"佐里说完，就穿过落地窗走到平台上，就像之前猛然在厅堂里撞见他们，然后自己马上躲避起来一样。他这样做，完全是为了遵守自己的原则。

此时，只剩瓦尔和好丽在屋子里了。瓦尔心里十分矛盾，正是为了好丽，他才付出这样的代价的。即便如此，瓦尔还是不忘卖弄，因为在他看来，这种事情要做就要做得潇洒一点。于是，他开口道："还不赖，就当骑马打猎了。"他听见好丽叹了一口气，像是从她心底发出来的，他顿时生出一种麻木不仁的快意。

"啊，战争不会持续太久了，"他接着说道，"也许根本不用我们出征。除了你，我什么都不管。"他总算可以摆脱掉那一桩令人厌烦的离婚官司了，这些事情都糟透了！他感觉到她的一只温暖的小手溜进了他的手里。佐里还自以为能够左右他们，不是吗？瓦尔从自己的长睫毛间望着好丽，紧紧地搂着她的腰身，对她讨好地微笑着，答应很快来下乡看望她。他仿佛觉得自己像是突然高大了几英寸，对她简直有了居高临下的感觉，这简直是前所未有的。他连连亲吻她，最后上马离开——这便是占有欲，一经撺掇便迅速膨胀起来。

9. 詹姆士一家的晚宴

公园巷的詹姆士一家已经完全不再操办晚宴，似乎对于每一个家庭来说，早晚都会如此。眼下，这一家的老爷、太太已经"折腾不动"了，往昔餐台上，那种铺着二十块餐布、连上九道大菜的钟鸣鼎食的气派，已经完全不见。就连那儿的一只猫，都不知道为何突然间就获得了自由。

正因为如此，爱米莉在吩咐为六个人而不是两个人备餐时，简直有抑制不住的高兴。即使已经七十岁了，但她还是喜欢不定时地聚一下餐，来一点儿时新的玩意：在卡片纸身上写两句外国话①，亲自摆弄那些花儿——有从里维拉②采来的夜合花，也有名不副实的白色罗马风信子。虽然这六个人中的另外四位，只不过是索密斯、威尼弗列德、瓦尔和伊莫金，但她还是像从前一样搞得热热闹闹，尽量想显得有趣一些。为此，她还换上了晚礼服，惹得詹姆士抱怨道：

"为何穿这劳什子？当心受凉！"

爱米莉了解，女人的头颈被人们的爱美之心宠着，就算八十岁也不会轻易着凉的。所以，她答道："詹姆士！我帮你戴上那些买来的假硬胸，再换一条跟你的丝绒上衣搭配的长裤，一定会让瓦尔看了非常满意。"

"假硬胸？"詹姆士说道，"钱都花在了不该花的地方！"

最终他还是拗不过爱米莉，穿戴整齐后，前胸脖颈很是显眼。他一边还在嘟囔着："瓦尔那小子，说不定也是一个败家子。"

他就坐在客厅里，眼睛里闪着一丝喜悦的光彩，脸颊较往日红润许多，等待着门铃响起来。

爱米莉满足地说："今日的晚宴出色极了，伊莫金眼下正是学习应酬的时候，她应该好好观摩一下。"

詹姆士敷衍地答了一声，此时又回想起，儿时的伊莫金经常在他的大腿上嬉戏玩耍，祖孙俩一起放着圣诞烟花。

"我敢保证，她一定很漂亮！"詹姆士说。

"这么漂亮的囡囡，一定要找个俊俏的夫婿！"爱米莉说。

"你怎么总是这样啊？"詹姆士有些生气，"我觉得她最好是

---

①英国的正餐烹饪多师从法国，所以菜单上照例要写法语菜名。
②里维拉：法国南部的一个海滨疗养胜地。

乖乖地待在家中，这样就能好好照顾自己的母亲了。"如果再来一个像达尔提那样的混蛋，把自己美丽的外孙女抢走的话，估计会要了他的老命！当初，爱米莉和他一样，都看中了达尔提那个人模狗样的混蛋，事到如今，詹姆士还一直耿耿于怀。

"怎么没见到瓦姆生？"他说道，"今晚我想喝点马蒂拉酒。"

"这儿有香槟呢，詹姆士！"

詹姆士摇摇头说："没一点儿味，我喝了没一点儿感觉！"

爱米莉在炉火旁起身，边按铃边说：

"瓦姆生，老爷要开一瓶马蒂拉！"

"不行，不行，"詹姆士说着，气得连耳朵尖都在发抖，两眼看着那只有他自己能看见的东西，"你听我讲！瓦姆生，你去酒窖里去，在左边架子的中间那层上，有七瓶酒，你拿正中间的那一瓶，一定不要摇动！那是在我们搬进这里时佐里恩送的，已经是最后一瓶了，一直没有动过，应该还没有变味吧！不过，也说不准。"

"没问题！老爷！"瓦姆生一边退去，一边说。

"哎！其实这酒是我准备金婚再拿出来的，可看样子，我这年纪也很难再活三年了！"詹姆士突然说道。

"你不要胡说八道！詹姆士！不准你再说这种话！"爱米莉说道。

"我应该自己亲自去拿！万一不小心摇动了呢！"詹姆士有些担心，顿时变得沉默不语了，他回想起曾经那些在煤气火焰、蜘蛛网与透着酒香的软木塞中消磨的许多日子。这种酒味，是他每次参加宴会时的开胃剂。从那时与新婚的妻子搬到公园巷开始，四十多年里，许多的亲人和世交都去世了，一切历史都被收入窖中的酒浆里面，它的每一点消耗都记录着这个家庭的一切红白大事——所有的婚宴、添丁加人、亲朋的离世，都保存在这里面，而且在他过世之后，这酒窖还会存在。只是，那时又会是何种情形，可以想到，要么被人喝光，要么被糟蹋掉！

这时，儿子的出现让他从浮想联翩中回到现实，接着，威尼弗列德带着她的两个大孩子也过来了。

接着，一家人相互搀扶着朝饭厅走去。詹姆士挽着乍涉世事的伊莫金，只要是见到这么美丽的外孙女，詹姆士就感到心情愉悦。索密斯挽着威尼弗列德，爱米莉挽着瓦尔。然而，瓦尔一到饭厅，就把视线转移到了餐桌上的生蚝上。真是值得好好吃一顿的大盛宴啊，而且，他觉得今天发生的这些事情，的确值得他好好吃喝一顿，只是一直到现在，他还是没有宣布出来。几杯酒下肚，他感觉自己的衣袖中还放着一颗炸弹。通过这一件让人感动的爱国主义行为，或者用自己的勇敢来卖弄一番，真是一件爽快的事。到现在为止，他为自己的祖国及女王陛下做的事还只是停留在个人的层面上，他现在是天之骄子，他与步枪及战马已经无法拆散，无法分离了，这些当然值得他好好地去炫耀一番了——不过，这并非说他就打算这么做，他只是想坦然自若地向家人们宣布一下。于是，等大家安静下来的时候，他看了看菜单，决定在吃草莓冰激凌时宣布，因为这是最好的机会。他们吃这道菜时会比较肃穆。在这次晚餐达到这粉红色的高潮前，他突然想起来，大家有很多事情都是隐瞒着外祖父的！詹姆士现在心情愉悦，正在细细地斟酌马蒂拉酒。再说了，这样能把他们家那离婚的破事冲淡掉，他应该为此感到高兴。看着对面坐着的舅舅，也给了自己莫大的鼓励。不过，他舅舅真的不够意思，他此时真的很希望能看到他脸上的表情。另外，私自告诉母亲这件事，倒不如向大家宣布出来好，不然，只会导致彼此伤心罢了！他会为她感到难受，但是现在他和好丽也分手在即，还要为别人分忧，有点说不过去！

这时，他耳中传来外祖父的低声细语："瓦尔，你把马蒂拉酒加一点在冰水中尝尝看。在大学中，你很难喝到这个的。"

瓦尔看着马蒂拉酒慢慢倒满他的酒杯，那老酒冲起的一股泡沫在杯中闪烁着。于是，他端起酒杯闻了一下酒香，心想着："该把事情宣布出来了。"这是非常宝贵的时刻。他喝了一口。顿时感到血管微微发热，酒劲儿冲了上来。他立即环望四周，说："外公，我今天去皇家义勇兵那里报名了！"说罢，他马上端起酒杯喝得精光，像是在庆祝自己的这个行动。

"什么？"他的母亲简短地问。

"我跟小佐里·福尔赛都报名了。"

"那你签名没有呢？"索密斯舅舅说道。

"当然签了，我们周一就要去了。"

"啊！"伊莫金大声嚷嚷起来。

这时，大家的目光都转向了詹姆士，他正倾着身子将手放在耳朵旁边，身体往前倾着，问道："什么事？我都没听清楚呢！他说的是什么？"他说道。

爱米莉凑近来拍了拍他的手。

"没什么！只不过瓦尔加入了皇家义勇兵，这可对他是桩好事呢！他若把军装穿在身上，那肯定非常帅气。"

"他去参加？简直瞎扯！"詹姆士的声音很大，还有点颤抖，"他连眼前的路都看不清楚——还要跑去南非洲！哎！他能去打这鬼仗啊？"

这时，瓦尔看出了伊莫金的眼神中露着钦佩之情，看见母亲拿着手巾遮住自己的嘴，显得格外时尚，安静地坐在那儿。

坐在一旁的舅舅也说道："你还没到年龄。"

"这个我已经想得很清楚了。我是以二十一岁的年龄报名的。"

"瓦尔，不错！真勇敢！"他听到了外祖母的赞赏。

在一旁的瓦姆生，立刻毕恭毕敬地帮他斟满了酒，可詹姆士还在嘀咕着："你要执意如此，真不敢想象以后会变成什么样子！"

伊莫金在他肩膀上拍了拍，索密斯舅舅侧视着他，只有他母亲纹丝不动地坐在那儿。他被她的这种沉默打动了，说道："你们知道！我没事的。在不久的将来，我们会把他们赶出去的。只希望还能赶得上贡献自己的一分力量！"

他感到悲喜交加，但又不可一世，这些感觉都交集在一起了。这样是为了能让索密斯舅舅与福尔赛家族看到，他已经成长为一个怎样的男子汉。把年龄改成二十一岁参加义勇军，那可是很勇敢而少见的事情！

爱米莉的声音把他拉到现实中来。

"詹姆士不能再喝第二杯了，瓦姆生！"

"佩摩西家的那些人一定会感到奇怪的！"伊莫金不假思索地说道，"我正想看看他们是什么表情呢，瓦尔，你带军刀了吗，还是只有一只橡皮手枪？"

"你为什么要去报名呢？"

舅舅这么一问，让他感到有些意外。这可这么说呢？为什么要去报名呢？外祖母的安慰之声让他很感激。

"无论如何，瓦尔这无所畏惧的举动都令人刮目相看。在我看来，他身强体壮，正好是当兵的料，我们应该为他感到骄傲才对呀！"

"可是为什么你和小佐里·福尔赛要一起去参军呢？关他何事？"索密斯依旧紧追不舍，"我还担心你们两个不合呢，你说是不是？"

"才不是呢！"瓦尔吞吞吐吐地说，"只是我不甘落后于他。"这时，一旁的舅舅看着他的表情都变了很多，好像投来了赞许的目光似的。他的外祖父也觉得如此，可是他的外祖母在摇头。他们都对瓦尔这种不愿被表哥比下去的勇气表示认可。当然，肯定无风不起浪！瓦尔眼前隐隐约约地感觉在自己的视线之外，有一个骚动点，就如同一阵龙卷风没有找到风暴中心一样。他凝视着舅舅的脸，眼前很奇怪地浮现出一个女人的相貌来，她有一双明亮的黑眼睛，肩上披着金黄色的头发，白皙的脖子，身上散发出迷人的香味，穿着一件漂亮的绸衣服，他小时候就喜欢用手去摸。天啊！那是伊莲舅母啊！还记得那时候舅母经常亲他，自己有一次还咬了她的胳膊，那时候他很喜欢她的胳膊，因为非常的柔软！外祖父又开口打断了他的思绪：

"他父亲干什么去了？"

"去巴黎了！"瓦尔边说边注视着舅舅那古怪的表情，像一条准备狂吠的狗。

"画家呀！"詹姆士这句意味深长的话，为晚宴画上了句号。

在回家的马车上，瓦尔与母亲相对而坐，眼下他可以尝一尝英雄主义最终的果子了，只能说像是熟透的刺果子一样。

她只说了一句，这样他应该马上去自己的服装店去，量身裁制一套军装，不能他们给他穿什么，就穿什么。瓦尔从她的神情中看出了她的心慌意乱。他正想过去给她一些安慰，但是到了嘴边的话又吞下去了。他终于摆脱了那桩狗屁离婚官司了，但是，当着伊莫金的面，而且明明知道她母亲想摆脱此事并非易事，他只能沉默不语。待伊莫金睡觉之后，他就冒险说了一句心里话：

"妈，这么弃你不顾，我十分痛心。"

"嗯，我只能尽量看开点了。我们应当尽快给你办一张委托状才行，这样你就能少吃一些苦了。瓦尔，你去操练过吗？"

"还没有。"

"希望他们能对你好一点，我明天去给你置办一些东西！宝贝！吻一下！晚安！"

瓦尔点燃一支香烟，坐在即将熄灭的炉火旁。他有些坐立不安，刚刚那亲热的一吻还在他红润的两颊上留着，耳边不由自主地响起之前那句"希望他们能对你好一点"。现在那股子炫耀的劲儿过去了，再回想这事真让人心乱如麻。"我非去会会佐里这家伙不可！"他一边想着，一边慢慢地走向楼梯。经过母亲的卧室时，他听到母亲把头埋在枕头里，尽可能压制住那种让自己泣不成声的孤寂感。

不久之后，这次参加宴会的所有人里面，就只有一个人还在醒着，那就是睡在詹姆士楼上房间里的索密斯。

佐里恩那家伙原来跑去巴黎了——去那里做什么事情呢？去和伊莲纠缠不清啊！上次从包迪德那得知，过段时间可能会有些头绪，还不知道说的是不是就是这件事？这家伙，留着那样的胡子，谈吐还带着那种可气又可恨的风范——而且，佐里恩的父亲还给自己弄了一个外号叫"有产者"，同时买下了他那不吉利的房子。索密斯对于自己被逼得不得不出售罗宾山的房子，始终感到很不舒服。另外，他永远也无法原谅大伯收购他的房子，而且让堂兄搬到那里住。

他推开了一扇窗，不顾这寒冷的天气，面向公园方向静静地凝视着。正月里的夜空昏暗又寂静，听不到外面的车马声，旁边的树也被冻住了，光秃秃的，夜空上还点缀着几点星光。"明日，我得去包迪德那一趟，"他心想着，"天啊！我心里怎么还是如此想着她呢？我是不是有点神经了！那家伙！若是——哼！不会那样的！"

10. 老狗伯沙撒死了

连夜里，佐里恩从卡莱斯过海，终于在星期天的早晨回到罗宾山。

由于事出匆忙，他来不及提前告诉家人，便从车站一路走回来，穿过一片丛林的侧门，来到了自己久违的领地。他来到那用老树身雕凿出来的凳子前，先用外套垫着，然后坐在那里。"真是腰酸背痛呀！"不禁想道，"在这一把年纪上，爱情之果便是如此。"忽然，他感觉伊莲好像就站在他眼前，就形同那天两人一同游枫丹白露，并肩靠在同一棵树上共用午餐的情景，感觉近在咫尺！林子里的阳光透过树林，炙烤着落叶，散发出淡淡的清香，一股香气扑鼻而来。他心想："幸好不是春天，因为春天的美再加上树叶的清香，鸟儿的歌声及花儿绽放，那真的会让人受不了的！""我只希望这季节到来时，能顺其自然地去对待，即使自己是个痴情之人。"

于是，他一边想，一边拿起外套，迈向前方的田地。从池塘旁走过，慢慢地登上前方的小山包。离山顶不远时，粗声粗气的犬吠迎接他。就在那长满凤尾草的草地那里，他能看到自己那老狗伯沙撒。可是，这家伙真的老眼昏花了，竟然把自家的主人当作生人，反而狂吠起来了呢！佐里恩在离伯沙撒一百码①的地方，如往昔般吹了一声口哨，这时，肥硕的伯沙撒还是猛地听出来了，老狗爬了过来。尾巴反贴在背上，身体由于欣喜若狂而颤抖着。它一倒一歪地往前走，慢慢地加快了速度，最后往凤尾草丛中走去，消失在佐里恩的视线。佐里恩以为它会在柴房门外等着他，但是，终究没有找到它。此时，佐里恩有些慌了，转身去了凤尾草丛。放眼一看，那只胖胖的老狗呆若木鸡地凝望着天空，静静地躺在那儿。

"你怎么了呀？老伙计？"佐里恩说道。伯沙撒蓬松的尾巴稍微抖了抖，抬起一双灰蒙蒙的眼睛，仿佛在向佐里恩示意："我不行了，主人！但再见你真的很开心！"

佐里恩蹲在伯沙撒身旁，眼睛花得厉害，难以看清这"老伙计"身躯上心脏部位正在慢慢停了跳动。他托起伯沙撒的头，感觉很沉。

"你到底怎么了啊？老伙计？受伤了吗？"伯沙撒又微微抖了抖尾巴，最终，它眼中看不到一丝生命的迹象了。佐里恩摸了摸伯沙撒温暖的慢慢僵硬的身体，发现它为重逢而激动过的心脏停止了

①1码=0.9144米。

跳动。佐里恩的嘴，挨近它那点缀着几根淡白色鬃毛的唇鼻，感到一片冰凉。他在那里蹲了几分钟，托着僵硬的狗头。当他拖着它的身躯迈向田野时，感到相当吃力。他用田野中那些残留的树叶，掩埋好伯沙撒的尸体。此时一片寂静，还有狂风的来袭，那些叶子能挡住它那好奇的眼睛。

当日下午，他心想着："我一定要亲自埋葬它。"曾几何时，他将那只小狗揣在口袋里，走进圣约翰林自己的寓所，至今已经十八个春秋了。匪夷所思的是，为什么这老家伙要在这个时候死掉呢？难道是前兆吗？于是，他走回园门时，又望了望那被落叶覆盖的小堆，然后朝着大房子走去。此时，他的喉咙里好像有一大块东西哽住了一样。

珍一得知佐里入伍的消息，就迫不及待地来了。佐里的爱国精神，已经胜过了她对布尔人的怜悯之心。佐里恩从门外一进来，就把伯沙撒的死告诉了大家，这时，家里的氛围一下子变得阴郁起来，但是，伯沙撒之死，起到了使全家齐心协力的效果，它一死，意味着过去的一根线索从此断了，这狗是和他一起从苦难中活过来的，可能在两个小孩子的脑海里早已遗忘了。但在珍的记忆里，伯沙撒代表着祖父的老年；对于佐里恩，它代表着自己重新找回慈祥的父爱和荣华富贵之前，那种清贫如洗和为了艺术奋发向上的日子。可如今，伯沙撒，已经永远地去了。

当天午后，佐里恩和佐里从家里拿着尖嘴锄和铲子去了田里，他们就在那堆落叶附近选择了一个地方，这样就没必要把它搬来搬去。他们用铲子和锄头小心翼翼地开始挖起来，两人低头不语，差不多持续了十分钟左右，都放下了手中的活儿。

佐里恩说道："孩子，你心里是不是觉得有责任？"

佐里答道："没错！可是，又说不上来！"

这话说到佐里恩的心坎儿里去了。

"不错！孩子，还记得我是你这个年龄时，根本就不会把这当回事，所以，才不得不说我还是个福尔赛。可是，我觉得在后代中这会逐渐变得模糊了，若是你的儿子出世了，谁知道，他会不会是个十足的利他主义者呢？"

"如果变成这样，那就与我的性格相差甚远了。老爹，我可非常的自私呢！"

"不是的！佐里，你才不是自私呢！"这么一说，佐里恩的头不由自主地摇了摇，他们又继续挖土。

"狗的一生还真是神奇，"佐里恩的脑海中突然蹦出一个想法，"它是四肢动物中唯一一种会对别人好的，简直有一些上帝的样子！"

佐里凝望着父亲："老爹！我怎么听上去觉得云里雾里的呢？你相信有上帝吗？"

面对这个深奥的话题，又不能给提问者一个敷衍了事的答案。于是，他迟疑了那么一会儿，在那儿站着，累得腰酸背疼。

"你所说的上帝是指什么？"他说道，"关于上帝有两种无法并存的概念，一种是众所周知的也是人类相信的未知的创造力，还有一种，就是人群中的利他主义的一切，人类对他也当然深信不疑。"

"原来如此。这么说的话，不就可以撇开基督了吗？"

这时的佐里恩目瞪口呆，基督便是这两者的共同体啊！偏偏从这个孩子的口里说出来，在这里，正宗的宗教已经被科学地证明了。基督崇高辉煌的一生，便在于试着调和这两种上帝观念。而且，因为人类的利他主义的一切，与自然和世间万物都是一样的，都是那个未知创造力的一部分，当初，说不定还会产生更加糟糕的共同体呢。这真是好笑，他活了这么多年，却未领悟到这些东西。

"你是怎么认为的呢？孩子！"佐里恩说道。

佐里双眉紧蹙："是的，我们在刚读一年级的时候，经常谈这些，但是到了二年级，我们不再谈此类话题了。其实，我也不清楚是何缘故。总之，很有意思。"

佐里恩这才想起，自己在剑桥读一年级时，也常常谈论这些，但是到了二年级就不再理会了。

"我觉得，"佐里说，"按你的意思，伯沙撒接受的是第二种上帝？"

"没错！不然，它怎么会因为一个自己之外的东西，而让自己的心脏停止了呢？"

"不过，这会不会是一种自私的感情呢？"

佐里恩摇了摇头说道："才不会呢！狗与'正宗'的福尔赛不一样，除了它自己，还有自己感兴趣的事物！"

佐里笑着。

"这么说来，我感觉自己是个完全的福尔赛啦！"佐里说道，"其实，你明白，我入伍的真正目的，只是为了和瓦尔·达尔提比赛。"

"这是什么缘故？"

"我们俩是冤家。"佐里果断地说道。

"哦！"佐里恩哼了一下。原来，这无形的仇怨竟然已经延续到了第三代了，这新仇恨还埋藏得真是深呢！他心想着："我到底应不应该告诉佐里一些过去的事情呢？若是他自己在这件事上把自己弄得有始无终，就算说了又能怎样呢？"

佐里心里也在嘀咕："有关瓦尔·达尔提这小子的事，我想，还是由好丽跟你说比较好。若是她不想跟你说，那就是她不想让你知道，我这样做就是搬弄是非了。总之，现在事情已经被解决了，还是淡然处之吧！"

父子俩又默默不语地挖着。

之后，佐里恩说道："够了！不用再挖了！你看坑够大了。"于是，他们停了下来看了看这深坑，几片树叶也被晚风刮到坑里去了。

佐里恩顿时说道："让我来抬的话，怕是会很难受。"

"父亲！那就让我来处理吧！我对伯沙撒一直都不存在什么感情。"

佐里恩把头摇了摇。

"过来！我托着它的头部，我们把它连它身上的落叶一起抬进去，我实在不忍心再看到它的样子。"

两人小心翼翼地搬动着伯沙撒的尸体。这时，萧瑟的风把覆盖在它身上的落叶吹得凌乱不堪，微微露出它那黄白色的毛发。父子俩搬动着它那僵硬、冰凉与毫无知觉的躯壳，轻放在坟中，佐里又把落叶撒在那里，佐里恩迅速地挖起泥土覆盖在那静止的尸体上，他不想在儿子的面前表现出悲痛。往事就这么被埋葬了，假如能有个美好的未来等待自己的话，或许能减少点伤痛！如此凄凉的情景，简直像亲手将自己的生命活埋。于是，父子俩又极其小心地搬动原来的那块草皮，覆盖在伯沙撒的小坟墓上。

然后，两人便挽着袖子往家里走去，他们庆幸，彼此都没有让对方太难过。

11. 侗摩西现身说法

佐里与瓦尔入伍的消息，已经不断在福尔赛信息交易所蔓延开来。又有些传言，说珍也不甘示弱，正在准备做红十字会的护士！这些简直是胡闹，简直要危及正宗的福尔赛主义了。这样的所作所为，这个家族可不能听之任之。周日的午后，福尔赛家族都往侗摩西家中赶去，想探个究竟，相互了解下各房之间的具体情况，来增加彼此的信心。基里斯·海曼和杰斯·海曼从海峡开拔，过些日子就要去南非了，佐里和瓦尔四月份也开始出发。还有珍，不过，她真正打算要去做些什么事情，没人知道！

斯比昂·考普的撤退①，以及战场上不妙的军情，更加证实了上述消息的可信度。这些消息都被侗摩西牢牢掌握着，他可是家族里年龄最小的老一辈福尔赛，还未满八十岁呢！他与父亲多赛特大老板俨如一人，这是大家有目共睹的，就连他父亲喝马蒂拉酒的特殊习惯都被他给继承了！这些年来，侗摩西都不怎么出面，如同一个隐居的神明。他曾经在四十岁的时候做过出版生意，后来出现了一些经济危机，让他受到刺激，决定停业。那时候，他只剩下三万五千英镑的资产了，打那以后，他便靠着这一小笔资金谨慎地

①布勒退任之后，罗伯兹接任新统帅，布尔战争的局面有些改善。在纳塔尔的战事中，布勒不甘失败，终于从史密斯夫人城突围。他迂回至布尔人的右翼，占领了斯比昂·考普，但由于死伤严重，不得不于1900年1月24日撤退。

投资，解决生计问题。到目前为止，也有将近半个世纪了，就在这四十年余年里，他每年都积攒一点儿，再加上利滚利，他的资产已经翻了一番，他从来就没有为钱担惊受怕。目前，他每年都可以余下两千英镑，再加上他又那么省吃俭用。如同海斯特姑太讲的，在他离开人世之前，他的资本完全还可以再增加一倍。到时候，他与自己的兄弟姐妹都撒手人世了，这些资本该如何处理呢？这是福尔赛家族的那些自由人士经常拿来当笑话讲的一个问题。其中有弗兰茜、尤菲米雅、尼古拉家的小老二、克里斯多夫。克里斯多夫的自由主义倾向最甚，曾想过孤身去演戏。其实，大家都明白，此事恐怕只有偶摩西自己最为揪心，索密斯或许也清楚，可是他不管怎样都不会说出别人隐私的。

　　曾经有几个与他打过交道的福尔赛，说他虽然个头不太高，但是身材魁梧强壮，红褐色的皮肤，眉目也很好看，尽管那时他已满头白发。听别人说，当年，多赛特大老板有位漂亮太太，并且温柔贤淑。所以，大多数的福尔赛的子嗣都相貌堂堂。听说他喜欢战争，从战争开始，他就在地图上插旗子。有些人为此而担忧，若是英国人被赶到海里去了，那他该如何是好呢？到时候，他的旗子或许找不到能插的地方了。关于他如何了解家族中的动态，或者他对家族的一些事情的看法，恐怕只有他自己才知道。海斯特姑太说，他常常感到烦躁。斯比昂·考普撤退的那个周日，福尔赛家族全员到场以后，他们陆陆续续地发觉，有一个人坐在那张唯一舒服的沙发上。他背着光，用一只大手遮住了半边脸颊。这时，海斯特姑太胆战心惊地向他打招呼："亲爱的偶摩西叔叔！"可能是他很少露面的缘故，福尔赛家族总觉得，今天的状况有些不对劲。

偶摩西不管是和谁打招呼,都是同一种语气,简直像在应付:"哈罗,哈罗,恕我不起身了!"

坐在一旁的有弗兰茜,还有欧斯代斯——他是自己开车过来的——威尼弗列德也带着伊莫金过来了,整个家族为瓦尔入伍的庆祝,使得她的心从混乱的官司中缓和了过来。玛丽安·特威第曼也来了,并且,一过来就透露了基里斯和杰斯最终的消息。除了这些人之外,还有裘丽姑太、海斯特姑太、小尼古拉、尤菲米雅和乔治——最令人意想不到的是,他也来了,是搭欧斯代斯的车过来的。这个家族最鼎盛时期的聚会,也不过就是这样了。整个客厅里的椅子上都坐满了人,有些人暗自着急,万一再有人来了该如何是好呢?

面对偶摩西,大家不免比平时更加拘谨,待气氛渐渐平静下来,话题尴尬起来。乔治戏问裘丽姑太什么时候进红十字会,这一问,逗得裘丽姑太不知道说什么好。同时,乔治又回过头对旁边的尼古拉说道:

"小尼克不是个英雄人物吗?他何时换上黄衣服①呢?"

小尼古拉带着谦逊的笑容,说他母亲也等不及了。

"听说,德罗米欧兄弟已经开拔了?"乔治接着对玛丽安·威第曼说,"过不了多长时间,我们这些人也要去喽!福尔赛,冲呀!抛球!谁要冷饮!"

裘丽姑太咯咯地笑着,乔治这话简直太俏皮了!"海斯特姑太,有劳您把偶摩西那地图拿来,行不?只要有了这地图,他就能

①英国军服的传统颜色是鲜红,但在布尔战争中,迫于游击战的需要不得不换成黄色军服。

把详细的情况告知大家了。"

偪摩西哼了一声，海斯特姑太明白他是同意了，于是出了屋子。

乔治继续陶醉在他那福尔赛进军的幻想中，偪摩西就是作战指挥官，伊莫金显然是个"倾城的女子"，可以当一下军需售货员，他摘下头上的大礼帽夹在膝盖中间，想象着鼓槌的节奏敲打起来。周围的人对他的这种幻想大加非议，引起了大家哄堂大笑。乔治就是这样，在大家看来，简直是"丢"福尔赛家族的脸。不过，眼下既然已经有五个福尔赛为女王陛下效力了，这样说似乎有些不对劲。当然，大家唯恐乔治不知好歹。这时，乔治已从幻想中回到了现实，起身挽着裴丽姑太的手臂，大摇大摆地迈向偪摩西，并且行了一个军礼。同时装着热情洋溢的样子，亲了亲裴丽姑太说道："真好玩啊！亲爱的爸爸，来吧！欧斯代斯！"说完后他走出了门外，旁边，一脸严肃而带着怒气的欧斯代斯，始终没有笑，他也随着出去了。这时大家才算如释重负了，裴丽姑太有些迷惑不解："真是怪了！怎么地图都不瞧一眼就走了呢？不过，偪摩西，你不要放在心上，他这人就是这样没正经！"顿时，房子里的氛围因这句话变得缓和起来，偪摩西移开了遮着脸颊的手。开始发言道：

"我真不明白，事情怎么会闹到这种地步，他们去南非洲干什么？他们根本就打不赢布尔人。"

弗兰茜鼓起勇气问道："偪摩西叔叔，那怎样才能赢呢？"

"像这种征兵，简直相当于破财，把钱都送到国外去了。"

这时，海斯特姑太拿着地图进来了，如同抱着一个奶娃娃似的。尤菲米雅走过来，帮海斯特姑太把地图放在一架考尔伍德式的三角式钢琴上。听说，还是那年夏天，安姑太去世前有人弹奏过一次，不过，这事过去十三年了。偶摩西起身走向钢琴旁，注视着那地图，周围的人都陆续围拢过来。

"你们都看到了吗？"偶摩西说道，"如今的形势就是这样，情况十分不妙！嗨！"

弗兰茜斗胆问了一句："对了，偶摩西叔叔，如果大家都不上前线增援，怎么扭转这危急的局面呢？"

"增援？"偶摩西说道，"你根本用不着增援，这样简直就是浪费国家的钱。这个时候，最需要一个拿破仑，要不了一个月就能解决问题。"

"偶摩西叔叔，若是你说的那个拿破仑不存在呢？"

"那就是他们自己的事情了！"偶摩西说道，"我们养活军队，是要他们做什么用的呢？是让他们在平时白吃白喝的吗？他们应当感到惭愧，居然要国家增援他们！每个人做好自己的事，事情就好解决了。"

他环顾了四周的人，恼怒地说道：

"真是的！志愿军？这简直是用真金白银去换破铜烂铁！这个时候，我们得要有足够的储备，保存实力，这是唯一的对策。"他发出一声既非冷笑又非怒吼的声响，踩了尤菲米雅的脚趾，就出去了，屋内只留下他那轻微的麦糖气息和惊悚的气氛。

偶摩西说的话斩钉截铁，而且可以看出，他说的都是自己的肺腑之言，所以对大家来说有刻骨铭心的印象。这时，房屋里还剩下八个人——除小尼古拉之外，全部是女人，室内有那么一会儿陷入沉寂之中。

片刻后，弗兰茜又说道："大家应该很清楚，没错！我很赞同他的想法。我们的军队到底是干什么的？他们本来应该早就清楚，这样才给他们更大的勇气。"

裴丽姑太说道："亲爱的！他们现在也很努力呀，就连那红军装都脱了下来。他们曾经都以自己的军服而感到骄傲，如今却沦落得土匪似的。昨日，我和海斯特还说，我们敢肯定，他们对此事肯定非常难受。铁公爵①若是还活在人世间，真不敢想象他会说些什么呢！"

威尼弗列德说道："新军装的颜色挺不错，瓦尔穿起来肯定棒极了！"

裴丽姑太叹了口气："唉！真希望见一见小佐里恩这孩子，从小到大还未与他见过面呢！他的父亲肯定为他而感到自豪。"

"他父亲还在巴黎！"威尼弗列德说道。

海斯特姑太突然耸了耸肩膀，似乎想要阻止她的姐姐继续说下去，裴丽姑太那布满皱纹的脸颊忽然变得红润起来了。

"小马坎德太太刚从巴黎回来，昨天来探望我们。她说，在大街上遇到了一个你们肯定都想不到的人，你们猜猜是谁？"

"姑妈！我们都不想猜到。"尤菲米雅说道。

"伊莲！你能猜得到吗！这么多年了，跟着一个留有一撮好看胡须……"

"有好看的胡须——姑妈！你说什么呢！"

裴丽姑太板着脸认真地说道："我想说的是，胡须很好看的一个风度翩翩的男人。"她又带着莫大的遗憾说道："并且，伊莲看上去依旧那么年轻，那么貌美动人。"

---

①在滑铁卢战役中打败拿破仑的威灵顿。

"啊！姑太，您给我们说说她吧！"伊莫金说道，"我对她好像只有一点印象，她简直像是一架人骨标本一样，摆在我们福尔赛家的橱柜里，不是吗？真搞笑！"

海斯特姑太正襟危坐，裘丽的乱子这下闯大了。

"我有印象，感觉不像是骷髅，"尤菲米雅嘀咕道，"肉长得不错啊！"

"亲爱的！"裘丽姑太说道，"我怎么感觉，你说话总是阴阳怪气，这样不好！"

伊莫金很好奇地问道："是啊，我也这么觉得呢！那她到底有多漂亮？"

"孩子，我来跟你说！"弗兰茜说道，"她穿着非常讲究！是个时髦的维纳斯！"

尤菲米雅辩驳道："维纳斯总是不穿衣服的呢！而且她还长着如蓝宝石般明亮温和的眼睛呢！"

就在这时，小尼古拉和大家告辞了。

弗兰茜微笑着说道："尼克太太未免太严了。"

"她生了六个孩子，心存戒备是理所当然的。"裘丽姑太说道。

伊莫金不顾情面地继续追问道："那索密斯舅舅肯定很喜欢她，对不对？"那一双迷人的乌黑眼睛将四处的人一一看了个遍。

海斯特姑太摆出一副绝望的姿态，裘丽姑太说道："嗯，是的！你的索密斯舅舅和她非常的要好！"

"我猜她应该与别人私奔了吧！"

"不是，肯定没与别人私奔了，事情不能这么说。"

"祖姑！那她到底做什么去了呢？"

"我们该走了！伊莫金！"威尼弗列德说道。

但是裘丽姑太还是毅然决然地说了出来："她——她不老实。"

"啊！糟了！"伊莫金叫嚷道，"我猜也是这样！"

"亲爱的！"弗兰茜说道，"她与那个男人产生了爱情，后来那个男人离开人世了，此事才算完结。之后，她就离开了你舅舅。其实，我还是蛮喜欢她的呢。"

"她经常会买巧克力糖果给我吃，而且她的身上还散发出阵阵香味。"伊莫金说道。

"肯定啊！"尤菲米雅说道。

"才不是呢！"弗兰茜说道，她也涂抹一种非常奢侈的紫罗兰香水精。

裘丽姑太把双手举了起来："我不明白，你们到底在说什么？"

"那她有没有离婚呢？"伊莫金走到门口的时候又问了一句。

"肯定没有！"裘丽姑太说道，"离婚？这是不可能的！"

这时突然听到另外一边的门发出声响，是偶摩西回到客厅来了。"我回来拿下地图！"他说道，"对了，你们刚说是谁离了婚？"

"叔叔，没有谁离婚啊！"弗兰茜坦诚地回答道。

于是，偶摩西拿下钢琴上的地图。

"在我们家可千万别出这种事情！"他说道，"如今，参军之事已经闹得够糟的了！国家都快要灭亡了！还不知道我们会是怎样的结果呢？"接着，他伸出自己那胖胖的手指，指向房内，"当下的女人实在太多了，她们就像一群傻瓜！"

倜摩西说完，便紧抓着地图走出门外去了，似乎不希望听到任何人的回答似的。

听了倜摩西这些话，七个女人不禁开始嘀嘀咕咕起来。只听到弗兰茜的声音说道："福尔赛家的人，就是——"以及裘丽姑太的声音："海斯特，你跟史米赛尔嘱咐一下，让她今晚用芥末和热水给他洗脚！怕是他又要血气上头了……"

晚饭后，裘丽姑太和海斯特姑太面对面坐着，裘丽姑太绣了一针，抬起头说："海斯特，我忘了在什么地方听人说起，索密斯想要接伊莲回家。还有，那个跟我们说乔治给索密斯画了一张《绝不善罢甘休》的漫画的，是谁来着？"

"欧斯代斯！"海斯特姑太边看《泰晤士报》，边答道，"他就随身装在衣服口袋里，却不肯给我们看。"

裘丽姑太不说话了，独自沉思着。屋子里只听得到时钟嘀嗒响着，《泰晤士报》簌簌翻动，以及炉子中的火苗呼呼燃烧着。

裘丽姑太又绣了一针，说："我心里有个很不好的念头，海斯特！"

"那就别跟我说！"海斯特姑太急忙打断她。

"不行！不行！必须得跟你说！这事绝对会让你吃惊，"她说话的声音很低，像恶作剧一样，"大家都在说小佐里恩，他如今蓄了一把很好看的胡须！"

12. 探子所得到的消息

詹姆士家的晚宴之后两日，包迪德先生给了索密斯一些消息，让他狐疑起来。

"有一个男人，"他一边看着藏在自己手中的一张密码条，一边说道，"上个月在巴黎，对'17'大献殷勤，我们暂且称他为'47'。但是至今为止，还不能从中得到一个具体的结论。他们见面的地方都是在公众场所，比如饭馆子、歌剧院、戏剧院、罗浮宫、卢森堡公园、旅馆客厅里，一点也没有遮遮掩掩的意思。到目前为止，彼此还未进过对方的房门，曾一起去过枫丹白露——但是这里没有什么好说的。不管怎么说，这形势是大有希望的，值得耐心去等待！"

他突然间抬起头，又补充了一句："有个地方很奇怪——呃，就是'47'与'31'同姓！"

"这个家伙已经知道了我是她丈夫了。"索密斯心里想。

"那个男人的名字很特别，叫佐里恩，"包迪德先生又接着说道，"我们已经调查清楚了他在巴黎与英国的住址，毫无疑问，我们也不想盯错对象。"

"继续跟踪，一定要小心一点。"索密斯很窘迫地说。他意识到，这个私家密探已经查清楚了他全部的秘密了，于是更加不愿多说话了。

"不好意思，"包迪德说道，"我去查看下有没有什么新的线索。"

他回来时拿了一些信件，再次锁好门，看着那些信件。

"啊，对了！这一封是'19'给我写的私信！"

"说了什么？"索密斯问道。

"我看看，"包迪德说，"上面是这样写的：今天，'47'返回了英国，行李上注明的住址是罗宾山。大概三点半的时候，他和'17'在罗浮宫美术馆分手。没有什么重要的事发生，所以，还是继续留在巴黎监视'17'为好，不过，若是你觉得有必要的话，也可以回到英国盯着'47'。"包迪德先生说完之后，用职业性的眼光看了索密斯一眼。或许，他正打算要收集一点相关的资料，待到自己退休之时可以书写一本关于人性的书籍。

"'19'是个很聪明的女人，并且善于化装。虽然价钱是高了点，但她是凭真本事挣钱。至少到目前为止，对方好像还没有察觉到有人在监视，但是，过一段时间后，你也知道的，一旦人无所事事起来是非常敏感的，就会有所察觉。所以，我还是比较赞同暂且不管'17'，转而盯紧'47'的行踪。如果要查探双方的通信，就要冒很大的风险，就目前的情形来说，我并不赞同。但你可以告诉你的委托人，这件事还是很有希望的！"包迪德说到这里，眯了眯眼睛，望了一下他这沉默不语的主顾。

"不用了！"索密斯突然说道，"我还是觉得，应该继续追踪巴黎那边的情况，至于这边，无须你操心了！"

"可以！"包迪德答道，"我们已经做好了！"

"那，那他们彼此之间到底是怎样的一种态度呢？"

"这样吧！我帮你找一些她的信给你看下！"包迪德说道。他打开一只抽屉柜，之后拿出一沓文件。"其中有一封写了她个人的一些想法。是的，就在这儿：'17'非常漂亮，这是'47'的看法，但'47'的年齿——就是所谓年纪——大了，很明白自己不行了，在等一个机会。'17'或许是在摆架子，等了解对方的条件，事情了解到的并不多，不好详细说明。但是从整体上看，'17'自己也没弄清要如何，双方都有这架势，没准会冲动起来。"

"这架势，是什么意思？"索密斯沉着脸问道。

包迪德笑了起来，露出了很多牙齿："啊哈，这是我们的暗语！换言之，这不像是那种周末发生的苟且之事，他们要么就会认真相好，要么啥也不会做！"

"哼。就这么些吗？"索密斯说道。

"是的。不过，还是有很大的希望！"包迪德说道。

"这只毒蜘蛛！"索密斯心想着，说，"再见！"

他走进格林公园，打算先穿过公园然后到维多利亚车站。之后，再坐地下火车去城里。那个时候虽然只是一月下旬，但天气还是很暖和。阳光透过薄雾照耀在结了霜的草地上，看上去闪闪发亮，像极了一张被照亮的大蜘蛛网。

小蜘蛛、大蜘蛛！到处都是蜘蛛！所有的这些蜘蛛里面，最大的那只却是他自己的顽强不屈的性格，总是用自己的蛛丝将一切出路都堵死。那家伙为什么总是跟伊莲纠缠不清呢？难道真如包迪德分析的一样？或者仅仅是同情孤寂的伊莲，正如他平常所说的那样？这家伙喜欢在情感上走极端。但是，要是包迪德所说的是事实呢？索密斯停下脚步，不会的，绝对不会！那家伙的年龄比我还足足大了六岁！长相也不如我！拥有的财富也不及我多！能有什么值得爱的地方啊？

"再说了，他现在已经回英国了！"他心里想着，"这样看上去，就不像——我得去会会他！"于是掏出一张名片，在上面写上：

这个星期，不论哪一天的下午，希望能见个面好好谈谈，半个钟头即可。下午五点半至六点之间，我会在鉴赏家俱乐部等你，或者，要我去什锦俱乐部也可，一切由你决定！一定要同你见上一面。

索密斯

接着，又走到圣詹姆士大街上的什锦俱乐部，亲自找到门童。

"佐里恩·福尔赛来到这里的话，麻烦把这个转交给他。"他说道，接着便头也不回地喊了一辆新出租汽车，直奔商业区而去。

佐里恩当日下午，就收到了索密斯的名片，立马就赶往鉴赏家俱乐部来。索密斯如今还有些什么想法呢？莫非是他得知了巴黎那边的一些事情？经过圣詹姆士大街时，他下定决心承认自己与伊莲见过面。"但是，不可以让他知道伊莲在巴黎，"他心里嘀咕着，"除非他已经知晓了！"俱乐部的侍者将他引到索密斯面前时，他心里百感交集。索密斯正坐在一扇小拱形窗子面前悠闲地品着茶。

"有劳你了！我不喝茶，"佐里恩说道，"还要继续抽烟。"

外边路上的路灯已经亮起，但是还没有拉下窗帘。这两堂兄弟面对面地坐着，等待着对方开口。

"听说你去了巴黎？"索密斯终于开口说。

"没错，我刚回来！"

"小瓦尔已经跟我说了，他与你的儿子，都要开赴前线吗？"

佐里恩点了点头。

"听说伊莲也在国外呢，我想你应该没遇见她吧？"

佐里恩在烟雾中歪了一下脑袋，才答道："我遇到过她！"

"那她现在怎么样？"

"挺好的！"

此时又是一阵沉默。不久，索密斯在座椅中挪动了一下，说："上次我们见面的时候，我还有点心不在焉，你当时也表明了你的态度。我不愿再经历一次那样的讨论，对这个问题，我必须表明态度：我与她之间的关系是有一点不太好，但我不希望你影响我跟她的感情。事情已过去多年了，我想对她说，一切让它过去算了！"

　　"你应该明白，你早已跟她说过了。"佐里恩说道。

　　"可是当时事出突然，让她有点震惊。如果再让她好好考虑几次，她会知道，这是解开我们之间症结的唯一办法。"

　　"在我看来，她并不这样想。"佐里恩平心静气地说道，"恕我直言，你若觉得理性会在这件事上影响你们的话，那你可真没认清这件事！"

　　这时，索密斯原本苍白的脸变得愈加苍白了，伊莲也曾对他说过同样的话，他自己都还未意识到。"多谢你的提醒，"他说道，"但是，我想事情并没有你想的那么复杂，我只希望，你不要影响我与伊莲的感情就可以了。"

　　"我不明白，为什么你会认为是我影响了你们之间的感情。"佐里恩说道，"不过，要是我真的能影响到你们，我一定会用我的影响来为她的幸福考虑。依我之见，我可以说，我就是别人所说的女权主义者。"

　　"女权主义者！"索密斯重复了一句，似乎借此歇一口气，"这么说，你是要与我作对了？"

　　"老实跟你说吧！"佐里恩说道，"我一直都不赞成，任何一个女人与她不爱的男人生活在一起，我感觉这很丑陋。"

　　"我猜你是不是每次遇到她，就会给她灌输你的这些想法。"

"我跟她很少见面。"

"你不回巴黎了?"

"目前还没这想法。"佐里恩说,他发觉索密斯对此甚是关切。

"那就到此为止吧!我的话只能说到这儿了。你也清楚,破坏人家夫妻关系是要负重大责任的!"

佐里恩站起来,微微欠了一下身。

"告辞!"他说道,也没有和索密斯握手就离开了,气得索密斯只能鼓着眼望着他离开的背影。佐里恩叫了一辆马车,心想:"我们福尔赛家族的人都很文明,若是换了那些头脑简单的人,一定会为了这事儿争吵起来的。若不是孩子要入伍参战的话——"

参战!过去那些怀疑的想法又涌上心头。多么冠冕堂皇的战争!要么去统治一些民族,要么去统治一些女人!无非就是去占有及控制那些不想顺从你的人!这些刚好是文明的上流社会行事的对照!财产以及一切权利,对于这些事情,若是有任何人提出"反对"的话——就会被认为是社会的人渣!"感谢上帝!"他心想着,"不管怎样,我是打从心底'反对'这些事情的。"记得在他那不幸的第一次婚姻之前,他也曾为了自己所看到的爱尔兰屠杀事件,以及女人向自己不爱的男子提请离婚的事情,感到愤愤不平。牧师总是说,心灵与身躯上的自由是分开的两部分!这吃人的教义!人的心灵与身躯是不可分离的。自由的意志是婚姻的一种强大的力量,而并非弱点。"其实,我应当告诉索密斯,我感觉他是一个可笑之人。唉!不过,他也是个悲剧人物!"

的确,一个人成了自己财富的奴隶,就会显得目光短浅,甚至都无法理解别人的感受,难道世间还会有比他更可悲的吗?"不行！我得给伊莲写信提醒她，"他心里想着，"索密斯肯定还会去找她，要求重归于好。"在回罗宾山的路上，他一直都在抱怨自己因为牵挂着儿子而不能赶往巴黎……

之后，索密斯一个人在椅子上坐了大半天，同佐里恩一样感到刺痛——一种源于嫉妒的痛楚，在与佐里恩的交谈中，他发现自己一直处于被动地位，只能眼睁睁地任凭佐里恩在自己的出路上布下新的蜘蛛网。"这么说，你是要与我作对了？"连这样咄咄逼人的追问，也没有得到一点有用的线索。女权主义者！这家伙就知道惺惺作态！但是，我也不可急于求成，目前时间还有的是。他并没有打算去巴黎，除非他在撒谎。再观察一段时间，到春季再说吧！可是，春季到来之际，除了徒增伤感之外，还会对自己有什么作用呢？他也无法预料。他呆呆地望着外面街道上，高高的路灯抛洒着几丝微弱的光线，来来往往的行人就在那光线上走着。索密斯心想着："这一切都没什么意义——这一切都不值得，我感觉很孤寂——可能，这就是我的弱点吧！"

他合上双眼，忽然，眼前仿佛出现伊莲的身影，她走在教堂下面那条漆黑的街道上——她在街上走过时，还回头望着他，他好像看见了她顾盼的目光，还有那黑色小帽子下面那洁白的额头，帽子上还点缀着一些金片子，后面飘着一道面纱。索密斯睁开双眼——刚才明明见到了伊莲呀！下面的街道上走过一个女人，不过，那女人不是她——啊，不是这样，这街面上空空荡荡！

13."我们又见面了"

整个三月，威尼弗列德煞费苦心地为伊莫金准备第一个社交季节的衣服，詹姆士也大费周章地花了不少钱。她用福尔赛家族的韧劲儿，力求做到完美。离开庭的日期不远了，但是，她还不确定要不要接受法律赋予她的自由。从战地前方传来的情报弄得人心惶惶，可是，瓦尔马上就要出战了。庆幸的是，为了伊莫金，这些事情可以暂时被抛置脑后。他们家的那个小女儿已经长到和她差不多高了，胸围也和她差不了多少。她们母女俩如同夏季里殷勤的小蜜蜂似的，忙得不可开交，又如秋季里的牛虻，在花丛中忙得团团转。她们出现在摄政街那边的服装公司，去过证券街与罕诺弗广场的大商场，或者是目瞪口呆地望着那些色彩缤纷的布料，手足无措。总会出现一些穿着大方得体的年轻少女，站在这对母女面前，向她们介绍道："这些都是新款式，女士，样式很时髦。"那些她们挑选过的衣服，几乎可以堆积成山，装满一整座博物馆，而她们最终买下来的，也差点掏空了詹姆士的钱袋子。威尼弗列德认为，女儿在这唯一一个不受到离婚影响的第一个社交季节里，一定要获得大的成功，既然如此，那么就要做得完美一点儿。那些不动声色的少女，来来回回地在她们身边走动着，还真是很有耐心。当然，她们也很能磨炼别人的耐力，这耐力，恐怕只能从那些狂热的教徒那里才能找到。在威尼弗列德眼里，这简直等于长时间地俯伏在最钟爱的时尚女神面前，就像天主教徒跪在圣母玛利亚膝下一般。在伊莫金看来，这些打扮看上去一点也不讨人厌，她自己通常装扮得很动人，而且经常可以听到大街小巷的人们对她的赞扬。总而言之，趣味十足。

三月二十日午后，母女俩先去斯奇华芝服装店逛了一遍。之后，她们走向对面的卡拉米尔-巴格，各吃了一大杯奶油巧克力，才在温和的夜色中，经过巴克莱广场回到家中。威尼弗列德打开新涂的橄榄绿漆大门——为了让伊莫金出去交际，今年的准备可谓面面俱到——就在这时，她走到银丝篮子那边瞅了瞅。味道很不好，她皱起了鼻子。

这时候，伊莫金正聚精会神地看着从图书馆借来的一本小说，威尼弗列德有些心不在焉，但又说不出来。她强硬地说道："到楼上去看，宝贝，稍后下来用晚餐。"

伊莫金还是津津有味地一边看着，一边往楼上走去。不久，威尼弗列德听见"砰"的一声关门声，若有所思地叹了口气。是春天让人变得心烦意乱吗？该说的我都说了，心已经被伤得支离破碎。可是，她又突然涌起了对那个"烂货"的感情。正是那个男人的气味！她的鼻子闻到了雪茄烟和紫薄荷水的气味。还记得六个月前的一个晚上，她骂他是"烂货"，之后就没有闻到这种气味了，怎么今天会有这气味呢，莫非是自己的记忆在捣鬼？她环顾了四周。感觉没什么变化，客厅里与厨房里都没有人动过的痕迹，没有什么不同。但那种气味却像白日见鬼一般，显得缥缈不定，让人心烦意乱。银丝篮子里多了几张新名片，两张是"波利盖特·汤姆先生和太太"，一张是"波利盖特·汤姆先生"。她凑上去闻了闻，味道很刺鼻。"我一定是太累了，该去歇息一下！"她心里想着。楼上的客厅一片漆黑，像是在等谁为它点亮夜晚的灯光。她径直穿过客厅，进了卧室，卧室里也是一片漆黑，窗帘被拉下来一半，已经是下午六点了。威尼弗列德扔下手中的外套，那气味又钻进了她鼻子里，接着，她如同被子弹击中一般停在那儿纹丝不动。沙发远处那个角落，突然钻出一个黑影来。她不禁尖叫起来，在福尔赛家族里，这是一句不能随意说的话——"天哪！"

"是我，蒙第。"一个声音说道。

威尼弗列德紧紧地扶住床妆架，手忙脚乱地去找化妆台上的电灯开关，达尔提正好站在一圈灯光的边上，从腰间到脚上都照得很清楚，表链子不见了，脚上穿着整洁的褐色皮靴，不过，靴头开了一道小口子。灯光没有照到他的头和胸，可以肯定的是，他比以前瘦了，或许是光线在作祟？他向前迈了几步，这下，他的整个身体从头到脚都在灯光里了，他看上去胡须拉碴，脸色更黑了一点儿，还带着黄色，两撇小黑胡须也不如从前俊俏了，甚至有些滑稽，脸上多了一些皱纹。领带系得歪歪斜斜的，别针也不见了。这一套衣服她是认识的，一看就知道很长时间没有熨了，皱巴巴的，她又将视线转移到他的靴子上。显然，他"碰上"大事情，这事情想必是很残酷的，在外面挨打了吗？她木然地愣在那里，只是一个劲儿地望着靴子上的那道口子。

"我收到信，"他说道，"就回来了。"

威尼弗列德感觉到有点呼吸困难，那股气味唤醒的夫妻旧日情缘，正在和一种从来不知道有多强烈的嫉妒心交战着。曾经那么强壮的一个人，如今却被折磨得只剩下了一个空壳，真不知道，那是什么力量，把他弄得像一颗只剩下皮和核的橘子，都是因为那女人呀！

"我回来了，"他又说道，"我受不了那罪了。你能想象我是坐大船舱回来的吗？身上只有这套衣服和那只皮包了！"

"那么，其他的是谁拿走了？"威尼弗列德猛然喝问道，她越说越激动，"你好意思回家？你早就该清楚，那封信是为了同你离婚的。滚！"

他们隔着长久以来同枕共眠的床架，就这样对视着。其实，在很多时候，她都希望他能回来。可是，如今他站在她面前，她却浑身上下充满了敌意。他伸手去摸自己的胡须，只是随便地往下抹了一下，而不是像从前那样用手指捻。

"上帝啊，"他说道，"你不知道我受了多少罪！"

"我不想知道！"

"孩子们都好吧？"

威尼弗列德点头，问："你怎么进来的？"

"我还有家里的钥匙！"

"蒙第，你离开这儿！趁家里的保姆还不知道呢！"

达尔提扑哧地笑了下，自我解嘲道："我能去哪儿呀？"

"爱去哪儿去哪儿。"

"哎！你看看我现在这穷酸相！那个——那条狗——"

"你要再提那个女人，我就立刻去公园巷，再也不回来！"威尼弗列德大声叫道。

他闭上了双眼，这简直是从前无法想象的，连威尼弗列德都有些可怜他了，那表情像是在说："既然这样，就当我死了吧！"

"你就住一晚吧，"她说道，"你的床没有人动过，只有伊莫金一个人在家。"

"好吧，听你的。"达尔提靠着床架子，摆了一下手，说，"如今，我已是受难之人，你没必要对我落井下石，这样根本就不划算。我吃过惊怕了，吃过了，弗列德。"

这昵称多年没听他喊过了，威尼弗列德不禁一阵战栗。

"我该怎么办？"她心想着，"我该如何是好？"

"有香烟吗？"

威尼弗列德从一个小盒儿里拿出一根香烟，然后给他点上——这几根香烟，本来是她失眠时才拿出来抽的。这样一来，她又恢复了自己平常的性格。

"你先去洗澡吧！我去给你找些衣服，放在更衣室里。其他的事，再说吧！"

他点了点头，双眼望着威尼弗列德，眼睛像一个半死的人，不知道是不是由于眼皮上的皱纹更深了一些的缘故。

"他和过去不一样了，"她心想着，"再也不会像原来那样了！但是，他将会变成什么样子？"

"那好！"他边说边走向浴室，那步子都变了，就像一个人在经过种种幻灭之后，不知道是不是还需要走动一样。

威尼弗列德看着达尔提走出了卧室，接着，依稀听到浴室稀里哗啦的放水声。于是，她去找了里里外外的衣衫，放在更衣间的床上，又跑下楼拿了些饼干与威士忌过来。她披上外套，在经过浴室门口的时候，稍稍听了一下，接着走出了家门。她漫步在街道上，又变得举棋不定。现在已经过了七点，也不清楚索密斯是在俱乐部，还是在公园巷？她转过身向公园巷走去。回来了！索密斯一直担心这样，她倒有时候希望能这样。回来了！犹如他的为人，简直是个十足的"烂货"，说着"我们又见面了"[1]！嬉皮笑脸地玩弄

———
[1]这是小丑在戏台子上常说的一句话，用来呼应前一幕"一位头面人士的垮掉"。

大家，玩弄法律！但是，这样却可以把法律打倒，能不让那阴影笼罩在自己与孩子们的头上，倒也不失为一件好事。但是，既然回来了，又该如何容忍他呢？那个女人完全夺走了他的感情，他所有的感情，甚至连她都没有得到的，全部给剥夺走了。多么令人痛心。她也是一个很滑稽的人，从来都是感情用事，自始至终，她都未能点燃他心中的热情。他被另一个女人抢了过去，压榨得一干二净。简直就是一种耻辱！奇耻大辱！若再留下他，不仅不合乎常理，还显得无比荒唐。但是，这是她自己选择的。法律可能会判她收容他，他还是她的丈夫，这是她自己在法庭上承认过的。可是他会怎么想呢，他只会想到钱，用来购买雪茄与薄荷水的钱。那种气味！

"总之我现在还年轻，还算年轻。"她心想着。但那女人太可恶了！害得他只能那么说："如今，我已是受难之人，我吃过惊怕了，吃过了，弗列德。"她走到离父亲家里不远处的地方，思绪万千，福尔赛的思想总是涌上她的心头，并且回归到这结论，他是她的个人财产，不应该交给这个掠夺的世界。她边想着，就来到了詹姆士家中。

"索密斯在他的卧室吗？我亲自上去，你们不要惊动他。"

索密斯正在换上用餐的服装。她看着他站在镜子前，在打一个蝴蝶结，对着那领结露出鄙夷的神色。

"哦！"他说道，看着镜子里的妹妹，"你有事吗？"

"蒙第！他——"威尼弗列德呆呆地说道。

"怎么了！"索密斯突然转过身子。

"他回来了。"

"这下事情砸了，"索密斯说道，"一开始，你为何不让我起

676

诉他的暴力呢？我始终觉得这样风险比较大。"

"算了，算了！不提那些了！我能怎么办呢？"

索密斯哼了一声。

威尼弗列德又有些心急："到底该怎么办？"

"他自己怎么说的？"

"一无所有了，一双靴子上都开了道口子呢。"

索密斯怒视着她。

"本来就这样啊！"他说，"已经穷得走投无路了。因此，想从头开始！父亲知道这事的话，说不定会气死的。"

"能不告诉他吗？"

"不能！要是我们藏着不愉快的事情，他便能感觉到，他有那种神秘的本领。"

他用手指勾着肩上的蓝背带，思索着说："总该有合法的法子，让他规矩一点儿。"

"不行！"威尼弗列德说道，"不能再犯傻了，这样更不划算，我宁愿收留他。"

两兄妹对视着，他们俩内心都是充满感情的人，却不说出来，福尔赛家的人就是如此。

"你离开的时候，是怎么跟他说的？"

"要他洗澡，"威尼弗列德苦笑了一下，"他只带了一样东西回来，一瓶紫薄荷水。"

"别慌！"索密斯说道，"看你那害怕的样子，我跟你一起过去。"

"这有什么用？"

"我们可以跟他谈条件。"

　　"跟他谈条件？不会有用的，等他好了，还是会现出原形，打牌、赌钱、喝酒，像从前那样！"她默不作声，回想起刚刚丈夫脸上的表情，像被烫伤的孩子！烫伤的孩子，或许——

　　"好了？"索密斯问道，"他受伤了？"

　　"不是，只是烫伤而已！"

　　索密斯从座椅上拿起背心和上衣穿在身上，又往手绢上喷了些花露水，系好表链子。之后，他说了声："真是糟透了。"

　　威尼弗列德虽也心潮涌动，为他感到难过，就好像这句简单的话语，说出了她自己的满腔心事一样。

　　"我想跟母亲透露一下。"她说道。

　　"他们在客厅，你先溜到书房，我去找她！"

　　威尼弗列德悄悄地走进了楼下的小书房，这里面光线很暗沉，唯一一件值得一提的陈设品是肯纳列托的画，但感觉太假了，只能挂在这里了。旁边还有一套封面很美的法律文书，已经有很多年没翻开了。威尼弗列德在书房站着，背后是深棕色的窗帘，她直直地注视着空空的炉膛。之后，她的母亲被索密斯带进来了。

　　"哎！不幸的孩子！"爱米莉说道，"你受苦了！那真是个混蛋啊！"

　　这一家人过去在言辞上一直很小心，不愿吐露太多感情，爱米莉因此没有上前去抱一下她的女儿。但是，她那掏心的话语，以及高贵的黑色蕾丝下的肩膀，仍旧让女儿备感欣慰。为了让母亲不难受，威尼弗列德鼓足信心，故作镇定地说：

　　"妈妈，没关系的，不必太在意了。"

"我不明白，"爱米莉看着索密斯说，"威尼弗列德怎么教训他？若是他再赖着不走，就去控告他。他偷了她的珠子，而且至今没有归还，这已经足够让他吃一场官司了！"

威尼弗列德笑了笑。他们都会争先恐后地替她想对策，告诉她该怎么去做。然而，她却早已经有了自己的主意，那便是——什么都不做。如今，她已经赢回了自己的财产，算是一个小小的胜仗，这种念头在她心中已经越来越占优势了。就算是要惩罚他，也要尽可能在家里惩罚，没必要弄得满城皆知！

"别再伤心了，和我一起去饭厅吧。"爱米莉说，"晚上你和我们一起吃饭，至于怎么告诉你父亲，就交给我来办吧。"威尼弗列德缓缓地走到门前，把电灯的开关按熄掉。这时，他们三个才发现走廊里发生了一些事情。

原来，詹姆士留意到那间从未有人居住过的房间内有灯光，于是他将一条灰褐色的驼毛披巾裹在身上，站在走廊那里。因为他的手臂上包裹着披巾，让那个银色的脑袋与那下面穿着很时髦的大腿之间，如同隔着一片沙漠。他就这样站着，如同一只灰鹤，脸上的表情很奇怪——就像是一只灰鹤，发现了一只巨大的吞不下去的青蛙。

"这是什么意思啊？"他说道，"你跟你父亲也说说，你总是什么事都瞒着我。"

爱米莉一瞬间也不知如何回答，威尼弗列德倒是凑了上去，抓着詹姆士的那只被紧紧包裹着的无力的手臂，说："父亲！蒙第还没有破产，他现在回来了。"

他们都担心会出什么大事，看到威尼弗列德牢牢地抓住詹姆士的手臂，感到很满意。但是，他们根本就无法明白这个谜团似的老福尔赛城府到底有多深。他只是微微地颤动了下剃了胡须的嘴巴与下巴，两片唇髭间似乎有东西磨了一下，发出一点响声。接着，詹姆士神情凝重地说道："他简直是想要我的命呀！我早就预料到会出现这种情况。"

"父亲，你不要心烦意乱了！"威尼弗列德轻声地说，"我会让他老老实实的。"

"哎呀！"詹姆士说道，"你们过来一下，帮我把这个拿掉，我觉得好热呀！"于是，他们帮他将身上的披巾脱了下来，詹姆士一转身，稳当当地朝饭厅走去。

"我不喝汤！"他告诉瓦姆生，然后就坐在了自己的座位上。其他三个人也各自就位，威尼弗列德的帽子还在头上戴着，瓦姆生加了一副餐具。直到瓦姆生走出饭厅，詹姆士才问道："他这次回来有没有带什么东西？"

"父亲，一无所有！"

詹姆士目不转睛地望着汤匙上自己的影子。"离婚！"他说道，"真是瞎扯！以为我是个影子吗？早知这样，直接给他一笔钱让他留在外国不要再回来了。索密斯！你去跟他谈谈。"

詹姆士的这个主意非常及时，而且一点也不复杂，连威尼弗列德表示反对时，自己也不由自主地感到惊讶。但是，她的话已经说了出来："不用了！现在他已经回来了，我就会留下他！只要他以后能老老实实的就没事了。"

大家全都望着威尼弗列德。他们一直都知道，她很勇敢。

詹姆士把这话题先搁在一边，他说道："让他待在你家，他什么

680

强盗行为做不出来！你最好把他的手枪找到，晚上睡觉的时候记得带在身边。最好让瓦姆生也睡在你家里，明日，我亲自去找他谈谈。"

詹姆士这话一说，大家都感动了。爱米莉则轻松地说道："詹姆士，你说得没错！我们绝对不允许他乱来。"

詹姆士愁眉苦脸地说道："哦！这事情我可说不准呀！"

瓦姆生这时端着鱼走了进来，他们就转移了话题，谈其他的。

刚吃完晚餐，威尼弗列德就向父亲吻别，詹姆士抬起那双充满疑虑和愁苦的眼睛看着女儿。因此，她不得不尽量在说话时夹杂点安慰。

"父亲，没关系的，你无须为我担心，我不需要人陪——他比较平静。只希望你不用为我担心，我也就没什么不放心的了。再见，上帝会庇佑你！"

"上帝庇佑你！"詹姆士接着她的话说到，似乎无法理解这句话的含义，他目送着威尼弗列德一直出了门。

威尼弗列德回到家中时还没到九点钟，她直接上楼了。

达尔提躺在自己更衣室的床上，换上了一身藏青色的衣服，脚上套着一双漆皮拖鞋，胳膊交叉着枕着后脑勺，一支燃尽的香烟还叼在嘴角。

威尼弗列德顿时回想起夏季里生长在窗前花盆里的那些花草，它们在太阳的炙烤下，都被晒得干枯无力，耷拉着脑袋，有的没精打采地立着，有的直接匍匐在地。但是，等太阳一落山，它们就会瞬间苏生过来。一想到这些事情，她就觉得很好笑，而且，他那被灼伤的丈夫现在就如同那些花草，已经接受了一些滋润的露水。

达尔提呆呆地说："你应该是去公园巷了，老头子怎么样了啊？"

威尼弗列德不由自主恶狠狠地回了一句："还死不了！"

他退缩了一下，这回看得出是真的退缩了！

"蒙第，你要搞清楚！"她说道，"我绝不会让他为我担心的。所以只要你不老实，你马上就离开这里！至于你上哪儿去，我管不着！吃晚餐了吗？"

"没呢！"

"那现在想不想吃点儿？"

他耸耸肩。

"伊莫金送了一点儿给我吃，可我没什么胃口。"伊莫金？在这种非常激动的情形下，她几乎忽视了伊莫金的存在。

"你已经见过她了？她和你说了什么？"

"她亲了我。"

威尼弗列德看到，他那张轻贱而难看的脸轻松了许多，她觉得自己像受到了羞辱。"没错！"她心想着，"他只是爱伊莫金，对我却还是无情无义。"

达尔提的眼珠不停地在转着。

"她对我的事情清楚吗？"他问。

威尼弗列德突然间产生一种想法，这倒是一个要挟他的好筹码，他正担心这事传到子女的耳中呢！

"不知道！只有瓦尔知道。其他几个都还小，不知道情况，他们只知道你离开了。"

她看到他长吁了一口气，好像悬在心头的大石落下了。

"但是，你若还闹出点儿什么事来的话，我就会让他们都知道。"她说道。

"好吧！"他说道，"你揍我一顿吧！反正我已经完蛋了！"

威尼弗列德走到床前。"蒙第！你听我说，我不会打你，也不想骂你。往事我都不想再提了，也不想再去劳费心思，因为根本就无济于事！"她沉思了一会儿，"但是，我绝对不允许你再乱搞下去，绝不行！你应该清楚，你已经让我受尽了折磨。不过，我曾经有一段时期深深地爱过你，就是因为这个——"达尔提这时抬起那厚眼皮，那双褐色的眼珠刚好与她那灰绿色的眼珠碰撞在一起。她碰了一下他的手，转身去了自己的房间。

她呆呆地在镜子前坐了好半天，有时摸摸手上的婚戒，有时又想着这个暂时服了软的阴郁的男人，他就像个陌生人一样躺在隔壁。她决心不再为此而心烦意乱。但是，只要一想起他在国外的所作所为，内心的妒火就熊熊燃起。不过，偶尔又有点恻隐之心。

14. 异国风情之夜

索密斯心里一点儿也不希望春季的来临，因为于他而言，这件事情一点儿也不简单。他感到时间已经在飞逝，但那只天鹅却还在天边，透过自己面前的蜘蛛网，他看不到外边有任何的出路。包迪德那边除了向自己报告了监视行动还在继续之外，就没有给他任何其他的消息了。可是，他的花费已经很多了。瓦尔和他表哥已经去了战场，战事已经有所好转；达尔提到现在为止还是比较本分的；而詹姆士的身体状况也很乐观；自己的律师业务更是如火如荼，好得不得了——所以，索密斯除开自己那件"束手无策"的事情之外，其他的一切简直就太称心如意了。他偶尔会去苏荷区转悠，是的，可绝对不能让他们以为自己——用詹姆士的口头禅说，"临阵脱逃"了——说不定，哪天自己还要"重新上阵"呢。但是，他必须小心谨慎行事。他多次路过布列塔格尼饭店，都没敢进去，只是在那肮脏的街道上乱跑一通便回来了。同时，每次那样做了之后，他都会产生一种不正常的占有欲。

五月份的一个夜晚，索密斯就这样在摄政街瞎游荡。在这热闹非凡的大街上，他撞见一群稀奇怪异的人物：吵吵闹闹，敲敲打打，手舞足蹈，千奇百怪，总之，是一群欢乐得引人注目的人，其中有些人还戴着假面具，吹着口哨或者口琴，身上插着羽毛装饰。他心想着真是丢人现眼。马弗京①，的确是马弗京解围了！这是好事！只是，这难道就是借口吗？这是些什么人呢？是做什么的呢？是从哪个地方跑到西城来的呢？羽毛饰品轻轻地划过他的脸，耳边不停地传来口哨声。一些女孩子在嚷嚷道："醉汉！你好好梳理下自己的头发。"一位青年头上的帽子滑落下来了，大费周章才找到。这时，炮仗在他的脚下与鼻前放起来。这让他非常慌张，感到又气又恨。这道人潮从这个城市的四面八方涌来，就好像已经冲破了一切欲望的闸门，那道他以前可能听说过但是不曾相信的水流汹涌而出。这就是老百姓的真实现状啊！这些活生生的例子，正好是传统教养与福尔赛主义的一个反面。上帝啊，原来这就是所谓的民主啊！丑态百出。这出现在东城或者苏荷区也就罢了，但是，竟然在

---

①马弗京：开普省北部的南非城镇，1899年10月12日，英军在此被布尔人包围，直到翌年5月17日才解围。

摄政街与毕卡第里大街出现了？一九〇〇年，索密斯与无数的福尔赛从未看到过的这一座熔炉，被完全打开了，然而当他们朝着那熔炉探望时，简直要怀疑自己几乎被烫伤的眼睛。这眼前的一切都无法形容！那些人完全没有一点儿规矩，他们还觉得索密斯是多么滑稽可笑。在大街上蜂拥聚集的人群，是那么狂野，还发出那么放肆的大笑。对他们来说，没有一件事是庄严的。就算他们砸窗户，也完全不足为奇！在路过拜尔麦大街旁那富丽堂皇、入会费就要六十英镑的俱乐部门前，叫嚣乎东西，隳突乎南北。在俱乐部的窗子里，他的同类正含蓄而津津有味地看着他们，但是他们却不明白！当然，这是非同寻常的——这些人什么事情都干得出。这游行的人群很兴奋，但是说不定某一天，他们又会带着另一种情绪前来。他还没忘记在八十年代的最后两年，自己那时在布莱顿，就遇到过一群暴力分子，这些人当众破坏公物，还公开演说。但是，比这些更加让人惊悸的是——这群人像疯子一样，完全不是英国人该有的样子。而这不过是为了解除六千英里之外的那座小城的围困，它不过像瓦特弗特德差那样大小！要冷静！要小心！这些品质，在他眼里的重要性似乎胜过自己的生命。那些与文化及财物俱存的本质，都哪儿去了？有损国格啊！有损国格！索密斯一边默默地念叨着，一边在人群中挤着前行。这如同突然间有人破坏了他精心整理的"密存"的法律文书；又如同看到在自己未来的道路上，有一些怪物潜伏着，巨大的阴影阻碍他的去路。他们看上去既非麻木，也非恭敬！似乎纯粹英国人只剩下了十分之一，其他都变成了外国人。若真如此，他们可真的是什么事都能做出来的！

　　他经过海德公园三角场的时候遇到了乔治·福尔赛，由于看赛马乔治被晒得黧黑，手中还握着一只假面具。

"索密斯，别来无恙呀！"他说道，"这大鼻子面具送给你！"

索密斯淡定自若地微微一笑。

"这是从一个骑马的家伙身上夺来的呢，"乔治继续往下说道，一眼就知道，他已经吃过晚餐了，"那家伙竟然想把我的帽子弄扁，我一拳便把他放倒在地。我想终究有一天，我们非得与他们干上一架不可，真是越来越无法无天了——都是些过激派，他们想掠夺我们的所有。你若跟詹姆士伯伯讲讲这情形，他听了一准儿会睡个好觉。"

"这醉话还蛮有道理的。"索密斯心想着，他只点了点头就迈步前行，来到了汉密尔顿广场。在公园小巷中可见少数人在那儿叫喊着，并不是很嘈杂。索密斯注视着眼前的那些房屋，心想："我们毕竟是国家的顶梁柱！想打败我们？没门！财富即法律！"

但是，当他走进父亲家关上大门时，街上那千奇百怪的异国风情的丑态都已经在他脑海中烟消云散了，就如同梦醒之后，在阳光明媚、空气清新的清晨，睡在让人舒坦的弹簧床上。

他走进空荡荡的大客厅，在那中间呆呆地站着一动不动。

他需要一个妻子！能有个人诉说心事。这是一个人的权利啊！妈的！这是一个人的权利啊！

第三卷

1. 索密斯也去了巴黎

索密斯难得出门。十多岁时，跟随父母与威尼弗列德稍稍在外面转过一圈，去了鲁塞尔、莱茵河、瑞士，最终从巴黎打道回府。二十七岁那年，他对油画着迷，曾在意大利停留了大概五个星期，去文艺复兴博物馆参观过，似乎感觉有些徒有虚名。回家时，他又在巴黎逗留了两周，也没顾得上去参观，因为法国人这种极端以自我为中心、过于"外国气"的民族，一个福尔赛待在他们中间，结果必然如此。他的法语还停留在中学生水平，那些人说什么，他根本就不明白。他认为，自己还是沉默一点儿好，至少不会被人当成笨蛋。那些男人服装的款式他也很讨厌，轿式马车也不怎么喜欢，剧院像乱哄哄的马蜂窝，而美术院则散发出熏人的蜜蜡味儿。他行事既谨慎又胆小，所以，巴黎的一切，在福尔赛家族看来，就成了光怪陆离的景象，他们断然不敢涉足其中。在这里，收藏家们不要痴心妄想能找到半张便宜货。就像尼古拉的那句口头语："铁公鸡，一毛不拔啊。"他闷闷不乐地回到家里，只觉得巴黎人徒有虚名。

正因为如此，一九〇〇年他来巴黎这个世界文明中心，已经是第三次了。不过，这次他是前来讨教的。因为，他觉得自己的文化涵养已超过了巴黎人，这绝对不夸张。另外，他此次前来还带有特定的目标，绝不是为了来这座艺术精美而道德沦丧的庙里取经的，而是为了自己的那一桩法律事务。实际上，他这次的行程正是出于对此事的重视。侦察工作还是照旧进行着，却一直都未能查出什么结果，毫无头绪！佐里恩始终未回过巴黎，除他以外，也没有什么其他的可疑之人。最近，他又忙着接了很多关系个人隐私方面的新官司，正因为这样，他越来越意识到保住自己律师声誉的重要性了。但是一到夜晚，或者闲下来，他便不禁感叹时间日去，财富日增，而自己的前途，却被牢牢地束缚住，动弹不得。自从上次马弗京解围之夜后，他就感觉安妮特旁边总是伴着一个呆瓜青年医师。曾经有两次，他遇见这个一脸傻笑的小笨蛋，看上去不过三十岁。一看到别人笑，索密斯就气不打一处来，这种习惯简直有些卑鄙，来得完全没有道理。总的说来，索密斯前后被欲望和希望挤压着，他几乎受不住了。这段时间，他的心思又放在了伊莲身上，想到她也许会发现有人在监视她，他便来到了巴黎一探究竟。再试一次，看看能不能消除她对自己的厌恶，消除他们携手共进的障碍。若是这次还没成功——他就要仔细地观察一下，她的日常生活是怎样过的了！

他在亨利马丁大街上的一个旅社停了下来，这里几乎没人讲法语，正好合福尔赛之意。他目前还未确定下一个行动计划，他不想贸然出击，可是一定要想个办法不会让自己吃闭门羹。第二天一早，天气不错，他行动了。

　　巴黎还真是热闹，星状的街道①被阳光照着，让索密斯觉得很是恼火。他一本正经地走着，鼻子稍微扭向一旁，做出一副好奇的表情。如今，他愿意对此间的风土人情多加了解，安妮特不也是法国人吗？这次巴黎之行倒是有很多可以感触的机会，只是不知道，他能不能抓住。经过协和广场的时候，他就是抱着这样的美好心情，有两三次差点被马车撞倒。来到皇后大道，伊莲的旅社就在这儿了，似乎走得太快了些，他都还没想好如何行动呢。于是，他来到河对岸，透过一棵树上悬挂的树叶，可以隐隐约约地看见伊莲所住的白色房子，令人眼前一亮，阳台上悬挂着绿色的布帘。他心想着，自己要是去旅社见她肯定太冒失了，还是在公共场合下，装作偶然相逢好一些。索密斯在附近的一张凳子上坐下来，从那里恰好可以盯着旅社门口。现在还没过十一点钟，照理说，人应该还没有离开旅社！阳光透过悬铃木的树影落在地面上，就像一摊摊明晃晃的水迹，有些鸽子昂头挺胸地走过，用嘴巴整理着羽毛。这时，一个穿着深蓝色衣服的工人从这里经过，从装午餐的纸袋子里掏出一些面包屑丢给鸽子。一个用缎带束发的小保姆带着两个扎着辫子、穿着褶边衬裤的小女孩，打眼前走过。这时，一个身穿蓝色上衣、头戴黑亮大帽的马夫驾着马车，绕着弯驶了过来。在索密斯来看，这一切都像是一种有意的用以夸耀的表演，看上去很美却早已过时了。法国人真会做戏！他想到自己倒霉地跑到这个鬼地方，便感觉很憋屈！于是，他点起了一根昂贵的香烟。伊莲在这儿，或许会过

————————————
①此处即巴黎凯旋门附近。

得不错，她本来就不像是那么纯粹的英国人。单从外貌上来看，就不怎么像。他琢磨着对面那些被树叶遮蔽的阳台，其中哪一个窗子才是她的呢？他这次来巴黎的目的，本来是为了突破她那高傲又顽固的防线，该跟她说些什么呢？于是，他把烟头抛向鸽群，心里不禁想着："坐下去也无益，还是别等了，下午再过来看她！"不过，他依旧坐在那儿，十二点的铃声已响起，都十二点半了。"既然已经等了，就再等半小时吧！"就在这时，他吓得跳了起来，赶紧缩头缩脑地坐下，一位穿着奶油色衣衫的女人从旅社走了出来，手撑着一把淡褐色的太阳伞正要出门。这正是伊莲啊！他看着她渐渐走远了，这才站起来跟在她身后。她似乎没有确定的去向，在路上瞎逛着，若是他的记忆没错的话，她似乎是要去布隆森林。他一直在道路对面跟着她，都超过半小时了；他看见她往森林里走去。莫非她要去与谁见面吗？或者是那些什么鸟法国人——就像"俊友"①之辈。他们整天游手好闲，只知道跟女人纠缠不休。那本小说，他也曾看过，读起来有点困难，既讨厌但又觉得有趣。他在一条林荫小道上紧随在伊莲身后，只是偶尔在拐弯处，她才从他的视线里消失一会儿。他突然回想起多年前的那个夜晚，当时在海德公园，他对伊莲与小波辛尼之间的关系燃起了妒忌之火，便是这样从一棵树后溜到另一棵树后的，从某个位置窥察他们的所在，在那里像瞎子和疯子一样地四处搜寻。经过小路的拐弯处，他赶紧跟了上去，见到伊莲正坐在一座尼俄柏②绿铜像小喷泉前面，她长长的秀发

①化用莫泊桑的同名小说标题，索密斯以此代指想象中伊莲的小白脸情人。
②尼俄柏：希腊神话人物，其因自夸儿女多并嘲笑女神勒托，被后者的一双儿女阿波罗和狄安娜用箭将其子女全部射杀，尼俄柏闻讯后流干眼泪化为一尊石像，矗立在荒凉的吕狄亚山中。

在肩上披散开，一直垂到苗条的腰际，正凝神望着那一汪哭泣的清泉。就在这时，索密斯正好闯到伊莲面前，这吓了他一跳，还没来得及摘下帽子，便走了上去。伊莲并未感到惊讶，她总是那么镇定自若，这正是令他最欣赏又最让他痛心的。因为那样的话，他一直无法猜透她的心思。她察觉到有人跟踪她吗？这泰然自若的神态，真是令他气愤不已。所以，他也不多作解释，只是指了指眼前那座伤心的小尼俄柏铜像说道：

"这个还不赖。"

他这才意识到，她只是故作镇定而已。

"刚刚是怕惊扰到你，才没和你打招呼。你经常来这儿吗？"

"经常！"

"这儿太过冷清了！"他的话才收口，一位太太走过来对着这雕像注视了片刻，又离开了。

伊莲目不转睛地看着她的背影。

"绝不，"她说道，将太阳伞在地上戳了一下，"从不冷清，因为有个影子跟在身后！"

索密斯能理解这话，他凶巴巴，怒冲冲地叫道："哼，活该，你要是希望这影子消失，那还不简单，跟我回家吧！伊莲！那样就没有影子了。"

伊莲大笑起来。

"不准笑！"索密斯跺着脚大声说道，"你这是没良心的表现。有什么条件你只管提，只要你跟我回家，我可以答应你自己住，不定期地看望你，可以吗？"

伊莲猛地一起身，神情和模样都散发着怒气，回应道："没有任何条件可谈，没有！没有！你可以一直跟踪我，就算我死了也不会回去！"

索密斯这时感到特别尴尬，又无比气愤，他退缩了。"留一点面子啊！"他严厉地说。

他们都呆呆地站着没动，注视着小尼俄柏，在太阳的照耀下，那绿色的铜像表面显得格外通亮。"那么，这是你最终的决定了？"索密斯说道，两手死死地握着，"这就是我们两个的死刑判决书啦。"

伊莲低下头："我回不去了，告辞！"

索密斯一肚子火气喷涌而出。

"闭嘴！"他说道，"让我先说。你曾经对我许下了神圣的誓言，却没有给我带来一分钱的嫁妆。你想要的东西我全部给你买了，你却无缘无故地出尔反尔，让我成为人家的笑柄。你连孩子都不肯给我生一个，眼看着把我推进了泥坑。如今，我还是忘不了你，我真的需要你！我需要你！想一想吧，你究竟要怎样做？"

伊莲回过头来，脸色苍白，眼睛里燃烧着怒火！

"我便是我，"她说道，"你大可以将我看作一个坏女人，也大可以这样说我！但是，我还没有糟糕到要把自己交在一个憎恶的男人手里。"

她离开了，阳光里她的头发闪闪发亮，同时，她那紧腰身的奶油色衣衫也沐浴在其中。

索密斯沉默不语，也没有动，"憎恶"？如此不留情面、不加掩饰的两个字，让他整个的福尔赛性格都颤抖了起来。于是，他使劲地诅咒着，掉头大步离开了。此时，适才那位太太又折回来了，跟索密斯撞到了一起——这个蠢货探子！

692

不一会儿，他便在林子中走得满头大汗。

"就这样吧！"他心想着，"她既然无情，也就别怪我无义了。今天我就要让她知道厉害，让她记住，我还是她的丈夫！"

但在返回旅社的路上，他又不得不承认，自己都不明白刚才那些话到底是什么意思。无论如何，不能在众目睽睽之下大吵大闹吧！可是，如果不这样，他还能想出什么办法？他不禁对自己的无奈感到愤怒不安。其实，自己根本不用那么在乎她。啊，活该！这时，旅馆中的人来来往往，晃来晃去，手中拿着导游手册。他在那儿坐着，午餐都没有吃，黯然伤神。他快要窒息了。他的人生就这么毁灭了，他的一切本性和光明正大的欲望都被关闭着、捆绑着，这一切，都是因为自己在十七年前爱上了那个女人——死心塌地，以至于，如今别的任何女人只会让他扫兴！与她相遇的那天真是太不幸了，为何那时，自己就偏偏没有看出她是这样一个薄情寡义的维纳斯。唉！我真是瞎了狗眼！然而，他的眼睛却偏偏依稀又看见阳光下那一套紧身丝绸衣裙。他痛苦地叫了起来，碰巧被面前的一个游人听到了。那人琢磨着："这人病了吧！啊，我忘了午餐吃了些什么！"

午后，他坐在歌剧院旁一家咖啡馆的门口，用麦管喝着柠檬茶，突然有了一个坏主意，他准备到她的旅馆用晚餐。若是她在那儿，就去跟她面谈；若是不在那儿，给她留张纸条。于是，他返回旅社，仔细地换上晚礼服，写了这张条子：

你与佐里恩那家伙之间的破事儿，我已经知道了。你要还是执迷不悟，休怪我把事情都抖出来，让他名誉扫地。

索密斯·福尔赛

他将纸条折好，没写信封。如今，她又恢复了娘家的姓氏，真不要脸。若是写她娘家的姓氏，他心有不甘；若是加上福尔赛，还真担心她瞧都不瞧一眼就撕了。他接着动身离开旅馆，走过声色犬马的街道，在她的旅社停下了脚步。他在餐馆的隐蔽处，找了一个座位，这儿能够监视一切进出口。可是，她不在这里。他快速地用晚餐，没吃多少，并且一直在观望。她没有出现。他慢慢喝了一些咖啡，以及两杯白兰地酒。但是，她仍旧没有出现。他来到服务台，查看了下入住客人的姓名。二楼十二号！他下定了决心，要亲手把这封信拿过去。他踏过红色的地毯，走上楼梯，走过一间小小的休息室，八号、十号……到十二号了，他心想，是敲门，还是直接把便条塞进门缝？还是——他偷偷摸摸地四下看了看，转动门把手，门开了，但是只走了一点，便又出现了一扇门，他敲了敲，没有任何动静。里面这扇门被锁上了，而且死死地贴着地板，连纸条都塞不进去。他把它揣进衣袋中，站了片刻，竖起耳朵细听，确定她不在房内。于是，他大步离开了那儿，又路过小休息室，然后下楼，在服务台旁停住脚步。

"请帮我把这个便条转交给黑隆太太，可以吗？"他说道。

"今天下午三点，黑隆女士突然离开了。听说是家里有人生病了。"

索密斯嘟囔了一下嘴唇。"哦！"他说道，"你们可知道她家的地址？"

"不太清楚，先生，想必在英国吧！"

索密斯把便条收进衣袋，离开了旅社，在路上租了一辆敞篷马车。

"随便转转！"

车夫明显不理解他的意思，笑了一下，便扬鞭前行。索密斯坐着那辆敞篷的黄色轮子的小马车，漫无目的地跑遍了这星星形状的巴黎。马车时不时停下来，车夫忙问："这位先生，在这儿下吗？""不对，再走一走！"最终，车夫无可奈何，只能听任那辆黄色轮子的马车在有着平面门和百叶窗的各种高楼大厦以及悬铃木的街道上快速奔驰，宛如飞行的荷兰人乘着那艘幽灵船①。

"这真像是我的人生，"索密斯心想着，"漫无目的，飞速向前！"

2. 重新回到蜘蛛网中

第二天，索密斯便回到了英国。包迪德随后一天清晨前来拜访他，上衣别着一枝花，头上戴着褐色圆帽。索密斯请他落座。

"战场那边的消息还算好，不是吗？"包迪德说道，"最近身体可安好啊？索密斯先生！"

"还不错，谢谢关心！"

包迪德往前倾斜了下身体，露出一个微笑，伸出双手，并且注视着自己的手掌，轻声地说道：

"我觉得有关你委托的事情，现在终于有着落了。"

"你说什么？"索密斯不假思索地问道。

"'19'忽然发来一份报告，依我之见，说得上铁证如山。"包迪德说到这里停顿了一会儿。

---

①中世纪传说中有一艘永远无法靠航的幽灵船，而航海者看到它的影子即为不祥之兆。

"是怎么回事呢？"

"这个月十号中午，'19'观察到'17'与一个男人洽谈，到了夜晚十点的时候，'19'还目睹了那个男人走出'17'在旅社中的卧室。作证的时候只需要小心谨慎就可以了，特别是，'17'如今已不在巴黎了，毫无疑问，是与那男人一起走了。其实，他们两人就这么跑掉了。并且到目前为止，我们还没能找到他们，当然，我们会想办法继续找下去，一定会找到的！'19'在如此困境之中，煞费苦心才达到目的，真是为她感到开心。"包迪德拿出一根烟在桌上敲了敲，看了一眼索密斯，又收回手来。他的这位当事人，此时的脸色一点儿也不好看。

"那这个新出现的男人是谁呢？"索密斯有些唐突地问道。

"具体是谁，我们也不太清楚。她保证，这可是亲眼所见，并且记录了那男人的外貌特征。"

包迪德从怀中拿出了一封书信，念道：

"一位身材适中的中年男人，午后身着蓝色衣服，傍晚则穿一身晚礼服，那人面色苍白，头上长着乌黑的亮发，上须也是黑色的，有着瘦削的双颊和漂亮的下巴，眼睛呈灰色，脚非常小，一副探头探脑的样子——"

索密斯站起身来，走到窗前，站在那儿觉得又好气又好笑，真是个笨蛋啊，彻头彻尾像蜘蛛一样笨。整整花了七个月的时间，每周都要出十五英镑，如今却沦落到被人误解成自己妻子的情人了！还探头探脑的！他打开了一扇窗户。

"天气太热。"他说道。接着，又坐回原来的位置。他将自己的腿跷起来，低下头轻蔑地瞥了包迪德一眼。

"我觉得你掌握的线索还不充分啊。"他说道，成心慢吞吞地接着往下说，"真实姓名、居住地点这些都还没有查出来呢。我认为，你可以先让'19'稍事歇息，即刻着手咱们的老伙计'47'这边的工作。"包迪德有没有猜到是他，他也无法确定，他可以想象到包迪德在一群老朋友当中放声取笑自己。"贼眉鼠眼！"混账东西！

包迪德露出焦急的神情，可怜兮兮地说道："我实话跟你讲，有时我们连这么点儿线索都没有，任务也算完成了。你可要明白，那毕竟是巴黎！这样一个美丽的独居女子！先生，不如就冒一下险呢？说不准会把事情追得更紧呢。"

索密斯猛然之间发现了迹象，这家伙对工作的热情全都爆发出来了。"我人生事业上最大的胜利就是为某人搞定了离婚，当时，他去了自己妻子的卧室被抓个正着，离婚就这样解决了！当我退休后，这事情还真值得一谈呢！"他瞬间涌起了一个念头："为什么就不行呢？本来在这个世上，那身材适中、脚比较小、贼眉鼠眼的男人就数不胜数啊！"

"至于风险较大之事，不在我的委托范围内。"索密斯简单地说道。

包迪德的头抬了起来。

"遗憾！"他说道，"真遗憾啊！另一件事看起来花费比较高吧？"

索密斯从座位上起身。

"这件事就不劳你费心了。你只管留心'47'，但是，要多加小心，可别弄得一无所获。告辞了！"

包迪德一听到"一无所获"这个词，不禁眨了下眼睛。

"当然可以！我一有消息就会前来向您报告。"

这时房子里只剩下索密斯孤身一人了。这些买卖套路的确害人不浅，真是可耻与滑稽！他双臂搁在桌子上，支撑着脑袋，就这样休息了整整十分钟。最终还是一个管理员把他叫醒的。管理员送来了一家新上市股票的指南草稿，这是由曼尼福德与托宾发行的，看起来好极了。当天午后，他下班比较早，然后就直奔布列塔格尼饭店了。这里只有拉莫特太太单独在店里，她请他一同饮茶。

索密斯向她行了个礼。

两人在一间包厢里呈直角坐着，索密斯直截了当地说道："拉莫特太太，我有件事想告诉你！"

拉莫特太太鼓起那双明亮的褐色眼睛，抬头看了一下，似乎已经等待这种洽谈许久了。

"我想先向你打听一件事，那个青年医师怎么称呼来着？他与安妮特之间有没有纠葛吧？"

拉莫特太太的人品犹如一块乌黑亮泽、有棱有角且质地刚硬的玉石，她说："安妮特尚且年轻呢，医师先生也还年轻，年轻人之间的发展一般是比较迅速的。不过，安妮特真的很孝顺，啊，她的性格太好了！"

索密斯的嘴角露出一丝笑意。

"那事情还没定下来吗？"

"当然没有定下来！虽然这小伙子人挺好，但是，不知道怎么说才好，现在没什么钱。"

拉莫特太太端着手中印有柳叶花纹的茶杯，索密斯也端起茶杯，他们四目相对。

"我是一个已婚人士，"他说道，"我和我妻子已经分居很多年了。现在正在考虑怎么跟她离婚。"

拉莫特太太缓缓地放下手中的茶杯："这是真的？太不幸了！"她说话的语气里不带一丝情感，索密斯心中不由自主地涌出一种藐视的感觉。

"我是一个有钱人，"他接着说道，这言语不雅，他自己也心知肚明，"现在多说无益，但是，我认为你应该明白的。"

拉莫特太太目不转睛地盯着索密斯，眼睛瞪得大大的，白眼珠都翻了出来。"哦，是这样，不过，我们也拥有充裕的时间。"她这样说，接着问，"要不要再喝一杯茶？"

索密斯拒绝了。与拉莫特太太辞别后，他就前往西城了。

这件事终于不用担心了，她肯定不允许安妮特继续与那个快活的傻小子扯上什么关系了，一直等到他——但是，要等到什么时候他才能对她说，"我完全自由了"？等到何时才有机会说出口呢？前路未知，似乎这一切都是幻象，自己如同已经被蜘蛛网重重包围的苍蝇，只能痴痴地望着空中那羡煞旁人的自由。

他感觉自己最近很少运动，因此，一路步行到了坎辛顿公园，抵达女王门，又前往切尔西。或许，她现在已经返回到自己的公寓了！这个，他可以从旁人口中打听出来。由于上次被那羞辱的言辞回绝之后，他又不禁说服自己，她必定有一个情人。正在晚餐时分，他来到了她居住的那座小公寓前面。无须打听了！有一个白发苍苍的老太婆正在那里帮忙浇那个箱子里的花草。他缓缓地经过那座房子，借着夜色顺河岸往回走。此时的夜色是那么宁静安谧，令人心旷神怡，简直跟他的内心完全相反。

3. 在里奇蒙公园中

正好是索密斯起航去巴黎的下午，佐里恩在罗宾山接到了一封电报：

令郎害起肠炎，尚无性命之虞，后续电联。

珍已经买好了卧席船票，明日启程，一家人已经烦躁不已了，偏偏又来了这消息。电报送来时，珍正打算委托父亲照料埃里克·柯布莱一家。

受佐里影响，珍毅然决定参加红十字会的护理工作，这事虽然眼看如愿以偿，她心里却后悔起来。个人自由一旦被剥夺，福尔赛家的人便会有此体会。一开始，她还满腔热情，一心觉得"非常有趣"，可是，一个月下来，她便觉得由他人训练自己，倒不如自学。若不是好丽一心要效仿姐姐，她一定会半途而废。四月，佐里和瓦尔便随军出发了，她犹豫的念头才算是打消了。但是，眼看分别在即，一想到要将埃里克·柯布莱夫妇以及他们的两个子女丢在这索然无味又人情冷淡的地方生活，她不禁深感痛苦，因此，便又举棋不定起来。当她看到那封令人担心的电报，终于下了决心。她幻想着，由自己去照顾佐里，毕竟，他们不会不允许她照顾自己的兄弟！佐里恩一向随随便便，很少对事情极其肯定，因此并没有报这样的指望。珍太不幸了！她的命运已然是如此残酷可怜！在家中却没有一个人能够理解她！得知儿子抵达开普敦之后，佐里恩便坐立难安，发作起来便是几小时。他满脑子都是那边的危险。电报固然让他觉得不妙，不过，他还是感到了一些放松。好在，枪炮眼下是不能伤害他了。但是，肠炎也是个大麻烦！《泰晤士报》报道了一些这病致死的例子。为何不能让自己跟儿子交换一下，让他安安稳稳地待在家里，让自己躺在那个逼近大海的医院里呢？确实是这样，这三个子女的那种非福尔赛的牺牲精神，已经将佐里恩都感染了。他巴不得自己可以代他受罪，因为自己非常疼爱他。但是，这种改变是他们不曾察觉到的，他只是觉得，福尔赛的家风已经日渐式微了。

午后三四点左右，好丽从房间出来，在老橡树周围寻找佐里恩。最近一段时间，离开家在医院训练，已经让她成熟了许多。佐里恩看到好丽来了，心想着："她比珍懂得多，虽然看上去只是个孩子，看待事情却要透彻一些。真是感谢上帝，她还没有离开我。"好丽坐在秋千上，显得特别安静。"她如同我一般。"佐里恩心想，"痛苦呢！"他见到好丽目不转睛地注视着他，就说道："不要总是为他担心了，宝贝！如果他没得这个病，还不知道会不会有更大的危险在等着他呢。"

好丽起身离开秋千。

"父亲！我想跟你说件事。佐里去参军主要是为了我！"

"为什么这么说呢？"

"当你还在巴黎时，我和瓦尔·达尔提的关系日益亲密。那时，我们经常去里奇蒙公园骑马，我跟他彼此定下了婚约。后来，被佐里知道了，他反对我们在一起。于是，就向瓦尔宣战，一同前去入伍。父亲！这都是我的错。因此，我也要离开这里。若是他们之中任何一个出了什么问题，我也无法活下去了。并且，我受的训练和珍是一样的！"

佐里恩呆呆地望着好丽，感到格外惊讶又觉得有些滑稽。那个一直以来困扰着自己的疑问，答案就在眼前。他的三个子女自始至终还是福尔赛。好丽其实早就应该将事情的缘由跟他说清楚，但是，这略带嘲笑的言语到了嘴边终究还是没有说出口。在他的信念里，对年轻人的疼爱几乎是最伟大的一条了。的确，如今这件事正是他的仁慈所造成的。他们已经有婚约了！难怪这段时间他与好丽很少来往了呢！并且又是与索密斯的外甥小瓦尔·达尔提定下的婚约，这可是自己敌人那边的人。这真是太令人不快了！他把画架收了起来，将水彩画靠着树干放着。

"这件事情你跟珍说了吗？"

"我跟她讲了，她说会想办法让我在她的房内安顿下来。她独自住一个单人房间，如果我也搬进去，就要有一个人打地铺了！若是你能同意，她立刻去城里申请批准。"

"同意？"佐里恩心想着，"事已至此才来征得我的同意岂非为时已晚！"但是，他还是压制着自己的想法没说出口。

"你还太小，孩子！他们是不会同意你照顾他的。"

"珍有几个认识的朋友，就是她帮忙使他们到开普敦那儿的。就算他们不同意我照顾他，至少我还能与她们一同参加训练呀！父亲！你就让我去吧！"

佐里恩微笑着，因为他自己想哭都哭不出来。

"我一直都不曾阻碍别人做任何的事情。"他说道。

好丽突然张开双臂，搂住他的脖子。

"父亲！你是世界上最好的人啦！"

"这不等于说我是最坏的人吗？"佐里恩心想着。如果说他质疑过自己这种容忍的做法，那正是在此时。

"我与瓦尔家的关系不太好，"他说道，"并且瓦尔的情况，我也不太清楚，但是，佐里讨厌他。"

好丽茫然地望着他。

"但是，我爱他呀。"她说道。

"这就可以了。"佐里恩轻描淡写地说道。之后，看到好丽那样的神态，不禁亲了亲她，心里想着："这些年轻人的信仰真是令人怜悯。"或者自己坚决阻止她离开，不然，他只能成人之美了，因此，就同意好丽与珍一同前往城中。不知是珍不达目的不罢休，还是那位上级长官是佐里恩曾经的一个老同学，他也不确定。总而言之，好丽与珍同住的事情已经得到了批准。第二天黄昏时分，佐里恩带着两个女儿前往萨比顿车站，交给她们一些资金和给病人的补品，还给她们带了支款的推荐信——福尔赛家族的人一般不带这个是不会出门的。于是，两人联袂而去。

夕阳映照着整片天空，他就在这夕阳下坐马车返回了罗宾山，晚餐吃得比较晚。保姆们为了表达怜悯，非常小心谨慎地伺候他用餐，佐里恩为了表示自己感受到了这种用心，进餐时也表现得非常专注。直到用餐完毕，他站在铺着青石的走廊上点燃起一支雪茄的时候，心情才真正放松下来，走廊上青石板的样式与风格都是由小波辛尼精心挑选的。周围的夜色越来越浓，放眼望去，夜景如此美丽！树上的叶子，这时也安静了下来，并且清香扑鼻，令人不禁产生些许惆怅。草地上沾满了露水，因此，他只在石板间徘徊着。过了一会儿，他便觉得自己正跟父亲和儿子在一起，每当走到终点，他们三人并不是一起兜回来，而是各自转身。因此，他的父亲一直都是贴近房屋的一侧，他的儿子一直都是贴近走廊的一侧。他们二人都将一只胳膊轻轻地挽在他的胳膊上。他唯恐打扰到他们，连抬手都不敢，雪茄就这样燃尽了，烟灰飘散在自己的身上，最终，因为太烫了才从嘴边滑落下来。此时两人都离开了，他的两臂间不禁感到一阵寒气。刚刚是三个佐里恩合为一体在行走呀！

　　他站在那里纹丝不动，静静地分辨耳中听到的那些声响，道路上传来经过的马车声，远处传来火车的启动声，盖基农场传来小狗的吠叫声，还有微风吹过树叶发出的声音，和那马夫用廉价口笛吹奏的声音。天空中繁星点点，那么明亮而寂静，又那么空旷！这时，月亮不曾露出头来！那点隐隐约约的夜光，只能让他分辨那些黑乎乎的石板与走廊旁鸢尾花身上的刺刀和黑旗。那是他最喜爱的花，那蜷缩皱褶的花瓣，颜色如同这夜色。他回到屋里。这屋子又大又黑，除了他单独居住之外，连个鬼影都没有。让他感到孤独得要命！若是这样继续下去，他一定会难以忍受的。可是，眼前有如此美景相伴，一个人生活为何还觉得那么孤独呢？他好像在回答一个傻子提出的问题，回答说："我就是孤独啊！"这景色越美，人越是会感觉到孤独。因为和谐是美的根本，而结合才是和谐的本质。若是将心灵磨灭了，美将不能使人感到欣慰。虽然，夜色美丽得如此让人窒息，天空中的星光如绽开的葡萄花，并且传来一阵阵青草与蜂蜜的香味。但是，他的内心还是无法快乐起来。这主要是因为她与他分离了，如今被他那尊贵的自爱彻底分离了。他感觉，在自己眼中，她就是最美的生命，是美魂魄和身体！

　　他想尽快入睡，可就是做不到。他尽可能开导自己顺其自然，却显得那么无能为力。因为在福尔赛家族中，这些人向来都是舒服地享受祖辈的庇佑，要想处事豁达开朗却非常困难。但是，直到天空微微发亮的时候，他终于入睡了。而且，还走进了怪异的梦境。

他在梦中感觉自己身处一个戏台之上，戏台前挂着又厚又高的帘幕，高得好像天空中的星星围着一串脚灯拉成了一个弧形。他个头比较矮，就如同一个黑点在戏台上来回跑动着。更令人感到惊讶的是，这戏台上并非他一个人，索密斯也在这儿。他那矮小的身子与索密斯都在想尽办法往前面的帘幕里钻，但是，这又黑又沉重的帘幕总是挡着他的去路。好几次他都拨开帘幕走到前面，这时眼前突然看见一道很高的裂缝，一道颜色如同鸢尾花的美丽裂缝，似乎一瞬间目睹了遥不可及的天堂一样，真是难以形容，让他感到欢乐无比。他急急忙忙向前走去，想往里钻，但是，帘幕又阻碍了他的道路。正在这令人极度失望的情况下，不知道是索密斯还是他自己又继续往前走，眼前的帘幕突然间又打开了一道裂缝，不一会儿又遮挡住了。就这样不断地往里钻，永远往里钻着。后来，他苏醒了过来，口中不停地念叨着"伊莲"。他感到忐忑不安，特别不可思议的是，自己怎么会与索密斯成了同一个人。

当天早晨，他感觉自己无法专心致志地绘画，于是，就骑着佐里的马外出，在外面逛了好长时间，直到身心疲惫，才回到家中。次日，他决定前往伦敦，争取获准在自己的两个女儿之后前往南非。第三日清晨，他刚刚开始准备行李，就有这样一封书信送到了他的手上：

亲爱的佐里恩：

你应该料想不到我就在你身边吧？巴黎那个地方，我已经难以住下去了，因此，我就搬到了你的附近，希望你能帮我想想办法。我非常想再次与你相见。自从那次你离开巴黎之后，我就感觉，没有任何与我谈话投机的人了！你与令郎还好么？我想，目前应该还没有人发现我在这边落脚。

你永远的朋友

伊莲

里希蒙格林旅社

六月十三日

伊莲竟然在距离他不到三英里的地方，并且依然是在避险！他立在原地，嘴角间露出的笑容有些诡异，感觉比他想象的更妙。

快到中午时，他开始漫步经过里奇蒙公园，边走边想着："里奇蒙公园！最适合我们这些福尔赛来的地方了！"并非里面有福尔赛家的人居住，而是公园里面除了贵族、管理员与驯兽师之外，再无其他人居住了。而且，里奇蒙公园的自然风光恰到好处，一点都不过于夸张，它看起来繁花似锦，如同大自然，似乎在对我们说："来看吧，这就是我本来的面目，一切在我的控制之内，我想要多么热烈便会多么热烈！"没错！正是在这个六月份，在一个阳光明媚的日子里，布谷鸟犹如飞行的箭矢在树木之间转来转去地鸣叫着，林鸠也向人们通风报信说盛夏来临了，里奇蒙公园的热情还是有一些分寸的。

佐里恩于一点钟到了格林旅社，这个旅社的位置在更加有名气的皇家酒店正对面，虽然空间不怎么宽敞，却透露着一股子上流社会的贵气。这里面的牛肉与醋栗果排供应充足，并且，还常常居住着一两位有钱的寡妇。因此，总会有一辆双马马车停在门前。

在旅社的一个房间里，伊莲正坐在一张铺着绒线绣花的钢琴凳上，对照一本老乐谱弹奏着《汉赛尔与格莱特》①。屋内悬挂着平滑的印花帘幕，让人很难产生什么好心情。屋子的墙上没有莫里斯壁纸②。在伊莲的头顶上方悬挂着一幅印刷的女王画像，她正骑在一匹小马的背上，周围有许多猎犬、头戴苏格兰帽子的人与被杀害的牡鹿。在女王画像附近的窗户旁边摆放了一盆白色与粉红色交错的耳环花。这屋内似乎有股维多利亚时代复活的气息，伊莲穿着那件紧身衣，佐里恩感觉犹如维纳斯穿越时空从过往的世纪蚌壳里钻出来一样。

"若是旅社的管理员多加注意的话，"他说，"他一定会请你离开这里的，你这般严重地损坏了他的摆设。"他就如此轻易地打破了这个难以抑制情感的场面。他们吃完冷牛肉、咸胡桃、醋栗果排，喝完石头瓶子装的姜啤酒之后，就散步来到了公园里，刚才轻松交谈之后正是令佐里恩最担心的沉默。

"你在巴黎那边的情况还没和我说说呢。"他终究还是开了口。

"曾经有一段时间，我总是被人跟踪，但是也变得习以为常了。但是不久之后，索密斯来巴黎找我。我们在小尼俄柏铜像那儿碰面了，他还是问我愿不愿意跟他回家。"

---

① 《汉赛尔与格莱特》：汉勃尔丁克于1893年根据同名童话创作的儿童歌剧。
② 莫里斯壁纸：由英国诗人、设计师威廉·莫里斯（1830—1896年）创制的一种糊墙纸。

"不可理喻！"

她原本是低垂着眉眼说了这番话，此刻才抬起来。她那深褐色的眼睛紧紧盯着他，比任何的言辞表述都更为透彻："我如今已经无路可走了，如果你想得到我的话，我就在这里。"

如果只从感情的程度方面来讲，虽然他活了一大把年纪，但是还未曾经历过这种场面呢。"伊莲！我真的爱你！"这句话差点就不假思索地说出口。恍然间，眼前的这一切令他难以置信，他清楚地看见佐里脸色苍白，静静地躺在那儿，面对着一道同样惨白的墙壁。

"我的儿子现在在南非病得很严重。"他安静地说道。

伊莲挽着他的手臂。

"我们接着走走吧！我能理解！"

不需要愁眉紧锁地解释什么！她能理解！他们俩漫步到了凤尾草丛中，这儿的草儿已经长到膝盖那里了，他们停留于兔洞与橡树之间，互相讨论着佐里。两小时过去了，他在里奇蒙公园和她告别，转身返回了家中。

"那么，我想她应该已经明白我对她的心意了，"他想，"的确！这心思怎么能隐瞒得住她这样的女人呢？"

4. 在河流的那一边

佐里被梦折磨得痛苦不堪，如今停下来了，萎靡到连梦境都继续不下去了。他奄奄一息地躺在那儿，迷迷糊糊想着一些遥远的事情。略微能动弹的也只有眼睛了，他透过自己床铺附近的窗口，望着沙漠中流动着的那一湾清泉，看着那片大高原后面有一片茂密的白树丛。虽然还从来没有看到过一个布尔人如小兔般从那上面滚下来，也不曾听到战场中的子弹穿过那里，但如今，他也了解到大高原到底是什么样的了。他还没有闻到火药的气味，却悄无声息地染上这该死的瘟疫。可能是渴了一天，喝了一些水，要么就是吃了烂果子，谁知道呢？他不清楚，甚至没有力气去恨这占了上风的瘟疫。这场病使他知道，有很多的人与他一同躺在这儿，他只知道自己为这奇怪的梦境而变得疲惫不堪，只知道望着那条小河流，另外只能迷迷糊糊回想起一些遥远的事情……

太阳就要落山了，那之后就会稍稍凉爽一些。他渴望知道现在究竟是几点钟——渴望触摸一下自己那只旧表，那如牛油般光滑的表面，听到它报时的打簧声。这样感觉比较温馨，如同在家中。那块陈旧的手表是他刚进这儿打开的，真是病得不轻啊，连这个他都快要忘记了。他的大脑无力地运转着，连那些来来往往的人，医师、护理人员、执勤员都几乎辨别不出来，看到的似乎是同样的面孔。并且，他觉得别人对自己说话的时候，基本上都使用同一类的语句，差不多毫无内容。但是那些他常常经历的事情还是记得比较清楚，尽管那么遥不可及，但还是能隐隐约约地记起。记忆犹新的是，在哈罗签到的时候，从那儿的楼梯下面走过，听见"到！到！"的声音——用《西敏寺公报》把皮靴包裹起来，纸张表面是深绿色的，这是双发亮的靴子——爷爷也从那漆黑的地方跑了出来——有泥土气息的草菇房间，是罗宾山！将可怜的伯沙撒埋葬在那树叶丛中！我的家！我的父亲！……

这时，他又清醒过来，感觉那河里面没有水流，依稀听到有人说话的声音。你想要什么？不要。还能要些什么呢？病得没有任何想要的东西了，只有等待他的手表报时……

"哎呀！好丽！她不会投的。你可以把球往上抛！不要紧贴地面……""转过来！一号和二号！他是二号队员呢！……"他似乎又清醒起来了，望着窗外那淡紫色的夜空与一轮冉冉升起的红彤彤的新月，感觉非常好玩。在大脑长久的空白中，那轮新月又慢慢地升起了……

"医生！他要走了！"从此以后，再不能包靴子了吗？再也不能了吗？"二号！留意一下你的动作！"不要哭，静静地离开吧——就在河流对面——睡吧！……黑不黑？如果有人——能让——他的手表——打一下就……

5. 索密斯准备动手

整整两小时，索密斯都专心致志地处理新煤业公司的一些事务。自从老佐里恩辞去董事长一职开始，这个公司一直都没什么发展，特别是目前这段时间，企业已经难以支撑下去了，只能宣告停业。在这段时间里，包迪德亲自写的一封加盖印章的信件，一直放在索密斯的衣袋中还未拆封。午间，他去城中自己的俱乐部用午餐之际，才从口袋里拿了出来。还记得在七十年代前期，索密斯与他的父亲经常来这里用餐，詹姆士那时也欢迎他前来，那样就能目睹自己未来的生命会是什么模样。正因如此，索密斯对这个俱乐部的感觉就如同自己的家。

此时他在餐厅中僻静的一角坐了下来，眼前摆着一盆红烧羊肉与马铃薯泥，他拿出信件开始阅读：

索密斯先生：

　　我们根据您提出的建议，立刻密切关注这边的情况，结果正合人心意。我们通过侦察工作获悉，"47"已经得知"17"现在就住在里奇蒙的格林旅社。他们俩在过去的一周里，每天都会在里奇蒙公园约会。证明他们之间相关行为的依据目前还没有发现。不过，结合年初我们在巴黎侦察时得到的线索，可以说，如今我们手上的证据已经足够作开庭之用了。不过，在没有得到您的指示以前，我们会接着展开调查的。

克劳德·包迪德

　　索密斯将这封信读了两次，便招呼服务员过来。

　　"这个菜已经凉了！端走吧！"

　　"还需要些什么吗？先生！"

　　"不用了！帮我泡壶咖啡送到隔壁房间吧。"

　　他为那道不曾动过的菜肴结了账之后，就离开餐厅，路上遇到了两个旧相识，也没有打招呼。

　　他在一张大理石制作的小圆桌旁坐了下来，桌上放着咖啡。"足够作开庭之用？"他心想着，"佐里恩这个家伙！"他将咖啡倒在杯子里，又加了少许糖，就喝掉了。我要让他当着他儿女的面难堪！当这念头在心中变得越来越强烈的时候，他才感觉到自己作为自己官司的律师真的很不适合，他根本就无法将这种家丑交给他的事务所处理。他需要将个人的尊严交给一个素未谋面的人，一个专门处理家庭风化案子的事务所办理。不过，还有哪家是值得信任的呢？布基场的林克曼-拉佛事务所的信誉不错，做事比较可靠，也不是很张扬，并且与他们只有一面之缘。但是到那儿之前，他需要与包迪德再见一次面。只要一想到这儿，索密斯就变得犹豫不决起来。需要把这个秘密跟包迪德说吗？可是该怎么启齿呢？这简直就是把自己送过去让人家讽刺，看他的笑话！不过，其实这家伙早就心知肚明了，没错！他早就心知肚明了！他认为这件事需要尽快处理。因此，就叫了一辆马车前往西城。

　　天气比较炎热，包迪德房间内的窗户都规规矩矩地敞开着，屋内唯一的防护设备只有一块防蝇纱。正好有几只苍蝇准备飞进来，被它牢牢地粘住了，只能眼睁睁地看着自己慢慢地任人宰杀。包迪德顺着他的当事人的目光，不好意思地起身关上了窗户。

　　"装腔作势的混蛋啊！"跟一切有一些自信的人一样，索密斯在危急关头还能振作起来。这时，他的脸微微侧了一下，面带笑容地说道："我已收到你的信件，我准备行动。我想，你应该已经清楚被跟踪的这位太太是谁了吧？"

　　这时，包迪德脸上的神情简直太让人佩服了！他的意思全部表现了出来："是的，你对此有何看法呢？不过，你大可不必担心，我只是通过工作上的需要才知道的，你也无须在意！"他用一只手打了一个缥缈的手势，也就是在说："此类事件，我们经常会遇到呢！"

　　"不错！"索密斯说道，轻轻地咬了咬嘴唇，"无须谈论太多了。我想委托你去布基场的林克曼-拉佛法律事务所一趟，代表我提起诉讼。我先不管你那边的线索，你只需要在五点钟的时候去那儿跟他们洽谈，还望你务必继续保守秘密。"

　　包迪德微微睁开双眼，像马上服从命令一样。"没问题，先生！"他说。

"你敢不敢说，证据已经收集得足够充分了？"索密斯问道，突然来了劲头。

包迪德轻轻地耸了耸自己的肩膀。

"这个你无须担心，"他低声说，"有我们这儿的一些材料，再加上人的本性，你就尽管放心吧。"

索密斯起身说："你到那儿时，先找林克曼先生商谈，谢谢了！你不必起身。"他不希望包迪德如往常一样，抢身站在自己与房门中间，这真是让他受不了。在太阳的照耀下，他漫步在毕卡第里大道上，擦拭着额头上的汗珠。真是令人可恼的时刻，与那些形同陌路的人洽谈，感觉要舒畅一些。他又前往商业区处理其他的事务了。

当天夜晚返回到公园巷中，看着父亲用晚餐的时候，索密斯期望自己有个儿子的念头又突然不由自主地涌上心头了。如果有个儿子的话，当他渐渐年老之时，便也能够看着他用餐，还能抱他在自己的膝盖上嬉戏玩耍，就如同詹姆士曾经有一段时间抱着他嬉戏玩耍一样。若是自己有一个亲生儿子，毕竟那是自己的亲骨肉，就会因此了解儿子，给儿子安慰，并且因儿子的基础比自己更加扎实，所以将来必会拥有更多的财富，会更加有涵养，有文化。可是像现在这样，假如有一天自己老了，就像眼前的父亲那样白发鬌鬌，憔悴不堪，并且孤身一人，身边堆满了财富，也毫无乐趣可言。因为这一切都不会有什么好下场，最终还是会落到那些他讨厌的人手中，落到他们的嘴巴和眼睛中。不行！不行！此刻，他要完全解脱，要让自己获得自由，要组建家庭，要生一个儿子来照顾自己。那么当自己像父亲这样成为一个老翁时，也能够沉思着时而望望桌上的牛肝，时而望望自己的儿子。

他带着这样的念头，去卧室休息。但是，当他在爱米莉为他准备的细麻纱被单中感受着温暖的时候，一阵痛苦的记忆又不由自主地涌上心头。他的眼前全是伊莲的身影，就是她身上那种实感都在他的脑海萦绕回荡，让他心烦意乱。我简直就是一个笨蛋！为何再一次去找她？他又回想起曾经的情意，只要一想起她和那个混蛋、偷情的贼在一起，就百般痛苦。

6. 夏日的一个白昼

佐里恩自从上次与伊莲在里奇蒙公园一起漫步之后，这段时间，他的脑海里始终惦记着佐里。之后，那边就杳无音信了。向陆军部队那边打听情况也无济于事，珍与好丽的信件，起码还要过三周才寄来。在这些日子里，他觉得自己能想起来的佐里太少了，他感觉自己没有尽到父亲的职责。他不记得他们父子之间有过什么不愉快，他们一直以来都没有发生过矛盾，因此也不曾有过和好的情况。他们也从未彼此诉说过心事，就连佐里的母亲离开人世的时候，自己也不曾找他好好谈一谈。他特别不愿意有所表示，喜欢和儿子心照不宣，他很害怕自己去明明白白地说些什么，因为，那样有可能让自己失掉自由，也有可能干涉到儿子的自由。

他只有与伊莲相伴的时候，心中才会感到一丝安慰，并且越来越发现，自己有一半的心思在伊莲身上，另外一半才放在佐里那儿。因此，他的内心格外混乱。只要一想起佐里就会不由自主地回想起自己从少年时代，乃至以后的中学与大学时代，便被传授的那些道德伦理与家族传承的观念所影响，而自己未曾尽到一个父亲的责任。而每当想起伊莲的时候，就会让自己联想到大自然的美与快乐。这两种感觉一直在他的心里萦绕着，以至于他自己都无法分辨，到底哪一种分量更重一些。但是，在一个午后，他竟然从这种情感的麻木中苏醒了过来。那时，他刚好要动身前往里奇蒙公园，一个十分眼熟的少年人正骑着自行车，面带微笑地来到他面前。

"请问你是佐里恩·福尔赛先生吗？这是你的信！"说着将一封信件递给佐里恩，然后便骑上车离开了。佐里恩有点不知何意，随手拆开了这封信件。

"遗产分割与离婚起诉法院通知书，福尔赛起诉福尔赛与福尔赛！"佐里恩起初对此感到无地自容，并且十分厌恶，但马上又觉得："有什么呢！这种结果不正好是自己希望的吗？现在还不满意吗？"但是，伊莲肯定也看到了这个，他必须马上跟她见个面。他边走边盘算着。这件事情真是让人哭笑不得呀！且不管《圣经》中的那些违心的说法①，如果仅仅是相互爱慕，在法律上是不构成犯罪的。他能理直气壮地去面对这场法律纠纷。

但是，佐里恩对这样的举动真是厌恶至极。虽然他并非伊莲真正的情人，但这起码是他的心愿，而且她也随时会接受。从她脸上的表情可以看出，她并非那么疯狂地深爱着他。她曾经谈过一次轰轰烈烈的恋爱，考虑到自己目前的年龄，他也不奢望她能够重新爱那么一次。但是，她对他有感情并且如此信任他，她能感觉到他会给她幸福的生活。他敢保证她不想他为此事辩解，因为她心里明白他对她是真心实意的，幸好，他不会像那些不知所谓的英国人一样，为了名声而甘愿否定自己的幸福！

---

① 《新约·马太福音》第五章二十八节记录："凡看见妇女就动淫念的，这人心里已经与她犯奸淫了。"

长达十七年心如止水的生活，如今终于获得了自由的时机，她肯定会兴奋不已。另外，至于那些外界的谣言，既然火已经点燃了！就算拼命解释，也无法挽回自己的面子。佐里恩与福尔赛家族的所有人，面对私生活受到压迫时的反应是一致的：若是法律已经判定为死刑时，那最好是爽快地接受，还能趁机多捞些好处！再说了，只要一想到自己在证人席上作证时，对天发誓说他与她之间不存在任何爱慕之情，甚至连一些甜言蜜语也不存在。依他之见，比默默地接受这种奸夫的罪名更加出丑——打心底里认为这才真正让人颜面尽失，而且对于他的子女来说，也不是同样糟糕、心痛吗？

　　想到自己面对法庭上的法官与十二名陪审员进行努力的辩解，诉说他与伊莲曾经在巴黎见面及在里奇蒙公园漫步的情景，对他而言，这无疑是一种酷刑。这种审判，本来就是没有人性的，完全是弄虚作假的强制性求证，而且，他们所说的话，肯定难以得到别人的信任，并且仅仅一想到伊莲——他心目中这位天然与唯美所幻化而成的美人——站在那无数好色而猜忌的目光中，就足以使他感到丑陋不堪。不可以！绝对不可以！若是进行辩解，只会让事情传得沸沸扬扬，使报纸的销量翻上几番。与其这样，还不如面对索密斯或者听天由命来得痛快，要痛快得多！

　　"还有，"他严肃地想，"目前佐里的病情严重，就算是为了他，我也绝对不能因这法律纠纷而拖延时间，谁都无法预料情况将如何发展！况且，她进退维谷的困境已经结束了！"他聚精会神地想着，连那炎热的天气都不曾感觉到。天空忽然暗了下来，紫红色的云彩上面，出现了一丝丝白色的纹路。佐里恩刚跨入公园的大门，一大滴雨点便落在了泥土间那星星形状的花丛中。"哎呀！"

他心想着，"打雷了！"希望她还没过来与我相见，那边有个遮风避雨的地方！但碰巧在这时，他看到伊莲正往公园门口走来。"我们得返回罗宾山才行。"他心想着。

雷雨在下午四点钟的时候，飘到了鸡鸭街的事务所，那里的员工都乐于暂且放下手头的工作。索密斯正喝着茶，收到了一封短信：

索密斯先生：

今特告知，遵照先生指示，福尔赛起诉福尔赛与福尔赛一案，敝所已将通告发于里奇蒙与罗宾山的两位应诉人。

林克曼-拉佛律师事务所

索密斯望着这封信发了一会儿呆。从开始办理此事之后，他总是假装成若无其事的样子。做这么丢脸的事，真是伤风败俗。况且，他获得的那些调查线索，作为证据还是不够充分。不知是怎么回事，他越来越觉得那两人之间的情意不会那么深。而且，这一举措反而会成全了他们，只要一想到这儿，他就很不舒服。自己未曾拥有她的爱，倒是给那家伙搞到手了。是否真的无法挽救了呢？如今，这通告倘若能够令他们恢复了理智，这难道不正好是让他们被迫分开的理由吗？"但是，他们之间的这件事情已经存在了，"他心想着，"若是不马上采取行动，那将来不及了。我得马上去与那家伙见个面，马上去乡下！"

他气急败坏，心绪不宁，搭上了一辆时髦的汽车。要想让这家伙打消那种想法，恐怕得花不少时间，谁知这次风波过去之后，还会不会激起另一层浪头？"我若是个虚张声势的大笨蛋，"他心想着，"估计会带上马鞭或者手枪之类的武器去处理此事！"但是，他只带了一份"莫金迪起诉威克"的状子，准备在半路上阅读。可是，他根本就不曾翻开过，只是坐在车里纹丝不动，车子颠得厉害，风从后面灌进脖子里，他也毫无知觉，就连那刺鼻汽油味儿他都没有闻到。他应当看那个家伙的表现，最重要的是，一定要保持理智！

汽车临近普特尼桥之际，伦敦城的工人们如蚁群般往城外涌去，这蚁群几乎是为了一口饭吃，就在那儿拼命，不放过任何一丁点机遇！索密斯一生当中，头一次这样想：我若是要放弃，谁也无法阻止我，我可以甩甩手，然后去过自己的生活。但是不可以！一个人的话就不能像以往那样生活了，那么轻率地抛弃所有——住在安逸窝中，享用自己的权力和金钱。一个人的生命完全在于他的欲望，恐怕只有傻子才会一天换一个想法。

汽车飞快地开过乡下的那些豪宅。"大概每小时能行驶十五英里路呢，"他在心里盘算着，"这样的话，就会有人搬到城外居住了！"他忽然意识到，父亲在伦敦那边的部分房产将会受到影响——他对这类投资项目一直都觉得索然无味，在那些画上，他的赌性已经足够施展了。汽车在温布尔草场，风驰电掣地往山下驶去。他眼下要去见的这个人，年纪已经五十二岁，子女都已成年，并且也是有头有脸的人物，做事肯定会有所顾忌的。"他肯定不会败坏门风，"他思索着，"他对自己父亲的爱，和我对我父亲的爱是一样的，他们毕竟是堂兄弟呀。罪魁祸首在于那个女人，她到底哪里值得我们这么做呢？我自己都说不清楚。"汽车转上了一条小道，顺着路旁的树丛边沿行驶，他听到孟春里有一只布谷鸟在鸣叫着，这应该是他今年初次听到。此时，他最初所挑选的那一块房址已经依稀可见了，当时却被波辛尼不留情面地否定了，他看中了另外一块。他小心翼翼地拿出手巾，擦拭着自己的面颊与双手，同时深呼一口气，让自己的情绪平稳下来，心想着："一定要镇定！"

汽车转过小道，前行在那条本应属于自己的步道上，前方传来美妙的音乐。他竟然忘了那家伙还有一个女儿！

"我可能马上就过来，"他对司机说道，"也可能会多逗留一会儿。"说完，他立即过去按下了门铃。

他紧跟着女用人拨开帘幕，来到了后院。他心里想着，要么是珍，要么是好丽，管她是哪个在弹奏，进去调解一下心情也是蛮好的。然而，他一进去发现眼前弹奏的人竟然是伊莲，佐里恩正坐在沙发上享受着美妙的琴音，这一幕让他意想不到。两人同时站了起来。索密斯勃然大怒，所有的镇定与理智都抛置脑后了。他的一切泥腿子祖先——"多赛特大老板"之前的那些祖祖辈辈耕种于海滨土地上的先人们——那种冥顽不灵的神情一下子在他那狰狞的脸上表露无遗。

"真动听！"他说。

只听见那家伙轻声地说道："此处不是讲话的地方，若是不介意的话，我们去书房谈一下。"说罢，他们俩拨开帘幕就离开了。索密斯紧跟在他们身后，一起来到了书房，伊莲在敞开的窗前站定。那家伙紧挨着她，站在一张大圈椅旁。索密斯用力关上了他背后的门，这声音使他不由自主地回想起很久以前的某一天，他将佐里恩砰地一身关在门外的情景——那是为了不想让他管自己的私事。

"你们有何解释？"他说道。

那家伙居然笑了："今天我们已经看到你发出的通告，现在，你已经没有资格责问我们了。我想，你肯定为脱身而欢喜吧！"

"哦！"索密斯说道，"这就是你所想的吗？我这次来只是想跟你们说，从现在起，若是你们不发誓保证断绝关系，我便决定与她离婚，搞得你们身败名裂。"

他对自己刚才那番夸夸其谈的话，竟然感到有点意外，内心有种欲言又止的感觉，并且有些手足无措。对方沉默不语，但是，脸上透露出鄙视的神情。

"怎么样？"他说道，"伊莲——你觉得怎么样？"

伊莲双唇微动，但佐里恩握住了她的手臂。

"你不要碰她！"索密斯横眉怒目地大叫，"伊莲！你敢发誓吗？"

"不会。"

"哦！那你呢？"

"更不会了！"

"这么说，你们都承认自己有罪，是吗？"

"是的！我们都有罪！"伊莲安静地说，显得那般高高在上，她曾经就是因为这个样子才使他勃然大怒。他突然目中无人地说道：

"你简直就是个恶魔。"

"滚！你给我滚出去！否则我会对你动粗。"那家伙竟然说出动粗的话来，真是不知道马上就死到临头了。

他说道："你作为委托人，窃取被委托者的财产！简直就是强盗！偷了自己堂兄弟的妻子。"

"不管你怎么说，这都是你自找的，我们也情愿如此。滚！"

若是索密斯身上携有武器的话，估计现在肯定能派上用场了。

　　"我要你为此付出沉重的代价！"他说道。

　　"我就是心甘情愿。"

　　如此狠毒而犀利的言辞，不禁使索密斯联想到那家伙的父亲，就是曾经送了他一个"有产者"昵称的人。那家伙纹丝不动地站在那儿，带着凶神恶煞的神情。真是胡闹！

　　他们三人对峙着，一股神秘的力量让他们没有动武，打是不行的，说也没什么可说的。然而，他又不知道找什么理由转身就走。他目不转睛地盯着伊莲的那张脸，这是他最后一次这样注视着这张害人的脸，一定是最后一次了！

　　"我希望，"他猛然说道，"你对他就像对我一样，就这样吧！"

　　他看到她眼睛动了一下，就转身离开了，那种感觉说是胜利又不似胜利，说是轻松又好似不轻松。最终，他穿过客厅，回到车上。他将身体靠在椅垫上，双眼紧闭。在他的一生当中，从未如此暴躁，像要杀人一样。一直以来，他从来没有像这样，将自己近乎自然的体面抛得如此干净。他感觉自己都已经荡然无存了，自己的一切涵养，都丧失了——活在世上已经毫无意义，灵魂都停止不动了。温和的阳光照耀着他的面庞，但他却感觉不到一丝温暖。刚刚那一幕已经成为过去，而未来还不确定，对他来说一切都无法掌控。他感到有些害怕，犹如在悬崖的边缘，再绷紧一下就会神经崩溃。"我的身体支撑不下去了，"他心想，"我受不了了，受不了了！"汽车还在飞驰，路边的花草树木、房屋以及人群一一掠过，一切在他看来都没有任何的意义。"我感觉很不对劲，我得去洗个土耳其蒸气浴，我，我差点儿就干了傻事，这是万万不可的。"汽车路过了普特尼桥，上了富勒姆路，沿海德公园行驶着。

"去汉曼姆。"

令人费解的是，在这炎炎夏日，蒸气浴却热得让人如此舒服！经过蒸气房的时候，他碰巧看见乔治走了出来，身上红得发亮。

"哈罗！"乔治说，"一点也不胖，来蒸什么？"

跳梁小丑！索密斯侧目而视，面带微笑地瞥了他一眼，身体往后躺着，不安地擦拭着身上的皮肤，看有没有汗珠渗出。"随他们嘲笑吧！反正我已经不在乎了！我可不想暴跳如雷！那不适合我！"

7. 夏日的一个黑夜

索密斯离开之后，小书房中寂静无声。

"多谢你说的那一句谎话，"佐里恩突然说了一句，"出去走走吧！这屋子里的空气比外面差多了。"

他们在一面高高的朝南的石墙下徘徊着，墙上栽着一排剪得整整齐齐的桃树。就在这条蔓草丛生的小路与长满毛茛花和牛眼菊的草地之间，老佐里恩栽下了一排稀稀疏疏的龙柏，经过了十二年，它们如今都长得枝繁叶茂，卷起深绿色的漩涡，简直像意大利才有的风景。这遮雨的灌木丛中，有鸟儿在飞翔，燕子从空中掠过，闪电一般的小身体闪耀着青灰色的光芒，蝴蝶在嬉戏。经过方才的折磨，眼下大自然更让人觉得清净。日光照在墙上，如明晃晃的水流，墙角下有一小片花丛，这里长满了木樨草与三色堇，能听到花间的小蜜蜂正在低声歌唱，还有好多种别的声音掺杂其中——失犊的母牛在悲鸣，草丛边榆树上的布谷鸟儿在鸣啭。在这一切之外，有谁能料想到，十英里外便是伦敦城呢？那样的一个福尔赛的伦敦城，有它的财富，也有它的穷困；有它的龌龊，也有它的喧闹；有废墟的岛屿，也有令人厌恶的砖石泥沙的灰色海洋！它见证过伊莲早年的悲剧，见证过佐里恩的穷困潦倒，这是一个蜘蛛网一般的伦敦，一个充满占有欲的华丽的贫民窟！

在他们俩一起漫步的时候，佐里恩心中不停地思考着那句话："我希望，你对他就像对我一样。"事情如何决定完全在于他自己，他自己不知道吗？造化岂能允许一个福尔赛不像对待一个奴隶一样，对待自己的所爱之人？他值得上苍将一位美丽的女子交在他手中吗？或者，还是让她像一位客人一样，爱来就来，爱走就走，随意享受跟她在一起的时光？"我们简直就是毁灭者！"佐里恩心想着，"如此贪婪，如此诡诈，若将那生命的美妙花儿交给我们来管理，未免有些欠妥。随她吧！随她来去，我只做她的一个支持者，绝不——永远不会像一个笼子一样将她锁住！"

她就是那一道让自己在梦中窥见了天堂的美丽缝隙，眼下，他一定要透过帘幕出去捕捉她吗？但是，梦境中那由无数占有欲组成的厚重帘幕，在自己那个小黑点与索密斯心中被占有欲所包围的厚重帘幕——是否必须拨开一道缝隙，才会看到明亮的世界，并找到一样不单单存在于感官的物质呢？他心想着："啊！在这个世界上，有些东西一旦得到了反而会毁掉，我能明白这个道理就足够了！"

但在吃晚饭时，他们觉得必须对此事做一个计划。当晚，她回到了旅馆。第二天，她就要随同他一起前往伦敦了，他要叮嘱自己的律师——杰克·海林，在整个诉讼过程中，无须顾及任何问题。

不管是惩戒性的赔偿，还是官司费用，都按照他们的要求办理——越早结束审判越好。明日，他们就一起去拜访海林，然后马上出国。证据当然不会有什么问题，因为，她所说的那句谎言会被当作事实。他转过身回望着她，在他充满爱慕的眼里，仿佛在那儿坐着的，并非只是一个女人，而是茫茫天地间的一切精华，是那么深沉而不可思议，这是一位只有名画家提香、乔珠奈、波提切利这些人才懂得欣赏，而且拿起笔来为她作画的女子。在他眼中，她的额头、秀发、嘴唇和双眼，无不流露着这种隐隐约约的美。

"然而，这一切马上就要属于我了，"他心想着，"简直诚惶诚恐！"

晚餐过后，他们又去走廊上喝咖啡。这夜色真是惹人怜爱，两人在走廊上静坐了好一阵子，欣赏着夏日里的夜幕徐徐降临。天气还非常暖和，菩提花散发着清香！这个夏季菩提花已提前绽放。天空中一对蝙蝠正伴着那神秘的声音飞来飞去，他将座椅摆放在靠近书房的落地窗前，无数的飞蛾经过他们身旁，朝书房中那微弱的灯光扑去。没有风，二十码外的老橡树都默不作声了！此时，月亮从小树丛中探出头来，都已经接近满月了。因而，日光与月光竞相争辉，最后月光成了赢家，让园子里的颜色和氛围都变得别具一番风味，月光逐渐从石板上移到他们脚边，又继续向上爬，将他们双颊的色彩也改变了。

"啊，"佐里恩总算开口说，"我想你肯定有些疲惫了。我们走吧，你随女仆去好丽的房间。"他按了一下铃。女仆过来时，交给他一份电报。他看着伊莲随女仆离开了，心里不禁想道："这电报肯定已经到了至少一小时或更久，只是她没有赶着交给我们！别以为我不明白！啊，事情很快就要闹得沸沸扬扬了！"他将电报打开读了起来：

佐里恩·福尔赛：

令郎于六月二十日去世，并无痛苦，敬请节哀。

罗宾山

信末是一个陌生的名字。

电报从他的指尖滑落，他转过身呆立着，全身都沐浴在月光下，有一只飞蛾扑打在他的面颊上。他日日夜夜想着佐里，可是，恰巧今天没有去想。他有些迷惘地缓缓走向窗前，跌跌撞撞地坐到了他父亲那张旧圈椅的扶手上，向前弯着身体，注视着眼前的夜景。他的儿子！如同烛火般突然熄灭，距故乡万里之遥，远离自己的家人，形单影只，在那漆黑的地方！他的孩子呀！从小就一直和他那么要好，那么亲密！如今，已经二十年了，却如同连根拔起的草儿，丧失了生命！"其实，我一点都不了解他。"他心想着，"他对我也不了解。不过，我们彼此都爱着对方，爱才是最重要的！"

他独自面对死亡，那么孤苦伶仃，思念我们，思念家！这让他福尔赛的内心觉得比死亡更难受，十分令人同情。他没有逃避，没有受到保护，在离开之际，都未曾有过爱情！这么一想，他身上所有根深蒂固的阶级本性、家族情感、父子情意——曾经在老佐里恩甚至整个福尔赛家族身上是最为显著的——全因儿子这样孤零零的去世而激昂不已，如同遭到了无比严重的打击。若是在战争中牺牲，或许还不会那么痛苦，因为那样他就来不及渴望家人的到来，或者呼唤他们，犹如儿子在昏迷中或许会做的那般！

这时，月亮悄悄地躲到老橡树身后，似乎给它赋予了奇异古怪的生命力，感觉就像远远地注视着他一样——他儿子曾经总是喜欢在这棵橡树上嬉戏玩耍，也曾掉下来，虽然受了伤，却没有哭!

门响了，伊莲走了进来，捡起地上的那封电报看了一遍。他的耳畔传来一阵微微的窸窣声，伊莲紧靠着他跪在那儿，他冲她苦笑。她张开双臂，搂着他的脑袋靠在自己肩膀上，一阵温香侵袭着他，慢慢地将他整个包围起来。

8. 詹姆士临睡前的等待

索密斯出了一身汗之后，头脑渐渐地清醒，于是前往革新俱乐部用晚餐，接着回到公园巷。父亲最近身体欠佳，此事绝不能让他知道! 直到此刻，索密斯才感觉到，自己对于老詹姆士伤心而死的担忧在他心里是何等重要，与担心自己出丑的心情是完全一样的。他们父子情深，这些年来，他意识到詹姆士的晚年一直是为了儿子而支撑着的。这样，他们之间的感情就更深了。像詹姆士这样一个终生沉稳，并且想尽一切办法来维护自己家族声誉的人———只要人们一提起他，就把他当作是勤劳朴实、家境殷实的上流人士的模范——在即将离开人世之际，如果见到自己的姓氏登上全部报刊，该有多么凄惨。那样做，简直就帮了死神——这福尔赛的大敌——的大忙。"我应该先跟母亲说一声，"他心想着，"一旦事情闹出来了，必须想尽一切办法将这些报刊藏起来。他是不会轻易见到外人的。"他拿出钥匙打开大门，走了进去，楼梯口那边传来吵闹的声音。依稀听到他母亲在说："詹姆士，听我说，你会感冒的! 为何不能静下心来等等？”

他父亲的声音回答道："等？我总是在等，为何还没有见到他的人影？"

"明早你们可以再谈，没必要这副模样站在楼梯口傻等呀。"

"我能确定，他一回来准会直接回房休息，不管我睡不睡得着。"

"詹姆士，上床睡吧！"

"好！你敢保证，明早我还会醒过来吗？"

"你没必要等到明早，不要无理取闹，我这就下楼叫他。"

"你总是这样！自命不凡，或许他根本就没回来。"

"好吧！若是他真没回家，就算你穿着长睡衣在这儿等待也无济于事。"

索密斯在楼梯上转过最后一个弯，看到父亲那高大的身躯披着褐色的棉质长袍，俯在栏杆上往下看。微弱的灯光照着他银色的须发，在他的头上增加了一圈神圣的光彩！

"他终于回来了！"他听到父亲那悲痛的声音，以及母亲在门前说的好话。"好了！快过来，我帮你梳一下头发。"

詹姆士伸出一只干瘦而弯曲的手指，犹如一具骷髅正在向人打招呼，马上走进了自己的卧室。

"发生什么事了？"索密斯心想着，"莫非他又抓到了什么？"

他父亲坐在梳妆台前，对着镜子侧身而坐，爱米莉拿着银色的梳子在他头上轻轻地来回梳理着。她几乎每天都要这样做好几次，犹如帮猫儿挠耳根一样，才能让他安定下来。

"你回来了！"他说，"我正找你！"

索密斯拍了拍父亲的肩膀，将一根钮钩拿起来，看了看上面的印痕。

"你看上去不错！"他说道。

詹姆士摇了摇头。

"有一句话，我跟你母亲都没有提起过，现在我想告诉你。"他在此表明还未告诉过爱米莉，似乎在发着很大的抱怨！

"今晚，你父亲一直很激动，真不明白所为何事。"梳子的沙沙声，随着她的话音轻轻地进行抚慰。

"你肯定不会明白，"詹姆士说道，"索密斯会明白。"随即，他的两只灰眼珠紧紧盯着儿子，那焦虑不安的目光真让人不舒服。

"索密斯！我年纪大了！"他说道，"在我这个年纪，一切都难以预料啊！随时都有可能死掉。而我一旦离开，就会有一大笔遗产。拉契尔与席西莉都无子嗣，瓦尔如今又出征了——他父亲可是一个见钱眼开的家伙，并且，伊莫金将来也一定要嫁人，这些都是在意料之内的。"

索密斯随随便便地听着，这些话以前他都提起过。梳子依旧不断地发出沙沙声。

"这就是你——想说的？"爱米莉说道。

詹姆士大声嚷道："我刚才说的并非主题，下面才是重点！"随即，他又露出那副可怜兮兮的神情注视着索密斯。

"儿子！我是担心你呀！"他毫无预兆地说，"你应该想办法把婚离了。"

此话并非从别人那里，而偏偏从自己的父亲口中说出，这让索密斯几乎哭了出来。他立即把视线转向那钮钩，詹姆士好像感到有些歉疚一般，又继续往下说："我也不太清楚她的情况，听说她已经去国外了。你三叔史悦辛以前经常夸奖她，这人真滑稽——他常常说起自己的双胞胎弟兄，他们两个被别人称作'胖子和瘦子'——我可以保证，她绝对不会单独生活的。"詹姆士对美丽的女子做出这一判断之后，便沉默不语了，那双灰溜溜的眼睛如鸟儿般疑惑地注视着儿子。索密斯也没有吭声，只有梳子仍在沙沙作响。

"好了，詹姆士！索密斯明白，他心里有数。"

"呵！"詹姆士说道，接下来都是肺腑之言，"但是，我的那么多钱，还有他的那些钱，由谁来继承？要是他死了，我们这一家福尔赛的香火就断了。"

索密斯将钮钩放回梳妆台上，那上面铺着一条淡红色的绣花台布。

"香火？"爱米莉说道，"不是还有其他家的福尔赛吗？"

"那有什么意义？"詹姆士嘀咕着，"我要不了多久就会离开人世，除非他再婚，否则，就后继无人了。"

"你是对的！"索密斯心平气和地说道，"我正在想办法离婚呢！"

此时，詹姆士的眼珠子几乎从眼眶里蹦出来。"什么？"他大声嚷嚷道，"原来如此！什么事都瞒着我。"

"谁能想到你会管这些事啊？"爱米莉说道，"儿子呀！这真是令人难以想象，都过去这么久了。"

"总归是要丢些颜面的，"詹姆士说道，接着喃喃自语，"但也毫无对策。别这么使劲梳！什么时候开庭呢？"

"暑期之前吧！对方不准备辩护。"

詹姆士微微地抽动了一下嘴角，心里在盘算着。"下一代，恐怕我是看不到了。"他说道。

爱米莉停下梳子。"一定会看到的，詹姆士！索密斯要不了多久就会结婚。"

漫长的冷寂。之后，詹姆士张开臂膀。

"来！把花露水给我。"他将鼻子凑到花露水的瓶口闻了一下，额头对着儿子，索密斯弯下腰亲了亲他的额头。詹姆士脸上一阵颤抖，整个人轻松了许多，如同心中那焦虑不安的车轮忽然减速了一般。

"我该休息了！"他说道，"就算报刊上登有此事，我也不想阅读，他们简直是一群疯子。但是，我已经太老了，拿他们没办法了。"

索密斯怀着一种说不出的感动之情，走向房门，身后传来父亲的声音："我累了！在床上做祷告吧！"

他母亲答道："嗯！詹姆士！床上要舒坦一些！"

9. 从蛛网中挣脱出来

从一批骑兵的名单里面，福尔赛信息交易所的族人知道了佐里去世的消息，出现了一些难以言喻的心情。让人难以理解的是，这些人获知作为福尔赛家族正房第五代的佐里·福尔赛病逝于为国尽忠的战争，心里竟然全无一点私人的悲痛，倒是曾经与他父亲之间的不痛快，又重新被引发出来了。这能怪谁？是他自己要疏离我们的。老佐里恩的威信在福尔赛家族中一直很高，因此，他们永远不可能想到，那因为老佐里恩的儿子不体面与他老死不相往来的正是他们自己。这条死讯，只是让他们越发担心起瓦尔来。但是，瓦尔毕竟是姓达尔提的，他在部队中牺牲或者是获了维多利亚十字勋章，也跟福尔赛家族扯不上什么关系。就如海曼家的两个儿子一样，他们的牺牲或者立功，都无法使他们感到满足。确实如此，这些人对于家门的自豪感被大大损伤了。

那句"亲爱的，有一件不太妙的事情"的传言从何而来，无人说得出。特别是索密斯那儿，不露一点风声，他把一切事情都埋藏在心里。也许某个人在庭审安排中看到了"福尔赛起诉福尔赛与福尔赛"的案件，还有那句"在巴黎，伊莲与一个长着一撮好看胡须的男人在一起"的话，说不定在公园巷被人听到了？无论如何，此事已经广为人知，老一辈们还在交头接耳，年轻一辈们已经公开议论。无疑，他们对于家门的自豪感又被大大损伤了。

一个周日，索密斯如往常一样，去拜访偶摩西一家。他心里想着，开庭之后，自己将不会在这里出现了。他刚踏进房门，就发现大家的表情不太对劲。的确，谁也不会在他面前提起，但在场的其他四个福尔赛都心存警惕。他们都清楚，裘丽姑太是个非让大家不痛快不可的人。她带着怜爱注视着索密斯，屡次想说却没有说出口，急得海斯特姑太只能找帮偶摩西擦眼睛的理由——他害了麦粒肿——偷偷溜了出去。索密斯一直假装不曾感觉到，脸上带有一点鄙视的表情，片刻就转身离开了。出门口时，一句恶语到了他那带着笑意的苍白嘴唇间，又被吞了回去。

幸运的是，虽然一想到以后将会颜面尽失，内心便悲痛不已，但他总算能在百忙之中抽出点时间让自己静下心来。他目前每天都忙于处理有关自己退休的事务，他经过思考做出的最终决定，就是如此不可动摇。在大家看来，他一向都是聪明能干、智谋过人的法律顾问。但是要自己在完结此事之后继续与他们来往，那绝不可能！与他那迟钝的财产意识相结合的，是一种高傲的个性，这个性如今起来反抗了。他想要退休，享受自由自在的生活。他可以接着买画，成为一个大收藏家——说实话，相较法律而言，他更喜欢画。一旦下定了决心，就要采取行动。他应该无声无息地，将自己的法律事务所与另外一家事务所合并，因为如果其他人得到消息就会感到疑惑不解，并且将提前给自己蒙上一层可耻的阴影。于是，他选择了克斯科特－霍利代－詹森法律事务所，其中有两位合伙人都已经离世了。与之进行合并以后，他的法律事务所的名称就成了：克斯科特－霍利代－詹森－福尔赛－布斯达－福尔赛法律事务所了。但是，其中已故的人对此没有任何意义！多次商讨之后，大家都赞成缩写为：克斯科特－詹森－福尔赛法律事务所。金生是实际上的负责人，索密斯只是挂名。如此一来，自己的名字与信誉以及客户都保留了下来，索密斯就可从中获取一笔不小的收益。

有一天夜里，就像一个人毕生的事业处于危急之中常常会做的那样，他盘算了一下自己的资产。由于当时处于战争之中，难免会贬值，不过，即使是大打折扣之后，剩余资产大概也还有十三万英镑。他父亲离开人世之后——怕是不会太久了——他最起码会分到五万英镑，而他每年的开销也不过两千英镑。他在藏画间站着，似乎看到不久之后，大量的便宜货便会涌入自己手中。这要得益于他久经锻炼而得来的洞察力，见跌就卖，见涨就买，对于涨跌预测得很精确，没有一点儿偏差，如此一来，他收藏的画也就无人可比。待他离开人世以后，就将这些画以"福尔赛氏藏画"的名义捐献给祖国。

一旦离婚，他准备与拉莫特太太见个面。他清楚她的企图——依靠自己的外孙外孙女安身在巴黎，然后靠吃利钱生活。他打算花一笔大价钱收购布列塔格尼饭店，拉莫特太太凭借利息就可以如同皇太后一般安身于巴黎，对于钱如何生钱的道理，她一定很清楚。另外，索密斯想聘请一位有能力的饭店经理替代拉莫特太太，这样他就容易挣钱了，要知道，苏荷区是大有发展前景的。他预算了一下，准备将一万五千英镑送给安妮特——这数目似乎是有意为之，竟然与老佐里恩留给"那个女人"的钱正好相等。

佐里恩的委托人向他开来律师，他从中得知，"那两人"已经前往意大利，且有人撞见他们同住在伦敦的一家旅馆。此事已经清清楚楚，审判只需要半小时左右。但是，在此期间，受折磨的竟然是他。并且判决之后，福尔赛家族的全部成员都将产生一种好景不长的感觉。他没有莎士比亚那种幻想，不觉得"那一种叫作玫瑰的花儿，如果换了一种名字，依然芳香如故"。其实，姓氏也是一种资产，一件比较实际又完美无瑕的古董，出了这种事情，价格起码要打八折。除了罗杰曾经拒绝过竞选国会议员，以及——多么荒唐的事情——佐里恩在艺术圈中有些名声，福尔赛家族再也没有什么名人了。然而，这个姓氏最大的优势就在于没有名气。它是一种私有的东西，拥有自己的个性，是属于他自己的财富，它从未与一些无关紧要的东西联系在一起。他与整个家族的人都十分理智地、秘密地将这个姓氏完全保留了下来，除掉那些难以避免的生老病死和缔结婚姻之外，不受外部因素的干扰。

这几个星期，在法律内外的挣扎过程中，他突然觉得这东西十分可憎，为它要凌辱自己的家族姓氏而愤恨不已，而这一切，却都是为了通过合法手段让自己的姓氏得以继承。整件事根本就不符合人道主义，他每天都感到愤怒。他只想清清白白而又自在地生活。可是，自己这些年来为此竹篮打水一场空，并且连妻子都守不住——引来了同行们的嘲笑、同情与鄙夷。简直是非不分了，受罚的应该是那两个家伙，可是他们——却上了意大利！几个星期以来，他为了保证得到所有的财产，一心一意地服务于法律，如今却落得如此田地。就好像跟某人说那是他的妻子，但是，另外一个人却非法地将她夺走，然而受罚的竟然是他。还有更加荒谬的事情吗？对于一个人来说，姓名像眼珠一样重要，何况被人嘲笑成乌龟比被当作奸夫更让人无地自容，想想看，法律会顾虑到这些吗？在人们的闲言碎语中，只会传言索密斯得不到的，佐里恩却得到了。只要一想到此处，他的心里就会产生一股醋意。

另外，赔偿的问题也让他感到心烦意乱。他想让那家伙尝尝肉痛的滋味，但是，只要一想到那一句"我就是心甘情愿"的时候，他心底里便升起一种怅然若失的感觉，这样不仅不会让佐里恩尝到肉痛的滋味，反而会使自己更加悲伤。他有一种很奇怪的感觉，佐恩里肯定乐意赔偿——那家伙向来不在乎财富。另外，要求赔款也有些不对劲。按照惯例赔偿请求早就提出来了，但是随着时间的推移，索密斯越来越觉得自己又一次走进了圈套，那暗无天日、不近人情的法律，将会把他变成一个笑话。别人会对他冷嘲热讽："是啊，他把她卖了一个好价钱！"他嘱咐自己的辩护律师，把此项资金捐献给济良所①。他花了很长的时间进行选择，觉得这项慈善事业

①济良所即"堕落的女人"之家，是一家英国的慈善机构。

比较合适。但是，做了这个决定之后，他经常在深夜中清醒过来，心里想着："还是太难堪，难免要被人注意到，一定要悄悄的，体面一些。"他对狗没有特别的喜爱，要不然就会提出捐给流浪狗了。他对于慈善捐献这方面本身就知之甚少，不过在绞尽脑汁之后，总算想到了盲人院。这总还算体面吧，并且如此一来，陪审团肯定会抬高赔偿金额。

那个夏季的离婚案件非常少，大多数都被撤回了。因此，大概在八月份之前，他的案子就可以开庭了。临近开庭的时候，唯独威尼弗列德能让他感到些许慰藉。威尼弗列德是过来人，因此，他们之间还可以诉诉苦衷。她是一个经济独立的女人，因此，他们之间谈论的事情，她绝对不会向达尔提透露半点风声。若是那个混蛋听说此事，一定会暗中叫好的！七月末，开庭的前一日午后，索密斯去拜访威尼弗列德。今年，威尼弗列德家中没有人外出消夏，因为达尔提已经代他们所有人消遣过一回了，威尼弗列德也没胆再跟父亲要钱。詹姆士虽然说不想过问索密斯的事，心中却一直期盼着。

索密斯看到威尼弗列德手中有一封书信。

"是不是瓦尔寄来的啊？"他有些郁闷地问道，"信上怎么说？"

"信上说他已经结婚了。"威尼弗列德说道。

"天哪！对象是谁？"

威尼弗列德盯着他看了看："是好丽·福尔赛，佐里恩的女儿。"

"什么？"

"在一次假日中，他们俩就结婚了。可是，我还不知道他们认识！很讽刺吧？"

说话如此简洁，正是威尼弗列德的个性，索密斯不由自主地短笑了一声。

"哼！讽刺？我觉得此事他们要等到回国以后才会知道，他们最好先在非洲那边安身，那家伙肯定会寄钱给他的女儿。"

"不过，我还是希望他回家，"威尼弗列德可怜兮兮地说，"我思念他，需要他给我一些依靠。"

"我能理解，"索密斯说道，"达尔提最近怎么样？"

"还可以，但经常向我要钱。索密斯，明日需要我和你一起去法庭吗？"

索密斯向她伸出了手，这表明他内心无比的孤寂，威尼弗列德紧紧握了一下。

"没关系的，老哥，过去之后，你就会好起来的。"

"我真的无法理解，我造了什么孽啊？"索密斯激动地说道，"我从未像那样把事情弄砸过。我喜欢她，自始至终都喜欢她。"

威尼弗列德看到他紧咬着的双唇都露出了血迹，被深深地打动了。

"是的！"她说道，"始终都是她在乱来！但关于瓦尔的婚事，我该如何处理？如今发生了这件事情，我连给他回信都感到为难了。你是否见过那个孩子呢？漂亮吗？"

"挺漂亮的！"索密斯说道，"有点黑！倒是有一些大户人家的派头。"

"还不错，"威尼弗列德心想着，"佐里恩就很有气派！"

"这事真让人费神！"她说道，"还不清楚父亲会怎么想呢？"

"先不要向他说，"索密斯说道，"眼看战争快要结束了，你最好让瓦尔留在非洲办一个农场吧。"言外之意，就是将他丢在外面好了。

　　"这件事情我还没向蒙第提起过。"威尼弗列德颓然道。

　　第二天正午之前，索密斯的案件就开庭了，大概只用了半个多小时就进行了判决。索密斯穿戴整齐，眼神中充满了忧愁，面颊苍白——由于在开庭之前太过伤心，回答问题时他就像个死人。判决一宣布，他马上走出了法庭。

　　四个小时之后，他就会成为一件公共财产！"看吧，律师离婚案！"那种悲痛的心情，突然被阴沉与顽固不化的悲愤代替了。"见鬼去吧！"他心想着，"我绝对不会逃避，我一定要装得泰然自若。"在炎炎烈日下，他从弗力特街和罗得门山步行来到城里的俱乐部，用完午餐后，又前往事务所，木然地在事务所工作了整整一个下午。

　　从那儿离开的时候，他通过职员们的神情，知道他们对自己的事情已经有所耳闻。那些人总是不由自主地朝他那边看，对此，他一概回以鄙视的目光，逼得他们慌忙移开视线。经过圣保罗教堂时，他停住了脚步，购买了一份最上档次的晚报。正如他所料，他的名字就登在那儿。"名律师离婚案！第二被告竟是堂兄，赔款捐献盲人院。"原来，整件事情都在报上刊登出来了！不管他见到谁，都会猜想那个人听说这事了没有。突然，他产生了一种很奇怪的感觉，好像脑袋里面有什么东西一直在旋转。

　　他这是怎么了？为什么心里总是放不下？不能这样！身体会垮掉的！绝对不能！他需要搬到小河边居住，过那种泛舟垂钓的日

737

子。"绝对不能把身体弄垮了。"他心想着。

他的脑海里突然闪过一个想法,在出城之前,还需要办理另外一件重要的事情。他要跟拉莫特太太解释一下法律规章制度,他要六个月后才能取得真正的自由!但是,他不想见到安妮特!他用手摸了摸自己的额头,好烫!

他走过考文特花园广场。在七月底,如此炎热的夏日里,旧菜市场那儿散乱的垃圾酸臭扑鼻,闻起来很不舒服,苏荷区较平常显得更加杂乱不堪,简直像个贼窝。恐怕唯一比较干净整齐、装饰精美的,就只有布列塔格尼饭店了,那些蓝色的木箱与屹立其中的小树,依然保持着某种超然的法式独立尊严。用餐的时间还没到,有几名苍白瘦弱的女服务员在那里铺桌子准备晚餐。索密斯直接来到用作住宅的地方,敲了敲门。是安妮特开的门,他有些失望,她的气色非常差,似乎被热坏了。

"真是难得的贵客。"她疲倦地说道。

索密斯笑了一下。

"并非我故意不来,只是最近比较忙。对了,安妮特!你母亲在哪儿呢?我有事想跟她谈谈。"

"妈妈不在家。"

索密斯觉得,她看自己的目光有些奇怪。她知道了些什么呢?她母亲跟她说了些什么呢?他想把此事弄明白。但是,刚一费神,脑子里就产生了一种可怕的感觉。他立即用手扶住桌子,迷迷糊糊地看到安妮特上前几步,眼神惊慌失措。

他闭着眼睛说道:"不碍事,阳光太强了一些,有些中暑了。"

那哪里是阳光？他实在是身在黑暗中啊！

安妮特十分镇定地用她的法国口音说道："你先坐下来休息一会儿，中暑马上就会好起来的！"她用手按了按他的肩膀，索密斯坐在椅子上。待到那种昏暗感渐渐逝去，他睁开了双眼，安妮特正在低头看着他。在眼前这个二十岁少女的脸上，竟然呈现出如此怪异、如此难以琢磨的神情！

"你现在感觉怎么样了？"

"没事的。"索密斯说道。他的潜意识告诉自己，当着她的面绝不能表现出体力不支的样子，因为自己的样子已经够苍老衰弱了。在安妮特眼中，坚强是他的财富。最近这段时间，就是因为犹豫不决才使他受到伤害，他绝不会再吃这样的苦头。他起身道："我还是写封信给你的母亲吧！我打算回乡下，在我那一座河岸的别墅中度一个长假。希望你们在不久之后也能一起过去玩玩儿，并在那儿住上几天。这个季节最适宜，你想去吗？"

"好呀！"安妮特发出一点点卷舌音，并不太热情。

他垂头丧气地说道："安妮特，你是不是也受不了这炎热呢？河岸的气候肯定对你有好处。告辞！"安妮特微微向前倾了一下身子，似乎有些不好意思。

"你现在能走吗？要我给你来一杯咖啡吗？"

"不用了，"索密斯坚定不移地说道，"握握手吧！"

她将手伸出来，索密斯抬到嘴边碰了一下。当他的头微微抬起时，只见她脸上又露出了那种难以琢磨的神态。"实在难以理解，"他离开时心里想道，"但是，我不能再去想了，不能心烦意乱。"

可是在去拜尔麦大街的路上，他还是那么焦躁不安。他是一个英国中年男子，没有什么宗教信仰，婚姻家庭的悲剧让他伤心欲绝，他还有什么可以慰藉？如今，就只剩下财富、社会地位、舒服的日子让别人羡慕了！虽然有这些，但对一个二十岁的少女来说，这些能让她感到满足吗？他觉得自己根本就不了解安妮特，并且对于这一对法国母女的品性，有着说不出来的担心。她们对自己想要的东西十分清楚，简直就像是福尔赛一样，他们绝不会看走眼，去追风捕影！

一到俱乐部，他便提起笔给拉莫特太太写了一封信。如此简单的事情，也让他费尽了力气，他觉得自己的精力都要用光了。

亲爱的拉莫特太太：

我已经把登有离婚判决的剪报放在这封信里面了，借此你能够得知我的情况。但是，根据英国的法律，在离婚判决下达之后的六个月内，若没有任何人表示异议，我才能获取再婚的权利。在此，我正式向令爱求婚。改日，我会写信邀请你们去我那河岸的别墅度假。

索密斯·福尔赛

他把信件封好寄出去之后，便前往餐厅。他只喝了三口汤，就确定自己没有食欲，于是租了一辆马车前往帕丁顿车站，搭乘第一班火车抵达雷丁。太阳落山之际，便赶回了自己的别墅。他漫步在草丛中，飘来石竹和瞿麦的芳香，微风带来了水面的清凉。

安心歇一歇好了！让这一个不幸的人歇一歇！别再让那些苦恼、羞辱和怨恨，像夜游的恶鸟一样在他的脑海中盘旋了！给他一点点解脱吧，如同鸽子在舍中合起眼睛，如同猛兽在密林中打盹，如同淳朴的人在茅屋中睡着，如同河流和树林在暮色中变得灰白，如同星星在湛蓝的天穹露出光彩——啊，让他歇一歇！

10. 一个时代落下帷幕

一九〇一年一月的最后一天，索密斯与安妮特在巴黎举行了婚礼，他们在此之前一直守口如瓶，就连爱米莉也是在他们婚后才得到通知的。婚后第二天，索密斯与安妮特住进了伦敦比较安静清闲的一家旅馆，这儿的消费是世界上最高昂的，而得到的实惠却是最少的。安妮特穿着在巴黎挑选的最讲究的服装，显得更加美丽动人。因此，索密斯比购买到一件完美无瑕的瓷器，或者一张精致的画，还要心满意足。他心里正在盘算着，何时带她去公园巷、格林街和倜摩西家进行展示了。

那段时间，若是有人问他："实话实说，你爱这个女人了吗？"他只会回答："爱？怎样才算爱呢？若要问我对她的感觉是不是如当初见到伊莲，明知道她不爱自己却依然为她唉声叹气，每一分钟都急于从她那里得到肯定，那么，绝对不是！若你问我是否会因为安妮特那青春靓丽的身姿而心潮澎湃，为她那婀娜多姿的步伐而无比心动，那么，绝对如此！若你问我，她会不会对我很忠诚，做一个贤妻良母，我还是回答——会的！此外，我还有什么要求？并且，女人一旦结婚，大多数不就是从她的丈夫那儿获得这些吗？"若你要问：他既然不能确定是否可以得到这个女人的心，却又这样引诱她献身于自己，他难道不觉得这对她来说很不公平？他一定会回答："法国人并不这样想，我觉得，他们的想法合理，结婚就是为了成家、养孩子。在这次婚姻里面，我不再抱有任何多余的期望，她给我多少情意，我便享受多少。至于将来，我们生出龃龉，我也不必苦恼，因为我已经有了自己的子嗣，而且也上了年纪，一切过得去便可以。我已经用尽了自己的热情，她的热情或许仍然保留着，虽然不见得会给我，那绝对不是理所当然的。我可以给她很多东西，而唯一要求的回报，就是生个一男半女，或者多生几个，仅此而已。当然，有一点可以确定，她很乖！"若你还要追问：既然这样，他对于这一次婚姻的期望，就完全没有心灵的和谐吗？索密斯会转过头，笑着告诉你："如你所言，若是声色耳目得到了满足，家族香火得到了延续，华屋美厦，其乐融融，我在这一把年纪上还能指望别的什么？那一些梦幻一般的所谓感情的把戏，我将再也不会去碰了。"这样，若问者尚算识趣的话，便绝不会问下去了。

女王驾崩了。在这个世界上最大的城市中，天气昏沉沉的，就如同在含泪哭泣。葬礼的当天上午，索密斯穿戴着礼帽皮衣，带着同样裹在黑色皮衣中的安妮特，穿过公园巷来到海德公园的铁栏杆旁边。他不怎么关心国家大事，但兹事体大，象征着一个长期富裕发展时期的结束，这令他肃然起敬。一八三七年，女王登基的时候，"多赛特大老板"还在建造那些严重丑化伦敦的房屋，而当时的詹姆士才二十六岁，还是个年轻的小伙子，正在为自己的律师事业奠定基础。那时候，街头的马车还在毫无秩序地行驶着，男人们都戴着皮领，上唇的胡须剃得一干二净，吃着木箱装来的生蚝，穿着帅气的小马夫在大马车后边踉踉跄跄地跟着；那时候，女人只要一说话就是"好的"，没有任何一点儿财产权；那时候，富人彬彬有礼，穷鬼则只能住狗窝；那时候，不幸的小家伙只要违反一丁点的法律，就会被判处绞刑，狄更斯也才刚刚开始写小说。

从那时候开始，两代人已经过去了。他们目睹了轮船、火车、电报、自行车、电灯、电话，如今又见到了这些汽车；他们亲眼看到如此多的财富积累，看到利钱从八厘跌到三厘，产生了成千上万的福尔赛；他们亲眼见证，社会风气发生了变化，习俗也随之而变，人和猴子的差距越来越大，上帝被玛门①所取代，玛门又被追捧得不知如何是好。这六十四年的太平盛世，推动了经济的发展，建立起中上层阶级，并不断地巩固它，完善它，教化它，终于让这个阶级的举止、礼仪、谈吐、习惯、灵魂，都与那些名门望族变得一模一样。这是一个自由与黄金相结合的时代！你若有钱，就可以获取法律上与实际上的个人自由权；你若没钱，则只能在法律上取得自由权，但在实际生活中还是不自由的。这是一个追求虚伪的时代，一切要表现得像一个上流人士。这是一个伟大的时代，影响着世间万物，改变一切，其不变者唯有微妙的人性和苍茫的宇宙！

如今，为了目睹这个时代的落幕，这作为时代之子和未来蓝图的伦敦，将它的市民从四面八方驱赶着，来到那人称为维多利亚主义核心以及福尔赛乐园的海德公园。细雨刚刚停歇，在乌云密布的天空下，人群络绎不绝地赶来看这一场戏。这是那位德高望重、年事已高的女王从孤单单的生活②中，探身出来给伦敦人放的最后一次假。在送葬的必经之路上挤满了来自大街小巷的人们，有的来自猎犬沟、艾克顿、依林、汉普斯泰、伊斯林顿和贝司诺尔场；有的来自哈克涅、霍恩塞、莱顿司东、巴特西和富勒姆，来自那些福尔赛

①《新约》中用来象征财富、贪婪的一个恶魔。
②维多利亚女王的丈夫阿尔伯特亲王于1861年去世，从那之后，女王不再参与宴游。

家族枝繁叶茂的地方——美菲尔、坎辛顿、圣詹姆士、贝尔格拉维亚、湾水路、切尔西和摄政公园；这些人都要来瞻仰一下那毫无生气的威仪与浮华。

从此以后，不会再有任何一位女王能够统治如此之久了，人民再也见不到那么多的历史为他们的财富殚精竭虑了。遗憾的是，战争犹未结束，未能将胜利的花圈放置在她的灵柩上！另外，还有士兵、水手、外国王侯、半旗、丧钟都在此恭送与哀悼她。尤其是那一大群按照规定身着黑色服装的人们，他们的心底里也许会有那么一点零零散散的单纯的悲伤。再怎么说，这次死去的不只是一位女王，而是一个解除了危机，走过自己没有错误、惨淡经营的一生的一个女人呀！

等待的人群挨挨挤挤，索密斯挎着安妮特的手臂倚在栏杆上，对呀！这个时代即将落幕。放眼望去，就能看到那些工联主义与下议院的工党分子，以及来自欧洲大陆的小说①，还有那种难以表述，却从各方面都能感觉到的空气。社会确实发生了巨大的变化，索密斯回忆起马弗京解围那天夜晚的游行队伍，还有乔治·福尔赛所说的："都是些过激派，他们想掠夺我们的所有！"索密斯与詹姆士的想法一致，都无法说出爱德华即位后会出现怎样的局面！一定没有以前的"维多利亚时代"那样安泰！他不由自主地捏了一下年轻妻子的手臂，起码，这是自己真真切切拥有的。终于，家庭关系再一次稳定下来了，拥有的财富也成了真实的东西。索密斯紧紧地挨着她，并且尽量避免撞到其他人，他感到很满意。人群在街道上游动着，许多人吃着三明治，面包屑纷纷飘落；一些男孩子爬上了悬铃

①指来自以法国为代表的大陆国家的文化涌入。

744

木，像猴子一样叽叽喳喳的，将树枝与毛球扔下来。已经超过了规定的时间，送葬的行列应该就要来了！

突然，索密斯看到在他们左后方不远处，有一位头戴呢制软帽的高个子男人，他下颌留着一撮蓬松短须，身旁是一位身材高挑的女人，戴一顶皮质小圆帽和面纱。这正是佐里恩与伊莲，就如他和安妮特一般，他们也紧紧挨在一起，一边交谈，一边默契地微笑着。不过，他们并未看到他。索密斯的内心百感交集，他偷偷地观察着那两个人，他们在一起很开心啊！他们这两位"不法之徒"，"维多利亚主义"的背弃者，怎么有脸到这儿来？他们混在人群中有什么动机？他们都已经被礼教再三臭骂过了，还敢信誓旦旦地说为了浪漫和爱情。他饶有兴趣地盯着他们，即使他的手与安妮特的手挽在一起，可是他内心认同的还是她——伊莲！不，不能承认，他的视线转移了。不要盯着他们看，不要让曾经的伤痛或者感情又在心里复燃！后来，安妮特回过头对他说："索密斯！我感觉那两位肯定认识你呢！他们是什么人啊？"

索密斯歪着头望了望。

"谁？"

"刚转过身去，就在那儿，你看！他们好像认识你！"

"不认识！"索密斯答道，"你看错了，亲爱的！"

"漂亮的脸蛋和身材，真是一个美人呢！"

索密斯又回过头看了看。她曾经就是这样进入到自己的生活中，又是这样从他的生活中离开，那么婀娜多姿，可望而不可即。难以捉摸，永远避免和他的灵魂接触！他猛地回过头来，不再去看那渐行渐远的过往。

"还是继续看热闹吧！"他说道，"行列过来了！"

然而，当他紧挽着安妮特手臂的时候，表面上望着仪仗行列，内心却焦虑不安，有些惘然若失的感觉，还有天性中那种恨恨的遗憾。

乐队与仪仗队慢慢靠近了，在一片静默中，那个长长的行列逶迤进入公园。他耳边传来了安妮特的轻声细语："何等凄美的场景呀！"当她微微踮起脚尖向前观望时，他感到，她的手正在抓紧着他。众人的情感似乎也勾住了他的心，那女王的灵车——前一个时代的灵柩——正缓缓走过！它经过长长的观众行列时，两边的人群中发出低微的呻吟——索密斯从未听到过这种声音，那么让人情不自禁，那么纯真原始，又那么沉稳粗犷，不管索密斯还是任何人都难以明白，这里面是否隐藏着自己的声音，真是奇怪！这是一个时代在向自己的灭亡致敬……啊！啊！……那生命终于死了，那曾经看上去永远稳固的东西已经磨灭！天佑吾王！

那低吟之声随着灵车向前蔓延，如同平原之中一条细长的火焰一路烧了过去。它继续匀速前行，穿梭在密密麻麻的人群当中，既是人的声音又不像人的声音，像是人性中的兽性在为其所感受到的普遍的死亡和剧变而哀号。不管是谁的手，最后都要放开。

葬礼的行列渐行渐远，过去之后只剩下暂时的寂静，非常的短暂。接着就有一些人在议论，迫不及待地回味着刚刚的那一幕戏。索密斯也停留了一会儿，让安妮特心满意足，就带着她离开了公园，前往公园巷——去他父亲那儿吃中餐……

詹姆士在卧室里坐了整整一个上午，从窗口注视着外面。这将会成为他人生中观看的最后一幕大戏，此前已经有很多幕上演过了！她也离开人世了！对呀！她也是个老太婆了。自己和史悦辛当年曾目睹她加冕——那一个身材窈窕的少女，比伊莫金还要年轻！可是，她最近长胖了点。他也和老佐里恩一起瞧见过她与那个德国佬①的婚礼，那家伙总算在临终前给她留下一个宝贝儿子②。那家伙年少时非常差劲，记得有很多个夜晚，自己和一些兄弟及他们的朋友，总是一边喝酒吃核桃，一边摇着头谈论他。如今他登基了，听说人变得安分老实一些了——他也不能肯定——也没法说！能确定的是，他还是喜欢乱花钱。窗外的人真多啊，回想起自己和史悦辛在西敏寺外边的人群中目睹她加冕，感觉那还没多久，后来，史悦辛还带他去了克里蒙公园——那家伙真是个荒诞之人。是的，确实没过多长时间，就像那一年他与罗杰在毕卡第里大街租了一个凉亭看登基五十年大典一样，也没多久似的。如今老佐里恩、史悦辛、罗杰都已经离开人世，而他自己到八月份就九十高龄了！索密斯现在与一个法国女人结了婚，听说法国人都比较特殊，不过，是贤妻良母的典范。如今这社会发生了变化！听说，德皇也前来哀悼。但是，他在给老克鲁格的电报中简直是胡言乱语③。料想这家伙有一天总会找机会闹事的。世道变了，啊！他离开人世以后，他们只能自己照顾自己了，至于他自己会怎么样，还难以预料呢！爱米莉邀请了达尔提来用午餐，和威尼弗列德及伊莫金一同前来，与索密斯的妻子见面——爱米莉的主意可真多！另外，伊莲！听说她已经与佐里恩生活在一起了，他们可能会结婚。

---

①阿尔伯特亲王，其祖籍属于德国，因此为英国人看不起。
②英皇爱德华七世。
③德皇威廉二世在布尔人击败詹姆森博士的武装时，曾向德兰士瓦总统克鲁格发去过贺电。

"若是我哥哥还在人世，"他心想着，"不知道他会有什么想法？"这个曾经在世时令他敬佩的哥哥，如今根本无法得知他的想法了，这似乎令詹姆士心烦意乱。因此，他从窗前的座椅上站了起来，开始在房内缓缓地走动。

　　"她长得很美，"詹姆士想，"我曾经非常喜欢她，或许她与索密斯并不适合——我也不清楚——也不知道该怎么说。我们的妻子就从未麻烦过。"如今女人也变了——所有事情都变了！如今女王也去世了。你看吧！外边的人群一阵骚动，将他吸引到窗前，一动不动地站在那里，鼻子紧贴在玻璃上，已经冻得发白。他们一直送她到海德公园的三角场——仪仗已经过去了！爱米莉怎么不来这儿观看，为何急于张罗午餐？此时，他非常想她！——想她！透过在悬铃木的树丛空隙可以依稀看到殡葬队伍，能看到人们把帽子摘下来——肯定有很多人要受凉了！他的身后传来一个声音：

　　"詹姆士！你在这儿往外看，真是妙不可言啊！"

　　"你来了！"詹姆士说道，"怎么不早点过来呢？都快看不到了！"

　　他默默地环视周围。"哪里传来的声音？"他突然问道。

　　"没有声音！"爱米莉答道，"你心里在想些什么，这种事情不会有呼声的。"

　　"我能听到啊！"

　　"真是瞎说，詹姆士！"

　　房间里那扇装有两层玻璃的窗户根本就没有什么声音传进来；那种声音，只不过是詹姆士看到这个时代过去后内心的呻吟罢了。

　　"你别跟我说她葬在什么地方，"他猛然一声说道，"我压根儿不想知道。"他从窗口回过头来。那一位老女王，她的一生经历了太多忧患，就这样走了，对她来说这也是一种解脱，未尝不是一件好事呢！

爱米莉拿着梳子。

"在他们到家以前，还来得及给你梳理一下头发。"爱米莉说道，"詹姆士！你应该看起来神气十足才对。"

"什么？"詹姆士嘀咕着，"他们都说她非常漂亮。"

他们决定在饭厅与新儿媳会面。詹姆士在靠近火炉的椅子上坐了下来，静静地等待着她的到来。然后，他慢慢地用手臂托起身体吃力地站了起来。他穿着一套整洁的服装，躬着那弯曲的身体，整个人看上去如同几何学上的一根线，他用手紧握着安妮特的手；那张毫无血色的脸上布满了皱纹，低垂的眼睛里流露出焦虑不安的神色。可能是光线折射的作用，她那美丽的容颜使他的眼神温和了许多，脸上也微微泛起一抹红晕。

"你好！"他说，"我想你是来观看女王葬礼的吧！经过海峡顺利吧？"他用这样的开场白来欢迎这位将为他生孙子的女人。

安妮特的眼睛睁得大大的，他是如此的苍老、瘦削、毫无血色，但是穿着这么整洁，她的嘴里嘀咕了一句法语，詹姆士听不懂。

他说："对了，对了！你们肯定饿坏了吧，该吃饭了。索密斯，去按一下铃，我们先吃吧！不要等达尔提了。"没想到话音刚落，他们就到了。达尔提这种人是肯定不会大费周章地去看那个"老太太"的。他一大早起来就去了伊希姆俱乐部，点了杯鸡尾酒，从吸烟室的窗口稍微瞧了几眼。因此，当威尼弗列德和伊莫金走出公园之后，还得去俱乐部接他。这时，他那双棕色的眼珠子一直盯着安妮特，不禁又欢喜又惊讶。索密斯那家伙又从哪儿弄来了一个美人呵！让人不解的是，女人们都欣赏他哪些地方呢？啊哈，她肯定会与之前那个女人一样，让他出尽洋相。但是，从目前来看，他的艳福还不算浅！他轻轻地往上抹了一下自己嘴边的胡须，经过在格林街九个月的静养，他的身体逐渐恢复如初，自信也增加了。索密斯觉得，这顿午餐没有给他的这位新妻子留下什么好的印象，无论爱米莉如何盛情款待，威尼弗列德如何端庄，伊莫金如何嘘寒问暖，达尔提如何刻意炫耀，詹姆士如何悉心照应。午餐后不久，他就带着她离开了。

"那位达尔提先生，"安妮特坐在马车上说道，"我不习惯他那种派头！"

"没错！"索密斯说道。

"你妹妹很温柔，她的女儿也很漂亮。你父亲年纪那么大了，估计你母亲也费尽了心思呢，如果是我恐怕照应不了。"

索密斯微微点了一下头，他对眼前这个年轻的妻子非常敬佩，因为她看待事情如此透彻，分析得也很到位！但是，自己心里却有些忐忑不安，可能因为他正想着："当我八十岁的时候，她才五十五岁。或许，到了那个时候她会嫌弃我的。"

"我还有一家亲戚，要和你一起去拜访一下。"他说道，"或许会让你觉得有点奇怪，但是我们还是得去应付一下。之后我们就去吃晚餐，再去看戏。"

他预先和她说好，才带她去偶摩西家。但是，偶摩西家的确和以前不一样了。那些人表现出一种久别重逢的喜悦，也许是很久没有看到索密斯了，见面时非常高兴！原来眼前这位就是安妮特啊！

"亲爱的！你好美！真是年轻美貌啊，索密斯根本配不上你！

不是吗？不过，他为人勤快细心，倒是个不错的老公呢。”裘丽姑太突然收住了声，她留意到安妮特的眼眸，那双下眼皮是如此漂亮。然后，她对弗兰茜这样形容道：“淡蓝色，真好看，我简直想要去亲吻它。索密斯是一个真正的收藏家，真是名不虚传。她身上散发的那种法国气质，但又不是纯粹的法国气质，我感觉简直和——那个伊莲——的美貌不相上下。但是，她身上还欠缺伊莲那种高贵典雅的气质，不是那么令人神魂颠倒。伊莲确实很令人心醉，不是吗？那么白净的肌肤，深褐色的双瞳，还有那种色泽的头发，在法语里面称什么来着？我一直都没记住。”

“菲莫特。”弗兰茜抢着提醒她。

“哎呀，是那种落叶色——非常独特。我还未曾忘记自己还是个小女孩的时候，那会儿还没有搬到伦敦，我们养了一只叫作‘溜达’的小猎狗，它的头上有黄色斑点，胸毛是白色的，还有那深褐色的眼睛非常美丽，而且还是母的。”

“是的，姑姑！”弗兰茜说，“但是，我不明白你突然说起这件事情，是什么意思？”

“啊哈！”裘丽姑太说道，有些不知所云了，“你知道，它的确很迷人啊！那眼睛与毛——”裘丽姑太突然打住了话头，好像发现自己的言辞过于粗俗而吃惊一样。

“菲莫特，”不一会儿又接着说，“海斯特，我想你应该还有印象吧！……”

关于是否要请偶摩西与安妮特见面的问题，这姐妹俩争论了整整大半天。

“不要这么麻烦了！”索密斯说道。

"其实也不麻烦，不过，安妮特是法国女孩，或许会惹他不高兴。曾经的法绍达事件差点把他吓死了，海斯特，依我之见，还是别去冒险了。就让我们俩好好招待一下这个美人儿吧，真是太开心了！另外，索密斯，你怎么样了？那件事情是否已经彻底摆脱了——"

　　海斯特赶紧打断她："安妮特！你觉得伦敦怎么样呢？"

　　索密斯捏了一把汗，等着安妮特的答复。她的言辞真是恰到好处，只听她心平气和地说道："我对伦敦比较熟悉，以前也来过。"

　　关于开饭店的事情，他自始至终都不曾告诉她。法国人与英国人对待家世的想法截然不同，英国人担心别人得知自己开过饭店而落下笑柄。因此，他打算结婚后再将此事告诉她，如今却有些后悔没有早点儿说出来。

　　"那你对伦敦什么地方最熟悉呢？"裘丽姑太问道。

　　安妮特简单地回答："苏荷区。"

　　索密斯咬紧了牙根。

　　"苏荷区！"裘丽姑太继续追问，"是苏荷区吗？"

　　索密斯心想着："这件事情将在家族里广为传播了。"

　　他说："很有趣，富有法国风情。"

　　裘丽姑太嘀咕着："啊呀！你罗杰叔叔过去在那儿还有些房产，我还不曾忘记，他常常要将房客赶走。"

　　索密斯将话题转移到麦波杜伦上来。

　　"当然，"裘丽姑太说，"你们要不了多久就可以去那儿安居了，我们好希望安妮特能够早点生一个活泼可爱的——"

　　"裘丽！"海斯特姑太急得大声叫道，"该上茶了，你去按一下铃吧！"

茶还没上来，索密斯就带着安妮特离开了。

"如果我是你，肯定不会提到苏荷区，"他坐在马车里面说道，"在伦敦，那是最不体面的地方！并且，你目前的身份已经不是开饭店的了。我想表达的意思是，"他继续说道，"我希望你与上流人士交往，英国人大多是一些势利的家伙。"

安妮特睁大那双清澈的眼睛，嘴边露出一丝笑意，说道："是吗？"

"哼！"索密斯使劲地望着她，心想，"此话是针对我的，她是一个聪明人，我得一次就让她明白！以免今后自找麻烦！"

"安妮特！你听我讲，其实这事非常简单，但是需要说清楚。我们这些职业界与有闲阶级和生意人相比，还是要高一筹的，当然除了那些比较富裕的商人。或许这有点蠢，但是你要明白这就是事实。在英国，若是让人知道你曾经开过饭店或者是经营一些小生意，基本上都是不合适的。不过事实上，做生意也是很体面的工作，只是它始终会在你身上增加一条罪名。你就会过得不开心，也难以碰到那些有趣的人——就是如此。"

"我明白了，"安妮特说道，"在法国也是这样。"

"哦！"索密斯说，他感到放心的同时，又非常惊讶，"没错！确实要看阶级。"

"是啊！"安妮特说道，"你真聪明呢。"

"这就不必了，她还真是有些讽刺！"索密斯心想着，注视着她的嘴唇，不过他的法语能力太差了，以至于他完全不知道该为她没有用亲热语气而不高兴。他张开一只胳膊将她搂住，半生不熟地说："你就是我的美人儿。"

安妮特咯咯笑了起来。

"啊，错了！"她说道，"错了！索密斯，别说法语了。那个老姑太，就是你那个姑母，她期待什么呢？"

索密斯懊恼起来："鬼才知道！她总是这样唠唠叨叨。"然而，这"鬼才知道"的事情，却是他的心事呀！

11.一切归于平淡

对于仍在胶着的战事，尼古拉抱怨，这本是一笔小钱就能办得的事情，他们却花了三亿，简直要掏空了这个国家的所得税。不过，花钱将南非保住，也算是大快人心的好事儿。虽然人们在深夜醒来的时候，感觉自己的占有欲受到了伤害，但等到早上吃饭的时候再想想，天下哪儿有免费的好事。因此，大家还是继续忙于各自的事务，仿佛战争、集中营①、神鬼莫测的德·韦特②、散播于本土的各种传言，以及其他一切令人不高兴的事情，都不存在。国人的心态就如同佝摩西对待手中的那张地图，他已经不再将旗子插在这里或那里，而这些旗子又不会自行移动，以至于完全看不出来是进还是退了——所有热情都消退了。

热情的消退所表现出来的可不仅仅是这些，它侵入了福尔赛信息交易所，出现了一些搞不懂接下来还会有什么事情发生的气氛。《泰晤士报》上的婚姻栏目登出了"佐里恩·福尔赛与黑隆教授的

①集中营：布尔战争后期，英军为了对付布尔人的游击战而采用清乡战术，将和平居民关入集中营。
②德·韦特：1854—1922年，是布尔人一方中的优秀将领，在战争后期坚持同英军打游击战。

独生女伊莲喜结连理"的消息，引来了一片质疑，这样描述伊莲有些不恰当。但是，整体而言，报纸上并没有明说伊莲是索密斯·福尔赛的"前妻"或者"离婚妻"，总算让大家如释重负。归根到底，对于此事，这个家族自始至终都保持着一种高尚的心态。正如詹姆士所说的那样："这就是事实！"无理取闹根本无济于事！对这件事情的认可是何等醍醐——当时非常时尚的一句话——对你而言毫无益处。

但是索密斯与佐里恩如今都已经结婚了，往后还会有什么戏上演呢？这倒成了大家纠结的事。听说，乔治与欧斯代斯两人打赌，小佐里恩肯定比小索密斯出生得早。乔治可真风趣幽默呀！听说，他还曾经与达尔提打赌，詹姆士是否能活到九十岁——至于哪一方是站在詹姆士这边的，谁也说不清楚。

五月初，威尼弗列德急急忙忙地过来说，瓦尔的腿在战场上被流弹所伤，已经退出现役。他的妻子正在照顾他。那条伤腿在行走的时候有些跛，倒没什么大碍。他希望外祖父能给他在南非买个能够养马的农场。好丽的父亲每年给她八百英镑，而瓦尔的外祖父跟他说过每年给他五百英镑，小两口的日子可以过得很安逸。但是对于农场这件事，他也无法确定，他可不想让瓦尔把自己的钱挥霍掉。

"但是你们应该明白，"威尼弗列德说道，"瓦尔不管怎样，也需要做一点事情吧！"

海斯特姑太觉得，瓦尔的外祖父应该具有独特的慧眼，若是不买农场就不需要承担赔偿的风险了。"但是，瓦尔对养马十分感兴趣呀！"威尼弗列德说道，"他最适合干这个了。"

但裘丽姑太觉得养马最不保险："蒙塔谷以前不就因此而受骗

了吗？"

"但瓦尔跟他不一样！"威尼弗列德说道，"他比较像我。"

裘丽姑太毫无疑问会说瓦尔那孩子聪明伶俐。"我始终没有忘记，"她说道，"他是如何用坏便士骗乞丐的，他的外祖父真是欣喜若狂！觉得这孩子头脑很好。我还记得，他说这孩子应该参加海军。"

海斯特姑太也来插话说："威尼弗列德，你是不是觉得这些年轻人应当稳定地生活，这个年纪还是别去冒险的好？"

"对呀！"威尼弗列德说道，"若是他们在伦敦就好了，即使没有事情可做也不会觉得无聊。但是在南非，他岂不是会闷死？"

海斯特姑太觉得，只要他能保证不亏本，做些事情也未尝不可，而且现在又不缺钱。偶摩西在退休以后的确混得不错！裘丽姑太问蒙塔谷持什么意见。

威尼弗列德没说话，因为他只说了一句："等老头子死了吧！"

此时用人通报，说弗兰茜到了。

弗兰茜满眼笑意，一进门就迫不及待地说："不知道你们对此有何见解——"

"什么呢？亲爱的？"

"就是今早的《泰晤士报》啊！"

"这个我们还没看，偶摩西总是要把报纸留到晚餐后才阅读。"

弗兰茜的眼珠骨碌碌地转个不停。

"你觉得这事该不该和我们说呢？"裘丽姑太问道，"是什么事啊？"

"伊莲在罗宾山生了个儿子。"

裘丽姑太突然倒吸一口气。"但是,"她说道,"他们三月份才结婚啊!"

"是的!姑姑,有意思吧?"

"我十分开心,"威尼弗列德说道,"我为佐里恩的丧子感到痛惜呢!若是瓦尔去世,我会如何呢?这也是有可能的。"

裘丽姑太似乎在做白日梦。

"不太清楚!"她嘀咕着,"若是让索密斯听到,他会怎么想呢?他迫不及待地希望能生个儿子,我总是听旁人这么讲。"

"啊!"威尼弗列德说道,"若没有什么意外,他马上就有了呢!"

裘丽姑太眼中露出开心的神情。

"这真是可喜可贺啊!"她说道,"在哪个月呢?"

"十一月份!"

十一月是个吉祥的月份!但她还是期盼更早一些,詹姆士都这把年纪了,这让他等的时间太长了。

等待!她们为詹姆士一直等待下去而担心,但是,她们对此都习以为常了。当然,她们会以此作为最大乐子。等待!等待阅读《泰晤士报》,等待左一个侄女、右一个侄子来增加她们的乐趣,等待尼古拉身体安康,等待克里斯多夫上台出演,等待马坎德太太侄子开矿的通知,等待海斯特姑太早醒的毛病被根治,等待那些常常在图书馆被借走的书籍,等待侗摩西伤风,等待某一天气变暖却不显炎热便去坎辛顿公园散步。等待!姐妹俩在客厅壁炉的两侧各自坐着,等待古老的闹钟响起,她们那青筋暴露、固结突兀的手摆弄着钩针和缝纫针，她们的头发如克努特①的波浪，从此不再改变颜色。等待！她们身穿那黑色绸缎的衣服，等待着宫廷下令，让海斯特能够穿上她那深绿色的服装，裘丽可以穿上更深一些的暗红色服装②。等待！将她们这个家族圈内那种小小的欢声笑语、小小的忧心、小小的故事、小小的期盼，都在她们脑海中慢慢地翻来覆去，如同一头母牛在它熟悉的田野中慢慢地吃草，并且这些新事物确实是值得去等待的。

索密斯自始至终都是她们的心肝宝贝；他一直都送画给她们，以前几乎每周都会过来探望她们，的确令人想念，并且他的前一段婚姻那糟糕的局面确实得到了她们的怜悯。索密斯就要后继有人了，这个新事件对他来说有重要的意义，而且在他父亲的心中也占有重要地位。他若不等到那一天，估计是难以瞑目的。詹姆士就是怕这件事不可靠；并且蒙塔谷的情况就摆在那里，他没有嫡孙，只有一群小达尔提，这让他如何满足呢？归根到底，这对于自己的姓氏是至关重要的！因此，詹姆士在九十岁生辰即将到来之际，姐妹俩对他如何保重，真是忧心忡忡。整个福尔赛家族里面，他可是首次打破高龄纪录的人物，就如同给那些想紧紧抓住生命不放的人一个新的榜样似的。这对她们俩来说也非常重要，因为她们俩的年龄分别是八十七岁与八十五岁；但是她们并没有为自己打算，因为倜摩西连八十二岁都不到。她们要为他好好筹划一下，的确，还有更完美的世界。

---

①克努特：1018—1042年，是丹麦统治英国时代的最后一任国王，他曾经命令海浪伏在自己脚下。
②除掉国丧的服装。

裘丽姑太最爱说的话就是："在我父亲家里，有许多住处。"此话始终让她感到欣慰，原因是让人联想到房地产，而罗杰就是靠房地产发的家。《圣经》果真是个宝藏，并且在周日阳光明媚之时，经常有机会去做祷告。有时候，裘丽姑太确认偶摩西外出之后，就会悄悄走进他的书房，那里的小办公桌上总是陈列着一堆书籍，《新约》就随意翻开着摆在中间。的确，他对书是很感兴趣的，曾经还做过出版生意。但是，事后在用晚餐之际她总是发现偶摩西有点恼怒。史米赛尔跟她说过好多次，在打扫书房的时候，总是在地上捡到书籍。即便是这样，她仍然认为，天堂未必有她们与偶摩西如今正在等，并且等了很长时间的那些房子舒服。海斯特姑太一想到烦琐的事情，就感到特别难以承受。任何的改变，哪怕是任何发生改变的念头，都未曾有过，这一直让她感到烦恼。裘丽姑则乐观得多，有时候会觉得比较好玩，那年苏珊去世，她就去了布莱顿，玩得可愉快了。但是，布莱顿是众所周知的好地方，而天堂是什么样子可说不好！所以，她的等待并非很踏实。

　　八月五号，在詹姆士生日的那天早晨，她们格外高兴，在床上坐着吃早餐，让史米赛尔在她们之间传递那些小纸条。史米赛尔肯定要去走一遭，带着她们的礼物和祝福，同时去看望詹姆士的身体是否安康，问他在前一个晚上，是不是激动得无法入睡。同时还拜托史米赛尔，问她能不能转一下路到格林街去，顺便在证券街坐公共马车兜兜风，去告诉达尔提太太一声，请她在离开伦敦之前一定要过来看看她们。

　　史米赛尔将所有的事都办妥了，的确没有辜负安姑太三十年前亲自训练的一番苦心，这么完美的保姆如今打着灯笼也找不到了。詹姆士夫妇是这么说的：詹姆士说自己晚上睡眠充足，要我传回问候；詹姆士太太说，他情绪暴躁，总是在抱怨自己完全不明白会乱成眼下这个样子？另外还有，达尔提太太也问候了，下午会过来喝茶。

裘丽姑太和海斯特姑太不曾听到有人对自己带去的生日礼物表示感谢，一方面，她们感到有点不愉快，她们忘了詹姆士每年都不喜欢接受别人的礼物，总是念叨，"把钱乱花在他的身上"；另一方面，她们又很开心，一切表明詹姆士的精神很好，这对他来说是很重要的。她们俩就坐在那儿等着威尼弗列德的到来。到了四点钟，威尼弗列德带着伊莫金与刚放学的茂德来了，后者也长成美丽的女孩子了，但是，这么一来打探安妮特的情况就不容易了。裘丽姑太还是鼓足勇气问威尼弗列德有没有听说什么消息，另外，索密斯是不是很操心。

"索密斯舅舅一直都非常操心呢，"伊莫金插进来说道，"他绝不善罢甘休。"

裘丽姑太觉得此话听着十分耳熟。没错，那就是乔治不愿意让她们欣赏的那幅漫画！但是，伊莫金此话又如何解释呢？难道是想说自己的舅舅一直都那么贪心吗？这样可不太好。

伊莫金说话的声音很清楚也很果断，她说："你想一下！安妮特才大我两岁而已，嫁给了索密斯舅舅做妻子，心里肯定不好受。"

裘丽姑太大吃一惊，举起了双手。

"亲爱的，"她说道，"我不知道你在说什么，你舅舅哪点配不上她啦？他足智多谋，并且长得很帅气，还那么富有，而且人又这么体贴，成熟稳重，综合起来看一点也不觉得老！"

伊莫金明亮的眼睛望望这个，又瞧瞧那个，真是两个"老宝贝"，她微笑起来。

"我倒是很希望，"裘丽姑太很严肃地说道，"你能嫁一个这样的好男人。"

"我才不会呢，姑太，"伊莫金嘀咕着，"好男人都无聊得很。"

"你若执意如此的话，"裘丽姑太答道，还很不悦，"这一生恐怕都嫁不出去了。我们还是别说这个了，"她转过身对威尼弗列德说道，"蒙塔谷最近怎么样？"

那晚，两姐妹在等待用晚餐的时候，裘丽姑太嘀咕道："海斯特，我已经与史米赛尔说好了，准备半瓶甜香槟酒。我认为应该为詹姆士与索密斯妻子的身体安康而干杯。但是必须保守秘密，我话只说到这儿，海斯特，你能明白我的意思吗？然后，大家就来干一杯。我是害怕侗摩西难过①。"

"也让我们感觉难过呢，"海斯特姑太说道，"但这的确值得庆贺呀。我认为，这是难得的机会。"

"对呀！"裘丽姑太陶醉地说道，"这确实是不容易遇到的！但是你想一下，若是他能生个儿子，可以延续香火就好了！如今伊莲都已经有孩子了，我认为此事很重要。听威尼弗列德说，乔治给佐里恩取了一个外号，'三桅船'，由于他有三房子女。这个你是明白的！乔治够风趣的！另外，你想一下，伊莲最终还是住在索密斯为他们俩建造的房屋里。这真是太让索密斯无地自容了，可他依旧是那么的老实本分。"

---

①裘丽姑太害怕侗摩西难过，是由于他没有子嗣；下文海斯特姑太的难过，是怕喝醉。

当天夜里，裘丽姑太在床上躺着，想起晚餐上的那杯酒与第二次干杯时的隐秘心情，仍旧让她情绪激动、醉眼蒙眬。她床边放着一本祈祷书，目不转睛地盯着被灯光渲染成黄色的屋顶。小家伙！对他们来说，都棒极了！只要她看到索密斯能幸福快乐，她也就怡然自乐了。但是，他如今也非常快乐，伊莫金的话不一定全部合理。他想拥有的都有了！财富、妻子、孩子！并且他还会一直精神抖擞地活到很大年纪，如同他那可敬的父亲，会完全把伊莲与错综复杂的离婚事件忘得一干二净。若她自己能继续活着，一定要赶在头一个买一架木马送给他的孩子，那该多好啊！史米赛尔会在商店里面帮她挑选那既漂亮又有斑点的木马，当年，罗杰就是这样摇啊摇，哄着自己入睡的！是啊！时间都过去那么久了。确实是这样！"在我父亲的家里，有许多住处……"这时耳边传来一阵低低的声音，"不会是耗子吧！"她机械地想着。这时声音越来越大，你听听，确实是耗子在作怪！史米赛尔可真是个淘气鬼，偏偏说没有耗子！若是再这样放任下去，那些护壁板都会被咬坏的，到时候，就不得不找个瓦匠过来修理了！耗子是最喜欢破坏东西的家伙了！她还是静静地在床上躺着，眼珠轻微地转动着，心里留意着那低低的声音，等候睡眠来解救她。

12. 一个小福尔赛降生了

索密斯走出自家花园的大门，走过草丛，在河岸的小路上逗留了一会儿，又回到门口，却感觉自己一直都待在原地没动。但是那驰道上轰鸣的马车声，让他意识医生已经走了，而时间正在一点点地过去。他刚刚到底说了些什么呢?

"福尔赛先生,情况是这样的:若是开刀进行手术,我能够保证产妇的安全,但是无法保住孩子;若是不进行手术,孩子或许能保住,但是产妇要承受很大的风险——非常大。而且无论手术与否,她都不能再生育了。以她现在的情况来看,肯定无法自行选择。而时间又不允许我们等到她母亲赶来。如今这件事只能由你来决定,我现在就去准备手术用的器械。一小时后再过来。"

要我决定!在如此紧急的情况下,由我来决定!连邀请一些好的大夫前来会诊的时间都没有了!一切都晚了!

那驰道上的车轮声已经听不到了,索密斯还是全神贯注地待在那儿,一动不动。猛然间,他捂住了自己的耳朵,走到小河旁。还没有足月就生产了,一切准备都来不及了!现在连她母亲也赶不过来!这件事应当由她母亲来做决定。但是,她晚上才能从巴黎赶过来。若是他能明白医学上那些专业术语或者一些细节的话,那该多好啊!就能够分辨出手术的利与弊了,就会有把握一些;但是,医生所说的那些专用名词和术语,如同外国话一般,就像非专业人士与你谈论法律问题一样。可是,他还是得做出决定!他放下那搭在额头上的手掌,虽然天气寒冷,可是汗珠已经沾满了他的手心。她的屋内发出一些声响!一旦回房只会让他更加难以抉择。这时他应当冷静,理智行事。一种情况是能保住自己那年轻的妻子,却可能保不住肚子里的胎儿;并且从此以后都不能再生育了!另一种情况是他的妻子可能会保不住,但是孩子生存下来的概率很大,并且以后也不能再生育了!这两种情况该如何抉择呢?接连两周的持续降雨，令小河的水位上升了不少，他的私家船停靠在自己修建的码头上，小船四周可以看到一些在寒潮中被风吹掉的落叶。落叶飘零，生命随流水逝去！这就是死亡！他决定着死亡！而且没有人能够帮助他，生命一旦失去就再也不会重来。目前还能保住的切勿轻言放弃；一旦放弃，就再也无法挽回了。生命的终止只会让你成为空壳，如同那掉光了叶子的树木，慢慢地枯萎，最终连自己都凋零了也掉落下来。此时，他的思想莫名地来了一个大转弯，那扇窗正被太阳照耀着，窗子里面就是睡着的安妮特，但是他眼前见到的似乎并不是安妮特，而是十六年前熟睡在孟特贝里尔广场那房间中的伊莲，如同这一切都是命运安排的一样。若是在当时，他还会犹豫不决吗？他不会有半点迟疑！手术！手术！保住她的生命！根本就不会面对这种犹豫不决的场面，这是内心的一种自然呼唤，即使他当时已经清楚地知道伊莲爱的人不是他！但是，面对眼前的安妮特，他缺少了那种无法控制、无人能阻的力量！特别是最近一段时间，她开始感觉对未来充满恐惧之后，他曾多次无法理解。她有自己的计划，具备了她那法国人的自私。不过，却还是那般迷人！她心里是怎么想的呢？冒一下险吗？"我能知道她需要这个孩子，"他心想着，"若是生下来就夭折了，并且从此再也不能生育了，她肯定会伤心欲绝，一切都会化为乌有，不存在任何的期盼了。从结婚以来这么久，一年又一年，却未曾有个孩子，什么都落空了！并且她还那么年轻，这会使她失去一切希望——我也是！"他双手捶胸！为何只要一想到这件事，就不由自主地让自己牵扯进来，难道就不能撇开自己，去想想该如何处理吗？这个想法让他心如刀割，之后，便犹如胸膛一般，使他不再感受利刃的刺痛了。把自己搁置一边，绝对不行！这如同进入那全无感官的真空中一般！这一思想的本质就是恐怖的、毫无用处的！就这样探索到现实的终端，这同时也是福尔赛精神世界的内涵，索密斯暂时歇了一会儿。当一个人开始静下来的时候，整个世界也会变得静止；它或许还会继续转动，但是那儿已经什么都没有了！

他看了一下时间，还有半小时左右医生就要回来了。他必须做出决定！若是他拒绝做手术，可能会让她死掉，那么自己有何颜面去面对她的母亲，又有何颜面去面对这一个医生？还能对得住自己的良心吗？她肚子里的毕竟是他的孩子啊。若是同意做手术，那就是给他们俩下了再无子嗣的判决书。但是，当初如果不是想要拥有一个合法的继承人，还有什么理由会让自己娶她呢？另外，他那奄奄一息的父亲已经撑不了多久了，如今正在那儿等着消息呢！"这真是残酷啊，根本不应该让人做这样的选择！"他转过身走向房子。这时他想出一个既神奇又简单的方法来进行抉择！他从口袋中拿出一枚硬币，又放了进去，他很清楚，不管转出来的是什么结果，自己都不会遵从！他走向饭厅，此处与那发出声响的屋子距离最远。医生曾告诉他还是有希望的，似乎在这里希望就会放大，这里没有河流，也没有落叶，里面生着火。索密斯将酒橱打开，他从未喝过烈酒，而此时却给自己倒了一杯威士忌，他拿起酒杯一口灌了下去，希望以此加快血液的流动。他心想着："佐里恩那家伙早就生儿育女了，还拥有了我一生中最爱的女人，并且还为他生了一个儿子！可是我呢——我却被逼得非要亲手杀死自己唯一的孩子不可！不行！安妮特还年轻，身体很强壮，她的生命不会就这么结束的！"

他在酒橱旁焦虑不安之际，医生的马车声传了过来！于是，他前去迎接。他要等到医生上楼诊断完毕下来之后，才可以向他询问情况。

"医生！怎么样了？"

"和之前差不多，你做出决定了吗？"

"我想好了！"索密斯说道，"不做手术！"

"不做手术？你可要想清楚，这样风险非常大！"

索密斯沉着脸望着他，唇间有一丝颤抖。

"你不是说过存在可能性的吗？"

"是存在！但是，可能性相当渺小。"

"只要做手术，孩子就肯定保不住了吗？"

"没错！"

"你仍旧觉得她从此不能再生育了吗？"

"也没有那么绝对！但可能性还是很微小。"

"她身体很强壮，我想冒一下险。"索密斯说道。

医生非常严肃地望着他说："你必须负责任，若是我的妻子，我肯定不会这样做。"

索密斯微微向上抬了抬下巴，如同被人打了一拳。

"上面需要我帮忙吗？"他问道。

"不需要，你别进来。"

"那我就到画廊去等，你应该知道那个地方。"

医生点了点头，便赶往楼上。

索密斯还是在原地一动不动地站着，聚精会神地听着。"明日此时，"他心想着，"我的手上有可能沾着她的血，不！这是不公平的，这样说也太吓人了！"刚刚那焦虑不安的心情又席卷而

766

来，他往楼上的画廊走去，在窗口停住了脚步。窗外北风呼啸，天气冷冽，碧空上飘着厚重的云朵。透过颜色开始变得金黄的树林看过去，河面一片湛蓝，整片树林色彩绚丽，如燃烧的烈火，如耀眼的铜片——好一番初秋景致！若这次是自己身处这生死边缘，她还愿意这般冒险吗？"但是，她肯定宁可失去我也不想失去孩子，她并非真心爱着我！"他心想着，她一个女孩子，而且是法国人，你还能对她有什么奢求呢？对于他们俩之间的婚姻来说，对于前途来说，最重要的只不过是一个孩子罢了！"我为此事可尝尽了苦头哇！"他想着，"这次我绝对不能放弃，永不放弃。或许母子俩都可以保住呢！是有这种可能性的！"任是谁都不会轻易放手的，直到被夺去——任是谁都不会放手的！他在画廊里四处走动着。这段时间，他买了一幅很有升值空间的画。因此，他目不转睛地站在画前看着，上面画的是一个小女孩，她那暗黄色的头发如同金属丝一般，正在全神贯注地望着手中那金黄色的小怪物。即使在如此悲痛的情形之下，他还能感觉到这简直就是捡了一个天大的便宜，他此时还能静静地欣赏这图画上的桌椅、地板，还有女孩子那婀娜的身姿、全神贯注的表情、暗黄色的发丝，以及手中那金黄色的小怪物。人收藏这些画作就是积累财富。这有什么作用呢？若是……他突然一转身，将画置于身后，向窗口走去，他养的鸽子已经有几只从鸽房周围的鸽树上飞了起来，在北风中展翅翱翔，在阳光的照耀下，雪白的羽毛光芒四射。鸽子飞上了遥远的天空，用自己的翅膀划出文字的形状，安妮特亲自负责这些鸽子的饮食。她喂鸽子的时候看起来美极了。那些鸽子都吃着她手中的食物，它们都清楚她的性子比较直。突然，他的喉咙似乎被什么东西塞住了一般。她的生命不会就这样结束的，绝对不会！她简直太体贴了，她身体很强壮，像她的母亲一样，虽然她是那样苍白漂亮！

当他开门静听时，夜幕快要降临了。四周鸦雀无声！那黄昏之光慢慢地洒向了整个楼梯口。他刚要转过头去，耳边就传来一阵轻微的声响，他向楼下望了望，发现有个影子在晃动。他有些提心吊胆，那是什么？死神吗？那是她房内出来的死神的样子吗？不对！不对！那只不过是一个没戴帽子、没系围裙的女用人。女用人来到楼梯下，气喘吁吁地说道：

"老爷！医生有话跟您说！"

他飞快地跑下楼梯，女用人紧靠在墙边让出道来。她说道：

"事情已经结束了！老爷！"

"结束？"索密斯用恐吓的语气问她，"你这话是什么意思？"

"老爷！已经生下来了！"

他连步折上二楼的楼梯，恰巧在阴暗的走廊里遇到医生，此时，他正在擦拭额头上的汗珠。

"快说！怎么样了？"他说道。

"两个都保住了，我想，应该平安无事了。"

索密斯站在那里，用手捂住自己的眼睛。

"可喜可贺呀！"他听到医生说，"差一点就完了。"

索密斯放下了那只遮住眼睛的手。

"感谢！"他说道，"真是太感谢你了！是男孩还是女孩呢？"

"女孩——幸好是女孩呀，若是男孩，恐怕会要了她的命呢，头会出不来的！"

女孩?

"对她们母女俩多加照顾,"他听到医生说,"她的母亲何时到达这里呢?"

"我想可能是今晚九点到十点吧。"

"那好吧!等她来了以后我再离开吧!你现在要去见见她们母女吗?"

"我现在不过去了,"索密斯说道,"你离开以前,我会吩咐下人送饭过来。"说完就向楼下走去。

此时,他的放松心情是无法用语言来表达的,只不过——是个女儿!他感到上天真的对他不公。承受如此巨大的风险——经受如此痛彻心扉的折磨——最终竟然是个女儿!过道中炉火烧得正旺,他站在火前,探出脚尖触碰了一下炉火,想让自己能够重新习惯眼前的一切。"我的父亲呀!"他心想着。不能对他说,毫无疑问这将让他失望至极!人生在世难以十全十美!并且以后再也不能生了——就算是有,也毫无意义,至少!

他站在过道上。这时,保姆递给他一份电报:

父病危,速回!母字。

他望着手中的电报,突然泣不成声。刚刚经历过好几小时的痛苦折磨,别人会觉得他对其他事物都将无动于衷了,但是,此事却让他动了情。此刻是七点半,九点的时候有班火车从雷丁开出,若是拉莫特太太赶上的话,估计八点四十分就能到这儿来了,他可以先去火车站接她,之后再离开。他嘱咐用人把马车备齐,呆滞地吃了点晚餐,便来到楼上。医生走了出来:

"她们都睡了。"

"那我就先不进去了，"索密斯说道，此时心放下了许多，"我父亲病危，我必须赶往伦敦，这儿应该没事吧？"

医生有些疑惑，又露出钦佩之情，似乎在说："若是他们都如你这么冷静的话。"

"好吧！你大可放心地离开。但是，你会马上回来吗？"

"明日吧！"索密斯说道，"这个是我在伦敦的住址。"

医生表现出来异常的同情。

"告辞！"索密斯不假思索地说，一转身就离开了。他套上自己的皮风衣。死亡！真是很残忍的事！他从口袋里拿出一支香烟点燃，坐在马车中抽着。当天晚上风特别大，如同扇动着漆黑的翅膀；用马车的灯光摸索着前行。他的父亲！那么高龄的老人！竟然在如此不舒服的夜晚——撒手人寰！

他到达车站，伦敦那边的火车刚好抵达，拉莫特太太那套在黑色衣服中的肥胖身体，在灯光的照射下显得有些发黄，她手上提着行李箱正走出站台。

"你的行李就是这些吗？"索密斯问道。

"那当然！否则怎么能赶上呢。我的小宝贝情况如何？"

"大小平安，生了个女儿！"

"女儿！真是太好了，太好了呀！经过海峡很不顺利呢！"

拉莫特太太虽然经过海峡并不顺利，但是她那黑胖的身体，却没有一丝"掉肉"的迹象。她坐进了马车。

"你怎么不上车呢？亲爱的！"

"我父亲病得很重，"索密斯沉痛地说，"我要即刻赶往伦敦，代我亲吻安妮特。"

"是吗？"拉莫特太太说道，"太悲惨了！"

索密斯摘下了帽子，走向自己乘坐的火车。"这法国人！"他心想。

13. 将消息告诉詹姆士

詹姆士在自己那双层窗户的屋子里受了风寒，情况很糟糕。那房间的空气与探望他的人一样，几乎都要被过滤一番才能进来，又况且，他从九月中旬以来连房门都没出过。只是这样一点风寒，他的身体就支撑不住了，寒气很快蔓延到他的肺部。过去，医生就叮嘱过他："绝对不能受寒呀！"但是，恰巧就染上了。他觉得自己喉咙不适，便对新请来的护理师说道："看吧，我早就预料到会这样，我哪能经得住这样透气呢！"他总是在疑神疑鬼，一切事前事后的防治手段都动用了，他连呼吸都怕得要命，每小时都量一回体温。爱米莉并没有太担心。

一日清早，她来到他的房间，护理师低声说："他不愿意量体温。"

爱米莉走向床边，轻轻地说："詹姆士，你感觉怎么样了呢？"她将温度计放在他的嘴边，詹姆士仰头望了望她。

"这有什么用？"他嘀咕，"我根本不想知道。"

爱米莉这下慌了。他憋得厉害，苍白的瘦脸上带着一些红色斑点。确实，他们曾经也常常"拌嘴"；但是，他毕竟是自己的丈夫，都已经五十年了。他伴随着她的记忆，虽然他经常絮絮叨叨，悲观固执，但是对家里任何人都关怀备至，对他们心存怜恤！

　　一连两天，他都默不作声，但从他的眼神看得出来，他对大家的照顾看在眼里，而且也能看出，他是在拼力挣扎着。为此，爱米莉又感到了一些希望。他的身躯冷静地躺着，似乎在聚集一切微小的力量，做着殊死的搏斗。爱米莉大为感动。她在病房表现得非常勇敢，让人欣慰。但是，一出门，她的眼泪就忍不住了。

　　第三天，大概在下午茶的时候，她帮他更换了衣服。为了不让他惊慌，她还是装得很轻松。正在这时，她感觉情况不妙，他那张苍白的脸，已经明白地告诉她："我已经不行了，没用的。"她走向他，他说："去叫索密斯。"

　　"好，詹姆士，"她温和地说道，"好，这就去。"她亲吻他的额头，在上面留下一滴眼泪，她擦拭眼睛时，看到了他眼中的感激。爱米莉方寸大乱，跑去给索密斯发电报。

　　大风的夜晚，索密斯来了。此时，这所房子简直像坟墓一样冷清，瓦姆生那张大方脸，突然显得有点狭长了。他仔细接过皮风衣，问：

　　"少爷，要来杯葡萄酒吗？"

　　索密斯摇摇头，皱眉望着他，似乎要问他什么。

　　瓦姆生嘴角哆嗦了一下。"少爷，他正在找您，"他说着便掩起了鼻子，"少爷，这么多年来，一直是我在伺候老爷，这么多年了——"他叠着风衣。

　　索密斯到楼上去了。这间他出生和成长的屋子，从未像今天这样让人感到温暖、富丽又舒服，然而这却是他最后一次在这里拜望他的父亲。这房子本身并不太令他满意，但是，仅仅看它那坚硬的油布板画的装饰，又让他觉得无比舒适。然而，如此月黑风高的夜晚，这坟墓却又是如此冷清！

　　他在门外站了片刻。没有声音传出来。他小心扭开门锁溜进房间，没有人察觉到他。灯光加了罩子，母亲与威尼弗列德对着床坐着；这时，护理师腾出一张空椅，走向了一旁。"让给我的！"索密斯心想着。母亲与妹妹一见到他便站起来，但他摆出了一个手势，她们又坐下了。索密斯站到椅子旁边，看着父亲。詹姆士紧闭着双眼，像是被扼住了咽喉，憋得厉害。索密斯望着他那苍白、消瘦、病痛的脸庞，听着他艰难的呼吸。此时，他的心中不由自主涌起一股怨气，向着那命运——那蹂躏着这枯瘦的胸膛，将他的呼吸一点点地挤掉，将他至亲之人的生命一点点挤走的命运。在世上，父亲一向是谨慎稳重、处世圆滑与勤俭节约的，居然落得如此下场——要在命运的手中一点点挤捱而死！他不由得叫了起来："啊，多么残忍！"

　　母亲掩住了双眼，威尼弗列德也埋着头。面对这种事情，女人或许要比男人更坚强。他走上前。父亲已经有三天没修面了，上唇与下巴都是胡茬，跟头发一样斑白，这使得他的脸色并不是那么糟，甚至现出一种人世绝无的古怪表情。詹姆士睁开双眼。索密斯俯近他，弯下腰说：

　　"父亲！是我！"

　　"唉——有——有什么消息没有？他们不说……"声音断了，索密斯的心痛得简直说不出话来，要不要告诉他？告诉他什么？他使劲压抑着内心的伤痛，绷住了嘴唇，说着：

　　"好消息！父亲！好消息！安妮特……生了个儿子。"

"呀！"一声奇怪的叫声，那么难听又那么自然，那么满足又那么遗憾——就像一个婴儿得到自己的心愿之物。詹姆士的眼睛重又闭上，那令人痛苦的呼吸声又响起来了。索密斯退到椅子旁边，傻傻地坐着。他的这句谎言信口即来，父亲在离开人世后绝对无从识破，然而一出口，却几乎耗尽了他的心力。他的手臂突然碰到了父亲赤裸着的一只脚。在呼吸受到折磨之际，詹姆士把自己的脚从被子里蹬了出来。索密斯紧紧握着他的一只脚，那只脚瘦小、苍白，冷得像冰。不久之后，这只脚就要冰凉无比了，因此也不必将它放到被窝里盖住了。他机械地搓着父亲的脚，尽可能让它暖和一点儿，心中的伤痛突然又涌了上来。威尼弗列德那边传来一声啜泣，又赶紧压了下去，而他母亲则坐在那里纹丝不动，眼睛使劲望着詹姆士。索密斯对护理师招了招手：

"医生呢？"他低声问道。

"已经去叫了。"

"想想还有什么法子能让他呼吸好受点？"

"只能输液了，但是，他可能承受不了。听医生讲，他在挣扎之际……"

"他没有挣扎，"索密斯低声说道，"他只是暂时的呼吸堵塞，感到难受罢了！"

詹姆士不安地抽动了一下身体，似乎能明白他们的意思。索密斯站起来，弯下腰望着他。詹姆士无力地举起双手，索密斯紧紧握住它。

"他想拉着坐起来。"护理师低声说道。

索密斯连忙拉父亲起来，他觉得自己并没有用力，但詹姆士脸上却露出了一种近乎愤怒的表情。护理师拍打了几下枕头。索密斯放开双手，弯下身子亲了亲父亲的额头。正当他要起身，詹姆士张开了眼睛盯着他，那表情就犹如将所有剩余的力量都迸发出来一般，似乎在说："儿子！我快不行了，帮我好好照顾他们，照顾自己，照顾——这一切都交给你了。"

"我会的！我会的！"索密斯低声说道，"我会的！会的！"

不知道护理师在他背后做了些什么，让他父亲做出了一种小小的表示反抗的动作，似乎对她的介入感到十分反感。差不多就在同一时刻，他的呼吸开始放松，趋于平静，仰卧着的身体纹丝不动，脸上焦虑的神情也消失了，变成了一种怪异而苍白的安静。他的眼皮微微颤抖了一下就不动了，整个面部也不动了，那么安详，只剩下双唇之间那微微的呼气声，唯有这些让人觉得他还有呼吸。索密斯又重新坐回椅子上，伸出双手搓着那只冰冷的脚。只听护理师坐在炉火旁抽泣着，让人奇怪的是，她作为一个外人，竟然是他们中间唯一一个哭泣的人！他听到炉火燃烧时发出的噼啪声。老一辈的福尔赛当中又有一位将永远离开了，他们真是了不起，如此拼命支撑真是了不起！他母亲与威尼弗列德正佝着身体望着詹姆士的嘴唇，而索密斯则歪着身子倚在床上紧紧地握住那双脚，希望能让它们暖和一点儿，可以让他更加舒适，即使那脚变得越来越冷。他猛地站起身来，他父亲的唇间发出一种从未听到过的令人恐惧的声音，就如同一颗心被强行撕裂时发出的长长的呻吟声。多么坚强的一颗心，就这样辞别人世！它不再跳动了。索密斯望着那张脸，已经没有任何表情了，呼吸也停止了！死亡了！他亲了亲父亲的额头，转身离开房间，跑到楼上自己的房间里。那是一直为他保留的房间，他伏在自己的床上抽泣着，用枕头捂住脸……

过了片刻，他又下楼进了父亲的房内。詹姆士孤独地躺在那儿，神情非常安详，看不出有一丝痛苦与不安，那张已经面无表情的脸上带着年老的威仪，如同那随着时光褪去的古币上的美丽庄严。

索密斯目不转睛地望着那张脸，又望了望炉火，环视着房间里的每个角落。屋里的所有窗户都打开了，面向着伦敦的深夜。

"永别了！"他低声说了一句便转身离开了。

14. 属于他的

在当天晚上与第二天一整天的时间里，索密斯需要处理一大堆烦琐的事务。正在吃早餐的时候，他收到一封电报，说安妮特平安无事，让他大为宽心。之后，幸好赶坐上了开往雷丁的最后一班火车，爱米莉的吻还在额头上留有余温，耳边也还回响着她的话语：

"亲爱的！如果没有你，我都不知该如何是好。"

他在夜半时分赶回了自己的住所，天气已经渐渐泛起暖意，他感觉如同结束了一桩事务，算清了一个福尔赛最后的一笔账，终于可以好好放松一下了。他在晚餐前接到第二封电报，能够确定安妮特安然无恙。因此，他并未回大房子，而是借着月光穿过花园前往小河旁的船上。到了船上就能好好睡觉了。这时他已经筋疲力尽。于是，在长沙发上穿着风衣就睡着了。当他睡醒时，天已经大亮了。他站在甲板上放眼往西望去，整条河流顺着岸边的丛林拐了一个弯。让人奇怪的是，索密斯对大自然风光的欣赏，有点像他的那些泥腿子祖先。若是在自然界无法找到美感，心中就不由自主地有点抱怨，而且这些抱怨的感觉，毫无疑问，会因为自己对风景画领域的研究而变得更加敏锐、更加开化。但是，黎明有一股强大的力量能使那平淡无奇的眼光变得光彩夺目。因此，索密斯的心也蠢蠢欲动。身处在那悠闲、清爽的光芒之下，眼前好像看到了一个完全不同的世界，与往昔的小河流迥然不同。那是一个人类还未曾涉足过的世界，一个虚幻的世界，如同探险家远远发现的一些陌生的海岸。它的颜色与我们平时看到的颜色截然不同，根本不像是颜色，天地万物都在低吟着，却那么清晰，它的那种宁静让人目瞪口呆，并且没有任何气味。为何一个这样的世界会使他心动？索密斯也说不上来，可能是觉得自己在这个世界里无比孤寂，自己的所有关系和财产几乎被掠夺了。或许他的父亲就前往这个世界去了，即使眼前的世界与他离开的世界有诸多相似的地方。索密斯细细地想着，不知哪位画家有本事将它画出来，这样就可以避免和它直接接触了。那片水域呈现出如鱼肚皮一般的灰白色！谁能说他目力所及的这个世界，全部为个人所有呢？哪怕是这河流——不过，河水也会被人抽走！花草树木、飞禽走兽，甚至是一条鱼，它们都没有一个特定的主人。曾经，这里也许布满了草莽、沼泽与水，那些奇形怪状的动物在这儿嬉戏玩耍，却没有引起人们的关注，为它们取名。从那片缓缓向水边延伸的用心栽培的森林中穿过去，或许到处都是郁郁葱葱或者烂掉的草莽，在对岸的草原上，可能长满了被雾气覆盖着的芦苇。对呀！人们将这些捕捉起来，将它们占据，贴好标签，送到律师事务备案，还当自己做了一件好事！但是，时不时地，眼前会浮现出一些阴魂不散的人，苦苦纠缠那些刚好清醒的人，还嘀嘀咕咕："你们都产生于我那没有归属的孤独与寂寞，总有一天你们还是会回到那里！”

在索密斯看来，这是个全新而又古老的世界，是一个没有归属的世界在回忆着自身的过往。他感到有些胆战心惊，于是，走向船舱点燃酒精灯，烧了壶茶。喝过茶之后，他将纸笔拿了出来，写下这两句话：

詹姆士·福尔赛于本月二十日在公园巷自家寓所中逝世，享年九十一岁，定于二十四日在高门山公墓举行殡葬仪式。

鲜花哀谢。

索密斯·福尔赛之妻安妮特于本月二十日在麦波杜伦憩园诞下一女。

在下面垫着的吸墨纸上，索密斯涂抹出一个字眼，儿子。

他穿过草地前往大房子时，已是一个普通秋日的清晨八点钟了。一些树木耸立在河流对岸，在乳白色的朝霞映衬下格外清晰；烧柴火的青烟直直升起；他的那些鸽子咕噜咕噜地叫着，在太阳底下梳理着羽毛。

他悄悄地走进更衣间。洗了个澡，剃好胡须，穿上整洁的衬衫与黑色套装。

索密斯来到楼下的时候，拉莫特太太恰巧在用早餐。

她看了一眼他的服装，便说道：“不用说了！”同时握了一下他的手：“安妮特没事，不过，医生说她以后不能再生育了，这个你清楚吗？”索密斯点了点头。“真是遗憾啊！不过，那孩子真是惹人喜欢！要来杯咖啡吗？”

索密斯很快避开她。她实在令人讨厌，块头又大，俗不可耐，脑子又精明——典型的法国人。那些法语的母音和喉音，实在让人难以接受，而且，他对她看自己的那种表情也十分厌恶，好像安妮特以后不能生孩子是他的过错一样！他的过错！甚至有些厌恶她那般粗陋地对自己那还未见面的女儿表示疼爱的方式。

让人奇怪的是，他一直都不敢面对自己的妻子与女儿。

人们都认为他会迫不及待地前去看望她们母女俩。相反，他打心底就感到一种畏惧——哪怕他是个不知满足的占有者。他很害怕安妮特会责怪他，怪他让她在生死边缘受尽了折磨，他也不敢见到孩子的模样，担心自己对现在和未来的那种失望会表现出来。

他在客厅来回走动了一小时，最终才鼓足勇气走上楼梯去敲门。

拉莫特太太打开门。

"啊呀，你可来啦！她正在等你呢！"她从他旁边走了出去，索密斯咬紧牙关，轻轻地走了进去，偷眼望着。

安妮特面色苍白地躺在床上，但是依旧很漂亮。女儿不知道藏在哪儿，他还没看到。来到床边的时候，他突然有点感动，弯下腰亲了亲安妮特。

"索密斯，你可算来了，"她说道，"现在我身体好多了，但之前实在是饱受折磨啊！以后不能再生孩子了真是开心，哎呀！那简直太痛苦啦！"

索密斯沉默不语地站着，温柔地拍了拍她的手，至于那些甜言蜜语和安慰的话，他都无法说出口。他的脑海中闪过一个想法："一个英国女孩子绝对不会这样说。"此时，他彻底明白，自己的精神与理智都难以与她接近，他只不过像收藏一幅画那样收藏她罢了。

他突然回想起佐里恩所言："你肯定为脱身而欢喜吧！"对呀！他脱身了！但是会不会又陷入其中呢？

"我们得好好弄些吃的给你！"他说道，"要不了多久，你的身体就会强健起来了。"

"索密斯！女儿睡了！你要看看她吗？"

"那当然！"索密斯说道，"当然要看！"

他绕过床尾来到了床的另一边，站在那里，刚开始看到的只是一个新生儿。然而，当这个新生儿在他的目光下，一面均匀地呼吸，一面用小小的手脚比画出梦中的姿态时，他似乎觉得，眼前的她成了一个性情十足的东西，渐渐地似乎变成了一幅生动的图画，让他看了又看。其实，她根本不惹人讨厌，并且十分明艳动人。他用手指拨开了婴儿那黑色的头发，想看看她的眼睛。她睁开了双眼，露出深色的眼珠——说不清是蓝色还是褐色，眨了眨，瞪着前方，似乎还隐含着浓浓的睡意。突然，他心里涌上一阵奇特的感觉，这种感觉是那么温馨，如同自己被注入了新的生命。

"我亲爱的小芙蕾①啊！"安妮特温柔地说道。

"芙蕾！"索密斯重复着，"芙蕾！这个名字不错，就这么称呼她吧！"

他的心忽然被涌上来的胜利占据了！

上帝啊！原来这个——这个东西才是属于他的！

---

①芙蕾：法语中"花儿"的发音。

插曲　醒悟

下午五点钟的时候，七月份明媚的阳光透过罗宾山厅堂里面那扇大大的天窗，一直照射下来，刚好落到楼梯的拐角处，小佐恩·福尔赛身着一套青麻纱衣服，站在那簇璀璨的光芒里。他的头发梳得锃亮发光，眉头却紧锁着，一双眼睛炯炯有神，原来他正在想一个如何下楼的好办法。这已经是他在多次谋划中的最后一次了，不久之后，他的爸爸妈妈就要乘车回来了。是四级一步，还是五级一步呢？无趣！如果从扶手顶端往下滑呢？但是又怎么滑呢？脸向下，脚先着地？更加无趣！把肚皮紧贴着扶手横着往下滑吗？太无趣了！两只手臂垂着吗？这可不行！或者依旧脸向下，头先着地呢？这种方法恐怕只有他才想得出来。这就是小佐恩阳光照耀下的脸庞上愁眉紧锁的缘由所在……

在一九〇九年的那个夏日，那些当时就想着要把英语简化①的头脑简单的人，根本不知道小佐恩的存在，不然的话，或许他们就会把他当作信徒了。但是，人世间总会有某些事情过于简单化，如同他的原名本是佐里恩，但是他那已离世的哥哥与还活着的老爸很久之前，这些都让他感觉自己处在一个万年不变、十足高贵而自由自

①当时的英文拼写方法简化活动。

在的地方。他生于一九〇一年，当他懂事一点的时候，他的国家刚好经历完一阵厉害的猩红热——布尔战争。接着，又开始酝酿一九〇六年的自由主义复兴运动①。压制是最让人反感的一种手段，爸爸妈妈都兴高采烈地想要让自己的子女快乐一番，他们省了戒尺，害了孩子②，却还在期待着一个美好的结局。而且，小佐恩选择出生在这样一个家庭，也算是比较明智的，父亲五十二岁了，为人慈厚温顺，有个独养儿子也已经久别于人世；母亲三十八岁，他作为她的第一个也是唯一的孩子，极有可能会变成一个介于宠坏的小狗与自大的畜生之间的混合种，但是并没有这样，因为他的父亲对母亲特别疼爱，小佐恩都能体会到她并非只是他的母亲，在父亲心中，自己不过排第二罢了。至于他在母亲心中的位置，还不能准确地判定。他那同父异母的姐姐珍"姑"——年龄相差太大，称呼"姐姐"有些不适宜了——对他也是十分的疼爱，然而，却显得太过鲁莽了。他喜欢的"大"，也带有一点斯巴达人的味道，给他洗冷水澡，让他光着膝盖，从不让他为自己难受。他在教育方面的问题也让自己头疼，小佐恩和某些人一样觉得最好还是别强迫小孩学习。那个法国老师每天清晨，都会要求他学习两小时的法语，同时还让他学习历史、地理以及数学，他感觉还好。他母亲教他弹钢琴的感觉也还不错，她能用诀窍促使他去弹奏各种曲调，从不强迫他弹奏不感兴趣的曲子。因此，他在弹奏时总是津津有味，只想弹奏得更熟练一些。他的父亲教他画一些小猪或者别的动物。论年龄，还不

---

①自由主义复兴运动：1886年，英国自由党由于爱尔兰自治问题陷于瓦解，1905年重新执政。

②这是一句西方谚语，相当于"不打不成器"，但此处用作反语。

能说他接受了很多的教育。但从整体来看，这种富裕的环境并没有使他变得娇生惯养，但是"大"偶尔也会提出，让他与其他的小孩嬉戏玩耍会大受裨益。

基于以上因素，在他快到七岁的时候，"大"却忽然将他按捺住，禁止他做哪怕一件她未认可的事，这让他感到十分压抑。作为福尔赛家族的一员，他觉得自己所拥有的个人自由首次被干涉，气得火冒三丈。对于那种被限制在无奈之中，而且不确定何时才能终止的感觉，真是令人感到可怕。想想看，若是她一直让自己那样伏着，又该如何是好呢？他的惩罚持续了五十秒，在此期间他一直大喊大叫。令人感到更糟糕的是，他了解到"大"在让他受了那么久的罪之后，才发觉自己的行为吓到他了。这简直太荒唐了，此事让他首次觉得人们是那么欠缺想象力。即使"大"停止了对他的惩罚，他还是认为她处事太过于荒唐。虽然他不愿拿这个作为把柄，但是，又害怕这种闹剧会重复上演，情急之下才对他的母亲说道："母亲！别让'大'再用那种让我趴在地上的办法惩罚我了！"

他的母亲正举着双手，握住自己的两条发辫，小佐恩那时还不知如何用法语描述她的头发和落叶的颜色一样，她用那双如他身上的绒质风衣般褐黄的眼睛望了一眼小佐恩，回答道："宝贝！好！好！我不会允许她这么做了。"

她如同女神一般有求必应，让他感到非常满足。特别让小佐恩感到高兴的是，某天在用早餐的时候，他在餐桌底下等待蘑菇长出来[①]，刚好偷听到了父母的对话。他母亲说道：

①小佐恩在此突发奇想，可能是受到"蘑菇长得最快"之类的知识所启发。

"亲爱的，我们俩谁来告诉'大'呢？她对他十分疼爱。"

他的父亲随即答道："不管怎样，她那种惩罚人的方式是不对的，我能理解那种被压着趴在地上的痛苦。对于福尔赛家族中的任何一个人来说，这都是无法容忍的，哪怕只有一刻。"

小佐恩感觉他们并未意识到他躲在餐桌下面，顿时感到有些尴尬。这对他来说完全是一种前所未有的感觉，他只能继续待在那儿，念叨着那株蘑菇。

他在人生道路上初次陷入黑暗深渊的情况就是如此，此事发生后，就再无任何新的经历了。之后的某天，他在牛棚喝着加拉特刚挤出来的新鲜牛奶，正好看到苜蓿的小牛死了。他顿时心烦意乱，随即就跑出去找"大"，加拉特没精打采地跟在他后面。突然，他感觉自己找"大"并不合适，便掉头去找他的父亲，却在半路撞见母亲被她拥入怀中。

"苜蓿的小牛死了！呜呜！看起来那么无力！"

他的母亲将他紧紧抱在怀里，说道："对啊！宝贝！没事的！没事的！"终于让他的哽咽声停了下来。若是苜蓿的牛儿会死的话，那蜜蜂、苍蝇、甲虫、小鸡也会死亡，都会变成那么无力的样子！这真让人感到害怕啊！但是没多久他就忘掉了！

之后发生的事情是他坐在一只大蜂的上面，这倒是有些新鲜感，他母亲对此的了解要比"大"多很多。此后，直到年终都未曾发生过什么重大事件，年后的一天，人过得真是糟糕透顶了，次日他就得了让自己开心的麻疹，在床上躺着，用小勺子舀蜂蜜吃，还有很多坦基里尼蜜柑吃。直到此时，世界才明亮起来。这个功劳要算在珍"姑"身上。珍一听说他生了病，便马上从伦敦赶回来，并为他带了一些书籍，她这个一八六九年①出生的人身上具有的侠客精神，都是从这些书籍中学来的。这些书籍看上去都比较旧了，但是在五颜六色的封面之下却隐藏着轰轰烈烈的故事。开始的时候，珍为他朗读书上的内容。之后就允许他自己阅读了，在把这么一大堆的书籍交给他之后，她便急急忙忙地赶回伦敦去了。这些书勾起了他的幻想，无论白天还是晚上，他的脑子里全都是那些海军准尉、贩奴船、海盗、木筏、檀木商船、火车、鲨鱼、战争、鞑靼人、印第安红人、热气球、北极，还有很多稀奇古怪的事情。当他被允许起床的时候，便把自己的小床当作大船，然后在船的四周装上索具，又从大船上了那个由小澡盆顶替的小船，并且划过绿色的地毯海洋，停在那个桃花心形的木质抽屉旁，攀到一座岩石上面，将玻璃水杯的一边贴在眼睛上，透过杯子遥望那无边无际的天空，寻找那些救援的船只。他用手巾架、茶盘与枕头制成了日常的小木筏；将法国李子的果汁省下来，倒入一只空的药水瓶中，把它当作甜酒安置在木筏上；另外，把省出来的鸡肉沫压扁烘干，当作印第安人的碎肉干，也装了进去；还有那医治败血症的菩提果汁，是由橘皮与橘汁压榨而成的。某日清晨，他把床上全部的被褥——除了长枕头之外——堆成北极的样子，将炉栅制作成小艇划过去，在划行的过程中，还与一只北极熊——那是套在"大"的睡衣里面的枕头和四只保龄球柱——进行了一番猛烈的搏斗。此后，他父亲便试图让他的想象力稳定一些，于是送了《撒克逊劫后英雄传》②、《比威

---

①这一年苏伊士运河开通，翌年，法国对普鲁士宣战。
②《撒克逊劫后英雄传》：英国作家司各特的历史著作，以下人物多为其中角色。

斯》①、亚瑟王②故事集以及《白朗的求学时代》③给他。他首先阅读了《撒克逊劫后英雄传》，于是接下来的三天时间里都在忙着建造弗隆德·白夫的城堡，保卫城堡、攻打城堡，除了丽贝卡和罗文娜居住的那些地方，其余都被他破坏得不堪入目，他还时不时发出尖叫："德·布拉西！冲呀！"以及一些类似的话语。当他把亚瑟王的故事看完以后，他觉得自己成了独一无二的至尊兰马洛克·德·加雷斯爵士。虽然书中提起此人的次数不是很多，但是他觉得这个名字比其他武士的名字要威武些；另外，他还骑着自己的木马，手持一根长长的竹竿，那匹木马被他折腾得都快要一命呜呼了。《比威斯》需要丛林与走兽的配合才能玩得痛快，然而，这些道具在他的卧室中都没有，房间里只有费兹·福尔赛和普克·福尔赛那两只猫咪，但它们可都不是好欺负的。至于汤姆·白朗，以他的年龄还不能阅读。总之，等到第四个星期，他可以外出玩耍的时候，全家人都感觉轻松了许多。

　　时值阳春三月，放眼望去，那树木如同船上的桅杆；在小佐恩看来，这可是自然界的大好美景。但是，自己的膝盖、衣服对于"大"来说却是一种折磨。因为"大"既要为他清洗衣服，又要为他缝补衣服。每天早晨用完早餐之后，他便从书房走出来，他父母房间的窗户正对着那个方向。他穿过走廊，爬上那棵老橡树，露出坚毅的表情，头发亮晶晶的。早晨这么玩耍是由于在朗读之前，空

①《比威斯》：一部14世纪英国韵文骑传奇。
②亚瑟王：传说中抵抗撒克逊侵略的凯尔特贤君，下文的加雷斯爵士为其传说中的骑士之一。
③《白朗的求学时代》：英国作家托马斯·休斯（1822—1896年）的校园故事集。

闲的时间不多，无法前往更远一点的地方。那老橡树真是奇形怪状，常常给他新鲜感，那里有主墙、前墙、上墙，并且他总是能够顺着升旗的辘轳或者秋千索直接滑到地面。到了十一点，早晨的学习结束之后，他会去厨房拿一片饼干、一块薄干酪，以及两个法国李子，当作小船上的这些干粮至少是很充足的了。他运用自己的想象力去品尝这些食物，然后开始全副武装，手持枪支与刀剑，一心一意地攀登山峰，在途中总会碰到许多的贩奴船、印第安人、海盗、野豹以及大熊。每天若是这个时候遇到他，都会看见他口中叼着弯刀——就像狄克·尼但姆一样——被正在炸开的瓶盖包围着。他的枪中射出许多黄豆，将不少用人都击中了，他的生活就是这样极度暴力的。

某天，他父亲在老树下坐着对他的母亲说："佐恩真是太胡闹了，说不定哪一天就会去做水手，或者其他毫无前途的职业。你可曾看到他有哪些地方值得赞赏吗？"

"一点都没有。"

"感谢上帝，幸好他不曾对轮胎或者机械动心！我最难以忍受的就是这个了。然而，我真希望他能多花些心思在大自然中。"

"佐里恩，他想象力很丰富的。"

"没错！就是脾气太大了。目前，他对哪个人比较喜爱呢？"

"没有哪一个，他爱着每个人。几乎世上再也找不出第二个比他更爱别人的人了，也没有哪一个人比他更可爱。"

"伊莲！因为他是你的小孩！"

此时，小佐恩正好躺在他们头顶的树枝上面，枪中射出的两粒黄豆阻止了他们的对话；但是那些言辞还是深藏在他的脑海中，爱，想象力，脾气太大！

　　如今树木已经枝繁叶茂了，离他的生日也不远了。他从未忘记每年的五月十二日这天他都会享受到由肝脏、蘑菇、杏仁饼和姜汁酒组成的美好晚餐。然而，从他的八岁生日，到他眼下站在七月阳光下的楼梯拐角处，这段时间里发生了一些重大事件。

　　也许是"大"因为帮他清洗膝盖厌倦了，也许是与生俱来的本性，这些用人们有时也会丢下自己抚养带大的孩子，真是让人匪夷所思。总而言之，正好在他生日之后的那一天，"大"含泪离开了，据说是要去"嫁给某个男人"。真是出人意料呀！"大"离开的事情原本是瞒着小佐恩的。然而，那天他整整一个下午都心情烦闷。他有权知道这件事情！他过生日的时候，收到了两大盒铅兵与少许大炮，再加上一本《小号手》①，掺杂在他的悲哀当中，使他的信仰开始转变。他不再玩那些需要亲自冒险的游戏了，于是开始借助自己的想象力玩耍，让那些铅兵、弹头、石头与黄豆去探险。他把这些"炮灰"收藏起来，相互交替着用来攻打半岛之战②、七年战争③、三十年战争④以及其他的战争，这些是在不久前，从爷爷那本《欧洲史》中所了解到的。这些战役全随着他的想象任意改变。白日里，他在休息室的地板上大展身手，不准任何人进入房间，担心

---

① 《小号手》：英国作家的亨弟（1832—1902年）所著的儿童故事书。
② 半岛之战：又称"打铁战争"，发生于1808—1814年，交战双方为西班牙、葡萄牙、英国和拿破仑统治下的法国，主战场在利比亚半岛。
③ 七年战争：集中爆发于1756—1763年的一场欧洲大国冲突，交战双方为英普同盟和法奥同盟。
④ 三十年战争：由神圣罗马帝国内战而衍生的欧洲国家混战，发生于1618—1648年。

打扰到瑞典王古斯塔夫·阿道夫①或者是不小心踏入奥地利的阵营。他对奥地利人最为偏爱，因为觉得他们的声音很好听。但是，当他了解到奥地利人在战役中大多以失败告终的时候，便开始自己编造一套来玩耍了。尤金王子②、查理大公③和瓦伦斯丁都是他心中的英雄，但蒂利④和马克⑤虽然是奥地利人，却难以赢得他的青睐——某日听说他的父亲把这些名字叫作"歌剧院的东西"，简直不知为何——因为觉得好听，他对杜伦尼⑥也是喜欢的。这段时间他总是待在房里不出去，就连日常的室外活动都不见踪影，这使得他的父母忧心忡忡。五月份到六月中旬都是如此，直到他的父亲送给他《汤姆·索亚历险记》与《哈克贝利·费恩历险记》⑦情况才有所改观。将这两本书看完之后，他的脑海中又诞生了一个新的想法，去外面费尽心思地寻找河流。罗宾山的园子里根本就没有河流，情急之下，他只好让水池代替小河，幸好水池上还有蜻蜓、蚊蚋、灯芯草以及三株小柳树。他的父亲与加拉特对池塘进行了勘测，发现整个池塘的水深都低于两英尺，而且池塘的底部也很平坦。于是，就为他准备了一条能折叠的小船。接下来他便每天都独自坐在那小船里划来划去，身体平躺着，以防被印第安人老约或者其他仇家发现。他还用空的饼干筒在池塘边搭建了一间印第安人住的草屋，四英尺

---

① 古斯塔夫·阿道夫：1594—1632年，其在三十年战争中支持新教，武功赫赫。
② 尤金王子：1663—1736年，奥地利统帅。
③ 查理大公：1771—1847年，奥地利统帅，参与过法国革命战役和拿破仑战争。
④ 约翰·蒂利：1559—1632年，三十年战争中天主教一方的统帅。
⑤ 卡尔·马克：1752—1828年，奥地利统帅，1805年在乌尔姆战役中降法。
⑥ 杜伦尼：1611—1675年，法国统帅，勇谋善战。
⑦ 两书都是美国作家马克·吐温（1835—1910年）的儿童小说，下文的印第安人老约为后书中人物。

左右，上面铺着树枝。他在那屋子里面燃起一小堆火，将那些在树林中和田野里未能捉到的小鸟和在池塘中未能钓到的小鱼——因为池塘里本来就没有鱼——全都在此烤上。六月下旬与七月份，他都是这么过的。七月，他的父母去了爱尔兰。长达五周的夏季，他都是与那些枪、草房、河水和小船相伴，过着一种孤寂的"空想"生活。并且，不管他如何费尽心思赶走那些美感，她还是会时不时地在某一瞬间出现在他的视线中，要么在蜻蜓的翅膀上小憩，要么在莲花上闪烁，要么在他仰卧着装作潜伏状之际，用她的蔚蓝轻扫过他的眼睛。

他的父母离开之后，暂时将这房子交给珍"姑"来打理。她带来了一个"大人"，那人总是不停地咳嗽，并且还将石膏刻成人脸的样子，正因为如此，珍"姑"都没有什么时间去池塘边看他。然而，后来她又带了两个"大人"回来。小佐恩正好拿着他父亲的颜料在自己身上画了很多蓝色和黄色的条纹，一发现他们，就跑到柳树背后躲藏起来。正如他所预料的那样，他们径直向草屋走去，之后就跪下来往里面看，于是他突然发出一声大叫，这可真让人失魂落魄，简直把珍"姑"和那个女"大人"的头盖骨①拿到手中了。接着，她们亲了亲他。那两个"大人"分别是好丽"姑"与瓦尔"叔叔"，他长着一张黄色的脸，走路时脚有些跛，看着小佐恩使劲笑着。他比较喜欢好丽"姑"，好像也是自己的姐姐。但是，那天下午，他们就离开了。之后，就再也没有见到过。在父母到家之前，珍"姑"也急急忙忙地带着那位常常咳嗽的"大人"以及他的那块大石膏离开了。之后，法国老师说道："真是可怜呀，他得了很严重

①印第安人在杀死敌人后，摘取其头盖骨作为战利品。

的病呢。佐恩，我不准你去他的房间。"小佐恩对于禁止他做的事情都不会唱反调，因此也就不曾去那个房间。但他开始觉得烦闷、冷清了。事实上，池塘的日子已经过去了，在他脑海中充斥着一种不知所措和向往的感觉，并不是期盼着能有一棵树或者一支枪，而是希望能有一些柔情的东西。这最后几天让他感觉度日如年，即使他还有那本《漂流的耐德格雷》[①]可看，里面讲到了雷老太用野火迷惑船只的事情。这段时间里，他上下楼梯的次数都上百了，时而溜进母亲的房间，把里面的所有东西都看一遍，却不用手去触摸。之后，就走进她的更衣间，一只脚站在浴缸旁边，像史林斯比[②]似的，用低低的声音神秘地说道：

"嘿嘿！你这发瘟的猫儿。"这对他来说还是比较吉利的话。之后，他又返回到母亲的卧室，将她的衣柜打开，深深地呼吸一口，如此这般，似乎能够让他更接近一些，至于接近什么，他自己也说不清。

他走出了母亲的卧室，在那道阳光中站着，心里多次想着如何从楼梯栏杆上滑下去。似乎想到的这些办法都比较笨，顿时觉得索然无味。于是，最终选择一步一步地走下楼。走下楼梯的时候，他能记起父亲的模样——花白的短胡须，凹陷的深色眼睛，额头上的皱纹与怪异的笑，偏瘦的体形，在小佐恩看来，还是显得那么高大；但是，至于他的母亲却没有任何记忆。只记得她是个婀娜多姿的女人，用那深褐色的双眼回头望着他；除此之外就只有她那衣柜

---

① 《漂流的耐德格雷》：英国探险家、作家塞·尔·怀特·贝克（1821—1893年）的一本儿童书籍。

② 史林斯比：英国讽刺画家、打油诗人爱德华·利尔（1812—1888年）作品《乱七八糟》一书中的年轻人物。

中散发出的香气。

蓓拉正好要把客厅的大帘子拉开，到前面去开门。小佐恩用甜言蜜语恳求道：

"蓓拉！"

"佐恩少爷，有事吗？"

"他们到家之后，你安排我和他们一起在老橡树下喝茶吧！他们最喜欢这样了。"

"你是说你自己喜欢这样吧？"

小佐恩想了一会儿，说："才不是呢，他们会喜欢这样的，只要我能开心。"

蓓拉嫣然一笑："行！但是在他们还没有回来之前，你要待在这儿乖乖地等着，不准淘气！我就答应你准备好茶放在那儿！"

小佐恩走到楼梯最下面的一级坐好，点了点头。蓓拉走过去，低头看着他。

"起来！"她说道。

小佐恩马上站了起来，她从背后打量了一下他的全身，看上去完全没有病痛的症状，膝盖也一点都不脏。

"真好！"她说道，"哎哟！看你晒得黑不溜秋的！来！让我亲一个！"

她在小佐恩的头发上亲了一下。

"哪种果酱？"他问道，"我都等不及了。"

"是酸栗酱与草莓酱。"

真棒！这些都是他喜欢的！

蓓拉离开之后，他有那么一分钟都坐在那里一动不动。客厅很安静，朝东的窗户敞开着，从那里望出去，他曾经嬉戏过的那些大树中的一棵依稀可见，如同一艘双桅帆船缓慢地从那片高高的草丛中驶过。在客厅外面的过道上横着许多大柱子的阴影。小佐恩起身跳过一道柱影；围绕着客厅中间那灰白色的大理石花池中的一簇鸢尾花转了一圈。这花儿看上去非常漂亮，就是缺少浓浓的香味。他在门口向外面张望着。若是——若是他们不回来了呢！这样等待要花好长时间，他觉得自己难以承受。但是他的思想很快就从这最终的肯定，转移到了照进来的闪耀着淡青日光的尘点上。他伸出手想要抓住点灰尘。蓓拉应该将这片空气也清理一番才对！然而，或许这不过是太阳散发出来的光芒而已，并非灰尘，他又望了望外边的太阳光线，想要对比一下。他刚刚答应过，要乖乖地待在客厅里，可就是按捺不住自己；他走过铺满石头的小路，躺在驰道外的草地上；他在草丛中摘了六朵延寿菊，并且为它们分别取了名字：兰马洛克爵士、特里斯坦爵士、兰特罗斯爵士、巴里朱第斯爵士、鲍斯爵士、高文爵士①，再让它们单打独斗一番，最终只有兰马洛克爵士没掉脑袋，因为他特意为它挑选了一根格外粗壮的茎部，但是经过三次针锋相对之后，这位兰马洛克爵士也筋疲力尽了，并且有些摇摆不定。草丛中有一只甲虫在爬动着，这草儿应该要修剪一下了。每株草都像是一棵小树，甲虫需要绕过那些树干爬行。小佐恩将兰马洛克爵士的脚伸出去碰了碰那个小东西。小东西挣扎着灰溜溜地逃走了。小佐恩哈哈大笑起来，可还是觉得索然无味，于是叹息着。他感觉心里空落落的，仰面躺着。菩提树开出的花朵散发出浓郁的香味与甜蜜的气息，蔚蓝的天空真美，那几片白云如同柠檬冰

①这些人物，都是亚瑟王的传说骑士。

激凌，说不定味道也差不多呢。远处传来那波布拉手风琴的声音，《啊，沿尼旺斯河而下》^①，让他听了又是欢喜又是忧愁。他翻了一下身子，耳朵紧贴着地面——印第安人可以听到很远的地方传来的声音——但是他什么都听不到——只能听到手风琴声！差不多就在那一瞬间，他真的听到一阵沙沙的声音还夹杂着隐隐的呜呜声。没错！汽车回来了！——回来啦！他顿时兴高采烈地蹦跳起来。在大门口等呢，还是先去楼上呢？在他们进来的时候，大呼一声："看这里！"然后一下子从楼梯栏杆上滑下去，并且是头冲下？该怎么办呢？汽车已经拐弯开上了驰道。已经赶不上了！他只好乖乖地等待着，同时兴奋得一个劲蹦跳着。汽车真是急速呀！呼的一声就已经停下来了。他父亲从车上下来，是的，就是他父亲。他们俩一个弯下身子，一个向上蹦跳着，刚好撞到了一起。他的父亲说道：

"我的上帝啊！哎哟，你这小子都晒得这么黑了！"与他平时说话的口吻一样。小佐恩满肚子的期待在不停地泛着泡泡，一点也平息不下来。他羞怯地望了母亲一眼，她身着一件青色的衣服，头发与帽子被一条青色的丝巾裹了起来，面带微笑地站在那里。小佐恩使劲一蹦蹦到她身上，用双腿勾住她的腰，搂着她，他听到母亲抽了一口气，感觉她也开始紧紧地搂住自己。他用自己那双深蓝色的小眼睛凝望着她那深褐色的眼睛，接着她轻轻地在他眉头处印下了一个吻，他使劲搂着她，听到她发出咯咯的笑声：

"佐恩的力气真大！"

听到她这么说，他便滑了下来，然后拉着她的手走进客厅。

当他们在橡树下吃果酱的时候，他留意到他的母亲好像有某些

---

① 《啊，沿尼旺斯河而下》：一支著名的黑人音乐。

地方是他从未见到的。例如说，面颊很红润，还有些许银丝零星地点缀在她那暗金色的头发里面，颈部没有蓓拉那样的结，并且面部的轮廓十分柔和，还有那眼角处微带着几丝皱纹，眼睛下面有一点黑晕，看上去非常好看，她长得真漂亮。比"大"与法国老师或者是珍"姑"，还有他喜欢过一段时间的好丽"姑"都要漂亮得多；甚至比蓓拉还要美，蓓拉的面颊红润，但是有些地方凸起的太厉害了。他刚刚觉察到他母亲的这种美貌具有重大意义，他吃得比预料的要少。

喝完茶，他父亲叫他去花园散步。他与父亲谈了很久，说的只是一些普通的事情，他自己的私密空间——如兰马洛克爵士、奥地利人以及最近三天心里充斥着的那种空落落的感觉，但是如今已经全部填满了——都搁置不提。父亲对他说，他们去了一个叫作格连苏芬特里姆①的地方，每当夜深人静之际，就会有一些小人儿从地底下蹦出来。小佐恩顿时停住了脚步，两只脚尖对在一起。

"父亲，你真的认为会有小人儿从地下蹦出来吗？"

"不！佐恩！但是，我觉得你会相信。"

"为什么？"

"你的年龄比较小；这些小人儿都是仙子。"

小佐恩嘟着小嘴露出了小酒窝。

"我认为仙子是不存在的，我从来没有看到过。"

"哈哈！"他父亲说道。

"那母亲相信吗？"

他父亲顿时露出一种奇异的笑容。

---

①本来是恩特里姆谷，佐里恩记不清了，才说成这样。

"她也不相信，她只见过潘。"

"潘是什么呀？"

"山羊牧神，出没在山野以及美丽的地区。"

"他也住在格连苏芬特里姆那里吗？"

"你妈是这样说的。"

小佐恩又开始往前走。

"你见过吗？"

"没呢，我只见过维纳斯·安娜第娥米尼。"

小佐恩想了想，维纳斯在那本讲述希腊与特劳埃恩人之战的书中提到过。如果安娜是她的名字的话，那么她的姓氏一定是第娥米尼了。但是，又问了一遍，才知道它只是一个字而已，意思是"从浪花中漂起来"。

"这么说，她会不会是从格连苏芬特里姆的浪花中升起来的呢？"

"没错！每天都会出来。"

"父亲！那她长什么样子呢？"

"如你母亲一样。"

"啊！那她可真是……"但是，他并未继续讲下去，便跑向一道墙，攀上墙头，然后又爬了下来。对于自己觉察到母亲的美丽这件事，可不能向别人诉说。他觉得父亲抽雪茄的时间可真久，最终，只好无奈地说道：

"我想过去看看母亲带回一些什么玩意儿，你不会介意吧？"

他低声细语地说明了自己的意图，以防别人觉得他没有男子汉气概。但是，他父亲早就一眼识破了他，便假装叹息着说道：

"你这小子！行！你爱她去吧！"

这一说让他感到有点难为情似的，但离开的时候还是故意放慢了脚步。之后，就变得非常迅速了，这是为了弥补刚刚浪费的时间。他自己房间通往母亲房间的门恰巧敞开着，他走了进去。母亲正在一个箱子前跪着，他静静地挨着她站在那儿。

她直起上身说："佐恩！怎么啦？"

"我想起来就过来瞧一瞧。"

他们又拥抱了一下之后，他就爬到窗子前面的长凳上盘着腿坐下，然后看着她从箱子里面把东西拿出来。这些事情他并不了解，但是在一边看着也觉得很高兴。这是因为：一方面，她取出来的东西让他感到新奇；另一方面，他喜欢这样望着她。她那走路的姿态也与众不同，特别是与蓓拉不同。在他的世界里，她是他见过的最高贵典雅的女人。她终于将东西整理好了，于是走到他面前在地上坐了下来。

"佐恩！你有没有想我们呢？"

小佐恩点了点头。将自己的想法表明之后，又继续点头。

"但是，珍'姑'不是陪着你吗？"

"哦！她带回来一个咳嗽的男人。"

他母亲的脸上顿时风云变色，添上了一丝怒意。他急忙接着说了下去：

"母亲！那人真的很可怜，一个劲地咳嗽，我——我很喜欢他。"

他母亲用双手环住他的腰。

"佐恩，你谁都喜欢吗？"

小佐恩沉思了一会儿。

"在一定的范围之内，"他说道，"有一个周日，珍'姑'带我去做礼拜了。"

"啊呀，做礼拜？！"

"她想知道我会不会感动。"

"那你感动了吗？"

"感动了，我浑身上下都不舒服。于是，她就急急忙忙带我回来了。幸好我身体安然无恙。我躺在床上，喝了一杯白开水冲白兰地，翻看着《白桦林的孩子们》，真有趣。"

他的母亲紧咬着双唇。

"事情发生在什么时候？"

"嗯！大概——好长一段时间了，我希望再去一次。但是，她不愿意。你和父亲不是从来不去做礼拜吗？"

"我们不去那儿。"

"为什么呢？"

他母亲笑了。

"宝贝，是的！我们小时候也去做过礼拜。可能，那个时候我们年纪还太小。"

"我明白了，"小佐恩说道，"这是很危险的。"

"这种事等你长大以后就会弄明白的。"

小佐恩脸上透露出思考的表情，答道：

"我才不想长大呢，不想长大，我也不想去学校。"他突然感到有股莫名其妙的冲动，想要再多说一点，把内心的话全都说出来，这让他的脸涨得通红。

"妈！我——我就想与你相伴，做你的伴侣，妈妈。"接着，他下意识地想要掩饰一下这种局面，便马上继续说道，"今晚我不想睡觉了，每天晚上都是如此，让我对睡觉都感到厌烦了。"

"噩梦还纠缠着你吗？"

"似乎只发生过一次。妈，今天晚上能不能让我把通往你卧室的那扇门敞开？"

"当然！只敞开一点儿。"

小佐恩心满意足地叹了一口气。

"在格连苏芬特里姆的时候，你都见到了什么？"

"宝贝，我看到了美啊！"

"到底什么是美呢？"

"哎！到底是什么呢？佐恩，这真是个难题呀！"

"打个比方说，它能让我见一见吗？"

他母亲站了起来，在他的身旁坐下。

"你可以见到它，每天都可以。天空就很美，星星、月夜、小鸟和花草树木都很美啊。你对着窗户放眼望去，大自然的美就在你的眼前啊，佐恩！"

"嗯，是的，那些都是景色！难道就只有这些吗？"

"只有它们？才不是呢。还有那大海，就很美，那些海浪卷着浪花飞起来的样子也很美。"

"妈，那你每天是否从海中升起来？"

他母亲微笑着："对呀！我们在海水中沐浴呢。"

小佐恩顿时张开臂膀抱住她的脖子。

"我明白了！"他神秘兮兮地说道，"是的，其实你就是美，其他的都是谎言。"

她叹了一口气，然后大笑着说道："啊呀，佐恩呀！"

小佐恩用略带批判的口吻说道：

"例如说，你认为蓓拉好看吗？我一点都不这么认为。"

"蓓拉年龄比较小，这是不错的。"

"但是，你的样子比她更年轻一些，妈。你稍微与她相撞一下，她都会叫痛的。回想起来，我觉得'大'也不漂亮，那法国老师简直是一个丑八怪。"

"法国老师的长相不差呀。"

"哦，母亲，是不差，但我更喜欢你那些小光环，妈妈。"

"光环？"

小佐恩伸出小指头指了指她的外眼角。

"哦，你说这些皱纹吗？这是说人已经老了呀！"

"当你笑的时候就能看到。"

"但是，我以前也没有这些的啊。"

"哦！不管怎样，我就是比较喜爱这些皱纹。妈！你爱我吗？"

"当然爱——真的爱你，宝贝！"

"永远都爱我吗？"

"永远都爱！"

"比我所想的还要多吗？"

"当然要多——还多得多呢。"

"我也一样！这样的话，我们就扯平了。"

他感觉从出生到现在还未如此说过自己的真心话，顿时想要模仿一下兰马洛克爵士、狄克·尼德罕、哈克贝利·费恩与其他侠士的英雄气概。

"想让我在你面前露一手绝技吗？"他说着从母亲的胳臂里滑出来，来了一个竖蜻蜓。他母亲投来了些许赞赏的目光，然后他爬上床，又连着打了几个挺子。

当晚，他将父母带回来的那些东西一一查看完毕，就留下来一起用晚餐，他坐在爸爸妈妈中间，一家人围着那张平日里父母用来单独吃饭的小圆桌。他觉得特别高兴。他的母亲身着一件淡紫灰色的衣服，在衣领的四周镶有一道由一朵朵不规则的玫瑰花形图案点缀成的奶油色花边，相较脖子处的颜色显得略淡了一些。他总是时不时地望着她。最后，还是他父亲异样的笑容才让他瞬间意识到眼前摆放的一片菠萝蜜。当天夜里睡觉时，他感到从未有过的开心。他的母亲陪着他一起回到楼上，脱衣服的时候，他故意慢悠悠的，想把她留在房中。直到身上只留下一件睡衣的时候，他才说道：

"答应我，等我做了祷告再离开！"

"我答应你。"

小佐恩跪在床边，脸贴着床面，立刻轻声细语地做起了祷告，偶尔将一只眼睛张开，看到她纹丝不动地站在那里，面带微笑。噢！我的上帝啊，他就这样念着他的晚祷："我们在天上的父，愿人都尊你的母亲①为圣——愿你的圣母——行在地上，如同行在天上。我们日用的圣母今日赐给我们，免了我们的债——呃——如同我们免了人的债，因为罪恶——权柄——荣耀全是你的，直到永远！母亲，当心了。"他突然跳到她的怀中，待了将近一分钟之

①这是《马太福音》中的主祷文，小佐恩故意念得乱七八糟。

久。到了床上，他还是紧紧攥着她的手。

"你别把那扇门再关小了，行吗？妈，你下去会不会待上很久呢？"

"我要下去弹钢琴给你爸听啊。"

"嗯！那我也能听你弹！"

"我觉得不行，你该睡觉了。"

"睡觉不管哪个晚上都可以啊。"

"这样的话，今天晚上也和其他任何一个晚上都没有什么不同。"

"哎呀！不同啦！今晚比较特别。"

"在特别的夜晚，人往往睡得更加香甜。"

"但是，只要我进入梦乡。妈，你上来的时候我就听不到了。"

"那就这样吧，我上来的时候吻你一下。你若是还没睡着就会知道，就算睡着了，也会有感觉的。"

小佐恩叹息着："那就这样吧！妈妈！我想我只得如此将就一下了。"

"嗯？"

"父亲信奉的那个女神怎么称呼来着？安娜·第娥米第斯吗？"

"那是我的天使呀！安娜第娥米尼？"

"是呀！但是，我感觉我为你取的名字要好听一些呢！"

"你取的名字是什么呢？佐恩？"

小佐恩面红耳赤地答道："姬尼菲雅①！是那个圆桌故事中

_____

①姬尼菲雅：亚瑟王的妻子。

的——不过我才想起来，她的头发是散着的。"

他母亲掠过他望向别的地方，似乎是在沉淀不安。

"妈！你别忘了过来哦！"

"若是你乖乖入睡，我就不会忘记。"

"一言为定！"小佐恩闭上了双眼。

他感觉到母亲吻了吻他的额头，接着便响起了她的脚步声。他把眼睛睁开的时候，刚好看到她走出房门。于是，叹了一口气，又合上双眼。

漫长的夜晚开始了。

大概有十分钟，他是真心想要入睡的，慢慢数着被摆成一大排的蓟茸，这是以前"大"教他用来催眠的老办法。他数了似乎几小时，心里想着，她应该快要上来了吧。他把被子蹐开。"热死啦！"他说道。在这黑夜里，自己的声音听着总有些奇怪，好像是别人在说话。她为什么还不上来啊？他爬起来坐着。想要自己去探个究竟！于是走下床来到窗前，将窗帘拉开一点。窗外的夜并没有那么黑暗，却不知究竟是阳光还是月光。月亮看上去很大，像一张阴阳怪气的面孔在嘲讽着他，害得他都不敢去看。接着，他记起母亲曾说过夜色很漂亮，于是又随意将视线移向窗外。那些树木投射出浓厚的影子，草地像一摊牛奶；他放眼望去，目之所及是多么遥远啊！世界尽收眼底，又显得那么虚无缥缈，与往常是截然不同的。依稀还能闻到一阵阵香味从窗口飘进来，沁人心脾！

"我好希望有只挪亚的鸽子[①]！"他心想着。

———————

① 《旧约》记载，地球上的洪水退去之后，挪亚从方舟中放出鸽子来查探情况。

月亮啊月亮，既圆且亮，
它照向四方，四处光芒。

这两句诗，突如其来地跑进了他的脑袋里面。随后，隐隐约约地，耳边传来琴声，那么柔和，那么美妙！是母亲在弹琴呢！他记起在五斗橱里还有一块杏仁饼，就把它拿了出来，又回到窗前。把脑袋伸出窗外，时而支着脑袋听那琴音，时而吃着杏仁饼。"大"经常说天使会在天上弹琴，但是，相较于自己边吃杏仁饼边听母亲在这月夜中弹奏，或许还不及这一半好呢。一只大甲虫从他眼前轻快地飞过，还有一只飞蛾扑上了他的脸颊，琴声停止了，小佐恩缩回自己的脑袋。她现在肯定上来了，绝对不能让她知道自己还没睡。他爬上床，抓起被子拉抻着，差点把脑袋遮住了。但是，还有一道月光从窗外照射进来，落在地板上，靠近床脚。之后，他注意到这月光慢慢地向他移动，犹如拥有生命一般。这时，琴音又响了起来。但是，他只能依稀听到，美妙——打盹儿——琴音——打盹儿，打盹儿……

时间一分一秒地逝去，琴音从悠扬到低沉，最后总算是停了下来。此时月光已经悄悄地爬到了他的脸上。小佐恩在梦中翻了个身，仰面躺着。他那被晒得黑乎乎的小手还使劲抓着被子，眼角动了一下——他已经进入梦乡啦。在梦中，月亮是一只罐子，他正喝着罐子里面的牛奶，在他的对面有一只黑猫带着和他父亲一样的诡异笑容看着他。黑猫悄声对他说："别喝太多啦！"这可是猫儿喝的牛奶，因此，他伸出手友善地拍了拍那个家伙。但是那只猫却不见了，罐子瞬间变成了一张床。他就躺在床上，想下去，但就是摸不到床边，摸不到——他——他——无法从床上下来，坏啦！

在梦中他大声嚷嚷起来。此时，床也转动起来。分不清床究竟在他外面还是里面，不停地转动，转动，越来越快，那《大海流浪记》中的雷老太还在搅动着！哎呀！她那模样真是恐怖呀！越转越快了……最终，他与床、雷老太、月亮、黑猫都变成了一只大轮子，不停地转动，转啊，转啊，往上升起，升起，好恐怖，恐怖！恐怖！

他大叫了一声。

有个声音在喊："宝贝，宝贝！"轮子破掉了，他顿时醒了过来。在床上站着，眼睛睁得大大的。喊他的是他的母亲，散着头发，像极了姬尼菲雅。他紧紧地抱着她，把头隐藏在她的头发里。

"呜呜！呜呜！"

"乖乖。没事的！你已经醒来了。别哭，别哭！这没什么！"

但小佐恩还是大声哭泣着："呜呜！呜呜！"

她还是用很温柔的声音对他说道：

"宝贝！是月光照在了你的脸上。"

小佐恩对着她的睡衣呼了一口气："呜呜！是你说月光很美的！"

"佐恩！不是说在月光下入睡呢！是谁把月光放进来了？佐恩，你拉了窗帘吗？"

"我想去看一下时间，我——我往外面看了一下，我——听到你弹琴的声音了，妈，那杏仁饼被我吃了。"他缓缓定下心神，想要掩饰自己恐惧的本能开始苏醒了。

"雷老太不停地在我肚子里搅动，烧得厉害啊。"他嘀咕着。

"佐恩！睡觉前还吃杏仁饼，不做噩梦才怪呢？"

"妈！我只吃了一块而已，杏仁饼使得琴音更加悦耳了，我一直都在等着你呢——我差点以为天都亮了！"

"我的小宝贝，现在只不过十一点啊！"

小佐恩默不作声，用鼻尖在她的脖子上磨蹭着。

"妈，父亲在你房间吗？"

"他今晚没去。"

"那我可以过去吗？"

"乖乖，你想过去，当然可以！"

小佐恩差不多清醒过来了，随即往后退了一步。

"妈，感觉你又变年轻了许多呀！"

"宝贝，我散着头发的缘故吧。"

小佐恩将几束头发拿在手里，这头发又密、又黄，中间还零零星星地点缀着几根银丝。

"我就喜欢这样，"他说道，"你散着头发的样子，我非常非常喜欢！"

他抓紧母亲的手，拉着她向那门口走去。一踏进房间就随手关上了门，踏实地松了一口气。

"妈！你最爱睡哪边？"

"左边。"

"行。"

小佐恩不再浪费时间，担心一会儿她的想法就会发生改变。他爬上床，相较于自己的那张床感觉柔软了许多。他又叹了一口气，脑袋往枕头那儿蹭了蹭，然后就躺在那儿观看毯子上面的那些战车、刺刀和长矛之间的战争，这是由那些竖着的羊毛在光线下照出来的影子形成的。

"其实根本没什么，对不对？"他说道。

他母亲看着镜子里面的他答道："其实都是你自己的幻想和月光结合在一起所引起的。佐恩，没必要这么紧张！"

小佐恩仍然有些惊魂未定，但还是要吹嘘一番："我才没有呢，其实我一点儿都不害怕！"他说道，又继续躺着观看那些长矛和战车。时间似乎很漫长。

"哎呀！快点嘛！妈妈！"

"宝贝，我得把辫子扎好呀！"

"哎！今晚就别扎了！明早照样要拆掉，我都已经打瞌睡了。你再不过来，我待会儿就睡不着了。"

他的母亲站起身来，从三面镜中看上去显得格外白皙，又那么婀娜多姿。透过这个镜子他可以见到三个她，脖子转过来，在灯光的照耀下，头发显得非常鲜艳，那深褐色的眼睛中带着一丝笑意。根本没必要这样，因此，他说道："妈妈！快点！我正等着你呢！"

"好了！宝贝！我这就过来！"

小佐恩微微合上了双眼。对一切心满意足，只是希望她能快一点就好了！这时，他感觉床摇晃了一下，她上来了。他依旧紧闭双眼，带着一点倦意说道：

"真美妙呀！对不对？"

他听到母亲讲了两句话，然后感觉到她用嘴唇亲吻了一下他的鼻尖，他紧紧地依偎在她怀中；他的母亲在床上躺着还没有睡着，满脑子都是对他的爱。他睡得很沉，非常沉——像是把遗忘的时光都补回来了。

〔英国〕约翰·高尔斯华绥 ◎ 著

马婷婷　曹丽 ◎ 译

福尔赛世家

（上）

海峡出版发行集团 | 海峡文艺出版社
THE STRAITS PUBLISHING & DISTRIBUTING GROUP | Haixia Literature & Art Publishing House

图书在版编目(CIP)数据

福尔赛世家/(英)约翰·高尔斯华绥著;马婷婷,曹丽译. —福州:海峡文艺出版社,2017.8(2023.9重印)
(诺贝尔文学奖大系)
ISBN 978-7-5550-1169-9

Ⅰ.①福… Ⅱ.①约…②马…③曹… Ⅲ.①长篇小说-英国-近代
Ⅳ.①I561.44

中国版本图书馆 CIP 数据核字(2017)第 144563 号

诺贝尔文学奖大系

福尔赛世家

[英国]约翰·高尔斯华绥 著 马婷婷 曹丽 译

责任编辑 刘含章
出版发行 海峡文艺出版社
经　　销 福建新华发行(集团)有限责任公司
社　　址 福州市东水路 76 号 14 层
发 行 部 0591－87536797
印　　刷 福州俊丰彩印有限公司
地　　址 福州市晋安区鼓山镇鼓一村福光路 189 号
开　　本 889 毫米×1194 毫米 1/32
字　　数 786 千字
印　　张 36.375
版　　次 2017 年 8 月第 1 版
印　　次 2023 年 9 月第 3 次印刷
书　　号 ISBN 978-7-5550-1169-9
定　　价 198.00 元

颁奖辞

瑞典文学院常任秘书　安德斯·奥斯特林

　　细细琢磨高尔斯华绥的创作历程，不排除这是其对文学的热衷追求，尽管走在文学的创作之路上，并不怎么遂人意愿。高尔斯华绥出身于富贵人家，生来就不愁吃穿，他在哈罗和牛津读书的时候，攻读法律专业，毕业后没有选择对口的工作，而是选择去周游世界。在 28 岁的时候，他在一位妇女的鼓励下开始创作，但自己却不怎么上心——这位出身名门望族的年轻小伙并不把写作这个行业放在眼里。一开始，他试想用约翰·辛若望作为笔名出两部小说，后来认为自己的作品还达不到出版的火候，便没有这么干。到了 37 岁，他立下志愿，终于出版了《岛国的法利赛人》(1904)，经过两年的时间，又出版了《有产者》。这两本书不仅让他小有名气，还为他今后创作《福尔赛世家》打下了基础。

　　高尔斯华绥批判岛国的法利赛人的讽刺风格，成为他日后作品创作的主要风格。这本书写的是一位常年在外漂泊的绅士逐渐淡忘了自己本国原有的文化思想，反而对祖国的一切有所偏见，而他命运发生转折是源于一位比利时流浪汉的影响，这位流浪汉和他相遇后，便深深地影响了他的命运。那时，高尔斯华绥正怀有一种身在祖国、心却依旧在外漂泊的心情，他正打算如萧伯纳那样，向旧社会的那些所谓的有产业的人及权贵们下战书。有所区别的是，萧伯纳以爱尔兰人的思想做武器，他则用英国人擅长的情感表达、想象力和讽刺作为后盾。英国权贵们怀揣法利赛式的自私和伪善的一面，便成了作者一开始要讽刺的对象；过后他扩大了讽刺对象的范围，针对英国狭隘和粗俗的民族风气进行攻击。从中可以看出，他对这些现象是如此的反感。

借助福尔赛，他将尖锐的矛头指向了英国中上阶层的商人们，这些人毫无知识，反而喜欢装模作样地冒充绅士。虽然他们小心翼翼，担心露出小辫子，但是丑闻是难以掩人耳目的，当喝得酩酊大醉的时候、当享乐放肆的时候，洋相就显现了出来。在小说中，伊莲和有产业的人共同生活而感到羞耻，可谓是理想的化身。因为作者的愤慨，笔下的索密斯·福尔赛差不多成为一个悲剧人物。我们不敢肯定作者在一开始的时候是否就打算为《福尔赛世家》写续篇，但是从出版后的部分言语来看，这本小说在人物的刻画上十分深刻有力。

15年后，尽管世界大战遗留下的许多沧桑景象影响了他的内心世界，但他还是创作出了两部小插曲《进退维谷》（1920）和《出租》（1921），顺利将福尔赛家族史创作到底。但遗憾的是，家族中新生代的生平经历没有清晰地呈现出来，所以过后又出现了《现代喜剧》三部曲：《白猿》（1924）、《银匙》（1926）和《天鹅之歌》（1928），这三部曲都是源于那两部短篇插曲。这些，就是他扬名四海的文学创作历程。

　　这位小说家在他创作的世纪里活跃了一二十年仍经久不衰，他利用精湛的写作手法将这些复杂而难以理清的素材写成优异的作品，不论是从哪些方面，都可谓是为英国文学创下了不可磨灭的功绩。如果联想到欧陆方面在家族史的创作方面可谓已有成就，那我们就更应该对他的大胆尝试和付出给予肯定和钦佩。

　　对于纪事体小说，从表面上看一般是按主角的经历来叙述那些个人遭遇、矛盾和生活中的百味，这些烦琐的事情一般都以历史性的事件衬托出来。读者一定没有忘记索密斯与他的第二任妻子阴天的时候在海德公园栏杆边上，全程目睹维多利亚女王出殡时候的场景，回想女王自即位后的人世沧桑："社会风气发生了变化，习俗也随之而变，人和猴子的差距越来越大，上帝被玛门所取代，玛门又被追捧得不知如何是好……"从索密斯的回想中，我们将维多利亚时代的一切尽收眼底，而这一切也渐渐在我们面前扭曲和土崩瓦解。第一个三部曲展现出来的是绅士观念有所转变，为贵族与金权政治敲响了丧钟；第二个三部曲称为喜剧而没有被称为家族史，因为作者着重反映新英国的危机，说它要把过去的废墟和军营建造成未来的生活乐园。在新修的长廊里，徘徊着蛮横的商人、粗俗的妇人和放荡的女子，还有俱乐部里的绅士、政客、艺术家、小孩和狗等各种角色，如万花筒般出现在作者的笔下，活动在我们的视线里。作者将这个旧式家族的生活形态重新加工成稀奇古怪的故事，人物形象的刻画、故事内容的叙述没有一样看上去是假的，好像可以从纸上跃出来。但是，他们还是经不起社会的进化和历史事实的摧残，岁月是如此的无情……

看着高尔斯华绥在逐渐转换自己创作小说历程中的观点，我们觉得很有趣。当他在看待人性的态度上变得开放而旷达时，俨然转变成了一个沉稳的文学批评家。就拿索密斯来说，最开始是被他嘲弄的，而后来却反倒对他有点敬佩，最终又转变为怜悯。作者把握好这怜悯的度，便刻画出一个个性鲜明的索密斯，这些便成为这两个三部曲中最令人印象深刻的独特之处。我们肯定有印象，《天鹅之歌》中那段精彩的情节，写的是上了年纪的索密斯受到神秘力量的驱使，回到西海岸老家，根据地图的指示，在现场寻找一块图案模糊的古迹石头，他最终还是找到了。就像又有某股力量驱使着那样，他情不自禁地沿着一条小路钻入潜意识里熟悉的长满花草的山谷中，急促地呼吸着海边的空气，并不由自主地披上大衣，靠着一块大石头坐下来沉思。脑海中，浮现出一个个画面，他思索前人如何在这么个荒野上建立起家园，如何在这里生存、传宗接代，再后来又如何继续发展……这些都令人回味无穷；他又思索当时英国人的生活，肯定有一队战马，肯定使用泥煤和木炭生火，冒出缕缕青烟，肯定还有个永远陪在身边的妻子。他坐在那里深深地思索，愈这样就愈对周边浮想联翩，一下子便回想到家乡的一切。慢慢地，突然感到体内有一股东西在流动，就像先祖们一开始在这里生活时的那种强烈的求生欲望，此刻正在骨子里蠕动。他豁然开朗，难怪起初老佐里恩和他的老爹及叔叔伯伯们会如此的独立、如此的坚强，原来在他们生命的血液里都注入过这坚韧的欲望之血，这种血液与生命是难以分离的。他愈发深入地思索，终于悟出了其中的奥秘。

　　很明显，高尔斯华绥认定索密斯的形象是他心目中仅存的最后一位旧英国人形象，他认为他的这种身份是不可置疑的，他有他独特的生存方式，这也是不容怀疑的。高尔斯华绥最拿手的便是在作品中用冷静而简单的纪实手法，绝大多数读者认为这也是他用来批判人性的基本方式。到了今天，那些所谓的独特人物已经显得苍白无力，不再是主角。有意思的是，这也可谓是大英帝国子民强烈求生欲的另一面吧！总的来说，高尔斯华绥后半段时期创作的小说一般在探讨人性和描写家庭生活的内容中表现出深刻的民族意识，并且用抑郁的诗篇来婉转表述、回味；他的目的是，捍卫某些被文化掩盖掉的优良内容。这些诗篇的最终目的如同一个宁愿永远活在自己的美丽世界里，也不愿走出心房的少年，也更像仲秋时节的太阳，暖洋洋地照在英国花园中的榉树上和年久的紫杉上。

因为时间的缘故，我们难以详细地去解读作者其他作品的一些细节，虽然从艺术角度上讲，其他作品也不在《福尔赛世家》之下，但从史诗性的创作格局上说，却可谓是望尘莫及，这样的例证可以以这三本创造于成熟期的小说为代表，如《庄园》（1907）、《友爱》（1910）和《黑暗的花》（1913）。除此之外，他的庄园小说创造出的潘迪斯夫人这个角色算得上是一个美丽与纯真化身的完美女性形象，若不是因为旧式的束缚，那么她那端庄高贵的气息里定会带有一丝悲剧意味。在《友爱》这部作品中，他小心地借用同情和讽刺这样的双重感情基调刻画出一个艺术鉴赏家，凭借道德伦理来保命存活，但迫于伦敦下层人民的压力，终究不敢贸然行动，为了庇护他人，因救世的宏愿而殉道。还有一名性格怪异的史东先生，也可谓是高尔斯华绥笔下刻画得较为突出的人物，他总是幻想乌托邦的来临，但屡次撞得一鼻子灰、难以实现愿望，只得经常在夜空下感叹。我们也难以忘怀这部解读心灵的大作《黑暗的花》，故事的主人公很精明，遗憾的是在他的人生轨迹中总体现出优柔寡断。在篇幅较小的小说中，作者难以施展其独特的写作风格，便采用明暗对比的手法营造氛围，让人引起共鸣。有一回，他的故事中写到一位德国鞋匠的技能的时候，便将写作重点放在鞋匠的心理描写上。鞋匠既为自己的技能感到骄傲，又十分不甘地从事着低收入的手工活，内心就一直纠结于这两种价值选择之间。

他的小说比较注重人的教养和正义感，这一点对当时的思想观念和生活习惯有一定的影响。而喜剧则重在关心社会问题，对当时的改革也颇有影响，英国的狱政管理便是最好的例子。除此以外，在剧本中还能经常品味到作者独特的写作手法和超人的智慧，对场景、气氛的把握水平更是令人叫绝。喜剧所要表达的内容和目标，他则主要围绕正义和人性两个方面。《森林》（1924）里，大英帝国想独霸全球的野心，被他毫无掩盖地表现出来，并狠狠地抨击了一番。在《展示》（1925）里，主人公的家庭矛盾，在新闻界的胡乱报道下，如同火上浇油般愈发不可收拾。多数人听到报道后，也不多做考虑就到处宣传，这无疑给主人公一家带来巨大的困扰。而对于这些事情，作者的愤慨更是不言而喻的。

《忠诚》（1922）讲述的内容与荣誉行为相关。故事中安全机关的主要工作是调查人的忠诚问题，当他调查一个人的时候，会从这个人的家庭、企业、职业和对国家社会的态度做一个全面的审查，让人毫无隐私可言。创作的这些作品对结构和事件的处理都可谓是坚实有力的，时而还可以从中体验到别样的诗情韵味，让人无法讨厌这些烦琐的细节。如作品《鸽子》（1912）和《一点爱意》（1915），虽然舞台效果不怎么吸引人，但是剧本本身创设的氛围却能给人带来美感。总体而言，高尔斯华绥的小说还是比剧本略胜一筹，那些剧本的作用好像就只是作为作者纯真童年和向往自由的过往的见证，顺带表达一下他试图学习雪莱的信念。我们可以从作者的一个剧本的角色塑造中探寻他的这种意图——这个剧本整体风格算是比较冷静的，但是里面却有一个精神反常的角色，这个人不仅竭力反对别人的马虎，还特别强调做事要完美无缺。

创作技巧上，作者受屠格涅夫的影响较大，比较拿手的是用优美的文字唤起读者的共鸣，但是藏拙技巧把握得不怎么好，因而经常会不经意地破坏书中的暗示和明喻，但庆幸的是讽刺手法用得很巧妙，因而可以独辟蹊径。讽刺的方式是多种多样的，其中一种是对原有用意的否定，这就如同在冰冷的墙壁上再添些冰霜；另一种则是对人生的肯定，令人感觉到温暖、充满趣味与人情味；而高尔斯华绥便属于后者。当他讽刺的时候，写到那些令人又生气又好笑的坏事的时候，总会提到它之所以会这样的原因是什么，是否是必然的，能否改善。然而，他会将自然界中的风、云、鸟儿和花朵写进讽刺剧里，目的是也让它们感受一下人世的酸甜苦辣。他的作品展现出的精髓是依靠讽刺而来的，而讽刺又从心理分析带来的奇妙想象而来，所以作品中便包含着原谅与同情这两方面的感情。

和谐、匀称和平衡是高尔斯华绥在艺术上一向奉行的准则，从这里我们可以看出他的观念是如何转变的。但这样的追求难以持之以恒，因此他有时候会对此充满怀疑。我们还发现他攻击的对象一般是那些自认为了不起的绅士阶级。他现在是可以和普通的民众以及文学打成一片了，因为他早就洗心革面，不再是那绅士阶级的一分子了。他现在是一个温文尔雅的文学作家，这就像其作品中显露出来的一样。温文尔雅对于目前的文化，也可谓是做了点贡献吧！

　　我们对高尔斯华绥先生未能出席今天的颁奖典礼而深表遗憾，因为他受健康因素的影响，只能拜托今天到会的英国部长克尔先生代替他领奖了。

　　现在，让我们以热烈的掌声有请这位部长先生接受我国国王为贵国的这名作家颁奖。

致答辞

（颁奖当日，约翰·高尔斯华绥卧病在床，故未能致答。）

目　录

福尔赛世家

第一部 有产者

……你可以这样说，
我们是这些奴隶之主。

——《威尼斯商人》

第一卷

1. 老佐里恩家的茶会

福尔赛家里洋溢着一种喜气洋洋的气氛，这是个中上阶层的人家，气象兴盛，这让那些有幸来此的人心慌意乱，同时也大开眼界。不过，在这些人中，如果有一个人能够沉下心来分析一下（福尔赛家人恰恰忽视了这种没有金钱价值的能力），就会知道，这些好看的表象场面背后，联系着一个无人发觉的问题。通俗一点来说，他能从这个家族集会中找到它能够成为社会上一支重要力量的证据。很显然，这是一缩小版的社会。这一家族的分支——这个家族的成员之间彼此没什么好感，人和人之间根本也没什么感情。但是，这里却可以找到一种凝聚力，这种凝聚力很神秘，而且还特别坚固。这里折射出社会进化的来龙去脉，从而看到宗法社会、野蛮部落的缩影，看清国家兴亡的缘由。只是对这些事儿懂得略微多一些，就想亲眼看到其中的一种力量，打个比喻：就像一片丛林中，有的树不够坚强，精力不足，而渐渐消亡淘汰，但是，有一棵

5

树坚韧不拔，没有随波逐流。它的叶子慢慢变得硕大丰盈，繁花朵朵，呈现出一片欣欣向荣的景象，甚至让人有些嫉妒和反感。

一八八六年六月十五日下午四时左右，老佐里恩·福尔赛住的斯丹赫普门家里，上演着福尔赛家全盛时期的一场盛会。

今天，老佐里恩的孙女珍·福尔赛和菲利普·波辛尼先生订婚，这个茶会就是为庆祝这件事举行的。各房各支衣着华丽，戴着白手套、羽饰，穿着黄背心和长裙披挂上阵。甚至连住在自己兄弟偶摩西家里平时很少出门的安姑太也来了。她家的客厅是绿色的，她整天待在自己家里客厅的角落里看书，做女红。屋角那里插着染色的南美洲草的丹青花瓶，就像是她的护身盾牌。四壁挂着这家三代人的画像。安姑太今天腰杆站得笔直，一脸的安详，一脸的威严——跟这个家族的财产观念十分相似，一样的牢不可破。

福尔赛家族的人订婚、结婚或者有人出生，家族的每个分支都要派人来，尤其是当属于这个家族的人离开这个人世的时候——只不过迄今为止，还没有人去世。他们是不能死的，死和他们的利益是相悖的，所以，他们都害怕死，极力地提防着死去，对这个极有精力的家族来说，这是本能防范，他们对任何侵犯他们财产的做法，都表示深恶痛绝。

这一天，福尔赛家人跟客人们站在一起，就像严阵以待的战士，身上有一种比平时还要整洁的派头和警惕，还有一份近乎傲慢的自信，这充分透露出一种高高在上的光鲜的态度。而且，索密斯·福尔赛脸上的那种鄙夷神气也感染了今天所有在场的人，他们都在全力提防着对手。

他们这种骨子里的敌对态度，拉开了他们这出戏的序幕，使老佐里恩家族的这次茶会成为家族历史上的转折点。

有种情况，福尔赛家人全都痛恨，不管是他们个人，还是作为整个家族的一员。正是源于这种痛恨，他们今天才穿得格外整洁，拿出那种大户人家的派头。那种招待客人的亲热，透着一股子以家世为荣的傲慢劲儿。只有大敌当前，一个社会、一个集团、一个人才会露出原形。而今天，这家人似乎警觉到了什么，第一次本能地发觉似乎要发生什么陌生而又危险的事情。这种警觉让整个家族进入枕戈待旦的警戒状态。

被老佐里恩称为"胖子"和"瘦子"的史悦辛·福尔赛和詹姆士·福尔赛是双胞胎兄弟，他俩一胖一瘦。史悦辛·福尔赛身材魁梧，斜倚在钢琴上面。平时，他只穿一件绸缎背心，插一根钻石别针。今天却破天荒穿了两件，还插了一根红宝石别针。他的脸色像淡黄色的牛皮，剃过胡子的方脸很苍老，眼睛也暗淡无神，但是神气俨然。跟魁梧的史悦辛一样有六尺来高的詹姆士，此时正站在窗口呼吸新鲜空气。他十分的瘦，好像他的出生只是上帝要给他的兄弟找一个平衡似的。他的身体有点驼，这个时候正在当这个热闹场面的冷眼观众：他那灰色的眼睛有时会失去焦距，像有什么心事似的，在沉思，有时候，又会停止思考，匆匆环视一周；他的两颊很瘦，出现了两条平行的皱纹，长长的上嘴唇上，胡子剃得很干净，却留着一簇邓居莱①式的络腮胡子。他拿过来一件瓷器，带着一副爱不释手的样子，翻来覆去地看。他有个独生子索密斯，正在离他不远的地方倾听一位身着棕色衣服的太太谈话。索密斯脸色苍白，没有留胡子，头发是深棕色的，有一点儿谢顶。他侧着脑袋，抬起下

---

①邓居莱：汤姆·泰勒剧作《我们的美国表弟》中的人物，该剧于1858年在纽约上演。

巴，那种傲慢的神气表露无遗，就像面对一个自己消化不了的鸡蛋一样。他的身后是乔治堂弟。乔治个子很高，是五房罗杰·福尔赛的儿子。乔治脸很胖，带着奎尔普①式的狡猾的神情，正在酝酿着自己经常使用的那些刻薄的话。

安姑太和海斯特姑太是福尔赛家两位未出嫁的老姑娘，和她俩坐在一起的是裘丽姑太。裘丽姑太也叫裘丽雅，但是大家都亲切地称呼她裘丽。她在年龄比较大的时候，不在乎自己的身份，嫁给了体质羸弱的希普第莫斯·史摩尔。丈夫死后，她守寡多年，现在跟她的姐妹住在湾水路上最小的六房侸摩西·福尔赛家里。三位姑太，今天每人手里都拿着一把扇子，脸上也各自都抹了一点儿胭脂，且都插了点儿惹眼的羽饰或者别针什么的。因为今天是一个隆重的庆典。

今天的东家是族长老佐里恩。他站在屋子中间的灯架下面。这个年逾八旬的老人，有一头漂亮的白发，额头很丰满，眼睛很小，是深灰色的。白色的大胡子盖过了坚实的下巴。他有一种族长的派头。即使他两颊瘦削，太阳穴深陷，但是他身上有一种衰老不了的劲儿。他笔直地站着，那双精明而坚定的眼睛，仍透着清亮的光彩。多年来，他都是一帆风顺的，留给大家的印象是谦谦君子，不会招人嫌恶。他在脑子里根深蒂固地认为，绝对不要摆出疑惑或者敌对的神气。

今天，他和自己的四个兄弟詹姆士、史悦辛、尼古拉和罗杰都出席了。他和这四个人之间，有很多不同之处。而其他四个兄弟之间，虽说也是彼此不同，但又都一个样。

———————————
①奎尔普：狄更斯小说《老古玩店》中的一个奸诈小人。

这五张带着不同神情和特点的面庞上有一些共同点——每个人的下巴，虽然表面看来有些区别，但是都表现出了家族的标志——一种坚强的毅力。这种毅力年代久远，久远到无法追溯它的来源，也就没法去研究这从洪荒年代传下来的见证家族发展的象征。

而且年轻的下一代，也都带着这个标志，乔治，身材高大，强壮如牛；阿其贝亚德，脸色灰白，但是勤劳能干；尼古拉，个性和蔼，但是略有执拗；欧斯代斯外表严肃，妄自尊大，个性坚决。也许这些标志不是很明显，但却是这个家族磨灭不掉的印记。

这天下午，有一段时间，这些很相近却又各不相同的脸色，时不时流露出一种猜忌的神情，显然，这是因为今天晚上他们要会见的一个人。

听说，菲利普·波辛尼很穷，没什么财产。但是，在福尔赛家族里，也曾经有过这样的历史——跟此类人物订婚甚至婚嫁。所以，福尔赛家族对这个人的猜忌也不全是因为他穷。实际上，是因为对这个小伙子早有耳闻，但这个理由也不太充分，其实连他们自己都不知道为什么要猜忌。是的，关于波辛尼的传闻确实不太好。听说，当他应酬式地去拜访安姑太、裴丽姑太和海斯特姑太的时候，戴着一顶旧得连样式都看不出来的脏呢帽。她们当时就说："这真特别——呃——有点古怪。"海斯特姑太经过那阴暗的小穿堂的时候看见了那顶帽子，还以为是一只令人生厌的小野猫，一边想着以为是汤米招引来的，一边想要嘘开。当时看到帽子一动不动，心里很不舒服。

一个艺术家总是会尽全力去发现一些有着深长意义的细节，去抓住一幕景色、一个地方或者一个人的全部特点，而福尔赛家族的人，同艺术家一样，不约而同地盯上了这顶帽子，在他们眼中，这就是细节，这就是探寻这件事情的意义的着手点。他们每个人都问过自己："如果是我去做这样的拜访，会不会戴这样的帽子呢？"每个人都对自己摇摇头。甚至有人还会说上一句："我连想也未曾想过！"乔治听说这事之后忍俊不禁。很显然，这顶帽子是开玩笑的一个道具，他也深谙此道。他说："这简直是个傲慢的莽撞的海盗！"

此事传播开来，"海盗"便成了波辛尼在这个家族里的外号。

那次拜访后，三位老姑太都因为那顶帽子责备珍，说她不该纵容他那么做。

但是珍是一个被祖父宠坏了的小姐，她蛮不讲理地说："没关系，菲利普从来不知道自己脑袋上戴着什么！"她像平常一样倔强，说得很是轻松，显得毫不在意。

大家真不敢相信，这样荒唐的话会从她的嘴里说出来！

大家都知道，珍将会继承老佐里恩的全部家产。这个要跟珍订婚的年轻人着实捡了个大便宜。然而，他究竟是什么样的人呢？即便他是个建筑师，也不该如此穿戴啊。虽说福尔赛家族里没有一个是建筑师，但是，无论是谁的哪一个朋友，在伦敦的社交季节^①都绝对不会戴这样的帽子。事情有点不太妙。

珍当然没看过这帽子。虽然她今年还不满十九岁，但是大家都知道，她对服饰是很挑剔的。索密斯太太深有体会，因为她平日里穿得很漂亮，但是自从珍说她的羽饰太俗气了，她就再也不戴了，因为她觉得，珍说得很坦白。

---

①社交季节：每年的5—7月，为伦敦的社交季节。

虽然各个分支都很不赞成，很不放心，疑惧笼罩着大家，但是老佐里恩家请客，他们都是要出席的。十二年前，老佐里恩太太去世之后，他就再也没有请过客，直到现在，斯丹赫普门才发请帖。

各个分支从来没有这么齐全地聚到过一起。虽然他们彼此之间没有那么融洽，但是仍旧谜一般地团结着。所以，每当出现共同危机的时候，他们都能团结在一起。就像一群牛看见一只跑来的狗，他们就准备抢起膀子同仇敌忾一样。就连结婚送礼也要步调一致，什么样的人送什么价值的东西。"你打算送点什么？""哦，尼古拉送了一套银匙！"通过这种方式，此类问题就得到了解决。家人中互相协调一下，送礼的规格也就差不多了。安、裘丽和海斯特姑太都住在倜摩西湾水路上那所宽敞的红砖房子里，那是他们家族的调度室。

帽子的故事，让福尔赛家族所有的人如临大敌。如此不安，是为了顾全家族的颜面吧？如果感觉不到不安，反而失常了！

那个给福尔赛家族带来这一不安的家伙正站在门口，和珍在说着什么。这个人一头卷发，而且有些凌乱，脸上带着一种自我解嘲的意味，似乎发现了周围的异常。

乔治和欧斯代斯正窃窃私语：

"这个亡命海盗是不是想要逃走啊？"

"他长得很特别"——史摩尔太太一直这样觉得——个头中等，长得挺健康的，脸色是淡褐色的，胡须有点土色，颧骨很高，双颊深陷，额头往后倾斜，眼睛上面有点鼓，就像动物园里狮子的额头，眼珠的颜色，像雪利酒①的颜色那么淡，但是又透着一种令人

①雪利酒：南西班牙出产的一种白葡萄酒。

不知所措的傲气。

曾经，老佐里恩的马车夫送珍和波辛尼去戏院，回来后就跟管家说："波辛尼看上去像一只没有完全驯服的野豹子，真不知道是怎么样一个人。"

没一会儿，就有福尔赛家的人把注视的眼光投向他。

珍站在他面前，挡住大家无聊而又好奇的眼光，就像俗语里大家所说的那样，她"只有满头秀发和一脸的神气"，因为她看上去一点儿都不大。但是，她有一双勇敢的蓝眼睛，一副坚定的下巴，还有白皙的肤色。她太瘦了，脸和身体似乎支撑不了她那金红色的头发。

有一双隐约带着微笑的眼睛望着这对有情人，它的主人是一个身材姣好的女子，一个曾经被福尔赛家的人比作异教女神的女子。

她戴着一副法国制的灰色手套，双手交叉，侧向一边的脸庞庄重而迷人，吸引了所有近处的男人的目光。她的身体如随风荡漾的波纹，摇摆均匀；两颊略有苍白，但还算温润；一双温柔的大眼睛是深褐色的；还有那含羞而甜蜜的嘴唇，时不时带着一点若隐若现的微笑。唇间那好像春花一样温暖而芳香的气息，吸引了好多人搭讪。

而沉浸在订婚茶会中的这一对新人，一开始并没有察觉到这样温柔的眼神。还是身为男人的波辛尼首先觉察，便问珍那是谁。

珍领着他来到这个女子面前。

"伊莲——我的女伴。"她说，"你们两个也要成为好朋友啊！"

珍的语气引得三个人都笑了。这时，索密斯·福尔赛静静地出现在伊莲后面。

"你们好，自我介绍一下，我是伊莲的丈夫。"

只要是交际场合，他总是跟伊莲在一起，即使不得不离开，他的眼神仍然在伊莲身上，只不过，带着监视和渴望的神情。

索密斯的父亲詹姆士仍然靠在窗口，端详着那件瓷器上的印记。

"真搞不懂老佐对这门婚事是怎么想的，"他跟安姑太说，"他告诉我，他们几年内不会结婚。这个小波辛尼——说到第二个字时，他加重语气且拖长了音调——是一个穷光蛋。当年威尼弗列德和达尔提结婚的时候，幸亏我让他们存钱，不然他们现在也是身无分文。"

安姑太一直坐着，在那张丝绒椅子上抬起头来，环视四周。几十年来，她一直保持着一种发型——前额上的白发一圈圈地盘卷着，这让福尔赛家里的人从来没有注意到时间的流逝。安姑太很少说话，也不回答别人的问题，或许是为了保养自己上了年纪的嗓子。但是在詹姆士看来，她的脸色出卖了她的想法，就当是回答了。

"当然，伊莲没有钱我也没办法。索密斯太想结婚了，他为了追她，瘦了那么多。"他对于安姑太的沉默有点恼，把瓷碗放在钢琴上，又转过头去看门口的两对情侣。

"就现在这样，我觉得已经很好了。"他突然说道。

安姑太知道他心里怎么想的，所以没有要他为这句怪话做什么解释。伊莲就算没什么钱，也不至于做出什么蠢事。因为她听说——听说而已——伊莲曾经要跟索密斯分开，但是索密斯没有同意，他当然不会同意——

她正在沉思中，詹姆士的问话又打断了她的思路："偈摩西呢？他没来吗？"

安姑太终于勉强露出一丝微笑，慈祥的味道从紧闭的嘴唇中蔓延出来："没来，他身体不好，很容易被传染的，现在白喉这么流行，他不便出来。"

詹姆士回答说："真是会保养自己啊，我都不会。"

他的语气里到底是羡慕、嫉妒还是鄙视，让人不得而知。

偶摩西是家族里最小的一个，也是最不容易见到的一个。多年以前，他就投身出版事业。那个时候，出版业如日中天，但是他感觉很快会走下坡路。只不过，那个时候看不出来，然而大家都认为这是迟早的事。他在一家出版社里工作，那个出版社以出版宗教书籍为主，他拥有大宗股票。所以他当时就把股票卖了，并把所有的钱买了公债。但是这　举动使他被孤立了，因为他的投资年息只有三厘①，照其他的人看来，少于四厘是不值得出手的。当然，比起小心谨慎的人来，他还是稍好一些的。但是，大家的孤立深深地伤害了他，他渐渐颓废了，差不多成为幽灵般徘徊在福尔赛家族边缘的一个人。他不想结婚，也不想生孩子，这些对他来说，都是一种负担。

詹姆士敲了敲那件瓷器，接着说道："这是个赝品，不是真正的沃斯特老玩意儿。关于这个小伙子，估计佐里恩跟你说过了，据我所知，他现在没有工作，既没有什么收入，也没有什么值得一提的亲戚。不过话说回来，我什么都不知道，因为他们什么事都不会跟我说。"

安姑太摇了摇头，苍老的面庞微微有些颤动，干枯的手指紧紧相扣挤压，仿佛是为了让自己更专心一些。

_____

①厘：利率单位，年利率1厘是每年1%，月利率1厘是每月1‰。

在福尔赛家族里，安姑太是年龄最大的，所以她在他们老一辈的人里享有特权。他们无一例外都是些自私自利的投机分子——虽然不见得比他们的邻居更恶劣。因此，他们都对她凛然的样子有些畏惧，总是尽量避开她。

詹姆士架起他那两条瘦瘦的长腿，接着说道："佐里恩总是一意孤行，他没有孩子——"顿了顿，因为他想起了小佐里恩。小佐里恩是珍的父亲，生活一团糟，他为了跟一个外国女教师私奔抛弃了自己的妻子和孩子。詹姆士接着说："既然他这么做了，就要承担后果，现在，他每年给她的钱，恐怕有一千镑。除了她，他谁都不给。"

迎面来了一个人，他伸手出去和来人握手。跟他握手的这个人，长得很漂亮，穿着也很整洁。嘴唇上干干净净的，没有胡子，脑袋上几乎没有头发了，他的鼻子又长又塌，但是嘴唇厚实，有一对长长的眉毛，但灰色的眼睛却是冷冰冰的。

"好久不见，别来无恙啊，尼克。"他说。

尼古拉·福尔赛冰冷的指尖触了一下詹姆士的手掌，就赶紧缩了回来，像被针扎了一下，但他的神色却很成熟（他曾在自己主持过的公司里面合法地发了一笔财）。

"不好。"他嘟嘟囔囔，"好几个星期了，晚上失眠，医生也检查不出什么来，现在这个医生还说得过去，不然也不会请他，只不过，我除了账单一无所得。"

詹姆士恶狠狠地说："哼！医生？不管我们谁生病，我一定为他请伦敦最好的医生。这些人都是些酒囊饭袋，只会花言巧语。你看看史悦辛，他们治好他了吗？他比以前更胖了，他们根本就没减轻他的体重，你看看他现在这个样子，简直就是胖得吓人。"

人高马大的史悦辛，膀阔腰圆，正摇摇摆摆地向他俩走来。两件艳丽的背心穿在他身上，使他看上去像一只大胸斑鸠。

"哎，你们好——啊！"他矫情地说着，"好"字咬得特别重。

这三个兄弟，总是彼此看对方不顺眼，好在他们都已经习惯了，便也相安无事。

"说曹操曹操就到，我们刚说你一点都没瘦。"詹姆士说。

一听这话，史悦辛两只眼睛睁得圆鼓鼓的。他身子微微前倾，说："我这样就挺好啊。谁跟你们似的，像竹竿一样！"

只不过，他连忙将身子缩了回去，站着一动不动，怕把前胸撑得过于丰满。对史悦辛来说，漂亮的仪表胜过其他。

安姑太年老昏花，挨个把这三兄弟端详了一番，眼神里充满了爱溺，也含着几丝严厉。在三兄弟眼里，安姑太是有些老了。她真厉害，现在已经八十六岁高龄了，甚至再活个十来年也不是问题，虽然她的身体并不太好。双胞胎的史悦辛和詹姆士，现在也不过七十五岁。就连最小的尼古拉也已经七十开外了。值得欣慰的是，他们还都算健康，各种各样的财产已经抓在手里了，对他们而言，健康自然是排在第一位的了。

詹姆士接着说："本来我也没啥事，不过最近好像精神不太好，一点事儿就让我心烦意乱呢，抽空我得去一趟巴市！"

"巴市？那里空气不太好吧？我去过一次哈洛盖特。我更喜欢海上的空气，就这点来说，首屈一指的得数雅茅斯，在那里，我睡得——"

"我的肝脏好像有点问题。"尼古拉的话被史悦辛打断了，

"这儿很疼！"史悦辛一边说，一边按着右肋边。

詹姆士说："你这叫缺少运动。"詹姆士还盯着那件瓷器，慢条斯理地说："我这儿也疼。"

史悦辛都要气炸了，脸涨得通红，像一只火鸡。

"运动？"他说，"我可没少运动，在俱乐部里，只要能走的，我从来不坐电梯。"

"我不知道。"詹姆士立即说道，"我什么都不知道，也没人跟我说什么。"

史悦辛瞪了他一眼："你也这里疼？怎么治的？"

詹姆士的神色终于有点暖了："我？别人给我配了一种药粉——"

"叔祖好！"

瘦小的珍走了过来，仰起头，坚定地望着高大的叔祖，伸出手问好。

詹姆士的脸上又露出冰冷的神色，若有所思地看着她："你好，明天要去韦尔斯吗？听说你未婚夫的姊娘们住在那里？好像那时常下雨呢！"他敲了敲瓷碗说："这不是正品，你妈妈结婚的时候我送了一套，那才是真的。"

珍和三位叔祖一一握手，转身看向安姑太，安姑太看起来很热情，她亲昵地在珍的脸颊上留了一个吻："哦，亲爱的，你真的要去一个月吗？"

珍又离开了，安姑太看着她瘦小的背影，银灰色的圆眼睛蒙上一层氤氲，看起来有些焦虑，因为她的手指又开始使劲了，知道自己的离开也是早晚的事，又盘算起自己的主意。这时候，人群开始有点骚动，原来，客人开始陆陆续续告辞了。

好吧，大家对她都还不错，很多人都来跟她道喜，她应该很开心。安姑太心想。

门口挤着一大堆衣冠楚楚的人，有当律师的，有当医生的，有从事金融交易的，还有很多数不清的有正当职业的中产阶级，这些人里，有五分之一左右是福尔赛家族的人，可是在安姑太看来，好像都是他们家族的——这也不足为奇——她的眼睛里只有自己的家人，她的家族就是她的世界。除此以外，她对其他任何家族都漠不关心。她家里的所有人的所有事，包括心事、疾病、婚嫁、他们的境况，她再清楚不过——这就是她的全部寄托，她的财产和生命。除了福尔赛，其他一切事情和人都是模棱两可且无关紧要的。当她有一天要离开这个世界的时候，她要放开的就是这个家，也正是因为这个家，她才这样了不起，连她自己都这样认为，不然，哪个年老多病的人还能忍受在这个世界上活着？正是因为这样，她才慢慢变得贪婪，如果能够办到，她想要永远保留这个家。

这让她又想起了那个跟外国女孩私奔的小佐里恩，这对于老佐里恩和他们整个家族来说，真是一个噩梦！是一个沉重的打击！他们不相信，这竟然是珍的父亲——那样一个有希望的青年——做出的事情，在他们的努力之下，这事就被压了下来。珍的母亲也没有离婚，这是不幸中的万幸。这事已经过去很多年了。直到八年前，她去世了，小佐里恩就跟那个女人结了婚，如今已经有两个孩子了。虽说如此，他已经自动放弃了作为福尔赛家族一员的资格，今天这样的场合，他不能到场。这也让安姑太那自矜家世的心态有点受到影响，感觉有些美中不足。他曾经是一个多么让她引以为豪的青年啊，只是，再也看不到了。想起这些，她那坚韧的老心肠就隐隐作痛，禁不住湿润了眼眶。想到这儿，她拿手里的细麻纱手帕擦了擦眼角的泪水。

索密斯的一声"安姑"，从她的身后传来。

索密斯长相很普通，塌肩膀，脸颊瘦削，也不见得多么粗壮，但是整个看上去，却带着圆滑和深沉的味道。他低头看了看安姑太，又把头扭到了一边。

"安姑，对于他俩的婚姻，您怎么想？"他问。

小佐里恩原本是福尔赛家族中安姑的侄辈里最年长的一个，现在则轮到索密斯了，所以，只要他能够延续福尔赛家的优良传统，她不介意在他脱离自己的掌控之前，继续宠着他。

"对这个年轻人来说，肯定是他沾光了，他年轻帅气，只是，恐怕不太适合珍。"

面前的烛台镀着金色，索密斯趁大家不注意舔了舔自己的手指头，擦了擦烛台上的玻璃坠子，一边讨好地跟安姑太说："她会把他捂在自己手心里的——看，这才是真正的古漆，市面上太少了，拿到乔伯生拍卖行能卖个好价钱。要这是我的，我就拿去卖了它。卖这些旧物件很能赚钱。"

"你真够精的——伊莲最近怎么样？"

不经意的问话让索密斯撤下了他的笑容。

"挺好的，虽然她总唠叨自己睡不着，可是她的睡眠比我要好很多。"他一边说，一边看了看在门口和波辛尼谈话的伊莲。

安姑太叹了口气说："珍就是个牛性子。伊莲也许还是少跟她来往的好。"

索密斯脸上的红晕一闪而过，但眉心的红斑却还留着，将他起伏的心事出卖了。

"不知道那个没定性的家伙有什么好的。"有人过来了，打断了他的义愤填膺，他索性转身去研究烛台。

索密斯的父亲来到他身边，跟他说："听说，佐里恩又置办了一套房产。他肯定是钱多得不知道怎么花！孟特贝利尔广场那边有人说的，可是他们从来不跟我说——伊莲什么都不跟我说。"

史悦辛的声音也跟着过来了："位置绝佳，跟我挺近的，不到两分钟。从我那儿去俱乐部，也不过八分钟的距离。"

福尔赛是怎么起家的呀？秘诀从他们住宅的地方或者地位就能看得出来。

本世纪的头些年，他们出身农村的父亲从家乡来到伦敦。他们家乡是多赛特郡，那些接近他跟他打交道的人都直接叫他多赛特·福尔赛大老板——他以前是石匠，慢慢坐到了包工头的位置。他老了之后迁到了伦敦，但还是继续做建筑工程，一直到他离开人世被埋葬在高门公墓，留下了足足三万镑。老佐里恩很少提到他父亲，偶尔提到的时候，也总会淡淡地说："他没什么文化，是个粗人。"这些福尔赛的儿女们总觉得没面子——确实，他除了喝点马蒂拉酒，完全看不出有什么贵族气派。

海斯特姑太曾经这么形容过他："我不记得他有过什么大事业，至少从我记事起，他只是个置办房产的人。嗯，他的头发，跟史悦辛的发色差不多，体格壮实，至于身高啊，不算太高，但气色非常好。我记得他经常喝酒，就喝马蒂拉酒，要么你们去问问安姑太。至于他的父亲——嗯——一直在老家种地，就在海边。"

曾经有一次，詹姆士下乡去看看他们的发迹起源地。那里有两处农场，淡淡的红土上有一条土路慢慢延伸，通向海边；有一座水车；还有一座灰色的小教堂，围墙是拱形的，跟它一比，旁边那个星期堂就更小更灰了……给水车做动力的水流，被分成了十来道继续往下流，几头猪在那里拱来拱去找吃的。想来，福尔赛的祖先当初便是在那海边面朝黄土背朝天，几百年如一日地辛勤劳作。那里的一切都笼罩在薄雾中，显得那么不真实。

　　也许，詹姆士本来希望，从那里找点什么可以当作资本去夸耀的，说不定还能得到一点意外之财，只是从他回来的时候的颓废模样来看，他的如意算盘落空了。

　　他说："没什么特别的，就是个普通乡下，只是有点历史而已。"

　　只不过大家都觉得，历史本身也是一种见证。老佐里恩有时候看起来挺老实，老实得有点虚伪，每次提到自己的祖先，他经常说："没什么可说的，就是一个农民。"可是他的语气又总是有点刻意的重音，好像是为了给自己一些底气似的。

　　福尔赛家族的子孙都是后起之秀，都相当有地位。他们都持有股票，但是一般都不买公债，除了侗摩西。因为公债最多只有三厘利息。这对他们来说，简直会要了他们的命。他们是收藏家，也是慈善家，他们关于打理房产的遗传基因都特别好，也许是得益于他们搞建筑的父亲。这一家人特别在意一些事情，比如信仰。以前，也许这家人是信奉异教的，现在却都是英格兰教会的信徒。甚至还会让自己的家人时不时去伦敦大教堂做星期。如果别人质疑他们不是真正的基督教徒，他们会感到无比烦恼和诧异。为此，他们在教堂包下座位，以此来证实他们对基督教义的虔诚。

他们的房子都环绕着海德公园，这里是他们所有的寄托，如果离开这个地方，他们便会觉得失去了根据地，而他们的地位也因此会受到影响。正因为这样，他们的房子就像是守卫伦敦市中心的哨兵，相距并不远：老佐里恩住在斯丹赫普门；詹姆士住在公园巷；宁可享受着一个人的豪华，也坚决不结婚的史悦辛住在海德公园大厦的公寓；索密斯的小家在武士桥附近；罗杰一家住在王子花园。说起来，罗杰算得上相当了不起了。他坚决认定自己要投身于房产业，却主张自己的儿子转行。

另外，还有海曼一家。海曼太太也是福尔赛家族的人，她家住在坎普顿山上。房子盖得很高，即使是长颈鹿仰头去看，估计也得扭了脖子；尼古拉家的房子挺宽敞，买的时候也很便宜，地址位于拉卜洛克林区；就连偶摩西，也在湾水路有房产，安姑太他们三个就住在那里。

詹姆士问他的东道主哥哥，买下孟特贝利尔广场的那所房子花了多少钱。因为他也相中了这所房子，只是嫌贵没买。老佐里恩就把过程说了说。

"还能住二十二年吗？"詹姆士下意识地说，"我也想买，只是你买贵了！"

老佐里恩皱起了眉头，让他赶忙解释："不是我买，我的意思是——索密斯知道这房子的，他会跟你说价钱有点高——也许他的意见你可以参考一下！"

老佐里恩拒绝了。

詹姆士吞吞吐吐地说："哦，你要这么做，也许是不会错的。我们要走了，准备坐车去赫林罕。我听说珍要去韦尔斯，那么明天你就有点孤单了，要么，去我家吧？"

老佐里恩谢绝了。他送他们到大门口坐上四轮马车，刚才的不愉快已经丢在脑后。詹姆士太太正襟危坐，亚麻色的头发让她显得高了一些，而且特别精神；她的左边是伊莲，对面是詹姆士父子俩，他们看着她们的眼神里有一种期待。老佐里恩看着他们随着车身摇晃，慢慢消失在他的视线里。

半路上，詹姆士太太开腔了："真是一大堆奇奇怪怪的人！"

索密斯抬起眼皮瞟了她一眼，点头表示赞同。只不过，他用眼睛的余光看到伊莲瞟了他一眼，不知道那是什么意思。福尔赛家族的人参加完茶会，临走时可能都会这么说。

老一辈的人中，老四尼古拉和老五罗杰走在最后，他俩沿着海德公园向普列德街的地下火车站走着，他们都有自己的马车。不到万不得已，绝不坐街上的车，这是福尔赛家族的惯例。

天气很好，正是树木苍翠的时候，这样的风景好像并未进入这两兄弟的眼睛，不过，却让这俩兄弟的散步和谈话显得特别惬意。

罗杰说："索密斯的妻子长得很漂亮，只不过听说，他俩好像并不太合得来。"

罗杰排行老五，长着一个高额头，脸色也算是最正常，浅灰色的眼睛不时关注着路边的房屋，偶尔还把伞拿在手里对着房屋摆弄，测量房屋的高矮。

尼古拉回答："她很穷。"

尼古拉的老婆家里很富有，他赶在了已婚妇女财产法案颁布之前结婚，所以，他老婆的这笔财产他也能够用得到，为此，他非常感谢上帝。

"说起她父亲，听说是个大学教授，叫黑隆。"

罗杰不以为然："穷教授，当教授的没什么钱！"

"听说她外祖父有个水泥厂。"尼古拉顿了顿，一句话又浇灭了罗杰的兴奋，"只不过破产了。"

罗杰忍不住出声："唉，索密斯真是自找麻烦，我敢肯定，将来肯定要出很多问题的——这个女人可不像我们这边的人。"

尼古拉舔舔嘴唇，挥开一个乞丐，说："不过，她可真漂亮！"

"他怎么追到手的？"罗杰顿了会儿问道，"在她身上可没少花钱吧？"

"安姐跟我说，他可是费了九牛二虎之力，她最少拒绝了他五六次。詹姆士为此担心不已。"

"唉，詹姆士真让人感到难过，他在达尔提身上似乎也遇到了同样的麻烦。"罗杰说。

罗杰频繁用力挥动手中的伞柄，看得出，他的心情跟气色一样好。

尼古拉的声音听起来也有些高兴："她似乎有点苍白，不过，身材倒是一级棒。"

这次，罗杰没有搭话。

"不过，她倒是蛮有气质。"这个词算是福尔赛家族里水准最高的恭维了。"那个小伙子也不会有什么出息。他在布尔奇特饭店那边被说成是艺术家——因为他想改革英国的建筑。这里面哪有什么赚钱的机会？不过，不知道偶摩西什么看法。"

说着，地下车站就到了。

"你坐几等座？我坐二等。"

尼古拉一脸嫌恶："我决不会坐二等座，说不定就会感染什么病菌。"他买了一张去诺丁山门的头等票，罗杰买了一张去南肯辛顿的二等票。一分钟过去后，这俩兄弟各自走进车厢，心里都为对方的不迁就而不痛快，罗杰心想："他这辈子都是个顽固不化的家伙！"

尼古拉告诉自己，罗杰就是一块榆木疙瘩。

福尔赛家族的人都不是感性的人。在这个大城市里，他们太忙了，哪有那时间和精力去顾及感情的事呢？

2. 老佐里恩去歌剧院

第二天下午五点钟，老佐里恩无趣地呆坐在屋里，嘴里叼着一支雪茄，身旁的桌上放着一个茶杯。他看上去疲惫不堪，雪茄还冒着烟，人已经进入梦乡。一只苍蝇停在他的头发上。四周一片沉寂，更衬托出老人呼吸的沉重，那长满白胡子的嘴唇一张一翕。布满青筋和皱纹的手渐渐滑下，没抽完的雪茄落在空壁炉上，烧成了灰烬。

这间略显阴暗的小屋，本是一间小书房，有色玻璃将窗外的美景完全隔开。屋里的陈设是一套桃花心木的家具，精雕细刻，靠垫和坐垫都是用同样的绿丝绒做成的。对此，老佐里恩常说："这东西迟早会卖个好价钱。"

想到死后，家人还能用自己生前购买的东西赚上一笔，老佐里恩就暗自得意。

福尔赛家的内室总带着一种特有的深褐色情调，这间书房也不例外。老佐里恩倚在高背椅上，脑袋和白发靠在背垫上，感觉有点像伦勃朗①的画里的那一类人物。只是，他上唇的那撮白胡子使他多了点儿军人气概。角落里滴滴答答的老钟，跟了他至少五十年，那时候他还没有结婚。这么多年，这座钟一直在记录着过去所有的故事。

老佐里恩不太喜欢这个小房子，除非来取搁在屋角日本橱柜里的雪茄，否则他是不会来的。所以他一年来这个屋子的次数屈指可数。如今，这间小书房要报复他了。

他的太阳穴深陷了进去，如同被枯草覆盖着的两个窟窿，而颧骨和下巴又都突了出来。这一切都在彰显着一个事实：他老了。

他从睡梦中醒来时，珍已经走了。珍走后，他会感觉寂寞的，詹姆士这么说过，那个家伙向来就是这么无聊。但是，一想起从詹姆士手里抢购的那套房子，他心中又泛起巨大的成就感。活该！守财奴！满脑子都是钱。但是，自己出价是不是真的有点高呢？他得好好斟酌一下。给珍办婚事，也许要花光他所有的现金。真不应该答应这桩婚事的。珍和波辛尼相识在拜恩斯家里——拜恩斯-毕尔第保建筑公司。老佐里恩是认识拜恩斯的，这个人平时絮絮叨叨，似乎是波辛尼的姑父。那次谋面后，珍就一直在追求波辛尼。这个丫头向来如此，只要看中什么，就会想尽一切办法得到，什么也阻止不了她。她好像对那些没出息的家伙情有独钟，不是这个，就是那个。波辛尼是个穷光蛋，可是她却执意要跟这个全无规矩的家伙订婚。以后，保管有的是苦头让她吃。

像以前一样，珍突然出现在他面前。她告诉他自己要订婚了，甚至还自我解嘲地说："那个家伙真有意思，有时候，一整个星期都

①伦勃朗：17世纪荷兰画家。

26

得靠吃可可活着。"

"难道他想让你也一起吃可可？"

"呃——不会的，他正在一点点好起来。"

老佐里恩从白胡子丛中取出雪茄，胡须末端似乎还残留着点儿咖啡。他看了看自己的宝贝孙女，这个小家伙，就是能这么轻松就讨得自己的欢心。什么是"好起来"，他比她更了解这种事情。可是，现在她像一只无忧无虑的小猫，趴在他的膝盖上跟他撒娇，他怎么能拒绝呢？他弹了弹烟灰，一丝沮丧的神情爬上脸颊。

"你和你父亲一样，想要什么，得不到绝不罢休。将来倒霉，你要自己承担，别怨我！"

就这样，他跟珍谈了条件，想结婚，行，除非波辛尼每年至少赚四百镑。

"我没能力给你一大笔钱，或许，你那个叫什么名字的小伙子可以让你吃一辈子可可。"老佐里恩总是跟珍说自己没钱，她都听过无数遍了。

那天过后，他就几乎见不到珍了。这绝对是桩赔本的买卖！给她一笔钱，让一个自己不了解的人捡个大便宜，优哉游哉地生活，这种事情闻所未闻，不会有好结果的。更不妙的是，他无法让自己的孙女改变主意，她从小就是一头犟驴子。他无法预料这件事会是怎样的结局。这两人过日子，用钱得有一定的打算才行。在看到波辛尼自己有收入前，他是不会让步的。他能预测，珍和这个家伙绝对不会长久，迟早会闹翻。这号人对于钱，简直像牲口一样毫无知觉。甚至连他们要赶去韦尔斯探望的他的那些姊娘，他也断定，一准儿是些可恶的老女人。

老佐里恩睁着眼睛望着墙壁，一动不动，就像还在睡梦中。亏詹姆士有脸说，那个年轻的窝囊废索密斯能给他什么意见？他不过是个目中无人的混蛋！过不了多久，他就会摆出一副有产者的架势，在穷乡僻壤买上一套房子！有产者？他和他父亲如出一辙，只知道贪便宜，纯粹一个冷血无情的穷光蛋。

他站起来，走到橱子跟前，将新买的雪茄逐一小心地装进烟匣。如今的这个价钱，买到这样的烟，也算差不多了，但绝对说不上是好烟。真正的好雪茄，还要数汉生－布利吉尔烟行出产的老牌子：苏宾菲诺。

这种念头，慢慢发酵，让他想起当年在里奇蒙区①度过的那些美好的日子。那里风景特别漂亮，他在那里度过了几个美妙的夜晚。那时候每天吃过晚饭，他便和尼古拉·特里弗莱、特拉奎尔、杰克·海林、安东尼·桑渥西等人一起，在皇家酒店的走廊上抽雪茄。那时候的雪茄，可比现在好多了！如今，这四个人中，老尼古拉和杰克·海林已经离世，特拉奎尔也被他老婆折磨死了，剩下一个桑渥西，也老得不成样子，这都要怪他从前胡吃海喝。

那些时候交的那些朋友里，好像只剩下他了。诚然，不能忘了史悦辛，他也还活着，不过他太胖了，且两个人也没有什么好谈的。很难相信这么多年已经过去了，而他仍旧觉得自己还很年轻。他默默站着，一边抽雪茄，一边沉思，这是最让人伤怀的。虽然他现在白发苍苍，孤单寂寞，胸腔里却依然跳动着一颗年轻的心。遥想当年，每逢周六，他在汉普斯泰区②度过的那些午后时光：和小佐

———————————
①里奇蒙区：伦敦近郊一个风景优美的居住区。
②汉普斯泰区：伦敦西北一个居住区和风景区。

里恩一同出去散步，沿着西班牙人行道一直走到高门山，再到齐尔山，然后走回去，到杰克·史特劳餐厅吃晚饭。那时的雪茄味道多么美好！那时的天气多么可爱！可如今，连好天气都难得一见了。

珍五岁开始学步。那时候，她那善良的母亲和祖母陪着她，但是每隔一周的星期日，他会带她去动物园。他们俩站在熊栏上，把糕饼插在伞柄上，喂给她最喜欢的那头熊吃。那个时候，雪茄的味道多好啊！

啊，雪茄！许多年来，他对这东西的品鉴能力没有减退分毫。后来，到了五十年代，他对香味的品鉴能力也已相当出名，人人钦佩。大家提及他时，一致地说："福尔赛呀，那是伦敦城里的品茶高手。"其实，在某种意义上说，他起家也是靠这个。当年伦敦城里的福尔赛和特里弗莱是两个著名的茶商，都是靠这种生意发了家：他家的茶独树一帜，香味绝佳，货真价实，当时伦敦城（伦敦市中心商务区）里的福尔赛和特里弗莱茶行，只要一提及，就能让人联想到宏图伟业，联想到专用船舶、专用港口，以及与东方人做的专门的生意。

对于这个生意，他是真喜欢干的。在那个年代里，人人都很踏实能干。对于"干"这个词，如今的年轻人是不熟悉的。他做什么事情都要仔细调查，把过程弄得明明白白，有一点疑惑都会睡不下。遴选代理商，他总是亲力亲为，对此也扬扬自得。他自认为是伯乐，这也是他成功的因素之一。在这个行当里，他喜欢自己知人善任的感觉。即便现在，这家茶行已经改为有限股份公司，甚至营业额每况愈下（他很久之前就卖掉了股票），但他回想起来，仍感觉惭愧，总是觉得自己还可以做得更好一些。如果要他当律师，他也一定会做得风生水起。甚至那时，他还想过要竞选国会议员。尼古拉·特里弗莱不止一次对他说："老佐，如果手脚再放开一些，你肯定什么事都能做得成！"声名狼藉的浪荡子特里弗莱，真是个好伙计，可惜他从来不知道收起手脚过日子，所以早早地离开了人世。老佐里恩一边数雪茄，一边在考虑，自己是不是真的有些束手束脚了。

他把雪茄匣子放进贴胸的口袋里，扣上衣服，向自己的卧室走去。他伛偻着身子，扶着长长的楼梯，慢慢往上爬。这房子确实有点大，他想，如果有一天珍能按他所想嫁了人，他就把房子租出去，辞了这半打好吃懒做的用人，自己出去租几间公寓。

他按了铃，管家走了进来。他是个大个子，留了一撮山羊胡，走路小心谨慎，从不多话。老佐里恩吩咐他把晚礼服取来，说要去散漫俱乐部吃晚餐。"送珍小姐去车站之后，马车是几点回来的？两点吗？告诉马车夫，让他六点半来接我。"

七点钟，老佐里恩已经到俱乐部了。这算是中产阶级政治社团中的一类，现在看来，也许已经过时了。但它依然是一些人谈论的对象，也许正因为这样，它显出让人绝望的无奈，大家都说这个散漫俱乐部要散了，这让人心里窝火。老佐里恩也这么说，不过也只是说说，却摆出一副事不关己的神情，这种神情会让一些好脾气的会员动起肝火来。

史悦辛也常常闷着一肚子气问他："既然如此，你怎么还不退出呢？我们的多嘴俱乐部里，海德希克酒每瓶才二十先令，这在伦敦别处可是喝不到的。"他降低了声音，说："现在也就还剩下五千打，我每天晚上喝这种酒，一天都不想错过。"

"是吗？我想想吧。"老佐里恩总是这么敷衍他，临到做决定的时候，他就会为那五十畿尼①的入会费犹豫，况且，批准入会还要等上四五年。为此，老佐里恩一直在犹豫。

　　按说，像他这个年纪作为一个自由党员，已经有点困难了。而且，别人都知道，他曾经骂俱乐部的政治主张是垃圾，他不相信那个。有意思的是，他虽然看不起这个地方，但仍继续做着这家俱乐部的会员，这让他的心情大好。很多年前，什锦俱乐部以他是生意人为由，拒绝了他的加入。一气之下，他就加入了这个俱乐部。这不免让人懊恼，那一帮人哪一点比他强？虽说如此，但他却从心底里看不上这个可以随便让他入会的散漫俱乐部。会员都是些寻常角色，从事的行业各种各样，有证券经纪人，有律师，有拍卖行主。跟大多数人一样，老佐里恩是个态度强硬但缺乏见解的人，对于自己身处的阶级是有些轻视的。在社交场合，他跟其他人保持着一样的生活习惯，但是背地里，对这帮"乌合之众"嗤之以鼻。

　　时间过了很久，他在社会上摸爬滚打多年，当年加入什锦俱乐部被拒的记忆也被冲淡了很多，但是，这家俱乐部却成了他向往的天堂。这么多年，他早该入会了，可到现在，连俱乐部会员都搞不清楚为什么还没批准他加入，是他的介绍人杰克·海林太过大意了吗？然而，他的儿子小佐里恩却被顺利地批准了。八年前，他写给自己的一封信就是从那里寄来的。

　　俱乐部的房屋被粉刷过，花里胡哨的，像一栋急于出售的老房子和一艘卖不掉的破船一样。这提醒他，自己大概有好几个月没来

———————

①畿尼：英国第一代由机器生产的金币，出现于1633年。由于黄金价格的上涨，1733年以后，畿尼币已经超出了本身面值的数倍，逐渐成为收藏货币。1816年，英国政府宣布畿尼退出了流通货币行列。

了。他在想："吸烟室的颜色真难看，饭厅还凑合。"暗朱古力色衬着淡绿，还算合他的心意。

他叫了晚饭，想起二十五年前，他跟儿子小佐里恩到德鲁黎巷看完戏后，常来这里吃晚饭。如今，他就坐在当年爷俩常坐的那个角落里，没准还是当年的位子。这简直跟这家俱乐部的政治主张一样，激进却从无进步。

当年，小佐里恩总是和他面对面坐着。他最喜欢看戏，虽然看上去若无其事，其实心里早就乐开了花。

他今天晚上点的晚餐也是当年儿子最喜欢吃的——汤、炸小鱼、炖肉片和果子点心。这时候，他多么希望儿子还坐在他对面。

他们已经分开十四年了。有的时候，他也在想，在儿子的问题上，他是不是也有一些过火了？但小佐里恩也有点过于冲动了，当年，他先爱上了安东尼·桑渥西那迷人的女儿——丹娜·桑渥西，如今则叫丹娜·贝蕾。然后，一个不如意，又促使他跟珍的母亲走到了一起。当年，他俩那么着急地结婚，他应该劝一劝的，他们都太年轻了。失恋正说明了儿子的不成熟，他对于婚姻的渴望有些过头了。果然，不到四年，就出事了。他万分纠结，他的理智和教养让他对儿子的荒唐行为感到羞愧。但小佐里恩这事儿做得太绝情了，根本没有给他伤心的机会。因为那时候的珍，已经是个承欢绕膝的小女孩了，她的红头发，一直在他的心里跳跃。这个还不会照顾自己的小家伙，在他心里的地位，渐渐地高过了他的儿子。他一向是个能看透所有事情的人，现实所迫，孙女和儿子只能要一个，他只能和儿子分开。

这一分开，至今都不曾谋面。当年，他曾经提出每年给儿子一点钱，但是被拒绝了。这让他伤透了心，因为他那仅存的一点点父爱都无从表达了。父子间的感情是否决裂，从财产的转手、赠予或拒绝，能最直接地看出来。

这一餐毫无滋味，就连香槟也苦得要命，根本比不上当年的维吾克里果子酒。

他默想着喝咖啡，突然，萌生了看歌剧的念头。他从自己最信任的《泰晤士报》上看到，今晚的剧目是《菲岱里奥》①，嗯，就看这个了。谢天谢地，他可看不了瓦格纳那种别出心裁的德国哑巴剧。

他把自己的老式大礼帽扣在头上，帽檐旧得耷拉着，帽身又大，仿佛是往昔峥嵘岁月的标志；一股强烈的俄国皮革味道，跟着他从大衣口袋里掏出的淡紫色的羊皮手套散发出来，大概是因为经常跟雪茄烟盒放在一起的原因。老佐里恩整了整衣帽，拍了拍衣服，招来一辆公共马车，沿着街道慢慢走着。街上的热闹让老佐里恩大吃一惊。

几年前，这边还是很冷落的，大旅馆都还没有，现在的生意却如此的好。这一带，也有他的产业，这让他不禁觉得心满意足，如今它们一定升值了！来来往往的行人，得带来多少商机啊！可是，他却又慢慢进入了自己的冥想世界中。这在福尔赛家族算是特例了，让他在家族其他成员面前显得与众不同，这是他的一种潜能：他又觉得，人何其渺小而又生生不息，谁又知道，将来会是什么样子？

他从马车里出来，不知道被什么绊了一下，站稳后拿出正好

---

① 《菲岱里奥》：贝多芬的唯一一部歌剧，1805年在维也纳首演，最初版本为三幕，后改为两幕。

的车钱付给了车夫，就去售票处买戏台正面的位子。他拿着钱夹站在那里，现在的年轻人已经不用这玩意儿了，而是随便将钱塞在口袋里，老佐里恩却无法接受这种做法，照旧把钱放在钱夹里。这时候，售票员像是一只老看家犬那样，从窗口中探出头来。

"是您吗？"他惊呼起来，"佐里恩·福尔赛先生？真的是您哟！好多年不见了，先生，现在的世道跟以前不一样了！您和您的兄弟们，那个叫特拉奎尔的拍卖行主，还有那位尼古拉·特里弗莱先生——每一季，你们都会定上六七个座位的。哦，这么多年没见，您还好吗？岁月催人老啊！"

这些话，老佐里恩听着有些伤感，这些人都还记得他。他拿出一畿尼购票，然后像久疏沙场的老马，伴着目前的奏乐阔步走入场内。

他把大礼帽折好，入了座，又习惯性地摘下手套，戴上眼镜巡视四周，最后把眼镜扔在帽子上，两只眼睛盯着幕布。不过，此时他在慨叹：当年那些漂亮的女人呢？当初看见那些歌星的激动心情呢？当时那种陶然自得的感觉呢？他觉得，自己真是老得没用了。

当年，他是最忠实的歌剧迷。可是现在，这东西已经被瓦格纳毁了！呕哑嘲哳！全无音调！当年的那些鼎鼎大名的歌手，都已经死掉了！一幕幕的老戏在眼前上演，却再也激不起他心中的波澜。

他的头发虽已花白，但仍覆在两耳之上，他的两脚依然蹬着一双弹力漆皮靴，一点儿也不像是上了年纪的样子；他似乎跟当年每晚跑来看戏时一样敏捷，至少是差不多；他的视力还是跟以前一样好，一点儿都没有变弱。然而，他的内心却无比厌倦，充满空虚。

他深通享乐之道，甚至对不完美的东西，他也能够欣赏。在过去，这一类不完美的东西太多了。为了让自己保持年轻，他不论享用什么，都尽量适可而止。可是现在，他的那些鉴赏力和人生哲学都消失不见了，独有万事皆休的恐惧感萦绕在心头。就连剧中囚徒的合唱，甚至弗罗雷斯坦的歌唱，都无法将它驱散。

若儿子此时在身旁该多好！现在，小佐里恩应该有四十岁了。他唯一的儿子在这么长的前半生中，竟然与他这个做父亲的隔绝了十四年之久，况且，他已经不再被社会所排斥。他又成了家，老佐里恩对此很满意，忍不住给他寄了一张五百英镑的支票。只是没有想到，支票被装在那个什锦俱乐部的信封里，退了回来。信封里还有几句附言：

敬爱的父亲大人：

谢谢您的大手笔，这也许表明，您的看法有所改变。恕我将支票寄了回去，若您老有意，可将此款项存入我儿佐里恩——我们给他取的名字——名下，我将欣然同意。这孩子和您我同名，当然，您也可以作同姓视之。

敬祝父亲万福金安！

不肖爱子小佐里恩敬上

这封信写得，就跟他儿子的性格一样，说什么都不让人难堪。老佐里恩随即回了一函：

吾儿小佐：

五百镑已经存入令郎的名下，有五厘年息，户头为佐里恩·福尔赛。望你一切尚可。我的身体，眼下还算不错。

父字

每年的元旦，老佐里恩都要在这个账户上加上一百镑，还有加上利息，继续存着。这笔钱金额越来越大，到明年元旦，就能有一千五百多镑了。不知他是否满足于这每年一度的转款。然而，父子之间的通信却不过就这么一回。

　　就算他打心里爱着自己的儿子，但总有点儿不太舒服。他认为，行为的对与错不能从原则上去判断，而要从成败上去判断。而这种观点，既出于天性，也是他多年来待人接物所积累的经验，就像所有身处他这一阶层的人一样。按照当时的情况来说，他觉得，儿子应该不会过得如意。因为，在一切他所读过的小说、听过的布道、看过的戏剧里，这种人都是注定没有好下场的。

　　因此，当那张支票被退回来，他便觉得事情有些不同了。为什么，他儿子其实并没有过得一团糟？不过，真实的情况又是如何呢？

　　当然，他也听说——实话实说，他是主动去打听的——小佐里恩住在圣约翰林维斯塔利亚大街一座有花园的小房子里。他会带着自己的妻子去参加各种社交活动，不用想，那种场合不会好到哪里去。另外，他们有两个孩子：一个是佐儿——这名字恰恰有些嘲讽的意味①，恐怕难为老佐所接受；另一个小女孩叫好儿，是结婚后生的。所以，他儿子究竟过得怎么样，他完全不知道。小佐里恩用外祖父留给他的遗产收入做投资，在劳埃德船级社做了一名保险员。此外，他还画过水彩画。老佐里恩知道得如此清楚，是因为他偶然看见一幅泰晤士河风景画挂在一家画廊的橱窗里，上面有他儿子的签名。打那之后，他就时不时偷偷买一些回来，并不是因为画得好，只是因为出自他儿子之手。这些画没有挂出来，只是把它们锁

————————
①佐儿的英文昵称为"Jolly"，有"快活"之意。

在抽屉里。

坐在大歌剧院里，他突然心生焦急，那么急切地想见自己的儿子一面。当年那个讨人怜爱的小东西，穿着棕色麻纱衣服，喜欢在自己的裆下钻来钻去；他还记得，他带着他，与他的小马一起奔跑，教他骑马；他也记得，第一天送儿子上学的情景。啊，那时候，他可真是个讨人喜爱的小娃娃！进入伊顿中学之后，他的言谈举止文雅了许多。不过，老佐里恩知道，这种变化是好的，而且，也只有花大价钱进了这等学校才能学得来。不过，这孩子跟自己的关系一直都不赖，就算进入剑桥大学之后，父子俩也还保持着融洽的关系，虽然儿子的神情更加淡漠了一些。也许，这正是剑桥的优点所在。公立学校和大学的地位，在老佐里恩心里从未被撼动过，因为那是国内最高等的教育制度的产物。他没有福气享受，便特别景仰，所以虽有点儿疑虑，倒也不足以介怀了……如今，既然连珍都要走了，或者说与已经离他而去无异，如果能跟儿子重新见面，这该多么令人高兴！老佐里恩一边看着蹩脚无聊的歌剧，一边浮想联翩，虽然，这种想法背叛了他自己的家族和原则，也背叛了自己的阶级。天啊，那个弗罗雷斯坦演得太逊了。

终于落幕了，眼下这帮观众还真好打发！

街上变得拥挤。一辆马车被他截住了，本来，它是要去拉一位身材魁梧的年轻绅士的。他必须得穿过拜尔麦大街才能回家，可是到了街道拐角处，赶车的没走绿园，而是绕到了圣詹姆士大街。老佐里恩最不能忍受别人带错路，刚要把手伸出去打算纠正，突然发现对面就是什锦俱乐部。他整晚压抑的急切心情突然爆发，他让马夫把车停下，自己进去打听一下他儿子是否还是这里的会员。

俱乐部里，一点儿都没变，跟当年杰克·海林带他来吃饭的时候一模一样。全伦敦城，这里的厨艺算是最好的。他故意摆出一副神气自然的神色，环顾四周，这种举止派头为他的一生带来了无数恭维。

"佐里恩·福尔赛还是会员吗？"

"哦，是的，先生，他现在就在呢，您是哪位？"

这着实让他有些始料未及。

"哦，我是他父亲。"说着，他走到壁炉那边站定。

小佐里恩此时正打算离开，已经把帽子扣在头上，从走廊穿过，迎向门卫。他看上去已不再年轻，头上也有了白发。那张脸除略微瘦了一点儿之外，跟他的父亲几乎完全一样，同样留着一撮大胡子——也许是故意留的。此时，他的脸色变了。这么多年再见面，戏剧般的场面让两个人心里百感交集，尴尬得简直让人受不了。父子俩见面，拉了拉手，什么都没说。最后，还是父亲用颤巍巍的声音打破了沉默："你好吗，我的孩子？"

儿子说："您好吗，父亲？"

老佐里恩戴着手套的手有点儿发抖："顺路的话，让我带你一段。"

父子两人很自然地出门，上了马车，像他们每天都这么做一样。

在老佐里恩看来，儿子真的长大了。"是一个十足的大人了"，他这样想。从他的脸上，他看到了天生的和蔼，以及一点儿满不在乎的表情，用来作他生活中必要的伪装。他的眉目，虽然也带着福尔赛家族的模样，却又多了一些学究气，或哲学家的沉思。

显然，这十五年来，他没少在自己身上进行这一类的研究和反思。

刚见到父亲，小佐里恩无疑被吓了一跳——他实在已经太老了。然而，在马车里面，他又觉得父亲还和以前一样，仍然是印象中那个腰杆笔挺、精神矍铄的父亲。"父亲，您的气色还不错。"

"还行吧。"老佐里恩回答。

在心里，他更在意儿子过得怎么样。既然已经见面了，他希望儿子能把自己的经济情况向他一五一十地说明。

"小佐，你过得怎么样？我想，你应该有外债吧？"他这样说，以为儿子也许会愿意说实话。只是，儿子的口气变得有些讽刺："不，我从不举债！"

他生气了，老佐里恩看得出来。他故意碰碰儿子的手，这是个尝试，但是很值得。因为他知道，儿子向来不会跟自己赌气。沉默一直延续到斯丹赫普门，老人邀请儿子进去，但是被小佐里恩拒绝了。

"珍出门了。今天她去看望亲戚了，你也许知道她订婚了吧？"

"已经订婚了？"小佐里恩嗫嚅着。

老佐里恩从马车上下来，把一镑钱当成一先令，付了车钱，这简直是生平头一遭。马夫把钱放进嘴里，趁他们不注意，在马肚子上抽了一鞭子，匆匆跑掉了。

老佐里恩把钥匙插进锁孔，轻轻一转，将大门推开，招呼儿子进去。他把自己的大衣挂了起来，脸上的表情则严肃起来，就像一个准备偷摘樱桃的男孩子一样。

餐厅门开着，煤气灯调得非常昏暗，茶盘里，一把水壶在酒精炉上哎哎地烧着，一只猫儿蜷缩在边上。老佐里恩迅速将它赶走了，这个动作，让他的紧张情绪有所缓解。大礼帽被他拍得很响，以此吓唬那只猫。

他将猫儿逐出餐厅，接着说："它身上有跳蚤。"他在走廊口连喝好几声，仿佛还是为了撵走那只猫。巧的是，管家这时候也出现了。

"帕菲特，你可以去休息了，我来锁门关灯。"老佐里恩说。

等他再次走回餐厅，却发现，那只猫已经先于他进来了。它的尾巴高高竖起，好像告诉他，刚才他阻止管家进来的心思被它看穿了。

老佐作为一家之主绞尽脑汁去谋划，现实却是这样不遂他的心意。

小佐里恩笑了。他很明白事情的讽刺之处，以今天晚上的事情为例，无论是这只猫，还是女儿的订婚，都颇具讽刺效果，因为，他同后者，跟同前者一样没有关系。但是，正是这一点引起了他的兴趣："珍现在是什么样子？"

老佐里恩回答："小个子，有人说她像我，胡说八道。其实，她更像你的母亲——眼睛和头发几乎一样。"

"是吗？那么漂亮吗？"

老佐里恩是典型的福尔赛性格——绝不轻易把溢美之词用在别人身上，尤其是那些真正他喜欢的人。

"长得还不赖，有一个福尔赛家族的下巴。她要是嫁出去，小佐，这里就更冷清了。"

他脸上的神情吓到了小佐里恩，就像他们刚见面时那样。

"父亲，那您打算怎么办？她如今的心思，想必全在未婚夫那儿。"

"我怎么办？我怎么办呢？我真不知道怎么办。我一个人住在这里，会难过死的，倒不如……"老佐里恩重复一番，声音里带着怨气，顿了一下说，"是啊，该怎样处理这所房子，才是最好的？"

　　小佐里恩四下看了看。真是一套无精打采的大房子，墙上挂着的那些巨大的静物画，在他儿时的记忆里就已经存在了——几只酣睡中的狗，鼻子凑近一根根胡萝卜，旁边还有些洋葱和葡萄，八竿子打不着的东西，一点儿都不协调。这房子确实是个负担，但是，父亲应该是住不惯小房子的吧？所以，这又让他觉得有些讽刺。

　　老佐里恩坐在那把带有翻书架的大椅子上。这一个家族、阶级和信念的代言人，他宽大的额头之上，已经是白发苍苍。在一切生活节制、做事有条理、爱惜产业的规矩上，他都算得上是一号代表人物。然而，他却是全伦敦城里最孤单的一个老人。

　　这便是他，他惬意又忧郁地端坐在这一切中间，像一个被身后的种种力量所驾驭的一个玩偶。这些力量可不管什么家族、阶级或是信念，它们像一件机械一样奴役着他，以种种可怕的手段将他推向无法预知的结局。小佐里恩之所以想到了这些，是因为他总有这一类悲天悯人的观点。

　　可怜的老父呀！他的归宿，他一生兢兢业业所结的果子，最终也不过如此。他要一个人孤独终老，他时刻盼望着，有个人能陪他聊聊天。

　　老佐里恩也时时端详着儿子。有很多话，这么多年，他都没有机会跟他说起。过去，他就跟珍说过，但她不信。他想说，苏荷区的产业一定会看涨；作为新煤业公司的董事长，他对于公司的监事丕平尸位素餐大为不满；美国高尔高德斯股票跌得一塌糊涂；如何用赠予的方式，来逃避自己死后的遗产税，如何如何。他不停地用茶匙搅着茶汤，兴致勃勃地讲他的宏图伟业。在这难得的机会下，他不停地讲着，简直像找到了一处躲避沮丧的港湾，在这里，他想让自己生命中的不死部分——财产，永远地存活下去，用一点儿幻象来拯救自己的灵魂。

小佐里恩听得颇为耐心，这是他最大的优点。他一直盯着父亲的脸，偶尔插几个问题。老佐里恩还没有说完，时间已经到了一点钟。钟声敲醒了他的习惯，他掏出怀表看了看，颇感意外地说："小佐，我该上床了。"

小佐里恩站起身，把父亲扶了起来。老佐里恩的脸，重新恢复了苍老衰败，目光始终不去看自己的儿子。"再见啦，孩子，照顾好你自己。"

站了一会儿，小佐里恩转身走向门口。他的眼睛有些模糊，微笑的嘴角也在不住地抽搐。十五年了，虽然他很早便已经知道，人生向来都不是一件轻松容易的事情，却从来没有想到它会如此纠结。

3. 史悦辛家的晚宴

史悦辛家的饭厅正对着海德公园，以橙黄和淡青为主色调。此时，它的圆桌上摆了十二套餐具。

饭厅中间悬挂的玻璃灯架带有花纹，上面缀满蜡烛，如同一座巨大的石钟乳倒垂在那儿。屋内摆着一个镶金边的大穿衣镜，大理石茶几和笨重的有织花垫子的金色椅子，这些都被映得光彩夺目。

那些千方百计从偏僻之地步入上层社会的人，总喜欢用艺术品彰显自己的成功。史悦辛也不例外，他非常喜欢这种金碧辉煌的感觉，受不了简单朴素的风格。在他的那个圈子里，他被大家称为大鉴赏家，只是他家里太过奢华了。他的屋子装饰得很阔绰，跟简单朴素相去甚远，每一个客人都能由此看出他的富足，他便由此得到更大的动力，对生活更加满意。他这一生中，唯一感到心满意足的，莫过于眼前这般景象了。

他本是一个房产代理人。那个时候，他其实很鄙视这个职业，尤其是拍卖这方面。只是退休之后，他才开始专心捣鼓起这些贵族的东西，这在他身上很正常。

晚年的这种光景，使他过得看上去简直像一只掉进蜜桶的苍蝇。他的脑袋从来不会想起别的事情，所以，他几乎成了兼有两种相反情绪的矛盾体：一方面，他骄傲自得，觉得自己已经开辟出一条发财之路，积累了相当的身家，这感觉他始终都有；而另一方面，他又觉得，既然自己如此优秀，又何必让工作来玷污了自己的灵魂？

如今，他正站在食橱旁边，看男仆把三瓶香槟酒的瓶口塞进冰桶。他穿着一件白背心，大纽扣是白玛瑙镶金的，衣领的尖角有点硬，稍微一动就会让他感到刺痛，但他还是不肯换掉。领子下面，白花花的下巴被挤了出来。他直勾勾地盯着这些酒瓶，盘算着即将到来的人的酒量：佐里恩喝一杯，要么就是两杯，他很注意养生；詹姆士最近不能喝酒了；尼古拉和范妮估计要喝水，索密斯就不能算了，他虽说三十八岁了，却还不会喝酒；至于波辛尼，跟他不熟，他到底能喝多少，还真没法说，这让他心里不大有底；珍么，只是个正在谈恋爱的女孩子；詹姆士太太爱米莉喜欢喝香槟；

老裘丽是不懂品酒的，她喜欢喝那种味重的酒；至于海蒂·契斯曼，一想起这个人，他的眼睛就眯缝起来了，他知道，她准能喝上半瓶。

至于剩下的那一位，史悦辛，他饱经风霜的脸上不禁流露出一种猫儿调戏老鼠的神情。索密斯的妻子，是个会品酒的人，也许她喝不多，但好酒对她来说绝对不是浪费。这个美人——他对她是有些好感的。

她简直就像香槟一样，长得又漂亮，又会打扮，言谈举止那么动人。请她喝酒真是快活，简直是人生一大乐事！他把脑袋在衣领的硬角中间微微侧转了一下，有点痛，这是今晚头一次。他说："阿道夫，再放一瓶进去！"

自从布莱特医生开了那药方，他觉得自己的身体越来越好。好久都没这么舒坦过了，他觉得也许自己会喝得很多。他从来不吃午饭，怕发胖。好几个星期了，他从没感觉像今天这般惬意。他鼓起下唇，做了最后指示："阿道夫，火腿要记得加点儿西印度果汁。"

他走进外室，找了一张椅子，两膝分开，把自己高大肥硕的身体埋了进去。此时的他，陷入一种期盼和天真之中，神情很是奇怪。通报有客人来到，他就会马上站起来。他已经很久没有做东请客了。珍的订婚晚宴搞得他大为头疼，福尔赛家族中，订婚酒宴这档子事儿简直像宗教仪式一样隆重。然而，请柬酒席之类的事情，反而勾起了他请客吃饭的兴趣。

他木然坐在椅子里，摩挲着一块厚重溜光的金表，那东西看上去像一团牛油饼。

一个长着络腮胡的高个子走了进来。他原是史悦辛家的男仆，现在已经是一家果蔬店的老板了。他大声报告："契斯曼太太和希普第莫斯·史摩尔太太来访！"

两位太太一前一后走了进来。前面那个，脸颊跟她穿的一身红衣服一样红，眼神犀利而尖刻。她一边走，一边向史悦辛伸出一只戴着淡黄色长手套的手："亲爱的老弟，你好吗？好久不见，你可是又胖了！"

史悦辛无名火起，狠狠瞪了她一眼，心想：胖固然不好，但谈论胖却一样很无聊，再说，自己只不过是胸膛宽了一些而已。他转身望着妹妹，握着手，用命令的语气问："裘丽，你怎么样？"

四姐妹当中，最高的要数希普第莫斯·史摩尔太太，只是现在，那张无辜而苍老的圆脸有些阴郁，还长了很多疙疙瘩瘩的肉球，像是刚刚用铁丝网络出来的，连眼睛都显得突了出来。希普第莫斯·史摩尔先生去世之后，她便成了这个样子，像是在以此纪念着前者。

她说话从不留心，在朋友中是出了名的。虽然如此，她却带有这家人的那一股子韧劲儿，捅了娄子也要继续说下去，继续捅娄子，就这样周而复始。自从丈夫去世后，她骨子里一切顽强而实用的东西都已经没落了，唯独剩下了健谈。她可以连续几小时，不间断地诉说命运对自己的不公。然而，她又是如此善良，以至于全然不会觉察，她的听众最后都站到了与她为敌的命运的一边。

这个可怜的人，曾终日陪伴在史摩尔的身边，他总是生着病。在她丈夫去世之后，她还长期陪伴过一些人，有病人、儿童和无依无靠者。因此，她无法走出那种情绪，就好像这个世界总是在与她作对，让人心寒。每个周日，她都会到布道台前听托马斯·施科尔讲经，常年如此，因此那位风趣的牧师对她的影响很大。然而，在她与别人的谈话中，这往往也被引为不幸之一。现在大家几乎都知道，她是福尔赛家的一个话柄，任何一个人出了糗，都会被认为是第二个裴丽。若不是生在福尔赛家族，以她的这种性格，恐怕难以活过四十岁。可是，她现在已经健健康康地活到了七十二岁，气色也相当不错。大家都认为，她是有一些法子自娱自乐的，事实上她在这方面也大有精进。她养了三只金丝雀，一只猫——她给它取名汤米，还有跟妹妹海斯特合养的一只鹦鹉——她则宣称自己拥有它的一半。因为倜摩西最害怕这些动物，所以，她总是小心翼翼地养着它们，不让他看到。也许在人们看来，她的不幸总有一些她自己的原因，而这些猫儿鸟儿则未必这样认为，因此，她同它们的关系很好。

她今晚穿了一件黑色的羽缎，前襟是淡紫色的，裁成了小三角领子，颈部还系了一根黑色的丝绒带子。黑色和淡紫色的衣服穿在晚上，颜色虽然暗了一点，但也算华贵有余。况且，对于福尔赛家族来说，这是最朴素得体的颜色。

她噘着嘴，跟史悦辛抱怨道："安姐问起你，说你好久都没去我们那里了！"

史悦辛用两根拇指别着背心，说："安姐太老了，需要医生去看她才对！"

"尼古拉·福尔赛先生携夫人来访！"

尼古拉·福尔赛的两道方眉毛又直又长，脸上堆满了笑容。他打算从印度山区物色一个部落，带去锡兰掘金，今天刚刚把这事儿办妥了。这个计划将获得一倍以上的回报，所以，能克服困难并将它实施，在他看来当然是再好不过了。那样一来，他的矿产将是现在的两倍，赚不赚钱倒不太重要。他经常和别人谈论，说根据古往今来的一切先例，人总是要死的，而至于是穷困潦倒地死在本乡本地，还是伤风受潮死在异国的矿井下，这不会有什么分别，为大英帝国的利益考虑，大家应当勇敢地改变一下自己的生活。他当然有相当的才能。在上述的那种谈话中，他会仰起自己扁扁的鼻孔，向对方继续说："正因为找不到这种人，我们已经好多年分不到利钱了。瞧瞧如今的股票，一文不值，就算都拿去卖了，也不值十个先令。"

在去雅茅斯休养过之后，他觉得自己至少年轻了十来岁。他抓住史悦辛的手，兴致勃勃地说："哎呀，我们又见面了！"尼古拉太太则显得有些憔悴，跟在他身后，脸上的表情有点奇怪，显得既高兴又害怕。

"詹姆士先生、太太，索密斯·福尔赛先生、太太，你们好！"

史悦辛脚跟紧紧靠在一起，这动作让他看上去很是神气。

"哦，詹姆士！爱米莉，你们还好吗？哦，索密斯，你好！"

他紧紧地握着伊莲的手，眼睛仔细地盯着面前这美丽的女人——虽然有点苍白，然而，身材、眼睛、牙齿，一切都是那么出色！唉，一朵花儿插在了牛粪上！

伊莲的眼睛是深褐色的，头发是金黄色的。据说，这种颜色的搭配最能吸引男人的目光，同时也表明，这一类的女人性格偏于柔弱。今天，她穿了件金色的长袍，露出圆润的肩颈。肤色柔和洁白，令她显得气质不凡。

索密斯则在后面站着，紧紧盯着妻子的脖颈。

史悦辛仍在把玩着那块表，指针已经过了八点：半小时之前，就应该吃晚饭了——他连午饭都没有吃——他心里禁不住莫名地焦躁起来。"佐里恩一般不迟到，多半是那个丫头耽搁了他。"他跟伊莲说，努力地克制着自己别恼火。

她说："恋爱中的人总有迟到的权力！"

史悦辛睁大眼睛看着她，脸上现出灰暗的黄色："他们不能迟到，没有借口！这些时下的说辞真是无聊！"紧接着，一些无法借由祖辈语言表达的怨气在他的嘴边缭绕着。

伊莲温柔的声音传来："史悦辛叔叔，我今天戴的这颗星星怎么样？"一颗五角星在她胸口的衣服花边上熠熠生辉，是用十一颗钻石镶起来的。她知道，史悦辛是个宝石爱好者，拿这颗星星来分散他的注意力，实在是再恰当不过了。

他看了一眼，问："谁送的？"

"索密斯！"她淡淡地说。

史悦辛淡黄的眼珠子瞪圆了，像是觉察到了什么。他说："我觉得，你在家一定会很无聊。哪天我请你吃饭，让你尝尝全伦敦最棒的酒。"

"珍·福尔赛小姐、佐里恩·福尔赛先生、波——斯威尼先生①——"

史悦辛摆手示意，从嗓子里挤出来几个字："晚餐——开饭。"

他陪伴在伊莲身边，理由是自从伊莲嫁入福尔赛家，自己还没有宴请过她。然后是波辛尼和珍，波辛尼坐在伊莲和未婚妻中间。

①因为男仆对波辛尼不熟悉。

接下来是詹姆士和尼古拉太太，老佐里恩和詹姆士太太，尼古拉和海蒂·契斯曼，索密斯和史摩尔太太。这样，便围成了一圈。

福尔赛的家宴会有些不成文的规矩，比如，不上冷盘。至于为什么，则没人知道。小辈的人猜测，也许是因为当初生蚝的价钱贵得太离谱，更可能是因为，冷盘没啥吃头，为了肚子的实惠起见，就果断地取消了。但是，詹姆士家偶尔会破一下规矩。既然在公园巷，冷盘是一种时尚，他们也就入乡随俗了。

大家入座之后，起初气氛是冷冰冰的，很沉闷，偶尔有几句话："汤姆好像又生病了，也不知道是怎么回事！""我还以为，安姐一早都在楼上待着呢。""范妮，你的私人医生叫啥来着？斯特伯吗？他只是个江湖郎中。""威尼弗列德？她拉扯着四个孩子，你看看，都瘦成一根棍子了！""史悦辛，你的雪利酒多少钱买的？太淡啦①？"

直到上了第一道菜，气氛还是这个样子。

斟上第二杯酒之后，席间开始嗡嗡一片，过滤掉其中的杂音，可以听见，是詹姆士在讲故事，他的故事很长，讲到羊胛肉都上了有一会儿了。要知道，这道菜可是福尔赛家宴的招牌！只要是福尔赛家请客，这道菜必不可少。羊胛肉耐嚼，吃起来又特别有滋味，对于那些"有地位"的人来说，相当地惠而不费。它既有营养又好吃，还可以作为谈资，因为这东西吃过之后简直让人忘不了。它就像福尔赛家族存入银行的票子一样，有其来龙与去脉，而且，关于它还能延伸出许多话题来！

提到哪里的羊肉最好，福尔赛家族的各房各支各执一词：老佐

---

① 史摩尔太太把香槟误认为是雪利酒，所以认为不够味儿。

49

里恩坚持认为，达特穆尔的好吃；詹姆士中意威尔斯的；史悦辛倾向于绍斯唐的；而尼古拉说，哪里的都比不上新西兰的。至于向来喜欢抬杠的罗杰，甚至杜撰出了一家德国羊肉铺子，还拿出肉店的账单来反驳大家的疑惑，账单上价格比上述任何一家都贵，以此作为证明。有一回，也是在这一类的争论场合，老佐里恩趁机对珍表达了他自己的看法："福尔赛家的人真是一群疯子，日后你跟他们在一起待久了，就会明白的。"

唯一没有参加争辩的是偌摩西，他的理由是，虽然自己吃得挺有滋味的，但却不是很放心。

想要研究福尔赛家族的人们的心理，大可以首先研究一下这家人对于羊肉的特殊爱好。这种爱好，证明了这家人无论个人还是家族的顽强性，而且对于他们在天性和习性上所属的那个伟大的实在崇尚的阶级，也具有十足的代表意义。他们只看重营养和口味，而绝不会感情用事地去追求什么漂亮的外观。

当然，这种性格在年轻一代那里，也并非完全得到了延续，他们可能更喜欢一些看上去漂亮却营养一般的菜，比如珠鸡、龙虾、色拉之类。一般有这种爱好的是家里的女人，即使不是女人，也是受了妻子或者母亲的影响——她们在结婚之后都要被逼着吃羊胛肉，因此骨子里对于羊胛肉都有一种仇视，便将这种仇视传给了自己的儿子。

结束了关于羊胛肉的争论，帖克斯布里火腿就上桌了，外加少许西印度果汁。这道菜让史悦辛吃了很久很久，差点都要吃吐了。为此，他都无暇参与讨论了。

索密斯跟史摩尔太太挨着，他仔细观察周边，尤其是波辛尼。他有自己的理由，他的心里藏着一个自认为完美的建筑计划。也许实现这个计划，要用到这个建筑师。他靠在椅子上，闷不作声把面包捏成一个堡垒，很有天分的样子。至于他的衣服，样式挺不错，却好像是很多年前做的，如今穿在身上，看着有点小了。

他看着波辛尼跟伊莲讲了几句话，伊莲露出一副愉悦的表情。那种表情，她虽然对很多人展现过，却从来没有对自己展现过。他真想知道这两人在说些什么，只是，裴丽姑太正缠着他说话。

这件事在索密斯看来，也许有点特别。"上星期天，那位施科尔先生的布道有点儿讽刺，他说：'一个人如果灵魂得到救赎，但是已经一无所有，又有什么好处呢？'施科尔说，这也许就是中产阶级的信仰，索密斯你说，这话到底是什么意思？"当然，这里说到的中产阶级信仰，她自己也不明白，索密斯会怎么认为呢？

索密斯有些心不在焉："我不知道，施科尔是个骗子，不是吗？"他看着波辛尼在跟伊莲说话，波辛尼把所有的人都看了一遍，好像在对伊莲说这些客人的特点，伊莲的微笑告诉他，她赞同他的话。她总是附和别人的意见。

这时候，伊莲的目光落到了他的身上，他随即低下了头。伊莲的笑容消失了。

骗子？索密斯说这话是什么意思？如果身为牧师的施科尔先生都是个骗子，那么人人都可能是骗子了，这话太离谱了。

索密斯说："他们本来就是骗子！"

裴丽姑太怕是被吓倒了，半晌没说话。他这时候才捕捉到伊莲的话语片段，听上去像是"凡入此门，永堕沉沦"①之类的。

---

① 是但丁《神曲·地狱篇》第三章中写在地狱大门上的一句铭文，伊莲一直用来形容婚姻。

这时候，史悦辛正在吃着剩下的火腿。

他问伊莲："你在哪家买蘑菇？司尼莱宝夫家吗？那里的店员怕惹麻烦，总会给你新鲜的，这些小铺子都是这样。"他的声音，谄媚得有点像王宫里的仆从。

这时候，索密斯见波辛尼一边笑着，一边看伊莲转身去说话。他笑的样子真奇特，有一种孩子的天真烂漫。他想起乔治为他取的外号——海盗，简直有些太不合适了。接着便看到波辛尼转身找珍说话，索密斯不喜欢她，所以便带着几分讽刺的意味笑了。此时，珍的脸色看起来也不是很好。

无怪乎这样，波辛尼打断了她和詹姆士的谈话：

"詹姆士叔祖，我归途里在河边住了一宿，找到一处适合造房子的好地方。"詹姆士向来吃饭比较慢、比较仔细，此刻便停止了咀嚼。

"哦，哪里？"

"挨近庞钵尼。"

接下来，珍只好等着詹姆士，因为他又把一块火腿放到了嘴里。

终于，他接着说："我猜，它是不是自由产业①，地价几何，你都还不知道吧！"

珍黄铜色头发下的小脸蛋上，露出莫名其妙的焦急和兴奋。她坚决地说："我知道，我已经打听过了。"

詹姆士搁下叉子，用一副检察官的神情望着她，大声叫起来："咋了，你想买地？"

珍心里一直认为，倘若她的几位叔祖能在乡间造一所别墅，肯定是一件既对他们自己有好处，也对波辛尼有好处的事情。她解释

①自由产业：即业主可自行决定是否变卖的产业，同只有收益权的产业相对。

道："不是的，我认为由你或者哪一位叔祖在那里造一座别墅，一定会再合适不过了。"

詹姆士又将火腿送进嘴里，歪着头看着她，说："那边，地太贵了。"

其实，他没有珍认为的那样感兴趣。所有福尔赛家人都是这样，他们只是对可能要落入别人嘴巴的东西，在表面上装出感兴趣的样子。然而，珍还在继续讲述她的理由，她把这个时候当作了一个很好的时机："詹姆士叔祖，要是我能像您一样有钱，我绝不会在伦敦城里多住一天，你真应该住到乡下去。"

詹姆士没想到侄孙女会有如此见解，他瘦长的身体有些激动。

珍一直在说："去乡下吧，那里有很多好处。"

詹姆士有些慌了："为什么？那地方，连四厘利钱都收不到，我为什么要下本钱买地，造房子？"

"那又如何？在那里，有新鲜的空气！"

"新鲜空气？我要它做什么？"詹姆士嚷起来。

珍有些不屑地说："是人，都会喜欢新鲜空气的。"

詹姆士拿餐巾擦了擦嘴巴："你还不知道钱有多要紧！"接着便避开了她的注视。

"我情愿自己一辈子都不知道！"珍咬了一下嘴唇，可怜兮兮地表达自己的沮丧，然后就不再说话了。

为什么亲戚们都这样财大气粗，可她的菲力身上却连两天的烟钱都没有？他们为什么不能拉他一把？真是各顾各的，那他们为什么不造别墅？这些天真的想法，占据了她的脑子，好可怜！她沮丧地回过头来，却发现自己所担心的人正专心地和伊莲谈话，她的眼神都气直了，心也冷了半截。那情形，跟老佐里恩碰到麻烦事儿时一样。

詹姆士同样也开心不起来，好像珍的提议已经威胁到了他得到五厘利钱的权利。都怪老佐里恩，詹姆士虽说也纵容自己的儿女，但却没有人对他说这种话，这让他更不开心。他郁闷地弄着面前的一盘草莓，倒了一大堆奶油，像不肯放过其中任何一颗草莓一样，一扫而光。

他的不快是有理由的。自从他到了法律规定的年龄当起律师以来，已经有五十四年了，一直都在做房产抵押。他把资金的利息，永远保持在一个很高但是又十分安全的地位上，他所有的行为准则只有一个字——钱。说白了，他既要最多地榨取对方的油水，又要力保自己和主顾没有什么风险。他根据钱的多少，权衡与对方的交情。钱是他的世界里的光亮，是他的眼睛。没钱，他就是个瞎子，什么都看不清。如今，珍却对他说出这种话来，说什么"情愿一辈子都不知道钱有多么要紧"，这简直要挑动起他的肝火来了。幸好，他知道这话是没有道理的，否则的话，他倒真要慌了。这世界是怎么啦？然而，想到小佐里恩，他便不觉得奇怪了，有其父必有其女嘛。然而，他的心思接着又转到另外一种不愉快上面去了——话说，关于索密斯和伊莲，总有人在背后说三道四。

如一切有地位和声誉的家族一样，福尔赛家也有一个"商业中心"，家族中的一切在这里都不是秘密，都如同股票一般在这里被评估。此间有消息传出，伊莲对这次婚姻后悔了。当然，没人会支持她，他们认为，倘不是鬼迷心窍的话，她应当有自知之明！

詹姆士在心里闷闷地想着：这两口子有一座漂亮的房子，虽然小点，但位置好，没有孩子，家庭生活不会受到经济困扰，虽然索密斯不常提起，但是他混得应该不错。他跟父亲一样，也是一名律师，在福尔赛-布斯达律师事务所里从业，业务做得不错，收入也还可以。而且，值得一提的是，他在几起房产抵押案件中，及时取消了对方的赎权，干得很漂亮。

伊莲有什么理由抱怨？但听说，她曾经提出要和索密斯分居，詹姆士知道，这种事情是很棘手的。自己的儿子会酗酒吗？不。那为什么会这样？

詹姆士偷偷地望向自己的太太，那目光中带着不易被察觉的冷漠与困惑、担心和求助，以及一种恼怒。他在担心什么呢？也许别人是胡说八道。女人心，海底针。有些事捕风捉影，说得真假难辨，后来就不再说什么了，一切都得自己去试探。詹姆士偷偷看了一眼伊莲，继而又望向索密斯。此时的索密斯正在听裘丽姑太说话，时不时用眼睛扫下波辛尼。

詹姆士心想："他那么喜欢她，总是给她买东西。"

但是，伊莲对索密斯的反感却让人觉得不可思议。这么想来，他的心情有些糟糕。更让人痛心的是，伊莲是个那么惹人疼爱的小女人。只要她愿意和詹姆士接近，詹姆士会对她百分之百掏心掏肺的。可是近来，她跟珍走得很近，这对她一定不是什么好事，渐渐地，她也开始有主见了。他不明白，她已经有个很好的家庭了，想得到什么就一定能得到，这还不够吗？至于她的朋友，真该由别人把把关，否则，她是会被带坏的。

的确，珍喜欢对不幸的人施以援手，而且，她终于套出了伊莲的心事。然后，她告诉伊莲，如果真到了无路可走的时候，就不妨与索密斯分开。只不过，伊莲听了之后闭口不言，一直在沉思，好像已经无力挣扎。她对珍说，他是不会轻易放过自己的。

"别管他！坚持你想做的，他爱干啥就干啥！"珍的声音很大，甚至在侗摩西家里也这么说，一点儿都不避讳。詹姆士听了这话，又恨又气，这也是可以理解的。

他想都不敢想，如果伊莲真的离开了索密斯，那——他仿佛看见全家族得知消息后，对他和他儿子的指指点点，议论纷纷，好像这情形就在他眼前，那些话就在他耳边。他无法接受，这么一件让人无法接受的事情竟会落在自己的儿子身上，简直让人无地自容。唯一让他觉得有点放心的是，伊莲是个只有五十镑年金的穷人！好在她的父亲，那个去世的黑隆教授，没给她留下什么遗产。他边喝酒，边想着什么，长腿在椅子下面拧成了麻花，甚至当那些女客离开饭厅的时候，他都没有站起来的意思。他得警告索密斯，让他有所防备。既然有一些不太好的苗头，他们就不能装作若无其事。他看到珍留在餐桌上的酒杯，还是满满的一杯，气便更不打一处来了。

他暗想："这不可能是伊莲的本意，都是这丫头惹的麻烦。"他想象力真够丰富的。

史悦辛的大嗓门把他拉回现实中："我可是花了四百镑呢，要不是一件纯粹的艺术品，我才不花这钱呢！"

尼古拉附和说："四百镑，好大一笔钱！"

原来，他们说的是一座意大利大理石像，它雕工精细，配了一个大理石高座，让这间屋子顿时充满了文艺气息。石像是七个雕刻得惟妙惟肖的裸体女像，周边的六个指着中间的那一个，中间的那个也指着自己，看起来是有点意思，看上去也极为名贵。裴丽姑太几乎跟石像面对面，她克制自己不去看，但还是抵不住这座雕塑的诱惑。

老佐里恩终于发声了，挑起了一场争辩："四百个屁！难道为了这个东西，你真的从口袋里掏了四百镑？"

史悦辛扭了扭自己的下巴，硬领角第二次将他扎痛了："四——百——镑，足足的，一个子儿都不少。我一点儿都不后悔，这个可是真正的意大利现代作品，那些普通的英国货色怎么比得上？"

索密斯撇起嘴角，脸上带着一丝微笑，看向波辛尼。这位建筑师在烟雾缭绕中，咧着嘴，也在微笑。这个时候看上去，他确实有点海盗的样子了。

詹姆士的语气里带着钦佩，赶忙说："这么大个东西，得费多少工夫？搁在乔伯生拍卖行里，绝对能卖个好价钱。"

史悦辛接着说："那个倒霉的外国佬雕刻家，都饿得皮包骨头了，他跟我要价五百，我给了他四百——而这个东西值八百。"

尼古拉开口迎合着："那些艺术家，触霉头的穷酸鬼，天知道他们是怎么活着的。跟小弗拉基阿莱第似的，范妮她们经常请他到家里拉琴，一年要是能挣到一百镑，就算不赖了。"

詹姆士说："就是啊，我也搞不懂他们是怎么活命的。"

老佐里恩这个时候站了起来，叼着一根雪茄，凑过去，仔细地观察了一番那个"价值八百镑"的石像，说："两百镑我都不会出。"

索密斯看见父亲和尼古拉不无担心地对了一下眼神。只是，在史悦辛的那一边，波辛尼仍在若无其事地吸着烟。索密斯想知道他的想法。他知道，眼前这座石像已经是二十年前的艺术品了，完完全全脱离了当今的潮流，乔伯生拍卖行早就不卖这种东西了。

史悦辛终于忍不住了："你根本就不懂雕塑，你不就是有几张破画吗？"

老佐里恩没说话，抽着雪茄回到座位上。史悦辛的固执让他恼火，倔驴一头，又没什么本事，连区分一尊雕塑和一顶破草帽的眼光都没有，跟他一般见识才是自找不痛快。

"石膏人罢了！"他嘴里吐出这么一句。

要不是太胖，史悦辛恐怕要暴跳如雷了，他一拳砸在桌子上："石膏人？你家能找到一件东西顶得上这个的一半吗？"

这句说完，那些无法借由祖辈语言来表达的怨气又在他的喉咙里发作了。

詹姆士看不下去了，出来调停："这是什么情况呀？波辛尼，你是个建筑师，对石像这类东西应该懂得不少！"

所有人都望着波辛尼，全带着古怪狐疑的表情。索密斯终于开了口："就是啊，波辛尼，你怎么看？"

波辛尼冷冰冰地看着史悦辛："挺特别的一件作品。"但是，他望着老佐里恩的眼神，却透着狡黠的微笑。

"何以见得？"

"它很天真，很质朴。"

大家看来是都听明白了，所以都沉默了。除了史悦辛——他不知道，这算不算恭维。

4. 索密斯筹建新居

晚宴已经过去了三天，索密斯走出自家的绿漆大门，停在广场上转身看了看。这段时间以来，他总觉得自家房子需要重新刷一下漆，现在看来真是如此。

　　刚刚，他的妻子正两手交叉着搭在膝头，坐在客厅的长沙发上等他出门。没什么可意外的，事实上，她每天都是这样巴不得他离开家。他不知道自己哪儿错了，他不酗酒，不赌钱，不举债，不结交浪荡朋友，也不胡说八道，更不在外面鬼混过夜。他觉得，妻子对他有一种难以抑制的厌恶。但是他不知道为什么，这让他很不舒服。她同自己结婚是个错误，她根本不爱他，也许她想爱他却办不到，然而，他觉得这一切都不能算作理由。

　　最终，索密斯只好将一切责任都归到妻子身上。他从没见过这样一个能让所有的男人为她着迷的女人，他们两个无论一同出现在什么场合，那些男人的神色、举动、声音，都能印证这一点。尽管如此引人注目，但是她的行为举止却仍然得体，总是恰到好处，让人挑不出一点儿毛病。在盎格鲁-撒克逊种族里，是很少有这种女子的——生来就要被爱和爱人，没有爱便活不下去，然而，索密斯却不知道这一点。他只是认为，她的吸引力是他个人财产的一部分。然而，他也发觉，她对别人的好意给以相同的回报，而对自己，却一无表示。他一直在纳闷："她为什么会嫁给我？"此前那艰辛的求爱过程，他似乎已经遗忘了。婚前一年半，他几乎时时围在她的身边，讨好她，送她礼物，请她吃饭，隔上一个星期便跟她求一次婚，不给其他的追逐者留有任何空子。直到有一天，他发现她非常不喜欢自己的家庭环境，便使了个小伎俩，竟然成功了。只是他已经记不得，那一天，那个金发美眸的女子只不过是在赌气任性，她答应嫁给他的时候，一脸柔弱、无助的复杂神情，这一切他当然已经记不得了。

　　这便是书中所说且众口称道的那种锲而不舍的求爱故事，爱情千锤百炼终成钢，男人的付出终于有了回报，他们结合之后，一切便只有幸福与安逸了。

林荫道上，索密斯一个人向东走着，仍然是一副左顾右盼的样子。要么修理房子，要么去乡下造一所房子，他想。

最近的一个月里，他把这事情想过几百遍了，草率行事可要不得。眼下，他是有一些钱，收入与年俱增，如今差不多每年有三千镑的进款。而与此同时，他的投资却没父亲詹姆士想象得那么大——他觉得自己的孩子应该混得更好一些。索密斯想："即便不计入待讨回的洛勃生或者尼古尔的款子，我拿出八千镑来，也不太费力气！"

走着走着，来到一家画铺，他停下来看了一看。他是喜欢藏画的，在孟特贝利尔广场六十二号，那有一间专门做这个的小屋子，那里放满了油画，因为挂不下，便都靠墙堆着。他经常趁着夜色，将买来的画从城里带到这里。每个星期日下午，他都要到这间小屋子里来待上几个小时，在亮处把这些画打开摩挲一番，查看背面的记号，偶尔自己也做上去一些。

这些差不多都是风景画，近景中带着些人物。这与伦敦的高楼大厦和繁华街市形成了鲜明对照，也算是他的一种无以言明的反抗，因为他的生命，连同他的父辈、他的阶级的生命，都是在这样一个伦敦城里度过的。偶尔，他也会挑几幅画出来，搭上一辆马车，去乔伯生拍卖行稍作停留。他很少以之示人，伊莲的眼光很让他信服，但正因为如此，他从来不向她请教。伊莲极少来这里，来了，也不过像个主妇那样不管不问。对这些画，索密斯从不请她看，她也从不要求看。这让索密斯也觉得甚为不快，他对她的骄傲既懊恼又担心。

画廊的大橱窗映出他的身影，与他面面相觑。

他那高沿帽下的头发显得很亮，简直跟帽子一样泛着光。他的两颊苍白，脸庞瘦削，唇形很清晰，下巴剃得很干净，只剩一片淡青色，显得很坚定。此时，他穿着一件紧紧裹在身上的黑外套，整个人看上去气定神闲，但又透露着老谋深算的派头。然而，橱窗里那一双灰色而又无情的眼睛却透露着局促，在眉心中间拧出一道皱纹，似乎将自己心头的弱点看了一个底儿透。

他记下了画和画师的名字，估了一下价值。然而，这一回他却没有像平时那样觉得满足，便怏怏地朝前走了。

六十二号的那间房，顶多可再用一年。若说盖房，如今建筑业头寸①正紧，是动手的好时机。他看中的那块地在罗宾山，他在春天去勘查尼古尔抵押的房产的时候，便相中了它，位置相当好。而且，海德公园三角场周边十二公里之内，地价一准儿是看涨的，将来也可以狠赚一笔。所以，在那地方盖一所房子，造得漂漂亮亮的，是一笔大好的投资。

这样一来，他便会成为家族里第一个在乡下置业的人，当然，对此他是不大热心的。因为，对于一个真正的福尔赛家族成员来说，一切爱好，甚至是社会地位，都是最末的事情，只有在得到了尽可能多的物质收益之后，才勉强可以尝试一下这些奢侈的事情。

当然，让伊莲跟着他一起搬出伦敦，不给她留下走亲访友的机会，也是很重要的。这样一来，那些给她灌迷魂汤的朋友也就自然而然地隔开了，尤其是珍。他简直有点恨她，而她也不喜欢他，虽然生在同一家族，这倒也不足为奇。啊，只要伊莲搬出来，一切问

---

① 头寸：金融术语，此处意指建筑行业投资乏力，建筑材料成本正低。

题都会解决。她会喜欢那房子，因为她爱漂亮，她会为了房子的装饰快活地忙碌起来。

房子的样式一定要别出心裁，那样才能卖个好价钱。帕克斯最近建造的那一座，就有个塔楼。不过，那家伙也抱怨，说建筑师让他亏大了。是的，好的建筑师是不会想着替你省钱的，他们替你散财还引以为荣。跟这帮人打交道，简直麻烦透了。然而，帕克斯那所房子的塔楼，还是让索密斯下定决心，一定要找个好建筑师。

正因为这个，他才盯上了波辛尼。史悦辛家的晚宴之后，他便四处打听，所得的消息虽然不多，却让他很满意。他们告诉他："那家伙是个新派人物。"

"本事怎样？"

"简直了得，不过，还真有些不好说！"

他没有打听到波辛尼建过任何房屋，对他的收费标准也完全不得而知，这让索密斯觉得，自己可以给他开一个条件。这简直让他很得意。福尔赛家族一向遵循肥水不流外人田的信条。即使不能免费，至少也可以得到最大的实惠。另一边，正因为这所房子要造得匠心独具，这也相当于给了波辛尼一个施展才能的大舞台。

索密斯认为，波辛尼肯定会接受这个工程，想到这一点，他终于开心起来。他真是一个好福尔赛家族成员：但凡有利可图，世上就没有让人不快的事儿。

波辛尼的事务所离他家很近，就在斯隆街上，整个建筑过程都会在他眼皮子底下进行。

再有，既然承揽这个工程的是珍的未婚夫，而珍又是伊莲最好的朋友，那么，她也就不会反对离开伦敦了。说不定，她最要好的朋友能否结婚，就要看这一下子。所以，伊莲绝不会拦着这事儿，让珍结不成婚，这简直不是她的性格，他太了解她了。珍是这样希望的，而且，这样对他也是有好处的。

波辛尼看上去很机灵，但是骨子里有股子憨劲儿——完全不计较得失，这一点，还真是可爱。索密斯觉得，在金钱方面，他应该是非常容易被打发的。索密斯并非成心这样想，这类思维，在每一个成功的生意人头脑里都是根深蒂固的。在他一路向罗德门山走去的时候，与他擦肩而过抱有同样思维的生意人，又何止千千万万。

所以，他的这一番小算盘，是无比符合于他所属的这一伟大阶级的令人费解的原则的——当然，也无比符合人性。

索密斯在人群中前进，有点儿挤。他平时都是看着路走，今天，却格外有兴致地望着圣保罗教堂的穹顶。那座穹顶对他有一种吸引力，每个星期中有两三次，他在进城路上都会停下来，在教堂外部的柱廊上徘徊五六分钟，读一读那些石碑上的名字和志文。这种情形简直有些不可理解，或者，是因为这样做可以让他集中精力对付当天的生意。在他需要办理一件很费脑子的事情，或者是他在心里盘算着一个重大念头的时候，他都会来到这里，对着碑文一条一条地看起来，聚精会神。之后，他便会悄然地从那里出来，步履稳健地向着齐普赛街走去，那自信的派头，像是敲定了一桩买卖一样。

今天早晨，他仍然走了进去，只是没有去端详那些碑文，而是仰头望着柱廊和墙壁的空处，站着不动。那张仰起的面庞，跟教堂中的其他人一样，显得深沉且严肃。在这幢广大的建筑中，他的脸色如白垩一般。他戴着手套，双手原本十指交叉地握着伞柄，突然间，却把它举了起来。难道，还有什么圣灵能感动他？

"哦。"他在想，"我必须找间房子，将那些画全部挂起来！"

当日傍晚，他从城里回来，路上径直去了波辛尼的事务所。到达的时候，那位建筑师正穿着一件衬衣，吸着烟斗，伏在一张图纸上画线。波辛尼问他要不要喝一杯，索密斯拒绝了，接着直奔主题："要是星期天得闲，你跟我去罗宾山看一块房址，如何？"

"你想造房子？"

"可能吧。"索密斯说，"眼下还没确定，为我保密，我想听听你的意见。"

"那好。"建筑师答应了。

索密斯仔细看了看这间屋子，说："你这儿略高了一些！"他想了解一下这位建筑师的业务性质和范围，多多少少，对他是有用的。

"目前还不错，你只是住惯了好房子。"建筑师回答。

他磕出烟灰，却仍把空烟斗塞回嘴里，用牙咬着，好像这样更便于他与人交谈。索密斯看到，他的两颊是瘪下去的，像是故意在吮着腮帮子。

索密斯问："这间事务所房租多少？"

波辛尼说："有些贵，五十英镑。"

这回答，在索密斯听来不错。他说："确实是有点儿，星期天十一点左右，我来找你！"

周日，他搭乘自备的马车，接上波辛尼到了火车站。到了罗宾山，两人没有找到马车，便只好步行一英里①半才到达目的地。

———————
①1英里=1.609千米。

那天是八月一日，骄阳当空，是个晴空万里的好日子。两人脚下踏起尘土，走在一条通往某座小山包的小路上。

"这是沙砾土。"索密斯说。他侧眼看了看波辛尼，他在上衣两侧的口袋中塞了几卷图纸，将一支奇形怪状的手杖夹在胳膊下。这一切看在索密斯眼里，都让他觉得挺别扭。一个人对于自己的边幅随便成这个样子，若不是天才，便真是"海盗"了。他的这副邋遢模样，一方面让索密斯有点反感，另一面又让他大为满意。因为，这样使他觉得这个人身上有一些他可以加以利用的东西，好让自己捡到便宜。这人会造房子，随便他穿什么，又有何关系？

"我跟你说过，我打算造所房子，让家人大吃一惊。所以，你一定要替我保守秘密。在没有十足的把握之前，我是从来不张扬的。"索密斯说。

波辛尼点了下头。

"让女人牵扯进来，你简直要什么都干不成！"

波辛尼叹了一声说："是啊，她们很难缠！"

索密斯也这样想，但从来不说。

"哦，原来你也——"他还是止住了，没说完，但语气里带着明显的愤慨。然后又说："珍也有些倔强，一贯如此！"

"一个生性倔强的天使倒也不赖！"

天使，索密斯从不这样称呼伊莲。对着别人夸奖她，简直相当于暴露了自己的秘密，还会出卖自己，这样做不符合索密斯的原则。所以，他没再吱声。

两人走上兔场中间一条被踩出来的土路上，之后沿着一条车辙，垂直地拐向一处碎石坑。从那里可以望见一片茂密的森林，林梢上露出农舍的一根烟囱。坑坑洼洼的地面上，长满了一蓬一蓬的野草，一群云雀从里面飞出来，在轻烟似的阳光下振翅。再远处，在绵延的田野和村落篱障之上拱起的，是一座高原。

索密斯把波辛尼带到石坑对面的远端，这里正是他挑中的地方。眼下，他要把这个地方指给波辛尼看，反而有些局促起来。

"这处产业的代理人便住在此间。"他说，"他安排了午饭，等吃过，我们再来商议一下该做的事情。"

他继续领着波辛尼走向农舍，一个叫奥列弗的高个子男人接待了他们。他长着一张大胖脸，还有一把花白的胡须。午饭的时候，索密斯有些坐立不安，食不甘味。他不停地望着波辛尼，甚至偷偷用丝绸手帕揩了把头上的汗。终于吃完了，波辛尼站了起来："你是不是有生意要谈？那我先四处转转。"没等索密斯回答，他便大步离开了。

作为这处产业的顾问律师，索密斯和代理人待了大概一个多小时，看一下地样，合计一下尼古尔和质押款的事情。最后，他才装作像是刚刚想起来一样，说起这块建筑房址。

"对我应该便宜一些，来这里造房子的，我应该算是第一个。"

奥列弗摇了摇头，说："先生，你看中的这一块，已经是最便宜的了，上面坡地的价钱要比它高好大一截！"

"要知道，"索密斯说，"我还没做决定买呢！若是价钱太高，我就不干了。"

"福尔赛先生，我打包票，你要是放弃就失算了。不管怎么说，按着这样的价格，伦敦附近，也就这个地方能有这样的风景了。只要打一个广告，就会有很多人来抢的。"

他们互相望了望对方的脸色，似乎彼此都在说："话是这样讲，但别指望我相信你会照做！"

索密斯又强调了一下："嗯，我还没想好，这事情先到这儿吧！"说完，他拎着遮阳伞，用自己一只冷冰冰的手跟代理人碰了一下，便转身走到了屋外的太阳地里。

他一边想着，一边慢慢向着那块房址走过去。他本能地觉得，那个代理人说得挺有道理，这块地确实算不上贵。最有意思的是，他还清楚，这个代理人并非真正觉得它便宜。这种来自他直觉的权衡表明，他胜过了对手。

他想："说啥，我也买定了。"

无数小云雀被他的脚步惊飞起来，蝴蝶到处翩翩起舞，空气中弥漫着野草的清香。凤尾草的芳香从树林那边弥散过来，林间隐隐有鸽子咕咕的叫声，暖风吹送着教堂的钟声。

索密斯望着地面，嘴巴一翕一合，像是看到美味到了嘴边。到达房址那里，却不见波辛尼的身影。索密斯在原地等了一会儿，便穿过兔场向山坡上走去。要不是担心扯到喉咙，他早就叫起来了。

整个兔场是一片草原，唯有兔子进洞的簌响和云雀的鸣叫，才会打破它的寂静。索密斯——这个福尔赛家的征伐者——突然觉得，自己少了些向这片洪荒乡野挥进的兴致。此处的寂静，晴空下的歌声和芳香温暖的空气，都让他感到有一些惊悸。他掉头走回去，终于看见了那个建筑师。

一棵大橡树兀然耸立在斜坡上，苍老的树皮完全绽开，枝叶四下披拂着，真是一棵好大的树。波辛尼正仰面躺在树下。索密斯戳戳他的肩膀，他立刻抬起头来："嗨，福尔赛，房址我已经替你选好了，就这儿，看吧！"

索密斯站着看了一下，冷冷地说："是的，你倒是很会挑，可是，这块地会让我多掏一倍的价钱！"

"管什么价钱，伙计，你先看看这里的景色！"

他们脚下绵延着一片麦田，终止于远处的灌丛。田野和树篱一直延伸，一直连接起远处深黛色的丘峦。向右，简直可以望见泰晤士河，那一道缭绕的纯银一般的水线。

天如此蓝，阳光如此明亮，似乎这一片盛夏的光景永远都不会改变。蓟草的花絮在风中翩然飞起，如醉饮过空气中的宁静而近乎陶醉的精灵。麦浪随着热风翻滚，处处洋溢着一种柔和却又说不出的细响，如同一支由美妙的光阴与灿烂的天地合奏的仙乐。

索密斯远远望着，心里不由自主地浮想联翩。如果能住在这里，终日面对着这一片让人艳羡的景色，还能让自己的朋友来观赏，来品评，而这一切都是他的！他的脸红了起来，此间的一切光影、温热、香气沁入他的感官，简直像四年前他初次见到伊莲一样，巴不得立刻据为己有！他瞄了一眼波辛尼，如老佐里恩所言，他真像一头野性尚存的豹子，此时正纵情欣赏着这片风景。阳光照在这张面孔的棱角上，高高的颧骨，尖尖的下巴，硬硬的眉弓，一脸狂野热烈又恬淡闲适的神情。索密斯看在心里，很不痛快。

柔和的微风带着麦尖上的热气，迎着他们吹过来。

还是波辛尼打破了沉默："在这里，我给你造一所房子，谁看了都要羡慕！"

索密斯冷冷地说："是啊，又不用你掏钱！"

"大概只要八千镑，我就能为你造出一座王宫来！"

索密斯脸色变得灰白，内心无比纠结。最后，他还是垂下了眼皮，违心地说："我没这么些钱！"

随后，索密斯仍旧领着波辛尼回到原来的那块地基，一路上左顾右盼。在那里，两个人花费了一段时间，商量房子营造的细节。之后，索密斯又去见了代理人。半小时后，他跟波辛尼又踏上了回车站的小路。

路上，他嗫嚅说："啊，我最终还是买了你相中的那一块儿！"

接着又沉默了，他的内心仍旧不住地嘀咕：这样一个他所轻视的家伙，怎么会教自己让步了呢？

5. 一个福尔赛家庭

在广阔宏大的伦敦城里，跟索密斯身份、年纪、见识相当的人都知道，红丝绒椅子已经跟不上时代的潮流了，近代意大利大理石人像也已经过时了，同样，他们也要想尽办法让自家的房子不至于落伍。

索密斯的房子是这样的：外面门上，挂着一个极其别致的铜环，窗户外开着，下面吊着种满耳环草的花箱。屋子后面，是一座精致的小院，内中铺着绿色——算是这座房子的主色调——的地砖，摆满红色的八仙花，花盆则是孔雀蓝色的。院子的尽头，撑着一把硕大皮子颜色的日本阳伞。这样一来，不管是主人还是客人坐在伞下，喝喝茶，或欣赏索密斯新到手的小银盒子，都不会被院子外面的路人窥见。

屋内的装潢，以拿破仑时代和威廉·莫里斯①的风格为主。房子很宽敞，许多小角落里都摆置着相应的小件银器，个个像巢窠中的鸟蛋。

然而，对于如此美妙的家居环境，男女主人的看法却正好相反。女主人认为，与其这样藏身金屋，反不如住到一座荒岛上更好。而男主人则觉得，这应该更像是一种投资，应当遵循商业规律，为保持和增加其价值而不断加以经营。

这种做生意的心理，使得索密斯早年在马罗堡中学念书时就特别讲究。夏天来了，他第一个穿上白背心，冬天则是花呢背心；公共场合现身时，领带永远保持在硬领下面；颁奖日当众朗诵莫里的戏剧，漆皮鞋一定要擦得锃亮才行。慢慢地，他变得跟大多数伦敦人一样无可挑剔。头发一丝不乱，硬领浆得平平的，领带打得笔直，偏八分之一英寸②都不行！他甚至觉得，不洗澡便出门，是绝对不可理喻的陋习。

然而，至于伊莲，却简直像沐浴在大道边水泽中的仙子一样，只是为了消解暑气，趁此机会顾影自怜一番而已。

在这所充满矛盾的房屋中，伊莲是妥协的一方。一如从前撒克族和凯尔特族在英国所进行的斗争，气质上偏于柔弱者，必定要被迫接受另外一方的统治。

所以，现在这所房子跟其他房子几乎一样，具有了非同寻常的意义。人们提起来，总是说："索密斯家的房子，可爱极了，乖乖，可真漂亮！"

同样，此处的"索密斯"，也可以换作詹姆士·毕波第、汤姆

---

①英国诗人兼社会主义者，1861年曾和一批人从事屋内装潢业，影响很大。
②1英寸=2.54厘米。

斯·艾根，或是叶曼尼尔·斯巴哥诺莱蒂。事实上，这句话对于伦敦城里任意一户稍微肯以风雅自居的人家来说，都再恰当不过了，虽然他们的房子装饰各不相同。

八月八日傍晚，罗宾山考察过去一周之后，就在这所"乖乖，可真漂亮"的房子的饭厅里面，索密斯和伊莲正在享用晚餐。他们和其他的大户人家一样追赶潮流，周日晚餐吃热菜。从这两个人结婚开始，这便成了索密斯家的家规——周日，用人得预备热菜做晚餐。反正，除了拉手风琴，他们也没什么别的事情可做。

用人们也没反对。他们都对伊莲很忠诚，这在索密斯看来，却是相当可恶，她简直是一点儿规矩都不懂。她觉得，既然人人都喜爱闲逸，那么，用人们也有这样做的权利。

这看上去很幸福的一对夫妇，正坐在那张精致美丽的花梨木餐桌边上。奇怪的是，他们并非面对面坐着，而是侧脸相望。桌上没有铺桌布，或许，这在主人看来也是一件别致的高雅之举。两人都沉默着。

索密斯喜欢在用餐时，谈些自己生意上的话题，或者买了什么。他只管讲，伊莲的沉默不会影响他。可是，今天晚上他却觉得张不开嘴。一个星期以来，他心里一直思考着建房子的事情，如今他下定决心要告诉妻子了。

虽然内心做了决定，可却又没底气，这让他懊恼无比。她没有理由让他卑微到这种程度，如果夫妻本是一体的话。可是，打她在餐桌旁坐定，连看都没看他一眼，真不知道，这好大一会儿她在想些什么。他辛苦地给她挣钱，没错，一肚子委屈地给她挣钱，而她却这样呆呆地坐着出神，让人觉得整个房间的墙壁都挤过来了，太过分了！索密斯想着，简直要跳起来了。

她穿着露肩的晚礼服，粉色的灯光映在她的脖子和胳臂上。索密斯喜欢这样的晚餐装束，且对此有一种不可名状的优越感。他在其他亲友家里用餐时，他们的太太顶多穿一件好看些的便装，或者干脆是茶会的长衣服而已，何曾有过这等排场？在粉红色的灯光映衬下，她的琥珀色的头发，白皙的皮肤，以及深褐色的眼睛，都得何等美妙。

如此漂亮的餐桌，带着稳重的色彩，摆着娇嫩如星星一般的玫瑰、晶莹剔透的紫红色玻璃杯以及款式古朴的纯银食具，且另有一个如此美丽的女子从旁伴食，试问，哪一个男人能够拥有这一切？然而，福尔赛家族的成员从来都不知道要感激什么，他们只关心商业竞争。所以，便也无怪索密斯此刻觉得气愤了，且一边生气，一边伤心。因为，他觉得自己并未真正拥有伊莲，起码，没有像自己在名义上所允许的那样充分拥有她。他真想像摘下一朵花一样，将她握在手上，将她心里的秘密看个仔细。

其他财产，如那些银器、画、房子、投资，每一件都能让他备感亲昵，可唯独对伊莲，他得不到这感觉。

这所房子的墙壁上到处写着预言①，伊莲注定不是他的人。同时，他骨子里作为生意人的精神，又在强烈抵触着这一预言。他娶了她，让她成为自己的人，可如今，他顶多只能说占有了她的肉体——虽然这样说也很勉强——在他看来，这简直违反了万法之法中的财产法。至于占有她的灵魂，他虽然觉得可笑，但又何尝不想？然而，墙上的预言说了，这一点他永远做不到。

她总是默不作声，总是逆来顺受，总是厌恶着他，却又深藏在

---

① 《旧约·但以理书》记，新巴比伦国王伯沙撒的宫墙上曾现出不祥的预言。

心里。伊莲似乎在以自己一切微末的表现告诉索密斯，她心里对他没有半点儿好感。他忍不住自问起来，难道，真要永远忍耐下去？

他和他同龄人中爱好小说的人一样，意识里有一些文学色彩。他认为，这只是一个时间问题，像小说里写的那样，他最终一定会得到妻子的欢心。他不喜欢悲剧，但他希望，如果自己不幸遇到悲剧，他的妻子在临死前也要忏悔一番，或者是在自己弥留之际，悔恨交加地扑在他的遗体上痛哭。

他经常与伊莲一起去看戏，也许是出自本能，他总会选择一些讲述现代生活中夫妇问题的话剧。所幸的是，这些问题跟他们的真实生活并不一样。戏的结局也是一样，即使戏里面有个情人，最后也是大团圆。索密斯看话剧时，时常会同情那个情人。只是与伊莲一起乘马车回家时，还没到家，他便觉得这样不妥。幸好是那样的结局。戏里的丈夫很时髦，很刚强，有些粗鲁，却又无比正常，这种人在戏里的结局很圆满。索密斯很不喜欢这种人，如果不是因为自己有着这样的经历，他会十分厌恶这种人，但他希望自己也会像戏中的丈夫一样，顺利而刚强地挺过一切。对于这一切，他心知肚明，那种厌恶的情绪源自他深藏不露的残忍，也许是造物主的失误造成的，他从不让这些流露出丝毫。

但是，伊莲今晚的沉默非比寻常，他从没见过她这种表情。异常的东西总有让人不由得恐慌的能力，所以今晚索密斯很恐慌。吃完最后一道小吃，他便吩咐女用人将桌上掉落的面包屑用银斗收掉，然后将她打发走了。他给自己倒了一杯酒，开口问："下午家里有客人吗？"

"珍。"

"她来想干啥？来谈她的爱人吗？"头一句是福尔赛家的口头禅，他们总是认为别人不论去哪儿，总怀着某种目的。

伊莲什么都没有说。

索密斯接着说："我觉得，她对波辛尼，要比波辛尼对她好，她就是他的跟屁虫。"伊莲的目光让他感觉不安。

她高声说："你没有权力议论别人的事！"

"为什么不能说，是个人都能看得出来！"

"人家看不出来，就算事实如此，这么讲论也太不厚道了！"

索密斯的火上来了："真是我的好妻子。既然你跟珍好，我现在就告诉你，人家现在抓住'海盗'了，不会再想着你了，醒醒吧！当然，你们今后见面的机会不多了，我们要搬到乡下去。"他不明白，她今天为何反应这么激烈，这跟平常一点儿都不像。

他自以为得意地借着这个话题，把他的计划说了出来。他本以为，她会吃惊地大叫，可伊莲又不动声色了，他有些慌张。

他只好问："好像你并不在意。"

"我已经听说了。"

他狠狠瞪了她一眼："谁跟你说的？"

"珍。"

"她怎么知道？"

伊莲没有说话。他很是气恼，说："是啊，这是波辛尼出头的大好机会，从此就要扬名立万了，珍一定全都跟你说了吧？"

"是的。"

一阵沉默之后，索密斯说："你不太想去，是吗？"

伊莲没有说话。

"你到底想要些什么？好像，一切都不能让你高兴起来。"

"我是不是高兴，跟你造房子有关系吗？"

她连瓶拿起那一束玫瑰，起身离开了饭厅。索密斯仍旧呆坐着。难道，他签了那张合同，就为了换得这个结果？难道，那将近一万镑花出去，就是为了眼下这局面？这时，他又想起了波辛尼说过的那句话："她们还真难缠！"

没一会儿，他的心情稍稍平复了。还好，局面没有弄得不可收拾，他原本猜测她会大发雷霆，甚至会有其他什么举动的。算是运气吧，珍帮他消解了尴尬和僵持。他应该预料到，波辛尼会把这一切告诉珍。

他点了一支香烟，好在伊莲没有闹起来。她知道如何找台阶下，这是她的聪明之处。她性格孤傲，但也没到不可理喻的地步。一只甲虫在油漆得无比光滑的餐桌上休息，他朝那虫子喷了一口烟，想到即将开工建造的那所房子。在家里胡思乱想不起任何作用，当务之急是把房子盖好。届时，她会惬意地坐在日本遮阳伞下，做着女红，直到暮色四起。那将是一个美妙又温暖的夜晚……

事情的原委是这样的。当天下午，珍喜笑颜开地来找伊莲，口口声声要感谢索密斯给了菲力这么好的一个机会。伊莲一脸的茫然，丝毫不见高兴，珍就问她："你们家打算在罗宾山造房子，难道你毫不知情？"

她说的没错，伊莲毫不知情。

她一脸焦急地望向自己的女伴："哦，也许，我不该多嘴，你看上去一点儿也不关心？可是，我一直以来渴望的，菲力一直期待的，就是这种机会啊！我们终于有机会见识他的本领了！"如此一来，她把事情的原委交代得彻彻底底。

自从订了婚，珍对自己这位女伴的境遇不再像从前那样关心了。她们在一起，谈论的也都是珍的心事。虽然，她对伊莲的境遇满心可怜，但在不经意的微笑间，却会流露出一种近乎轻贱的情绪，意思是：这女人的身世之苦何尝不是咎由自取？

"你知道吗？内部装修也由他包办！这真是一件——"珍笑得异常开心，小巧的身体在笑声中哆嗦着，用手指提捏了一下白色的窗纱。"你要知道，我为这事还曾求过詹姆士叔祖——"突然，那次晚宴上的不快记忆打断了她的话，她停了下来。片刻后，她发觉好友对此事无动于衷，就起身告别了。等她走到人行道的时候，回头看了一下，伊莲依然在门口站着，她向她挥了挥手，算是告别。伊莲没有回应她，只是手扶额头，慢慢回身，关上了门⋯⋯

不一会儿，索密斯来到客厅，在窗边悄悄地注视着伊莲。

她坐在遮阳伞的阴影里，默然不动，礼服肩颈的白色花边随着她胸口的起伏，在微微地颤抖。然而，在这个在暗中静默独坐的女子身上，正回绕着一股暖流，某种隐藏着的热情，使得她整个人看上去都好似在激荡。一种变化，正在她的内心悄然发生。

索密斯左顾右盼，见没人注意他，又折回了饭厅。

6. 詹姆士的一厢情愿

没过多久，整个家族都知道索密斯决定要造房子了。因为这是个跟财产有关的决定，在福尔赛家族中，这种决定从来都会备受关注。

这不是索密斯的失误，他本来没打算让别人知道此事，是珍藏不住这个秘密，将它透露给了史摩尔太太，还嘱咐除了安姑太，不能再告诉第二个人了。珍这么嘱咐，是为了讨好安姑太，她听说安姑太已经很久没有下过楼了，觉得她可怜。

史摩尔太太按捺不住，就马上去了安姑太那里，那时候，安姑太正斜倚着枕头微笑着，她清了清自己苍老的喉咙，用清晰又略微颤抖的声音说："这对珍来说是件绝好的事，但是，我仍旧觉得他们应该小心谨慎——那是有一些风险的……"

可是，当史摩尔太太走了之后，安姑太便皱起了眉头，脸阴得像暴风雨前的阴云。这么多天，她时刻都在紧绷着自己的意志，这从她的脸色和抿起的嘴唇可以看出来。

史米赛尔从还是小女孩时，就做安姑太的女仆了。安姑太总是跟别人说，这是个好丫头，就是人有点儿迟钝！每天早晨，她都要心怀忐忑、一板一眼地按最古老的临终梳妆仪式，为安姑太整理妆容。她从白纸盒中取出那些隐藏着的花白发卷，小心翼翼地放在女主人手中，然后转身——那是安姑太个人尊严的标志。

裘丽姑太和海斯特姑太每天都来，因此，安姑太知道所有的事情：偶摩西有什么动静；尼古拉最近又有什么举动；珍是否已经说服祖父允许她早点结婚，她的未婚夫找到施展才华的舞台了；小罗杰的妻子是不是怀孕了；阿奇贝尔德的手术是不是成功，史悦辛在威格摩尔街的那套房子现在如何了——上次那个房客都没钱给他，而且态度还那么恶劣；尤其是索密斯小两口，伊莲是不是还在闹分居？每天早晨，史米赛尔总是能听到安姑太这么吩咐："我都在床上躺了这么多天了，今天下午，两点来钟，你扶着我下楼吧！"

史摩尔太太把这件事告诉安姑太之后，又对尼古拉太太说了，并且叮嘱她不要泄露秘密。尼古拉太太又去找索密斯的妹妹——威尼弗列德·达尔提求证这件事，以为她会知道哥哥的这个决定。继而，这件事从达尔提那里传到了詹姆士的耳朵里，詹姆士很是气愤。居然什么也不跟自己商量。但是，他并没有直接去找儿子，反而举着伞到了偶摩西家里。其实，他对儿子那种行事诡秘的做派也是有一些顾忌的。

　　当他看见了史摩尔太太和海斯特姑太——至于海斯特为什么会知道，估计是因为这个人不怎么爱说话，别人就觉得她比较可靠——大家心里都明白，而且都想聊聊这事。她们一致认为，索密斯找波辛尼帮忙，对于后者是好事，可索密斯是要承担一定风险的。乔治向来滑稽，把波辛尼叫作"海盗"，还真是蛮有见地。但是，总算还是肥水不流外人田，都是一家子。不过，要真正把波辛尼看作自家人，还是有点儿说不上来的古怪。

　　詹姆士忍不住插嘴："他怎么样谁都不清楚，我搞不明白，索密斯看中了这小子哪一点。一定是伊莲帮着说话了，我想对——"

　　裘丽姑太打断了他的话："索密斯让波辛尼不要宣扬这件事，他肯定不希望别人谈论这件事。但是，若偶摩西知道了，他会比任何人都苦恼。我——"

　　詹姆士把手放在耳后："什么？你们说什么？我有些聋了，大家说什么我都听不见了。爱米莉有个脚趾头坏了，我们月底才能去韦尔斯。唉，事情总这么多！"既然已经了解到了情况，他就戴上帽子起身告别了。

　　下午的天气很好，晴空万里。詹姆士从公园穿过，走向索密斯家。爱米莉因为脚伤不能起身，拉契尔和席西莉去乡下探望朋友了，所以他决定去索密斯家吃晚饭。这是一条斜穿向武士场大门的路，靠着湾水路，经过一个牧场，那里的青草矮小干枯，零零散散分布着几只晒黑的绵羊。椅子上是一对对男女，地上却是一些陌生的流浪汉，远远看去，就像激战过后尸横遍野的战场。

他一心只管埋头赶路，瞄也不瞄一眼两边的景物。这座公园曾是他不懈奋斗过的地方，只是现在的景色却引不起他的任何兴趣。这些相互依偎的爱侣，正在从平常单调的生活中偷来一小片刻的幸福宁静，而那些尸体一样的流浪汉，则是生活的竞争与压力制造的产物，这一切都无法吸引他的注意力。他早已经不是年轻的时候了，他像那些绵羊，鼻子闻的和双眼盯的，仅仅是自己的食物而已。

最近有一个房客总是拖欠房租，这对于詹姆士来说，是件很烦人的事。到底该不该把那个房客撵走？要是撵了，圣诞节前也不一定能重新租出去。前不久，史悦辛就以低廉的房租把房子租出去了，不过这是自作自受，谁让他一直攥着那套房子。

他边平稳地行走，边思考着问题。他小心地握着遮阳伞的弯柄下面一点，为的是既不使伞尖触地，又不磨坏伞绸。他耷拉着那瘦弱的高耸的肩膀，两条长腿机械又快速地交替往前迈，这般从公园中穿过。火辣辣的太阳照耀着闲散的人们，照耀着那些争财夺利的人们。而此时，他却像一只正在飞越大洋的鸟儿。

当他穿过亚尔勃门时，有人碰了碰他的胳臂。竟然是索密斯，他从事务所下班，走的是毕卡第里大街背阴面的一侧，两个人就这么碰上了。

詹姆士说："你母亲现在病倒在床上，我正打算去你家，不知道方便不方便？"

表面上看，两个人之间显得很冷淡，这是福尔赛家族的特别之处。但是，父子之间还是有感情的。或许在他们看来，对方都不过是自己的一种投资，彼此都很在意对方是否幸福，也喜欢时不时见个面，但是对于那些私密的生活问题，他们彼此总是缄默，而且从不会在对方面前流露哪怕一点点深切的感情。

　　连接这两父子的，也许是深藏在这个国家和家族里的血缘——这是一种没法用语言来形容和诠释的东西。人们常说血浓于水，父子两人也并非冷血动物。对詹姆士来说，他现在活着，就是对儿女的一种爱，因为他们流着自己的血。他现在储存下来的钱很可能会留给他们，这才是他为什么要存钱的理由。他已经七十五岁了，还有什么能让他快乐？他生命的最终要义，也就是给儿女们存钱了。

　　尽管詹姆士是一个有"约拿心结"①的人，但是，既然他在奔走经营的伦敦城中，拥有那么多的土地，并且一直对之保持着深沉无二的热爱，那么，就没有比他更正常的人了——倘若说，正常的定义是所谓的保护自己，虽然偶摩西未必会认同这一点。詹姆士一直保持着中产阶级那令人吃惊的正常性情，因此，他看上去是所有兄弟中再正常不过的那个人。佐里恩是个意志坚强的人，但却有恻隐之心，而且有他自己的一套处事方法；史悦辛心里净是些稀奇古怪的想法；尼古拉能力挺强，但是却为此吃了不少苦头；罗杰一门心思地搞企业；只有詹姆士算是折中的。甚至，这所有的人当中，只有他的头脑和外表最不引人注目。也就是因为这个，他才有可能永

①约拿：《旧约》中的犹太先知，其对上帝所交代的使命畏首畏尾，马斯洛在其《人性可及的境界》一书中援引其作害怕成长、害怕成功之人的代表，并提出了"约拿心结"一语。

远活下去。

与其他的兄弟相比，詹姆士更看重家族，更觉得家族珍贵。他对人生，始终保持着一种原始的温存，他喜欢家庭生活，喜欢听八卦，喜欢听别人诉苦抱怨。这个大家族给了他处理事情的思考方式，如同从牛奶桶中获取奶酪一样。同时，自己的家族还让他看到了与此有相似点的、成百上千的其他家族的性情。他喜欢去偪摩西家，每个星期都去，年年如此。去了以后就坐在客厅里和他们说话。每次去，他都坐在那里，跷着二郎腿，花白的腮须裹着剃得精光的下颌和嘴巴。这时候，他仿佛看到，代表整个家族的牛奶桶渐渐沸腾，奶油由下向上一点点浮起。如此，他在离开的时候，心里便觉得有了明确的想法，六神有主，身心安泰，这种舒畅的情绪还真不太好讲。

他有坚如磐石的自我保护能力，尽管如此，他仍有心肠软弱的时刻。去偪摩西家一回，简直等于回到母亲身旁，他渴望得到家族的庇护，这也影响到他对自己儿女的感情。一旦自己的儿女在金钱上、健康上、名誉上受到社会的虐待，他就如同做了噩梦。约翰·史瑞特是他的好朋友，起初他的儿子自愿从军，詹姆士认为此举不妥，特别是对老友的同意深表不解。而等到小史瑞特死在土人的镖枪下，他甚至比老友还要难过，逢人便说："老史对待儿女太缺乏耐心了，他不会想到那样的结局的。"

女婿达尔提投资石油股票失利，资金无法周转，詹姆士也为之苦闷不已，似乎这件事便是一切繁华终结的丧钟。整整三个月时间，外加去巴市休养了一段时间，他的心情才有所好转。现在回想起来都觉得后怕，这件事情，若不是他出手相助，拿出钱来帮他，恐怕达尔提早已经名列破产簿了。

他一向很健康。但正因为如此，一旦有个头疼脑热，他就担心起来，觉得自己快要不行了。老婆孩子偶尔生病，他也会认为，这简直是老天爷跟他作对，让他不好过。但是除了至亲之外的人生病，他大都不以为然，反而会怨人家不懂得保养肝脏。他总说："难怪他们会得这号病，要是我不加小心，也会得上的！"

今天傍晚，他的心情非常糟糕，为了这一大串闹心的事情：爱米莉的脚趾坏了，拉契尔吊儿郎当，在乡下闲逛，没有一个人能帮得上自己的忙；安姐病了，不知道能不能挨过夏天，自己去看望了她三次，都没能见到她；索密斯大发神经想要造房子，这件事自己必须得过问。要是他和伊莲出点什么岔子，天知道，那该是什么后果！

他带着满心的惆怅，走进了孟特贝利尔广场六十二号。

七点半，伊莲身穿一件金色长袍坐在客厅里。这件衣服，她已经在宴会、晚会和舞会的场合各穿过一次，所以，眼下只能当作便服来穿了。一见面，詹姆士的目光就落到了这衣服胸口镶的花边上，那是伊莲自己动手镶上去的。

"这衣服哪里买的？"他的声音里带着烦恼，"拉契尔和席西莉打扮起来，也没有你一半漂亮，这玫瑰花边是真的吧？"

伊莲向他凑了凑，好让他瞧个仔细。

这女子一副贤惠的样子，身上隐隐约约的那一股令人陶醉的香水味，让詹姆士有些心软。可作为有身份的福尔赛族人，怎么肯轻易屈就？所以，他只好说："看不出来。"没准儿，她真的为此花了一大笔钱！

锣声响了，伊莲挽起詹姆士的胳臂，带他去了饭厅。索密斯平日的座位在伊莲左手的侧面，现在，詹姆士坐在了那里。这个位置可以被柔和的灯光照到，詹姆士可以不必再为昏暗的天色苦恼了。她一点点引导着他，说起他的心事来。

没过多久，詹姆士就觉得烦乱的心情好了许多，像是水果得到了光照，在大自然中成熟了。这种感觉，就如同有人在抚爱、赞许、宠爱着自己，虽然事实上他并没有得到这一番待遇。他觉得今天的食物十分对自己的胃口，在家时他从没有过这么好的胃口。他觉得刚入口的香槟妙不可言，然而问过价钱和牌子，才知道自己家里也有很多，只是味道没有这么好。这让他很郁闷，觉得自己受了酒贩子的骗，当下便决定要去同他们理论一番。

他从餐桌上抬起头来，说："你们家还真有不少好的东西，这个盛糖的调味瓶一定很贵吧？我一看就知道！"就连对面墙上挂着的那一幅自己送的画，现在也特别顺他的眼："啧啧，效果还真不赖，真没想到！"

吃完饭，三个人一同来到客厅。詹姆士紧紧跟在伊莲后面，心情舒畅地对着伊莲的肩头大口吐着气，边走边唠叨："这才是一顿真正的晚饭，美味而且适量，不那么荤，也不像法国菜。我在家里，简直吃不到这样的美食，那厨娘，我一年付给她六十镑，她却从没做出来过一顿这样的晚餐。"

至此，他都没有提起建房子的事。索密斯说自己有事，去了楼上放画的那间小屋。这样，他便更没有提起这件事的理由了。

詹姆士和伊莲对坐着，在香槟和饭后那杯优质甜酒的作用下，他仍旧兴致勃勃。伊莲让他觉得是个可亲近的人，很惹人疼爱，还是个很好的聆听者，又很善解人意。詹姆士说着话，眼睛却一直停留在她的身上：这个美丽的女人，脚上穿着青铜色的鞋子，鬓发如金色的波浪一般，倚着一张拿破仑时代的大圈椅，肩膀贴着椅背上沿——她挺拔的腰身是那样婀娜多姿，走起路来轻摇慢摆——仿佛靠在爱人的臂弯里。她微笑着，眼睛眯了起来。

也许因为她的美丽让人心头紧张，也许因为消化不良，突然之间，詹姆士反倒觉得无话可说了。他从没跟伊莲单独坐在一起过，他看着她的眼睛，突然很是古怪和陌生：她这样靠在那里，在想什么呢？

想到这些，他再次开口说话了，且换了严肃些的口吻，如同美梦被人搅破了一般："你都在忙些什么，也不到我们公园巷来！"

她的理由听上去很勉强。詹姆士故意不去看她，他不愿相信她是为了回避他们，那样的话，就太不像话了。

他为她找了借口："我想，大概是你太忙了，都没什么时间。你常常和珍待在一起。她和波辛尼在一起的时候，你对她是有帮助的，这丫头还是让人带着比较好。当然，其他事情上也是。听人说，她现在总是往外跑，这事让你的老佐里恩伯伯无比头疼。我觉得也是，没人陪着他，他也挺孤单的。大家都说，她现在跟波辛尼形影不离。我想，他们应该每天都来你家吧？你觉得波辛尼这人怎么样？他算是一个聪明人吗？我并不看好这个家伙，我觉得，珍比他要好上不知多少倍呢！"

伊莲脸上泛起了红晕，这样，詹姆士就更有理由留心她的神色了。

她说："如果你了解波辛尼先生的为人，也许就不会这么说了。"

"说我不了解？"詹姆士叫道，"有什么不了解的？你看看他的样子，明显就是艺术家那一号的。他们都说他很聪明，别人也都认为他是聪明人。或许，你比我更了解他。"他瞄了伊莲一眼，眼神中仍是怀疑。

伊莲想要缓和话题，便轻描淡写地说："索密斯正在让他帮忙设计房子。"

詹姆士接着说："这正是我想说的，我真搞不懂，索密斯看上了这个年轻人什么，他为什么不找个顶出色的建筑师？"

"可没准儿，波辛尼先生就是最棒的。"

詹姆士站起来，低着头转过身来，说："你们这些年轻人，总是这样自以为是，觉得别人都不如你们懂得多。"

他的瘦高的身躯横在她面前，用一根手指头指着她的胸口，像是在指责她的美貌："据我所知，这些所谓的艺术家，或者，他们还有别的什么名字称呼自己，都是些不能信赖、不可靠的人。还有，算是我对你的劝言，离这号人远点儿！"

听到这些，伊莲笑了。她的唇边浮现了一种古怪的桀骜的神情，方才贤惠的模样仿佛瞬间消失了。她的胸口起伏着，显得有些气愤。两手不再搭在椅子帮上，改为指尖相抵，一双深褐色的眼睛难以捉摸地盯着詹姆士。

詹姆士又忧郁起来，眼睛盯着地板："我只是说说我的看法。很可惜，你还没有孩子，要是有的话，你就会有事情可做了，心里也会踏实一些。"

突然之间，伊莲的脸色阴沉了。詹姆士觉察到，被那件柔软的丝绸花衣包裹的身体，一瞬间变得无比冰冷坚硬起来。

他自知说错了话，有些慌乱，便像一切胆小怯懦的人一样，打起了圆场："你似乎不怎么喜欢出去。你可以跟着我们一起乘马车，去赫林汉霍林汉姆马球会瞧瞧，或者隔段时间，去剧院看看戏。在这个年纪，你应该觉得生活充满乐趣。你还年轻嘛！"

伊莲的脸色更难看了，他比之前也更窘了。

"哦，是啊，我一无所知。"他接着说，"什么事情都不跟我说。索密斯应该能照顾得了自己，否则，我也帮不上他的忙——嗯，一切就是这样——"

他把食指放在牙齿间，轻轻咬着，用凌厉的目光试探着儿媳。

她也不高兴地望向他，两人的目光碰到了一起。他汗涔涔地，闭口不言了。

"咳，我得回去了。"他说。过了一会儿，大概过了一分钟，他站了起来，满怀诧异，似乎觉得应该被挽留一番才对。他把手伸给了伊莲，由她送到门口的大街上。他坚持不叫马车，非要走走，并请伊莲向索密斯转道晚安。他说，如果她想散心的话，不管什么时候，他都可以带她坐马车去里西蒙。

他回到家，走上楼。爱米莉一天一夜都没睡好了，如今刚睡下，便又被丈夫叫醒了。他对她说，他觉得索密斯家的事情，可能比想象得还要糟糕。他滔滔不绝地叨咕了半个多小时，最后抱怨自己简直要为这事儿害起失眠来了。说罢转过身去，鼾声随之响起。

孟特贝利尔广场方面，索密斯从画室走了出来。他站在楼梯顶端的暗处，看着伊莲整理着当日最后送来的信件。接着，她转身走进了客厅，可没过一会儿又走了出来，站在那里，仿佛在听着什么动静。随后，她抱着一只小猫轻轻地上了楼。那时候，她低头看着那一只小动物，而那个小东西正对着她的颈子呼气。他为什么不是一只猫呢？

当她看见他的时候，脸色就幡然变了。

"有我的信？"

"三封。"

他侧身让开，伊莲没再说话，转身进了卧室。

7. 老佐里恩的冒失之举

詹姆士去索密斯家的那天下午，老佐里恩从罗德板球场[1]出来，本想如往常一样回家，但还没到汉密尔顿胡同，他突然改变了主意，叫了一辆马车，向维斯塔利亚大街出发。他是带着某种决心去的。

整整一个星期，珍简直是从家里消失了，更谈不上陪他一会儿。事实上，这是从她订婚之后开始的。尽管如此，老佐里恩并没有向她做任何表示，他没有低声下气求人的习惯，包括自己的家人。眼下，她现在满脑子里只有波辛尼和他的事业，因此，老头子一个人被撂在那个大房子里，面对着一堆用人，整天连一个和自己说句话的人都找不到。他所属的俱乐部在装修，董事会也在休会，即便他进到城里，也没有事情可以做。珍虽然嘴上建议他出去走走，自己却一心留在伦敦陪波辛尼。

啊，老佐里恩一个人能去哪儿？独自去国外是不行的，他的肝

---

①罗德板球场：马里尔朋板球会的一座球场，各大学和伊顿、哈罗两所公学的球赛都在此举行。

脏受不了航海的颠簸，他又住不惯旅馆。罗杰最近去过一处温泉，但是，他这个年纪却看不惯这些新潮的地方，他认为那都是坑人的地方。他就这样用自己的一些原则，掩藏着自己内心里的孤独。他脸上的皱纹更深了，平日里那张刚强而宁静的脸，现在则满是忧郁，连眼神中都染上了这种情绪。

正因为这样，才有了今天下午这趟行程。圣约翰林里，林立的小房子前面是一丛丛青绿色的刺球花，都修剪得圆滚滚的，阳光照在小花园里，简直像是快活的宴席。他觉得，这一切饶有兴致。按照福尔赛家的习惯，若是某个成员走入这样的环境，是一定要当面表示其不屑的，然而，私下里却一定又满怀好奇。

他的马车停在其中一所前。那房子是苍黄色的，看来很久没有粉刷过了，一条简陋的小径连着圆形的小院门和房子。老佐里恩下了马车，整个人的形象：硕大的头颅，下垂的胡子，花白的双鬓，笔直的身体，硕大的礼帽，眼神坚决而略带愠气。啊，如果不是情非得已，他是不肯来的。

"佐里恩·福尔赛太太在家吗？"

"在家，先生！请问您贵姓？"

老佐里恩报上了姓名，忍俊不禁地向应门的小女用人挤了一下眼睛，这女孩小巧极了。他跟着她穿过一条仄仄的小走廊，走进一间隔开的客厅。一切室内家具，无不带着印花布的套子，她请他在一张椅子上暂坐片刻。

"他们在花园，先生，您稍候，我去通报。"

老佐里恩坐在用花布套着的椅子上，环视周围。这里真是寒碜，所有物什都透着一股子简陋的寒酸气——或者说是节俭风格——没有一件能值五镑。墙壁也很久没有粉刷了，墙上挂着些水彩画，天花板上有一条大裂缝，弯弯曲曲地延伸着。这是老式的二等建筑，估计下来，房租一年都不用一百镑。没有人可以想得到，福尔赛家族中的一支，他的亲儿子一家，会寄居在这种地方。想着，他心里便难受得厉害。

小女用人返回来了，问他是否介意去花园见主人。

老佐里恩径直从落地窗边走了出去，下了台阶，他想，这些窗子也需要重新刷一下漆了。

花园里的一棵梨树下，坐着小佐里恩夫妇和两个孩子，还有小狗伯沙撒。

老佐里恩这辈子最勇敢的事情，就是向他们这么径直走过去。他脸上不动声色，举止显得很自然，目光则从深陷的眼窝中直直地盯着面前的这些"对头"。

这短短的两分钟里，老佐里恩将他那一个阶级的品性表现得淋漓尽致——自然、沉稳、活泼，正是这种品性，使得这一阶级成为这个国家的顶梁柱。当年的不列颠岛民，以天然的屏障不得不与世界隔绝，因而发展出个人主义的天性，他们目无一切，只顾在自家的事情上不声张地埋头苦干。这才是个人主义的精髓。

伯沙撒见有人来，在他的脚旁边徘徊。这条友善而玲珑的杂种犬，是俄国卷毛犬和狐狸犬杂交的产儿，一下子便觉察到这场面的不寻常。

见面的问候有些尴尬。之后，老佐里恩坐在一把柳条椅子中，一双孙儿孙女分别贴在他的两髀，一声不吭地看着这个从未见过的怪老头。两个小孩长得并不相像，各自出生时的环境造就了各自的相貌。佐儿是婚前罪过的产儿，脸庞偏于宽圆，梳向脑后的头发颜色很淡，脸颊上长着一个小酒窝，和气中又不乏坚毅，有一双典型的福尔赛家族的眼睛。好儿是他们结婚之后生的，肤色泛黄，相貌很庄重，灰色安静的眼睛则很像她的母亲。

这时候，伯沙撒已经绕着三座小花圃转了一个圈了。为了表示不屑，它在老佐里恩对面站定，将一根尾巴紧紧地贴在脊梁上，摇来摇去，目不转睛地瞧着他。

虽然是在院子里，老佐里恩仍能感觉到此间的拮据气象：柳条椅子在他身下吱吱作响，花圃看上去"惨不忍睹"，远处，被煤烟熏黑的墙壁根下，有一条野猫走成的小径。

老佐里恩和他的孙儿孙女就这样互相端详着，彼此信任又满怀好奇，这正是黄发者与垂髫者之间所互有的感觉。而此时，小佐里恩正不住地看着自己的妻子。她长着一张鹅蛋脸，只是有些消瘦，眉毛很直，一双大眼睛是灰色的，脸色正渐渐红起来。她的头发自额头往后梳去，因而呈现出一道道拱起的发缕，只是，同她的丈夫一样，她的头发也已经灰白起来。这灰白的头发衬着方才泛起红晕的脸，简直叫人心生怜悯。

她的脸上写满了幽怨、焦虑和担心，小佐里恩从没看到她有过这样的表情，再或者，便是她一直向自己隐藏着这些情绪。她眉头紧锁，一双眼睛苦恼地睁着，始终不说一句话。

只有佐儿在不停地念叨。他对于新朋友——这个手掌满是青筋的大胡子老头，正跷着二郎腿坐在那儿，他的父亲也是如此，他自己也打算试一下——虽然还不熟悉，但已经急着炫耀自己的宝贝了。不过，他终究是福尔赛家族的一员，虽然才只有八岁，却已经懂得要将自己最心爱的东西藏起来了：那是一套父亲许诺买给他的锡兵，目前仍然陈列在一家商店的橱窗里。他把它们当成了稀世的珍宝，所以一心觉得天机不可泄露。

爷孙三代人就这样在树荫里闲坐着，那棵老梨树已经不再结果了，斑驳的阳光在枝叶间照下来，在他们身上摇晃着。

老佐里恩脸上满是皱纹，一块块不规则地泛着红。据说，老年人的脸晒在阳光下都会变成这模样。他牵过佐儿的一只手，那孩子便顺势爬上了他膝头。好儿看不过，又攀着她的哥哥爬了上来。伯沙撒抓起痒痒来，簌簌作响。

小佐里恩太太突然站了起来，快步走回了屋里。一会儿，她的丈夫也找了个借口，跟了进去，园子里只剩下祖孙三人。

这时候，在老佐里恩的内心，那一位喜欢搬弄是非的上帝老人家，开始耍弄他翻云覆雨的手段了。早年，老佐里恩为了珍而放弃自己的儿子，无非是因为他心中的对小孩子的慈爱，而如今，这种对娇小生命的爱惜之情又出现了，迫使他要放下珍，选择这些更小的孩子。他们浑圆的小腿如此稚嫩又莽撞，需要保护；那胖胖的小脸蛋，有说不出的无辜与可爱；而那些咿咿呀呀的小嘴巴，那奶声奶气的嬉笑，那时不时扯他的小手，那摩挲着他的股掌的小身体，这一切小之又小、幼之又幼的小东西，将他心里原有的那一团火焰重新点燃了起来，燃烧着他。他的眼神、他的声音变得温柔起来，他的筋疲力尽的老手掌，也变得柔软起来，他的心变得无比柔和。出于这一切，他逗得这两个孩子无比开心，他们开始肆无忌惮地嬉闹、喊叫、欢笑。阳光照着老佐里恩坐的柳条椅子，爷孙三人高兴得心花怒放。

只是，卧室里小佐里恩夫妇的情形却恰恰相反。

她坐在梳妆镜前面的一把椅子上，手蒙着脸在哭泣，双肩不停地上下抖动。他始终疑惑不解，为何她总是这样自寻烦恼。这种情形已经有上百次了，而他是如何忍受过来的，连自己都记不得了。他始终不相信这是坏脾气，而且，他和她之间的感情还不至于破裂。一准儿，她会在夜间抱着他的脖子说："哎呀！佐，我又让你难过了！"每一回，她都会这样说。

小佐里恩悄悄把装着剃须刀的盒子收进口袋，他想着："我得回去。"他什么都没跟妻子说，便返身回到花园。

好儿在老佐里恩的腿上，手里握着他的表；佐儿则正憋红了脸，卖力地表演着他的倒栽葱；伯沙撒则眼巴巴望着桌子上的蛋糕，一点点地往那儿蹭。

小佐里恩突然横下心来，觉得自己有必要结束他们的欢乐。

父亲这样冒失地跑来，让自己的妻子如此难堪，岂不太过分了！这么多年都过去了，如今才想到来卖乖讨巧！他应该早猜到局面如何，而事先通告一声的。不过，哪一个福尔赛家的人会在意自己令别人难堪？小佐里恩的这种想法，确实对父亲有失公允。

他呵斥孩子们进屋去吃茶点。他们没见过父亲像今天这样声色俱厉，着实被吓坏了，灰溜溜地牵着手走了。好儿像是心有不甘的样子，走起来一步三回头。

小佐里恩倒了杯茶，说："我妻子身体不好。"其实他心里明白，父亲知道她为什么突然离席。看着老佐不动声色地端坐着，他简直要发起狠来了。

老佐里恩作世故之态，问："你这小房子还过得去，长期租下了吧？"

小佐里恩点点头。

老佐里恩说："只是我不喜欢这儿，尽是些穷酸人家。"

"没错。"小佐里恩说，"我们本就是穷酸人家。"然后，两个人都不再说话了，伯沙撒仍然在抓着痒痒。

老佐里恩直截了当地说："小佐，我知道我不该来打扰你们，只是，我最近太孤单了。"

听他这么说，小佐里恩站起来，把手搭在父亲的肩上。

一曲反反复复的《水性杨花》[①]，从隔壁房子里传来，听得出来钢琴走音了。花园里有点暗了，阳光现在只能晒到末端的墙稍上了。一只猫趴在上面，困倦的黄眼睛居高临下地望着伯沙撒。远处，车马驶过，一片嗡嗡声简直让人昏昏欲眠，外面的景色完全被四下的绿藤掩住，内中只有天空、房子和老梨树，后者的几条高枝反射着金色的阳光。

很大一会儿，父子俩都没有说话。再后来，老佐里恩起身走了，也没有说下次再来。走的时候，他的心里痛苦着。这陋巷多么破败！福尔赛家的人，应该住他在斯丹赫普门那样的大房子里，有大弹子房，有大客厅。然而，那里已经一个星期没有人登门了。

在以前，他是不大反感小佐太太那张脸的，可是，也没有必要这样矫情吧！可以想象，小佐里恩在这方面没少受她的苦头，当然，也苦了那俩孩子。真是愚蠢！

他朝艾基维尔路走去，两边是连排的与前面类似的小房子，似乎在提醒着他适才的尴尬经历——不过，这又算什么，作为一个福尔赛家的人，行事岂可因此动摇？

---

①意大利歌剧大王威尔第（1813—1901年）的一支作品。

当初，那个混蛋社会的舆论，那群叽叽歪歪的老妈子和一帮闲来无聊的公子哥儿，竟然这样结党对他儿子做出了裁断，将他的儿子，以及他儿子的儿子，跟他活生生地隔开，这简直不是要自己的老命吗？想着，他便使劲用伞柄戳着地面，像是要刺死谁一样。他这样戳着，却不曾想到：这十五年，他也是一直在附和着这个混蛋社会，今天才叛逆了一回。

珍，她死去的母亲，这一整件事情，惹起他的心头旧恨来！天杀的！

很久之后，他才回到斯丹赫普门。他就是这样执拗，明明已经累得不行了，偏偏还要步行回家。

他在楼下盥洗室里洗了一把手，来到饭厅等着开餐。珍不在家，这是他唯一使用的一间屋子，只有这里，还算不那么冷寂。此时，晚报还没送来，《泰晤士报》已经读完，他觉得无所事事。

这所房子前的街道，也像这房子里面一样冷寂，听不到一点儿动静。他向来不喜欢饲养宠物，只是现在，哪怕是有条狗陪在身边也好。他环视周围的墙，目光停在那一幅《荷兰渔船夕照》的画上，这是他最棒的收藏品，然而今天看了也没什么感觉。他什么都不想看，只好闭上了眼睛，太寂寞了。他知道不应该埋怨，可是，他今天就是无法抑制情绪：孬种，孬种，自己是个毫无出息的孬种。这念头在他脑子里盘旋着。

老管家进来准备开饭。他看主人应该是睡着了，就极其地谨慎小心。他留着下须，还蓄了一簇上须。这让福尔赛家里的很多人，尤其是索密斯这种念过公学的人瞎猜起来，觉得甚是荒唐，一个管家怎么可以弄这等洋相？所以，大伙儿总是拿他开玩笑，称其为

"老佐里恩伯伯家的无视国教者"。而至于公认的滑稽大家乔治，则称此人作"山基"①。

此时，他正在那个擦得雪亮的碗橱和大餐桌之间穿梭，那轻巧的步伐谁也学不来。

老佐里恩假装睡着，偷偷看着他。他一直觉得，这个有失体统的人做什么事儿都心不在焉的，只惦记着草草了事，好溜出去赌钱，幽会，或者做些下三烂的勾当。他是个懒骨头，又胖又不正经，没对主人尽过一点儿心！

只是瞬间，他的不同于其他福尔赛族人的哲理，又无法抑制地从心里冒了出来。

眼前的这个人，又凭什么要去关心别人？既然并没有给钱要他这样做，自己又为什么指望他来嘘寒问暖？在这个世界上，没有钱就没有感情。死后的世界会不会不同？管他呢，谁都不知道。于是，他又合上了双眼。

老管家仍然轻手轻脚、毫无表情地继续着自己的工作，将那些餐具从碗橱里取出来，他好像一直都背对着老主人。这样一来，很多动作就不那么得体了。他不时悄悄地在银器上呵口气，仔细用一块鹿皮擦着。他小心地高举着酒壶，用自己的下须遮在上面，仔细察看着里面酒的多少。之后，有这么一分钟，他站着望向自己的主人，眼光发绿，充满鄙夷。

这不中用的老东西，大限将至啦！

他像一头雄猫一样，蹑手蹑脚来到屋子边上，按下了铃。就算主人睡着了，叫醒他就是了，反正还有一整夜可以睡。他说"七点

①山基：1840—1908年，一位美国歌剧、赞美诗作家。

钟开饭"，是因为，他八点半要去自己的俱乐部!

不一会儿，一个小男仆就用银器端着汤进来了，管家接过来放在桌上，然后站在门口。他像是恭迎客人的到来，假声假气地说："老爷，晚餐妥了。"

老佐里恩慢慢从椅子上站起来，坐到了餐桌旁。

8. 新房子的图纸

通常，就像那种奇妙的柔软得如土耳其糖果的小动物那样，福尔赛家的所有人都是有一个壳的。这壳子就是他们的窝，而其内涵，则包括生活习惯、家业财产、亲朋好友、妻子儿女，旁人正是通过这个窝去认识、了解他们的。他们从这个世界走过，始终背负着这样一个壳子，而这个世界上，千千万万的人都是如此。若说一个福尔赛家的人没有这样一个壳子，那简直是难以置信的，简直要像一本糟糕透顶、全无章回情节的小说，完全不可理喻。

然而，福尔赛家族一致认为，波辛尼便是这样一只没有壳的蜗牛。世界上偏偏就有那么一类人，他们一生都在不属于自己的一系列人物、事物之间游荡。很显然，波辛尼正是这么一种稀少又可悲的人。

他在斯隆街有两间房，而且是在最高层，这显然与福尔赛家的派头极不般配。房子外面钉了一块写着"菲利普·拜恩斯·波辛尼建筑师事务所"的牌子，除此之外，他便再没有起居的空间，只是找了一块帘子隔开一小块地方，里面安置着他的一些生活用品：一张小床、一把看上去还算舒服的椅子、烟斗、酒壶、小说、拖鞋，以及其他的一些物什。外面的空间用来办公，摆放着一些办公用品：一个没门的格子橱、一张橡木圆桌，一个可以折叠的洗脸架，几把硬椅子，一张摆满图纸的大写字台。珍和她的姑母来过两次，在这里喝茶。此外，后面还有一间可勉强称为卧室的屋子。

根据福尔赛家人所能打探到而且可以肯定的，波辛尼每年的收入构成状况是：两笔常年顾问费——每年二十镑；一些零零星星的收入；除这些之外，最大的经济来源，便是他父亲的遗产，每年大概有一百五十镑。至于他父亲的具体情况，则简直像一个笑话了。他生前好像在林肯郡的乡村行医，祖籍康沃尔，仪表堂堂，有着跟拜伦爵士一样的脾气。其实，他在当地颇有一些知名度。波辛尼的姑父拜恩斯——拜恩斯-毕尔第保建筑公司的东家——虽然不是福尔赛家族的人，但性格却跟他们一样。他也认为，自己的妻兄十分不堪。

"他是个顶古怪的人，"他说，"我可以跟你们说，简直怪得少见。他有四个儿子，前面的三个在他看来，都是好无聊的人。他们在印度担任公职，都算是比较发达，然而，他只喜欢这个最小的菲利普。他常说一些混账话，有一回，他跟我说：'伙计，千万别把你肚子里想的，告诉你那个坏事儿的太太！'我们不是一类人，我便不听他的，这人真是古怪得很。他常常教训小菲利普，说：'孩子，活成啥模样倒不吃紧，但一定要死得气派！'所以，他在下葬的时候，就穿了一套整齐的长礼服，戴着一条缎子围巾，还插着一根别针，是钻石的。我敢保证，这人简直是人间少有的怪胎。"

对于波辛尼，拜恩斯倒是有几分喜欢，且也不无怜恤。他说："他有些他父亲的那种拜伦脾气，难道不是吗？要知道，他从我的公司出去，失去了很多机会。有半年的时间，他只捐着一个背包在外面乱跑，只为研究外国建筑！听见没，外国的！这能有什么出息？瞧他现在这样子——顶聪明的一个年轻人，一年连一百镑都挣不来。所以说，这次订婚对他来说简直是天大的好事，可以让他有点儿约束，不至于像以前那样不着边际。他做起事来简直没道理，白天蒙头大睡，夜里精神好极了。不过，这孩子没什么不良嗜好。但愿老财主老福尔赛可以帮到他！"

这段时间，珍经常去朗得斯街的家里拜访拜恩斯，他对她甚是客套。

"索密斯先生做起生意来，可是一等一的高手。他找菲利普造房子，可真是天大的好事。"而且，他一再对珍强调："亲爱的珍小姐，如今，你要是为他考虑的话，最好不要和菲利普天天耳鬓厮磨。年轻人总得要努力奋斗，才能出人头地。我像他那么年轻的时候，夜以继日地工作。我太太总劝我：'鲍比，不要没命地工作，保重身体。'我对这种话从来不听的。"

他为什么这样说？原来，珍曾向他抱怨波辛尼几乎不到斯丹赫普门去走动。

有一回，他去了，他们俩在一起连一刻钟都不到，史摩尔太太就来了——她总会在不恰当的时间和地点出现。波辛尼听说她来了，便起身躲进了小书房，等她走了再出来。

裘丽姑太说："亲爱的珍，他太瘦了。刚订婚的人确实有好多是这样的，但是，你要让他胖起来。有一种巴洛牛肉汁，据你史悦辛叔祖说，吃了效果很不错。"

身材娇小的珍直挺挺地站在壁炉旁，一脸因扫兴而生的恼怒。她觉得，老姑太不合时宜的到访简直是对私人的一种侵犯，因此，便不屑一顾地回答："他正忙着他的事业，要知道，能做大事的人从来都不胖的。"

裘丽姑太噘起嘴巴，她也一直都是个瘦人，整天巴望着自己能长点肉。

"我想，"她不无遗憾地说，"你应该告诉大家，别再叫他'海盗'了。如今，他是索密斯的建筑师了，希望他长点儿心，最好不要再让大家觉得古怪，眼下的工作很重要。说起来，索密斯算是很有眼光嘛！"

珍立刻火冒三丈，大声驳斥："眼光？他这样就算是有眼光了？我们家里，没有一个人是有眼光的！"她的暴怒吓到了史摩尔太太，她说："你史悦辛叔祖就很有眼光啊，还有索密斯，他那所小房子布置得相当别致，不是吗？你不觉得是这样吗？"

珍说："哼，那还不是因为有伊莲住在那儿？"

裘丽姑太想说点儿轻松的："伊莲愿意去乡下吗？"

珍盯着她看了一会儿，她性情中的温驯在眼睛里闪了一下，但很快便消失了，继而以一种更加生气的神情生硬地说："当然了，她有什么理由不情愿？"

史摩尔太太局促起来了："我不清楚，原本我以为，她会不愿和朋友们分开。你詹姆士叔祖说，她的生活了无生趣，我们认为——呃，是你偬摩西叔祖觉得——要是她能多出去走动走动，情况可能会有所改变。她搬到乡下去住，你就会变得孤单了。"

珍将双手交叉放在脖颈后面："偬摩西叔祖？这些关他什么事儿？"

裘丽姑太站了起来，高大的身躯直挺挺的。她说："你偬摩西叔祖，从来不会关心那些跟他没有关系的事情！"

珍有些担心了，连忙跑到裘丽姑太面前示好，吻了她一下：“哦，亲爱的姑太，对不起，我只是希望大家不要掺和伊莲的事情，最好别管。”

裘丽姑太再也不知如何继续这个话题了，只能沉默不语。她起身告辞，披上黑绸披肩，把带子系在胸前，随手提起自己的绿色手提网袋。走到靠近门的走廊上，她停了一下，说：“你祖父好吗？你只顾着波辛尼先生，想必他一定受冷落了。”她弯下身子，颤巍巍地吻了她一下，踩着细碎的步子走了。

珍的眼睛里含着眼泪。她径直走进小书房里，波辛尼坐在书桌旁，无聊地在一个信封的背面画小鸟。她挨着他坐下来，说：“唉，菲力，这些事儿真难缠！”此时，她的心简直和她的发色一样火热。

接下来的星期天，一大早，索密斯正在剃胡须，有人通报说波辛尼来了，就在楼下。他推开妻子的房门，说：“波辛尼来了，就在楼下，你先招呼他，我剃完胡须就来。我想，他大概是来谈图纸的。”

伊莲看了看他，什么都没说，整理了一下衣服，便下去了。

至今为止，他还不知道她对这房子持什么态度，她一直不置可否。但是对波辛尼，她好像还算客气。透过更衣室的窗子，他看见他们在小院子里交谈。他有些太着急了，把下巴都割破了两处。下面有笑声传来，他暗想：“啊，这两个人还算合得来。”

如他所想，波辛尼就是找他去看房子图纸的。索密斯拿起帽子就跟他走了。

图纸摊在波辛尼工作室里那张橡木圆桌上，索密斯白着脸，一副聚精会神的样子，弯腰伏在桌上。好大一会儿过去了，他始终没有开口。

终于，他说话了，语气里满是茫然：“果然是别致的设计！”

从图纸上看，这是一座两层的楼房，设计成长方形，在二楼的高度上，由八根柱子托起一圈回廊，将整个院子围了起来，上面覆以玻璃顶篷。这样的设计，按照福尔赛家族的眼光来判断，无论如何都可以算是"别致"。

接着，索密斯说："有一些空间，都没有派上用场！"

波辛尼来回踱着，脸上的表情让索密斯甚是厌恶。

"这个房子有一个设计原则，"那建筑师说，"便是一定要讲求通透，如一个上流人士所追求的——"

索密斯把虎口撑开，像是在丈量着自己的上流人士身份，支吾道："啊，嗨，我明白。"

波辛尼脸上的神情则看上去很特别，其中似乎隐藏着他一切的狂热。

"我的想法，是给你造一所气派的大房子。如果你不满意，一定要诚实地告诉我。你知道，要气派便不能精打细算，倘若总想着挤进去一个盥洗室什么的，哪里还会有气派？"突然，他指向图纸中间长方形的左侧，问："这里宽敞吧？是给你挂画用的，它和院子之间可以悬挂一道帘幕。拉开帘幕，这里就有五十一英尺①乘二十三英尺六英寸的空间。喏，这儿，中间这儿是个两面的壁炉，一面向着院子，一面向着画室。这一面，墙上全是窗子，东南和北面的光线可以分别透进来。屋子里放不下的画，可以挂在回廊四周，也可以挂在其他房间里。建筑这东西，"说着，他看看索密斯，却又当他并不存在一样——这让索密斯十分恼火——继续说，"和生活其实是息息相通的，倘若没有条理便也不会显得气派。也许有人会

————
①1英尺=0.3048米。

说，这样子已经过时了，但它确实具有一种特殊的格调。不可以把生活中的一些小便利应用到建筑上，如果用一大堆所谓的装饰品、玩物、小格子将房屋填满，我们的眼睛会被累坏的。眼睛需要休息，其实，几根线条就可以把效果衬托出来。归根结底，一切都应遵循一个原则，那就是条理——否则，气派便无从谈起！"

然而，索密斯紧紧盯着波辛尼的领带，心里正在扮演着一个讽刺家：这个家伙的领带居然打得歪歪扭扭，他的脸上胡子拉碴，衣服也是这样邋里邋遢。他在想，看来，建筑学倒是把他一切生活中的条理都占用殆尽了。

他问："难道你不觉得，它给人的感觉是一座工事？"

波辛尼没答话。过了一会儿，才开口说："我知道为什么了。你想要的，是利托马斯特的那种房子。既好看又实用，顶楼上设计的是用人的住所，前门凹进去，可以从那里上上下下。你只管去找他试试吧，我老早前便认识他，他会很合你心意。"

这话突然让索密斯不知所措起来。其实，这图纸已经让他动心了，只不过，他的本性让他不肯轻易开口表示满意。恭维的话不会轻易从他的嘴里说出来，他生平最厌恶的，就是对着人说他们的好话。只是现在，他发现自己有些尴尬。要么恭维波辛尼一句，要么，就只能看着波辛尼撕碎图纸——这样太危险了，他不想错过这样一件好东西——他相信，波辛尼是有这种孩子气的！他虽然觉得自己要比波辛尼高明许多，然而，眼下后者的这种孩子气，却有一种奇特的、几乎像催眠的效果，他忽然觉得不知道该怎么办了。

"嗯——不错，匠心独具！"

虽然嘴上这样说，他却对"匠心独具"一词很不以为然，甚至觉得可憎。就这样，他觉得自己说了一句违心话。然而，波辛尼似乎很受用。眼见他很高兴，索密斯有种棋高一着的感觉，接着说："嗯，空间十分充足！"

波辛尼自顾自地嘀咕："空间简直像空气、阳光一样重要，住在利托马斯特设计的房子里，你绝对享受不到上流人士的生活，他只能替一般的工厂主造房子。"

索密斯有些不屑。很早之前，他就已经被大家看作上流人士了。如今，就算花上多少钱，他也不愿意被归入工厂主之流。不过，他向来不信什么原则，如今这种想法又在他脑中翻腾开了。空谈什么条理和气派，这屋子看上去冬天会很冷的样子。

他说："伊莲很怕冷呢！"

"哦！"波辛尼脸上露出讥讽的神色，"你太太怕冷？绝对冻不着她，你瞧瞧，我已经相中了带铝制散热片的暖水管，会做得很漂亮的！"他指着内院墙壁上间隔匀称的几处标记，跟索密斯说。

这些标记，看得索密斯有些疑惑："看上去很不赖，多少钱？"

建筑师把手伸进口袋，摸出一张纸。

"建造房子的主材料本是石头，我想你可能会反对，所以，我便只好采用了砖墙加石面的结构。房顶本该是铜制的，我改成了绿石板，这样算下来，包括一切金属物件，大概需要你花八千五百镑。"

"八千五？"索密斯大吃一惊，"我们当初的预算是八千啊！"

"少一个便士也不行。"波辛尼异常冷静，"否则，便只能放弃！"

这倒是与索密斯打交道的一个窍门。索密斯简直犯起难来，他想放弃，但又舍不得那张图纸。他觉得，这房子的设计简直太完美了，一切考虑周全，气派十足，连用人间都很棒。这房子肯定会让自己的身价大增的，啊，那么多独到的设计，全都安排得妥妥当当。

他又埋下头去研究图纸。波辛尼走进卧室去刮胡子，换衣服。

两个人都默不作声，一起步行回到孟特贝利尔广场。索密斯用眼角的余光扫了一下波辛尼，"海盗"好好打扮一下，倒也还算利落英俊。

伊莲正在专心地插花，见他们回来，便建议差人到公园那边把珍找来。

索密斯连声拒绝这个提议："不，不，我们要谈论一些事情。"

吃午餐时，他相当热情，不断地劝波辛尼多吃点。看到波辛尼如此兴致勃勃，他也很是高兴，便叮嘱伊莲陪着波辛尼，自己则按着老习惯上楼看画，这是星期日的下午。喝茶的时候，他回到起居室，见自己妻子和建筑师聊得正欢，他是这么认为的。

他默默站在门厅中，窃喜这件事情进展得还算顺利。伊莲和波辛尼谈得来让人庆幸，这说明，她对自己造房子的构想已经基本接受了。

他站在上面那一堆画中间的时候便已决定，除非有完全不能解决的情况，否则他是绝对不会多掏五百镑的。他仍抱有一丝幻想，希望波辛尼下午在估价上做一点让步。这并非不可能的事，只要他点头就行，那家伙肯定有不下十种办法，可以在现有的效果基础上，把造价降下来一截。

他一直等着提起这茬。伊莲为建筑师端上第一杯茶，一道阳光贴着窗帘的花边照进来，映得她满面绯红，在那样一头金发和温柔美目的映衬下，显得神采动人。同一道阳光，也打在波辛尼脸上，让他的脸色也变得更加红润，然而似乎有点慌张。

索密斯讨厌这阳光，便走上前，迅速地把遮阳帘放了下来。然后，他接过伊莲递过来的茶杯，问："八千镑行不行？一定还有改进的余地的。"那口气，比他在楼上所盘算过的还要冷淡。

"毫无余地！"波辛尼一口气喝完茶，放下杯子。

索密斯这才发觉，自己的提议已经触动了建筑师的虚荣心，那里有一些难以捉摸的东西。

"看来，"他回应着，一幅大失所望的模样，"你是要坚持到底了。"

几分钟后，波辛尼起身告辞，索密斯也站起来，把他送到门口。那建筑师的心情似乎快活得让人摸不到头脑，索密斯目送他轻快的背影离开，烦闷地返回起居室。伊莲在整理乐谱，他突然大发好奇地问："你对'海盗'的印象如何？"

他的目光落在地毯上，静静地等待着妻子的回答。

好一会儿，她说："不知道。"

"你觉得他长得俊俏吗？"

伊莲笑了，在索密斯看来，那有一点儿像是对自己的嘲笑。

"是，很俊俏！"她说。

9. 安姑太去世了

九月下旬的一个早上，安姑太突然没有办法照例从乖巧的史米赛尔手里接过象征着她老人家尊严的假发了。大家伙儿匆匆忙忙地去请医生，医生望了一眼那衰老的面容，便当即宣布，福尔赛小姐已在安睡中驾鹤西去了。

　　裘丽姑太和海斯特姑太没有想到会这样，伤心欲绝。也许她们现在还不明白，这一天终究会到来。她们在心底里觉得，倘若安姑太不将一切安排妥当，不大大展示一番她的坚强，便这样去世了，简直有点儿说不过去！

　　令她们感触至深的是，一个福尔赛家的人，居然也会如此轻易地对生命放手。既然家族有一个人已经这样做了，其他人保不住也会这样。

　　整整过了一个小时，她们才决定将这噩耗告诉倜摩西。她们很遗憾，不能将这件事情对他隐瞒下去，或是伺机一点点告诉他。在他门外，她们嘀咕了一阵子。出来之后，她们俩又嘀咕了一阵子。事后再告诉他，恐怕倜摩西会更伤心的，不过，好在他没如她们预想的那般心肝俱摧。当然，他知道了，也只能继续卧病在床。

　　两位姑太随后道了别，各自抹着眼泪回家了。

　　裘丽姑太闭门不出，安姑太的离世对她的打击太大，她比以前衰弱了很多：脸上的脂粉已经被眼泪完全冲刷掉了，由于太过悲伤，脸上一粒一粒的疙瘩肉也浮肿起来了。安姐走了，今后的日子可怎么熬啊？两姐妹一起生活了七十三年，除了自己的那一段短暂的婚姻生活，她们俩一直都是在一起的。那一段婚姻，如今想来简直太虚幻了。一小会儿工夫，她就不得不从抽屉里紫色的薄荷袋下面重新再拿一块手帕。安姐已经冷冰冰的了，这是她那颗温暖的心脏所无法承受的。

　　客厅里的遮阳帘全部放了下来①，海斯特姑太一动不动地独自坐

①家有丧事，按照习俗，要将窗子遮起来。

在那里。整个家族里，她是最沉默、忍耐、安静、节制的人，刚开始，她也哭了一阵子，但只是静静地哭，而且从表面上也看不大出来。节制养神的原则，使得她身在悲恸中也不会过于哀伤。她瘦弱的身体端坐在那里，呆呆地盯着炉栅，两只手木然垂在膝头，身上穿着一件黑绸衣。按说，她应该做点儿什么，但有什么用？安姐也不能起死回生。既然如此，自己又何必去做？

五点钟，佐里恩、詹姆士和史悦辛来了。尼古拉还在雅茅斯，没能及时赶回来。罗杰风湿症犯了，来不了。海曼太太倒是白天独自就来过了，只是瞻望了一下遗体，给侗摩西留下一张纸条就走了，说应当早一些通知她的。然而，她们并没有将纸条转交给侗摩西。事实上，所有的人都觉得应当早点儿通知自己，如今好像错过了什么。詹姆士还说："我就知道她大限将至，早就提醒过你们，她活不过这个夏天。"

海斯特姑太什么都没有说。明明现在已经快十月了，可是这值得争论吗？有些人，无论何时无论何事都不会有满足的感觉。

她让人告诉裘丽，哥哥们已经到了。史摩尔太太马上从楼上下来。洗过的脸看上去仍然是浮肿的。史悦辛是在俱乐部里得到的消息，从那儿直接就奔这儿来了，所以还穿着一条淡青色的裤子。史摩尔太太为此狠狠瞪了他一眼，脸色却比平日里要好看一些。她的捅娄子的天性，真的是完全不看场合的。

五个人一起上了楼，前去瞻仰遗体。雪白的被单下面添了一条鸭绒被子，大概这个时候，安姑太尤其需要保暖。枕头已经撤掉了，头和背都靠得平平的，表现出来的样子很符合她平日里的派头：前额上裹着一条头巾，两角落在耳畔；在被单和头巾之间，是一张同样苍白的面庞，一双眼睛再也不能看着她的弟弟和妹妹了；整张脸瘦得没有一点儿肉，却看不见一道皱纹，神态安详，无比刚毅；方形的脸庞和下巴，颧骨高耸，双颊深陷下去，鼻梁如新雕刻出来的。这是一座废墟，在那不可征服的灵魂被死神征服之后，它留了下来，向天空里张望着，仿佛要竭力将那被俘的灵魂找回来，让它重新执掌这刚刚撒手的保护权。

史悦辛匆匆扫了一眼，便很快下楼了。后来，听他说，那样子实在令他难过。他下楼时匆忙而慌张的脚步，好像要把整座房子都震塌了。他一把抓起帽子，快速钻进马车，甚至都没告诉马车夫他要去哪儿。车子带他回了家，天黑之前，他一直呆坐在椅子上，没有动弹。

他只吃了一点儿鹌鹑，喝了一大杯香槟……

老佐里恩在安姑太的床尾站着，双手交叉放在身前。在场的这些人中，他是唯一一个对自己母亲辞世略有记忆的人。所以，盯着安姑太，他想起了那时的场景。安姑太确实已经很老了，死神终于看到了她，他是不会放过谁的。他的表情木然呆滞，眼神在很远之外。

海斯特姑太挨着他站着。她眼里干干的，那节制养神的习惯，不允许她再掉一滴泪了。两只手来回揽着，刻意不去看逝者，免得再难过起来。

这群人中，最有感情的要数詹姆士了。消瘦的脸上，眼泪顺着平行的皱纹滚落下来。今后他能去找谁诉说心里的苦闷？裘丽不能，海斯特更不行。安姐此去给他带来的伤感，超乎他自己平时的设想。想来，几个星期之内，他的心情只能在烦乱中煎熬了。

没多会儿，海斯特悄悄离开了。裘丽也随即忙了起来，干一些在她看来很有必要的事情，只是有两回都撞在了什么东西上。老佐里恩沉浸在自己的回忆里，裘丽的鲁莽打扰了他，他瞪了她一眼就离开了。现在，屋里就只剩詹姆士一个人了，他悄悄环顾四周，见没有人，就在遗体前额上印下一个吻，随后匆匆离开。走到靠近门口的走廊处，他遇见了史米赛尔，便问她葬礼的相关事宜，她竟一无所知。他生气地警告操办丧事的人说："再不当心，一切都要被你们搞得一团糟了。史米赛尔，你去找索密斯，让他到这儿来，这样的事他比较得心应手。老爷现在一定很难受，有没有派人去照应？两位姑太什么都做不了，也许，她们很快也会病倒，最好先请医生过来，提前开一点儿药给她们吃。"他认为，安姐正是因为没有得到合理的救治，倘若让布兰克医生来给她瞧瞧，说不定就不会死。他嘱咐史米赛尔，若遇到拿不定主意的事，随时可以派人送信到公园巷。葬礼当日，他的马车可供调遣。他问史米赛尔，可有一块饼干、一杯葡萄酒让他吃喝，因为他还没有吃午饭。

葬礼前几日，风平浪静。大家很早就得知，倜摩西会继承安姑太遗产中的一小部分。其他也没什么事情值得议论。作为唯一的遗产执行人，索密斯把一切事务都包揽了下来。按照时间，他照福尔赛家族男子的人头，向他们各发了一份讣告：

先生：

十月一日正午，安·福尔赛小姐将落葬高门公墓，葬礼马车候于湾水路之"巢庐"前，十时四十五分登程。悲请驾临，鲜花哀谢。

请赐复。

葬礼当天，气温很低，如伦敦寻常的天气，阴沉而广漠。十点半，詹姆士的马车第一个到达，他和女婿达尔提坐在里面。这个女婿算是一个俊俏的，下巴上有一片怎么也除不去的胡茬，似乎在有意向人展示主人顽强的性格，顺便也暗示，他从事的是投机生意。

索密斯在招待来客；偶摩西还躺在床上，葬礼结束之前起不了床；裘丽和海斯特两位姑太，在忙忙碌碌地准备着。届时，还愿意回来的人可以在这里吃午饭。继詹姆士之后到来的是罗杰，一瘸一拐的脚步，说明风湿症还在困扰着他。他的三个儿子——小罗杰、欧斯代斯和汤姆斯簇拥着他。剩下的那个不着调的儿子乔治，不久之后也坐着马车来了。他站在走廊上，问索密斯办丧事是不是可以捞上一笔。

这两个人是宿敌。

海曼家的基里斯和杰斯也来了，他们衣着考究，两条褶印很醒目地烫在晚礼服的裤子上。接着是独自前来的老佐里恩。再接下来，是脸色健康的尼古拉。他身体的每个部位都带着一种掩饰不住的轻快，后面跟着他的一个儿子，看上去一副恭顺的样子。

史悦辛和波辛尼一同到达，他们站在那里鞠躬谦让，都想让对方先走，结果反而肩并肩走了进来。在走廊上，两人继续互相致歉，这当中，史悦辛拉好了弄歪的领子，迟缓地踩着楼梯往上走。另外一个海曼家的人，尼古拉的两个儿子，以及福尔赛和海曼家的几个女婿，特威第曼、司宾德和沃尔雷，都到了。讣告送达的二十三位男子，除偶摩西和小佐里恩外都来了。

客厅的红绿色调，鲜明地反衬着大家的装束。每个人都不自在地寻找着位置坐下，好让身上的黑裤子不那么扎眼，因为无论是黑裤子还是黑手套，看起来都是那么夸张别扭。"海盗"没有戴手套，也只穿了一条灰色的裤子。众人向他投来惊诧的目光，内心却对他报以默许。慢慢地，客厅里开始传来低声的谈论。话题与死者无关，只是生者间的寒暄，像是以此向死者致奠一般。实际上，他们来此的目的不就是这样？

稍作停留，詹姆士说："大概，我们得出发了。"

大家来到楼下，按事先被告知的长幼亲疏顺序，一一上了马车。

灵柩车以步行的速度缓缓移动着，马车缓缓跟着。老佐里恩和尼古拉坐在第一辆车里，双胞胎兄弟史悦辛和詹姆士乘第二辆马车，罗杰和小罗杰排在第三位。索密斯、乔治、小尼古拉和波辛尼在第四辆车子上。其余的人，三三两两分散在余下的马车里，分乘了八辆。紧跟着，是医生的马车。再后面，较远一点的地方，是管事和用人搭乘的公共马车，最后一辆是空车，整整凑成了十三辆。

葬礼的队列在湾水路大街上缓慢行进，但拐入少有人关注的小街巷后，便立刻加快了速度。如此时快时缓，终于到了墓地。这一路上，第一辆车里，老佐里恩和尼古拉在谈论自己的遗嘱；第二辆车里，孪生兄弟勉强找到了一两个话题，更多的是沉默。两个人都有些耳背，互相喊了起来，不免太费劲儿了。只有一次，詹姆士说了一句："我得给自己找块墓地，你怎么打算的，史悦辛？"

史悦辛被他的话吓了一跳，说："别跟我说这个！"

在第三辆车子上①，谈话断断续续，不时有人向外张望，看一下行程如何。乔治不赞成人活过七十岁，他说："安姑太这个年纪走，也是时候了。"但是，小尼古拉却很温和地反驳，说这不适合福尔赛家的人。乔治说，自己打算一活过六十岁便自杀。小尼古拉微笑

①此处作者的叙述显然有误，把第三辆车上坐着罗杰父子的事情给忘了，在此未予修改。

着抚了抚下巴，说乔治的老爹会第一个跳出来反对他，因为他资产的很大一部分，是在六十岁之后赚来的。乔治又说，就算这样，活到七十岁也算可以了，就应该自觉撤离，把钱财都留给自己的儿子。沉默着的索密斯也插了话，乔治在走廊上的问题让他很气恼，他稍微抬了抬自己的厚眼皮，说："从来都没赚过钱的人当然要这样说，我却想活得越久越好！"显然，这是说给乔治听的，因为他没钱嘛。此时，波辛尼漫不经心地应道："妙啊！妙啊。"乔治打起呵欠来，车里沉默了。

到达目的地，灵柩就被抬入小教堂，参加葬礼的人三三两两地依次进去。这一群如卫兵一般环绕着死者的男子，都跟她有密切的血缘关系，说起来，就算是宏伟庞大的伦敦城，也要为今日难得一见的场景而感动了。这座城市，包容着形形色色的生活，各行各业，既有其责任也有其闲空，既有骇人的冷漠，也有出于个人主义的团结。眼下，福尔赛家族的集会正在印证着这一点，正在展示着他们顽强的团结。他们联合起来，像一棵大树一样展现着那供给其养分的财产法则，借着后者，这棵树开枝散叶、茂密繁盛、汁液充盈，达到了其生命的顶峰。如今，这一位谢世不久的老处女的灵魂，将他们再度团结了起来，进行了上述种种的展示。这是最后一次，她以自己的死将整个家族召集了起来，以证明那棵大树目前依然茁壮——是为她毕生的胜利。

幸而，她在有生之年，没看到这一棵家族之树生长失衡。至于继承者们怎么想，她管不了。她从一个纤瘦软弱的少女，成长为一个刚毅果敢的妇人，再变成一个苍老枯瘦的老妪。随着她从人情世事中隐退下来，她的个性却越来越强烈，简直像一个巫婆一样。那财产法则支配着她的一生，也支配着她如主妇一般打理着的这个家族，此前和眼下都是如此。她目睹了这个家族的幼年和成长，也曾见它强壮和成熟，可如今，她却再无力气对它多看上一眼。如果她还能看着它，谁能说，她不会继续用苍老的手掌和哆嗦的嘴唇，继续呵护着它？然而，就连安姑太都抗拒不了这强大的造化！

盛极而衰，造化对于人间的嘲弄便在于此。如今的福尔赛家族，正在按照这一规律，进行着其没落之前的最后一次盛会。他们回过脸，分别站成向左、向右的两排，麻木地盯着地面，由其各自的神情绝对无法窥知他们内心的想法。偶尔，也有一两个人抬起头来，却眉头紧拧，像是从教堂的墙壁上看见了什么骇人的预言，又像是留心听着某种不祥的消息。他们同声的附和①简直如一个人的音调，在喃喃地复述着那不祥的预言，声音如此渺茫，阴沉。

祈祷在小教堂中结束，送葬的队伍随遗体一道来到墓地。敞开的墓穴周围，很多穿黑衣服的人站立在那里等待。

这一处圣洁的高冈，埋葬着成百上千个上流社会人士。从这里越过林林总总的坟冢，福尔赛家人的眼睛可以望见那远处的伦敦城，那上面不见了太阳，仿佛它也隐藏了起来，哀悼自己失落的女儿，如同这眼前的这一大家子在哀悼着他们的母亲和保护人。所有密密麻麻的楼台馆舍，包裹于那样一片恢恢的财产之网中。如今，它们也随着这些俯伏在地的祈祷者，一同伏在眼前福尔赛家族最年长者的坟墓脚下。

寥寥数语的祈祷之后，棺枢落下去，数捧泥土盖上来——安姑太不再醒来。五个老态龙钟的兄弟环立在墓穴四周，垂首默然。作

————————
①基督教葬礼习俗中，牧师祈祷一句，在场者复述一句。

为死者的至亲，他们要亲眼看着她走得安详舒服——除了她的少许财产，他们不愿安姐还有什么遗憾留在人间。

各人戴上了帽子，回身看了一下族人碑上新添的文字：

安·福尔赛之墓
佐里恩与安·福尔赛之女
卒于一八八六年九月二十七日
享年八十七岁又四日。

也许用不了多久，那上面又会有新的名字刻上去。这感觉让人心惊肉跳，他们从来都没想过，福尔赛家族的人也会死。他们都想甩开这种悲惨的念头，从这难堪的葬礼上逃离——闪身去做自己应该做的事情，把这件事情遗忘净尽。

天很冷，从下面吹上来的山风带着沉钝的毁灭性的力量，刮过墓地，将它冰冷的气息吹在这些人身上。他们重新按照行次，钻进了马车。

史悦辛问大家，有没有人想跟他一起回倜摩西家里吃午饭，可以共乘他的马车。然而，他的马车小得让人觉得他的好意只是一种客套，便没人附和他的提议，他只能独乘一车。詹姆士和罗杰也紧随其后离开，他们俩也打算去吃午饭。余者也都慢慢散去。老佐里恩需要看到一些年轻的面庞，因此，他带着三个侄儿同乘一车，挤得满满当当。

索密斯还有些琐碎事务要跟墓园管理处交代，所以同波辛尼一道离开了，他也另有一些事情要跟波辛尼谈。完事之后，两个人走回汉普斯泰，在西班牙餐厅共进午餐。很长一段时间里，他们都在研究造房子的细节。然后，他们坐电车去了马波门，波辛尼要去斯丹赫普门看珍，他们便在这里分开了。

索密斯带着愉悦的心情步入家门，晚上吃饭的时候跟伊莲说，他跟波辛尼有一场时间不短的谈话：这个人还不错，很开通，他们还一起散步，十分痛快——这对他的肝脏大有益处，说起来，他也很久没有运动了。总体来说，这一天过得还是相当不错的。如果不是要为安姑太举哀，他一定会带她去看戏。只是现在，他只好留在家里打发时间。

"海盗不止一次问起你呢！"他突然跟伊莲说。然后，受一个突如其来的念头驱动，像是为表明其所有权，他起身在妻子肩头吻了一下。

第二卷

1. 新房子已初步建成

继而是一个暖冬，市面却甚是萧条。果然不出索密斯意料，正是建造房子的好时机。所以，逮至四月末，罗宾山的房子已草草落成。

如今，他花出去的钱总算见到成效了。每个星期，他都会过来一两次，有时候甚至三次，每次都在一堆木石中间东瞅西望，看上几小时。在避免弄脏衣服的情况下，他也偶尔会到尚未完工的门框内走走，或者绕内院那些大柱子转转。

他常对着某些材料呆立上好一会儿，像是在仔细辨别它们的成色。

他跟波辛尼约好，四月三十日这天对账。波辛尼在老橡树底下搭了一顶小帐篷，在离约定时间还有五分钟时，索密斯走了进来。他看到波辛尼已经在那儿了，账目摊在一张折叠桌上。他点了一下头，就坐下来开始看账。

过了很久，索密斯抬起头来，问："我搞不清楚，账目为什么要比预算多出来将近七百镑？"他扫了一眼波辛尼，继续说："你要和这些工匠讲价，只要你坚决不松口，他们就会降价。如果你不精明，他们就会欺负你，对你要很多花招，让你花很多冤枉钱。这样吧，你将所有的东西都打个九折，多出的一百镑我就认了。"

但是波辛尼摇了摇头："我能省的每一便士都为你省了。"

索密斯生气了，他将桌子推开，账单也都抖落在地上。"那我便不客气了，"他怒气冲冲地说，"实话说，你把这事儿干得乱七八糟。"

"我跟你讲过不下十次了，"波辛尼也生气了，他大声说，"很多地方都会有超额的开支，而且，这些地方我都一一指给你看过。"

"是啊，你是给我说过，"索密斯咆哮道，"但是，我怎么知道，你所说的'超额开支'会有七百镑？如果只是多个十镑左右，我会计较吗？"

这一番争吵是由两个人的性格差异所引发的：建筑师是一个理想主义者，他忠于自己创造的、信仰的这所房子的形象，因此很担心它因为种种阻力而变得简陋，与原本的设计大相径庭；而索密斯，则一样忠于自己的理想，他一心以为这笔钱可以买到最棒的东西。在他的世界里，十二个先令总能买到十三个先令的东西。

"我真后悔接手你这事，"波辛尼忽然说，"我真的被你搞昏了头！大家都是一分钱买一分货，你却要用一分钱买两分货。你现在造的这所房子的大小，光是在乡下，就已经没有哪一所能够比得上了，但你还不肯出这个钱。你现在愿意解约，我会赔你超支的本钱，但如果我要再帮你一点儿忙，就是混——"

索密斯又冷静了下来。他知道波辛尼没有钱，这么说，是因为被自己给气急了。他也明白，波辛尼真要是撒手不干，他想住进这所心爱的房子就没有日子了，况且，在这种十分紧要的关头，如果没有一位建筑师为他费心，房子的质量更是难以保证。另外，必须照顾到伊莲，她最近有一些奇怪，索密斯发觉，她之所以能接受建造这所房子，几乎完全是由于她喜欢波辛尼。倘若再因为房子的事和她闹翻了，事情就糟透了。

想到这里，他说："别生气！是不是只要我认了这笔账，你就不用这样吵吵嚷嚷了？我的意思是，既然你说建这所房子得花这么多钱，那么，我就得——呃，说实话，我就得——有一个准备，对不对？"

"你听好了！"波辛尼话里仍然带着愠怒。索密斯看到他那副恼怒的样子，感到既意外又恼火。"你把我的工作看得一文不值！我在这所房子上费尽心血，花了大把的时间。要是叫利托马斯特或者别的家伙来干，一定会向你要四倍的价钱！你想用四等的价钱，来找一个头等的人给你建房子，我真是瞎了眼被你挑到了！"

索密斯知道波辛尼说的是实话，所以，他虽然生气，却不敢再跟他继续纠缠下去。倘若搞砸了，自己一点儿好处也没有：房子无限期地拖下去不能完工，老婆跟自己发脾气，自己还会被人笑话。

他快快地说："让我们再瞧一瞧，这钱是如何花出去的。"

"好吧，"波辛尼也缓和下来，"拜托快一点，若你不介意，我今天还要和珍一起去看戏。"

索密斯瞟了他一眼："在我们家见面，对吧？"最近，他们经常在那里会合。

前夜下过一场春雨，青草的香味四下弥散着。暖洋洋的春风吹拂着老橡树的叶子，抚摸着它金黄的花朵，山雀也在太阳下引吭高鸣。如此春日，会引得一个人莫名其妙地惆怅起来，沉浸于甜蜜又痛苦的渴念之中，令他痴痴地凝望着树叶或青草，大发神经地张开怀抱，像是将那连自己都不甚了然的事物拥入怀中。大地已经脱去寒冬的装束，将醉人的温暖传递给人间，她无所不在的招摇的手，向人们发出爱的邀请——请情人们躺卧在她的怀间，嬉戏在她的身前，以嘴唇亲吻她的胸脯。

　　很久之前，正是在这样一个明媚的日子里，伊莲答应了索密斯的求婚。在这之前，他也求过数十次婚，但是都失败了。那一次，他坐在一棵倾倒的树干上，第二十次向她保证：日后若对他们的婚姻不满，那么，她有权利恢复婚前的自由。

　　"你可愿意发誓？"伊莲当时这样问过。然而就在几天前，伊莲向他提起那个誓言，他却矢口否认说："胡说！我怎么可能发下这样的誓言？"眼下，他偏偏不巧回想起了这件事，真是奇怪，一个男人如何会对女人发起这样的誓言来？他觉得，为了得到她，他也许可以在任何的情况下发这种誓。就在眼前，如果还能打动她的话——他也会发下任何誓言的。然而，现在已经没有人能够打动她了，她已心如铁石。

　　一阵清新的气息带来连篇的回忆，他是这样求爱的——

　　一八八一年春天，索密斯去看望自己的老同学和委托人——布兰克森姆的乔治·列弗塞基。他委托索密斯成立公司，以开发自己在朴次茅斯附近的松林。列弗塞基太太很是讲究，为款待索密斯，举办了一个音乐茶会。然而，索密斯不是音乐家，也不怎么喜欢音乐，遂对这种招待实在不感兴趣。直至茶会行将结束时，他发现一个穿孝服的少女独自站在人群中。一件薄薄的紧身黑衣穿在她身上，修长又苗条，戴着黑手套的双手交叉着放在身前，嘴唇微微地张开，深褐色的大眼睛扫过每一个人的脸庞。她的头发垂在脖颈间，搭在黑色的衣领上如一只只明亮的金环。索密斯看着她，怦然心动——那是一种男子所常有的耳目之感的满足，他觉得，这感觉便是小说家或者老媒婆所谓的一见钟情。他一面偷偷看着她，一面向女主人那边走去，焦急地等待着音乐停下来。

"请问那个黄头发、褐眼睛的少女是谁？"他小心地问女主人。

"哦，她呀——叫伊莲·黑隆。她的父亲是黑隆教授，年内刚刚去世。她现在跟继母住在一起，人不错，长得也漂亮，但没多少钱。"

"请您给我介绍一下，好吗？" 索密斯说。

索密斯并不善于搭讪，找不到什么话题，伊莲也很少说话。尽管如此，分别的时候，索密斯决心要制造机会再见到她。说来凑巧，他的想法居然轻而易举地实现了。伊莲的继母，中午十二点到一点的时候，经常去海滨道上散步，他就在码头上遇到了母女二人。这一次，索密斯表现不错，很快就和伊莲的继母熟了。而且，他还发现，要想追求伊莲，这个继母是他很好的一个帮手。索密斯一直都对居家度日的经济问题十分敏感，闲谈中，他很快掏出那位继母在伊莲身上花的钱，远远大于后者交给她的五十镑年金。而且，他也看出来，黑隆太太的年纪不大，不无再醮之思。而这个继女则简直像是一块绊脚石：已经十六岁，却因为长得过于漂亮而愁起嫁来。得知这种种便利，索密斯苦心设了一计。

他什么都没有说，就离开了朴次茅斯，一个月后返了回来。这一次，他并没有跟伊莲说话，反而向那位继母表明了心思。他说自己心意已决，因此可以一直等下去。事实上，他的确等了很久。伊莲就像一朵鲜花一样，在他眼前慢慢开放。她的身材由瘦削变得丰腴，充足的气血让她的眼神更加深沉，她的面色也因之更加红润。每次去探望，他都会向她求婚，临别都会遭到她的拒绝，之后失魂落魄地回到伦敦。她的心，简直像坟墓一样沉静而坚决。他想知道为什么，有一次，他发现了一点点端倪。在这个滨海小镇，男女之间唯一可互通心曲的场合便是舞会。在一次公众舞会上，他们并排坐在一处临窗的暗处。索密斯的心为华尔兹所搅动，其时，伊莲正以折扇半掩着脸对着他。他意乱情迷起来，抓住她摇扇的手臂，吻了一下。只见她打了一个激灵，脸上现出对他无以复加的憎恶——他这一辈子都忘不掉了。

此后一年，伊莲认输了。至于为什么，他一直没有弄清楚。他想从黑隆太太那儿了解一下，但是她很精明，不肯讲。结婚以后，索密斯问伊莲：

"为何屡屡拒绝？"伊莲却不说话，留给索密斯一片费解的沉默。对他来说，伊莲一直是个谜，从第一眼看到她到现在，她始终都是一个谜。

波辛尼等候在院子门口了，一种难言的神情呈现在他俊俏的瘦脸上，愉快而又充满渴望，就像从春天的晴空里望见了幸福的预兆，从它的气息中嗅到了幸福的味道。索密斯看着他，心里纳闷：这家伙快活个什么劲儿呢？看那眉开眼笑的样子，究竟有什么好事儿在等着他？他完全猜不透，是什么使得这个波辛尼如沐春风，而心有所待。于是，便只能在这个他一向不屑的家伙面前再度懊恼起来。他快步走进房间。

"这些瓦片只有一种颜色，"波辛尼对他说，"紫红带一点儿苍灰，看上去会显得十分透明。对此，我想征求一下伊莲的意见。我已经为通往院子的这道门定做了紫皮的门帘，你可以将客厅的墙壁漆成乳白色，这样一来，看上去便会有些亦幻亦真的感觉。在装修上，我们要尤其注重那一种迷人的效果！"

　　索密斯说："你是说，我的太太很迷人？"

　　波辛尼跳过话茬，接着说："院子中间，大可以种一簇鸢尾花之类的花。"

　　索密斯笑了，看上去相当傲慢。他说："改日，我可以去毕奇花店看一看，看有什么合适的。"

　　两人几乎无话，只是在去车站的路上，索密斯问："你是不是觉得，我的妻子是颇有一些艺术眼光的？"

　　"是的。"波辛尼答道。这个不卑不亢的回答，简直就是一记回击，意思是：不要和我谈论你妻子的事，想谈，你可以去找别人。

　　这句话让索密斯一整个下午的怒火重新又冒了起来，两人更是无话可说了。快到车站的时候，索密斯问："你什么时候可以完工？"

　　"若内部装修也由我操办，六月末。"

　　索密斯点头认可，说："我想，你是明白的，这所房子已超出了我的预算。不过，我不是个半途而废的人，否则，我早就罢手了！"波辛尼未回答。索密斯嫌恶地斜视了他一眼，那神情尽管十足傲慢且不显侵犯，但是由其紧绷的嘴唇和平平的下颌看去，极像一只英国巴儿狗。

　　入暮七点钟，珍就来到孟特贝利尔广场六十二号。女仆比尔森告诉她，波辛尼先生在客厅里，太太在楼上梳妆，就要下来。说着，便要去楼上通知太太。

珍拦住她："好的，比尔森，你不用去催太太了，我自行进去就是了。"

她将外套脱了下来，比尔森心领神会，连客厅的门都忘了给她打开，便急匆匆地自楼梯上走了下去。

放地毯的橡木橱上装着一面老式镜子，珍来到跟前，瞧着里面的另一个自己——瘦小又倔强，小小的面庞透着镇定，一件圆领的白衫将脖颈衬得很细，像是连那一头浓密的火红色鬈发都承受不住。

她轻轻地推开客厅的门，打算给波辛尼来个惊喜。一股浓郁的杜鹃花的香气，充盈着整个客厅。她深深地吸了一口这房间的空气，随后便听到波辛尼的讲话声。那声音很近，但是没在屋子里。他说："啊，我还有一些事情要跟你谈，只是眼前来不及了。"

另一个声音响起，是伊莲的。"晚饭时谈呢？"

"那怎么能说清……"

珍本来要走开，但不知为何，反而向着面朝小院的落地窗走去。窗子开着，花香打这里飘进来。眼下，她的未婚夫和伊莲正站在院子里，背对着她，面向红黄的花丛。珍没有吱声，没有为自己的窃听觉得羞耻。她的面颊涨得发红，眼睛里含着怒气。

"星期天你独自去，届时，我带你把房子整个儿看一下。"

珍看见，伊莲从花丛的一边抬脸看着波辛尼。尽管那神情中全无暧昧，但在珍看来，却更加不妙，尽是违心的掩饰。

"我已经答应史悦辛叔叔，星期天陪他一起出去。"

"正好，让那个胖子带你去，十英里远，他的马车刚好能到。"

"可怜的老史悦辛叔叔。"

杜鹃花香扑面袭来，珍被熏得头晕目眩。

"你一定要去！啊，一定！"

"为什么？"

"我觉得，如果你去看一下，应该会对我有帮助——"

"我会的。"伊莲的声音很轻弱，花丛颤抖了一下。

珍从窗口走出来。"这里简直有些憋闷，花香味让我受不了。"她说着，眯着眼睛将两人的脸看了一遍，"你们在讨论房子吗？要知道，我也还没看见过那房子，星期天我跟你们一起去可好？"

伊莲的脸色变得绯红。

"不行啊，那天我要陪史悦辛叔叔一起郊游。"她说。

"史悦辛叔祖！不要管他，丢开他！"

"可我从来不愿冷落谁的。"

有脚步声传来，珍回头一看，索密斯已经站在了身后。

"若要留下来吃晚餐的话，"伊莲看了一下他们两个，别有深意地微笑着说，"那就一起过去吧。"

2. 一个良辰美景的夜晚

席间很是沉默，男女各自并坐而分别相对。

沉默继续着。一道汤就在这种气氛中被喝完了，味道很好，只是稍稍浓了一点儿。鱼被送上来，默默地分给了每一个人。

波辛尼兀然说了一句："今天像是头一个春日。"

伊莲附和着说："是呀，头一日像是春天了。"声音极轻。

"什么春天！"珍接着说，"连点儿风都没有，简直憋得慌！"接着又是沉默。

一盆新鲜的杜弗板鱼，几乎没有动便撤下去了。比尔森送上来香槟酒，溢出的酒沫漫在瓶颈上。索密斯说："喝点吧，很纯正的味道。"

这时候，雉鸡被端上来，每一块鸡腿肉都炸成淡红色。珍说她吃不消这个，然后，席间又沉默了起来。

索密斯说："珍，吃一块吧，这是最末一道菜。"她还是不肯吃，推开了。

伊莲问波辛尼："菲力，春日里，你可听见山雀的鸣叫？"

波辛尼说："当然，我走到广场这边时，还能听得见，它在唱着一支狩猎的歌。"

"真好。"

"老爷，您要不要色拉？"雉鸡被撤下去了。

不过，索密斯正在说着别的："芦笋不太好吃。波辛尼，来一杯雪利酒配上甜食，如何？珍，你怎么不喝酒？"

珍说："你又不是不知道，我不喝酒，那味道我最受不了！"

苹果馅饼用银盆盛着，端了上来。"今年的杜鹃花开得甚好！"伊莲笑着说。

"是啊，很好看，也很香！"波辛尼接着她的话说。

"你怎么会喜欢上这种香味？比尔森，糖。"珍说。

糖递了过去，索密斯说："这苹果馅饼不赖！"

苹果馅饼撤下去之后，又是一阵很久的沉默。伊莲招了招手，说："比尔森，将这个杜鹃花拿出去，珍小姐吃不消这香味。"

"不必，放在这儿就是了。"珍说。

这时，盛在小碟子里的法国橄榄和俄国鱼子酱被端了上来。"为何不用西班牙橄榄？"索密斯问，但是无人应答。

橄榄被撤了下去。这时，珍端起杯子，说："我要一些水。"于是，水给拿了上来。之后又送上来一个银盆，装着德国李子。这时候，大家更不说话了，都在吃李子。

波辛尼对着一个李子核算起来："今年……明年……再过些时候……"

"不可能啦。"伊莲接着他的话，"今夜的云霞真是绚丽呢，这会儿，天空还是一片绯红，多美呀！"

"是啊，恰在黑夜之下。"波辛尼答道。

他们的目光交汇在一起，珍鄙夷地说："伦敦的晚霞而已！"

这时候，一个银盒子递了上来，里面装着埃及烟。索密斯拈一支，问道："你们的大戏什么时候拉开帷幕？"

没有人回应他。这时，景泰蓝杯子端了上来，里面是土耳其咖啡。

"要是——"伊莲微笑着说。

"要是如何？"珍问道。

"要是永远是这样的春日，就好了。"

色泽沉暗的白兰地端了上来。

索密斯说："波辛尼，来，喝点儿白兰地。"

波辛尼喝了一杯。之后，大家站起身来。

索密斯问："要不要叫一辆马车来？"

"不用。"珍说，"比尔森，请将我的外套取来。"外套递了过来。

"星星都出来了，啊，这是一个多么美妙的晚上。"伊莲站在窗前幽幽地说。

索密斯赶紧说："祝你们俩尽兴。"

珍回道："谢谢，菲力，走吧。"

"来了。"波辛尼说。

这时，索密斯傲慢地笑了一下："祝你好运！"

伊莲站在门口，看着他们走掉。

"晚安！"波辛尼喊着。

"晚安！"伊莲回应得很轻……

珍让波辛尼带自己坐到公共马车的上层去，说是想要透透风。于是，他们坐到了上面，风吹来了，但两人还是不交一言。

车夫几度扭头看着他们，本想说点儿什么，但终归还是没有开口。看着这一对快活的人儿，他觉得，春天简直要吹进他的血液里了。他也觉得，应该让胸怀接纳一些新鲜的空气，于是口中打着得儿，挥动马鞭，将车子赶得奔了起来。那一对马儿似乎也受此气息感染，嗒嗒地踏着路面的石板，一口气快活地跑了半小时。

整座城内充盈着新的生机，枝条上抽出一排排新叶，翘首等候着春风给予它们的眷爱。街灯亮起来，且越来越亮，简直要在人的面孔上映出苍白的颜色。已然暗下去但尚带紫色的天空里，大片洁白的云团轻巧欢快地游弋而过。

身着晚礼服的人们，将大衣的纽扣完全解开，步履轻盈地登上俱乐部的石阶。一班工人也在街道上游荡着，而另一些因这样的夜晚而倍觉孤单的女人，正接连各自形影相吊地向着东边走去。他们身影招摇，心怀顾盼，只巴望能够得着一点好酒，一席美味。或者，也有那么短短的一会儿，她们也在期想着爱人的吻。

这么多人，没完没了地行走在灯影中，而他们头上的天空，也像是在一刻不停地游移着。是啊，这一日春天的气息给了他们莫大的期待，令他们个个都受到了幸福的鼓动。以那些敞着怀的俱乐部成员为例，每个人都放下了各自的阶级、习惯和信仰，歪戴着帽子雀步向前，或嬉笑，或沉吟。在这老天大发热心的时候，他们变成了同一种人。

波辛尼和珍默然进了戏院，登上看台后面的高处。伴着忽明忽暗的灯光，一出戏在舞台上开演了，人群一排排地盯着那里，就像园子里的花儿望着太阳。

珍从来没有在后面的席位上待过。从她十五岁，祖父便开始带她来看戏，但都是坐在正厅里面，第三排，正对着舞台的中央。那个时候，老佐里恩从城里回家时，往往会提前若干天，顺路在葛洛根-伯恩戏票店把位子订下。回到家里，他把戏票藏在大衣兜里，连同雪茄烟匣子和旧羊皮手套放在一起，直到当天傍晚才交给珍。就这样，祖孙俩坐在前排：一个是硬朗高大的老头，一头白发剪得整齐利落；一个是娇小活泼的女孩，头发是火红色的。啊，他们曾经看过那么多的戏！回去的路上，老佐里恩都会对主演品评一番："咳！他还差得远哩，你真得看一看小包布逊，才知道什么是大腕儿！"

本来，珍对这个夜晚满怀期盼。她是偷偷来这里的，若是没有长辈陪同，斯丹赫普门的家人绝对不会想到她来这里，还以为她在索密斯那儿。她为了自己的爱人扯了谎，满心希望可以得到回报。她觉得，近来同波辛尼的关系，简直有点儿让自己看不透，大伤心神，便打算借此机会，使之重回冬日之前那种清净的状态。她特意准备了一些心里话，打算在这里说出来。她拧着眉头望向戏台，太远了，简直一片模糊。她结起两只手来，紧叩在膝头，而嫉妒则如数不清的蜂尾，——将她蜇痛。

但波辛尼未必了解她的愁绪，因为，他简直无动于衷。

第一场的戏幕，终于落下。

珍说："这里太热了，我要出去一下。"

她的脸色很是苍白，因为看到了他内中的愧疚——在他听到自己开口时，这情绪便写在了他的脸上。戏院后面，有一座凉台面向街道。她跑到了那里，靠着栏杆站着，什么也不说，就等着他开口。

然而，她忍不住了："菲力，我有话要对你说。"

"是吗？"声音很有防卫的意味。她气恼得脸颊通红，马上应道："你为什么连亲热的机会都不给我，你这样已经很久了！"

波辛尼眼睛直直地注视着下面的街道，什么也没说。

珍激动起来，说道："我用尽自己的所有，只想成为你的所有——"

街上传来一片乱糟糟的声音，接着，启幕的铃声叮叮响起，第二场要开始了。珍没有动，她的心正在同绝望奋力抗争着，犹豫着：是不是该挑明一切，向那个将他从自己身边夺去的魅惑的力量宣战？既然她是有着这样的性子的，便开口说："菲力，下一个星期天，我要跟你去看看那所房子！"

她的微笑在嘴边抽动着，竭尽全力但又十分勉强地装作不去看他。她看见，那位爱人的脸上尽是迟疑和犹豫，脸色通红，眉头都挤在了一起。他说："不行，亲爱的，星期天不行，另选一日！"

"为什么不行？那一天，我又不会耽搁你的事情。"

波辛尼为难起来，嗫嚅着说："我另有安排。"

"你打算跟——"

波辛尼眼里带着愠怒，耸耸肩，径直说："确有安排，所以不能带你去！"

珍咬破了嘴唇，一言不发地回到位子上，但是羞愤交加，眼泪哗哗地流了下来。好在戏已开演，观众席上的灯已经灭掉，这位姑娘伤心的狼狈模样才没有现于人前。

然而，这是一个为福尔赛们所主宰的世界，一切都躲不过其眼目。在后面第三排中，坐着尼古拉最小的女儿尤菲米雅和已出嫁的特维提曼太太姐妹二人，将这一切看在了眼里。她们回到佃摩西家，将珍和她的未婚夫在戏院里的闹剧，详细至极地讲了起来。

"他们坐在正厅吗？"

"不是，不是坐在——"

"哦！是坐在楼上的包厢。当然，最近的年轻人很喜欢这样。"

嘿，不能算作包厢，他们坐的是——总之，这姻缘怕是难成了。而且珍气急败坏的模样简直叫她们大开眼界，她们仔仔细细地讲述了，珍是如何在中场之后回到位子上的，她是如何踏掉了某人的帽子，那个掉了帽子的家伙又是如何一副表情，她们讲着连眼泪都笑出来了。尤菲米雅的笑甚有特点，起先是不出声的，然而在最后却伴着一声尖叫，很是刺耳。当日，史摩尔太太听到这一番讲述，激动得挥舞着两只胳膊，说："老天爷，怎么会踏掉了人家的帽子呢？"尤菲米雅接连发出了一串尖叫，简直要昏迷了，大家不得不给她用了嗅盐。告别的时候，她还对特维提曼太太说："'踏掉了人家的帽子'，啊哈，简直笑死我了。"

那天晚上，珍本以为可以很开心，结果却令人万分沮丧。要不是她已经在竭力克制着心里的猜忌和怒火，事情也许会更糟的。到了老佐里恩家门口，她才和波辛尼分手。总算没有哭出来，要不然的话太丢脸了，她想。她一定要将自己的爱人抢回来，这种强烈的念头控制着她，直到身后响起波辛尼离去的脚步，她才觉得心里很痛。

闷不吭声的"山基"前来应了门，老佐里恩站在饭厅门口，他早已听见她回来的声音，这使她不得不放弃直接逃到楼上去的打算。

"这边热着牛奶，来喝一些。这么晚，你去哪儿了？"

珍倚着壁炉，就像她的祖父看过歌剧回家后所常做的那样，一只手搭着炉栅，一只脚踩着炭栏。这若无其事的样子，当然只是做给祖父看的，她的心快要碎了。

"在索密斯家，我们在那儿吃的晚餐。"

"哼！那个有产者啊！他的太太也在？波辛尼——"

"是的。"

老佐里恩就在那儿看着她，他的目光沉静又尖锐，没有人能在这样的目光下藏住什么秘密。但是，珍并没有看他，她转过身去，老佐里恩也收起了目光。他已经看出一些不好的苗头，便走到炉边，俯身替她拿起那杯牛奶，自己也转过身去，唠叨着："不要在外面待到太晚，你的身体会吃不消的。"

接着，他把脸藏在报纸后面，故意将报纸翻得沙沙响。珍上来吻他，他嘱咐道："早些睡吧，孩子。"他轻柔的声音里带着颤抖，珍差一点儿便崩溃了，她快步离开饭厅，回房哭了一夜。

关门声传来的时候，老佐里恩就把报纸放下了。他目光呆滞，显得异常焦虑。"我就知道这是一个混账，他们一定不会有好结果的。"他心里嘀咕着，满脑子的不安和疑惑，同时又觉得束手无措。他既不能喝止这事情，也不能改变它，如此想着，便更加不安起来。那家伙会不会丢下珍？他真想跟他当面对质，问他："伙计，听好了，你是不是打算丢开我的孙女？"但是，他也知道，自己不能这样做。他太不了解其中的情况，或者干脆说，一无所知。尽管如此，他的世故还是告诉自己，这两个人之间一定有些龃龉。他猜测，大概波辛尼跟孟特贝利尔广场那边有些过从太密了。

"这个家伙，"他在琢磨，"看上去不像是一个坏人，至少面相上如此，然而，总不免让人觉得古怪了些。唉，我真搞不清楚，这是一个什么样的人，我永远弄不懂，他是一个什么样的人！听别人说，他对工作十分认真，干起活来简直像一头牛一样。但是，我倒不觉得这样有什么实际的益处。他罔顾现实，做起事情来全无章法。每次来家里，他都会一直闷坐在那儿，简直像个不会说话的猢狲。问他喝点儿什么，他便说，谢谢啦，随意。请他抽雪茄，他也完全不加以品味，跟抽着两个便士一支的德国雪茄没什么区别。而且，他看向珍的时候，眼睛里没有一点儿该有的情意。但是，他也并非为了钱。恐怕，只要珍略有一点点那样的意图，他便绝对会同意跟她解除婚约。然而，珍又如何肯这样，她肯定不会！她已经认定他了！她绝对不会撒手的，这就是命中注定的执拗呀！"

老佐里恩叹了一口气，继续读报，希望从里面找些东西安抚一下自己。

楼上珍的闺房中，她立于窗口。沉醉的春风流连着从公园吹来，向她火热的面庞送来清凉，然而，她的心胸却在腾腾燃烧着。

3. 与史悦辛一同出游

某一本著名的老中学歌曲课本里，记着这样一首歌子：

蓝长衣的纽扣儿闪着光，铿铿锵！他的歌声像鸟儿一样……

史悦辛走出海德公园大厦，望着等候在门前的两匹马，虽然没有鸟儿一样的喉咙，他却快活得想在心里唱一支歌。

那天下午天朗气清，简直像六月的天气。史悦辛颇费心思，叫阿道夫下楼看了三次，确定没有一丁点儿春寒。之后，他才换上一件蓝色大礼服，外面没有再加大衣。如此一来，他便活脱脱地像歌里的那只鸟儿了。他穿上长服，显得风度翩翩，纵使上面的纽扣儿并没有闪着光，也不会让人觉得有何缺憾。他顶着一只大喇叭帽，戴着狗皮手套，峭然地站在人行道上，那形象看上去很是鲁莽，简直完全不像是一个福尔赛家的人。他的头发虽然已经花白，但还是执意让阿道夫为他抹了一些头油，浑身上下散发着镇静剂和雪茄的香气——对此，史悦辛有其独爱的牌子，一百支要一百四十个先令，但是老佐里恩尝过之后，却不公正地说："这玩意儿就像干草，白给都不要！"

"阿道夫！"

"老爷！"

"拿一张新的格子呢毯来！"

不管怎么教他，这家伙永远也不知道如何才能扮得俏皮。要说索密斯的太太，眼光一定会很挑剔的！"再把车篷放下来，今天我的车上要搭一位——太太！"一位漂亮的女子，总是不忘要显摆一下自己的衣装的。啊哈，往日的风光又回来了，我要跟一位女子同乘一车啦！确实，他已经很久没有跟一位女子一同乘车郊游了。他能记得最后一次，是带着裘丽一起。她简直就是个老废物——一直待在车里，就像个老鼠一样畏畏缩缩。这让他很是恼火，他把她送回湾水路的时候，气呼呼地说："再带你出去我就不是——"果然，他再没带她出游过。

他来到马前，查看了一下马嚼子。不过，他只是在装装样子，既然每年付给马夫六十镑，他便绝对不肯叫那家伙闲着。尽管他素有爱马之名，但那不过是因为被几个马场的老千坑过。他的马儿都是灰色的，他觉得既然要破费，就不妨搞得神气一些。俱乐部的人见他经常驾着自己的两匹灰马，便给了他一个"四马车手福尔赛"的名号。说来，这名号还是尼古拉·特里弗莱——老佐里恩那一位也已去世的老友，辗转告诉他的。那人算是一个颇精通骑术的家伙，以驾车闯祸闻名全英国。四马车手福尔赛，这名号叫他很是得意，简直神气极了！他觉得，自己一定要配得上它才行，但他从未赶过四匹马的车子。他对自己出生太早很是惋惜，若晚出生二十年，他一定会在伦敦做一个证券经纪人。然而在他的那个时代，这一行还没有被上流社会所看重——逼不得已，他才进了拍卖行。

史悦辛在驾车的位子上坐定，缰绳被递给了他。他眯起眼睛环顾四周，阳光打在他的脸上，衰老又苍白。阿道夫也坐在了后面，马夫戴着帽章以史悦辛马首是瞻，等待他的命令放下缰绳。所有的东西都准备好了，史悦辛一声令下，马车跑了起来。不一会儿，就来到了索密斯的家门前。

这时候，伊莲出来了，她上车的动作漂亮极了——据后来史悦辛在偶摩西家讲述："她简直像达基莉沃妮①一样轻巧，根本不劳别人帮忙，十分利索，不像有些人被吓得缩成一团。"说到这里，他盯着史摩尔太太，简直让她不知如何是好。在向海斯特姑太讲到伊莲的帽子时，他说："像你这样的帽子虽然眼下很流行，但就是太大了，灰土老是落在上面，总得不停地拍打着——她的就不一样了，很是小巧精致——"说着，他用手比画出一个圆圈："还带着白面纱呢，有说不出的文雅。"

只要有人谈起穿衣戴帽的话题，海斯特姑太总会一边显得不以为然，一边又故作感兴趣地追问下去："那是什么料子？"

"什么料子？我怎么知道？"说完，史悦辛就不说话了。

这让海斯特姑太紧张起来，还以为他背过气去了。但是她并没有想到要叫醒他，她从来不干这样的事情。

"来个人呀，"她在心里念着，"他这个样子好像不妙！"

但不一会儿，史悦辛又醒过神来，嘴里还在嘟嘟囔囔："什么料子，那究竟是什么料子呢？"边说，边舒了一口气。

马车走了将近四英里之后，史悦辛得到了一个印象，他觉得伊莲很喜欢与他出游。她那一张白纱下的面庞，看上去十分柔和，深褐色的眼睛在春日的阳光下，闪耀着欢快的光芒。每当史悦辛说话时，她都会抬眼报以微笑。

前一日——星期六早上，伊莲正在写着一张便条，索密斯走近一看，是写给史悦辛叔叔的，谢绝他星期天驾车出游的好意。他为此生起气来，告诉伊莲，若是她的娘家人便任她拒绝，但要是拒绝福尔赛家的人，他决不答应。

①玛丽亚·达基莉沃妮：1804—1884年，欧洲著名芭蕾舞蹈家。

她瞪了他一会儿，就把便条撕了，答道："那好"。

随即，她又写起另外一张便条来。索密斯没有走，瞄了一眼，居然是写给波辛尼的。

他问："为何要写给他？"

伊莲以相同的眼神瞪着他，镇静地说："他原本请我帮一些忙。"

"哼！给他帮忙！你要是跟他沾上边，那可有事儿干了。"索密斯停了下来。

听伊莲说要去罗宾山，史悦辛大为惊诧。那路程实在太远了，他的马儿恐怕跑不到。况且，自己还要七点半回到俱乐部，赶在人多起来之前用晚餐——那个新来的厨师简直是个懒汉，吃晚餐的人一多，他便会糊弄起来。

不过，现在他也想去看那所房子。谈到这一种产业，福尔赛家族里恐怕无人不爱，尤其对于史悦辛这样的拍卖老手，它更有吸引力。他在想，这一段路程也不算太远。在他年纪尚轻的时候，他也曾在里希蒙做过房客，天天乘着马车来去，常年如此。是啊，他正是"四马车手福尔赛"！从海德公园三角广场，到公卿饭店，提起他的两匹马和T型马车，简直无人不晓。曾经有一位公爵，打算以双倍的价钱买他的两匹马儿，他都没卖。既然有这么好的宝贝，为何不自己留着？想到这里，他那衰老但是仍然精心修饰过的方脸上，显示出一种令人不知所措的神情，凛然且傲慢。他的头一直在竖起的领子中扭动，看起来，就像是在打理着羽毛的火鸡。

这伊莲真是可爱！事后，他也就她的穿着向裴丽姑太做了详细的汇报，她听得手舞足蹈。他说，自己喜欢她那样穿衣服——就像皮肤一样贴身，紧绷绷地像鼓一样，全不像那种"柴火棍"一样的女人。说到这儿，他望向了史摩尔太太，她跟詹姆士都是又瘦又长。

"她那么安静，颇有一种气质，任是嫁给一位国王也配得上。"

海斯特姑太听不下去了，她坐在角落里，慢声细气地说："瞧瞧，她把你迷成什么样了！"

当有人攻击他时，史悦辛的听力出奇的好。

"什么？那么一个大美人，"他说，"我当然是要看在眼里的。令人遗憾的是，我觉得这儿没有哪个年轻男子配得上她。你能想出来吗？你倒是说说呀！"

"什么？你问裘丽好了。"海斯特姑太咕哝着。

到达罗宾山之前，史悦辛困极了。他很少出这么远的门，完全是闭着眼睛在驾车，幸亏他这一辈子对体面在意有加，否则，那一副胖身子非得从车上栽下去不可。

波辛尼本已在翘首等候着，看见他们来了，立刻出门迎接。三个人一起走进房子，史悦辛走在头里，一根粗壮的镶金大手杖在他手里挥动着。他的膝盖在车里就扛不住了，阿道夫便将手杖递给他。空房子中有穿堂风，他穿起了厚皮衣。

他认为，楼梯十分漂亮，简直称得上气派，要是在楼梯上摆一些雕塑，那就更好了。通往内院的门口有几根大柱子，他走到它们中间的时候，用手杖指着，问：这些算是什么——这是一间大客厅，还是——他简直不知道该叫它什么好了。然而，当他仰头看着上面的天窗时，恍然大悟——

"啊哈！弹子房！"

但随后，有人告诉他，那只是一处内院，将来要在那儿铺上地砖种起花草来。他听过之后，回头对伊莲说："种什么花草！听我说，摆一张弹子台。"

伊莲对他仍报以微笑。这时，她已经除去了面纱，将它系在额头上，就像修女的头巾一样。她深褐色的眼睛，在这头巾下显得愈发妩媚。史悦辛相信，她一定会接受自己的意见的，便满意地点着头。

对于客厅和饭厅，他没谈什么意见，只是抱怨"有点儿宽敞"。

到了酒窖，波辛尼举火走在前头，他们逐级而下。他觉得以自己的身份，一定要对它大加赞赏才对，便说："这里简直可以装下六七百打的酒，真是不赖的一个小酒窖！"

之后，波辛尼说要带他们去远处，看一看这房子的整体效果。史悦辛站住了，说："这里的景色真的是不赖，哎，这里有没有椅子？"波辛尼差人去帐篷里拿了一把来。他坐定了，很和气地说："你们俩去吧，让我在这儿看看风景。"

他坐在橡树旁边，一只手放在手杖上，另一只手放在膝盖上，坐得很直，阳光洒满他的全身。皮大衣已经敞开了，帽子下的那张方脸十分苍白，茫然盯着那片美景。

伊莲和波辛尼此时已经走下山坡，来到了麦田，他向他们点头示意。他很满意自己现在这样的处境，他很想自己一个人静静地歇一会儿。空气新鲜，太阳正好，风景也不错。他抬起头来，心里正纳闷——他们从下面向他招手，看起来兴致颇高，他也连连挥手回应。接着，他的头向左一歪，但随即又正了回来，之后便歪向左边，再也没有抬起来——他睡了。虽说如此，他坐在山坡上，却仍然像一个卫兵一样俯瞰着那片美景。那模样，简直像远在基督教之前的那些时代，由某位福尔赛的先人艺术家所雕凿出来的一尊神像，用以作为他们心中那对于物质的占有欲望的永恒象征。

彼时，他的那些渺茫而难以计数的农夫先人，在每一个安息日里都要如他这般，两手叉腰打量着他们的一亩三分地，他们灰色的眼珠隐藏着一切粗鲁的性情，那是一种为了自己而不惜毁掉一切的天生的脾性。如今，这些先人们简直正活生生地跟他一起坐在山坡上。

那便是在他的睡梦中，他脑子里那福尔赛的幺蛾子也不安分，随着那离奇的梦境越走越远。它在这一对青年男女的背后盯梢，窥伺他们在那片小树林里做了什么。那儿风景秀丽，春色撩人，阳光在树叶上闪耀着金光，风信子和数不尽的花草编织成一张偌大的地毯，到处都是青草和鲜花的香味，鸟儿在放声歌唱。它看见，那两个人在一条小路上走着，靠得越来越近越来越近，因为小径是如此窄，他们紧紧贴在了一起。它看到伊莲的双眸，简直像一个小偷儿一样，将春天的一整颗心脏都拐去了。它如一个隐形的探子，随他们一起，停下脚步看着一只刚刚死去的田鼠——其银灰色的皮毛，以及刚刚摘来的蘑菇，还未来得及落到夜间的雨露。它看到，伊莲低垂着头，对着那只死鼠一脸惋惜，也看到了那个年轻人，眼睛直直地瞧着她，满脸古怪的表情。它还跟着他们来到一片被砍伐过的林间空地，风信子被糟蹋得一株不剩，而一棵树被齐根斩断正轰轰地倒下来。它随他们跨过倒掉的树，走出丛林，一片前所未有的田地出现在眼前，杜鹃鸟儿在声声叫着。

它一路跟随，眼见这一对男女不交一言，竟难过起来，还真是奇怪。之后，它怀着一点点愧疚，跟着他们走了回去，他们仍然穿过林子，回到那一片被砍伐过的地方。他们还是不说话，四周仍然有鸟儿在歌唱，飘荡着花儿的芳香——啊，那是什么气味？有点儿像加在食物中的草药——他们重新回到适才倒在小径上的那棵树旁边。它仍旧隐藏起形迹，向下望着那一对男女，并拼命呼扇着翅膀，想吓他们一跳。它看见，她坐到了那横倒的树干上，摇曳着自己美丽的躯体，对着那个仰面看着她的年轻人，俯首脉脉地微笑。那位男子目光闪亮，却甚是古怪。继之，她的身体猛然间滑落，哎呀，落在了年轻人的怀间——他将她柔软的腰身紧紧抱住，她的头却向后挣扎着，躲避那男子的嘴唇。然而，他还是吻到了，她还在挣扎。那年轻人高喊着："你不会不知道的，我爱你！"是啊，你该知道的，美妙的，恋爱——

史悦辛醒了过来，活见鬼。他这才觉得，嘴里的味道确实不太好。这是在哪儿？他妈的！原来睡着了！他醒前正梦见一碗刚做好的汤，居然是薄荷味的。

那一对年轻男女呢？他们在哪儿？他的左腿完全麻了，他喊着："阿道夫！"这混账东西居然也不在，定是躲在哪儿打瞌睡。他站了起来，焦急地望着下方的原野，那件皮大衣将他衬得高大又笨重。他看到，那两个人正走了过来。伊莲走在前面，那个小伙子跟在后面。史悦辛想起来，他们管他叫什么来着？"海盗"。他看起来一副沮丧的样子，定是在伊莲那儿没捞到什么好处。活该，带她走那么远去看房子，真正要看房子，眼前的草地才是最佳的观赏地点。

他们向这边看过来，他招手，示意他们快一些。然而，他们却突然停顿在那里，说起话来。他们在干吗？有什么好谈的？一准儿，还是他在纠缠她。她一定会让他没面子的，对此，史悦辛确定极了。再想到这所房子，他觉得就像一头妖怪，绝对是他前所未见的。

他瞪着淡黄色的眼珠，紧瞅着他们的脸。那家伙的表情甚是古怪。"这所房未免太新潮了，造出来绝对是个丑八怪。"他指着房子，刻薄地说。

然而，波辛尼只是轻瞄了他一眼，根本没理会他的话。后来，他向海斯特姑太说起这个人来："太怪僻了，看起人来表情诡异，我敢肯定，他是个坏蛋！"然而，他不知道自己何以会这样想，这印象是蓦然产生的。或者，他就是对波辛尼的高额头、高颧骨和尖下巴看不顺眼，那样子，简直像是饿死鬼投胎。在史悦辛看来，一个纯粹的上流社会人士应当是闲逸的，那气派需由一贯胡吃海喝的生活才能养成，波辛尼显然不合乎这一标准。

听说要喝茶，他终于高兴起来。他向来对喝茶一事瞧不上，他哥哥老佐里恩曾做过这生意，且大发其财。但既然他眼下正渴得要死，且嘴巴里味道很不好，所以，给他喝一点儿什么，他都不会计较的。虽然，他很想向伊莲抱怨一下自己口中的味道，但即使伊莲很体贴，他也还是觉得这不太像话。他用舌头在里面搅了一圈，然后顶着上颚啧了一声。

此时，阿道夫正在帐篷远端一个角落里烧水，一边在弯着他的两撇唇髭，那模样像是一个尖头尖脑的耗子。去他的开水，史悦辛马上开了一瓶中等大小的香槟。他笑着对波辛尼点头示意，说："哎哟，你跟那基督山伯爵①倒是蛮像哩！"他读过的小说也不过半打，对这一本印象最深，所以眼下还没有忘掉。

_____

①基督山伯爵：大仲马同名小说中的人物。

他将杯子远远地端起，辨别着那酒的颜色，以表明他虽然口渴，却总不至于拿到什么酒都牛饮一气！他将酒杯凑到嘴边，抿了一小口。"嗯，还不赖，"他说，又对着杯口嗅了一番，"但跟我的海德席克还是没法比。"

就在这时候，一个奇怪的想法突然从他的心中冒了出来。后来在偶摩西家，他说："我当时便断定，那个建筑师是爱上索密斯太太了！"

从这时候开始，他的一双黄眼珠子便一直瞪得老大。

"那个混蛋，"他如此对史摩尔太太讲述，"就像一条饿狗一样，跟在她后面，这个坏蛋！但既然她这么漂亮，这倒也不足为怪——不过，在美丽之外，她还十分端庄。"从伊莲身上，他曾闻到过一股幽香，简直像是从一朵半开半放的花儿芯中透出来的，因此，他便有了上述印象。他继续说："当我见到他拾起她的帕子时，便更加确信这一点。"

史摩尔太太听得眼睛放光："他还她了没有？"

"说什么还给她？"史悦辛说，"他对着那个帕子接二连三地吻起来，完全当我没有看见他的这种嘴脸！"

史摩尔太太听得甚是惊奇，大吸了一口气，连话都说不出来了。

"不过，她对他倒无动于衷。"史悦辛说着停了下来，他睁大两只眼睛，发了差不多有两分钟的呆，把海斯特姑太吓得够呛：他突然想起，登上马车之前，伊莲曾再次把手递给波辛尼，他们握在一起很久……当时，他在那两匹马儿身上狠狠地挥了一鞭，似乎在提醒她，这种礼遇应该是属于他的。然而，她却只是偏过头来看了他一眼，甚至连他说了什么，都无暇弄清楚。他都没有机会看到她的正脸，因为，她一直那样低垂着头。

　　史悦辛觉得，某处应该有这样一幅图画——虽然他并未确凿见过——那上面，有一位男子正坐在海岩之上，而一条美人鱼跃然于他眼前的碧波之上，两手掩着袒露的胸脯，脸上那似笑非笑的表情，既像迫于无奈的愁苦，又像在心中窃喜。当时，坐在史悦辛身旁的伊莲，脸上的笑容便是如此。

　　当伊莲停下来跟他说话时，他便借着酒劲儿，向伊莲大发牢骚：什么俱乐部的新厨子殊为可恶，什么威格摩尔街的房子闹心透顶。那个房客简直是个蠢蛋，为了帮舅爷，自己居然破了产，天底下怎么会有这样的憨货，为了别人连老婆孩子都不管了。接着，他又抱怨自己的耳背，以及抽风疼痛的右肋。伊莲听着，时而转动着眼眸，这让他觉得，她一定是将自己的这些疾苦听到心里去了，且摆明了在为他难过。吐过这些苦水，他穿着皮大衣，胸佩着纽饰，歪戴着礼帽，快活地驾起车来——能够和这样一位美丽的女子同车，他简直从未如此神气过。

　　然而在路上，一位星期日载着女友出游的水果商人，竟也和他一般神气。那家伙赶着自家的驴车，跟他一路齐驱并驾。那车子简直像一条小破船，那人像是蜡像一样坐得笔挺，一条红色的大帕子围在他的脖颈上，简直跟史悦辛的围巾一样显眼。就连他的女友，也圈着一条脏兮兮的皮颈巾，且模仿时髦女子的模样，将围巾的长尾巴拖曳在颈子后面。一根拴了一条破绳头的棍子，在那家伙手上一道一道地挥舞着，他时不时地偏过脸来，瞧着自己的女友，那派头，那眼神，跟史悦辛简直完全无异。

　　起先，史悦辛不以为意，但是过了一会儿，他便觉得那个贱胚子是在嘲讽他自己。于是，他狠狠地抽打了一下那匹牝马的腹部，然而，仍不见将那辆驴车落在后面。他胖胖的黄脸此时憋得通红，他真想抽这个水果贩子一鞭子的，但接下来的状况却帮了他一个忙。从某户人家的大门突然冲出来一辆车子，将他们两个挤到一块儿去了，车轮别在一起，小驴车被甩了出去，翻倒在地。

史悦辛连头也没回，他才不会停下来救那个恶棍呢！活该那家伙摔断脖子！不过，就算是他想回来帮那个家伙一把，也不成了。那两匹灰马也受了惊，马车一会儿向左偏，一会儿向右偏。路人见他们东奔西跑，都吓坏了。史悦辛伸出去两条粗胳膊，使劲儿地控着缰绳。他紧闭着嘴巴，腮帮子都鼓了起来，又急又恼，整张脸憋得酱紫。

车子每倾斜一下，伊莲就紧紧抓住扶手。她问："史悦辛叔叔，不会出状况吧？"

"没事儿，马还是有些生分。"他喘着粗气答道。

"我还没碰见过这种事儿呢。"

"你别害怕，坐着别动，我保证会把你送到家。"他看了她一眼，她一点儿也没有惊慌失措，脸上甚至还带着微笑。接着，他在手忙脚乱之中，听她回答了一句，简直令人吃惊，一点儿都不像出自她口。

她说："就算永远不回去，我也不在乎。"

车身又狠狠地偏了一下，史悦辛强忍着，差点儿尖叫起来。马儿已经跑上了一段坡路，一直到跑得没劲儿了，车子才缓缓地停住。

"当时，"后来他在偶摩西家讲述这起事故的时候，说，"我勒住马儿，转头去看她，只见她简直跟我一样冷静。乖乖啊！你们不知道她当时那个样子，好像一点儿也不担心摔断脖颈。她还说什么，'就算永远不回去，我也不在乎'。"说完，他俯身趴在手杖上，大喘着气。史摩尔被这话吓了一跳，接着说："有索密斯那种鬼掉头的夫君，这也不足为怪。"

至于他们离开之后，波辛尼会怎样，史悦辛则完全没有去想。如果不出所料的话，他应该仍旧像一条狗一样，在那片春光灿烂、杜鹃声声的林子中，四处乱跑。也许，他正一边走着，一边嗅着她的帕子，那其中带着薄荷与香草的气味儿，一股痛苦又甜蜜的感觉在他心中翻腾，他在林子中间号泣起来。哎，那个家伙到底会做些什么？事实上，史悦辛一路上已经忘掉了这个人，只是到偶摩西家才再度想起他来。

4. 詹姆士亲赴乡下

那些对于福尔赛家族的信息交易所一无所知的人，完全不能理解，伊莲到乡下看房子何以会引起轩然大波。史悦辛在偶摩西家将他的郊游壮举传播出去之后，这件事一字不漏传到了珍的耳朵里。虽然这过程并非没有煽风点火的好事成分，但也总归出自一片好心。

"她说不想回家，这是什么意思呀？"在转述的末尾，裘丽姑太这样对珍说，"亲爱的，她这样说太不像话啦！"珍听过之后，有些愣愣的。她脸色通红，同裘丽姑太握了一下手，便猛地跑开了。她走后，史摩尔太太对海斯特姑太说："没礼貌呀！"

然而，由珍的这些表现，大家猜测得很准确——她一定很烦恼。至于为什么，这其中一定有什么问题。真是奇怪，以前，还数她和伊莲的关系最好呢！

　　而且，这事跟之前的一些流言也十分符合。比如，尤菲米雅曾经在剧院里看到的那个场景，还有，波辛尼先生近期总是来往于索密斯家里。难道不是如此？全不是空穴来风。当然，他也可以去那儿谈造房子的事情，所以，话还不能说得太死。在福尔赛家族的信息交易所，一件不妙的事情，只要还没有到最要紧的关头，他们都不会将它说得太死。它就像一架机器，有着极其精密的机关，倘若吹来的某些口风中有一丁点儿暗示、惋惜或是猜疑，都会引得整个家族中每一颗感同身受的心灵传动起来。然而，这种传动实在并无恶意，甚至恰恰相反，它完全是出于大局的利益——毕竟，每一个福尔赛人都同这一家族共生在一起。

　　真的，流言蜚语的背后，仍是大家的一片好心。正因为这样，他们有时候会一起来拜访那受议论的对象，对其履行安慰的义务。倘若那对象真的受到了伤害，她自会从这拜访中得到安慰；倘若她并无大碍，也可以从这样一些原本无关之人的好意中，大受感动。说到底，这一种声气相通的局面就像新闻界的通气会，詹姆士向史摩尔太太通一下气，史摩尔太太向尼古拉的两个女儿通一下气，尼古拉的两个女儿又向别的谁……某种程度上，他们眼下辛苦立于其上的这一阶级，一面要求他们开诚布公，另一面又要求他们保守隐私。只有将这两者结合，才可保证他们的地位不会颠覆。

　　福尔赛家的年青一代，固然不愿别人发其隐私，但流言散布起来却不受他们控制，像无形而迅猛的电流一般，最终仍要传入他们耳中。比如，小罗杰为了解放下一代，曾声称倜摩西家的人为"狐妖"。此举固然勇气可嘉，结果却很糟糕。这话不知被谁捅到裘丽姑太那里，然后，她便以激愤的口气告诉了罗杰太太——当然，又回到小罗杰这里。

流言虽凶猛，受损的却只有当事人。乔治因为打弹子将钱败光了，小罗杰从前差一点儿讨了一个据说已经同他睡过的女人做妻子，这些都是例证。而至于眼下的伊莲，大家也一致认为，她的情况非常不妙。

此外，说一些这样的话除了有益处之外，还是满快活的。至少，湾水路的姐弟三人可借此度过许多愉快的时光，若不然，天知道他们会多么无聊。同伦敦城里千百个此类的家庭一样，偁摩西家既无生活之忧，也无事务之累，最适于用来制造和传播流言。毕竟，他们也需要一点儿活下去的理由，所以便只能关心别人的事情。倘若没有这些令人高兴的族中斗争和是是非非，日子可就苦了。他们膝下都没有一儿半女，可是，流言、蜚语、是非，这些不都是活生生的他们的孩子吗？它们这样咿咿呀呀，交头接耳，简直不就像骨肉至亲一样可爱吗？既然他们对天伦之乐满怀盼望，这些小东西完全可以作螟蛉充之。当然，偁摩西是否喜欢孩子还不好说，虽然族中每有添丁，他都要高兴很久。

所以，哪怕小罗杰大骂"狐妖"，也哪怕尤菲米雅伸出两只手臂，大喊着"啊呀，那三个人"，并继之以起初无声而末尾发为尖叫的怪笑，这一切都没有什么用处。不但没有用处，还会伤了彼此的和气。出现这种局面，简直是咄咄怪事。在福尔赛家族的自己人看来，也会觉得奇怪，甚至会觉得"不像话"。然而，结合事实推究起来的话，便不再这般奇怪了——大有一些事情，是他们从未见过的。

在那些不痛不痒的婚姻所养成的安逸生活中，他们往往不了解，爱情并非是由温室所培育出来的花儿，相反，它是由阳光和雨露所催生出来的一株野草。它的种子被大风一路吹去，倘若凑巧落在我们园子里，便成了花儿；倘若落在外面，便仍然长成一株野草。然而，不论花儿还是野草，其芳香与颜色，都应当是野性且天然的。另外，受其生活方式和生活内容所蒙蔽，福尔赛家的人也不会意识到，在那一株恣意生长的野草所开出来的如火焰一般明亮的花朵周围，他们所扮演的角色，不过是飞来飞去的蜂蝶而已。

在他们看来，一切有家室的人都不应当越过园子的篱笆，去采摘那外面的野花。爱情简直像是生麻疹一样，一个人可以在恰当的时机染上它，然后得益于一贴混合了牛油和蜂蜜的膏药，他将在令人心满意足的婚姻生活中得到医治，然后，穷此一生永远不再染上这玩意儿。这便是福尔赛家族为爱情定下的规矩，多年之前，小佐里恩的婚外情将它破坏过一回，如今，它则再度面临挑战。

波辛尼的事情，以及索密斯太太的那句疯话，被传入众人之耳。其中，最对之感到惊讶的，要数詹姆士。对于自己当初向爱米莉求婚的窘相，他已完全记不得了。其时，他又长又瘦、面色苍白，两鬓留着栗色的腮须，整日围着爱米莉团团转。他也早已忘记，新婚之初跟爱米莉一起在美菲尔近郊住过的那所小房子，不，只是忘记了那段日子，身为一个福尔赛家的人，岂可把房子忘记？那房子后来卖掉，还净赚了四百镑呢！

啊，他忘记了，当年自己是如何在希望与哀愁中煎熬度日的。那时的爱米莉虽然漂亮，但并不富有，他自己每年不过才能挣到一千镑。所以，有些时候他会怀疑自己的婚姻是否上算。然而，当看到爱米莉的秀发在脑后挽得整齐可爱，她轻柔的腰肢套在端庄的大罩裙里，一双洁白的手臂从紧身衣中探出来，他便被一种不可抗拒的力量吸引了，不由得越陷越深，以至于他最终觉得，自己如果娶不到她便会死掉。但是，这样的经历他已经忘掉了。

他也曾经从火热中走过来，然而那岁月的长河，早已将他心中的火焰湮灭了。对于人生来说，这简直是最悲凉不过的经历了，一个人居然忘记了他当初是如何恋爱的。啊，詹姆士什么都忘了，甚至，他连自己已经忘记了爱情的事实，也早已遗忘在了脑后。

现在，这个关于儿媳的流言传到了他的耳朵里，既像一个影子，又像一个幽灵，既虚无缥缈不可捉摸，又莫名其妙恐怖作怪。他觉得一定要将这件事情认真地考虑一下，然而办不到，报纸上每天都有那么多的社会悲剧，远不是考虑一下就可以解决的。也许，那根本就是无事生非，不过是那些人在嚼舌头而已。尽管她和索密斯两人未必过得十全十美，然而，她总归还是一个善良柔弱的女人——是的，她多么善良，多么柔弱！

詹姆士其实也和大多数人一样，对一些于己无干的桃色事件不仅不会避开，还会谈得津津有味。而且，他往往会抿着嘴唇，用一种十分令人信服的口吻说："啊呀，是呀，她跟小戴生两个好了，有人说，他们眼下住在蒙地卡罗！"但是，对于这些桃色事件的真正意味，它的来龙去脉，他却从未深入地加以体会过。它们是怎样形成的，其间又如何的甜蜜或是痛苦，他从来没有想过。他只是对一些眼睛所见的事实感兴趣，因为那是赤裸裸的，讲出来虽然不雅却可以令听者高兴，至于隐藏在这些事实中的命运的力量，他便全然不解了。而且，他从不就这类事件说好说歹、添油加醋，他只是以莫大的兴趣倾听着，然后，原原本本地向别人转述。他喜欢这样的调剂，像喝下一杯饭前苦雪利酒一样。

然而，眼下的这件事情，或者说，是有关这样一件事情的传言，于他却有着切肤之痛。他觉得自己像是身处迷雾之中，又像是吃了无可忍受的秽物，简直连气都要喘不上来了。

家丑啊，大大的家丑！

他把这话念叨了好几遍，想以此把自己的注意力集中在这上面，好让自己可以就此充分考虑。然而，他已经忘记自己年轻时恋爱的心情，便也难以领会这件事情的趋势和结果。他完全不理解，男人和女人何以会为了爱情，做出那种有失体面的事情。他认识很多人，他们每天往来于伦敦城中，经营生意，购买股票，投资房产，打牌娱乐，吃吃喝喝……然而，若说这中间有一个人会为了虚无缥缈的爱情而不顾名节，则不免可笑。有一句话，在詹姆士的脑子里印象深刻：男女，大防也。是的，应该让他们像地图上的纬线圈一样，永不相交才行——对于这一类铁定的规律，福尔赛家的人一向赞赏有加，就像严格的写实主义者一样。既然如此，便也无怪乎他对于爱情的理解只剩下"丑事"二字了。

呀，不可能发生那样的情况，不可能。他根本不需要担心，因为，她从来都是一个善良软弱的女子。然而，他越想放下，心里就越放不下。詹姆士就是这样一个人，神经兮兮地，心里容不下事情，稍有风吹草动便苦恼不已。他总是苦恼于迟迟拿不定主意，却又在担心着由此所要蒙受的损失。他便如此煎熬着，一直到觉得倘若再不拿出一个主意来，损失就真的大了——这时，他才会匆匆打定一个主意。

然而，在他的一辈子里，有很多事情都是他做不了主的，包括这一件。

他该做些什么？跟索密斯聊聊吗？然而，这样只会让事情恶化起来。况且，这其中并无什么情况，他对这一判断极有信心。所以，一切便只剩了那所房子。从一开始，他便对此充满担心。好端端地，索密斯为何要搬到乡下去？就算一定要花那么多钱为自己造一所房子，为何不物色一个顶尖的建筑师，而非要用波辛尼那样一个不知深浅的角色呢？他警告过他们，这样是要坏事儿的。又况且，据说索密斯在上面花了不少钱，大大超出了预算。

詹姆士觉得，这才是危险的真正所在，与此相比，其他都算不了什么。这一帮"艺术分子"便是如此，明白人绝对不会跟他们打起交道来的。他早就提醒过伊莲。咳，谁知事情还是到了这地步！至此，詹姆士突然有了一个主意，他要亲自去瞧一瞧那房子。想到这里，他刚才还惴惴于云雾之中的一颗心，忽而生出重见天日的感觉，简直有说不出来的高兴。然而，他之所以觉得心里好过一些，不过是因为他终于可以做一点儿事情了，他将要看见一所房子。他觉得，如果自己能够亲眼见到波辛尼所建造的那所房子，看见它的一砖一瓦，便足以令他窥破有关其人与伊莲的流言的真假。

所以，他什么人都没打招呼，自己叫了一辆马车赶去车站，然后搭火车到了罗宾山。当他下了火车，才发现那儿居然没有马车，便只好走路上山。

他仗着两条瘦腿，弓身曲背，紧盯脚下，慢腾腾地向山上爬去，简直要累得叫喊起来。虽然狼狈，他的仪表却保持得很好，礼帽和礼服干干净净，全不见粘有灰尘。爱米莉非常细心，这一切虽然不是由她亲自拾掇——那些有身份的人，如爱米莉这样的，怎么会去帮别人打理穿衣戴帽的事情？——却是她吩咐管家做的。

他问了三次路。每一回，都要把人家的话复述一遍，再让人家说一遍，之后，自己重新复述一遍。他本就这样啰唆，况且又一向觉得，人生地疏小心为妙。他多次强调，自己要找的是一所新房子。直到有人将林梢上房子的尖顶指给他看时，他才真正地放下心来，确信别人为他指的路没有偏太多。

天空像刷着一层白垩，阴沉沉的，整个大地也是一片苍白。空气里一点儿香味都没有，很是憋闷。如此的鬼天气，就连一个英国穷酸泥水匠也不惶他顾，专心做起自己的工作来。他们一个个闷不吭声，平时解闷的那些贫嘴贱舌全听不见了。

许多穿着短衣的工人正慢腾腾地干着活，那座尚未完工的房子中间的空地，不时地传来一些声响——间或敲一下的锤击声，铜铁金属的刮擦声，锯木声，还有独轮小车碾过木板的轱辘声。偶尔，那一条由工头饲养的、被拴在树上的狗，也会发出一声微弱的悲鸣，像是茶炊在炉子上发出的鸣叫。

窗子刚刚安好，每扇窗的格子中间都涂着一块白泥灰，如同一只只瞎掉的狗眼，白惨惨地瞪着詹姆士。

建筑的奏鸣仍在继续，天空仍是灰白，那曲调听上去聒噪、沉闷又单调。虽然也有画眉鸟，却只见它们在泥土里找虫子，根本不肯亮上一嗓子。

在正铺着马车道的地方，许多碎石子散在那儿，詹姆士从中间走过，来到大门口。他站住向上望去，那个角度能看到的范围并不大，所以，有什么东西都一目了然。然而，他却在这儿站了很长时间，完全说不上他在想些什么。

他花白的眉毛棱角分明，一双青釉色的眼珠子也不见转动，两撇白唇须下的一张大嘴巴紧绷着，抿起的上唇时不时抽动一下。这是他在焦虑时所特有的神情，索密斯在其尴尬时也有此类表情，不难由此看出这些人的心事。他大概是在心里嘀咕着："奇怪呀奇怪，人活着实为不易。"

此时，波辛尼出现，让他大受惊吓。本来，他还在两眼看天，像是在那里搜寻着鸟窝，突然间目光便落在了波辛尼的脸上。他看见，那上面大有一种玩笑式的轻蔑。

"你好呀，福尔赛先生，亲自来看看吧！"

詹姆士的意图本就在此，但经波辛尼说破，反而让他觉得恼火。不过，他还是眼睛看着别处，向他伸手道："你好呀！"

波辛尼面带轻蔑的微笑，给他让出道来。

詹姆士见他如此彬彬有礼，反而猜疑了起来。于是，他说："我还是先在外面走走，看你是如何动手的。"

在房子外面，有一条步道从东南延伸到西南角，是用打磨过的石板铺成的，外沿比内沿略微低一些，边缘则倾斜着埋入泥土中。那儿正在铺草皮。詹姆士顺步道在前面走着。

他看见，那步道在房子的转角兜了个圈子，便问："这设计要多花多少钱？"

"你觉得呢？"波辛尼反问。

"我哪知道这个呀？大概有，两三百镑？"詹姆士有些窘促。

"正是这样。"

詹姆士狠狠地盯了他一眼，但波辛尼根本没加理会，这让詹姆士觉得，自己大概听错了。到了花园门口，他停了下来，站在那儿看风景。

"这个得砍掉。"他一边说，一边指着那棵橡树。

"是不是，你觉得它把你的风景挡住了，你的那些钱就花得不合算了？你是为这个，想把它砍掉的吗？"

詹姆士犹疑地望着他，这家伙说话真古怪。"哦，"他加重语气，但仍然显得慌乱和疑惑，说，"我只是不知道，你留着这样一棵树有何用途？"

"罢了，明天就砍掉。"波辛尼说。

詹姆士慌了。"啊呀，"他说，"你要砍树，可别赖在我的头上！我对这个可一窍不通！"

"一窍不通吗？"

詹姆士悻悻地说："不可以吗？我一定要懂这个吗？这事与我有什么关系？你要砍就砍吧，砍错了，那是你自己的事情。"

"但是，让我说你这样吩咐过，这总不过分吧？"

这话让詹姆士更加慌乱了。"我不知道，你为什么总要提到我！"他说，"那好吧，你还是别砍了，既然那树也不是你的。"接着，他拿出了一块手绢擦着脑门。两个人进了房子。同史悦辛一样，看到内院，詹姆士也甚是中意地大肆夸赞了一番。

他瞪着眼，对那些回廊和柱子打量了老半天，才问道："在这上面，你一定花了很多钱吧，说说看，这些柱子得要多少本钱？"

"说不上来，"波辛尼边想边说，"但是，数目总归很大。"

詹姆士说："我想该——我想——"然而，当他和建筑师的目光相遇的时候，他的话便止住了。从此时起，他每看到一件想问价钱的东西，都强忍着不开口。

　　似乎，波辛尼有意将一切东西都展示在他面前，若不是詹姆士够精明，恐怕要被他带着兜起圈子来了。另外，他看上去似乎很期待着自己问点儿什么，想到这里，詹姆士觉得自己一定要防范着他。这样一来，他很快便觉得累了，他虽然个子很高，身体状况也不错，但终究已经七十五岁了。

　　他很是沮丧，此行来到这里，一点儿收获也没有，完全没有得到任何自己想了解的信息。而同时，他对那位小个子建筑师更加憎恶，更加担心。那个家伙看上去毕恭毕敬，实际上却让他狼狈不堪。而且，甚至可以说，眼下他也还在嘲笑着自己。

　　是啊，这家伙比他预想的要难对付，也比他预想的要俊俏。更可恶的是，他大有一种"无所谓"的样子，这对詹姆士等将一切风险视若畏途的人来说，简直无法忍受。他的笑很古怪，总会出其不意地笑一下子。那一双眼睛也绝对少有，詹姆士后来向爱米莉谈起这个人，说他既平淡又古怪，既狡猾又恼人，一切都带着嘲笑，简直像一只饿猫。

　　最后，所有值得看的他都看过了，便从之前进去的那扇门走出来。詹姆士觉得，他的一切时间、精力和钱财，完全被浪费掉了，没有一点点收获。因此，他紧扣着两只大手掌，放出福尔赛家的那一种勇气，凶巴巴地看着波辛尼说："你大概常与我的儿媳见面，她对这房子有什么看法？我觉得，她大概还没看过这一所房子吧？"

　　他说完，满以为自己可以探出一些伊莲来这里的情况。虽然，这倒不是因为有什么事情，而只是因为那句"永远不回去"的疯话，以及他从别人那里探听到的，珍在得知这一切之后的神色！

他在心中认为，他抛出这个问题，是要给这个家伙一个自证清白的机会。但波辛尼非但没有马上答话，反而盯了他很大一阵子，只看得他紧张起来。

"她来过这里，但是，我没办法告诉你她作何感受。"

詹姆士又慌了，但仍不肯罢休，他本就是这样一种人。

"啊，"他又问，"她看过了？索密斯带她来的吧？"

"不是！"波辛尼微笑起来。

"呀，难道她一个人来的？"

"不是！"

"那——是谁跟她一起来的？"

"恕我简直不知道该不该把这事情跟你说。"

是史悦辛，詹姆士当然心知肚明，听波辛尼此话他觉得有点儿神秘兮兮的。

"什么！"他激动了一下，"你不知——"然而，突然觉得自己差一点儿钻进了圈套，便赶快止住了话头。

"这样，"他说，"既然你不愿说，我也没法子！大家都把事情瞒着我。"

突然，波辛尼问了一句：

"府上还会有谁来这里？我一准儿在这里迎候！"

"谁？"詹姆士完全懵了，"还会有谁？我不知道还会有谁。再见。"

他垂头看着地面，跟波辛尼碰了一下手掌，便抓着遮阳伞伞绸的上端，沿着步道走掉了。拐弯时，他扭头见波辛尼还慢慢跟在身后，向他抬帽致意，他却并没有回礼。对于这回头一瞥的印象，他说："那家伙像一只猫儿，靠墙根溜着。"

出了别人的视线，走在车道上时，他的步子慢了下来。他踏上了回车站的路，又饿又累，廋长的身子比来时弓得更厉害，累得若丧家之犬。

若"海盗"知道这老人如此伤心，会不会觉得自己有些过分呢?

5. 索密斯与波辛尼的通信

看房子的事情，詹姆士本打算绝口不提。但在某个上午，他坐在偶摩西家里，谈起环境部门责令他的兄弟解决排污问题时，还是忍不住说漏了嘴。

他说，房子不赖，以后会大有用处。那个家伙还真有自己的一些小聪明，但是这个房子在完工之前要花索密斯多少钱，就不敢保证了。

这时候，尤菲米雅·福尔赛也来了。她之所以来这儿，是为了借施科尔牧师新出的那一本小册子《爱情与止痛药》，最近很是风靡。她插话说："我昨天看到伊莲了，就在百货公司的食品部，她跟波辛尼先生聊得正高兴。"

她虽然说得很轻松，但这件事给她的感觉却极强烈，而且也很难说清楚。她去的是一家教会的百货公司，生意好得很，一小部分人可以享受预付款送货上门的待遇。对福尔赛家的人来说，这种店当然是很合适的。那天，她正急着去商店的绸缎部，为她母亲——

等在外面马车里——物色一截绸缎料子。当她路过食品部，一个女人漂亮的背影一下子吸引住了她。她的身材苗条匀称，衣饰也很华贵得体，这立刻使得她在节操观念上警觉起来：根据她的经验，或者准确说，根据她妒忌的天性，她知道，如此风姿绰约的身形是绝难与贞节并容的，此类女子是一定不会看重妇道的。她自己的腰身，就绝不是那样的。

继而，她的怀疑便被证实了。一个男子从药品部走了过来，他摘下帽子，向那位有着陌生背影的女子打招呼。

这时候，她才看出那个令自己隐隐产生了敌意的女子，竟然是索密斯太太。而那位男子，则是波辛尼先生。很快，她以买突尼斯椰枣做幌子将自己藏匿起来，因为她不喜欢自己在拿着大包小包的时候遇见熟人，那样看起来很不成体统，尤其是在上午，大家都在各自忙着自己的事情。于是，她便在无意之中，借此机会窥见了他们的幽会。她竟然兴奋起来。

索密斯太太的脸色在往日都是苍白的，但那一天，却是满面绯红令人怜爱。波辛尼的样子依然很古怪，但看上去也很高兴——她也认为，他是一个十分俊俏的男子，乔治给他取的那个绰号"海盗"，很有浪漫的意味——像是在请求她如何。他们聊得很开心，或者说只是他说得很高兴，因为索密斯太太几乎没有说几句话。人们都从他们身边绕过，他们就像是人潮中的一个漩涡，显得十分碍眼。有一个老军官本来要去雪茄柜台，也不得不从他们边上绕行过去，然而，当那个人撞见索密斯太太的美貌之后，立马脱帽致敬。哼，男人都是这副德行，老家伙！

然而，索密斯太太的那双眼睛最令尤菲米雅好奇。他们在谈话的时候，它们根本没看过波辛尼先生一眼。但是，当他走了之后，它们竟盯着那背影看起来——天啊，那眼神！说来简直让尤菲米雅大伤脑筋，那里面，竟满含着哀怨与不舍的情意。那样子，似乎要将他重新拉回来，告诉他，自己要收回适才所说的一切。

不过她看得并不仔细，因为两手还要捧着一条绸缎。然而，她还是"很机灵、很机灵"地跟索密斯太太打了一个照面，寒暄了一下，以此表明自己什么都看见了。后来，她对自己的女伴弗兰茜说："当时她的那样子，简直像戳中了死穴一样！……"

尤菲米雅的话虽然证实了詹姆士的怀疑，但他仍不愿接受这一事实。他说："嗯，他们一准儿在合计买墙纸的事情。"

尤菲米雅笑了笑："在食品部？"说完之后，她从桌子上拿起了那本《爱情与止痛药》，问了一句："好姑姑，把这个借给我吧？再见！"然后，她便走了。

然后，詹姆士也离开了。然而，他还是没赶上趟。

当他赶到福尔赛-布斯达律师事务所的时候，索密斯正坐在自己的旋转椅上，忙着起草一张诉状。他向父亲道了一句早安之后，就从口袋里掏出一封信：

"看看吧，很有意思。"

詹姆士读了起来：

福尔赛先生：

你的房子如今已经完工，因此，本人职责范围内的监工义务已经结束。你以前向我提起过，让我负责内部装修事宜，倘若这话仍然作数，则一定要由我来全权做主。对于此一点，希望你务必理解。

以前你每次过来，总是提一些和我的计划相左的意见。我这里有你的三张便条，每一张上面都有和我想的不一致的意见。昨日午后，我在乡下见到令尊，也给我提出了很多稀奇古怪的意见。因此，请你自行决定，究竟是要我来帮你完成内部装修，还是要我退出来——其实，我本人十分愿意这样。容我再度声明一番，假如要我继续干的话，就必须让我一个人全权做主，任何人不得干涉。

一旦做了，我便会把事情做到底，然而前提一定是我说了算。

菲利普·波辛尼

斯隆街三〇九号D室

五月十五日

波辛尼写这封信究竟为什么，他当然说不清楚。也许因为他与索密斯关系不和，这倒是极可能的。艺术与财产之间的矛盾自古有之，一些刻在现代用具背后的铭文，则将这种矛盾深刻地概括了出来，简直像塔西佗①的句子一样精练：

发明者：朱斯·T·索罗。
所有者：贝尔特·M·帕特兰。

詹姆士问："你打算如何回信？"
索密斯头也没有回，继续写着他的诉状，说："还没有想好。"
他的当事人在一块并不属于自己的土地建了一些房子，忽然得到警告，责令他将房子拆掉，这事儿让他很烦心。不过，经过一番

——————
①塔西佗：约55—120年，古罗马伟大的历史学家。

精心推敲之后，他发现了一个破绽：既然他的当事人对这块土地是有使用权的，那么，尽管这土地并不归他所有，他还是有权将自己的房子保留下来。"对，就这么做。"就像水手们的口头禅所说的那样，他开始根据以上对策，在构思诉状的措辞。

他是出了名的鬼掉头，而且，他出的每一个主意都很奏效。因此，别人每每提到他，便说："有事儿找小福尔赛，他可是个好师爷！"对于这种名声，索密斯觉得很满意。

他生性沉默寡言，这对于他的工作来说是很恰当的。他所交往的人也都是些有产者，要让他们觉得可靠，没有比沉默更合适的。而且，他的确很可靠。他所受的教育，所遗传的干练，家族的习惯和传统，以及他谨慎的天性，这些联合起来，形成这一职业所需的那种诚实的品格。这种品格，使得他在趋利避害行动中占尽优势。对于那种栽跟头的事情，他的灵魂有天生的厌恶，因此，这种事情绝不会发生在他身上。一个人如果总是稳稳地站着，又怎么会有机会栽跟头？

那些福尔赛们，在遇到各种财产问题——无论事关妻子家业，还是生意往来——需要一个靠得住的人物代为交涉时，都会第一个想到索密斯，觉得交给他去办，可以既稳妥又省心。而且，他本人的那种自视甚高、老练持重的做派，对此也大有助益——因为一个外行的生手，是绝对不会这样神气的。

眼下，这个律师事务所都是他在主事。詹姆士差不多还是每日来此，但几乎不做事情，只是收起两腿盘坐在椅子上，就既已决断的事情说上两句，便走掉了。另外一个同事布斯达，并没有什么能力，他虽然勤勤恳恳，但所提的意见都不被人重视。

索密斯依然在写着自己的诉状，然而，他的心里却不似表面看上去的那般平静。他甚至有如临大敌的感觉,这感觉连日以来,已经扰得他心烦意乱了。尽管他想将此归因于健康问题——肝脏不好——但心里也清楚,完全不是这回事儿。

他看了一下表。一刻钟之后,他要动身去新煤业公司——老佐里恩的一个公司列席股东会。他打算,见到老佐里恩伯父之后,跟他谈一谈波辛尼的事。虽然也还没准备好谈什么,但是一定要谈的。至于回信,也一定要在此之后。他起身将诉状的草稿收拾好,进了一间黑漆漆的小套房,将灯光拧亮,用一块棕色的温莎肥皂把手洗净,在滚筒毛巾上擦干。接着,他梳起头发来,直到正中的那一条发线看上去无可挑剔,便拧暗灯光,捏起帽子,走入了鸡鸭街。他告诉他们,自己要在两点半后回米。

新煤业公司的办事处距此不远,就在打铁巷。按照其他公司惯例,股东会都要在坎农街饭店铺张一番,但新煤业公司不同,在办事处。老佐里恩一贯对新闻界不抱有任何好感,因为,他觉得自己的事业跟外界没有任何关系。

索密斯掐着时间到达,坐在董事席一边。董事们坐成一排,对面坐着股东们,人人面前放着一个墨水瓶。老佐里恩穿着一件大礼服,向后倚靠在正中央的一把椅子上,衣服上的纽扣扣得很紧,白色的胡须看上去十分显眼。他的手边上,放着董事会的营业报告和账目。

董事会的秘书——"舣吃水①"汉明斯——坐在他的右侧,每到此时,他的整个人都会比平时显得胖些。他的一双小眼睛好像包含

---

①吃水:航海术语,又称"尾倾",表示船尾吃水比船首深,以此讽刺汉明斯走起路来,下半身非常僵硬。作者在另一部作品中,也曾提到这个人,其绰号为商业区的熟人所取。

着无尽的哀愁，铁青色的胡子跟身上衣服的颜色很是搭配，打着一条乌黑乌黑的领带。这身行头，简直像在参加葬礼。

确实如此，此番股东大会正是为了一件十分丧气的事情而召开。在将近六个星期之前，受股东的私人委托，冶矿专家司考雷尔到矿区考察，向公司发回电报，说矿上的监事庇平自杀了。任事两年以来，他一直都表现得异常沉默，但总算在自杀之前，给董事会留下了一纸遗言。眼下，这封信就放在桌上，等待着向股东们当面宣读，公布真相。

以前的某一个场合，汉明斯就曾站在壁炉前，两手抄着衣襟对索密斯说过："倘若有什么事情是我们不想让股东们知道的，那便也一定是不该让他们知道的。"索密斯记得，当时老佐里恩也在，这话让他甚为不快。他大伯抬眼瞪着汉明斯，斥道："别胡说八道，汉明斯！难道你是在说，他们知道的事情都是不值得知道的？"他很憎恶这类阴阳怪气。

汉明斯虽然被激得满眼愤怒，但还是像有涵养的巴儿狗那样面带微笑，用一大堆话搪塞过去："啊哈，说得对！先生，令伯父还真是会讲笑话！"然而，当他再次见到索密斯的时候，却乘机对他说："董事长既然上了年纪，脾气又那么倔强，有些话简直听不进去——然而，既然他生着那样一副下巴，又怎么能指望他听别人讲话！"

索密斯听了这话，点了点头。

确实，老佐里恩的下巴颇具威严。这会儿，他正在股东大会板着脸孔，看起来焦躁不安。索密斯心想，会后一定要跟他谈一下波辛尼的事情。

坐在老佐里恩左边的是布克先生，他是一个小个子，如今也在股东面前摆出一副郑重其事的神情。他的目光一直在来回梭巡，似乎在努力辨别着哪一位股东看上去更加和气一些。再往左边，是那位聋得要命的董事，他的眉头仍然一如往常地拧着。他下面坐着老布利德罕先生，他看上去十分温和，而且一副煞有介事的样子——他大可以这样做做样子，他经常带着的出入这间董事室的那个黄纸袋①，已经妥妥地藏在了帽子后面。那是一顶平边大礼帽，样式陈旧，上面系着一个大蝴蝶结。在那下面，他的脸色十分红润，唇须刮得光光的，只留了一小把整饬的白胡子在下巴上。

每次股东会，索密斯都要列席。他在这里大家也会很放心，可以随时防备"出点儿什么岔子"。他环顾四周的墙壁，目光倨傲又很仔细。港口和煤矿的地图挂在墙上，还有一张通往某个矿下的矿口的照片，那是亏损最为严重的一个矿。应该说，它对于一些企业的内部管理都是一个讽刺，然而却一直都挂在那里，像是董事会为其宠儿所留的遗像。

这时，老佐里恩站了起来，向股东们报告营业情况和账目。他看了一眼他们，样子十分的平静。然而，他在自己的内心里，却一直站在董事会的立场上，对这些人很是痛恨。没办法，你必须装得像上帝一样一团和气。索密斯也在望着他们，多数都是他认识的。

老史克鲁布索尔，是一个柏油商人，有一张红通通的大脸，凶巴巴的，一顶大的没边的呢帽放在膝头——如汉明斯所言，他每一次来便是为了"讨人嫌"。

包姆牧师，他总是不忘提议大家向董事会主席致谢，且总是建

———————————
①黄纸袋：老布利德罕的黄纸袋里究竟装了什么，上下文并没有准确的暗示，推测来，应当是一瓶酒或是其他不合时宜的东西。

言董事会要对雇员多加奖掖。他特意将"雇员"一词的末尾音讲得很重，他觉得，一来可以表达出十足的力量感，二来体现了英语措辞的秩序之美——显然，他的职业允许他有一些适当的大英帝国情结。另外，他还有一种不错的习惯，每次闭会后都要抓住某一位董事说短话长，事先打探一下明年的生意情况。之后，他都会根据这情报，在半个月里将股票买卖上两三手。

还有欧巴莱少校，总是要求发表意见，即便是改选一个查账员，他也要说上几句。因为这样，有几回他都差点儿在会上惹出乱子来。原来，会前有些人会得到相应的便条提示，或请他说些建议，或请他致谢，就在人家一切准备妥当的时候，往往却被这位少校抢了台词。

另外，还有五位股东，都是颇具影响力的，但总是沉默着。对于这几个人，索密斯是大有好感的。他们都是生意人，对与自己有关的事情也都喜欢过问一番，但从不多说废话。他们都是些靠得住的家伙，每天往来于伦敦城和可靠的家室之间。

可靠的家室，索密斯想到这儿，便莫名其妙地痛苦起来。该跟老佐里恩伯父怎么说呢？如何回复那封信？

"……倘若在座某位股东先生还有什么问题，可以提出来，我将很乐意为诸位解答。"伴着"啪嗒"一声，老佐里恩手上的营业报告和账目轻轻地落在了桌面上，他自己则站在那里，用食指和拇指调整着自己的玳瑁边老花镜。

索密斯脸上浮现一丝微笑，他十分了解伯父的这一套手段——确实很漂亮——心里想着，这一帮啰唆的股东们，有什么话快一些问吧！老佐里恩决不会给他们太多的时间，紧接着，他就会说："既然如此，我便提议通过这些营业报告和账目了！"

一位须发皆白、面容消瘦的高个子股东站了起来，怒冲冲地说："按照议程，董事长先生，我是有权利对账上那一笔五千英镑的款子的用途质疑一下的，那上面所写的支出用途是：作我们公司已故监事子女及遗孀的抚恤之用。"他十分不满地扫视四座，接着说："然而，究察起来，这位监事却在公司最需要他尽力的时候，啊，十分愚蠢地——我是说——愚蠢地选择了自杀。况且如你所言，我们同他的聘期是五年，他才只为我们服务了一年，便亲手终止了聘约，我——"

老佐里恩的动作和神态，显得极其厌烦。

"董事长先生，遵照议程，我要质问董事会：我们付给 ——啊——死者的这笔款子到底算作什么？是对他不再为公司做事儿的奖赏吗？"

"是为了感谢他过去的贡献，他为公司做过很多重要的事情，我们都有目共睹，包括你。"

"如果只是这样的话，先生，我只想说，既然说到他过去的功绩，那么，这笔款子简直太多了。"

然后，他坐了下来。

过了一会儿，老佐里恩又说："那么，我提议通过营业报告和——"

那位股东再度站起来，说："是不是因为，这不是董事会自己的钱才会这样？如果是他们自己的钱的话，我敢肯定——"

另外一个股东也站了起来，长着圆圆的脸，很有一副固执的模样。索密斯知道，他是已故监事的舅爷。他看上去很激动，说："先生，我倒觉得，这钱有些少了！"

这时，包姆牧师站了起来，说："恕我直言自己的意见。关于——呃——死者自杀的事情，我们的董事长先生已有过慎重的考虑——慎重考虑过。我很肯定地说，他一定考虑过，因为——当然，这话不单是我对自己说的，也是对在座诸位说的（是呀，是呀）——他配得上我们绝对的信任。我认为，大家都应该心存怜悯。然而，我还是觉得——"说到这里，他瞪了那位死者的舅爷一眼："或许，他可以变通一下，以正式的书面形式，或是什么其他法子，将抚恤金减少一些，以示我们对死者的不满。本来，他的生命是大有其价值和未来的，不论站在他的立场上，还是——恕我直言——站在我们的立场上，都需要他将这一生命继续下去。然而，他却将这来自上帝的馈赠草草结束了。这样的行为，对于人类和上帝都是严重的亵渎，对此我们绝对不应当——啊——不适合——给予奖励。"

说完，牧师便坐了下去。死者的舅爷重新站起来："还是那句话，这钱太少了。"

这时候，先前那位股东又插话说："现在，恕我对这笔开支的合法性提出质疑。我觉得，它是不合乎法律的。既然我们公司的法律顾问也在座间，那么，容我遵照议程向他请教一下这个问题。"

于是，众人都把目光投向了索密斯——真出岔子了！

他绷着嘴唇站起来，看上去冷冰冰的，心里却有一些兴奋。刚才，他完全笼罩在自己心中的那一团阴云里，现在终于有点儿事情做了。

"此处并无相关定论，"他说，"但鉴于这笔钱支出以后，今后不会再为公司带来回报，似乎很难说是合法的。所以，若有必要，可请求法庭决断。"

这时，那位已故监事的舅爷皱着眉头，话里带刺地说："是呀，申请法院决断，谁不知道呀？是谁这么高明，想出了这个办法？请问先生阁下贵姓？是索密斯·福尔赛先生吗？啊呀，久仰久仰！"他怨恨地看着索密斯，又看看老佐里恩。

索密斯苍白的脸孔红了起来，但依然傲慢得镇定自若。老佐里恩看着刚才发言的那个人，说："若已故监事先生的舅爷没有意见，那么，我提议将营业报告和账目——"

此时，另一位股东站了起来，他便是索密斯对之抱有好感且大有影响力的那五位股东之一。他说："我对此提议完全不赞成。如你们所说，这个人死了，靠他生活的妻子儿女，如今需要我们接济。情况也许如此，但我不管，我从原则上反对这件事。这一类软弱的人道主义本来早就该被禁止了，如今反而像流毒一样祸害全国。我反对自己的钱被那些不认识的人瓜分掉，他们做了什么可以从我这里领钱？我坚决反对，这样干绝对不是做生意的路数。所以，我提议将营业报告和账目暂时悬挂，把抚恤金全部划掉。"

老佐里恩一直站着，听这个沉默且强硬的股东说话，大家也若有所思。时下的社会，已经有了这样一种爱强不恤弱的思潮。这完全反映在他的演说中，特别是那一句"不是做生意的路数"，很是得到大家的认同。他们清楚，董事长心里未尝不知道这不是做生意的路数，然而既然他的脾气如此倔强，他会不会收回这一决议？恐怕不会。

大家都在等待着，心里都很激动。老佐里恩举起自己的手，仍然用两根手指捏着玳瑁边眼镜，有一些颤抖，很有示威的意思。他对那位沉默且强硬的股东说："先生，即便考虑到已故的监事先生，如你所知，在那次煤矿爆炸事故中做出的重大贡献，你也仍坚持要我重新提出修改方案吗？"

"是的。"

于是，老佐里恩将修改方案提了出来。"可有人同意新方案？"他环视四周，神色十分安详。

此时，索密斯将这一切瞧在眼里，觉得自己的老伯父魄力十足。没有一个人同意。老佐里恩直视着那位沉默且强硬的股东，说道："现在我宣布，本次股东大会接受董事会一八八六年的营业报告和账目。你同意吗？你们是否同意？同意者请举手，反对者——没有。通过。在座诸位，下一议程——"

索密斯笑了，老佐里恩伯父的手段确实了得。

然而，他又想起了波辛尼。不知道为什么，最近这个家伙老是钻到他的脑子里来，即使在工作的时候也甩不掉。伊莲去看了那所房子，这原是一件很正常的事，但是，她为什么不告诉自己？不过，她又有什么事情跟自己说过？一天天地，她变得比过去还要沉默烦躁。他希望马上将房子造好，他们可以早一些搬进去，远离伦敦。她的神经太敏感了，简直不适合在城市继续住下去。最近，她又提出了分居的荒唐要求！

会议结束了。在那张赔了老本的矿口照片下面，汉明斯被包姆牧师拉住请教下一年度的经营。矮小的布克先生拧着两条粗壮的眉毛，生了一肚子闷气还在强颜欢笑，他正准备离开，却跟老史克鲁布索尔吵了起来。他们中间有一些旧账，为一桩柏油合同闹得不可开交。本来，这是老史克鲁布索尔的生意，而布克先生却向董事会讲情，让他的一个侄子接手。这事情是索密斯从汉明斯口中听到的，那家伙总是很喜欢拿一些董事会的事情搬弄是非，但从不敢对老佐里恩造次，对他怕得要命。

索密斯一直在等着。最后一个股东出门后，他来到伯父跟前，老佐里恩也已经戴上了帽子。"能不能耽搁你一分钟，大伯？"索密斯问，但至于要从接下来的谈话中得到一些什么，他却没有一点儿主意。

整个福尔赛家族对于老佐里恩，都有一种很神秘的敬畏感，或许是出于对他的人生哲学的尊重，或许是出于对他的天生脾性的畏惧——如汉明斯所说，既然他生着那样一副下巴。然而，在眼下这一个晚辈和他之间，却有一些心照不宣的敌意。他们见面，不过是漠然地打个招呼，即便在谈话中提到对方，也不会就对方发表什么看法。至于为何会这样，在老佐里恩看来，是因为这位侄儿的性格过于阴沉持重。他认为，那就是固执——以至于他觉得，他私下里是不服自己的。

这两位福尔赛先生，虽然在很多事情上，简直像地球的南北两极一般相去甚远，但是，他们都拥有那种坚强而精明的为人做事的能力，且也都比家族中的其他人要高明很多。说来，他们可以算是这一阶级中的翘楚了。这两者中的无论哪一者，倘若运气和机会恰当，都是可以成就一番宏图伟业的。他们都有这样的潜力，成为一位成功的投资顾问、经纪人或是政客。然而，相较之下，老佐里恩要更加感性一些，他在抽着一根雪茄或面对一片大好风光时，会在心底生出对于现有地位的怀疑，虽然不见得妄自菲薄。至于索密斯，既然他连雪茄都不抽，自然便没有这种心境了。

另外一点，说来是老佐里恩的一块心病。他一向看不起詹姆士，然而，他儿子做起什么来都顺顺当当，自己的儿子却……

当然，老佐里恩也并非被排斥在福尔赛家族外面，对于家门之内的一切风言风语，他也略微听到了一些。他已得到有关波辛尼的流言，这事情来得很奇怪，既无实据却令人苦恼，实在让他很是丢脸。他按照自己一贯的做法，并没有将这事情归咎于伊莲，反而在心里责怪起索密斯来。既然自己的侄媳同珍的未婚夫传出这样的绯闻来，这个家伙为什么不做好防备，竟出了这样的丑事？然而，他实在不知道，这样想确实对索密斯不公。尽管老佐里恩心里也认为这事情很糟，却没有像詹姆士那样急得心焦，他仍在暗暗地观察着。事实上，他觉得流言中的事情是大有可能的，伊莲本就是这样一位令人着迷的女子啊！

他们一起走出董事室，来到吵闹拥挤的齐普赛街。老佐里恩已大概猜到，他的这位侄儿要谈一点儿什么。索密斯小步走着，仍是一副左顾右盼的样子。老佐里恩挺直身体，把一柄遮阳伞当手杖慢慢地拄着。爷俩并行了好一会儿，谁都没有开口。过了一会儿，两人转入一条很僻静的街道。从这里，老佐里恩打算要往摩尔门街方向去，那里有他的另外一家董事会。

索密斯开口了，头也没有抬："波辛尼给我寄来一封信，你看看，他说的这都是些什么话！我大有必要告诉你，这房子已远远超出我的预算了，我必须告诉你这个。"

老佐里恩有些不情愿地将那封信看过，说："是的，他信上说得很明白。"

"他居然说要'全权做主'。"索密斯回答。

老佐里恩看着索密斯，心里恼火那信上说的既然是他的私事，

171

却冒失地找到自己的头上来。于是，他对于这个晚辈后生积压已久的敌意隐隐发作了。

"你若不信他，又为何用他？"

索密斯轻轻地瞄了老佐里恩一眼，说："那是之前的事情，多说也无益了。"他继续道："我只想在这里把话说明白了，若是一切由他'全权做主'，他可千万别让我蒙受损失。而且，我觉得，若由你跟他说一声，肯定是最有分量的！"

"不，"老佐里恩断然拒绝，"我不掺和这事情！"

两人都觉得，对方话里有话，且意味深长。他们相互看看对方，那样子，好像两个人都听明白了对方的意思。

"那好，"索密斯说，"看在珍的份上，我觉得一定要跟你说一声，并无他意。我是不会由着那家伙乱来的，关于这一点，我还是要提前告诉你一句。"

老佐里恩当即反问："这与我有何相干？"

"啊，我也不知道。"索密斯说。老佐里恩的怒气让他乱了分寸，语塞起来。"反正，到时候你不要怪我没有事先知会你。"他悻悻地恐吓了一句，随即神色大定。

"知会我！"老佐里恩说，"你就自己的一件破事儿跟我啰唆半天，究竟想干什么？告诉你，你自己的事自行处理，我一点儿都不想过问！"

"那好，"索密斯镇定地说，"我会自行处理的！"

"就这样，再见。"老佐里恩说。接着，两个人就各走各的了。

索密斯沿着原路慢慢踱回去，走入一家有名的餐厅，点了一盆熏鲑鱼和一杯夏白利酒。他中午向来吃得不多，且大多数时候都会选择站着吃，觉得那样会对肝脏比较好。其实，他的肝脏并没有问题，而将一切毛病归于这一器官，只是他的习惯。

午饭后，他低着头慢慢地往事务所走。他没有理会人行道上拥挤的人群，当然，那些行人也完全没有搭理他的意思。

当天傍晚，波辛尼收到这样一封回信：

波辛尼先生：

来信已经收到，你的条件着实令我吃惊。我本以为，整件事情一直都是由你"全权做主"的，且就我所记得的情况，我的一切意见都没有得到你的采纳。所以，根据你的要求，这件事情仍然由你"全权做主"。但是，有一点需要提前说明，截至房子装修完毕移交于我时，一切费用连同你的报酬——这价钱之前我们已经谈妥——在内，不能超过壹万贰仟英镑，即一万二千镑。如你所知，这已经远超出我的预算，也应当够你用了。

索密斯·福尔赛

福尔赛-布斯达律师事务所

中东区鸡鸭街布兰奇巷二〇〇一号

一八八七年五月十七日

次日，索密斯就收到了来自波辛尼的一封短短的信函：

福尔赛先生：

我想你应该是想错了，我不会在房屋装修这一类精细的工作上接受你对于开支金额的限制。而且，大概你对于整件事情和我都已经厌倦了。所以，我更情愿退出。

菲利普·拜恩斯·波辛尼
菲利普·拜恩斯·波辛尼建筑师事务所
西南区斯隆街三〇九号D室
五月十八日

回复这封信让索密斯大费脑筋。直到深夜，伊莲睡了后，他才在饭厅里写下这封信：

波辛尼先生：

我觉得，如今让这件事情废止下来，对你我二人都无益处。至于我在上一封信中所提及的金额，倘若超出个十镑、二十镑，甚至是五十镑，在你我中间，则完全算不上什么事情。因此，我希望你能就自己的答复重新考虑一下。根据这封信所具有的效力，你可以在这件事情上"全权做主"，我希望，你可以将剩余的房屋装修的工作完成。我也知道，这种事情上的用度是难以计算准确的。

索密斯·福尔赛
西南区孟特贝利尔广场六十二号
一八八七年五月十九日

波辛尼的回信在第二天来了：

福尔赛先生：
好的。

菲·波辛尼
五月二十日

6. 老佐里恩去了动物园

老佐里恩匆匆地将另一场董事会开完，那只是一个日常的例会。他并没有给大家留下发言的机会，因此，董事们在他离席后都在交头接耳，觉得老福尔赛愈发的专断独行。他们一致觉得，这情况不能再继续下去了。

老佐里恩乘着地铁，在波特兰路下车，然后叫了一辆马车去动物园。他在这里约了人。最近，他的这种约会越来越频繁。这都是被珍的事情给闹得，他对她越来越担心，照他看来，她简直是"性情大变"。

她总是避不见人，并且一天比一天消瘦。她不搭理别人的话，即使说上两句也没有什么好声气，脸上也总是一副要哭的样子。她看上去完全不是原来的样子，都是波辛尼惹得。然而，她对于自己的事情，却始终没有向别人透露一句。眼见如此，老佐里恩时常愣愣地坐着，拿着报纸也无心去看，嘴里叼着熄灭的雪茄。要知道，这个孩子从三岁起便跟他在一起，简直就是他的命根子！眼下，他原有的安全感，正在被某一种逾越了家族、阶级和传统的力量破坏着。这感觉让他有种大难临头的担心，而他却无能为力，简直像是笼罩在阴云里。从前，他做任何事情都随心自如，如今却手足无措，这使得他又气又恼。

就在嫌马车太慢的时候，他已经到了动物园的大门。他很有一种乐观的天性，也深谙及时行乐之道，因此，当他向着事先约好的地点走去的时候，适才的沮丧竟一扫而空。

在那里，他的儿子和一对孙儿孙女已经在熊井的石台上等候着他了。看见老佐里恩，两个孩子赶紧跑下来，拉着他一起向狮笼走去。佐儿和好儿在左右搀扶着他，每人拉着他的一只手。佐儿简直像他父亲孩提时一样调皮，抢过祖父的遮阳伞，试图用伞柄去拉住别人的腿。

小佐里恩就在后边跟着。

他像是在欣赏一出戏剧一样，看着父亲和两个孩子走在一起，有些情节虽然好笑，却夹杂着辛酸。在平时的白日里，一位老人带着两个小孩走在一起的情景并不少见，但独有眼前的这一幕，却让他觉得像是在看画片一样，令人窥见了一些自己心灵深处的事情。那老人腰杆挺得笔直的，被他旁边的两个小家伙使来唤去，让人着实为他的慈祥心痛不已。小佐里恩在心里不断叫着，天哪！是的，稍遇上点儿什么事情，他总会在心里这样喊。一般来说，福尔赛家的人从不愿将喜怒表现在脸上的，但他却被眼前的戏剧打动了，心头不自在起来。

就这样，祖孙四人走到狮笼前面。原来，当日上午在毗邻的植物园有一个游园会，大批的福尔赛们都乘着私人马车、穿戴一新地赶来这里。在那之后，为了能赶在回到罗特兰门或白里昂斯登广场的家中之前，让所出的票价更值一些，他们纷纷合计着："顺便去动物园吧，那里一定不错！"当日的门票是一先令，所以，他们完全不用担心会跟那些令人厌恶的下等人搅在一起。

眼下，他们正在一连串的铁笼子跟前，站成一排又一排，观看里面那些黄褐色的野兽。投食的时刻就要到了，这些畜生正等待着一昼夜以来的头一餐，它们越是饿得厉害，便越会激起看客们的兴趣。但由人性来理解，究竟是出于对这些动物的胃口的羡慕，还是为它们终于得以饱餐一顿而高兴，小佐里恩完全想不出来。他们议论着："瞧那只老虎，那模样真凶。""啊呀，看它的小嘴巴，真漂亮！""嗯，还不赖！妈妈，离得远一些。"人群中时不时地有一两个人四下张望着，用两只手掌摸一摸自己后面的裤子口袋，似乎生怕那里有什么东西被小佐里恩这种表情漠然的人给偷了去。

一个穿着白背心的胖子，慢吞吞地评论道："都是一些贪吃的家伙，它们根本没有活动，又怎么会饥饿？"正在这时，一只老虎抢到了鲜血淋漓的牛肝大嚼起来，将他引得一阵大笑。继而，他那穿着一件巴黎款式长衣服、戴着金丝夹鼻眼睛的婆娘在一旁数落道："哈雷，有什么好笑的？简直让人看不下去！"

小佐里恩的眉头紧拧着。他经过这半生的波折，已经对大多数事情释怀了，然而唯独对于自己曾经所属的这一个阶级——马车阶级——回想起来，仍然满心鄙视，倍感可笑。任是他们中间最有教养的一个，都不会承认，将这些狮子或老虎锁在笼子里供以观赏是一件野蛮的事情。然而，这确实是野蛮之举。以父亲为例，他老人家便不会想到将野兽关在笼子里是一件野蛮的事情，而且，作为一个思想老派的人，他会觉得将豹子或者狒狒关在笼子里，既有其教育意义，又不失人性。一开始的时候，这些畜生也许会看起来可怜兮兮的，被禁锢于牢笼之中。久而久之，它们便会理所当然地适应这一切，既不会像在荒野里那样横死暴毙，又为社会增加了一项收入！如一切福尔赛一样，他会觉得，相对于人们看见它们所得到的快感，这些美丽的天生自由的动物被关起来，虽说是有一点儿不好，但完全值得！况且，将它们从暴露和奔波的危险艰难之地捉来，关在十足安全的牢笼中略尽表演的义务，简直是一失而百得！

再说了，被关在笼子里本就是它们的命运呀！

然而，小佐里恩的天性中还有另外一些公正的精神。他还觉得，若有人因为未能想到这么多，而误被归入野蛮之列，也是不对的；这些人并没有谁亲身经历过被关在笼子中的处境，所以，便也根本不可指望他们能体会到这些畜生的心情！

离开动物园的时候，佐儿和好儿开心极了。这时，老佐里恩才有空对自己的儿子聊一聊心事。"我实在是不明白，"他说，"倘若珍继续这样下去，后果会是如何。我想带她去看医生，但是她不愿意。她一点儿也不像我，却跟你母亲完全一个模样，都是那么倔强！她不愿意的事情就是不愿意，一点儿商量的余地都没有！"

小佐里恩笑了起来。他看了看父亲的下巴，心里嘀咕着："你们两个才是一模一样呢！"但是，他没敢说出来。

"再有，"老佐里恩继续说，"对于波辛尼，我真想将他的脑袋敲打一顿，却又办不到。但是，我认为——你大可以试试。"他加了一句，说得很犹豫。

"他有什么不对吗？若是他们实在谈不拢，就这么结束也不错嘛！"

老佐里恩看着他。如今谈到了男女婚姻问题，他便重新为儿子担心起来。在他看来，他的想法绝对不够严肃。"我不清楚你怎样看，"他说，"没准儿，你反倒会对他产生同情。但是，我坚持认为，他的这种行径非常卑鄙。若有一天让我碰上他，我一定会这样骂他的。"接着，他调转了话头。

确实，他根本无法就波辛尼的问题，以及这问题的实质，跟他的儿子进行讨论。十五年前，他的儿子也出现过差不多的问题，比差不多还要糟糕。唉，这一类愚蠢的行为一旦开始，其后果便好像永远没完没了了！

小佐里恩也没答话，很快，他就猜到父亲在想什么。本来，他对这种事情是不会有太深的见解的，然而经历过此前种种落差之后，他的观点反而开明细腻得多了。但是，既然十五年前他在同类问题上跟父亲发生过争执，这条鸿沟在如今便也是不可逾越的。

他平静地问道："我猜，他是爱上别的女人了，对吧？"

老佐里恩看了他一眼，困惑地说："我也不清楚，有人这么说！"

"那么，这应该是真的了，"小佐里恩的话让他有些意外，"而且，我猜，他们也已经告诉你那女人是谁了吧？"

"是的，"老佐里恩说，"索密斯的太太。"

听到这话，小佐里恩毫不诧异。由他自己的经历来看，这类事情是无法让他感到意外的。他微微一笑，看着自己的父亲。

老佐里恩似乎留意到了，但仍装作没看见的样子。

"她是珍的女伴。"他说。

"好可怜的珍儿！"小佐里恩小声说道，他总以为她还是三岁的小女孩。

老佐里恩突然停下了。

"我不相信这些是真的，"他说，"一点儿都不相信，一切都是他们在胡说。小佐，你帮我叫一辆马车，好累啊！"

他们站在街角等候路过的马车。这时，许多私人马车一辆接一辆地从动物园驶出来，里面坐着各式各样的福尔赛，从他们身旁飞驰而过。他们鞍鞯、制服和马衣上金色的字，在五月的日光下一一闪耀而过。这其中，既有活动车顶的，也有敞篷对坐的，还有半活动车顶的，以及轻便的双人车和独马车，这一切的车子，似乎都在唱着一支傲慢的歌儿：

　　瞧呀，瞧呀，我有马车和用人，

　　这气派费掉了无数金银，

　　但每一个便士都花得如意称心。

　　叫一声老爷太太，穷光蛋们，

　　啊哈，我们才是社会中的上等人！

　　这一首人尽皆知的歌儿，正适合给这一班出游的福尔赛们作为伴奏！

　　一辆由两匹鲜亮的枣骝马拉着的对坐敞篷马车，在这些若干马车中显得特别鲜艳，跑得也更快。车身架在高高的弹簧上面，上下颤抖，坐在上面的四个人也随之左摇右晃，简直像在摇篮里一样。

　　小佐里恩注意到它。他突然发现对座上的其中一个人是二叔詹姆士，那胡子虽然比记忆中的要白很多，但一定是他。在他对面坐着的，是拉契尔·福尔赛和她已婚的姐姐威尼弗列德·达尔提，她们的背影被一把小遮阳伞挡着——衣着得体，头颅高昂，就像刚才在动物园里看到的两只小鸟。达尔提紧挨詹姆士坐着，穿着一件崭新的大礼服，扣得严严实实，显得非常挺拔，绸缎衬衣料子从两只袖口里露出来，闪着亮光。

　　大概因为额外刷过一层头等油漆的缘故，这辆马车浑身焕发着光亮的色泽，却又不见得多么耀眼。跟其他马车相比，它就像是在一张普通的图画上添加了画龙点睛的寥寥数笔，变成了一件杰作。这一辆众马车之中的代表，简直像是福尔赛中的一个王座。

老佐里恩并没有看见他们，他正在逗玩累了的好儿。不过，马车上的人却发现了他们祖孙四人。那两个女子突然别过头，将身子藏在两把小遮阳伞里面。詹姆士倒是淳朴地伸出脸，像是一只伸长了脖子的鸟儿，缓缓地张开了嘴巴。然而，那两柄遮阳伞的盾牌越来越小，最终消失不见了。

小佐里恩发现有人认出他来，甚至连威尼弗列德都认出他来了。当年，他从福尔赛家族中只身出走的时候，她最多只有十五岁。他们真的是毫无变化！多年以前，他们全家一起出行的气派，简直跟现在一模一样，只是马儿、车子和车夫换了一下。仍然是华丽整齐的排场，仍然是贵气逼人的派头，仍然是招摇过市的作风！甚至连她们举着遮阳伞的样子，一家人的举止气派，都丝毫未见改变。

太阳地里，若干盾牌似的小遮阳伞几乎护卫着一辆辆马车，飞奔而去。

"詹姆士二叔刚刚路过，车上还有女眷。"小佐里恩说。

他父亲的脸色一下子变了："他看到我们了吗？看见没有？哼，他来这儿干什么？"

这当口，驶过来一辆马车，被老佐里恩叫住了。"隔几天再见，孩子！"他说，"我说的关于小波辛尼的事情你别太过在意，我一点儿也不信！"

两个孩子还想留住他，他亲吻了他们，登车离开了。

小佐里恩将好儿抱起来，静静地站在街口，看着他的马车离去。

7. 偶摩西家的一个午后

老佐里恩上马车时所说的那句"我一点儿也不信"，实实在在地将他的内心表达了出来。想到詹姆士及其女眷看到自己和儿子在一起的情形，他就不由地觉得恼怒，就像他在失意的时候所感到的那样。同时，这也重新勾起了兄弟之间天性中的怨恨，这怨恨虽然生发在从前的童年时代，却随着生命与日俱长。它尽管看起来掩蔽得很好，但及至某一个季节，却要结出来最恶毒的果实。

以往的时候，这六位兄弟之间常有的情形，不过是背地里的互相猜忌。其实这倒容易理解，无非是担心谁比谁有钱，彼此之间并无更多的怨愤可言。然而，到了这时节，每个人都感到死期将至的时候，彼此的猜忌就愈演愈烈，演变成了强烈的好奇。殊不知，不管谁好谁坏，最终总也难逃一死。偏偏，那个帮他们打理财产的家伙偏又是个口风紧的，一点儿也不肯透露。这是个非常精明的人，总是对尼古拉说不知道詹姆士有多少钱，对詹姆士说不知道老佐里恩有多少钱，对老佐里恩说不知道罗杰有多少钱，对罗杰说不知道史悦辛有多少钱。而唯独对史悦辛，会说起尼古拉肯定非常有钱，实在是让人恼怒。偶摩西并不在这其中，他手头全都是公债，稳赚不赔。

然而，上述同胞兄弟们的至少两位之间，眼下又滋生出了另外一种异样的怨恨。从詹姆士藏头藏尾地窥伺他的隐私开始，老佐里恩便打定主意不相信同波辛尼相关的那些风言风语。一定是"这家伙"家里的某个人，平白无故地欺负了他的孙女。他也坚决认为，波辛尼是被冤枉的，一定是有什么别的原因让他抛弃珍。

珍应该是和他吵架，或者发生了什么其他的事；她的脾气还没有像现在这样不好过。

不过，他要给偶摩西一些颜色瞧瞧，看他还敢不敢继续散布谣言！他说做就做，马上就去往偶摩西家，准备好好教训他一顿，省得下次还要为这事再跑一趟。

他在"巢庐"门口的人行道上，发现了詹姆士的马车。看来他们是先到了一步，他敢保证，他们已经在里面叽叽喳喳地谈论起看到他的事儿了！再往前走，一匹灰色的马和两匹枣骝马正在窃窃私语，是史悦辛和詹姆士的马，它们似乎也在偷偷讨论他的家事，两家的马夫们也坐在马上互相议论着。

穿堂十分狭窄，老佐里恩将自己的帽子放到穿堂里的一把椅子上面，波辛尼的帽子也曾经放在这里，被人误以为是一只猫。他将一只干枯的手，放在蓄了大白胡子的脸上用力抹了一下，像是要将脸上的所有表情都抹掉似的，然后就上了楼梯。

他发现客厅的前间已经全都坐着人。当然，这间客厅在一个客人也没有的时候，看起来也是满满当当的，原因在于，偶摩西和他的两位老姐姐都觉得，屋子都要布置充分才算得上漂亮，这是他们那辈人的传统。所以，这间客厅里放着十一把椅子，一张长长的沙发，三张桌子和两个橱柜，另外还有数不清的小摆件和其他玩意儿，再加上半面大钢琴。此时，在屋里就座的有史摩尔太太、海斯特姑太、史悦辛、詹姆士、拉契尔、威尼弗列德和尤菲米雅——那本《爱情与止痛药》她已在午餐时看完，特来还书——尤菲米雅的好友弗兰茜——她是罗杰的女儿，会作一点儿曲，被福尔赛家族看作音乐家。因此，除了两把空置已久的椅子①，只有另外一把椅子没人坐。然而，在唯一可以落脚的地方，那只猫儿却趴在那里，老佐里恩一脚将它踩了一个正着。

这段时间，偈摩西家经常会有这么多客人。大家毫无例外地十分敬重安姑太，如今她过世了，大家伙都经常来"巢庐"拜访，并且停留的时间也会长一些。

第一个到的是史悦辛，正坐在一把裹着红色缎子的金靠背的椅子上，看起来比谁都要活得长。波辛尼叫他"胖子"，还真是贴切。他长得十分高大，满头白发，胖胖的脸上剃光了胡须，显得十分刻板，在这间摆设讲究的屋子的衬托下，显得愈发的原始粗野。

他的话头，就像这段时间以来他经常说起的话头一样，一下子讲到了伊莲。他听说相关的传言已经街知巷闻，所以急匆匆赶来，对裘丽姑太和海斯特姑太表达他对此事的看法。他说，不可能，或许，伊莲是要跟一个男人调调情，因为这对一个漂亮的女人来说，是必不可少的，但绝不会在此外还有什么事情。这件事没有什么值得招惹是非，她非常通晓事理，也一定知道如何按照自己的地位和门第行事！不会有什么——他本来要说"丑事"，但一转念觉得不妥，便用力摆了一下手，意思是"别提了"。

虽然史悦辛对此事的看法只是出于他作为一位单身汉的观点，但说实话，既然这一个家族的人都头有脸，并且各自有相当的地位，这不也正说明了其门第？即使他在听人谈论自己祖辈的时候，

——————————
①这两把椅子是安姑太和偈摩西的，前者已经过世，后者从来不下楼，因此素来空着。

一些人不无失落地提到"农户"和"贫寒之家"，他又何曾相信过？从来没有！他总是在内心里坚定地认为，自己的家世始终都是独特而显要的，这种想法从来没有动摇过。

"肯定是这样，"在小佐里恩的事情还没有发生以前，他曾经这样对他说，"你瞧我们，都是头面人物！一定有什么高贵的血液流淌在我们身体里面！"

以前，他非常喜欢小佐里恩。他觉得，小佐在上大学的时候交往的一些同学，都还不赖。比如说，那个老家伙查理·费斯特爵士的几个儿子——当然，其中的一个后来也成了个大坏蛋。小佐看上去有一些独特的气质，然而，他居然同一个外国女人私奔了，而且还只是一个家庭老师。太可惜了，他为何不找一个有点儿身份的女人？那样大家还会光彩一些！如今算什么？他成了劳埃德船级社的一名保险员。听说，他有时还画画——画画啊！见鬼！本来，他的地位可以不逊于佐里恩·福尔赛准男爵，做一名国会议员，拥有一座乡下庄园！

在大户人家，总会有些人出于冲动，要去纹章局打听一番。史悦辛也曾受此驱使，有一回跑去纹章局打听。那边的人对他说，他们一定跟一位大有名望的福尔赛斯是同宗，并且那一家的徽章是"黑色的底，红色的线条，右边有三个钩子"。那人这样告诉他，自然是希望史悦辛能够采用这徽章。

不过，史悦辛并没有认同。但是，当他打听明白那一家的族徽图案是一只"原色雉鸡"和一句"天佑福尔赛斯"的箴言之后，他就在自己的马车和马夫号衣的纽扣上添加了雉鸡的图案，并且在信纸上也印上了相同的图案和那句箴言。然而，那个族徽却只是埋藏在他心里，一方面由于他并没有支付族徽的使用费用，将其印在马车上未免招摇过市，他最讨厌那样。另一方面，他是个注重实际的人，就和其他任何讲究实际的英国人一样，心底里都对自己弄不明白的东西觉得不屑——比如说那个"黑色的底，红色的线条，右边有三个钩子"的族徽，谁都会觉得这东西有些令人费解。

不过，他还是记住了纹章局那人对他说的话，只要支付一定的费用，他便有资格采用那枚纹章，这让他觉得自己本身就是一位贵族。慢慢地，族里用雉鸡图案的人越来越多，其中几个比较仔细的，还加上了那句箴言。不过，老佐里恩始终不同意用那句箴言，对他来说，这都是瞎胡闹，一点儿意义都没有。

老一辈的人，或许心里清楚这个徽饰到底源自哪一时期伟大的历史事件；不过，当有人追问他们的时候，他们都心虚地推脱是史悦辛不知道怎么弄来的，而不愿意撒谎掩饰。他们都觉得，只有法国人和俄国人才会撒谎。而对小一辈的人来说，谁都不愿意提起这件事情，一个个都讳莫如深。一方面他们不愿意让长辈伤心，另一方面，也不想让自己像一个跳梁小丑。他们采用了这个徽饰，只是为了……

"不，"史悦辛说，"某一回我曾亲眼看见过。我敢打包票，伊莲对那个'海盗'或是小波辛尼——管他叫什么——的态度，跟和对我的态度并没有什么两样。其实，我想说——"恰在这时，弗兰茜和尤菲米雅走进来。这样的事情，显然不能当着年轻人的面讲，因此他只好停了下来。

在要紧处被打断话头，史悦辛心里有些不快，但随即又变得和颜悦色了。他非常喜欢弗朗西斯——家族的人都称她为弗兰茜。他们都说，她非常聪明，并且靠作曲赚了一些脂粉钱。他觉得，这便是她的聪明之处。

他在女子的问题上向来开明，并且深为此自鸣得意。他觉得，女人完全可以自己画画、谱个曲子、写点儿书什么的，尤其是靠这些赚一点儿零用钱，这些完全没有什么不可以。相反，这总比由着她们瞎胡闹要好。她们跟男人本来就不一样！

通常，人们都半开玩笑地将她戏称为"小弗兰茜"，像是在称呼着一位大名鼎鼎的人物。若谈到福尔赛家族对于艺术的见解，她算是一个颇具有代表性的人物。实际上，她的身材远远不算"小"，十分高挑，头发就像其他福尔赛家的人一样，是深色的，眼珠灰色，整个面孔看上去颇具"凯尔特人"的特点。她所谱写的歌曲，都是诸如《喟然之叹》《母亲，在我将死之时给我一吻，母亲》之类的，多有赞美诗一般的重复吟咏：

在我将死之时给我一吻，母亲；

给我一吻，给我一吻，啊，我的母亲！

在我将死之时给——我一吻，

给我一吻，啊，母——母——亲！

这些全都是她自己作的词。另外，她还会写诗。心情好的时候，她还会创作一些华尔兹舞曲，坎辛顿区几乎到处都有人在演奏她的那首《坎辛顿圆舞曲》，这首曲子的某处地方抑扬顿挫，非常动听，曲调是这样的：

这曲调非常别致。她还写了一些既幽默风趣又富有教育意义的歌曲，送给孩子们，特别是那一首《祖母的鲷鱼》，简直就像是一段充满了大英帝国精神的预言；同样的，还有那一支短歌《他的小眼眶被一拳揍得乌青》。

眼下，她的作品被出版社争抢，《高尚生活》《闺秀指南》等杂志，也对其大加吹捧："这是弗朗西斯·福尔赛小姐的又一首新作，其曲调轻松愉快，圆润甜美，余音袅袅，让人听起来百感交集，喜极而泣。这一位福尔赛小姐，将有远大的前程！"

弗兰茜的性格是典型的福尔赛家的，只结交对她有用的人——那些可以写文章或是在口头上为她捧场叫好的人，以及交际场合中的人。她很清楚，自己需要在什么样的场合卖弄风情，也一直关心着自己所写的歌曲的行市。在她心中，这些便代表着她的前途，她便是通过这些，为自己赢得人们的尊重。

有一回，她喜欢上了一个人，在情绪上出了一点儿岔子——究其原因，大概是因为罗杰热衷于收购房产，竟使得自己唯一的女儿也染上了收集爱情的癖好——她竟然创作了一首写实的长调，用小提琴来演奏。这首作品完成后，令福尔赛家族的人陷入了不安，他们觉得，这种作品基本是卖不掉的。

罗杰——他一直为自己的这一位聪明女儿高兴，常常跟人说她很能干，赚了不少零花钱——在听到这支小提琴长调后，也很不高兴。有一次，弗兰茜曾经用向尤菲米雅借的一个小哨笛，在王子花园的客厅里演奏过。"这东西真差劲"，罗杰听了，如是评价。实际上，他说得很对，确实差劲。更让人生气的是，这支曲子迟迟卖不出去。福尔赛家的人从来都认为，哪怕是最差劲的货品，只要能卖得出去，就算不上糟糕。

这些人虽然很现实，习惯以价钱来判断一件艺术品的价值，但他们中间，还是有些人为弗兰茜这一回所创作的不是古典音乐而惋惜，这其中便包括海斯特姑太。她向来喜爱音乐，也并不认为弗兰茜的诗写得有多好，不过，就像她所说的，如今几乎没有人真正在写诗了，眼下所谓的诗，都只是一些"轻松的小调"。像《失乐园》或《恰尔德·哈洛尔德游记》①这样的，才让人觉得真正是在读诗，可如今，已经无人能够写出这样的作品了。但是，弗兰茜把创作当消遣也是很好的，别的女孩子都在花钱买东西，她反而在赚钱。所以，海斯特姑太和裘丽姑太一直很乐于听到弗兰茜说自己的作品又涨价了。

通常，她们听弗兰茜说这个问题时，史悦辛也都在场。但是，他会假装不在意，因为这些年轻人讲起话来，语速飞快，口齿含混，让他听得颇为费力！

"我真是不明白，"史摩尔太太说，"你竟然能做得到。就算让我豁出一张老脸皮，也永远做不到你这样！"

弗兰茜淡淡地笑着说："我宁愿选择跟男人打交道，也不愿意同一个女人纠缠，因为女人们都有很多心眼！"

"亲爱的，"史摩尔太太叫着，"我敢肯定，我们都是没有什么心眼的呀。"

接着，尤菲米雅开始了她具有代表性的不出声的笑，以及那最后的一声尖叫，简直像有人掐住了她的脖子。她边笑边说："啊呀，二姑母，有一天你会让我笑死的。"

---

① 《恰尔德·哈洛尔德游记》：著名诗人拜伦的一首长诗。

史悦辛并没觉得有什么好笑的地方，他最不喜欢的就是这样：自己并不觉得好笑时别人却在笑。实际上，他一点儿也不喜欢尤菲米雅。每次提到她，他都会说："白脸的那个，她叫什么来着？尼古拉家的闺女。"事实上，他还差点儿做了她的教父，要不是他坚决反对她那个外国味儿十足的名字的话。他最不愿意做别人的教父。正因为如此，史悦辛装作一本正经地对弗兰茜说："天气还不错——呃——眼下。"然而，尤菲米雅对过去他不肯做自己教父的事情十分介意，便也不理他，而转向海斯特姑太，对她讲述起自己在教会百货公司撞见伊莲——索密斯太太的事情。"她跟索密斯一起吗？"海斯特姑太问，因为史摩尔太太还没来得及跟她说这件事。

"跟索密斯？当然没有！"

"难道她自己一个人在外面瞎逛？"

"哦，当然不是。波辛尼先生跟她在一起，她当时穿得可真漂亮。"

史悦辛一听到伊莲的名字，就怒冲冲地瞪着尤菲米雅。事实上，虽然不知道尤菲米雅不穿衣服是不是好看，但她穿着衣服的时候，就压根没好看过。所以，他就故意地说："我想，穿得像一位贵妇人吧。看到她就让人高兴！"

就在这时，有人来通报詹姆士带着他的两个女儿到了。达尔提的酒瘾犯了，就借口和牙医约好了，在马波门那里下了车，自己雇了一辆马车去了毕卡第里大街的俱乐部。眼下，他想必已经坐在那里的窗口了。他跟那些好朋友说，妻子要带他去拜会亲友——啊哈，这事情是他无论如何都做不来的！

他招来侍者，打发他去外面的穿堂里看看，哪一匹马赢了四点三十分的比赛。他说，他累得一点儿都不想动了，这是事实。整个下午，他都在陪着妻子乘马车到处"观光"。最后，他彻底撂挑子了——自己的生活，哪能由别人来安排？

这时，他正面对着拱窗，向窗外面望去——这是他最喜欢的位置，因为，从这里可以望见一切路过的行人。很不凑巧的是，或者应说很凑巧的是，他看见索密斯从靠绿园的那边走来，一边走一边左顾右盼，显然是要来俱乐部，他也是伊希姆俱乐部的会员。

达尔提一下子跳起来，赶忙抓起酒杯，一边嘟囔着有关那场赛马的话，一边匆匆躲进牌室——索密斯从来不到那里去。在牌室里昏暗的灯光下，他一个人一直待到七点半——按平时习惯推算，索密斯应该已经离开了。

千万别！躲藏在牌室的这段时间里，他心里忍不住想要去拱窗那边与人闲聊，便这样告诫自己。他的经济状况很是不如意，（詹姆士）"糟老头"因为那次的煤油股票出事——其实这件事的责任真不在他——变得有些不友好，这个时候，就千万不能再轻易地跟威尼弗列德吵架了。

若是被索密斯看到他在这里，那么，他撒谎去看牙医的事儿很快就会传到自己的妻子那里，福尔赛家的事情传得比哪家都快。他心神不宁地坐在铺着绿呢的牌桌间，哭丧着一张橄榄色的黄脸，穿格子呢裤的两条腿架起来，漆皮鞋在黑暗中反着光。他枯坐在那里，百无聊赖地啃着手指头，心里打着小算盘——若是自己押的那匹名叫"色鬼"的马赢不了兰开夏郡银杯赛，输掉的这笔钱该从哪里捞回来。

他闷闷不乐地想到了福尔赛家的这些人。这一大家子还真是少见！揩不到他们一丁点儿油水——即使揩到，也是极其费力的事情。这么多的人里，只有乔治还算是讲义气。就拿索密斯这个家伙来说吧，你开口跟他借十镑，就足以把他吓晕。就算没晕倒，也会用他那该死的傲慢的笑脸看向你，像是在说，你没钱就是死有余辜。

想到他的妻子——达尔提咽了一下口水——他总想跟她套套交情。这倒无可非议，任是谁有这样美貌的妻嫂，都要忍不住上前亲近一下的。然而，这一位晦气的——他心里用了一个猥亵的字眼——从来不搭理他，看他的眼神，简直就像是看到了一堆牛粪。然而，他敢打包票，她是一个深谙风情的女人。对于女人，他还是懂得很多的，像她那种娇柔的媚眼和婀娜的腰身不会白白浪费掉的，索密斯那小子迟早要领略到这一点——传言中那一位"海盗"老兄的事情绝对不是空穴来风。

达尔提离开椅子，站起来，在房间里转了一圈，最后来到大理石炉板上的镜子前面。他在那里站了好大一会儿，看着镜子里的自己。他属于那一类人，像整个儿在亚麻油里泡过了一样，黑胡子上了蜡，两撮醒目的腮须修得短短的，鼻子略微弯曲而肥大，旁边像是要冒出一个痤疮来——让他看了很是担心。

这时候，倜摩西家宽敞的客厅里，老佐里恩找到了那剩下的一把椅子，坐了下来。显然，大家的话头被他打断了，场面一下子很尴尬。裘丽姑太是出了名的好心肠，想将气氛调和一下，便说："啊呀，佐里恩，刚刚我们还讲到你很长时间都没来了，不过并不奇怪，你总是很忙，对吗？刚才，詹姆士还说你现在正处在一年中最忙的时候，对不对？"

"他说了吗？"老佐里恩狠狠瞪了詹姆士一眼，说，"每个人都做好自己的事情，就一定不会像现在这样忙了。"

　　詹姆士本来坐在一把矮椅子上，撑着膝盖在那里发呆，听到这里，不自在地挪动了一下双脚，结果不小心，又踩到了那只刚刚从老佐里恩跟前逃到他身边来的猫——这只猫可真不明智，竟然躲到这边来。詹姆士觉得踩到了一个毛茸茸软塌塌的东西，吓得立刻把脚缩了回来，懊恼地说："看！这里居然有一只猫。"

　　"又何止一只①！"老佐里恩接口说，目光依次扫过在场的这些人，继续说到，"刚刚，我就踩到了一只。"

　　这句话后又是一片沉默。

　　后来史摩尔太太扭动着手指头，非常可怜而又安详地四处打量了一番，问道："亲爱的珍还好吗？"

　　老佐里恩眨了眨他那严厉的眼睛，带着嘲讽的表情——啊，裘丽！这老太婆真是棒极了，真没有比她更不会说话的了！

　　"不好，"他说，"她不适宜在伦敦生活，人多口杂！"他把这句话逐字着重地说出来，又盯着詹姆士的脸看了过去。

　　鸦雀无声。

　　客厅里的人都感觉到不太妙，此时，乱说乱动都不甚妙。这间客厅原本陈设讲究，此刻，却弥漫着一种希腊悲剧中灾难在即的感觉。这房间中，既有穿着宽大礼服的须发皆白的老人，也有衣着时髦的年轻女子，他们同属于一个家族，此时，也有同一种难言的相似。倒不一定是觉察到了司掌着厄运的神明的到来，他们只是有一点儿这样的感觉而已。

　　史悦辛站起来，坐在这里这么受罪，他才不会留在这儿呢——
_____
①英语中猫有"阴险狡诈之人"的比喻义项。

谁说什么，他都不管！因此，他故作神气地在屋里转了一圈，跟每个人握手告别。

"告诉倜摩西，我说，"他说，"他把自己保养得有些过头了！"然后，他转向弗兰茜——他喜欢她的"机灵"——接着说："哪天有空的话来我家，我驾车带你出城玩。"话一出口，他就想起，那次带伊莲出去引出了那么多的闲言碎语来。所以有那么一会儿，他就站着一动不动，睁着两只眼睛看着，仿佛在等着这句话的后果。过了一会儿，他忽然又觉得这也不关自己什么事，便转身跟老佐里恩打招呼："再见，佐里恩！你不应该不穿大衣便在外面乱跑，否则，会被吹出关节病来的！"说完，他用漆皮靴的尖头蹭了蹭那只猫，便晃着自己一身肥肉扬长而去。

他走后，剩下的人悄悄地看了一下彼此的脸色，刺探着大家对刚才"出城"那句话的感想——这可是一句引人关注的话，意义十分重大，毕竟，家族中被讨论得沸沸扬扬的那一个含糊又荒唐的流言，被它一语捅了出来。

尤菲米雅终于没有忍住，短笑一声，说道："多亏史悦辛三伯没有约我出城去。"

史摩尔太太既要安慰她，又担心这个话题会引起局面尴尬，便想着竭力周旋一下，说："亲爱的，他就是为了面子，所以喜欢带穿戴漂亮的人出去。他带我出城那次，让我永远难忘，那可真不错！"说完，她那有些肥胖的苍老的面孔上，出现了一种奇怪的自我陶醉的满足感，接着就噘起嘴来，泪水开始在眼圈里打转儿。想来，她应该是回忆起多年前跟希普第莫斯·史摩尔先生驾车出游的事情了。

坐在那把矮矮的椅子上的詹姆士，早已恢复了原先那种紧张的沉思状态。这时，他忽然回过神来，说："史悦辛那家伙真是滑稽。"他说着，显得有些心不在焉。

老佐里恩的沉默和严厉的眼光，把大家吓得噤若寒蝉。他自己对刚才讲的那两句话也感到彷徨，他原本是为了破除流言，然而，这两句话却使得流言显得更加明确起来。但是，他还是生着气。

他跟这些人的对阵还没结束，没有，没有，他还要给他们好看。

他对这几个侄女们素无怨恨，就放过她们了。老佐里恩对看起来还看得过去的一些年轻女子，向来是比较温和的。但是他觉得，对于詹姆士这家伙，还有其他几个——尽管可能比詹姆士稍微好一些，他却一个都不能饶过。想着，他也问起倜摩西来。

裘丽姑太似乎已经预感到自己最小的兄弟要被拿来当靶子，便忽然问老佐里恩是否喝茶。"茶在后面的客厅里，已经泡好了！"她说，"不过眼下怕是已经凉了，不好喝了，让史米赛尔重新给你沏一壶。"

老佐里恩站起来，说："谢谢！"他瞪着詹姆士："但我今天没工夫喝茶，也没工夫在这里听一些什么闲言碎语、见鬼的话！我要回去了，再见，裘丽雅！再见，海斯特！再见，威尼弗列德！"

他就这么昂首出了门，对其他人连招呼都没有打一个。

上了马车，他的怒气便消散了。他就是这样，气性大，发作过后马上就好了。他突然沮丧起来，这些人的嘴巴也许被封上了，但代价是什么呢？！他本来认定这些只是流言，现在看来，却一定是真的了。这就是他得到的结果：珍被抛弃了，因为那家伙的妻子，她被人抛弃了！他觉得这是真的，但还不愿意相信。在这种心态下，他隐藏在心底的痛苦，逐渐转变成为一种对詹姆士父子的盲目而坚决的仇恨。

客厅里剩下的六女一男又聊了起来，但经过刚刚的不快后，聊得都有些拘束。他们中的每一个人都极力想表明，自己没有在搬弄是非，但每个人都清楚，其他六人在这个流言的传播上都是有份的，所以，也都在心里糊里糊涂地生着闷气。詹姆士表面上看起来不动声色，内中简直激动得心潮澎湃。

过了一会儿，弗兰茜说："我觉得，佐里恩大伯今年老得厉害。你说呢，三姑母？"

海斯特姑太把头略微一缩，说："哦，问你二姑母吧！我什么也没看出来。"

其他人倒不介意附和这一看法，詹姆士盯着地板，快快地说："他比从前可真老太多了！"

"我老早就看出来了。"弗兰茜接着说，"他老得可真不成样子了。"

裘丽姑太摇摇头，整个脸都促缩在了一起，说："可怜的佐里恩，他需要有一个人来照顾！"

大家又都不说话了。后来，像是害怕最后被单独留下一样，五位客人同时站起来，告辞离去了。又只剩下史摩尔太太、海斯特姑太和那只猫待在客厅里，远远传来关门的声音，偶摩西出来了。

那一晚，海斯特姑太睡在原本属于裘丽姑太的后卧房，而裘丽姑太后来住进了安姑太的房间。她刚准备入睡的时候，史摩尔太太就径自进来了，戴着一顶粉红色的睡帽，手中还拿着一支蜡烛。"海斯特！"她轻喊，"海斯特！"

被窝里的海斯特姑太轻轻哆嗦了一下。

"海斯特！"裘丽姑太重复地喊，看那劲头儿，非要叫醒她不可，"亲爱的佐里恩真可怜，我实在替他担心，你觉得该给他出点儿什么主意呢？"她特意强调了"主意"二字。

被窝里的海斯特姑太又哆嗦了一下，用有些告饶的口气说道："我有什么主意！"

裘丽姑太似乎满意了，转身离去。她关门的动作也十分轻微，像是怕惊扰了亲爱的海斯特一样，门从她指间滑出来，"咔嗒"一声关了起来。

她回到自己房间，站在窗子边上。为了防止外面的人看见房间里的样子，窗帘是拉上的，而纱布的窗帘中间有一条缝隙，可以窥见公园枝头上的月亮。裘丽姑太一张圆圆的脸，戴着粉色睡帽，噘着嘴巴，眼里噙着泪水，心里反复念叨着"亲爱的佐里恩"——啊，他是那么老、那么孤独，她一定要为佐里恩想点儿办法，这样，或许他就会喜欢起她来。如果是那样，自希普第莫斯·史摩尔先生去世以后，这可是第一次有人喜欢她。

8. 罗杰家的舞会

王子公园内，罗杰的家中灯火通明。那雕花玻璃的灯架上插着许多蜡烛，那熠熠闪闪的灯光投映在长套间客厅的木地板上。所有家具都被搬到了上面的楼梯口处，只在四边放了一些轻便的长凳，去掉人类文明的那些奇怪的附属物，屋子显得宽敞极了。

在那个远远的角落里，放置着一架小钢琴，四周装饰着一些棕桐树，乐谱架上摊着《坎辛顿旋舞曲》。

在邀请乐队这件事上，罗杰坚决反对。他认为完全没有必要，这笔开支他是绝对不投入的，所以这事儿只能不了了之。弗兰茜——她母亲多年前被罗杰气出了胃疼的老毛病，这时候早就睡了——没有办法，只能找来一位年轻的号手来搭配钢琴。而且她把棕榈树布置得十分巧妙，一眼看过去，里面像是隐藏了好几位乐师。她要求他们一定要演奏得响亮——即便是一只号，只要你狠命地吹，听起来也还蛮不错的。

按照文雅的美国人的说法，她好歹"挺了过来"。为了跟上时下的风气，同时又不违背福尔赛俭之又俭的家风，她绞尽脑汁地东拉西凑，现在终于挖空心思地将这事情操办成了。她穿着一件肩头堆着许多纱的金黄色的衣服，显得整个人瘦削干练。她满场巡视着，边走边看边戴上手套。

她向临时雇来的男仆——他们家里只有女用人——吩咐着关于酒的一些事情：福尔赛先生只打算提供一打从惠特莱酒店买来的香槟，若是喝光了——虽然不太可能出现这种情况，女客人大多数是只喝水的——他必须想办法用果子酒兑香槟来充数。

跟一位男仆讲这样的事情，简直太丢脸了，她很是不高兴。但是，谁让自己有这样一位父亲呢？罗杰虽然对于开办舞会是百般刁难，但他过一会儿就会走下楼来，装得好像是舞会的张罗者似的。他红光满面，额头高昂，极有可能还要带着最美丽的女宾去餐室用夜宵。等到大家玩得正开心的时候，大概两点钟左右，他会偷偷地告诉乐师，叫他们开始演奏国歌[①]，然后自己离开。

①英国习俗，一切娱乐活动都要以演奏国歌作为结束。

弗兰茜巴不得他玩一会儿就累了，赶紧回去睡觉。

弗兰茜跟她留下来参加舞会的三四位不错的女伴，在楼上一间平时不太用的小屋子里吃了一点点匆匆准备的茶和冷鸡腿。而几位男宾，则被送去了欧斯代斯的俱乐部里吃晚饭，这些人需要请他们大吃一顿。

九点整的时候，史摩尔太太独自到了。她为倜摩西的缺席连声道歉，却一点儿也不提起海斯特姑太，后者临出门才推脱说她懒得来。弗兰茜很殷勤地把她引到一张轻便的凳子上坐下就离开了。穿着淡紫色缎子衣服的史摩尔太太——安姑太去世后，这是她第一次穿起其他颜色的衣服——就这样孤零零地一个人噘着嘴坐在那边。

弗兰茜的那几位女伴，穿着颜色各不相同的衣服，不约而同地从各自房间走出来。她们都很瘦，所以衣服的装饰有些相同，都在肩头和胸部镶了许多纱边。她们被引见给史摩尔太太，只打了一声招呼，便都挤到一处聊天去了——手上摆弄着今晚的节目单，一边说话一边瞄着门口，等候第一位男宾。

随后，尼古拉一家子来了，他们一向非常准时——据说，这规矩在他们居住的拉布洛克那边是十分重要的。继之到来的是，欧斯代斯和他的一帮朋友们，他们浑身上下带着一股烟草气味，看起来没什么精神。

弗兰茜的情人也一个接一个地来了三四位，她事先要求他们要早一点儿来。这些人全都刮光了胡子，言谈举止都很活泼——这种很特别的活泼，是坎辛顿年轻人新近流行的风气。他们彼此间毫不介意，都把领结打成两头都鼓出来的样子，都穿着白背心和两边绣花的袜子，袖口处全都藏着一块手帕。他们都表现得非常开心，愉悦地到处走动，似乎来到这里对于他们有莫大的意义。跳舞的时候，他们根本不像传统的英国人那样，在脸上表现出一副庄严的神情，相反却是一脸的幽默与和气，同时还有一些玩世不恭。他们跳着，抱着各自的舞伴疯狂地转圈，全然不理会音乐的节拍——何必那样墨守成规？

他们把自己当作坎辛顿舞场中的"轻骑兵"，深以为，只有他们自己身上才能表现正确的步调、风度和举止。在看其他人跳舞时，他们脸上呈现出轻快的蔑视。

之后又来了一大批客人，年纪较大的监护人都被挤到了对着门口的墙根下坐着，年轻好动的则被卷入了房间中舞蹈的漩涡。

舞会上的男宾很少，一些女人坐在冷板凳上显得尤其冷清，脸上带着酸溜溜的微笑，像是在说："哦，不！你找错啦，我不是你要找的人，我简直没指望你来找我！"鉴于这样，弗兰茜不得不央求她的某个情人，或者是头一回来这种场合的小伙子，说："眼下，你帮我个忙，我介绍你来认识一下苹克小姐，她人可真的很不错！"就这样把他带过去，给他们彼此介绍："苹克小姐，这是加萨科尔先生，你能答应陪他跳支舞吗？"苹克小姐微微一笑，羞答答地回答说："哦！我想，应该可以！"她遮掩着，在自己的空白纸片上热情地记下加萨科尔这名字，将他安排在申请第二支额外舞蹈的位置。

然而，在那位小伙子嘟囔着嫌热，走开之后，她便只好恢复了那种漠然等待的表情，那酸溜溜的笑容仍然挂在脸上。

母亲们坐在那里，缓缓地摇着手中的扇子，目光却紧紧追随着自己的女儿，她们的遭遇从各自眼睛中就能看得出来。这些母亲们连续几个小时坐下来，虽然腰酸背痛，只是偶尔忍不住才交谈几句话。不过，这又有什么要紧？只要孩子们开心就行了！可是，当她们看到女儿坐在冷板凳上，没人搭理或被人甩开时，脸上虽然还是微笑着，眼睛里却凶光毕露，就像被惹恼了的天鹅一样。这一帮小畜生！她们真想一把抓起小加萨科尔的流里流气的裤腿，将他拖到自己女儿面前。

在这场坎辛顿舞会上，人生的各种遭遇，包括一切的残酷、辛酸和不公正，人性的虚妄与无私，都触目可见。说来，这倒也像是一块战场呢！

也有为数不多的情人们——不是弗兰茜所交往的那种特殊的情人，而是另外一些普通的情人——在那里不知所措，红着脸，不作声，相互偷偷地观察着，想在乱纷纷的舞蹈中挨得近一些，有时也会挤在一起跳一支舞，彼此深情款款的眼神引人注目。

詹姆士一家是在十点整到的，爱米莉、拉契尔、威尼弗列德——她的丈夫达尔提上次在罗杰家喝了太多的香槟，这次没带他来——以及最小的席西莉——这是她第一次出来应酬。他们后面，跟着索密斯夫妇，他俩是在家中吃过晚餐后乘马车过来的。

詹姆士一家的这几位女宾所穿的衣服款式，都是肩带上面不缀细纱的那种。这样一来，肩头便大胆地裸露了出来，令人一见便知，她们来自时髦的海德公园。

索密斯进门后，侧着身子后退了几步，避免撞上跳舞的人。他脸上挂着淡淡的笑容，找了个地方后靠墙站着，做出一副局外人的样子。华尔兹的乐曲一遍又一遍地响着，一对对舞伴不停地从他面前掠过。有一些唇边挂笑，或者干脆地笑出声来，有一搭没一搭地聊着；有一些板着脸，目光在人群中梭巡着；也有的朱唇微张，四目相对，相对无言而脉脉含情。舞会热烈的气息、花朵的香气、头发的气味以及女孩子们惯用的香水的味道，在夏夜的炎热里升腾着，让人喘不过气来。

索密斯就这样站在那里，一声不吭，带着讥讽的微笑，好像什么都没看见。有时，他的目光落到所找寻的那个人身上，便随之在人群中不停地转动，连嘴角的微笑也不见了。他不跟任何人跳舞。人家都会跟自己的妻子跳上一支，可是他不，结婚后，他便不再允许自己跟伊莲一起跳舞了，他觉得那样有失体面。然而，至于这样坚持下去心里是否舒服，恐怕只有福尔赛家族的守护神才清楚。

伊莲跟别的男子跳着，从这边舞到那边，她的霓虹般的彩衣跟她一起舞动，吸引着众人的目光。她的舞姿特别好看，他最常听到的，就是其他女人不无妒忌地跟他说："你太太跳得太美了，索密斯先生！看她跳舞真是一种享受！"然而，他通常却要表现得十分不屑，对着她瞄上一眼，问："是吗？"类似的话他都听腻了，也不想回答。

近处的一对青年男女轮流着用同一把扇子，扇起一阵让人不快的风。弗兰茜跟她的一位情人站在近处，在调着情。罗杰吩咐仆人准备夜宵的声音，从他的身后传来。一切都是二流子模样！索密斯为自己的到来后悔不已。他提前问过伊莲，自己究竟要不要跟来，她脸上带着让他大为气愤的微笑，说："哦，别去了！"

自己为什么来了这里？刚才那一刻钟，他连伊莲的影子都看不到了。乔治从那边走了过来，看到那副奎尔普式的奸诈的嘴脸，索密斯发现，自己已经避不开这家伙了。

"瞧见'海盗'了吗？"那丢尽脸的小丑问，"正准备上场呢——新剪过头发，啧啧，还真俊俏！"

索密斯回答没看见。舞蹈稍停了一下，大家都在休息，大房间空了下来。于是，他穿过舞池来到外面的阳台，眺望着下面的街道。

一辆马车驶了过来，又来了一批迟到的客人。大门口拥着一些看热闹的人，他们耐心十足，在那里翘首观望着不愿离去。伦敦的街上经常会见到这样的一帮闲杂人等，哪里有灯光和音乐，哪里就有他们的影子。这些人都是黑漆漆的身影，衣衫不整，脸色灰白，一副木呆呆的神情——那样子可真让人生气。索密斯心里很不快，为什么要让这些家伙待在这里？警察为何不驱赶他们？

警察对他们简直不理不睬，只是站在横铺过人行道的红地毯上，叉着两只脚，那铁盔下面的一张脸，也同样是一副木呆呆的表情。

索密斯能够望见在街对面的栏杆里头，风吹着树木的枝条，在街道的灯影下微微晃动。远处公园那边高楼上的灯光，如同一双双眼睛，在窥探着园子里面一片寂静的黑暗。覆在这一切之上的，是伟大的伦敦城的夜空，它被万家灯火映耀着，如同漂浮着一层光亮的尘土。这一座苍穹在星斗间交织着一切人类的欲望和幻想，像是一面投映着一切人间繁华与穷苦的没有边际的镜子。在每个夜晚，它以仁慈的嘲笑照映着这广袤大地上的每一个角落——无论是广厦华屋，还是贫舍寒窟；它高照着此间的每一个人——无论是福尔赛家的人，还是警察和街上的看热闹者。

外面凉快了一些。索密斯转过身，隐在窗口边，张望着灯火通明的大房间。他看见，刚刚从马车上下来的宾客走了进来，是珍和她的祖父。他们怎么来得这么晚？站在门口的这两个人，神态都显得极为疲倦。怎么这么晚了，佐里恩大伯还要跑出来？珍为什么不先去找伊莲，跟她一起来呢？以前，都是伊莲带她出来啊！想到这个，他才忽然觉得，自己已经很长时间没有见到过珍了。

索密斯观察着她的神色，带着一种无聊的恶意。他发现珍的脸色变了，变得很苍白，简直像随时会晕倒一样，接着又涨得通红。随着她的视线，索密斯看到妻子伊莲正挽着波辛尼的胳膊，从屋子另一边的花房走出来。她的眼神迎合着他的眼睛，像是在回应着他的问话，而他则一心一意地望着她。

索密斯把目光收回来，看到珍用手抓住老佐里恩的胳膊，好像是在恳求着什么。他看见，老伯父的脸上露出诧异的神色，然后，便转身带着珍消失在门口。

音乐声又响了起来，是一支华尔兹曲。索密斯继续隐在窗口，安静得如一尊石像一般，在那里等待着。他面无表情，连嘴角那惯有的一丝微笑也不见了。不一会儿，从距离他隐身的黑漆漆的凉台一码远的地方，他的妻子和波辛尼跳了过去。他闻得见她所戴的栀子花的香气，也看得见她起伏的胸口，她眼含秋波，嘴唇微启，脸上是一种他前所未见的神情。悠扬的音乐中，他们两个跳了过去，从索密斯的角度望过去，简直像是紧贴在一起。他看见，伊莲深褐色的大眼睛与波辛尼深情相对，然后垂下了眼睑。

索密斯看得脸色煞白，靠着凉台上转向外面。下面的广场上，那些围观的人仍然在盯着灯光，无聊至极；那警察也在那儿仰着脸看，眼睛睁得老大。他把这些都当作没有看见。一辆马车驶过来，两个人上去，然后离去……

那天晚上，珍和老佐里恩准时开始用晚餐。珍穿着一件平日常穿的高领衣服，老佐里恩也没有换上礼服。早饭时，珍曾谈起罗杰叔祖家的舞会，她说她想参加，还抱怨自己没早想到要找个人带她去，眼下都来不及了。

以前，珍总是跟伊莲一起出入这种场合的。当时，老佐里恩就抬头用锐利的眼光盯着她，问："怎么不去找伊莲呢？"

不！珍绝不去找她，她恳求祖父破例陪她走一趟，只要一会儿就好！

老佐里恩被她憔悴的模样和迫切的神情打动了，勉强答应了她的要求。这档子舞会有什么意思？老佐里恩实在搞不懂，也不知道珍为什么非要去。他说，像珍眼下这病恹恹的模样就不应当去这种场合！她急需的是海边的空气。等环球采金公司的股东大会一结束，他一定要带她去海滨。可是，她却不想出门，唉！她这简直是往死里糟蹋自己！老佐里恩怜惜地偷偷看了看她，开始用自己的早餐。

珍一大早就出门了，大热天的在外面东奔西跑。她本来很瘦弱，遇事也一向懒懒散散，可今天却像中邪了一样，打定主意要将自己打扮得漂亮一些。波辛尼收到了请帖，他一定会去的，她心里清楚得很！她就要给他看，自己一点儿也不在乎。但在心底里，她又想在今天晚上把他抢回来。她回到家里时神采奕奕，午饭时一直不停地说着话，很是兴奋。老佐里恩看到了这一切，心里却不知所措。

但在下午，她却大哭了一场。她用枕头压着自己的声音，不让人听见。最后，她停止哭泣，去照镜子，发现脸已经浮肿了起来，眼睛红红的，眼圈乌黑。直到天黑之后，晚餐开饭，她才从房间里出来。

她闷闷不乐地吃着晚饭，心里挣扎着。老佐里恩看她憔悴无力、无精打采的模样，就吩咐"山基"卸掉马车，今晚绝不允许她出门了，一定要去睡觉！她毫不反抗，乖乖回了房间，在黑暗里坐着。大概十点钟，她打铃叫来了女仆。

"给我一点儿热水，去跟福尔赛先生报告，我觉得已经休息得差不多了，若是他很累的话，我可以一个人去舞会。"

女仆一脸疑惑，珍忽然撒起泼来。"快去呀，"她说，"快把热水拿来！"

她憋着一股子气，小心翼翼地穿上摊在长沙发上的舞会服装，手上拿着花，走下楼来。那一张小小的脸蛋，在浓密的头发下高高昂起。从祖父门前经过时，她听见，他在里面踱来踱去。

老佐里恩被她折腾得又惊又气，正在穿外出的衣服。已经十点多了，到那里至少要十一点。眼下，这孩子简直像是疯了一样，可是，他又不忍心去招惹她——晚餐时，她脸上那种表情让他一时忘不掉。

他用一把乌木梳子梳理了一下头发，那白发在灯光下亮闪闪的像银子一样。然后，他也从阴暗的楼梯上走下来。

等在楼下的珍马上迎向他，他们登上了马车，谁都没说一句话。

这段路在今晚显得特别漫长。抵达后，两个人走进了罗杰家的客厅，珍的脸上还端着一副坚强的神情，以此掩盖着她内心的痛苦。她有一些担心他没来，生怕见不到他。同时，她也下定了决心，要将他抢回来——用尽一切办法把他抢回来。然而，至于具体怎么做，她也没想到。若是这样，就算倘若有人说她"倒贴"，她也是不会介意的。

见到舞会和光亮的地板时，珍有一些兴奋和得意。她特别喜欢跳舞，她的身子十分轻盈，那样子俨然一个快活的小精灵。他看到这样，一定会过来向她邀舞的，只要他们一起跳舞，便会和好如初。于是，她急切地四处寻找着。

然而，波辛尼却与伊莲一起从花房走出来，他脸上那副奇怪的陶醉的神气，被珍逮了一个正着，她一下了受到了极大的打击。那两人并未发现她的窘态，她不能让任何人看见——连身边的祖父都没有发现。

她拉着老佐里恩的胳膊，非常小声地说道："爷爷，我要回家，我觉得不舒服。"

老佐里恩赶紧带她离开了，一面嘟囔着自己早知道会是这样。

但是，他什么也没跟珍说。幸亏那辆马车还在门口停着，两个人就直接上去了。这时候，老佐里恩才问："乖孩子，出了什么事情？"

珍号啕大哭，娇小的身体整个儿抽搐着，让老佐里恩一下子慌了神。明天，一定要请布兰克来给她诊断一下，她不答应也不行，一定不能再放任她这样下去了……没事儿啦，没事儿啦！

珍好不容易停止哭泣，倚靠在车厢的角落，使劲抓着祖父的手，用披肩掩着脸。老佐里恩看见她的一双眼睛，在黑暗里愣愣着出神，便用自己瘦弱的手指，轻轻地抚拍着她的小手掌。

9. 里希蒙的夜晚

看到"那两位"——尤菲米雅这样称呼他们——从花房里走出来的，当然不只是珍和索密斯。当时波辛尼脸上的那种神情，被许多在场的人看在了眼里。

平日里，大自然总带给我们宁静祥和的感觉，然而它蕴藏着的能量，有时候却会突然爆发出来。春日艳丽的阳光从紫色的云朵中穿透出来，照耀着雪白的杏花；积雪的峰峦沐浴在日光之中，高耸在滚烫的苍穹之下；落日的余晖将晚霞点染得如红色的火焰，一株年老的杉树阴郁地站在下面，像是在守护着人所不知的秘密。啊，一切如此自然！

有时，在画廊中，一幅在毫不用心的局外人眼中标注着"×××提香^①，上等品"的一般作品，若是被一位刚刚吃过一餐讲究的午饭的福尔赛瞧见，便有可能恰恰对了他的口味，让他入了迷，着魔一样地沉醉其中。他会觉得，这幅画，嗯，有某种真正称得上是杰作的地方。一种说不清道不明的东西纠缠着他，他尝试着用讲求实际之人所推崇的那种准确的精神来分析它，想竭力弄明白它究竟是什么。然而，这东西却东躲西藏，捉摸不定，像午间佐餐的酒的酒意一样散去，剩下他一个人在那里气得肝疼。他觉得，自己刚才太不珍惜，简直像是在浪费，真见鬼！那上面的仟米星号所代表的意思，他本来一点儿都不想知道。但实在没有办法，老天啊，他最好完全不懂！他最好是干脆拒绝承认它的存在！只要一承认，你就会继续着迷下去。不由自主地付一先令，买一张门票，然后再付一先令买张节目单。

当夜波辛尼脸上的表情——珍和福尔赛家的其他人都看到了——就像是一块带着破洞的画布，一支蜡烛从里面升腾起火焰，散发出暧昧不明且摇晃不定的光明，黯淡中带着一些好奇。在那些旁观者的眼里，它有着显而易见的危险意味。然而，有那么一会儿，

---

① 提香：1490—1576年，意大利画家，惯以金黄色作画，故其名字亦有金黄色之意。

他们却看得饶有兴致，继此之后，才觉得自己根本不应该对之观望。

以上情形是对珍的行为的最好解释。她来得这么晚，却连舞都没跳就离开了，甚至都没有和自己的未婚夫握个手。听说，她忽然不太舒服，只能这样。至此，其他各人都心怀鬼胎地面面相觑起来。家丑不可外扬，他们也不想得罪人。没有人愿意这样！对于家族外的人，他们根本不会说一个字，某种看不见的规则使然，让他们全都闭口不谈。

不久便听说，老佐里恩带珍去海滨了。

他带她去了布洛德斯代尔，近来这地方的名气越来越大，至于尼古拉追捧的雅茅斯，名气却一天不如一天。一个福尔赛家族的人到海滨去，若是不能呼吸到一点儿那儿的空气，让他的脾气在一个星期之内变得乖戾起来，他便会认为钱花得不值。当年，福尔赛家那一位老太爷开始像贵族一样喝起马第拉酒来的时候，也正抱有同样的心思。所以，他的儿孙有此毛病也就在所难免了。

珍就这样去了海滨。除了静观其变，家族中的其他人也别无办法。

可"那两位"，到底发展到了哪一步？他们到底是要闹成什么样子？他们真的要这样继续闹下去吗？有一点是肯定的，那就是，他们绝不会闹出什么名堂来，因为他们都没钱，最多只是调调情，届时自然会结束——此类所谓的爱情，都逃不过这样的结局。

索密斯的妹妹威尼弗列德·达尔提却讽刺他们，说"那两位"根本没有什么事情。居住在格林街的她，难免沾染了美菲尔区的风气，对已婚人士的举止行为的看法，要比时下许多地方——比如在拉德布洛克林区——所流行的观念要时髦许多。那个"小女人"——其实，伊莲的身材比她还高一些，却一直被她称作"小女人"，这充分彰显了一个福尔赛家的人所用以自居的那种高贵身份——在生活厌烦时，为何不能为自己找点儿刺激？再说，索密斯这个人了无情趣，而波辛尼先生，一直被她认为很"英俊"。也就只有乔治那种荒唐的家伙，才会将人家叫作"海盗"。

对波辛尼"英俊"的这一评价，引得舆论哗然。大家都不服气，他们或许能够承认波辛尼"算得上俊俏"，但要说他这种颧骨高耸、眉眼细腻、头戴软呢帽的男人称得上"英俊"，只能说威尼弗列德又在赶时髦了，她总是这样胡闹。

那年夏天，是历史上最胡闹的季节。大地也疯狂起来，栗树开着花儿，散发出浓郁的花香，这简直是前所未有的，每一家的花园里，玫瑰花都在盛放着；夜空现出满天的繁星，密密麻麻地，感觉快要挤不下了；太阳全副武装，在公园上空挥舞着炙热的铜盾。受此天气影响，人的行为也变得乖僻起来，在露天的地里吃起午餐和晚餐。阳光明媚的泰晤士河，各种出租车和私人马车从桥上络绎不绝地驶过，将无数上层人士带往布西、里希蒙开游，或是汉普顿行宫，去那里领略郊外的美景。这种盛况，简直可谓空前。凡是可以算作马车阶级的人家，这一年几乎都有出城的打算，不是去布西观赏马栗花，就是去里希蒙公园的西班牙栗树林里游玩。他们并不在意飞扬的尘土，伴着辚辚的车声一路驰来，完全一种时髦的气派。大片的凤尾草在他们眼前茂盛地生长着，草丛里的大驯鹿抬起它们叉开的大角。随后来到的秋天里，这片凤尾草还要为情人们提供前所未有的隐蔽之机。当栗树花和凤尾草的香气纠缠在空气中时，情人们便会窃窃私语起来："亲爱的，那是什么奇怪的气味呀！"

那一年的菩提花也出人意料地开得旺盛，那颜色几乎像蜂蜜一般金黄。在伦敦很多广场的角落里，一到太阳落山，这些花儿就散发出一种连蜂蜜都不及的甜香。那些与福尔赛家族同属一个阶级的人们在用过晚餐之后，带着钥匙去他们私有的园子里乘凉消暑，那香味被他们嗅见，便在心中唤起一股难以言表的慕念。

正是这种慕念让他们徘徊在暮色的花台中，天黑下来还流连不去，像是有一位情人在那里等着他们——直至最后一道光线消失在绿荫里。

也许是菩提花的香气在威尼弗列德心中唤起一种隐约的同情，也许是手足亲情驱使着她，让她验证一下自己那句"根本没有什么事情"的评语，也许仅仅因为她抵制不了这夏日的诱惑，渴望去一趟里希蒙。总而言之，这一位四个小达尔提（小蒲白里斯、伊莫金、茂德、宾尼狄特）的母亲向她的嫂子寄了这样一张便条：

亲爱的伊莲：

听说索密斯明日要去汉莱，且要在那里过夜。我想约人同去里希蒙散散心，你约上波辛尼先生，我约上小弗里帕，一定很有趣，如何？

爱米莉——她们对母亲直呼其名，且觉得这样很"俏皮"——会将马车借给我们。七点钟的时候，我来接你，和你那年轻的朋友。

威尼弗列德·达尔提

六月三十日

又及，蒙塔谷觉得皇家饭店的晚餐真的不错。

蒙塔谷是达尔提的第二个名字，这名字比较寻常，他的第一个名字是摩西——啊，谁让他本人就是这样一个见多识广的名人来着？

然而，威尼弗列德如此好心的计划竟然大受阻挠，真是的！小弗里帕复信说：

亲爱的达尔提太太：

着实抱歉，恕完全抽不出空来。

奥古斯都·弗里帕

这可真是不走运，但也没有时间弥补了。然而，一位母亲绝对是善于应变的，她立刻就想到了自己的丈夫。她如此果断，也有自己的分寸，对于一个脸儿瘦长、发色淡黄、眼球淡绿色的人来说，这些气质简直是与生俱来的。她极少有手足无措的情况，甚至可以说，从未有过那种情形。就算暂时没了办法，也总能够在最后反败为胜，这就是她。

达尔提也很感兴趣。那匹叫"色鬼"的马儿并没有赢下兰开夏郡银杯赛，虽然，那匹很有名气的马儿是跑马场的一位巨头，那家伙却在私底下为这畜生落败下了几千镑的赌注——因此，它在场上根本没有跑起来。赌输之后的四十八小时，是达尔提一辈子最难过的时光。他日夜担心詹姆士会找到他。一想到索密斯，他的心情就有点儿复杂，痛恨之中又带有一线希望。周五晚上，他喝得酩酊大醉，差一点点昏死过去。可到了周六早上，他那做交易所的天性又跃跃欲试起来。他举了几百镑的债务——这数目是他绝对还不起的——便进了城，全押在盐码头市障碍赛的那一匹叫作八音琴的马儿身上。

他在伊希姆俱乐部用午餐时，向史克劳顿少校透露，这消息是那个犹太小孩子纳生告诉他的。他什么也不在乎了，反正，他已经走到绝路上了。倘若这一招还是失败的话，那，他妈的，只好让老头子还钱了！

他一个人喝了一瓶波尔罗杰香槟，这让他对詹姆士重新充满了鄙视。果然赢了。八音琴勉强以一条颈子的优势，跑在了前面，简直太悬了！不过，达尔提又觉得，玩这种东西完全得凭胆量。

去一趟里希蒙倒是很不错的主意。他十分愿意做东！要知道，他一直对伊莲惦记不下，总想着有机会跟她亲近一下。

五点半时，公园巷的用人跑来，转达了福尔赛太太的歉意，说有匹马儿突然咳嗽起来，大马车没法儿赶过来了！

这又是一个大大的意外，可威尼弗列德毫不灰心，马上安排小蒲白里斯——这时候他才不过七岁——跟保姆去了孟特贝利尔广场，转告大家分头雇佣两人马车去，七点三刻时在皇家饭店会合。

达尔提也很高兴听到这样的方法，这可要比坐在后座上要强多了！这样的话，就算不能和伊莲同车，也没有关系。他起初以为，他们大概需要先去孟特贝利尔广场接上"那两位"，然后再从那边雇佣马车。

后来才知道，已经约好在皇家饭店会合，而他要跟妻子同坐一辆马车。于是，他就有点儿不高兴起来，抱怨这样得多慢呀！

两个人七点钟动身。上车后，达尔提用半个克朗①跟马车夫打了一个赌，赌三刻钟绝对到不了。

一路上，达尔提夫妻二人只交谈了两次。

达尔提说："索密斯大爷要是知道自己的妻子跟波辛尼同乘一辆

_____

①克朗：瑞典、挪威、冰岛、丹麦等国家的本位货币。

马车，一定会把鼻子气歪的！"

威尼弗列德回答："别乱说，蒙第！"

"乱说？"接着，达尔提又说了一句，"你可真不懂女人的心思，我的好太太！"

还有一次，他问："我看起来如何？脸颊有没有肿？乔治老兄就喜欢喝那种烈酒！"他的午饭，是与乔治·福尔赛一起在哈佛斯奈克俱乐部吃的。

波辛尼和伊莲比他们到得早，两人正站在临河的一扇落地窗前。

那个夏天，所有的地方都开着窗子，日夜开着，花香和树香，日光曝晒之后的青草味儿以及浓雾散发出来的凉气，由此飘了进来。

达尔提一眼就看到了这俩人。依他的观点，这俩人并没有多么亲热，只是站在那里挨在一起，连一句交流的话都没有。波辛尼看上去一副急色相，这家伙真没什么出息！

他并没上前，只是让威尼弗列德去招呼他们，自己就去忙晚饭的事情了。

福尔赛家的人在吃的方面虽然不见得有多么讲究，但也一定要吃得非常好才行。不过，达尔提却要求皇家饭店必须使出看家的本领来。像他这样赚了钱就花的人，从不认为有什么好菜是他吃不得的。所以，他一定要大吃特吃。佐餐的酒也必须精挑细选，这里许多酒是他不屑入口的，只有最好的酒才配得上他。而且，既然这顿饭要由别人埋单，他就更没有理由委屈自己了。节俭是傻子才会做的事，他达尔提可一点儿也不傻。

一切都要顶尖的！人活一世，再没有比这原则更正确的了。反正，他的岳父很会赚钱，又特别疼爱他的外孙和外孙女们。

从小蒲白里斯出生——这本是一时大意——的头一年开始，达尔提那精明的双眼，就发现了詹姆士的这个软肋。正因为对这一点看得特别清楚，所以，他也一直从中为自己谋利。眼下的四个小达尔提，简直让他一辈子都上了保险。

这一餐真称得上是盛宴，它最大的特色，毫无疑问是那道红鲻鱼。这种鱼非常鲜美，是从很远的地方运来的，因为保存得好，还很新鲜。鱼首先被油煎过，然后去掉骨头，吃的时候用冰镇着，什么卤汁也不加，浇头也仅仅是用马第拉调和的五味酒。这一类吃法，只有为数不多的头面人士才见识过。

除了要由达尔提付账外，其他便也没有什么值得说的。

席间，他一直在跟大家应酬着，同时，一双放肆又贪婪的眼睛在伊莲身上瞄来瞄去。不过他自己也承认，他的眼神并没让伊莲有什么感觉——不管是她的态度，还是她那罩在乳黄色纱巾下面的双肩，全没有一点儿热情。原本，他想从她对波辛尼的小动作中寻找一点儿暧昧，可是一点儿迹象也没有捕捉到，她始终是规规矩矩，十分从容。至于那位建筑师老兄，就像犯了头痛病的狗熊一样沮丧，无论威尼弗列德如何引导，始终一声不吭。他一口菜都没吃，只不停地喝着酒，脸色越来越白，神色也越发古怪起来了。

所有这一些都非常有趣。

达尔提谈笑风生，话中带刺，一副兴致颇高的样子。他可不是傻子！他讲了两三个不甚得体的笑话，看起来像是在迁就客人，因为他平日说的笑话要远比这些荒唐。他提议为伊莲的健康举杯，来了一段滑稽的演讲。然而，却没有人要同他干杯，威尼弗列德说：

"不要扮小丑，蒙第！"

她提议，晚饭后去临河的公共步道上走走，大家就去了那里。

"我想瞧一瞧那些普通人恋爱的样子，"她说，"应该很好玩！"

天越来越热，很多人都在这里乘凉散步，空气里涌动的都是人声，既有又高又粗的喧哗，又有温柔的窃窃私语。

威尼弗列德最是机灵——这一群人中只有她是福尔赛家的人——所以，不一会儿她就抢到了一条长凳。在一棵如伞盖一般擎开的茂密的大树下，四个人一排坐下，河面上笼罩着薄薄的雾霭，天色渐渐黯淡下来。

达尔提坐在凳子的一端，旁边坐着伊莲，然后是波辛尼，另一边是威尼弗列德。这四人硬挤在一条长凳上，所以，那位头面人士能感觉到伊莲的胳膊和自己靠在一起。他清楚，伊莲绝不会无情到会将胳膊特意抽开，这让他觉得更有意思。他一直在想办法做些小动作，以便和伊莲挨得更近一点儿。他心里想着："这下子，这位'海盗'老兄可没办法私自独占了！大家靠得紧紧的，还真是！"

黯淡的河面上远远地传来悦耳的琴声，是曼陀铃①，几个声音在轮唱着一支老歌：

　　一条小小船，朝着码头开，
　　我们要渡河，寻找开心怀，
　　饮酒更欢笑，一杯再一杯。

----

①曼陀铃：一种源于意大利的乐器，有八根弦，弹奏音色如银铃般清脆悦耳。

月亮似乎一下子就升了起来，像是一位少女，又年轻又温柔，斜倚的身体从树后升起。空气中也氤氲开她的呼吸，一下子变得凉爽起来，掺杂着菩提花温暖的香气扑面而来。

达尔提抽着雪茄，偷偷转头瞄了一眼波辛尼。他正抱臂坐着，眼睛愣愣地看着前方，一副内心痛苦的表情。

达尔提不禁又瞥了一眼坐在中间的那一张脸，树冠的影子正好投射在她的脸上，形成一团较夜色更黑的阴影，这一个带着生命的轮廓，因之显得更加温柔、神秘，撩人心弦。

喧闹的步道仿佛一下子变得安静了，那种感觉，像是所有漫步的人们都同时想起了什么极为珍贵的秘密，忽然一齐闭上了嘴巴。

于是，达尔提在心里想："啊，女人！"

河面上最后一道夕照也消失了，歌声停止了。新月躲到了树的后面，眼前已经是一片黑暗。在这黑暗里，达尔提向伊莲靠得更近了一些。

他感觉到伊莲的身体泛起一阵颤抖，与此同时，那双眼睛里也现出厌恶而鄙夷的神色，可他一点儿也不慌。接着，她试图将身体挪开，他笑了。

在此不得不说的是，这位头面人士已经喝多了。他那捻得非常整齐的唇髭下面，两片厚厚的嘴唇微微张开，斜着一双色眯眯的眼睛，那不怀好意的表情就像牧神潘①一样。

星星出来了，从两排树篱上面的那一条狭长的天空里，涌了出来。这些星星就像地上的人群一样，在移动着彼此靠近、交头接

---

①牧神潘：希腊神话中的半人半兽神，头上长着羊角，下半身长着两条羊腿和羊尾，其行为荒淫放荡。

耳，紧接着，走廊上重新人声鼎沸起来。达尔提心想："哦！波辛尼只是一个没用的急色鬼！"接着，他又跟伊莲挨紧了些。

这一动作的结果，对达尔提来说，是事与愿违。她站了起来，接着，其他人也站了起来。

这一下子，更加深了这位头面人士对伊莲一探究竟的决心。在沿走廊行进的过程中，他一直紧紧地挨着她，他喝了不少酒，肚子里装得满满的，乘马车回去要走上很长的一段路，那段路非常远，再加上车厢的密闭性，足以将里面的黑暗和暧昧与外面的世界隔绝开来——啊，设计这车子的人是何等伟大而善良！就让那个饥渴的建筑师跟他妻子同车好了，希望他们也能快活一下子。他知道自己的舌头已经打卷了，因此，小心地避免开口说话，然而那两片厚厚的嘴唇却一直在微笑。

四个人散着步，向步道头上等候的马车走去。跟所有伟大的计划一样，他的阴谋是一种近乎蛮横无理的办法——他紧跟着她，等到她一上马车，便立刻跟进去。

没想到的是，伊莲来到马车旁边，并没有上车，而是快步走到了马儿跟前。当时，达尔提的腿脚有点儿不听使唤，没来得及跟过去，而波辛尼竟然抢先来到她身边，简直可气。她先是轻拍着马鼻子，然后转过身，小声地对波辛尼快速说了几句话。除了"那个人"，其他的达尔提一个字也没有听清。不过，他仍然赖在马车的踏板边上，守株待兔般地等她过来。

在灯光下，他穿着夜间的白背心，身材不过中等，但显得很结实。他的手臂上搭着一件大衣，纽扣孔里还插着一朵粉红色的花儿，一张黝黑的脸庞上尽是傲慢惬意的表情——这样子，倒真像是一位头面人士了。

威尼弗列德已经登上马车。达尔提心想,波辛尼要是不快一点的话,就要在车里受罪了。然而,他却被猛推了一把,差点儿摔倒在地上。波辛尼的声音,凑着他的耳朵低低响起:"我要送伊莲回家!你明白吗?"他看见,波辛尼的脸已经气得雪白,简直像一只野猫,凶巴巴地望着他。

"啊?"他嘀咕着,"你说什么?不!你跟我妻子同车!"

"滚一边去!"波辛尼低声说,"否则,就把你丢在这儿!"

达尔提缩了缩身子,他十分清楚,这家伙是个说到做到的主儿。他一闪身,伊莲乘隙溜上了车,经过他身边时,她的衣服还蹭过了他的腿。紧接着,波辛尼也登了上去。

"走!"他听见"海盗"喊了一声。车夫扬鞭打马,车子一下就冲了出去。

好大一会儿,达尔提站着哑口无言,等回过神来,便赶快跑到自己妻子坐的那辆马车前边,爬到车子里。

他向车夫大喊:"追上去!快!不要放过前面那家伙!"

坐在自己妻子身旁的达尔提骂骂咧咧,过了好一会儿,才让自己平复了心情,跟着又说:"都是你做的好事,竟然让'海盗'跟她同车回去,为什么不拦住他?他那样子,明显是爱她爱得都要发疯了,傻瓜都看得出来!"

威尼弗列德刚说了一句话,他就又开始哀号,完全遮住了她的声音。这一路上,他把威尼弗列德、她的父亲、她的兄长、伊莲、波辛尼、福尔赛一家、他自己的儿女,从头到尾,都骂了一遍,还诅咒起自己结婚的日子来。直到马车驶进巴恩斯镇,他才停住伤心的哭诉。

威尼弗列德原本就个性坚强，因此，便也随他怎样说。到后来，他总算住嘴了，独自生着闷气。他怒视着那辆马车的背影，它就像一个被错过的好机会一样，始终在他前面的那片黑暗里时隐时现。

值得庆幸的是，他并没有听到波辛尼那热心的请求。经那位头面人士一搅和，他的热心反而如洪水一样汹涌而来。他没有见到伊莲像是被人撕破了衣服一般颤抖，没有见到她像挨揍的孩童一般悲痛的眼神，没有见到波辛尼低声下气、接连不断的哀求，没有见到伊莲嘤嘤啜泣的表情，也没有见到那一个可怜的急色鬼，在心惊肉跳的颤抖之中小心翼翼地碰了一下伊莲的手。

抵达孟特贝利尔广场，前面的马车停住了，达尔提的车夫也跟着停下来，完全听从达尔提之前的命令。达尔提夫妇看见，波辛尼先从车子上跳下来，然后伊莲才跟着出来，低着头几步就迈上了石阶。显然，她手里带着钥匙，因此一眨眼便不见了。至于她有没有回头对波辛尼说些什么，则完全说不好。

波辛尼从他们的车子边走过，脸上的神情极其激动。在街灯的照耀下，达尔提夫妇将这情形看了个一清二楚。

"再见，波辛尼先生！"威尼弗列德喊。

波辛尼明显大吃一惊，立刻把帽子扯下，便急匆匆地离开了。显然，他已经忘了眼前还有其他人。

"喏！"借着这机会，达尔提便大肆发挥起来，"看到那个畜生的脸色了吧！我说的没错吧！看看你做的好事！"

马车里一定发生过什么事情，这下子，连威尼弗列德也没有办法辩护了。

她说："还是装作什么都不知道吧！传出去没有一点儿好处！"

达尔提马上表示赞同。他在私下里将詹姆士当作他的私人领地，除了将他自己的烂事儿推给他，他不赞成詹姆士帮任何人处理任何事情。

"非常对，"他说，"就让索密斯自己去对付吧。他可是行家里手！"

说着这些，他们回到格林街的寓所——这是詹姆士为他们租的——经过这一夜劳苦的奔波，他们终于安睡了。已经是半夜时分，因此，再没有福尔赛家的人逗留在外面，窥伺着波辛尼在街上彷徨的身影；没有人发现他回来，靠在广场小花园的栏杆上，将身体隐藏在没有街灯的背光处；也没有人发现他站在树影中，向着那一所房子张望。在那一座黑黢黢的房子里，有一位女子，是他不惜一切想要见上一面的人。于他而言，这位女子像是夜里菩提花的香气，像是光亮与黑暗中的真理，像是他自己那跳动不已的心脏。

10. 福尔赛家的一个病例

在福尔赛家族的天性中，每个人都不觉得自己是一个福尔赛人，小佐里恩却并非如此。他以前也不觉得，但自从毅然决然地做了那些事情，让他受尽唾弃之后，他便感觉到了。打那之后，这种感觉就一直围绕着他。他的第二任太太不属于福尔赛阶级，因此，在所有与她的交往之中，他都感到自己是个彻头彻尾的福尔赛人。

他清楚，若不是因为自己身上深刻的福尔赛性格，让他明确地知道自己想要什么，不达目的誓不罢手；若不是有着强烈的财产意识，认为自己如果花大价钱得来的东西浪费了，实在愚蠢至极；他根本不会同她一起生活十五年——甚至都不可能挽留她——历尽一切穷苦和嘲讽，根本不会在前妻去世后同她结合，也根本不会与她携手并肩熬过这些磨难，并且在为伊人憔悴之后，脸上还依然带着笑容。

眼下的小佐里恩，就像是一尊雕像——盘膝坐在以自己的内心砌成的神龛中，脸上带着自嘲的笑容。这种笑容，虽然说非常亲切且始终不变，却不太影响到他的行动。他的行动中混合了他身上的一切温柔的性情和坚决的品格，就像那一副天生的下巴一样。

他的作品，也在无形中透露着他作为一个福尔赛人的自我意识。他在水彩画方面下了很大的功夫，却始终不能将焦点从自己身上剥离，既觉得此类不切实际的爱好只是玩玩儿而已，又苦于自己不能通过这个多挣一点儿钱。

正因为他始终清楚一位福尔赛人应有的样子，所以，在收到老佐里恩如下的来信时，他既感同身受又厌烦不堪：

亲爱的小佐：

（三十多年了，这笔迹简直没变过）

我们来这里已经二周了，大体说来，此间的天气还不错。空气催人振奋，这让我的肝脏有些承受不了，总想早一些回到城里。对于珍，我简直不知道要怎么说才好，她的身体和心情仍是那样，亦不知将来会如何。她整日不开口，看得出来受影响之深，她放不下这事儿，因此这婚事目前也还不好说。就眼下来看，我实在没有办法决定，是否该将她带回伦敦。但若不然，如果她任起性来，说不定又要自己跑回来。事实上，应该有人去跟波辛尼谈谈，看他究竟作何打算。但在这种事情上，恐怕我不便出面，若是由我去做，我简直会将他的狗腿打折。因而我想到，既然你在俱乐部里同他认识，那么倒可以用一两句话，打探一下这家伙的心意——当然，万不可提起珍。无论有无任何消息，都望你能在接下来的几日复信给我。眼下我正为此犯难，几至夜不能寐。另外，对佐儿和好儿也甚是想念。

爱你的父亲，

佐里恩·福尔赛。

西尔德莱克旅馆

布洛德斯代尔

七月一日

　　小佐里恩看过信后，思索了好一会儿，表情非常严肃。妻子见他满腹心事的样子，问他为何，他回答说："没事儿。"

　　他从来不在妻子面前提起珍，一直都是这样。他怕她慌张起来，心里冒出什么古怪的念头。所以，他赶快装出一副没什么事的表情，但一如既往地不成功。这也像他的父亲，他要是想在家里耍一点儿小聪明，总会被一眼看穿。接下来的时间里，小佐里恩太太一边做着家务，噘着嘴走来走去，一边时而以茫然的神情瞄着他。

　　下午，他还是没有拿定主意，便揣起信去了俱乐部。

　　刺探别人"究竟作何打算"这种事情，在他做来特别别扭。虽然他知道，自己的情况跟福尔赛家的其他人有所不同，但仍然在心里觉得别扭。类似于这种在别人身上施行自己的权利，强迫别人顺从自己的摆布的事情，也只有福尔赛家的人，以及那些与他们往来交好的人家才能做得出来。这便是他们的行事做派，像做生意一样做亲戚！

以信上的那句"当然，万不可提起珍"为例，这还不够明白吗？

然而，那信里所写到的私人愤恨，对于珍的关爱，以及"将他的狗腿打折"一语，又完全合乎人情。他父亲为此生气，想知道波辛尼究竟作何打算，都是有理由的。

这事简直不容推辞！不过，为什么要由他来做这件事？有一点是可以肯定的，做这种事真是非常掉价。然而，福尔赛家的人素来有此传统，为达目的不择手段，只要面子上过得去便可以了。他不知道如何去做，也不知道如何推托。对小佐里恩来说，要做到这两点都没有可能——啊，他的为人便是如此！

他到达俱乐部时正好三点钟，看见的第一个人，便是坐在角落里、瞪眼望着窗外的波辛尼。

小佐里恩坐在了离他不远的地方，心烦意乱地考虑着眼下的情形。他悄悄看着波辛尼，他对自己毫无察觉。他们并不熟悉，他还是第一次特别地打量他，他看起来很特别，无论衣着还是面貌，都与一般的俱乐部会员相去甚远。小佐里恩的性情和气质，虽说较过去改变了很多，但在表面上，却仍然保留着福尔赛家族那种惜言如金的特点。他是唯一一位不知道波辛尼那个绰号的福尔赛，他只觉得，这人看上去非常特别，但也并非古怪。眼下，他的相貌很是憔悴消瘦，脸颊在宽阔的高颧骨下面深陷着，但又绝非是健康状况不佳的样子——他强壮又结实，卷曲的头发证实了这一点。

小佐里恩看着他的脸色和神情，竟然隐隐地生出了同情。他深知痛苦的滋味，而波辛尼表现出来的正是那种痛苦的样子。他站起身来，碰了碰他的胳膊。

波辛尼有些吃惊，但是看到小佐里恩时，并未表现出任何窘态。

小佐里恩就坐了下来。

"很长时间没看到你了！"他说，"我老弟的那所房子盖得怎么样了？"

"就剩一周的活儿了。"

"祝贺你！"

"谢谢，这没什么好祝贺的。"

"没什么吗？"小佐里恩问，"我还以为一件事若是纠缠得太久，便巴不得赶紧结束呢！我觉得，你的心情大概跟我卖掉一幅画差不多吧？那感觉，就像亲手将自己的孩子送了出去，不是吗？"

他看着波辛尼，目光柔和。

"是啊，"波辛尼的表情也更加和气了一些，"它离开你，从此结束。我都不知道，你还在画画呢！"

"只是一些水彩作品，对它们也谈不上有信心。"

"没信心？那你怎么画下去？一定要对自己的作品有信心，不然的话，它们就真的一无是处了！"

"说得真好，"小佐里恩说，"我也这样想。人们总是喜欢在'说得真好'之后，再跟上一句'我也这样想'！但你若问我为何画得下去，我会回答，因为我是一个福尔赛。"

"福尔赛！我可从没把你看作是福尔赛家的人！"

"福尔赛并不稀奇。"小佐里恩回答，"眼下的这家俱乐部，就有几百个福尔赛会员，还有更多的福尔赛在外面的街上。无论何时何地，你总得遇见他们！"

"如何辨别他们？"波辛尼问。

"看他们的财产意识如何。任何一个福尔赛看待事物都是从实际出发的，或者说，他们会根据常识来判断，而财产意识便是这种实际观点的最重要的根据。你会发现，任何一个福尔赛永远都在藏匿着自己。"

"你在开玩笑吗？"

小佐里恩眨了眨眼睛。

"这不是开玩笑！这本不该由我来说，因为我也是个福尔赛。但是，我只是一条杂种犬，而你，则要纯粹得多。我们两个人之间的区别，如同我跟詹姆士二叔之间的差别，而他完全是一个典型的福尔赛。他有着强烈的财产意识，你则根本没有，而我便处在你们中间。要是少了我，你们就会看起来像是两个毫不相干的物种，我在中间连起了你们两个。当然，人人都是财产的奴隶，我所说的，差别也只是在程度上而已。但我可以断言，这些所谓的'福尔赛'却是财产的十足的奴隶。什么东西好，什么东西可靠，他都知道。他们一贯的做派，便是紧抓财产不放，不管什么妻子、房子、钱财，还是名声。"

"啊！"波辛尼嘀咕着，"你应该将这个名字注册下来。"

"我倒是想，"小佐里恩说，"还可以做一个演讲，题目就叫'"福尔赛"的行为和习性'。他们就像是一种小动物，一旦被同类嘲笑，便觉得坐立难安，但倘若被异类——就像你我——嘲笑，则毫不动容，我行我素。目光短浅是它们的遗传特征，所以，它们只认识同类，只知道同类的巢穴，也只在同类之间争抢度日。"

"照你这么说，"波辛尼说，"似乎英国人中有一半都是这种人。"

"他们是英国的一半，"小佐里恩重复一句，"并且，是最优秀的那一半，是顶可靠的那一半，是至少拿三厘利钱的那一半，是最显赫出众的那一半。如果少了他们的钱财和安定，这个国家的任何事情都办不成，比如说我们的艺术，还有文学、科学、宗教这些，全都寸步难行。不过福尔赛们却不相信，这些东西在他们手里只是可利用的工具，而另一边，我们却没办法离开他们而立足。亲爱的先生，这些福尔赛作为经纪人和企业家，是社会的栋梁，是风俗的根基，是所有值得敬佩的事物！"

"我不太懂你说的话。"波辛尼说，"不过，你所说的福尔赛，我这一行也大有人在。"

"当然很多，"小佐里恩答，"大多数建筑师、画家或是作家都是些模棱两可的家伙，说到底，也都属于福尔赛一类。艺术、文学、宗教之所以可以存在，正是因为有少数真正相信这些东西的傻瓜，以及一大帮以此搞投机的福尔赛们。保守估计，这一类福尔赛，在皇家美术学会的会员中可以占到四分之三，在小说家中占到八分之七，在新闻界占到一多半，科学界的情况我不大清楚，宗教界几乎全都是，而至于下议院和贵族中，则极少有例外了。然而，我并不觉得这种情况很可笑。要知道，面对这样一个多数，面对这样一个方方面面占尽先机的群体，同他们对抗何其危险，"他盯着波辛尼，"而不管你在心底里在意一些什么——房子，画作，抑或是——女人！"

　　他们俩相互看了看，小佐里恩将这一些话由衷吐出，那样子像是一位福尔赛做了一件素来不愿的事情，马上将脑袋缩了回来。继之，沉默被波辛尼打破了。

　　"你为何将自己的家族作为这一类人的病例？"他问。

　　"我自己的家族，"小佐里恩回答，"其实也并非是他们中的佼佼者，他们说起来都是大同小异的。然而，有两种品性在我们这一家族中表现得尤为显眼，事实上，也是判断一个福尔赛的主要标准：其一，绝不为坚持一件事情而罔顾一切；其二，死死抱定'财产意识'。"

　　波辛尼笑起来："举个例子，那个胖子如何？"

　　"史悦辛吗？"小佐里恩问，"啊！他身上还残留着一些原始气息，还没有被城市生活和中产阶级完全同化。因此，我们祖上那种泥腿子的孑遗成分都体现在他身上，不管他表现得有多神气，这影响始终根深蒂固。"

　　波辛尼像是在想着什么。"哎，这样的形容放在你的索密斯堂弟身上可谓极其传神，"他突然间开口说道，"像他这种人，绝对不会撞到头破血流的。"

　　小佐里恩瞪了他一眼，眼神尖利。

　　"不会。"他说，"他肯定不会。因此，千万不能对他掉以轻心，对他的手段要处处当心！对他们嘲讽一下倒是无妨，但是，我要做的可不仅仅是这些。总之，对一个福尔赛，无论抱着瞧不起还是惹不起的态度，都是不恰当的！"

　　"可是，你便是这样做的！"

被他这样一抢白，小佐里恩的笑容挂不住了。

　　"你忽略了，"他的语气有一种不知所谓的得意，"我自己也是一个福尔赛，我也能够坚持下去！我们所做的一切，都是在螳臂当车。一个人要是同他的家族决裂，一切就要——呃——你明白我在说什么。我并非——"说到最后，他的声音弱了下去，有些恐吓的意味，"希望大家都像我这样。要注意斟酌情势。"

　　波辛尼满面通红，但过了一会儿，便转为起初的那种灰黄色。他短短地一笑，将一点儿古怪又凶狠的笑意残留在嘴角，以嘲笑的目光看着小佐里恩。"谢谢，"他说，"你善意的提醒我心领了，并非只有你自己可以坚持下去。"他站身离开。

　　小佐里恩盯着他的背影，用手掌托着脑袋，叹了一口气。

　　在这间沉闷又空荡的屋子里，只能听见翻报纸与擦火柴的声响。他在那儿纹丝不动地坐了很长一段时间，沉浸于往事之中。那时候，他也是如此，一连好几小时呆坐着，看着钟表上的时间一点点儿走过——其间，他的心在剧烈的斗争中跌宕起伏，强烈而甜蜜的苦痛包围着他。而眼下，那种挣扎于迟钝和愉悦中的心情，又像从前一样翻腾在他的脑海里。当他看到波辛尼那消瘦的脸庞与不安的双眼，时不时地向着时钟望去的时候，心里竟然泛起一股怜悯，甚至其中还杂着一种难以克制的钦慕。

　　他简直太熟悉这一切了。他会走向何方，会有怎样的命运？那一股吸引着他的磁力，来自一个什么样的女人？一切对于荣誉、是非、得失的判断，在这种磁力面前，都会失去效力。除了逃跑之外，别无生路。

　　可是，逃跑，波辛尼为何要逃跑？一个人若想到要逃跑，无非是出于顾惜家庭亲情，怜爱年幼的儿女，或是担心个人理想的破灭，等等。但眼下，对于波辛尼而言，根据小佐里恩风闻的种种，这一切不待他举手便已经被破坏殆尽了。

况且，他自己也没有逃跑过，就算是让一切事情重来一遍，他也不会逃。尽管如此，他总归要比波辛尼好一些，他只是让不幸发生在了自己身上，而并没有延及他人的家庭。这让他想到了一句老话——"一切命运皆是由心而生"，人人自食其果！

虽说如此，但所结出来的果子味道到底是酸是甜，总要吃了才知道。所以，这果子波辛尼自己将来还要吃下。

他想到那个女子，他并不认识她，却大概听说过她的身世。

生活在一桩不幸的婚姻中，即便没有任何粗暴的行为，仅仅是那种难以名状的不快，也会像某种恐怖的疾病一样，将世间一切生活的乐趣尽行毁灭，毁掉一日算一日，毁掉一年算一年，死而后已！

小佐里恩已经从往事中走了出来，他的恨意也已经被岁月冲淡了许多，因此，他完全可以冷静地从索密斯的角度看待问题。然而，以他的堂弟——这种深深拘泥于阶级偏见和个人信念的人，又何来这种豁达的真知灼见来应对这种局面？这实在需要有超然的见地，带人走出随离婚而来的汹汹人言，走出因失去她而产生的巨大痛苦，走出道德裁判者的指手画脚，而将一切着眼于未来之中。然而，索密斯所处的这一阶级中，有此眼光的人太少了！世间众生济济，看得开的又有几人！而且，这种事情在口头和行动上的差别，简直是太大了！大有很多男人都会在口头上说尊重女性，索密斯也未尝不会如此，但若事情真临到自己，便会搬出种种理由来，为自己的行为开脱。

再者，就连小佐里恩本人，对于自己的见解也全无把握。他亲身经历过此类事情，饱尝婚姻的不幸所带来的苦痛，然而，对于那些表面装作宽容而实际漠不关心的人来说，他们从未有过那样的实际经历，又如何会跟他有同样的看法？他是亲身体验过的——就像久经沙场的士兵一样，将事情看得过于明白，而对于一个普通人来说，则无须如此。以索密斯、伊莲夫妇为例，这种婚姻让很多人都觉得完美无比，男人致富有道，女人有容有貌，如此还算不上登对？即便他们的感情再不好，但也难以成为过不下去的理由。他们完全可以各自稍稍放纵一下，只要不太失了体面，维持着婚姻名义上的神圣和家庭表面上的完整便可。一多半上层人士的婚姻，都是按照这样的原则维持的——不招社会非议，不惹教会生气。只要做到这些，牺牲一点儿私人感情又算得上什么！一个稳定的家庭，简直就像钱财一样，能够带来很多看得见、摸得着的益处，只有维持现状才是最安全的。相反，破坏一个家庭则会显得过于自私，而且这种尝试也太过危险。

这就是他们的诡辩，小佐里恩叹了一口气。

"究其根本，一切问题都是财产问题，"他心想，"虽然有很多人不肯承认。他们坚持认为，婚姻是神圣而不可亵渎的，然而追究下来，其之所以如此，却是因为家庭是神圣而不可亵渎的，而家庭之所以如此，又是因为财产是神圣而不可亵渎的。这些人都是基督徒，但基督又何尝有过家财？如此，可真是奇怪啊！"

想着，他又叹了一口气。

"我若将路上遇到的一个穷人叫来家里共进晚餐，自己便会吃不饱，又或者，我的妻子——那一位每天照料我身心的女人——便会因此吃不饱。既然如此，我还会不会向那个穷人发出邀请呢？以此来看，索密斯如此行使他的权利，以他的行为力挺这一对我们大家都有好处的再神圣不过的财产法则，兴许还是一件大好的事情。当然，这对于另外一些人来说，就意味着要受罪了。"

他这样想着便站起来，走过那些横七竖八的椅子，拿起帽子，慢吞吞地往家走去。街道上车来车往，遮天蔽日的扬尘中带着一种酷热。

走上威斯塔利亚大街之前，他将老佐里恩的信从口袋里掏了出来，仔细地撕得粉碎，随即洒在了路面的尘土上。

他用钥匙打开家门，一进屋子便喊了妻子的名字。没有人，她带着好儿和佐儿出门了。小狗伯沙撒独自在花园里，无聊地躺在树荫里捉苍蝇。

小佐里恩也走了过去，在那棵不再结果的梨树下坐着。

11. 索密斯的计谋

在希蒙之夜的隔日，索密斯便乘汉莱的早班车回来了。像他这样不爱水上活动的人，原本就是受一位非常重要的当事人所托，才会到那儿去。因此，与其说他是去汉莱游玩，倒不如说是为了谈生意。

下车之后，他就立即去了商业区。事务所里也并没有什么事情好忙活的，只待到三点，他便又离开了。能得闲这么悄悄地回到家里，让他很高兴。他要回来的事情并没让伊莲知道，窥伺伊莲的起居也并非他的本意，但若这样探一下虚实，显然也没什么不好。

他换上去公园所穿的便装，来到客厅。伊莲很喜欢坐在沙发的一角，此刻，她便慵懒地坐在那里。然而，她的眼圈却黑着，看上去睡得不太好。

索密斯问道："在等人吗？怎么没有出去走走？"

"是的——也没有特地在等。"

"等谁？"

"波辛尼先生，他说过可能会来。"

"波辛尼，他有自己的事情吧。"

她没有理会。

索密斯又说："哦，跟我去一趟公司，然后我们去公园。"

"我头疼，不想出去。"

索密斯回答说："每次我让你做什么，你都会头疼。还是出去吧，可以坐在树下面，那对你的身体有好处。"

她没有说话。

索密斯沉默了好几分钟，之后才开口道："关于一个妻子应尽的责任，我简直不知道你是怎么想的，我一点儿都不知道！"

出乎他意料，这次她倒是搭话了："你不能责怪我，每次我都照着你说的去做，但做起来并不开心。"

"这能怨谁？"他用眼睛瞄着她。

"结婚前你曾经答应过我，若是我们的婚姻并不幸福，你便会让我离开。现在来看，我们是不是幸福呢？"

索密斯皱起眉来。

"幸福，"他有些呆呆地说，"一定会幸福的，只要你乖乖的。"

伊莲答道："我已经尽力了。你愿意放我离开吗？"

索密斯转过身去，内心的慌张使得他嚷嚷起来。

"放你离开？简直不知所谓。放你离开？我怎么做得到？我们不是已经结为夫妻了吗？你这话究竟是什么意思？老天啊，别说混话了！戴上帽子，跟我到公园去坐一坐。"

"所以，你肯定不会放我离开了？"

他感到她用一种特别而动人的眼神注视着他。

他说道："放你离开！就算我同意，你身无分文又如何活下去？"

"我想办法。"

他快速地在房间里来回奔走，之后停到她面前，说："你给我听好了，从现在开始，我不准你再这样胡说八道。去，戴上帽子！"

她无动于衷。

"我猜，"索密斯说，"你是担心波辛尼找不到你吧！"

她慢腾腾地站起身，来到楼下，戴上了帽子。

他们出了门。

午后三四点的公园，游人最为庞杂，所有外国佬和不入流的人都会乘着马车，赶在这一时间前来游园。然而，当索密斯和伊莲赶来这里，在阿西里斯石像下静静坐着的时候，这快活的游园时光已行近尾声。

带她一起游园，如此的乐趣他已经阔别很久了，而在婚后的前半年里，这只是他的诸多享受中的一种。当时，在伦敦阖城人们的面前，他简直为自己能够独得花魁而欣喜欲狂。许多个下午，他都像这样坐在她边上，衣冠楚楚，将灰色的手套拿在手里，脸上露着淡然而傲慢的微笑，时不时地脱下帽子，向熟人颔首致意。

如今，他仍旧拿着浅灰色的手套，嘴角仍旧挂着嘲讽的微笑，而昔日的心情却不晓得跑到哪里去了？

原本坐在椅子上的人们渐渐离去，他却仍旧不肯起身。她则默默地坐着，那煞白的脸色表明，她内心里正在承受着他对自己的惩罚。偶尔，他议论起什么事情，她却低着头不搭腔，间或露出疲惫的笑容，敷衍道："是的。"

一个男人顺着栏杆急匆匆地走，沿途每一个人都瞪眼瞧着他的后背。

"看，那家伙真蠢！"索密斯说，"一定是个疯子，大热天里急急火火的。"

那个人回过身，伊莲一阵慌乱。

"啊哈！"他说道，"这不是我们的朋友，'海盗'先生吗？"

他带着一脸轻蔑的笑容，坐着不动，伊莲也静静地坐着，面带笑容。他想："她大概要向他点头致意吧？"

她什么也没做。

波辛尼走到栏杆的尽处，又转回来，在那些椅子中间来回踱步，简直像一只彷徨四顾的猎犬。他看到索密斯和伊莲，愣了一下子，随即抬了一下帽子。

索密斯也抬了一下帽子，脸上始终挂着微笑。

波辛尼一身疲乏地走过来，就像刚刚出过一番苦力的模样，额头大汗淋漓。索密斯对着他微笑，似乎在嘲弄："受罪了吧，伙计！"他问道："你怎么也来了这里？我们还以为，这种破烂地方入不了你的眼呢！"

　　波辛尼置若罔闻，对着伊莲答道："我去你家了，还以为你会在那儿。"

　　有熟人从后面拍着索密斯的脊梁向他问好，他只好扭头跟那人客套一番。这样一来，她便没有听见伊莲的回答。当下，他想了一个法子。

　　"我们正准备回去，"他对波辛尼说，"我说你还是跟我们回去共进晚餐吧！"他抛出这邀请，漫不经心又故作热情，听上去别有用意，简直像是在说："你瞒不住我，看吧，我光明磊落，我绝不怕你！"

　　将伊莲夹在中间，他们三个走向孟特贝利尔广场。到了拥挤的街面上，索密斯便走在前头。他根本不去留心他们说些什么，自从刚刚抱定那一个光明磊落的策略之后，他举手投足都多了一些活力。他就像一个赌徒似的，暗自嘀咕："千万不能随意出牌，一定要仔细盘算，毕竟没有十足的胜算！"

　　听见伊莲离开卧室走下楼去，他在更衣室里慢吞吞地换着衣服，耽搁了将近五分钟。接着，他故意很大声地关门，表示他要下去了。他看到他们站在壁炉前，似乎在说着什么，但他也不确定。

　　那是个漫长的夜晚。像身在一出荒诞剧中，他由始至终都在竭力地表演，待客的热情简直前所未有。波辛尼告辞时，他又说："你得经常来给伊莲讲讲房子的事情，她特别爱听你谈这些！"他的语气依然像是别有用意，漫不经心又故作热情，手指冷冰冰地向他伸去。

　　继续先前的策略，临别时，他仍然将身子转了过去，决意不去

236

看他的妻子站在门灯下同波辛尼互道晚安的情景。她明亮的金发光彩照人，嘴角上挂着微笑，波辛尼眼巴巴地望着她，就像一条狗凝视着他的主人。

睡觉前，他已经大可以断定，波辛尼正在爱恋着自己的妻子。

这是一个安静燥热的夏夜，从窗子里吹进来的也只有热风。索密斯卧在床上很久，听着妻子的喘息。出了这事，她居然可以睡得下，而自己却不能合眼。他暗自下了决心，要将自己谋划中的那一个角色演好——那样一个平心静气而毫不猜疑的丈夫。

凌晨时分，他从床上溜到自己的更衣室，倚在打开的窗子前探望。他觉得有些窒息，脑海中浮现出四年前的一个夜晚，在他们结婚的两天之前，像今夜一样闷热又窒息。一切情形还历历在目，在维多利亚街的那间起居室里，他正坐在一张柳条椅上，临着窗子。楼下的一条小巷中，一个男人将门关得山响，紧接着，一个女人叫喊起来。一切都像是刚刚发生过，先是一阵厮打的声音，继之传来关门声，后来便安静了下来。跟着，就在迷离渺茫的灯光里面，冲刷街道的洒水车开了过来。他听见车声越来越近，而后又渐行渐远。

他将大半个身子探在更衣室的窗外，俯瞰着晨光降落在楼下的小院。有一段时间，墙壁与房顶都显得乌漆墨黑，但随之便清晰起来。

他还记得四年前的夜晚，当维多利亚街所有的路灯黯淡下去之后，他匆匆穿起衣服下楼，穿过许多房子和广场，来到她所住的街道，站在那一座小小的寓所前翘望。那一所小房子苍白而沉默，简直像一张死人脸。

突然，像出现幻觉的病人那样，他脑海中浮现出一个想法：眼下，他正在做什么？那个家伙阴魂不散地纠缠着我，他爱上了我的妻子，整天赖在我的家里吃晚餐。没准儿，他现在正在哪儿打着她的主意，像昨天下午一样，又说不定，眼下他就在窥伺着我的房子。

他悄然走过楼梯口，来到面朝街道的这一边，悄悄地拉开窗帘，打开窗子。

广场上的树木被朦胧的光笼罩着，像是被夜间的飞蛾用它肥大的翅膀摩挲过。街灯仍然亮着，不过光线已经很黯淡了，一个行人也没有，连一只猫儿狗儿都没有！

然而，从这死寂之中，突然一声低低的悲鸣，如游魂野鬼在哀求着欢乐。一声，又一声！索密斯打着寒战，将窗户赶忙关上了。他在心里说："啊，孔雀在对岸鸣叫而已。"

12. 珍重新出来走动

布洛德斯代尔旅馆平仄的过道中散发着油布和鲱鱼的气味儿，老佐里恩站在那儿，这气味在一切高档海滨旅馆里都可以闻见。旁边有一把磨得锃亮的皮椅子，椅背的左上角破了一个洞，露出里面的马鬃；他的黑色公文包就放在椅子上，里面装着文件、几份《泰晤士报》以及一瓶花露水。今天，他需要参加环球采金公司和新煤业公司的董事会，这种会议他是一直列席的，眼下也正要去。倘若缺席一次，对于他来说都像是衰老的证据，以他那多疑的福尔赛性格，这种事情是他绝对无法忍受的。

他将东西放进黑皮包，眼睛里的怒火一触即发。这眼神，就和一个被一群同学围住的小学生一模一样。但考虑到寡不敌众，却又只能强行按捺住。老佐里恩素来是个有涵养的人，如今虽有些力不从心，却仍然能够勉强压住当前处境带来的烦恼。

儿子给他回信写得莫名其妙，净是些空洞的大道理，像是在竭力回避一个简单问题的答案。"我去见了波辛尼，"他在信中写道，"他并不坏。我见过的人越多，便越觉得，他们实在并无好坏之分，而只有好笑与可怜之别。当然，您也许并不同意这一点！"

老佐里恩确实不同意，他觉得，这么说实在有些玩世不恭。是的，他还没衰老到这种程度。等他老得不行了，那些他本不相信但由于利益所系又不得不用心推崇着的道理和假象，便会一点点消失，一切物质的诱惑都将消散。待一切休歇、万念俱灰时任他是一位福尔赛，也会挣脱保守的禁锢，讲起一些从未敢说出口的话来。

或许，他也觉得人无所谓好坏，就跟他儿子所想的一样。但是，如果现在问他，他也只能回答不知道，或是说不上来。这情形有一点儿微妙。既然说不定会对你有益，又为何要没理由地否定它，给自己徒增麻烦？

他向来热爱登山，从前常去瑞士度假。然而，正像一个典型的福尔赛那样，他从来不肯在登山的时候冒险，或是瞎闹胡来。经过长途跋涉，一派神奇的景象——虽然也曾在旅游手册中看到，但历经艰苦看到实景，却更加让人激动——出现在他眼前的时候，毫无疑问，他也会感受到一个博大而肃穆的真理横亘于天地之间，它超越人生一切混沌的追求，一切可悲可笑的无聊琐事，就如同高山俯视着低处的山谷和丘陵。对他这一类性格现实的人来说，此种感受或许是同宗教最为相近的事物了。

不过，他已经有很多年没再去过瑞士了。妻子去世之后，他曾带着珍连续两季去过那儿。但两次的经历都让他痛心疾首，他觉得，自己以往那样登山的好日子再也不会有了。因此，那时候得自于山川的感触，觉得某种真理凌驾于宇宙万物之上的感受，对他来说已经非常陌生了。

　　他非常不开心。他既清楚地认识到自己的衰老，但又以为自己尚还年轻。他处世向来小心翼翼，但儿子和孙子两人却注定命途坎坷，这让他想来便觉得难过，并且困惑不已。他也无法责备小佐里恩，谁能责备那样一个温顺的孩子！但是，他将自己弄到这步田地，也太可恨了。珍的这桩婚姻也好不到哪里去。就像是命中注定似的，而只要是这样命中注定的事情，对他这种性格的人来说都非常费解，并且难以忍受。

　　他写信给儿子的时候，也并未对结果抱着什么指望。从罗杰家的那次舞会回来之后，他就看清楚到底是怎么回事了。他比很多人都要更早得出结论，他的儿子的例子还在眼前，因而在所有的福尔赛里面，他比任何人了解得都要明白，不管人们愿不愿意，爱情的火焰总是要残忍地灼伤人们的翅膀。

　　珍在订婚前的一段时间，经常和索密斯的妻子在一块儿，因此，他和伊莲也经常见面。那时候，他便发觉她是个让男人着迷的女子。这并不是说她有多妖媚，甚至连风骚都算不上——这样的词汇是他这一代人经常使用的，当时，大家特别爱用一些浅显悦耳的但不切实际的词儿来形容某件事物——不过，她却充满了危险。他也说不上来是因为什么。如果有人告诉他某些女子天生带着某种连她们自己也无法控制的诱惑本事，他会立即回答："胡说八道！"但她确实是个危险的女人，确实如此。这样的事情他希望躲得越远越好，但既然已经发生了，便也只好如此。接下来会发生什么，他也无从知晓，只是不能让珍失了体面，要让她振作起来。他希望，她可以变回那个带给她安慰的小人儿。

所以，他才写了那封信。回信简直谈不上有什么内容。小佐里恩从那通交谈里面得出的实际内容，只有一句稀里糊涂的话："我想他有些关系。"有些关系！有什么关系？这种时髦话儿，到底是要说些什么？

他叹了一口气，将最后一叠文件卷起来放进皮包的夹层里面。其实，他是知道那句话的含义的。珍从餐厅里面出来，帮他穿上夏装的上衣。他从她的衣着，以及那张小脸蛋上决然的表情，已经猜出接下来要发生什么了。

"我与你一起去。"她说。

"胡闹，亲爱的。我要直接去商业区的，可不能由着你到处乱跑！"

"我要去探望史米奇老太太。"

"啊，是你那些宝贝的'可怜虫'！"老佐里恩小声嘀咕了一句。这借口并不能让他信以为真，但也不便再阻止。对她这样的牛脾气，你又能做什么？

从维多利亚车站出来之后，他将她送上马车，那是早就准备好的，他的派头永远是这样阔绰大方。

"听话啊，亲爱的，可不要太累。"说完，他另叫一辆马车进城了。

珍先去了位于巴丁登的一条偏僻小路，也就是那个所谓的"可怜虫"史米奇老太太的居所。那是一个平时靠给人帮工为生的老人。珍陪她坐了半小时,听她那些千篇一律的翻来覆去的诉苦,然后给她一点点儿暂时的安慰,便动身去了斯丹奴普门。那所大房子的门窗关得紧紧的,显得有些阴森。

她告诉自己,无论如何都要探听出一些消息。若是坏消息,就由它去,这样倒罢了。按照她的计划,先去探望菲力的姑母拜恩斯太太,假如没有消息,便去探望伊莲本人。其实她也说不清楚,自己到底想打听一些什么样的消息。

珍到朗蒂斯广场的时候,刚好三点钟。女人的天性使然,让她在将要面对苦难的时候,反而能够强装镇定,身着最好的衣服冲锋陷阵,那英勇的劲头像足了老佐里恩,原本颤抖的心情也转而成为迫切了。

用人通报珍到访的时候,拜恩斯太太——露依莎是她的名字——正在厨房里指点厨师。她是个典型的贤妻良母,拜恩斯常常说:"最有意思的事情,莫过于一顿丰盛的晚餐。"晚餐之后,也是他处理事情的最佳时间。说到拜恩斯先生的工作,他在坎辛顿区建造了一排神气又高大的红房子,足以跟其他一切房子角逐"全城最丑"的名头。

听说是珍来了,拜恩斯太太连忙来到自己的卧室,将一个锁好的抽屉打开,从里面一个红色的摩洛哥皮的盒子里面取出两只硕大的手镯,戴在她那洁白的手腕上面。拜恩斯太太也是一位非常具备"财产意识"的人,而"财产意识"这玩意儿,简直是福尔赛这一阶级的原则和操守所在。

她中等身材,满身的肉往两边横着长,看起来肥胖又迟钝。白色木衣柜上的穿衣镜里面映照出她穿着一件长服的样子,长服是她自己缝制的，不深不浅的色调，让人想起那些大旅馆的过道里面墙壁粉刷的颜色。她抬起手抚摸着自己的发髻，那是一种公主式的，她这边碰一下，那边弄一下，好让它挺得更精神一些。她看着自己的眼睛，那简直就是一副不由自主的现实主义的表情，仿佛是在直面人生当中一桩丑陋的事实，还要努力地加以掩饰。她年轻的时候，双颊原本也是白里透红的颜色，而如今人到中年，开始变得满是斑点了，她在往自己额头上扑粉的时候，眼睛里又出现了那种直面丑陋的表情。之后，她静静地站在镜子前，在她那高大的鼻梁和小小的下巴——她的下巴本来就小，如今脖子粗了，则显得更加小——以及下垂的嘴角之中挤出一丝微笑。然后，赶在妆容失效之前，她用双手捞起裙角，快步走下楼梯。

这是她期待已久的一次拜访，她早就听说她的侄子和他未婚妻之间不和的传闻了。他们俩都有几个星期没来她这儿了。有好几次，她约菲力来吃晚餐，而他总是用"十分繁忙"来搪塞。这位出色的女人显然对这类事情异常敏感，因而，一听到珍的到访，便立马觉得苗头不对。她才是一个福尔赛，根据小佐里恩的理论，她完全合格。

她的三个女儿的婚姻都不错，用别人的话来说，都嫁了一些好人家，因为她们都是中等姿色。这样的事情，通常只有那些接近司法界的家庭妇女才能办得到。许多与教会有关系的慈善事业，比如慈善舞会、义卖、义演之类，她都会参与其中。她是委员会的成员，并且她一定会在事前确认所有的事情都已经万事俱备，才会同意列名其中。

她经常说，凡事都要有经济基础，教会、慈善事业的作用理当是强化"社会"机构。所以，个人名义的施舍都是不合乎道德的，而只有通过团体加以解决，才能让你确信自己的钱不是打了水漂。归根结底，团体才是最重要的！毋庸置疑，她就是那种老佐里恩所说的"组织人才"，非但如此，他甚至还叫她"骗子"。她对所有自己挂名的事业都打理有方，因此，等到那些捐款分到受助人手上时，已经像炼过的牛奶一样，一丁点有人情味的黄油都不剩了。不过，她说的倒也正确，万不能感情用事。这样说来，她算是一个学院派。

这位备受宗教界推崇的心地善良的伟大的女人，简直像是福尔赛圣殿的一位女祭司，每日早晚，都会在财产之神的祭坛前点亮敬拜的灯火，在坛上写下那动人的句子："赤条条来，赤条条去，每个大子儿①都留在这里。"

她来到房间里，让人们感到像是一大团脂肪移了进来，这可能是人们欢迎她主持慈善会的原因。既然花了钱，总要揩一些脂油。因此，人们都喜欢看着她——她穿着一件挂满叮叮当当饰品的制服，高大的鼻梁、肥胖的身材，就像一个大将军一样，被她那些慈善舞会里的部下团团围住。

生得不好，大概是她唯一的缺陷了。她在中上层社会里面已经建立起了自己的势力，其中包含了上百个宗派和集团，它们都在慈善事业这个战场上纵横，并且愉快地将这个战场同上层社会的战场交错在一起。她在中上层社会里建立的势力，恰是一个更为广阔、重要和充满力量的社会团体！在这个领域，拜恩斯太太推崇的那类商业化的基督教制度、教义和处世之道畅通无阻，这些才是它真正的血液，是商场上的硬通货，而不是那范围比较小的上层社会血管里流淌的毫无活力的仿制品。了解她的人都认为她是正常的，是一

①大子儿：原文作"六便士"，英国币制中，有这一面值的硬币。

244

个绝不会掏出真心的女人，而且，也想尽办法不掏出任何东西给别人。

波辛尼的父亲去世之前最看不惯她，经常把她当作嘲笑对象，甚至到了无法原谅的地步。如今波辛尼的父亲虽然已经去世了，但她只要提到他，还是会把他叫作"亲爱的、可怜的、缺乏教养的哥哥"。

她对珍的问候态度亲热而谨慎，她原本就擅长这些。但同时，她又有些畏惧珍——虽然像她这样的商界和宗教界名媛，即便畏惧也是有限的一点儿——因为，珍那一双无所畏惧的眼睛赋予了这具瘦小身体一种莫大的威严。拜恩斯太太还发现，虽然珍看起来好像十分坦诚，但在许多方面仍然显露出福尔赛的特征。假如她只是勇敢和坦诚，拜恩斯太太就会认为她是一个"神经病"，并因此小瞧她；假如她只是一个弗兰茜那样的福尔赛，拜恩斯太太就会八面威风地对她摆出一副赞赏有加的派头。但是，珍虽然是个小个子——拜恩斯太太一向是只关注分量，而瞧不上质量——却让她浑身不自在。因此，她请珍在一把迎着光线、椅面发亮的椅子上坐下。

还有另外一个原因，让她不得不尊敬珍——虽然像拜恩斯太太这样善良而虔诚的女人绝对不会自认如此世故——那便是，她曾经听丈夫议论过老佐里恩的富有，并且从方方面面都极端地宠爱着这一个孙女。所以，眼下拜恩斯太太的心情，就像我们在看一本小说写到男主角可能得到一笔遗产时那样，担心又着急，生怕作者笔头一转，让那位年轻人最后什么都没有得到。

她以一种非常亲热的态度待客，她还从来没有像今天那样过，确信眼前的这个女孩子是如此出色，合人心意。她问候老佐里恩的身体，夸赞他到了如此年纪，身体还如此硬朗，相貌也一点儿都不显老。他年纪有多大了？八十一！真是让人难以置信！他们去海滨消暑了！真是不错；想必菲力每天都会写信，对吧？她在问这个问题的时候，越发瞪大了她那浅灰色的眼珠，但是珍却丝毫不为所动。

"没有，"她说道，"他从未给我写过信！"

拜恩斯太太垂下了眼睛，她本不打算这样做，但还是不由自主地垂了下来。不过，立刻就又抬了起来。

"那是一定的。菲力就是这样，这太像他的作风了。"

"是吗？"珍说。

这个短短的反问，让拜恩斯太太原本快活的笑脸僵了一下。她立即做出一个动作来掩饰，将裙子再次拉平整，接着说："啊呀，亲爱的——他就是个随心任性的人，没有人会在意他做些什么。"

珍突然发现，自己简直是在浪费时间。即便她单刀直入地将问题提出来，这个女人也不会给出任何回答。

"你见过他没有？"她红着脸问道。

汗珠从拜恩斯太太前额的脂粉下冒出来。

"是呀！说真的，我都想不起来他上一次是什么时候来的了，最近我们实在难得看到他。你叔叔的那幢房子让他忙得不可开交，不过据说就快要忙好了。我们一定得举办一场晚宴来庆祝这件事情，你一定要来，就住在我们家。"

"谢谢。"珍说，心里却在想着："我真是白白地浪费时间，绝对不可能从这个女人嘴巴里套出什么话。"

她起身告辞。拜恩斯太太的脸色都变了，也站了起来，动了动嘴唇，两只手不知道放在哪里才好。事情的发展明显有点儿不对，但她又没胆量开口问这个女孩子。她身材瘦小而挺拔，长着坚定的脸和下巴，眼睛里冒着敌视的目光，就这么站在她的面前。对拜恩斯太太来说，鲜有这样害怕提问的时刻，她的一切组织都是通过问题来的啊！但是，这事太过严重，以至于连她平日强大的意志都动摇了起来。那天早晨，她的丈夫对她说过："老佐里恩的钱财，足足超过十万镑！"

但是，这个女孩子现在却站在这儿，将要离开，离开！机会稍纵即逝，她也不能确定，这个女孩子说不定从今以后就不是她家的人了——不过，她仍然开不了口。

她目送着珍走出门，门被关上了。

跟着，拜恩斯太太尖叫了一声，肥胖的身子摇摆着走上前去，重新打开门。但为时已晚！她听到前门啪的一声关上了，只能静静地站着，露出又气又懊恼的表情。

珍迈着敏捷的步子急匆匆地沿着广场走了。以前生活还算幸福的时候，她还一直以为她是个心地善良的女人，但是这回只能认为她是个卑鄙小人。难不成，她是要一直这么去到处碰壁吗？难道她要被迫永远承受这寝食难安的痛苦吗？她要去当面质问波辛尼本人到底是怎么想的——这是她的权利。她向斯隆街匆匆走去，最后找到波辛尼的门牌号。她通过楼下的弹簧门，很快地上了楼梯，心在痛苦地跳动着。

到达最后一层，她的脸色已经煞白。她看见门牌上他的名字，忽然，那促使她奔波了这么长道路的决心这会儿又都消失不见了。她猛地清醒过来，觉得这样做太不成体统了。她感到浑身发烫，薄衬绸手套下面的掌心都沁出汗来。

她退回到楼梯口，但又没有下楼。她将身体倚在栏杆上，快要透不过气来，只能努力想要克服这种窒息的感觉。她注视着那扇门，带着一种骇人的勇气。不！她就是不下楼！别人怎样看她又有什么大不了？他们才不会知道！假如她自己都不管，其他人就更不会管她的事儿了！绝不能半途而废！

有了这样的想法，她勉强撑住自己的身体，拉了一下门铃。没人应门。忽然之间，所有担心和羞辱都被她抛在脑后！她将门铃拉了一遍又一遍，似乎要从这间空屋子里拉出什么东西来，用来弥补这次造访所蒙受的担心和羞辱。门还是没有开。她不再拉门铃，而是坐在楼梯上，用双手蒙住脸。

过了一会儿，她悄悄走到楼下，出了这幢楼。她感到自己就像是大病了一场，如今也不能再有什么心思，只能赶紧回家了。她感到路上遇见的每一个人都似乎知道她去了哪里，做了什么。突然，她在对面的街上看到了波辛尼，很明显，他正从孟特贝利尔广场的方向往自己的屋子走去。

她转了一下身体，想要走过街去。他们俩四目相对，波辛尼抬了一下帽子。一辆行驶过来的公共马车挡住了她的目光，紧接着，从人行道边和马车的缝隙当中，她看见波辛尼往前走过去了。

珍呆站着，望着他的背影。

13. 新房子装修好了

"一份充甲鱼清汤①，一份牛尾巴汤，两杯波得酒②。"

---

①充甲鱼清汤：即小牛头肉汤，用来充作甲鱼清汤。
②波得酒：一种比较寻常的红酒。

这时，詹姆士正在跟自己的儿子坐在佛兰奇饭店的二楼一起吃午餐。作为一个福尔赛，他也只能在这里享受物美价廉的英国菜了。

这是詹姆士最爱光顾的饭店，特点是没太多花哨的东西，味道却很好，并且能够吃饱。这几年，因为被迫要跟随时髦，让自己的生活习性同逐渐增加的财产相配，自己的口味或多或少变得有些挑剔。但在事务所事情不多的时候，他依旧非常喜爱享受这些肉盆子，尽是早些年那种浓郁的味道。这家饭店的侍者是英国的，留着长头发，系着白围裙；地板上铺着木屑，在略微高于视线的墙上钉着三面圆形的镶着金边的镜子。原本还有些小包厢，可以让你像一个上流社会人士那样不用被邻座看见，在里面安心享用你的煎羊肉，头等的排骨肉，再加上一些山芋泥。不过，最近，这些小包厢都没有了。

詹姆士将餐巾最上面的一角塞在背心的第三粒扣子后边，因为住在西区，他不得不在多年以前便改掉了这个习惯。他觉得，一定得好好享用这盆汤——他可是足足忙活了一个上午的时间，来清算某位老朋友的地产。

他用酒店自制的有些微酸的面包，将嘴巴塞得满满的。接着就说道："你怎么去罗宾山？让伊莲一起去吗？最好还是带上她。我觉得很多事情都要仔细看看才行。"

索密斯连眼睛都没有抬，就回答道："她不愿意去。"

"不愿意去？那是什么意思？那这个房子她要不要住？"

索密斯没有应答。

"我真是不明白现在的女人到底是什么情况，"詹姆士小声嘀咕，"我就从来没有跟女人闹过什么意见，她也太自由了，被宠坏了……"

索密斯抬起眼睛，出人意料地说道："我不想听见有人说她不好。"

两人之间安静下来，只能听见詹姆士喝汤的声音。侍者端了两杯波得酒上来，但是索密斯拦住他。"波得酒可不是这么喝的，"他说，"端走这个，将瓶子拿过来。"

詹姆士喝汤正喝得出神，这个时候才惊醒过来，习惯性地将周遭的情况快速打量了一番。"你母亲生病了，"他说，"你可以坐着家里的马车去新房子那边。我觉得，伊莲一定也乐意出城跑一趟。想必那个小波辛尼也应该在那儿，带你看房子，对吗？"

索密斯点了点头。

他接着说："我也想看看装修得如何，我坐马车去接你们俩吧。"

"我想坐火车去，"索密斯答道，"假如你想坐马车去看看，说不定伊莲会和你一起去，我也拿不准。"他叫侍者将账单拿过来，詹姆士付了账。

两个人走到圣保罗教堂就分开了，索密斯要去车站，詹姆士则乘公共马车往西城去了。他在售票员边上的角落找到一个座位坐下来，将一双长长的腿伸开，好让其他乘客不容易走过去。所有经过他跟前的人都被他狠狠地瞪了一眼，仿佛这些人都是在无缘无故地占用他的空气。

他原本计划找个机会在今天下午同伊莲聊一聊，这个时候多说一句，都会为今后免去无数的唇枪舌剑。既然如今要搬到乡下去住，她也可以趁此机会将从前了结！他觉得，索密斯已经忍受不了她的胡搅蛮缠了。至于她的"胡搅蛮缠"究竟是什么，他的脑海里也没什么具体的概念。这种含义广泛、模棱两可的话，正合一个福尔赛的脾气。并且，在吃过午餐之后，他的勇气要比平时大多了。

到家之后，他就让人套上马车，并且特意嘱咐小马夫也跟着一起去。他要好好跟她谈一谈，给她充分的机会。

当六十二号的门打开的时候，他清楚地听到她在唱歌，便立马说明了来意，防止万一她将他拦在门外。不错，索密斯太太是在家的，但是女仆并不知道她是否要会客。

詹姆士虽然身材高大，但有时候也会犯起糊涂来，他凭着一向敏捷的身手，常常做出一些让人瞠目结舌的事情来。他在女仆询问清楚之前，便已经大步流星地走到客厅里面。他发现伊莲正坐在钢琴前面，双手停在琴键上，明显是在倾听着走廊上的对话。她向他打了个招呼，但没有露出笑容。

"你婆婆生病了，"他开始说话，希望能一下子博得她的好感，"我已经备好了马车，你就发发善心，戴上帽子，跟我去转一圈，这对你也有益处！"

伊莲看了看他，似乎是要拒绝，但又好像改变了想法，上楼戴了帽子下来。

"你准备带我去哪儿？"她问道。

"去罗宾山，"詹姆士语速飞快地说道，"我得溜溜这两匹马，顺便去那边看看他们做得如何了。"

伊莲有些犹豫，但最后还是打定主意，出门上了马车。詹姆士紧跟着，生怕她会跑掉。

等到走了一半路的时候，他才开口说道："索密斯非常喜欢你，容不得别人说你一点儿不是，但为何你就不能对他略微亲热一些呢？"

伊莲脸红了，小声地说："我装不出来。"

詹姆士看了她一眼，眼神非常严厉。他大概觉得，既然伊莲已经坐在自己的马车上，而马和用人都是自己的，说句实话，她可跑不出自己的五指山。她既没办法对他爱答不理，也没法将局面闹僵。

"我不清楚你是怎样想的，"他说，"他是个非常好的丈夫。"

伊莲用极小的声音回答他，那声音，几乎要被淹没在隆隆的车子声中。他只听见了一句："又不是你嫁给他！"

"怎么能这么说？不管你要什么，他都给你。他能带你去任何你想去的地方，如今又在乡下给你建了这所房子。若是你有什么嫁妆，那倒也说得过去。"

"确实没有。"

詹姆士又看了看她。他不明白，她脸上为什么是那样的表情，简直像是要哭起来——不过，他又赶紧说："我敢打包票，所有人都全心全意地要对你好。"

伊莲的嘴巴略微动了动，詹姆士被她脸上流下的泪珠搞得手足无措。他感到似乎有什么东西堵在他的喉咙里。

"我们都喜欢你，"他继续说，"只要你，"——他本来是想要说"乖一些"，又临时改口——"只要你能够更像一位妻子那样待他。"

伊莲并未回答，詹姆士也不再开口。他为她的默然感到不安，他只能认为这样的默然与其说是一种抗拒，倒不如说是默认了他刚才的话。但是，他还是觉得话只说了一半。对此，他自己也搞不清楚。

不过，他可无法长时间保持沉默。

"我认为那个小波辛尼，"他开口道，"很快就要跟珍结婚了吧？"

伊莲的脸色变了，说道："我不清楚，你应该去问珍。"

"她没有写信给你吗？"

"没有。"

"怎么会这样？"詹姆士说，"你们的关系不是特别好吗？"

伊莲转过身子对着他，说："这个你也应该问她！"

詹姆士被她的神色吓住了，连忙说："好吧。真是搞不明白，为何你给我的都是这样似是而非的答案，但又确实如此。"

他坐在那反省自己遭受到的冷落，还是忍不住对她说："我可是给过你劝告了，是你自己一意孤行。索密斯虽然不怎么说，但是我觉得，他也未必会对这样的事情容忍得太久。到时候，你可不能怪别人，只能怨你自己，也别指望有人会同情你。"

伊莲微笑着，低头鞠了一躬，说："多谢你的好意。"这一来，把詹姆士搞得也不知道能回答些什么。

上午的天气还非常晴朗，下午却阴沉起来。一团乌云从南边飘过来，并且越来越近，泛着苍黄的颜色，似乎是雷雨的预兆。路边的树枝低垂，奄拉着叶子一动不动。马儿跑热了，身上发出一种胶的气味，混在污浊的空气中凝固着。车夫和马夫一直都没有回头，挺直着身子，在前面的车厢里边小声说着话。

总算到了那所房子，詹姆士长舒了一口气。他一直以为这个女子是非常温和的，但现在却惊讶地发现，她是如此令人捉摸不定，坐在他边上一言不发，简直令人害怕。

　　马车停在门口，他们俩走进房子里面。

　　厅堂里有些阴冷，让人觉得像是走进了一处墓穴。詹姆士打了一个寒噤，感到脊背发凉。他拉开柱子当中的厚皮帘子，快步走到内院，接着忍不住叫了一声好。

　　内院的装修和布置堪称雅致。一座大理石的圆盆埋在地上，里面盛满了清水；圆盆旁边种了很多鸢尾草，高高地围成一个圆圈。由此至每一边的墙角，都铺了暗玫红色的地砖，质量一看就非常好。一边的院墙装了一座白色的大瓷炉子，用一条令他赞叹不已的紫色的皮帘子遮着。中间的天窗被推开了，从外边透进暖暖的空气，一直飘进屋子中间。

　　他背着手站着，头颅从高大而瘦削的肩膀上头高高昂起，认真地观察着柱子上的那些花纹，以及楼上回廊下面白壁上盘旋的纹饰。很明显，做工都非常细致，堪称是一位上流人士的住所。他来到帘子跟前，等看清楚这些帘子的状况后，便拉开了帘子，露出后边的画廊。一面大窗子在画廊的尽头，占满了整面墙壁。墙壁依旧是象牙白，地板是黑橡木的。他依次打开几扇门往里看去，一切都布置好了，随时可以搬进去住。

　　他想跟伊莲说话，才发现她站在花园入口处，旁边是她的丈夫和波辛尼。

　　詹姆士虽然并不是敏感之人，却立马发现苗头有些不对。他走到三个人面前，虽然心里暗暗着急，却又不明就里，只能设法调和。

"波辛尼先生，你好吗？"他一边伸出手，一边说，"我得说，你花在这上面的钱确实很多。"

索密斯转身走掉了，波辛尼蹙眉站着。詹姆士看看波辛尼，又看看伊莲，一生气，索性将心里的话都抖搂了出来："哼，真不知道为什么，你们将一切事情都瞒着我！"然后，他就跟在儿子后面走开了。临走的时候，听到波辛尼微微笑了一声，说："感谢上帝，你看起来……"不过很可惜，接下来的话便听不到了。

究竟是什么情况？他回头看了一眼。伊莲紧紧站在这位建筑师旁边，脸上的神色跟平时简直判若两人。他连忙跟上儿子。

索密斯缓步走在画廊中。

"怎么啦？"詹姆士问他，"到底是什么情况？"

索密斯看了看他，依旧是那副淡漠而又傲慢的表情，但是詹姆士知道他其实很恼火。

索密斯说："我们的朋友又超出了预算，但这次我不会放过他了。"

他掉头走向门口，詹姆士在后面急忙跟着，抢到了前面。他发现伊莲放下原本在嘴边的一只手指，用寻常的语气说了一句什么。还没有走到他们跟前，詹姆士便开口说话了。

"暴雨来了，我们还是回家去吧。波辛尼先生，我们可否带你一程？哦，怕是不行？那么，再见啦！"他伸出手，但波辛尼并没有伸手，转身笑了一声，说："福尔赛先生，再见啦，可别遇上暴雨！"然后便走掉了。

"哼，"詹姆士说，"我不晓得……"

但是，他看见这时伊莲的神情不对劲，便没有继续往下讲。他一下子抓过这位儿媳的胳膊，保护她走向马车。他简直可以肯定，完全可以肯定，刚才俩人一准儿是定好了约会的时间，或是其他什么约定……

当一个福尔赛发现自己在一件事情上的花费远远超过计划时，就会觉得无比的恼火。这也无可厚非，毕竟他要靠精确的计算来经营他的生活。假如无法以财产的价值来衡量，他的罗盘便失去了作用，那便相当于漂流于苦难汪洋中，没有一个舵。

索密斯此前和波辛尼在信里面商量好了条件，之后，便再也没往房子的经费方面去想。问题已经清清楚楚地写在纸上，但最终的花费还是超出了预算，他简直无法想象。所以，当波辛尼告诉他预定的一万二千镑不够用，而大约要超出四百镑时，他着实被气得不轻。原本他估计只用一万镑，后来无奈多次超支，他便觉得自己不该如此迁就。但是，在最后一笔开支方面，波辛尼实在说不过去。索密斯真是不知道，一个人怎么能笨到这种程度，然而，他却确实超支了。这样一来，索密斯长期以来对他的敌意和妒忌，都撒在了这最后一笔开支上。此前所扮演的好丈夫的角色，自此再也没法演下去了。他之所以那样，完全是为了保护作为他的财产的妻子。但眼下，他要露出原本的面目，来保护他的另一种财产了。

"哼！"瞅准时机，他对波辛尼说，"你肯定在自鸣得意吧，但我要对你说，你完全走眼了！"

其实，他自己也不太确定，这两句话到底是什么意思。因此，在用过晚餐之后，他就找出自己和波辛尼的通信，看看到底是怎么一回事。毋庸置疑，一定得让这个家伙对额外的四百镑负上责任，不管怎样，至少也得让他赔三百五十镑。

当他这样宣判的时候，看了看自己妻子的脸庞。她正坐在沙发角上，那个她经常坐的地方，为衣服领子换花边。整个晚上，她都没有跟他说话。

他走到壁炉板前面，从镜子里打量着自己的脸，说道："你的朋友波辛尼完全是自找难堪，自讨苦吃！"

她轻蔑地看着他，说："我不知道你在说什么！"

"你很快就会知道的，四百镑——小数目而已，难博你一笑。"

"你是说，你准备让他为这个可恶的房子赔你四百镑？"

"确实如此。"

"你不知道他身无分文？"

"知道。"

"你简直比我想得还要卑鄙。"

索密斯两手捧着壁炉板上的一只瓷杯，从镜子面前回过身来，那样子像是在祈祷似的。伊莲的胸口上下起伏，愤怒地盯着他。他没有理睬她的咒骂，平静地说：

"你是不是和波辛尼勾搭在一起了？"

"没有，我没有！"

她迎着他的目光，他移开视线。他根本不相信她的话，也不会相信，但他知道自己不该这样问。他从未了解过她的心意，并且永远都无法了解。她那张难以捉摸的面庞，让他怒火中烧，那么多夜晚，她都是那般温柔地坐在这儿，然而却像个谜团一样。

"我觉得你就是一块石头。"他说着，手指一用力，那只杯子竟然被挤碎了，碎片掉落在炉栅中。伊莲微笑起来。

"你忘了，"她说，"这杯子可不是石头的！"

索密斯一下抓住她的胳膊，说："只有狠狠地揍你一顿，你才会记住！"但说过这话，他便转身到了屋外。

14. 索密斯坐在楼梯上

当晚，索密斯在上楼的时候，心里觉得自己做得太过分了。他打算就刚才的话向她做个辩解。

他将卧室外面走廊上的煤气灯关掉，一只手搭在门把手上，站在门外盘算着该怎样赔不是，才不会让她看出自己的心虚。但是，门打不开，他用足了力气，使劲转着把手，还是打不开。她一定不知为何锁了门，然后忘记开了。

他走进更衣室里——那儿的煤气灯也还亮着，但很暗——去开另外一扇门。这扇门依旧是锁着的。跟着，他发现自己的行军床已经铺好褥子了，床上还放着睡衣——他自己偶尔会拿这张床用。他这才明白，是被锁在门外了。

他重新走到外边的门口，悄悄转动把手，叫道："开门，听到了吗？快开门！"

一阵窸窣的声响从门里传过来，却无人应答。

"你听到了吗？我一定得进去，快点儿开门！"

他听到了她在门后的喘息，像是某种受到死亡威胁的动物的喘息。

她沉默着，他也抓不到她，这僵持不下的情形令人担心。他重新走回里面的房门，试图以身子的重量将门压开。这扇门是他之前亲自叫人换过的，为蜜月之后入住这里而准备的。他火冒三丈，刚要抬脚踹门，忽然又想到可能会吵醒用人，只好克制住自己。然后，他突然觉得自己失败了。

他丧气地坐在更衣室里，拿着一本书。

但是，他却并没有看见书上写着什么，而看见了妻子的脸庞——有着一双深褐色的大眼睛，金灿灿的头发披在裸露的肩上，像一只受困的野兽一般站在那里。他忽然觉悟出她如此反抗的意义，那便是，她打算彻底决裂了。

他实在坐不住了，又跑到门口来。她的喘息仍然可以听见，他喊道："伊莲！伊莲！"他没有觉察到，自己的叫喊是那般可怜。里面窸窣的声音停住了，像是预示着什么不好的事情。他绞着手站在那儿，心里不住地寻思。

过了一会儿，他踮着脚转到外面，用尽力气向另一扇门撞过去。门被撞得嘎吱作响，但没有开。他坐在楼梯上，双手掩面。在一片漆黑中，他坐了很久，天窗中透进来一道灰白色的月光，顺着楼梯照了过来。他突然有了一些哲学的启示。

既然她将他锁在门外，就失去了做他妻子的权利，那么，他便完全可以从一些别的女人身上找一点儿安慰。

以往他的狭斜之游并没留下什么愉快的回忆，他对此类事情也不抱有多大的兴趣。只是偶尔尝试一下，但如今，他连一点儿这方面的想法都没有了。他觉得，只有自己的妻子才能够带给他满足，可眼下她惶恐地躲在两扇紧紧关闭的房门内，绝对不肯出来。啊，他不需要别的任何女人。

他在黑暗之中想到这一点，更是觉得狂躁。

他之前的那一套完全无用了，他现在只有愤怒。她违背了妇道，不可饶恕，他简直有充分的理由用自己的权力给她任何惩罚。除了她，他不需要别的任何女人，然而她却拒绝了！这么说，她一定是恨死他了！他一直都没办法相信，现在依然没办法。这实在是太荒唐了，他感到自己已经失去了辨别能力。他向来觉得她十分温顺，然而，眼下她却采取了如此决然的措施。这么说来，还有什么事情是可以确定的？

他重新琢磨着，她是不是和波辛尼有一腿。他觉得难以置信，他完全不相信她会因此将自己拒之门外，这样的话，简直要把他活活气死了。

他们两人的问题传出去，搞得人尽皆知！这样的事情也让他无法接受。眼下还没有确凿的证据，因此，他仍然固执地不愿意承认——承认这一点，像是在惩罚他自己，他怎么会干这事情？但是在他的心里，他完完全全地承认，确实如此。

他弯腰靠着楼梯的墙壁，灰白的月光落在他身上。

波辛尼爱她！他恨透了这个家伙，一定不能放过他。除了信里讲好的最高价钱——一万二千零五十镑，他不会再多出一个子儿，绝对不会。即使要先行付款也可以，到时候一定要再控告他，教他如数赔偿。他心里盘算着，这件案子可以交给乔布林-波尔特律师事务所代办，一定要叫这个穷鬼倾家荡产！紧接着他又令人难以理解地想到，伊莲也没钱，他们是一对穷光蛋。想到这里，他忽然得到一种不可理喻的满足感。

静默被隔墙细微的咯吱声打破，她上床睡觉了。哎，让她做起美梦吧！眼下，就算她大敞着房门，他也不愿意进去了！他想要苦笑，却只是抽搐一下嘴唇，接着便用双手遮住了眼睛……

隔日下午，时间已经不早了，索密斯站在餐厅的窗边，目光忧郁地注视着窗外的广场。

太阳仍旧热烈地照着那些悬铃木，大片的树叶愉快地在风中闪光，伴着从街角传来的手摇风琴的声音左右摇摆。风琴演奏的是华尔兹舞曲，完全是过时的陈腐调子，忽高忽低地仿佛是在预示着不祥的事情将要发生。它演奏了一遍又一遍，却没有什么随之起舞——除了那些树枝上的大叶子。

摇琴的女子看起来并不开心，十分疲倦。没有人从那些高大的楼房上丢硬币下来酬劳她。她推着风琴走了，但走过了三家，就又停下开始摇起来。

这首华尔兹舞曲，俨然便是上次在罗杰家伊莲和波辛尼一同舞过的那一支。那天伊莲散发的栀子花的香味，唤起了索密斯的记忆：当时她拉着波辛尼不断地跳舞，舞步仿佛是围绕着没有尽头的舞池，经过他面前时，她光彩照人，眉目含情，一阵栀子花香随之飘来——就像眼下这一支蹩脚的曲子一样。

女人仍旧慢慢地摇着风琴的手柄。她已经这样推了一整天，像是在推磨一样，从旁边的斯隆街一道摇过来，说不定还曾在波辛尼面前演奏过。

索密斯转过身，从雕花的盒子里面拿出一根香烟，然后又走回窗口。他听着这支曲子，简直像着了魔。正在这时，他看见伊莲收起小遮阳伞，从广场边上往家里走。她穿着一件质地柔软的桃红色的短衫，两只袖子垂着——他从未见过这一件衣服。她停下来，从手提包里掏出钱给那位摇风琴的女人。

索密斯缩回了身子，站在可以看见外边穿堂的地方。

伊莲用钥匙打开门走进来，放下遮阳伞，站在镜子面前照了一下。她面色绯红，像是在太阳地里晒过，嘴唇微启，带着笑意。她伸开两只胳膊，仿佛是要拥抱镜子中的自己，随之发出一声冷笑，跟哭差不多。

索密斯从里面走出来。

"真是——美啊！"他说。

她像是中了枪一样，突然一个转身，想要经过他向楼上跑。他拦住了她。

"慌什么？"他说，目光盯着她的耳际，一缕秀发正垂在那儿。

眼前这个女子，简直不像她。她像在燃烧一样，面颊、双眼、嘴巴，还有那件平时不怎么穿的褂子，看上去都是这样浓艳。

她将那缕头发撩在耳后，像是一路跑来一样急喘着，呼吸间散发着她那秀发和身上的幽香，如一朵盛开的香气袭人的花朵。

"我讨厌这件短衫，"他慢慢说道，"这料子太软，毫无样式可言！"

他用一根手指戳向她的胸口，被她挡开了。

"别动！"她叫道。

他想捞住她的手腕，也被甩开了。

"你去了哪儿？"他问道。

"外面，天堂！"说完，她就急急地走上楼去了。

外面，就在大门口，那个演奏着手摇风琴的女人，还在演奏着那一支华尔兹舞曲，为了表达对伊莲的谢意。

索密斯愣着。何不跟上楼去？

他越发地确信那件事情，他简直看到：波辛尼正站在斯隆街那扇高高的窗子边，向下探望，努力地想多看一眼伊莲即将消失的身影，他通红的脸庞一时还难以凉下来，还在想着伊莲适才靠在他怀中的画面——啊，她幽幽的香气以及方才那哭一般的冷笑，犹然萦绕在索密斯周围的空气中。

第三卷

1. 马坎德太太的大发现

当然，许多人都会觉得索密斯没有一点儿男人的样子，连时下风头正劲的《活体解剖激进者》杂志的编辑也会这样认为：他应该大大方方地砸掉门锁，用拳脚把那娘们儿好好修理一顿，然后再和她一起快活地过日子。

在过去，人们的残忍行径多半被仁爱掩盖了，这一点实为可恨。不过，眼下国内的温情主义者们大可放心，索密斯绝对不会这样做。在福尔赛家族，动粗是不体面的。大家都很小心地避免着这类事件，而且，他们的心肠也不够硬。且以索密斯为例，他的自尊心固然很强，但却不足以让他做出什么血性的事来。这样一来，他倒也可以守住底线，不会放任自己做出什么龌龊至极的事情——除了在极端愤怒的时候。问题在于，这位彻头彻尾的福尔赛从不觉得自己有何可笑之处。他既然不能将自己的妻子暴打一顿，便也别无他法，只好一声不吭地过来了。

由夏入秋，他还是像往常一样：去事务所工作，整理他收藏的名画，请朋友们到家里来吃晚餐。本该去避暑的季节，他也没有出门，因为伊莲不愿离开伦敦。罗宾山的别墅已经落成很久了，却一直没有人住进去。索密斯起诉了"海盗"，索赔三百五十镑。

一家名为弗里克-阿布的律师事务所做了波辛尼的辩护方，他们一边承认事实的存在，一边对索密斯的信件证据提出了异议：在他们看来，若刨去一些法律名词，那么，"根据这封信所具有的效力，你可以在这件事情上'全权做主'"一语，完全是自相矛盾的。

说来巧合——虽然此类事情在那些深谙内情的法律界人士中间不常发生——某些关于上述辩护对策的消息传到了索密斯耳中。原来，索密斯事务所的合伙人布斯达先生在某次去检察官华米斯蒂先生家赴宴的时候，恰巧坐在初出茅庐的普通法庭辩护律师[①]江克利先生旁边。

凡法律界的聚会，若没有女人在侧，话题就总会涉及法律专业的问题。因此，年轻有为的辩护律师江克利先生，便向他的邻座提出了一个无关自身利益的难题。然而，他并不知道邻座便是布斯达——因为他一直居于幕后，极少抛头露面。

江克利说自己最近遇到了一件棘手的案了，其所涉及的关系"甚是微妙"。接下来，他便在保守职业秘密的前提下，说起索密斯案子中的一些为难之处。他和别人也谈起过，大家都认为这案子"甚是微妙"。诉讼的金额很小，但是，对于当事人来讲，其中的关系却很大——华米斯蒂家的香槟酒质量虽然不佳，数量却很充足——他担心法官可能会敷衍了事。他打算好好地喝几杯——这一

①辩护律师：英国的律师从业人员有出庭、不出庭之分，出庭者称为辩护律师。

点"甚是微妙"。他向邻座请教对这案子的看法。

布斯达的性格十分沉稳,所以,他一言未发。不过在晚宴之后,他还是找了个合适的机会把这件事告诉了索密斯,语气有些戏谑。他这个人虽然平时很安静,不大在外人面前说话,但好恶还是分得清的。最后,他也表达了自己的看法,此事的确"甚是微妙"。

这位福尔赛先生已经将案子委托给了乔布林-波尔特律师事务所,不过就在他刚刚完成委托不久,便后悔没有亲自上阵处理这件案子了。当他收到被告人波辛尼的辩护状副本时,他决定去一趟乔布林-波尔特律师事务所。

这时,乔布林律师已经逝世几年了,这件案子由波尔特承接。他告诉索密斯,这件案子的确"甚是微妙",他很想听一下专业人士的相关意见。索密斯向他推荐了沃特布克,那人是索密斯眼中顶尖的律师,一位皇家法律顾问。卷宗在沃特布克那里留了六周之后,他们收到了来自这位皇家法律顾问的意见:

"据我判断,要了解此信的真正意图,则先需要了解原、被告双方的真正动机,这两者之间有着密不可分的联系。需要在审判庭上听取双方的口供,一切才能决断。我认为,可以从建筑师这一边搜罗有利证据,以确定他对'用度不能超过一万二千零五十镑'一则了然于胸。至于阁下所请教的'根据这封信所具有的效力,你可以在这件事情上"全权做主"'一语,确系'甚是微妙'。不过,根据我的经验,大致可以援引'波瓦卢起诉白拉斯第德水泥公司'的案例。"

他们立刻根据这一意见准备辩护材料,向被告发函质询。可恨的是,弗里克-阿布律师事务所的回函甚是机警,根本没有承认任何对被告一方不利的细节。

索密斯读到沃特布克的意见书，是在十月一日，当时他正在饭厅中等候着晚餐。这使他感到很不安，倒不是因为看到"波瓦卢起诉白拉斯第德水泥公司"的援引案例，而是因为他也觉得，这件案子开始变得"甚是微妙"。这桩案子中，出现了一个非常有意思的争议，而在法律界人士看来，刚好可以借此时机表现一番。要是他自己这样觉得便也罢了，可如今连皇家顾问都这么认为了，他如何会不心急如焚？

他坐在那里，心里想着这件事情，眼睛盯着空荡荡的炉栅。虽然已是初秋，天气却总是那么晴朗，好像仍处在八月下旬。他简直要动起肝火来，恨不得一脚将波辛尼的脖子踢断。

当日下午罗宾山一别，他至今没再见过波辛尼。虽说如此，他还是觉得波辛尼就在眼前。那家伙瘦削的脸庞，高高的颧骨，以及那双热情的眼睛，一直都盘旋在他的脑海中。甚至连那日拂晓的孔雀叫声，也还在纠缠着他，让他始终觉得，波辛尼一直都在这所房子的附近徘徊窥伺。这并非夸张，每晚看到有人影在门前晃过，他总觉得那便是"海盗"——乔治起的这个绰号还真是形象。

伊莲一直在同波辛尼约会，这是毫无疑问的。至于他们用什么方式约会，约会的地点又在何处，索密斯并不知道，他也不想去过问。他内心隐约有种顾忌，这些事情知道多了，反而更加不好处理。所以，他的一切计划都要暗中进行。

当索密斯问她去了哪里——所有福尔赛都会这样问，他自然也不例外——她的样子看起来很奇怪，镇静极了。尽管如此，在她那副向来毫无变化的、难以捉摸的、面具一般的表情中，时而也会流露出一点儿并不寻常的神情。

她甚至有些时候都不在家吃午饭。当索密斯询问比尔森，女主人通常是否在家用午餐的时候，比尔森的回答通常是："没有，老爷。"

他觉得这样很不好，便提醒她，没事的话不要在外面闲逛。不过，她丝毫不加理会，而且那毫不在乎的样子让他又气又恼，同时，又觉得十分可笑。是的，她好像觉得占了上风，在为此骄傲。

他把沃特布克的信收起来，然后上楼，进了她的房间。原来，她在白天是不锁门的，总算还要一点儿体面，知道不能让人看了笑话。她正在刷发型，突然转过身来，没来由地发起狠来："你有什么事？从我的屋子里出去！"

"我想知道，我们俩这样子还要多久？这么久了，我忍不下去了！"他回答。

"能不能从我的屋子里出去？"

"能不能把我当作你的丈夫？"

"不行。"

"既然如此，就别怪我逼你了！"

"好啊！"

他惊讶地睁大了眼睛，她的镇定让他大为意外。她双唇紧紧绷成一条线，蓬松的头发恰好盖住了光裸的肩头，闪着金色的光芒。而她那一双深褐色的眼睛中，却充满了仇恨、恐惧以及那种他已经习以为常的特别的胜利感。

"可以从我的屋子里出去吗？"

他转过身，无趣地走了出去。

他并没有打算逼迫她，她很清楚这一点——她知道，他有些投鼠忌器。

他习惯于对她讲述整个白天自己做了哪些工作。去事务所找他的都是些什么人，他是如何给帕克司办妥一桩房产抵押的，那件多年来悬而未决的弗里尔和福尔赛两家的官司最近又有哪些进展——案件的起因在于，他的叔父尼古拉对自己财产过分慎重，慎重得就像着魔一般，他把财产牢牢控制，谁也拿不到——这案子注定要养活很多律师，到世界末日都不会有一个结果。

他还会告诉她，自己在贝尔迈大街达莱伦父子画廊相中一幅布奇尔——他十分喜欢布奇尔、瓦托这一流派的画家——的画，并去乔伯生拍卖行探问过行市，然而没来得及出手就被别人买走了。

他已经习惯于经常和她说这些，现在这种时候也像往常一样。他会在晚餐中对她滔滔不绝地讲上半天，就像感觉不到自己内心的痛苦一样。

平常，只有他们两个的时候，她来和他说晚安的时候，他总是尝试着亲吻她。或许，这是一种隐隐的期望，期望她哪天晚上会允许自己亲吻她。又或许，仅仅是因为他认为丈夫应当在妻子向自己道晚安的时候亲吻妻子。就算她是怨恨他的，这个礼节无论如何是不能省的，否则就有失礼数了。

不过，到底她为什么会恨他？即便现在他还是不敢相信。被人恨的滋味是难以言表的——这种情绪太偏激了，不是吗？不过，他也恨波辛尼，那个"海盗"，那个一直试图窥视他们的流浪汉，那个夜猫子。在索密斯的心里，波辛尼永远都潜伏着、晃荡着。不过，他现在一定生活得穷困潦倒！年轻的建筑师伯吉特，曾经目击他神情颓丧地从一家三流餐馆儿里出来！

索密斯失眠的时候，他就会躺在床上，想着如何结束这个看上去不知所终的局面。除非他的妻子自己回头，因为，他从来没想过要和她离婚……

还有福尔赛家的所有人！他们在索密斯的悲剧中都扮演了什么角色？不过，这完全没有什么，因为他们都去了海边。他们都在度假，住在酒店、疗养院或是短期租来的房子中，每天洗洗海水浴，储存足够的臭氧以备过冬。每一家都有一处这样精心挑选的葡萄园，将他们最喜欢的海滨空气像葡萄一样培植、挑选、榨汁、灌装。一直到九月底，大家才会看到他们陆续归来的身影。

他们身强体壮，气色红润，乘坐着载客的小马车，每天从各地的车站回家。第二天早上，他们就都回到自己的行业当中去了。接下来的某个星期天，从午饭时间开始，一直到晚餐开始，俏摩西家里总是挤满了人。

这种场合下，总是飞满了各色有趣的流言，多到无法一一讲述。在这些谈话里，史摩尔夫人提到，索密斯和伊莲并没有一起出门。

另外一件事，就需要一位跟此事不甚相干的人来补充说明了。

威尼弗列德·达尔提有位关系很好的朋友，马坎德太太。在九月的某个下午，大概四五点钟的样子，这位太太正和小奥古斯都·弗里帕在里希蒙公园骑车锻炼身体，她正好撞见伊莲和波辛尼一起从凤尾草丛里走向幸恩门。

这位可怜的小女人可能口渴了。她一边和弗里帕聊天，一边在一条干硬漫长的公路上骑了很久——全伦敦人都知道，即使身体再好，这样也是吃不消的。她看见"那两位"从清凉的凤尾草丛里走出来，心里甚是羡慕。那山顶上长着一片茂盛的凤尾草，鸽子们在树上咕咕直叫，各自唱着喁喁不绝的合欢曲。驯鹿们靠近草丛里的情侣们的时候，秋天就会以自己特有的低语提醒他们。啊，茂盛的凤尾草丛！你是那短暂易逝的欢愉时光，你是那天地合一的漫漫长夜中的黄金时分，你是牡鹿的乐园，你是牧神潘的神庙——那在夏天的暮色中环绕着桦树女神银白色的腰身纵情狂舞的牧神潘！

　　这位马坎德太太认识福尔赛家的每一个人，上次珍的订婚茶会她也参加了。看到眼前自己要应对的是"那两位"时，她显得一点儿都不慌乱。她自己的婚姻并不幸福，好在她非常机敏，以高超的手法迫使自己的丈夫犯下了一件错事，从而便在没有什么舆论压力的情况下，从容不迫地离了婚。

　　因为她的这种经历，所以，她最擅长判断的事情便是男女私情。在她的居所里，那栋分成许多间小公寓的大厦中，住着形形色色的福尔赛。他们忙完了白天的生意，剩下的主要消遣，便是谈论本地各色人等的私人生活。

　　这位可怜的太太很有可能是口渴了，不过也可能是小弗里帕的口才太好了，他的话总是十分风趣。所以，在这样的情况下遇见"那两位"，对她来说简直如获至宝。

　　任是谁遇见马坎德太太，都要停下脚步来看上一眼，全伦敦城的人都会如此，甚至连时间老人也不会例外。这个女人身材矮小但才华出众，她的一双眼睛无孔不入，一副口齿尖巧伶俐，这些条件被赋予她一身，使得她成为一个天生的卫道士！

　　马坎德太太自然散发出一种久经沙场的气质，她能很好地在某些场合照顾好自己，并且在某些时候还会弄得其他人非常不安。在破除横亘在文明车轮前的旧时代骑士精神一事上，她的贡献大于任何一位潮流女子。她精于世故，八面玲珑，所以大家在谈起她的时候，都心悦诚服地叫她"小马坎德"。

她总是穿着适合自己身材的紧身衣，她还是一家女子俱乐部的会员——不过，她并不是那种一心想着争取妇女权益、整天神经兮兮、面色阴晴不定的会员。那些权利，她都已经在不知不觉中便享受到了，她可以轻而易举地得到它们。并且，她一边享受着这些权利，另一边还不会引起她所在的阶级反感，非但不会反感，反而使那些人更加佩服她。而这一切的秘密，并不在于她对人和气，而在于她的身世、教养，以及那完全被她运用自如的原则——财产意识。

她的父亲是贝德福德郡的一个律师，她的外祖父是一位牧师。她嫁给了一个性情温良的画家，他十分热爱自然，简直到了走火入魔的地步，并最终抛弃了她，勾搭上了一个女演员。在她这一段并不幸福的婚姻生活当中，她始终对上流社会的聚会、禁忌、原则、喜好念念不忘。所以，她一离婚，就立刻奉行起"福尔赛主义"，丝毫没有觉得不适应。

她每天都是十分高兴的样子，并且掌握着大量的小道消息，所以，无论走到哪里都十分受人欢迎。大家都认为，她可以很好地照顾自己，不至于上当受骗。所以，如果大家看到她独自或者和一位女子、两位男子一起在莱茵河畔或者赛马特山出游的时候，丝毫不会感到诧异或者暧昧。正因为她有这种了不起的不上当受骗的本事，所有福尔赛家的人都很喜欢她，所以，她也就能够在基本上没有丝毫付出的情况下，尽情享受别人为她提供的一切。大家一致认为，如果需要保存乃至增加自己阵营中最好的女子典范的话，马坎德太太就是极好的一例。她从来都没有生育过。

　　如果说世上真的存在什么人是马坎德太太特别不能容忍的，那便是男人们常说的那些"娇滴滴"的女人，尤其是索密斯太太这样的。马坎德太太素来很不喜欢她。

　　毫无疑问，马坎德太太个人的看法是，如果"娇滴滴"风行起来，并且被奉为好女人的标准的话，那么，像她这类精明强干的女人就会处处碰壁了。但是，伊莲所具有的那种微妙的魅力，又偏偏不能让她视而不见，所以，马坎德太太索性就十分憎恶她。尤其这种"娇滴滴"的魅力让她束手无策的时候，她就越发憎恶得激烈。

　　不过，就她看来，伊莲并没有什么可以吸引男人的优点。她认为，伊莲并没有主心骨，也绝对把持不了自己，任是谁都可以把她骗得团团转，这些一眼就可以看得出来。说实话，她实在不知道男人们为什么会迷恋伊莲。

　　马坎德太太算不上是一个坏人，但是在经历过那一段令人不快的痛苦婚姻之后，为了维持她自己的地位，她便觉得自己应当做一个"消息灵通"的人士。所以，当她在公园里目睹了"那两位"的约会之后，她压根儿就没有想到要保持沉默。

　　她时常会去偶摩西家里，按她自己的说法，"去给那一帮老骨头们逗逗乐子"。那天，她刚好被邀请在偶摩西家用晚餐。客人几乎是一成不变：威尼弗列德·达尔提和她丈夫，代表艺术界的弗兰茜，而马坎德太太之所以受到邀请，是因为大家都知道她时常在《妇女乐园》杂志上发表一些女性服装的文章。另外，如果他们也在场的话，海曼家的那两个男孩子也可以向她献一些殷勤——这两个家伙嘴上虽然很沉默，但大家都知道他们都很放肆，并且对一切时髦的玩意儿都谙熟于胸。

七点二十五分，马坎德太太关上小公寓过道中的电灯，穿上那件去歌剧院才会穿的豚鼠领大衣，然后走到外边。她停下来，检查了一下门是否锁好，钥匙带了没有。这些小小的单间公寓十分方便，虽然光线和通风都不太好，但自在得很，想出去的时候便出去，想关上门便关上门。没有一大堆麻烦的用人在面前晃来晃去，想做什么随你自己的便，不像以前的时候，那倒霉蛋弗莱德一天到晚碍在眼前，整天愁眉苦脸的样子，让人想走都走不开。她一直觉得弗莱德很可怜，她也并不十分恨他，在她眼里，他就是个十足的傻瓜。不过，一想起他勾搭女演员这档子事儿，她还是会露出鄙夷的、仇视的微笑。

她用力把门关上，走过长长的走廊。走廊两边是阴沉沉的暗黄色的墙壁，一眼望去，全都是带门牌号的棕色房门。电梯正在从楼上下来。马坎德太太把大衣领子竖起来，遮住了耳朵。那红褐色的头发被她收拾得服服帖帖。她一动不动地站着，等着电梯下来。电梯到了，铁栅栏哗啦一声打开，马坎德太太走了进去，里面已经有了三位乘客：一个男人，穿着白色的宽大背心，一张胖脸像婴儿一样光滑；两位老太太，都戴着五指手套。

马坎德太太冲着他们微笑示意，算是打招呼，这几位她都认识。在马坎德太太进电梯之前，这三位全部端着架子，并不说话，她一进电梯，他们马上交谈起来。这就是马坎德太太的成功之处，她能让大家相谈甚欢。在电梯从五楼落下来的期间，谈话就从未间断。开电梯的工人转过身去，一张脸透过铁栅栏露出讽刺的表情。

他们在一楼分开了，穿白色背心的男人快活地走向弹子房，而两个老太太要去吃晚饭，她们悄悄议论着："真是个有趣的小女人。""这是个小喇叭！"马坎德太太此时已上了马车。

当马坎德太太在偶摩西家里享用晚餐时，便会以福尔赛们所喜欢的那种上流社会口吻在席间——照例，偶摩西也不参与这一类餐会——说一些事情，为此，偶摩西家的人一直对她欢迎有加。

史摩尔太太和海斯特姑太都认为马坎德太太说话很有趣，所以，这两位太太都听得十分开心，且一直以为，要是偶摩西能和她见见面该有多好！大家都觉得，马坎德太太会对偶摩西有好处。举个例子，马坎德太太知道查理·费斯特的儿子最近在蒙地卡罗忙些什么，她会告诉大家丁茅斯·艾迪那本畅销小说中令人倍感意外的女主角的原型到底是谁，她还知道巴黎的女人们眼下正流行穿肥腿裤。并且，她也很清楚大家的烦心事，比如，尼古拉家的长子就对择业一事甚是为难。尼古拉太太希望儿子成为一名海军军官，而尼古拉本人，则十分希望他成为一名会计师，觉得这样安全、稳妥些。马坎德太太在这件事情上，也很有自己的看法。她觉得，在海军里待着，除非你特别聪明，或者有优越的家世，否则很少会得到提拔的机会。即使获得了提拔，当到了海军的大将，最后也不过尔尔，每个月领那样一点点可怜的俸禄！远不如做会计师实惠，随时都能捞到好处。当然，在一开始的时候，一定要给这孩子找到一家好公司，别出什么岔子。

有时候，马坎德太太还会聊起她从证券交易所得到的内部消息。虽然史摩尔太太和海斯特姑太并非听了就会照做——她们也没有什么闲钱——但还是会听得很兴奋，因为，这简直让她们接触到了最真实的生活。她们总推说投资不是小事，所以，一定要征求偶摩西的意见。然而，她们又从来不会那么做，因为她们担心告诉偰摩西，反而会让他烦恼。虽然如此，她们都会在接下来的几周中偷偷阅读马坎德太太提到的那家报纸——她们对这家报纸甚是看重，将其奉作潮流风向标——察看"羊毛雨衣公司"和"布拉特红宝石"的股票行市。有时候她们找不到那股票的名字，便会以激动得打战的声音，在詹姆士、罗杰，或是史悦辛来到时，向他们打听，问起玻利维亚石灰亚铅公司的股价如何——那报纸上竟然连它的名字都没有。

每逢这时，罗杰都会大声训斥："问这些干什么？那些烂纸！准会让你们赔得一文不剩！把钱扔在石灰和那些你们不懂的玩意儿上！谁告诉你们这些的？"当他问清楚了这消息来自马坎德太太时，罗杰便离开了。他要到商业区里向别人打探一番，说不定自己也会从这些股票中买上一部分。

晚餐进行到一半，史米赛尔把羊胛肉端上来了。马坎德太太环顾四周，神情活跃，向着周围说道："你们猜，我那天在公园里碰见谁了？打死都想不到吧，是索密斯太太和波辛尼先生。他们一定是刚从乡下看房子回来！"

威尼弗列德轻咳了一下，大家没有什么反应了。然而，马坎德太太的这个大发现，却是他们内心里都十分期盼的。

说实话，这实在不能怪马坎德太太。她和自己的几个朋友刚刚从瑞士和意大利湖区旅行归来，对索密斯和建筑设计师翻脸的事情一无所知。因此，她也就完全无法预料自己的话会对大家造成多么大的冲击。

她调整好坐姿，把身子挺直一些，不过她的脸还是红了。她转着她那尖锐的小眼睛，扫过在座的每一个人，评估着这句话所产生的效果。海曼家的两个男孩儿，一左一右坐在她身边，将两张几乎一样消瘦、饥饿、沉默的脸俯向餐盆，埋头吃着羊胛肉。

这两兄弟，一个叫基里斯，一个叫杰斯，长得非常相像，而且从来都是待在一起。所以，大家都叫他们"德罗米欧兄弟"①。这哥俩从来不说话，看起来每天都游手好闲。他们的种种行为，会让人误以为是在准备着什么重要的考试。他们每天都在公寓的花园里散步，牵着一只猎狐狸的短毛狼狗，敞着头，手里拿着书，彼此不交一言，不停地抽着烟，每次都来回溜达上几个钟头。每天早上，他们都会骑着租来的瘦马——那马的腿儿就像他们的一样细——彼此隔开五十码，一前一后地向坎普顿山驰去。一小时之后，就又看见他们慢腾腾地跑回来。他们不管在哪儿吃过晚餐，每天晚上十点半，都会准时来到阿尔罕布拉音乐厅的舞池，倚着那儿的栏杆闲看。外人从来没有见过他们俩分开，他俩也就这样一起安静度日，对自己的生活状态十分满意。

在这个大家都十分尴尬的空隙，他们两个被上流社会的那种感情搅动着，同时转过身来看着马坎德太太，用几乎一样的口吻问道："你看见那个——？"

对于这突然来的发问，马坎德太太实在是没有料到，她放下叉子，十分惊诧。史米赛尔刚好走到她的面前，便把盆子撤走了。马坎德太太非常镇定地说："这羊肉可真不错，我正准备再来点儿呢。"

晚餐过后，回到客厅，马坎德太太坐在史摩尔太太身旁的时候，她开口了，她一定要把事件的来龙去脉弄一个明白。

————
①德罗米欧兄弟：莎士比亚喜剧《错中错》中的孪生兄弟。

"索密斯太太，真是一个多情的大美人儿，真是多情！索密斯的运气真好！"

她一心只想要打听到一些消息，便忘记照顾福尔赛一家人的情绪了。这一家人，一般的家事是绝对不会对外人谈论的，她把这一点都忘记了。史摩尔太太马上坐直了身体，脸色严肃，声音有点儿颤抖：

"亲爱的，我们从来不谈论这种事情！"

2. 公园里的一个夜晚

虽然史摩尔太太以她一贯的手段，令那一位客人"倍感困惑"，但话说回来，那还真是一句老实话。

在福尔赛家族中间，这件事情也不再被公然谈论，而只能"暗中进行"——这个词是由索密斯新近发明的。

因此，自从马坎德太太在公园撞见"那两位"之后，福尔赛家的人在一星期之内就全部都知道了。他们的行为有点儿过火了，每日除了出入鸡鸭街别无社交活动的詹姆士知道了，混迹于哈佛斯奈克俱乐部拱窗下和红篮子酒店弹子房的乔治也知道了。整个家族，只有偶摩西还不知道，大家都小心翼翼地瞒着他。

乔治的一句话，足以确切描述福尔赛家族的人听到这个消息后的心情，他对兄弟欧斯代斯说："'海盗'真的'干了'"，想必索密斯要'顶不住'了。"乔治一向会说这种油腔滑调的新潮话，这些句子至今还在时髦社会中大受欢迎。

大家都觉得，索密斯要顶不住了，然而又能怎么办？也许他会把这件事情张扬出来，但是，那会闹得极其难堪。既然大家都不同意公开宣扬这件家丑，那就别无他法，而对于这种局面的唯一处理办法，便是不跟索密斯谈起这件事情，大家相互之间也尽量不要说起——总之，不闻不问，听之任之。

詹姆士觉得，若是现在对伊莲改作冷眼相对，她或许还能稍有收敛。但是，他眼下连她的人都很难见到，所以想要这么办也很难。儿子的这一不幸，令他十分苦恼。所以，当他在自家卧室中的时候，便不住地向爱米莉唠叨。

"我真是弄不明白！"詹姆士总是这么开头，"真是急死我了，任其发展下去，一定会出大丑的！会对他有负面影响。我不打算和他谈这件事。没准儿什么事情都没有。你怎么想？大家都说，她有一些艺术修养。什么？啊呀，你也是一个裘丽①！是啊，我什么都不知道，但这么下去一定要闹大的！照我看，就是因为没有孩子。一开始我就觉得不对劲，他们从来不谈孩子的事情——什么都瞒着我！"

他在床前跪着，眼睛瞪得很大，对着被子一个劲儿地呼气。他的身体弓着，脖子往前抻着，穿着一身白色的睡衣，看起来活像一只白色的大鸟。

"主啊……"他不停地哀叫着，心里想，这一件家丑只怕要闹得人尽皆知了。

在这个问题上，他和老佐里恩观点一致，对自己的族人干涉自己的私人生活的行为十分厌恶，而一切悲剧也正因此而起。那帮人——他心里指的是斯丹赫普门那一家子、小佐里恩以及他的女

———————
① 大约是因为爱米莉说了跟裘丽姑太差不多的话，叫他不要谈论，詹姆士才会这样抢白她。

儿——为什么非要跟波辛尼这种人结亲家呢？对于乔治为后者所取的"海盗"的绰号，他已有所耳闻，却又在纳闷，这年轻人明明是个建筑师嘛！

詹姆士本来一直十分敬重兄长老佐里恩，也十分相信他的一些看法。可眼下，他觉得这位兄长也不过如此。

他没有老佐里恩那种倔强的性格，所以没有那么生气，但是很发愁。他最开心的事情，是到威尼弗列德家里去，然后带着她的孩子们乘马车到坎辛顿公园。

在公园的水池旁边，人们经常看到他迈着方步的身影，盯着小蒲白里斯·达尔提的小帆船，神情十分紧张。他照例要在那船上押一便士，赌它靠不了岸，而在这时候，小蒲白里斯——谢天谢地，这孩子总算不太像他的老爹——便会又蹦又跳地撺掇他多押一便士，看它究竟能不能靠岸。那孩子认定，这小船儿迟早是要靠岸的。他们就这样打赌，詹姆士总是输，一下午就输掉三四个便士。因此，小蒲白里斯也乐此不疲。詹姆士在付钱的时候，总是说："啊哈，这钱是给你放进储蓄罐里的。啊呀，你算是一个大富翁啦！"想到自己的外孙也有一笔日渐增加的钱财，他便由衷地高兴起来。不过，小蒲白里斯并不这样计划，他早就寻好了一家糖果屋。

他们时常一起穿过公园①回家，詹姆士身材魁梧，肩膀宽大，一脸忧郁地看着伊莫金和小蒲白里斯，他们两个长得真壮实！詹姆士默默履行着他的监护人的义务，然而，他这副样子实在不能引起人们的注意。

当然，这公园并不仅仅是詹姆士一个人的。在公园里，有福尔

---

①坎辛顿公园和海德公园是毗邻在一起的。

赛，也有流浪汉，有情侣，也有孩子。白日和黑夜，这里都有人在游逛，他们都想借此摆脱工作的劳顿和街面的喧闹。

留恋着火热的骄阳和温暖的夏夜，许久之后树叶终于转黄。

十月五日是一个星期六，天色从早到晚都很好，一直很蓝，太阳落山之后，又变成葡萄熟过之后的那种暗红。夜晚没有月亮，夜空也十分清澈，披在公园的树木之上就像黑丝绒的外衣。树上的叶片稀稀落落了，看上去就像羽毛一样轻盈，静止在温暖的空气中纹丝不动。全伦敦的人都涌到公园里来，赶来喝掉这夏日的酒杯中仅存的一点点底子。

一对对情侣从公园的各个入口涌进来，他们或者沿着公园的小路散步，或者在被晒得热乎乎的草地上闲逛。继之，又一对对从亮处蹑手蹑脚地溜进树荫里。在那儿，他们被温柔的夜色包裹着，或者靠着一棵粗大的树干，或者躲在一丛灌木中，忘记了周围的一切，只有他们自己。

小路上仍然有人赶来，在他们看来，之前的那些人像是这热闹的黑夜的一部分。黑暗中传来一些奇妙的私密的耳语，如心儿在怦怦跳动，被路灯下的那些情侣们听见，他们的声音也随之颤抖了起来，也停下来说话，张开手臂拥抱在一起。接着，他们的眼睛开始向着黑暗处张望和搜寻，忽然，像是被一只无形的手牵引着，他们也跨过了围栏，像影子一样从路灯下消失在黑暗中。

城市生活的轰鸣声从远处将这片宁静之地包围了起来，在这块地方，收容着成百上千个苦苦挣扎的小人物的悲欢、希冀和爱恋。然而，那个相当于市政府一般的福尔赛阶层，却对此等事情大为不悦，他们向来觉得，爱情严重地妨害了社会的稳定，其龌龊程度简直仅次于下水道。即便如此，每当夜幕降临时，在海德公园以及其他的许多公园，爱情仍在发生——因为，倘若不是这样，那无数的为他们充当着监护人的工厂、教会、商店和税务所，便会像失去了血液的血管、丢掉了心脏的躯壳一般。

就在这些人儿好不容易从他们冷酷的仇敌——"财产意识"——的盯梢之下抽身出来，隐藏在树荫中，悄悄地享受着这难得的欢爱的时候，索密斯从湾水路偶摩西家吃完晚饭，独自一人往回走。他一边心里想着自己那件不久就要开庭的案子，一边沿着湖边行走，就在这时候，听见了一阵让他血脉偾张的浅笑和接吻声。他马上想到，第二天一定要写信给《泰晤士报》，请他们帮忙留心公园里这些有伤风化的问题。不过，他终究没有动笔，因为害怕自己的名字见诸报端。

在爱情上，他已经是一个奄奄一息的饿鬼。那些从树荫下传来的悄悄情话以及暗处影影绰绰的人影，将他病态的欲望挑逗了起来。他离开湖边小路，蹑手蹑脚地走到树荫下面，沿着一丛十分浓密的树荫行走。在这样的地方，栗子树的大叶子低垂下来，形成了更加隐蔽的黑暗的巢穴。索密斯有意兜着圈子，他想偷窥一下那些坐在靠着树干的椅子上、紧紧搂抱在一起的情侣，然而，他们在他路过时都刻意地回过身去。

现在，他正站在高处的土坡上往下望着什滨湖，湖面上映着灯火，十分明亮。一对情侣静静地坐在岸上，如一片黑色的影子，女人把脸靠在男人的脖子上——看上去像是一块整体雕刻出来的石像，静静地，象征着美好的爱情，毫不羞涩。

索密斯的心里忽然痛苦起来，他赶紧躲进浓密的树荫中。

他这样寻找，到底为何？他在找什么？是在寻找着治疗饥饿的粮食，还是寻找这黑暗中的光明？ 谁知道！谁知道索密斯想找到什么！是那些与他毫无关系的男女欢爱的事情，还是自己这一出"暗中进行"的悲剧的结局？说一句实话，眼下这一双双说不出姓名、藏身于黑暗中的情侣里面，谁知道，伊莲和波辛尼是不是其中一对？

但是，以他堂堂索密斯·福尔赛先生的太太，又怎么会像一个下层阶级的女人一般坐在公园里？绝对不会如此，他想得有些过头了。然而，索密斯仍然蹑手蹑脚、一棵树一棵树地窥探了过去。

有一回，他被人家臭骂了一通。另一回，他因为听到一句"但愿可以永远如此"，便暗暗生疑，耐心地站在那儿窥视。直等到人家站起身来，他才发现，从他面前走过去只不过是一个瘦得吓人的女店员。她穿着一件脏兮兮的罩衫，挽着自己情人的手臂，离开了。

而在寂静的树荫下，有无数的情侣也在低声说着同样的愿望，同样，也有无数的情侣在紧紧拥抱在一起。

索密斯忽然感到一阵恶心。他打了一个激灵，回到湾水路，放弃了自己的这毫无道理的寻找。

3. 植物园中的幽会

小佐里恩的经济状况不像其他的福尔赛们那样优越：作为一位水彩画家，总是要去乡野之地走走，寻找有好风景的地方，不然就无法作画——但是，他却拿不出这笔钱。迫于无奈，他便经常带着染料盒去植物园，在那里的智利松树荫下，或是橡胶树的背风面将凳子一放，画上好长一段时间。

一位最近看过他作品的画家曾发表过以下的意见：

"你的作品可以说非常好，有几张画的色调很不错，确实展示出了你对自然景物的直观感受。然而，它们的题材太不集中了，这么画下去，大家是根本不会注意你的。你可以选择某一类题材，类似于'伦敦之夜''水晶宫之春'这些，抓住其中一种，连续画上一大批作品，这样，他们就能看明白其中的意义了。这很关键，也很难说明白。所有鼎鼎有名的画家，像克伦姆·斯东或者贝利德这些人，都是靠着这一类主题成名的，冷僻生门的东西从来不画。要将自己的作品限制在一个人所熟知的风格范围里，让买家一看便知那是他要买的。这完全说得通，因为一张画若是被人收藏下来，那人总希望别人看一眼，便赞叹道'啊，这是一幅福尔赛的大作'，而不愿意他们端详半天仍看不明白。因此，在你还没有形成自己的创作风格之前，你最好画那种买家可以一眼相中的题材。"

小佐里恩一边听着，一边站在那架小钢琴旁边微笑。一条褪色的花缎子盖在上面，摆着一只花瓶，数支干枯的玫瑰叶子插在里面，那是来自小园中的出产物。

他的妻子盯着说话者，面带愠色。小佐里恩回身问她，"亲爱的，你听明白了吗？"

"我不理解，"她以那略带一点外国口音的语气，支吾道，"你是有自己的创作风格的。"

那位批评家对她默默地望了一眼，便和气地笑了笑。对于这两夫妻过去的那一段罗曼史，他也是知道的。

不过，这一番批评对于小佐里恩的触动却很大。这简直颠覆了他从前的理念，同他过去的艺术信仰完全背道而驰。然而，他却像是故意跟自己做对，决心要试验一番。

　　正因为如此，一天早上，小佐里突然心血来潮，准备创作一批伦敦风景的水彩画。这想法究竟从何而来，他自己也不知道。他想着这件事情，一直联想到第二年，他完成了这批画的创作，大大赚了一笔。在这之后，他抛开一切个人得失随意设想时，忽然联想起那位批评家的话，深深觉得，自己在艺术方面的追求也彻彻底底地证明，他不过是一个福尔赛。

　　他决定先画植物园。因为他总是在这里画画，已经积累了很多的经验。他看中了那个人工池塘，里面正漂满了缤纷的落叶，有红有黄，十分好看。园丁们很想把这些叶片都扫走，然而他们的扫把却不够长。而其他地方的落叶，则每日上午都被打扫得一干二净。这些大自然的馈赠，就这样被他们扫起来，一堆一堆地点火烧掉。那火苗慢慢腾起，呛人的烟雾中带着香味，不禁令人感慨：春、夏的意蕴，在于布谷鸟儿的叫声，以及菩提花儿的清香，而秋天的气象，便全在这些腾起的烟雾中了。园丁们习惯了干净，他们看不得草地上黄色、红褐色和绿色一起织就的美丽织锦。在他们的维护之下，石子铺成的小路上也始终都是清洁干净的，完全不呈现生命最真实的过程，以及大自然缓慢的凋零之美。啊，他们实在不知道，那将一切人间的王冠践踏在地，在泥土中洒下了片片衰败的繁华，在季节流转之后又滋润着绚烂的春光的，正是这种凋零之美！

　　每一片落叶，在它从枝头翩然凋落之时，便已经被这些园丁视作大敌。然而，在人造池塘上面，那些落叶却在安静地漂浮着，以它们繁复的色彩歌颂着上帝。同时，天光也照映在它们身上，流连不去。

　　正因为如此，小佐里恩看上了它们。

十月中旬的某个上午，他来到这里，看到离他二十几步远的椅子上，有一个人坐在那里。这让他觉得很别扭，他不喜欢别人看着他作画。

　　那是一位身穿丝绒外套的女子，她正在盯着地面。还好，一株正在开花的月桂树挡在他们中间，小佐里恩利用树作隐蔽，着手准备他的工作。他慢吞吞地安装着画架，如其他艺术家一样，他也在利用这种机会走着神儿，心不在焉地打量着那位素不相识的女郎。如他父亲年轻时那样，小佐里恩对漂亮的脸蛋很有鉴赏力——这张脸长得真美！

　　他看见一副姣好的面容，下颌圆圆的，被乳白色的褶皱衣领半掩着，一双大眼睛是深褐色的，两片嘴唇看上去如此温柔，秀发上戴着一顶黑色的宽边女帽。她靠在长椅背上，跷着腿；裙摆下面露出一双漆皮鞋的鞋尖……总之，这个陌生的女子身上散发出一种无法言说的娇媚气息。不过，最吸引小佐里恩的，还是这女子脸上的表情，能让他想起自己的妻子，看得出，这张精致面孔的主人好像承受着自己快要抵挡不住的巨大压力。她的样子，小佐里恩乍一看便觉得十分难受，心底产生出一种骑士般的爱慕之情。这女子是谁？她为何一个人？

　　有两个年轻男子，就是我们在摄政公园常见的那种鲁莽又腼腆的毛头小子，正在草地上打网球，他们也在偷偷地看她，这让小佐里恩心里有点儿不快。一个园丁，也在附近一块小小的潘巴草丛中间磨蹭着不愿走开，乘机对她看上两眼。另有一位老先生，从他戴的帽子来看大概是教授园艺的学者，已经从那里路过了三次，一直都在偷偷打量她，同时那脸上的神情奇怪极了。

　　小佐里恩为这些偷窥者们感到生气，另一面他又觉得这是天经地义的，每一位路人都会忍不住那样望着她。而对于他们，她甚至一眼都没看。

有一种类型的女子，她的一言一笑都能让他们欢喜，但是，眼前这个女子却并不是这样。她的脸蛋上，没有英国的福尔赛阶级所一贯重视的"妩媚"，既不像那种印在巧克力包装上的美人——虽然那也不错——也不像那种出现在室内装饰画及诗歌中的圣洁且不乏热情的贞女，更不像是那种出现在戏剧舞台上柔弱不堪、最终自杀谢幕的怨女，她的脸与这些都不太相像。

单就脸庞和肤色来讲，她属于温柔和顺的类型，艳俗一些来说，这面容会使他想起提香的《圣洁之爱》。他有一张复制品，就挂在餐具橱上。她的动人之处，便来自她温柔和顺的气质，看起来，她是那种极容易屈服于压力的人。她到底在等什么？等着谁的到来？树上的秋叶不时飘落，画眉鸟也在草地上走过了一只又一只。她这样沉默无言地端坐，昂首挺胸，身上落满亮晶晶的秋霜。

她等待着，直到漂亮的脸蛋显出焦急的神情。小佐里恩环顾四周，只见波辛尼穿过草地，大步流星地向这边走过来。他内心嫉妒起来，简直像是情敌相见的感觉。

小佐里恩好奇地看着这两个人，观察他们脸上的表情如何。他们的手掌在一起交缠了很久。两个人紧挨着坐下来，虽然竭力保持庄重的仪态，身子却紧紧挨在一起。他们在飞快地说话，这让小佐里恩听不清楚。

小佐里恩也曾经历过这些！像这一类在公共场合的约会，等待的时间太长了，而短暂的交流又不能尽诉衷肠。这种偷偷摸摸的情侣所体会到的等待和痛苦，简直就像是在受刑，这些他都一一品尝过。

然而，只要看看面前这两张面孔，你就可以明确地知道，这绝对不是在都市男女中流行的那种一时冲动的风流韵事。这绝对不是那种出于饥渴的欲望，一开始便饕餮大嚼，而六个星期之后便醉饱得昏昏欲睡的浅薄之情。啊，这是真正的爱情！这情形，也是小佐里恩从前体会过的，什么事情有可能在他身上发生！

波辛尼好像在请求着什么，她坐在那里，凝视着草地，一脸安静与温顺，似乎永远不会为之所动。她是一个十分柔弱的女子，她绝对不会为了自己而主动去做任何事情！像波辛尼这样的男子也未必能够打动她，虽然，她已经将一颗心都交给了他，可以为他去死，然而却完全不会跟他私奔！小佐里恩猜测，她一定在说："我的心肝啊，这会把你的一切都毁掉的！"小佐里恩有过这种体验，每一个这样的女子，内心都有着一种巨大的、刻骨铭心的恐惧感，她们十分担心自己成为爱人的累赘。

小佐里恩不再留心他们。不过，他们快速而温柔的谈话仍然时时传来，与此同时，还有一只鸟儿在那里断断续续地歌唱，像是在拼命回忆着它在春天唱过的曲调：欢乐，还是悲伤？到底，该选哪样？

渐渐地，两个人停止了谈话，继之是长久的沉默。

"可是，索密斯到底处在一个什么位置呢？"小佐里恩默默想，"她的样子，简直要让人觉得，是在担心背叛自己的丈夫！然而，人们简直不懂这些女人的心思！她正是在享用着一顿久饿之后的大餐，她是在报复着他！天哪，索密斯也会报复她的！"

一阵绸缎衣裳的窸窣响声传来，小佐里恩隔着月桂树望过去，他们已经起身走开，两只手儿悄悄地牵在一起。

七月底，老佐里恩带着孙女去了瑞士。这趟旅行——这是他们最后一次去瑞士——令珍的身心得到极大的康复。在他们寄宿的旅馆中，住的都是英国的福尔赛阶层，因为老佐里恩受不了那一帮"德国佬"——这是他对所有的外国人的统称。在那儿，因为老佐里恩仪表堂堂，出手阔绰，而珍又是他的独生孙女，所以，大家都对她尊重有加。当然，她也并不随随便便就和外人交往——对此她从不随便——却结交了几位新朋友。其中关系最好的一个，是一位在龙河谷认识的患肺结核的法国女孩儿，她病得快要死了。

珍当时便打定主意，不能让她就这样死去。她帮助她的朋友一道对抗着病魔，自己的烦心事儿也忘掉了一多半。

老佐里恩在旁边观察着这两位新朋友，观察她们的亲密友情，他一边欣慰于珍终于可以暂时放下她自己的烦恼，另一方面又很不以为然：这种事情再次证明，珍的一生，注定要荒废在这些"可怜虫"身上，这让他想来痛心。难道说，她真的交了一班对她有帮助的朋友，做了一些对自己有好处的事情？

他认为，她是"交上了一帮外国佬"。虽说如此，他每次外出归来时，总要带一些葡萄或是玫瑰花，笑眯眯地送给那一位患肺结核的"玛姆赛尔"①。

九月末，虽然珍十分不舍，这位玛姆赛尔维高尔还是被送去了圣路可的一家小旅馆，在那里一命归天。珍失去这段友情，很是伤心。于是，老佐里恩又带她转道去了巴黎。在那里，他们参观了米洛斯的阿佛洛狄忒雕像②，以及马德莱娜教堂③，珍才重新排解了忧

①玛姆赛尔：法语Mademoiselle的发音，意作"小姐"。
②米洛斯的阿佛洛狄忒雕像：即俗称的"断臂维纳斯"雕像，为法国卢浮宫的镇馆之宝。
③马德莱娜教堂：巴黎的一座新古典主义风格的教堂，与圣奥古斯丁教堂毗邻。

伤。所以，当十月中旬祖孙二人返回伦敦时，老佐里恩觉得这次疗养颇见成效。

然而，令人灰心的是，一回到斯丹赫普门，珍就又像原来一样愣呆呆的了。她经常瞪着眼睛干坐着，用手托着下巴，就像北欧神话中的小精灵，看起来很专心也很可怕。在她周围，新装的电灯把客厅照得好似白昼，客厅用作墙纸的锦缎一直包到墙线，挂满了从拜波－普尔布里商店买来的家具。一面镀金的大落地镜，刚好照映出老佐里恩单身时从德累斯顿买来的瓷人偶，一些胸脯挺拔的牧女正在膝头爱抚着各自的羔羊，许多穿着绑腿裤的小伙子坐在她们脚下。即便在他对艺术最不以为然的那段时期，老佐里恩也很珍视这些人偶。他是一个思想非常开放的人，在所有的福尔赛中间，他是最紧跟时代的一个。不过，他永远都忘不了这些他从乔伯生拍卖行花了大价钱买回来的人偶。他经常和珍说起它们，带着一丝失望及不屑说："你才不会稀罕它们呢！这些可不是你和你的朋友们所喜欢的那些蹩脚货，我可是花了整整七十英镑的！"他总是如此，只要觉得自己的爱好是正当的，便绝不更改。

珍回伦敦的第一件事情，就是去俩摩西家。她找的借口是，自己应该跟俩摩西叔祖聊一聊旅行期间的逸闻趣事，给他消遣一下。实际上，珍也非常清楚：她之所以去那里，是因为只有在那儿，她才能够通过闲聊或者拐着弯发问，来了解一点点波辛尼的最新消息。

她们十分热情地接待了她，并问老佐里恩好，说他自从五月来过一次，到现在也没有来过。俩摩西叔祖身体不是很好，扫烟囱的家伙在俩摩西的卧室里惹了一个大祸：那个笨蛋把煤灰扫了一地下来，让俩摩西叔祖很生气。

珍在侗摩西家里已经坐了大半天，她很害怕大家提起波辛尼，又十分盼望大家提起他。

不过史摩尔太太不知为什么，突然变得十分谨慎，整个人都像是麻木了一样。她一个字都不肯多说，更别提说起波辛尼了。在情急之下，珍只好问起索密斯和伊莲，问他们还在不在伦敦，并说自己旅行回来后，还没有去拜访过他们。

海斯特姑太回答了她的问题，他们压根儿就没有出门，一直留在伦敦，听说新房子出了一些岔子。这些珍都知道，于是，她只好继续去问裘丽姑太。

珍转过身去看着史摩尔太太，她把身体挺得笔直，两只手绞在一起，脸上都是小肉球。珍看着她，她却老也不说话，保持着一种极为奇怪的沉默。好不容易等到她开口，她却是向珍询问，夜晚睡在山间的旅店中用不用穿袜子，想必那里一定很冷。

珍最讨厌这种完全没必要的寒暄，便说了一声，不必穿，就起身离开了。在她眼里，史摩尔太太的沉默，可能比她开口说话要妙。

之后不到半小时，珍便从朗蒂斯广场的拜恩斯太太那儿得到了实情：由于新房子的装修用度问题，索密斯将波辛尼告上了法庭。

奇怪的是，珍听到这消息非但不着急，反而欣慰起来，像是从这场官司里看到了一点新的转机。她打听到，案子大概一个月之内便要开庭，波辛尼这边基本注定要败诉了，完全没有得胜的指望。

"想不出来他有何胜算，"拜恩斯太太议论道，"这件事情对他来说十分不利，你也知道，他是一个穷光蛋，日子过得很紧张。我们也帮不上他的忙，而且可以想象，倘若找那些放贷的人，他们一定要有抵押才行，而他又没有什么值钱的东西，完全没有。"

拜恩斯太太又胖了好多，教会秋季的团体活动让她很是忙碌，各种慈善会的节目单摆满了她的书桌。她看了珍一眼，那一双灰溜溜的眼睛像是鹦鹉一样。

多年后，拜恩斯夫人——后来，拜恩斯因为营造那所公共艺术博物馆有功而被封为准男爵，那座建筑养活了很大一帮官吏，而至于其本身所针对的劳动群体，却从中获益甚少——还会时常想起当时眼前那位姑娘涨红的脸蛋，她是那么可爱，那么专注，一定是从那场争端中看到了某些希望。

这种变化，就好似突然绽放的花朵，如同熬过漫长的严寒后的第一缕阳光，生动感人。这一幕情景以及接下发生的一系列事情，时常在拜恩斯夫人思考重要事情的时候，不经意间出现在她的脑海中，简直莫名其妙。

就在小佐里恩撞见公园里的那一场幽会的同日下午，老佐里恩就去了一趟位于鸡鸭街的福尔赛-布斯达律师事务所。恰巧，索密斯去索莫塞特大楼去办公事了，不在事务所里。布斯达正在那间别人无法进得去的屋子里，埋头处理一大堆文件，他觉得这样很好，自己就可以不受干扰而专心工作了。外面的詹姆士一面啃着手指，一面在丧气地翻阅着控告波辛尼的起诉状。

这位脑筋正常的律师对于案件的"甚是微妙"之处，只觉得有一点点多余的担心罢了。他认为，这最多不过是虚惊一场而已，让人觉得有一些意思。他顶实际的脑筋告诉自己，如果他本人是大法官的话，就肯定不会管这个。不过，他也担心波辛尼会当庭申请破产保护，那样的话，索密斯还是要照单付款，而且官司费也要算在他身上。然而，他也觉得，在这看得见的烦恼之下，仍然有另外一些无形的忧愁，时隐时现地潜藏在那里，丑恶之极，就像一个活生生的噩梦，而这场官司不过只是它的一个假象。

抬头看见老佐里恩进门，他问候道："佐里恩，你还好吗？很久没有看见你了呢！听说你去了瑞士。小波辛尼这家伙，总是把事情弄得乱七八糟，我就知道会是这个样子！"他拿出诉讼文件，难过又不安地望着自己年迈的兄长。

老佐里恩读着文件，一言不发。同时，詹姆士一边看着他，一边啃着手指头。

看到后面，"啪"的一声，老佐里恩把文件丢在一大堆诸如"相关人员卜恩康已卒……"的诉状里，那些状词是"弗里尔控诉福尔赛"一案中的一个附件，简直堪比一棵大树上生出来的小小枝丫。

"我弄不明白索密斯想要干什么，"他说，"为了区区几百镑，闹得这么沸沸扬扬。本来，我还以为他算是一个有产者呢！"

詹姆士狭长的上唇因为生气而哆嗦起来，他的儿子受到的这类攻击，最让他觉得难以忍受。"跟钱无关——"他为儿子辩解着，然而，当他的眼睛遇到老兄长坦率尖刻的眼神时，便沉默了。

他们沉默着。

最终，老佐里恩开了口，他一边揪着自己的胡子，一边说："嗯，我是来取我自己的遗嘱的。"

詹姆士立即满怀好奇，这一辈子，他最感兴趣的东西莫过于这个了。在他看来，遗嘱是一个人对于身后财产的最高处置依据，一个人有多少家底，在那上面写得清清楚楚，它以无可辩驳的权威交代了一个人的身价高低。他按响电铃。

"将佐里恩先生的遗嘱取来。"他吩咐一个表情焦虑的暗色头发的小职员。

　　"你打算修改遗嘱吗？"他问完同时闪过一个念头："唉，他的遗产，一向都比我所有的多！"

　　老佐里恩将遗嘱放进贴身的上衣口袋，詹姆士则懊丧地晃着自己的两条长腿。

　　"有人告诉我，说你最近买了一些很不赖的产业。"他问。

　　"不知道你是从哪儿听到的！"老詹姆士语气毫不委婉，接着便问，"这件案子什么时候开庭？下月吗？我真不明白你们想要干什么！不过，这是你们自己的事情，你们要自己负责。要我看，大家最好还是庭外和解！再见！"他们漠然握了下手，老佐里恩便走了。

　　接着，詹姆士一双青灰色眼睛又直愣愣地转了起来，像是在围着一个神秘焦躁的影子兜圈子，又在啃着自己的手指头。

　　老佐里恩拿上自己的遗嘱，去了新煤业公司，一个人在董事室里读了一遍。正在这时，"舰吃水"汉明斯冒冒失失地走进来，送上新任矿长的报告，被老佐里恩厉呵斥了一顿。当时，这位秘书非常尴尬，但还是一脸严肃地退出了房间。他出去之后，便将办理股权过户登记的小职员同样臭骂了一顿，骂得他简直摸不着头脑。

　　他骂道，像他这种毛头小子，还敢在办事处自以为是，妈的，他（舰吃水）是绝对受不了的。在这里工作了这么多年，像这种小伙子，他见的多了去了。他还说，要是每个人都觉得自己的事情干完了，就坐在那里无所事事，那么，他便简直可以不再姓汉明斯，如此等等。

绿呢门的里面，老佐里恩正戴着他的宽边玳瑁眼镜——眼镜腿已经松动了——坐在那张桃花心木和皮面的长条桌旁边，拿着一支烫金铅笔，一句句地审读自己的遗嘱。

　　很多的遗嘱里面，都会交代一些慈善捐助及遗赠，让人看了无比厌烦，而且将当事者的遗产搞得零零碎碎，这简直使得早报上所登载那一条短告示——拥有十万镑财产的富翁去世的消息——都显得不再大气。然而，老佐里恩的遗嘱很简单，完全没有这些。

　　那上面简单明了。有两万英镑留给儿子，"其余一切的财产，无论动产、不动产，还是两者性质兼具的财产——比如设定信托，以及这些财产所产生的利润，比如租金、年金、红利、利息，都交给我的孙女珍·福尔赛或她的受让者，供其一生使用、支配……在她去世之后，应该以这一位珍·福尔赛最后的遗嘱以及一切效力上等同于遗嘱的纸面文书为依据，按照其所记录的目的、意旨和用途，将上述所继承土地、产业、宅地、款项、股票、投资和担保品等财产或者是相应财产的凭据，作调度、委任、转让、给予以及处分之用，而不以其是否有丈夫以及丈夫是否在世而转移。以上纸面文书，必须由其本人依法设立、签字和公告，若某一项文书等……且为经常之必须……"类似的文字，一共写满了七页对开本大小的纸张。

　　这一份遗嘱，是由詹姆士在他事业最出色的那几年中代立的，一切可能想象得到的意外情况，都已经包括在其中了。

　　他盯着看了半天，从身后的架子上拿了半张纸，用铅笔在那上面写了一段很长的备注，然后连同遗嘱揣在怀里，叫人帮他雇了一辆马车，去了林肯法学院广场的巴拉莫-海林律师事务所。杰克-海林已经去世了，接任的是他的侄子，他刚好在事务所里。老佐里恩与他关起门来，密谈了半小时。

马车在外边等着，他谈完事之后，又去了威斯塔利亚大街三号。

做完这些，他忽然有一种特别的、迟滞的满足感，就像在与詹姆士及那个有产者的较量中，已经获胜了一样。从此，他们再也不能窥视他的隐私了。他刚刚才取消了他们对自己的遗嘱保管权的委托，而将事情交由小海林。而且，就连原本委托给他们的商业部分，也已经取消了。假如索密斯真的是一位有产者，那么，一年少收入个一千来英镑也无关紧要。考虑完这些，老佐里恩微笑起来，有一个瞬间，他的白胡须下面的一张嘴巴竟显得有些狰狞。这事儿完全遵循一报还一报的公平原则，他觉得，就应该这么做。

如同一棵老树被渐渐从内部腐蚀掉一样，老佐里恩过去在幸福、意志和体面上、尊严上所承受的创痛，正在侵蚀着他对于人生的看法。同他充任最长者的这个家族一样，他自身的生命中的一部分也已经被完全消磨掉了，一切都岌岌可危。

当他坐在马车上一路向北，朝自己儿子家驶去的时候，他恍惚觉得，这种新的财产处理办法就像是一种惩罚，惩罚着以詹姆士父子为代表的他的这一家族和阶层。他已经对小佐里恩进行了经济补偿，但是这种补偿在他看来，更像一种为了满足自己的报复，一种向时间、痛苦以及流言所发起的报复，为了报复世界强加在他的独生爱子身上的一切打击。他觉得，这种新的处理办法是对于自己坚强的个人意志的重申，它可以迫使詹姆士、索密斯以及一切家族成员和那一个广大的呼之欲出的福尔赛群体——这么多年来，他们就像是一道滚滚激流，不断冲撞着自己那一道孤独又顽强的防堤——

不得不承认：他才是自己的一切事情的主导者。他想到，自己终于能让儿子比詹姆士的儿子——那个有产者——更为富有，便觉得非常开心。留钱给小佐里恩的感觉真好，因为，他从来都是爱他的。

小佐里恩夫妇都不在家，这个时候，他还在植物园。不过那个小女用人告诉老佐里恩，男主人马上就回来，她说："先生，他总是在吃茶的时间回来，要陪孩子们玩。"

老佐里恩说他要等着，于是就在那破旧的褪色的客厅里坐了下来，显得很有耐心。夏天里用的那些花布椅套已经拆去，椅子和沙发露出破破烂烂的样子。他多么想那两个孩子立刻来到身边，想他们软和的小躯靠在他的膝头，听佐儿一边喊着"你好呀，爷爷"，一边向他跑过来，任由好儿那一双稚嫩的小手，偷偷摸着自己的脸颊。然而，他还不能逗他们玩，他还有重要的事情要做。他在想，自己随便在遗嘱上写一点什么，便会使得这座小房子改头换面，重新焕发出那种阔人家的景象。如果他愿意，他完全可以让这些房间，或是比这更大的房间，摆满了拜波-普尔布里店里的那种装饰品，他也可以送将佐儿送去哈罗和牛津——他的儿子念的是伊顿和剑桥，因此，这两所学校已经令他大失所望——给好儿请最棒的音乐教师，因为他看得出，这孩子在这方面是很值得栽培一番的。

这些幻想的景象一一浮现在他的眼前，令他心中无比畅快。他起身，从窗口望着屋外那一个窄窄的小花园。虽说还没有到深秋，那棵梨树却已经落尽了叶子，只剩下细瘦的枝干瑟缩在秋日午后的暮气中。伯沙撒正将尾巴紧紧贴在灰黑的脊梁上，在园子的一头逡巡着，尾巴翻上来，一会儿嗅着花花草草，一会儿用腿撑着墙角溺上一泡。

老佐里恩仍在想象着。是啊，有什么东西是比给予更令人愉快的？然而，那接受给予的一方，比如说自己的至亲骨肉，一定要对你的给予心存感激才行，唯有如此，给予才会真正带给人快慰！倘若将之给予那些无干的人，那些你对之不负有任何赡养义务的家伙，这种快慰是无论如何也得不到的！况且，那样简直像是在犯罪，完全违背了个人的信仰和原则。这对于自己艰难创业、苦心经营、省吃俭用得来的财富，是完全不公平的，而且也有悖于那一个伟大的定律，即：作为当下的福尔赛阶级中的一员，势必要同过去和未来的所有福尔赛一样，在这世间创造并持守住了自己的一份家财。

他立于窗口，盯着眼下那落满煤灰的月桂叶片，以及那遍布黑斑的草地和跑来跑去的伯沙撒，心里忽然想起一切痛苦，那被活生生隔绝在天伦之乐外面十五年的痛苦，不禁百感交集。眼前，这一切痛苦将与随之而来的甜蜜合而为一。

小佐里恩终于回来了，他对自己今日的成果很满意，在室外待的这几个小时，使得他的精神十分振奋。得知父亲在客厅，他马上便问妻子是不是也在，在女用人说她不在家之后，他才稍微安下心来。他将画具仔细地在小衣橱中放好，便来到客厅。

老佐里恩以他一向的爽快，开口便谈起了正事："我已经修改了自己的遗嘱，小佐，以后你可以不用这么拮据了。我马上会给你一份一千镑的年金，在我去世之后，除了珍可以继承五万镑，其余都是你的。整座园子都被那条小狗给糟蹋了，小佐！如果我是你，绝对不会养这家伙！"

伯沙撒正坐在草地中央，察看着自己的尾巴。

小佐里恩看着它，视线变得模糊起来——哦，原来是自己的眼眶湿润了。

"孩子，留给你的不下于十万镑，"老佐里恩接着说，"对此，我觉得你是应该知道的。像我这种年纪，活着的日子也不会太多了，这件事我不会再提起。你太太还好吗？为我转达我的问候。"

小佐里恩一只手抚着父亲的肩膀，父子默然相对，算是通过了遗产的事情。

送父亲登车之后，小佐里恩重新回到客厅，站在父亲适才站立的地方，仍然面对着屋外的小花园。他在努力琢磨，这件事情对他所可能产生的一切影响。他不免联想到一些与财产有关的前景——他也是一位福尔赛，虽然历经多年穷困，这本性却始终未曾泯灭掉。他在想象着旅行、妻子的衣服、孩子的教育，并想到要为好儿，买一匹小马，如此等等。然而就在这美妙的联想之中，他还是想到了波辛尼和他的情人，以及公园里那只画眉断断续续的歌唱：欢乐，还是悲伤？到底，选哪一样？

往昔的时光又宛在眼前——那些巧妙又生动、痛苦又热情的旧时光，是千金不换的，那火热的甜蜜，也是千金不换的。

他妻子到家的时候，他径直走到她身边，拥抱着她，闭上眼睛，久久地一言不发。他的妻子迷惑地看着他，眼睛里充满了惊讶。

4. 在地狱中穿行

某日夜里，索密斯好歹做了一件男人该做的事情，行使了自己作为丈夫的权力。早上，他只能一个人吃早餐。

他在汽油灯下吃着，十一月底的浓雾，简直像一条厚棉被一样将伦敦严严地遮盖着。从饭厅的窗子里向外望，连广场的树木都看不见了。

他仍在安心地吃着，然而时时有一种突然涌来的感觉，让他无法咽掉口中的东西。昨天晚上，他的行为到底对不对？这个女人是他的合法妻子，他们是经过宗教认可的夫妻，而她却让自己难受了这么久。他实在控制不了自己的欲望，因而完全压倒了她的反抗，那么，这一切到底对不对？

真是奇怪，她当时的脸色还在他眼前。当时，他看见她的那个模样，便忍不住想要拉住她的手，安慰她两句。而且，她那可怕的抽泣声也还在耳边，那听上去十分恐怖，简直是他从来没有听过的。当时，他曾举着一根蜡烛站在那里，就那样望着她，最终默不作声地走掉了。眼下，他十分懊悔。当时的感觉古怪又压抑，简直让人无从承受，直到现在还清晰地留在他的脑海里。

事已至此，不过，他还是对自己能做出这种事来多少感到有些吃惊。

前两天，他在威尼弗列德家，跟马坎德太太一起共进晚餐的时候，她不经意间问他："你太太是波辛尼先生的好友，是这样吗？"她一边说，一边用自己那一双尖锐的淡绿色眼珠盯着他。

他没有搭理这话，只是暗地里琢磨内中的含义。

这唤起了他强烈的嫉妒，其中包含着他天性中的一种不正常的心理，于是，便又转化为更加强烈的欲望。

若不是受马坎德太太刺激，他也许永远都不会做出那一晚的事情。全是她的那一番话。另外，当夜他妻子的没有锁门。所以，他才在她熟睡的时候悄悄地……

此后的昏睡让他无暇顾虑，但随着清晨的降临，他的困惑又重新回来了。唯有一点还不算那么糟糕：这事情没有人会知道，她绝不至于跟别人谈论。

是的，一旦当他的日常生活如车轮一样，随着阅读文件这一类活动滚滚转动起来之后，这些如噩梦一般的困惑便会被渐渐排挤出去，不再值得大惊小怪，因为这种车轮最需要他以清醒且实际的大脑为之注入润滑油。虽然，小说将发生在女主人公身上的这种事情形容得十分严重，但是以那些思想正统、见识丰富的人来判断，或者，以他所记得的那些在离婚官司中获得主审法官支持的那些人的逻辑来判断，他的行为，却是在竭尽全力维护婚姻的神圣属性，并就一位妻子该尽的义务大大提醒了她。况且，如果她还在与波辛尼约会的话，便可以防止——是的，他绝不为这事情后悔。

既然已经迈出了和解的第一步，那么，剩下的步骤就会相对——相对——

索密斯起身走到窗前，心里仍然忐忑不安。他的耳朵中仍然回响着伊莲的抽泣声，简直挥之不去。

他穿上皮大衣出了门，渐渐消失迷雾之中，在斯隆街车站坐上了去城里的地下火车。

他坐在那挤满了城中生意人的头等车厢中，脑海里还是回响着那阵抽泣声，他将《泰晤士报》抖得哗哗作响，希望借此能将那细弱的声音冲去，然后将报纸作为遮掩，故作镇定地看了起来。

他看见一张由主审法官在开庭前一日提交给大陪审员的案件清单，比以往的要长很多，其中包括三起谋杀、五起凶杀、七起纵火和十一起强奸，尤其是最后一个数字，简直比以往都多。此外，还有一些比较次要的犯罪，这些都要在下次开庭时集中审判。他就这样一直看着报纸，从一条新闻到另一条新闻，始终用报纸遮掩着脸。

不过，他的脑子里，仍然满满的都是伊莲流泪的脸和伤心的抽泣声。

这一天事情很多，甚是忙乱，除了日常业务，他还去了自己的经纪人葛林的葛林宁股票交易所一趟，让他们把自己所持的新煤业公司的股票全部抛掉，理由是他怀疑——虽然并无确切消息——这家公司的经营似乎陷入了停滞——这家企业后来果然式微下去，被廉价卖给美国的一家企业，进行了重组。另外，他还在皇家法律顾问沃特布克的事务所里逗留了很久，波尔特和年轻的法律顾问费斯克，以及沃特布克本人也都在场。

福尔赛起诉波辛尼一案明日便要开庭审理，由本瑟姆法官担任主审。

本瑟姆法官在常识方面可说博学，不过在法律的专业知识上却很稀松。所以，大家一致认为，这案子由他这种人来宣判再好不过——他是一个"很强硬"的法官。

沃特布克对索密斯表现得十分客气，因为他从下意识里，或者说，是从其他人那里听说道：索密斯是个有产者。而与此同时，波尔特和费斯克二人则完全不顺他的眼，对之也简直没有什么礼貌可言。

他认为，这案子的审判多半是要视庭审当场的供词而定，这一点，他已经在此前的书面意见中表达过了。另外，他还提出了十分合理的建议，让索密斯在庭审提供证据时不要过于拘谨。"要有噱头，福尔赛先生，您最好在作证的时候加一点噱头"，说罢便哈哈大笑，同时用手抓搔着假发后面露出的一点点头皮，简直像一个活脱脱的乡间绅士——恰好，他也十分喜欢别人如此看待他。在合约纠纷案件中，他算是最棒的讼师了。

索密斯商谈完案子，仍然坐地下火车回家。

从达斯隆街车站出来的时候，雾更大了，一片模糊而分外寂静，男人们伸出两只手摸索着前行，为数不多的女人们也都将提袋紧紧拥在胸口，用手帕掩着嘴。马车的影子时不时地出现，车夫高踞在上面，就像一个奇怪的肿瘤，周围环绕着一圈时明时暗的光晕，还没能照到人行道上便被水气折射尽了。人们从马车里下来，简直就像一只只兔子一样，小心翼翼地钻回自家的巢窠。

一切迷离的人影都隐身在属于自己的那一块迷雾中，各做各的事去了。而整个伦敦就像一座巨大的兔场，每一只兔子都从这里往家赶着，尤其是那些穿着贵重皮大衣的兔子们，他们在浓雾天总是对马车倍加小心。

不过，有一个人影却站在离索密斯不远的车站门口。

大概是"海盗"之流的情人，福尔赛们看见他都会这么认为："这家伙真是可怜！看上去过得一点都不好！"他们的同情心稍微动了一下，为这个在雾中焦急等待着的情人。不过他还是行色匆匆地离开了——他自己已经够辛苦了，没有多余的钱和时间在无关紧要的人身上浪费。

一个警察在不紧不慢地巡视街道，时不时看看那个站在车站口等待的家伙：那个人歪戴着帽子，被帽檐遮住的半边脸冻得通红，他瘦得很厉害，有时候他还会悄悄用手抹一下脸，以此减轻心头的焦虑，或者给自己重新等下去的信心。这个情人——若真的是情人的话——对于警察时不时投来的目光毫不在意，他早就习惯了这种带着怀疑和防范的打量。要么就是他真的是满心焦急，没有心思去考虑其他的事情。这个人一看就是经历丰富的家伙，他对长时间的等待、万分的焦灼、冬季的严寒以及时有的浓雾都毫不在乎，只要能等来他的情妇便好。真是一位愚蠢的情人！雾季还要持续很久，一直要到春天，还会下雨下雪，在哪儿都不容易过。出门幽会，你们心里七上八下；让她待在家里，你们心里依旧乱七八糟。

"活该！谁叫他不把自己的生活安排妥当呢！"

换成任何一个体面尊贵的福尔赛，都会这么认为。可是，如果这位思维还正常的福尔赛，在之前听过了这个站在严寒和浓雾里等待情人的家伙的心里话，他又会这样想："啊，真是个可怜的家伙，他心里肯定也不舒服！"

索密斯上了一辆马车，他放下了窗户。马车沿着斯隆街缓慢前行，不久，又沿着布洛姆顿路缓缓前行。就这样，索密斯在五点钟的时候回到了家。

他的妻子又不在家，她一刻钟以前出门去了。在这么大的雾天，在这个时间出门，她到底想干什么？

索密斯在餐厅的壁炉旁边坐下，他开着门，心烦意乱地等待着，勉强支撑着自己的情绪，拿起晚报来看。他这么烦恼，一本书是没有办法慰藉的，只有当天的报纸才能勉强麻醉一下他。他看着报纸，从那些报道的日常性新闻里，得到了安慰："女演员自杀事件""某某首脑病情再次加重（这位首脑一直病势沉重）""某位军官要求离婚""某煤矿发生严重火灾"……他把这些全都看完，心里觉得舒服了一些——以个人喜好来治疗心情不畅，这方子只有最伟大的医生才开得出来。

快到七点的时候，索密斯才听到伊莲回家的动静。

刚才，伊莲莫名其妙地顶着浓雾出门，让索密斯感到十分焦灼。他心情一紧张，昨晚的事情就显得不是那样的重要了。现在，伊莲回到了家了，索密斯就又重新记起她的抽泣声。他有点害怕见到伊莲。

她已经走到了楼梯上。她的灰色皮大衣拖到膝盖，领子高高地竖起来，几乎遮住了整张脸，脸上还围了一条加厚的面纱。

她没有转过头看索密斯，也没有说话。即使是一个幽灵或者陌生人走进来，也绝对不会像她这么悄无声息。

比尔森走进来布置餐桌，告诉索密斯，太太不下楼吃晚饭了，她正在房里喝汤。

索密斯今天居然没有更衣就吃晚餐了，这恐怕对他来说是破天荒。带着脏兮兮的袖子坐在餐桌前，并且他自己丝毫没有觉得不妥。他有很长一段时间一边喝酒，一边愣愣地不知发什么呆。他让比尔森在他藏画的那间屋子生起火，过了一会儿，他便上楼了。

他调亮了煤气灯，深深地叹了一口气，好似置身于这些名贵的收藏品中，终于让他获得了心灵的宁静。这些宝贝全部都堆在一起，背向他。他径直来到一幅最为名贵的特纳①的作品前，将它摆放在迎面最正中的位置。他把它拿起来放在画架上，拿到灯下观赏。特纳的画现在在市场上很受欢迎，不过，索密斯还是没有决定好要不要把这幅画出手。他站在那儿，那苍白的、刮得很干净的一张脸从硬领中伸出来，盯着这幅画看了老半天，就像在算计眼下出手是否合算。他的眼神沉吟着，大概觉得还不是时候出手，现在就把它

①特纳：1775—1851年，英国著名风景画家，1984年由特纳美术馆创立的以其人命名的特纳奖，成为英国最著名的艺术奖项。

卖了不大合算！他把画从画架上取下来，贵得还是把它面朝墙放着好一些。可是，他走过卧房的时候站住了，似乎又听到了抽泣声。

没事，应该是上午那种神经过敏的情形！过了一小会儿，他遮起烧旺的炉火，便悄悄下楼了。

明天就好了！他心里想，夜里一直辗转反侧，久久睡不着。

要弄清楚还有什么事情在那个浓雾笼罩的下午发生，我们还需转过身来看看乔治·福尔赛了。

乔治是福尔赛家最幽默的一个，人也很讲义气。这两天，他一直都在王子花园的老家里看一本小说。自从他最近在经济上遇到了危机之后，他便一直处在罗杰的假释监管下，无事可做，就只好在家里看小说。

快五点的时候，他出了门，到南坎辛顿车站去坐地下火车——今日乘坐地下火车的人可真多——他打算先去吃个晚饭，再去红篮子弹子房消磨一晚的时光。红篮子既不是俱乐部，也不是什么高档饭店，只是一家很雅致的小旅店。

他平常都在圣詹姆士公园车站下车，眼下，他因为觉得杰明街上可能有一些灯光，便在查林十字广场下了车。

乔治仪表堂堂且时髦而得体，有一双锐利的眼睛，用来四下搜寻可供他嘲讽一番的话题。当他走下月台时，他的眼睛就看到一个男人从头等车厢上跳下来，与其说是走路，不如说是摇晃着朝出口挣扎去。

"啊呀，我的天！"乔治自言自语道，"这不是'海盗'吗？"他就挪动着不甚灵便的肥胖身体紧随其后，他觉得，再没有比跟踪一个醉鬼更有趣的了。

波辛尼的帽子歪斜着，站在他的面前，然后又转了个身，朝他刚下来的车厢奔回去。可是，他还是晚了一点，一个站台员拉住了他。地下火车已经开车了。

　　就在这时，在车窗里，乔治瞥见一个穿灰皮大衣女子的脸——原来是索密斯太太，他觉得，这件事情越来越有趣了！

　　这时，乔治在波辛尼身后跟得更紧了。他跟着他上了楼梯，经过售票员走上街面。跟了这一路，乔治的心态发生了很大的变化：他不再觉得奇怪和好笑，他已经在替波辛尼这个可怜的家伙难受了。"海盗"其实并没有喝酒，他看起来像喝多了，是因为心情极度激动。"海盗"一路自言自语，乔治只能听清"天哪"。波辛尼好像也不清楚自己到底要做些什么，要去哪里，他像一个精神失常的人一样在街上游荡，一会儿瞪着眼睛望着前方，一会儿又开始犹豫着什么。乔治原先只是打算寻个开心，现在，他觉得波辛尼真是太可怜了，便决定一探究竟。

　　他肯定是"被刺激坏了"——"被刺激坏了！"乔治不知道，索密斯太太在车厢里到底对波辛尼都说了些什么。她的脸色也不大好，想到她这么满腹心事地独自坐在车厢里，乔治也觉得不好受。

　　波辛尼身材高大，一言不发，小心避闪着走在浓雾里，乔治紧紧跟在后面。其中肯定还有隐情，这绝对不是开玩笑这么简单！乔治的过人之处在于，他在兴奋和好奇的时候依然保持头脑冷静，因为除了怜悯，他天性里的好奇心也完全被激发出来了。

　　波辛尼一直走到大街的街心处，街上一片漆黑，五六步之外的东西就已经看不见了。到处都是熙攘的人群和口笛声，让人无法分辨方向。忽然间，又会有一些人影慢慢朝他们身边冲过来，时不时还会看见一盏灯光，好似无边暗黑的海面上隐约浮现的岛屿。

波辛尼就这样匆匆忙忙地走在这深不可测的黑夜深渊，乔治也急急忙忙地紧随其后。如果这家伙不想活了，打算把自己撞死在马车下面的话，乔治一定会奋力向前阻止的！这个家伙大步穿过街道，又大步走回，并不是像别人一样是慢慢摸索前进的，而是埋头往前冲，就像身后的乔治拿着鞭子在抽打着他。乔治越发感到，这样盯一个人的梢，跟着他忽东忽西，实在太有意思了！

不过，事件已经有了进一步的发展，以至于乔治事后回想起来，依然印象清晰。有一阵子，他被大雾逼得不能再前进了，便听到波辛尼自言自语的几句话，揭开了索密斯太太和波辛尼在火车上说了些什么的谜团。从他的那些喃喃自语中，乔治了解到，索密斯对自己变了心不愿与他同房的妻子像对待一件财产一样，行使了他的最大——最高权力。

乔治随便想想，便可以知道这是一种什么样的感受，因而印象深刻。他多少能够体会到波辛尼心理上的强烈苦痛，以及生理上的惊诧和癫狂。乔治心里想："难怪这个倒霉的家伙气得快要疯掉了，这事情的确有点让人受不了！"

乔治一直跟踪着他的"猎物"，直到那家伙在特拉法尔加广场坐下来，坐在斯芬克斯雕像下面的一张长椅上，他们两个连同那只怪物，一起迷失在黑暗的深渊里。波辛尼就那么坐着，一声不吭，呆若木鸡。乔治耐心地站在他的身后，还掺杂着一些奇怪的友爱。他是个知道分寸的人，也懂得为人处世的礼貌，所以，他不允许自己介入他人的悲剧。他一直在等待，就像他头上的斯芬克斯一样沉默无言。他把皮衣领子竖起来包紧耳朵，将冻得通红的面颊遮了起来，只留一双眼睛在外面，露出讽刺与怜悯的目光。很多人做完了一天的工作回家，很多人正忙着去俱乐部，他们不断从这两人身边走过，外面包着一层白雾，像鬼魂一样出现在他们眼前，又像鬼魂一样消失。后来，乔治终于没有忍住他那奎尔普式的幽默，甚至打破了他的怜悯，他简直想拽住那些鬼魂一样的家伙们的衣袖，告诉他们："喂，你们这些家伙，都过来呀！像这样的好戏，简直是难得一见的！这里有一个倒霉的家伙，他的情妇刚刚告诉他，她的丈夫做了一件'好事'！快过来看，快过来，看，看啊，他被刺激坏了！"

他臆想着，这些匆忙的鬼魂们张开了大嘴巴，围观着这痛不欲生的情人。他们中间可能会有一个很体面的人刚刚新婚，能由自己的甜蜜联想到波辛尼现在心里的苦楚，想到这里，乔治便咧开嘴笑了。他看得见自己的嘴巴越张越大，雾气一点点灌进他的大口。他一向看不起中产阶层，尤其是那些已婚的，这种特点在他这种出身的胡闹又义气的人身上，是尤其明显的。

可是，他也厌烦起来，他并没有想到要这样干等着的。

"他能接受的，"乔治心想，"这样的事儿在这儿也不是头一遭了！"然而，他的"猎物"又开始愤怒地咒骂起来，十分恶毒。乔治忍不住了，戳戳波辛尼的肩膀。

波辛尼猛然转过身来，喝道："你是谁？！你要做干什么？！"

要是在煤气灯的光照下，或者是在白天的光线之下，乔治便可以十分沉着地应对这些事情——他本来就是一个精明强干的行家。可是在这浓雾里面，乔治就毫无办法了，一切显得阴森缥缈，平时福尔赛们用来为人处世的实际信条和价值，在这里全无用处——这儿跟寻常的世界没有丝毫的联系。在这个时候，乔治不免也有些慌张，当他迫使自己的目光和这个疯子接触时，心想："我要是遇见任何一个警察，我就让警察把他抓起来，不能让他这么到处乱晃悠。"

可是，波辛尼没有等乔治答话，就大步流星地冲进浓雾里面。乔治跟在他后面，不过，离得稍微远一些了。他下定决心要跟下去，看看究竟是怎么回事。

"他不能这么继续晃悠下去，"乔治想，"要不是上帝慈爱，他早就被车撞死了！"乔治再也不去考虑警察的事情了。讲义气的神圣火焰，在这个一向讲义气的人心里燃烧起来。

在一片更加黑暗的浓雾里，波辛尼继续赶路。跟着他的乔治看出了这个疯子其实还是有自己的计划的，他这样走，明显是去西城的。

"这家伙真的去找索密斯了！"乔治心里想，这越发让他觉得有意思了。这个收获足以弥补他这一路辛苦的跟踪。要知道，他一直看不惯自己的这位堂兄。

一辆马车的车辕擦着乔治的肩膀驶过去，吓得乔治赶紧跳开了，他才不会为了"海盗"或者其他什么事情和人而送命呢。浓雾淹没了一切，乔治只能勉强看得到前方他的猎物的身影和月色一样朦胧的街灯。不过，乔治拿出了他遗传的坚定意志，依旧追了上去。

接着，经常在马路上晃悠的乔治凭经验知道，自己已经来到毕卡第里大街。这条街他熟悉到闭着眼睛也能走的程度，所以，一点儿也不怕迷路了。于是，他放松下来，重新想到了波辛尼的痛苦。

这条长长的街道，给这个伦敦城里的老浪子留下了无数记忆。在他那一片混沌的、似是而非的关于爱情的往事当中，一段年轻时候的记忆突然间涌上心头。这个记忆现在还是如此新鲜，它带着干草的香气、模糊的月色和迷人的夏日，突然闯入眼下这一团散发着恶臭的伦敦迷雾中来。在这段记忆里，在那个晚上，他站在一片草地的最昏暗处，从一个女子的谈话中偷听到，原来，她并不是他唯一的占有者。很长一段时间，乔治甚至觉得自己不是走在毕卡第里大街，而是重新躺在那片草地上。白杨树在月亮的照耀下投出长长的影子，他就躺在那片影子里面，将脸紧贴着那些沾满露水的芳草。

他心里猛地冲动了一下，既然同是天涯沦落人，那么，他想立马拽住这位"海盗"，对他说："来吧，老弟，将一切交给时间，我们且去喝上两杯！"

这时，一声吆喝传来，将他吓得后退了两步。一辆马车从黑暗里冲出来，又消失在黑暗中，波辛尼却不见了踪影。他跑来跑去地找，心里开始害怕起来，感到十分绝望。这种恐惧和绝望，是由伦敦的浓雾孵化出来的。他额头上冒出了细细的汗珠，一动不动地站在那里，使劲儿地听着。

"后来，我就怎么也找不到他了。"当晚在红篮子打弹子的时候，乔治将这件事情告诉了达尔提。

达尔提捻着自己黑色的小胡子，十分镇定。他刚刚打出了一杆二十三点的好成绩，最后一击拉球，没有打中。

"那女子是谁？"他问道。

乔治从容地看着达尔提。

那一张黄黄的胖脸，那两颊和浮肿的眼皮四周，隐隐浮出不怀好意的微笑。

"不，不，我的乖乖，"他私下里想，"我绝不能告诉你。"他和达尔提虽然时常往来，心底里却对这下流的家伙很不以为然。

"哦，应该是什么小情妇之类的吧。"他一边说，一边往球杆上擦了一些巧粉。

"小情妇！"达尔提大叫，随之又故作镇定起来，"我猜，可能是我们的朋友索……"

"哦，你这么想？"乔治打断他，"这样的话，你就错啦，他妈的！"

他这一杆没有打中。接下来，他小心翼翼地绕开了这个话题。直到夜里十一点，"酒在杯子中发黄①"之后——这是他自己的一种富有诗意的提法——他拉开窗帘，朝街上看过去。外边依旧是黑沉沉的浓雾，仅仅是靠近红篮子的地方被微弱的灯光照亮了一点，看不见任何东西和陌生人。

"我还是在担心'海盗'，"他说，"他或许眼下还游荡在这迷雾中。要么，便是已经死了。"他沮丧地说，语气十分古怪。

"死了！"达尔提又嚷嚷，达尔提想起那一次在里希蒙的失败，便不由得火冒三丈。"他一定是又喝醉了！我和你打赌，十倍的注！"

乔治转过身望着达尔提，神色很让人害怕，一张大脸既愤怒又忧伤。

"你闭嘴！"他说，"我告诉你，他是'被刺激坏了'！"

5. 案件开庭审判

开庭当日上午，索密斯仍然没有跟伊莲打招呼就直接出门了，

---

①此处化用《旧约·箴言》二十三章三十一节，原文作"酒发红，在杯中闪烁，你不可观看"。

他的案子被排在了第二。不过，既然他还没有想好如何面对伊莲，这样也许会更好。

按照通知的时间，索密斯在十点半准时出现在法庭上，以防第一件案子——也是一件违约案——半途中止。不过，第一件案子并没有那么早收场，双方一直唇枪舌剑，伯仲难分。一位是皇家法律顾问沃特布克，他在这类涉讼案上本来就已经很有名气了，这件违约案是他又一次扬名的好机会。他的对手拉姆，是一位辩护律师，也是一位在违约诉讼领域内的高手。这真是一场势均力敌的辩论。

将近中午休息时，法庭终于宣布判决了。陪审团团员全部离席吃午餐去了，所以，索密斯也要出去吃饭。他在供应午餐的小酒柜那儿看见了詹姆士，长长的回廊里没有几个人，他独自在那里就像荒野上的一只鹈鹕，佝偻着身子在那里吃着三明治，还要了一杯雪利酒。父子两人站在一起，静静地看着对面的中心大厅，那里偶尔能看见几个戴假发穿长袍的辩护律师急匆匆走过，间或是一个老妇人或者是衣着陈旧的男子——眼睛望向上方，神情惶恐。但是另外还有两个人坐在靠近窗子的地方，在那里不停地争论着。他们的争吵声和一股好像废井中散发的气味一起传来，再加上回廊原有的气息，形成了一种和英国司法界密切结合在一起的气息，接近于干酪的气味。

过了一会儿，詹姆士对他的儿子说："几点开庭？接下来便是了吧？若波辛尼在法庭上对你说三道四，你也不必介意。他也是被逼得不得已，若官司输了，他便真要破产了。"

詹姆士吃着三明治，时不时地喝上一大口酒，最后说："你母亲叫你和伊莲今天回去吃晚饭。"

索密斯冷笑着，扭头看了父亲一眼。这两父子彼此互相瞧着，倘若有人看见他们那冷漠与谨慎的目光，便绝对不会理解两个人何以会"心有灵犀"。不过，这很正常，任是谁都会觉得难以理解。詹姆士把剩下的雪利酒一口喝光。

"一共多少钱？"他问道。

重新回到法庭上，索密斯立刻找到自己在前排的座位，在辩护律师身边坐了下来。他看似不经意地瞥了詹姆士那边一眼，看看他有没有坐下来，没有人发现他这个动作。

詹姆士用两只手紧紧握住伞柄，身体尽量往后靠，最后在律师顾问后面那条长椅的边上坐了下来，在那里出神。他选择坐在这里，是想等案子一结束，便可以第一个走出法庭。他不管从哪个方面讲，都觉得波辛尼的行为过于荒唐，但又不想在这个时候碰到他，那样双方都会很尴尬。

估计，这一座法庭是除了离婚庭之外最受人们青睐的法律中心了，大多数的诽谤案、违约案以及一些商业诉讼的案件都要在这里判决。所以，律师们身后的几排座位坐了不少旁听的人，楼上也可以看见一两位女士的帽檐。

詹姆士面前的两排座位，逐渐坐满了戴假发的辩护律师。那些人坐在那里，有人用铅笔在纸上写着，有的人在聊天，还有人在剔着牙齿。没多久，皇家法律顾问沃特布克走了进来，他那两只袖子，就像大鸟的翅膀一样呼啦啦地带着风声，一张通红的脸衬着两撇棕色的唇髭，显得十分精干。詹姆士的注意力也渐渐地被他吸引了过来，他敢断言，这位大名鼎鼎的皇家法律顾问完全是那种"拷问"证人的厉害角色。

詹姆士虽有多年从业经验，跟沃特布克却从未见过面。不过，就像那些混迹在司法界中下层的福尔赛，他对这样一位行家里手无比崇拜。当他看见沃特布克穿着一身绸袍子站在他的儿子旁边时，詹姆士脸上那深深的愁容稍稍缓和了一些。

皇家法律顾问沃特布克落座后，支着手肘侧身跟他的助手谈话，便在这时，本瑟姆法官出现了——他是一个瘦弱且相貌鄙俚的人，身体有些佝偻，雪白的假发下是一张剃得干干净净的脸。本瑟姆到场之后，所有的人都站了起来，等他落座后，众人才陆续地坐下。不过，詹姆士只是微微欠了欠身子表示礼貌，他本来就没把本瑟姆当作大人物。而且，眼下他已经坐得很舒服了。以前参加柏姆莱·汤姆家里的晚宴时，他有两次跟这位大法官同席，且只有一座之隔。柏姆莱·汤姆只是走运而已，他是一个没有能力的家伙，他的第一张状子还是詹姆士代他写的。不过令他更兴奋的是，他发现，波辛尼并没有出现在法庭上。

"他到底想干什么？"詹姆士一直在默默地思索着。

庭审开始了，皇家法律顾问沃特布克整理好自己的文件夹，套好绸袍，用眼睛看了看法庭的一边，然后又环顾一下在座者，最后，终于像一个参加板球比赛的选手一样入场了。他站起来，开始向庭上讲话。

从目前一切证据来看，这场官司是完全毋庸争辩的，只需要分析一下他的当事人和被告人之间的书信往来记录，便可以了。被告人是一位建筑师，所以，这些书信往来大多是关于房屋内部装修的，且据他认为，这些信件只有一种意图可供理会。于是，他将那座房子的整个修建过程和花费说了一下，在他那简略的口吻中，这座房子简直像一座王宫一样庞大。继之，他又说："我的当事人，坐在庭下的索密斯·福尔赛先生是一位绅士，是一位有产者。别人对他提出的任何合理的要求，他都不会拒绝。但房子的建造过程中，那位建筑师却令他倍感折磨。诚如庭上诸位已经听到的，索密斯·福尔赛先生已经在这座建筑上花费了一万二千镑，到目前为止，所有花费已远远地超出他的预算。因此，为了维护公平——我觉得这一点很重要——为了维护公平，同时，也为了维护其他人的利益，我的当事人索密斯先生提起了这次诉讼。至于被告所提出的辩护理由，则完全没有价值，对此，请法庭加以留心。"接着，他将那封信当庭读了一遍。

接着他又说，索密斯·福尔赛先生，作为一位有一定身份和地位的人，正准备出庭作证。他宣誓表示，自己从未想象或实行相关的行为，授予被告以多于一万二千零五十镑这样一笔预算款项的使用权限，这事情他已经明白表示过。为了不在法庭上浪费时间，现请福尔赛先生出庭作证。

随即，索密斯走上了证人席。他整个人看上去就非常平静，脸上没有一丝血色，胡子剃得很干净，眉头紧蹙，嘴巴紧闭，傲慢的神情刚好可以显示出他的身份。他的穿着给人以整洁的感觉，并不是很显眼，两手只有一只戴了手套。从他走上证人席开始，就给人一种很镇定的感觉，虽然在回答陪审官提问时的声音有些低沉，但十分清晰。在法官的问讯之下，他的证词没有一句多余的话。

"难道他没有提到'全权做主'一词？"

"没有。"

"为何这么说！"

"他写的是：'根据这封信所具有的效力，你可以在这件事情上"全权做主"。'"

"他认为这是英语吗？"

"当然！"

"他用意何在？"

"用意就在话中！"

"他难道不觉得这话自相矛盾？"

"没有。"

"他是一个爱尔兰人吗？"

"不是。"

"他受过良好教育吗？"

"毋庸置疑！"

"他是否要坚持这样说？"

"非常坚持。"

在这不停的问讯中，大法官大人的提问始终围绕着"全权做主"这一"甚是微妙"的说法展开。詹姆士先生坐在那里，一直没有离开过，用手掌兜起耳朵，同时专注地盯着儿子。他为他感到骄傲！他想，如果在相同的情况下换作是自己，可能会忍不住多说几句，然而，他内心还是觉得，儿子眼下的做法才是最明智的。当索密斯慢慢转过身来，神色淡定地走下证人席时，詹姆士心里有一种石头落地的感觉，深深出了一口气。

接下来，波辛尼的辩护律师向法官申辩。姆士更加凝神地听着，他的目光仍在四下寻找，总觉得波辛尼像是躲在了哪里。因为当事人没有出庭，使得小江克利起初相当紧张，并十分尴尬。为此，他不得不将波辛尼的不出庭向有利的方向引导。

他说，他很是担心自己的当事人，他出了一些事情。原本，他是期待着波辛尼先生能够出庭当场对质的。但是今天早上，他派人到事务所和家中去找他——波辛尼住在事务所里，这一点他是知道的，不过他故意未提——都是一无所获。他说，自己意识到这是一个非常不好的兆头，因为他非常清楚，波辛尼先生是急于要出庭作证的。不过，既然他的当事人并没有通知他为何不能出庭作证，也没有委托他来申请延期，那么，他唯一可以做的事情就是按时出庭。他非常肯定地认为，若是他的当事人不是因为一些令人遗憾的原因不能出庭的话，也一定会同意他的辩护意见。"全权做主"这种名词，可不是随便用什么其他词语来就可以限制、拘束或者废止的。除此之外，他还会将这些来往信件中一些重要的内容重新提出来，让庭上诸位一起见证，因为不管福尔赛先生做何辩解，在这座房子的整个建造过程中，对于所有的意见和措施，他都是从未加以否定过。还有一点可以非常肯定，便是被告从来没有想到福尔赛先生会突然对他提起诉讼，若是预料到今天这些事，他绝不会做下去的，这在他的信里有明确的表示。这是一个非常庞大的工程，每件事情都非常精细，需要他全力以赴，小心翼翼。他必须迎合福尔赛先生的一切要求，因为这位先生是一个鉴赏家，同时又极其富有——他是一个有产者。对此，辩护律师——江克利本人——感到非常不公，并因此而愤愤不平，措辞激烈。他说，这件案子是极不合理的，完全是史上最让人意想不到的官司。出于职责所系，他曾亲自去看过那所漂亮的房子，如果庭上诸位法官也亲自去看一下，见识一番他的当事人那精巧的设计和华美的装饰，他可以保证，他们绝对不会纵容任何逃避法律责任的不良意图。他再度申明，这种话并不过分。

他手里拿着信件的副本，不经意地提起"波瓦卢起诉白拉斯第德水泥公司"的案子。他说："我们似乎很难断言，这件案子最终的判决依据是什么，不过，我和我的对家都可以对此有所参照。"随后，他又围绕那一个"甚是微妙"的地方，进行了一番申辩。他在申辩时竭力保持应有的尊敬，但却指斥道，福尔赛先生的那句话根本没有法律效力。而且，他也申明，他的当事人并不十分富有，仅仅是一位小有名气的建筑师，官司的走向对他有着莫大的影响。最终，他向法官申诉了一下自己的请求，请他作为一个艺术爱好者，对艺术家给予恰当的保护，使他们免受有产者时不时的倾轧和剥削。他说："若一切有产者都像庭上的福尔赛先生一样，随随便便就可以逃避自己应负的责任，拒绝承担契约所规定的义务，那么，艺术家还有何活路？"……若是他的当事人能赶来，下面请他出庭作证。

菲利普·拜恩斯·波辛尼，法警将这名字叫了三遍，那声音在走廊中回荡着，听上去是那样的阴郁。

那名字被如此喊着，却听不见应答，让詹姆士觉得甚是诡异。那声音，就像有人呼叫着在街上走失的狗。波辛尼失踪了，詹姆士突然被自己的想法吓了一跳，原来的舒适和安全感都略减了几分，就像一只脏手在自己上好的大衣上摸了两把一样。他觉得有些不舒服，但不清楚为什么。

詹姆士看着时间，两点四十五分！再有一刻钟就宣判，那家伙在哪里？直至本瑟姆大法官宣判，詹姆士杂乱的心情终于平静下来。

那位学识渊博的法官，站在那个将他和众人隔开的木台后面，身子略微前倾。电灯刚好照在他的头顶，将那白花花的假发下面的一张脸映得橘黄，身上的罩袍也显得宽大异常，黯淡的光线照在他的身上，使他看起来是那么庄严神圣，简直像一座神像似的。本瑟姆轻轻咳了一下，喝了一口水，将一支鹅毛笔摁在桌面上，笔尖都断掉了。然后，他将一双又枯又瘦的手交叉在身前，开始宣判。

此时，在詹姆士的眼中，本瑟姆法官的形象忽然高大起来，那是法律的尊严使然。不过，在那一团白光中，仍然能够让人看到一位平日里顶着华尔特·本瑟姆爵士之名，四处走动的平平凡凡的福尔赛。当然，若不是像詹姆士这种性格的人，是绝对看不出来的。

本瑟姆法官开始宣判：

"本案的一切事实已经无可辩驳：本年五月十五日，被告给原告去信，要求原告将房屋的装修事宜交由被告'全权做主'，否则便解除合同关系。随后于五月十七日，原告回信称：'根据你的要求，这件事情仍然由你"全权做主"。但是，有一点需要提前说明，截至房子装修完毕移交于我时，一切费用连同你的报酬——这价钱之前我们已经谈妥——在内，不能超过壹万贰仟英镑，即一万二千镑。'五月十八日，被告又回信道：'我想你应该是想错了，我不会在房屋装修这一类精细的工作上接受你对于开支金额的限制。'五月十九日，原告去信称：'至于我在上一封信中所提及的金额，倘若超出个十镑、二十镑，甚至是五十镑，在你我中间，则完全算不上什么事情。'最后，五月二十日，被告简短回复道：'好的。'

"然而迄至装修完成时，整座房屋的花费已经达到一万二千四百镑，该费用目前已经由原告全部支付。原告提起本次诉讼，是希望被告能够赔偿他在装修过程中多花费的三百五十镑。根据双方在通信中的约定，房屋装修的最高费用为一万二千零五十英镑，这是被告可以做主的费用，至于多出来的款项，原告无权支付。

"眼下，需要本庭加以决断的是，被告是否应该承担原告所主张的上述款项。对此，本庭的判决是，被告应当如数支付。

"原告在信件中表明的意图，实际等同于：'在房屋的装修事宜上，在一切费用不超过一万二千镑、最高不超过一万二千五十镑的前提下，你可以"全权做主"；若是脱离了这一前提，你便是超越了权限，我有索赔的权力。'当然，原告如果根据其与被告的合同，拒绝支付房子的建造款项，当然也是可以的。但是，既然其并非采取这一措施，而是在偿付后向本庭提出由被告赔付这一款项的申请——

"在本庭看来，其权利充分、证据确凿，可以提出这一赔偿。

"而此前，被告的辩护律师称，双方在通信中并未对建筑及装修费用进行限制，也没有相关的明确意图。然而，原告既然在信中提及一万二千镑，又在复信中提及五十镑的超值额度，已经明确地表达了其意图，而若依被告的辩护意见而言，这些数字将全无意义。以此，本庭根据被告五月二十日的复信认为，其已经同意原告的要约，因此要如约而行。

"基于以上理由，本庭故而做出上述判决，由被告赔偿相应款项并承担诉讼费用。"

听完判决，詹姆士深深地叹了一口气，弯腰捡起了刚才掉在地上的伞——那是在大法官念到"信中提及"时掉下去的。

他拔出两条长腿，快步走出法庭，登上一辆马车——这天雾消了，天色阴沉——就走了，完全没有等儿子。最后，他一直到了偈摩西家，将他在法庭里的见闻向史悦辛、史摩尔太太和海斯特一一道来，其间还吃下了两块甜饼。

"索密斯表现得很出色，头脑非常清醒。不过，老佐里恩估计会对这件事情很不满意。波辛尼的官司输了，简直要破产了。"说完盯着火炉，有一会没有说话，之后又接着说，"波辛尼没有出庭，不知为什么。"

突然，伴着一阵脚步声，一个面色红润很是健康的胖子出现在客厅后面，他伸出一只手来，却被黑色的燕尾遮得只剩下了一根食指。

"啊，詹姆士，我——听不下去了。"说罢，他便转身走了出去。

他便是偈摩西。

詹姆士从椅子上跳了起来，连声道："是啊！是啊！我早就料到事情不——"他突然愣在那里，目瞪口呆，像是看到了什么不祥之兆。

6. 索密斯将事情说了出来

从法庭出来后，索密斯没有直接回家去。他打心眼儿里不想回商业区，虽然官司打赢了，但是他觉得自己此刻需要赚一点儿同情，于是不知不觉便走向了湾水路。这一路上，他走得很慢。

史摩尔太太和海斯特姑太已经知道了事情的结果，他父亲已经将法庭的整个过程都告诉了他们，所以，大家都热烈地向他祝贺。从早上到现在，他几乎没有吃东西，显得饥饿难耐。由于他的父亲刚才把甜饼全吃光了，史米赛尔只能再重新给他拿一些。眼下，他将腿架在沙发上，最好能来一杯提神的李子白兰地。

史悦辛还在这里，这已经比他平时待的时间长了，原因是他自己需要活动活动。听到索密斯的话，他"呸"了一声。如今的年轻人简直不成体统！他自己因为肝脏不好，但想到还有其他人要喝李子白兰地，他简直要发狂了。

他一刻也待不下去了，一面起身一面向索密斯说："不知道你的妻子现在怎么样了？代我告诉她，如果她心情不好的话，可以来我家，我会请她共进晚餐，请她喝最好的香槟，在平时是绝对没有机会喝到的。"他来到索密斯面前，使劲握了握自己粗大肥胖的黄拳头，示威似的看着他，然后昂首阔步走了出去。

这情景，让史摩尔太太和海斯特姑太看得有些担心。史悦辛这个人真是滑稽！

她们非常想从索密斯那里知道，伊莲听到这个判决结果会怎样，但这个问题会非常尴尬。他也许会自动说出来，或是透露一点点口风。她们确实很想知道，不过，她们十分清楚，必须在这个问题上保持沉默，这简直比受刑还要难受。而且，眼下就连倜摩西也知道了，这件事对倜摩西的打击很大，也许会将他打倒也说不定。还有珍，出了这样的事情他该怎么办？这件事也令她们很兴奋，不过绝对不能主动去问！

她们永远都忘不了老佐里恩那最后一次的拜访，他从那以后再也没有走动过。她们永远记得那天是怎么样一个情形，那很明确地向她们展示了一个事实——眼下的福尔赛家族，早已不是以前的那个福尔赛家族了，在它的内部早已出现了裂痕，昔日的辉煌早已是过眼烟云。

不过，索密斯对她们感兴趣的事情一点也不关心。他正跷着二郎腿，谈论起那些巴比松派[①]的画家，这是他的最新发现。他感觉，这些人的作品还会有上升的空间，他的直觉告诉他可以在他们的身上发一笔财。另外，他还留心到一个叫柯罗[②]的人，有两张他的画非常妙，若是价钱适宜的话，他一定买下来——将来肯定会卖一个好价钱。

　　史摩尔太太和海斯特姑太倍感无奈，只好表现出对他的话很感兴趣的样子，然而，这样被回避过去，她们的确有点不甘心。

　　现在的事情变得很有意思，真的有意思——而且索密斯的确是一个聪明人。其实她们内心很明白，如果这些画真的能够赚大钱的话，索密斯不会比任何人差。现在他和波辛尼的官司打赢了，不知道他是如何打算的？是放弃这里去乡下隐居，还是另有打算？

　　索密斯说，他也想不出更好的办法，只是他觉得自己很快就要搬家了。于是他站了起来，跟两位姑母道别，准备回家了。

　　裘丽姑太看到索密斯这个离开的表情之后，她的脸立马就变了模样，好像突然有了勇气。她脸上的每一粒肉疙瘩，此刻都像是要从一个绷紧的面具里窜出来。随即，她整个人也完全直立了起来，对索密斯说道："亲爱的，其实有件事我想了很久，假如没有人告诉你的话，我一定要——"

　　没等她说完，海斯特姑太就打断了她："注意点！裘丽，凡事想清楚了再说。"她缓了口气："后果可得自己负责！"

_____

①巴比松派：19世纪的一个法国画派。巴比松为巴黎郊外的一个村落，风景优美适宜写生。
②柯罗：1796—1875年，法国风景画家，巴比松派成员之一。

然而，她就好像没有听见海斯特姑太的话一样，继续道："不管有没有人跟你说起过，亲爱的，马坎德太太曾经在里希蒙公园里看到，伊莲和波辛尼在一起散步。"

　　说到这里，本来都已经站了起来的海斯特姑太本，重新坐了回去。她觉得，裘丽根本不应该在这种情况下说这件事。不过既然已经说出来了，自己也没有办法挽回了，她也焦急地等待着索密斯的回答。

　　听完裘丽姑太的话，和平常一样，索密斯的脸红了，且主要红在两眼之间的眉心位置。说话之前，他挑了一根指头塞到嘴里咬着，最后挤出来一句话："马坎德太太是一个狐狸精。"

　　没有等她们接话，他就转身走了出来。

　　在他来倜摩西家的路上，其实他就已经考虑好到家之后要怎么做了。他准备回家后找伊莲好好谈谈，就跟她说："官司我已经打赢了，这件事就让它这样过去了！其实，我并不想跟波辛尼一直过不去的，我会想一个比较妥当的付款方式，不会逼他做什么。这件事情就算了！我们把这边的房子租出去，然后一起搬到罗宾山，离开这个雾蒙蒙的伦敦！我还是会一如既往地对你好，不会有什么改变！来，牵牵手！待以后——"也许，她会让他吻自己，于是，这些事情便一笔勾销！

　　然而，在他从倜摩西家里出来的时候，他的心情就变得不像刚刚那么好了。就在这时，这几个月以来压在心里的嫉妒和猜忌，统统都跑了出来，彻底爆发了！他一定要将这些勾当扫荡干净！决不会允许伊莲做什么令他蒙羞的事，即便她不爱他，或者不愿意爱他——这是她的义务，也是他的权利——但也不能和外边的人搞在一起而令他恶心！他要恶骂她一顿，或者以离婚恐吓她！这样，她应该会检点一些。她一定接受不了这样的，然而——万一她接受得了呢？索密斯又犹豫起来，他以前没有想过这个问题。

万一她真的不怕，那该怎么办？如果她把一切事情都摊开，又怎么办？那样的话，便只有一条路可以走了，只能离婚！

这字眼深深地刺激了他，离婚，这是无法接受的。这样一来，一切就跟他的生活准则彻底背道而驰了。这简直要将他吓坏了，那种感觉，就像不得不亲手将自己辛辛苦苦获得的财富送给别人一样。这完全是不可思议的，这件事将会在很大程度上影响他以后的生活。那样的话，他就必须得把罗宾山那座新建的房子卖掉，而且还得赔本处理，自己可是在那上边花费了很多的心血和金钱的！还有她，真的那样的话，她就彻底不属于自己了，连索密斯太太这个名字都将消失！她将永远离开他的生活，他再也不会见到她！

索密斯脑海里一直在想着，若和她离婚，自己便再也见不到她了！就这样，马车都走完了一整条街。

不过到现在为止，所有的一切都还只是道听途说和自己的猜测，也许，她真的什么都没有做过，也就没有什么可以向自己解释的。如果就这样贸然地把事情搞大，说不定，到最后还要将自己说过的那些话收回来，那样可真的是有些傻。这个案子到现在已经彻底结束了，而波辛尼也会身败名裂——等到他真正身败名裂之后，他可是什么事情都做得出来，不过都已经破产了，他又能做出什么？他很有可能去海外，以前很多破产的人都是那样的。不过最保险的做法还是先观察一段时间，看他们会有什么反应——如果所谓"他们"果有其事的话。若有必要的，他也可以找人帮自己监视她。此时，嫉妒又如牙疼一般，在狠狠地折磨着他，他几乎都要哭了。他觉得到家之前，必须得找出一个解决之法。然而，直到家门口，他也没有想到什么好的解决办法。

他进门的时候，脸色苍白，手心冒汗。他心里渴望马上见到她，又害怕见到她，他根本就知道见到她后该说什么，该做什么。

进门后，女仆比尔森在穿堂里，他问："太太去了哪里？"她告诉他，太太在中午的时候出去了，还带了一只箱子和提袋。

听到这样的回答，他将皮衣从女仆的手里抽了回来，愀然问道："你说什么？"

不过，随即他便控制住了自己的情绪，他明白，不应该让下人看到自己如此激动，就接下去问："她临走说什么？"此时，他被女仆奇怪的眼神吓了一跳。

"老爷，福尔赛太太没有留下任何话。"

"恩，好的，就这样，你去忙吧。我今晚在外面吃晚饭。"

女仆下楼去了，只剩下他自己一个人，穿着大衣，有气无力地翻看着放在雕花橡木柜子上那只瓷碗里的名片。

巴兰姆先生太太	希普第莫斯·史摩尔太太
拜恩斯太太	所罗门·桑渥西先生
贝里斯勋爵夫人	赫明尼·贝里斯小姐
威尼弗列德·贝里斯小姐	埃拉·贝里斯小姐

这些原本熟悉的人，一瞬间忽然都陌生起来，他妈的，自己就像是突然失忆了一样。索密斯脑海里一直盘旋着女仆刚才说过的那几句话——"没有留下任何话，一只箱子，一个提袋。"他实在接

受不了，她竟然什么都没有说。皮大衣还是一直没有脱，但是一点也没有妨碍他两级一步地跑上楼去。那样子，就像是一个新婚不久的新郎回到家里，急切地要上楼去见自己的妻子一样。

房间收拾得干净整洁，屋内井然有序。她自己亲手做的装睡衣的口袋，现在正静静地躺在淡紫色的鸭绒被上。拖鞋便放在床脚下，床头上，被子已经掀开了一角，像是在等着她回来。梳妆台上，放着自己送给她的礼物——一把镶银的梳子和一个瓶子。这样看来好像自己搞错了，不过，伊莲到底是带着哪个箱子离开了呢？他本想叫比尔森来问问，但走到铃铛前，突然又想起自己得装作知道她去了哪里，要自然一些。因此，他只能自己琢磨其中的暗示。

他锁上门，想理一理思绪，但脑子一片模糊，眼泪在他的眼睛里打转。他急急忙忙地脱下一直还穿着的皮大衣，然后看着镜子。那里面，他脸色苍白，整个脸被蒙了一层厚厚的灰一样。他倒上些水，使劲洗了洗。接着，他闻到伊莲刷头发的那把银刷子上的香水味儿，一股莫名的醋意升了起来。

他硬撑着把大衣穿回去，下楼走到街上。

他向斯隆街走去的时候，神智总算清醒，给自己想好了一番托词，以防被自己在波辛尼那儿找不到她。但如果找到了她，又该怎么说？以前，他可是一个非常有主意的人，可是现在不一样了。直到走进那幢房子，他都没想清楚，若找到她该怎么说。

等他到那里的时候，已经过了办公的时间，临街的一些店铺已经关门了。开门的女人告诉他，已经好几天没有见到波辛尼先生了，她也已经不再伺候他了，眼下，也没人去管他的事。他——

没等她说完，索密斯便上楼去了，脸色坚决而又惨白。

他来到顶楼，没有灯光，门也是关着的，按铃后没有人来开门，一点声音都没有。无奈之下，索密斯只好下楼来，虽然现在穿着皮大衣，但还是有些发抖，因为他心里冰凉。出来后，他叫了一辆马车去了公园巷。

　　去公园巷的路上，他在努力想，是什么时候给她开的最后一张支票。虽然伊莲现在身上只有几镑现金，但总算还有一些首饰，那能换上一大笔钱，想着，他的内心更凉了。那一笔钱，也许够他们一起去国外生活好几年。他本想算算这有多少钱，不过马车已经到了，他跳了下来。

　　管家上前问，索密斯太太是不是跟他一起过来的，因为老爷吩咐说，他们夫妇今晚会一起来吃晚饭的。

　　索密斯回答说："她没来，太太今天有些感冒。"

　　管家深表同情。

　　索密斯看到管家的眼神有些奇怪，突然想起，自己没有穿晚礼服就这样过来了。于是，他问道："今晚有客人吗？瓦姆生。"

　　管家答道："少爷，只有达尔提先生和太太会来。"

　　然而，索密斯发现管家还是在盯着自己看，他有些沉不住气了，便生气地问："你到底在看什么？我有哪里不对劲吗？"

　　管家的脸唰地红了，快速把皮大衣挂上，嘟嚷着："没什么，少爷！没什么，少爷！"然后快速走开了。

　　于是，索密斯就自己上楼去了，经过客厅时眼也不抬，径直走进父母的卧房。

　　詹姆士穿着衬衫和晚礼服，侧立着，白领结从一撮花白的邓居莱式的髯须下面露出一角，佝偻的瘦长身材更加扎眼。他正低着头，鼓着嘴，为妻子钩内衣上面的那个钩子。索密斯在那里停了下来，觉得有些憋气，也许是上楼走得太急，又或者有什么原因——他自己的妻子，就从来没有要求他做过这事儿。

詹姆士的声音传来，尖声尖气地问："是谁在外面？谁？有什么事情吗？"接着，他母亲又问道："是菲丽丝吗？快过来，帮我把这个钩上，老爷怎么也弄不上。"

索密斯按着喉咙，夹着嗓子道：

"是我——索密斯——"

他听到爱米莉惊讶而又亲热的声音，心里一阵暖流流过："乖儿子，你来了？"詹姆士抛开钩子，说："索密斯，你是不是不舒服，怎么上来了？"

索密斯生硬地回答道："我没事，非常好。"本来想说的话，看到老父老母之后就什么都说不出来了。

詹姆士看到索密斯这副模样后，担心地说："你的脸色怎么这么差？是不是着凉了啊，估计又是肝脏的问题——肯定是的。一会儿，让你母亲给你拿点——"

不过，爱米莉安静地问道："伊莲一起来了吗？"

索密斯摇摇头，然后支支吾吾地说："没有，她——她走了！"

一直站在镜子前面的爱米莉，突然转身向索密斯奔过来，她原本庄严高大的形象一下子不见了，变成一位仁慈的母亲。

"好孩子，我的好孩子！"她吻着索密斯的前额，轻轻拍着他的手。

詹姆士也转过身来，看着儿子，那脸色很是苍老。

"走了？"他说，"你说什么——她走了？怎么你从没有说过？"

索密斯淡淡地说："我怎能想到？该怎么办？"

詹姆士徘徊起来，他的上衣还没来得及穿，所以整个人像一只怪模怪样的鸵鸟。"怎么办？"他嘟囔着，"什么事情都不跟我商量，出事了又来找我，问我怎么办。我现在也不知道怎么办。你母亲就在这儿，她也不知道怎么办。不过，你眼下最应该做的，就是紧紧跟上她。"

索密斯苦笑着，脸上的神情极其怪异且傲慢，比任何时候看起来都要可怜。最后他说："我想不出，她究竟去了哪里。"

"你想不出？"詹姆士接着说，"什么意思？你不知道她去哪儿？她还能去哪里？肯定是去找那个小波辛尼了。我早就料到，一定会这样的。"

说完后，大家都沉默了。过了好久，索密斯感觉到母亲轻轻拍了下自己的手。今天这些事情就像是在睡梦中一样，他已经不会思考了，没有任何的思维能力了。

詹姆士此时也是苦恼至极，绷着一张苦瓜脸，简直要哭起来。他说的那些话，就好像是他那抽搐的灵魂中牵出来的。"这次肯定是要出丑了！以前一直说会这样，现在应验了。"见他们俩都没有说话，詹姆士急道，"你们难道就没有什么好办法吗？"

爱米莉的声音响起，低沉中有些轻蔑："好了，詹姆士！索密斯一定会有办法的，他会想的。"

詹姆士干瞪着地板，支支吾吾地说："唉，我已经老了，无能为力了。慢慢来吧，别着急！孩子。"

他的母亲接着说："就这样吧，我们不要再谈这件事了，索密斯肯定会处理好的。"

詹姆士说道："唉，事已至此，我不知道他还有什么办法处理好这件事。如果她还没有和波辛尼私奔的话，我奉劝你，不要信她的，跟上她，把她拽回来！最好如此。"

爱米莉又拍了拍他的手，示意父亲说的话她也同意。最后，索密斯像是在什么神灵面前发誓一样，咬牙切齿地附和道："必须如此！"

最后，他们三个人一起回到了客厅。另外的母女三人和达尔提都到了，除了伊莲没有来，一家人就都来齐了。

詹姆士坐到了他的圈椅上，在开饭之前，他只跟达尔提冷冷地寒暄了一句。詹姆士对达尔提是既瞧不起又害怕，他好像永远都缺钱一样。索密斯也一直保持沉默。不过，爱米莉这个冷静又勇敢的女人却始终在和威尼弗列德在谈论着什么。从她的语气和谈话内容看，能够发现一种从来没有像今晚这样的镇定。

既然伊莲出走这件事不可外扬，詹姆士家的其他人等便不会再提供意见。然而，后来在这件事议论开来的时候，在福尔赛家族内部，个别除外，其他人都众口一词地支持詹姆士的忠告："不要信她的，跟上她，把她拽回来！"不仅公园巷如此，就连尼古拉、罗杰、偶摩西这些人也都这样认为。伦敦城中那更为广大的福尔赛阶级，也一定会这样建议的，如果让他们知道了这件事情的话。

在吃饭的时候，爱米莉一直装作什么事情都没有发生的样子，瓦姆生和其他仆人眼看着这一家在沉闷中吃着晚餐。达尔提一个劲儿喝酒，好像在生着闷气，在座的女客们也很少说话。有一次，詹姆士问，谁知道珍现在在哪里，在干什么？没有人知道，于是他又板着脸不作声了。然而，当威尼弗列德说起，小蒲白里斯曾经把一枚假便士给了一个乞丐，他才开心地笑了。

他说："啊哈，这真是一个挺有头脑的小家伙。如此下去，肯定了得！乖乖，真聪明！"然而，这谈话也只是维持了一小会儿。

开饭后，一道道菜陆续地摆到了餐桌上，电灯的光洒在餐桌上，此外只能勉强照见一点墙壁上的装饰。那里有一张特纳的海滨风景图，上面画着桅索和一些落水快淹死的人。香槟送了上来，另有詹姆士收藏的一瓶陈年名酒，不过，那简直像魔鬼的一只冰冷的手臂。

十点钟，索密斯从那里离开了。席间，曾经两次有人问起伊莲为什么没有来，他都推脱说她感冒了，在家休息。他觉得自己快要掩饰不住了，好在母亲给了他一个温柔的长吻，他脸色通红，在她的手掌上按了一下。他走的时候冷风呼呼地吹，但是繁星满天，空气也很好。街上有倒垃圾的女仆穿着破烂的皮大衣匆匆走过，街角还有一些脸像是被冻僵了的流浪汉，这些人全都没有引起他的注意。冬天已经来了，但是急切地要赶回家的索密斯却丝毫没有感觉。回家后，他就从门背后的镀金栏子中取出最后一批塞进来的信件，两手哆嗦着。

没有伊莲的信。

他走进了饭厅，他常坐的椅子正摆在旺盛的炉火前，威士忌和雕花烟盒搁在桌子上，拖鞋也已经摆好了。他并没有像往常一样享用它们，只看了一眼，便关掉灯上楼去了。他的更衣室里，也点着火。但是，他走进伊莲的房间，却觉得又黑又冷。

他进去后，点上了一些蜡烛，然后在房门和床榻之间来回踱着。到现在，还是无法接受伊莲已经离他而去的现实。他至今无法理解自己的家庭婚姻这一道谜题，他将一切橱子和抽屉都——打开，像是要从里面找到什么缘由。

他发现，她的衣服都在，至多少了一两件衣服。那满抽屉的麻纱和丝绸内衣，都安安静静地躺在那里，一点也没动——他向来喜欢她穿得漂亮些，也一直要求她这么做。

说不定，她只是突然心血来潮，想去海边透透气而已。如果她真的能回来的话，他绝对不会再干前天夜里的那种事，不会再去冒任何的风险——虽然这是她作为妻子的义务，也是他作为丈夫理应享受的权利——他也绝对不会这么做了，显而易见，在这件事情上，她是非常敏感的。

他在她藏首饰的抽屉前弯下腰，发现抽屉没有上锁，一拉就开了。首饰盒的钥匙就插在上头，索密斯觉得很吃惊，心想大概是空的，便把盒子打开了。恰恰相反，那里面满满的，都是他送给她的首饰，连她戴的那只表也放在了绿丝绒的小格子里。在那上面，他发现一张折成三角形的小纸条，上面写着"索密斯·福尔赛"，是伊莲的字迹。

里面只写了一句话："任何你和你们家人送我的东西一概在此。"

钻石和珍珠的别针和手镯，蓝宝石上镶着大钻石的薄薄的金表，以及项链和戒指，每一种都盛在一个专门的小格子里，一一陈列在索密斯眼前，他的眼泪一滴一滴地落在上面。

眼下的情形，比她以前做的任何事情，她所能做的任何事情，都足以让他明白她这次行动的真正的目的。他终于明白，这么多年以来，她一直都在鄙视他，一直如此。事实上，他们就像是两个世界的人，她从来就没有给过他希望，过去没有，以后更不会有。这么多年，她都一直痛苦地活着，这太可怜了。

在这一瞬间，索密斯彻底违背了的福尔赛性格，他完全抛开了自己，抛开了那些利益和财产，抛开了一切他的所有。他完全摆脱了自我和实际，一无所有了。

然而，这仅仅是一瞬间而已。

他一瞬间的懦弱，像是被眼泪飞快地洗刷去了。他站起身，将盒子锁起来，哆哆嗦嗦地拿回了自己的房间。

7. 珍得到了胜利

一直以来，珍都在等待一个属于她的机会，每天都在查看"议会大事"录那些毫无趣味的专栏，那种锲而不舍的劲头，让老佐里恩非常惊讶。等到她的机会真正到来的时候，珍非常果敢且坚决地行动了。

一日上午，她终于在权威的《泰晤士报》开审案件十三庭本瑟姆法官的条目下，找到了"福尔赛控诉波辛尼案"。接下来的一天，是她永远不能忘记的。如同一个赌徒，她孤注一掷地将自己所有的一切押到了这个机会上。以她的性格，失败是断然无法接受的。可是，她又怎么确定波辛尼会在这场官司上招架不住，谁也说不清楚，或许一个恋爱中的女子有这样的本能，可以未卜先知。凭借这种本能，她安排自己的计划，就好像有绝对的胜算一样。

十一点半，有人看见她在十三法庭的上层楼厢中张望着，直到福尔赛控诉波辛尼案件审讯完毕。然而，波辛尼的缺席并没有使她焦心，因为一开始，她便觉得波辛尼不会为自己辩护。判决快要结束时，她急忙下楼，叫了一部马车去波辛尼的事务所。

　　她走进敞开着的大门，经过下面的三层写字间，没有人留意到她。直到她到了最上面一层，才发现自己遇到了麻烦。没有人前来应门，此时，她必须得决定：是下楼去叫看房子的人开门放她进去，等波辛尼回来，还是在房门外耐心地等候——那要当心别人看到。最后，她决定选择后者。

　　珍挨着冻等了一刻钟，始终站在楼梯口。她忽然想起，波辛尼经常将房门钥匙放在门毯下，便翻开一看，钥匙果然就在那里。她犹豫了一会儿，终于决定拿钥匙开门。不过，她进去后，并没有将门关上而是敞开着。珍想，如果这时候有人过来看到她的话，就会明白她是过来办事的。眼下的珍，跟五个月前来拜访波辛尼的那个从前的她完全是两个人。五个月前，她紧张得发抖，然而，这几个月的痛苦和克制却使她已经不再像以前那样敏感了。今天的拜访，她是经过深思熟虑的，且做了周密的计划，一切危险都在所不计。然而，她无论如何不能失败，否则就真的无可挽回了。

　　像是一头庇护着幼崽的野兽母亲一样，瘦小而灵活的珍在屋子里就一直没有停下来过。从这边踱到那边，从窗口走到门口，不时地摸摸一些东西。珍发现，这间屋子到处都是灰，估计得有几个月没有清理过了。任何能令她找回希望的端倪，她总是能轻而易举地看出来。这情形表示，波辛尼为了省钱，已经不得不辞退了用人。

　　她向内望了望他的卧室，床铺整理得很糟，显然出自一位男人之手。她静静地听了一会，猛地走了进去，将衣橱都打开，发现里面只剩下几件衬衫、几条领带和一双脏得不像样子的皮鞋——他的全部行头都在这儿了。

她慢慢退回到客厅，直到此时，她才发现少了一些东西，都是他平日最爱惜的：一座母亲留给他的钟表，一架挂在长沙发上的望远镜，两张很稀缺的早年间印制的哈罗公学风景图，那是他父亲的母校，还有自己送给他的一件日本陶器。总之，他喜欢的这些东西全部消失了。这个世界竟然对他如此冷酷，她不禁为之愤慨，然而那些东西的失踪对于她来说，却正意味着她的计划可能成功。

珍盯着原来放着那件日本陶器的位置，突然有一种奇怪的感觉，背后有人在望着她。她转过身，看见伊莲果然正站在门口。

她们默然对视了一会儿，珍向伊莲走去，并伸出手来，但伊莲没有跟她握手。

珍见此便把手放在背后，眼里流露出一股愤怒。她要等伊莲先说话，就在等待的过程中，她心中含着一股子怒气，以掺杂着嫉妒、奇怪和猜疑的心情，将她的朋友的衣着、表情和体态完全记在了心里。

伊莲穿着她的那一件灰皮长大衣，一缕金黄的鬓发从戴着旅行帽的前额上露出来，皮衣的大领子将她的脸衬得就像一个婴儿一样。那张脸孔与珍的不同，没有一点红色，完全是苍白的，像是被冻得太厉害了，眼睛上带着黑眼圈。她手里拿着一束紫罗兰。

她用那一双双深褐色的大眼睛望着珍，没有一点点笑意。珍的心里又惊又怒，却重又回想起她往日的一些温和来。

终于，珍开口了。

"你来干什么？"她问完，觉得也像是在问自己，便接着说，"我要来告诉他，这场糟糕的官司，他打输了。"

　　伊莲始终盯着她，没有说话，珍喊着："你站在那儿简直像块石头！"

　　伊莲大笑道："若是这样就好了！"

　　珍突然转过身去，大叫道："别说了，闭嘴！我不想听！我不想听！我不想知道你来干什么！我不想知道！"她像一个烦躁的幽灵一样，来回走动这，接着又说："是我先来的，有我便没有你！"

　　伊莲的脸上突然露出了一点儿微笑，像火花那样一闪便不见了。她一直没有动脚，珍此刻才发现，眼前这个石像一样的柔顺女子早已经抛开了一切，像是抱定了极大的决心才来到这里，没有什么能将她的主意改变，这十分令人害怕。她摘下帽子，双手搭在前额上，将垂下的金发全部抄在了后面。

　　珍凶巴巴地说："你凭什么出现在这里！"

　　伊莲答道："我无论出现在哪里，都没有资格——"

　　"什么意思？"

　　"我已经和索密斯分开了，你一直要我这样做的！"

　　珍捂起了两只耳朵。

　　"不要跟我说话！什么话我都不想听——什么事都不想知道。我没法跟你讲！你这样站着不动，究竟要干什么？你怎么还不离开这儿？"

　　伊莲动了动嘴唇，像是在说："我能去哪儿？"

　　珍转过身去，从窗口看见街上的大钟，已经快四点了。他随时都会回来！她回过头去，一脸愤怒地望着伊莲。

然而，她还是没有动，唯独两只戴着手套的手，不停抚弄着那一束紫罗兰。

珍愤怒又失望，泪水从脸颊滑过。

"你怎么能出现在这里？"她说，"作为朋友，你怎么能这样！"

伊莲又大笑着。珍见她这个样子，简直就要失控了。

"你为什么来这儿？"她哭泣着说，"你伤害了我，现在又要来毁灭他！"

听到这里，伊莲的嘴唇哆嗦了一下。她与珍双目相对，流露出凄惨难言的神色。珍见到她这副模样，一边抽泣着，一边喊："不要，不要！"

然而，伊莲的头一直垂落到了胸口。她转过身，将那一束紫罗兰掩在嘴边，迅速地跑开了。珍跑到门口，只听见一阵脚步声往楼下奔去。她大喊着："你回来，伊莲！回来！"

脚步声消失了……

珍慌乱地站在楼梯口，她为何这样走掉，将她一个人丢在这儿？这是什么意思？难道，她真的愿意将他还给自己？或者，是她……

她的心一直在煎熬着，然而，波辛尼却迟迟没有出现……

那天下午六点左右，老佐里恩从威斯塔利亚大街回到家里，眼下，他几乎每天都要去那儿打发几个小时。他一进门，便问孙女是不是在楼上。用人告诉他，珍刚回家，他就派人上去叫她下来，说有事和她商量。

老佐里恩想告诉珍，他已经决定要跟她的父亲和好，那些以前和将来发生的事情，都要过去了。他不想继续独自——或者说是跟独自差不多——住在这幢大房子里，他想把这一幢大房子卖掉，然后在乡下给儿子买一幢。这样，大家可以搬去一起住，共享天伦之乐。当然，如果珍不愿意，她可以自己一个人独住，每个月都可以领一份租房子的补贴。不管怎么样，对她不会有什么不适应，毕竟，她也已经将他冷落好久了。

然而，等珍下楼，他发现她一副可怜相，好像被冻坏了，而且神情紧张而凄惨。珍下来后，还是一如从前那样靠在他的圈椅臂上，轻轻地依偎着他。在这之前，老佐里恩本来煞费苦心地想了好久，终于想出一番明明白白、有尊严又令人伤怀的话，可是事到临头，讲出来的却跟原来想的差了很远。就像亲眼看见幼鸟在起飞时伤到了翅膀一般，他那一颗庞大的心脏非常痛苦。他的话断断续续，简直像是在道歉，因为他终于抛开了正义，不再理会那些正常的规矩，向着自己的本能让步了。

此刻，他的内心非常忐忑，生怕将自己的想法告诉孙女后，会让她感觉不妙。眼下，他已经说到了事情的要点，而且还暗示她，若是她不肯，也可以自己一个人住。说到这里时，老佐里恩讲得很委婉。

"万一你跟他们合不来的话，宝贝，"他说，"你也不用担心，我会处理。你拥有完全的自由，想怎样就怎样。我们在伦敦租一间小公寓，你住在那里，我也可以时不时地去看看你。"他最后又来了一句，"不过，那些孩子都是惹人爱的小家伙！"

这一番说辞，既严肃又直白，说罢眼含着微笑。"这件事若是告诉偶摩西那胆小鬼，肯定会吓坏他的。他是一个养尊处优惯了的小家伙，以我对他的了解，他一定要反对这件事情，要不你就只管叫我傻瓜！"

珍一直很安静地听着。她起先是斜坐在圈椅的扶手上，脸要比他的高，因此他完全看不到她的表情。过了一会儿，他觉得她的脸颊慢慢贴了上来，那上面带着温暖。他猜想，她对这件事情还是可以接受的，至少不太令人担心。他胆子也慢慢大了起来。

"说起来你的父亲，你会喜欢他的，"老佐里恩说，"他是一个很和气的人，完全没有什么架子，很容易相处。他对艺术很在行，还有一些其他的。"说到这儿，老佐里恩忽然想起，他的卧室里还小心地锁着一些儿子的水彩画，差不多有一打。从前，他觉得那些都是无聊的玩意儿，而眼前，他的儿子就要成为有产者了，那些画反而让他觉得还不赖。

"至于你的——继母，"说到这个字眼，他觉得有一点点勉强，"我觉得，她是个很贤惠的女人——跟更梅基太太差不多，另外，我想说——他是很喜欢小佐的。至于那两个小孩子，"——他又说了一遍，在这一堆大道理中，这句话简直就像一个悦耳的音符——"真是两个惹人疼的小家伙。"

如果珍仔细听了老佐里恩的话，她应该明白，他那些话不过是在讲述着他对于弱小者和孩童的爱。正因为如此，当初他放弃了自己的儿子，选择了弱小的珍。如今，它又反过来，要从珍的身边将老佐里恩拉走。

见珍一直默默不语，老佐里恩心里有些发慌，终于忍不住问："珍，你怎么看？"

她从圈椅的扶手上滑了下，靠在了他的膝盖上。其实，她也有一番话要说，现在终于轮到她了。她觉得，一切都安排得妥妥当当，她不觉得会有什么困难。并且，她觉得，自己根本就没必要在意别人的意见。

　　老佐里恩不安地扭动了下身体。不管你怎么说，别人还是要有意见的！原本他还以为，过去了这么多年，那些人也许已经死绝了！不过，他也无能为力。然而，他对自己孙女的这种观点很不以为然，他觉得，她应该重视别人的意见！

　　他心里很是矛盾，却没有说什么，他已经没法表达出来了。

　　珍继续说不用理会，不用管，一切都与他们无干，不是吗？那么，只有一件事——说到这里，她的脸紧紧贴在了老佐里恩的膝头。他马上意识到，这一定不是一件简单的事情。她说，既然他打算在乡下买一套房子住，那么能不能——就算是为了疼爱自己——买下索密斯那一座位于罗宾山的别墅？那房子眼下已经建成了，漂亮极了，而且一直没有人住进去。住在那里，想必大家都会十分开心的！

　　听到这里，老佐里恩猜疑起来。他问珍，那个"有产者"——这是他近来对索密斯的称号——是不打算住进新房子里了？

　　"不会的，"珍说，"他不会的，我知道，他一定不会去住了！"

　　她怎么知道？

　　她没有说。但是她知道，她完全可以确定，他绝对不可能去住，因为事情有变。"我已经和索密斯分开了！""我还能去哪儿？"伊莲的话又在珍的脑海中响起。

对此，她并没有打算告诉老佐里恩。

只要祖父肯点头买下那一座房子，替菲力还掉那一小笔没道理的倒霉的烂账，便皆大欢喜了，对大家都是一件好事儿。

珍说完，将嘴唇贴上了老佐里恩的额头，用力亲吻着他。

然而，老佐里恩使劲摆脱了她的撒娇，一脸严肃，这是他公事公办时一贯的表情。他追问着，怀疑珍的话里隐藏着什么，难道她见过波辛尼？

珍回答："没有见到他，只是去了他的事务所。"

"他的事务所？你跟谁一块儿？"

珍镇静说："我自己去的，不管谁对谁错，既然他输了官司，我就要帮他，一定帮。"

老佐里恩不信，又问珍："你见过他吗？"那眼神一直盯着她，仿佛要看穿她的灵魂！

珍还是回答："没有见到他，他不在家，虽然等了很久，但没有等到。"

老佐里恩扭了一下身子，心里的石头终于落地了。珍也站起身来，低着脸望着他，她的模样是那般稚嫩、瘦小，然而却又是那么倔强。老佐里恩有些挣扎，甚至烦恼起来，眉头深深地皱着。然而，这一切也敌不过她脸上的那种表情。他觉得，自己简直像是从战场上败下阵来，那命运的缰绳已经从他手中滑落，他真是老了。

"唉！"老佐里恩说道，"你这样任着性子胡闹，照我看，总有一天要把自己搞得不知道该如何收场。"同时，他那向来奇怪的个人原则，又令他抱怨起来："从一出生，你便是这个样子，恐怕到老也要是这样。"

但是，自己在跟那些商人、董事会以及各种福尔赛、非福尔赛之流往来交涉时，不也是这样一意孤行吗？这样想着，老佐里恩看着一个倔强的孙女，心里有些担忧。他忽然觉得，眼前的珍也就像他自己的心意一样，完全也被自己看得高过一切。

　　他慢吞吞地问："你听说过那些流言吗？"

　　珍满脸通红。"我知道，也不知道，我不管！"她说着，顿了一下脚。

　　"我觉得，也许，"老佐里恩垂下眼皮，说，"他即便死了，你也会当他是你的！"沉默了好一会儿，他接着道："但若说买下那一座房子，可没你想的那般容易！"

　　珍说她很清楚，只要他打算买，就能买到，只要按照造价给钱就行。

　　"按造价！这个你一点都不清楚。我可不愿意去找索密斯，我决不会再跟那个家伙有任何来往的。"

　　"你不用跟他打任何交道，不用去找他，你可以直接去找詹姆士叔祖。就算你真的买不下这幢房子，那么，可不可以先帮他把赔偿费付了？我刚刚去看了才知道，他眼下非常窘困。这款子，你可以从我的一份中抵消掉！"

　　听完珍的话，老佐里恩眼睛眨了一下，道："啊哈，从你的一份中抵消掉！这主意妙极了！想想看，若是你没了钱，该怎么办？"

　　然而，珍所说的那个主意却让他大为心动，通过詹姆士将那座房子从他儿子之手买下来。他在福尔赛家的信息交易所中，没少听说关于这幢房子的好话，虽然也明知道有一些并不可靠。虽说是有些"过于艺术",然而,那座房子确实不赖。若是能够将那位"有产者"的心头之物夺去,也足以代表他战胜了詹姆士。另一方面,通过此举,他将完全帮助小佐重新成为一个有产者,恢复他的一切身家,让他的一切都稳定下来——对于那些曾经把他的儿子当穷鬼、下三烂看待的人,这是一记完美的复仇。

他一定要好好琢磨一番,好好琢磨一番!或者根本用不着琢磨。若要他拿出很大一笔钱去买那房子,他决计不干,但要是价钱尚可,没准儿他真会买下来!况且,他也委实知道,自己根本没法不答应珍。不过,他一点也没有形于声色,只是告诉她,自己要好好考虑一下。

8. 波辛尼死了

老佐里恩这个人从来都不会贸然行动。拿罗宾山那套华丽的房子来说,若不是珍对他表现出的脸色使他觉得,如果一天不将那套房子买下来,他就永远甭想过安稳日子,估计他会一直考虑下去的。

翌日吃早饭时,珍便问他,该什么时候为他准备马车。

"马车?"老佐里恩故作惊讶地问,"怎么?我又没有要出门!"

珍答道:"可是你要不早些出去,就无法在詹姆士叔祖进城前逮住他了。"

"詹姆士!你詹姆士叔祖怎么啦?"

"那座房子的事情呀!"珍回答说,听上去很可怜,简直让老佐里恩完全没有办法继续装腔作势下去。

"我还没想好呢！"他说。

"那快想想！快想想吧！爷爷，你快为了我好好想一想！"

接着，老佐里恩抢白道："为你想一想，我为你想的事情还少吗？不过，你自己怎么不为自己想想，你有没有想过，你就这样把自己搅到那里面去，到底算是怎么回事？好吧！你叫车子十点钟过来！"

十点一刻，他便已经将自己的雨伞挂在了公园巷詹姆士家的伞架上，然而，他并不太想摘下帽子、脱掉大衣。他跟瓦姆生说要见他家老爷，说完不待通报，便直接坐进了书房。

詹姆士正和索密斯——他在早饭前便来了——在饭厅里说事情，听到老佐里恩来了，慌忙道："奇怪，想不明白，他来干什么？"

随后，他站起身来，对索密斯嘱咐道："那么，你不要贸然地去做任何事情，现如今最重要的事情，就是查出她到底在哪里——假如是我的话，我会找斯帖纳①做这事情，这一家是最好的，如果连他们都找不到，估计谁也找不到了。"忽然，他心里莫名地产生了一种温情，小声地嘀咕着："真搞不懂，这个可怜的小女人，心里到底是怎么想的！"说完他搓了一下鼻子便出去了。

看到兄弟过来，老佐里恩连身子都没动一下，只是照着福尔赛的礼仪，伸手互相握了一下。

詹姆士靠着桌子，在另一张椅子上坐了下来，用手托着头。"你最近还好吗？"他说，"很久没看到你了啊！"

老佐里恩没有理会这些话，直接问道："爱米莉怎么样？"也没等他回答，接着说："我来找你是为了小波辛尼的事情。听说，他造

①斯帖纳：伦敦的一家私人侦探公司。

的那座房子完全成了鸡肋。"

"什么鸡肋，我不明白，"詹姆士说，"他输了官司，怕是要破产了。"

老佐里恩正等着这话呢，他接着说道："这是真的，如果他要是破产了，那一个'有产者'——便是索密斯——也要跟着破财了。当然，我觉得，要是他不想住在那儿——"

这时，他看见詹姆士一脸狐疑，赶紧说道："我不想知道什么，我只是觉得，伊莲一定不会同意搬过去的——当然，这跟我并无关系——我最近一直想在乡下买一座房子，尽量不要离伦敦太远，我是觉得这房子挺不错，我们可以谈谈，要是价钱还可以的话。"

詹姆士听完这些话，心情异常复杂。他半信半疑，又有些疑惑，也有些欣慰，随后转变成一种恐惧，谁能知道，这背后是不是藏着什么可怕的阴谋诡计？不过，以自己对长兄平时的了解，他是诚实守信的，而且见识非凡，如今也很值得自己信赖。不过，老佐里恩到底从别人那里听说了什么？又是怎么听的？詹姆士很想知道。不过，随后他又想到，如果老佐里恩这样急于要帮助波辛尼，估计他和珍两个人还是没有完全断绝关系。想着，詹姆士又觉得心中泛起了一点点希望。然而，他实在有些困惑。他既不愿意声张，也不想表态，便说："听他们说，你改了遗嘱，将遗产给了你的儿子。"

事实上，根本没有人告诉他这些，只是他曾看见老佐里恩和儿子、孙儿、孙女在一起，联想到他将遗嘱从福尔赛-布斯达律师事务取走，便推断出了这结论。很不妙，被他完全说中了。

"你是从哪儿听来的？！"老佐里恩问。

"我不怎么记得那个人的名字了——总之，是别人告诉我的。"詹姆士说，"索密斯在这座房子上花了很大一笔钱，如果价钱不妥，恐怕他不会卖给你。"

"嗯，"老佐里恩说，"我是绝不会拿一大笔钱去买的，他那样想就错了。他有这么多闲钱，但我没有。他可以试一下，看看公开拍卖，到底能卖多少钱。我听说，住得起那房子的人可真不多。"

这说中了詹姆的下怀，他回答："那确实是一座好人家的宅子，索密斯眼下就在这儿，你要不要跟他谈？"

"不必，"老佐里恩说，"还不是时候，他也许根本不想谈，也谈不出什么结果！"

詹姆士紧张起来。对丁商业往来中的实际数字，他很有把握，因为那样不会牵扯到人，只有事情。然而，眼下的这种谈判却让他很是慌乱，因为他完全不了解分寸。"那好，"他说，"我对此也一概不知，索密斯从来不跟我谈这些事情。我想，要是价钱上多出一点，他会愿意出手的。"

"哼！"老佐里恩说，"我可不用他给我什么便宜捡！"便怒气冲冲地戴上了帽子。

索密斯推门而入。

"有个警察正等在外面，"索密斯皮笑肉不笑地说，"找佐里恩大伯。"

老佐里恩怒视着他。詹姆士急忙道："警察？有他们什么事情？不过，也许你知道一些什么。"他诡异地看着老佐里恩："还是见见他吧！"

来到穿堂，詹姆士看见那位警长正呆站在那里，浮肿的眼眶中，一双淡蓝色的眼睛正盯着詹姆士从波特曼广场的玛甫洛加诺拍卖中得来的古典英式家具。

"警长请进，家兄就在里面。"詹姆士说。

警长恭敬地伸出几个手指头，碰了一下尖尖的帽子，随之走进书房。

詹姆士战战兢兢地看他进了书房。

"我们在这等等，"他跟索密斯说，"看看到底是发生了什么事情。你大伯今天过来，是跟我谈你那座房子的。"

他和索密斯一起回到了餐厅里，但是内心一直静不下来。

"他到底来做什么？"他自顾自地说起来。

"谁？"索密斯问，"那个警长？他们从斯丹赫普门那边将他送过来，我想，大概是佐里恩大伯家的那个'山基'做了偷儿，准是这样！"他虽然这样淡定地说，心里却总是觉得不安。

十分钟后，老佐里恩走了进来。

他一直走到餐桌前，默默地站在那里，使劲揪着自己的一把白胡子。詹姆士张大了嘴巴，有些惊讶地望向他，因为他从未见过长兄有过那样的神情。

老佐里恩抬起手，慢慢地说："小波辛尼死了，在雾里被马车撞死的。"

然后，他将头低下来，用他那一双深深凹下去的眼睛，望着他的兄弟和侄子："有——人——说——他是自杀。"

詹姆士嘴巴张得更大了："自杀！为什么自杀？"

老佐里恩突然狠声道："除了你跟你的儿子，别人谁知道？"

詹姆士没有应声。

对于一切年岁已高的人，甚至所有的福尔赛，每个人的人生都有他自己痛苦的经历。就像一个过路人，如果看见一个被习俗、财富和高档的大氅紧裹着的他们，绝对不会想到在他们的一生里也会有这样的阴影。对于那些年岁已高的人——就算是华尔特·本瑟姆爵士本人——自杀的念头至少也曾光临他心灵的客厅。它就站在那门口，等待机会进去，只是有时候被室内的一些偶然的现实，一些隐隐约约的恐惧，一些痛苦的希望给抵挡住了。对于一切的福尔赛来说，死亡对于财产的否定是最为残酷的。残酷啊！真是残酷！他们也许很难——或者永远——都不可能做到。然而，在某些时候，他们不是差点就做到了吗！

詹姆士也是这么想的！在纷乱的思绪中，他突然想起了什么，脱口而出："是啊！我昨天看报纸，读到一则消息：'大雾马车撞毙行人！'连名字都不知道！"他有些恍惚地看看老佐里恩，又看了看自己的儿子。直至现在，他都在本能地否定小波辛尼自杀的说话，他实在是不敢接受这种想法，否则，对他自己、他儿子，甚至每一个福尔赛，都是很不利的。他坚决地抗拒着；因为他骨子里一直就不由自主地排斥一切他无法放心大胆去接受的东西，他渐渐地克服了这种恐惧。应该只是巧合，一定是这样的！

老佐里恩打断了他的思绪。

"他是当场毙命的。尸体昨天一整天都摆在医院里，因为，他们找不到任何东西来证明他的身份。现在我就去医院，你和你儿子最好也一起来。"

没有人反对，于是老佐里恩带着他们出了饭厅。

这一天风和日丽，天气是再好不过。此前，老佐里恩从斯丹赫普门坐马车来公园巷的时候，车篷都是敞开的。那时，他坐在马车的软垫子上，靠在椅背上，抽着雪茄，在这样的好天气，看着街上车水马龙、人来人往，那可是非常惬意的——伦敦在经过一段时间的大雾或者阴雨天气后，头一日放晴的时候，街道上一般都会出现这种异常活跃的景象，简直就像巴黎风光一样。当然，他那时的心情也无比舒畅，简直是好几个月以来都没有的。珍的那段自白，早已被他忘得干干净净，他很快就能和自己的儿子——特别是和他的孙儿孙女——济济一堂了。并且，他已经事先跟小佐说好，今天上午要在什锦俱乐部谈这件事。而且，接下来还会跟詹姆士和他儿子就房子的问题来一场较量，他一定会大获全胜的。

但是，马车帐篷被重新撑了起来，街道上的景象，他再也无心欣赏了。而且，现在这副样子也不是很雅观——福尔赛家人居然跟一位警长同车。

在马车上，警长又谈起了死者的情况：

那天的雾并不是很大，车夫也说，当时那位先生一定来得及看开来的车子，但他好像是看准了车开过来，故意要撞上来似的。我们发现他的经济状况不是很好，我们在他房间找到当票和已经透支的存款簿，今天报纸上又刊登了这案子的消息。他用自己那双冷静的蓝眼睛，将在座的三位福尔赛全都看了一遍。

老佐里恩用眼角扫了一下，他的兄弟变了脸色，原本焦虑、深思的神情看起来更加深沉了。听完警长的话后，詹姆士所有的疑虑和恐惧又重新翻了起来。窘迫——当票——透支！这些字眼都是他一生中遥远的噩梦，现在，那个让他不能接受的自杀的说法，竟然变得十分的真实了。他看看儿子的眼睛，炯炯有神，整个人很冷静，没有任何声色变化，也没有望他一眼。冷眼旁观的老佐里恩，很快发现了这对父子达成了同盟，这让他不自觉地想起了自己的儿子，就因为他眼下不能站在自己身边，使得他在这次看望死者的搏斗中要以一敌二。还有珍，这件事一定不能牵涉到她。这些事情一直在老佐里恩的脑子里打转，他想，既然老詹姆士有儿子照应，自己叫小佐过来也未尝不可。

老佐里恩掏出名片袋，用铅笔写了几个字。

"见字速来，有马车接你。"

在下车时，他把名片交给车夫，让他以最快的速度送到什锦俱乐部去，假如看到佐里恩·福尔赛先生在的话，就把名片给他，立即接他过来。如果不在的话，就一直等他过来。

老佐里恩用伞柄撑着自己，跟着其他三个人一起慢慢走上台阶，时而停下来歇歇气。警长说："先生，请不要着急，这里就是太平间了。"

在那间四壁雪白的冷清清的房间里，除了有一线阳光照在了无灰尘的地板上，其他什么都没有。一个人躺在那里，身上简单地盖了一条被单。警长走过去，用那只强壮的手将被单掀了起来。三位福尔赛看见了一张闭上了眼的脸，从这张含有敌意的脸的两侧低头看去。此刻在他们每个人内心的各种私人的感情、恐惧以及本性具有的那种怜悯，糅合在一起，升起又落下，就如同人的一生起起伏伏一样。然而对于小波辛尼，他人生的这些起伏都被这四壁白墙狠狠地阻断了。对他们每个人而言，个人的性情，那种使他们与其他的人区分开来的细微之处，以及和别人有着天壤之别的奇特的生命源泉——决定了每个人的思想状况。他们每个人都那样站着，和别人好像隔得很远，但是又神奇地很接近，孤独地与死亡为伴，默默地低垂着眼睛。

警长在旁边轻声问："先生，你认识他吗？"

老佐里恩抬起头，点了点。看了看对面的兄弟——那个瘦长的人正望着死者发呆，一张脸红得发暗，还有一双紧张的灰眼睛。他又看了看站在父亲身边脸色苍白而默不作声的索密斯。当着这长卧不醒的惨白的死者的面，他对这父子俩的敌意不知何时已经变得烟消云散了。死——到底从哪里来？又是怎么来的呢？过去的所有一切忽然逆转过来，漫无目地向着另一个方向出发，然而又要去到哪里呢？生命的火焰在某一刻，突然变得悄无踪影！然而所有人都必须要通过这残酷的考验，而且，你会眼睁睁地勇敢地看着最后结局的到来。尽管他们都如蝼蚁般渺小，并且轻如鸿毛！就在这时老佐里恩的眼睛亮了一下，看见索密斯低声跟警长交谈了几句，然后就溜了出去。

詹姆士突然抬起头。他那红的发暗的脸上，带着一种疑虑、苦恼而恐惧的特殊神情，好像在说"我知道自己搞不赢你"。他用手帕擦了擦额头，弓着身子丧气而畏惧地朝死者望了一会，然后就转身走了出去。

老佐里恩死寂般站在那儿，注视着尸体。现在谁能看出他心里到底在想什么呢？是在想自着己的青春，彼时他的头发就像面前年轻的死者一样黄？还是在想着自己在早年间的那些奋斗——那一种他享受已久的然而对于眼前的这位年轻人来说，尚未来得及开始便已经宣告结束的奋斗？还是在想着他的孙女，她一切的美梦都化为乌有了？还是在想着另外那个离奇的女子，她的命运为何这样可悲？这结局如此沉痛，简直让人欲哭无泪，无从理会。公义焉在？或许对于人而言，它是不存在的，因为他们永远都处在那荒谬的黑暗里！

也许他又在那里胡思乱想起来，最好是摆脱这一切，就没什么事了！就像面前这个可怜的年轻人一样⋯⋯

这时，有人碰了碰他的肩膀。

眼泪突然就这样流了出来，睫毛都湿了。"小佐，这事情我解决不了，还是先回去吧。事情一完，你就来我那儿。"说完，老佐里恩便低头离开了。

小佐里恩守在了死者边上，就在这个横卧着的尸体周围，他好像看见了所有的福尔赛匍匐在地，艰难地喘息着，这个打击实在来得太快了。

在那每一出悲剧里蕴含着的各种动力——它们不顾一切、突破重重阻挠，通过那扑朔迷离的变化推向那讽刺性的结局——终于全部集合在了一起，融合在了一起，一声炸雷响起，将那个受害者扔了出来，将他身边的所有人统统炸翻在地。小佐里恩觉得，此刻他脑海里有一幅画面：所有人都躺在了这尸体的周围。

为了更好地了解这件事，他请警长将出事的经过讲给他听。警长好似是碰到了一个千载难逢的机会，尽可能详细地将事实经过又讲述了一遍。"但是，先生，"他又说，"这只是表面，事实可绝不会是这样子。我本人并不认为他是自杀的，也不能相信这就是偶然事件。我觉得他当时可能满腹心事，无法注意到后面开来的车子。也许，你能说出一些事情的真相。"

他从口袋里摸出了一个小包，放在了桌上，然后小心地将包打开了。里面有一个女人用过的手帕，折了起来，然后用一根已经褪色的镀金别针别着，上面原来镶着的宝石也已经掉了。小佐里恩闻到了一阵干紫罗兰的香味。

"这个小包是在死者贴胸的口袋发现的，"警长说，"不过，这条手帕上的名字已经被剪掉了。"

小佐里恩艰难地回答说："恐怕我没有办法可以帮你！"不过在他的眼前，清晰地浮现出一张他过去曾经见到过的脸。那时候，当她看到波辛尼的时候，整张脸都放出光彩，那么激动和开心！此时，他对她就如同对自己的女儿那样关心，比对任何福尔赛都要更关心——当他想到她那忧郁而温柔的眼神，还有那张娇弱和善的脸，也许还在那儿等待着死者。或许就是此时，她还在太阳底下静静地等待着他。

带着些许怅然离开医院后，他向父亲的房子走去，在路上一边不断地考虑着这个死亡事件将给福尔赛家族中造成的分裂后果。这个打击已经狠狠地击破了他们的防线，钻进了那棵福塞特大树的树髓里去了。或许它还会像以前一样枝繁叶茂，在全伦敦的眼里还保持着那美好的外在形象。但是，这个树干已经枯萎了，被那击毙波辛尼的同一道炸雷给击毁了。现在，那些小树苗将代替它，每一棵小树都将成为新的财产守卫者。多么好的一片树林啊，这个福尔赛家族！这可是我们国土上最优秀的木材啊——小佐里恩心里这样想着。

关于小波辛尼真正的死亡原因——他的族人肯定会不遗余力地否定自杀这猜测。他们会将他的死亡归结为是一场意外事件，是命运的报复。在他们的心里，他们甚至会觉得这就是命，是上天的惩罚，波辛尼不是威胁到他们最宝贝的财产——钱包和家庭——了吗？所以他们谈论的就是"小波辛尼的不幸事件"。不过他们没人愿意谈，不谈会更好些！

而他自己，觉得那个车夫的话没有任何的价值。因为一个正处于热恋中的人，绝对不可能为了钱而去自杀，而且短暂的经济困难，也不能让波辛尼这样的人觉得受不了。于是，他在也在心里否定了自杀的猜测，因为在他的心中，死者的那张脸他看得实在是清清楚楚。波辛尼就在青春的顶峰直接戛然逝去，狂奔的热情被一个意外事故彻底浇灭了——在小佐里恩眼里，这样的假设只会使人更为波辛尼的不幸而感慨。

老佐里恩一个人在斯丹赫普门的饭厅里坐着，当儿子进来的时候，他坐在大圈椅里，神态很是疲惫，他的眼睛注视着墙上挂的一些静物画以及那副名画《荷兰渔船夕照》——仔细一看，就像是在回顾自己的一生，以及将自己一生的那些希望、收获、成就都一一过目一遍。

"啊！小佐！"他说，"是你来了？我已经把这件事告诉了可怜的珍。但是事情还没完，她非要去索密斯家。我想说，一想起来，我心里就很不好受，我自己留在家里，一个人孤零零的。"他举着一只青筋毕露的手，用力紧紧攥着。

9. 伊莲回家了

留下詹姆士和老佐里恩待在太平间里，索密斯在街道上漫无目的地走着。

波辛尼的死将一切都打乱了。以前，他会觉得多浪费一分钟就会焦躁不安，现在不会了。在波辛尼的验尸报告出来之前，自己妻子逃走的事情也不敢跟任何人提起。

那天早晨，他起得格外早，邮差刚送来第一批信件，他便紧接着把它们取了出来。虽然还是没有伊莲的信，但他趁机告诉比尔森，说女主人去海边了，而且还说，他自己过几天也可能去，大约从周六住到下周一。这样，他就给自己争取了周旋的时间，在这其间，他可以把伊莲找回来。

可是现在波辛尼的死——可说是一桩离奇的事件，一想起这个，就像有一块烙铁炙烤自己心口一样，就像在自己的心口刮走一块肉一样——让他暂时无法采取任何的行动，他觉得这一天肯定不好过，所以他在街上游来荡去，看着街上那一张张迎面走来的被各种焦虑所困扰着的脸。当自己在瞎逛的时候，他想起了那个终结了自己游荡的、虎视眈眈的人，以后他再也无法骚扰他的家庭了。

下午的时候，他看见死者的姓名已经在张贴出来的报纸上公布了，于是就买下那份报纸看看是怎么说的。如果可以的话，他现在真的想把他们的嘴都缝起来。他去了城里，和包尔特交谈了很久。

回家途中，那时大约下午四点半，他经过乔伯生拍卖行门口时，遇到了乔治·福尔赛。乔治拿了一份当天的报纸给索密斯，说：

"你看看，你看到那个倒霉的'海盗'的消息了吗？"

索密斯冷冷答道："看到了。"

乔治瞧了他一眼。他一直都不怎么喜欢索密斯，现在他更认为波辛尼就是被他给逼死的。是索密斯毁了他——他用一场关于财产的官司，逼得'海盗'走投无路，才会发生那天下午的那个不幸。

"那个可怜的倒霉鬼，"他在想，"心里又开始充满对索密斯嫉妒和恨意，以至于在那该死的大雾里，竟然一点也没有听到公共马车驶来的声音。"

乔治下了一个判决：是索密斯毁了波辛尼。

"报纸上说他是自杀，"他终于说道，"不过这样说根本就站不住脚。"

"是个意外事件吧。"索密斯摇摇头说。

乔治拿过报纸，用手狠狠紧勒着，最后把它塞在口袋里。在临走之前，他还是忍不住将了索密斯一军。

"伙计！家里过得都还好吧？是不是快有小索密斯了？"

索密斯的脸突然白得如同乔伯生拍卖行的台阶。他张开嘴，好像要咬人似的，然后匆匆地从乔治身边掠过。

到家后，索密斯用钥匙打开门，走进了光线暗淡的穿堂，一眼就看到妻子的那把镶金阳伞摆在地毯柜上。他赶忙扔下皮大衣，来到客厅。

天色已晚，屋里的窗帘已经拉了起来，炉子里的柴火烧得很旺。他就着火光，看见伊莲正坐在她平时坐的长沙发的角上。他轻轻地关上门后，朝她走了过去，她好像没看见他一样，坐在那里一动不动。

"你终于回来了，"他说，"怎么就这样坐着，黑漆漆的。"

随后，他望向她的脸，她的脸苍白得有些吓人，没一点表情，就好像所有的血液都凝固了一般。她的眼睛睁得大大的，就像是一只猫头鹰惊被吓坏了。

她就那样靠在沙发上，身上紧裹着皮大衣，看起来好似一只被捉住的猫头鹰，裹紧了自己的羽毛，然后抵着笼子的铁丝网。她原来那婀娜多姿的身材也不见了，就像经过了几天残酷的体力消耗之后，整个人都累垮了一样。又好像她美不美丽已经不重要了，也不需要什么婀娜多姿的身材了。

他又说了一句："你回来了。"

她一直没有开口说话，连头都没有抬一下，炉子的火光在她的身影上跳来跳去。

她突然想要站起身来，又被他给拦住了。这时，他突然明白了，现在她就像是一只受了重伤的濒临死亡的野兽，不知道自己在做什么，也不知道自己要上哪里去，于是她回到了这里。不过只要能够看到她的模样，看到她蜷缩在皮大衣里，就足够了。

这时他才真正了解了一些事情，波辛尼是她的情人。或许，她也是在街上看到了波辛尼死亡的新闻，就像自己那样，在一个风呼呼刮着的街头买了一份报纸才得知的。

所以，今天她是自己主动回来的，回到她一直想要挣脱出去的笼子。他把整件事情的一些重要的节点在脑子里过了一遍，突然他真的想大声地喊出来："带着你那可恨的身体，还有那残忍又温柔的脸庞，在我将它们砸烂之前，赶紧滚出去，我不想再看见你！"

但他没有真的喊出来，可是，他却看见她起身离开了——如同一个身在噩梦中的女子一样，想努力挣扎着恢复清醒——离开这里，去外边漆黑的夜晚。她的心里根本就没有他的存在，一点都不曾想过他。

随即他喊了出来："坐在那里，不要动！"这话跟他心里刚刚想的截然相反。于是，她转过身，坐在了火炉另一边自己经常坐的那张椅子上。

两个人就这样默默地坐着。

索密斯心想："这都是什么事情？为什么要让我来承受这样的痛苦？我做错了什么啊？这可不是我的错啊！"

而她就蜷缩在那里，像一只被打中的奄奄一息的鸟儿，苟延残喘，只有出气没有进气。那双令人怜惜的眼睛，也呆呆地望着这个打中她的人，然而神情呆滞，目光空洞，好像根本没看见你一样，又像在跟生命中一切美好的东西，阳光、空气、水、情人，——作别。

两个人就这样各自坐在火炉的两头，沉默着。

火炉里烧着的杉木冒着烟，这是一种原本他很喜欢的香味，然而，现在他却一刻都不能忍受下去了，感觉自己的喉咙被掐住了一样。他穿过过道，帽子也没戴，也没有穿大衣，就这样将大门打开，贪婪地呼吸着外边涌进来的冷空气，然后跑到了广场上。

花园的栏杆上有一只半饿着肚子的野猫向他靠了过来，然而，索密斯现在内心想着："真的很难受啊！这样的痛苦何时会结束？"

在对面街上的一家人门口，他的一个熟人鲁特正在擦着皮鞋，脸上的神情就好像在告诉别人，"我是这里的主人"。索密斯继续向前走去。

远处教堂的钟声——他和伊莲结婚的那间教堂——穿过冷冽的空气，传了过来，那是为了迎接基督的降生在排练着，那些声音将车来人往的声音全都淹没了。他在想自己或许该去喝一杯烈酒，也许能够使自己平息下来，就这样顺其自然算了，要么就把自己彻底地激怒。只有自己才能解救自己，只有自己才能从这种有生以来第一次狠狠折磨自己的情绪中挣脱出来。

只要他能接受这种想法：跟她离婚吧，把她从家里赶出去，她已经将你忘却了，那就彻底忘掉她吧！只要他可以接受这种思想：其实她已经够痛苦了——就放她走吧。只要他可以接受这种欲望：让她做你的奴隶——她注定就是任你摆布的！只要他也能接受这种突然的感悟：这所有的一切又算得了什么？或许只要他能这样忘掉自我，忘掉自己现在的行为，忘掉不管发生什么事，牺牲都是在所难免的。

他只要凭着自己的本能去做就行了！

但是他什么都不能忘记，不管是思想、欲望或者感悟，他都接受不了。因为这件事情非常严重，是与他切身相关的，就像是一个无法冲破的牢笼。

在广场的另一边，报贩的叫喊声和教堂的钟声汇成一片，听起来却是那么刺耳，令人浑身不自在。

索密斯用手捂着自己的耳朵，突然他的脑海中生出一种念头：如果那天下午被撞死的不是波辛尼而是他自己，那么，她还会不会这么伤心，会不会还像现在这样蜷缩在角落里神情呆滞，就像被枪打中的鸟儿一般……

突然感到有什么东西碰到了他的腿，原来是那只猫碰到了他。索密斯突然从心底发出一声呜咽，让他浑身战栗了一下。呜咽过后，黑暗又恢复了一片死寂，身边那些房子好像在凝视着他，而每一所房子里都有它的主人和它的女主人，还有它的快乐或悲伤的一些秘密。

他突然望见自己家的大门敞开着，有一个男子的身影在穿堂的火光里闪现，背对着他站着。于是他心里大惊，轻轻地踮着脚走了过去。

他已经能看见自己扔在橡木椅子上的皮大衣，看到了墙上的波斯地毯、银碗和一排排瓷盆，还有那个站在门口的陌生人。

他厉声道："先生，你有事吗？"

那人转过身来了，竟然是小佐里恩。"我看大门是打开着的，"他说，"我是来给你太太带个信，能不能占用你太太一分钟？"

索密斯斜着眼看了下他，眼光中充满了陌生。他很坚决地说："我妻子什么人都不会见的。"

"我不会耽搁她超过两分钟的。"小佐里恩和气地说。

索密斯迅速地从他前面闪过去，挡在了门前。他又说："她不见任何人！"

看到小佐里恩注视着身后的穿堂方向，索密斯转过身来。伊莲这时来到了客厅的门口。她的眼睛睁得大大的，满脸的焦灼，嘴唇微张着，两只手都伸了出来。当她看到是这两个人的时候，脸上的光彩瞬间消失了，手也垂落在腰间，就像石头一样站在那里。

索密斯转过身来，刚好和小佐里恩四目相对，他看见来人眼睛里的那种神情，不由得发出大声的吼叫。等嘴唇合拢时，竟有了些许淡淡的笑意。"这是我的屋子，"他说，"我的事情不需要别人过问，我跟你说了，再郑重地说一遍给你听，我们不见客。"

他当着小佐里恩的面，"砰"的一声把门甩上了。

插曲 残夏

夏之寓期何其短暂。

——莎士比亚《我可否将你比作一个夏日》

1

九十年代初。这是五月的最后一天，大概下午六点钟，老佐里恩·福尔赛坐在位于罗宾山的他自己的房子走廊前的橡树底下，欣赏这美丽的傍晚风光。这么美的景色，在蚊虫飞来叮咬他之前，他都不会轻易错过。他的手又瘦又黄，青筋暴起，指甲也长得很长——其中有一只，是他从维多利亚时代早期就留着的，不仅擦了油，还修得很尖，碰什么东西都不用它，彼时的风气便是如此，这样才有派头——此时正捏着一截雪茄尾巴。为了遮挡夕阳的光线，他戴着一顶巴拿马草帽，又旧又黄的。帽子底下是他圆大的前额，胡子雪白，双颊瘦削，下巴又长又瘦。他架起自己的大腿，看上去十分悠闲，而且十分文雅——他虽然已经老了，但是每天早上他都会往自己的丝绸手绢上洒花露水。一只棕白色的杂毛狗躺在他脚下，它被看作是朋玛兰种，这就是小狗伯沙撒。随着这么多年的慢慢相处，它和老乔佐里恩的关系，已经从最开始的充满敌意变成了现在的亲密无间。离他椅子最近的是一个秋千架，上面放着好儿的玩具，一个名叫笨蛋·爱丽丝的布偶，它的身子奄拉在自己的大腿上，而鼻子则惨兮兮地触着自己的黑裙子。不过不管它怎么坐着都没关系，因为它一直都被人欺负着。橡树下面的草地地势逐渐降低，慢慢形成了一个斜坡，一直延伸到了那片凤尾草花圃。再过去就是地势更低的田野，一直到那座池塘和那片小树林，那里的景色，连史悦辛都曾赞叹"真的是不赖"。史悦辛五年前跟伊莲来这里看房子的时候，也是坐在这棵橡树下面，欣赏到的也是这片景色。老佐里恩以前就听说过自己兄弟的那次壮举，那次出城，在福尔赛家族的信息交易所可是出了名的。悲哀的是，史悦辛这家伙在去年十一月就撒手人寰了，只活了七十九岁。安姑太去世的时候，所有的人都在想这样一个问题，福尔赛家的人可不可以永远不死？现在，史悦辛也死了，再一次勾起了大家的这一问题。唉，又一个人死了，现在只剩下老佐里恩、詹姆士、罗杰、尼古拉、佃摩西、裘丽、海斯特！老佐里恩想："我八十五岁了，除了偶尔感受到有些疼痛之外，我一点儿都不觉得自己已经老了。"

他继续想着一些过去的事情。自从三年前买下索密斯这套房子之后，他就在这里住了下来，并没有觉得自己已经年迈。这里远离了伦敦的喧嚣和福尔赛家族信息交易所里那些嘈杂的声音，他跟儿子、珍以及小佐里恩后妻生的好儿和佐儿——一起住在乡下，不用去开董事会，不用工作，整日闲逸清静。很多的时间都用来布置这套房子和那二十顷地，让它们变得更好，更完美，或是陪着自己的好儿和佐儿玩，就这样打发着时间。此前为珍、索密斯、伊莲和小波辛尼等人郁积起来的忧愁，经历了这么久的时间，早就消失不见了。就连珍也摆脱了那段时间那些事情的折磨，已经陪着她父亲和继母去西班牙旅行去了。因为他们的离开，日子更加的安静、悠闲，但是有些冷清，因为儿子不在他的身边。和小佐在一起的这些日子，他觉得很开心、很安慰。小佐人很温和，在老佐里恩心里，小佐几乎是完美的。对于女子，除了那些能够让你着迷的女子，其他的不论再好，都会令他感到厌烦，这种厌烦是没有任何原因的。

一只布谷鸟的声音从远处传了过来，田野边上那第一棵榆树上，还有一只斑鸠正在愉快地唱着歌。白菀花和黄毛茛在除过草之后，长得越来越快了。西南风轻轻吹拂，带来了新鲜的空气，就像甘露一般甜美。老佐里恩把帽子向后推了推，将自己的脸暴露在阳光底下。不知道为什么，他在今天这个时候非常想有一个伴儿，且只要那个伴儿有一张美丽的面容就好了。世人都觉得老年人好像什么都不需要一样。老佐里恩想："人的需求是无穷无尽的！"这种非福尔赛哲学又一次侵入了他的灵魂，主导了他的思想。"虽然已经是一只脚迈进棺材的人了，但是还是会有需要的，这一点是完全不觉得奇怪的。"在这个宁静的乡下，一点都不会受到外在俗事的压迫。他的孙子、孙女，他自己这个小王国的花草、树木、鸟儿，还有天上的日月星辰，无时无刻不在对他大叫着，"芝麻开门"。门的确被打开了，但是他不知道这个门被打开了多大。虽然已经感受到了世人口中的自然，但是他还是坚持着自己的看法：风景是风景，夕阳是夕阳。他的感受十分虔诚，就像一个教徒那样，固有的现实的看法即使再令他感动，他也坚持习惯性地那么认为。不过，过了一段时间这样的生活，他对这种滋味有所领会，自然确实有一种能够撼动人心的力量。白天慢慢长了，他每天都和好儿挽着手四处闲逛，小狗伯沙撒一直跑在他们的前面。它总是左嗅嗅，右嗅嗅，专注地找那些它一直找不到的东西。他们在一起看玫瑰花开，看墙头上结着的累累硕果，看阳光在橡树叶子和小树林里的幼苗上闪耀，看映着光的睡莲叶慢慢舒展开来，看阿尔得尼乳牛甩着它们蓬松的尾巴悠闲地吃着青草，听椋鸟和云雀在树上尽情地歌唱。这些日子，安静而明媚。他深深地爱着这种晴朗的日子，慢慢地感受一切，每一天都能体会到一些不同寻常的感觉。而且，在冥冥之中，他也意识到自己可能没有多少时间能够体会到这种情感了。想到会有那么一天——也许五年，也许十年，那时候他可能还有没耗尽的精力，还爱着这一切，但是想到突然某一天眼前所有的一切就会被夺走，他便觉得十分不公平，这就像一道乌云，戛然停在了他的人生天边上。哪怕今生之后真的还有来世，他也不喜欢，总不如罗宾山这美丽的花儿、鸟儿和脸蛋让他感到亲切和舒服。即便是现在，眼前的东西对他来说，也实在是太少了。

　　时间一年一年地过去，人也渐渐老了，他对那些虚伪的事情越来越讨厌了。就在六十年代的时候，他还会摆出一副道貌岸然的样子，就像以前他蓄起边须是为了炫耀一样，但他现在早已经不再干那样的事情了。现在只有美、正直的行为和财产意识，才会让他觉得是值得尊敬的。但是目前，在这些东西里他觉得最伟大的还是美。老佐里恩的兴趣一直很广泛，虽然现在的他还是看《泰晤士报》，但是不管什么时候只要听见一声鸟叫，他就会将报纸放到一边去。正直的行为和财产这些东西，不知道从什么时候开始，让他觉得厌倦了。但是山鸟和夕阳却从来没有让他有这种感觉，他只是在心里有一点不舒服，觉得这些永远都听不厌、看不烦，但是他却没有那么多时间去听、去看了。他看着眼前静谧的黄昏和草地上金黄的小花，心里顿时觉得，这种天气和《俄耳浦斯与欧律狄刻》[①]里面的音乐一样，那是他前不久在考文特花园[②]歌剧院听到的。那是一出好歌剧，不像迈耶贝尔[③]，也不怎么像莫扎特，但是又有他们作品的味道，或许比他们的还要可爱些。带点古典音乐和黄金时代的感觉，质朴而厚重。还有那个拉福吉里，能给他的最高的评价就是"和当年一模一样"。俄耳浦斯苦苦地爱着他那沦入冥府的美人。就像是人世间的爱和美丽应有的结局那样——那种嘹亮的歌声里飘荡着的思念，也在今天傍晚这美丽景色里动荡着。老佐里恩脚下穿着一双有软木后跟、两边带松紧的长靴，不知怎的他突然用脚尖将伯沙撒给踢醒了。然后又找起狗蝇来，虽然它身上没有狗蝇，但是他却一直不死心。找了一会后，它将挠过的地方在老佐里恩的小腿上蹭了蹭，然后又将下巴靠在了那双踢它的靴子上，就这么趴了下来。

突然，一张脸出现在老佐里恩的脑子里——那是在三个星期以前，他见过伊莲，就在歌剧院里。她是自己那个混蛋侄子——有产者——索密斯的妻子。自从她参加过一次在斯丹赫普门那所老房子里举办的茶会——那是为了庆祝自己的孙女和小波辛尼举行订婚礼——之后，他就没有再见过她。即使是这样，老佐里恩确信自己再见到她还是能够一眼认出来，因为伊莲是个美丽的女子，而他一直很欣赏她。她后来成了小波辛尼的情妇，因此招来了很多非议。

①《俄耳浦斯与欧律狄刻》：德国作曲家格鲁克（1714—1787年）所创作的一部歌剧，讲的是希腊神话中的歌手俄耳浦斯下到冥府寻找亡妻欧律狄刻的故事，最末一节为"痛失吾爱"。
②考文特花园：位于伦敦西区，建于18世纪，原为一座罗马风格的果蔬市场，后改为时尚街区。
③迈耶贝尔：1791—1864年，德国作曲家，领创了19世纪法国大歌剧的典范。

听说小波辛尼死后，她就离开了索密斯。但是她到底去了哪里，过得怎么样，没有人知道。那次是他这三年来第一次见到她——她坐在前排——虽然只是侧面，但是他认出了她，至少证明她还活着。但之后，小佐告诉了他一件事，听完后他觉得很不开心。他想，小佐大概是听乔治·福尔赛说的。小佐说，波辛尼被撞死那天下午，乔治在大雾里看见了他，据说索密斯对自己的妻子做了些十分恐怖的事。所以，从这里可以看出波辛尼当时是很痛苦的，以至于出了那样的事情。小佐也曾看到她——在得知波辛尼死讯的那天下午——有片刻的时间，她看上去"既疯狂又有点凄惨"。小佐形容伊莲那句话，始终回响在他的脑子里。第二天，珍强忍着自己内心的悲痛去看她。当她去的时候，女用人哭着向她说，在那天晚上女主人就跑出去了，然后就消失了。可以看出，这整件事就是一场悲剧。还有一件事是肯定的，索密斯再也不能够碰她了。因为索密斯现在搬到白里登去住了，来回地折腾着——真是活该，这个有产者！当老佐里恩开始厌恶一个人的时候——就像他现在厌恶他侄儿那样——就会一直厌恶下去，老佐里恩还记得当他听到伊莲失踪的消息，心里其实是很舒服的。头一天小佐能看到她，一定是因为她得知了"建筑师波辛尼惨死"的消息，一时糊里糊涂地跑回了家。这和某些野兽一样，受伤了之后脑子里只有一件事，那就是回到巢穴中去。可以想象，当她回到了那个房子——那个牢笼一样的家里的时候，是怎样的光景。天啊，光想想就让人觉得受不了。那天晚上在歌剧院看见她，让他非常惊讶——因为那张脸比自己记忆中的更漂亮了。可是那张脸上没有任何表情，就像是带了张面具一样，所有的感情都被她藏到了面具后面。她现在还很年轻，也就二十八岁吧。唉！唉！也许她现在已经有了新的情人，但是一想到他们这里的一个礼节——因为结了婚的女子是不应该再恋爱的，就算是一次也已经太多了——他就有些不舒服。老佐里恩的脚抬了起来，伯沙撒的头也跟着被抬了起来。这只聪明的小狗爬起来看着老佐里恩的脸，仿佛在问："要散步了吗？"老佐里恩则回答道："要一起去吗，老东西！"

　　和平时一样，老佐里恩带着小狗，缓缓地穿过那片草地，草地上白菀花和黄毛茛星星点点地开着。走进凤尾草圃的时候，凤尾草还没有长出多少。不过这块地选得很有意思，从这片草地开始，地势逐渐变低，穿过了凤尾草花圃之后，地势又逐渐变得和对面的草地一样。草地参差不齐，在园林布局上就需要匠心独运。小狗伯沙撒很喜欢这一带的石头和泥土，在运气好的时候它还能在这里找到一只田鼠。老佐里恩故意从这里走过去，因为现在这里还不好看，但是不久之后这里就会长得很好看。他总是想："等有空的时候，就把瓦尔找过来看看，他比毕基要强。"因为打理花草也和修建房屋、治疗疾病一样，需要最拿手的专业人才。这里有很多的螺蛳，如果他和孙儿、孙女一起来的话，他就会指着其中一只螺蛳对他们讲那个小男孩的故事。小男孩问妈妈："妈妈，李子长脚吗？""孩子，李子不长脚的。""啊呀，妈妈，那我难道是将一只螺蛳给吞了下去？"这时候，这两个小孩踮着脚跳了一下，紧紧抓着他的手，想象着那只被吞下去的螺蛳沿着小男孩的"红食管"爬了下去，他的眼睛就会眨巴着笑了起来。走出凤尾草圃后，他将那扇柴门拉开，从这里正好可以通往第一块田野。在一块跟公园差不多大的地方，划出了一处来当菜园，并且用红砖砌了墙围了起来。老佐里恩觉得情调不对，于是避开了这里，下了山走向了小池子。伯沙撒知道在这里能找到几只水耗子，于是很欢快地跑在前面。虽然它已经是一只半老的狗了，但是因为对这里很熟，所以还是跑得挺快。来到了池子边上，老佐里恩在池边站了一会，看见又有一朵睡莲开了。明天带好儿来的时候，他要指给她看，不过得等他的"小心肝"胃不难受了以后才可以。午餐时她吃了一个西红柿，就发病了，小肠胃太嫩了。佐儿已经开始去上学了，现在才第一个学期，只有好儿几乎可以天天跟他在一起。这两天她不在，显得很是冷清。最近他觉得自己左肋下面经常隐隐作痛，让自己很不舒服。老佐里恩回头看了看这座小山，小波辛尼把这所房子造得确实很不错。如果他还活着的话，现在一定会混得很好。现在，他去哪儿了呢？也许他的灵魂就一直飘荡在这里不肯离去，这是他最后的手笔，也是他爱情悲剧发生的地方。菲利普·波辛尼的精神是不是已经融入了这一切呢？谁知道！那只小狗弄得自己满腿都是泥。老佐里恩继续向小树林走去。前段时间，这里的风信子开了，一大片一大片的，特别美。他想在那些缺少光照的地方，肯定会有些风信子没有谢。它们开在树林中间，就像一块块蓝天落在了地上。他朝着一大片风信子盛开的地方走去，经过一排排的牛房和鸡舍，从一条小路走进了茂密的树林深处。伯沙撒呜呜地叫了几声之后，又跑在了老佐里恩的前面。突然小狗在他前进的路上停了下来，老佐里恩踢了它一下，可它不动，脊背正中的茸毛慢慢地耸了起来。不知道是因为在树林里，还是因为听到了狗叫、看见狗毛竖了起来，老佐里恩觉得十分惊悚。前面的小路拐了个弯，一段枯树横在那里，上面长满了苔藓。一个女子坐在上面，看不到她的脸。老佐里恩正在想："有人擅入我的园地——看来得竖起一块木牌子。"就在这时，那张脸转了过来。天啊，竟然是她——就是前不久他在歌剧院见到过的——就是他刚刚想的那个女子！在迷惘的一刹那，他眼前的所有东西都变得模糊起来，就好像看见一个幽灵一样——真是奇怪呀！也许是阳光斜斜地打在她那套淡灰色的衣服上的缘故！她站了起来，头微微偏向了一边，在那里微笑着。老佐里恩心想："真是个美丽的女子啊！"两个人都没有说话，等他明白她为什么会来这里的时候，不由得对她佩服起来。她来这里无疑是来缅怀往事的，所以倒也不要拿什么庸俗的解释为自己掩饰。

"不要让小狗碰到你的衣服，它的腿刚才沾上了泥。"他说，"你快来我这边。"不过小狗伯沙撒好似没听见他的话，向着伊莲跑了过去，她伸手拍了拍它的头。

老佐里恩又赶快道："那天晚上在歌剧院我看到你了，不过你没有看到我。"

"哦！其实我也看见你了。"

老佐里恩觉得伊莲这句话里有奉承的意思，虽然不易察觉。她应该是还有一句话没有说出来："你以为我没有看见你一个人？"

"他们一起去西班牙旅游了，"老佐里恩突然说，"我一个在家，所以就进城去听歌剧。那个拉福吉里的嗓子仍然不错。你看到前面那些牛房了吗？"

在这样有着神秘气氛的场景之中，他几乎本能地向着那片产业走去，伊莲则跟他并排走着。她身着淡紫灰的衣裳，腰肢轻摇，十分妩媚，和时下最美丽的法国女子一样漂亮。他还注意到，她金黄色的头发已经有了几根银丝，但是配上她那双栗褐色的眼睛和乳黄色的脸，就显得十分特别。突然她用她丝绒般的褐色的眸子瞥了他一眼，他心动了。这一瞥就好像来自一个很远的地方，就像是来自另外一个世界，至少不是生活在现在这个世界里的人。他木然地说：

"你如今住在哪里？"

"我在切尔西区租了一个小公寓。"

他不想知道她是怎样生活的，也不想知道关于她的任何事情。但是，还是顺口说出了那句话："一个人吗？"

伊莲点了点头，如此一来，他总算放心了。他脑子突然灵光一闪，如果不是造物弄人，她或许就是这片树林的女主人了，也许，现在要由她带着自己去看牛房。

"这些全是阿尔德尼乳牛，所挤出来的奶是最好的。"他说，"看吧，老来娇，它可是一个美人儿。"

那只被唤作"老来娇"的奶牛，眼睛和伊莲一样的柔和，一样的褐黄。因为刚被挤过奶，所以它一动不动地站在那儿。它的两只眼睛发亮，温和而嘲讽地打量着面前的两个人，口涎从它灰色的嘴里流出，慢慢滴到了牛房的干草上。牛房里的光线很暗，不过很凉爽，干草、香草和阿莫尼亚的气味隐隐地传了过来。

老佐里恩说："你今晚一定要去我那儿吃饭，吃完饭后我派马车送你。"

他看出她内心有些挣扎，当然也许是有太多感触的缘故，这也很正常。可是他想让她跟自己做伴，她那美丽的脸庞，苗条的身材，真是一位美丽的人儿！而他呢，整整一下午都是一个人。也许是发现了他眼睛里的苦恼神情，她回答说："佐里恩大伯，谢谢您的邀请，我很荣幸。"

老佐里恩兴奋地搓着手，说："那可真是太好了，咱们现在就上去吧。"

两个人从那片田野走了上去，还是伯沙撒跑在前面。这时候，太阳正好平照在他们的脸上，老佐里恩不仅看到了伊莲少许的白发，还在她的脸上看到几道皱纹。但是，他觉得这让伊莲更美了，就像空谷幽兰一样，有一种孤洁的味道体现在她的身上。"我要把她从走廊带进去。"他想，"不能把她当作普通的客人。"

他问："你每天都在做些什么呢？"

"教音乐，另外还有一点乐子。"

"工作！"老佐里恩一边说，一边将秋千上的玩偶拿了起来，顺道帮它整理了一下黑色短裙。"什么都比不上，不是吗？我现在已经上了年纪，什么都不做了。你说的是什么乐子？"

"尽可能地帮助那些不幸的女人。"

老佐里恩一开始不明白，跟着嘀咕了一句："不幸？"接着就明白了。原来，她的意思，就只是偶然间才会想到，就是帮助伦敦的那些妓女。这是多么不可思议而吓人的乐子啊！但是好奇心占据了天生的畏惧，他问："为什么？你怎么帮助她们？"

"没有什么原因，我没有钱给她们。只是同情她们，有时候送给她们一点食物。"

老佐里恩急忙道："你如何发现她们？"同时，他的手不由自主地去摸自己的钱袋。

"去福利医院找的。"

"福利医院，哦！"

"这些人让我觉得很难受，她们从前也都非常漂亮。"

老佐里恩把手里的玩偶放平："漂亮！啊，是的，这很可怜！"然后，他就向房子里走去。他跟她一起掀开没有卷起的遮阳帘，领着她从落地窗进去，来到他读书的屋子。在这间屋子里，他有时看《泰晤士报》，有时看《农业期刊》——那里面放大的甜菜插图，刚好可以拿来给好儿当图画临摹本。

"晚餐还有半个钟头的时间，你要不要去洗手，我带你去珍的屋子里看看。"

他发现伊莲急切地看着这里的一切，她想知道，从她上一次跟丈夫、情人，或丈夫和情人来过之后，这里到底变了多少。他不知道，也没有办法说明，这一切都是秘密，他也不愿意知道。但是，这里的变化很大。走在厅堂里，他说："你知道的，我儿子小佐是个画家。他很会布置，虽然我并不喜欢这些，但还是让他去做。"

她一动不动地站在那里，望着厅堂和音乐室。在那扇巨大的天窗下面，厅堂和音乐室已经融为了一体。老佐里恩看着她，觉得十分古怪，难道，她打算从这两间珠灰和银色的屋子里的阴影中唤起什么幽灵？他自己很想用金色来装点这里，觉得生动而实在。不过小佐以法国人的眼光，把这两间房子装饰成了这副模样，只是偶尔在某一处点缀一点蓝色和红色，给人一种虚无缥缈的感觉，就像这家伙自己每天抽烟时喷的烟气一样。这不是他的想法，他原想将自己那些带金框的静物画或者更安静的图画挂在这里的。以前，这些可都是他眼里的宝贝，那时候买画就讲究数量多。可现在它们都去哪儿了呢？随随便便一个价就将它们全部卖掉了。在所有的福尔赛家人中，他是唯一能随时代变化而改变的人，正因为如此，所以他才会逼着自己将这些画全部都卖掉了。不过有一幅画他倒是一直留着——《荷兰渔船夕照》，就挂在他的书房里。

他带着她走上楼梯，老佐里恩走得很慢，因为他的左肋下面有些疼痛。

"这里是浴室和盥洗室，"他一一给她介绍，"我将它们都铺上了瓷砖。孩子们的房间，则在另一边。这是小佐和他妻子的卧室，两间是全通的。但是，我想你应该还记得——"

伊莲点了点头，然后他们又接着往前走，之后就走进了一间大房间，房内有一张小床和几面窗户。

"这里就是我的房间了。"他说。房间的里墙上挂满了孩子们的水彩画和照片。他迟疑了一会儿，然后接着道："这些画都是小佐画的。从这里望出去景色很好，天气好的时候，还能望得见爱普索姆跑马场的大看台。"

这时候，太阳已经落了下去，屋后的草原上起了一层明亮的暮霭，这是一个吉祥的日子残留下来的。很少能在房子里看到，但是田野和树林隐隐闪现着，一直延续到那一片模糊的高原。

"乡下也不断地在变化，"他突然说，"即使到我们全部都死了的时候，乡下还是乡下。你听那些画眉鸟叫得多么好听。真的很高兴，我跟伦敦断绝了来往。"

伊莲的脸紧紧地挨着窗户，神色凄然。看到她这样，老佐里恩心里一动："如此美丽的脸，却如此忧郁，真想她可以快活一些！"之后他拿着自己房间里那罐热水来到了回廊上。

"这里是珍的房间。"他打开隔壁房间的门，将罐子放下之后，说，"这一下，我想什么都齐了。"他替她关上门，然后回到了自己的房间。拿起那柄大乌木的刷子，梳了梳自己的头发。在额头上擦了点花露水之后，他就开始沉思起来。她来得这么突兀——如同是上帝的恩赐，非常神秘，这么浪漫，如他所愿——需要一个人陪，希望见到一个美丽的女子。他站在镜子前，把依然很笔挺的腰板挺直。之后，又用刷子把自己已经花白的胡子刷了下，再往眉毛上洒了一些花露水，就拉铃叫女用人了。

"我忘了告诉大家，今晚有位女客人跟我一起吃晚饭，你让厨师加一些菜，然后告诉培根备好两匹马和大马车，在十点半左右送这位女客人回城里。好儿睡了吗？"

女用人告诉他大约还没有睡，于是老佐里恩下了楼，踮着脚尖走向孩子们的房间，推门走了进去。他特意给房门的铰链上加了些油，以备自己晚上偷偷溜进溜出时，不会把孩子们吵醒。

但是他来的时候，好儿已经睡着了，安静得就像是小一号的圣母玛利亚躺在那——是那种旧式的圣母，古代画家画成了之后，人们通常分不清是圣母还是维纳斯。她的乌黑的长睫毛贴在脸颊上，她很安静地睡着——看来小肠胃显然已经好了。老佐里恩就这样站在那里，借着室内昏暗的灯光欣赏着她。那张小脸，是那样的可爱和神圣，真是惹人疼！老佐里恩特别能在孩子们身上感受到年轻的气息，这是他的一种福气。孩子们在他眼里，可是他未来的生命——整个未来的生命，虽然对他基本上不信教的心灵来说，这种未来的生命也许是他不承认的。她不必为将来操心，因为她的小血管里流着他的一部分血液。她一直以来就是他的小伴儿，将来，他会尽一切所能让她幸福，让她的生命里在充满了友爱之外，其他什么都不知道。想到这些，他很满意，轻快地走了出去，不让自己的漆皮鞋发出一点声响。走在过道里，他突然有一种奇怪的忧虑，也许他的孩子们将来也沦落到一种地步，跟伊莲帮助的那些人一样，要知道，她们从前也都是美丽的孩童，就跟眼下睡着的好儿一样！"我一定得给她开张支票！"他心想着，"这些人真的让人安心不下！"这些无依无靠的可怜虫，他从来没有勇气去想起她们。有种感觉一直被他深深地埋在了心底，在层层财产意识的包裹下，有一种真正的高尚的情操，只要一想到她们，就会伤害到他心底里的感情，刺痛他爱美的心灵。但在眼下，今晚会有一位美丽的女子跟他做伴，这让他重新快活起来。

　　他推开弹簧门，来到后院。他的酒窖中藏着一种施泰因贝格特制的好克酒①，每瓶至少要值两镑，味道远非约翰尼斯贝格的可比拟。这种酒如花露一般芳香，如蜜桃一般甘美，简直就是琼浆玉液！他拿出一瓶，托在手掌上，对着光仔细瞧着，就像捧着一个小小的婴孩那样。那细细的瓶颈上沉淀着一些颜色，均匀地蒙上了一层灰尘，让人瞧上去便有一种舒适的感觉。这酒是他三十五年前买下的，从城里带过来之后，又在这里放了三年。他在想，眼下它的味道一定是最出色的，谢天谢地，自己好歹还能活到这一天，喝上一口！她肯定会很喜欢这种酒，无论喝多少都不会尝到一点酸味。他擦了擦瓶子，然后拔出塞子，放在脸前闻了一下，便走了回音乐室。

　　伊莲摘掉了帽子和围巾，眼下正站在钢琴旁，露出一头金发和雪白的颈子。她身上那件浅浅的紫灰色上衣，搭配着琴架的花梨木，看上去是那样和谐悦目。

　　他将一条胳膊交给她，两人挽臂昂然走进饭厅。这里可以同时接纳二十四个人用餐，眼下却只设了一张小圆桌子。老佐里恩觉得

①好克酒：白葡萄酒中的一种。

379

那大餐桌不太好，便叫人撤掉了，等儿子一家回来再重新摆上。这些日子，他都是在两张顶出色的拉斐尔《圣母像》摹本的陪伴下，一个人在那张小圆桌上用餐的。在这样的暮春时节，对他来说，一日中眼下的时分是最难熬的。他一直吃得不多，不像胖子史悦辛，也不像西尔凡勒斯·海少普、安东尼·桑渥西那些老伙计。他的每一餐吃得都毫无乐趣，所以只能草草了事，然后去品尝他的咖啡和抽雪茄。不过，今天晚上有些不一样。他凝视着小圆桌对面的伊莲，聊起意大利和瑞士，说起自己在这些地方的旅行见闻，以及一些他早已经跟儿子与孙女分享过的，无从再告诉他们一遍的经历。这位新的聆听者对他来说十分不容易碰到，有些老人只喜欢讲一些自己的回忆，但他不是如此。对于这一类不明事理的人，他自己首先便会避而远之，他觉得，那样做令人十分厌烦，所以，他绝不会以此讨人嫌。他对于美貌的倾慕，使得他在同女子交谈时，十分注意这种事情。他极力地想让她多说一点，她却只说了几句，一直在笑着，像是很享受听他谈话。他觉得，她一直都带着那种忧悒失落的神情，这反而使得她更具有魅力。跟一些女人在一起会让他很难看，比如那种滔滔不绝、客套无比的女人，或是那种伶牙俐齿、得理不让的女人。他觉得，女人身上只存在一种优点，那便是妩媚，而且有这种优点的那位人儿越是安静，越是迷人。面前的这位女子就足够妩媚，恬静得就像落日的余晖照在心爱的意大利空谷中。在她身上，他感觉到一些出尘脱俗的味道，这使得她更像是自己之前所期望的那样一位伴侣，让他倍感亲切。他已然是与世无争的年纪，因此，也不希望在这样一位美丽的女子心上，还有什么年轻人在同他竞争。老佐里恩一边喝酒一边看着她的嘴唇，觉得自己好像又回到了年轻的时候。小狗伯沙撒也躺在那儿望着她的嘴唇，但它觉得厌恶，尤其在他们停下交谈，并将淡绿色的酒杯举起来的时候，它大概觉得那里面的黄菜汤一定是难喝极了。

天黑时，两个人回到了音乐室。老佐里恩抽着雪茄，请求道："帮我弹一些肖邦的曲子吧。"

若要了解一个人的灵魂里藏着些什么，便看看他喜欢什么样的音乐，抽什么雪茄吧。说不上什么原因，老佐里恩不喜欢味道冲的雪茄，也受不了瓦格纳，他只喜欢贝多芬、莫扎特、韩德尔①、格鲁克和舒曼②这些人，还有迈耶贝尔的歌剧。然而近些年，他却突然迷恋起肖邦来，就像喜欢上波提切利③的油画一样。从过去的黄金时代来看，这在品位上像是一种退步，其中的意蕴，在弥尔顿、拜伦和丁尼生的诗歌，拉斐尔和提香的画作，以及莫扎特和贝多芬的音乐中，都是前所未有的。它既像是包藏在朦胧的面纱之中，却又从不轻抚着你的面庞，而是直接攫住你的肋骨，在那里搅起一阵连着心肺的痛苦。老佐里恩简直要怀疑，这些东西会毁了他的健康，但只要一看见波提切利的画作，或是一听到肖邦的曲子，便毫不在乎了。

伊莲坐在钢琴前面，头上的电灯垂下一些灰珍珠色的幔穗。老佐里恩望着她，在一张圈椅上坐了下来，搭起一双长腿，不急不缓地抽着雪茄。伊莲犹豫了一会儿，她将手在琴键上停顿了好久，想着要弹点儿什么。琴声响起来，老佐里恩的脑子里泛起一阵快活

---

①韩德尔：1685—1759年，英裔德国作曲家，于1741年创作了歌剧《弥赛亚》。
②舒曼：1810—1856年，德国作曲家、音乐评论家。
③波提切利：1445—1510年，文艺复兴早期最后一位佛罗伦萨派画家。

的哀愁，完全不同于他在世间的任何经历，除了一只手时而掸着雪茄烟灰，他已经完全沉溺在其中。喝下腹中的好克酒，嗅着氤氲在空气中的雪茄芳香。她也在这里，还有一个阳光普照的世界：在那里，继日光消下去之后，升起淡淡的月华，无数鹳鸟站在池水中，岸上生着蓊郁的树丛，一大片通红的蔷薇扑面而来，颜色如葡萄的汁液。烟紫色的田野中，一些雪白的牛儿正在吃草，一位身影绰约的女子站在那里，生着深褐色的美目和雪白的肩颈，她面带着微笑，张开一双纤纤的手臂。忽然间，从那如凝固的仙乐一般的天空中，一颗星星滑落下来，挂在牛儿的角上。他睁开双眼，望了一下她——多么美妙的曲子，简直像出自仙子的指尖——又重新闭起眼睛。那快活的哀愁仍然萦绕着他，如同菩提花那种甘甜的香气，没有任何回忆向他涌来，只有这一位笑吟吟的女子，如同一朵美丽的花儿绽放在他的眼前。他的手猛然挣扎了一下，原来是伯沙撒在舔他。

"妙啊，接着弹，再来几支肖邦。"他说。

她继续弹着，他忽然发现，那曲子跟她竟然如此相像。眼下这一支夜曲中，有她这样的妖娆娉婷，也有她这样的金发明眸，如一轮金黄色的月亮将光芒洒满在大地上，令人心意摇荡却毫无邪念。他想："终有一日，我们都要烟消云散，所有美丽的女子也将不见！"

伊莲弹完这一曲，问："要不要来一支格鲁克？他的一些曲子是在阳光灿烂的园子中，伴着产自莱茵河的美酒创作出来的。"

"啊哈，来一段《俄耳浦斯与欧律狄刻》吧。"继之，他便仿佛被带入一片黄白相间的野地之上，衣衫雪白的仙子在明亮的日光下飘拂飞行，鸟儿也在拍打着绚丽的羽翼。啊，这是明媚的夏日！那一阵阵由衷而来的甜蜜和苦恼，如潮水般激荡着他的灵魂。他听得入了神，一些雪茄烟灰落在了身上，他用丝绸手帕擦着，花露水和烟草的香味混合在一起。"哦，这便是真真正正的残夏，"他说，"接下来该是'痛失吾爱'了！"

她默然不动，没有吱声。他突然觉得不对，她像是被勾起了什么心事，转过身去。他当下懊恼不已，啊，自己真是一个傻瓜，那位俄耳浦斯正是她自己呀！她来到眼下这一座大厅，也是为了寻找自己失去的爱人，他起身跟在她后面，走到尽头处的大窗子前。她将两只手交叉后放在胸前，从侧面看过去，她的脸色显得非常苍白。他情不自禁地说："囡囡，不哭，不哭！"好儿被磕疼了的时候，他便是这样哄她的，此时他却失口说了出来，接着便觉得有点难为情。伊莲用手臂掩着脸，啜泣起来。

老佐里恩就那样站在那儿，用一双深陷下去的眼睛看着她。这简直跟她一贯示人的安静庄重的形象太不相同了，接着，她为自己任性的表现不安起来，完全看得出来，她从未在别人面前这样不能自已过。

老佐里恩嘴里喃喃地说："不要这样，不哭，不哭。"然后礼貌地伸出一只手，轻轻地碰了碰她。她转过身来，将两只手臂从面前拿开，搭在他的肩头。就这样，老佐里恩静静地站在那儿，一只枯瘦的手掌始终放在她的肩上。让她好好哭一场吧，这能她会好受一点。小狗伯沙撒完全被他们搞得摸不着头脑，蹲坐着茫然地看着这两个人。

窗子敞着，窗帘也没有拉上来，天色已经昏暗，屋子里透出来的灯光与室外的最后一点光亮交融在一起，新割下的青草飘散着清香。老佐里恩没有说话，经历过一切世事的老人都知道，时间是医治悲痛的良药，因为一切愁苦和欢乐他都领略过，他曾目送着它们远远地离去，将一切埋葬起来。忽然，他想起一句不大切题的赞美诗来，"如鹿切慕溪水"。之后，他闻到了一阵紫罗兰的味道，知道她正在擦眼泪。他伸出下颌，用自己的胡子吻了一下她的额头，感觉到她身体颤抖了一下，如同一棵树抖落身上的雨水一般。她捧起他的手掌，轻轻地吻了一下，似乎在说："我现在没事了，不好意思。"

这一吻令他大受安慰，他将她带回那个触景伤情的位子上，重新坐了下来。伯沙撒在后面跟过来，将他们晚餐吃剩的一块骨头叼过来，搁在他们脚下。

老佐里恩觉得，要让伊莲忘掉方才的不快，最好带她去看看自己收藏的瓷器。他们沿着橱柜一格一格地看下去，他依次拿起每一件，告诉她这是从德累斯顿买来的，那件是从罗斯托夫特买来的，那一件是从采尔西买来的。他将瓷器拿在手上转动，那一双手枯瘦苍老，绽露出清晰的筋络，带着一些尚不大明显的老年斑。

"这一件是在乔伯生拍卖行买下来的，"他说，"有些年头了，用了三十镑。嘻，那只狗总是将骨头丢的到处都是。这一件旧'船形碗'大有来头，或许你不太清楚，我是在那个窝囊废爵爷倒台后拍买下来的。这一件切尔西货也不赖。看看这一件，你觉得这是什么瓷？"她的心情已经平缓多了，而且他也觉得，作为一个优雅的女子，她对自己展示的这些藏品是很有鉴赏能力的。是啊，没有什么比打量着一件满是谜团的瓷器更能让人心平静气了。

辚辚的马车声从外面传来，老佐里恩说："一定要再来呀，我们一起吃午餐。这样，我就能赶在白日，向你展示这些玩意儿了，我还可以让你瞧瞧我可爱的小孙女，我的小囡囡。这狗好像不舍得你哩。"

原来，伯沙撒仿佛也感觉到她要离开了，便用身子磨蹭她的腿。他把她送到门厅，说："车夫大概一个小时零一刻后会把你送到家，请你帮那些可怜的人儿收下这个。"说完，就把一张五十镑的支票塞到了她手上。她的眼睛一亮，说了一声："啊呀，佐里恩大伯！"他从心里觉得很快乐，因为这样便意味着，一两个需要救济的人可以得到帮助，她也还会来到这里。他将手递到车窗，再一次轻握了一下她的手，马车开走了。他就站在那，看着天上皎洁的明月和地上稀疏的树影，想道："多么美妙的夜晚！她——"

2

接连两日的阴雨之后，夏日愈发温暖明媚。老佐里恩天天都和好儿在一起散步聊天。刚开始的时候，他觉得充满了活力，身子也比平日挺拔了一些。但不知为何，他的心却很难平静下来。每到午后，他们都会来小树林转一转，走到那棵倾倒的大树旁，这时他的脑海里都会产生这念头："她不在啊！唉，她怎么会在呢？"这个时候，他便感到特别失落，接着身子就像矮下去了一截，步履沉重地爬山回去，并将一只手按在自己的左胁下。有时候，他会怀疑："她真的来过吗？还是，自己在做梦？"于是他把眼睛睁得大大的，呆呆地望着，伯沙撒这时也会瞪眼望着他。当然，她是不会再出现的！现在，即使他拆开从西班牙寄来的信件也没有以前那种激动了。他们要到七月份才可能回来，奇怪的是，他并没有像以前那样觉得急不可耐。每次吃晚饭的时候，他都会眯着眼睛，看着她曾经坐过的位置。她没在那里了，他只能不去看。

在第七天下午的时候，他再也忍不住了，他想："或许，应该去城里买双靴子了。"于是，他安排培根驾上马车，就出发了。到了普尼镇往海德公园时，他想着："何不去切尔西看望她呢？"他喊："重新换个方向吧，你把车子赶到那位太太家去，就是你上次送的那一位。"马夫转过头来，他的脸又大又红，一边舔着嘴唇，问道："老爷，是那位穿浅灰色衣服的太太吗？"

"是的，就是那位穿灰皮衣的太太。"虽然他是这么说的，但是他心里在想，多此一问，真是个蠢货！

老佐里恩的马车停了下来，这是一幢三层小公寓，离河边没有多远。老佐里恩很懂行，一眼就看出这房子只是三流的建筑。"年租大概六十镑。"他在心里默默地想着。他看了看门牌，发现上面没有"福尔赛"的字样，只是二楼C室上写着：伊莲·黑隆太太。啊哈，她重新用回了闺中的名字！这让他有些莫名地高兴。他慢慢登楼，左胁下又开始疼了，他站住了，想歇上一气儿，让心跳缓和一下，再拉铃。她大概不会在家！这样——自己就只能去买靴子了！不过想来也挺无聊，自己都这一把年纪了，还买什么靴子？家里的靴子已经多得穿不过来了。

"太太可在家？"

"在的，先生。"

"请通报她，佐里恩·福尔赛先生来访。"

"好的，请跟我来。"

一个小女用人领着他走进一间很小的客厅，那女用人很小，看上去还不满十六岁。老佐里恩打量了一下这客厅，室内有一架很小的钢琴，遮阳帘全部被拉下了，整个屋子除了一些香味和雅致之外，空空荡荡。他拿着自己的礼帽站在屋子的中央，心想："这日子挺拮据的！"壁炉那里有一面镜子，他看看镜中的自己，好一个老家伙！他听到一阵窸窸窣窣的声音，转身一看，她已经站在自己身前了。他花白的大胡须，几乎掠到了她的前额。

"我进城来，想起你住在这边，顺道过来看看你。"他说，"那日夜里回来得还算顺利吧？"

她笑了一下，老佐里恩跟着也很开心，没准儿，她也正想见到自己呢！

"你可愿意戴上帽子，我们去公园转转？"

她去戴帽子了，老佐里恩的眉头忽然皱了起来。这可不是一个很明智的选择！詹姆士和爱米莉，尼古拉的太太，或是他们这个多嘴嚼舌的家族中的其他人，都有可能在那里看见他们。若是这样，他们便一定会说三道四的，所以，为了不在福尔赛家族的信息交易所中引起旧日的流言，他和伊莲还是不要去那里的好。他从系得严严实实的大礼服衣领上摘掉一根白发，摸了摸自己的面颊、胡须和腮帮，觉得颧骨近来凹陷下去许多。这些日子，他的胃口不是很好，看来要去找那个给好儿看病的年轻医生开一点补药才行。伊莲拾掇完，他们坐上马车，他建议道：

"我看，我们去坎辛顿公园如何？"他的眼睛眨了一下，说，"那边不会有人鬼鬼祟祟地窥探咱们。"那样子，就像是在心底里同她交换了一个秘密一样。

下了马车，他们向着幽静的地方走去，来到水边。他说："我看见，你又用回了做姑娘时候的名字，我觉得挺好。"

她勾着他的手臂，问："佐里恩大伯，珍是不是已经原谅我了？"

他和气地答道："是呀——是呀，她又怎么会怪你？"

"那你呢？"

"我？事情已经是那样了，我也就原谅你了。"事实也是这样。对于这样美丽的女子，他就算不原谅也很难做到。

"我没有对这些事情后悔过，也没有办法后悔。佐里恩大伯，你有没有这样的经历，爱一个人爱得不能自已？"她长长地舒了一口气。

老佐里恩听了这个问题，不由得睁圆了眼睛。这种事情有没有？似乎是没有的，但他不愿这样回答她。要知道，这一位发问的挽着自己手臂的年轻女子，是经历过这样一段爱情的，而且她的整个生命都停滞在了那里。他心里想着："是啊，若是在年轻的时候遇上你，我也会是一个这样的多情儿郎。"为了敷衍她，他不由得胡说起来。

"爱情很离奇，有时候简直像注定的灾难。希腊人不是说过嘛，它由一位女神主宰着。他们说得很对，不过，那是在黄金时代。"

"菲力对希腊一直大有好感。"

听到这名字，老佐里恩觉得有些不大舒服。他马上看出来，她这样顺从着自己，只是要跟他聊一聊那位旧情人。只要她开心就好，于是，他顺口回应道："是啊，在我看来，他很有一点雕塑家的气质。"

"是啊，他一直喜欢匀称和平衡，他之所以喜欢希腊人是因为他觉得希腊人很纯粹，他们将自己的一生都献给了艺术。"

平衡？老佐里恩想起来，菲力这家伙从来没有什么平衡，尤其是心理的平衡。至于说匀称，身材到算得上，但是那一双古怪的眼睛，高得出奇的颧骨，无论如何也谈不上匀称。

"佐里恩大伯，你也是那黄金时代的一个。"

老佐里恩回头看着伊莲，他是想看看，她是不是在跟自己开玩笑。不！她那双温柔的眼睛像丝绒一样温柔。也许，她只是在这里讲好话，不过又何必？像自己这样一个老家伙，说好话又有什么用？

"菲力是这样看待你的，他曾多次对我说，他很佩服你，只是没有机会告诉你。"

天啊！又是谈论她那个死去的情人。他夹了夹她的胳膊，心里对此感到既恨恶又感激，因为这毕竟是牵起她们两个的重要的连线。他答道："是啊，他是一个才华横溢的年轻人。天气近来有些热了，让人受不了，我们去坐一会儿吧。"

栗树下面有一张椅子，他们在那里坐了下来，硕大的叶片挡住了午后的阳光，投下一片安静的清凉。老佐里恩坐在那里，看着她，觉得和她在一起真是快活。也看得出来，她很喜欢跟自己待在一起。再讨好她一下吧，于是他说："我想，他在你面前应该是另外一副样子，你们两个在一起应该合得来。对于我来说，他的艺术观点新颖了一些——"本来，他想说"标新立异"的，没说出来。

"是啊，不过他一直都在说，你是一个懂得欣赏美的人。"

老佐里恩有些怀疑这话，心想："这小子真这样说？"他眨了眨眼，接着说："一定是这样，要不我怎么会跟你坐下来聊天？"伊莲笑了，眼里的神采让人怜爱。

"菲力这个人眼光很好，他说你的心一向很年轻。"

老佐里恩觉得，伊莲之所以找话说，完全是为了谈论她的旧情人。因此，他心里对这话完全没有什么好感，一点也没有。当然，这话听起来还是比较顺耳的，既然她在自己的眼中和心上——那一颗一向很年轻的心——是如此美好。这是不是因为，自己和他们不同，从来没有义无反顾地恋爱过？从未失去过所谓心理的平衡和匀称？算了，老佐里恩心想，在八十五岁的高龄还可以看到这样一位美丽的女子，也没有什么可遗憾的。他想："也许我会做一个画家或雕刻家，但我只是一个老家伙，所以只要及时行乐便足够了。"

从他们所坐的栗树的树荫边上，一对情侣挽着手臂在草地上走过。那是两张年轻而又苍白的脸，阳光辣辣地照在上面，使他们看上去很颓废，又衣着粗陋。老佐里恩突然道："啊，我们有多么丑陋，但是，爱情却征服了我们。"

"是啊，爱情胜过一切。"

老佐里恩嘟囔着："年轻人就是这样想的。"

"爱情不会衰老，永不止息，从不死亡。"说完这一句，伊莲苍白的脸涨得通红，胸脯不断起伏着，一双乌黑的大眼睛投来温柔的目光，简直像活生生的维纳斯一般。这话触动了老佐里恩的内心，他眨了一下眼睛，说："不错，爱情若是止息了，我们就不会出现在这世界上。爱情可以包容一切。"

他将大礼帽从头上摘下来，在袖子上轻轻擦着。这赘物捂得他额头冒汗，近来，他总觉得血在向脑门冲压，大概血压要比以前差不多了。

伊莲失神地坐在那里，自言自语地说："但很奇怪，为什么还要留我活着？"

老佐里恩脑海里想起小佐的那句话，看上去"既疯狂又有点凄惨"。

老佐里恩说："我儿子曾见到了你，就在那一天。"

"原来是你儿子？一开始，我听见穿堂里有人来了，还以为是——菲力。"

伊莲的嘴唇哆嗦了一下，她用一只手掩着，过了一会儿才放下来。然后说："那天夜里我去了河边，不过被一个女人拉住了，她对我说了自己的事情，让我觉得惭愧。"

"是那些——？"

伊莲点了下头，老佐里恩心中感到一阵颤抖，他从来没有与绝望抗争过，也不知道那是怎样一种滋味。虽然不想听下去，他还是对她说："对我讲一讲吧！"

"那时候已经抛开了生死，在那种情形下时，命运已经决定了你要死去。但是她照顾了我三天，一步都没有离开过。所以，虽然没钱，我还是要尽力去帮助她们。"

然而，老佐里恩却在想："还有比没钱更糟的事情吗？这已经是最坏的厄运了。"

"你可以来找我的，"老佐里恩说，"为什么没有来？"

伊莲默不作声。

"是因为我也是福尔赛家的一个？还是碍于珍的事情？你眼下过得如何？"老佐里恩打量了一下伊莲，也许她的生活——不过，眼前她并没有十分消瘦！

"我自己有五十镑的年金，那些钱可以支持下去。"不过，这话并没有让老佐里恩安心一些，他仍然放心不下。他本想对索密斯骂两句，然而又想到那样对他并不公平，便没再说话。他知道，伊莲看似柔弱，实际却很要强，所以她绝对不会拿索密斯的一个便士。啊，那个小波辛尼何至于要自己寻死，反留下她这样孤苦伶仃。

"啊哈，以后你遇到什么困难尽管来找我，"他说，"不然的话，我会生气的。"老佐里恩起身戴上帽子，说："我去跟车夫说一下，让那个懒家伙带着马去溜达一小时，等会儿再去你那里接我。眼下，我们找一辆马车去喝杯茶。我如今真是大不如从前，简直有些走不动了。"

然后他们就慢慢走着，一直走到在坎辛顿公园另一端的出口。这一路走过来，老佐里恩的心情很不错，她的声音和眼神，以及娴娜的身材，十分令他赏心悦目。他们在高街上那一家鲁菲尔咖啡店，吃了一顿愉快的茶餐，出来时，他的小拇指上还勾着一盒巧克力。他们一起回到切尔西，在出租马车上，他抽起雪茄，他们一路上谈得很开心。她还答应他，下个周末去乡下找他，然后弹琴给他听。他在脑海中盘算着，他要将家里的石竹和玫瑰花摘下来一些，让她带回来，让她快乐一点就是自己最大的快乐。不过令人气恼的是，他们到达的时候，车夫已经早早地等在了她家的门口，真是一个不讨人喜欢的家伙——以往总是嫌迟，眼下却——于是，他只有很短的时间进去和她作别。走进那个洋溢着一股难闻的薄荷香水味的穿堂时，他看到了一个女人坐在靠墙的一条长凳上，那是屋内唯一的家具。伊莲小声地跟他说"等等"，然后去关上了门。就在她关上门后，他很认真地问道："这就是那些可怜人儿之一吧？"

伊莲回答说："是的，眼下要谢谢你，我又可以多帮她们一些了。"

他瞪着眼站在那儿，摩挲着自己那强硬蛮横的脸颊，要知道在他年轻时，它可是令很多人战战兢兢呢！他看到她就这样子，看到她和这个无依无靠的人来往，感到很难受，还有点害怕，她能给予她们什么帮助呢?估计什么也给不了，只是徒然给自己带来痛苦和烦恼罢了。想到这里，他对她说："好吧，孩子，你自己一定要当心点。人们总是将所有的事情都往坏的那一方面想。"

"这个我明白。"伊莲很安静地冲老佐里恩一笑，使他不禁感到有点惭愧。"好吧——星期天，"他拖长低音，"再见。"

临走的时候，伊莲让他吻了她的脸颊。

"再见，"他又说了一句，"自己当心点。"然后他就走出了客厅，没有多看长凳上的那个访客一眼。他兜着圈子去了汉穆斯密斯大道，在一家熟悉的酒行前边停下，为她订了两打上好的勃艮第酒，以备她有一点点消遣！快到里希蒙公园时，他突然想起来，自己本来打算去要买靴子的——啊，这借口多么无聊。

3

对于上了年纪的人来说，生活里总是充满了许多往昔时日的精灵。不过，在周日到来之前的七十多个小时里，这些小精灵都没有来亲吻过他的面颊。这是前所未有的，与此相反，未来的精灵们却都飞来亲吻他的面颊。老佐里恩现在十分平静，也不去看那株倾倒的断树，因为她答应要前来吃午餐了。请人吃饭都带着一种奇妙的肯定，再大的怀疑和误会都消散了，没有人会错过饭局的，除了不可抗力因素的影响之外。他已经和好儿打了很多次板球，现在的顺序是她击球他扔球，不过这一切都是为假期做准备。这样，到了假期，她就可以扔球给佐儿了。之所以是她扔给佐儿，是因为佐儿是个正宗的福尔赛，而好儿还不算。福尔赛家族的人一定是击球的那一个，一直到他们退休活到八十五岁为止。伯沙撒在一边顺从地跑来跑去，尽量地给主人捡球，由于长时间地来回奔跑，球童的脸红得就像一块块红缎子。由于约会日期愈发临近，时间就显得愈长，老佐里恩的心情也更加明媚了。在星期五的晚上，他感到胁下非常痛，便吃了一粒抑制肝疼的药丸，虽然肝脏并不在这里，但是这种药丸同样奏效。此时若有人提醒他这个生活中的新刺激对他有害，他一定会对那人白眼相向的，一定会用那双深陷在眼窝内的深灰色眼睛会凶狠地瞪着他，似乎在说："我自己的事情，我自己知道分寸！"他也的确是这样做的，并且一直会这样做。

　　星期天上午，好儿和家庭教师一起去教堂做弥撒，佐里恩去看草莓田。小狗伯沙撒一直忠心耿耿地跟随左右。他一一察看田里的草莓，居然找到了两打以上熟透的草莓。他弯腰采摘的时候觉得头昏眼花，脸也涨得通红。他把草莓装在一个篮子里面，端到餐桌上去。然后他就去洗手，还在前额上涂了一点花露水。这时，他看看镜子里的自己，觉得自己又瘦了一些。他年轻的时候就这样，瘦得像一根"竹竿子"，他一向认为瘦些总比胖好——他一直不大喜欢胖子，然而，他的两颊似乎已经瘦得不像话了。她会乘坐十二点半的火车抵达，然后步行过来，穿过盖基农场，从小树林的尽头走到这里来。他走到珍的房间里，查看热水是否已经准备好了，然后就动身去接她。他走得慢腾腾地，因为他的心跳很急。空气里有一股芬芳的味道，云雀在叽喳叫着，在爱普索姆跑马场的大看台上可以鸟瞰一切，天气简直好得不像样子！毫无疑问，在六年前的某一天，索密斯也是在这样的好天气里带着波辛尼来看房址的。这所房子的地点还是波辛尼选的，珍常常说起这件事情。在这几天，他常常会想起波辛尼，好像他的灵魂还是萦绕在他最后遗作的周围，企图可以重新见到她。波辛尼是那个唯一走进了她心里的人，并且，她也将自己狂热地献给了他！到了他这把年纪，已经无法体会这种感受了，不过，他心里还是在隐隐作痛——像是在嫉妒什么，却没有嫉妒的对象。除此之外，他还出于朴素的怜惜心情，同情这一段过早凋谢的爱情。只有短短几个月的时间，一切就都结束了，唉！在走进树林之前，他看了看怀表——才刚刚十二点十五分，还要等二十五分钟！接下来，在小路的转弯处，他看见了她，和他第一次看见她的时候一个样，坐在那棵断树上，他知道她肯定是早就到了，乘坐上一班火车来的，她肯定已经在这里等了至少两小时了。他错过了这可以和她单独相处的甜蜜时光！到底是什么样的一段旧情，让她对这棵断树如此亲密？她已经从他的脸色观察出他要说什么，所以脱口而出："对不起，佐里恩伯伯，我第一次便来过这里。"

"啊。没什么，你想在什么时候来都可以，随时都可以来坐。嗯，你看起来很疲劳，大概是上钢琴课太多了吧？"一想到她竟然要迫于生计去当钢琴老师，教那些小女孩儿用胖嘟嘟的小手指去敲琴键，他就感到不好受。

"你一般都在什么地方教琴呢？"

"嗯，我一般都是在犹太人家里，都还不错。"

老佐里恩惊讶地睁大眼睛，在所有福尔赛的眼里，犹太人都是陌生人和可疑分子。

"他们都很热爱音乐，而且，都是些好人！"

"这样最好不过了，上帝啊！"他挽起她的胳膊——上山的时候，他的胁下还是感到一阵阵痛楚——说道，"你见过这样盛开的黄毛茛吗？一夜之间便开成这个样子！"

她的眼睛飞快地掠过整片田野，目光好似在飞翔，在追逐鲜花和花粉的蜜蜂。"我就是为了想让你看看这些漂亮的黄毛茛，所以现在我还没有让他们把牛赶过来。"马上，他就想到她一定会谈论起波辛尼来，便指了指马厩上的钟楼，"我想，他肯定不会同意让我加上这个——就我了解的，他的时间观念很差啊！"

不过，她更加紧紧地挽住他的臂弯，开始和他讨论那些花。他知道她的用意，是不想让他感觉到自己是为了死去的情人才专门到这里来的。

"我有一朵十分漂亮的花儿给你看！"他带着十分得意的神情说道，"她是我的小孙女儿！她到教堂去做弥撒了，马上就回来。她有很多地方和你很像。"事实上，他想说的是："你有些地方很像她。"只是他觉得那样说有些怪怪的。她来了，看！

好儿走在前面，一位中年的法国女家庭教师跟在后面，二十二年前，在斯特拉斯布格围城之战时，她便落下了胃病。好儿从树下朝这边走过来，不过，在离他们两三丈远的时候又停下来，拍了拍伯沙撒，就好像这是她脑子里此刻唯一想着的事情。老佐里恩看出了好儿的犹豫，就主动介绍道："过来，乖好儿，这位就是我向你提起过，答应介绍给你的浅灰色衣服的夫人。"

好儿直起身，抬头看着伊莲。老佐里恩在旁边看着这两个人：伊莲微笑着，好儿一本正经地向伊莲问好，随后，也羞怯地笑了，不一会儿，又换上一副深刻的表情。好儿也知道伊莲长得极美，这个孩子的眼力真好！在旁边看这两位美人儿接吻问候真开心。

"黑隆太太，这位是布斯小姐。上午的讲道如何，布斯小姐？"

他已经时日无多，对于教会星期的唯一兴趣，却还只在于跟现实有一些关系的讲道。布斯小姐伸出那只戴着羊皮黑手套的手，就像鸡爪子一样——她曾在许多贵族家庭待过——一张瘦黄瘦黄的脸上，常年是一副苦大仇深的模样，眼睛里好像时刻在问："你的教养何在？"每当好儿和佐儿做了任何让她不满意的事情——这类事情时而有之——她就会教训说："那些泰勒家的小孩子们从来都不会这么做，他们是真正有教养的小贵族。"于是，佐儿烦透了那些小泰勒，好儿却一直在纳闷，自己已经很努力了，为何就是赶不上他们。"肤浅的怪物"，这是老佐里恩对布斯小姐的看法。

中午这一餐吃得很愉快，餐桌上的鲜蘑菇和草莓，都是老佐里恩自己亲手摘的，经过精心挑选才上桌。他们席间还喝掉了一瓶施泰因贝格特制的好克酒——这使他满满地感到一种芳香，觉得自己明天一定会发湿疹不可。吃过午饭，大家坐在橡树下聊天，喝着土耳其咖啡。不一会儿，布斯小姐因为有事就先走了，她的离开没有让他产生任何不悦的情绪。因为他知道，她每星期天都要给自己的妹妹写信——她的妹妹曾经吞下过一根针，对她的未来始终造成一种威胁。这件事情也被布斯小姐用来警告小孩子，吃东西一定要慢慢吃，免得消化不掉。好儿和小狗伯沙撒在平坡下面的一张毯子上坐着，无忧无虑地相互打闹，十分亲昵。老佐里恩就坐在那棵大橡树的树荫下，跷着腿，抽着雪茄，望着坐在秋千架上的伊莲。她穿着浅灰色衣服，轻轻摆动，看上去十分轻盈。阳光零零碎碎地洒在她的身上，她嘴巴微张，稍微下垂的眼皮下面隐藏着一双深褐色的温柔的大眼睛，流露出惬意的神情。看来，她过来看自己，她本人也是能够感到一些快乐的。某些老年人的自私自利，并没有在他的身上出现，因此，别人的快乐情绪还是能够传染他，同时这也让他觉得，自己虽然有很多这样那样的需要，但相对于眼下来说，都是无足轻重的。

"这里不免过于僻静了些，"他说，"若让你感到单调枯燥，你完全不必勉强过来了。不过我每次见到你都很开心，除了你，就只有我的小宝贝那张脸能让我感到开心了。"

从她脸上的微笑中，可以看得出来，她并不觉得如此表达爱慕之情有什么唐突之处，这让他很放心。"我并没有骗你，"他说，"如果我不喜欢一个女人的话，我绝对不会说喜欢她。说真的，我早已经不记得什么时候对一个女人说我喜欢她了，当然除了我太太。不过，自己的太太总是有些奇怪。"说完这些，他停了好一会儿，又接着说："她经常要我说喜欢她，就算是不喜欢的时候也要说喜欢她，这就不大好办了。"他看到伊莲脸上那种莫名的惆怅，生怕自己说错了话，于是赶紧岔开说："等我家小宝贝嫁人的时候，希望她可以找到一个真正懂她心思的男人。不过我想我是等不到那一天了，婚姻的世界里不幸的事情真的太多了，真不想看到她在这方面吃什么苦头。"说着，他感觉话题有些不对，于是又转了个话题说："那只狗偏要挠痒痒。"

就这样沉默了一会儿。他知道，眼前这个断送了一生的美人早已经跟爱情没有了任何关系，虽然她就像是为爱情而生的，真不知道她心里到底是怎么想的？她可能会再去找一个爱人，那爱人不会再像那个把自己撞死的小伙子那样冒冒失失的。但是，她的丈夫呢？

"索密斯没有纠缠过你吗？"老佐里恩问。

伊莲的脸色阴沉了下来，随即摇了摇头。虽然她是一个很温柔和善的人，但是在有一些事情上，没有任何可以商量的余地。老佐里恩用的头脑是属于早期维多利亚文明的，比眼下他老年时代的这个世界可要古老得多，他从未考虑过原始的两性关系，现在才明白，原来男人和女人之间由爱而生的仇恨竟然可以如此决绝。

"你的运气可真好！从这里都可以看得见大看台了。要我带你过去看看吗？"

老佐里恩带着伊莲穿过花园——园子的四周是一座长长的、用来和外界隔离的高墙——阳光下成行的桃树和仙露桃树，他们穿过马厩、葡萄园、蘑菇房、芦笋田、玫瑰圃、凉亭，就连菜圃他也带她去瞧瞧：看那些小绿豆儿，平时好儿很喜欢用小手指把豆子从豆荚里挑出来，放在手心里舔起来吃掉。老佐里恩带着伊莲参观了很多有意思的东西，好儿和伯沙撒一直蹦蹦跳跳地在他们的前面带路，时不时地跑到他们身边，然后就打个招呼又跑开了。虽然他走得很累，但是今天这个下午是他最欢愉的时光，最后他们总算是走到了音乐室，终于可以坐下来。他让她给泡了杯茶。好儿带来了一个自己的小玩伴—— 一个皮肤白皙，但是头发短得像小男孩的女孩子。她俩在离他们很远的地方玩，一会在楼梯上，一会又在楼梯下面，不一会儿，又跑到走廊上去。老佐里恩请伊莲给他弹几首肖邦的曲子，她就弹了几支练习曲，还有波兰舞曲和华尔兹曲。过了不大会儿，两个孩子也轻轻地走了过来，挨在钢琴边上，竖着耳朵听伊莲弹琴——一个深褐色头发，一个金黄色头发。两个小脑袋靠在一起，老佐里恩坐在旁边，把这一切都看在眼里。

"你们俩，给我们跳个舞吧。"

两个孩子怯生生地跳了起来，一开始就错了步子，她们摆动着，旋转着，虽然不是很熟练，但是很认真。随着华尔兹舞曲的起落，她们一次又一次地掠过他的椅子。他静静地看着她们，又望望那个不断回过头微笑地来看着两个小家伙跳舞的弹琴女子，心里想："这美妙的景象已是多年不见了。"

就在这时，一个法国声音叫了出来："好儿！你过来，星期日跳舞，成何体统！"

两个小孩子都挨到了老佐里恩的身边，她们知道，他会保护自己的，一直盯着他那张肯定"犯了法"的脸看着。

"布斯小姐，今天是个好日子，不用顾忌那么多。是我叫她们跳的，孩子们玩去吧，我们喝茶去。"

两个孩子走了，伯沙撒也跟着出去了，它是不肯轻易错过任何一餐的。老佐里恩望着伊莲，调皮地挤了一下眼睛说："看吧，她们多可爱，你的学生里也有这样的女孩子吧？"

"有三个差不多大小的，其中两个蛮可爱的。"

"漂亮吗？"

"很漂亮呢！"

"我家好儿那个小宝贝天生就对音乐有着和别人有不一样的感

觉，我想有一天，她一定会成为一个像样子的音乐家的。你可以经常来品鉴一下她弹钢琴的水平，不过，怕你不一定愿意做这差事儿吧？"老佐里恩叹气道，他就是喜欢这个小的，在这一点上，他好像永远都不知道什么是满足。

"当然可以。"

"可是你未必愿意带她……"他把"练琴"两个字打住了，他很不愿意提起她教琴的事，不过如果她肯的话，他就可以经常和她见面了。她离开钢琴走到他的椅子前面。

"我很愿意教她，不过——珍，他们什么时候回来呢？"

老佐里恩皱着眉头想了想，说："估计要下月中旬，又有何妨？"

"佐里恩大伯，你说过珍已经原谅我了，但她怕是永远也忘不掉的。"

忘掉，她一定要忘掉！如果他需要她这样做，她一定会的。

像是回答他一样，伊莲摇着头说："你知道，她是没办法忘掉的，怎么会轻易忘掉。"

令人憎恶的往事！他只好懊恼地打住："那便日后再说吧。"

他俩在那里又谈了一个多小时，谈孩子们，谈各种小事情，最后马车将她送回了城里。她走了之后，老佐里恩又回到椅子上坐了一会，摩挲着自己的脸和下巴，脑海里回想着这一天的经过，心情很不错。

吃过晚饭后，老佐里恩就回到了书房，拿了纸，坐在椅子上考虑了几分钟，却一直也没有头绪，无法下笔。他站起身看着面前那张名画《荷兰渔船夕照》，虽然眼睛停留在那上面，脑海里考虑的却是自己的这一生。他想修改遗嘱，给她留些钱，但这念头将他的思绪和记忆搅得一片狼藉。他打算留下一部分财产——他认为,留下了这些财产,也就是留下了自己的一部分,他的事业、品格、成就的一部分——给伊莲,算是对自己在平庸的一生所未享受到的事物的补偿。然而,他没有享用过什么?他自问着,那幅《荷兰渔船夕照》默不作答。老佐里恩来到窗前,将窗帘拉起来,推开了窗户,一阵风呼地吹了进来。在这寂静的傍晚,一片被园丁遗忘的去年的老橡树叶子,正沿着走廊一路被风吹得沙沙作响。此时此刻,除了这一点响动,房间外一片寂静。他闻得出刚刚浇过水的向日葵的香气,一只蝙蝠无声地掠过,一只鸟儿发出最后一声啼叫。穿过橡树望向天空,第一颗星星已经露了出来。在那出歌剧里,浮士德为了能多享受几年青春,竟然将灵魂做了抵押。真是荒唐的想法,那种交易是绝对不可能的,真正的悲哀就在于此。一个人想要让时光倒流,想要重新爱过,重新活过,所有的这一切想重新来过,但这些只不过是痴心妄想。最明智的做法,就是在你还活着的时候好好地欣赏一下美丽的女子,并在你的遗嘱上给她留下一点什么,到底要给她留下多少?夜晚如此安静清凉,显然,眼前这片乡间夜景是不能帮他计算出来那金额的。他离开窗户来到壁炉架前,上面放着一些他很喜欢的小摆设——其中有一座埃及艳后的铜像,胸口钉着一条小毒蛇,一条猎犬正在和自己的幼崽玩耍,一个大力士狠狠地勒着几匹马——"这些东西是不死的!"他兀然想到,陡然一阵辛酸,它们的生命又何止千年!

"到底给她留下多少合适?"至少,得够她生活日用,免得她为了生计奔波操劳,免得皱纹早早地爬上她的面颊,免得白发侵染上她美丽的金丝。他自己也许还能再活五年,到那时候,她也应该三十多岁了。"具体给她多少呢?"最大的问题是,她跟自己没有一丁点的血缘关系。自从他结婚以后，自从他开始建造那个东西——家，这还真是一个奇怪的东西——之后，四十多年了，他始终都不曾违背的那条准则，如今它出现在脑海里：跟你没有任何的血缘关系，便没有权利接受你任何的馈赠！所以，这个想法根本就是天方夜谭！就是一种彻底的浪费，那是一个老糊涂了的人任性妄为才能做出来的事。你的生命应该在那些流淌着你血液的人身上延续，因为在你身后，你的生命是在他们的身上延续下去。他从那些铜像前转过身来，看着那张他坐过无数次的，坐着抽过很多支雪茄的旧皮圈椅，恍惚间他看见她正穿着她那件浅灰色衣服坐在椅子上看着他，她是那样的温柔而文雅，她的体香正散发出来，她的脸向着他，她那深褐色的眼睛正在注视着他。这到底是怎么了？明明知道她的心里没有他——她一心想着念着的，只有那个已经死去的情人。不过不管怎么样，她就是在那里，她让他感到快乐。谁都没有资格让她留下来跟一个老头子做伴，也没有理由要求她来给你弹琴，而且让你见她——任是谁，都没有资格这样做而不给她任何的酬劳。在这个世界上，有些快乐是有价钱的。"不过多少合适呢？"当然，他有的是钱，这些钱都是他自己挣的，每个便士都是！他自己完全有权力决定把它给谁，只要他高兴，再说他的儿子以及三个孙儿孙女也不差这一点钱。想到这些，总算找到了一个合适的借口，这样就可以称心地处理这件事情。最后他想："我一定要给，不管他们到时候怎么想！"

他坐下来，继续盘算着："到底多少呢？"一万，两万？只要这些钱能够买回自己一年，甚至是一个月的青春，那该多好！他心里动了一下，快速地写道："海林先生：请将我的遗嘱略作修改，我要加上一条：'伊莲·福尔赛——她如今已经用回自己的闺名伊莲·黑隆——是我的侄媳，扣除遗产税后，我要赠予她一万五千镑。'佐里恩·福尔赛。"

写完这些后，他将信封了起来盖上火漆，贴上邮票，然后又来到窗前，深深地呼出了一口气。夜色浓黑，天幕上亮着很多星星。

4

凌晨两点钟，他突然醒来。长久以来的人生经验让他知道，在这样一个清冷的夜里，任何想法都可能令自己精神紧张。当然，他的人生经验也让他知道，待上午八点正常醒来之后，便会发现此前的紧张完全是杞人忧天。这天夜里，他愈来愈认识到事情的严重性——若是他倒下了——以他现在的年龄这是很有可能的，那么，便有可能再也见不到她了。于是，他更加深入地想到，若是他的儿子和孙女从西班牙回到他身边，他就不能再和她保持联系了。毕竟，这个女人曾经抢了——在深夜里没有必要在乎措辞——珍的情人，他又怎么好意思和她往来酬唱？虽然，那个情人现在已经离世了，但珍是个牛脾气——她虽然有一副热心肠，性格却如牛皮筋一般顽固——确乎如此，她无论如何也忘不掉的！及至下月中旬，他们就会回来，他仅有五个星期的时间，来好好享受晚年的这一点点愉悦。这冷清清的夜色，使他越发对于自己的心情感触良深。荒唐的是，他在这个年纪居然还会为美丽的女子所倾倒。不过，除了这一点外，他还有什么理由让自己的孙女去承受这种折磨，又如何能让自己的儿子和儿媳不觉得自己老不正经？或者，他只能偷偷地进城去看她，不过到了他这个年纪每次进城都是很累的。然而，要是自己的身体不舒服起来，就连偷偷溜去看她也办不到了。他睁着眼睛躺在床上，懊恼地思考着这个问题，不断地在心里想自己是不是老糊涂了，同时感到自己的心跳不是很规律，忽快忽慢。一直到天色放亮，听到鸟儿啼叫、雄鸡打鸣时，他才渐渐睡去。等醒来的时候，他感到浑身疲惫，但是头脑却很清醒。在未来的五个星期之内，他还用不着发愁。而对于他这个年龄的人来说，那简直相当于一个世纪之久了！昨夜的紧张情绪虽然还没有完全退去，但是对他这样一个一直无拘无束的人而言，心情反倒好了许多。他要尽可能多地和她在一起。最后，他想不如直接进城让自己的律师在遗嘱上加上那条，根本就没必要写信，或许还能和她去看一出歌剧！不过还是坐火车过去，免得自己那个胖车夫培根在背后说些什么。用人们全都那么愚蠢，估计伊莲和小波辛尼的事情他们是知道的——他们什么都懂得，就算不懂也会联想到那上面去。于是在那天早上，他给伊莲写了一封信：

亲爱的伊莲：

　　我明天有事要进城一趟，若你有兴同去看一出歌剧的话，我们可以先去吃一顿清静的晚餐……

　　不过去哪儿？他有几十年没在外边吃饭了，以前不是在别人家，就是在俱乐部。啊哈！最后他想起了一家靠近考文特花园的时髦大饭店。

　　明晚七点我在彼得蒙饭店等你，上午，你可以先在饭店里给我留个便签，让我知道你是否会来。

佐里恩·福尔赛

他想她会明白自己的心意，不过是带她出来散散心罢了。他可不愿意让她觉得自己急切地想要和她见面，他从心底里讨厌这样。都到这样的年纪了，还要如此急切地去看一个美丽女子，总是有些不成体统。

翌日，进城的路程并不长，然而当他从律师事务所出来之后，已经很累了。天气又那么热，他换了衣服，就在卧室的沙发上休息了一会，准备用晚餐。他必定是昏倒了，因为醒来的时候觉得很累，挣扎着站起来按了一下铃。现在都七点了，他怎么还在这里，伊莲一定已经在楼下等着了。他忽然又感到有些头晕，于是再次躺到了沙发上。不一会儿他听到了女用人的声音：

"先生，有事吗？"

"是的，你过来。我有些不大舒服，你去给我拿一些嗅盐来。"他的眼睛有些花，看不清楚她的脸。

女用人的声音有些紧张："是的，先生。"

老佐里恩挣扎了一下，说："先不要走，你去给我的侄媳送个信，她现在应该在楼下大厅里等我，是一位穿浅灰色衣服的女士。你就说福尔赛先生有些不大舒服，可能是中暑了。对她说声抱歉。若他一时过不来的话，晚饭就不用再等他了。"

女用人走后，老佐里恩虚弱地想道："我为什么说是浅灰色衣服？也许她今天会穿其他颜色的衣服。嗅盐！"他意识到自己还是清醒的，不过有一些事他完全不知道——伊莲站到了他的身边，还拿着嗅盐凑在他的鼻子前面，自己的脑袋下面多了一个枕头。接着他听见伊莲急切地问："这到底是怎么一回事，你怎么了，佐里恩大伯？"虽然有些迷糊，不过他的手还是感觉到了伊莲嘴唇的温暖。于是，他深深地吸了一口嗅盐，突然有了力气，狠狠地打了一个喷嚏。

老佐里恩说："你怎么上来了？到下面吃晚餐去吧。我没有关系，一会儿就好了。戏票就在梳妆台上。"

伊莲把手放到了老佐里恩的额头上，紫罗兰的香气扑鼻而来，老佐里恩坐在那里，既感到很开心，又极力地挣扎着想站起来。

"呵呵，你今天穿的是浅灰色衣服啊！先扶我起来。"站起来后，老佐里恩使劲抖擞了一下自己的精神。

"今天怎么就这样倒下了，真是让人上火！"他极其缓慢地走到镜子前面，看到自己的脸色不是很好，就像死人一般！

这时，伊莲的声音在他身后响了起来："佐里恩大伯，今天你不能下楼，一定要好好休息才行。"

"呵呵，这可讲不通！只要一杯酒下去，我就什么问题都没有了。我们可不能错过今晚的歌剧。"

这时髦的地方地毯铺得很厚，每走一步，都要绊一下，因此过道走起来十分吃力。在电梯里，老佐里恩看到伊莲脸上关切的神情，就微笑着对她说："我这个东道主也太不像话了。"

电梯停下来的时候，他紧紧抓着自己的椅子，以防滑倒。在喝完汤和一杯香槟之后，老佐里恩感觉好了许多，因为自己眼前这个样子能得到她的关心，他也很受用。他突然说："我真的很希望能有一个像你这样的女儿。"看到伊莲眼中带着笑意，他又接着说："以你现在的年龄，不要老是忘不了自己的过去，因为等到将来你像我这样老的时候，会有时间去回忆的。你穿的这件衣服真不错，我很喜欢你这个样子。"

"是我自己做的。"

一个女人如果还肯为自己做衣服的话，那就是说她并没有放弃自己的人生啊。

"人生在世，要及时行乐，"他说，"我们一定要爱惜自己的时光，必须如此。来吧，把这一杯干了，让我在你的脸上看见一些红晕。今晚饰演主角玛格丽特的，据说是个新人，希望不要太胖才好。还有另一个人物靡非斯特，也是一个新人——在我看来，最让人受不了的事情就是让一个胖子去扮恶魔。"

不过，他们最终还是没能去看歌剧，因为吃完晚饭后，老佐里恩又开始头晕了。伊莲坚持要老佐里恩好好休息，还要求他早点上床睡觉。最后不得已，他只好跟伊莲在旅馆门口分手，付钱叫车将她送回了切尔西。送走伊莲后，老佐里恩暂时坐了下来，回味着伊莲的话："佐里恩大伯，你对我真是太好了。"啊呀，难道还有谁会对你不好？他可是非常希望自己能再多住一天，那样他就可以带她去动物园了。不过接连几天一直缠着她的话，估计不用多久她就会烦了。他只好跟她约定下个星期天，伊莲也答应到时候过来看他。到时候正好跟她确定一下教好儿弹钢琴的事情，哪怕就一个月。那个布斯小姐肯定不同意，不过也只能由着她不高兴了。他把帽子放在胸口压扁，走向了电梯。

第二天一早，老佐里恩坐马车去了滑铁卢车站，内心却在呼喊："带我去切尔西吧！"他憋着没说，因为觉得那样未免有些太过分了。另外，他还是觉得有些不舒服，如果像昨天晚上那样再来一次的话，那可就麻烦了——况且出门在外，可不是闹着玩儿的。再说了，好儿也一直在盼着他赶快回去，当然，还有他带给她的礼物。这倒不是说这孩子对他是虚情假意的，要知道在她小小的心里，满满的都是爱。接着，老佐里恩又用那种老年人特有的格外苛刻的现实心态想到了伊莲，他在想：伊莲这样对他，是不是虚情假意的呢？随后他就否定了自己的想法，伊莲不是那样的人。说起来，她总是搞不清什么事对她有利，她的意识里根本就没有财产观念，一个可怜的人！还有，他并没有告诉她自己在遗嘱上添加了内容，现在看来这样是最好的。

好儿是坐着大马车来车站接自己的，就连小狗伯沙撒也跟来了。坐车回家的路上，好儿和小狗玩儿得非常开心，他瞧着这一切也开心起来。天气晴朗，但是很炎热，在当天剩下的时间及次日的大多数时间中，老佐里恩的心情都很平静，一直坐在树荫下面休息，看着阳光像金雨一样洒落在草坪上和鲜花上。不过到了周四晚上吃饭的时候，他便开始计算还有多久她才会来看望他。还要再等两天半——也就是六十五个小时的时间，他才能去小树林那里迎接她，这次还是陪她顺着田野走上来。老佐里恩本想请医生来给他看看头晕病，不过那个家伙肯定会对自己提出不能劳累、多休息之类的要求。因为他不愿意整天被束缚着，让别人把自己当病人看。就算是现在真的生病了，在他这个年纪里还能碰到这样的新鲜事，他也不会听任何人的意见的。就是在写给儿子的信中，他也从未提及自己头晕的事情，如果他们知道了，只会以最快的速度赶回来！这样隐瞒着，连他自己也搞不懂究竟是体贴他们，怕打扰他们的好心情，还是为了自己，他也不想去搞清楚。

那天晚上，当他抽完雪茄正打着瞌睡要去睡觉的时候，安静的书房里传来一阵衣服的簌簌声，他还闻到了一阵紫罗兰的香味。老佐里恩突然睁开了眼睛，然后看见伊莲就那样站在壁炉的旁边，还是穿着那身浅灰色的衣服，两只胳膊向前伸了出来。最为怪异的是，虽然她的两只胳膊并没有抱着什么，却如搂着一个人的脖子般弯曲着。她自己的脖子也向后面使劲地仰着，嘴巴微微张开，眼睛是闭着的。只是一会儿工夫，她就不见了，壁炉架和架上的几座铜像又显现了出来——刚才伊莲在的时候，那上面本无一物，只有壁炉和墙壁。老佐里恩心中又急又怕，马上站了起来，心里想着："我一定是病了，得吃点儿药。"他的心脏跳得很快，胸口有一种压迫感，犹如得了哮喘一般。老佐里恩走到窗边，打开窗子透透空气。他听到远处传来一只狗的叫声，那自然是小树林那边的盖基农场养的狗。此时的夜晚很安静，但是外面一片漆黑。"我刚才睡着了，"他自己心里想着，"一定这个原因！不过我发誓，刚才眼睛是睁着的！"突然响起一声叹息，像是在回答老佐里恩内心的疑问。

"什么？谁在外面？"老佐里恩厉声问道。

老佐里恩紧紧摁住胁下的痛处，这样可以使心跳稍微平稳一些。接着他来到了走廊上，一个毛茸茸的东西迅速从黑暗中窜了出去。"啊哈！"原来刚才是那只大灰猫。他心里想："小波辛尼就像那只大猫一样啊！就是因为他一直在这里，所以她——他还在留恋着她！"老佐里恩来到走廊边上，冲着下面漆黑的地面望了望，隐约可以看到草坪上那些没有割过的白菀花！过了今晚，它们就会凋谢！月亮在那边升了起来，冷冰冰地将这一切都看在眼里，不管是年轻的还是年老的，是活着的还是死了的，简直毫不动容！过不了多久就轮到他了。只要能有一天的青春，他甚至愿意将自己剩下的时间全部用掉！老佐里恩转身向屋子里走去，看了看孩子的房间，小宝贝应该睡了。"但愿那狗的叫声没有吵到她！人究竟为何而爱，又为何而死呢？算了，还是去睡吧。"老佐里恩心里想着。

他穿过那被月光映得苍白的走廊，回到屋里。

5

已近暮年的人，哪个不是在回顾着自己往昔的峥嵘岁月？除此之外，他们又能拿什么来打发残余的时光？在对过去的回忆中，并没有那些令人兴奋的激情，有的只是冬日那暗淡的阳光。如今这一身躯壳，已经禁不起回忆剧烈的撞击了，对于现在，应该带着恐惧，而对于未来，应该加以回避。在应该坐在清凉的绿荫下，看着日光在自己脚前一点点溜走。纵然眼前是一片夏意，他也不应当跑到外边的太阳地中，任自己在残留的春意中胡闹！便是如此，他会随时光一起慢慢地、不为人察觉地渐渐老去，直到命运注定的时刻最终到来。或许是在某个早上，整个世界还没有被太阳照亮的时候，他就被扼住了喉咙，最后喘着气死去，最后任由别人帮自己竖起一方"死得其所"的墓碑！不错，若是一位福尔赛肯这样要求自己，他死后便也如生前一样活着。

关于这一切，老佐里恩都无比熟悉，不过在他的性格里，还有一种远超出福尔赛主义的地方。有这样一个规定，一个福尔赛绝对不允许因为爱美而失去理智，也不可以随心所欲而损害自己的健康。不过在这一段时间，他的内心有些撼动了，每次的撼动都在冲击着他这一副越来越虚弱的皮囊。他已经注意到这一点了，但是他也知道没有办法阻止这种撼动，就算是自己想去阻止也做不到。然而，若有人提醒他，他是在坐吃山空，估计他会凶巴巴地瞪着他。不过，一个人要总是坐吃山空的话，是万万不行的。那些老掉牙的规定看起来却要比眼前的现实真实许多。一直以来，老佐里恩认为坐吃山空是最没出息的事情，所以绝对不能容忍别人用这种恶毒的语言来形容自己。然而，健康是快乐的，俊俏的女子是人所共赏的，从那些年轻人身上重新又找回了青春——除此之外，他还做了些什么呢？

他还是一如既往地坚持着自己的做事风格，把时间安排得井然有序。每周二，他会坐火车进城，邀请伊莲与自己共进晚餐，然后去看歌剧。每周四，他会乘马车进城，将车夫和马车支走，然后跟她在坎辛顿公园见面，之后再回到马车上，赶在晚饭前回家。每次他都要对她说，自己近日还要再来伦敦办事。每周六和周三，她都会下来教好儿弹钢琴。不过跟她在一起越是开心的时候，他就越是小心翼翼，一本正经，看起来完全是一位慈厚慈祥的长辈。没错，就连感情都没有表现出来一丝一毫——因为，归根结底，他已经是这把年纪。不过，若是她晚来一会儿，他便心急得要命。若是她没有来——这样的情形有两回——他的眼神便会悲凉起来，像一只老迈的狗，彻夜难眠。

就这样，整整一个月——绿野油油的夏日，燥热无比的夏日，精神疲惫的夏日——悄悄地过去了。若是在几个星期以前，你跟他说他的儿子和孙女儿要回来了，他绝对不会将这当作祸事，然而眼下这情形真是出人意料。几个星期以来，天气一直这么好，还有刚刚建立的新友情——她对他没有任何的要求，并且始终保持着一种神秘感，让她看起来更加魅力十足——不过，她也向他展示了她的可爱，让老佐里恩又感受到了一段自己成家前的逍遥自由的生活。他就像一个戒酒多年、一直在喝着水的人一样，本来连酒精在血液和头脑中所形成的刺激，都已经忘得差不多了，却在突然之间又品尝到了一杯美妙的佳酿。花儿的颜色更加鲜艳了，花香、音乐以及阳光都好像拥有了生命似的——这一切并不仅仅勾起他对过去的美好回忆，也使得眼下的生活都有了继续下去的意义，并且让他不停地期待着。他现在是在现实中快乐地生活着，而不是活在那些美好的回忆里。对于这个年纪的他而言，其中的差别可真谓判若云泥。一直以来，老佐里恩的饮食都很有节制，那些美馐佳肴对他来说本来就没有什么意义，现在更是一点吸引力都没有了。如今他吃得很少，就算吃了也食不甘味。整个人一天天变得消瘦和憔悴，很快又变成一根"竹竿子"了。因为他的身体越来越瘦，加上那颗大头和深陷的两个太阳穴，他看起来显得比平常更加威严了。他心里明白，应该去找医生来检查一下，但是自由对他的诱惑力实在是太大了。现在他只不过偶尔喘不过气来，还有胁下一直隐隐作痛。不过，他绝不会因为这个把自己当宝贝，从而放弃自由。如果让他回到这种新的快乐日子以前的生活状态，过着平淡无奇的生活，没事的时候就翻翻《农业杂志》，看看里面画的大个头甜菜，这绝对办不到！最近，他的雪茄抽得也有些过量了，以前每天只抽两支，现在能抽到三支，甚至是四支——若一个人精力太过活跃，难免要如此。老佐里恩常常想："我一定要戒掉雪茄和咖啡，也绝不能像现在这样奔命似的进城了。"不过，他一直都没有什么变化。没有任何人有资格来监督他，或者说这是他最大的福气。那些用人们尽管看不下去，但也不会说什么。布斯小姐只是一味地关心自己的胃病，并且她很有"教养"，绝对不会干涉私人的事情。好儿现在还小，根本看不出他外表有什么变化。在她的眼里，他就是她的一个玩具，是她的神。最后就只有伊莲关心自己了，她总是劝他要多吃些饭，白天热的时候要多多休息，吃点补品什么的。不过她也许永远都不会知道，他就是为了她才如此消瘦和憔悴的——人有时候很容易忽略掉自己造成的伤害。按理说，一个八十五岁的人应该不会有什么热情了，但是那由美色引起的热情，和由此热情引起的伤害还是和过去差不多。恐怕一定要等到他那双渴望看到她的双眼，被死神永远合上的时候，这伤害才会停下来。

在七月第二周的头一日，他收到了儿子从巴黎寄回来的信，说他们在本周五就要回府。这本来是铁板钉钉的事情了，不过老年人往往只考虑眼前，抱着一种可怜的心态，总觉得自己可以撑到最后一分钟——他可是一直都不相信命运这回事的。不过现在他不得不承认，而且还要想方设法地去挽救。他现在真的不敢想象，这种快乐从自己的生活中消失，会是什么样子。不过有时你没想到的事情，它偏偏就发生了，好像福尔赛家族的人还经常在这个问题上出问题。他坐在那张旧皮椅上，把信收了起来，咬啮着一截熄灭掉的雪茄。从明天开始，以后的每周二他都不可能再进城了。或许，每星期他还是可以托词说去看经理人，坐马车进一次城。但是即便如此，一切也要视他的身体状况而为，他们现在已经为他的身体状况而担惊受怕了。不过，教好儿弹钢琴这件事，一定可以继续进行下去。伊莲可不能有所顾忌，珍必须把自己的感情都给收起来。就在波辛尼死讯传来的时候，她就已经在做了，既然当初可以做到，那么现在也是可以做到的。从那件事刺激她开始，到今天已经四年多了，把多年的仇恨一直记在心上，不管对谁都是没有人情味的。珍的意志的确很强，不过现在他的意志要更强，因为他已经是快入土的人了。伊莲是个和善的人，为了他，她一定会这样做的，当然应该会有所顾忌，但相信她宁愿自己受些委屈，也绝对不会看着他痛苦！只要她肯继续教琴，那么他就真正地放心了。终于，他又开始抽雪茄了，然后琢磨着给他们一个什么样的解释，如何跟他们诉说这种友情。不过，一定要将自己的真正目的隐藏起来，可不能让他们知道，自己不过是为了看一眼这位美丽的女子，倘若不能看见她便活不下去。对了，好儿，她喜欢伊莲，也喜欢跟她学琴。好儿这个小宝贝一定会帮自己的，想通这些后，老佐里恩的心情不再那么紧张了，反而奇怪自己为什么会如此紧张。现在他可不能随便着急了，每次着急之后，他就会发现自己的身体变得越来越虚弱，简直有些灵魂出窍的感觉。

那天吃过晚饭以后，老佐里恩的头又开始晕了，不过没有严重到像上次那样直接晕倒。但是这次他没有叫人，怕全家上下会因此而紧张起来，那样明天进城就会更加引人注目了。人到了这个年纪，好像整个世界都在限制着他的自由，这究竟有何益处？不过是多几日的苟延残喘而已。老佐里恩可不想做出这样的牺牲，此时，只有小狗伯沙撒看见他一个人默默地挣扎着，很焦急地望着主人——他只是打开橱柜倒了一杯酒喝下去，并没有像往常那样拿一块饼干给它吃。待到他觉得自己可以走楼梯的时候，就上楼睡觉去了。第二天早上起床之后，老佐里恩觉得还是有些晕眩，不过一想到晚上的约会，便挣扎着起身了。请她美餐一顿是件幸事，而且老佐里恩觉得，她自己在饮食方面一定很节俭。另外，在听歌剧的时候，看到她那欣喜的表情和唇边的微笑，也让人非常开心。她平时没有什么乐子，这也是自己最后一次招待她了。不过在收拾东西的时候，他想到还要去换衣服，而且还要告诉她珍快回来了，想想这些，他觉得甚是疲倦——要是没有这些该多好。

那天晚上他们听的歌剧是《卡门》①，他在最后一次幕间休息的时候，才告诉她珍要回来了，且是在幕布拉起前才告诉她的。她听了之后，很奇怪地没有出声。没等他弄明白她的想法，音乐已经响了起来，于是他也不作声了。她的脸上犹如罩上了一副面具，在那下面包藏着万千思绪，只是他无法了解。也许，她需要好好地想一想，他没有追问。反正明天她会来教好儿弹钢琴，那时她应该已经想好了，再问她也不迟。在送她回去的路上，他只跟她谈歌剧，他说以前看过更好的，不过这个也已经很好了。当他跟她握手道别的时候，她弯下腰吻了他的前额。

"佐里恩大伯，你对我实在是太好了，再会。"

"明天见，好好睡一觉！"他说。伊莲温柔地回答一声："好好睡一觉！"马车走开的时候，他注意到她转过身向着他，一只手伸了出来，就好像舍不得他似的。

他慢慢回到旅馆里，又是一间崭新的卧房，他们从来就没有给他开过同样的房间。这些新房间里，家具都是全新的，灰绿色的

---

① 《卡门》：法国作曲家比才（1838—1875年）的最后一部作品，于1974年秋创作完成，下文的《哈巴涅拉》为其中一段音乐。

地毯上带着粉红花图案，住着一点都不习惯。脑子里一直响着那一支《哈巴涅拉》，他睡不着。虽然他懂的法文不多，但还是能听明白曲子的大意——那里面讲述了一个吉卜赛女人，既放荡又神秘。想到这里，他突然想到人生就有一些神秘的地方，使你忘掉一切的顾虑和计划——使男人和女人随着它的音乐起舞。老佐里恩躺在床上，睁着眼睛注视着眼前那被神秘驾驭着的黑暗。有人总以为自己可以控制人生，殊不知，是人生牵着你的鼻子走向南北西东，最后你的生命就此终了。就连掌控人类命运的星辰，也都是如此被它玩弄着，一会儿攥在手心，一会儿又撒开手去，这个游戏永远没有尽头。五百万人在这个热锅一样的城市里，所有人都听从命运的摆布，就像一拳击到一块洒满豆粒的木板上，豆子纷纷被弹了起来。联想到自己，估计也不会有太多时日可供他胡闹了——安静的长眠才是他最好的解脱！

楼上很热，吵闹得要命。他的前额很烫，分手前伊莲在那里吻了一下，像是她早知道会如此要替他吻掉一样。不过，事与愿违，她吻过之后，那里反而留下异常不舒服的感觉。以前她从未用那种语气对他说话，从未表现出那种依依不舍的样子，也从未在临走时那般频频地回眸。他重新又从床上爬了起来，拉开窗帘望着外面的泰晤士河。此时的空气非常沉闷，而河水还是那样平静地、永不停息地流淌着。看到这些，他的心情竟好了一大半。他想："现在最重要的事情，就是不要让自己成为一个让人讨厌的老家伙。所以，该想一想我的好儿，然后尽快上床休息。"不过，夏日伦敦夜晚的那种闷热与嘈杂得很久才能平静下来，所以趁着清早睡一小会儿，老佐里恩合了一下眼。

翌日一到家，他就跑到了花圃里，在好儿的帮助下——她的小手轻轻地——采了一大束石竹，并且告诉好儿，这些花儿是送给那一位"浅灰色衣服的太太"的，他们俩之间一直沿用着这个称呼。他将采好的花儿插到书房的一只大花瓶里，等伊莲来的时候就送给她，这样就可以在谈论珍和教好儿钢琴的事情上，让她稍微妥协一下。他想，这些花儿的香气和色彩应该会起一定作用的。午饭过后，感到有些疲倦的老佐里恩去躺了一会儿，反正要等到四点钟马车才能从车站接到她。不过快到下午四点钟的时候，他竟有些忐忑不安起来，于是自己找到琴房去了。这时好儿和布斯小姐都在这里，她们在喂蚕，教室里的窗帘被拉了下来，这样就可以抵挡一下七月里的烦闷。老佐里恩一直以来就不喜欢这些生活中有规律的东西，蚕的颜色总会让他想到大象，它们将绿色的叶子啃出一个个小洞，并且发出难闻的气味。于是他在窗边一条套着印花布的长凳上坐了下来，从这里可以望见车道，还能呼吸到一些新鲜空气。在这炎热的天气里，就连小狗伯沙撒也喜欢印花布，于是跳了上来，在他身边坐下。钢琴上铺着的那条淡紫色的毯子，已经变成了灰色，上面还放着一瓶紫薄荷，使得整个屋子里都充满了紫薄荷的香味。虽然现在屋里比较凉爽，或许正是由于凉爽的关系，他那脆弱的神经受到了猛烈的振动。从窗外进来的日光很是耀眼，十分惹人讨厌；小狗身上的味道很重，钢琴上紫薄荷的香味也是如此浓烈；还有那些蚕拱起灰绿色的身子，活跃得有些吓人；好儿低着头，摆弄着蚕子，她的头发亮得像绸子一般。当一个人到了衰弱的暮年，就会觉得生命是如此的神奇与残酷，所有充满活力的东西都好像是在讽刺着自己。这几个星期的古怪是他有生以来从来没有过的，好像自己只剩下一半的生命，却还要眼睁睁地看着另一半就这样奄忽逝去。唯有跟伊莲在一起的时候，他才会打消这种古怪的感觉。

好儿回过头来，伸出她那晒得黑乎乎的小拳头指着钢琴[①]——布斯小姐说过，用一根指头指东西是缺"教养"的——狡黠地说："爷爷，你看'浅灰色衣服的太太'，她今天一定很漂亮吧？"

老佐里恩听完后心中一动，视线突然模糊了一下，接着又重新清晰起来，问道："这是谁给它铺上的？"

"是布斯小姐。"

"好儿，不许胡闹！"

这个不懂味的法国小女人！到现在为止，对不让她教琴这件事还是耿耿于怀，不过这也无济于事。好儿是他们唯一的朋友，是好儿在学琴，与其他人无关。他没有理由让步，无论如何，他是绝对不会让步的。

他顺手拍了拍伯沙撒那毛茸茸的脑袋，这时，好儿说："那等妈妈回来的时候怎么办？你是清楚的，妈妈不喜欢陌生人。"

好儿说的这几句话，一下子将所有反对老佐里恩的氛围煽动了起来，对他这几天一直享受着的自由构成了很大的威胁。他觉得，他必须得老老实实地做一个靠家人照顾的老头子了，要不就得为这珍贵的友情而奋斗，但这奋斗估计非得把他累死不可。不过最后他那张憔悴的脸渐渐地严肃起来，又转为决心，现在他的脸看起来就只剩下巴了。这房子是他自己的，这也是他自己的事情，绝对不能让步。他看了看时间，手上这只表已经买了五十年了，跟他一样老，一样的单薄。现在已经四点了，他吻了一下好儿的头，就下

——————
①指罩钢琴的褪色的毯子。

楼来到了大厅里，他想在她上楼之前就先找到她。一听到马车的声音，他就快速来到走廊外边，但很快就看到马车里面并没有人。

"老爷，火车已经到站了，不过太太没有来。"

老佐里恩向车夫摆出一副严厉的表情，仰起头，不搭理胖子的好奇心，也不能让他看到自己现在失望的神情。

"好的。"说完，老佐里恩就回到了屋子里。走进书房坐下来之后，他的身体抖得很厉害，就像一片树叶。这到底是怎么回事呢？也许是她错过了火车，虽然明明知道不是这样的。"再会"，她为什么说"再会"而不是"晚安"？还有那只伸出来依依不舍的手，就那样停在空中。那一吻是什么意思呢？他感到很着急和气恼。老佐里恩在窗子和墙壁间的地毯上走来走去。她应该是打算拒绝他了。这个想法很真实，不过对此他没有任何的招架之力。一个暮年之人还想看着一位美丽的女子，真是荒唐，光是年龄就让人无言以对，使他的奋斗显得毫无意义。一切温暖和有生气的东西，都已经与他无缘，剩下的只有回忆和苦楚。他也不太可能去求她，就算是一个老头子，也应该顾及自己的体面，这简直完全没有办法。他就这样不知疲倦地来回走了一小时。经过那瓶石竹的时候，那一阵阵香气，眼下闻起来就像是在讽刺自己一样。对于这样一个始终随心所欲的人来说，在所有的事情里面，自己的意志受到打击是最让人不堪的。现在的他，就像是一条被困在网里的鱼，挣扎着，不管向哪儿游，都找不到出去的洞或者破缝。下午五点钟的时候，用人来送茶，还给他带来了一封信。看到信，他的心里又突然有了希望。于是用刀子将信打开，读了起来：

亲爱的佐里恩大伯：

　　我真的非常过意不去，当您看到这封信后肯定会很失望，昨夜我实在不敢跟你讲，我太懦弱了。珍就要回来了，我想我是不可能再去教好儿弹钢琴了。有些事情给人的伤害是极深的，根本就没有办法忘记。我想，日后你进城来，我们还可以见面，但这样对你也未必合适。我看得出，你最近把自己弄得很累，这么热的天气，应该好好地在家中静养。现在，令郎和珍马上就回来了，你应该可以过得很开心。谢谢你一直以来对我的照顾，非常感激你。

伊莲

　　就是这样！寻找快乐，做最让自己开心的事情，对他来说都不合适。想办法排解那种濒死的心情，不让自己去感受那最终的结果，感受那死神越来越近的脚步声！对他不合适！连她自己都不知道，她就是他的一剂延年益寿的汤药，是他来不及追回的美之化身！

　　茶已经凉了，手里的雪茄，也始终没有点上。他就那样来回走着，又要顾及自己的面子，又舍不得放弃这种自由，这真是进退两难，简直无法忍受！就这样慢慢地把自己消磨掉。那种由别人关怀备至的照顾，将他压得透不过气来，这是让人无法忍受的！要不要就老实地告诉她：自己是真的想要见她，而不只是舍不得，不知道这样行不行。老佐里恩坐在他那张旧书桌前，提起笔，停顿着。如果像他这样去要求她，用自己的美丽来取悦自己，实在是有些不像话。那样简直是在告诉她，自己老糊涂了。他不能这么做，于是，他反而写道：

我本来希望，一切旧日的创伤不应该妨害无关者——我和我的小孙女——的欢乐与利益，然而，对于一个上了年纪的人来说，最好还是放下自己的一厢情愿：他们活该如此，他们要尽早放下一切生活的希望，唯有这样。

佐里恩·福尔赛

他想着："完全是在发牢骚，但我实在太累了，已经没办法了。"于是将信封好，丢在邮筒里，这样，晚班邮件就可以送出去了。听见信落到筒底的声音，老佐里恩想："一切就这样结束了！"

这天的晚饭，老佐里恩没有任何胃口，简直没吃东西，雪茄抽到一半就感到头昏，只好丢掉，慢慢地上了楼，然后小心翼翼地走进孩子的房间。他就在靠窗的凳子上了坐了下来，屋里有一盏长明的油灯，正好照在好儿的小脸上，她的一只小手枕在脸蛋下面。窗格里有一只刚刚出壳的大甲虫，在日本窗纸间弄出哗哗的响声，一匹马在马厩里烦躁地跺着蹄子。如果自己能像她这样熟睡该多好啊！他将木条窗帘向上拉了几节，然后看着窗外。月亮已经升了起来，不过颜色红得像血一样，这样红的月亮，他还从来没有看到过。在夏日最后的余晖里，就连窗外的树林和田野也都带着睡意。他心里想："一切幸福都已经过去了，自己在年轻时也看过不少美丽的女子，怎么还不知足？小波辛尼说我懂得什么是美。今晚的月亮好圆，简直像有一张人脸在里面似的。"一只蛾子不断地从面前飞过去。"浅灰色衣服的女子呀！"他闭上眼睛，突然有一种再也睁不开的感觉。他任凭这种感觉不断放大，任凭自己陷进去，直到打了一个寒战，他才硬撑开眼睛。他觉得自己整个人都有点不对劲，毫无疑问，很不对劲，他想还是得去看看医生了。但已经无所谓了！月光照到那片小树林里，出现了好多影子，它们是现在唯一醒着的东西，只有影子在那里蠕动着。"浅灰色衣服的女子！"那些影子会爬上那棵断树，会凑在一处悄悄地聊天。那是伊莲与波辛尼吗？奇怪的念头！而那些蟾蜍与昆虫都会悄悄地聊起来！屋子里座钟嘀嗒嘀嗒地响个不停！房间外面，完全被那通红的月色笼罩着，一片阴森森的，屋子里也同样阴森。小长明灯慢慢地燃烧着，座钟发出嘀嘀嗒嗒的声音，屏风旁挂着用人的外衣，长长的犹如女人的身躯。"浅灰色衣服的女子！"脑子里忽然出现了一个怪念头："她会不会只是一个穿浅灰色衣服、有着深棕色眼睛和琥珀色头发的精灵，在风信子花开的时候，才会出来散步。她真的来过吗？真的活着吗？她会不会仅仅是他曾经爱过并且即将离去的所有美的化身？"他起身扶着窗框站了一会儿，让自己回到现实中来，之后蹑手蹑脚地走向门口。待他走到床脚的时候停住了脚步，小宝贝好儿就像是感到爷爷在看她似的，转动了一下身子，有些害怕似的将自己的小身子蜷缩得更紧了。老佐里恩悄悄地退出了好儿的房间，由过道回到了自己房中，脱掉衣服后穿着睡衣站到了镜子前面。镜子里的自己，太阳穴都凹了进去，两条腿瘦瘦的，只剩下一把骨头。他抗拒着镜子里的那个人，桀骜的表情浮现在脸上。现在所有的一切都要联合起来搞垮他，包括自己在镜中的影子，不过他还没有垮掉。老佐里恩上了床，脑子里乱哄哄的，一直无法入睡，心里明知道，一切苦恼和失望会毁了他的身体。

　　第二天早上醒来的时候，他觉得疲惫不堪，便把医生请了过来。医生为他做完检查之后，脸色铁青，马上要求他卧床休息，还要戒烟。不过现在对他而言，这要求也不算太难受，反正现在身体不舒服，烟抽起来也没有味道，所以也没什么意思。于是他将窗帘拉了下来，拿着一份《泰晤士报》翻来翻去，也没怎么去看。还好小狗伯沙撒一直在这里陪着他，一上午就这样过去了。吃午饭的时候，用人送来了一份电报："信已收到，下午至乡下，四点半见。伊莲。"

　　来乡下！终于来了！她的确还活着，也并没有抛弃他。来乡下啦！一股热气在他的全身流淌，就连额头和两颊都有点发烫。他喝完汤后，将盘子推到一边，就那样安静地躺着，待用人将餐盘收走，房间里只剩下他自己，眼睛时不时地转动一下。来乡下啦！等到三点钟的时候，他挣扎起来穿上衣服，没有发出任何声响。这个时候好儿和布斯小姐应该是在教室里，而用人们都在睡午觉。他小心翼翼地来到楼下。待在大厅的小狗伯沙撒跟着他去了书房，然后就来到了外边的大太阳下。老佐里恩本想翻过小山，去小树林里接她，可是现在的天气实在太热了，他自己是绝对过不去的。于是他改变主意坐在了秋千旁的那棵橡树下，小狗伯沙撒也因为太热在他身边趴了下来。他微笑着坐在那里。这真是一段令人陶醉并沉溺其中的时光啊！虫儿在嗡鸣！鸟儿在歌唱！真是夏天里的良辰美景。并且他十分开心——开心得如一个做小本生意的家伙，无论此话作何理解。她并不曾抛弃他，她马上就要来了！他人生的一切都拥有了，就只是差了一点力气和一点肉——就差这一点点了。她就要来了，马上就会看到她腰肢微摆，穿过凤尾草坪，穿着那身浅灰色的衣服，经过草坪上的白菀花、蒲公英和那像士兵一样戴着花盔的武士兰来到他面前。他也没有起身，就等着她来到自己的面前，说："对不起，佐里恩大伯！"他就坐像在秋千架上，望着她，告诉她自己生了一场小病，不过现在已经好了。伯沙撒知道自己的主人喜欢她，所以会舔她的手，它是一条好狗。

　　这树荫很浓，太阳根本照不到他的身上，余下的世界被照得非常明媚。坐在这里就连跑马场的大看台，连乳牛在田野里啃着苜蓿，用尾巴扫着苍蝇，都能远远地看得见。还能闻到菩提花和紫薄荷的香味，怪不得这里有一大群蜜蜂呢。它们很忙碌——跟自己的心一样的忙，一样的兴奋。也有的昏昏沉沉的，它们被花蜜和幸福弄得昏昏然，看上去十分沉醉，就像他的心一样昏昏沉沉，一样的沉醉。夏天——夏天——它们仍在那哼唱着大蜜蜂，小蜜蜂，还有苍蝇呵！

　　马厩上的钟楼那响了四下，不到半小时，他就可以看到她了。由于最近睡得实在太少，他想趁着这段时间好好地打个盹。这样，等她来到的时候，便能够精神饱满地欢迎她——迎接她那令人心旷神怡的青春和美丽，然后静静地看着她穿过铺满日光的草坪来到这里——浅灰色的美女！他靠向椅背，闭上了眼睛。不一会儿，一些比他的胡须还要白的野蓟花絮被风吹到了他的白胡须上，粘住了，随着他的呼吸摆动着。一缕阳光从树荫中透了下来，照在他的靴子上。在他的巴拿马草帽顶上，一只大蜂不知什么时候安静地在那里歇了下来。一阵强烈的、甜蜜的睡意袭到他那戴草帽的脑子，老佐里恩的脑袋向前晃了晃，垂在胸前。哦，这一个夏日！蜜蜂还在哼着曲儿。

　　马厩上的钟又响了起来，已然是四点半了。小狗伯沙撒伸了伸懒腰，抬起头望着自己的主人。野蓟的花絮也停止了摆动，阳光照在他的那只脚上，小狗将脑袋靠了过去，那只脚没有一丝反应。小狗迅疾地将下巴挪开，跳到了老佐里恩的身上，冲着他的脸，大声地叫着。随即跳下来，屁股坐在地上，仰头向天，发出一声长长的哀鸣。

　　然而，那野蓟花絮还是死一般沉寂，主人的那一张苍老的脸庞也——

　　夏日——夏日——夏日！一阵悄然的脚步从草地上传来！

〔英国〕约翰·高尔斯华绥 ◎ 著

马婷婷　曹丽 ◎ 译

福尔赛世家

（下）

海峡出版发行集团 ｜ 海峡文艺出版社
THE STRAITS PUBLISHING & DISTRIBUTING GROUP ｜ Haixia Literature & Art Publishing House

第三部　出租

两个仇人结怨，
一双璧人殒命。

——《罗密欧与朱丽叶》

第一卷

1. 偶然又偶然的相逢

　　一九二〇年五月十二日的午后，索密斯走出武士桥公寓，去科克街旁边的一家画廊参加画展，了解一下"未来派"的未来。他是自己走过去的。大战以后，他尽量不坐车。他认为，那些马车夫都太粗鲁了。虽然说目前战争已经结束，赶马车的人又多了起来，车夫们也前倨后恭，慢慢变得有些礼貌了，但索密斯仍然很讨厌他们，打心底把他们和记忆里那些无礼的车夫们归为一类。目前，索密斯所属的这一个阶级的人都这样认为，这些车夫们大致可以看作革命党的。战时他曾非常焦虑，战后一段时间，焦虑得更厉害，这些经历让他的心理变得坚强起来。他曾时常想象自己破产的情景，但如今，他已经完全不相信自己会破产了。每年仅是所得税和超额税就高达四千镑，想想看，这个人的经济情况估计会差不到哪去，他坐拥投资于不同行业中的二十五万镑财产，支出方面，仅仅需要供养老婆和女儿就好了，就算是破天荒地征起资本税来，对他也不会有太大的影响。至于说战时获利充公，他完全赞同，因为他在战争期间根本没有捞到什么好处，发战争财的人活该有这样的下场！不仅这样，要是藏画的行情看涨，他从开战以来收藏的古画便更加值钱了。另外，空袭对他也并非不是好事，将他的性格由谨慎顽强磨炼为更加坚强了。对比空袭所可能造成的财产损失，他不觉得交税有多可怕，另一方面，既已习惯对德国人咬牙切齿，他对工党便也顺理成章地痛恨了起来——虽说不曾公开，但已恨之入骨。

　　索密斯跟芙蕾约好，四点在画廊碰面，眼下才两点半，他便一路走着。他的肝脏有些压迫感，精神也比较紧张，所以不妨走走路。他妻子每次进城都不会待在旅馆中，他的女儿也和战争后的很多年轻女子一样，喜欢到处乱跑。虽说如此，他的女儿因为年纪小而不能在战争中去抛头露面，这点还是感谢上苍的。当然，这并不是说他在战争期间没有尽心尽力地支持国家，因为让妻女抛头露面和全力支持国家这完全是两回事儿。他很古怪，不喜欢让自己的情绪过于激动。曾经，他就极力不赞同安妮特回法国——受战争刺激，她称之为"亲爱的祖国"——给那些"勇敢的子弟兵"做护理师。一九一四年，她才三十五岁，模样俊俏。如果真去的话，一定会毁掉她的健康和美貌，使她看起来像一个真正的护理师一样！于是，他力劝她留在家里，帮士兵们做做裁缝和编织，安妮特虽然没去战场，却性情大变，开始对他冷嘲热讽，抓住一些小事情便含沙射影。说到芙蕾，战争决定她必须去上学。由于她母亲积极支持战争的态度，索密斯觉得芙蕾最好还是远一点，不但可以躲开空袭，还可以避免她受母亲的影响做出什么偏激的决定。因此，他把芙蕾送去了一个偏远的西部学校，学校地点和教学质量他都考虑了，却独独忽略了一点，自己会对她想得要命。芙蕾，这名字听起来有点异国情调，是在她出生时仓促想出来的。这个名字虽说有点儿向法国人妥协的意味，但是自己从没有后悔过。女儿不但名字好听，脸蛋也长相俊美，只不过，就是太好动了，总是不能安稳下来。性情又十分固执，还格外懂得如何利用父亲的疼爱！索密斯经常提醒自己，如此溺爱女儿是不对的——都六十五岁了，还是这么糊涂。虽说如此，索密斯却没有觉得自己年纪有多大，他的妻子虽然年轻貌美，但他对这第二次婚姻并没有全心投入。这也许是运气。他的一生只爱过一个人，那便是前妻伊莲。后来，他的堂兄佐里恩娶了她，据说他已经老得不像样子了。他已经七十二岁了，第三次婚姻也有二十多年了，所以衰老也在情理之中。

在海德公园，索密斯停下来，倚在骑道栏杆上休息了一会儿。这个地方，离他出生和父母过世的公园巷的房子，与三十五年前他第一次结婚的孟特贝里尔广场的小房子，几乎是一般远近。所以，这是一个让他触景生情的地方。如今，他的第二次婚姻都有二十年了，那些悲惨的旧事似乎也早已忘却——也可以说，当他期盼着儿子却迎来一个女儿时，这一切就结束了。这些年以来，他已经不再对自己膝下无子感到遗憾，而且内心里的恨意也都消失了；芙蕾使他心满意足。反正，女儿是随他姓，他也不必去理会她嫁人时改名字的事情。想到这里，他觉得，说不定自己可以用丰厚的嫁妆收买芙蕾的丈夫，然后让他改姓入赘。如今不是推崇男女平等吗？应该也没什么不可以。这种想象给了他些许的安慰，可是，他又觉得这好像不太可能。每当这时，索密斯就会用他那只弯曲的手，使劲去摩挲自己的脸，一直摸到那个可以给他一点安慰的下巴。他庆幸自己没有暴食暴饮，这张脸才免于肥胖痴呆。鼻子仍然很尖削，并未见得红肿肥大，再配上修剪得很短的雪白的唇髭，两眼依然炯炯有神，没有老花，头发虽说有些脱落，使得前额看起来更高了一点，但由于身体已经有些佝偻，两者协调起来，使得他看上去并没有多苍老。老一辈的福尔赛，只剩下侚摩西一个人了——他已经一百零一岁了——如果他看到自己，肯定会跟从前一样，说岁月真的没有在这个阔气的福尔赛晚辈身上留下什么痕迹。

在他整饬的软呢帽上，映着悬铃木的阴影。如今，他一般不会戴大礼帽了，他觉得，这年月让知道自己的人富有绝非明智之举。从悬铃木开始，他浮想联翩，想到了马德里。战争前夕的那个复活节，为了决定要不要买一张戈雅①的画，他像航海寻找新大陆的冒险者一样，到了他的故乡游历考察了一番。得出来的结论是，那个家伙的确是一个难得的天才！尽管他的身价已经够高了，但他还要将他继续向上抬，趁着大家对他的兴趣方兴未艾。他要让这劲头更加火热，于是便买进了戈雅的画。那次去马德里，他还请人临摹了一张《摘葡萄》的壁画；这在他是破例，因为画中那个叉着腰的女子实在很像女儿。这画现在收在麦波杜伦的一家画廊里，但因为戈雅是难以模仿的，所以那赝品远不如真迹出色。每当看不到自己的女儿时，他便去看这幅画，那女子轻盈的腰身，如画的眉黛，黑色瞳仁里那急切的梦想，都会让他想起自己的女儿。福尔赛家的人没有深色眼珠的，索密斯的是灰色的，芙蕾的母亲是蓝色的，但她却生就了一双黑眼睛！这可能遗传自她的外婆，爱米莉的眼珠便是晶亮的黑色。

---

①弗朗西斯科·何塞·德·戈雅：1746—1828年，西班牙浪漫主义画家。

818

索密斯继续走向海德公园的三角场。全英国估计就这儿的变化最大了！由于他出生时住的地方离这很近，他也记得从一八六年到现在的所有事情。他小时候，大人把他带到这儿，他十分震惊地望着那些穿着奇特的纨绔子弟策马奔驰，看着人们施举帽礼，神情非常悠闲，还有一个罗圈腿的矮子，穿着长长的红背心，特别喜欢穿梭在时尚人群中，还带着几条狗。索密斯还记得，他还曾向自己的母亲推销过查理长毛垂耳犬①和意大利跑犬，那狗儿特别喜欢蹲坐在她的褶裙边。不过，那都是过去了，现在是不可能再看到那些上等人。除了一些戴着圆顶帽，跨骑在马背上②的活泼的女孩子，就只能看到一些工人呆坐着。或者，还有一些根本就不懂骑马的殖民地人骑着一些寒酸的马儿，偶尔也能看到一些骑在小马上的女孩子，或者在马背上放松肝脏的老头子，再就是一些骑着高大战马的勤务兵。纯种马是根本看不到了，马夫也跟着消失了，礼貌、绅士、嬉笑，全都没有了。只有树还是原来的树，也只有它们，才对人类的变迁表现得那么漠然。民主的英国，既杂乱又匆忙，充斥着喧闹，喋喋不休。索密斯灵魂里的怪脾气激动起来，那个富贵高雅的上流社会就这么消失了！似乎只剩下有钱了，想到父亲也从来没自己这么有钱，他心里才有了些许的安慰。但是，淡漠粗鲁的寒暄却代替了风度翩翩的礼仪，虽说也有一些中落的阶层还保留着原先的风气，却少得可怜，就像安妮特所说的那样难看。估计，重拾往日风气的可能性不大了，而他的宝贝女儿——他生命中的希望——便也只能置身于这样一种缺少礼貌和道德、嘈杂不已的新世界中了。一

---

① 查理长毛垂耳犬：一种查理二世曾经喜欢的卷毛犬。
② 以前英国的女子骑马都是侧坐在马背上的，直接跨坐的姿势源于第一次世界大战。

旦工党的那一帮家伙得势，恐怕情况还要更坏。

　　他从三角广场的拱门下走过，眼下是白日，它不用再被灰色的探照灯照着了，那投映出来的形状简直难看极了。他嘀咕着："那些家伙应该把一切有人的地方都装上探照灯，好照亮他们那稀罕的民主。"他走在尽是俱乐部的毕卡第里大街，看到乔治·福尔赛一如既往地坐在伊希姆俱乐部窗前。他风雨无阻地出现在那里，一动不动，越来越胖，带着嘲讽的目光看着穿梭的人群。索密斯加快脚步，被他堂弟这样的目光注视着，他觉得十分难受。听人提起过，乔治曾经用"爱国者"的署名在大战期间给政府写过一封信，抱怨政府管制他的马驹吃燕麦。看啊，他就拿着一张粉红的报纸坐在那儿！胡须剃光了，头发上抹上了最好的发油，梳得亮亮的，很是高大魁梧。啊，他倒是一点都没变！索密斯的内心有史以来，头一次对这个一贯戏谑的亲戚生出同情。身材高大，外表整洁，眼睛闪烁着巴儿狗的凶光，这样一个人如果代表旧秩序的话，应该很难被撼动。他看见乔治晃动着那张粉红色的报纸[1]，要叫他过去，他一定是想问自己的财产状况，因为他的财产眼下由索密斯代管。二十年前，索密斯在和那个他亲爱的女人离婚时，在律师事务所只留下一个挂名，而眼前，他却又将福尔赛家的财产业务全盘代理了。

　　他稍微停了一下，还是慢吞吞地走了过去。自从妹夫蒙塔谷·达尔提在巴黎莫名其妙死了之后，索密斯觉得，这一家伊希姆俱乐部也跟着变得上流一些。他知道，乔治已经变得正派很多了，不做什么荒唐事了，只是一味地享受美食，为了不让自己变得更胖，就只吃最好的。至于赛马，不过是"喂两匹驽马，找点生活的

———————————
①专门刊登赛马消息的马经。

乐子"。正由于这样，索密斯走过去并没有像以前那样感觉自己很冒失。

乔治向他伸出一只手，那手掌保养得好极了。

"战争结束后一直没见到你，"他说，"嫂子可好？"

"谢谢，"索密斯淡淡地说，"挺好的。"

乔治的眼睛从一张肥硕的脸上流露出一些讽刺的意味，接着说："普罗芳得，那个比利时人，眼下已经是这儿的会员了，这人很有意思。"

"不错！"索密斯说，"你叫我有什么事？"

"老偶摩西好像随时可能归西，他的遗嘱已经立妥了吧？"

"立好了。"

"对了，你们应该找一个人去看看他，他可是老一辈中最后一个了。你也知道，他现在已经超过一百岁了，他们都说简直像木乃伊了。你要把他安葬在哪儿？我看，应该给他砌一座金字塔。"

索密斯摇头，说道："高门山祖坟。"

"哼，我想也是，那几个老姑太哪会肯把他葬到别处，她们肯定会想他的。我都计算过了，这一帮老福尔赛们真了不起，十个人，平均年龄八十八岁，简直像三胞胎一样稀罕。他们说，眼下这个食欲还不错，说不定还能继续活下去。"

"没别的事了吧？"索密斯说，"那我走了。"

"冷血的混蛋！"乔治用眼光回应着他，说道，"就这些，你应该去他那墓穴里瞧瞧他，说不定他还可以向你显灵呢。"他的胖脸停下嬉笑，接着说，"你们这些做律师的，有没有法子躲掉这见鬼的所得税？特别是遗产，以前我每年能收入两千五百镑，现在只剩下一千五百镑了，生活费却翻了个儿。"

"啊，"索密斯小声说道，"赛马花费不够了吧。"

乔治的脸上闪出一丝不自在的神情，抱怨道："他们就把我培养成这种无所事事的人，现在都老了，没什么工作能力了，反而掐了我的收入。我觉得，这一帮工党的家伙们一定捞干我的财产才肯罢休。真到了那个时候，你想怎么养活自己呢？我是打算每天去工作六个小时，去给那些政客们逗逗闷子。听我的，索密斯，你去竞选议员吧，先保证每年四百镑的收入到手——这样一来，我也可以为你效劳。"

在索密斯走了以后，他又坐回了自己的专座。

索密斯一边思索着刚才堂弟的那一番话，一边沿着毕卡第里大街继续往前走。他自己一直省吃俭用，乔治则大手大脚且懒惰成性，但是如果现在真要把财产充公，他反而是真正受到剥削的人了，这会否定所有的道德，也会颠覆福尔赛向来的原则。他觉得，如果真的没有了这些道德和原则，也就谈不上文明社会了。好在他们不懂得画的价值，因此，他的那些藏品应该是安全的。但是，如果他们真的开始疯狂榨取资本，那么，这些画自然也就值不了那么多钱了，反而会落得无人问津。"自己倒是无所谓，"他想，"反正也老了，一年靠那五百镑生活，也不会觉得不够用。"但是还有女儿芙蕾啊！他的这些财产，还有那些经过精挑细选收集来的宝贝和所有投资，全是为了她啊！如果忙活了大半辈子，却什么也不能留给她的话，这一生算是白活了。而且他现在去看未来派那无聊的画展，就算搞清楚他们的前途，恐怕也没什么用了。

虽然这么想了，但当他走到科克街旁边那家画廊时，还是拿出一先令，领了一份目录走了进去。约莫有十个人正在东瞅西望，索密斯往前面走了几步，看到一个被公共汽车撞弯了的电灯杆子——摆放在离墙差不多三步远的地方。他看了看目录，上面写着"朱庇特"，是那位罗马神话中的天神。他好奇地看着这座雕塑，正好，他最近对这些东西比较感兴趣。他在想："如果这真的是朱庇特的话，他的妻子朱诺该是什么样？"一转头，他就看到了她，是一只带了两个轮子的水泵，穿着一件白色的薄衫。他盯着这一位朱诺天后，有两个人停在了他的左边，"妙极了！"其中一个人说了一句法文。

"放屁。"索密斯心中骂道。

同时，另一个年轻的声音响起来："你可不能这么说，伙计，他这是在戏弄你呢。当他摆出那上帝的姿态，雕刻出这一对朱庇特和朱诺的时候，他真正想的是：'我倒是要看看那些蠢货会盲目崇拜到什么地步。'事实不出所料，就有些蠢货上套了。"

"你才是蠢货呢！难道你不知道，伏斯波维奇人家那一个新潮人物，你没看见他在这里面的讽刺意味？一切造型艺术，音乐和美术，甚至建筑，都需要这种讽刺。原先的一切人们都已经看腻了，谁还去在乎情不情感的，就是这样！"

"哼，美还是能够引起我的兴趣的！我可是从战争中活下来的！先生，你的帕子掉地上了。"索密斯看着已经被递到眼前的一块手帕，用手接住，本能地拿到鼻子前闻了闻——正是那一股花露水的香味，自己的姓名简写也绣在上面。他微微放下心来，随即抬头看着那个年轻人的脸——那小伙子有两只招风耳，嘴唇微微带着笑意，两撇小胡子分开着，各自像一把牙刷，小小的眼睛鼓着。

"非常感谢，"索密斯说，随后又带点情绪地说了一句，"听到你喜欢美，我很高兴，如今这种人很少见了。"

"我是喜欢到了痴迷的地步，"年轻人说，"我们算是仅存的两个吧。"

索密斯笑了，说："给你一张我的名片，如果你真的那么喜欢画的话，可以随便找一个星期天到河上去，来我家，我给你看一些真正的好画。"

"非常感谢，先生，荣幸之至，在下孟特—米契尔。"他说着摘下自己的帽子。

索密斯有些懊恼自己的冲动，只好还礼，同时嘲讽地打量着那个年轻人的同伴。那人打着一条紫色的领带，腮须弄得像一条难看的鼻涕虫，一副鄙夷的表情，一看便知道是一个装腔作势的诗人！

索密斯已经有很长时间没有这么冲动了，他懊恼地找了一间小屋子坐了下去，怎么也想不明白，自己为何就那么冲动地把名片给了一个张扬的年轻人呢？更何况，他还带了一个那样的同伴。这时，内心深处思念的女儿突然涌现在他的脑海。正对小屋子有一块大画布，索密斯看了半天，怎么都觉得上面除了那些用番茄汁画的方块之外，什么都没有了。他把目录拿起来："三十二号，未来之城，鲍尔·波斯特。""这应该也是一幅讽刺画吧？"他想，"可什么都没画啊！"随即他谨慎了起来，他觉得这么轻易地去否定这幅画是不明智的，就像是过去的莫奈画的那些条条道道的作品，最后不也成了名作吗？还有点点派和高更。单从后期印象派以后来讲，也出了几个了不起的画家。说实在的，他在这三十八年的鉴赏生涯中，经历了太多的"运动"，内容和技巧也一直在跟着变，让人摸不着头脑，但每次他却都能赚上一笔。眼前这幅画也有可能是一个收藏良品，他一定要克服直觉的偏见。为此，他起身来到这幅画前，尽力用和别人一样的目光观察这幅画。看到那些番茄色的方块，他想到了落日，只听身旁一个人说："这些飞机画得真棒！"那些色块下面是白带子，再有，就是一些直上直下的黑色条纹，这些东西不管他怎么看，也发现不了什么特殊的意义。后来又走过来一个人，小声说："这未来表现得真生动！"表现？表现了什么呢？索密斯再次返回那个小屋。这东西"太有意思了"，父亲活着的时候常这么说，而他却看不出有什么意思。表现！啊哈，他突然灵机一动想到近来兴起的表现派，莫非已经流传到这儿来了？一定是这样的。他还记得，大概是一八八七年或是一八八八年，有过一场流行性感冒，当时英国人就认定那是从中国传染过来的。眼下的这个表现派，却不知道到底是从哪儿产生的，索密斯觉得这简直是一场灾难。

他一直留意着站在那张画前的两个人，一个妇人和一个年轻人。看到他们两个人转身过来，索密斯赶紧把手里的目录抬高，那帽檐拉低以遮住自己的脸。他透过缝隙看过去，即使那位妇人的头发已经花白，但仅从她那婀娜窈窕的身影便可以断定，她就那个跟自己离了婚的女人，伊莲。至于那个青年人，一定是她和佐里恩·福尔赛的儿子，他比自己的宝贝女儿要大六个月！他一边回想着当初离婚时的痛苦，一边站起来打算避开他们，可是随即又不想这样做了。他们正在交谈着什么，从侧面看上去，她依然是那么年轻，连她那花白的头发也漂亮了许多。她笑得非常好看，作为她的第一任丈夫，自己从来无缘欣赏她这美好的一面。她的儿子和她是那么亲近，简直比自己和宝贝女儿还要亲近，这让索密斯很不舒服，倍加感慨。他讨厌这孩子和她那么亲近，她不应该过得这么幸福。如果她能够守一些妇道的话，那么，这个年轻人便应该是他们俩的儿子了，芙蕾也可能成为她的女儿。他把目录拉低了一些，心里暗暗想着：被发现了也不错，她的儿子肯定不知道这件事情，想来能够当面警醒她一下。同时自己也会好受一些，厄里尼厄斯①的报复迟早都会来的。接着，他又觉得自己这样做对这个年纪的她似乎有些残忍，便放弃了这个想法，于是从衣服中拿出表来。四点多了，芙蕾又要迟到了！她去了外甥女伊莫金·卡迪更家，而他们特别喜欢让她和他们一起抽香烟、聊天。他突然听到，伊莲的儿子笑着跟他母亲说："母亲，你看，这不是珍'姑'的那个画家朋友的吗？"

"鲍尔·波斯特——应该是的，亲爱的。""亲爱的"，这称呼深深地刺激了索密斯的神经；回想当年他们还是夫妻的时候，她都从来没有这么称呼过他。这个时候，伊莲看到了索密斯。他想他的眼神一定跟乔治·福尔赛一样讽刺，因为她立马抓起自己的裙摆，沉下脸来，离开了。

"的确很不一般。"男孩子说着，挎起母亲的胳臂。

索密斯不甘心地看着他们，他发现那个青年很英俊，福尔赛家特有的下巴，眼珠是深灰色的，脸上洋溢着犹如被陈年雪利酒冲刷后留下的朝气。难道是因为他的微笑吗？他也不清楚了。索密斯愤愤不平地想着，他们怎么能有这么完美的儿子？直到看着他们两人走进隔壁，他才站起来继续看刚才那幅画，却发现什么也看不进去。他的唇边泛起一丝无奈的笑，想到都过去这么多年了，自己怎

①厄里尼厄斯：希腊神话中的复仇女神。

么还是放不下，自己的情绪还是这么容易冲动——啊，简直是阴魂不散！然而自己到了这个年纪，除了回忆，还有什么呢？当然，他还有自己的女儿，于是他望向画廊门口。她这下快到了吧，还得继续等！突然间，他看到一个矮小的女人像风一样飞过，她身穿阿拉伯人那样的长袍，不过是嫩绿色的，束着一条金色的腰带，头发上扎了一个缎子发带，火红的头发却花白了一半了。看着这个正在和画廊侍者说话的女人，索密斯觉得是那么的熟悉，不管是眼睛、下巴还是头发和表情，都让他想到一头将要吃东西的斯开岛狸①。一定是珍·福尔赛，他的侄女！她正往这个小屋走来，正好坐在了他的旁边，拿出了一个小本子，在用铅笔认真地记着什么。索密斯一动不动，这尴尬的亲戚关系！"真是气人！"珍在那里自言自语，似乎担心被别人听见，她又抬起头来看看——啊呀，不妙！

"索密斯！"

索密斯把头转向她，问："你还好吗？这都二十年没见过了。"

"是啊，你怎么会来这个画廊？"

"老习惯，"索密斯说，"这些画都是什么啊？"

"这些画，啊，这些都还没时兴起来。"

"我看不会时兴了，"索密斯说，"这样的画肯定会亏得厉害。"

"当然会亏。"

"你怎么知道？"

"这是我的画廊。"

①斯开岛狸：一种长毛犬，适于捕捉较小的猎物。

索密斯十分不解地问："你的画廊？为什么开了这么一个画展啊？"

"我又不是拿来卖。"

索密斯指着那张《未来的城市》，说："你看看这幅画！你觉得有人会愿意待在这种城市吗？或者有人愿意把它买回去挂在家里吗？"

珍仔细看了看这幅画，说："这表现的是一种意境。"

"放屁！"

两个人都沉默着，最后珍打破沉默站了起来。

"穿得像个什么样子！"他心里嘀咕着，说道，"我刚才还看见你同父异母的弟弟，以及一个从前我认识的女人。听我的，赶紧把这个画展撤掉吧。"

珍扭过头来看了看他："哼！你就是一个福尔赛！"说完就离开了。

看着她远去的身影，索密斯看到的是她的坚定和可怕。福尔赛，他当然知道自己是个福尔赛，她不也是嘛！在她还小的时候，波辛尼就被她带到了他的日常生活中，最后甚至拆散了他的家庭，这也就是他和珍永远也不可能和好的原因！看着她还一直未婚，而且有了自己的画廊……索密斯才突然发现，自己好像对亲戚们的了解真的太少了。话说倜摩西家里的那两位老太太也死去很多年了，信息交易所也消失了。大战期间这些人是怎么度过的呢？小罗杰有个儿子受伤了，圣约翰·海曼的二儿子也死了，小尼古拉的大儿子被授予了帝国勋章还是什么的。啊，他们都参军了。伊莲和佐里恩的儿子和自己的女儿一样，上一代人已经老了，而基里斯·海曼做了红十字会的司机，杰斯·海曼也做过一段时间的警察——这两兄弟向来都是那么乐于助人！说到自己，也曾反复地读那些报纸，捐赠过一辆救护汽车，费了很多神，出了不少力，担惊受怕了很多次，没有穿过新衣服，并且还瘦了七磅多。像他这个年纪的人，做的也已经不少了。现在想想，还是当初布尔战争时，人们为国家出的力比较大，简单比较一下就会发现，光是他们自己这一家人，对这两次战争的态度就迥然不同。在曾经的那场战争中，他的外甥瓦尔·达尔提就受伤了，佐里恩的大儿子因为肠炎去世了，"德罗米欧兄弟"当了骑兵，珍也去看护过受伤士兵。当时，他们所做的这一切都是很令人震撼和惊讶的，而这次战争就不同了，所有人都在尽自己最大的努力支持战争，却被看成理所当然，最起码他是这么看的。这种现象是不是预示着什么新的东西出现了？要不然，那就是一些旧的东西消失了吧。是福尔赛家的个人主义变淡了，还是帝国主义气息越来越强，地方主义受到了威胁，大家找到了共同的敌人——德国？芙蕾怎么还没来呢！自己又不能不等她。他看到伊莲母子和珍一起走出房间，从屏风那边走过来，那个年轻人停在了朱诺的雕像前面。与此同时，索密斯发现自己的女儿就站在朱诺雕像的另一边，正偷偷地打量那个年轻人，那个年轻人也看着她。之后，伊莲挽起他的胳膊，带走了那个男孩子——他还在边走边望。只剩下芙蕾，静静地看着他们三个人离开。

一个欢快的声音响起："真让人受不了，是不是先生？"

那个刚才递给他手帕的男青年又来到他旁边，索密斯点点头，说："不知道还有什么等着我们呢！"

"哦！不要紧，"年轻人欢快地答道，"他们自己也不知道那是什么。"

芙蕾的声音响起："老爹！你可来了啊。"听起来，反倒像是她等了很久。

年轻人立刻行礼并离开了。

"哼，你可真是一位准时的小姐！"索密斯一边说着，一边仔细打量着她。

他这个宝贝女儿身材中等，皮肤有些微黄，剪了一头深栗色的短发，眨着褐色的大眼睛。她的眼白是那么明亮，在转动眼珠时显得闪闪发光，静止不动时，在那两片带有黑睫毛的白眼皮下，显得那么神秘，让人猜不透。她的外表非常迷人，全身上下，只有那个坚定的下巴长得像他父亲。索密斯看着，不自觉地露出一副疼爱的表情，察觉到这一点，他立马又摆起福尔赛那矜持派头。他可不想再一次被女儿利用。

芙蕾用手挽住他的胳膊，问道："刚才跟你说话的是谁？"

"刚才他帮我捡起了手帕，我们就谈了谈画的问题。"

"你不会打算买这个吧，老爹？"

"不会买，"索密斯坚定地说，"更加不会买你刚刚看的那个朱诺。"

芙蕾拉着他的胳膊，说道："老爹，我们走吧！这个画展一点都不好看。"

他们从门口经过孟特和他的同伴时，索密斯的脸上挂起一块"外人莫入"的牌子，孟特向他行礼，他也只是象征性地点了一下头。

走到大街上，索密斯问："你去伊莫金家都遇到了谁？"

"威尼弗列德姑姑和普罗芳德先生。"

"噢！"索密斯嘀咕道，"那么一个人，真不知道你姑姑看上他什么了。"

"我哪知道，他挺深沉的，母亲也说挺看好他的。"索密斯哼了一声。

"还看到了瓦尔表哥和他的妻子。"

"是吗？"索密斯说，"我还以为他们还在南非呢。"

"他们已经不在那儿了，他们卖掉了那边的农场。瓦尔表哥计划去训练赛马，在萨塞克斯郡高原；他们说已经在那边买了一幢不错的老宅子，还说让我一起去玩呢。"

索密斯轻咳了一下，听到女儿说这个，感到不太舒服。"他的妻子怎么样啊？"

"很安静，感觉人也挺好的。"

索密斯又咳了一下："你的表哥瓦尔有些不大可靠。"

"不是这样的，老爹，他们两口子感情很好的。我已经答应他们，这周六到下周三去那儿玩了。"

"去训马？"索密斯说，简直是胡闹，但是这并不是他不舒服的原因。这个外甥为什么要回来呢？想到自己当年的离婚官司，就算瓦尔没有娶那个第二应诉人的女儿，也已经糟糕透顶了，要知道，那个女孩可是珍同父异母的妹妹，也就是刚才芙蕾打量的那个男孩子的同父异母的姐姐。稍不留神，芙蕾就可能察觉到他眼下正在极力隐瞒那一桩丑事！真是不让人消停，今天下午的这些事情纠缠着他，就像一群恼人的蜜蜂。

"我觉得，你还是不要去那儿比较好！"他说。

"可是，我想去看看那些赛马。"芙蕾嘀咕着，"他们说，我可以骑骑看。瓦尔表哥虽然行走不便，但骑术却相当了得。他还说，要让我见识一下那些马儿有多快。"

"赛马！"索密斯说，"真可惜战争都没有让他放弃这个计划，看起来，他是一定要走他父亲的老路了。"

"他父亲怎么了？我怎么不知道。"

"你肯定不知道啊，"索密斯严肃地说着，"他也很爱赛马。后来，他在巴黎从楼梯上摔下来，跌断了脖子死了。不过，这件事对你的姑母算是一件好事。"他微微皱起眉，想起自己六年前去巴黎调查他出事的经过——因为蒙塔谷·达尔提自己已经不能进行调查了。其实，那楼梯就在一家巴拉卡纸牌①屋里，极其普通。索密斯猜测，他摔下来可能是因为赢了一大把，过于得意忘形。法国人的审讯手续非常松散，使他很难办。

芙蕾的声音唤回他的注意力："老爹，刚才我们碰到的那几个人在那儿。"

"哪几个人？"索密斯虽然这么问，但他知道女儿说的是谁。

"你看那个太太真漂亮。"

"我们去这里边坐一下吧。"索密斯突然说道，然后便牵起女儿的胳膊，就近走进一家糖果茶室。为了掩饰适才的慌乱，他迫不及待地问女儿："你吃一点儿什么？"

"我不饿，午饭吃得挺多，还喝了一杯鸡尾酒。"

"既然进来了，多少吃一些。"索密斯低声说着，还是没有放开女儿的胳膊。

"两位，"他说，"我们要两块果仁糖。"可是他们两人刚刚

---

①巴拉卡纸牌：一种流行于欧洲赌场的三人纸牌游戏。

坐下，吓得差点没跳起来。他们——刚才的那三个人——居然也走进来了！他还听见伊莲对她的儿子说了什么，然后她儿子答道：

"我们坐一坐吧，母亲，这儿挺好的，我来做东。"于是他们三人坐了下来。

眼下，索密斯遇到了人生中最尴尬的情况，过去的回忆瞬间充斥到他的脑海。当着这两个他一生中最爱的女子——他的前妻和再婚的女儿——索密斯自己并没有什么担心的，但是他害怕的是那个侄女。搞不好，她会把这些事情对着两个孩子捅出来的，她可是什么都敢做。由于吃得有些仓促，那块糖牢牢地黏在了他的假牙上，他一边试图用手抠下来，一边看着芙蕾。芙蕾心不在焉地吃着糖，眼睛却直勾勾地看着那个男孩。他的那种福尔赛的顽强性格，使他一直在叮嘱着自己："稳住，千万不能露出马脚，否则就惨了！"他拼命地抠着黏在牙床上的糖。假牙床！难道佐里恩没用过吗？这个女人没用过吗？以前全身赤裸的她，自己都是见过的。而且她自己也明白，就算她再大方，神态自若地坐在这儿，摆出一副两个人完全陌路相逢的样子，也抹杀不掉这个事实。突然间，他有一种酸溜溜的感觉，那是一种距离快乐只差一点点的微妙的痛苦。珍千万不要有什么冲动才好啊！突然，他听到那个男孩在说着什么。

"是的，珍'姑'。"——他原来叫自己同父异母的姐姐为"姑姑"，怎么会这么叫呢？也是啦，珍都快有五十岁了——"珍姑，你帮助他们没错，但是效果不怎么好呢！"索密斯偷偷看了一眼，发现伊莲正一脸惊喜地看着自己的儿子。那种眼神，简直可以说跟她望着波辛尼，和望着这男孩子的父亲，是一样的含情脉脉！他微微一碰芙蕾的胳臂，问道：

"吃完了没有啊？"

"等一会，父亲，我要再吃一块。"

她这简直要吃腻才算呀！他去柜台那结账，当他回来的时候，发现芙蕾正站在靠近门口的地方，手上拿着一块应该是那男孩给她的手帕。

"F.F.，"他听芙蕾说，"芙蕾·福尔赛，正是我的，谢谢你啊！"

真没想到！才在画廊中教她的小伎俩，这个小机灵鬼已经会用了！

"福尔赛？我也是这个姓，搞不好，我们还是一家人呢。"

"是啊！我们应该是一家，除了咱家，哪还有谁用这个姓？我家在麦波杜伦，你呢？"

"罗宾山。"

两个人说得很快，索密斯还来不及说什么，他们就已经说完了。他看见伊莲那充满一脸惊诧的表情，便微微摇摇头，随即挽起芙蕾的胳臂。

"走吧！"他说，但是芙蕾却一动不动。

"你有没有听到，老爹？我们都姓福尔赛，你难道不奇怪吗？我们不会真是本家亲戚吧？"

"是吗？"他说，"福尔赛？可能是远房的本家吧。"

"我的名字是佐里恩，先生，简称佐恩。"

"啊，啊！"索密斯说，"那就是远房本家了。嗯，你挺好的，回见！"

他继续往外走去。"多谢，"芙蕾说，"再见！"

"再见！"他听见那个男孩子也用法文回了一句。

2. 机灵的芙蕾·福尔赛

从糖果店里走出来，索密斯当下便想要拿女儿撒气，让她丢掉那个手帕。不过，他猜到了女儿的反应，她一定会反驳："不要，我就要拿着它！"所以，他便压下了自己的冲动。他知道，女儿一定会向自己问起来的。他看了女儿一眼，发现她也在看着自己。

她低声道："父亲，你为什么那么不喜欢那些亲戚？"

索密斯微微抽动了一下嘴角。

"你为何这么想？"

"明摆着嘛！"她用法文回了一句。

"明摆着嘛！"这是什么话！

虽然索密斯和他的法国妻子生活了也将近二十年，但他还是对法语并无好感。这一整件事情就像是一幕戏剧，如今他的脑海中还充满了家族中那些别有深意的嘲讽。

"为什么说明摆着？"他问。

"你和他们是相识的吧？但是，你却在极力隐瞒，刚才她们都在看着你。"

"我可没见过那个男孩子。"索密斯讲了一句大实话。

"嗯，不过其他人你应该是认识的，亲爱的。"

索密斯又看了女儿一眼，猜想着，她不会从哪里听见了什么吧？是伊莫金，还是她姑姑威尼弗列德，还是瓦尔·达尔提和他的妻子说了什么？这些不好的事情，在家里都是小心翼翼地瞒着她的，威尼弗列德还多次警告他说，无论如何都不能让她察觉到什么。到目前为止，她知道的应该就是，自己在她母亲之前并没有离过婚。她褐色的眼珠中闪烁的那种犀利的光芒，让索密斯感到一丝害怕，不过那其中又透露着无知和天真。

"其实是这样的，"他说，"你的祖父同他的兄长关系不睦，所以两家很少来往。"

"啊，这应该很浪漫！"

"她说这个代表了什么？"索密斯想，这又大胆又可怕的话语听在他的耳朵里，就好像在说："很有意思嘛！"

"而且，以后我们两家也不会往来。"他又加了一句，可是他马上就后悔了，因为这话好像有点挑衅的意思。

芙蕾微笑着。时下的年轻人，都觉得坚持主见非常值得自豪，就算是那些值得尊重的意见也绝不理会。他知道，自己的话恰恰会激起她的这种任性。随即，他想到伊莲脸上的那种神情，又微微放下心来。

"有什么矛盾啊？"芙蕾接着问。

"为了一幢房子，这些事都过去很长时间了。你祖父就是在你出世的那一天去世的，那年他九十岁。"

"九十岁？除去我们这一支，是不是还有很多别的福尔赛？"

"我不清楚，"索密斯说，"大家住得越来越分散了。老一辈几乎都没了，现在只剩下一个了，那就是侗摩西。"

芙蕾欢呼道："侗摩西？很有趣呀！"

"什么有趣？"索密斯问。他听到芙蕾说侗摩西有趣，便有些生气——这简直是对家族的不恭。新生的这一代人就是如此，非要把一切老旧强硬的事物逐个嘲弄一番。"就这些，你应该去他那墓穴里瞧瞧他，说不定他还可以向你显灵。"哼！他猜要是侗摩西看到自己侄孙、侄孙女这个时代的英国是如此差劲，一定会破口大骂的。索密斯不由自主地看向伊希姆俱乐部，不出所料，乔治仍然坐在拱窗前，拿着那份粉红色的报纸。

"老爹，罗宾山在哪儿？"罗宾山，罗宾山！那可是自己痛苦的源地，她怎么对那儿这么感兴趣？

"在萨里郡，"他嘀咕着，"离里奇蒙挺近的。怎么了？"

"那幢房子也在那是吗？"

"哪幢房子？"

"就是让他们不来往的那一幢。"

"是的，你就别想这些事了，我们明天就要回家了——你该想的事是做新衣服。"

"放心吧！这件事我早想过了。这算是家族之内的恩怨吧？简直就像《圣经》或马克·吐温小说的情节一样，这下有趣了。老爹，在这件事情中你是怎么做的啊？"

"这个你就别问了。"

"别问了？为什么不能让我继续问下去？"

"谁会让你继续问下去？"

"你啊，亲爱的。"

"我？我说的是你不要管这些事，这些跟你没关系。"

"你知道的，我也是这么想的，这样就行了。"

她永远就是这么伶牙俐齿，自己怎么能说得过她？也是这个原因，安妮特也常说她就像个小精灵。索密斯想了想，当务之急是转移她的注意力。

"这一家卖的那个蔷薇花针织特别漂亮，"他一边说着，一边停在了在一家商店前面，"我猜你会想要的。"

索密斯帮女儿买下了针织，两个人继续往前面走。

芙蕾说："你有没有觉得，那个男孩子的母亲是那个年纪的女人中长得最美的呢？"

索密斯哆嗦了一下，这孩子为何就这样死不松口？"我没有太注意她。"

"亲爱的，我都看到你偷偷看人家了。"

"我看，你是把该看的和不该看的都看了。"

"她丈夫人怎么样？如果说你们的上一辈是兄弟的话，你们应该是堂兄弟了。"

"我听说他已经去世了，"索密斯说，忽然愤愤起来，"我们估计有二十年没见过了。"

"他的职业是什么啊？"

"画家。"

"这真是太棒了。"

"如果你想要让我高兴点的话，赶紧把他们都忘了。"这句话都到了嘴边，又被他咽了下去——千万不能在女儿面前暴露了自己的情绪。

"他曾经羞辱了我。"他说。

芙蕾抬起那一双骨碌碌的眼睛，看着父亲的脸。"我知道了！你一定是还没有报仇呢，所以才在这不高兴。父亲你真够可怜的，让我来帮你吧！"

简直就是黑暗中的蚊子，一直盘旋在脸上不肯离去。芙蕾怎么这么固执？这还是他第一次领教到。所以当两个人抵达宾馆的时候，他严肃地说："我对他们都是很宽容的，不说他们了。我要上去了，晚点再下来。"

"好的，我在这儿坐一会儿。"

索密斯上楼前看了一眼躺靠在椅子上的女儿，眼睛里是爱恨交加，随后乘坐电梯来到他和妻子住的双人套房。他停在了卧室的窗户前面，一边敲着玻璃，一边凝视着窗户外边的海德公园。他的心情毛躁又混乱，经过这么长时间，在新的爱好下好不容易要治愈的创伤，现在又开始变得阵阵作痛了，这其间的忧虑和难过，假牙床上还黏着那块果仁糖。安妮特在哪儿？这个时候寻找自己的妻子，并不代表妻子让自己的心情会有所缓解。以前只要她询问有关自己第一次婚姻的事情，他总会让她不要啰唆。所以她并不了解这件事的细节，可能唯一知道的，就是前妻才是他最喜欢的人，而和她自己的婚姻仅仅是想要有一个家庭。所以她一直都在耿耿于怀，而且时不时地会威胁他一下。他仔细一听，屋内似乎有些响声，有人来回走动的声音。她应该在屋子里了，于是他抬手敲门。

"谁啊？"

"是我。"索密斯回答。

她正在换衣服。一个令人心动的美丽的胴体映在镜子上，她的皮肤和发色已经变得深了许多，脖子的线条、衣服的色彩、睫毛下那双灰色的眼睛，无疑都显出一副雍容华贵的样子。她虽然将近四十岁了，可还是那么漂亮。她是自己很珍贵的财富，一个管家的好手，一个非常称职和仁爱的母亲。如果他们俩的关系再好一些，那就更棒了！虽然两个人确实没有什么真感情，但作为一个有很强虚荣心的英国人来说，他对于她虚情假意的迎合都不肯感觉不高兴。他们和英国的少男少女有着一样的情怀，都希望婚姻生活中有一些感情基础，但是如果婚后发现，两个人并无真正的爱情，却也不会去拆穿它。事实也如此，两个人没有爱情——但是既然都已经这样了，也只好认命了。唯有如此，才能在两面都说得过去，而且不会跟法国人似的牢骚满天飞，做出什么苟且之事来。另外，即使单纯地为了财产，也只能安于现状了。虽然两个人都知道彼此没有感情，但两个人都没有挑明的打算，他还是有些期望，希望她在交谈或是行为中表现得不要那么明显。最让他不解的是，她居然要骂英国人假道学。他问：

"下周你都请谁来做客啊？"

安妮特依旧在那淡然地涂着口红，虽然他总不喜欢这样干。

"卡迪更一家和你的妹妹威尼弗列德，"她拿起睫毛笔，"哦对了，还有普罗斯伯·普罗芳德。"

"比利时那个家伙？你请他干什么？"安妮特慢慢扭过头来，拿刷子抹了一下睫毛，慢慢地说道："他能逗威尼弗列德开心。"

"我也想找个人逗逗芙蕾，她简直太胡闹了。"

"胡闹？"安妮特喃喃自语道，"你不是才发现她这样的吧，亲爱的？她天生就这样，你是知道的。"天啊，她难道就改不掉那难听的卷舌音了吗？

他摸了摸她换下的衣服，问道："你下午去哪儿了？"

安妮特看了看照在镜子中的索密斯，用她那红唇讽刺地笑了笑。

"自娱自乐。"她说。

"哦，"索密斯闷闷不乐地说，"我想是去大街上巡逻了吧。"

840

这句话他是来形容女子们无缘无故地去逛商店的情形。"给芙蕾买了夏天穿的衣服了没有啊？"

"你怎么不关心关心我有没有买？"

"你又不在乎我有没有关心你。"

"说得对。都买好了，我们俩买的都是贵得要命的衣服。"

"哼！"索密斯说，"那个普罗芳德在英国做什么营生？"

安妮特抬起她那刚刚画好的眉毛，说："他喜欢赛艇。"

"哼，无聊！"索密斯说。

"有的时候这样，"安妮特的脸上带着一些暗笑，说，"也有时候挺有意思。"

"他还是黑人的后代呢。"

安妮特坐直身子。"黑人后代？"她说，"为什么这么说？因为他母亲来自亚美尼亚。"

"哦，就这样吧，"索密斯嘀咕着，"他懂画吗？"

"他懂很多东西的——他见闻很广泛的。"

"你帮芙蕾找一个朋友过来吧，让朋友陪她去玩玩。不然，她周六就又要到瓦尔·达尔提家里去了，我不想让她去的。"

"为什么不愿意让她去玩呢？"

这个问题哪是轻易就可以解释清楚的，除非把家史都搬出来，所以索密斯只好说：

"东跑西颠的，一点都不安稳，哪像个女孩子。"

"我挺欣赏小瓦尔太太那文静和聪明的性格。"

"我对她好像谈不上了解，只是——这件衣服挺新的嘛。"索密斯捡起床上的那件衣服。安妮特从他手中拿过来。

"帮我扣上吧，好不好？"她说。

索密斯帮她扣上了，他从镜子中看着安妮特脸上那表情，有点想笑，又有点鄙薄，俨然在说："感谢你！你永远不能做好这样的事情的！"他很庆幸自己不是法国人，他帮她弄好衣服后就甩了一下手，说道："领子开得太低了。"说完就离开了卧室，下楼去找女儿了。

安妮特停下扑粉的动作，突然说道：

"你真粗俗！"

索密斯能听懂这句话的意思，也是有过经历的。她第一次跟他说的时候，他还以为她说的是"你就是个小摊主①"！后来知道是什么意思之后，简直有点不可思议。他觉得她说的这句话一点根据都没有，因为他觉得自己一点也不粗鲁！如果他算是粗鲁的话，那住在隔壁的那个人，每天早上漱口发出那令人难受的声音的人，又该怎么形容呢？还有楼下大厅那些自以为很有礼貌，却用震耳欲聋的声音说话的那些人，又算什么呢？简直是乱讲嘛，告诉她领口开得太低了，难道就粗鲁了吗？他沉默了一会走出房间。

他从另一边走到楼下，才发现女儿还保持着自己刚才上楼时的姿势和状态，跷着二郎腿，那只穿着丝袜和鞋子的脚来回晃荡着，看得出她这是在想东西呢。从她的眼睛中也可以发现这一点，以前她也会露出这么迷茫的表情，而后，可能又突然如梦初醒，恢复那活泼好动的样子。她的自信心很强，知道的东西也特别多。一个未满十九岁的少女。那个新出来的词是怎么说的？穿着怪异、举止轻浮的疯丫头，叽叽喳喳的，还把大腿露了出来——没有教养的年

①法文粗鄙（grossier）与英文开小摊主（grocer）读音接近。

842

轻女人！简直不像话嘛，说得最好的也只能是个泥塑的天使。芙蕾肯定不是疯丫头，更不是那种满口的脏话、缺少教养的女孩子。她就是固执得让人头疼，却很豪爽，很懂得享受生活。享受生活？这并没有使索密斯产生什么罪恶感，却激发了类似于他的气质的担忧。他一直都害怕由于今天享受太多，影响到以后的享受，以至于不敢过度享受。所以当看到女儿这种享受的姿态，感觉有些可怕。她现在坐在椅子上的这个状态，就很好地证明了这一点——她像是在梦想什么。他自己从不会这样，单纯的做梦不可能有什么成就的，也不知道她这是像谁，反正是不像她母亲！但是安妮特还年轻的时候，还有自己纠缠她的那些日子里，她也是有过这种神气的，只不过现在消失了！

芙蕾站起身来，动作很快而且有失庄重，哐当一下，坐在一张桌子前面的椅子上，迅速拿起纸和笔就匆匆忙忙地写了起来，看那架势似乎写不完连喘气都来不及。看见索密斯的那一刹那，脸上那急切的表情又瞬间消失了。她笑眯眯地给他抛出了一个飞吻，做出一副讨好的样子，感觉有点迷茫还夹杂着一些烦恼。

啊！她可真是"机灵！"——"机灵！"

3. 在罗宾山这一边

佐里恩·福尔赛在罗宾山帮自己的孩子过完十九岁的生日之后，就慢慢地干着自己的事情。由于他的心脏不是很好，所以现在不管什么事都慢慢地去做；他们家的所有人都尽量避免去谈论死亡这件事情，他也是直到两年前才知道自己有这毛病。他觉得有些不适，医生跟他说了一句话：

"不要过度紧张，否则随时可能……"

他听完医生的话，只是一笑了之，这是福尔赛家人对这类事情的一贯反应。但是当他回家以后感觉病得好像更加严重了，他这才开始认真去对待医生说的这句类似于判了死刑的话。如果自己一个人去了，那么就没有了妻子、孩子、家庭和工作，虽然现在自己已经很少画画了，那将会是个什么滋味啊！丢下所有的东西进入那种无尽的黑暗，进入那种想象不到的状态，进入那种感觉不到任何风吹草动，闻不到泥土和青草的香味的状态，那该是多么的空虚和无助啊！虽然他努力地去思考，但是仿佛永远也想不到这种空虚到底是什么感觉，他仍然心存希望，希望他的家人可以理解一点他的痛苦和烦恼。想了很久，还是决定不能将这件事告诉伊莲。他觉得以后他都要分外谨慎才可以，否则的话，两个人都会去承担这种痛苦。医生都告诉他了，他的身体除了这个心脏之外几乎没有什么毛病，况且七十岁还不算老。所以只要他自己能够多注意，肯定还是能活很长时间的呢！

得出了这样一个结论之后，佐里恩就这么小心翼翼地活了两年，这其间充分体现了他性格中那谨慎的特点。他除了性格有些冲动外，行为一直都很中规中矩，现在再这样小心翼翼地生活，简直就成了生活规律的楷模。已经没有太多力气的老人，却总要摆出一副非常耐心的姿态，试图用自己的笑容来掩饰自己的身体状况，就算是单独一个人，他也会面带微笑。他就是用尽一切办法来掩饰自己的身体状况，以免被家人察觉。

他一边嘲笑自己这么刻意，一边还要摆出一副淡泊名利的姿态，戒酒、戒烟，只喝一种不能算是咖啡的特殊咖啡。总之，他就是这样在刻意的伪装之下，顺应环境，使自己尽可能像福尔赛那样，好好照顾自己的身体。自从伊莲母子离开家之后，他觉得不必再这么辛苦地掩饰什么了，就开始秘密地整理所有有关的文件。他是这样想的，就算他立刻去世了，也不会造成别人的不便。实际上，他只是把自己的财产状况做了一个整理，写了一个财产清单，放在了父亲的一个古老的中国橱柜里。另外，把橱窗的钥匙放在一个写有"中国橱柜的钥匙，里面是我的财产清单，佐·富"的信封里，把信封装在自己胸前的口袋中，这样就算出了什么意外情况，他们也能快速找到这个信封。做完了这些事情，他按了一下唤茶的铃铛，就走出去等着下人上茶了。

每一个人都是要经历死亡判决的，只不过佐里恩这个判决比别人的确切一些，所以他尽量使自己泰然处之。稍微转移了一下自己的注意力，他想到了自己和伊莲的儿子。

佐恩今天已经满十九岁了，他也做出了自己的选择，既没有效仿父亲选择伊顿中学，也没有效仿亡兄选择哈罗中学，而是选择了一个新崛起的中学。这所中学的办学宗旨是对公立中学教育进行改进，去其糟粕取其精华。可是谁又知道呢？指不定还保留了公立中学的流弊，反而去除了优点呢。佐恩今年四月从学校毕业以后，就开始烦恼自己将来到底要学哪一行。那场打得如火如荼的战争，也在佐恩考虑入伍的时候就突然不打了，那时候还有六个月他就成年了。从那时候起，佐恩就开始认真考虑自己到底要从事哪一行了。他也和他的父亲认真商量过几次，从表面上看他好像对什么行业都挺感兴趣的，当然教会、证券交易所、医科、戏剧、商业、军事、法律和工程这一些是排除在外的。可是从商量的内容来看，佐里恩猜测自己的儿子其实对什么都不感兴趣，他还记得自己那个时候，也和儿子有一样的想法。不过他也没有享受多久这种有些空虚但很愉快的时光，这很快被他的早婚终止了，而且还带来了其他不好的后果。他被逼无奈，只能去劳埃德船级社做了一个保险员，没等到他画画的天赋表露出来，他就已经又回家过富裕的生活了。在儿子小时候，他教他画小动物时，他就发现儿子确实没有当画家的天赋。不知道怎么就得出了一个奇怪的理论，那就是既然不愿意干任何事情，是不是证明他可以成为一个作家？但随即一想，作家似乎要有丰富的生活经验才可以，再来看佐里恩，他除了上学、旅行、接触到律师行业以外，好像其他的什么事情也没有做过。真是让人头疼，不过以后的事还是以后再说吧，就算以后也不会有什么好的结论。但是即使他已经提出了这么多动人的建议，佐恩还是下不了决定。

佐里恩一直怀疑，这个世界是不是真的变了？他与儿子的多次探讨，好像也充分证明了这个问题。好多人都说时代变了，现在是全新的时代。他在自己所处的那个时代虽然没有经历特别长的时间，但是经历也不算少，他便觉得现在这个所谓的全新的时代，除了表面上有微小的差别外，实在看不出和以往有什么不一样。人类还是那样进行分类：较少的人灵魂深处存在着幻想，剩下的人大部分都没有，另外还剩下一些人跟他一样，是这两类人的综合，处于中间。佐恩似乎是属于前一类人，但他觉得这并不是什么好事。

所以半个月前，当儿子跟自己说想要弄一个农场的时候，他露出了比以往更有深意的微笑。记得当时，他们是这么对话的："父亲，如果花不了你太多钱的话，我想自己弄个农场搞搞看，这好像是唯一对大家都比较好的生活方式了，可能除了搞农场还可以搞艺术。但你也知道，我实在是没有什么艺术上的天赋。"

佐里恩强忍住自己的笑容，对他说："佐恩，很好。你这是又回到我们佐里恩第一代在一七六〇年种田的情景中去了，这充分地证明周期论是存在的，我敢保证，你一定可以创造出更加辉煌的成就。"

佐恩有点儿沮丧，回答道："父亲，你到底觉得我这个想法怎么样呢？"

"亲爱的，这个想法很有实施性。我相信只要你努力认真地去做，如今这个好事这么少的年代，你做出的好事肯定多于大多数人的。"

可实际上，他自己却是这么想的："可不能让他在这件事上用太多的时间，最多也就给他四年的时间去弄，不管怎么说，做这件事对他的身体有百利而无一害。"

他也同妻子伊莲商量了这件事情，就开始给女儿瓦尔·达尔提太太写信，询问在他们所在的萨塞克斯郡高地那儿有没有农场愿意接受佐恩当学徒。女儿非常热情地回了信，也肯定地说离他家不远就有很好的农场，可以供佐恩学习。并且，她和瓦尔都十分希望佐恩去他们家居住。

第二天，佐恩就要离开家了。

佐里恩一边喝着加了柠檬片的茶水，一边透过老橡树的树叶看着外边的风景。转眼间已经在这住了三十二年，他觉得这片景色一直都是那么迷人。一直给自己提供阴凉的这棵树好像从来都没有衰老过，嫩嫩的金色的叶子，显得那么年轻，那挺拔的树干又是那么苍老。这棵树一定充满了回忆，一定还可以活几百年——除非有野蛮人强行把它砍倒——它将见证古老的英国随着时间的流逝慢慢地消失不见。他还记得在三年前的一个晚上，自己搂着伊莲和她一起站在窗口，抬头看着盘旋在天空的德国飞机，就好像在这棵树的上面一样。第二天，大家就在盖基农场边上发现了一个炸弹炸的坑。那还是医生给他诊断之前的事情，不然的话，他肯定希望那枚炸弹能直接炸死自己。那样，就可以避免在以后的日子中每天惴惴不安，每天都充满极度恐惧。他以前总是幻想着自己能够和福尔赛家的人那么长寿，如果自己可以活到八十五岁，那么伊莲也就有七十岁了。可以现在的情况来看，自己想要和伊莲白头到老似乎是不太可能的。唯一庆幸的是，他们还有一个儿子佐恩，佐恩对于伊莲来说可能比自己还重要很多，佐恩也是很爱他母亲伊莲的。

还记得当年，老佐里恩也是在这棵树下看到伊莲走过来的时候与世长辞的，而现在佐里恩同样坐在这棵树下，开始突发奇想：既然自己已经安排好了自己的后事，那么现在就闭上眼睛离开人世，也是挺好的一件事情，总比自己这样在生命的末尾死命地挣扎来得体面。这个时候，他觉得自己只有两件憾事了：第一件是很早就离开了父亲，一直都没有和父亲生活在一起，第二件就是自己没有能够早一些娶到伊莲。

他坐在老橡树下可以清楚地看到很多正在开花的苹果树，他觉得，果树开花似乎是自然界最值得感动的事情了。他突然觉得心里酸酸的，想着这可能是自己最后一次见到这么令人感动的景色了。这是春天啊！确切地说，如果一个人的心还年轻到去享受美的时候，这个人是不应该就这么死去吧！山鸟在灌木丛中尽情地叫着，燕子高高地飞过天际，头顶上的树叶熠熠发光。远处田野边的叶子，呈现出一片或深或浅的颜色，绵延不尽，一直延伸到了地平线处的树林中，给夕阳加上了一层独有的色彩。花圃中伊莲亲手种植的花儿，好像也表现出了不一样的个性，犹如小精灵般从内心发出无尽的欢笑。可能也只有中国或日本的画家，或是莱奥纳多·达·芬奇，才能捉住鸟兽花草这独有的特征了——由渺小的自我，升华为更大的主题，再至普遍的生命，这才能称得上真正的画家！"像我画出来的画，流传下去的可能性就不大了！"佐里恩暗暗地想道，"自己也算是一个业余画家吧，只能算是一个爱好者，绝对称不上是创造者。不过庆幸的是，就算没有了他，还是会有佐恩的。"他没有丧生在这场战争中，真是不幸中的万幸了！如果他去从军的话，指不定就送掉了自己的命，可能就像二十年前可怜的佐里在德兰士瓦战场那样丧生。佐恩将来肯定会有自己的成就，只要他没有被时代宠坏，他可是很有想象力的！他觉得他想弄农场，八成就是一瞬间的想法，过一段时间，热情应该就会过去了。他这样想着，就看到那母子俩手挽着手，慢慢走了过来，他们应该是徒步从车站回来的。于是，他赶紧起身去迎接他们……

当天晚上，伊莲来到他的房间，在窗户前坐下，然后一直沉默着。后来佐里恩打破沉默，问她："亲爱的，今天你这是怎么了？"

"我和佐恩今天出去时见到了一个人。"

"见到谁了啊？"

"索密斯。"

居然是他！这两年来，他是想方设法将自己脑子中的索密斯移除出去，因为他知道想多了对自己一点好处都没有。刚刚听到他的名字，他的心脏就瞬间跳得不那么正常了，就像是突然摔了一跤。

伊莲安静地继续往下说："他和他的女儿也去画廊了，后来我们居然又在吃茶的糖果店碰上了。"

佐里恩走到伊莲的身边，把手搭在她的肩膀上。

"他有什么变化吗？"

"除了头发变白之外，没什么其他的变化。"

"他的女儿怎么样啊？"

"很漂亮，起码，佐恩认为很漂亮。"佐里恩的心脏又狠狠地摔了一跤，伊莲的脸上呈现出一种不知所措的表情。

"你没说些什么吗？"他开始说。

"没有，但是佐恩是知道他们叫什么的，因为他帮那个女孩捡起了掉在地上的手帕。"

佐里恩走到床边坐下，暗叫倒霉，便问："珍和你们一起见到他们，她没有做出什么出格的事情吧？"

"没有，但是那种尴尬情形，佐恩肯定能感觉到。"佐里恩长叹了一口气，说道，"其实我也常想，即使不和他说这件事，他总会知道，我们这么做到底是对是错？"

"他知道得越晚越好，你也知道，年轻人都是那么冲动，判断事情不深刻，也不冷静。你试想一下，在你自己十九岁的时候，如果知道自己的母亲做了像我这样的事情，你觉得你会怎么想？"

伊莲说得很有道理，佐恩那么尊重自己的母亲，他对生活中的悲剧了解得太少了，对那些虽然残忍但是不可避免的事情也一无所知，对婚姻是不是幸福也是丝毫了解不到，对于失败婚姻的痛苦和嫉妒或者是爱上一个人的感觉，一点儿都没有体会过，单纯得就像一张白纸！

"你跟他说过什么吗？"他还是问了。

"我跟他说只是亲戚，但并不相识，因为你一向不喜欢和家族的人往来，家族的人同样也不喜欢和你往来。我猜他会跟你问这件事的。"

佐里恩笑了笑。"似乎要准备好儿子的空袭了，"他说，"正好，现在我感觉挺无聊的。"

伊莲抬起头望了望佐里恩。

"以前我们就知道，这一天迟早是要来的。"

他突然变得有些激动，回答她："我绝对不会允许佐恩怪你的，我不会让他这么做，即便是想想都不可以。他的思想并不顽固，我想只要耐心地跟他说，他会理解我们的。我看不如我们尽快地告诉他，这样总比他从别人嘴里听来的好。"

"别急，佐里恩。"

伊莲就是这样一个人，不肯向前看，也没有勇气直面问题。但是，谁又能肯定她这样是错的呢？违背了母亲应该有的形象确实不好，所以如果情况允许的话，还是等这孩子自己体会到了爱、嫉妒和思念的感觉以后再说。说不定到那个时候，他对这件事会有一个全新的看法。所以现在要做的，就是要小心，不要让他听到什么风吹草动。伊莲都离开好久了，他躺在床上还在思考着要怎么小心。他觉得自己应该给好丽写一封信，跟她说，到目前为止，佐恩对家里以前的事还一无所知。好丽为人谨慎，所以只要让她提醒她丈夫留意一些就好了！明天佐恩去的时候还可以顺便把信给拿过去。

随着马厩上的钟声响起，佐里恩用来整理财产清单的一天就这么过去了，而他的下一天即将在纷乱的心情中开始——而且，这种心情他是无法进行整理的。

此时的佐恩也没有睡，睁着眼睛躺在自己小时候玩游戏的房间里，正被自己的"一见钟情"苦恼着。没有这样类似经历的人是不会相信的，自从看到她用那乌溜溜的眼睛送来的惊鸿一瞥，自己便感到内心瞬间沸腾，并且坚信，她就是自己一直寻找的"意中人"。所以接下来发生的一切，让他又惊又喜。芙蕾，光是这个名字都能让自己着迷，因为自己是极易受语言的魅力所诱惑的，更别提她是那么美好的一个女孩子了。在这个盛行以毒攻毒疗法①的时代里，男女实行同校制，男孩和女孩一起学习和生活，男女之间的差异也就不那么明显了。但是，佐恩就没有这样的经历，他选择的新型中学是一个男校。放假的时候，自己也是跟一些男性朋友或者是父母一起度过。从没有人给他打过爱情疫苗，所以当爱情的病毒来临时，他显得手足无措，没有丝毫的免疫力。此时此刻，他在黑暗中静卧，感觉体温急剧升高。他躺在床上，丝毫没有睡意，脑海中充满了芙蕾的形象。同时在回想两个人的对话，尤其那句用法语说出来的"再见！"温暖着自己的心！

天都快亮了，他依然没有想睡的感觉，只能从床上起来，快速地穿上鞋子和衣服，静悄悄地走到楼下，走到了房子外面。天刚蒙蒙亮，一阵青草香迎面袭来。"芙蕾！"他喃喃道，"芙蕾！"房子外面一片朦胧，感觉十分神秘，除了几只小鸟在那喳喳叫之外，一切都是一副没睡醒的样子。"我要去小树林那边。"他心里想，于是他越过山野，在小池边看着刚刚升起的太阳，随后他走进了那片小树林。树林中风信子开得遍地都是，好像一张地毯铺在了大地上，落叶松带着丝丝神秘和浪漫的感觉。佐恩呼吸着新鲜的空气，看着摇曳在阳光中的风信子，朝阳也变得更加强烈了。芙蕾！真是

①以毒攻毒疗法：或称顺势疗法，类似于以泻药止泻。

一个好名字，那么的美，和她那么相配。她说她就住在麦波杜伦，这个名字也很好，应该就在泰晤士河上，他回去就把它标注在地图上。如果自己写信给她，她会不会回呢？应该会吧，她都说了再见了。她能把手绢掉在地上，而被自己捡起来，自己的运气真好，他越是想那个手绢，就觉得自己真是好运，不然的话自己怎么可能认识她呢。芙蕾！跟"美"这个词刚好押韵！他脑子中充满了音符，好多美好的词冒了出来，他觉得自己简直都要成诗人了。

佐恩以这个状态持续了半个多小时，由于太高兴了，以至于回到家的时候，搬来梯子爬上自己的房间，后来才想起门是开着的。于是他把梯子归位，关上窗户，消灭了每一丝证据，不能让家人察觉到自己的心。这可是一个秘密，就是母亲，也不能告诉。

4. 偶摩西·福尔赛的墓穴

在伦敦有这样一些人家，居住在其中的灵魂已经随时间离去，而徒然留下躯壳空空矗立在那里。但偶摩西位于湾水路上的家却不会如此，因为他的身体中还是有灵魂存在的，史米赛尔也尽量保持着屋子内原有的气氛。由于通风透气的次数比较少，所以屋子中充斥着大量的樟脑和波得酒的气味。

在福尔赛家人的眼睛里，这个房子就像装着一剂中药丸子的盒子，一层又一层，把偶摩西裹在最里面。家族中的很多人都在说，现在见他一面挺不容易的，这些人大多是不怎么愿意出门，百年难得一遇地出来一次，看看这个在世的叔父。弗兰茜就属于这类人，她似乎已经把自己从上帝手中解放出来了，坚持认为自己是无神论者，尤菲米雅把自己从老尼古拉手中解放出来，威尼弗列德·达尔提也从那位"头面人士"手下解放出来。换句话说，目前是所有人都解放了，起码每个人都是这么认为的——只是大家眼中的解放多多少少有些不太一样。

所以，即使索密斯在"画廊邂逅"的第二天走在去帕丁顿车站的路上，他都没想到真的要去见倜摩西本人。但是，当他抵达倜摩西的那座房子，站在翻新了的台阶上，面朝南迎着阳光时，心中却有了微微的颤动。以前，有四个福尔赛都在这住过，如今只剩下倜摩西一个了，索密斯以前也来过这很多次，来来回回，把家族的舆论淡化或者是带走。他感觉这个房子已经不属于这个时代了，它是上一辈的房子，属于他们才对。

当索密斯看到史米赛尔的时候，嘴边不由泛起了一丝微笑，史米赛尔依然穿着一九〇三年外出时学到的流行装束，穿着高高的束胸，直到腋下。虽然因为这个装扮，她被裘丽姑太和海斯特姑太教训了很多次，可是仍旧一穿就是这么多年。她也算得上是用人中最尽心尽力的了，很少见的。她笑着对索密斯说："难得！这不是索密斯先生吗？好长时间都没有见过你了呢！还好吗？倜摩西先生要是知道你来看他，肯定会高兴得不得了。"

"他现在还好吗？"

"他都这么大年纪了，每天还都能过得这么开心，是很难得的。他也真是一个了不起的人。那天我还跟达尔提太太说，如果福尔赛小姐①、海斯特小姐和裘丽太太能看到他到现在还有那么好的胃口，一定会非常欣慰的。只有一点不太好，那就是他耳朵聋了，不

————
①安姑太，这是对她的长女身份的正式称呼。

过这对他来说也未必是件坏事。正因为耳聋，他能够在遭受空袭的日子里照常生活，不然的话，还不知道会发生什么事呢。"

"哦！"索密斯说，"那当时你们是怎么处理的呢？"

"其实我们还是让他像往常一样躺在床上，我和厨娘待在酒窖里，然后把电铃也通到了地窖，只要他一按铃，我们就会知道他在叫我们。那时候我们觉得，无论如何也不能让他察觉到在打仗，所以我跟厨娘说，只要他叫我们，我就会马上上去，不然被那些女主人察觉到，偶摩西先生一直摇铃，却没有人管就不好了。没想到的是，他睡得十分安详，根本没有察觉到。还有一次空袭在白天，庆幸的是那时候他在洗澡，否则以他那喜欢看窗子外边的习惯，肯定会被发现的。所以，真感谢上帝。"

"确实是这样，"索密斯嘀咕了一句，史米赛尔似乎比以前啰唆了，"我就是来看看能帮上什么忙。"

"这样啊，让我想一想有什么需要你帮忙的。想来想去好像就有一件事，因为偶摩西先生好长时间都没有在饭厅吃饭了，所以饭厅里根本就没有什么吃的，但是不知道怎么就有了老鼠的气味儿，我们想了很多办法，最后都徒劳无功。它们总能让人疯掉，不知道从哪里就突然冒出来了。"

"他现在每天都在床上吗？"

"不是的，他还是会起来的。每天早上，他都会起来在床和椅子之间活动活动，好像并不是为了呼吸什么新鲜空气，只是为了活动活动筋骨，可这其实是挺危险的。但是他觉得挺自在的；现在他每天都要看看遗嘱，好像那个遗嘱已经成了他的精神支撑了呢。"

"史米赛尔，现在是不是方便，我想去看看他，看他有什么要交代的。”

史米赛尔的脸突然一下子红了起来。

“真是太好了！”她说，“不如先让厨娘上去通知他，我陪你先转转？”

“不那么麻烦了，你去告诉他就好，”索密斯说，“我自己待着就可以了。”

人们一般都不会把伤感显露于人前，索密斯觉得自己如果在这满载了很多回忆的房子里面待着，说不定会有些特别的感受。史米赛尔兴高采烈地上去通知偈摩西以后，索密斯就来到了饭厅，仔细闻了一下。他觉得这根本不是什么老鼠的味道，应该是烂木头的味道，所以他去看了看护壁板。偈摩西都这么老了，实在不知道有没有必要重新粉刷一下这个壁板了。在整栋房子里，可以说这间饭厅一直都是最时尚的，索密斯的脸上泛起了一丝隐约的微笑。护壁炉是橡木的，墙壁是深绿色的，天花板的下面用链子垂吊着一个金属架灯，还有很多梁柱在下面。饭厅挂的所有的画，都是偈摩西用很少的价钱在六十年前从一个拍卖行买来的，——其中有斯尼德斯[1]三张，画的都是静物，还有两张分别画了一个漂亮的男孩和一个漂亮的女孩的钢笔画，仔细看可以看到“J·R”的签名。这个签名，偈摩西一直猜测是“约书亚·雷诺兹”[2]的缩写，但是索密斯仔细分析了这两张画之后，肯定了这是约翰·罗宾逊的作品。还有一张有待确认的，据说是摩兰德[3]的，画的是在给一匹白马钉蹄铁。深红色的天鹅绒

————————

①斯尼德斯：1579—1657年，佛兰德斯画家，擅长静物画。

②约书亚·雷诺兹：1723—1792年，英国画家，擅长肖像画。

③乔治·摩兰德：1763—1804年，英国画家，擅长画乡村景物。

材质的窗帘，一共十把颜色很深的桃花心木做的高背椅子，每张椅子上都配有一个和窗帘一样材质和颜色的垫子，地毯来自土耳其，还有一张和那十把椅子配套的餐桌，在这个小屋中感觉很是突兀。这完全就是索密斯记忆里的屋子，似乎一点都没有变化。他注视着那两张钢笔画，暗暗在心里决定："自己一定要在拍卖时买下它们。"

　　一路从饭厅来到佀摩西的书房，感觉分外陌生，似乎对于它的记忆一点都没有。索密斯兴趣盎然地看着这从上到下密密麻麻的书籍。这边似乎全是和教育有关的书，全部是四十年前佀摩西自己的出版社出版发行的，多的一种书有二十多本。索密斯打量了一下书名，不由颤动了一下。中间这一面墙壁的书，居然和自己父亲在公园巷的书房里摆放的所差无几，看到这相似的书，他似乎可以想象出一个画面，那就是詹姆士和他的小弟在同一天买了相同的书回家。他看见第三面墙的书时突然激动起来，想来这肯定是佀摩西的最爱了，其余的书似乎成了陪衬。他看见第四面墙的窗子上都挂着厚厚的窗帘，一把带有桃花心木读书架的椅子放在窗前，一份颜色有些旧的《泰晤士报》放在读书架上面。上面的日期是一九一四年七月六日，也就是佀摩西不再下楼的日子，似乎在准备着迎接大战。他感觉，这份报纸直到现在依然在等待着佀摩西。一个大大的地球仪陈列在一个角落，这上面的世界对于佀摩西来说是完全陌生的，因为他一直觉得除了本土之外，一切都是虚无的，尤其是海洋更是让他厌恶。记得那是一八三六年的一个星期天的下午，他和裘丽、史悦辛、海斯特和海蒂·契斯曼一起搭了一艘船，结果他晕得很严重。说来这也怪史悦辛老是想着四处玩，结果也晕船了。对于这件事情，索密斯清楚得不能再清楚了，原因在于在这过去的日子中，这些人将这件事起码讲了五十遍。他慢慢来到地球仪前面，抬起手轻轻地转了转它，那东西发出吱吱的声响，转动了约莫一英寸，就看见了一只不知道死了多久的"长爪老爹"[①]趴在了北纬四十四度上。

"乔治果然没有说错，这俨然是一座庞大的墓穴！"索密斯心想。看完了书房，他来到楼上。走到楼梯转角的时候，他停了下来，看着那几个放有蜂鸟标本的盒子。他记得这是他小时候最喜欢的东西，直到现在看着还是那么崭新，几根铅丝把它吊在潘巴草上面。他想，如果说现在自己打开这个盒子，怕是这些蜂鸟瞬间会坏掉，也不会发出什么声响。这个东西似乎没有拍卖的必要。他突然记起他六岁的时候，亲爱的老安姑太就带他到这，对他说："看看，小索密斯！这些蜂鸟很漂亮吧！"他还记得，自己回答她说："虽然很美，可是姑姑，它们都不会叫的！"他可以清楚地回忆起自己当时穿了一件有青色领子的像是黑丝绒料子的衣服！安姑太那梳得整齐的头发，细长的温暖的手，带有点严肃笑容的脸上有一个尖尖的鼻子——她可真算得上是一位体面的老太太！他来到了楼上的客厅的门口。客厅门口两侧挂了一些小肖像。这是他一定要买回来的东西！肖像上是他的四个姑母，他的三叔史悦辛年轻的时候和五叔尼古拉小时候的样子。这些小肖像是大约在一八三〇年的时候，由一位和家里关系很好的年轻女子所画，在那个年代小肖像很精致，而且可以保留很长时间，仿佛在象牙上画的。自己以前就经常听到家人说起那个女子，无疑都是在说："真是一个有才华的女孩子，她很喜欢史悦辛，只可惜年纪轻轻就死于肺痨——所以，大

①长爪老爹：英语中对于住宅中长爪蜘蛛的俗称，犹如中文的"蟢子"。

家都说她和济慈^①一样。"

　　她们都在这呢！裘丽、海斯特、安、苏珊，简直跟小孩子一个样。史悦辛，蓝色的双眸，两颊红红的，头发黄黄的，穿了一件白背心，简直惟妙惟肖。还有尼古拉，一只眼睛望着天，简直就像丘比特。直到今天回想一下，还是会觉得，尼古拉叔叔真的是有那么一个神态的，他的一生都那么了不起。他越来越觉得，画这些肖像的那个女子真的很有才华，小肖像也算是独树一帜的派别了吧，它受艺术变迁的影响甚小。索密斯走近客厅，他看着布满灰尘的屋子，本以为偄摩西都这么久没有下楼了，家具会蒙起来^②，看来用人们是忽略了这个的。窗帘没有拉上，仿佛是他那些姑母在默默地等待。突然，他冒出了一个大胆的念头：等到偄摩西百年归老——这样说并无不妥吧——之后，这个房子也可以仿照卡莱尔^③故居那样保存起来，挂上一块招牌，等人参观，这应该是他们这下一代的责任了吧。"维多利亚中期老宅，门票一先令，附送目录。"说实话，这说得算是很实在的了，这房子就是在伦敦也有很大可能是最古老的了。它可以完美地代表那个时代的风土人情，换句话说——索密斯觉得只要自己把以前送的那四张巴比松派油画拿回去，作为自己的收藏就可以了。墙壁是天蓝色的，窗帘是带有凤尾草图案和红花的绿色，铁炉子前面有个织锦屏风。桃花心木的古玩橱柜里边有很多有意思的东西，并且装了玻璃窗子，脚垫也是玻璃珠串起来的。

----

①济慈也死于肺痨，才26岁。
②在英国的风俗中，若主人不在家，家具要用布子蒙起来，偄摩西久不下楼，索密斯意味用人也会这样办。
③托马斯·卡莱尔：1795—1881年，苏格兰文人，其故居位于伦敦切尔西区切因街二十四号。

书架里面的一整排陈列的是济慈、雪莱、骚塞、库柏、柯勒律治的诗集，还有拜伦仅有的一本《海盗》，和维多利亚那个时代的一些诗人的作品。很多家族的遗物，都被放在了那个暗红天鹅绒镶宝橱里：海斯特的第一把扇子，他们外祖父鞋上的扣子，三瓶用蝎子泡的酒，那根由叔祖爱德加·福尔赛在印度做贩麻生意时邮寄回来的象牙，一张鬼画符一样的黄纸条，真不知道写的到底是什么！墙上挂的几乎是清一色的水彩画，除了他送的那四张巴比松油画，看起来很有异国人的味道，并且真假难辨——有不少风格鲜明、具有些插图特点的画，《数蜜蜂》《啊，乘船而去》，这是史悦辛送的那两张以指套戏法和箍衬裙为题材的佛里西①风格的画。这里大多数的画，索密斯以前都带着他那傲慢的兴趣看过很多遍了，还有一些亮晶晶的金框子。

还有一座小三角式钢琴，擦得一尘不染，依然加着盖，用火漆严密地封着；这贴满了干海藻的册子是裘丽姑太的。带有金脚的这些椅子，远比实际看起来牢固得多。那张用红缎子做的长沙发摆放在壁炉的一边，以前安姑太喜欢坐在这个沙发上，安姑太之后就是裘丽姑太坐，她们俩都喜欢挺直腰板，朝着光坐在沙发上。壁炉的另一边的那把椅子，那可是这里仅有的一把堪称舒服的椅子，一般海斯特姑太会背光坐在这把椅子上。索密斯眯起自己的眼睛，仿佛看到了这些故人还像以前一样坐在这。似乎气息还是和以前一样，多种多样的料子、洗了很多次的花边窗帘、装有紫薄荷的袋子、蜜蜂标本。"对啊，"他想，"这是多么特殊的一个家啊，真的应该保存起来才对呢。"他相信！其他的人看到哪一个估计都会被逗笑

---

① 佛里西：1819—1909年，英国画家。

吧，这可称得上是本色的上流生活标准，不管从什么方面谈起，都会发现，这肯定要比现在这个时代空洞的生活触动人心——当今社会，汽车火车满地跑，尾气遍地，女孩子穿得越来越夸张，露腿、露背等；可能所有的福尔赛都喜欢女孩子这样的穿着，可是这却完全背离了上流女子的标准，吃饭的时候两只脚不会好好放，踩这踩那，开口闭口不知道控制音量并且都是那些粗俗的话语——只要想到芙蕾有可能和这种人交往，他就觉得不寒而栗。还有一些年纪大一些的妇女，她们很凶悍很干练，虽然她们这么安静地生活，但他还是觉得不寒而栗。看看他这些老姑母们，尽管不是那么的开明，眼光也有限，甚至都不开窗户，但是她们对过去和未来很尊重，保持着应有的风度和样子。

他不高兴地关上了门，撬起脚尖，静静地上了楼。走在楼梯上的时候，他四处张望了一下：看着那排得整整齐齐的东西，感觉似乎回到了十九世纪八十年代，楼梯旁边的墙上被黄色的油漆纸铺满。走到楼上之后，他开始对着那四扇门犹豫起来。这个倜摩西到底会在哪扇门里面呢？他静下心来听着动静，耳朵里突然传来好像小孩子慢慢地拉着玩具的声音。他确定倜摩西一定是在这了，于是他抬起手敲了敲门，史米赛尔红着脸打开了门。

倜摩西先生在专心致志地散步，她实在不知道怎么才能唤起他的注意。索密斯如果想要看到他，就只能走到后房去。

于是索密斯来到后房，静静地看着散步的倜摩西。

这最后这位老一辈福尔赛早已起床，现在正在那一心一意地散步，在他的床和窗户之间的那约十二英尺的小距离之间慢慢地来回移动着。他低着头，方方的脸不再像以前那样光溜溜的，已经布满了白色的胡须，但可以看出已经尽可能地剪短了，方方的脸上下一般宽，头发和胡须一样呈花白色，没有胡须的皮肤则是纯黄色。他手里拿着一根结实的手杖，另一只手拉起自己那衣服的边，衣服底下可以看到他那常年不见阳光的脚踝和那穿了拖鞋的脚。他的神情仿佛就是一个闹脾气的孩子，专心致志地注意着自己没有得到的东西。每次走到头转身时，都要挂着拐杖拖一下，就像在说明自己完全可以自己走了。

"看起来他还挺健康的，"索密斯压低声音悠悠说道，"对的，先生。你是没看到他洗澡的时候呢，可有意思了；洗得可高兴了呢。"

史米赛尔大声地说着，才使索密斯想起来他耳朵已经聋了，倜摩西好像回到了小时候。

"他还是对一些事情很有兴趣吗？"索密斯问，也不再压低声音。

"对啊，特别是吃饭和看他那遗嘱。看着他每天也不读只是翻来翻去，也是很有趣的呢。偶尔他也会问问公债的价格，然后我就会用大大的字体把它写在石板上。当然，每次我写的，都是他在一九一四年的时候看到的那个最后的价格。在大战爆发时，医生就告诉我们说别老让他看报纸。最初他还不同意，不过久而久之可能也就接受了吧，因为他也知道自己不能那么费神了。几位姑太太还在世的时候，他就经常标榜自己可是懂得保养精神的典范，其实这一点都不夸张。他还常常就这件事寻几位姑太太的开心，你大概也知道，她们一向都是那么的活泼。"

"如果我走进去，他会怎么样呢？"索密斯问，"他会记得我吗？你也知道，我还在一九〇七年海斯特小姐去世的时候，帮他立过遗嘱。"

"哦，这样啊，"史米赛尔怀疑地答道，"这我也不知道了。我想他可能记得吧。谁像他这么大的年纪还会有这样的精神啊。"

于是索密斯走了进去，待佝摩西转过身来的时候，大声地说："佝摩西叔叔！"

佝摩西走到半路的时候，停了下来。

"嗯？"他说。

"索密斯！"索密斯在伸出手时大声地喊道，"索密斯·福尔赛！"

"不是的！"佝摩西自言自语道，他敲捣了一下他的手杖，继续散步。

"好像没什么用。"索密斯说。

"的确，先生，"史米赛尔沮丧地回答，"你看，他就是这样专心的，同一个时间就只能做一件事情，现在没散完步，就只能一心一意地散步了。我猜他在下午的时候肯定会向我询问，你是不是来看了煤气，想要跟他说明白一件事是很不容易的呢。"

"我说能不能找一个男护工来照顾他？"

史米赛尔双手交叠到一起说："男人！那可不行，我和厨娘两个人完全可以了。如果屋子里突然冒出一个陌生人，估计他会崩溃的。姑太太们也一直都不乐意用男用人的。再者说，我们照顾他还是挺骄傲的呢。"

"医生应该有来例行检查吧？"

"天天一大早就过来，因为来的次数多了，所以诊费也有了优惠。佝摩西先生早已经接受了他的存在，但是不会理会他，只是伸一下舌头给他。”

“嗯，”索密斯说，转身想要离开，又说，“他这个样子，我很难过。”

“唉，先生，”史米赛尔着急地说，“你可不要这样想啊。现在的他不劳心不费力，每天活得都很轻松自在，还很高兴呢。我和厨娘都觉得，他变得可是比以前更男人了呢。他每天的活动比较单一，也就是散步、洗澡或是吃饭。如果没在散步洗澡，那一定是吃饭或是睡觉了，就是这么简单。身体上没有疼痛，心里也没有什么牵挂，什么也没有。”

“嗯，”索密斯说，“说得挺在理的，我这就下去了。噢，还有一件事，我得看看他天天鼓捣的那个遗嘱。”

“先生，这我得找一个合适的时机才能拿到。那份遗嘱在他的枕头下面，他在那活动的时候，我过去他一下子就看到了。”

“我只是想确认一下是不是我帮他立的那个遗嘱，”索密斯说，“你找一天看看那上面写的时间，然后告诉我。”

“好的，先生。不过我觉得就是你立的那张，因为我和厨娘只做过那一次见证的，还签了我们的名字呢。”

“嗯，是。”索密斯说。他记得这件事。史米赛尔和厨娘珍妮那属于正式见证，只是遗嘱没有给她们留下任何东西，目的只是希望她们能够好好照顾倜摩西。他也知道这是谨慎得有些过了，但是这是倜摩西的意思，而且说到底，她们已经从海斯特姑太那得到很多了。

“好吧，”他说，“史米赛尔，再见！好好照顾他吧，他要是有什么要交代的，记得帮我记下来。”

“好的，索密斯先生，我知道怎么做。今天你能过来，可真是难得呢，估计厨娘知道了也会很高兴的。"

索密斯和史米赛尔握了握手便下楼去了。走到帽架时驻足了很久，想起以前自己不知道往上面挂过多少次帽子。"难道这一切就这样成了回忆吗，"他想着，"可怜的老头，都过去了，只能又重新开始了。"他静静地听着，想着倜摩西那散步的声响说不定会传下来，又或者是突然出现一张衰老的脸，伴随着一个苍老的声音说："亲爱的索密斯来了呢！刚刚我们还提到你了呢！"

可是什么也没有，唯一感觉到的就是一股樟脑味和那被阳光照出的浮尘。这所年代久远的房子，简直成了一座墓穴！他离开屋子，朝火车站赶去。

5. 瓦尔·达尔提返乡

他落足于故乡的原野，他是——瓦尔·达尔提。[①]

就在这周四的早晨，四十岁的瓦尔·达尔提走出自己在萨塞克斯郡高地北部租赁的大房子，他此时此刻的心情好比那两句诗一样。他是要去纽马基特，回想自己好像只去过那一次。记得那还是在一八九九年的秋天，他从学校里偷偷跑出来去剑桥郡看了一场障碍赛。他站在大门口，亲了亲妻子，然后把装满波得酒的小瓶子装进了口袋。

"不要太累了，你的腿要注意休息，瓦尔，再有就是不要赌太多了。"

---

①套用司各特小说《罗伯·罗伊》第三十四章的两句诗："我落足于故乡的原野，我是马格雷高。"

她的胸口紧紧地贴着自己，四目相对，瓦尔对自己残疾的腿和钱袋都安心了。他是应该有所收敛，好丽不会害自己，她一直都是那么聪明能干。她的脑子很机灵，总是能迅速察觉到他的情绪。从二十年前布尔战争时，两个人在南非结婚以后，自己对这个年轻的表妹竟然会这么的忠诚，不仅忠诚，而且没有感到一丝的不自在或者是厌烦，这对他自己来讲是很平常的事情，但对别人看来确实相当不容易，他毕竟也算是达尔提的后代呢！她是那么的机敏，自己却总是慢半拍，她还是那么的善解人意。两个人算是近亲结婚了，所以他们两个决定不要小孩，虽然她的皮肤有些黄，却很漂亮，身材也很好，还有那一头浓郁的秀发。瓦尔十分佩服她不仅能把自己照顾得无微不至，而且还拥有自己的生活乐趣，马术也日渐精湛。她坚持练琴，读很多的书，小说、诗歌，各式各样的书。在哥罗尼角①办农场的时候，她把农场的事物打理得非常好，把所有的黑人妇孺也照料得很好。老实说，她真的很机智；不会小题大做，也不会自命清高。瓦尔自己本不谦逊，但是也不得不承认自己不如她，可是他并不嫉妒——对好丽来说这可以说是最大的支持和尊重。大家可能都知道，只要自己看着好丽，她就会察觉，而她看自己时，自己却不一定知道。

　　他在门洞里吻了吻妻子，尽管妻子是要陪他去车站再开车回来，可是他也没有打算在车站月台上吻她。非洲的气候和辛苦的养马弄得他不但皮肤黑了，而且多了许多皱纹，在布尔战争中伤残的腿更加剧了他行动的不便利——不过也正因为如此，他才逃过了这次大战中服役的命运，说不定也算是救了他一命。除了这些，一切

①哥罗尼角：好望角的别称。

似乎和当年向好丽求爱时没什么变化。他笑起来还是那么的大大咧咧，却又那么迷人，睫毛越来越深了，也越来越浓密了，睫毛下面一双淡灰色的眼睛，雀斑似乎变深了，两鬓的头发也变得有些白了。别人看到他的第一印象可能就是一个生长在阳光下、辛勤喂马的人。

他在大门口打了一把方向盘，问道："小佐恩什么时候到？"

"今天。"

"需要给他买点什么吗？周六我可以拿回来。"

"不用，不过你可以和芙蕾一起搭一点四十的那趟车回来。"

瓦尔飞快地开着福特汽车，就像一个男人在那个新国家①的环路上开车，坚决不减速，从没有碰到坑就可能丧命的担忧。

"芙蕾是个挺精干的女孩子，"瓦尔说，"你说是不是？"

"是啊。"好丽说。

"你老爹和索密斯舅舅的关系不是太好吧。"

"那件事不能让芙蕾和佐恩知道，一点都不能说。过了五天就行了，瓦尔。"

"内幕消息②，好吧。"只要她说没事，就是没事。

好丽狡黠地看了他一眼，说道："你可有发觉，她多么希望我们请她来？"

"没发觉。"

"那就对了。你觉得她怎么样，瓦尔？"

"美丽，聪慧，可是我知道，她的倔脾气一上来，才不会管你什么呢。"

---

①新国家：指布尔战争胜利后新成立的南非联邦。
②同他的父亲一样，瓦尔也喜欢说一些赛马的行话。

"我不太清楚，"好丽嘟囔说，"她应该就是时下那种时尚的年轻女孩吧，回国就遇到这么多的事情，真有些糊涂了。"

"你？很快你就可以轻车熟路了。"

好丽亲昵地把手伸到他的大衣口袋。

"你的分析让我明白不少，"瓦尔问，"你觉得那个比国佬普罗芳德怎么样啊？"

"他就像一个'和气的魔鬼'。"瓦尔笑了笑。

"他也算是一个奇怪的客人了。说实话，咱们族里闹得有些过了，你的父亲娶了索密斯舅舅的前妻，而他又娶了一个法国妻子。如果祖先有灵，肯定会气昏的。"

"我估计谁家老一辈都会如此的，亲爱的。"

"这车子，"瓦尔突然说，"非得踢它两脚，后蹄在上坡时不怎么好用力，下坡时估计要加点速度才能赶上火车了。"

他喜欢马，汽车对于他实在是没有什么吸引力。因此，这辆福特在他和好丽手中简直是两个样子。还好赶上火车了。

"回去注意安全，可别摔了。亲爱的，再见。"

"再见。"好丽喊，同时给了他一个飞吻。

坐在火车上，他用了很长时间回忆好丽、晴朗的天空、早报和纽马基特那模糊的记忆，而后就开始埋头苦读一本小册子①，里面讲的都是有关马的一些东西。福尔赛血统让他不能放下弄到一匹名种马的希望，他依然努力抑制自己达尔提家性格里要发大财的想法。他卖掉了自己在南非的产业回国后，就发现英国很少有太阳。他对自己说："我必须要找点什么事做才可以，不然意志会被消磨

————
① 小册子指《罗孚马经》。

光的。打猎似乎还不够，我看我要操起老本行，开始驯马才可以呢。"因为在那个新国家中生活了这么长时间，多少比别人要看得透一些，所以，瓦尔就发现近代的养马术有些缺点。因为他们着重看的只是价钱高还有够时尚，而他要买的马一定是要筋骨好，不能徒有其表才可以！他似乎沉迷在了某一个马的血统中！他迷迷糊糊地想着："这是什么鬼天气啊，难受得要死。不管怎样，我一定要去买一匹梅弗莱血统的好马。"

他带着这种想法，来到自己期盼已久地方。这儿的赛马比较安静，是那些喜欢马而不是赌马的人的最爱了，瓦尔目不转睛地看着遛马场。在殖民地的这二十年，早已使他去掉了小时候养成的纨绔习气，剩下的只是喜欢马的那种执着和整洁，时下一些英国男子的"嬉皮笑脸"派头和女子"花里胡哨"的打扮，都不是他喜欢的。他觉得那虽然独特，但会让人生厌——好丽就一点不会这样，好丽才是他心目中最理想的样子。他眼光敏锐，动作利索，又十分聪明，很快就挑了一匹马，做成一笔生意，然后喝了点小酒。当他眼巴巴地看着梅弗莱血统的母马离开时，他身边传来一个幽幽的声音：

"是瓦尔·达尔提先生吗？达尔提太太挺好的吧，但愿是这样。"他这才注意到，说话人原来就是在妹妹伊莫金家看到的那个比利时家伙。

"普罗斯伯·普罗芳德——我们还一起吃过饭呢，记得吧？"声音再次响起。

"你可好？"瓦尔嘀咕一声。

"我挺好的。"普罗芳德先生回答，笑得不紧不慢，别人想学都学不来的。好丽说他是"和气的魔鬼"。哼！他这两撇剪得尖尖浓浓的胡须，倒是有点恶魔的样子。给别人的印象就是那种慢吞吞，但是很幽默，眼睛很秀气，又很聪明的样子。

"有一位先生想要和你认识一下，我的舅舅，乔治·福尔赛先生①。"

瓦尔看了看那个个子高高的，胡子剃得光光的，微皱着双眉的男人，似乎眼睛中折射出了嘲讽的幽默。他好像记得，小时候在伊希姆俱乐部和父亲吃饭的时候似乎碰到过他。

"我以前的时候就常常和你父亲一块观看赛马，"乔治说，"你养马养得如何？要不要我卖给你一匹啊？"

瓦尔笑了笑，以此来掩饰自己那种始料未及的感觉——养马不是什么新鲜事。他们这儿似乎把什么都看得那么平常，养马也一样。乔治·福尔赛、普罗斯伯·普罗芳德，我看就算是恶魔自己在这儿都没有他们两个看得透呢。

"我都没听说你还喜欢这个。"他对普罗芳德先生说。

"我并不是，我并不爱骑马。我是个赛艇手，却不喜欢赛艇，但是我喜欢和朋友一起。瓦尔·达尔提先生，我带了一点午餐过来，你愿意吃点吗？量不多，小小的，在我车子里。"

"谢谢，"瓦尔说，"荣幸之至。大概十五分钟后我就过去。"

"看，就在那边，福尔赛先生也会过去，"普罗芳德先生伸出他那只戴了黄色手套的手指头，"在温暖的小汽车中吃点午餐。"

----

①原文是把Forsyte译成Forsyde，而把"赛"的音读为"西"的音，以示普罗芳德的外国口音"先生"。

他走了过去，穿得很笔直，却有一丝懒洋洋的感觉。没什么表情，乔治·福尔赛走在他的后边，干净魁梧，一脸戏谑的神情。

瓦尔还是在那看着那头梅弗莱牝驹。乔治·福尔赛年纪不小了，但是普罗芳德应该很可能和自己差不多。但是瓦尔却感觉自己好小，就跟这匹梅弗莱牝驹一样，成了这两个人嘲讽的玩具。马儿也变得有些虚假了。

"这匹'小'母驹，"他似乎听到了普罗芳德的声音，"有什么地方吸引你的？"

然而自己父亲的朋友乔治·福尔赛，不是还在赛马吗？梅弗莱血统，和其他的血统比起来，到底有什么优势呢？把买马的钱用来赌博是不是更好一些？

"可不能这样！"他突然自言自语道，"如果连养马都没意思了，那就没有什么事情有意思了！我来这不就是为了买马的嘛！我一定要买了它。"

他往后走了两步，看着那些客人涌上看台：穿着考究的老头子，精明而强健的汉子，犹太人，装样子仿佛没有看到过马的教练员，轻浮而慵懒的高个女人，或者步调轻松、说话大声的女人，一脸严肃的年轻人——其中有两三个是独臂！

"人一出生就是一场赌博，"瓦尔暗暗地想，"摇铃响起，马儿跑起，钞票放在那里；铃声响起，马儿跑起，钞票来了又去。"

他对自己突然萌发出来的这点哲学见解感到有点不可思议，于是抬腿走到草场门口看那匹心仪的马儿慢跑。它的动作挺好，于是他走向那有"小小"午餐的"小"车子。那"一点点"午餐，估计许多男子都想吃，吃罢普罗芳德和他一起走向草场。

“你的妻子很漂亮。”他突如其来地说了这么一句。

“我认为她是最美丽的。”瓦尔淡漠地回答。

“对啊，”普罗芳德先生说，“她的脸蛋儿非常漂亮。我就喜欢这样漂亮的女子。”

瓦尔有点疑惑地看了看他，看着同伴眼中的率直和好意，便压下了自己的担忧。

“什么时候你们想坐赛艇了，过来找我，我带你们到海上玩玩。”

“谢谢，”瓦尔说，心中的担忧又被激起了，“她不喜爱航海的。”

“我也是。”普罗芳德先生说。

“那你为何还驾赛艇啊？”

他眼中露出一丝微笑：“啊，这个我也不清楚，我做过很多事情，驾赛艇是最后一件。”

“我看一定是奢侈的运动了，我认为你这理由很不充分呢。”

普罗斯伯·普罗芳德先生抬了抬他的眉毛，噘起那厚厚的下唇。

“我是个与世无争的人。”他说。

“你有参加大战吗？”瓦尔问。

“嗯，我参加了，中了氯气，小小有些不舒服。”他的脸上带着那有些富贵神情的微笑。他没用“稍微”，而是用了“小小”，瓦尔也不知道他这是做作，还是不经意的小错误。很明显他是什么事都敢做的，那匹瓦尔中意的牝驹已经跑赢回来了，被一群对它感兴趣的人围着。普罗芳德先生从人群里问瓦尔：“你要叫价吗？”

瓦尔点了点头。旁边站着这样一个懒洋洋的撒旦，自己一定要有坚定的信念才可以。虽然他的外祖父有先见之明，每年给他留了一千镑的定息收入，再有就是好丽的祖父也每年给好丽留了这么多钱，才使他不用考虑自己会破产，其实他能用的流动资金并不多。卖掉南非产业的那些钱，也大多用在了置办萨塞克斯郡的产业上了。所以没有多长时间，他就不能叫价了，他暗暗骂道："该死！这超出自己的底线了！"他的底线是六百畿尼，最后，那匹马以七百五十畿尼的价钱成交了。

他正懊恼地想要离开，耳边响起了普罗芳德先生幽幽的声音："哦，我买下了那匹小牝驹，但不是给自己的，请你把它送给你的妻子。"

瓦尔疑惑重重地看着这个家伙，可是从他眼中折射出的善意使瓦尔生不起气来。

"大战期间，我赚了一笔小小的钱，"普罗芳德先生看到瓦尔浮现出的疑惑，说道，"买了军火股票。一直以来我都是在赚钱的，可是花的钱却很少，但是我要花掉这些钱，所以我十分乐意给我朋友用。"

"你按原价转让给我吧。"瓦尔忽然打定主意。

"不，"普罗芳德先生说，"你牵走，我不想要它。"

"这不好，你不能——"

"怎么就不能了啊？"普罗芳德先生浅笑道，"我和你们家是朋友啊。"

"七百五十畿尼不是一笔小数目。"瓦尔禁不住地说。

"那好，你帮我养着它总行了吧，我想要的时候再说，你养它期间所有权归你。"

"只要你承认它属于你，"瓦尔说，"我是没什么关系的。"

"那就这么决定了。"普罗芳德先生嘟囔了一句，就离开了。

瓦尔看着他的背影，想到他可能是个"和气的魔鬼"吧，这也不一定。他看到他跟乔治·福尔赛走到了一起，再后来就没有碰到他们了。

看赛马的这两天，他都住在了他母亲格林街的家里。威尼弗列德·达尔提今年都六十二岁了，保养得还是那么好，她算是被蒙塔谷·达尔提折磨了有三十三年，最后居然被一架法国楼梯解救了。对她而言，看到自己那么喜欢的长子在这么多年之后，居然从南非归来，还带着那么一个令人喜欢的媳妇，自己还有什么不满足的？在自己未婚时，自己还标榜是自由、享受和时尚的代表，可看到现今时代的女性，才知道那时候的自己简直是小巫见大巫了。打个比方说，结婚和离婚在她们眼中都不是什么大事，而威尼弗列德就常常后悔自己怎么就没有离婚。多结几次，指不定就找到了一个如意郎君，总比面对烂醉如泥的伴侣来得好。不过，唯一欣慰的是她生了伊莫金、茂德、瓦尔和宾尼狄克特——他马上要升为上校，并且在大战中完好地活了下来，这些孩子的婚姻一直都很幸福。那些还沉浸在他们父亲印象中的人，看到自己的孩子婚姻都这么幸福，都感到不可思议。不过，威尼弗列德倒是觉得，这都是因为他们像她而不是父亲，所以应该都是福尔赛家的人，可能只有伊莫金特殊一些。还有就是芙蕾，她哥哥的那个"小女儿"让她看不透，这孩子有时下年轻人的那种好动。"她就像风里的一朵小小火焰"，有一天晚饭后，普罗斯伯·普罗芳德就这么说过——但是她并不轻浮，说话也不会太大声。威尼弗列德的福尔赛性格，使她自然而然地讨厌现在的风气，对那些时髦女子的习惯和那理所当然的口头禅"我们就快快活活吧，因为明天要穷了！"①感觉很不喜欢。她想了想芙蕾的特点，那就是她有坚强的决心，想要的东西如果得不到，那么坚决不放手——后果怎么样，她就不会过多地考虑了，毕竟她还很年轻。她长得很漂亮，遗传了她母亲那法国人爱好装饰的天性，都喜欢把小饰品加到自己的衣服上，带着她出去确实脸上增光不少；她是所有人关注的焦点，这一点，威尼弗列德看来是很不错的，因为她本身就是爱打扮、喜欢出风头的人。也就因为这样，自己才栽倒在蒙塔谷·达尔提身上。

周六吃早饭时，她和瓦尔说起了芙蕾，也就顺便说起了家族的那个秘密。

"瓦尔，你舅母伊莲和你岳父那件事情已经过去了，没有必要让芙蕾知道——那样会生出不必要的事情。面对这件事，你舅舅索密斯是非常坚持的，所以你要小心些。"

"我知道，只是事情好像变得棘手了，好丽的小兄弟要来我们那的农场当学徒。应该已经到了。"

"唉，"威尼弗列德说，"这可真有些棘手了，他怎么样啊？"

"我好像就一九○九年在罗宾山见过他一次，那是我们回家，他光着的身上画了很多条条，蓝的红的，小家伙挺可爱的。"

威尼弗列德感觉也不是那么糟，心头也就放松了不少。"不管怎么说，"她说，"好丽比较聪明懂事，她肯定知道要怎么做。我

---

①此处化用《旧约·以赛亚书》第二十二章十三节："我们就吃吃喝喝，因为明天要死了。"

不会告诉你舅舅这件事，不然他只会更烦恼。你回来真好，你看我都这么大年纪了。"

"哪有！你还是和以前一样，年轻漂亮。对了，母亲，你说那个普罗芳德可靠吗？"

"普罗斯伯·普罗芳德吗？他挺不错的。"

瓦尔闷哼了一声，于是把在马场的经历和母亲说了一遍。

"他就是这个样子，"威尼弗列德嘀咕着，"他可是什么事都敢做的。"

"哼，"瓦尔苛刻地说，"咱家和那种人交往不是什么好事。他们显得太随便了，什么也不在乎，和我们是不一样的。"

这话倒是对的。威尼弗列德足足沉默了一分钟，接着才说："这倒是！但他是一个外国人，瓦尔，我们应该对他宽容一些。"

"那好，我就先收下他的马，等以后再找机会偿还他的人情吧。"

过了一会儿，他就和母亲告别了。母亲吻了他一下，他就去了马票行，然后去了伊希姆俱乐部，最后到维多利亚车站。

6. 佐恩来了

瓦尔·达尔提太太时隔二十年后从南非回来，突然找到了自己的所爱，幸好，那对象是她的生活，她爱上了窗前的花园和高原上那苍翠无际的春色。终于又看到英国了！她曾想象故国的美好，但是，这一切比她想象得更美。其实，他们夫妇能找到这个漂亮的南部高地也实在是运气，这个高地在阳光明媚的日子里甚是风光旖旎。好丽像她的父亲，十分有眼光，对这片石灰岩的丘陵非常中意，十分懂得欣赏它的美；对她来讲，自己走在从那条近似峡谷的小径上漫步到桑克顿堡或者安柏莱的路上，本身就是一件令人愉快的事情，但是这些她不会和瓦尔分享，因为瓦尔在所难免地有一些福尔赛的天性，总想着从大自然得到些什么，比如看到这片草地，他想的肯定是能不能在这驯马，而不是单纯地欣赏它们。

她按照福特汽车的性能，十分平稳地将车开回了家，心里想着自己要带佐恩做的第一件事，应该就是带他去高原的那边，让他感受一下五月天空下的美景。

她以母爱的姿态，等待着自己这位同父异母的弟弟。其实在他们夫妇回国不久，他们就去了罗宾山，而且还在那住了三天，只是当时没有看到佐恩——因为他还在学校。所以，她的记忆应该和瓦尔是一样的，都停留在了那个蹲在池边满身涂了蓝红条子的金发的小孩身上。

在罗宾山住的那三天是让人既兴奋，又感慨、尴尬。她想起了去世的佐里，想起瓦尔向自己的求爱。二十年过去了，父亲老了很多，他那微微带有嘲讽意味却又很温和的样子让人感到头皮发麻，像好丽这样心细的人又怎么会察觉不到父亲的心思呢？尤其是当见到自己的继母时，觉得刹那间回到了当年的情景，那时候自己还很小，祖父也还活着，还有布斯小姐，而她就是那个"浅灰色衣服的太太"。记得那时候，继母还要教自己弹钢琴，这使自己非常恼火。回想起这些，好丽心烦意乱，备感苦恼，而她原本还设想在罗宾山的生活可以很平静呢。幸好，她向来都是那么泰然自若，才不至于从表面上看出什么。

在准备离开的时候，父亲吻了她，她感觉到父亲嘴唇的颤抖。

"亲爱的，"他说，"战争过后的罗宾山还是老样子，是吧？你如果能将佐里带回来，就更好了！"好丽问："你要怎么长时间保存灵魂呢？依我看，如果这棵橡树真死了，那它就是彻底死了。"

从她那炙热的拥抱中，他可以感觉到她似乎察觉到了自己的心事，所以立刻更换成嘲讽的语气。

"灵魂——奇特的定义，他们越是急切地去证明，越能证明他们只掌握物质。"

"怎么说？"好丽问。

"怎么！你看看他们所谓的那些显灵的照片啊。一定是有了物质的东西，才能在拍照时显现出来。这怎么能行？这到最后，我们肯定会认为一切物质都叫作精神，或者一切精神都叫作物质——到底是哪种叫法，我也不清楚。"

"可是难道你认为灵魂不存在吗，父亲？"

佐里恩静静地看着她，他那脸上有些悲伤而又张狂的神情，使她印象深刻。

"亲爱的，你要知道，我是多么乐意从死亡中得到些什么东西，为此我还专门研究过一阵子呢。可是结果很令我失望！我发现凡是可以用灵魂学解释的东西，一定可以用潜意识、精神感应和尘世解脱来解释。我是真想相信灵魂是存在的，可是愿望产生得了思想，却不能产生证据。"

于是好丽就在他的额头上重重地吻了一下，这似乎正好是他那物质变成精神理论的最好证明，好丽几乎没有感觉到他的额头有什么东西。

但是，在娘家的那三天给好丽印象最深的，居然是继母一个人默默地查看佐恩的来信，当然她并没有察觉到好丽在看她。她觉得那时的继母美极了，伊莲似乎沉浸在了佐恩写的信里，站在窗前，任由光线打在她的脸上和那灰色的秀发上。她的嘴唇微微动着，泛起丝丝的微笑，深褐色的眼珠流露出连她自己都没有察觉到的高兴和喜悦，那只没有拿信的手轻轻地放在胸口。一幅神圣的母爱图跃然纸上，好丽默默地走开了，也深深地相信佐恩肯定很好。

在好丽看到佐恩双手拿包走出车站时，也充分证明了她的猜想。他和佐里有点像，那个已经被她遗忘了的童年的偶像，但是神情有些焦急，而且不怎么拘谨，因为他并没有戴帽子，所以能清楚地看到他那双深色的眼珠和那头色泽鲜明的头发。整体来说，真是一个有意思的"小"弟弟！

他那有些试探性的语气，让好丽这个见惯了年轻人厚颜大胆的人感到无比有趣。他觉得由好丽开车载自己回家有些不妥，他想自己要不要尝试开一下呢？当然，大战以后在罗宾山他们并没有买汽车，而他也只开过一次，是往一个坡上开的。所以，好丽觉得还是自己开更可靠一些。他的笑，温柔又动人，十分有魅力——不过"魅力"这个词，现在早已不流行了。汽车到达家门口时，他掏出一封皱巴巴的信递给她，她看他去洗脸了，于是拆开看起来——短短的两行字，但她知道父亲花了很大心思。

亲爱的好丽：

你和瓦尔一定要记着，佐恩目前一点也不知道家里那件事。我和伊莲也都认为他还小，这孩子是她母亲的命，宝贝得很。切记。

父字

就是短短的几句，但是一想到芙蕾也要来，好丽就有些后悔和不安起来。

喝完茶之后，她就按照自己预想的那样，带着佐恩去爬山了。姐弟俩静静地坐在一个满是荆棘和藜藜的废石灰矿边上，说了很多话。一眼望去，绿草坡上星星点点缀着一些望志草和地苔，很是漂亮，云雀在歌唱，低矮的树丛中也传出了画眉鸟的歌声，时不时可以看到从海上飞来的海鸥自由盘旋在天际，雪白的羽毛，朦胧的天际生出一轮明月。偶尔还有一阵草香袭来，就仿佛是真的有一些小人在草地上嬉戏，踩出了草香。

佐恩原本静静地看着，突然说道："哇，这简直美极了！丝毫不见世俗气息。海鸥翱翔，羊群摇铃——"

"'海鸥翱翔，羊群起舞！'真像个小诗人，亲爱的！"

佐恩叹口气，说："啊，天呢！我可不行。"

"尝试一下啊，记得我像你这么大的时候也试过呢。"

"是吗？母亲也说'尝试一下'，不过我好像真的无从下手。有没有你的大作，让我瞻仰一下啊？"

"亲爱的，"好丽低声说，"我都结婚十九年了，我好像只在渴望结婚的时候才写过。"

"哦！"佐恩说，随即别过头用手捂住脸，她从他的一边面颊看出他脸红了。好丽暗暗想道，他真的想恋爱了吗？就像瓦尔说的那样，可是太早了吧。不过这样可能也不错，他就不会过分地去注意小芙蕾了，再说，星期一他也就要开始学习农事了。她微微笑了起来，谁知道他跟在犁头后面，会变成一个彭斯①，还是只是一

---

①彭斯：1759—1796年，苏格兰农民诗人。

个皮亚斯①？现如今好像所有的年轻男女，都成诗人了呢。在南非的时候，她就看了很多这种诗集，都是从哈契司·奔华兹书店买来的。似乎也证明了这一点，并且那些诗真的是写得挺好的，起码比自己当年写得好很多！不过话又说回来，其实诗歌和汽车都是在她年轻的时候才逐渐流行起来的。吃过晚饭，她用木柴在矮客厅生起了火，两个人坐在火边，继续聊着天。不过好丽觉得除了一些重要的事情之外，好像从他口中得不到什么其他可以深入了解他的信息了。好丽仔细检查了给他准备的卧房，确定什么都不缺了，才在房门口和他说晚安。她觉得，两个人还是十分谈得来的，自己也很喜欢这个弟弟。他非常热情，但并不聒噪，可以用心听别人说话，而且比较贴心，不怎么说自己。显而易见的是他爱父亲，而且很崇拜自己的母亲。骑马、划船、击剑是他的最爱，并不爱球戏。他会去救扑向火的飞蛾，虽然讨厌蜘蛛，可不会伤害它们，只会把它们清理到门外。总之，他非常平易近人。好丽去休息时，心里在想如果谁伤了他的心，他一定很受伤，但是谁会伤他的心？

　　但佐恩却没有休息，而是拿起铅笔，坐在窗口借着烛光，在书写他生平的第一首"真正的诗"。月光很朦胧，写的字看起来不是很清楚，夜色有些浮动，仿佛是银子雕刻出来的。这样的夜色，似乎特别适合和芙蕾一起散步，享受夜的美好，跋山涉水到天涯②。佐恩原本开阔的额头上皱出了很多皱纹，在纸上写写擦擦，似乎在完成一件了不起的艺术品，心情欢快犹如炎热夏日中的春风拂面。也有不少孩子会因为家里人的影响，就算入学后，也会保留着对美的

————————
①皮亚斯：英国中世纪诗人郎兰的长诗《农夫皮亚斯》中的人物。
②英国诗人约翰·盖（1685—1732年）作品《乞儿歌》中的唱词。

追逐，佐恩就算是他们中的一员了。当然，他早早就把这种爱好藏了起来，甚至连美术教师都没有告诉；可是这种爱好依然存在，被保持得纯洁而又严肃。虽然这首诗自己看来写得也不是很好，好像是长了翅膀的夜色，有些虚无。可是他依然会留下它，因为它可以完全表达出自己的心情，总比没有好。他有点迷惑地想着："千万不能被母亲看到。"于是，他迷失在这样一种前所未有的感觉中，沉沉睡去。

7. 芙蕾也来了

为了避免佐恩问起，好丽提前跟他说："瓦尔会带一个女孩回来，她来这过周末。"

为了达到同样的效果，瓦尔也只跟芙蕾说："会有一个年轻人和我们一起住。"

所以，这两个一周岁的小驹——瓦尔在心里是这样称呼他们的——就在一种不可思议的状态下见面了。好丽是这样给他们介绍的："芙蕾，这是我的兄弟佐恩。佐恩，这是我们的表妹芙蕾。"

佐恩那时候正好迎着太阳走出房门，瞬间被这种不可思议的惊喜惊弄得不知所措起来，听到耳朵里面的，也只有芙蕾的那句泰然自若的："你好。"就好像两个人从没有见过一样；同时见她飞快地向他点了一下头，他好像理解了她这么做的原因。所以，他如痴如梦地拉着她的手深鞠一躬，场面似乎比墓碑还要寂静，像真的是第一次见面一样。还记得小时候，自己借着油灯看书，不幸被母亲发现，他愚蠢地说："母亲，我在翻东西呢。"那个时候母亲对他说："佐恩，你别说谎，因为你的脸色已经出卖了你——所有人都看得出来。"

　　他一直牢牢地记着母亲的话，所以，他知道自己不能泰然自若地说谎话。芙蕾说话语速很快，说什么都那么兴高采烈，而自己只是听着他们说，偶尔递给她一些松饼或是果酱，然后迅速地离开。有人说过得了战栗性谵妄症的人，随时随地只能看见一个形状和位置不停变化的黑斑点。现在，他也是看到了这样一个固定的东西，有一双迷人的眼睛和一头深色的秀发，虽然她的形象和位置都不曾变化。他似乎知道，这个东西和自己之间存在着神秘的联系——虽然没能真正地去了解——这令他非常亢奋。因此，他心中急切地盼望着，把那晚写的诗也手抄了一遍，虽然说诗是肯定不能让她看到的。马蹄声把他拉出了自己的意识，抬头望向窗外，看到瓦尔和她居然骑马走了。她真的是充分利用了自己的时间，可是看到这个场景，佐恩感到非常不舒服。他就这么丢掉了这么好的机会，如果他没有被那不可思议冲昏头脑而拔腿走掉，自己也应该能够和他们一起去呢。他坐在窗口看着他们越来越远，而后出现在峡谷的路面上，然后消失，最后又出现在高地边上。"笨蛋！"他想，"我怎么总是不懂得把握机会。"

　　为什么他做不到如芙蕾那样泰然自若呢？他两手托着下巴，想象着自己和她一起策马驰骋的场景。本来就只有一个周末，却被自己白白浪费了三小时。估计除了自己之外，就再也看不到这么笨的人了，肯定没有。

　　他早早地换好晚餐服，第一个到达楼下。他怕自己再错过机会。可是他也没能碰到芙蕾，因为她在最后才下楼。吃晚饭的时候两个人面对面坐着，真是要命，他怎么也不敢说话，因为他生怕自己说错话，怎么也不能做到若无其事地看着她。总之，他就是不能自然地对待这个已经在自己的幻想中和自己翻山越岭的人，而且他觉得自己在在座的所有人眼中肯定是一个沉默的笨蛋。对啊，简直太糟了，自己说不出话，而她却是那样侃侃而谈、能言善辩。真是奇怪，他觉得又可恨又困难的说话艺术，她居然运用得那样自如。她肯定会觉得自己很没出息。

好丽惊讶地看着此刻沉默不语的弟弟，这使他不得不看着芙蕾，可是她立即把眼睛睁得老大，仿佛在说："咦，你可千万——"于是他只好去看着瓦尔，瓦尔对他笑了笑。最后他只能看着餐桌上盆子中的肉片——肉片肯定不会看着自己，也不会冲自己笑，所以他快速地吃完饭。

"佐恩想要当个农夫，"他听到好丽的声音，"当一个会作诗的农夫。"

他带着略有些责备的神情抬起头，看到好丽的双眉就和他父亲似的滑稽地抬了起来，自己笑了笑，感觉自然了许多。

瓦尔把普罗斯伯·普罗芳德先生的事情拿出来又讲了一次，这真是再好不过了。因为瓦尔讲的时候是看着好丽的，好丽也看着瓦尔的眼睛，而芙蕾好像微皱着眉思考着一些事情，佐恩总算找到机会好好看看她了。她穿了一件款式简单大方、剪裁得体的衣服，赤着胳臂，头发上带了一朵白玫瑰。经过那样强烈的不自然之后，就在这快速随便的一眼中，佐恩发现她瞬间升华了，就像人们在一片黑暗中突然看到一棵亭亭玉立的白色果树。他看着她犹如一首诗从他心灵的眼睛面前划过，或者一首歌曲渐行渐远，直至消失。

他一边暗笑，一边琢磨着她的年纪——她似乎比自己镇静得多，沉稳得多。为什么不能承认之前就见过呢？他突然记起，当时见面时母亲脸上浮现的那迷茫、痛苦的神情，那时她是这么回答自己的："恩，是亲戚，不过我们并不认识。"他母亲这般的爱好美，如果真的认识芙蕾，一定会特别喜欢她的。

吃过晚饭，他和瓦尔坐在一起，他一边温顺地喝着波得酒，一边对这位和蔼的新姐夫表示感谢。说到骑马——这是瓦尔认为最重要的事了——佐恩可以自己管理那匹栗色马驹，出去的时候上鞍子，回来的时候卸鞍子，外加照料一番。佐恩说，他已经习惯做这些事情了，隐约觉得他们似乎更加肯定自己了。

"芙蕾，"瓦尔说，"没有你骑得这么好，但是她很好学，希望可以骑好。她父亲却是一个连马车和小车子都不会分辨的人。岳父骑马吗？"

"过去经常骑，可是现在他——你知道的，他——"他顿了下来，就是不想说出"老"字。他父亲是老了，但是没有很老，不——在他心中应该是永远不会老！

"是的，"瓦尔说，"很多年以前，我就和你哥哥在牛津认识了，就是你那个被布尔战争夺去生命的哥哥。我们还在新学院的花园里大打出手过呢，真是奇怪，"他接上一句，沉思着，又说，"因为这件事还发生了很多事情。"

佐恩把眼睛睁得老大，觉得自己似乎马上就能了解这个事情的过去了。可是就在此时，好丽那温柔的声音响了起来：

"你们两个出来走走吧。"于是他站了起来，可是他的心却飞向了那个比好丽还要俏丽的人儿身上。

原来是芙蕾说："夜景这么美，咱们怎么能这样待在屋子里啊。"所以大家一起走出房门。露珠在月光下亮晶晶的，一座老日晷拉出一条细长的影子，两道黄杨篱笆把果园隔开，形成了一个直角，看上去又黑又高。芙蕾从篱角入口的地方扭过头来。

　　"你们两个来啊！"她叫。佐恩偷偷看了一眼瓦尔和好丽，走上前去，芙蕾就像精灵一样游离在果树之间。她的头上是开的像浪花一样漂亮的花朵，而且还能闻到一阵老树干的气息和荨麻香。突然她不见了，他赶紧去看，以防自己和她走散，没想到差点撞到她身上，因为她根本就没有动。

　　"是不是很好玩？"她大声问。

　　佐恩回答说："那当然。"

　　她伸手摘了一朵花，在手中把玩，并且说："我应该可以叫你佐恩吧？"

　　"当然可以。"

　　"恩，但你知道我们两家是仇人吗？"

　　佐恩讷讷地说："仇人？为什么这么说？"

　　"就像故事里说的那样，真是没意思。所以我才假装没有见过你，明天我们早点起床，在吃饭前出来走走聊聊，你看怎么样？我就讨厌解决个事情也要半天，你呢？"

　　佐恩被这突如其来的惊喜惊呆了，低低地应了一声。

　　"那好，六点见，你的母亲真美。"

　　佐恩热络地说："是啊，我也这么觉得。"

　　"我喜欢各种各样的美，"她说，"只要让我高兴就好。我很不喜欢希腊的那些艺术。"

"怎么，难道你不喜欢欧里庇得斯①？"

"欧里庇得斯吗？嗯，不喜欢，我就讨厌那冗长的希腊剧本。我觉得美应该很简单、很及时。比如我喜欢一张画，那么看过之后，我就会走开。我就吃不消这种把大把东西堆在一起的样子。你看！"她举起手中的花，"我觉得它要比整个果园都要美。"

突然，她用没拿花的那只手抓起佐恩的手。

"你不觉得谨慎是这世界上最糟糕的事情吗？享受一下月光吧！"

她拿着花抵住佐恩的脸，佐恩迷迷糊糊地同意了，谨惧果然是这世界上最糟糕的事情，于是他弯下腰亲吻了芙蕾抓着他的手。

"还不错，不过有点过时，"芙蕾静静地说，"佐恩，你太不爱说话了。可是如果不爱说话可以算作及时，我也会喜欢。"她松开他的手，"你不觉得我是故意丢掉手帕的吗？"

"当然不是！"佐恩叫了出来，觉得很诧异。

"就是故意的。咱们走吧，不然他们觉得这也是故意的了。"她又像一个精灵一样在果树间奔跑着。佐恩跑在她身后，心里充满了爱的味道，充满了春天的感觉，踩着被月光照得发白的花瓣，仿佛到了人间仙境。两个人从出口走了出来，芙蕾故作端庄地走着。

"里面好美。"她神情恍惚地对好丽说。

佐恩继续不语，他存了一丝侥幸心理，说不定芙蕾会喜欢这样的自己呢。

她随意地和他说了句晚安，表现得很庄重，让他觉得刚才发生

---

① 欧里庇得斯：约前485—前406年，与埃斯库罗斯和索福克勒斯并称"希腊三大悲剧大师"。

的事就像一场梦。

芙蕾端庄地走回自己的房间，换上了一件舒适的睡衣，头发上的白花还那样戴着，就像一个日本少女。她坐在窗边，开始写信：

亲爱的契莉：

你相信我在恋爱吗？这令我也很惆怅，但是心里却是甘甜的。他跟我还算是远房亲戚呢，是我的一个堂兄——但简直就是一个大孩子，他出生比我早了大概六个月，可是他的心智比我差了不是一星半点儿。男孩子多数一般爱上的人都要比自己大，而女孩不一样，有的要么爱上比自己小的，还有一些要么爱上比自己大很多的老头子。你不要笑我，他的眼睛是那么的真实，那样的清澈似底，似乎把他自己所有的内心世界呈现出来，没有任何杂质，非常真实！他很安静，不爱说话！我们初次见面是在一个非常优雅的地方——画廊！看一个叫朱诺的雕像，很浪漫是不是？他和我很近，我就住在他的隔壁，晚上的月光洒落在窗前的大树上；第二天我们要赶在所有人起来之前，一起出去呼吸新鲜空气——散步！去了很远的地方。可是我们两家有着说不完的敌意！是不是挺刺激的啊？是啊，所以我必须要点小计谋才行呢，我的解决办法就是撒谎，我会跟家人说你邀请我到你家做客——到那时你就知道怎么回事了！我父亲似乎不太喜欢我们交往，可是我在尊重他的意愿下还可以变通。时间是如此的漫长，可是生命如此的短暂，我当然要把握机会了。他的母亲真的很漂亮，看上去非常年轻，尤其是有一双深褐色的眼睛，当然还有一头漂亮的银发。他的母亲很善良，现在我们都住在他的姐姐家里——他的姐姐也就是我表哥的妻子；是不是觉得关系很混乱啊？明天我要加油，一定要想办法从她口中问出些有用的信息。常常听人说爱情是掠夺的竞赛，其实这些不是真的，其实爱情是竞赛的开始，你越早感受到爱情的魅力，这对你会越好。

他的名字叫佐恩（是佐里恩的短称，据说是我们家祖传下来的名字），他的出生很有意义，他来自一个曾经很显赫的家庭；高五尺十寸，大约还处在长高阶段，我知道他很可能成为一个诗人。你要是敢笑我，我就不理你了。虽然现在的路走起来会十分艰难，但是你也知道我的性子，我喜欢的东西，我会想尽一切办法去得到。陷入爱情的人可能时不时地看到你心中的他，无论是天空中、月亮上；而且自己会变得很温柔、很幸福，心中涌现出特别奇怪的感觉，仿佛是第一次嗅到橘子花的香味——而且就在你胸衣的上面。这是我第一次恋爱，可是我感觉得到这应该也是我最后一次恋爱。你听到这个可能会感到不可思议，因为感觉这很荒唐。可是你不许笑话我，也不许告诉别人，这是我的秘密，不然我会打你。不知不觉唠叨了这么多，我都不好意思了。

我困了，有事等睡醒了再说吧。晚安，我的契莉！

芙蕾

8. 草原上的歌儿

福尔赛这两个年轻人，一路走过峡谷小径，看着东方升起的太阳，万里无云，高原上满满都是露水。由于他们在爬坡的时候也没有减缓速度，所以他们到现在还有些气喘吁吁。每个人都憋了一肚子的话，可是却不知从何说起。没有吃早餐就走这么远的路，早就饿了，两个人一脸的窘态。偷偷出来玩固然好，可是被高原上自由空气一洗涤，原本那种阴谋感消失得无影无踪，本来想要好好发发感慨的，可是现在都沉默了下来。

越走越远，芙蕾开口说的第一句话居然是："我们怎么这么傻，连肚子都提出抗议了。"

佐恩从口袋里拿出一块黑色的巧克力糖，掰开之后分着吃掉。之后两人的话也就多了起来。他们各自说了家庭的情况、出生前的情景，现在在这广阔而又荒凉的高原上似乎听起来不是那么真实，可是一点也不会减弱话语的诱惑力。因为这是大自然给的礼物。在佐恩的生活中，一直有很大影响的人是自己的母亲，而对于芙蕾则是自己的父亲。两个人很有默契，几乎没有提到他们，仿佛各自家长的脸都出现在他们面前。

高原高低起伏，中间下坳了，而后顺着桑克顿堡废墟①的方向又逐渐升高；远处的浩瀚大海映入眼帘，一只海鸥迎着太阳翱翔，一对翅膀就像是喝了血那么通红。佐恩似乎对鸟有着独特的感情，可以静静地看着它们就觉得很幸福；他目光如炬，特别喜欢谈论他感兴趣的东西，谈到这些时会变得很活泼。可是桑克顿堡废墟里却一只鸟都没有——四面看去，毫无生机，死气沉沉，给人一种毛骨悚然的感觉；两个人高高兴兴地走到围子的另一边，走到阳光下。这下换芙蕾开始说话了。她说到了狗，同时说到了人们是怎么对待它们的。她觉得把小狗用链子拴起来是很不好的做法，甚至觉得这么做很恶毒，应该受到惩罚。佐恩对芙蕾这种博爱的精神感到惊讶。在她的描述中，自己仿佛知道在她家附近真的有那么一条小狗，被

①萨塞克斯郡高地上的一处古壕沟，为当地著名古迹。

可怜地拴了起来，小狗可怜地叫着，一直到嗓子都哑了也没有人同情！

"可不幸的是，"她愤然地说，"那个可怜的狗永远也不会明白，是因为它自己面对路人的狂吠，才使得主人把它拴了起来。你是不是也觉得人是最狡猾的呢。我还偷偷地放过它两次呢；可是两次都差点被它咬到，被放开之后它高兴地到处狂跑；可是它疯玩了之后还是会溜回家，所以就还是会被拴起来，真是不值得同情的家伙。如果我能把那拴它的人拴起来，我肯定去了。"佐恩看见芙蕾那发狠的样子，眼睛里冒着凶光。"我一定会贴一张写着'畜生'的纸条在他的额头上，让他吸取点教训。"

佐恩也觉得芙蕾的想法不错。

"他们把小狗拴起来，"他说，"很大程度上是因为他们的财产意识。你也知道咱父辈的那些人眼里就只有财产，我觉得也就是他们这种思想才导致上次大战爆发的。"

"哦！"芙蕾说，"我倒是从来没有考虑过这个。我听说咱们两家也是因为财产才吵架的。还好我们都有财产——至少，我觉得你家是有钱的。"

"是啊，幸好是这样的，不然的话我觉得我都不知道怎么去赚钱。"

"如果你真的那么会赚钱，说不定我就不喜欢你了呢。"

佐恩把手战战兢兢地放在了芙蕾的胳臂下面，芙蕾假装没看到，唱了起来：

> 佐恩，佐恩，一个农夫的儿郎，
> 偷了一头猪儿，逃去了远方！

佐恩的胳臂慢慢滑到她的腰际。"速度有点快，"芙蕾淡定地说，"看来你很习惯做这个动作嘛！"

佐恩不好意思地拿开胳膊，但看到芙蕾在那咯咯地笑，于是又把胳膊放回去。她继续唱着歌：

哪个人儿愿意到高原上去游荡？
哪个人儿愿意跟我骑在马背上？
哪个人儿愿意陪伴在我的身旁？

"佐恩，你来唱！"

于是佐恩也开始唱了，天空中的云雀儿、高原上的羚羊和那远远的钟声也跟着附和起来。两个人一发不可收拾，唱了一首又一首，直到芙蕾说：

"天哪，饿死我了都！"

"哎呀！真对不起，忘了你都饿了！"

她仔细地打量着佐恩的脸。

"佐恩，你真可爱。"

她把佐恩的手放到自己的腰上，佐恩高兴得手舞足蹈。一条黄白相间的小狗，追逐着一只野兔从身边跑过，直到慢慢地消失在他俩眼前。芙蕾叹口气说："谢天谢地，兔子没有被小狗追到！现在几点了啊？我很少记得上弦，你看我的表都停了。"

佐恩低头看了一下自己的手腕。"天哪！"他说，"你相信不，我的表居然也停了。"

两个人手挽着手，继续往前走。"你看，这儿青草是干的，"

芙蕾说，"我们坐会儿吧。"

佐恩脱下自己的大衣，铺在地上，两个人相依而坐。"你闻！野茴香的味道！"

佐恩又把手放回芙蕾的腰际，两个人就这样静静地坐着。

"我们真是蠢啊！"芙蕾叫着，跳了起来，"我们要是再晚点回去，看上去还那么暧昧，他们肯定会起疑的。你要记住，佐恩！咱们只是为了开开胃，出来散步的，可是却迷路了，知道了吗？"

"知道。"佐恩说。

"这可不是开玩笑的，他们不会同意我们在一起的。你会不会说谎啊？"

"恐怕不太会，但是我可以试试。"

芙蕾脸上变得有些严肃。

"你也知道，"她说，"我可以看得出，他们是不愿意咱们交朋友的。"

"为什么会这样呢？"

"不是跟你说过了吗？"

"如果就因为这个也太小题大做了吧。"

"是啊，可是你不知道我父亲啦！"

"我知道他一定很爱你。"

"我是我父亲的独生女，你也是你母亲的独生子。这就很麻烦，他们对我们的期望和要求会非常多。等到我们真的达到了他们的标准之后，说不定我们都不是现在的我们了，肯定被摧残死了。"

"是这样的，"佐恩回应道，"人生苦短，我可不想那么过，我想要尝试的东西还有很多呢。"

"也要尝试爱别人吗？"

"不，"佐恩说，"我只会爱你一个。"

"真的吗，你可要记住你说的话。看！我们快到石灰矿了，马上就到家了，我们跑过去吧。"

佐恩跟在芙蕾身后，就怕惹她不高兴。石灰矿里充满了阳光的味道和蜜蜂的嗡嗡声。芙蕾把头发甩到身后。

"为了以防万一，"她说，"我可以让你吻一下，佐恩。"说时转头对着佐恩。

佐恩激动地吻上那个温暖迷人的娇面。

"现在，你要记住，我们是迷路了。下面你就不用管了，看我的就好了。我不会给你好脸色的，模样真实点，你也要跟我摆出脸色知道吗？"

佐恩摇着头："这可不行。"

"看在我的面子上，好不好？不管怎么样，一定要撑到下午五点钟。"

"他们一眼就能看出来的。"佐恩愁眉苦脸地说。

"你尽你的最大努力就好了，看他们要走过来了！赶紧用帽子招呼他们，对哦，你没戴帽子。那还是我来吧，你离我远一点，表现出不怎么高兴的样子。"

五分钟后，大家一起回到了屋子。佐恩竭尽全力摆出了一副很不高兴的样子，听到芙蕾扯着嗓子说着：

"呀！饿死我了。他还要做农夫呢，出去就找不到路了，简直太笨了！"

9. 索密斯的戈雅

吃过午饭，索密斯就来到了自己在麦波杜伦附近的画廊。就像安妮特说的那样，他心事重重。芙蕾到现在还没有回来，本来说是周三回来的，可是谁知道她打电报回来，居然说要待到周五，终于到周五了，又改成了周日下午。芙蕾的姑姑以及表姐卡迪更一家人，还有普罗芳德那个家伙都来了，唯独少了她，因为少了她大家干什么都觉得没什么精神头。他站在高更的面前，这也是他最不满意的一张收藏品了。还记得那是在战争前，因为当时后期印象派被炒得如火如荼，于是就买下了这张丑陋的画和两张早期的马蒂斯[①]。此时，他正在盘算着能不能把它卖给普罗芳德那个家伙——他好像有钱没地方花。正在这时传来了妹妹的声音："这张画看起来可真恐怖，索密斯。"他才发觉原来妹妹和威尼弗列德也一起上楼来了。

"你这么觉得啊？"他冷冷地说，"这张画可是花了我五百镑啊。"

"你可真行，我觉得就是一个黑人也不会长成这个样子。"

索密斯怒笑一声，问道："你来就是和我说这个吗？"

"这倒不是，你知不知道，佐里恩的孩子也住在瓦尔夫妇那儿啊？"

索密斯震惊道："什么？"

"这是真的，"威尼弗列德幽幽地说道，"他要去农场当学徒，所以就去了他姐姐家。"

索密斯回过身去，可是威尼弗列德的声音却怎么也挥之不去。

---

①亨利·马蒂斯：1869—1954年，法国画家，野兽派的创始人。

"我和瓦尔说过的，他们不会跟芙蕾提起你们曾经的事情。"

"你怎么不早点和我说？"

威尼弗列德耸了耸肩："芙蕾总是这样说干什么就干什么，你就这么惯着她。还有，这件事有什么不好的地方吗？"

"不好的地方！"索密斯喃喃地说，"怎么，她——"他没有再说下去。想到在画廊她故意丢掉手帕，偷偷地看那个男孩，那时候就有这样的表现，现在又迟迟不回家——这些都使他有了不好的想法，可是他又不能跟别人说这些。

"我觉得，你是小心得过头了。"威尼弗列德说，"再说，我觉得你应该和她说这件事。不要觉得她什么都不懂，不管你信不信，也不知道她从哪学的知识，反正她其实什么都懂的。"

索密斯痛苦地别过脸去，眼睛和鼻子都皱到了一起，威尼弗列德赶紧补充道：

"如果你难以开口的话，我来说。"

索密斯摇摇头，一想到自己的女儿知道自己当年的糗事，就觉得一阵难堪。不到最后关头，绝对不能和她说。

"不用，"他说，"还没到那个份儿上，能不说我就不会说。"

"真不知道你是怎么想的，亲爱的，你觉得你不说就没有别人说了吗？"

"都过去二十年了，"索密斯低声说，"除了咱们家里的人，外面的人谁还会记得这些？"

威尼弗列德被他说得不知道说什么了。最近她似乎爱上了和平恬静的生活，因为她年轻的时候，蒙塔谷·达尔提总是闹得她不得安宁。看到这些油画，她就会没来由地觉得沮丧，所以没多久，她就下楼去了。

　　索密斯那幅挂在屋子角上的戈雅的真迹，和那张临摹的《摘葡萄》的壁画并排地放着。他能买到这张戈雅真迹，充分地证明了人们的既得利益和欲望是多么牢固。就好像是蜘蛛网把那些美丽的翅膀硬生生地束缚在上面。最初拥有这张戈雅真迹的那个主人，是在一次半岛战争中抢到这张画的，但他始终没有察觉这张画的真正价值。直到戈雅被一个有胆识的批评家发掘出来，大家承认他其实是一个画画天才，这张画的主人才有所察觉。当然这张画并不是很出众，在戈雅的众多画作中也只能算是很平常的一张了，但是在英国却几乎是独一无二的了，因此这幅画的主人竟成了人们推崇的对象。他本来收藏这张画也就是以炫耀为目的，他高贵的修养致使他坚持着很健全的原则。他认为人就应该什么都懂才可以，充分地去享受生活的乐趣。也正因为这些，他并不看重这幅画能有什么好价钱，而是决定自己百年之后将此画捐献给自己的国家。索密斯的运气是很好的。一九〇九年，英国上议院遭到了强烈的攻击①，弄得画的主人是十分的惊奇和愤恨。他暗暗地想："国家不能既想得到税收，还想得到别人的捐赠，那是不可能的。如果他们让我安安稳稳地活着，那么我百年之后，我完全可以拿出一些画捐给国家。可是，如果它想让我上当，然后来抢夺我的财产，那么我肯定会把收藏全部卖掉，他们不能这样，既要我的私有财产，还要求我有公益的心。"这样思索了几个月，有一天早上，他看报纸时看到一位政

————
①这一年，英国上议院否决了财政大臣劳合·乔治——即下文的那位政客——提出的国家预算，原因在于预算建议征收地价税、煤矿租用税和超额税，结果不得不举行普选。后来，劳合·乔治为了坚持自己的主张，而到处演讲，终于在1911年，令英国下议院通过了取消上议院对财政预算否决权的法案。

客的演说还是要坚持自己的征税主张，而且国家也取消了上议院对财政预算的否决权。于是，他就打电报给他的代理人，让他带着波得金①一起来他的乡间别墅。因为波得金相当了解古物市场，所以看过了他的那批画之后说，如果要让他负责的话，那他会把它们卖到美国、德国和其他对艺术更加有兴趣的地方去，肯定比在英国出手卖的价格高得多。但是主人考虑到画的唯一性，而且自己本身还是热爱自己的国家的。就这样对波得金的建议整整考虑了一年，直到他在报纸上看到另一个报道才下定决心，打电话给他的代理人："让波得金全权处理我的画吧。"波得金不负众望，想了一个主意，他把那张戈雅和另外两张很珍贵的画留在了那个主人的国家。他不但把画带入了国际市场，而且拟定了一份英国私人收藏家的名单。他的目的在于在国外获得画的最高价格之后，再把画和价钱交给那些名单里面的人去考虑，让他们用超过这个价钱的钱来彰显他们的公益之心。一共二十一张，其中有三张是达到目的的，就包括戈雅这张画。这三张画是怎么回事呢？这里面的一位私人收藏家是一个纽扣制造商，由于自己是造纽扣的，所以总想给夫人弄一个"纽扣夫人"的称号，于是他就买了一张独一无二的画捐给了国家。好些朋友都说："这也算他计策的一部分吧。"第二位则是一个反美派，他买了一张"给那些美国鬼子一点颜色看"的画来发泄心中的不满。第三位私人收藏家也就是索密斯，比起前两位来说，就不是那么的头脑发热和胡闹了，他亲自去了马德里，经过研究觉得戈雅的画价钱还是会涨的，于是决定入手。虽然到目前为止，戈雅的画并没有涨价，但是索密斯相信，总会有那么一天的。他看看

————————
①当时一个著名的画商。

这张画——既有点贺加斯①的感觉，又有些莫奈豪放的派头，但是这幅画在油彩使用上却有着一种特别的、生辣的美——虽然这是他迄今为止花钱最多的一幅画，但是他坚信自己的眼光是正确的。那个《摘葡萄》的摹本就挂在这幅画的旁边，看着画中那个可怜的小机灵鬼那样迷茫地看着自己，他就想起自己的女儿芙蕾：索密斯最喜欢看芙蕾摆出这样的表情，因为这个样子让他很放心。

他继续仔细看这张画的时候，一股雪茄烟味飘到他的鼻子中，同时旁边响起一个声音："那个，福尔赛先生，你想怎么处理这一批画啊？"

说话的正是那个母亲是亚美尼亚人的比利时佬，难道他是嫌自己佛兰德斯的血统不够吗？索密斯一阵火大，但还是压下性子说：

"你也是私人收藏家吗？"

"是的，我也收藏了一些。"

"有收藏后期印象派的吗？"

"有啊，它们是我喜欢的。"

"你觉得我的画怎么样？"索密斯说着，指了指那张高更。

普罗芳德先生的嘴唇连带着小胡须就翘了起来。

"我觉得它挺好的，"他说，"你打算出手吗？"

索密斯强烈压制住自己说"无所谓"的冲动——跟他直接说就可以了，没有必要转弯抹角。

"是的。"他说。

"多少钱卖呢？"

"以我买入的价格就可以了。"

_____
①威廉·贺加斯：1697—1764年，英国油画家、漫画家。

"那好，"普罗芳德先生说，"就把这张小画卖给我吧。后期印象派——他们基本离世了，不过这画确实挺好的。其实我对收藏画的兴趣不是很大，仅仅收藏了很少的几张。"

"那你对什么事情兴趣比较大呢？"

普罗芳德先生耸了耸肩膀，说："我觉得人生就是一群猴子在那抢空果壳。"

"你还比较年轻呢。"索密斯说。他可以发表点什么言论，可是真不该在这暗示财产是不可靠的。

"我也不发愁，"普罗芳德先生笑着说，"生死各安天命。世界上有很多人是在饿肚子的。看到这种情况，我还收养了一些无家可归的孩子呢。可是这有什么好处吗？严格算起来，跟拿钱打水漂差不多。"

索密斯看了看他，而后继续看自己的戈雅。他实在是想不明白，他追求的到底是什么。

"你买这张画花了多少钱呢？"普罗芳德先生继续问道。

"五百镑，"索密斯回答道，"但是如果你兴趣不是很大的话，不用勉强，不买也没有关系。"

"没事的，"普罗芳德先生说，"我非常乐意买这幅画。"

于是，他迅速用他那镶了很多金子的笔写下了买这幅画的支票。索密斯看着他签写支票，感觉一阵不舒服，心里暗暗地琢磨：他怎么就看出自己不想要这幅画了呢？这个时候普罗芳德先生把写好的支票递给他。

"英国人对画的态度真好玩，"他说，"法国人也如此，我的国家的人也这样。大家对画的态度都很好玩。"

"真不知道你在说什么。"索密斯生硬地说。

"就像耍帽子一样，"普罗芳德先生神秘兮兮地说，"大的、小的、扔上去，掉下来——都是一种流行趋势。好玩吧。"他笑着走出了画廊，索密斯看着他，就感觉和自己正在抽的那上等雪茄一样淡而无味。

索密斯牢牢地将支票攥在手里，自己的内心受到了严重的拷问。"他应该是一个很公正、对任何国家都没有什么偏见的人。"索密斯暗暗地想着，就看到普罗芳德和安妮特走出屋子，朝着草地那边的河边走去了。他实在也想不明白，自己的妻子到底觉得这个家伙哪个地方好。难道是因为他们是来自同一个国家吗？刚刚想到这，心中就闪过一丝的不确定，不知道就这样让漂亮的妻子和这么一个无国家偏见的人一起出去是对是错。即使他们已经走开这么远了，自己还是清楚地看到普罗芳德的那缕缕雪茄的青烟，能看到他穿的那双皮鞋。怎么看都是一个纨绔子弟！他还能看见安妮特的头迅速地摆动了一下，可爱的颈子笔直地竖在肩膀上。他总是觉得，妻子的这个动作有些卖弄，虽然并不是很神气但是有目空一切的派头。他就这样看着他们往花园的尽头走去。索密斯看到他们碰到了一个穿着法兰绒裤子的年轻人，他想，那一定是从另一边过来的周日要来的客人吧。于是他转过身继续看自己的戈雅和旁边的那幅壁画，看着女儿的替身，心中浮现着威尼弗列德带来的那个爆炸性的消息。突然间，他听到了妻子的声音：

"米契尔·孟特先生来了，索密斯，他说是你约他来看你的藏画的。"

索密斯这才反应过来，应该就是那个自己好不容易脑袋发热在画廊碰到的那个年轻人！

"先生，我可真来了哦，我住的离这很近的，今天天气真好！"

这就是头脑发热的后果，索密斯仔细打量了一下这个年轻人，嘴巴长得很大很弯，嘴角总是带着笑。只是索密斯实在不明白，要留胡须要么留全，要么干脆别留啊，弄那么一小撮，跟个小丑似的，真是理解不了现在年轻人的思想。在他看来这就是降低自己身份的举动，徒有其表的家伙。不过其他地方还是很不错的，穿得很干净整洁。

"很高兴见到你！"索密斯说。

年轻人那四处张望的头突然顿住了。"呀！"他说，"真是一幅好画！"索密斯抬眼看去，他说的居然是戈雅那张摹本，这让他有点感慨万千。

"是啊，"他淡淡地说，"这是临摹的，并不是真的戈雅。我觉得和我女儿很像，就找人临摹了这张画。"

"我说呢，怎么看着那么熟悉。她在家吗？"

这么赤裸裸的兴趣弄得索密斯有些哭笑不得。

"晚些她就回来了，"他回答，"让我们看看我的藏画吧！"

于是他们两个人就开始转着圈看起画来，这是索密斯很喜欢干的一件事。他认为这个年轻人能把这个摹本当作真迹，就算他真的有些懂画，估计程度也好不到哪里去。两个人慢慢地欣赏着，逐个看着这些画，慢慢地索密斯被年轻人一次又一次坦率而准确的认识震惊了。自己本来就是聪明人，再加上这是自己这么多年来唯一的爱好，懂得多一些不稀奇，可是这个年轻人就很难得了。他可以说自己是画家和画商之间不可缺少的桥梁，虽说为艺术而艺术的话有些夸张，但是艺术的眼光和非凡的鉴赏力还是具备的。如果一件作品被很多有鉴赏力的人称赞，那么它的市场价值也就被挖掘出来了，换言之，这件作品就成了真正的"艺术品"。大多数人还是同意这种观点的。他看惯了那些沉默不语，光是瞪着眼睛乱看的客人。所以，听到孟特对毛甫评价道"这堆干草还不错"，对詹姆士·马里斯评价"他其实就是随便画画而已！大家还都把这些随意之作也裱起来！其实马休才真的很不得了呢，先生，你还是能往更深层次研究的"，索密斯并没有觉得有什么奇怪。直到他看到一张惠斯勒①，立马吹起口哨说道："先生，你认为他见过真的裸体女人吗？"索密斯才有些禁不住地问：

"孟特先生，冒昧地问一下，你到底是干什么的？"

"我啊？先生，其实我是想当一个画家的，可是因为大战放弃了。再后来，战争中的我就时常幻想着自己能够做证券行业，感觉交易所里很舒适，也不会有什么噪声打扰。可是和平让我这个幻想又破灭了，你看现在的股票行业似乎已经结束了。我退伍不过一年，先生，你帮我想想，我应该干点什么呢？"

"你有钱吗？"

"啊，"年轻人说道，"我家还有一个父亲，打仗的时候是我养活了他，现在和平了换他养活我了。他如果抱着财产不撒手的话，我该怎么办呢？先生，你对这个有什么看法啊？"

索密斯笑了笑，脸上有些戒备的神色。

"在我跟他说他要工作来养活我的时候，他气坏了。你也知道，他有自己的田地，这是他致命的痛处。"

①惠斯勒：1834—1903年，美国印象派画家。

"这张是戈雅的真迹。"索密斯淡淡地说。

　　"老天！他真是厉害！有一回我在慕尼黑看到戈雅的一张真迹①，一下子就戳进了我的心窝。那张画画的是一个穿了华丽花边衣服的老太太，那个老太太一副凶神恶煞的表情。戈雅总是这么独树一帜，很有自己的个性，不会随波逐流。我猜他的这种脾气，一定让他打破了很多老的习气。他画得真是太好了，你看他的画显得维拉斯凯斯②都有些呆板了，你说是不是？"

　　"我没有维拉斯凯的作品。"索密斯说。

　　年轻人惊讶地看着他。"没有，"他说，"我觉得可能只有国家或是暴发户才有能力买下他的作品。啊呀，我觉得那些快要破产的国家就应该把那些维拉斯凯、提香以及其他的一切名作全都强制性地让那些暴发户买下来，然后再制定一个法律，让这些人把这些名作都挂到公共美术馆里。这个办法很好吧。"

　　"我们走吧，下去喝茶。"索密斯说。

　　年轻人有点垂头丧气的样子。"他不傻啊！"索密斯想，和年轻人一起走下楼去。

　　走在楼梯上，看到所有的客人和安妮特都集中在了客厅角上的茶盘处，索密斯心想，如果以戈雅画画的能力，一定会把这幅画完美独特地勾勒出来。藤萝里透进来的缕缕阳光、铜器泛起可爱白色、古老的花边玻璃、淡琥珀色红茶里的薄薄的柠檬片，或许只有他可以画出这种神态。估计也只有他可以把安妮特的神态画得传神，因为虽然安妮特缺少一点稀有女性的灵魂气息，但是却具有西

---

①指慕尼黑美术馆所藏的戈雅作品《西班牙玛丽亚·路伊莎皇后》。
②迭戈·维拉斯凯斯：1599—1660年，西班牙画家，对后世的印象画派影响深远。

班牙女子的美。你看，虽然威尼弗列德已经很老了，头发也白了，但是她穿着紧身衣却看起来很坚实；索密斯虽然头发有些灰、颧骨很消瘦，但是人却很出众；米契尔·孟特活泼开朗，眼下正在凝神深思；伊莫金乌黑的秀发，身体有些微胖，却能眉目传情；普罗斯伯·普罗芳德，似乎在说："戈雅先生，你画这些人要做什么呢？"最后还有那脸色微红、神采奕奕的杰克·卡迪更，一脸规矩："作为英国人，我要好好保养。"所有这些，估计也只有戈雅懂得怎么画了吧！

　　顺便提一件有意思的事情，伊莫金还没有出嫁的时候，她就在佀摩西家里说过，她一定不会嫁给一个单调乏味、没有意思的好男人，可是最终让人不解的是，她居然嫁给了这个看不出中规中矩的杰克·卡迪更，甚至对于伊莫金来说，跟他同床共枕和跟绝大多数英国人睡在一起并无区别。她每次谈到他，都是一副那种"有意思"的表情，"唉！杰克的身体简直好到不可思议。他这一生基本没有生过什么病，在战争期间，他也没有过任何的不适。反正你是想象不出他的那种健康程度！"的确，他简直太健康了，就算伊莫金和其他人调情取乐他也发觉不了，这对她来说也挺好的。可是她依然那么喜欢他，只要他是个运动机器和那两个简直与他一个模子刻出来的小卡迪的父亲就可以了。她此时正邪恶地把他和普罗芳德先生进行比较，普罗芳德先生好像从保龄球到海上捕鱼什么"小"运动和游戏都玩过，所以现在基本上每一种对他来说都有些腻了。伊莫金有的时候也期待着杰克能像普罗芳德先生玩腻了，但是他们却继续在那火热地玩着、交谈着，一点也没有腻的意思。她可以肯定，等杰克到了和佀摩西外叔祖那么大的年纪，一定会在卧室内打高尔夫，而且是一个高手。

现在他正跟别人说他早晨去打高尔夫的时候，是怎么打败一个专业选手的，那是挺有意思的一个人，而且球打得很好，又说起他在午饭后一直划船划到卡弗山姆①，而且在那说服普罗芳德先生吃完茶后跟他去打网球，美其名曰对身体有好处，可以保持健康。

"可是保持那么健康做什么呢？"普罗芳德先生说。

"对啊，先生，你是为了什么才这样保持健康的啊？"米契尔·孟特问道。

"杰克，"伊莫金也说，大家跟受了传染似的在这问起来，"你究竟是为了什么保持健康的呢？"

杰克·卡迪更看了看这些问他问题的人，就好像被蚊子围绕，他用手将蚊子赶跑。打仗的时候，自己保持健康是要去杀德国人，现在战争结束了，和平了，他也不知道怎么说了。

"可是他这样很对，"普罗芳德先生突然说，"你说现在除了保持健康的体魄，还有什么有意义的事情可以做呢？"

这样的话题在星期天下午讨论似乎有些乏味，本来可以一笑而过的，可是小孟特的那种活泼机智的性情又怎么肯让话题就这么结束呢。

"对啊！"他大声说，"这是战争之后人们才发现的。我们一直以为的进步，其实仅仅是我们在改变罢了。"

"越来越糟了。"普罗芳德先生和颜悦色地说。

"你很开心啊，普罗芳德！"安妮特轻声说。

"还是和我去打网球吧！"杰克·卡迪更说，"你现在心情不好，

───────────────
① 卡弗山姆：泰晤士河左岸雷丁近郊的一个住宅区。

打打网球很快就可以舒缓你的心情。孟特先生，你要不要也来？"

"我不怎么会打的，先生。"

索密斯趁机站起身来，他一向的生活习惯被打乱了。

"等芙蕾来的时候——"他听见杰克·卡迪更说。

对啊，她怎么还没来？他走出屋子，走到骑道上面，站在那里看看远处有没有汽车过来，可是一副静悄悄的样子，根本没有什么声音，空气中弥漫着盛开的紫丁花的香气。天上飘着些许的白云，仿佛鸭绒毛被阳光染上一层金色。他突然记起自己在芙蕾出生的那一天痛苦地等着，在那里纠结到底是保孩子的性命，还是保母亲的性命。最后芙蕾平安地出世了，成了自己生命中的花朵。可是现在，自己的花朵会不会给自己带来烦恼甚至是痛苦呢？目前的情况的确是不容乐观。一只山鸟的歌声唤回了索密斯的思绪，那个大家伙就落在那棵刺球花上面。索密斯这些年来对园中的鸟儿极其关注，因为自己和芙蕾在园中散步的时候，经常观察这些鸟儿。芙蕾的眼睛很锐利，人也很聪明，什么鸟的巢穴她都能认识。他看见芙蕾养的那条猎狗，正躺在骑道上，阳光洒满它的身体："喂，老东西，你也在等她回来吧！"那狗慢慢地一副不情愿的样子走到索密斯跟前，他拍了拍它的头。狗、山鸟、刺球花，这些在他眼中都属于芙蕾的一部分。"自己太溺爱她了！"他想，"过于疼她了！"他现在就好像一个无依无靠漂浮在海上的人，没有保险，什么都没有。就像多少年前的那次，他在伦敦的这片大海中酸溜溜地、默默无言地到处乱走，心中想着自己的前妻，就是那个令人生厌的男孩的母亲。啊！总算是有汽车过来了，可是汽车停下之后索密斯才发现，光有行李却没见到芙蕾。

"先生！芙蕾小姐要从那条小路走着过来。"

怎么要走这么远的路？索密斯不可思议地想着，看到车夫脸上露出的一丝笑意。他在笑什么呢？他快速回过身，说了一句："知道了，席姆斯！"然后就回屋了，再次走到画廊。因为在这可以看到芙蕾从那边走过来，所以他就在这盯着那边看。让他没有料到的是，看到芙蕾至少还得等上一小时。她走了过来，还有一个笑着的人——那个男孩子！他忽然离开那里，不再看她。她如果想要瞒着自己什么事情，自己就装作不知道就好了，不能偷偷地看她。索密斯心里突然觉得空落落的，心底生出一阵苦味一直蔓延到嘴里。耳边传来杰克·卡迪更赶球的呐喊，还有小孟特欢快的笑声。他觉得，楼下那些人应该让普罗芳德那家伙多跑跑。自己注视着那张《摘葡萄》，看着那个和芙蕾相似的女孩子叉腰站着，带着急切的梦想看着他。"从你很小的时候开始，"他想，"我就全心全力地为了你。你不会惹我难过吧？"

可是那张《摘葡萄》上的人儿，又怎么能够回答？它鲜明的色调开始变得柔和起来。"它没有生命，不可能回答我的，"索密斯想，"芙蕾怎么还没有到家呢？"

10. 三个人的心事

在高地下面的旺斯顿，那四个福尔赛第三代——或者说是第四代——硬生生地将周末假期延长到了九天，简直要将那些结实的经纬线扯断了。芙蕾从来没有这么"机灵"过，好丽从来没有这么警戒过，瓦尔从来没有这么神秘过，佐恩从来没有这么烦恼过。这个星期他学的农业知识，少之又少，不足一个刀尖多，简直可以一口气吹掉。他向来最不喜欢的就是欺骗，他觉得自己对芙蕾的爱慕之情根本不用去隐瞒，隐瞒起来真的好痛苦。但是他还是要去隐瞒，尽力控制自己，两个人单独在一起的时候才能找到一点点的安慰。星期四那天，两个人整装待发，站在窗户前面，芙蕾对他说道：

"佐恩，周日三点四十分，我要从帕丁顿车站坐火车回家去了。如果你周六回家去，那么就可以在周日进城带我回去，然后正好可以搭乘最后一班车回来。反正你都是要回去的，对吧？"佐恩点点头。"和你在一起，怎么都行，"他说，"不过为何非得要这个样子？我不明白。"

芙蕾抓起佐恩的手：

"你不懂这个的，佐恩，听我的就好了。我们家的人很重视这件事情的。以现在的情况看，如果我们要在一起，那就必须要瞒住他们才可以。"门打开了，她高声说了一句："佐恩，你真是个笨蛋。"

佐恩左思右想也不明白，这么纯洁甜蜜强烈的爱恋，怎么就必须这样偷偷摸摸才可以，他简直都要疯掉了。

周五的晚上快要十一点的时候，他将行李打包好了，伫立在窗边，惆怅地幻想着帕丁顿车站。就在这时候，他似乎听到了轻微的叩门的声音，他仔细听了听，还是那个声音。于是他打开了门，进来一个可爱的仙女！

"我想给你看看我化装穿的衣服。"仙女说，说着就在床头摆出了一个造型。

佐恩深吸一口气，靠在了门上。仙女头上包着白纱，脖子上带了一条三角披肩，身上穿着一件葡萄紫的衣服，她的腰很细，下面的裙子完全铺了出来。仙女的一只手撑住了腰，另外一只手和胳膊成了直角，举了一把扇子放在头顶。

"其实这个应该是一篮子葡萄的，"幽魂低声说，"可惜现在没有。这就是我父亲找人为我临摹的那张戈雅的装扮，你喜欢吗？"

"我是在做梦吧？"

仙女转了一个身："你摸摸看，看是不是真的。"

佐恩跪到仙女的面前，拿起裙子放在手里。

"葡萄的颜色，"她低声说，"都是葡萄，那张画的名字就叫《摘葡萄》。"

佐恩的指头仅仅碰到了她的裙子，他抬起头，眼睛里流露出爱慕的神情。

"唉，佐恩。"仙女说道，弯下身子，在他的前额上轻轻一吻，就转身离开了。

佐恩依旧没有变换姿势，把头搭在了床上，也不知道就这样待了多长时间。轻微的叩门声，赤裸的双脚，紫色的裙子，都在他的脑海中挥之不去。只要一闭上眼睛，那个漂亮的人影就这样出现在自己的眼前，或微笑，或低语。空气里也留下了她那水仙花的味道。被吻过的前额似乎有那么一点点凉，正中眉心，就像是一个花印。他的灵魂中充满了爱的感觉，少男少女之间那纯洁的爱充斥在他的心里，挥之不去。他相信这会成为一种美好的回忆，成为自己前进的动力，历经千百次，自己终于看到了一次葡萄的丰收，放眼望去，就像落霞一样的美好。

至此，佐恩·福尔赛的事情已经言之不少了，可以充分看出他跟那个多赛特郡海边的第一个佐里恩已经完全不一样了。佐恩有女孩子那样的敏感，可能现在的女孩子，都没有佐恩那样。他和她姐姐珍的那些艺术家朋友一样，有着丰富的想象力，也有作为儿子对父母很自然的情感。可是他的内心深处，依然存在着祖先的那种坚忍不拔的灵魂气息。他十分惧怕自己的情感外泄，而且从来不会承认自己的失败。像他这样既敏感，又很有想象力，感情又相当丰富的人，在学校里是不那么受人欢迎的。但是由于佐恩过于内向，所以在学校的时候，仅仅是过得不怎么舒心而已。到目前为止，只有和自己母亲在一起的时候，他才能自然地袒露自己的情感，他回罗宾山的那个周六，心情很沉重，因为芙蕾交代他说他们的事情即使是他母亲也不能告诉，甚至连两个人再次见面的事情也不能讲，除非他们自己察觉。可是，一直以来对于自己的母亲他都是有什么说什么的，从来没有隐瞒。所以这件事弄得他很烦恼，甚至想和母亲说不回家了，不过他最后还是回家了。他母亲见到他的第一句话就是：

"佐恩，在你姐姐那你见过我们在糖果店里碰见的那个女孩子了吧，我想知道你现在有什么感觉呢？"

佐恩放下心来，脸色绯红地说："挺好的啊，母亲。"

她勾住他的胳臂。

佐恩简直太爱他的母亲了，因为这似乎已经证明芙蕾的担忧是不必要的，他可以放心了。他转过头注视着母亲，看到母亲脸上浮现的那一丝的异样，虽然她极力隐藏，可还是看出来了。于是，他只好把刚刚想要说的话全都咽了下去。佐恩想不明白，为什么母亲的笑容中会夹杂着些许的担忧，于是佐恩说了好多关于农场、姐姐和高原的话题。他讲的速度非常快，似乎期待着母亲能再次提到芙蕾，可是让他失望的是母亲没有，他觉得父亲应该也知道芙蕾，可是父亲也没有提到她。虽然绝口不提，但是芙蕾真实存在，他在这想着她。母亲想着佐恩，而他的父亲在那想着母亲，就这样，三个人稀里糊涂地度过了那个周六的晚上。

吃过晚饭，他母亲开始弹钢琴；她弹的几乎全都是佐恩最爱听的曲子，他就那样坐着，手把玩着自己的头发。母亲弹琴时，虽然自己看着她，可是看到的却全都是芙蕾的样子——芙蕾如精灵般在果园里奔跑，芙蕾穿着那件化装的衣服，摇曳生姿，弯下腰，轻轻吻他的额头。听琴时，他无意中看到了坐在旁边的父亲，他怎么也想不明白为什么父亲的脸上会浮现出那么愁苦的神情。这让他感到一些不舒服，于是他坐到了父亲椅子的靠手上，防止自己再看到父亲那张疑惑的脸。忽然，他仿佛看到一切地方都飘着芙蕾的影子，母亲弹琴的手上，花白的头发上，漂亮的脸上，房间的窗户上……

晚上要休息了，母亲来到他的房间，站在窗户前，说道："那边是你祖父种的丝柏，你看长得多好啊。我一直都认为这些树在月光下是最美的，你要是见过他就好了，佐恩。"

"你和父亲结婚的时候，爷爷还活着吗？"佐恩突然问。

"没有，亲爱的，他在一八九二年就去世了，八十五岁，已经很老了！"

"父亲和祖父像吗？"

"有点吧，但是仔细看，就能看出你祖父更坚实一些。"

"我从爷爷的肖像也看出来了，那张肖像是谁画的啊？"

"珍的一个艺术家朋友啊，画得挺好的。"佐恩把手放在母亲的胳膊上，"母亲，你给我说说那件事好吗？"

他似乎感到了母亲的颤抖："不行，亲爱的，让你父亲觉得必要的时候再告诉你吧。"

"看来是挺严重的了。"佐恩倒吸了一口气说。

"是的。"接下来两个人都沉默着。这个时候，没有人知道是胳膊还是胳膊上的手抖得更加厉害。

伊莲温柔地说："好多人都觉得上弦月不太吉利，但是我觉得它很美。你看那些丝柏的影子多美啊！佐恩，你父亲说让我们去意大利玩两个月，很好吧？"

佐恩把手从母亲胳膊上拿下来，他觉得心里很乱。如果两个星期前知道这个消息自己一定会高兴的，可是现在不同了。他觉得，这一定和芙蕾有着什么样的关系，他吞吞吐吐地说："哦，不过我现在才开始当学徒就出去玩，不太好吧？让我考虑一下。"

她温柔地回答："好的，亲爱的，你好好考虑一下。我觉得，现在去总比你在农场一切都步入正轨的时候再去来得好。而且，我觉得此次意大利之行肯定会很有意思！"

佐恩用胳膊揽住母亲的腰，感受着母亲那像女孩子一样苗条坚挺的腰身。

"就这样丢下老爹一个人吗？"他怯怯地说，心里为自己的话觉得过意不去。

"这可是他自己说的，他是觉得在你开始做事之前应该去意大利好好看看。"

佐恩的内疚感瞬间消失了，因为他懂了，父亲和母亲这是和自己一样都没有坦诚地将事情说出来。他们这样，是想要把自己和芙蕾隔离开，他的心肠瞬间变得硬了起来。他母亲似乎感受到了自己儿子的心理变化，于是对他说：

"晚安，亲爱的，明早好好想一想，意大利一定不错的！"

她迅速地搂了佐恩一下，快到佐恩都没有看到她的脸。他怔怔地站在那里，觉得自己仿佛回到了小时候那样闹脾气生闷气，气自己怎么没有给母亲晚安吻，可是怎么想都觉得自己没有错。

伊莲回到了自己的房间，冷静了一会之后，来到丈夫的房间里。

"他同意了吗？"

"他说要想一想，佐里恩。"

佐里恩看着伊莲嘴角的那一抹苦笑，平静地说："我们还是告诉他事情的真相吧，可能只有这样才能解决问题。他的性格很正派，我觉得只要他了解到——"

"他没办法体会的，不能这么做。"

"我觉得他会的，想当年我像他这么大的时候就懂得很多了。"伊莲牢牢地扣住他的手，"可是你比佐恩精明啊，而且你很现实，和他不一样的。"

"这是真的。"佐里恩说，"你不觉得奇怪吗？我们可以坦然地把我们的事情宣告给全世界，可是当对象是我们的孩子的时候，情况就完全改变了，连说的勇气都没有了。"

"我们从来没有在乎过世界的看法啊。"

"佐恩会理解我们的！"

"唉！佐里恩，我也相信他会理解我们。因为他在谈恋爱呢，我都能感受到。他会说："母亲居然没有谈恋爱就结婚了，怎么可以这样！"他会觉得，这是不可思议的，而且的确是那样！"

佐里恩抓住伊莲颤动的手，苦笑着说："唉，为什么我们是从年轻变得年老呢？如果情况是反过来的，我们是从年老往年轻里转变，那么我们就会清楚地知道事情是怎么发生的，就不会有这么多的烦恼。可是你要知道，佐恩正在恋爱，那么他肯定会记得的，就算是最后真的去了意大利，他也不会忘掉那女孩的。我知道，他内心肯定明白我们让他去意大利的目的，心里说不定会产生情绪。我们家的人都很坚强，要改变他的唯一方法，可能就是把事情的真相告诉他，刺激他一下。"

"还是先让我来试试。"

佐里恩站在那里半天没有说出话来。他在犹豫，一面是海，一面是魔鬼，在说出真相的后果和妻子离开两个月的相思之苦之间，他绝不希望妻子离开自己那么长的时间。可是，如果妻子执意要这样，自己也只能接受。说到底，如果自己在未来某一天突然撒手人寰了，这也是一种提前的尝试了吧。他抱着她，吻上她的眼睛：

"听你的，亲爱的，你说怎么办就怎么办。"

11. 两个人的心事

当恋爱这件事情碰到什么毁灭性的阻碍时，往往会发生惊人的蜕变。半个小时之前佐恩到达帕丁顿车站，可是他觉得像是过了一个星期那么久。他站在和芙蕾约好的书摊前面，身边是一群周末出行的游客，仿佛身上穿的衣服都能透露出他那紧张急切的心情。他看着书摊上摆放的那些书，终于拿起一本并且付了钱，免得引起卖书伙计的注意。那本书叫作《荒径之心》，他猜想，这个名字应该挺有深意的，虽然自己看不出来。后来他又买了两份报纸《妇女镜报》和《大地居住者》①。等待的时间一般都会显得异常漫长，每分每秒都让人难熬。十九分钟过去了，他看到了芙蕾，她提着一只手提包，跟着推行李的脚夫走了过来。她走得很迅速，一副泰然自若的样子，招呼他，像跟招呼一个兄弟那么自然。

"头等车，靠窗位子的对座。"她对脚夫说着。

佐恩看着她能够这么坦然，真的很佩服。

"咱们能不能弄一个单独的车厢啊？"他低声说。

"这是慢车，不行的，等过了麦登海德应该就可以了。佐恩，表现得自然一点啊。"

佐恩苦着脸，两个人一起走上车去，另外还有两个人跟了上来。佐恩极其不自在地给了脚夫小费，心里一阵懊恼。脚夫看上去什么都知道，而且还把他们带到这么多人的地方来，就不应该给他小费。

芙蕾捧着《妇女镜报》做出一副读报纸的样子，佐恩也照样打开了《大地居住者》。

车缓缓地开出了，芙蕾扔开《妇女镜报》抬起头。

"怎么样？"她说。

"半个月了吧。"

她点点头，佐恩立马开心起来。

"自然点啊。"芙蕾低声说，扑哧笑了出来。有了意大利这档子事儿，自己真的不知道该怎样保持平静。原本想慢慢告诉她的，可是现在一着急就脱口而出了。

"母亲说要带我去意大利待两个月。"

────────

① 《大地居住者》：一份与农业有关的报纸，由于佐恩喜欢农业便买了。

芙蕾低下头去，脸色有些难看，咬着嘴唇说了一声："哦！"只有这一个字，仿佛已经包含了千言万语，犹如击剑手的反击，迅速而且非常有力量。

"去吧！"

"去？"佐恩不可置信地说着。

"是啊。"

"但是——两个月——很久啊。"

"不，"芙蕾说，"六个星期，但那时候，你一定要装作把我忘了。你回来的第二天，我们在国立美术馆见面。"

佐恩终于笑了。

"你要把我忘了怎么办？"他小声地嘟囔着。

芙蕾摇摇头。

"出现别人可怎么办？"佐恩压低声音说着。

她用脚碰了一下他："不会有别人的。"她说，然后又拿起了《妇女镜报》看了起来。

火车到了一站，那两个讨厌的人终于走了，但又上来了一个新的人。

"什么时候才能只有我们两个啊，"佐恩想，"郁闷死了。"火车再次启动了，芙蕾再次探过身来。"我不会放手的，"她说，"你呢？"

佐恩坚决地摇了摇头。

"绝不！"他说，"你会给我写信吗？"

"不会，但是你可以写信邮寄到我的俱乐部。"

她真厉害，有自己的俱乐部！

"你从好丽那打听出什么没？"他问。

"什么也没有打听出来，我也不敢多问。"

"到底是怎么回事呢？"佐恩叫了出来。

"一定会知道的。"

两个人沉默了许久，到达麦登海德的时候，芙蕾开口说道："这是麦登海德了，约翰[①]，等我一会儿！"

火车终于停下了，另外那个人也下车了，芙蕾拉开窗帘。

"快！"她喊道，"把头伸出去，做出一副凶样子来。"

佐恩努力调整自己的神态，增加自己的气势。这可是他有生以来第一次摆出这个样子呢！第一个想要进来的老太太看到佐恩后退了回去，第二个年轻太太过来开门，把柄转不动。真巧赶上车要开了，于是她急忙走到另一个车厢去了。

"运气挺好！"佐恩叫道，"门居然打不开了。"

"啊哈，"芙蕾说，"是我拉住了。"

火车启动了，佐恩跪在了芙蕾面前。

"小心外面有人，"她低声说，"赶紧站起来。"

她吻了他。虽然只有短短几秒钟，可是却让佐恩的灵魂飞出了很远的地方。等到他反应过来看到那个摆出端庄造型的芙蕾，脸色一阵惨白。他听见芙蕾叹了口气，这简直可以算是他听到的最美妙的声音，因为这充分证明了，自己在芙蕾心中是占有很高地位的。

"六个星期还好吧，"她说，"只要你和你母亲在意大利期间保持镇定，然后自然一些，让她感觉你已经忘了我，那么很快就过去了。"

---

①这是芙蕾给佐恩起的临时名字，避免引起注意。

佐恩喘息着。

"你要做到让你母亲相信你已经忘了我，知道吗？这个很重要。如果两个月都过去了，咱们还是像眼下这样，那么，他们就该真的着急了。你要是去西班牙多好，老爹说，马德里有一张戈雅的真迹，就是那天我给你摆的那个造型，他觉得像我所以临摹了一张。"

佐恩这才觉得轻松了一些。"那我就去西班牙，"他说，"母亲会同意的，她也没去过那，而且父亲也挺喜欢戈雅。"

"对了，你父亲是个画家吧？"

"他只画水彩画。"佐恩诚实地回答。

"到雷丁的时候，你先出站，去卡弗山姆水闸那等着我。然后，我让接我的车子拉着我的行李先回家，然后咱们从那拉纤的小道走回去。"

佐恩高兴地握着芙蕾的手，安静地坐着，两个人似乎进入了忘我的世界，只是稍微注意着走廊的动静。车子仿佛开得越来越快了，两个人却似乎一点也感觉不到。

"马上就要到了，"芙蕾说，"那条小道很明显的，再吻一个！唉，佐恩，你可不能忘了我，知道吗？"佐恩用接吻的方式回答了她。不多一会，人们就看到一个年轻人脸色通红、神情急促地从火车上跳下来，急急忙忙地往月台走去，一边掏着车票。

等到芙蕾打发了接她的车，走到和佐恩会合地方的时候，佐恩已经做了很大的努力使自己平复下来。就算一定要分开，他也不会摆出那种拖拖拉拉的姿态！清风吹过小河，柳树的叶子也被吹得翻腾了起来，留下了轻微的萧萧声。

"我跟车夫说我晕车，让他先回家了。"芙蕾说，"你出来的时候神情正常吧？"

"我也不清楚，怎么叫正常呢？"

"你要摆出一副活泼的架势，在你这就是正常的，我们第一次见面的时候，我就觉得你与众不同。"

"我见到你的时候，也是这么想的，觉得你就是我爱的那个人了。"

芙蕾笑了起来。

"我们都还年轻，有点不像话。青梅竹马的爱情好像不那么流行了，而且，这样的爱情很浪费。你想，如果没有我，你该多自由。你现在还没有独立的能力，再加上一个我，可怎么办啊？"

佐恩有些奇怪，为什么在这个时候，芙蕾会说这些呢？

"你要是这么想，"他说，"那我还是不要去了。我会跟我母亲说我要好好努力学习农务的，养活自己，现在不都是这样吗？"

"恩，都是这样！"

佐恩把手插到兜里。

"确实是这样的，"他说，"你看，有好些人还在挨饿呢。"

芙蕾摇摇头："不，我可不会自讨苦吃。"

"自讨苦吃？只是情况有些严重，所以每一个人都应当做一点事情。"

"哦！我也知道是这样，可是我们救不了他们。他们自己不去努力，光凭你，是扶不起来的。看看吧，大批大批的人死去，却仍然停不下争夺，抢得你死我活。啊，真是愚蠢！"

"你觉得他们可怜吗？"

"是的，不过我还是不打算帮他们，这完全没有用。"

两个人都有些无措，可能因为这是第一次相互表露自己的真性情吧。

"人类就是这样，像愚蠢的牲口。"芙蕾固执地说。

"我倒是觉得他们很不幸。"佐恩说，两个人像是吵过架一样——更严重的是，走到前面的路口，两个人就要分开了。

"好啊，你去帮那些人吧，不要再想我了。"

佐恩就那样站着，头上冒出汗珠，全身颤动。芙蕾也停了下来，愁苦地看着河面。

"我一直都认为，"佐恩带着一种很大的痛苦说，"人们是为幸福而生的。"

芙蕾大笑："是啊，所以你要小心，不然就会不幸福了。不过也许就是你的这种信念才会使你不幸福，不可否认的，好多人都有这样的想法。"

她脸色变得苍白，嘴巴紧闭着，脸上浮现出淡淡的忧愁。这个真的是芙蕾吗？他有一种错觉，感觉这好像是小说中的男女主人公在对爱情和责任做出选择。就在这个时候，芙蕾转过头来看着他，他完全沉浸在了她那令人着迷的表情中，就好像被什么拽着，慢慢地走向她。

"我们别吵了。"她说，"马上就要分开了，佐恩，你看，你可以在这看着我走过去，就在河水转弯的那个树林边上，就是我家了。"

佐恩往前面看了看，看到前面的情形，觉得不太妥当。"好了，我不能在这晃荡了，我们走到那边你就回家吧，再往前走的话太招摇了。"于是两个人静静地向树篱走去，棠棣开得正茂盛。

"我的俱乐部在毕卡第里的斯曹顿街，叫护身符俱乐部。你把信寄到那儿，我每周都会过去一趟。"

佐恩点头示意了一下，瞬间变得异常严肃，眼睛瞪得大大的。

"今天五月二十三号，"芙蕾说，"七月九号那天，我会在《巴卡司和阿里亚丁》①那等着你，下午三点钟，可以吗？"

"恩，好的，一定来。"

"你要是和我这样就好了，就不用管别人了！"

他们看到一对带着儿女出来的夫妇从面前走过，每到周日这都会有好多人。

他们两个前后走进柴门。

"真是天伦之乐！"芙蕾说，一头钻过树篱下。野棠花都落在了她的头上，好不美丽，看着花瓣要扫过她的粉颊，佐恩有点嫉妒地伸手挡住。

"再见，佐恩。"有那么一瞬间，两个人手拉着手，静静地站着，情不自禁地吻到了一起——这是第三次。分开后，芙蕾挣开手，穿过柴门。走了！下次见就是两个月后了！而自己还傻傻地站在这发呆，于是他赶紧跑过去，想看她最后一眼。他到了柴门边上。看到她跟在前面的孩子的身后，快速地走着。她转过头，看他飞快地做出一个手势，然后就离开了，他的视线也就被后面的人遮住。

他脑子里突然涌现出一首滑稽的歌曲：

帕丁顿的哀鸣，这声音多么难听，

多么冷清，这一声帕丁顿的哀鸣——

_____

① 《巴卡司和阿里亚丁》：提香的作品之一。

他转身走回车站。在从雷丁到伦敦，伦敦到旺斯顿的路上，他一直拿着那本《荒径之心》，脑子里酝酿着一首诗——那里面感情太丰富，实在驾驭不了。

12. 神经兮兮的父与女

芙蕾飞快地走着，这也是无奈之举，因为已经耽搁了太长时间，她都不知道到家用什么样的说辞了。当她经过了小岛、车站和旅馆，想要登上渡船的时候，忽然看到一个年轻人站在小船上。

"福尔赛小姐，"他说，"我是专门来接你的。"

她看着他，有点不知所措。

"没事的，我是刚在你家做客的，觉得这样正好捎你一段，我也是顺路。我叫孟特，咱们在画廊见过面的，还记得吗？就是那天你父亲邀请我来看画的。"

"想起来了！"芙蕾说，"对了，那个手帕。"

她想到，自己能够认识佐恩还要感谢他呢。她被他拉着走上船，平复着自己那激动的心情，安静地坐着。那个年轻人可不这样，她从没有想象过一个人能在这么短的时间内说这么多的话。他说了他的年龄二十四岁；体重一百五十一磅；住在哪里；自己在大战时候的感觉；自己对朱诺那个雕像的看法；说到自己和那个摹本上的女孩子其实不太像；还说到了英国目前的形势；谈到普罗芳德先生——或是差不多的名字①；说到父亲有几张画确实不错，只是有些过时；还说希望带着她在河上玩，因为自己很靠谱；说了自己对

———————————
①孟特和普罗芳德是初见，因此不一定对他的名字记得准确。

契诃夫的看法，还问了芙蕾的看法；觉得芙蕾这个名字很好，还希望有一天两个人能够一起去看俄国芭蕾舞；抱怨自己的家里人怎么给自己起了这么一个名字，米契尔①，说了他的父亲，还要她好好读一下《约伯记》②；说自己的父亲就像那个种田的约伯。

"约伯没有田地吧，"芙蕾低声说，"只有牛羊和骆驼，而且还搬走了。"

"啊！"米契尔·孟特说，"如果我父亲也能搬走该多好啊，我可不想占有他的土地，那个东西，在现在只是一个麻烦，你说是不是？"

"不知道，我家从来没有种过田地，"芙蕾说，"我们的一个叔祖曾经在多赛特郡办过一个农场——那儿是我们家的祖籍——但是不太会经营，便赔了很多钱，他也遭了很多罪。"

"那个农场卖掉了？"

"没有，还在呢。"

"怎么没卖？"

"因为没有人肯买。"

"对他来说这可能是好事吧！"

"不是的，这一点都不好，我父亲很气愤。他的名字叫吟史悦辛！"

"很好听的名字！"

"咱们怎么漂得越来越远了啊？"

"正合我意！"孟特大叫一声，把两只桨用力推了一下，"好

---

① 米契尔是双音节词，容易形成一些诨名。
② 《约伯记》：《旧约》中的一篇，记录约伯对上帝的忠诚。

不容易碰到你这么一个有意思的女子。"

"但比不上你有意思啊。"

小孟特用手扯了扯自己的头发。

"小心！"芙蕾叫，"你的头！"

"没关系的！头皮很硬，抓一下没事。"

"我看你根本不会划船，"芙蕾恶狠狠地说，"赶紧把我送回去。"

"啊！"孟特说，"你回去了，我不是就看不到你了。你的法国母亲给你了一个这么美妙的名字，'菲尼'，就像一个法国小女孩做完祷告，爬到床上说的那样。你说，你出生的那天是不是一个很棒的日子？"

"我这个名字可是我父亲起的，我也很喜欢，母亲给我起的名字是玛格丽特。"

"荒唐。你叫我M.M.，我叫你 F.F.①，好不好?这样合乎时代精神②。"

"你叫我什么都行，只要你把我送回去。"

孟特捉了一只螃蟹，说道："这很讨厌！"

"你好好划船。"

"这不是划呢。"他划了几下，摆出一副焦急的样子，"当然，你要知道，"他脱口而出，然后顿了一下，"其实我来是为了看你，而不是你父亲的画的。"

芙蕾站起来："你再不划，我就跳下水游过去。"

---

① M.M.和F.F.，是两个人名字的缩写，暗指当时流行简称缩写。
② 英国使用简称的风气越来越厉害了。

"你确定？那样的话我也跳下去追你。"

"孟特先生，我已经耽误很长时间了，而且很累了，你快点送我上岸吧。"

她终于可以上岸了，孟特站起身来，两只手扯着头发看着她。

芙蕾笑了笑。

"你别这样！"孟特说，再也不能忍受了，"我知道你想说：'滚吧，该死的头发！'①"

芙蕾转过身来，冲他挥了挥手。"再见，M.M.先生！"她说完就走进了蔷薇丛里。她低头看了看表，抬头看了看眼前的房子，她总有一种这个房子似乎没有住人的错觉。已经六点多了！鸽子落在栖木上，阳光洒落在它们的身上，显得很是洁白。从壁炉角上传来清脆的弹子的声音——肯定是杰克·卡迪更了。尤加利树也发出微小的簌簌声，这个古老的英国花园里，居然有这样一棵来自南方的嘉树。芙蕾走到走廊，刚想进去，突然听到客厅传来了母亲和普罗芳德先生的声音！她静静地站在那聆听着他们的对话：

"不行，安妮特。"

父亲知不知道他叫母亲"安妮特"？在不太和睦的家庭里，孩子自然会选择一方，而芙蕾一直都是站在父亲这一边的，此时有些不知该如何反应。她母亲那柔美的声音低低地响，她只听到一句法文："明天。"普罗芳德回答："好的。"芙蕾皱了皱眉，一个轻微声音②传出来，而后普罗芳德说了一句："我出去散步了。"芙蕾

——————
①化自莎士比亚《麦克白》第五场第一幕麦克白夫人的话："滚吧，该死的血迹！"
②指接吻的声音。

急忙走开。他从客厅里走出来，走过阳台，来到了草地上。刚才已经听不到的弹子声，现在又能听见了。她振奋了一下精神，往屋内走去，打开客厅的门。看到母亲坐在摆在两扇窗子之间的沙发上，头枕在垫子上，腿跷着，樱唇微启，看上去美极了。

"啊，你终于回来了！你父亲都要气得发脾气了。"

"他在哪儿？"

"上面画廊，去吧！"

"母亲，明天你要去干什么？"

"明天？陪你姑姑去伦敦啊。"

"可惜我去不了。你能帮我买两把遮阳伞吗？朴素一点的就行。"

"要什么颜色的？"

"绿色的，是不是客人都要回家了？"

"是啊，都该回去了，来吻我一下，就去安慰安慰你父亲吧。"

芙蕾走到母亲面前，在她的额头一吻，看了看旁边沙发上的印子，快步离开了。

芙蕾不是死脑筋，要用世俗的标准来要求自己的父母。她觉得，能把自己管好就不错了，不想管别人，也管不了别人。更何况，她正在盘算着怎么一种状态对自己目前的情况是有好处的，所以她不打算管。

如果一个家庭起了这样的风波，自己和佐恩的恋爱可能会更有机会成长吧。虽然话是这样没错，可这并不代表自己不生气，仿佛是一朵花儿，受到了寒风的吹打。如果那个人真的吻了自己的母亲，那么事情就很严重了，她应该告诉父亲的。"明天"！"好的"！她母亲又要进城了！她转身走进自己的卧室，把头伸出窗外，让自己突然变得滚烫的面颊凉一下。佐恩已经到达车站了吧？自己的父亲到底对佐恩了解多少呢，说不定什么都知道了。

她换了套衣服，平复了一下自己的情绪，然后跑上画廊去找父亲。

索密斯就那样一动不动地站在那张史蒂芬斯①面前——那是他最喜欢的一幅画。门响时他假装没有听到，但是芙蕾知道他听到了，只是在生自己的气。她蹑手蹑脚地走到父亲身边，一把搂住父亲的脖子，把头伸过去，把脸和父亲挨在一起。这可是她屡试不爽的绝招了，可是今天却没有奏效。芙蕾这才感到问题严重了。

"怎么，"索密斯冷冰冰地说，"终于知道回来啦！"

"好几天不见，就说这个啊，"芙蕾嘟囔着，"真是坏老爹！"与此同时，不忘用自己的粉颊蹭蹭父亲的脸。索密斯有些无奈。

"你知道我着急等着你回家，你怎么还是一拖再拖呢？"

"亲爱的，这没什么坏处吧。"

"没坏处！你还不知道什么是好处和坏处呢！"芙蕾把胳臂拿下来。

"那么，亲爱的，那你就把所有的事情都清楚地告诉我吧，不许有所隐瞒哦。"于是她走过去坐在凳子上准备听父亲说。

索密斯转过身来，低着头，一脸郁闷地看看自己的脚。"父亲的脚好小，而且很好看。"她心里想着，抬起头眼神刚好碰到父亲的眼神。索密斯立马别开眼睛。

"你是我仅有的精神依托，"索密斯突然开口说，"你却这样

---

①史蒂芬斯：1818—1875年，英国雕刻家、画家。

对我。”

芙蕾的心有些不安。

“我怎么对你了。亲爱的？”

索密斯抬头看了芙蕾一眼。如果不是还可以从父亲的眼中看到他对自己的疼爱，可能芙蕾都觉得父亲变得陌生了呢。

“我记得上次我已经和你说过这件事了，”他说，“我不希望我们和他们家有什么亲密的往来。”

“我记得，亲爱的，可是我就是不知道为什么非要这样？”

索密斯急忙扭过头去。

“现在我还不能告诉你为什么，”他说，“但是芙蕾你应该相信我，我不会害你的！”

父亲的话让芙蕾一阵感动，可是再一想佐恩，就不知道说什么了，只能低着头敲着地板默默不语。她不经意之间摆出了一副时髦的样子，两条腿绞在一起，一只胳膊屈起来撑着下巴，另一只胳膊从胸前横过去，抓住前一只的手肘。全身上下看着都是弯弯扭扭的，可是一点也不会觉得不好看，反而有一种莫名的风采。

“你知道我很担心的，”索密斯继续说，“你却还要在那边住四天，我也知道你们两个是一起回来的。”

芙蕾目不转睛地看着父亲。

“我不要求你做什么，”索密斯说，“也不会问你们做了什么。”

芙蕾突然站起身来，两只手放在头上，往窗户外边看去。此时太阳已快落山了，鸽子也都飞回了各自的家。弹子的声音再次响起，还能看到丝丝的光亮，芙蕾知道那一定是杰克·卡迪更在抽烟了。

"如果我说，我可以六个星期都不见他，"她突然说，"你是不是可以高兴一些呢？"索密斯那有些颤抖的声音，让她有点意外。

"六个星期，太短了。六年或者是六十年还差不多，不要鬼迷了心窍，芙蕾，也不要敷衍我。"芙蕾有些惊讶地转过身来，这样的父亲很陌生。

"父亲，到底怎么回事？"

索密斯走到她的面前。"你好好想想，"他说，"我知道你除了有些神经兮兮之外，是很精明的。"他大笑起来。

芙蕾从来没有见过索密斯这个样子，心里暗暗想道："看来我们两家的矛盾是很深了，可是到底是什么事呢？"她拉住父亲的胳膊，淡然地说：

"是这样没错，不过我喜欢这个样子的我，可是我不喜欢父亲你的神经兮兮。"

"我神经兮兮？"索密斯恶狠狠地边说边走开了。

太阳慢慢地落山了，外边也变得越来越暗了，河面上看上去也是一片灰白。树木也脱下了自己翠绿的外衣。芙蕾突然想起佐恩，想他的样子、他的手和跟他接吻的感觉，他的一切。她双臂交叉到胸前，轻声笑了出来。

"父亲你看这个人，就跟普罗芳德自己说的一样，真是有些小小无趣，我讨厌他。"

索密斯停下来，并掏出一张纸条。

"你为什么讨厌他呢？"他问。

"说不上原因，"芙蕾说，"可能是神经兮兮！"

"不，"索密斯说，"这不是神经兮兮，"他将刚才掏出的纸条撕成两半，"我和你一样，也不喜欢他。"

"你看！"芙蕾轻轻说，"你看他那走路的样子，偷偷摸摸的，一点声音都没有，还有他穿的那双鞋子。"

此时普罗斯伯·普罗芳德正在下面吹着口哨，插着兜走着。他停下，看着天，仿佛在说："这个月亮算什么啊。"

芙蕾顿了一下，低声说："你看他像不像一只大猫？"这时，弹子的响声再次响起，此时两个人的注意力完全转移到了杰克·卡迪更身上，忘了刚才谈论的话题。

普罗芳德开始走起来，一边走，嘴里还哼着小曲。芙蕾心里琢磨着，这是什么曲子呢？想了一下才发觉原来是歌剧《里里莱多》里面的《水性杨花》。这不正是他心里想的事情吗？她紧紧抱住父亲的胳膊。

"就像一只想要偷腥的猫一样！"她低声说，此时的普罗芳德已经走到了大房子角上。日夜交错的美妙景色也已经过去了——此时外边特别安静，分外温暖。野棠花和紫丁香的香气仍然弥漫在空气中，一只山鸟突然唱起歌来。芙蕾想现在佐恩应该到伦敦了，说不定正在海德公园里，一边走过蛇湖，一边想着自己！她突然听到一点声响，闻声看过去，正好看到父亲在撕那张小纸条，仔细看可以看出那是一张支票。

"我不卖我的高更了，"索密斯说，"真不知道，你姑姑和伊莫金到底觉得他哪儿好。"

"或者是母亲觉得他好吧。"

"你母亲！"索密斯说。

"父亲真可怜，"她想，"自己都没有看过父亲快乐过，起码没有真正快乐过，所以自己不能再刺激他了。但是等到佐恩回来之后，自己也就顾不了他了。唉，这一天真是发生太多事了！"

"我要去房间换衣服，然后去吃饭了。"她说。

她到了房间的时候，突然突发奇想，给自己穿上了一件"奇装"。那是一件用金线织锦的上袄，裤子也是一样的材质，脚踝的地方束得很紧，肩膀上还披了一件斗篷，再加上一双金色的鞋子，带有金色翅膀的墨丘利①的金盔，全身都是小金铃，金盔上最多；头稍稍一动，就会听到丁零零的声音。把所有的衣服都穿好了，芙蕾觉得怪没意思的，因为自己穿成这样，佐恩也看不到，就连那个活泼的米契尔·孟特也不能看到，怪遗憾的。可是铃声响了，她只得这样下楼了。

因为她的到来，客厅一阵骚动。威尼弗列德觉得"很有个性"，伊莫金觉得简直迷人极了，杰克·卡迪更是满口的"好极了""妙透了""真好""最漂亮的"。普罗芳德先生眼中带笑地说道："这件衣服真是不错啊！"她母亲穿了一件黑色衣服，优雅地坐在那，默默不语。最后，还是他父亲不得已开口问道："你又不去跳舞，穿成这样是要干什么啊？"

芙蕾漂亮地来了一个转身，铃铛响了起来。

"神经兮兮嘛！"

索密斯瞪了她一眼，就转过身去了，把胳膊伸向威尼弗列德。杰克·卡迪更挽着自己的母亲，普罗斯伯·普罗芳德则挽着伊莫金。芙蕾就这样一个人孤零零地走进了饭厅……

"小小"的月亮没有多久就落下去了，五月的夜晚分外温暖，

①墨丘利是天帝朱庇特的使者。

用它那葡萄花的颜色和香气，笼罩着世间男男女女那千变万化的阴谋、爱情、希望和悔恨。杰克·卡迪更把头靠向伊莫金的香肩，打起鼾来，像小猪一样健康；过于年老的偶摩西也在他那座城堡中，像个婴儿似的睡着。他们都是幸福的，因为还有很多人，被世间的琐事所烦恼，即便躺在床上，也不一定能够睡得着。

露水慢慢落下，花儿也不再盛开，牛群欢快地在河边草场上吃着草，用它们的舌头摸索着眼睛都没有看到的青草，萨塞克斯郡高原上的绵羊睡得无比香甜。庞本林中的雉鸡、旺斯顿石灰矿旁边草窠里的云雀、罗宾山屋檐下居住的燕子、美菲尔的麻雀，都在这个无风的安静的夜晚安静地睡着。瓦尔那匹梅弗莱母驹，因为实在不习惯这新地方，在那拨弄脚下的干草；少数夜间活动的动物，比如猫头鹰、蝙蝠还有蛾子，都在这安静的夜晚活跃着；似乎只有那些白天活动在自然界中的一切，才在那享受着温暖安静的夜晚，进入那种无色无声的境界。只有男人和女人还骑着焦急或是爱情的竹马，把梦魂和思绪的残烛一直烧到夜晚的深处。

芙蕾把身子探到窗外，听见低沉的十二下钟声；鱼儿发出轻微地破水声，一棵白杨树的叶子因为升起的一阵清风突然摇曳起来，远处传来了夜间行走的车的轱辘声，黑暗中时不时地传来一点不知道是什么的声响，轻微但是隐约可闻。不知道是人还是鸟兽，或者是已故的福尔赛家或者达尔提家或者卡迪更家的灵魂，来到这个他们曾经居住过的世界中游逛，这些大家都不得而知。可是芙蕾并不打算去想这些声音，并不是说她的灵魂远离了肉体，而是带着翅膀飞快地从这到那，急切地寻找着佐恩，寻找那个被自己的亲人视为禁忌的人的音容笑貌。她微微皱起眉头，寻找着佐恩用手隔开自己的脸颊和野棠花时的美好回忆。她就穿着那奇怪的衣服，这样伫立在窗前，试图用生命的火焰烧掉自己的翅膀，而那些不怕死的蛾子也纷纷向她而来，纷纷扑向自己梳妆台上的灯火，可是它们似乎没有想到福尔赛人家火焰是不会裸露在外面的。终于连她也有了困意，她似乎忘记了自己衣服上的那些铃铛，就这样快速地回到了房间。

索密斯在自己的那间卧室中，就那样静静地躺在床上。隐约听到那些铃声，就像从遥远的星空坠落下来一样，或者是露水脱离花朵，落到地上的声音。

"神经兮兮，"索密斯想，"我真不知道怎么说好。可是她那么的固执，我该怎么办呢？芙蕾。"就这样一直沉吟到深夜。

第二卷

1.一对母子

　　要说佐恩·福尔赛不乐意和自己的母亲去西班牙，那是不恰当的。他就好比一只脾气很好的小狗跟着主人去散步，却把自己喜爱的美味的羊肉骨头忘在了草地上，他离开时会忍不住回头看一下而已。当福尔赛家人被别人夺去自己嘴里的羊肉骨头时，一般都会生闷气。但是佐恩向来是不喜欢生闷气的，再者说他本身就是那么依恋他的母亲，再加上这是他第一次出国旅行。于是，他就是那么随口一说："母亲，其实我想去西班牙，意大利你都去过那么多次了。"于是，意大利之行理所当然地变成了西班牙。

　　这小子不仅十分天真，而且十分心细。他始终没有忘记自己一定要想方设法把这两个月的假期缩短成六个星期，但是却不能流露出一丝想要做什么的蛛丝马迹。既然他的羊肉骨头留在家里，他又是这样心意笃定地出去，便是一个非常好的旅伴。因为，他对去哪玩，什么时候去，吃什么都那么不在乎，而且他似乎很喜欢这个对很多英国人来说都很陌生的国家。他想芙蕾不给自己写信，那是很明智的做法，这样自己才能不管到哪，只需要疯狂地游玩，享乐，而不会有丝毫的希望和狂热：驴子、骡子和荡漾的钟声、神父、院子、乞丐、儿童、公鸡、帽子、仙人掌编织的篱笆、古老的小山村、山羊、橄榄树、绿油油的原野、被关在笼子中的鸣禽、卖水的人、夕阳、水果、教堂、油画和这个美丽国家那些悬在空中的灰褐色山岭。

由于天气已经很热了，所以很少有什么英国人来这，佐恩玩得很开心。据佐恩所知，自己并没有什么外国的血统，可是只要碰到自己的本国人，他就不开心。因为他觉得自己国家的人不但死板，而且对待事情永远都是那么的现实。他私底下就跟母亲说，他肯定不是一个社会性的动物——就这样远离那些讨论着相同事情的人们，的确是令人高兴的一件事情。伊莲听后，就随口回答了一句：

"对啊，佐恩，我知道的。"

在这种隔离的状况下，他能够更好地体会母爱的深厚，体会那些时常被自己忽略的母爱。由于自己隐瞒了母亲一些事情，所以他变得异常敏感；而南欧的民族风尚似乎更加凸显出了母亲的那种独特魅力。他已经习惯别人说母亲是一个西班牙美人，可是现在他终于知道完全不是那么回事。自己母亲的美不属于英国也不属于法国、意大利或是西班牙，她的美是不同于这些的一种独特的美！他非常欣赏母亲的玲珑剔透，这是他以前都不曾有过的。举个例子说，他不知道母亲是不是看出自己那么认真地去看那幅戈雅的《摘葡萄》，抑或是自己午饭后和第二天早上又偷偷地溜了出去，再次驻足在那张画前。当然，这张画和芙蕾并不像，但是他还是能够感到情人之间那种荡气回肠的感觉——这让他想到了那次芙蕾装扮成这张画中女子的样子，那样站在自己的床脚边。于是他买了一张印有这张画的明信片，放在了自己的口袋里，可以时不时拿出来看看；他知道自己这坏习惯早晚会被自己那或宠爱，或嫉妒，或焦急的眼神出卖。而自己的母亲又是那么的精明，又怎么会看不出来呢？在格拉那达时，他就被母亲抓了个正着。那天他们是在阿尔罕不勒山的一处城堡的园子里，坐在一张已经被温暖的阳光洗礼过的长石凳上；他并没有从这里眺望远处的美景。他本以为母亲在仔细看那些刺球花中间的盆花，可是她显然也没有，因为他突然听到母亲的声音：

"佐恩，这是你喜欢的戈雅吧？"

他的手微缩了一下，可是他知道已经晚了——那动作似乎是在学校时要藏起什么秘密的时候一样——于是他回答："是啊！"

"这一张是挺好的，可是我还是更喜欢那张《阳伞》。你父亲一定会特别喜欢戈雅。他一八九二年到西班牙时没有看到戈雅的画①。"

一八九二年！那就是自己出生的九年前！他还没有出生的时候父亲和母亲的生活是怎样的呢？他们都有权利分享自己的未来，自己也应该有权利知晓他们的过去。可是当他抬头看向母亲，看到她脸上那浮现出来的神情——一种饱经风霜的样子，是喜怒哀乐和痛苦经历留下的痕迹，使她看上去是那么的神秘和庄严，自己的那点好奇心就被打破了。他觉得母亲以前生活得一定非常多姿多彩；她是这么的美，而且有自己都形容不出来的感觉。他站起身，凝视着山下的建筑、绿绿的原野和环绕的群山，在夕阳光中闪现着美丽

———————
①当时戈雅还没有受人重视。

的景色。她的身世就犹如这座古老的摩尔城市那样悠久和深邃——而自己的生命却是这么的愚昧和幼稚，而且天真得不行！他眺望着那仿佛从海平面上拔起来的山岭；想到据说那里以前居住着腓尼基人——一个黝黑、古老、隐秘的山居民族，对他而言，他对母亲身世的认知就如同下面这个城市的人对当初那个民族的认知一样的匮乏；城市中人一如既往地生活着，然而对这座城市的历史却知之甚少。他母亲知道和了解他自己的所有，可是他除了知道爱母亲和父亲之外，似乎什么也不知道了，这让他觉得心里十分压抑。一般人都还有参军打仗的经历，可是自己连这个也没有：怎么想都觉得自己是那么幼稚和愚昧，这种感觉似乎怎么也挥之不去。

当天晚上，他在卧室的凉台上眺望着这个城市的屋顶——就像是一个镶了很多玉石和黄金的蜂窝；事后，他就那样躺在床上好长时间都没有丝毫睡意，一边听着钟表报时时哨兵的呼唤，一边在脑子中流淌着这样的诗句：

> 夜半的呐喊！头顶着璀璨的星空，
> 这西班牙的古城沉睡在漆黑的夜梦中！
> 那低低的柔声倾吐着什么悲痛？
> 是守夜者在讲述着万古不变的太平，
> 还是修路人对着月亮唱起歌声？
> 啊，皆不是，那是独居旅人起了离情，
> 问着"还有多久"，将重逢苦等！

他感觉"独居"似乎感情不够深刻，可是用"孤独"的话，又有些过分。除此之外，似乎再也想不出什么合适的词语了。写完后，看看时间才知道已经两点多了，然后再反复地琢磨了几十遍，直到三点多才睡去。到了第二天，他把抄好的诗夹在了给芙蕾的信中，他觉得自己一定要把信写完再下楼，因为只有这样自己才可以心无旁骛地陪着自己的母亲。

当天快中午的时候，他待在自己住的旅馆的屋顶平台上，突然感到脑袋一阵阵的痛。眼睛也有一种奇怪的感觉，人老是想吐。他想一定是自己和太阳太亲密了，以至于自己中暑了。此后三天的时间，他一直都是昏昏沉沉的，偶尔醒来看到母亲的微笑和头顶的冰块，就再无其他感觉了。他母亲就这样寸步不离地守着自己，像一个天使一样专心呵护着他，可是他还是不满足，想象着芙蕾能够来看自己。有几次痛苦似乎坚持不下去了，心里想的居然是写一封遗书让母亲转交给芙蕾，他觉得如果自己真的那么做，母亲就太可怜了，因为估计她会活在为什么要分开他们两人的后悔中了。不过很快佐恩发现，现在似乎是借口回家的最好的时机了。

就这样躺在床上，聆听着这座城市的一串串的钟声和铃铛声。直到第四天，他突然说道："母亲，我们回家吧，这儿的太阳太毒了。"

"好的，亲爱的，等你好一点，我们就回家。"佐恩似乎立马感觉自己精神了很多，也瞬间觉得自己是不是过分了一些。

于是他们在第五个星期之后开始往家走了。即便是佐恩的头脑和身体已经恢复得很好了，可是他母亲还是逼着他戴夹了许多层的丝绸的帽子，这样还不算，还总是要他走那些阴凉的地方。由于两个人战战兢兢争斗试探的局面已经结束，他变得越来越糊涂，他始终不能看透母亲到底有没有看出自己急切地想要回家和芙蕾见面呢。在马德里换车的时候，要耽误一天，佐恩感觉很懊恼，可是也没有办法。在这待一天，很自然地再次去了大美术馆。这次佐恩刻意表现了自己对那张戈雅的不在意，反正都要回去见到真的芙蕾了，少看一会这张画根本没什么。倒是自己的母亲站在画前面，待了不少的时间，说道：

"这女孩子的脸蛋和身条真让人喜爱。"这让佐恩感到颇不自在，暗暗琢磨母亲是不是察觉到了什么。自己远远不是母亲的对手，母亲是那么的机智，而自己是那么的幼稚。她似乎总能知道自己在想什么，而自己却从母亲口中探不出任何的消息。母亲是那么了解自己、爱自己，这又让自己感到有些内疚，自己永远不能那么的贴心。但是由于要和服装店打交道，不得不再耽误一天，这让佐恩很不开心，母亲都那么漂亮了，还打扮做什么呢？可以说，这些天以来最开心的时刻就是踏上回富尔克斯敦①渡船的时候了。

母亲和他两个人站在甲板上，手挽着手，对他说："我知道你其实玩得不是那么高兴，不过你对我那么体贴，我很高兴。"佐恩抓紧母亲的胳膊。

"我玩得挺开心的，真的，只是这几天身体不太舒服而已。"

六个多星期的旅途马上就告一段落了，他不能否认在过去的这些天中体会到的西班牙的魅力和自己那类似于痛苦的快感。他实在是想不明白，自己为什么就不能那么自然地随便地就像她对自己讲的那样说一句：

"你对我很体贴。"真是奇怪，他就是不能这么自然地说出口！于是他非常煞风景地接了一句："估计我们要晕船了。"

---

①从法国布隆开往英国坎特郡富尔克斯敦。

不出所料，到伦敦时，二人的状态都不是特别的好。就这样玩了六个星期零两天，但是压在两个人心里的事情却是只字未提。

2. 一对父女

自从老婆和儿子撇下自己去了西班牙以后，佐里恩就感觉罗宾山简直寂寞得要死。生活一帆风顺的人和不是那么顺利的人还是有区别的。不管怎么样，这种听天由命的生活，即使不是自己所习惯的，他的内心深处也明白，如果不是女儿偶尔来看他一下，他一定可以挺得住。他现在也就是个"可怜人"了，所以珍时刻惦记着他。她此时正好碰到了一个家境很困难的雕刻家；她想方设法缓解了他的燃眉之急后，就来到了罗宾山，应该是在佐里恩被老婆孩子丢下两个星期之后。珍目前居住在齐司威克区①的一个小房子中，房子虽然不大，但是好在有一间比较大的画室。单从不负经济责任的角度上看，她算是福尔赛家鼎盛时期的一分子了，虽然说收入变少了，但是解决方法还是得到了自己和父亲的认可。她父亲在科克街附近给她买下的那个画廊，以前她是会支付房租给父亲的。但是由于现在的所得税变得和房租一样贵，所以她用了一个很好的解决方法来缓解，那就是免去了父亲的房租钱。这个店也已经享受了十八年的只使用却不用不承担义务的特权了，就算现在要交税，也是不会赔本的，所以父亲一定也不会在意。不用给父亲房租了，她每年估计会省掉一千二百镑，然后再加上她把贫苦女用人更换成更贫苦的女用人，再经过进一步的省吃俭用，她就能有两笔差不多

①在海德公园三角场西部的一个区，英国画家贺加斯在这里住过。

的钱来接济那些有才华的人。在罗宾山住了三天以后，她就把父亲一起带到了城里。在那三天里，她通过偶然的机会发现了父亲已经保持了两年的秘密，所以她决定给父亲治病。医生她都选好了，她觉得她选的医生是最合适的人选。记得那个比未来派出名还要早的画家鲍尔·波斯特就是被他医好的；可是当她和自己的父亲说这件事的时候，他却一脸茫然的样子，说这两个人他都没有听说过，这叫她不由得有些生气。当然，如果是父亲自己没有信心的话，那肯定是治不好的，鲍尔·波斯特开始是由于过度劳累才得病的，医生只是叫他放松放松，就医好了他的病，这么厉害的医生，如果还不相信他的话，岂不是太不应该了！这个医生最大的特点就是他的医治是依靠自然的。他以前就专门研究过关于自然的症候；当他的病人并没有这些症状的时候，他采用一种以毒攻毒的方式，依靠给病人提供导致这种症状的药石来治疗病人！珍对治疗父亲的病有很大的信心。她觉得父亲在罗宾山的生活不够自然，所以她决定提供给他一些自然的症候。她感觉父亲已经和时代完全脱节了，而这显然是不自然的；所以她要对他的心脏进行刺激。随后在她的那幢齐司威克小房子里，她和她的女用人可算是想尽办法来刺激自己的父亲了，目的很简单，就是为他做好就医的准备——而她那个女用人为了报答珍的救命之恩，当然是义不容辞了。可是事情并没有想象得那么顺利，例如佐里恩在晚上八点刚要睡去却被女用人叫醒，或者是佐里恩以读手上的《泰晤士报》不自然，要亲近自然为由被珍夺去的时候。始终无法唤起他的在意。说实话，珍这些花样百出的办法，也使佐里恩颇为惊讶，尤其是在晚上，她口口声声地说这是为了他好，当然当她把那些代表这个时代的号称是天才的男男女女聚集在一起的时候，他还是会怀疑她是不是有什么别的目的；于是这些人就貌似庄严地在画室中跳起来来回回的狐步舞和比较高尚一点的一步舞；后面这个舞蹈简直和音乐一点都不合拍，看得佐里恩简直就要崩溃了，因为他觉得这样会使那些人更紧张。虽然自己在水彩画协会占有一席之地，但是他清楚地知道自己在这些人眼中肯定是一个落伍分子，所以他一般都是尽可能地不打扰他们，自己找一个角落坐下来，因为虽然自己是听音乐长大的，但是自己还是听不懂他们所谓的这个音乐是什么。珍有时候会带一个年轻的男孩或是女孩到他的面前，每当这个时候，他就会尽自己的所能去迎合他们的艺术水平，尽量让他们觉得自然一些。佐里恩和他的父亲一样，都是很看重和爱惜这些青年才俊的，只是为了迎合他们，往往会把自己弄得精疲力竭。当然这些都是必要的刺激，他一直特别佩服女儿那种不服输的精神。有时候，一些眼高于顶的所谓的天才也会来这参加这些集会，珍也会把他们介绍给他。她觉得这应该对他很有好处。因为她觉得天才正是自己的父亲缺少的自然征候——她是那么爱他。

虽然自己百分百地肯定珍是自己亲生女儿，可是还忍不住去想她到底像谁——她那一头变得花白的金红色的头发，是那么的独特；那张开朗并且精神抖擞的脸，跟自己这敏感、细腻而且小心翼翼的相貌那差得不是一点半点；福尔赛的家人一般都比较高大，可是她的身材却是那么的小巧玲珑。他常常会思考种族起源的问题，然后问自己珍会不会有古丹麦或者凯尔特^①的血统呢。他觉得单从她容易生气和喜欢穿阿拉伯长袍上来讲，好像有凯尔特的血统。他

①凯尔特：英国本土最早的民族。

可以直白地说，自己很喜欢这个女儿，可是不喜欢包围在她身边的这些年轻人。可是她对他的牙齿感兴趣得过分了。她的牙医居然查出自己有"纯培养状态的葡萄状球菌"的毛病，居然要把所有的牙齿都拔下来，然后还要给自己装上假牙。佐里恩的顽强天性瞬间被激发了起来，于是他在那天晚上当场提出了反对。他从来没有过这样的毛病，况且自己的牙就算到死都不会坏掉，为何要拔牙？当然——珍也不得不承认，就算不拔这些牙齿，这些牙齿直到父亲去世也不会坏掉。可是如果装了假牙，会对父亲的心脏有好处，那样他也就可以多活一段时间！他的反抗情绪，在她眼中是生病的表现，不能就这么放任。他应该做的是站起来反抗。在珍跟他询问什么时候去和她看那个医生时，佐里恩感到一阵抱歉，因为他根本就没想去看那个医生，于是珍生气了。她说那个医生的医术真的很棒，而且生活得很拮据，医术得不到别人的认可，就是因为有太多像他父亲这样根本就不相信人家的人，给他的也只有冷漠和偏见，才使得他的生活越来越穷苦，郁郁不得志。所以去看看，对他们两个人都是好事！

"我知道了。"佐里恩说，"你这是要一石打死二鸟啊。"

"不是打死，是救二鸟！"珍叫着。

"亲爱的，我看这没什么区别。"

珍不满意了，觉得连试一试都不愿意，就这么下定论的话，是万万不应该的。

佐里恩则觉得如果现在不反对，估计就没有机会反对了。

"父亲！"珍大叫一声，"你真是够死脑筋的。"

"这是事实啊，"佐里恩说，"不过我十分乐意就这么死脑筋下去。女儿，睡着的狗还是不要叫醒的好①。"

"你怎么就不能给科学一点机会呢，你这是看不起科学，"珍叫道，"你都想象不到庞德立基有多么看重科学，几乎看得比什么都要紧。"

"就跟鲍尔·波斯特先生看待自己的艺术是一样的吧。"佐里恩一边回答，一边抽着他不是很喜欢的温和纸烟，"为艺术而艺术——为科学而科学。我很清楚拥有这种狂热感情的人们。他们就算是解剖别人眼睛都不会眨的。珍，好歹咱也是个福尔赛，还是不要去招惹这样的人为妙吧。"

"父亲。"珍说，"你这么说简直就是一个老古板！现在这个世界就是缺少了这样的热心人。"

"恐怕，"佐里恩微笑着低声说，"这是我唯一不缺少的自然征候了吧。亲爱的，人们的天性要么是极端的要么就是有分寸的；其实我想说的是，现如今有很多自我感觉很极端的人，其实是很有分寸的。我现在生活得很好，和我期望的也没有什么差别，所以就这样顺其自然，不要改变了吧。"

珍沉默不语。她以前就领教过，只要稍微涉及父亲自由的事情，他就会表现出这种既委婉又固执的态度，不管你怎么努力都没有办法去说服他。

让佐里恩搞不明白的是，自己为什么就那么自然地将伊莲和佐恩去西班牙的原因告诉她，因为在佐里恩的心里，她一直都是没什么分寸的人啊。珍听了父亲的诉说之后，经过简单的思考，就开始了和父亲尖锐的辩论；经过这次辩论，佐里恩清楚地看到了珍和妻

①英国的谚语，意思是不要自找麻烦。

子的不同，珍是那么的积极面对，而伊莲则是消极对付。他甚至感受到了两个人几十年前为了菲利普·波辛尼身体那一场争夺战，至今还留下了些许的不快；那个时候消极的那一方可是占尽了上方的。

依珍看来，这么想方设法地隐瞒佐恩过去的事情，简直是愚蠢的行为，甚至可以说是胆怯。这完全是侥幸心理。

"亲爱的，"佐里恩温柔地说，"可是你也不能否认这也是现实生活的处世之道啊。"

"唉！父亲！"珍叫道，"她选择不告诉佐恩，你也要这么帮她吗？我觉得如果是你自己的话，你应该会告诉他的。"

"也许我真的会，但也只是因为我考虑到与其让他从别人的嘴里听到而产生更坏的影响，还不如我来告诉他。"

"那你为什么还要隐瞒着他呢？难道又是不要叫醒睡着的狗子吗？"

"亲爱的，"佐里恩说，"你要理解，我不能去那样违背伊莲的想法啊，好歹佐恩也是她的孩子啊。"

"佐恩也是你的孩子吧，"珍叫着，"男人的心和母亲的心是不一样的。"

"我觉得你是过于软弱了。"

"也许是吧。"佐里恩说。

辩论就这样不了了之。可是不把这件事说出来珍觉得实在是非常难受。这是她最不喜欢的处事风格。所以一定要解决掉这件事才可以，她一直在那苦思冥想，跃跃欲试。她怎么想都觉得这件事佐恩应该知道，这么做的话，就可能产生两个后果：一是他那含苞待放的感情瞬间被摧毁；二是产生不了任何影响，继续开花结果。她决定先去看看芙蕾，自己做一个判断。当珍决定去做一件事情的时候，冒失和分寸从来都不是她要考虑的首要问题。她好歹也算是索密斯的远房侄女了，而且又都那么喜欢画，所以去看看他也说得过去。那么首先要做的可能就是买一张鲍尔·波斯特的画，抑或是波立斯·斯特鲁摩洛斯基的雕刻，当然这件事情对父亲要坚决保密。一到星期日她就带着坚毅的表情出发了，不顾一路的艰辛，往索密斯的家赶去。她发现这边的乡下在六月的天里显得那么的可爱。连她看了都有一种感动在里边。因为她一生都不曾领略过婚姻的快乐，所以自然把这丰富的感情转嫁到了自然的风光之上。当她到达索密斯住的那个地方之后，她打发掉了她好不容易雇来的马车，因为她办完正事之后打算在这边享受一下自然风光。所以她自然地走到了索密斯家的大门口，把名片递了过去。她性格里一直就是这么认为的，如果你做一件事的时候感到无比兴奋，那么这件事肯定是有价值的。如果你感觉不到兴奋，那么证明你做的这件事再平常不过了，没什么值得骄傲的。在她被人带到客厅的时候，看着屋子的设计样式，虽然不是自己喜欢的风格，但是不可否认，却是极其漂亮的。她正在评论说"太讲究了——小玩意太多"的时候，她从一面旧漆框的镜子中看到了一个走过来的女孩。女孩身穿一件白衣服，还有几朵白玫瑰花在手上，是那么飘逸，十分梦幻，就像一个精灵。

"你好啊？"珍说，转过身来，"你的父亲是我的远房叔叔。"

"恩，我知道，咱们在那家糖果店见过的。"

"是的，和我弟弟。你父亲在家吗？"

"他出去散步了，应该马上就能回来了。"珍眯起她那双蓝色的眼睛，抬起自己坚定的下巴。

"你叫芙蕾，对吧？好丽跟我提起过你，你认为佐恩怎么样？"

女孩子摆弄着手中的白玫瑰，泰然自若的回答：

"挺好的。"

"他是不是和我或是好丽一点都不像？"

"是的。"

"她倒是很冷静。"珍心里想。

女孩子突然说道："我希望你告诉我咱们俩家到底发生了些什么。"

这个问题是珍劝了父亲好长时间去回答佐恩的，可是自己被问到的时候，却不知道怎么回答，可能是由于被女孩套话的原因吧。也可能是因为说起来容易，做起来却是很困难的。

"你知道。"女孩子说，"越是这么不告诉我们，我们越是会想尽办法去问，最后结果一样是我们都会知道。我父亲跟我说是为了争夺财产，可是这个原因说服不了我，因为我们两家的财产都不少，所以完全没有必要那么小市民气。"

珍的脸变得通红。用"小市民气"这样的形容词来形容自己的祖父和父亲，是她受不了的。"我祖父，"她说，"和我父亲都是很慷慨的，他们没有小市民气的。""那么较真干什么？"女孩子又问。珍感觉到这个年轻的福尔赛这是要刨根问底了，立马决定不能再让她往下问了，自己也应该套套她的话。

"那你为什么这么想知道呢？"

女孩子继续摆弄手中的玫瑰花："因为他们越是不告诉我，我越是想知道。"

"关于财产争执是没错的，但是你知道财产是有很多种的啊。"

"这么说来，我更要知道了。"珍的那张坚毅的小脸也不由得颤抖了一下。这场交锋，让她那藏在帽子下的小脸恢复了青春，看上去是那么的年轻。

"你知道，"她说，"那次咱们见面我是看到你把手帕丢掉的。你和佐恩有什么感情的纠葛吗？如果有的话，我劝你还是放弃的好。"

女孩子的脸色有些苍白，但还是笑了笑："就算真的有，也不是你让我放弃就能放弃的。"

珍听到芙蕾这么说，不由伸出手来："我很喜欢你，但是我并不喜欢你的父亲，一直没有喜欢过，这个可以直接告诉你。"

"告诉他这句话是你来这的目的吗？"

珍大笑："当然不是，我是专门来看你的。"

"那谢谢你了。"

这孩子倒是一点都不扭捏。

"我可是比你大很多的，"珍说，"但是我还是很为你们的处境担忧的。只可惜，我不能做主，所以我不能做什么。"

女孩子又笑了："我还以为你这是打算告诉我了呢。"

这孩子还真会见缝插针啊！

"这件事跟我没有什么关系。我来想想看，有什么办法解决。因为我还是认为你们应该知道这件事的。不过，现在先再见吧。"

"你不等着见见我父亲了吗？"

珍摇摇头："我想去河那边，怎么去呢？"

"我划船载你过去。"

"你记住，"珍说，人也有些冲动了，"这是我的住址，如果你有机会来伦敦，就来找我，在晚上我那儿会有很多像你一样的年轻人的。不过这件事就不要告诉你的父亲了。"

女孩子点点头。

珍就这样让她把自己送到河对岸去，心里想："她长得可真美，身材也好。真没想到，索密斯的女儿这么漂亮。佐恩他俩真是般配极了。"

可能由于珍自己没有体会过这种幸福，心中始终有些介意，这个时候就本能地产生了这种撮合的欲望。她就那么站在河边看着芙蕾把船划回去；女孩子放下一支桨和她招手道别，珍就懒洋洋地沿着河边向前走去，心里感到无比惆怅。年轻人互相追逐，就像蜻蜓一样飞来飞去，爱情就像日光一样温暖地照耀着他们。而她自己也年轻过，那时候她和飞力之间，就没有下文了。什么都没有留下，后来也始终没有找到真正称心如意的。也就因为这个自己的青春就那么过去了。如果说这两个人真的在所有人反对害怕的情况下相爱了，这是要遭遇多大的困难啊！那该是多大的麻烦和障碍啊！珍向来都觉得一个人想要争取的东西必定比别人没有争取的东西要珍贵得多，这件事算是把她内心那种积极争取和向往的情绪完全激发出来。她就这样漫步在河边，感受着温暖的阳光，一边欣赏着水中的莲花、岸边的杨柳和水中的鱼儿，一边往前走，感受着青草的香气，顺便思考着用一个什么样的方法能够对所有人最好。佐恩和芙蕾这两个家伙，也真够可怜的！羽翼未丰就碰到这样要命的事情！真是够可惜的，可是总会有办法的吧，不能任由事情往坏里发展了。就这样一直走到车站，也没想出什么好的办法，是既累又生气。

当天晚上，她还是一副行动派的样子，也因为她这个性格，好多人都对她避而远之。她和父亲说："父亲，我今天去看了小芙蕾。我觉得她很好，很招人疼。一直这么逃避他们的问题，也不是办法，你说是吗？"

佐里恩吓了一跳，放下手里的大麦汤，吃起面包来。

"你觉得你应该这么做吗？"他说，"难道说你不知道她是谁的女儿吗？咱能不能让过去的事情就那么过去，不要再提呢？"

佐里恩站起身来。

"有些事情是不能就那么过去的。"

珍说："就因为大多数人都想这样，所以才阻碍了人类幸福和美好的进步。父亲，你都跟这个时代脱节了。过去的那种想法不适合现在，再说，你怎么就认为如果佐恩知道了你们的事情，就会产生什么了不起的后果呢？现在的年轻人不会这样的。如果说现在的婚姻法还是和当初索密斯和伊莲不能离婚的时候一样，你这样做没错。可是现在都变了，时代进步了，没有了婚姻法的束缚，谁还会理会这些呢？结婚却不能离婚的时代已经过去了，那是一种蓄奴制度；而人和人是平等的，谁也不是谁的奴隶啊！即使伊莲违背了当初那不公平的法律，又有什么关系呢？"

"亲爱的，咱别再争论这个了，"佐里恩说，"不过我可以直接告诉你这是人的感情问题。"

"对啊，是感情问题，"珍大叫，"也是那两个年轻小东西的感情问题啊。"

"亲爱的，"佐里恩有些生气地说，"不许瞎说。"

"我没有啊。如果他们真的是真心相爱，难道就为了过去那些事，就把他们生生地拆散吗？"

"你没有亲身经历过那件事情。我也是通过伊莲的心情再加上自己的想象和思考，才渐渐明白了她的心情的。我想这也是感情专一的人才能体会得到的吧。"珍站起身来，有些彷徨。

"如果，"她突然说，"她是菲利普·波辛尼的女儿，我倒是可以体会一点你的心情，因为毕竟伊莲曾经爱过他，可是她从没爱过索密斯啊！"

佐里恩发出一声长叹——好像是意大利的农妇在驱赶骡子而发出的声音。他的心脏似乎突然跳得特别厉害，可是他不想去管，他已经完全被感情冲昏了头脑。

"这就是你想错了，珍。如果是那种有感情的结合我才不会在意呢，而且我也可以肯定，佐恩也不会。但是事情恰恰是相反的，那是一种残酷的结合，那是没有感情基础的结合，伊莲在他那就像被他买的奴隶一样被占有着，而芙蕾居然是这个人的女儿。这种痛楚是永远不能被磨灭的；你也别再说别的了，珍！如果他们两个真的在一起，那就等于眼睁睁地看着他跟过去霸占自己母亲的人紧密联系到一起。就是这么回事，没有必要再说什么。好了，我不说了，不然我就要失眠了。"他捂着自己的胸口，转过身去，专心眺望泰晤士河。

珍向来是不撞南墙不回头的，直到现在似乎才意识到事情的严重性。她走到父亲身边，挽住父亲的胳膊。就算是这样她也没有觉得自己是错的，父亲那样是对的，只是感到父亲的悲伤，似乎不能再说这个了。就这样默默地靠在父亲的肩膀上。

芙蕾送堂姐到河对岸之后，并没有上岸，而是划到了被阳光照耀的芦苇丛中。静谧的阳光使这个不怎么能够体会诗意境界的人儿也着了迷。在她面前的河岸那边，一匹灰色的马正拖着一架机器收割一片饲草田。她兴趣盎然地看着那些青草像瀑布一样被收割下来，看着是那么的新鲜凉爽。机器的运动声、青草的簌簌声和柳树与白杨树树叶的唰唰声、斑鸠的咕咕声，混合成了一首美妙的歌曲。水草像换色的水蛇一样在岸边的河流里扭动着身子；对岸的牛群站在树丛里慵懒地甩动着尾巴。这是美好的一天。她掏出佐恩写来的信——信上虽没有什么甜言蜜语，但是在叙述自己所见所闻中，无不透露着对自己的思念，最后落款是"你忠实的佐恩"。芙蕾的感情并不冲动，欲望也是那么集中和具体；要真说在这几个星期中，索密斯的这个女儿有什么诗意的话，那一定是她对佐恩的回忆。这些回忆弥漫在草色和花香里，渗透在潺潺的流水中。当她用心嗅着花香时，感受到的也是他。也许只有看到天空中的星星时，才能感受到自己和他在同一片蓝天之下；尤其是清晨，花园中附着露珠的蛛网上面那种独特的迷离而闪烁的景象，在她眼中简直就是佐恩的化身。

她一边读着佐恩寄来的信，一边注视着河流中那游过的一排白天鹅，天鹅母亲带着小天鹅，每一只小鹅中间都有那么一段距离，就好像是一队灰色的舰队。芙蕾把信收了起来，开始划桨，划到岸边上了岸。一边在草地上走，一边想着要不要把珍来过的事情告诉自己的父亲。如果自己不说，父亲从管家那获知的话，说不定还会奇怪自己为什么不告诉他。如果告诉他，说不定自己还能从父亲嘴里问出些什么，有了主意，芙蕾便走上大路去迎接他。

索密斯此次出去是为了一块地皮，因为当地政府想要在这块地上建造一所肺病疗养所。以前，索密斯完全是按照自己的意愿，从来不去过问这些事情的，如果地方上要征收什么税款，虽然税款是越来越多，但自己都是照交不误的。但是此次政府的计划直接影响到了自己的安全，所以不能像以前那样置之不理。因为这个建造地点离自己的家实在是太近了。他完全同意国家的这种做法，但是建到这个地方就不对了，应该挪远一些。他可以说是站在了所有真正福尔赛的立场上考虑问题，别人有什么毛病都和自己没有什么关系，自己也管不了，该管的是国家，不应该影响到自己财产上面的利益。弗兰茜，估计除了佐里恩之外，他是这一代福尔赛中精神最自由的一个了，有一次用她那习惯的口气问他："索密斯，你看到过福尔赛的名字出现在捐款簿上吗？"如果真的在这建造一所肺病疗养所，那肯定会使这个地方的身价有所下降，自己不能让它发生，所以一旦有人拟定反对这个计划的请愿书，自己肯定会签名的。他边走边打定了这个主意，不料一抬头正好看到自己的女儿朝自己走了过来。

芙蕾这些日子跟自己比较亲近，在这样的天气下平静地在乡下过日子，真是让人觉得自己都年轻了不少；安妮特好像总是那么忙，天天往伦敦跑，所以自己正好可以专心和芙蕾一起过安稳的日子。当然，小孟特差不多隔两天就要骑着他那摩托车来一次。他也已经把他那半截牙刷似的胡须剃掉了，再也不会觉得他跟一个江湖术士似的了！芙蕾的一个女友也住在家里，可能还有附近的小年轻人。每天晚饭之后，他们就双双在厅堂里跳舞，跟随着电钢琴奏出的弧步调音乐，十分欢乐。甚至安妮特兴致好的话，也会和他们一起跳跳。索密斯就常常待在客厅门口，看着自己的女儿微笑；然后再回到沙发上，看他的《泰晤士报》，或者看一些收藏家的价目表。他简直都要相信芙蕾已经忘了那个她想念的人了。

迎接到芙蕾的时候，他自然地把胳膊搭到了她的肩膀上。

"父亲，你猜谁来看过你？不过她已经走了。"

"别让我猜了，告诉我吧。"索密斯微微感到了一丝不安。

"你的远房侄女，珍·福尔赛。"

索密斯下意识地抓紧她的胳膊问道："她找我什么事啊？"

"不知道。不过在咱们两家有了宿怨之后，这应该算是一个好的突破吧。"

"宿怨？什么宿怨？"

"就是你认为和我们有仇的人啊，亲爱的。"索密斯放下她的胳膊暗暗思索道，"她这是要套自己的话，还是开玩笑啊？"

"我想她是来让我买画的吧。"他终于说了一句。

"也可能是因为家族感情啊。"

"她是远房亲戚，没什么家族感情的。"索密斯说。

"而且还是你仇人的女儿，对吧。"

"你这么说是什么意思？"

"对不起，亲爱的，这是我瞎猜的。"

"仇人！"索密斯重复一句，"这都是很久以前的事情了，你怎么会有这种想法？"

"珍·福尔赛告诉我的啊。"她灵机一动，猜测到如果父亲感觉自己已经知道或者知道了一部分的话，也许会告诉自己呢。

索密斯听了一惊。可是芙蕾还是有些低估他的警戒性了。

"既然你都知道了，还向我问什么啊？"他冷冷地说。

芙蕾知道自己有些弄巧成拙了。"我不是缠着你问，你都说了，有什么可问的呢？怎么就老想探听那个小秘密呢——不是我问，这是普罗芳德的话！"

"那个家伙！"索密斯恶狠狠地嘟囔了一句。

那个家伙在他们家确实扮演了一个重要却隐形的角色，因为他只来过那一次。自从那一个星期天芙蕾引起他对普罗芳德的注意之后，自己就时常思索这个人，而且每次都会想到安妮特；也没有什么特别的原因，只是觉得安妮特突然变得更漂亮了。自从那次事件之后索密斯那占有的本性也发生了变化；不再那么形式主义，也变得有些不露痕迹。就好比一个人注视着一条南美洲的河流，感受着那幽静宜人的景象，可是谁也不能确定他的心里是不是在想指不定哪里就有一条鳄鱼藏在泥沼里，完全不能察觉——此时的索密斯似乎也在俯视自己这条生命的河流，他似乎感受到了普罗芳德先生的存在，但是除了一点点的踪迹之外就再无其他了。现在的他基本上什么都不缺了，而且以他自己的性格来讲也应该很幸福和快乐的了。他的感官开始休息了；他的感情完全可以倾注在自己女儿身上；他的收藏很著名，也有很好的投资；除了肝脏有点问题之外，身体健康；而他也没有为自己死后的事情忧心过，因为他认为人都死了，就什么都没有了。就好比他的股票，如果只是为了看到一些以前看不到的东西，就减价的话，似乎有些荒谬了。芙蕾和普罗芳德先生的问题，他相信，只要自己愿意，肯定可以解决的。

　　就在那天晚上，芙蕾抓到了一个好机会。索密斯吃晚饭的时候，居然忘记拿手帕了，而又碰巧要用。

　　"我帮你去拿，父亲。"芙蕾说，然后就去父亲房间拿了。在她寻找父亲装手帕的香囊的时候，她发现这个旧香囊居然有两个口袋；手帕放在其中的一个口袋里，另一个口袋扣着，摸着里面有一个又硬又扁的东西。芙蕾一阵好奇，就把纽扣解开了。她看到一只镜框，里面有自己小时候的一张照片。她觉得很好玩，就来回地摸着自己的照片。照片在她的摩挲下居然滑了出来，她发现后面居然还有一张照片。她把自己的照片继续往下抹，看到了一个熟悉的脸，一个很漂亮的女子，身上穿着一件老式的衣服。她把自己的照片弄回原位，拿着手帕走下楼，她可以肯定，那就是佐恩的母亲！她感到一阵诧异，站在那里，思绪乱飞。难道是这么一回事，佐恩的父亲抢走了自己父亲喜欢的女子，说不定还用了不好的手段呢。感到自己脸色有些难堪，怕父亲有所察觉，所以就拼命地平复好心情，把绸手帕抖开，走进饭厅。

　　"父亲，我给你拿了一块最软的。"

　　"哼！"索密斯说，"我伤风的时候才用这样的呢！"

　　当天晚上，芙蕾躺在床上，想要根据自己了解的情形还原一个事实：她回想着那天在糖果店的时候父亲脸上的表情——很奇怪，有些生，有些熟，还有些古怪。她想父亲一定还很爱她吧，虽然别人娶了她，不然也不会一直保存着她的照片。这么分析着，一下子就想到了自己父母的关系。父亲应该没有爱过母亲吧，他爱的应该一直都是佐恩的母亲。如果真的是这样，自己的女儿爱上佐恩，他应该也不会太介意，让他熟悉一段时间就好了吧。想到这些，她心里似乎有了一点安慰。

3. 他们又碰面了

　　年轻人对年龄的增加一般感觉都比较迟钝。就拿佐恩来讲，他直到和母亲从西班牙回国，才体会到，父亲真的是老了。由于父亲殷切地盼望着他们的归来，所以，当他回家看到憔悴苍老的父亲，佐恩着实被吓了一跳。还记得见面时的情景，看着父亲那张由于过于激动有些变形的脸，那让苍老得让他有些怀疑的脸，佐恩感觉到，这段时间父亲应该是过得很冷清。为了不太感到内疚，他心想："这可是你们要我去的！"时下的年轻人，都不是那么恭顺老人的，幸亏佐恩不是那么时髦。父子俩一直都比较亲热；然而想到，父亲苦苦忍耐六个星期，就是为了在自己身上实现某种改观，而自己却决意不让这种改观发生，佐恩又觉得有些对不起父母。

　　"孩子，你对那个伟大的戈雅感觉如何？"他的良心因为父亲的这个问题，再次痛了一下。因为父亲不知道，自己之所以这么在乎那个所谓的"伟大的戈雅"，不过是因为他的某幅作品中有一张像极了芙蕾的面孔而已。

　　回家的当晚，他懊悔地上了床；可是早上醒来的时候，顿时充满了希望。今天才七月五号，和芙蕾的约会是在九号，还有好几天呢。他还有三天才回农场，所以，一定要想个法子和芙蕾见上一面！

　　成年绅士的生活中有一种亘古不变的需求，即需要不断地做新裤子，对此谁也不能拦挡。第二天，佐恩便打着做裤子的借口去了伦敦，先是去水道街的裁缝店定做了那种他所需要的东西，心里稍微平衡之后，便向毕卡第里大街走去。在那里，芙蕾的俱乐部所在的斯曹登街与德文郡大厦近在咫尺。虽然见到芙蕾的概率很小很小，但是他仍然满怀希望地向金融街走了过去，一路上看见很多衣着胜过自己的年轻人。他越看，越觉得自己比他们稚嫩得太多，也没有他们那样个性张扬，因此担心起来，生怕芙蕾把自己忘了。这么多天以来，他一直沉浸在对芙蕾的感情中，现在想想，芙蕾似乎没有什么喜欢自己的理由。他紧紧地闭着嘴巴，手里攥了一把汗水。芙蕾那么优秀，谁又能够配得上她呢？她的一个笑容，就能让万人为她倾倒。佐恩越想越觉得没有底气，但他又想了想，自己一定要有志气，要经得住考验才可以。所以，他继续鼓起勇气向前走，到了一家小古董店前。眼下，虽说是伦敦游赏宴饮的大好时节，可是街上却没什么不同，除了阳光格外明媚，偶尔能够看到一两个人戴着灰色的大礼帽。佐恩拐弯，走上了毕卡第里大街，正好碰到了要去伊希姆俱乐部的瓦尔·达尔提，他是该俱乐部的新会员。

"你好，年轻人！这是要去哪儿呀？"

佐恩的脸一下子变红了："我刚去了服装店。"

瓦尔来回打量了佐恩一番："是嘛，咱们先在这个店订购一点香烟，再一起去我的俱乐部吃中午饭吧。"

佐恩觉得不错，说不定还能知道一点关于芙蕾的消息呢！

就在这家烟丝店中，人们似乎对于报纸上和要人口中让人寝食难安的国情，似乎有着不一样的见解。"对的，先生。过去，令尊就经常在这里订购这种烟丝。天哪，我记得大概是从麦尔顿赢得大赛马会锦标①的那一年，蒙塔谷·达尔提先生就是我们这儿的主顾了。他可是小店的一位贵客呢。"烟丝店老板脸上浮现出丝丝笑意，"他每个星期估计都要抽上二百支这种香烟吧，而且脾气特别好，一直如此，也不换牌子，给我介绍了不少生意，还透露给我不少内幕消息，对他摔了那么一跤，我觉得非常遗憾，他真是让人怀念的一位老主顾。"

瓦尔笑了。估计他父亲应该是赊账最久的人吧，直到死了才算结束。他抽了一口父亲曾经抽了那么久的烟，烟雾中似乎又浮现出父亲的样子，黑黑的，有点胖，一辈子没有什么值得夸耀的除了在此赚点名气，每周抽那么多香烟，给大伙儿透露跑马内幕，并可以一直赊账，这些足以说明烟店掌柜对他的尊敬——也许，这也是瓦尔应该学习的地方吧！

"现金，"瓦尔说，"多少钱？"

"你是他的公子，还要付现金，那么只收十先令六便士好了。蒙塔古·达尔提先生给人的记忆永远那么深，在那时，他跟我可以站着聊上半小时，现在这种人基本没有了，大家都急火火的。大战之后，礼崩乐坏啊。你也参战了吧，我觉得。"

"没有，"瓦尔说，"我受了伤，所以才活到现在。佐恩，你要来点什么香烟不？"

佐恩一副不好意思的表情，低声说："你也知道，我不抽烟。"他看到老板的嘴唇微微撇了一下，不懂那意思是遗憾，还是认同。

---

①麦尔顿是一匹马的名字，大赛马会每年6月第一个星期三在爱普索姆举行，通常称为跑马日。

"嗯，"瓦尔说，"不抽要比抽好。除非你有什么心事，想尝试一点。这个烟丝跟我父亲买的一样吗？"

"当然，先生。不过行市涨了些，好在英国人还能承受得住，我们真了不起，我觉得。"

"这样的话，每个星期给我送一百支来吧，我住在这里，账目每月底我用支票结给你。佐恩，咱们走吧。"

带着十足的好奇心，佐恩来到了伊希姆俱乐部。以前他只跟父亲在什锦俱乐部吃过饭，就再也没有在伦敦进过其他的俱乐部了。乔治·福尔赛成了伊希姆俱乐部的理事，他那讲究的饮食也成了控制俱乐部的主因了，而且估计只要他是理事的一天，这个俱乐部就不会有什么大的改变。伊希姆俱乐部一直都反对暴发户的加入，为此乔治·福尔赛可是卖足了面子，经过多番保证才勉强使普罗芳德通过。

当他们两人走进餐室的时候，乔治和普罗芳德正在吃饭，乔治用手指招呼二人过去。瓦尔一副精神抖擞的样子，笑得很灿烂，佐恩则微微闭着嘴巴，一副害羞的表情，十分逗人。这张桌子似乎有些特殊的气氛存在，似乎老练的人更适合一些。在这种气氛之下，佐恩很受蛊惑。服务生穿着美国西部牧童的长牛皮裤，身材很瘦，态度很是恭敬。他似乎一心一意只在乎乔治·福尔赛的嘴唇，注视着他眼睛里面的快意，一丝不苟地看着他挥动着那些刻了俱乐部名字的银食器。这样使他那穿了制服的胳膊老是从佐恩面前经过，弄得他十分惊慌。

乔治和他只说了一句话"你祖父在品第雪茄烟上真是一个能手，他还教过我呢"，后来他们基本上都没和佐恩说过话，佐恩觉得挺庆幸。他们谈的全都是关于马的知识，他都在好奇一个人怎么能记住这么多的知识，这些都使他听得稀里糊涂。他尽量回避去看那个黄皮肤的老练的人。因为那个人说话阴阳怪气，实在不怎么招人喜欢。佐恩正好想到了蝴蝶，突然听见那人说：

"我倒是想看到索密斯·福尔赛先生迷上跑马！"

"那家伙实在没什么意思。"

佐恩尽量控制自己的情绪，而后听到那人继续说道：

"索密斯·福尔赛是有些古板，不过他的女儿倒是个动人的女孩。真期待他有一天能有点什么别的爱好。"

乔治·福尔赛笑了起来。

"你别瞎操心，他可不是看上去那么不开心的。他只不过是怕别人把使他快乐的东西拿走，所以轻易不敢表露出来。他也算是一朝被蛇咬，十年怕井绳啦。"

"佐恩，"瓦尔慌忙地说，"吃完了，咱就去喝点咖啡吧。"

"他们是谁啊？"佐恩边走边问。

"老乔治·福尔赛是你父亲和我舅舅索密斯的堂弟，他最初就是这里的会员。另外那个普罗芳德是个怪胎，跟你说吧，他在打索密斯老婆的主意！"

佐恩看了看他，吓了一跳说："这也太叫人难堪了吧！"他说："我是说芙蕾会难堪吧！"

"你怎么知道芙蕾在乎这些呢，她可是一个时髦的女孩呢。"

"那可是她母亲啊！"

"佐恩，你经验太少啦。"

佐恩脸红了。"母亲跟别人是不一样的。"他争辩道。

"你说得对，"瓦尔突然说，"可是这个时代已经变了，不再像过去那样了。现在人们觉得天天都是末日，老乔治说到索密斯舅舅也就是这个意思。可他偏不肯承认明天就是末日。"

　　佐恩抓住机会问道："我们两家到底有什么矛盾啊？"

　　"这是秘密，佐恩。听我的，以后也不要再问了，这对你没好处。想不想喝甜酒？"佐恩摇摇头。

　　"我就讨厌你们这种人，什么都不跟人家说，还在那笑话我缺乏经验。"佐恩说。

　　"你可以去问问好丽，如果她也不告诉你，那你就该相信我们是为了你好了。"

　　佐恩站起来："好了，我走了，谢谢你请我吃饭。"

　　瓦尔冲他笑了笑，有点小小的过意不去，又觉得挺好笑的。这孩子是在这胡思乱想呢。

　　"嗯，好。那星期五见。"

　　"不好说什么时候呢。"佐恩说。

　　他就是不确定。被人隐瞒的感觉真不好，每个人都把他当成三岁的孩子，丢脸死了。他郁闷地向芙蕾的俱乐部走去，结果让他失望了，芙蕾不在这。不过他们说，芙蕾周一常常会过来，说不定一会就过来了，于是佐恩决定一会再来一次。所以就去了格林公园，在一棵小菩提树下躺了下来。阳光很好，微风拂面。可是他就是不开心。他觉得自己的幸福就像被什么笼罩着，看不到光明。他听见远处的钟声敲响了三次，他的心也随着钟声跳动。于是他拿出一张纸，快速写下一节诗，正在想着另一段怎么写的时候，突然感觉有什么东西碰了自己的肩膀，抬头一看，是芙蕾撑了一把绿色的伞看着自己！

"他们说你来找我，而且晚点还会过来，我就猜你可能在公园里，运气真好，一下子就找到你了！"

"芙蕾！我还以为你把我忘了呢。"

"我可是答应过不会的啊。"佐恩一把抓住芙蕾的胳膊。

"运气真好，咱们离开这吧。"

他几乎是半拖着芙蕾离开那，找了一个隐蔽点的地方，拉着芙蕾的手，坐了下来。

"这段时间，有没有别人追求你啊？"他问，有些着急地打量着她。

"是有个小蠢货，不过没什么。"佐恩突然对这个小蠢货产生了一丝怜悯之情。

"在西班牙我中暑了，不过没告诉你。"

"真的吗，中暑好玩吗？"

"一点不好，母亲照顾了我好几天，你有遇到什么事吗？"

"没有。不过我好像知道咱两家的矛盾了，佐恩。"

他的心怦怦地跳起来。

"我觉得好像是我父亲也喜欢你的母亲，但是被你父亲娶了。"

"哦！"

"因为我在我照片的后面发现了你母亲的照片，我觉得如果我父亲特别喜欢你的母亲，那么对这件事他应该会很生气的，你说对吧？"

佐恩思考了一下："如果说我母亲不喜欢你父亲的话，应该不会的。"

"可是如果他们先订了婚呢？"

"假如说咱们订了婚，你却发现你更爱别人。那么我可能会气疯，但是不会恨你。"

"如果是我的话，我会。所以佐恩，你不能这么对我。"

"我肯定不会的！我觉得你父亲应该不是那么爱我母亲的。"佐恩默然。他突然想起瓦尔和那两个人的谈话！

"你也想知道到底是怎么回事吧，"芙蕾继续说，"也许是他受了什么打击，也许是她很对不起他吧。"

"我母亲不会的。"

芙蕾不置可否："我觉得我们还是不怎么了解自己的父母。我们习惯性地从他们对待我们的态度，分析他们的处事原则。可是我们忘了，在我们还没有出生之前，他们可是已经生活了很长时间的了。而且现在他们都老了，你看你父亲都有三房儿女了呢！"

"怎么才能找一个我们可以单独在一起地方啊？"佐恩大声喊叫。

"有一辆出租车就可以了。"

"那我们去叫一部。"

两个人叫了车，芙蕾突然说：

"你回罗宾山吗？我想看看你住的地方，我可以住到我姑姑那。你放心，我不会去你家的。"

佐恩满心欢喜地看着她。

"太好了！我可以指给你看我住在哪个房子里面，而且不会碰到别人。四点的时候有一班火车。"

几乎所有的福尔赛人还都保持着和工人阶级一样的工作时间，

每天差不多要工作七小时，所以当芙蕾和佐恩乘坐这趟四点的车去罗宾山的时候，车厢里几乎空空如也，他们二人沉浸在极度幸福的感觉里，默默地握着对方的手，深情款款地注视着彼此。

出站后除了碰到一些脚夫和一两个陌生的乡下人，就再也没有遇到其他的人了；两个人一路走来，鼻子中充满了夹杂着些许尘土气息的花朵的香气。

对于佐恩来讲，现在终于可以放下悬着已久的心了，两个人现在可以放心地在一起——这可比前两次在高原和泰晤士河的时候感觉好多了，更加快意，感觉更像个奇迹。这仿佛是在雾中的爱情，那么的灿烂与辉煌，一颦一笑、一点一滴都仿佛是童话故事中那般美好，没有烦恼，那么幸福，而这种幸福也整整持续了三十七分钟。他们走到小树林的时候正赶上挤牛奶，佐恩不打算带着芙蕾去农场那边，走到能看到那片田野和田野中的花园以及他们住的大房子就好了。两个人就这样慢悠悠地走着，享受着幸福的感觉，直到他们在小路的拐弯处突然看到伊莲坐在一棵老断株座位上为止。

人们受到震惊之后的表现往往是不一样的：有的体现在脊椎骨上；有的体现在神经上；有的则是体现在道德感受上；而最严重的应该是在个人尊严上了。恰好这就是当佐恩见到自己母亲时的感受。他突然觉得自己这么做非常不检点，就这么把芙蕾堂而皇之地带了过来——越想这种感觉就越强烈，弄得自己满心羞愧，但是他只能尽力伪装出一副厚脸皮的样子。

芙蕾脸上带着微笑，有点挑衅的样子，佐恩母亲的震惊很快被不介意和娴雅神气代替了。她倒是第一个开口的那个人：

"见到你真高兴。佐恩还挺不错的，知道带你来我们这。"

"我们并没有想去大房子的，"佐恩脱口而出，"原本只是想让芙蕾看看我住的地方而已。"

他的母亲平静地说：

"来大房子喝杯茶吧，好吗？"

佐恩此时正在懊恼自己怎么说出那么没有教养的话呢，就听到芙蕾回答母亲说："谢谢了，但是我要赶回去吃饭的，就不过去了。我俩偶然碰到，就觉得来看看他住的地方应该挺有意思的，所以就过来了。"

她表现得真是极其镇静！

"即便是这样，你还是来喝杯茶吧。没事的，待会我会找车送你去车站的，不会耽误你回去吃饭。我想我丈夫见到你也会很开心的。"

他看到母亲的眼神沮丧得不得了。然后就是母亲和芙蕾走在前面，自己像个小孩子似的跟在她们两人的身后，听着她们谈这谈那，谈到了西班牙，谈到了旺斯顿，也谈到了他们住的那座大房子。他仔细打量着两个人，发现她们避开了彼此的目光，他就这么看着这个世界上自己最爱的两个人。

他看到父亲就那么坐在那棵橡树的下边。人很老也很瘦，跷着大腿，但是特别整洁，这让他忍不住在想自己在这么安详的一个人眼中应该是很丢人的，即便没有走到跟前，自己仿佛都感觉到了他笑容中的轻微揶揄了。

"佐里恩，这位是芙蕾·福尔赛；佐恩带她来看我们住的房子。她还要赶回去呢，我们现在就吃茶吧。佐恩，你去关照他们备茶，顺便打电话叫德列更旅馆派车过来一会送芙蕾去车站。"

自己走开，把芙蕾一个人丢给父母似乎不太好，可是这似乎又是下策中的上策了；所以他懊恼自己不能跟芙蕾单独在一起，懊恼怎么没早早说好下次约会的事宜的同时跑向了他们的大房子！当他和女用人一起回来的时候，橡树底下看上去是那么的自然，丝毫没有尴尬的气氛，仿佛尴尬只是停留在他的内心，可即使是这样，他内心的尴尬也没有丝毫减少的迹象。他听到他们正在谈论科克街那边的画店。

　　"我们这个年纪的人都过时了，"他父亲正在说，"真的很想知道我们为什么就是欣赏不了所谓时下流行的这些新的绘画，你和佐恩一定给我好好说说。"

　　"现在的这些新的绘画，一般都是带有讽刺意味的，对吧？"芙蕾说。

　　他看见父亲笑了笑。

　　"讽刺？哦！应该不只如此吧，佐恩，你觉得呢？"

　　"我不懂这些。"佐恩那支支吾吾的样子，让他父亲感到一些不高兴。

　　"现在的年轻人对我们和我们以前推崇的一些东西都已经厌烦了。将他们斩首，他们说——是打掉他们的偶像！他们想要我们回到空无。而且，真的是这么做的！佐恩是个诗人。他也会弄一些新诗，把我们仅剩的一些东西踏在地上。财产、美、感情全都不许有，就连自己的心情都受到了限制。因为这些都是空无的障碍，所以不许有。"

　　佐恩听得稀里糊涂，觉得父亲这话似乎很有哲理，可是自己又不明白，这使他感觉很不痛快。他觉得他从来没有把他们的什么东西踏在地上啊!

"今天的神就是空无，"他父亲继续说，"我们似乎正在回到六七十年前俄国人起初提倡虚无主义的时代。"

"不是这样的，父亲，"佐恩突然叫出来，"我们年轻人，只不过是想要生活，却不知道怎么生活而已，可能是过去对我们的生活有一些阻碍，仅此而已！"

"天哪，"佐里恩说，"你说的这话很有道理，是你自己想出来的吗？过去的一切、旧的占有、旧的情感以及这些产生的后果。我们来抽支香烟吧。"

佐恩拿起香烟，仿佛注意到母亲的手快速碰了一下嘴唇，就像什么话被堵回去了一样。他帮父亲、芙蕾点上香烟，同时自己也拿了一根。突然想起了瓦尔的话，难道自己真的受了什么打击了吗?他似乎喜欢上了鼻子里的那种感觉，抽烟时带给自己的那种平等的感觉。终于觉得自己仿佛长大了一点。

芙蕾抬起手看了看表，随后站起身来。她和他母亲一起走进屋。他则和父亲一起抽着香烟。

"你送她上车吧，佐恩，"佐里恩说，"送走她之后，告诉你母亲我找她。"

佐恩起身走开，在厅堂里等着母亲和芙蕾。他把芙蕾送上车，几乎连讲一句话的机会都没有。当天晚上，他都在等着父母找他谈话，可是结果，他们就跟没事人一样，什么也没有说。他上楼去，站在穿衣镜面前，看着自己和镜子里的他，两个人沉默着，可是看上去又都是心事重重的。

4. 在格林街上

在别人的印象中，普罗斯伯·普罗芳德是危险人物，造成这种印象可能是因为他准备把梅弗莱牝驹送给瓦尔，也可能是因为芙蕾说的那句"他就好似米甸人的军队——到处在探头探脑"①。也有可能是他问了杰克·卡迪更的那句荒谬的话"为什么要保持健康，有什么作用呢"，也或许就是因为他不是本国人，也就是现在流行说的异族造成的呢？这些都没法确定。但是能确定的是，最近安妮特看上去非常美丽，他买了索密斯的一张画后，索密斯却把支票撕碎了，最后，普罗芳德先生说："我在福尔赛先生那里买了一张非常小，但是没有拿到手的油画。"

即使普罗芳德先生遭受着外界的诸多猜测和怀疑，他依然经常去那栋在格林街散发着青春气息的小房子——威尼弗列德的房子；他的身上流露出一种亲切的、笨拙的感觉来，谁都分得清楚笨拙和天真。但是说到天真，在普罗斯伯·普罗芳德的身上几乎是见不到踪迹的。威尼弗列德依然认为他"非常有趣"，还经常给他送个便条："过来吧，和我们一起乐呵乐呵"——"乐呵乐呵"是当下流行的话，在威尼弗列德看来，没有什么能比与当时的流行同步更加重要的事情了。

大家都认为他浑身被一种神秘光环所包围着：这是因为不管他做什么，见到什么，听到什么，知晓什么，他总是一副无所谓的态度——万事皆空，这是反常的。威尼弗列德对于这种英国式的幻

---

①引自J·M·奈尔的赞美诗："基督徒，可看见他们。在圣洁的土上，那些米甸人的军队，到处在探头探脑。"

灭并不陌生，她也是时下流行的社交圈里的一员，在这个圈子里，英国式的幻灭是一种身份的象征，人们能从这种幻灭中得到一些东西。但现在看来，他的想法和英国式幻灭还是有区别的，他不仅仅把它当成某种标志，而且认为所有事情的本质都是空的，那这就不是英国式的幻想了，就算它不会形成真正的坏风气，但也会让人的心里滋生出不安的感觉来。这就像是大战后我们的心情盘踞在帝国式的大椅子上——黄皮肤、沉重的身体、微笑而冷淡，俯视我们。这种心情通过一张淡红色的有一小撮魔鬼式的胡子的厚嘴唇说了出来。就如杰克·卡迪更所说的——代表了大多数英国人的性格——"有点极端了"，因为就算真的没有任何事情让人产生兴趣的话，少他还能去打球，打球能引起人的兴趣！威尼弗列德原本就流着福尔赛家族的血液，即便是她，也认为这种幻灭的想法是不应该有的。实际的情况是，这个国家总是把这种情况巧妙地掩盖起来，而普罗芳德先生来到这个国家后，没有意识到这一点，他的这种幻灭只是表现得太过明显而已。

那天夜晚，芙蕾匆忙从罗宾山赶回来，在下楼准备吃晚饭时，看到普罗芳德先生正站在威尼弗列德家客厅的窗口，看着窗外的格林街，表情茫然、呆滞。芙蕾也马上把眼睛瞪得大大地看着壁炉。她的样子就好像看到了壁炉里那一堆并不存在的炉火。

普罗芳德先生离开窗口，走了过来，他身着盛装，外面套了一件白色背心，还有朵白色的小花插在领子的纽扣孔里。

"你好啊，福尔赛小姐，"他说，"很高兴见到你。福尔赛先生呢？他好吗？我还想着今天他的心情会好一点，他看上去很烦恼的样子。"

"你这样认为？"芙蕾简短地反问了一句。

"非常烦心。"普罗芳德先生再强调了一次。

突然，芙蕾猛地转过身来说："想知道怎样才能让他快乐吗？"这时她心里冒出了一句话"就是听到你滚蛋的消息"，但是看着他脸上的表情，这句话又被咽了回去。普罗芳德露出了他全部的牙齿。

"今天我在俱乐部听说了他以前的一些事情。"

芙蕾惊讶了："你说什么，什么意思？"

普罗芳德先生甩了甩被自己打理得油光光的头，好像要让自己的语气平静一些。

"那时你还没出生，"他说，"只是一件小事情罢了。"

虽然芙蕾很清楚他想岔开是他引起她父亲烦恼这个话题，但是她又抑制不住自己的好奇心。"你听说什么了？告诉我。"

"难道！"普罗芳德先生试探地说，"这些事情，我想你全部都知道。"

"我知道得不是很详细。而且我想看看你听到的有什么不一样的地方。"

"他的第一任妻子。"普罗芳德先生小声地说道。

"他只结过一次婚"这句话，芙蕾差点脱口而出，又给咽了回去，换了一句："她怎么啦？"

"乔治·福尔赛先生跟我说，你父亲的第一任妻子后来跟他的堂兄佐里恩结婚了，我觉得，这确实让人感觉有点不愉快。他们生的那个男孩，我也见到了——是个挺不错的孩子！"

芙蕾往上看了一眼。普罗芳德先生就像个魔鬼一样，在她面前晃来晃去。就因为这个原因，她使出了吃奶的力气，才让这个面前的人停止晃动。她不知道他发现没有。就在这时，威尼弗列德进来了。

"啊！你们都在啊！今天我和伊莫金去婴儿义卖会了，度过了一个愉快的下午！"

"婴儿？"芙蕾心不在焉地问。

"'解救婴儿'的义卖活动。亲爱的，一块洪水时期前的旧亚美尼亚的织锦被我买到了，超划算的价格。普罗芳德，我需要你帮我鉴定一下真假。"

"姑姑。"芙蕾突然低声说道。

威尼弗列德察觉到她的声音有点异常，走到她旁边。

"怎么啦？你不舒服吗？"

普罗芳德先生早就走到了窗口那边，不大可能听到她们说话了。

"姑姑，他……他跟我说，父亲之前就已经结过一次婚。说她和父亲离婚之后，就和佐恩·福尔赛的父亲结了婚，这些都是真的吗？"

威尼弗列德已经当了四个小达尔提的母亲，但是这一生中没有什么时候比此刻更让她感到尴尬的。芙蕾的脸色煞白，眼睛充满哀愁，还有那竭力克制的低沉的说话声音。

"你父亲不想告诉你这些，"她说，努力让自己镇定下来，"天下没有不透风的墙，我经常跟他说应该告诉你。"

"哦。"芙蕾应道，然后不再说话了，威尼弗列德忍不住拍了拍她的肩膀——坚强而美丽的小肩膀，多么洁白啊！她一见到自己的侄女总会情不自禁地多看两眼，或者像现在这样拍拍她的肩膀，她肯定会结婚的——只是不能和佐恩那个孩子结婚。

"这些事情我们很多年前就扔一边去了，"她悠悠地说，"来吃晚饭吧！"

"我不吃了，姑姑。我有些不舒服。我想去楼上，可以吗？"

"亲爱的，"威尼弗列德低声说，她有点为芙蕾担心，"你不要太在意这件事，并且你还小呢，交际的事过几年再说。而且那个男孩的年龄也不大！"

"什么男孩子啊？我就是有点头疼。而且今天晚上我可真受不了那个男人。"

"好，好，"威尼弗列德连声说，"你去楼上休息一下。我去找点头痛药，一会让人拿给你，关于普罗芳德先生我会和他谈谈。这些事情可轮不到他来说三道四！但是我觉得，这事你还是知道比较好。"

芙蕾笑了一下。"的确。"她说，然后就出去了。

上楼时，芙蕾一直感觉头晕，喉咙有点干哑，她的心因为害怕而剧烈跳动着，迄今为止，她还没有体验过害怕失去心爱东西的滋味，今天下午的时光是那么绮丽多姿，且给了她从未有过的强烈感受，但是，今天晚上这个残酷至极的发现才真的让她头疼不已，难怪她父亲要在她的照片后面放着那张照片——不好意思地留着那张照片！他怎么能够在恨着佐恩母亲的同时，还把她的照片保留下来呢？她有些烦躁地压住额头，希望能把这个事情搞清楚。他们和佐恩说过这件事了吗？她这次去罗宾山了，能不能迫使他们跟佐恩说这件事呢？是成是败都看这个了！她已经知道了，他们全部都知道了，或许，只有佐恩还被蒙在鼓里！

她在房间里不停地踱着，牙齿紧紧地咬着嘴唇，拼命想办法。

佐恩是爱他母亲的。假如他知道了这一切，他会怎么做呢？她想不出来。但是假设他还不知道，他的父母还没有和他说呢，她能不能——在他还不知道时——把他弄到手，和他结婚呢？她努力地回想着今天下午在罗宾山的一些事情。他母亲的神情那么平静，有着一双深褐色的眼睛，一头花白的头发，脸上带着适宜的微笑，这种态度让她有点困惑；他的父亲面容瘦削，微微带着一点揶揄的样子，但是也非常和蔼可亲。她的直觉告诉她，直到现在佐恩的父母都不会说的，因为一旦佐恩知道了，他会非常难过，他们会不忍心的。

她必须提醒一下威尼弗列德，不要把自己已经知道这件事让她父亲知晓。只要他们认为她和佐恩都还蒙在鼓里，就有一丝希望——她就能够假装自己还不知道，该怎么做还怎么做，得到自己想要的东西。但是她现在痛苦的是没有任何人帮她，所有人都站在她的对立面，所有人都在反对她！就像佐恩说的——他和她只是希望能一起过日子，但是，这个他们从没有参与，也不曾了解的过去，却成了他们现在的障碍！唉！这事为什么摊在他们身上！突然她想到了珍，珍会给予她帮助吗？不知怎么回事，她觉得对于他们相爱的事，珍好像很同情，并且也不希望过去来阻碍他们。随即，她又意识到："我也不会告诉珍的。我有点害怕。我一定要和佐恩在一起，与所有反对我们的人抗争。"

用人上来了，端来了一盘汤，还有威尼弗列德最宝贝的头痛片。芙蕾把这些都送进了肚子里。过了一会，威尼弗列德来看她，于是芙蕾用这些话展开了她的抗争之路：

"你明白的，姑姑，我不希望别人以为我爱上了佐恩。并且，奇怪的是，我都没怎么见他！"

尽管威尼弗列德经历了许多事情，但却算不上"精明"，听芙蕾这样说，她放心不少。当然，威尼弗列德知道，家里发生的这些事毕竟不光彩，芙蕾听到后也不开心，因此她尽可能地把这件事情说得简单些；她的母亲是个养尊处优的人，父亲则比较敏感，她在这样的家庭长大，后来又和蒙塔台·达尔提一起生活多年，所以，由她来讲这些是最适合不过的了。她的这一段叙述非常简单明了。一次车祸夺走了一个年轻人的生命，然后她就与芙蕾的父亲分开了。几年之后，他们本来可以和好的，但是她却和他们的堂兄佐里恩好上了；这样，她父亲就不得不跟她离婚。现在这件事情除了家里的那些人，已经没人会记得了。或许这样的结局更好一些；她父亲有了芙蕾这个女儿；而佐里恩和伊莲生活得也很好，还生了一个挺棒的孩子。"瓦尔和好丽也结了婚，你瞧，这也可以说是一个弥补吧？"安慰完芙蕾，威尼弗列德拍了拍侄女的肩膀，想着："这个小东西非常坚强呢！"然后她又下了楼，去找普罗斯伯·普罗芳德；尽管普罗芳德莽撞行事，说话不分轻重，不过今天晚上可确实"有意思"！

　　威尼弗列德离开后，头痛片的药效来了，再加上精神的影响，芙蕾有几分钟像在梦里，过了一会才有了现实感。在她姑姑描述的这件事里，将所有的关键信息都删掉了——没有了爱与恨的纠葛，没有了深爱的人那种不能原谅的心情，因为对于人生，她知道得太少了，并且也才刚刚触碰到"爱"的边缘。但是她也同时知道事实就是事实，这与人的心情没有任何关系，就好像钱币和用它购买的面包一样没有关系。她想："我可怜的父亲和我，还有佐恩，也是多么的可怜！但是我管不了这些，我一定要和他在一起！"她房间里的炉火已经熄了，从窗户看见"那个人"出了大门，鬼鬼祟祟地走了。假设他和母亲——这会对她造成多大的影响呢？她敢肯定，父亲肯定会把她紧紧地抱在怀里，最后也肯定会满足她的要求，至于她瞒着他做的那些事，他也会选择妥协。

芙蕾的窗口有一些养着花的木箱子，她抓了把箱里的泥土，用最大的力气扔向那个逐渐消失的身影。虽然没扔着，但她心里好受多了。

格林街飘过来一阵微风，没有香味，只有一股汽油味[①]。

5. 一位福尔赛的事务

索密斯来到商业区，忙完了一天的事，原本想到格林街上瞧瞧的，顺道把芙蕾接回家去，没预料到，这让他想到了许多事情。现在他在库斯科特、金生、福尔赛法律事务所，虽然只挂着名，很少来商业区，不过在事务所内，仍然给他留了一个单独的房间，并且对福尔赛家的事务，事务所专门配备了一个专职和一个兼职的职员去打理。现在正是出售房产的最好时机，因此财产上会有很大的变动。目前，索密斯正出售的那些房产是他父亲和他四叔罗杰的，还有五叔尼古拉的一部分。他在所有有关金钱的事情上，那是非常精明而且正直的，所以，对于这些委托，他有点像个专制的皇帝。一旦索密斯决定了，其他人最好不要再提意见了。那些不善经营的福尔赛第三代及第四代就指望着他来管理家族的财产了。他的那些委托人，像堂弟罗杰和尼古拉，堂妹夫特威第曼和司宾德，还有妹妹席西莉的丈夫，都是非常相信他的；他把字签了之后，别人再跟着

[①]普罗芳德的摩托车启动时发出的汽油味。

把字签了就行，这样没有人会亏本。到目前为止他们已经挣了很多钱，索密斯也意识到，有些委托已经没有必要再继续了，他尚能代管的，就只有那些符合时代潮流的金边产业的收入了。

穿过商业区的繁华地段，走向伦敦市最偏僻安静的地方时，他不由得思考起来。现在银根紧缩，社会风气却非常不好！这些全部是大战的后遗症。银行不愿意拿钱出来，违约的情况比比皆是。现在，所有人都是一样的想法、一样的态度，但他和他们想法不一样。现在，在人们看来，似乎国家早晚会进入一个全民皆赌的时期，那时大家都将破产。值得庆幸的是，不管是他，还是他的那些委托人的资产，都不会受到明显影响，除非受充公的和征收可怕的资本税那些政策的影响。一想到这些，他总算得到了些许安慰。如果一定得说起索密斯的信仰来，那就是他口中的"英国人的常识"——换句话说就是占有的能力，当这个办法行不通时，他则会另觅他径。他可以跟他的父亲詹姆士一样——说他也不知未来将会如何，但对于事情的走向，他心里是有底的。只要是他能做主的事情就不会超出他的预料，而且说到底，他也只不过是普通的英国人中的一分子，与别人一样，会把自己的资产紧紧地、悄无声息地攥着，他相信，除非等价交换，没有人会真正丢弃手中的财产。在物质事情上他的想法总是更偏向平衡，并且他对于国内经济情况非常了解，他的分析——当今社会的组成结构——还算是合理的、无可挑剔的。就以他为例吧！他非常有钱，但这对别人有什么害处吗？他不可能一天吃十顿饭，饭量也不比穷人大，可能比穷人还小呢。他也没有把钱胡乱挥霍，也没有比旁人多呼吸了空气，比起技工或脚夫来，他用的水也一样多。当然他拥有很多好东西，但是这些好东西在制造过程中提供了很多的工作机会，这样就为人们提供了工作，并且人们生产出来这些好东西总得有人消费。他购买画作，其实就是一种对艺术的支持。换句话说，他就是一个渠道，一个货币流通和雇佣劳力的渠道。这有什么值得反对的呢？无论是从流通的速度，还是流通带来的益处来看，钱币在他的手里，比起在国家，或者是在那愚蠢的、搜刮民脂民膏的贪官污吏手中都要好得多。而他历年存下来的积蓄，也和那些开销出去的钱一样在流通着，也购买了水利局或者市政公司的公债证券，或者是用在真正需要的地方。他这样做完全是在无偿地为国家服务——担任自己或者他人钱财的委托人。私人财富的持有者是不拿薪水的——这就是不同意国有化的全部原因，而这种做法却在不断地加速金钱的流通。一旦国有化，情况会正好相反！在这样一个官僚主义无处不在，危害了很多人生活的国家里，他认为自己的理由是很充足的。

后街非常僻静，当他走进那里时，他想起了托拉斯和联合企业，他对他们在市场上无所不用其极地将各种各样的货品囤积起来，尽可能地抬升物价的行为，感到非常愤怒。这些坏蛋！他们滥用个人主义经济体系，其目的就是搅得天下大乱；如今他们总算是遭到报应了，这也算得上是好消息了。不然，整个经济局面都无法收拾，他们也会深陷其中。

在后街右边的一所房子里，一层和二层都是库司科特、金生、福尔赛法律事务所的办公室；索密斯一边往自己的办公室走，一边想：

"这个房子应该重新漆一遍。"

在他的办公室里，专职员工格拉德曼仍然在老地方坐着，旁边是一张有着无数个小格子的大橱柜。在他身旁站着的是那个兼职的职员，他的手里拿着一张清单，是一张记录了出售属于罗杰·福尔赛产业的布瑞安斯顿广场的一所房子后的一些款项清单。索密斯接过清单，说道：

"哼！今天跌了，温哥华城股票！"

老格拉德曼哑着嗓子，粗声粗气地顺着他说：

"是——这样的。不过，索密斯先生，现在所有的东西都跌了。"兼职的职员离开了房间。

索密斯把手里的那张清单与其他的单子放在一起后，摘掉了帽子挂好。

"格拉德曼，把我的遗嘱和结婚赠予书拿来，我要看看。"

老格拉德曼用力地把转椅扭转过去，从左边最底下的抽屉里拿出了两张纸来。由于弯腰过度，抬起头时，有着一头花白头发的老格拉德曼已经满脸通红。

"先生，这两张是副本。"

索密斯接到手里。他突然冒出了一个奇怪的想法，他想起了一只用来看守憩园、又高又大的虎纹狗，那只狗总是让他们用链条拴着；直到有一天，芙蕾跑进憩园，闹着一定要把狗的链条给取下来，但是，刚摘下链条，那只狗就把厨子给咬伤了，然后，他们就把狗打死了，格拉德曼跟那只狗是多么的相似啊。假如他的链子被取下来了，他会不会也会去咬"厨子"呢？

他明白，这个想法实在是太无聊了，只好努力遏止这种杂念的干扰。同时打开了他的结婚赠予书。那一年，他父亲去世了，而芙蕾在那年降生，他修改了遗嘱，然后就把它束之高阁，估计有十八年都没有再看看它了。他只是想确认一下遗嘱中有没有那句"在确保有丈夫身份保障的法律前提下"。没错，这句话在里面，多么奇怪的句子，一旦你想起它就会联想到这个词可能来自养马术语！只要她一直做他的妻子，并且在未来守寡时保持贞洁，他就会给予她一万五千镑的利息收入（包括所得税在内）。虽然写的文字已经不时新了，但意思却表达得很明确，用这些条款来约束芙蕾母亲的行为，使她不要太出格。在遗嘱中，他又用相同的条件做前提，给了她足足一千镑的年金。没错！他把这两张纸又重新递给了格拉德曼，格拉德曼又把椅子转过去，把接过来的副本放在了之前的抽屉里，之后继续算账。

"格拉德曼！对于目前的局势，我很不看好。很多人就连最起码的常识都没有。我要想个万全之策，以便让芙蕾小姐不受到任何可能出现的伤害。"

格拉德曼在吸墨纸上标记了个数字"2"[1]。

"是——这样啊，"他说，"风气非常不好。"

"普通限制期前处分[2]这个条款，在这是起不了什么作用的。"

"是——这样啊。"格拉德曼说。

"如果是工党的那些人，或者比他们更无能的人掌了权！那这些人就相当的危险了。你瞧瞧爱尔兰[3]！"

"恩！"格拉德曼说。

"如果我现在立刻给她一笔赠予，并且我是终身受益人，那么他们扣除利息之后，就再不能从我这拿走什么了，除非他们把法律

---

①他时常标记数字，是为了在算账的时候别忘记。
②指对附有期限的遗产或遗赠财产未到期的处分（或设定债权）。
③爱尔兰的独立运动。

改了。"

格拉德曼笑着移动了一下他的头。

"啊！"他说，"这可不是他们的风格！"

"我不确定，"索密斯压低了声音说，"对他们，我没法信任。"

"先生，要免除遗产税的话，还要过两年才行。"[①]

两年！索密斯嗤之以鼻。他才六十五岁啊！

"这没关系。你写一份赠予书，把我的所有资产平均分配给芙蕾小姐的后代，财产的收入首先是我终身拥有财产出息，我去世之后就由芙蕾小姐终身拥有财产出息，不过不享有期前处理权，还要加上一条：假设需要动用终身出息的，这些出息就由委托人来管理，这时就让委托人决定这些出息用在什么地方，以使她更加受益。"

格拉德曼粗着嗓音说："先生，这样有点做过头了，以你现在的年龄来说，许多事你都做不了主了。"

"这就是我的事了。"索密斯厉声说道。

格拉德曼在纸上把要点写下来："终身出息——期前处理——动用出息——全权委托……"接着说："委托人是哪些人呢？小金生先生可以考虑，他虽然年轻，但看上去很沉稳。"

"恩，不错，他能够算在其中。不过得有三个人。现在福尔赛家的那些人，没一个能让我看得上的。"

"小尼古拉先生怎么样呢？我们还为他弄过辩护书呢，现在他出庭了。"

"他不会有什么大名声的。"索密斯说。

──────────

①英国法律就是为了避免有人钻空子，在生前用赠予的方法来逃掉遗产税。

格拉德曼挤出了一个整天坐办公室的人标准的微笑，是从他那张被无数的羊肉保养得油光满面的脸上挤出来的。

　　"索密斯先生，他才多大的年纪啊，你不能指望他这个年纪就出名啊！"

　　"为什么不行？他多大了？四十岁？"

　　"是——这样啊，非常的年轻呢。"

　　"行，那就把他也加在里面吧。但是，我还需要找一个比较关心这事的人。现在看来一个都没有。"

　　"瓦利勒斯先生怎么样？他不是回国了吗？"

　　"瓦尔·达尔提吗？他的父亲太不争气了！"

　　"是——这样啊，"格拉德曼低声说，"他父亲已经去世七年了，已经过了诉讼期限①了。"

　　"不行，我不喜欢这样的。"索密斯边说边站了起来。

　　突然，格拉德曼说："一旦他们开始收资本税的话，他们还是会去找些委托人的。因此，先生，你一样避免不了。我觉得你还要多考虑考虑，然后再做决定。"

　　"这话没错，"索密斯说，"我再想想。费里街房屋倒塌的通知弄好了吗？"

　　"正式的通知还没有送过去。住户的年龄很大了，她这把岁数估计是不会同意退租的。"

　　"搞不清楚。这种心神不安的情绪像瘟疫似的，每个人都染上了。"

－－－－－－－－－－

①即握有债权的人向死者或继承人索债的期限（在英国为六年）已过，因此不会连累到瓦尔了。

"但是，先生，从另外一方面看，她都已经八十一岁了。"

"通知还是要送的，你先送过去，看看她的反应，"索密斯说，"啊！还有偈摩西先生的事呢，都安排妥当了吗？防止——"

"他的资产清单我都已经弄好了。已经把那些家具和旧画做了价格评估，为以后拍卖时限价做准备，哎！我最后一次见到偈摩西先生，还是在很多年之前呢！"

"人终有一死的啊。"索密斯边说着，边取下了帽子。

"是——这样啊，"格拉德曼说，"但是，依然会让人感叹啊！老一辈里他活得是最长的了。就是在老坎普顿街那件扰民的事，我可以办了吗？那些风琴①——真的是令人厌烦。"

"那事你去办吧。芙蕾小姐四点钟的火车，我得赶去接她了。回见，格拉德曼。"

"回见，索密斯先生。愿芙蕾小姐——"

"非常好，就是有点爱四处跑。"

"是呀，"格拉德曼粗声说，"她还小呢。"

离开的时候，索密斯心里琢磨着："老格拉德曼！他如果不是那么大岁数的话，也能算一个委托人了。如今一个真正关心我的事的人都找不到了。"

从那条乖僻、异常安静且充满着如数学般严谨氛围的后街离开后，索密斯突然想起："在确保有丈夫身份的前提下！他们为什么不把那些勤劳的德国人留下，把普罗芳德那种家伙赶走呢？"一想到这，他禁不住惊讶了，自己内心竟然有这种担忧，以至于有如此不爱国的想法。但是事实就是这样，你片刻的清静都没有，任何事

————————
①指那些在街边乞讨的拉手风琴的人，骚扰到了居民的生活。

都会出现问题！他拐向了去格林街的那条路。

汤姆斯·格拉德曼的表又走了两小时之后，他离开了转椅，锁上大橱的所有抽屉，把一大串钥匙放在了他右边大衣的口袋里，使他的口袋鼓出来很大一块；他拿起那顶旧大的礼帽，用袖子把它四面掸了一下，手上拿着雨伞，离开了办公室。一个肥胖矮小的身躯上紧紧地包裹着一件旧大礼服，一步步走向了科芬特园市场。每天他都会这样走一段，然后才坐车回高门山，并且在途中也不会忘记买一些价钱便宜的蔬菜水果。尽管一代又一代人出生了，尽管帽子的式样跟着潮流变来变去，尽管战争在继续，尽管福尔赛家族的人逐渐湮没在历史的洪流中，但是，汤姆斯·格拉德曼的生活仍然没有改变，他每天都会去散散步，照常买他的蔬菜。时代已经变了，他儿子的一条腿算是废了，如今店主也不会给那种小巧的装菜的篮子了，而新兴的地道车却比较便利——不管怎么说，他没有理由去埋怨什么；到了他这个年龄的人，身体算得上是不错的了，并且在法律界工作了五十四年，现在，他每年能有八百镑的收入；但是最近他也开始担心起来，原因是这些收入大部分都是收房租的佣金，如今福尔赛家的房产已经被卖了很多，照这样下去，佣金怕也会变少的，但是生活开销照旧很大；想到这些就有点发愁，不过，发愁又有什么用呢？"仁慈的上帝为我们安排好一切"——他不是经常说这话吗？但是现在伦敦房产的情况却无法支持这一信念了——不知道罗杰先生或者詹姆士先生看到自家房产已经所剩不多，会发出怎样的感叹。反正索密斯先生是很担忧的。以在世一人或者多人的终生，直到去世后二十一年为期限①，这个期限

①英国法律规定的保留遗产继承的期限，以一人或者多人去世后21年为期限，超过期限还没有人继承的话，遗产将会被没收。

已经是最长的了；并且索密斯先生的身体也比较健康，芙蕾小姐看上去也非常美丽——确实美丽；她会嫁人的，但是现在有很多人不想要孩子——他是在二十二岁时有了第一个孩子；而佐里恩先生结婚时还是剑桥大学的在校生，结婚同年就有了孩子——今非昔比啊，那个时候是一八六九年，远在老佐里恩先生——那个购置产业的能手——把遗嘱从詹姆士先生那里取走以前——真是奇怪！那个时期，他们是四处买房子，并且也没有这些黄色的军装和"你想要把我挤出局，我要把你挤出局"的局面；黄瓜才卖两便士一磅，还有那种香瓜——从前的香瓜好吃得要命！他在詹姆士先生的事务所工作算下来已经整整五十年了；那个时候，詹姆士先生对他说："格拉德曼，你听好，你是个好小伙，好好干吧，在你退休之前，你一年会有五百镑收入的。"之后，他就这样一直努力地做着，并且信仰上帝，为福尔赛家尽心尽责，晚上还坚持吃素。他买了本《约翰牛》周刊杂志——这倒不是表明他同意杂志上那些奇怪的东西——拿着一只里面装着蔬菜的黄纸袋，走入地道车的电梯，走到地下深处去了。

6. 索密斯的个人生活

走在格林街的路上时，索密斯忽然想到有必要去舒弗尔克街，到杜米特里欧画廊那儿去看看，打听下波尔德比家的那张老克罗姆①会不会拿出来卖。如果因为这次战争，波尔德比家的那张老克罗姆能够拿出来出售的话，这仗打得还是有价值的！老波尔德比已

---

①约翰·克罗姆：1768—1812年，英国风景画家，诺里奇画派的创始人和主要代表；他的儿子约翰·拜尼·克罗姆也是画家，英国人因此称他为老克罗姆，以示区别。

经去世了，他的儿子，还有他的孙子都死在了这场战争中——继承了波尔德比家产业的是他的一个堂弟，现在，他想要出售这幅画，至于原因，有人说是英国的形势不好，也有说是这个堂弟的哮喘病。

一旦杜米特里欧买到了这幅画，那么这幅画的价格就会高得无法想象了；因此，索密斯必须确认一下，看看这幅画到底有没有落到杜米特里欧的手里。但是，他和杜米特里欧讨论时，就只是谈谈蒙第塞里斯①，看看他有没有可能再火起来，因为一张人像画不是现在流行的；还说到了爱德汶·琼斯奥古斯都②，看他的画有没有增值的空间，还有，奈特也顺便提了下。临走时，他才问道："波尔德比家那张老克罗姆，搞到最后还是不出售吗？"杜米特里欧的回答就和他预想中的一样，用一种充满民族优越感③的语气说道：

"啊！福尔赛先生，它早晚会落到我的手里！"

说完，他眨了下眼睛，这个举动让索密斯彻底打定了主意：他要给那个新波尔德比写封信，告诉他把一幅老克罗姆卖掉又不会失掉身份的办法，那就无论如何都不能卖给画商。因此他回道："好吧，下次见！"然后就离开了，这反而使杜米特里欧感到不安起来。

到达格林街的时候，他发现芙蕾人不在，并且晚上也要很晚才会回来。今晚，她还要在伦敦过夜。索密斯有点丧气地喊了辆马车去车站，四点钟刚好有一班火车回家。

六点左右，索密斯到家了。空气让人感觉很憋闷，蚊虫肆虐，

---

①蒙第塞里斯：1824—1886年，法国画家，以善用色彩著称。
②爱德汶·琼斯奥古斯都：1878—1962年，英国人像画家。
③杜米特里欧是西班牙或葡萄牙人。

阵阵轰隆隆的雷声不时响起。为了把身上那些从伦敦带来的灰尘弄掉，他拿了信去楼上的更衣室。

这都是些无聊的信。有一张收据和一张芙蕾购物的账单，一份镂刻展览会的宣传册，还有一封信，索密斯扫了下开头，就看到：

先生，我认为有义务……

这肯定是来求助的，或者可能是比这还讨厌的信。他立马翻到最后一页，竟然没有签名！背面也没有，四个角都没有。他简直不敢相信！因为，他不是公众人物，从来没有收到过这种匿名信；他的第一反应就是——把它当作危险品撕掉；之后他又把它当作一种更加危险的东西，应该看看：

先生，我认为我有义务让你知道一件事，一件和我没有关系的事：你的妻子出轨了，和一个外国人乱搞——

看到后面的话时，索密斯停住了，不由得去看了下信封上的邮戳。邮戳不是很清楚，不好辨认，他观察了好久也只看出了在最后是个"sea"字，还有个"t"字在中间。切尔西？不像，还是巴大西吗？也许吧！他接着往下看：

外国人都是一路货色。全都不是什么好东西。你妻子每周都会和那个家伙约会两次。这些事情都是我亲自搜集来的——因为我简直无法忍受一个英国人受到欺骗和侮辱。你注意点，看看我说的这些是不是事实。要不是因为那个家伙是个混蛋的外国人，我才不会这么无聊来管这种事。

谨上

索密斯看完这封信把它扔掉时，感觉像是自己走进了卧室，发现里面竟然四处都爬满了蟑螂。这种匿名的行为只有小人才做得出，真是肮脏。但更糟糕的是，自从周日那天晚上，芙蕾指着正在草地上散步的普罗斯伯·普罗芳德，说他就像是"鬼鬼祟祟的猫儿"之后，他心里就一直想着这事，就是今天，他把自己的遗嘱和结婚赠予书又拿出来，重新确认了一遍，为的也是这个事。而现在，写这封匿名信的混蛋，除了把他自己对外国人的愤怒宣泄一番之外，就没有任何帮助了，按照索密斯的想法，他希望永远都不知道这种事。但是现在，可恨！他被逼着知道了这种事情，并且他都这个岁数了！他把地毯上的信又拿了起来，开始撕成两半，直到只有折缝的地方还连在一起时才停止，他把它拼好又看了一遍。现在他要做一个决定，这个决定比他生命中的任何一次都重要。他绝对不能让自己成为丑闻里的角色，一次都不能！不管怎样，他必须把这件事解决，不能让芙蕾受到一点伤害，因此，一定要想个周全之策。打定主意之后，他的心里就安定多了，开始去洗漱，擦手时他的手有点抖。他心想绝对不能让丑闻传出去，得想办法阻止这件事才行！他进了妻子的卧室，四处看了看，他没想着在房间里找线索，来证明这个丑闻，也没想着找一些能够威逼她的东西。他很清楚是找不到的，她非常仔细认真。至于请人监视她——也不行——他过去那侦查的经验，让他一想到就马上打消了这个念头。现在他手上只有这封信，一个不敢署名的混蛋写的破信。最让他厌恶的是，这个混蛋无耻地侵犯了他的隐私权。尽管他不想用这封信来对付安妮特，但它确实可能派得上用场。幸好，今天晚上芙蕾没在家！他正沉浸在悲痛中，一阵敲门声打断了他的思绪。

"米契尔·孟特先生来了，正在楼下客厅里等着。你见他吗？"

"不见，"索密斯说，"等下。我马上下去。"

能有点事分散注意力，这样挺好！

米契尔·孟特叼着香烟，身着一套法兰绒衣服，站在阳台上。索密斯下楼时，他用手挠了挠头，同时丢掉了香烟。

眼前的这个年轻人让索密斯感觉很奇怪。一方面以传统的标准来说，他是一个放纵的、游手好闲的年轻人；另一方面他总说些带有极端乐观主义的话，这却也很讨人喜欢。

"请进，"他说，"喝茶吗？"

孟特离开阳台，走进了客厅。

"我以为这会儿芙蕾在家呢，不过，先生，幸好她不在，这样我会比较放松。呃，我很想跟你说一声，我很喜欢她，非常喜欢，我都为她着迷了，呃，我认为先让你知道比较好。这种事先告诉长辈，这是以前的老做法了，但是我想你不会因此责怪我的。我跟我父亲说过了，他说只要我能去工作，他就让我心想事成。其实对于这件事，他一点意见都没有。还有你那张戈雅，我也跟他提起过。"

"噢！"索密斯说，没有孟特期盼中的激动，"他没有一点意见吗？"

"是的，先生，你呢？"

索密斯脸上闪出一丝难以觉察的笑容。

"你应该能理解，"孟特接着说，一边不停地用手捣鼓帽子，他太紧张了，好像头发、耳朵、眉毛全都竖了起来，"经历了这次大战，人们都希望所有事情能快一点。"

"尽快结婚，紧接着又离婚。"索密斯慢慢地说。

"先生，我和芙蕾是不会离婚的。你想想啊，假如你是我的话！"

索密斯清了清嗓子。这话说得倒是挺好听的。

"芙蕾还太小。"他说。

"啊！不是这样的，先生。我们都不小了。像我父亲，我觉得他才是个真正的孩子，他脑袋里的那些东西从来没变过。不过，也是因为准男爵这个称呼，一直故步自封。"

"准男爵，"索密斯接着说道，"什么意思？"

"准男爵，先生。这个称谓将来也会落到我头上。但是请你相信，渐渐地我会熬过来的①。"

"滚出去，把你刚刚说的事情也熬过去吧。"索密斯说。

小孟特哀求道："啊！不可以，先生。我一定要待在这里，否则，我连一点机会都没有了。不管怎样，我相信你会让芙蕾自己决定的，你太太就很喜欢我。"

"是这样吗？"索密斯冷漠地说。

"你无论如何都不同意，是吗？"年轻人说完，垂头丧气地站在那里，那样子把索密斯都逗笑了。

"可能你自己认为你已经很成熟了，"他说，"但是，在我看来你还很年轻，无论遇到什么事，你都能不停地唧唧哇哇，这并不是你成熟的表现。"

"好吧，先生，我同意你在年龄上的观点。但是，为了证明我的诚意，我已经找到了工作。"

"那很好。"

_____

① 孟特似乎觉得准男爵这个称呼让他感到耻辱。

“是一家出版社，我老父亲掏的钱。”

索密斯用手捂了下自己的嘴——他差一点就说出来了：可怜的出版社！索密斯用他的灰色眼珠仔细观察着这个兴奋的年轻人。

“孟特先生，对你，我并不反感，但是你明白吗？芙蕾是我的命，我的命，你懂吗？”

“没错，先生，我明白。我视她也是如此。”

“可能吧。但是，我还是非常高兴你把这事和我说了。现在关于这件事我想也不需要再说什么了。”

“但是我知道，这事还取决于她自己，先生。”

“我想，她做出决定应该需要很长的时间。”

“你这有点打击我。”孟特突然说。

“确实，”索密斯说，“我的人生经验告诉我，人们在有的事上是急不来的。晚安，孟特先生。你今天的这些话我是不会跟芙蕾说的。”

“噢！”孟特迷惘地说，“为了她，你要打破我的头，我都不在乎。这一点她最了解了。”索密斯把两只手伸出来，猛地在一起搓着，之后，长长叹了口气，不一会儿，外面传来摩托车发动的声音，那声音仿佛使人看见了飞舞的尘土和摔断的骨头。

“这个年轻人！”他一边想着，一边离开了客厅，走到外面的草地上。园丁刚割完草，草地上还散发着青草的香味，雷雨之前压抑的空气，更使这种气味久久地停留在地面上。淡紫色的天，黑色的白杨树。还能看到河上有两三条船急急驶过，估计是想赶在暴风雨来临之前找个地方避雨。“整整三天都艳阳高照，”索密斯心想，“是该来场暴风雨了！”安妮特在哪？他想，正和那个家伙约会吧！她还很年轻呢！他怎么会突然冒出这种不可思议的想法？真够宽宏大量的，他自己都觉得莫名其妙了。他在园子的凉亭里坐下来。不过，他必须承认，芙蕾对他而言是那么的重要，至于妻子——好像并不怎么重要，一点都不重要；法国女人天生就只能当个情妇，并且对这种事，他早就不那么在意了！但是奇怪，索密斯是一个天生对生活品质和投资稳定非常敏感的人，却把感情都倾注在一个人身上，起初是伊莲，如今是女儿芙蕾。他静静地坐在凉亭里，慢慢意识到自己的这个特点。这是很不安全的。这样的感情投入方式已经让他失败过一次，可以说是身败名裂了，但是现在不一样了，这会救他的，因为他这么爱芙蕾，绝不会让这件事传出去。一旦他找到那个写信的混蛋，他会严词警告他，让他不要再管别人的闲事，并且好好教训他一顿，谁让他把沉在河底的污泥搅出来的……远处电闪雷鸣，大雨落下来了，打在他头上的屋顶上，发出滴答滴答的声音。他好像全然不知，只顾着自己想事情，他面前有一张粗糙并且落满了灰尘的小木几，他在上面用手指画了个图案。芙蕾的未来啊！他想着他一定不会让芙蕾受到一点点的伤害，以他现在的年龄，别的事情他也顾不上了。人生本就是孤独的！你不能永远一直拥有某样东西。驱走了豺狼，又来了虎豹，没有任何事是能拿准的！在窗子前有一簇红茶花，他把挡住窗口的那朵花摘了下来。花开花落——自然是多么的奇异啊！雷声一阵一阵地从东边传来，在他的眼前闪起一道道苍白的闪电；天空下的白杨树显得更加清晰而浓密，暴雨哗啦啦地下着，像块幕布似的把凉亭罩住了，他依然静坐在原地，对周围的一切熟视无睹，沉浸在自己的思绪中。

雨停了，他走出小亭子，沿着湿润的小道一路走到了河边。

河面上有两只天鹅在芦苇丛里藏着。他对这些天鹅非常熟悉，因此他停在河边看着它们，弯弯的白色脖子、如同蛇一样吓人的鹅头，一副很有尊严的样子。他想："我将要做的也是一件很有尊严的事呢！为了避免夜长梦多，这件事还是得赶紧解决掉。"快到晚饭时间了，无论安妮特去了哪儿，现在都应该快到家了。就要跟安妮特见面了，这反倒让他为难起来，应该怎么跟她说呢，说些什么呢？突然他脑中闪过一个可怕的念头：如果她提出离婚，要跟那个家伙在一起呢！哼，就算她提了，他也不可能会答应的。他跟她结婚的初衷可不是为了这么个结果。他脑中浮现出普罗斯伯·普罗芳德的形象，然后安心了不少。结婚一点都不适合他这种人！不适合！不适合！气愤把一时的恐惧掩盖了。"总之，最好别让我看见他。"他想。这个无耻的混蛋！但是说到底，在他心中，普罗斯伯·普罗芳德到底代表什么呢？可以确定的是，他不能代表任何重要的东西。不过，他却代表这个世上一种非常真实的东西——脱离束缚的一种罪孽！探头探脑的幻灭！代表着安妮特从那里听到的"我才不管！"这句话，一个典型的宿命论者！一个大陆上的人——无国界的人——这个时代的产物！索密斯觉得没有比这样骂他更加痛快淋漓的了。

两只天鹅转过头来，眼光从他身上越过，然后望向远处。其中有一只发出一声很轻的鸣声，晃了晃尾巴，像舵手在改变航向似的，转身游走了。另一只也紧随其后。两个洁白的身体还有那高昂的脖子渐渐地消失在他的眼中，他走进大房子。

安妮特已经换上了晚餐服，静坐在客厅里。他边上楼边想着，

"漂亮人做漂亮事"，漂亮！虽然晚饭做得相当可口，量也适当，但是他俩几乎没怎么说话，只谈了两句楼下客厅的窗帘以及刚才的暴风雨。索密斯没有喝酒，吃完饭，他跟着她来到了客厅，安妮特端正地坐在落地窗中间的沙发上，身体直直地靠在沙发背上，穿了件黑色的低领长袍，跷着腿抽起烟来。她半闭着蓝色的眼睛，性感的红色嘴唇不时地吐出丝丝青烟，栗色的头发用丝带绑着，腿上穿着极薄的丝袜，脚上是一双能露出脚背的极高的高跟鞋。"她真是漂亮，无论放在哪个房间里都是最漂亮的摆设！"索密斯一边想着，一边把手放在晚餐服的口袋里，手里是那封被他撕过的信，他说：

"水汽太重了！我得把窗子关上。"

他关完窗子，站在原地没动，看着那幅被他挂在窗户旁边奶白色护壁板上的大卫·科克司①。

她的心里想的都是什么呢？在他的一生中，除了芙蕾外，他就没有明白过女人的想法，甚至有时候，芙蕾的有些想法，他也不了解！他的心剧烈跳动着，现在正是时候，可以提起这回事。他从窗边转过身，把那封撕开的信拿了出来。

"这是我收到的一封信。"

她睁大了眼睛，看了他一眼，神情变得非常严肃。

她接过索密斯手中的信。

"你可以看下，虽然被撕破了。"他说完，又重新去看那幅大卫·科克司了——那张海景图的颜色非常好——可惜韵味不足。"我要给那个家伙一点颜色看看，"他想，"不知道他现在做什么呢？"他用眼角的余光瞄见安妮特正在看信，眼睛来回地在信纸上

①大卫·科克司：1783—1859年，英国画家。

扫着，拿信的手显得很僵硬，睫毛和紧皱的眉头都有了一层黑色的阴影。她丢掉信，轻轻耸了下肩，笑着说：

"无耻！"

"我非常赞同，"索密斯说，"真不像话。这事是真的吗？"

她用牙齿紧紧地咬着她的红唇："如果是又如何呢？"

她怎么这么不知廉耻！

"你就只会说这句话吗？"

"当然还有。"

"那你接着说啊！"

"没什么需要说的！"

索密斯的声音冷得像冰块，说："那么，这事是真的了？"

"真的个鬼啊！傻子才会问这些问题。像你这种人就不应该问这种危险的事。"

索密斯为了把心里的那股不断上升的怒火控制住，迅速地在屋里走了一圈。

他站到她跟前。"你没忘记吧，"他说，"当年，你跟我结婚时，你是干什么的？也就只是一个在饭店里管账的而已。"

"那你也没忘记吧，结婚时，你的年龄整整大了我一倍有余。"

索密斯忽然不再和她怒目相对，转过头去看那张大卫·科克司。

"我不想跟你吵架。你必须结束掉这种——友谊。我这完全是为了芙蕾的将来。"

"啊！——芙蕾！"

"是的，"索密斯继续说道，"芙蕾。她既是我的女儿，也是

996

你的。"

"很好，你没有否认这点。"

"你到底会不会按照我的想法去做？"

"我不会告诉你的。"

"你必须让我知道。"

安妮特笑了笑。"不会的，索密斯，"她说，"你做不到的，不要说出那些话，你知道，一旦说出来，你肯定会后悔的。"

索密斯气得厉害，额头上都迸出了青筋。他把嘴张开，想要把怒火都喷发出来，但是他做不到。

安妮特接着说："我保证，从此以后，你不会再收到这种信了。这样就行了。"

索密斯的脸色很不好。他感觉自己像个小孩似的被她耍着玩，而在此之前，这个女人还得到过他的——他都不知道自己要说什么了！

"索密斯，像我们两个这样的人结了婚，以这样的方式生活着，最好双方都不要找对方的碴儿，没必要把一些事情弄得人尽皆知，让别人当作笑料。所以，你最好还是冷静点，不仅仅是为了我，也是为了你自己。你虽然老了，但我却还很年轻呢，我现在非常现实——这要归功于你。"

索密斯觉得自己的脖子好像被人掐住，都快无法呼吸了，他听到自己木然地说道："我要你必须结束掉这种友谊！"

"如果我不结束呢？"

"那——那你的名字将不会在我的遗嘱里出现。"

这话好像没什么作用，她大声地笑道："你会长命的，索密斯。"

"你——你这个坏女人。"索密斯突然说。

安妮特耸了耸肩膀。

"这我可不同意。尽管和你在一起让我觉得心灰意冷，但这并不表示我就是个坏女人。我的所作所为，不过是人之常情而已，等你想通了之后，你会同意我的说法的。"

"我要和这个人见个面，"索密斯无可奈何地说，"他必须离开。"

"亲爱的，别说笑话了。你一点也不需要我，你想要的东西已经全部从我这里拿走了。但是现在，你却要求我像个死人一样度过我的余生。我不会承认任何事情的，而且索密斯，我还年轻，从未打算像死人一样生活着。依我看，你还是别说废话了，我是绝对不会弄出丑闻的，绝不会。现在，不管你准备怎么做，我都不会再发一言。"

她拿起茶几上的一本法文小说看了起来。她的这个态度，让索密斯激动得不知所措，连话都不知道该怎么说了。那个人的做法让他更加想要拥有她，在这一点上就能够看出他俩之间的关系，这让人惊讶，对于他这种跟内省哲学不靠边的人来说，实在是奇怪。他再也没出声，离开客厅去了楼上的画廊。一个人跟一个法国女人结婚，就会得到这样一个结果！但是没有她，他也不会有女儿。她还是起了点作用的。

"她说得不错，"索密斯想，"我没有办法。我甚至都不能确定，这件事是不是真的。"他有一种自保的本能，告诉他应该把舱门用木头钉好，把火苗闷灭，不能闹出更大的事情来，除非有人确信某件事有不对劲的地方，否则什么事都不会有。

那天晚上，他还是在她的房间待了一会儿。她见他时，还是平常那副无所谓的样子，好像什么都没有发生过。他走回自己的房间时，感到了一种奇异的宁静，假如一个人不想知道，他就没必要知道。而他现在就不想知道，以后也不想知道。知道了没一丁点儿的好处，完全没有！他把抽屉里的香囊拿出来，香囊里有一块手帕和一个放了芙蕾相片的镜框，他把它们取出来。他看了会照片，然后把它从相框里取了下来，下面还有一张旧照片——是伊莲的。他看着照片，站在窗口。这时，外面响起猫头鹰呜呜的叫声，红茶花上涂上了一层更深的颜色，空气中飘来了一阵菩提花的香味。啊！现在的心情跟当年相比完全不一样啊，当年的深情与旧恨，眨眼已成灰烬！

7. 珍插手了

在齐司威克区泰晤士河边的那间画室，珍·福尔赛有天晚上接待了一位客人，他是个雕刻家，曾在纽约生活过，为人自私自利，并且穷困潦倒。他的一些作品也正在这间画室展出，由于他的作品太超前了，除了这儿，别的画室都不肯接收。他的头发很怪，留着和女孩子一样的齐刘海，是那么醒目，他的脸很圆，颧骨很大，在齐刘海的衬托下，越发显得突兀。七月六日晚上，波立斯·斯特鲁摩洛斯基开头的演出非常好，跟基督徒一样的道貌岸然，与自己那外表非常搭配。珍已经认识他三个星期了，依然认为他是个天才的转世，同时在他身上能看到未来的希望，在这个西方人不能理解的艺术领域，他像一颗东方明星一样飘荡着。在这个晚上之前，他谈论的都是一些他自己对美国的看法，而他刚刚把脚上的美国灰尘跺下来①。在他看来，无论从哪个角度来说，美国都是个非常野蛮的国家，因此他几乎没卖出一件作品，并且警察局还把他当成嫌疑犯；根据他的说法，这是一个没有自己民族的国家，没有自由、平等、博爱，没有原则、传统、眼光，等等。总之就是没有灵魂。为了自己的未来，他永远地离开了美国，而来到这个他看来唯一能够让自己过上好日子的国家。珍独处时，经常会闷闷不乐地反复思量着这个人，一边看着他的这些作品——真让人觉得可怕，而一经他的诠释之后，又会觉得它们是那么的粗犷有力，有那么深的象征意义！这种人！尤其是那头油亮的头发，看起来像是意大利早期绘画里神祇头上的光环，他一门心思认为自己是天才，别人全不如他——当然这是真正天才的唯一特征——但他现在只是一个"可怜虫"，但还是让珍那颗温柔的心为他而沸腾起来，甚至鲍尔·波斯特都看不上了。她甚至为了展出斯特鲁摩洛斯基的作品，而开始想办法清理画廊。但是她马上就遇到了阻碍。鲍尔·波斯特不同意；对于她的决定，伏斯波维奇的态度也不冷不热。当然，她并没有否定他们的天才。所以，他们还是拿出一种天才的姿态，要求在她的画廊里再展出六个星期。尽管现在依然有美国人进来，但是总有一天会走的。而他们的权利、希望和唯一的救星就是这些美国人——因为在这个"混账"的国家里没有谁关心过艺术。面对这个阻碍，珍屈服了。反正波立斯痛恨美国人，所以他们从这些美国人手里搜刮油水，他是不会反对的。

①化用《圣经·马太福音》第十章十四节："凡不接待你们，不听你们话的人，你们离开那家或是那城的时候，就把脚上的尘土跺下去。"

那天晚上，珍跟波立斯说了这个问题。另外，当时中世纪素描画家汉纳·霍布迭和《新艺术家》杂志主编杰米·波图格尔也在场。当她说这件事时，她突然对波立斯产生了很大的信任，虽然她和新艺术界已经接触了这么多年，但是这种信任还是没有在她那大方热情的天性里消失掉。在此前的两分钟里，波立斯一言不发，像个基督徒一样。随后，看见珍的蓝眼睛开始东张西望，就像是猫在摇摆着尾巴。波立斯开始发言了，他说，英国人的性格就是这样的，英国——这个世界上最自私的国家，这个以吮吸他国血液为生的国家，它把爱尔兰人、印度人、埃及人、波尔人、缅甸人都毁掉了，还把世界上所有优秀民族的头脑和灵魂都毁掉了。这是一个粗暴、虚假的英国！当他来到这个国家之后，早就预料到了这些；他发现了这个国家常年被雾笼罩，人民全部是生意人，一点都不懂艺术，一股脑儿的唯利是图，堕落在最下等的物质主义中。珍听到汉纳·霍布迭轻声说道："不错！不错！"而杰米·波图格尔则在暗中讥笑，她突然涨红着脸，怒气冲冲地说：

"那你为何来这儿？我们没有求着你来。"

斯特鲁摩洛斯基之前对珍有一定的了解，此刻他没想到她竟然会讲出这种话。就掏出一支香烟。

"英国不需要理想家，以前是，现在是，将来也是。"他说。

但是珍身上那种英国人的本性被彻底地激发了，老佐里恩式的正义感好像从九泉之下附体了。"你自己还不是在吃我们的，住我们的，"她说，"如今还骂我们。难道你觉得这是真话？我可不这样认为。"

她到现在才明白了一个事实——早就被别人发现了的一个事

实，那就是敏感的天才身上，往往都遮盖着一层厚厚的皮。斯特鲁摩洛斯基的脸上满是青春和率真，现在，轻蔑的笑出现在这张脸上。

"吃你们的，住你们的，并不是这样的。我拿的都是欠我的——并且只给了我十分之一的欠差。将来有一天你会后悔这样说的，福尔赛小姐。"

"哦，我绝对不会，绝不会。"珍说。

"哼！作为艺术家，我们是很明白的——你接纳了我们不过是为了尽可能榨取我们。我什么都不要你的。"他喷出一口香烟。

这真是莫大的羞辱，她的决心像一阵冷风似的从纷乱的情感中翻腾起来。"非常好，现在你就可以打包走人了。"

但是，说这些话的同时，她心里还在想着："啊！可怜的孩子！他只能住在一个阁楼里，甚至可能连雇汽车的钱都没有。并且，当着这么多人的面，这太让人不自在了！"

小斯特鲁摩洛斯基把他的头用力地摇了摇。他的头发茂盛而油亮，像块金色的板子似的贴着头，没有因为摇头而散开。

"我可以无欲无求。"他尖着嗓子说，"但是为了我的艺术，我不得不这样生活，而我们花钱也是被你们这些资产阶级逼的。"

这些话就像鹅卵石一样重重地砸在珍的心里，为了艺术，她做了那么多，她关注艺术界，关心艺术界里那些可怜虫，对于他们的难处，她不遗余力地去解决，而现在她却被人嘲笑成为资产阶级。正当她努力思考，准备用更恰当的词语反驳时，她的奥地利女用人把门打开了，轻声说：

"小姐，有一位年轻女客人想跟你见面。"

"在哪？"

"小饭室①那。"

珍依次看了看波立斯·斯特鲁摩洛斯基、汉纳·霍布迭、杰米·波图格尔，没说一句话，带着激动的表情走了出去。来到"小饭室"时，她发现原来是芙蕾，尽管芙蕾看上去有点苍白，不过依然很美。在这个珍的幻想刚刚被打破的时候，很需要身边出现一个有血缘关系的可怜虫。从潜意识中觉得这是一个非常好的顺势疗法。

这孩子来这里的目的只可能有一个——为了佐恩；就算不是的话，那也是想从自己口中探听点东西。并且对现在的珍而言，去帮助别人是她唯一能忍受的事情了。

"难得你想起来我这儿玩啊。"她说。

"是呀，你这屋子非常精致，现在有客人在吗？可不能因为我误了你的事。"

"没关系，"珍说，"他们自己做的事，就自己承担后果吧。你找我是为了佐恩吧？"

"你之前说过，有些事情我们应该知道。现在我已经知道了。"

"哦！"珍迷惘地说，"不是很好受，是不是？"

两人中间隔着一张小桌子，这是珍吃饭用的。桌子上没有摆什么东西，只有一只插着冰岛罂粟的花瓶；芙蕾用她戴了手套的手指头碰了碰那些花。她今天穿了件新衣服，臀部有点皱，膝盖往下的部分包得很紧，是麻青色的，颜色真漂亮，珍一下子就喜欢上了。

①这表示奥国女用人不会说英文，直接根据本国语称"饭室"而不称饭厅。

"她真像一幅画。"珍想。这间小屋子墙壁刷得雪白，旧粉色砖砌成的地板和壁炉，油漆是黑色的，夕阳的最后一缕光线从格子窗照进来，衬托着这个年轻的女子，浅黄的肤色，眉头微皱，一张小脸我见犹怜，这一刻，这间小屋子显得前所未有的漂亮。她突然想起自己当年的样子，那时，她爱慕着菲利普·波辛尼，也是那么漂亮，如今这些往事历历在目，但是，她那个已经不在人世的情人波辛尼，与她彻底分开后，又去永久地拆散了伊莲和这个女孩子的父亲，这些，芙蕾也知道了吗？

"那么，下一步你准备怎么做？"她说。

芙蕾犹豫了下，说道：

"我不想让佐恩难受。我必须见见他，尽快处理完这件事。"

"你想结束这一切！"

"除此以外，我别无他法。"

这女孩子胆子真小！心中有点恼火。她含糊地应着："我觉得，你说得没错。"

"我父亲的想法肯定和我一样，我敢保证，"她说，"但就我自己而言，我做不出来这样的事。我不能就这样放手！"

芙蕾的表情超乎寻常的自然，她为什么会这样呢？她说这些话时，声音里一丝感情都没有。

"在别人看来，我像爱上他了似的。"

"难道你没有？"

芙蕾耸耸肩。

"我怎么忘了，"珍想，"这个女孩，她的父亲可是索斯密。不过，佐恩呢？"

"你来我这里想做什么？"珍问道，声音里没什么好感。

"明天，佐恩要去好丽家，在佐恩去之前，我想跟他在你家谈谈，可以吗？如果你今天晚上能帮我给佐恩带个字条，明天他就一定会来的。我们会面结束，你就可以悄悄通知罗宾山那边，让他们明白，一切已经结束了，他母亲的那些往事也没必要告诉佐恩了。"

"可以！"珍很快回答，"我马上写，写好后你去寄。那就明天下午两点半，那时我不在家。"

她走到角落里的书桌前坐下写字条，写完后，她回过头看看芙蕾，芙蕾还在用戴手套的手抚弄那些罂粟。

珍用口水把邮票弄湿："信写完了。但是，如果你不是真心爱佐恩，说什么都没有意义。这对他来说也是一种幸运。"

芙蕾把信接过来："谢谢！"

"无情无义的小荡妇！"珍想。她父亲的儿子——佐恩爱上了她，但是索密斯的女儿竟然不爱佐恩！太让人羞耻了！

"还有什么事吗？"

芙蕾摇摇头，她走向门口时，衣服的褶皱随着步子左右摇摆着。

"下次见！"

"下次见……时髦的小姑娘！"珍一边小声咕哝着，一边关了门，"什么样的父亲有什么样的女儿！"珍回到画室，发现波立斯·斯特鲁摩洛斯基又是那副表情了，把他那基督式沉默的表情又挂在了脸上，杰米·波图格尔把每个人都尽情骂了一通，当然，为他的《新艺术家》杂志慷慨解囊过的人除外。他骂了爱里克·柯布莱，还骂了其他几个天才"可怜虫"，那些人在不同的时间段，都曾在珍出钱帮助和捧场的剧目名单上排第一位。珍感觉整个气氛让人烦闷和厌倦，也许，河边吹来的清风能带走这些烦扰，于是，珍走到窗边，把窗子推开了。

后来，听不到杰米·波图格尔的骂声了，他和汉纳·霍布迭一起离开了。她坐了下来，开始安慰起小波立斯·斯特鲁摩洛斯基来，将近半小时，就像母亲安慰孩子一样。还同意再给他的美国热浪一个月的时间；所以波立斯离去的时候精神好多了，连头上那油光发亮的头发都变整齐了。"不管怎么说，"珍想，"波立斯还是好样的。"

8. 孤注一掷的尝试

当你知道每个人都会举手反对你的时，对某些人来说，在道德上会有了一种豁出去的痛快。芙蕾走出珍住所的大门时，良心上还是坦然的。珍堂姐那双湛蓝的眼睛里的情绪，她看得明明白白，她知道珍在心里骂自己，但是她却很高兴真的骗过了珍，她真实的心意掩藏得那么好，连年纪比自己大的珍都没发现，珍可是个敏锐的理想主义者呢。

她会让它就这么结束吗？当然不会！等着吧，很快她会用自己的行动，让他们意识到，这只是个开始而已。她搭上公共汽车，坐在了上面一层。车开到美菲尔区时，她沉浸在自得中，不知不觉地微笑了。忽然，一种预感和焦虑将她的微笑赶跑了，因为无论如何，她还不知道佐恩能否按她的方法行事。她可以背水一战，不代表佐恩会这样做，他会这样做吗？她明白事情的真相，也明白旷日持久的危险，但佐恩一点都不知道，两人就如身在两个不同的世界。

"如果告诉他呢？"她想，"是不是会更有把握一些呢？"过去这些见不得人的事根本就不能阻挡他们的爱情，无论如何，都要让他明白这一点！不能让过去的事毁了他们的爱情，不能！不过她也明白一个人对于一些不好的既成事实，要真正接纳它时，需要花一段时间！在这个年纪能有这样的哲学式的感悟，是很深刻的了。但是，她又有了另一个不带哲学味道的想法，就是如果她想办法说服了佐恩，他们尽快偷偷结婚，而在那之后，佐恩才知道真相，而且知道她一直瞒着他，那情况会怎样呢？芙蕾脑中浮现出他母亲的脸，立刻信心全无。她真的很怕。母亲肯定有办法让儿子听自己的话，而且也许比她的能力更大。谁知道呢？这样做太冒险了。她只顾专心想着这些事，都没注意车已经开过了格林街，她下车时，发现已经到了雷慈旅馆，她只得一路沿着格林公园往家走。每棵树都经过了暴雨的冲洗；树枝上仍不停地往下滴水，滴下来的雨水落在她衣服的褶皱上，为了避免这些水滴弄湿衣服，她朝着马路对面的伊希姆俱乐部走去。她不经意间抬了下头，居然看到了普罗芳德先生和一个身材很高大的人坐在拱窗前。在格林街的拐角处，她突然听到身后有人喊她的名字，"那个鬼鬼祟祟的人"追上来了，她回头看了一眼。他摘下了那顶帽子——就是她讨厌的那种泛着亮光的圆顶帽。

"嗨！福尔赛小姐，你好，有什么需要帮忙的吗？"

"有啊，你到马路对面去就可以了。"

"哎哟！怎么这么讨厌我？"

"是吗？"

"我感觉是啊。"

"就算是吧，那是因为，看到你会让我觉得人活着是一件没有任何价值的事。"

普罗芳德先生脸上堆着笑，说：

"听我的吧，福尔赛小姐，你什么都别担心。一切都没什么。什么事都会过去的。"

"我不这么认为，"芙蕾声音提高了，"我觉得有的事情是不会过去的——特别是喜欢或者是厌恶。"

"是吗，这话听起来让人心里有点难过啊！"

"你以为你不会因为任何一件事而高兴或难过吗？"

"让别人不痛快的事情，我当然不愿意做。我要驾着我的游艇离开了。"

芙蕾惊讶地看了他一眼。

"到哪儿去？"

"一次小小的旅行，可能去南洋，或者去别的地方。"普罗芳德先生说。

芙蕾心里放松了，同时一种被羞辱的感觉涌上心头。不消说，他是在向她明示，他和她母亲之间已经结束了。有了这种关系，他竟然可以轻易结束，他竟然敢结束掉这种关系！

"福尔赛小姐！晚安，帮我问候达尔提太太吧。我不是你想象中的那么坏。晚安！"芙蕾没理他，径自走了。她偷偷地回头看了一眼，他戴上了那顶帽子，衣着整齐，步履略有些沉重，又走进了俱乐部。

"他在爱情上不能坚持到底，"芙蕾想，"母亲怎么办呢？"

那天晚上，她一整夜都在做梦，非常不舒服。醒来后，她觉得浑身一点力气都没有，但是，她又打起精神，很快钻研起一本《惠太克年鉴》①来。福尔赛家的人总是有这种能力，无论情况多么复杂，总能从里面发掘出问题的关键所在。对于说服佐恩，她还是有些把握的，但是，前提是有一道手续能够确定他们的关系，否则一切的努力都将没意义。这本书太珍贵了，里面正好写着她需要的东西：她和佐恩的年龄必须满二十一岁，否则就必须有某些人的支持，现在看来，是不可能得到同意的。接下来她又埋头努力，在结婚许可证、结婚证书、结婚启事、结婚管辖区这些名词解释里找线索，结果，她看到了一个词——伪证。但是这没有理由啊！没有人会关心他们为了相爱结婚而谎报年龄的！她连早饭都无心吃，随便吃了一些后又一头扎进"年鉴"中。她研究了大半天，没看到有利于她的条款，希望越来越渺茫；不经意间，她看到一段有关苏格兰的部分。在苏格兰，她之前看的那些繁杂的结婚手续统统不需要。在苏格兰结婚很简单，她只要到苏格兰待上二十一天，然后佐恩再到苏格兰，到时候，他们只要找两个人，就可以在他们面前宣布他们结婚了，这样，他们就算是夫妻了，这个办法太棒了！芙蕾马上就去打她的那些同学的主意，想起自己有个同学叫玛丽·兰姆比，她和她的哥哥就生活在爱丁堡，她这朋友人不错。到时候，她可以在玛丽家住下，玛丽和她哥哥两人就可以做他们的见证人。其实她明白，在有些女孩子眼里，自己所做的一切完全没有必要，她只要找一个周末，和佐恩去外面住在一起，回家后，跟家人宣布："我们在自然关系上已经结合了，所以在法律上也必须结合了——我们

———————
① 《惠太克年鉴》：一种类似日用百科全书的参考书。

要结婚。"但是，芙蕾毕竟是福尔赛家的一员，在她看来，用这种方法解决问题不太靠谱，并且，她父亲听到这些话后的表现肯定会让她害怕。另外，佐恩自己肯定也不同意这样做的，在他眼里，她一直是个值得尊敬的女孩，她不能破坏自己在他心目中的形象。不能！还是去玛丽·兰姆比那里吧，相对而言更可行一些，而且，现在这个季节不正适合去苏格兰走一趟吗？打定主意，她就安下心了。她打点好行装，躲着她姑姑，乘公共汽车去了齐司威克区。距离约定时间还太早，她就先去植物园溜达了一圈。植物园里的花儿成片成片的，树上都挂了牌子，草地绵延不断，在这里，她的心无法平复。午饭她只吃了块鲱鱼酱三明治，喝了一杯咖啡，之后，她又回到了齐司威克区。到了珍的家门前，她按了门铃，奥地利女用人开门后，把她带到了"小饭室"。此时，她脑子已经很清醒，明白自己和佐恩即将决定去做什么事，她愈发地想念佐恩。就好像是小时候，每当她开心地玩儿一些在成人看来"不安全"的玩具时，就有人过来，说这些玩具会伤着手，或者玩具上的油漆有毒，而强行收走它们，现在的情形也一样。如果她的计划失败，她就无法永远和佐恩相守，她觉得自己会痛苦得死去。她一定要用尽一切办法！一定要和他在一起！屋子里有一面玻璃圆镜子挂在粉红砖砌的壁炉上，已经非常旧，照人都不太清楚了。她站在镜子前照了照自己，脸色苍白，居然有了黑眼圈，她心里又微微地颤抖起来。不久，她听见门铃响了，她悄悄走到窗子前站住，她看到佐恩正站在门口的台阶上，他伸出手摸了摸头发，又无意识地抹了下嘴唇，似乎这样就能让自己更镇定一些。

房间里有两张椅子，上面铺着草垫，她坐在其中的一张椅子上；佐恩进来了，她马上对他说：

"坐下，佐恩，有些事我们必须严肃地谈谈。"

佐恩坐在了离她不远的一张桌子上，她没看他就继续说：

"如果你不想我们分开的话，那我们就必须结婚！"

佐恩呼吸一下子粗重起来：

"什么原因？发生什么事了吗？"

"没有，只是，在罗宾山的时候，我觉得哪里不对劲，还有我家里人也怪怪的。"

"可是——"佐恩结巴起来，"在罗宾山没发生什么啊，而且他们也没说什么啊。"

"但我能看出来，他们绝不赞同我们在一起，你母亲的表情告诉我了，我父亲的脸色也一副不同意的样子。"

"后来你又见过他？"

芙蕾点点头。必要时可以适当说些不碍事的谎话。

"可是，"佐恩急切地说，"我真想不通，多少年的旧事了——他们怎么就不会转变一下态度呢？"

芙蕾抬起头，望了他一眼。

"可能你根本就不爱我。"

"我根本就不爱你！你，你怎么能……"

"你要是爱我，就会和我在一起的。"

"瞒着他们吗？"

"做了再说，到时再告诉他们。"

佐恩噎住了。她脑中浮现出两个月前初次和他见面时他的模样，但现在和那时相比，他看起来好像老了整整两岁！

"这样做的话，我母亲肯定会很伤心的。"他说。

芙蕾甩开了手。

"是让我伤心，还是让你母亲伤心，你必须做个选择。"

佐恩从桌子上下来，跪在了她面前。

"可是，为什么要瞒着他们呢？他们会同意的，他们不会真的阻止我们的，芙蕾！"

"他们会！你要知道，他们会的！"

"怎么阻止我们？"

"我们现在生活还不能独立，他们可以不给我们钱，或者在生活中别的地方逼迫我们。佐恩，我是受不了的！"

"可是，我们要是真这么做，就是欺骗他们啊！"

芙蕾猛地从椅子上站起来。

"你根本就不爱我！你要是爱我，怎么会这么犹豫不决？'连把事情说出来的勇气都没有……就是畏首畏尾。'①"

佐恩用手抱着她的腰，用力把她按回椅子上。她急忙接着说：

"我都打算好了。我们去苏格兰，在那里住上一段时间就行。他们知道我们结婚了，马上就会妥协的，面对事实，人总是会妥协的，你明白吗，佐恩？"

"可是这样一来，他们会多伤心啊！"

原来，他现在顾念的是他的家里人，而不在乎她的感受！"你既然这样想，让我走吧。"

佐恩马上站起来，用背把门堵住了。

---

①化用英国蒙特罗斯侯爵《我的爱和唯一爱》一诗，意译如下："不敢把事情揭露出来，成就成，不成就失败，他就是畏首畏尾，或者是一个胆小鬼。"

"可能你的主意是对的，"他慢吞吞地说，"但我还需要好好考虑一下。"

她从他的眼神中看得出他内心的情感在翻滚，但是不知道该如何表达出来。她想让他好好想想，并不想帮他说出来。此刻，她对自己产生了一种深深的恼恨，同时也开始恨他。她不明白，本来是保护他们两个人的爱情，为什么这一切都要她来承担呢？这不公平！可是随后，她又看到他眼睛里的爱恋和伤悲混杂在一起。

"别这样！我只是想和你在一起，佐恩。"

"只要你需要我，我肯定会和你在一起的呀。"

"唉，会的，我会失去你的。"

佐恩两手扶着她的肩。

"芙蕾，你是不是有什么事没告诉我？"

他到底意识到了什么啊！她就怕这个，她直直地看着他，说："没有。"这两个字，彻底把她的后路给堵死了，但是这又能怎么样？只要他们能在一起，他会原谅她的。她双手搂住他的脖子，开始吻他。她要成功了！他的身体紧挨着她，她感觉到了他的心跳，看到了他紧闭的双眼，她明白她要成功了。"让我们的爱情得到一个答案——得到一个答案，"她低声说，"答应我！"

佐恩一声没吭。他的脸上没有表情，但能看出他的内心在做斗争。最后他说：

"对于他们来说，这简直是当头棒喝，我需要慎重考虑，芙蕾。给我一些时间。"

芙蕾用力从他的怀抱里挣脱出来。

"哦！很好！"忽然间的神经高度紧张，再加此刻的失望和羞愤，她再也无法控制自己，号啕大哭起来。她哭了足足有五分钟，尽情地发泄着自己的痛苦和伤心。虽然佐恩很温柔地劝慰她，也表达了自己的悔恨，但还是没有答应她。她真想大声喊出来："既然这样，既然你不爱我，那好，我们分手吧，再见！"但是她做不到。她一直是个任性的女孩，现在，居然会为了这个年轻、温柔、专一的男孩而不断地压抑自己，为什么会这样？她感到既惊讶又彷徨。她其实想把他推到一边去，装出一副冷漠和愤怒的样子，看会不会有什么转机，但她还是不敢这样做。忽然，她意识到自己其实正在挖空心思地让佐恩盲目地去做一件无法挽回的事情，想着这一点，她慢慢冷静下来——她的怒火和冲动也好像不是来自内心。即使佐恩吻她，她也觉得不如之前那样迷人。这场轰轰烈烈的小约会就这样毫无收获地结束了。

"要不要来杯茶，小姐？"

芙蕾推开佐恩，回答说：

"不，不需要，非常感谢，我这就要走了。"

佐恩还没回过神来，她已经出了大门。

她独自一个人无声地走着，脸颊滚烫，一边走着，一边擦着不断涌出的眼泪，她又生气又害怕，又非常伤心。她把佐恩都逼到了那种地步，他居然还是不同意，她觉得自己已经费尽了心机，再也想不出别的办法了！可是，境况愈是艰难，愈是危险，"占有"的信念愈是牢固，就像一只牢牢地扎进肉里的扁虱！

格林街空无一人。威尼弗列德和伊莫金出去看话剧了。关于这部话剧，有的人说内涵深刻，还有人说"是一部让人纠心的剧"。在这些评论带来的好奇之下，威尼弗列德和伊莫金跑去看了。随后，芙蕾到了帕丁顿车站坐车。她选了一个靠窗的位置，感受着从西德莱顿的砖窑和晚麦田里吹来的气息，她的脸颊滚烫，风吹过也无济于事。过去，好像是随手可摘的花。而现在，却生出了许多尖刺，但是在那一串花穗的最顶端的那朵金色的花朵，对于她这种坚毅的性格来说，却显得更加美丽诱人，让人心动。

9. 祸根从此埋下

回到家的时候，芙蕾觉得家里的气氛不对，似乎自己变成了透明的空气。她母亲呆坐着，根本就不理她；父亲独自待在葡萄藤温室，也生着闷气。两个人一言不发。"是因为我吗？"芙蕾想，"还是因为普罗芳德？"

她问母亲："父亲怎么了？"

她母亲耸了耸肩，当作是回答。

她又问父亲："母亲这是怎么回事？"

她父亲狠狠瞪了她一眼，说："怎么回事，应该是怎么回事呢？"

"啊，有一件事，"芙蕾悄声说，"普罗芳德先生要去南洋了，他准备乘船周游一番。"

索密斯仔细盯着一根没结果子的葡萄藤。

"这根藤坏了，"他说，"小孟特来过了，向我问了些你的事情。"

"嗨，父亲！你对他有什么看法？"

"跟时下的年轻人一样，是这个时代的产儿。"

"亲爱的，你年轻时是什么样子呢？"

索密斯狡猾地笑了笑。

"我们都要去工作的，才不会开着汽车到处乱跑，只知道谈情说爱。"

"你恋爱过没有？"

她说这话时，并没有正面看着他，但是她却清楚地发现，索密斯的脸变得一阵红一阵白，两道苍白的眉毛几乎拧在一起了，还有点儿黑。

"我没有工夫拈花惹草，没有一点儿兴趣。"

"或许你有过某种更深刻的感情呢！"

索密斯看了看她，目光意味深长。

"如果你想弄明白这事，确实有，并且对我很有好处。"他顺着热水管道走开了，芙蕾悄悄地跟在他的身后。

"跟我说说吧，父亲！"

索密斯突然安静下来。

"你年纪轻轻，知道这些事干什么。"

"她还活着吗？"

他点了点头。

"结婚了吗？"

"是的。"

"是佐恩的母亲，是不是？她是你的第一个妻子。"

可以肯定的是，这话是她随口说出的，他之所以不同意自己和佐恩的事情，就是怕她知道了这些事情，会伤害他的自尊心。但是让芙蕾惊诧的是，这位上了年纪、心境平和的老人，竟然会因为这句话而退缩，他的声音是那么悲痛，真是出乎意料。

"谁跟你说的？该是你姑母……我不想别人谈论这件事，我有点受不了。"

"但是，亲爱的，"芙蕾用很柔和的语气说，"这已经是陈年往事了。"

"无论过了多少年，我都……"

芙蕾站在他旁边，拍了拍他的胳膊。

"我曾试着想要把这些都忘记。"他突然说，"因此不愿有人提及此事。"接着，就像要发泄一样——一股怨气一直以来都郁积在他心里——他又说，"在这个时代，对于这种高尚的感情，没有人能理解，真的！谁也不知道这有什么意义。"

"我知道。"芙蕾说，声音极小。

索密斯突然转过身，看着她。

"你说什么？像你这么大的孩子？"

"也许你这种高尚的感情遗传在我身上了呢，父亲！"

"什么意思？"

"你明白的，我爱着她的儿子。"

芙蕾知道，眼下他俩的脸色都不是很好，她和索密斯一样面白如纸。现在空气又闷又热，像在蒸气中一般，两人站在那张目对视着，空气里散发着一股由泥土、绣球花和正快速生长的葡萄藤混成的气味儿，香香的。

"真是胡闹。"索密斯终于说话了，从他那干瘪的嘴唇中蹦出这句话。

芙蕾的嘴唇似乎动了动，但是声音小得几乎听不到：

"父亲，你不要这样。这事我也没有办法。"

但是她看到父亲并不是在生气，而是非常恐惧。

"我还以为，这愚蠢的想法已经打消了呢！"他接着说。

"唉，怎么会呢，简直要比过去强烈了十倍！"

索密斯的脚踢在了热水管上。这动作让她可怜起父亲来，她不怕他，却很爱戴他。

"我亲爱的父亲！"她说，"对于这种事你是很清楚的，我没有办法去回避，你知道的。"

"无法回避，"索密斯重复着说，"你在胡说八道些什么？那个男孩子知道吗？你跟他讲过吗？"

她面色绯红。

"没有。"

他又开始背对着她，耸起一边的肩膀，用眼睛直直地盯着热水管的一个焊接处。

"可恶，"他突然说，"实在可恶，那个人的儿子，真是混蛋，混蛋啊！"

芙蕾留意到，他说的是"那个人的儿子"，而不是"那个女人的儿子"，估计他自己都没意识到，她的心又开始揣摩起来。

莫非崇高的感情还留在他心中的一隅，不曾消退？

她从背后抱住他。

"佐恩的父亲我已经见过了，他看上去已经非常老了，也不是很健康。"

"你——"

"是的，我要佐恩带我去的，我都见过了，他们两个人。"

"那他们说了些什么？"

"什么也没说，只是很客气。"

"会说的，他们总会说的。"说完他又开始盯着热水管的焊接处，过了一会儿突然说，"我要好好想想，今晚再跟你谈。"

她知道，今天也只能到此为止了，于是自己安静地离开了，留下索密斯独自在那儿，继续望着热水管的焊接处发呆。她走到了果园，满园都是黑莓和红醋栗，她居然没有一点摘下来尝尝的心情。仅仅两个月之前，那时候的她还是非常轻松愉快啊！或者说直到两天前，那时她还没有听普罗芳德这个家伙说这些事情，她还是很开心的。现在的她，就像落在蜘蛛网里的飞虫，无论怎样努力，都无法挣脱蜘蛛网，这张被爱恨情仇编织的大网。这会儿她怎么都高兴不起来了，她感觉，无论她心里怎么迫切，面对自己喜爱的东西，仍是无能为力。怎么办呢，要怎么做才能让事情朝着对自己有利的方向发展呢，要怎么做才能如愿呢？就在这时，她忽然看到她的母亲，就在高高的黄杨篱笆的转角处，她正快速走着，手里是一封打开的信，她的眼睛睁得大大的，脸色通红，看起来很激动。芙蕾看到这一幕，立刻明白了："怕是知道普罗芳德要驾游艇离开的事了！唉，母亲真可怜！"

看到女儿，安妮特很惊慌，她瞪了芙蕾一眼，随即给自己掩饰说：

"我有点儿头疼。"

"我很替你难过，母亲。"

"是啊！你和你父亲一样，都不好受。"

"但是，母亲，我是认真的，我能明白你头疼的感觉。"

安妮特大吃一惊，瞪大了眼睛，连上眼白都露出来了。

"可怜的不懂事的孩子！"安妮特说。

母亲本来是个多么骄傲又自信的人啊，现在居然变得如此脆弱了，连这种话都说出来了！这真让人心痛啊！她，父亲，还有母亲，竟然都在为情而伤心！而仅仅两个月前，他们这一家还好像拥有整个世界呢。

那封信被揉皱了，被安妮特攥在手里。芙蕾装作对此一无所知。

"母亲，要我帮你想想办法吗？"

安妮特一口回绝，扭动着腰肢走了。

"可怜的母亲！"芙蕾想，"但是，在我的立场上看，这倒是件好事！这么一个卑鄙的男人在这个家里鬼鬼祟祟地干坏事，把一个好好的家弄得鸡犬不宁！可能他已经对她厌倦了。哼，凭什么厌倦？他有什么资格厌倦！"她这样想，立场是很奇怪的，不过从某个角度来看也有道理，让她禁不住笑了出来。

也许，这事结束了，她本该高兴的，可是，她心里又困惑了，为谁而高兴呢？她的母亲当然会在乎这件事，但她的父亲压根不会往心里去。她走到果园里，在一棵樱桃树下坐了下来。树上的枝丫随着微风轻轻晃动着。她抬头往上看，看到了绿荫中的天空，天是那么的蓝，白云是那么的洁白——这些洁白的云映衬着河边的景色，让这里显得很美。蜜蜂躲在没有风的树荫下发出嗡嗡的声音，茂密的草地上有一大片果树的影子，这些果树都是她父亲亲手种的，都已经二十五年了。果园里非常安静，听不到鹧鸪鸟的啼鸣声，只有斑鸠咕咕地叫着。拂面吹来的微风、嗡嗡的蜜蜂和咕咕叫的斑鸠共同组成了一幅盛夏的画卷，这一切，渐渐平复了芙蕾激动的心情。她用手抱着膝盖，心中开始计划下一步该怎么走。她要千方百计地说服父亲才行。只要她过得幸福就好了，父亲有什么事是接受不了的呢？当了十九年父亲的女儿，她再明白不过，父亲真正在意的只是她的将来。所以，她得让父亲明白这一点：她离不开佐恩，否则就活不下去了。在他眼里，这是胡闹，上了年纪的人真是糊涂，他们总以为自己还懂得年轻人的心，他不是也说年轻时曾有过一段恋爱，有一种崇高的感情吗？他会理解的！"他有很多积蓄，都是为我积攒的，"她想着，"可是，如果我生活得不开心，再多的钱又有什么用呢？"只要钱能买到的东西，都不能给人带来快乐，钱本身也是如此。只有爱情才能带来快乐。这个果园里有一种牛眼菊，它们尽情地怒放着，肆无忌惮地展现着自己的美，经常把果园点缀得诗意盎然，它们这怒放的美丽才叫青春吧。

"要是他们不希望我在青春年华好好享受青春，干吗给我取这个花朵般热烈的名字？"她兀自想着，只有贫穷和疾病才是爱情真正的阻碍，至于上一辈之间的感情阴影，实在不应该成为羁绊。就像佐恩说的，上一辈这些人，就是不愿意你生活下去，早年他们做错了事，种了恶因，却让无辜的后代来偿还！风停了。蚊虫开始出来咬人，芙蕾站起来，摘了一朵忍冬花拿在手里，走回房子里。

晚上闷热无比。芙蕾的母亲都穿了一件低领极薄的灰白色衣服。餐桌上摆着的花也是灰白色的。在芙蕾眼中，屋里到处都是灰不溜秋的东西，在她父亲的脸和她母亲的肩膀上，还有木板墙壁、丝绒地毯、灯罩和汤，处处都是如此。除了灰色，屋子里再也找不到别的颜色，连灰玻璃杯里的酒也没有颜色，因为没人喝，触目所及除了灰色就是黑色：她父亲和男管家都穿着黑色的衣服，她养的那条黑色猎狗正在窗边休息，窗帘是黑色的，上面的图案是奶白色的；从屋外撞进来的飞蛾都是灰色的。空气又闷又热，整个晚饭期间大家都默不作声，就跟在殡仪馆里似的。

吃完饭，她准备和母亲一起离开时，父亲叫住了她。

她紧靠着桌子坐在他旁边，她取下头发上插着的那朵忍冬花，放在鼻子下嗅了嗅。

"我考虑过了。"他说。

"怎么样，亲爱的父亲？"

"非要讲明白这件事，确实会让我陷入过去的痛苦中。可是我又不得不说。有些事我从来没有说过，因为我觉得没必要说出来，不知道你知不知道你对我来说是多么的重要，你是我的宝贝，是我的一切啊！你母亲——"他停住了，眼睛直直地盯着那威尼斯玻璃的洗指钵。

"怎样？"

"你是我唯一的希望。从你降生的那一刻起，你就是我唯一喜欢的——再没有别的。"

"我懂。"芙蕾低声说道。

索密斯抿了下嘴唇。

"也许你觉得，关于你和佐恩的事，我会给你支持，让结果如你所愿，但其实你想错了，我完全无能为力。"

芙蕾没吭声。

"抛开我个人感情来说，"索密斯声音更坚决了，说道，"无论我怎么说，那边两个人是不会同意的，他们——他们恨我，和所有人一样，恨那些伤害过自己的人。"

"但是佐恩，他也……"

"他们只有佐恩这一个亲生儿子。就像我一样那么在乎你，这是最难办的。"

"不，父亲，不是这样的！"芙蕾激动地喊起来。

索密斯背靠在椅子上，显出一副灰心丧气忍耐的神情，似乎在克制自己的所有情感。

"你能想象吗？"他说，"你和他总共认识了才两个月，他是你的初恋，这两个月里只有几次见面和谈话，还有接吻，而你们上一辈的仇恨已经持续了整整三十五年，你觉得两者能抗衡吗？你根本无法想象这种长年累月的仇恨的力量多么强大，在它面前，你们之间的爱恋是非常脆弱的。芙蕾，你冷静下来，认真想想吧！这根本是不可能的！可以说是疯狂的！"

那朵忍冬花被芙蕾一点点地扯掉。

"真正疯狂的是让过去把一切都摧毁掉。我们不管你们过去犯下的错，生命是属于我们自己的，不是你们的。"

索密斯痛苦地把手放到了前额，芙蕾突然发现他额头上出现了细密的汗珠。

"是谁给予你生命？"他说，"又是谁给予他生命？没有过去，怎么会有现在呢，没有了过去和现在，又怎么会有未来？这是你无处躲藏的！"

第一次，索密斯对她说了这些话，这些充满哲学味的话，尽管她现在情绪非常激动，但这些话仍触动了她。她一只手托着下巴，两只手臂放在桌子上。

"但是，父亲，你要看清现状，现在是我们深爱着彼此，我们前面没有贫穷的阻拦，挡在我们面前的只有过去的感情。父亲，把过去的那些事情都忘掉吧。"

索密斯轻轻叹了口气。

"并且，"芙蕾轻声地说，"你也阻挡不了我们。"

"事情不是这样的，"索密斯说，"不是我的话就算数的，如果我能决定，你觉得我会阻止你幸福吗？我很清楚，为了你，为了你的感情，对于某些事情我可以视而不见，但是现在的情况是，事情不是操控在我的手里。这就是我最想告诉你的，好让你将来不至于追悔莫及。如果你还是这样一意孤行，认为总会达到目标，一旦你自己也无能为力的时候，你受到的打击将是你接受不了的。"

"啊！"芙蕾喊道，"你要帮帮我，父亲，你肯定能帮我的，我知道。"

索密斯迅速做了一个否定的手势。

"我？"他抑制不住情绪地说，"我帮你？我恰恰是你们不能在一起的原因和阻碍①，就像那句老话中说的。而你又恰好是我的孩子。"

他站了起来。

"祸根已经种下。你假如再继续这样顽固，苦果就自己吞吧。唉！我唯一的宝贝啊，别犯傻了！"

芙蕾无助地把头伏在了父亲的肩膀上。

她现在心里已经乱成了一团麻，痛苦不已，但是她已经明白，她再怎么发泄，都无法改变现在的事实，不会有任何的帮助，一点儿都没有！她离开父亲，独自走出了屋子，走入黑暗的夜色中，尽

①引自《祈祷》书婚姻章，"如果你们知道这两个人为什么不能在神圣婚姻中结合的原因，或者障碍，你们应说出来"。

管心情很糟糕，但是她仍没有放弃她坚持的东西。她的脑子里混沌一片，迷迷糊糊的，就像园子里那些黑影，摸不到一点儿头绪，只有占有的欲望始终很明晰。一棵白杨树的枝丫在暗黑的夜空中直挺着，好像刺到了一颗白星。露水打湿了她的鞋子，她的肩膀裸露在外面，已经感觉到了寒意。她走到河边停了下来，河面上也已经一片灰暗，她站在那里，看着映在水面上的一缕月光。突然，一阵烟草的气味飘来，同时，一个穿着白色衣服的人影出现在了河边，就像从月亮上掉下来的。原来是小孟特，他穿了一件白法兰绒衣服，站在自己的船上。黑暗中，她听见香烟被丢在水里熄灭的声音。

"芙蕾，"孟特说，"你对我真无情啊，可怜可怜一下我这个倒霉的人吧！我在这儿已经等了你好几个钟头了。"

"等我干吗？"

"请先到我的船上来吧！"

"不去。"

"为什么？"

"我不是什么水神。"

"你一点儿都不懂浪漫吗？芙蕾！"

他走上了小路，距离她也只有一码了。

"别过来！"

"我爱你，芙蕾，我爱你！"

芙蕾轻轻地一声嗤笑。

"你等到我的心愿没有实现的时候，再过来吧。"她说。

"什么心愿？"

"说点别的吧。"

"芙蕾，"孟特说，声音听上去很奇怪，"开这种玩笑不合适！就算是将要被活体解剖的狗，在那之前也会被好好对待的。"

这话让芙蕾的嘴唇颤抖着，她摇了摇头。

"你吓到我了。给我支烟。"

孟特拿了支烟给她，帮她点上，自己也拿了一支。

"我不想说些不着边的话，"他说，"但是你可以回想一下，所有相爱的人都说过什么样的废话，还有我说过什么样的废话。"

"谢谢，这些我都已经想过了。晚安！"

在一棵被月光照得发白的刺球花的影子里，他们会有那么一瞬间彼此对望，两支香烟的烟雾在他们中间混在了一起。

"米契尔·孟特，淘汰了？"他说。芙蕾毅然地转身离开了，朝房子走去，走到草地那边，她停了下来，回头看了看米契尔·孟特，他正用力挥起胳膊使劲地敲打自己的头，还向那月光下的刺球招手。她隐约听见"好、好！"的声音。芙蕾重新打起精神，她的事已经够烦了，不愿意再去理会他了。走到阳台的时候，她突然停住了脚步。她看见母亲正独自一个人坐在客厅的写字台旁，虽然脸上没什么表情，但是看起来很严肃。她感觉母亲有点太凄惨了！芙蕾上了楼，她本来已经走到自己房门口了，但又听到父亲在画廊里走来走去，她便停了下来，他的脚步声也不轻松啊。

"孟特说得对！"她想，"唉，佐恩啊！"

10. 佐恩打定了主意

芙蕾离开后，佐恩直直地看着那个奥国女用人。她是一个很瘦的、脸色很黄的妇人，但是看起来很为佐恩担忧，从外表上看，她是个经历过苦难的人——也许曾经看到过人生拥有过的一切美好事物——从身边溜走。

"要喝茶吗？"她问。

佐恩觉得她的声音中带着一种遗憾，所以轻声说：

"不要，我不喝，谢谢你。"

"喝点吧，已经泡好了，喝点茶，再抽支烟。"

芙蕾离开了！接下来的日子，他会愧疚很久！同时会犹豫是否要顺从芙蕾的意思。他觉得自己的处境真的很麻烦，勉强挤出一丝笑容，说道：

"那来点吧，谢谢你！"

女用人端来一小壶茶、两个小茶杯和一个银色的放了香烟的烟盒，都放在了小托盘里。

"要放糖吗？福尔赛小姐有很多的糖——这其中有我卖给她的，还有我朋友卖给她的①。福尔赛小姐是个很好的人，我很高兴能在这儿帮佣，你是她的兄弟吗？"

"嗯。"佐恩说，开始抽起烟来，这是他人生中的第二支香烟。

"很年轻的兄弟。"奥国女用人脸上带着一丝让他不舒服的微笑说，似乎像是一条摇尾乞怜的狗。

"你也喝杯茶吧，"他说，"你坐下来怎么样？"

---

①在第一次世界大战后，大约食糖还在配给。

女用人摇了摇头。

"你父亲是个非常好的老先生——我从没见过像他这么好的先生。他的事情福尔赛小姐全都和我说了。他好一些了吗？"

佐恩听着她说的这些话很不舒服，感觉她像是在责备什么。"啊！他没什么。"

"要是能见见他就好了，"女用人伸出一只手，按着胸口的位置，认真地说，"他的心非常善良。"

"是啊。"佐恩说。在他听来这些话也像是在责备什么。

"他从来不麻烦人，笑的时候是那么的和蔼可亲。"

"的确是这样。"

"有时候，我看他会用奇怪的眼光注视着福尔赛小姐。我经历的那些事他也都知道了，他很同情我的遭遇。对了，你的母亲还好吗？"

"她很好。"

"她梳妆台上有一张她的相片，非常漂亮呢。"

佐恩把茶一口饮尽。这个女人关切的面孔和她那些好像责备的话，就像是"理查德三世"的两个刺客[1]。

"非常感谢，"他说，"我必须走了。请把这个、这个收下。"

他有点犹豫地把十先令放在了托盘里，然后起身向门口走去，虽然他已经急匆匆地走了，但仍听到女用人在后面追赶他的喘息声。不早不晚，他刚好赶上了火车；在去维多利亚车站的路上，他会看每一个经过的路人，当时的心情和普通的陷入爱情的人一样，既绝望又心存希望。到达窝辛[2]时，他打算独自穿过高原步行去旺

①莎士比亚《理查德三世》一剧中，谋刺克拉伦斯公爵的两个刺客，事前有一段良心交战的对话。
②南撒州的一个海滨胜地。

斯顿，他用一列逢站必停的慢车把行李托运走了。他希望通过这趟徒步之旅，能甩掉这些让他左右为难的痛苦。只要他加快点脚步，他还来得及欣赏那些碧绿的山坡，还能趴在草地上看看那些正在盛开的野蔷薇，抑或是听听云雀的啼叫。不过最后，这些美景的作用不大，痛苦依然存在，比之前好不了多少。因为他深爱芙蕾，迫切地想拥有她，但始终不肯欺瞒自己的父母。因此直到走到旺斯顿的石灰矿时，他的心情还是那么糟糕，仍然拿不定主意。把事情的两个方面都看得同样重要，这是佐恩的优点，更是他的缺点。他抵达屋子时，正赶上第一次晚餐铃响起，行李也被送到了。他急匆匆地上楼洗了个澡，下楼的时候只见到好丽一个人，瓦尔进城了，要搭最后一班车才会回来。

那一次，瓦尔要他和自己的姐姐谈谈，问一下两家以前的那些不愉快的事。打那以后，发生了一连串的事情：最先是在格林公园，芙蕾和他说了一些秘密，之后就是芙蕾来罗宾山，再紧接着就是今天和芙蕾的会面。所以现在，他也没什么想问的了。接着他就谈到了西班牙和中暑，还谈起了瓦尔的马和父亲的健康状况。好丽觉得，父亲最近身体状况堪忧，她的心一下子提了起来。她说之前有两次去罗宾山过周末的时候，父亲看上去有气无力，很明显正忍受痛苦的折磨，但是让他说说到底哪儿不舒服，他却从不肯说。

"多可爱的父亲啊，他从来都是只替别人着想，你认为呢，佐恩？"

佐恩感觉自己一点都不好，也不太会为别人着想，因此只回答道："是！"

"我觉得，自我懂事以来，他一直都是一个理想中的父亲。"

"是啊。"佐恩心不在焉，声音很低。

"对于我们的事，他从来不干涉，并且还很理解我们。我一直记得我和瓦尔恋爱的时候，正值布尔战争，那个时候，他居然同意我去南非洲，这件事我永远都不会忘记。"

"这都是和我母亲结婚之前的事吧？"佐恩突然问。

"是啊，你问这个做什么？"

"啊！没什么。但是，她之前不是和芙蕾的父亲订婚了吗？"

好丽把汤匙放下，抬起头打量他，尽量掩藏目光中的内容。佐恩已经知道什么了吗？如果他只知道一部分，要不要全都告诉他？好丽一时不知该怎么办。佐恩的神情举止紧张而焦虑，人也像是苍老了许多，当然，上次中暑也很伤身。

"是有那么一回事，"她说，"但是当时我们在南非洲，所以具体也不清楚。"这事她最好还是别说，这也不是她的秘密。况且佐恩和芙蕾现在到底怎样，她也一点儿都不知道。没去西班牙之前，好丽知道他在恋爱，但孩子毕竟是孩子而已，算起来已经过去七八个星期了，中间自己还去了西班牙呢。

她知道佐恩肯定看出她在瞒着他什么，于是接着问道：

"芙蕾最近怎么样，你知道吗？"

"知道。"

他脸上的表情把他的心情表达得淋漓尽致，原来他一直都想着这事呢！

她平静地说："佐恩，芙蕾确实是一个很可爱的姑娘，但是你应该能明白——我和瓦尔并不是很喜欢她。"

"为什么？"

"我们感觉她身上有一种天生的'占有'欲。"

"'占有'？我不明白你说的这些是什么意思。她……

她……"他忽然站起身，推开了面前的甜食盒子，走到窗子旁边。

好丽也站起来，走到他旁边，抱住了他。

"不要生气，佐恩，亲爱的。不同人看同一个人，评价是不一样的，不是吗？再说，谁能真正知道我们的优点呢？谁能帮助我们把优点表现出来呢？也就只有那么一两个人而已。对于你来说，真正懂你的人就是你的母亲。有一次，我看见她正在读你的信，当时她脸上的表情深深触动了我，我当时觉得，她是我一生中看见过的最漂亮的女人了，这么多年她一点儿都没变老。"

佐恩的脸色缓和下来，但是不一会儿，另一种烦躁攫住了他的心：所有人！几乎所有人都反对他和芙蕾！意识到这一点，他更明白芙蕾为什么会那么说了："佐恩，如果你不想我们分开的话，那我们就必须结婚！"

他和她曾经共同在这里生活了整整一个星期。而现在，这里的房间和花园，甚至是空气都再也捕捉不到一丝她的气息。想到这里，他愈发地渴望她的娇容，内心的痛苦愈发强烈，以后的日子，没有芙蕾，自己一个人住在这儿，能忍受得了吗？他很快回到自己的房间，早早睡下了，这样虽然不会让他更加健康、富有和聪明[①]，不过他可以去梦里回忆和芙蕾在一起的时光，那时芙蕾还穿着化装舞会时的衣服呢。他听到了福特汽车卸货的声音，瓦尔回来了，货卸完了，夏天的夜晚又重回寂静，除了偶尔有羊的叫声和蚊虫发出的刺耳的声音。他看向窗外的世界，月光冷清，空气暖暖的，还有那如同银子般灿烂的高原，鸟儿，潺潺的流水和茶兰花！啊！上帝啊！如果这里的一切没有了芙蕾，那将会是多么的寂寞啊！《圣

---

① 暗引弗兰克林的格言："睡得早，起得早，使人聪明、富贵、身体好。"

经》里也说：你会与父母分开，而与芙蕾结合①！

　　他要用生平最大的勇气让他们知道，他们不能把他和芙蕾分开，他和芙蕾之间有着最真挚的爱恋，只要他们明白这爱恋有多深多真，他们就不会反对了！是的，他要告诉他们，要大胆地向他们坦白——芙蕾的想法是错误的。那只母蚊子没动静了，羊也不再咩咩叫了，只剩下溪流的潺潺声，听不到什么别的声音了。佐恩睡着了，他终于摆脱了这人生的最大痛苦——犹豫不决。

11. 偬摩西开口说话了

　　就在芙蕾和佐恩本来约在国家美术馆却未能相见的那一天②，英国的上层阶级，或者是说戴着顶级丝质礼帽的绅士们，他们的第二个复活节开始了。在罗德板球场③上——大战时，这个节日一度被废除——淡青色和深蓝色的旗子④再度飘舞起来，向世人宣告光荣传统的复活。等到午餐时间，就能看到各种各样的女式礼帽以及同色的男式礼帽，这些帽子都是为了保护"上流社会"各种各样的面孔而存在的。作为一个纯粹的观赏者，一个福尔赛估计能够在免费的座位以及那些无足轻重的座位中分辨出许多顶

---

①见《马太福音》第十九章第五节：因此人要离开父母，与妻子连合，二人成为一体。

②见本书第一卷第十一章，芙蕾与佐恩约在7月9日见面。

③国中撒郡体育会的板球赛会在此举行。到了7月，很多学校的板球赛都会在这里进行，如牛津大学和剑桥大学，还有艾顿中学和哈罗中学以及其他的公立中学等。在这个时候来看罗德板球场的球赛，是伦敦绅士阶级的流行做法，这个日子，男的都会戴上大礼帽，身穿燕尾服，女的则一律着盛装。

④剑桥大学和伊顿中学的校旗都是淡青色的，而牛津大学和哈罗中学的则是深蓝色的。

软呢帽，但是让那些老学校庆幸的是，那些无产者还不敢坐到草地近前去，他们也还买不起两个半先令的门票，这里成了硕果仅存的一个大规模的"上流社会"的领地——报纸上预计，本次赛会的观众人数是一万人。让这一万人来到这里有一个共同的动力，就是他们之间一直在彼此询问的一个问题："中午你在哪里用餐？"大家——那么多彼此认同的人——全都在问这同一个问题，真是让人感到趾高气扬及心安理得！大英帝国有丰富的储备——有那么多的鸽子、龙虾、羊肉、鲑鱼、橄榄油酱、草莓和香槟酒，全是预备给这些人食用的，根本不需要上帝的神迹——去他的"七个大麦饼和几条鱼"吧。这是多么牢固的信仰，即将要摘下或收起来的六千顶大礼帽和四千柄小阳伞，还有那讲着相同英语的一万张嘴将要被喂饱，这个老气横秋的帝国还是跟从前一样，充满了生机！何等强大的传统啊，多么强大啊！不管战争如何猖狂，不管工会如何压榨，不管税捐如何过分，不管饥荒如何饿死人，都阻挡不了这一万人把肚子填饱。除此之外，他们还能够头戴大礼帽，并且在围着圆栅栏的草地上迈着方步，周围都是跟自己一样的体面人。啊，这帮老古董的心脏是那么的健康，脉搏是那么的正常！伊——顿！哈——罗！

在这个他们取得使用权或代理权的竞技场上[①]，无数的福尔赛们来到这个属于他们的竞技场上，索密斯也带着他的太太和女儿来了。索密斯并没有在伊顿或者哈罗读过书，对板球也不感兴趣，他只是想感受下戴大礼帽的感觉，顺便让芙蕾展示一下她的新衣服，再感受一番此间那种太平富足的气氛，在和自己身份相当的人们面

①这里把进场比作具有土地使用权。

前露露脸。芙蕾被夹在他和安妮特中间，缓步踱着，在他看来，自己伴着的这两个女人是其他女人无论如何也比不上的。她们不仅步态优美，胸脯挺拔，脸蛋也是那么漂亮；现在眼下那些不中看的女人，没有胸脯，没有身材！他突然想到，刚和伊莲结婚的时候，自己也是这样把她带在身边，同样觉得意气风发！他还想起那时候，他们吃午饭总是在敞篷马车里，这还是受他母亲的影响，他母亲经常要求他父亲这样做，她觉得那样很"好玩"，那时候的人，连看球都是坐在马车里，哪用得着这种笨拙的看台！蒙塔谷·达尔提总是会把自己灌醉，估计现在的人也会把自己灌醉，但绝不会像以前那样随意了。索密斯想起了乔治·福尔赛，那个时候，乔治的哥哥罗杰在伊顿上学，兄弟欧斯代斯在哈罗——乔治总是站在马车顶上，双手各拿一面淡青和深蓝的旗子，每当大家都不说话的时候，他总是大声地喊"哈罗——伊顿"，活脱脱的一副小丑模样，跟平时没什么不同；再有，欧斯代斯总是坐在下面的马车里，穿得笔挺，一副公子哥儿的样子，手上也不拿旗子，对什么事都不理睬。啊！那时候，伊莲穿的是一件灰色带点淡绿色的绸子衣服。他稍微转头，看了看芙蕾，她的脸看上去那么苍白，无精打采的，对这里也没有一点儿兴趣！这次恋爱让她这么烦恼，太糟糕了。他又看了看安妮特，她倒是把自己收拾了一番，脸上还带着点轻蔑的神气，但是，他觉得她没有任何理由去做出这种轻蔑的表情。她对于普罗芳德抛弃她这件事表现得非常冷静；难道普罗芳德去周游只是一个借口？他们三个走过掷球场，来到看台上俱乐部的帐篷里面，去找威尼弗列德之前定的位子。这个新的俱乐部男女会员都收，它的主要宗旨就是号召旅行。创办这个俱乐部的是一位苏格兰老绅士，不知道什么原因，他的父亲被人莫名其妙地称作利未①。威尼弗列德加入这个俱乐部，并不是自己到过很多地方旅行，纯粹是因为她觉得，一个有着这样一个名字和创办人的俱乐部，肯定会前途无量，等时间久了，指不定就加入不进去了。俱乐部在入口的地方绣了一只绿色的骆驼，还在一张橙黄色底子的帐篷上，写着一句《可兰经》经文，在球场上能很容易分辨出来。他们在帐篷外遇见了杰克·卡迪更，他戴着一条深蓝色的领带（他曾是哈罗中学的选手），手上拿一根棕榈手杖，正在演示刚才打球的那个人应该怎样打那记球。他引领索密斯一家走到帐篷里。里面已经坐了伊莫金、宾尼狄克特跟他年轻的妻子、瓦尔·达尔提（好丽不在）、茂德及她的丈夫。索密斯和妻女坐下之后，旁边还空着一个位子。

"我原想着普罗芳德会来，"威尼弗列德说，"但是，他现在正为了他的游艇抽不开身呢。"

索密斯偷偷看了一眼妻子。她的脸上一点儿表情都没有，毫无疑问，她很清楚这个人不会在这里出现，他看到芙蕾也向母亲这边看了看。尽管安妮特对于他的想法一点儿都不在意，但好歹也应该为女儿留些脸面！大家很随意地聊天，卡迪更不时地打断谈论，总要谈起中卫，他把自从有了板球赛以来所有"伟大中卫"的语录都复述了一遍，好像这些中卫在英国人中是一个另外的整体民族。索密斯吃完龙虾，正要吃鸽肉饼的时候，突然听到有人说"我来晚了一点，达尔提太太"，他抬头看过去，普罗芳德正坐在安妮特和伊莫金之间的那个空位子上。索密斯接着往下吃，间或与茂德和威尼

①希伯来古姓氏，基督教用作人名，今仅有犹太人沿用，《圣经·创世纪》第二十九章第三十四节记载，雅各的第三子即取此名字。

弗列德说着话。嘈乱中，他听到普罗芳德说：

"我认为你是不对的，福尔赛太太，我打赌，福尔赛小姐肯定会赞同我的想法的。"

"赞同什么？"芙蕾一字一句，从桌子对面传来。

"我说的是，如今的年轻女孩子跟从前一样，没有变。"

"你很了解她们吗？"

在座的人都听到了这句犀利的反问，索密斯听了后，尴尬地在自己不太牢靠的绿椅子上挪动了一下。

"哦，我不是很清楚，我觉得她们一直都喜欢耍小脾气。"

"是这样吗？"

"不过啊，普罗芳德，你要知道，有一些女孩子，"威尼弗列德语气缓和地说，"像那些在兵工厂做事儿的，还有店铺里那些打情骂俏的女孩子，她们的作风实在过于轻佻，有碍观瞻呢。"

这句"有碍观瞻"把杰克·卡迪更无味的演讲打断了，普罗芳德先生在一片安静中说："这不过是因为她们以前藏着掖着，现在全都表现出来了罢了。"

"这就表明她们的举止真的是……"伊莫金大叫道。

"跟她们从前的行为一样，卡迪更太太，只不过，现在的机会多了而已。"

伊莫金被这句神秘又讽刺的话逗笑了，这话也让杰克·卡迪更把嘴巴微微张开了，索密斯的椅子再次发出一声吱吱声。

威尼弗列德说："这太不成体统了，普罗芳德。"

"你的看法呢，福尔赛太太？难道你不觉得人性是不变的吗？"

突然，索密斯非常想站起来，把这个家伙揍一顿，但是他很快又把这个念头打消了。他听到了自己妻子的声音：

"英国的人性，与其他地方是不一样的。"这就是她的冷嘲热讽！

"哦，对于这个小国家我不是很了解，"索密斯心想，"幸好我不了解。"——"但是，纸终究包不住火，这样的情形在什么地方都是一样，我们都想让自己快乐一点，而且我们一直都这样。"这个混球！他的这些嘲讽简直——简直太下流了！

午餐后，大家成双结对地出去散步，以消化食物。索密斯知道，安妮特肯定和那家伙一起"鬼鬼祟祟"去了。不过，他为了自己的面子，还是装作看不见，芙蕾选择了和瓦尔一起走——她这样做，当然是因为他认识那个男孩子了。索密斯和威尼弗列德一起走。两人走在穿着艳丽颜色衣服、来来往往的人群中，满面红光，心满意足。一直这样过了好几分钟，直到威尼弗列德叹着气说：

"哥哥，我真想时光能倒流四十年！"

她的眼睛似乎看见以前自己在这个季节里所穿过的一切的华丽衣服，那都是她父亲给买的，主要是为了应付这种周期性的危机。"说实话，从前还是非常有趣的。甚至有时我还想，蒙第要是在就好了。索密斯，对时下的这些人你有什么看法？"

"全无章法可言。自打出现了自行车和汽车后，一切都乱了。战争毁掉了一切。"

"我不知道以后会什么样，"威尼弗列德说，可能是吃多了鸽肉饼，她的声音听上去有点睡意，"没准哪一天，箍裙和扎脚裤又会重新流行起来，你瞧瞧那件衣服！"

索密斯摇了摇头。

"如今的年轻人，钱是有的，但没了做事情的自信，没了对将来的计划，他们现在如同朝露，提倡及时行乐。"

"自信还是有的！"威尼弗列德说，"我说不好——你想想，打仗死了多少人，一切都被消耗掉了，我觉得这是一件大事。普罗斯伯说，除了美国之外，其他的国家都破产了，当然，那些美国男人的衣着样式，还是抄袭我们的款式。"

"那个人，"索密斯说，"他真的要去南洋吗？"

"啊！没人知道普罗斯伯要去哪儿。"

"这样说吧，但愿你不会生气，"索密斯嘀咕道，"他就是这个时代的标签。"

威尼弗列德突然用手紧紧拉住他的胳膊。

"别回头，"她悄声说，"你往右边看，看那看台的前排。"

听到她的话，索密斯努力往右边看。一个戴着灰色大礼帽的男人，胡子花白，消瘦的浅褐色的脸上布满了皱纹，然而却有十足的神气，正同一个女子坐在一起，她穿着草绿色的衣服。那个女子正用她的那双深褐色的眼睛看着索密斯。他快速地把头低下去，看着自己的脚。这双脚乱了方寸，简直磕绊起来了！他听到威尼弗列德在旁边说：

"佐里恩看上去老得不行了，还是这样神气。她变化不大，只是头发白了。"

"你为什么要和芙蕾说那件事？"

"我没和她说，也不知道是谁说的。不过，她早晚要知道的。"

"唉，事情糟糕了啊，她偏偏爱上了这两个人的儿子。"

"真是个小冤家，"威尼弗列德说，"她还想瞒着我。你要怎么做，索密斯？"

"走一步看一步吧。"

两人继续往前走，两边是摩肩接踵的人群。

"真的，"威尼弗列德突然说，"也许你该相信命运，虽然这样说有些老套。瞧！乔治和欧斯代斯过来了！"

乔治·福尔赛那高大身躯已经晃到了他们的面前。

"哈罗，索密斯！"乔治说，"刚才我遇见来了普罗芳德和嫂子。你动作快点的话，还能赶上他们。你要去看看老倜摩西吗？"

索密斯点了点头，人群把他们挤开了。

"我挺喜欢老乔治的，"威尼弗列德说，"多风趣啊。"

"我可从来不喜欢他，"索密斯说，"我要回我的位子去了，芙蕾估计已经回去了，你的位子在哪里？"

他帮威尼弗列德找到她的位子，然后回自己的座位坐下，他能听到远处一些穿白衣服的小人儿的奔跑声、球板的噼啪声、观众的呼喊声以及对抗时的欢呼声。芙蕾和安妮特都在座位上！到了如今这个时代，你不能指望她们和从前一样啦！她们已经从家庭中解放出来，也有了选举权，这对于她们来说当然再好不过了！而威尼弗列德愿意回到过去，愿意活在达尔提的生活里，或许是吧？如果时光倒流，再回到一八八三年和一八八四年，那时他也是坐在这里，但那个时候的他也还没有意识到婚姻是一个多么大的错误，那时伊莲对他的敌对情绪还没有这么明显，就算是自己怀着天下最好的心也不能置若罔闻。今天，他又看见她和那个家伙在一起，往事再一次浮上心头。直到如今他依然不明白，她为什么那么不肯向自己让步。她并不是冷漠无情的人，她可以拿出爱给别的男人，但她的心扉就是从来不曾为这个她最应该爱的男人敞开，如今回首往事，他脑中忽然浮现一个怪念头：好像现在社会婚姻关系的松弛——虽然现在法律上涉及的婚姻方式，和当年他娶她时的情况是一样的——但是他仍然觉得，这眼下放纵的根源就是她当年的反抗。他觉得——简直是胡思乱想——她是一切的始作俑者，她破坏了规矩，一切东西的占有权，都崩溃了，或者即将崩溃了！都是她导致的！如今这个世道真是荒唐，家庭！假如家庭成员之间没有所有权，那还叫一个家庭吗？这样说，并不表示他自己就拥有过一个真正的家庭！但是，这能怪他吗？他已经竭尽了全力。最后，得到的就是现在这个结果——这两个人并肩坐在看台上，还有芙蕾那件事！

索密斯心事重重地独自呆坐着，他越想越难受，心想："我不再待在这里等她们了！她们如果愿意去的话，就让她们自己想办法去旅馆吧。"他离开座位，到了球场外面，叫了辆汽车，说：

"去湾水路。"他一直都和老姑母们相处得很开心。她们总是非常欢迎他这位客人的到来。尽管她们都已经不在了，可是侗摩西依然活着！

大门没关，史米赛尔正在门口站着。

"啊，索密斯先生。我正好出来透气呢。厨娘知道你来了肯定会很高兴。"

"侗摩西先生还好吗？"

"这几天挺折腾人的，先生，他总是不停地说这说那。今天早上他还说：'我的哥哥詹姆士已经老了。'你看，索密斯先生，他脑子不清楚了，经常一个人在那里瞎嘟囔。他一直对他的那些投资忧心忡忡，前两天他还说过一句：'我的哥哥佐里恩，对那些公债是不会上心的。'——他好像因为这个挺难受的。快请进来吧，索密斯先生！你难得来一次！"

"好吧，"索密斯说，"我就待几分钟。"

站在穿堂里，索密斯感觉空气很清新，就像仍在外面的阳光下似的。史米赛尔说："他这几天的情况不太好，很让人担心，整整一星期了都这样。以前他吃东西的时候，总是把最好的菜留到最后。但是从周一开始，他只会吃掉最好的菜。索密斯先生，你仔细观察一下狗，它们总是先吃肉的。之前我们总觉得，偈摩西先生这么大年纪的人了，还能坚持把好菜留到最后再吃，这说明他自控能力还是很好的，但现在的情况是，他似乎已经完全控制不了自己的行为，其他东西他也不会去吃了。在医生看来这没什么好奇怪的，但是我们觉得……"史米赛尔忧心地摇了摇头："现在，他可能觉得好菜应该早早地被占下，不然就到不了他口中。我们有点害怕，还有他说的那些话也让人害怕。"

"他说过什么重要的话吗？"

"我本来不想跟你说的，索密斯先生，但是，他现在开始对自己的遗嘱挑三拣四了。他脾气也变得非常暴躁。说起来真让人觉得可笑，这么多年了，他每天早上都会把遗嘱检查一遍。但是有一次他忽然说：'他们想要我的钱。'我吓了一跳，你知道的，过去我就跟他说过，我能确定，没人会要他的钱。还有，现在他都这么大岁数了，还念念不忘钱的事，不合常理啊。我大着胆子说：'偈摩西先生，你明白，我们亲爱的女主人——'福尔赛先生，我说的是福尔赛小姐，之前培训我的安小姐，我说：'——她人品是很好的，从来都不会想钱的事。'他看了看我——他当时表情非常奇怪，呃，我真的没法形容——然后用很冷的语气说："人品，没人要我的证明书①。'他这话太尖锐了，真难以想象！但是，他有的时候说的话，虽然听上去很尖锐，却也很有道理。"

索密斯正站在帽架旁边，墙上挂着一幅旧版画，他冒出一个念头："这幅画挺值钱的。"听到史米赛尔说到这儿，就说："我想去见见他，史米赛尔。"

"厨娘正在那儿照顾他，"史米赛尔的束胸让她的声音听起来怪怪的，"他见到你来了肯定会很开心的。"索密斯向二楼走去，他一边慢慢地上楼，一边想："我可不愿意活得像侗摩西那么老。"

到了二楼，他犹豫了一下，然后敲了敲门。门打开了，探出一张女人的脸，圆圆的，非常普通，大约六十岁的模样。

"索密斯先生！"她说，"真是你啊，索密斯先生！"

索密斯点头应了一下："你好，厨娘！"随后就进了屋。

他看见侗摩西在床上坐着，身后垫着什么东西，两只手交叉着放在胸前，眼睛看着天花板，索密斯顺着他的眼光向上望去，看到一只苍蝇正停在那里。索密斯走到床脚，看着他。

"侗摩西叔叔。"他说，提高了声音，喊道，"侗摩西叔叔！"

侗摩西把目光从苍蝇那里移开，转向他的客人，用苍白的舌头舔了舔自己深暗的嘴巴。

"侗摩西叔叔，"他接着说，"你现在有什么要我帮你做的吗？你有什么话对我说吗？"

---

①侗摩西把史米赛尔说的人品误认为关于用人品德的证明书。

"啊！"偶摩西说。

"我来看看你，看你现在过得好不好。"

偶摩西看着索密斯，点了下头。他的样子好像是在努力适应站在面前的这个人。

"你现在过得还好吗？"

"不。"偶摩西说。

"需要我做什么吗？"

"不。"偶摩西说。

"我是索密斯，索密斯·福尔赛，你认识我的。是你的侄儿，是你哥哥詹姆士的儿子。"

偶摩西点了点头。

"你需要我为你做些什么吗？我很乐意为你做的。"

偶摩西招了招手。索密斯往他近前走了几步。

"你——"偶摩西的声音听上去非常平静，"你去告诉他们——就说是我的主意——让他们知道——"他用手指头把索密斯的胳膊敲了敲，"——不能放弃——不能，公债会上涨的。"说完，连续点了三下头。

"好的！"索密斯回答，"我会告诉他们的。"

"是的，"偶摩西说，之后眼睛又去望着天花板，接着说道，"这个苍蝇！"

不知为什么，索密斯心里一阵莫名的感动。他看了看厨娘那张胖胖的、让人温暖的脸，这张脸正对着炉火，所以脸上最小的皱纹都看得一清二楚。

"他这样对他来说也是件好事，先生。"她说。

偶摩西又小声嘟囔了一句话，很明显是在自言自语。索密斯随着厨娘走出房间。

"我多么想让你再尝尝我做的粉红奶油冻，索密斯先生，就像以前那样，以前你特别爱吃的。再见吧，先生！今天你能来，我真是非常高兴。"

"精心地照顾他吧，厨娘，他确实老了。"

他握了握厨娘那已经布满了皱纹的手，然后下了楼。到了楼下，史米赛尔仍像他来时那样，站在门口透气。

"你觉得偶摩西先生怎么样，索密斯先生？"

"嗯。"索密斯轻声说，"他确实已经糊涂了。"

"是啊，"史米赛尔说，"我就担心你看到这一点，唉，大老远地过来一趟看他！"

"史米赛尔，"索密斯说，"我们全家人都要好好谢谢你。"

"哎，你实在太客气了，索密斯先生，你这是说哪里话，我其实很高兴能照顾他——他是个非常好的人。"

"好吧，再见！"索密斯跟史米赛尔道了别，进了自己雇的汽车里。回去的路上，"上涨！上涨！"一直在他脑子里盘旋着。

回到武士桥旅馆后，他在起居室坐下，按铃叫侍者要了杯茶。安妮特和芙蕾都还没回来。孤独的感觉再一次涌上他的心头。为什么现在的旅馆都这么大！大得吓人！他记得早年时，郎家宾馆、布朗客栈、莫莱旅社或者达维司托克旅馆算是最大的几个了，几乎找不到比它们更大的。那个时候，兰更旅馆和格兰德旅馆的满意度都非常低。旅馆跟俱乐部——俱乐部跟旅馆，今天真是没完没了！不过，在刚才的罗德板球场上，索密斯已经亲眼看到了传统和继承的奇迹，这真的非常难得，现在，对这个自己住了六十五年的伦敦市的新变化，他再次燃起了新的期望。现在的伦敦已经有了一个很大的产业链，公债的涨跌都对它没有影响了。除了美国纽约之外，在这个世界上已经没有能与之媲美的产业了！现在，尽管报纸上总时不时刊出一些歇斯底里的主张①，但是所有像他这种见识过六十年前的伦敦，以及如今的伦敦的人，都明白，财富在促进生产力方面再重要不过。他们只要能够保持现状，头脑清醒，稳步地向前迈进就可以了。啊！他还记得过去简陋的生活——路是由石子铺成的，马车里铺着臭稻草，这些他都忘不了。还有老偁摩西——假如他能忆起的历史更多，他什么都会跟他说的。尽管现在时局不稳，人心不安，但是大英帝国还在，伦敦和泰晤士河也还在那儿，一直延伸到了地球的边缘。老偁摩西说"公债会上涨"，对此，他一点都不奇怪。这完全取决于你是一个什么样的民族。想到这里，索密斯性格顽强而凶猛的一面忽然占了上风，他那双灰色眼睛睁大了，看了很久之后，他的注意力被旅馆墙上一幅维多利亚时代的版画吸引过去了。这家旅馆买了三打这样的画，老旅馆总爱挂一些旧日猎景和《浪子历程》②，它们还不错——不过也只是些普通的玩意儿——这样也好，维多利亚时代的这种趣味算是结束了！偁摩西说："你告诉他们别放弃！"可是，现在不都讲究"民主原则"吗？到处乱哄哄的，你有什么能抓着不放弃的呢？哼，现在私人生活也得不到保证了！索密斯想到以后可能连属于他的私人生活都没有了，不由得一阵烦躁，他站起身来，推开了茶杯，来到了窗子旁，他尝试着想

①指英国工业提出的所谓"国有化"主张。
②贺加斯于1735年所画的一套八幅连环画。

象了一下，自己拥有的东西与海德公园里那些拥有着花草树木和潮水的人群差不多。不可以，绝对不可以，私人化的基础就是私人所有权。现在，世界只是暂时偏离了它正常的发展轨道，有时月圆，狗不也会突然发疯去追赶兔子吗？但是世界和狗一样，它知道自己的利益所在，知道哪张床睡着最舒服，折腾一番，它终会回到它认为最值得的地方，重新恢复私有权的。这个世界现在只是暂时回到了童年，就跟倜摩西那样——先把好菜吃掉了！

他身后传来一阵响动，他的妻子和女儿都回旅馆了。

"哦，你们回来了！"他说。

芙蕾没应声，她站在原地看了看她的父母，然后回自己的卧室去了。安妮特给自己倒了杯茶。

"我想去巴黎，到我母亲那，索密斯。"

"哦，去你母亲那里吗？"

"是的。"

"准备待多久？"

"还没定。"

"你什么时候去呢？"

"周一。"

她是不是真的要去她母亲那？真奇怪，他竟一点都不在乎！确实如此啊，她的想法是对的，只要不把这事给捅出去，他就不会在乎。突然，他脑中闪过伊莲的脸，就是那天下午见过的，这张脸现在就横亘在他和她之间。

"需要我给你钱吗？"

"谢谢，我足够了。"

"那好。要回来的时候跟我们说一声。"

安妮特放下手里正摆弄着的一块蛋糕，透过她黑色的睫毛，望向索密斯，说道：

"需要我带什么话给母亲吗？"

"代我向她问好。"

安妮特伸着懒腰，双手叉在腰上，用法语说道：

"索密斯，你从来就没有爱过我，我真庆幸！"说完就起身离开了。实际上，索密斯非常高兴她用了法语，这样他就可以装作没听见。他脑中又浮现起那张脸——苍白的脸，一双深褐色的眼睛，依旧那么动人！他意识到，在他的内心深处，还翻滚着一丝对她的残留的温情，就像灰烬里还未熄灭的火苗。而现在，芙蕾偏偏爱上她的儿子！多么凑巧啊！但是，世界上真的有凑巧的事吗？就像一个人走在街上，忽然被砖头砸到头一样。啊，当然有这么巧的事。只不过这件事就像他女儿说的——"是遗传"。那么，她肯定是"不会放弃"啊！

第三卷

1. 老佐里恩显灵了

　　佐里恩终于按捺不住重重冲动，在早餐时向妻子提出："走，我们去罗德板球场看球吧！"

　　之所以提出这样的请求，原因有两个：一来，在佐恩把芙蕾带过来之后，他们已经不安地度过了六十小时，看球或许可以适当地缓和一下他们的焦躁；二来，佐里恩感到害怕，他怕自己一下子撒手而去，抛下挚爱的妻子儿女，出去转转或许能好点。

　　五十八年前，佐里恩进入伊顿中学念书，为了儿子日后能受人尊重，老佐里恩不吝负担他昂贵的学费。老佐里恩年轻的岁月，留在了十八世纪二十年代，他并没有赶在那时学会这种上流人士专属的板球，但是，他并没有放弃融入上流社会乃至成为其中一员的想法，所以，他年年都带着自己的儿子从斯丹赫普门往罗德板球场去看板球。与此同时，老佐里恩引用一些板球比赛中的术语，比如：重击、满掷、半球、大半球等，让人觉得他似乎是这方面的一个行家。

　　每次听到父亲对别人谈起这项运动，佐里恩就感到担心，生怕父亲的话被人听出破绽来。但是，从其他的方面来讲，他那当时留着大胡须的父亲是颇值得他引以为豪的，几乎找不到其他的缺点。虽然他在自己的年轻时代并没有机会接受高等贵族教育，却极其注意自己的言行，始终以上流社会的标准自律，所以，他的一言一行都透露着优雅。佐里恩还隐约记得，那时候，自己常戴着一顶奇大的黑色礼帽，在太阳地儿里听父亲高谈阔论。汗流浃背之后，父子俩便乘着马车打道回府，洗个澡，换身衣服，一起去解体俱乐部吃小炸鱼、煎肉和果子馅饼。享受完美味，这潇洒俏皮的两父子便戴着淡紫色的羊皮手套，去歌剧院欣赏一出歌剧，或是看一场话剧。而在星期天，他们一起看完板球比赛，并将帽筒压平，收起来。然后，老佐里恩便会带着儿子乘一辆双轮双座而且有顶篷的马车，来到里希蒙的皇家酒店或者泰晤士河边的长廊园，去那边看风景。那个时代，如果佐里恩没有记错，还是一个世事单纯的年代，豪杰四起，民主未开，梅尔菲里①的小说卖得最紧俏。

　　就这么过了三十年，他自己的孩子佐里也出世了，继承了老父亲的遗志，佐里也接受了上流社会的教育，虽说学费已经稍稍减少。如今，当佐里恩和衣孔上别着哈罗中学的深蓝矢车菊校徽的儿子重回到那酷热的时光，彼此各揣着心事看完赛会，返回清爽宜人的罗宾山草莓园，吃一顿不被人打扰的晚餐，然后一起打一会儿台球。那孩子的运气总是很好，让他暗自懊恼。即便如此，佐里恩每次都会表现出那种大人的胸怀，不去计较输赢。那个时候，几乎每一年的这一两天，

————————
①著名的英国小说家，他的小说主要以描写打猎为主。

父子俩都是这样度过的。那时候，民主刚刚诞生。

佐里恩一边回忆过去这些美好时光，一边又找出一顶灰色的大礼帽，又向伊莲要了一根淡青色的丝带将它装饰起来，之后，便精神抖擞又故作镇定地朝着罗德板球场出发了，一路上，从汽车换上火车，再搭上出租车。伊莲穿的是草绿色的衣服，有黑色的绳边，他们一起坐在罗德板球场的看台上，望着场中玩板球运动的人们，佐里恩似乎又体验到了以前那澎湃的激情。

没过多久，索密斯便突然出现在他们的视线里，将他们看球的好心情糟蹋掉了。伊莲的脸上露出很不自然的表情，默不作声。坐下去只会徒增烦恼与忧愁，而如果索密斯的女儿随之像循环小数一样出现，就更加尴尬了。想到这里，佐里恩问伊莲：

"亲爱的，你累了吗？要不我们回去吧！"

那天晚上，佐里恩还是觉得疲惫不堪。为了不让伊莲看出自己的忧虑，他一直等到坐下来弹琴时，才轻手轻脚地去了书房呆坐着。他实在是觉得闷得慌，便打开了落地窗想要透透气，似乎还不够，他又把门打开了，琴声传了进来，他踱到他父亲的旧圈椅旁坐下，头枕着磨损的褐皮椅背，伴着琴声，缓缓合上了眼睛。就像眼下听到的塞沙·弗朗克[①]的这一段长曲，他和伊莲的结合，也是一段圣洁的第三乐章。

而佐恩和芙蕾两人的事情，却使得这乐章不能圆满地休止。佐里恩在半梦半醒之间，似乎闻到了雪茄的味道，又恍惚见到了自己的老父亲。老人家穿着一件褐色的大衣，坐在自己如今正坐的椅子上，用拇指和食指努力地将眼镜扶正，还留着一样的大白胡子，

---

① 塞沙·弗朗克：1822—1890年，法国著名作曲家。

前额高高地隆起，凹进去的眼珠在极力地转动着，找到佐里恩自己的双眼，将所有的话都通过那目光传达过来："佐，你决定要去面对问题了吗？她只是一个女子，你要为她解决难题。"确实，这话的语气和想法，都像极了他的老父亲，有那么一瞬，佐里恩甚至因此想到了维多利亚时代。"不，我不敢，我怕这会让我们仨受伤，伊莲、佐恩和我。"但是，老父亲却以那比佐里恩更苍老又更显年轻的目光，不依不饶地盯住他："这关系到你的妻儿，你的从前，你不能回避，孩子啊！"佐里恩不确定，是老父的亡灵向他显现，还是自己内心深处想到老父亲之后的本能反应，一股淡淡的雪茄味，再次从那片旧皮子上散发出来。是的，他必须处理这件事情。于是，他从靠椅上起身找到纸和笔，开始给佐恩写信，告知他整件事情的始末。这时候，他突然觉得自己胸口很闷，呼吸也变得困难，仿佛心脏在膨胀着。他站起身走了出去，夜空里星星亮得很，他从走廊走到大房子的一角，透过窗子，他看见伊莲还在那里弹琴。灯光映着她花白的头发，她沉思起来，褐色的眼珠呆望着，手也不动了。然后，他看见她将双手缓缓地抬起，在胸前合十。"她在担心佐恩，"佐里恩想着，"一定是佐恩，我已经从她心里退位了，这是一定的。"

他躲着她，又折回了书房。

一夜辗转。第二天，他打算写信了，但是写写涂涂，相当吃力，不知道该怎么表达自己的想法：

亲爱的我儿：

你的年纪也不小了，作为你的长辈，要对着一个后生说些心里的隐私，该是多么为难！比如眼下，我和你母亲——虽然在我看来，她永远不见得老——整个心里，牵挂着的全是你的事，在此心情下，要向你说明一些事情，就愈加难以启齿了。很多人都认为，我和你母亲是犯过罪的人，我们虽不自认为如此，但我们的行为，不管有何理由，总是让他们那样认为。

亲爱的孩子，事实便是如此，对于我和你母亲的过去，我不知道怎么向你讲，但又不得不让你知道，因为它将与你的未来联系在一起。一八八三年，那个时候你母亲还不到二十岁，却遇上了她一辈子中最大的不幸，她和一个男人结婚了，这个男人并不是我，而且，她没有得到预期的幸福。

她没有什么嫁妆，有的只是一个不守妇道的继母——这样说已经很含蓄了。所以，你的母亲在闺阁中过得并不快乐，最终，她嫁给了一直追求她的我的堂弟——索密斯·福尔赛，也就是芙蕾的父亲。然而，结婚不久她便后悔了，她意识到了自己的不幸。

佐里恩用一种近乎嘲讽的态度写下了上面一段文字，但是，下面要谈的内容却开始让他控制不住自我了。

佐恩，我觉得自己很有必要跟你说明这不幸的婚姻是怎么产生的，虽然这有点难。"她若不爱他，为何要嫁给他？"或许你会这样问。若非事出有因，这话也许是对的。这段婚姻是悲剧的开始，此后的种种煎熬、波折和苦难便接踵而至，所以我要尽可能地向你说清楚。佐恩，在她生活的那个年代——即使放在风气开化的今天，情况也应该是一样的——多数待婚女子对于床笫之事是缺乏了解的，或许即便她们有所耳闻，也绝对没有经历过。

问题便在这里了。这种情况，并不是接受多少书面知识可以弥补的，它使得这一桩婚姻变得一波三折。如很多其他的婚姻一样，当时，你的母亲根本不能确定自己是否爱着自己所嫁的那个人，这要等到结合变成现实之后才能得到答案。固然有不少例子——虽然有一些很牵强——可以证明，这种结合会建立并巩固双方的感情。但是，也有另外的一些例子——比如你不幸的母亲——会在事后被证实是一个错误，于是一切感情宣告破灭。

对一个女子来说，恐怕没有什么比体会到这一错误更加悲惨了，随着时间的流逝，这种错误被证实得更加明确。粗俗之人也许会说："不要过于矫情！"另有一些站着说话不腰疼的人会说："自己铺的床，活该要自己来睡。"这种话简直太野蛮了，无法想象，它出自一个上流人士之口，我对此万分厌恶，我虽然称不上君子，但绝不至于用可鄙的字眼去玷污自己的婚姻。我憎恶这种事。

以我活过的这一把年纪，我要诅咒那些对受难者横加指责乃至谩骂羞辱却从不施以援手的人，这些人真是畜生！如果他们是有意为之，那就连畜生都不如了。他们是不会理解的，随他们去吧！但我要诅咒他们，就像，他们要诅咒我那样！原谅我的这些话，你应公正地看待你的母亲，有些事情并不是你这个年纪可以想当然的。话说回来，你的母亲用了三年的时间，想要克服那种畏惧，与其说是畏惧真还不如说是厌恶，因为，那畏惧的结果便是厌恶，的的确确是厌恶。这情况，对于心地美好且多愁善感的你的母亲来说，不啻为一种酷刑啊。三年之后，她遇到了一个倾慕着她的年轻人，他便是如今我们这栋居所的设计者和建造者，当时是为了让你母亲和芙蕾的父亲搬过来住的，就像是一座新的监狱，用来代替伦敦城里的那一座。这件事是一个转折点，总之，你的母亲也爱上了这个年轻人。

一个人爱上了谁，身不由己，这没有什么可解释的，爱情从来如此。尽管她从未说起过，但我能够想象，当时她的内心经历了何等痛苦的挣扎——这是因为，佐恩，她身上的束缚太森严了，而且她也绝非是一个浪漫主义者。

这爱情发展下来，便不再停留于内心中，继而付诸了行动。在这一爱情于她心中变得火热时，发生了一件可怕的事情——这便是我必须告诉你的，你了解之后，才能对自己目前的处境有所认识。索密斯·福尔赛，她嫁的那个男子，在某天晚上对她强制行使了作为丈夫的权利。

第二天，她见到自己的情人，便将这件事情告诉了他。接下来，那个青年就死了，不知道是自杀，还是在心烦意乱的时候，撞到了迎面驶来的马车。事实便是这样，你可以想象一下，你母亲听闻他的死讯该是何等心痛。在那时，我见到了她，由你的祖父授意我去安慰她，我便和她见了那一面。可想而知，她的丈夫将我狠狠地拒之门外，然而，她当时的那种表情却是我忘不了的，直到现在也还如在眼前。

不过，我并没有在那时爱上她。真正爱上她是在十二年之后，这也是我永生难忘的事情，亲爱的我儿，这样写，我着实很难为情。但我必须写下去，你的母亲爱你，全心全意地爱着你，这你是知道的。我不愿对索密斯·福尔赛多加苛责，甚至都不愿痛恨他。这么多年来，我只为他可惜，或许在一开始，我便已经在为他感到惋惜了。用世俗的眼光来看，也许错误在他，而他所做的一切都可以理直气壮。他固然也是爱她的，却只是按照他自己的方式，将她当作自己的一项财产，甚至在他的思想中，一切人类的情感包括爱情都可以变通着以财产来衡量。这不能怪他，他受到的教育便是如此。

我憎恶这种思想，虽说我也是接受这样的教育长大的！我了解你，因此可以断言，你也会憎恶它。紧接着，你的母亲当夜便逃出了家门，其后的十二年里，她都是一个人躲藏着生活。直到一八九九年，她的丈夫——他一直没有打算和她离婚，而她则完全没有提出这种请求的资格——想要孩子了，便开始不断地要她回家，纠缠了很久，只为要她生一个儿子。

根据你祖父的遗嘱，当时我是他所留与她的遗产的执行人。在索密斯纠缠着她的这段时间里，我的整个身心，都对你的母亲产生了爱情。索密斯越来越过分，终于有一天，她跑到我身边寻求庇护。她丈夫对这一切完全知情，为了逼迫你的母亲离开我——或许是这样的——他提出了离婚申请。这样一来，我们两个的名字便因为这件事紧紧联系在一起而公之于众了，然而他却没有达到目的，反而促使我们痛下决心在一起，于是，我们两个的结合便也成了事实。她被判以离婚，然后同我结了婚，后来便生了你。我们生活得很幸福，我觉得是这样，也更加相信你的母亲也是如此。索密斯在离婚后不久，便和芙蕾的母亲结了婚，生下了芙蕾。事情只能是这样了，佐恩。我们看得出，你对那个人的女儿的用情会让你尝到一个你所不知道的苦果，要么是毁掉你自己的幸福，要么是毁掉你母亲的幸福。

我倒不要紧，横竖是来日无多了，倘说有什么事情让我放心不下，便是你们母子二人了。我应该让你明白，对于你的母亲来说，从前的痛苦和憎恨是无法释怀的，永远也不能忘掉。

便在昨日，我们去罗德板球场时恰巧碰见索密斯·福尔赛，当时，你母亲的脸色非常不好，如果你也在场，你一定会明白我在说些什么。你若成了那个人的女婿，佐恩，对你的母亲便是一个噩梦！对于芙蕾，我没有丝毫不公的看法，可惜她是索密斯的女儿，若是你们两个在一起有了儿子，他便会同时既是你母亲的孙子又是索密斯的外孙——这不公正，佐恩，那个人像对待奴隶一样践踏了你的母亲，她为此曾痛不欲生。因此，如果你们这样贸然结合，便相当于将你的母亲投进了苦牢，会令她痛苦终生的。

你刚踏上人生的旅途，跟那个女孩子结识也不过两个月的时间。不管你觉得自己对她的爱意有多深，我都希望，你可以立即中断你们之间的交往。我儿啊，别让你的母亲带着羞辱和痛苦生活，虽然我认为她永远不会衰老，但她毕竟已经五十七岁了，在这个世界上，除了我们两个她便举目无亲了，而且用不了太久，就会只剩下你一个了。佐恩啊，不要犹豫，断绝你们的关系吧！莫让你的母亲伤心，莫让你们母子之间生出芥蒂，千万千万！亲爱的我儿，上帝保佑你，原谅我这让你痛苦的书信，我们本不想告诉你的，但是，连前度的西班牙之行也没有帮我们对此释怀。

爱你的老父

佐里恩·福尔赛 字

佐里恩一手托着自己日渐消瘦的脸庞，一边又重新审视了一遍自己刚写完的这封信。想到要让自己最爱的孩子看到这个，他就恨不得把信撕掉。这些事情，这些关系到自己孩子、自己妻子以及孩子母亲的事情，现在却要拿出来对这个无辜的孩子说，对于他这样一个有着典型福尔赛性格的人来说，或许会有一种生不如死的感觉。但是，不把这些事写出来的话，又怎么能够让佐恩了解两家的恩怨？又怎么能让佐恩下定决心离开芙蕾？要是达不到这种效果的话，写这封信的意义又何在呢？

重新看过了一遍之后，他把信折好，然后放进自己的口袋。今天还只是星期六，到星期天傍晚去寄信之前，还有足够的时间可以考虑，就算是现在把信寄出去，也要到星期一才会到佐恩手里。想着信也好了，也还有时间可以再考虑清楚，便觉得暂时可以缓一口气了。

在凤尾草圃改建成的玫瑰花圃里，隔着很远，他就看到手上挎着一个篮子、在修剪植物枝叶的伊莲。放到以前，伊莲绝不会如此虚度时日，但是现在，她却几乎整日都过得很清闲，这使得佐里恩极是羡慕。他走到她的面前，她抬起一只带着被弄脏了的手套的手，朝他微笑。她头上戴着一块宽大的围巾，有着椭圆的脸庞和至今也没变白的眉毛，看上去显得很年轻。

"这些绿蝇真是讨厌，虽然现在的天气还是很冷。你显得有点疲惫不堪，佐里恩。"

佐里恩从衣服口袋里将那封信掏出来，说："我写了一封信，觉得应该要给你看一下。"

"给佐恩的吗？"她的脸上立马就流露出了不自然的表情，似乎一下子就变得消瘦了。

"是啊，所有隐藏的事都在这里面写出来了。"

他把信交给她，然后自己走到玫瑰花丛中间去了。不多久，她便读完了信，他看到她把信按在裙子上就那样呆呆地站着，就又走回到她身边来。

"你觉得怎么样？"

"写得很好，我已经想不出怎样可以写得更好了。谢谢你，亲爱的。"

"有哪些地方需要删掉吗？"

她摇了摇头："没有，我想如果要他真正了解的话，最好还是全都告诉他。"

"我也是这样想的，但是，我真的很不喜欢这样做。"

佐里恩觉得，性的问题在男女之间远比在男子与男子之间谈要容易得多，而她一直都是比较自然和坦率的，不像他，典型的福尔赛性格，有着很深的城府。所以他比她更厌恶这样的做法。

"不知道佐里恩能不能理解得了这些？他年纪还小，而且还总是害怕肉体上的事情。"

"他在这些事情上面就像一个女子一般害羞，这些都是遗传于我父亲。或许可以重写一遍，只说你恨索密斯？"

伊莲摇了摇头："这样就可以了，明天把它寄出去吧。"

她抬起头望着他。他望向大房子上那些长满藤萝的窗户，轻轻地吻了她。

2. 向父亲招供

那天将近傍晚的时候，佐里恩躺在那张旧圈椅上小睡了一会儿，膝上放着一本《贝杜克女王熟食店》①。入睡之前，他脑海中思索着："从一个民族的角度考虑，我们是否会由衷地欣赏法国人呢？法国人又是否会由衷地欣赏我们？"他自己对于法国人是欣赏的，欣赏他们的机智、风趣和在美食方面的创造力。没打那场仗之前，佐恩还在私立学校，佐里恩与伊莲曾一起数次去法国旅行。两人的姻缘也始于此时，但是如果一个英国人不能用艺术眼光去看待法国人的话，估计是很难喜欢上这个民族的人的。他这样想着，不知不觉就迷迷糊糊睡着了。

当他醒过来的时候，发现佐恩站在自己睡着的旧圈椅和落地窗之间。佐里恩在半梦半醒之间送给儿子一个微笑。佐恩是从花园里进来的，此后便一直站在那里等他醒过来。青春、敏感、直爽——这是个多么神奇的家伙。忽然，他的心脏剧烈地跳了一下，连同整个人都颤抖了。佐恩！那封信呢？"佐恩，亲爱的，你打哪来啊？"

佐恩弯下腰在父亲的前额印上一个吻。

此时，佐里恩发现儿子脸上有些许奇怪的神情。

"父亲，我有点事情想跟你谈谈。"

佐里恩按捺着，想要使劲摆脱自己那躁动不安的情绪。

"坐吧，孩子。与你母亲见过面吗？"

"还没有。"佐恩原本红润的脸庞一下变得惨白起来。他坐到圈椅的靠手上。以前，老佐里恩在圈椅上坐着的时候，佐里恩也爱像儿子现在这样坐着，直到父子俩决裂，这个位置都是他喜欢的。现在，当年的情形是否要在他和自己的儿子身上重演呢？这一

————————
① 《贝杜克女王熟食店》：法国作家A．法朗士（1844—1924年）的一部哲理小说。

生中，他最厌恶的事情就是与他人反目，他讨厌大声争吵，总是悄悄地做自己的事，也让别人悄悄做他们的事。可目前的情形，似乎到了不吵一架就不能解决问题的地步，他好像要被迫准备吵一架一样，这场迫在眉睫的争吵，比以前他回避过的任何一次争吵都让人难受许多。他努力控制着自己，静候儿子说话。

"父亲，"佐恩吞吞吐吐地说道，"芙蕾和我，我们已经订婚了。"

"果不其然。"佐里恩这样想着，感觉自己几乎到了无法呼吸的地步。

"我知道你和母亲都不赞成我们在一起。芙蕾告诉我说母亲在嫁给你之前曾跟她父亲订过婚。虽然事情的经过我并不知道，但这是多年之前的事了。我真的爱她，父亲，她也非常爱我。"

佐里恩发出一个奇怪的声音，像是在笑，又像是在呻吟。

"佐恩，你才十九岁，而我已经七十二岁了。我们在这种事情上是很难有一致看法的，你说对吗？"

"父亲，你那么爱母亲，一定能体会我的心情。如果只是因为你们的宿怨就要破坏掉我们的幸福，这对于我们来说是天大的不公平，你认为呢？"

就算眼下已经到了不得不面对面摊开一些事情的关头，佐里恩却仍下不了决心，不到万不得已，绝不能说出真相。他轻轻扶住儿子的手臂。

"佐恩，你听着！我本可以对你说些你们还太年轻，不知道自己在做什么这类的话来打消你的念头，但你肯定不会听的，而且也没什么效果。你对事情的经过毫不知情，所以才会轻而易举地用

'那些宿怨'来概括，难道哪些地方让你不再相信我对你说的话或者我对你的爱了吗？"

佐恩无比急切地拥抱了一下自己的父亲，以消除他在刚才说的那些方面的不自信。他脸上恐惧的表情，显示出他非常担心父亲的话可能会带来的后果。如果不是情况紧急，佐里恩或许会对自己说出的这番话所制造的矛盾感到好笑，但是目前，他只对孩子搂他感到感激。

"如果你不相信我的话，如果你不放弃这段爱情，这将成为你母亲的终身遗憾。亲爱的，你听我说，不管过去发生了什么，岁月都不可能将其埋葬，事实也确实如此。"

佐恩站了起来。

"那个女子，"佐里恩心里想着，"见鬼了！就这么出现在他的生活里，那么栩栩如生，那么美丽、让人着迷！"

"父亲，我做不到，我不会因为你说了这些话就放弃她，我绝对做不到！"

"佐恩，假如你知道事情的原委，肯定会毫不犹豫地放弃，并且不放弃不行，你能相信我吗？"

"你怎么知道我会那么做？父亲，我敢保证，这世上没有任何一个人能让我如此倾心了。"

佐里恩浑身一颤，无比艰难、无限痛苦地说道：

"也胜过爱你的母亲吗，佐恩？"

佐里恩从儿子的脸色和他紧握的拳头判断，他心里正在忍受巨大的煎熬，在不断地挣扎。

"我不知道，"他大喊道，"我不知道！但是，如果只是为了一些我并不了解的事情和一些对于我来说无关紧要的事情，让我放弃芙蕾，这会使我，使我——"

"现在你一定觉得我们的做法对你不公平。但是即使这样，也会比继续爱下去要好。"

"我做不到，我和芙蕾彼此相爱。你说要我相信你，但是为什么你不相信我呢？我们什么都不需要知道，不希望那些事情影响我们。今后我们会加倍爱你和母亲。"

佐里恩把手伸进衬衣的口袋，但手拿出来时却空空如也，他坐在那里，用舌头舔了舔自己的牙齿。

"想想你的母亲是怎么待你的吧，佐恩！我在这世上没几天了，到时候她就只剩下你了。"

"为什么你不能活着？为什么不能？"

"因为，"佐里恩用相当镇定的语气说，"医生说的，仅此而已。"

"啊，父亲！"佐恩大喊道，眼泪奔涌而下。

自佐恩十岁起佐里恩就很少见他哭过了，儿子这种发自肺腑的情感让他十分感动，也让他充分看到了这孩子那柔弱的内心，这样的他以后在这件事情、在一般的生活中，将要遭受多少痛苦啊！他无可奈何地伸出自己的手，其实他不是想站起身，事实上他也站不起来了。

"亲爱的，"他说，"别哭，否则我也会——"

佐恩极力控制住自己内心的悲伤，背对着父亲站着，一动也不动。

"接下来该怎么办呢？"佐里恩想着，"什么话能让他改变主意？"

"千万不能把我的事告诉你的母亲，你的事对她的打击已经够大了，"他说，"我了解你的感受，但是，佐恩，你也应该了解我们的性格，我们是不会随意破坏你的幸福的，这你应该明白。唉，我的孩子，除了你我们对其他任何人任何事都毫不关心。对我来说，你和你母亲的幸福最重要；而对于你母亲来说，最重要的则是你的幸福。但现在，你们俩的幸福都受到了威胁。"

佐恩转过身面对着佐里恩，脸色无比苍白，深陷的眼睛里像有一团火在燃烧。

"到底是什么事情？什么事情？我不想总是这样了！"

佐里恩知道自己已经别无选择了，他把手伸进胸口的口袋，维持这个姿势足足有一分钟，双目紧闭，大口喘气，脑子里浮现出一个念头："我活了这么大的岁数，虽然也碰到过不少痛苦的场景，但这一次，确实是最最痛苦的！"随后，他从口袋里掏出那封信，语气里满是疲惫，说："佐恩，假如你今天没来，我就会把这封信寄给你了。我原本想尽量让我们一家人都少些痛苦，但是似乎已经没有办法了，你看下这封信吧，我去园子里走走。"说着，便打算站起来。佐恩把信接到手里，匆忙道："不，我出去。"说着便迅速离开了。

于是佐里恩又躺了下来。一只苍蝇带着一股怒意围着他嗡嗡地飞，这声音是家里常听到的，好过寂寥无声……这孩子上哪儿看信去了？该被诅咒的信，该被诅咒的故事！这真是一件残酷的事情，对于伊莲，对于索密斯，对于这两个孩子，对于他自己，都是一件残酷的事！他的心脏怦怦狂跳，心里溢满痛苦。生命给人们带来了爱、工作、美、痛苦，还有，生命的终结！你会生活得不错，尽管偶尔会遭遇一些痛苦，但是这并不影响你的生活。一直到，直到你懊悔自己为什么要来到这个世界。这时候，生命快把你消磨殆尽了，但是你并不想舍弃它，生命竟如此诡诈，如此充满罪恶！人生有一颗心真是一个天大的错误！那只苍蝇又飞回来了，带着夏日的酷暑、虫声和香气，是的，连香气都带进来了，让人像是闻到了秋果、干燥的青草、湿润的灌木和奶牛散发出的香草的味道。而在外面，在香气围绕的地方，佐恩会带着无比的痛苦一页页翻看那封信，混乱和烦恼会让他伤心欲绝！想到此，佐里恩的心像针扎。佐恩天性善良，对一切充满慈爱，老天对这孩子太不公平了，太对不起他了！他想起伊莲曾说过："这世上没有谁比佐恩更多情，更可爱了！"可怜的佐恩，他的世界就在这样一个下午坍塌了。年轻人都是脆弱的！想到年轻人很脆弱，一种满含痛苦和激动的情绪袭上佐里恩的心头。他从椅子上站起身，挪到窗前。四处张望也望不见儿子，于是他便走到外面，这个时候，这个孩子是需要他的帮助的，他也会毫不吝惜自己的帮助。

　　他穿过灌木丛，眼睛在围墙围住的花园里搜寻，这里没有佐恩！在另一边，长着又红又大的桃子的树下，依然没有他的身影。他越过那些青葱的、状如尖塔的龙柏，踏入草地，仍旧没看见他。难道这孩子去了他儿时最喜欢玩耍的矮树林里？佐里恩从草地上放着的一排排干草旁经过，如果不下雨，他们会在星期一把这些草堆起来，然后第二天继续割草晾晒。佐恩儿时，他们时常手挽着手穿过这片草地。唉，一个人到了十岁，人生中美好的时光就结束了！他走到小池边，一处长满芦苇的水面上能看到蚊蝇在飞舞。他走进小树林，林子里浓荫密布，到处可以嗅到落叶松的香气，这里也没有佐恩！他喊着儿子的名字，可是没人应答！他只得怀着紧张又焦虑的心情在那棵断株座子上坐下，自身的疲劳早已被忽略了。他不应该让孩子拿着信走开，一开始就不应该让他走出自己的视野！心情越来越烦躁，只好起身沿着来时的路返回。在农场房子周围，他又喊了几声，还朝着阴暗的牛房里张望了一番。

　　三头阿尔得尼奶牛正在弥漫着香草气和阿莫尼亚气味的清凉的牛房里静静地吃草。这几头牛刚刚挤过奶，正悠闲地等待夕阳慢慢下落，然后会有人将它们带到低洼处的草场。这时，其中的一头牛，懒洋洋地扭过头，用明亮的眼睛一直望着他。佐里恩甚至还能看见一滴滴涎水从它那灰色的下唇滴落。眼前的这些景物都是他平时喜欢的，而且本打算要画下来的，现在它们就清晰地呈现在眼前，而且还都满含深情，让他心情振奋，光线、层次、色彩，多美啊！难怪传说基督是在马槽里出生的。一头牛静静地立在光线暗淡的温暖的角落咀嚼草料，它那双大眼睛和淡白的牛角实在虔诚无比。他再次呼喊起儿子的名字，还是没人回答！他急匆匆地从树林里出来，绕过小池塘，登上小山。现在回想起来，如果佐恩在小树林里得知这段往事，并且受到打击，那未免太过滑稽了。他的母亲和波辛尼就是在这个树林中互诉衷肠的。而自己那次从巴黎回来，也在这小树林里，自己坐在那断株座子上面，忽然觉得自己不能没有伊莲。如果捉弄人的上苍想要让这个孩子明白这一切，这个地点恰恰是最合适的。可他没有来这里，他去哪里了呢？一定要找到他！

　　一缕阳光投射下来，尽管没有时间欣赏，但是佐里恩依然捕捉到了下午时光的美好，高大的树木和修长的影子，天空有白云也有青色的云，空气中带着干草的香味，鸽子在不远处咕咕地叫唤，还有花草那挺拔高挑的身姿。他走到了玫瑰花圃中间，阳光照着娇艳的玫瑰花，使他觉得美得并不那么真实。"玫瑰花，你这西班牙人啊！"①多美的诗句啊！刚刚在这里，伊莲就站在那里，靠着这丛深红的玫瑰花，读完了那封信，并决定让佐恩了解事情原委！他现在什么都知道了，她的决定是对是错呢？他弯下身凑近去闻了闻玫瑰的香味，花瓣在他的鼻尖和嘴唇上拂过。还有什么比玫瑰丝绒似的花瓣更柔软呢？除了伊莲的脖子。

从草地经过时，他走到坡上那棵橡树前。阳光此时逗留在大房子上，只留给树顶一些闪闪的金光。走了这么久，他已经冒汗了，这片浓浓的绿荫下，清爽宜人。佐里恩用手握着秋千的绳子，有一分钟之久，佐里、好丽、佐恩，这架老秋千！突然间他觉得胸口特别难受。"我的心脏已经不能继续跳动了，"他想着，"天哪，我的心脏不行了，真是没有想到！"他跌跌撞撞地奔向走廊，费力地上了台阶，靠在大房子的墙上，大口大口喘气，整张脸被忍冬花包围住，为了使飘进屋子的空气含有香气，他和伊莲费了很大劲儿种了这些花，但是现在，这花的香味里却掺杂着极大的痛苦。"亲爱的伊莲！"他想，"那孩子——"他非常吃力地走进落地窗，倒在他父亲的那把圈椅上，那本小说还在那里，里面夹了一支铅笔。他吃力地拿起笔，在打开的那一面草草地写了一个字②，接着，手便垂了下去，原来就是这种情形啊，是吗？

---

①此处借用英国诗人勃朗宁《花名》一诗的一句："花啊，你这西班牙人啊！"
②此处的"一个字"，系指英文Irene，下一章起，为了方便阅读改为"伊莲"两个字。

一阵剧烈的心痛，接着，眼前一片黑暗……

3. 伊莲

佐恩握着那封信匆匆跑开，心里满是害怕与混乱。他沿着走廊跑过去，绕过大房子，整个人靠在藤萝墙上，拆开那封信。信比想象中的还要长，这让他心里的恐惧又增加了一分。他的目光从那些文字上掠过，当看到那句"她就是嫁给了芙蕾的父亲"时，感觉整个世界开始摇晃。恰巧他站的那个地方靠近窗户，于是他从窗户爬了进去，经过音乐厅和厅堂，进入楼上自己的卧室。

他用冷水洗了一把脸，随后坐到床上，继续读信。每看完一页他就把它放到床上。他已经很熟悉父亲写信的方式了，所以感觉很容易读，虽然他以前读的信还不及这封信的四分之一长。他呆呆地看着信，脑子里仅存的一点点意识在活动。读第一遍时，他所体会到的是父亲在写这封信时内心肯定无比痛苦。看完最后一页，他的心里充满的是一种道德和心理上的无可奈何。再次读这封信，他对它表述的一切泛起厌恶的情感——既腐朽又令人作呕。接着，一阵震颤如同电流一般穿过他的身体。他双手捂脸。他的母亲！芙蕾的父亲！他重新拿起信，机械地继续读。那种腐朽又令人作呕的感觉再次涌起，和他自己感受到的爱是那么的不同！这封信里谈到了他的母亲还有她的父亲！真是一封让人无法接受的信！

财产！竟然有男人把女人当成财产？以前在街头、在乡下，看到的那些脸孔，现在——在眼前浮现：通红的、像干鱼一样的脸，冷酷的、呆板的脸，谨慎的、无趣的脸，粗鲁的脸，成千上万张！

这形形色色的脸，让他如何揣摩哪种脸心里藏着哪种心思，又想做何行动？他用双手扶头，不住地呻吟着。他的母亲啊！他猛地拿起信，继续读："痛苦和厌恶，今天还活生生地藏在她的心里，我的儿子……孩子……当初这个人就像占有一个奴隶一般占有你的母亲……"他站起身。这个影子般一样存在的残酷的过去，就潜藏在某处，时刻准备着扼杀掉他和芙蕾的爱情，这些事情的真实性是毋庸置疑的，不然的话，他父亲也不会写这样的信给他。

"为什么在我看见芙蕾的第一天，他们不直接告诉我呢？为什么他们在知道我爱上她之后十分恐惧，现在，我终于懂了。"他这样想着，心里非常难受，理智已完全丧失，思索能力也荡然无存。他匍匐着来到屋里一个阴暗的角落，并在那里坐下来，像一只抑郁的小猫小狗似的坐在那里。阴暗，让他似乎得到了一点安慰，就这样坐在地板上，他觉得好像回到了在地板上玩古代战争的孩提时代。他头发蓬乱，蜷缩在角落里，两只手抱着膝盖，就这样不知道坐了多久。后来是母亲房门的声响将他从无限沮丧中拉回。他不在的时候，屋里的遮阳帘就已经全部被拉下来遮挡窗子，他身处的那位置，只能让他听见一种簌簌的声音。然后他听到母亲的脚步声响起，之后他看到她手里拿了一样东西，站在自己卧床那一边的梳妆台前面。

佐恩连气也不敢出，祈求上苍保佑母亲别发现自己。他看见她碰了碰放在台上的东西，就好像那些东西是有生命的，然后将脸朝向窗子那边。她从头至脚都呈现出一种灰色，像幽灵。如果她稍微转动一下她的头，他就会被发现！"唉，佐恩！"他看见她嘴唇嚅动了一下，她在自言自语，那声调让佐恩感到心痛。他看见她手拿一张照片，把它对着光线看，照片很小，但佐恩还是认出来那是她平时放在手提包里的佐恩儿时的照片。他的心跳突然加快。仿佛听到了他的心跳，她头一转便瞧见了他。他看见她倒吸了一口气，同时两只手将照片紧紧按在胸口，他开口说道：

"是我。"

她挪到床边，坐下，他俩离得很近。但她两只手仍旧按着胸口，双脚踩在散落在地板上的那些信纸上。她看见了那些信纸，两只手死死抠着床沿，身体僵直，一双乌黑的眼睛眨也不眨地看着他。终于，她开口说话了：

"怎么，佐恩，看得出来，你已经全都知道了。"

"是的。"

"见过你父亲了吗？"

"见过了。"

接着是一阵长久的沉默，然后她说：

"唉，我的乖孩子！"

"不要紧的。"他心里充斥着激动、充斥着酸甜苦辣，他一动也不敢动。带点恨、带点失望，还莫名地希望她用手抚摸一下自己的头，给自己一点安慰。

"你想要怎么做？"

"我不清楚。"

又是一段长久的沉默，然后她站起来。她静静地站了一会儿，之后手微微做了一个动作，说道："好孩子，我的好孩子，不要顾虑我，做你自己想做的就好了。"说完便从床脚那边绕过去，回自己房间去了。

佐恩转身重又缩回墙角的那个角落，像一只刺猬一样缩成一个圆球。

他就这样在那里待了二十分钟，直到被一声骇人的呼喊声惊醒。呼喊声是从下面走廊上传来的，他呼地一下就站了起来，十分震惊。"佐恩！"是他母亲的声音。他跑出房间，奔下楼穿过空空的饭厅跑进书房。他看见母亲跪在那把旧圈椅前面，椅子里躺着他的父亲，脸色惨白，头低垂至胸前，一只手放在打开的小说上，手里紧紧抓着一支铅笔。周围一片沉寂，比以前经历过的任何场面都要沉寂。他母亲木然地回头看了他一眼，恍惚地说：

"佐恩！他死了——他死了！"

佐恩很快跪下，他将头伸过去，将嘴唇轻轻放在父亲的额头上，只有一种冰凉的触感。父亲怎么会……怎么会突然死了呢？一小时前还好好的！"为什么？为什么当时我不在他身边！"他的母亲搂着死者的膝盖，紧紧抵在她的胸口上，低声哭泣着。佐恩看到那本打开的书上歪歪扭扭地写着"伊莲"两个字，忍不住失声痛哭。这是他有生以来第一次直面人的死亡，那种不能用语言描绘的寂静，把他心头其他情绪驱逐得一干二净。原来所有的一切，一切的爱情、生活、快乐、焦虑、仇恨，一切的行动、光明和美好，都只不过是这种极其寂静的开始罢了，这件事在他的心里留下了一个不可磨灭的可怕的印迹：转瞬之间一切都变得渺小、徒劳和短促了。最后，他控制住自己的情绪，站起来，并将身边的母亲扶起。

"母亲，不要难过了！"

几小时后，一切应当安排的事情都安排好了，他的母亲打算去休息一下，他一个人，望着身上盖了一床白被单的父亲，望着那张永远让人捉摸不透、永远仁慈且从不发怒的他父亲的脸，呆呆地站了好久。"一个人一定要仁厚，别的也许没什么关系，但一定要尽自己的本分。"他记起父亲曾对他这样说过，并且父亲自己对这种哲学是多么忠实！虽然早就知道会有这样的结局，却对他们母子只字不提，为了使他们母子不感到忧愁，他一直都不说出来，这使得佐恩带着畏惧而又热烈的敬意看着佐里恩的脸，了解到他的孤寂，自己的痛苦又算得了什么呢？那一页纸上歪歪斜斜地写着的两个字，竟是他的绝笔！这个世界上，他母亲除了他，已经再没有任何亲人了！他凑近些去看他父亲的脸，似乎没有什么变化，又似乎已经完全变了。

　　他记得父亲曾提过，不相信意识会在死去的人身上继续存在，即使存在，也不过是持续到身体的固有生命的期限为止，因此，如果是身体因为意外、纵欲、急病而受到毁坏，意识也许还可以持续下去，然后在天然的、不受外力的影响下，逐渐自然地消失。这话给他留下了很深刻的印象，因为从没有人对他说这样的话。如果人的心脏像这样突然停止，这绝对是不自然的！也许他父亲的灵魂意识依然在这间书房徘徊，和他在一起。床上挂着祖父的遗像，也许他的意识还活着。他的哥哥，那个在德兰士瓦河岸死去的异母兄弟，或许他的意识也还存在。他们是不是都围在这张床边呢？佐恩吻了吻死者的前额，悄悄走回自己的卧室。母亲的房门半开半掩着，很明显她曾到自己的房间来过，所有东西都为他准备好了，[①]还有一杯热牛奶和一些饼干。原本散落在地板上的信没有了。佐恩一边吃着饼干，一边喝着牛奶，什么也不愿想，就这样静静地看着窗

————————
①指给佐恩预备换上的孝服，即黑色衣服。

外暮色渐起。看着那些和窗户等高的阴暗的橡树的枝条，好像生命已经停止在这一刻。半夜，他昏昏沉沉地睡着时，感觉到似乎有个白白的、沉默的东西立在他的床头，他吓得一跃而起。

他母亲的声音传来：

"是我，佐恩，我的乖孩子！"她用手轻轻按着他的额头安抚他睡下，然后她白色的身影便消失了，又剩下他一个人！他又继续睡去，在梦里，母亲的名字爬满了他的床。

4. 索密斯煞费苦心

索密斯在《泰晤士报》上看到佐里恩的讣闻，并未有什么反应，原来那个家伙死了。他们两人之间似乎就没互相喜欢过。以前那热血奔涌的复仇心理在他心里已经渐渐消退，如今，他也不愿在心头再次燃起复仇之火，不过早早死去也算是对佐里恩的一种惩处。那个人，霸占他的妻子和房子二十多年，而现在终于死了！事隔几天后报纸上登的纪念文说道："他是勤奋而可喜的画家，他的很多作品看上去都能代表维多利亚后期最高水平的水彩画艺术。"索密斯过去一直盲目崇拜着莫耳、摩平和加斯威尔·拜侬这些与佐里恩同时代的画家，因此看到纪念文，他觉得太吹捧佐里恩了。有时在展览会上看到自己堂兄的作品，他总会报以鄙视的嗤笑。所以，读到这些，他恨恨地将这页《泰晤士报》翻了过去。

那天早上他正要去商业区处理一点关于福尔赛家财务的事务。老职员格拉德曼从眼镜上方斜瞥时的满含惋惜和祝贺的表情，他完全能够意识到。他甚至能听到他在心里说："佐里恩先生，是的，与我同龄，就死了，唉，唉！她肯定很伤心呢，长得那么漂亮。但是人总是难免一死，他们还在报纸上给他写了纪念文章。真是出乎意料啊！"事实上，他这种神气使得索密斯想要早点完成某些租赁事务以及谈话。

"索密斯先生，芙蕾小姐的那件赠予呢？"

"那个等等再说吧。"索密斯简短地回答道。

"是吗！我很高兴。本来觉得你有点性急，情况也确实有变。"

佐里恩的死不知道对芙蕾会有什么影响，索密斯变得犹豫不决。他不知道她是否已经知道了这件事，她不爱读报，也从不看报纸上的喜庆婚丧栏。

他抓紧时间把事情处理完后，便去了格林街用午餐。威尼弗列德的样子看上去很可怜。杰克·卡迪更看上去身体抱恙，估计得有一段时间才能恢复健康。她对事情有些过于较真。

"普罗芳德走了没有？"索密斯忽然问道。

"走了，"威尼弗列德回答说，"至于去哪儿了，我就不知道了。"

是的，就是这样，再没有什么能说的了！这并不能说明他想知道这些，安妮特的来信由地艾普①发出，信上说她和母亲住在那边。

"我想，你应该得知那家伙的死讯了吧？"

"知道了，"威尼弗列德说，"我真替他，以及他的儿女们难受。他对人真的很和蔼。"索密斯听到这话，从嘴里爆出一种奇怪的声音。世界总根据一个人为人而不是他的行为，判断此人的好坏，这个古老、深刻的真理好像在偷偷地、愤恨地敲他的后脑勺。

①地艾普：法国沿英法海峡一个海滨游览地。

"我就知道会有人对他抱有这种无聊的看法。"他说。

"人都已经不在了，应该公道一些看他。"

"我倒想早一点给他公道看看的，"索密斯说道，"却苦于没有这个机会。你这里有《准男爵录》吗？"

"有，放在最上面一层。"

索密斯将一本厚实的红皮书拿在手上，翻看起来。

"孟特——劳伦斯爵士，一六二〇年受封第九世准男爵，八世准男爵乔弗莱的长子；母亲是西洛泼郡莫司肯厦准男爵查理·莫司肯爵士之女拉芬尼亚。一八九〇年娶牛津郡康大福庄康威，查威尔先生之女爱米莉，育有一子，米契尔·康威，继承人，一八九五年生，育有二女，均住在白金汉郡富尔威尔镇黎宾霍尔邸、史诺克斯俱乐部、咖啡室俱乐部、飞机俱乐部会员。参阅比德立考特条。"

"哼！"索密斯说，"你可认识什么出版家？"

"偶摩西叔叔。"

"我是指还活着的。"

"蒙第在他的俱乐部里认识一个，也带到家里来吃过一顿饭。你知道，蒙第梦寐以求的就是写一本《跑马致富术》，他曾想鼓动那家伙参与。"

"那个人怎么样？"

"在一次两千畿尼赛上，他劝他赌了一匹马！后来就没再露过面，现在想想，那个人还是相当精明的。"

"那匹马跑赢了吗？"

"没有，好像落在了最后面。你知道的，蒙第确实也有他的明智之处。"

"有吗？"索密斯说道，"在一个年纪轻轻的准男爵和出版之间，你认为会有什么关系吗？"

"现在的人真是什么事情都会做，"威尼弗列德回答道，"跟我们那个时代恰恰相反的是：现在最要紧的事情，就是不要闲着，而在那个时候，无所事事简直是时尚。我认为，这种情形会一直延续下去。"

"我说的这个小孟特也很喜欢芙蕾，如果芙蕾能放下另一个人，说不定我还可以撮合一下。"

"他有没有派头？"威尼弗列德问。

"人长得并不漂亮，还有点浮躁，但是还比较讨人喜欢。他有不少田地，而且好像正在追求芙蕾，但是具体的我也不太清楚。"

"是啊，"威尼弗列德低声说，"确实很难说，我觉得最好还是不要撮合他们，杰克还真是个麻烦，现在要过了八月节①才能出去避暑，伦敦人总是那么有意思，我想哪天有必要去海德公园看看他们是怎么开心的。"

"如果我是你的话，"索密斯说道，"就去乡下租一幢小房子，遇到节日或者罢工的日子，想要避开就可以避开。"

"我最讨厌的就是乡下，"威尼弗列德回答，"相反我觉得铁路工人的罢工很令人兴奋。"

威尼弗列德向来这么冷静。

索密斯与威尼弗列德道别，直奔雷丁车站。一路上，他都在盘算着要不要把那个男孩子父亲的死讯告诉芙蕾。事态并不会有多大的改变，那个男孩子将在经济上获得独立地位，只剩下他的母亲还

①8月里的第一个星期一为英国的全国休假日。

处在和自己对立的一方。毫无疑问，他将会继承一大笔财产，甚至包括那幢原本为伊莲和自己建造的房子。造房子的那个建筑师恰恰是自己家庭的破坏者！而他自己的女儿，将可能成为那幢房子的主妇，这本是天经地义的事！索密斯想着便发出一声低沉的冷笑，原本打算用那幢房子来弥补自己在婚姻上的失败，如果伊莲愿意为他生一个儿子的话，这房子便能成为子子孙孙的基业。但是现在，如果自己的女儿嫁给了伊莲的儿子，那他们的儿女从某种意义上也算是自己和伊莲结合之后的子孙了。

这种想法是极富有戏剧性的，一向被他的尊严排斥。但是，现在佐里恩已经死了，这是解决这个问题最简单、最扬眉吐气的办法。福尔赛两个分支的财产组合在一起，具有一种保守性的诱惑，而伊莲，也会重新与他产生某种关系。真是无聊！真是荒唐！他使劲将这种想法从脑海里驱离。

到家时，他听到了啪啪的台球撞击声，隔着窗户一望，见小孟特正伏在台子上，而芙蕾正叉腰拿着球杆，微笑着望着他。芙蕾的样子真美，难怪这个小伙子被她迷得神魂颠倒。孟特拥有准男爵的头衔和田地！虽然在现在这个年代，田地算不了什么，头衔更加算不了什么。况且福尔赛家的老一辈一向对头衔都是嗤之以鼻的。花那么多钱，还要和宫廷联系到一起，这是很不值的。在索密斯的印象中，老一辈人多多少少都有这种想法。史悦辛在自己最风光的年头的确也参加过一次君主举行的召见朝会。回来之后便声称再也不想去了，"一帮无关紧要的人"。有人也因此怀疑是因为他穿了缚腿短裤①而使个子显得太大。索密斯的母亲曾想参加一次这样的召见，

———————
① 召见时穿的朝服。

因为这在当时是很时髦的，但是他的父亲却毫不犹豫地阻止了。为何要浪费时间和金钱让她打扮得那样花枝招展呢？一点都不值得！

英国平民一直以来便拥有那种想要成为国家力量的本能，且亘古不变。一直以来，他们都觉得，因有自己的存在，自己生活的圈子总比别人的圈子要好，但老一辈的福尔赛们却不喜欢这种就像尼古拉得了风湿症之后经常说的"虚文俗套"。索密斯这一代人，比较敏感，也比较愤世嫉俗，一想到史悦辛穿着绑腿裤的可笑样子，也就不往这方面想了。至于第三代和第四代，在他看来，他们对一切都报以嘲笑的态度。

可是，这个年轻人能继承一个头衔和一些地产倒也不是坏事，而且这种事情也不是他自己能决定的。他轻轻地走进去，刚巧孟特一杆子没有击中，芙蕾接着上去打。他看到这个年轻人的眼睛一直没离开芙蕾弯下的身子，眼神里满含的那种爱慕之情简直让他感动。

她把球杆放在纤细的手形成的架子上，稍作停顿，摇了摇她蓬松的深栗色短发说道："我是绝对打不到的。"

"不试试的话怎么知道呢！"

"好吧。"球杆挥了起来，球开始滚动，"你看吧！"

"这只是运气不好，没有什么关系！"

接着他们看见了索密斯，索密斯说道："我来给你们记分吧。"

他走到记分板下面的高凳子上坐下。外表看上去很整洁，但是人却觉得很疲惫，他在那悄悄注视着两张写满稚气的脸。一局结束，孟特来到了他面前。

"我已经开始搞起来了，先生，什么怪玩意儿，什么生意经，是吗？我想作为律师的你肯定见过很多的人情世故吧！"

"当然见过。"

"需不需要我告诉你我看到的事情？那些人出的价总是低于自己能出得起的数目，这完全不符合常理。他们应该一开始出得多，然后再慢慢降低。"

索密斯眉头皱了皱眉。

"假如人家一开始就接受了呢？"

"这并没有多大的关系，"孟特说，"减价总是要比加价划算得多。举个例子来说，我们给一个作家摆出相当具有诱惑力的条件，他当然会接受。但是我们研究了一下之后觉得出版这本书并没有多大的利润，于是将这种情形告诉他，因为一开始我们对他显得很大方，所以他会信任我们，然后便会很顺从地降低价格，而且会毫无怨言。但是如果我们一开始就给出苛刻的他不能接受的条件，就算后来我们加价他答应了，他也会觉得我们很小气。"

"你买画时可以试试这个办法，"索密斯说，"价钱一旦讲好了就相当于立了一份合同，这个你难道不知道吗？"

小孟特转向能看到芙蕾所处的那个窗口。

"不知道，我真希望能早一点知道。此外还有一件事，如果一个人毁约的话，就绝对不能对他仁慈。"

"做广告吗？"索密斯冷冷地说道。

"当然是广告，但这也是我的处事原则。"

"你的出版社就是靠这个原则支撑吗？"

"还没有，"孟特说，"但是会慢慢来。"

"最终会倒闭。"

"不会的，先生，我观察了很多次，全都证明我的这个理论是很不错的。在生意经上，因为人性被低估，人们丧失了相当多的快乐和利润。当然，这也要求你真实、坦率。但是只要感觉得到，做起来也不会很难。你越是近人情，越是大方，就越会有好生意找上你。"

索密斯从椅子上站了起来。

"你是股东吗？"

"还要等半年。"

"那么其他的股东最好还是早点退出来比较好。"

孟特听完大笑起来。

"你会懂的，"他说，"以后将会有大的变动，运用占有原则非关门不可。"

"你说什么？"索密斯说道。

"店面要出租了，先生，再见，我得走了！"

索密斯看着女儿伸出手来，看见她在孟特紧握着她的手时下意识地躲了一下，同时清清楚楚听见那个年轻人边往外走边发出叹息。接着，她从窗口过来，一只指头在台球桌的桃花心木边上划拉。索密斯看看她，猜到她有话要说。当她的手指绕过最后一个落弹袋时，她将头抬了起来。

"父亲，你是不是在背地里做了什么，让佐恩不肯写信给我？"

索密斯摇了摇头。

"这样说来，你没有看新闻吧？"他说，"他父亲在一星期前去世了。"

"噢！"

他看到女儿的脸上顿时现出吃惊的神态，眉头紧锁，显得异常紧张，急切地想要弄清楚这件事会带来什么后果。

"可怜的佐恩！你为什么不跟我说呢，父亲？"

"我永远不懂！"索密斯慢吞吞地说道，"你对我总是不抱有信任感。"

"亲爱的父亲，如果你肯帮忙的话，我肯定会信任你的。"

"也许我会帮你。"

"唉，亲爱的，当一个人拼命想得到一样东西时，就会忽略其他的人，你不会生我的气吧？"芙蕾两只手交缠在一起。

索密斯伸出一只手，像是要将一句诽谤推开。

"我在盘算呢。"他说。他怎么会想起用这么一个词！"小孟特又来纠缠你吗？"

芙蕾微微一笑："哦，米契尔！他是很黏人，但是人却不坏，我并不介意。"

"嗯，"索密斯说，"我累了，睡一会儿再来吃晚饭，我先走了。"

他上楼进了画廊，然后在榻上躺了下来，闭上了眼睛。这个女儿真是沉重的负担！她母亲，是什么呢？也是个负担！帮忙？他要怎么帮她的忙呢？他是她的父亲，这是改变不了的事实，伊莲是佐恩的母亲，这也是改变不了的！小孟特刚刚说了什么？占有本能？关门？出租？简直是胡说八道！无聊透顶！

闷热的空气里裹挟着绣线菊的香气，连同河水和玫瑰的气息袭向他，他渐渐进入梦乡。

5 芙蕾的执着

人若执着起来，会比任何精神病症更加严重，尤其当执着披上爱情的外衣时，冲劲就会变得更大，精力也会变得超常地旺盛。这种对爱情执着的人，对藩篱、沟渠、门户却不一定执着，也不会注意街上的婴儿车和车里专心致志吮吸奶瓶的婴儿，甚至其他和自己一样患有这种症状的人，都不会引起他的注意。这种人走路时只看脚下，除去自己心里的那点光亮，其他任何星星点点的光他都看不见。有些执着的人，觉得人类若想获得幸福必得靠自己孜孜营求，靠解剖小狗，靠敌视异族，靠超额税，靠长久在政府机构当差，靠一切顺利进行，靠干涉邻居婚姻，靠反战、反对兵役，靠希腊语根、教会教条、哲学悖论和凌驾于他人之上。还有某些人患了利己主义病。所有这些人的执着和一心只想获得某一个女子或男子的男子或女子比起来，都更容易动摇。

虽然芙蕾在这个夏天过着一种小福尔赛的散漫生活，自己只管寻欢作乐便好，甚至连买衣服都有人付钱。但是她对这一切全都无动于衷。就像威尼弗列德会用最时髦的口头禅形容那样是"天才知道！"她想得到的是挂在天空的那一轮明月，但明月却在河面上空或进城时在格林公园上面周而复始地运行。她将佐恩写给她的信用粉红绸子包起来贴胸珍藏，在这种胸衣领子开得那样低、感情几乎变得一文不值、高胸脯不时髦的年头里，再没什么可以证明她对佐恩的执着了。得知佐恩父亲的死讯，芙蕾给他写了一封信。三天后从河上野炊回来时，她发现佐恩的回信到了，这是自从那次他们在珍家里谋面之后第一次通信。她顾虑重重地打开信笺，惊慌失措地阅读。

自上次谋面之后，我已经知道了全部事情。我想我们在珍家里碰面时，你就对一切了如指掌。珍已经告诉我说你知道事情的真相。但是，芙蕾，如果你知道的话，应该早点告诉我。我想你听到的只是你父亲的一面之词，而我则从我母亲那听说了不同的一面，简直让人觉得不寒而栗。目前我母亲处于极度悲伤之中，虽然我很想念你，但却不想徒增我母亲的悲痛，我想我们将走不到一起，因为我已经觉察到我们之间存在一股强大的阻碍力。

　　原来如此！她的骗局被戳穿了。但是她觉得佐恩其实是已经原谅她了的，可是信里面提到的他母亲讲的那些话却仍使她提心吊胆，以致双腿站立不住。

　　她的第一反应是回信，转念一想还是不回的好。回与不回，两种念头在接下来的几天里，一直在她的脑海中争斗，直至整个人变得越来越绝望。但她不愧有索密斯那样的父亲，他身上那种让他同时成功和失败的坚韧的个性被她继承了过来，只不过，在法国人文雅和敏捷的风格的影响下，这种个性被隐藏得很完美。出于本能，她在"有"这个字前面加上一个"我"字。只是，她把这种日益绝望的情绪隐藏得天衣无缝，虽然七月的天气并不讨喜，但只要天气好，她就会去河上游玩，好像什么事也没发生过。在所有的"乳臭未干"的准男爵里，她的守护神米契尔·孟特是最尽心尽力的，只是他越来越不尽心出版生意了。

　　在身为父亲的索密斯看来，自己的女儿就像一个谜。那种任何事情都无法让她挂心的表现几乎把他蒙骗了，不过，仅仅是几乎而已，因为她经常眼神定定地发呆，卧室的灯也常常到了深夜还亮着，这些情形出卖了她。她心里在想些什么呢？为什么这么晚还不睡？虽然心里满是疑问，但是他却不敢去问她，上一次在台球房里简单交流之后，她便再也没和他说过话。

在这些双方都不表明心迹的日子里，恰巧威尼弗列德邀请父女两个去吃午饭，吃过饭之后，还要请他们看一部妙趣横生的戏：《乞儿歌》①。能否再约一位男士，这样刚好凑成两男两女？索密斯对什么戏剧都不感兴趣，芙蕾却恰恰相反，于是便答应下来。他们和米契尔·孟特一起乘汽车进城，孟特异常兴奋，因此威尼弗列德觉得他"十分有趣"。《乞儿歌》让索密斯觉得不明所以，整部剧里没有一个角色讨人喜欢，从头至尾都是对社会的讽刺。威尼弗列德对演出服装十分感兴趣，那些音乐她也很喜欢。头一天晚上，她到皇家歌剧院看俄国芭蕾舞，到达时离开场时间还早，只见台上满满地簇拥着歌手，那些人整整有一小时都吓得面无血色或站立不稳，恐怕一不小心唱对了调子。②

米契尔·孟特则对整部戏都非常满意。

三个人都不知道芙蕾心里是怎么想的。芙蕾并没有什么想法。她全神贯注地沉浸在戏里，似乎此刻正站在台上和波丽·皮秋姆唱歌，和费尔奇做手势，和珍坭·蒂弗跳舞，和露茜·洛吉特装模作样，和麦契斯接吻、轮唱、拥抱（这些都是《乞儿歌》里的角色）。波丽是女一号，费尔奇是皮秋姆先生的仆人，珍妮是妓女，露茜和波丽争夺着同一个男人，麦契斯是男一号。她可能轻启朱唇

---

①约翰戴的这幕社会讽刺剧自1920年起在英国风靡了3年。
②芭蕾舞节目很短，前面是出歌剧；这里挖苦那些蹩脚歌手全唱走了腔，然而还是那样心惊胆战的样子。

微笑，也可能在鼓掌致意，可是这出古老的著名喜剧，就和一出时新的"歌舞剧"一样，悲也好喜也罢，都不能给她留下哪怕一点印象。乘车回家的路上她很落寞，因为坐在一旁的不是佐恩，而是米契尔·孟特。汽车在路上颠簸一下，小孟特的胳膊在无意中碰了一下她的胳膊，她就想："如果这是佐恩的胳膊该多好！"小孟特欢呼雀跃的声音，由于与她距离很近而变得温柔起来。当他用比车子走动的声音还高的嗓门说话时，她也是一脸笑容，心里想："如果这是佐恩的声音多好！"有一次他说"芙蕾，你穿这件衣服美得就像仙女"时，她答道："哦，你喜欢这衣服吗？"嘴上这么说心里却想："要是佐恩这么说多好！"

回家途中，她下定决心找个机会单独去罗宾山找佐恩。事先谁也不告诉，当然包括自己的父亲，只是自己一个人坐车子去。收到他的来信已经过去八天了，她无法再等下去了。她决定星期一就去，这样盘算好，她对小孟特的态度也好了。心里有了期待，就是容忍一下、敷衍一下也不影响什么，不管小孟特是吃过晚饭走还是继续向她求婚或者紧握着她的手、和她跳舞、叹息，这些都随便他。她甚至在只怜悯自己的情况下也尽可能地怜悯他，觉得他也只是在打乱她的心思的时候才讨人厌。吃晚饭时，孟特在餐桌上讲起他所谓的"自治市镇的死亡"，比平时更无所顾忌。芙蕾没有理会他，倒是她的父亲却一直关注他，从他脸上的表情看，虽没有生气，但绝对表示他不赞同。

"年轻人或许都不赞同你的这一观点，先生，是吧，芙蕾？"

芙蕾不屑一顾地耸了耸肩膀，她心里的年轻人只有佐恩，但是她却不知道他心里在想些什么。

"年轻人到了我这个年纪，想法就会变得和我一样了，孟特先生。这世上不变的只有人性。"

　　"我也赞同你的说法，先生，但是思想会随着时代的变化而改变，追求个人利益的思想方式很快就会过时。"

　　"是吗？各人管好自己的事情，这并不是一种思维方式，孟特先生，这只是一种本能。"

　　对啊，佐恩就是我的事情！

　　"可是先生，什么才能算是自己的事情呢？别人的事情也要成为自己的事情，问题就出在这里，你说对吧，芙蕾？"

　　芙蕾只是微微一笑。

　　"否则，"小孟特接下去说道，"就会有冲突。"

　　"从远古的时候开始人们就在这样说了。"

　　"可是先生你必须得承认，财产意识在逐渐消逝。"

　　"我想说的是，财产意识在那些没有财产的人之间，反而是正在增长的。"

　　"这样的话，你就瞧瞧我吧！我有一笔不能卖出、不能随便赠送、只能遗留给合法继承人的限定嗣续田产，如果我不想要这种东西，明天我就可以把这关系给割舍掉。"

　　"你还没成家，根本不清楚自己的话意味着什么。"

　　"你难道真的认为结婚——"小孟特用相当可怜的眼神望着芙蕾说道。

　　"社会建立在婚姻上面，"索密斯严肃地说，"建立在婚姻和婚姻的后果上面，难道你能否认这些吗？"

　　小孟特做了一个表示困惑的姿势，围坐在晚餐桌旁的人们开始变得沉默了。灯光透过方解石圆球的灯罩照在桌子上那许多刻有一只"原色雌鸡"这种福尔赛族徽的银匙上面。外面，河面上暮色四合，空气中掺杂着潮湿的气息和芳香。

"星期一，"芙蕾只有一个想法，"星期一！"

6. 在绝望的边缘

佐恩作为佐里恩·福尔赛唯一的继承者，在父亲离世后的第一个星期，心里全是悲痛和无聊的情绪。宣读遗嘱、房地产估价、分配遗赠，这些必不可少的仪式一一在一个未成年的家长面前上演。根据佐里恩的遗嘱，将他进行了火葬，而且不允许任何人在场，也不允许有人戴孝。财产的分配，在一定程度上受老佐里恩遗嘱的限制，罗宾山归属伊莲，同时每年还有两千五百镑归她支配，直至其离世。除掉这一笔，其余部分，因要使佐里恩的三个子女将来都可以平均地享有老佐里恩和佐里恩的遗产，分配起来显得相当复杂。但是佐恩因为是男孩子，所以当他成年时将会得到全部的财产，而珍和好丽则只能获得财产的灵魂①。这样，她们的子女在她们离世以后也可以享受遗产的实质。

但是如果她们没有子女，只要佐恩过世比她们晚，那么这些财产最终会归属佐恩，就目前而言，珍已经有五十岁了，好丽也将近四十岁，法律界都认为，如果没有那么苛刻的所得税，即便小佐恩活到他祖父那么大年纪也会像他祖父一样舒坦，不用为财产担忧。但是这一切对于佐恩来说，并不那么重要，对他母亲来说也不是很

————————
①此处意指只能动利，不能动本。

重要。珍将佐里恩的后事安排得妥妥帖帖，做好一切该做的事情后便走了。于是大房子里又只剩下佐恩母子无依无靠了。死亡让他们靠拢，爱情又使他们分开，佐恩在这段日子里备受煎熬，内心对自己充满厌恶和失望。他的母亲时常带着一种隐忍的悲痛的神情望着他，悲痛里面又隐含着一种先天的骄傲，似乎已经做好了保护自己的准备。看到她笑，他在勉强自己报以不自然的微笑的同时会暗暗痛恨自己。他并没有责备或评判母亲，说实话，他根本想不到这些。

不！他之所以勉强自己，之所以那么不自然，是因为母亲导致了自己不能得到梦寐以求的东西。就目前来说，只有一种可以减轻他的痛苦的方法。这事关系到他父亲一生的事业，虽然珍曾提出这事她会全权处理，但是如果完全交给珍，确实让人放心不下。母子俩都认为，如果让珍把佐里恩所有的——包括未展出的、没有完成的遗作全部带走的话，鲍尔·波斯特以及别的常上她画室来的人肯定会对这些作品泼冷水，搞不好还会使她的心凉掉。从作品的旧日风格和水彩画这一方面来说，这些画都是不错的，所以绝对不能让它们受到嘲弄。举办一次个人作品展览会，是母子二人对自己深爱之人的一种最基本的表示。母子二人花了好多时间来准备这场展览会，奇怪的是，筹备展览会的过程让佐恩对自己的父亲愈发钦佩。经过一系列的研究，他发现父亲虽然天资不高，但一直默默躬身苦干，竟也创造出了自己的风格。从他众多的作品中，可以看到他在深度上非常难得地不断成长，境界也变得深邃、开阔了。当然这不能说明内容很深刻或者造诣非常高，不过就画的本身来说，都是非常精致、认真、完整的。

想到父亲一生从不狂妄自大，谈到自己的造诣时总是轻描淡写，无比谦虚，甚至说自己只是非专业画家。佐恩突然意识到自己好像从来都没有真正理解父亲。他为人处世总是严于律己，但是为了不让他人生厌，却绝不让他人知道。这种做人的态度让佐恩由衷钦佩，所以当他母亲评价父亲"他是一个真正的有修养的人，不管做什么事情，都会考虑到别人，就算是遇到必须要反对的事情时，也会尽量不让人感到难堪，跟现在的风气完全不同，是吧？他的一生中遇到过两次不得不与整个社会反目的事，但是却没有因此而牢骚满腹"，佐恩是完全同意的。佐恩发现母亲说这话时，眼泪不由得掉落并急忙把头转了过去。她总是这样默默地哀悼死者，这让佐恩以为她并没有那么悲伤，如今看到她这个样子，他觉得自己的克制力和自尊心远远不如他的父母。于是便悄悄地走到她身旁，轻轻将她拥住。她则匆匆给他一个吻，带着无法自抑的情绪离去。

　　那间他们用来选画和贴标签的画室原是好丽小时候的课室。她曾在这间房子里养过蚕、晾过紫薄荷、学过琴以及接受过其他一些教育。虽然房间是面向东北方位的，但在七月底，却有一阵阵暖暖的风透过那褪了色的淡紫纱窗飘进来。为了使这个房间恢复人未走、屋未空时的光彩，像追念一个古战场的鼎盛时期一样，伊莲在那张布满颜料的桌子上摆放了一瓶玫瑰花。这瓶花和死守在这个废弃住所的佐里恩的爱猫，成为这间凌乱而悲惨的工作室里仅剩的和愉快有关的两样事物。佐恩站在北窗前，闻着裹挟着神秘草莓香气的暖暖的空气，这时，他听见汽车驶来的声音。那些律师又来谈一些无聊的事情了。这种带有让人闻了荡气回肠的香味的空气是哪里吹来的呢？房子附近并没有草莓圃啊。他情不自禁地从口袋里掏出一张皱巴巴的纸，开始在纸上断断续续地写诗，胸中渐渐有温暖弥漫开来，他搓了搓手，不一会儿便写出了下面的几行诗：

> 如果我能写一首短歌
> 来慰藉我的心灵
> 我将会用全部微小的事物来点缀
> 流水潺潺，翅膀挥舞
> 蒲公英金冠吐蕊
> 雨点淅淅沥沥落下
> 猫儿呜呜，鸟儿啁啾
> 以及我听过的一切的低语
> 在青草间自由穿梭的清风
> 远处传来的嗡嗡声
> 一首如花儿般娇嫩的歌
> 像翩飞的蝴蝶，轻盈
> 如果我看见她开放
> 我便让她自由飞翔，歌唱。

他一个人站在窗口低吟着这首诗的时候，突然听到有人叫自己，他转过身看到了芙蕾，看到这个让人恐惧的精灵。起初他没动声色，但是她明媚而生动的眼波却让他心里一阵狂喜。"谢谢你来看我！"他走到桌子旁边。但是她却往后退了一下，似乎有什么东西砸过去了似的。

"我说我要见你，"芙蕾说，"他们就把我带到这里来了，但是我也可以马上离开。"

佐恩紧紧地抠着身旁那张沾满颜料的桌子。她的脸、她穿着花边衣服的身形，早已在他脑中烙下一个极其深刻、极难忘的影子。即使这时候芙蕾突然沉入地板消失①，他也一定还会觉得她就在那里。

"我知道我对你撒了谎，佐恩，但那全都是因为我爱你！"

"哦，是啊！是的！这没有什么关系！"

"我没有回你的信，回信也没有什么用。没有什么需要解释的，我只希望可以看看你。"她两只手伸出来，佐恩从桌子对面伸出手握住她的手。他想说点什么，可是却一心想着不要勒痛她的双手。她的手是那样的柔软，而他的则很硬。她带着挑衅的口吻说道："那段往事，真有那么可怕吗？"

"是的。"他的声音也带有一点火药味了。

她抽开手："我没有想到，都这个年代了，还有男孩子这样对母亲唯命是从。"

佐恩的下巴往上抬了一下，就像被人打了一拳。

"呀！我不是这个意思，佐恩。这话讲得很没有道理！"她很快走到他身边来，"佐恩，亲爱的，我不是这个意思。"

"没有关系。"

她把两只手搭到他的肩膀上，用额头抵着手，帽檐碰到了他的脖子，佐恩可以感觉到帽子在抖动，但是他却似乎已经麻木了，一点表示也没有。她把手拿开，走开了。

"好吧，你不要我的话，那就算了吧。不过，我没有想到你会把我抛下。"

"我没有，"佐恩喊道，人忽然像活过来一样，"我不想，我

_____

①作者在这里将芙蕾比作舞会上魔鬼的消失和出现。

想尝试着看看！”

　　她的眼睛突然就亮了起来，扭着身子向他靠近：“佐恩，我爱你！不要把我丢掉，我真不知道会怎么样，我会对一切都绝望的。过去的那些事情，和我们的事情比起来，算得了什么呢？”

　　她紧紧地抱着他。他吻了她的眼睛，她的脸颊，她的红唇，但是在他吻着她时，晃动在眼前的却是散落在自己卧室地板上的那些信纸，还有他父亲苍白的遗容、母亲跪在父亲遗体面前的样子。

　　“让她同意，答应我！佐恩，一定要想想办法！”芙蕾低低地说着，听上去好像很孩子气。佐恩觉得自己似乎老了。

　　“我答应，”他也低声说道，“不过，你并不了解。”

　　“她要毁掉我们的幸福，就因为……”

　　“因为什么呢？”

　　他的声音里满含挑衅的语气，她却并不答话，只是用胳膊紧紧地抱着他，吻他，他也激动地吻她。即使已经屈服了，但那封信对他的影响仍然挥之不去，芙蕾并不知道，也并不了解，她错怪了他的母亲。芙蕾如此可爱，他那么爱她，但她是敌人阵营的人！两人紧紧相拥，他却想起了好丽的话“我觉得她有一种‘占有天性’”以及他母亲说的“亲爱的孩子，别顾及我，你幸福就好”。

　　当她只在他的眼里留下相貌，在他的嘴上留下香吻，在他的心里留下荡气回肠的痛苦后，当她像一场热情的梦那样消失之后，佐恩倚在窗前，听着她乘坐的汽车的声音渐渐消失。还是那股温暖如草莓的香味，还是那些被他写进诗里的夏天的气息，还是七月里幸福和青春的遐想，这个叹息着的、浮动着的、翻跹着的七月，但是，他的心却已经碎了。他的心里满是对爱的饥渴和希望，而希望又那么遥不可及。这件事情真是太棘手了！如果芙蕾绝望的话，那么他也会绝望的，然而他现在只能在这里呆呆地望着摇曳的白杨、飘浮的云朵以及洒在草地上的阳光。

他一直等着，等到母子两人默默地吃完了晚饭，等到听完母亲弹奏的钢琴曲，他依然等着，他觉得她应该知道自己想要说什么。但是她只是吻了他，然后就上楼去了，留他一个人在那里望着外面的月光、飞蛾以及某些悄悄来临的、玷污了这个夏夜的虚幻的色彩。他很想回到过去，哪怕只是回到三个月之前，或者直接跨越到将来。摆在他面前的是一个无比残酷的选择，必须二选一，这简直让人不想活了。

就好像那封信里讲的那样，往事或许真的是一种有毒的、会传染的细菌。这使得他产生了狂热的宗派主意，也更能深切体会母亲的那种痛苦。于是便也真的觉得存在这样两个阵营，他和他母亲同处一个阵营，而芙蕾和他父亲是另一阵营的。这种古老陈旧的占有和敌意说不定早已经死去了，但是在时间尚未把它们清除干净之前，它仍旧是具有毒害性的。他的爱情似乎也染了毒，少了浪漫的幻想，多了现实的考虑，也隐约多了一种背叛的疑虑，生怕芙蕾也会和他父亲一样想要占有、得到。这种疑虑虽然很模糊，但是却会很卑鄙地常常出现在脑海中，像虫子一样在他充满热情的记忆里面蠕动，啃食存在于那里的那个生动、迷人的脸庞和绰约的情影。似是真实，却又感觉不到它的存在；似是不真实，却有着足以摧毁一个人信心的力量。

坚定的信心对于不满二十岁的佐恩来说，是生命中必不可少的东西。他拥有一般年轻人所拥有的热情，并且愿意一丝不留地双手奉上，献给一个像自己一样豪爽慷慨的人儿。没错，自己可以肯定，她就是这种人！他从窗口的那条长凳上站起来，在墙壁上挂着涂了银粉的帆布的灰暗阴森的房子里不住地徘徊着。他父亲的信里面说过，这幢房子，原是造给他母亲和芙蕾的父亲住的！他在半阴暗中伸出双手，似乎想抓住父亲缥缈的手，两手勒紧，似是想要紧紧抓住他父亲消瘦的手指，好以此证明他会一直站在父亲这一边。

他强忍着自己的眼泪，这使得他的眼睛又干又热。重新走回窗边，这里没有房间里那样阴森，比较暖和，外面看着很舒适，金黄的月亮高高挂在天际，两三天后就要圆了。夜的自由让人感到安慰，如果他和芙蕾是在某个荒岛上遇见，不存在什么过去，大自然会是他们的房子，这样该多好！佐恩到现在还是很向往生长着的面包果、珊瑚礁上的海水碧蓝碧蓝的荒岛。夜晚充满魅力，深沉而自由，代表着诱惑、期望以及爱情！想到自己是一个受母亲摆布的懦夫，他的双颊感到火辣辣的。于是便关上窗子，拉好窗帘，关掉电灯，上楼去了。

他卧室的门还开着，灯也还亮着，他的母亲仍旧穿着晚服，倚在窗边。转身面对着他说："坐下吧，佐恩，我们来谈谈。"

于是佐恩便在床边坐下了，她也在窗口的长凳子上坐下。她的侧面对着儿子，她的额头、鼻梁、颈的柔和的线条，还有那种奇特得好似冷峻的风度，都让他着迷。他母亲似乎是从别的地方跑出来的，似乎并不是这个地方的人！她要跟自己谈什么呢？他的心里其实也有很多想和她说的话！

"我知道今天芙蕾来过了，对此我并不感到诧异。"这句话的言外之意似乎就是说："她可是她父亲的女儿啊！"这使得佐恩的心渐渐硬了起来。伊莲又接着说道："我这有你父亲的信。那天晚上我收了起来，亲爱的，你要不要再拿回去？"

佐恩摇了摇头。

"在他交给你之前，我已经读过一遍了。但是这封信对我作的孽并没有真实讲述。"

"母亲！"佐恩脱口而出喊了一声。

"虽然他将我形容得很好，但是我自己知道，不爱芙蕾的父亲却嫁给了他，这并不是一个善良之人的所作所为，这导致了一场不幸福的婚姻。佐恩，这不但毁掉了我的一生，也毁掉了别人的一生。亲爱的，你还年轻，却陷进爱里面去了，你觉得你跟这个女孩将来会幸福吗？"

佐恩望着她的深褐色的眼睛，这双眼因为痛苦显得更深了，他回答道："会的，会的！只要你可以……"

伊莲微笑着说："因为美色而对对方产生爱慕和占有的欲望，这并不是爱。如果你的情形和我一样，那么，佐恩，把灵魂深处的东西扼杀掉！如果肉体结合了，但是灵魂却在抗拒，该怎么办？"

"母亲，为什么这样？你是不是认为她和她父亲一样？不是的，我见过她父亲。"

伊莲的嘴边再次浮现出那种微笑，使得佐恩的心里有些动摇了。她的微笑里满含着讽刺和经验："佐恩，你是给予的那一方，而她是索取的一方。"

那种卑鄙的疑虑和常常浮在脑海里的动摇再次出现，他的语气含着愤恨："她不是的，不是的，母亲。我不忍心让你伤心，现在父亲也——"说着他开始用拳头敲打自己的脑袋。

伊莲站起来："那天晚上我说过了，亲爱的，不要顾及我的感受。我是说真的，想着你自己的幸福就好，未来的事情，我有勇气面对，毕竟这些都是我自己造成的。"

佐恩再次喊了一声："母亲！"

她走到他跟前，将手覆在他的手上。

"这事是不是让你头痛，亲爱的？"

佐恩摇了摇头。他是痛在心口，这两种爱将他的心都撕扯碎了。

"不管你怎么样，佐恩，我都会始终如一地爱你，你什么都不会失去。"她轻轻地摸了一下他的头发，然后离开了。

佐恩听到房门关上的声音，然后就翻身上床，躺在那里极力控制着自己的喘息，心情无比压抑。

7. 代表女儿而来

索密斯喝茶时没看到芙蕾，一问才知道两点钟她就坐汽车出去了，已有三小时了！她去哪儿了？去伦敦的话为什么不告诉他呢？他始终不喜欢汽车。就像一个天生的经验主义者或者作为福尔赛家族一员做出的那样，他会在原则上接受，每当有代表进步的新事物出现时，他都会接受。"是啊，它们是现在生活必不可少的东西。"但事实是，他并不喜欢汽车，觉得它喧闹、笨重，还有气味。安妮特曾经逼他买了一部"罗拉德"牌的汽车，配上深灰色的坐垫、电灯、小镜子、烟灰碟和花瓶，混杂着一股汽油和斯地番诺花①的味道。他厌恶这个不亚于过去厌恶自己妹夫蒙塔谷·达尔提。

———————————
①斯地番诺花：白前科植物之一，为一种暖房花草。

这东西在现代生活中代表着一切的高速度、不安全和骨子里存在的很世俗的东西。生活变得越来越高速度、放纵、年轻化，索密斯就越显得衰老、迟缓、落伍，在思想和谈吐上也越来越流露出这些，就和他的父亲詹姆士从前的样子一样。他自己也意识到这一点，于是越来越讨厌速度和进步。现今工党得势，连一部汽车也这样趾高气扬，看了就叫人生气。

有一次，索密斯的汽车司机把一个工人的唯一的既得利益——一条狗——给轧死了。当时很少有人会像他一样忍受狗主人的指责，他的这一恶行一直让索密斯耿耿于怀。如果不是因为狗主人的蛮不讲理，或许他会站在狗的那一方来反对汽车。

很快五小时过去了，芙蕾依然不见踪影，过去因汽车引发的纠纷以及做代理人的经历，所有这些烦恼和六神无主的感觉，都让他坐立不安。七点的时候，他打了一个电话给威尼弗列德。得知芙蕾并没有去格林街，他甚至有些恼火，她会去哪呢？越想越不对劲，似乎目睹了他最宝贝的女儿惨遭横祸，原本好看的蕾丝外套皱在一起，全身都是血迹和泥污。他走进她的房间查看了一番，梳妆盒子、首饰这些东西都没带出去，总算可以让他松一口气，但是却更加担心女儿是否出了车祸。如果他的女儿失踪的话，他是绝对不会透露一点消息出去的，但是现在的状况让他无可奈何，如果天黑了她还没回来，该怎么办呢？

离八点还差一刻的时候，他听见了汽车的声音，心里的一块大石头才落地，他飞速跑下楼。芙蕾恰巧从汽车上下来，看上去一身疲惫，面无血色，人倒安然无恙。他俩在走廊里碰上了。

"我担心死你了！你去哪儿了？"

"罗宾山。父亲，很抱歉，我必须得去一趟，等会再跟你说。"她吻了他一下，就匆匆跑上楼去了。

索密斯待在客厅里等着她。上罗宾山，是凶是吉？

为了不让管家们起疑，这个话题是绝对不能在饭桌上谈的。经过刚刚的恐惧和看到她平安无事后的如释重负，他已经不忍心责备她，或者说禁止她以后怎么做，只是怀揣一种放松的心情呆呆地等着她自己说出来。人生就是这么不可捉摸，虽然他已经六十五岁了，却还是和他四十岁以前——奋斗时期——一样不能掌控自己的命运。总有些事情是不如人意的。他将那封安妮特写来的信放在晚餐服的口袋里，信上说她将在两个星期后回来，她在法国的所作所为他一无所知，也不想知道，他只知道她不回来就可以少受许多气，眼不见，心不烦！但是现在她却说要回来了，这使得他心上又添了一件事。波尔德比家那张《克罗姆》被杜米特里画廊弄丢了，那张匿名信使他把这件事差不多全忘了。他偷偷地瞥了一眼女儿，看到她一脸焦虑，就好像她也眼巴巴盯着一张买不到的旧画。他甚至希望可以回到大战时期，即使那时的一些忧虑并不比眼前差。从她讲话的那种亲昵的口吻和脸上的神情，他知道女儿有求于自己，只是不知道如何做才是明智之举，答应还是不答应她？他把摆在面前没动一口的一盘食物推开，两人一起抽起了烟来。

吃过晚饭，她将电动钢琴打开。索密斯看着她靠着自己的膝盖坐在一张软脚凳上，手搭着自己的手，他估计大难就要来临了。

"父亲，我的做法对自己有益。佐恩写了一封信给我，我去见他了。他说他会尽量说服他的母亲。不过刚才我也在想，父亲，这件事情全看你的了。只要你能够让他母亲相信这件事与以往旧事毫无关系，我依然是你女儿，他依然是她儿子。你今生没必要与她和佐恩谋面，她也不用见你或者我！只有你能规劝她了，亲爱的，只有你说话才有用，别人都代替不了你。现在佐恩的父亲去世了，你就与她见一面，相信也不会太尴尬吧？"

"太尴尬？"索密斯重复了一句，"这件事情太荒诞了！"

"你明白，"芙蕾说着，抬起头，"其实你并不排斥再见到她。"

索密斯不出声了。她的话击中了他心里最隐蔽处，以至于他不愿承认这是实话。她把她的手指和他的手指交叉，热热的、纤细的、焦切的手指紧勒着他。即使是铜墙铁壁，她也非得钻个洞。

"你不去的话，我怎么办呢，父亲？"她柔声细语道。

"只要是为了你的幸福，我什么都愿意做。"索密斯说道，"但是这样做并不能使你得到幸福。"

"唉，是的，是的！"

"只会让事情越闹越大！"他用恶狠狠的口吻说道。

"现在事情已经闹大了，只有想办法把事情平息下去。让她知道这只是我和佐恩两个人之间的事情，和你和她都毫无关系。你可以做到的，父亲，我知道你能做到！"

"那么你肯定了解不少……"索密斯闷闷不乐地说道。

"只要你愿意，佐恩和我，我们可以等一年，甚至等两年，等到成年后结婚，也可以！"

"我认为，你丝毫没有考虑我的痛苦。"索密斯说。

芙蕾把他的手放在自己脸颊上。

"亲爱的，我是关心你的。不过你不忍心看我整天闷闷不乐吧？"芙蕾很会用甜言蜜语来达到自己的目的。他的内心真希望她是真的关心自己，但是却怎么也无法确定。能让她开心的只有那个小伙子！为什么还要帮忙让他得到她呢？他破坏了女儿对自己的爱啊！为什么？根据福尔赛家的法律，这种做法无疑是愚蠢的，一点好处都没有！

把芙蕾送进敌人的阵营，把她交给那个小子，让她处于那个伤过他心的女人的影响之下！久而久之，他就会失去自己最珍贵的这朵花朵。突然，他发现自己手掌湿了，心脏也在痛苦地跳动，是的，他最受不了女儿的眼泪了。他将另外一只手覆住芙蕾的手，又一滴眼泪滴了下来。他不能再继续放任不管。"行吧，行吧，"他说，"我想想，看还有什么办法，好吧，好吧！"

如果她觉得得到才是幸福，那么她便会想尽办法去获得。他没法拒绝她。不想听女儿的道谢，他急急忙忙从椅子上起身走向电动钢琴。那架总是吵死人的钢琴，在他走近时却吱了一声然后停下了。这让他想起小时候他母亲总喜欢在星期天下午打开用来弹奏《和谐的铁匠》和《光荣的波得酒》的那架八音琴，那声音总是让他备受煎熬。现在却是这玩意儿，看上去仅仅比八音琴大了一点点，价格却贵了很多。如今它在奏着《野性的、野性的女人》和《警察的假日》，而他已经不再穿黑绒丝的衣服，不配那条天蓝色的领子了。他想到了一句意想不到的话："普罗芳德说得对极了，人生就是一场空！我们的终点就是坟墓。"然后就走了出去。

那天晚上芙蕾再没出现在他面前。第二天吃早餐时，她却一直用恳求的眼神看着他，使他无处可逃，虽然他并没有要逃。终于，他打算要正视一下这件伤脑筋的事情，下定决心要去那个充满了同情的罗宾山一趟，至少最后的那次记忆是愉快的啊。他自嘲地想着。

那次去，是想以婚姻威胁并阻止那个孩子的父亲和伊莲走到一起。但是那次之后，他常常反思，这么做反倒促使他们在一起了。而现在，还要撮合那个男孩子和自己的女儿。"真不知道自己是作了什么孽，居然要被逼着做这些事！"他就这样想着，然后搭火车，下火车，又从火车站沿着那条长长的上坡小径往前走，这一切都像极了三十年前的情景。奇怪，这里离伦敦竟然这么近！显然某些人紧握着这块土地不舍得放弃。他边走边想，这想法倒让自己欣慰。虽然天气相当凉爽，但是为了不被热到，他还是选择走在两排高高的篱笆中间。在这样一个充满了靠不住的财产、劣等房屋、变动风尚、充满"今天活，明天死"意识的世界里，地产确实是应该抓着不放的，因为不管怎么说，地产以及好的绘画作品，从这个时代的行情来说，还是存在一个上涨的趋势。虽然他并不怎么看得起法国人，但是却觉得法国人的自耕制度或许是对的。一个人有一块地，让人心里感到很踏实！他曾经听到小孟特用当时伦敦的保守党报纸《晨邮报》①来形容他那思想闭塞的父亲，而以前就听人用"自耕农"来形容思想闭塞的人。

真是一个目无尊长的小畜生。但这个世上有很多事情比起思想闭塞或者读《晨邮报》糟糕多了。比如像普罗芳德和他的一班人，所有的工业阶层，那些只会空喊的政客以及《野性的、野性的女人》，一大堆糟糕透顶的东西！忽然间，索密斯觉得有气无力、燥热、六神无主起来。完全是因为要和伊莲会面他才会如此紧张！裘丽姑太还在世，看到他这样，一定会用"多赛特大老板"的话，

①当时伦敦的保守党报纸。

说他的神经"太刺激了"。那座高高地耸立在树丛之间的房子已经出现在他眼前。这座房子是在他的亲自监督下一点点完工的，最初是为自己和这个女人建造的，造化弄人，她却和另一个男人生活在这里！他想到了杜米特里欧、公债和其他的投资方式。与她见面时，万万不能表现得如此紧张。他——不管是在天堂，还是在尘世上——都拥有对她的末日宣判的权力；他代表了法律的所有权，如今即将面对不法的美的化身。假如当初她安分守己，做个本分的女人，这对年轻男女会是兄妹；现在，在这一趟为成全女儿爱情的旅行中，他绝对不允许自己的尊严受到任何侵犯。《野性的、野性的女人》那讨厌的调子一直盘旋在他的脑海，且无比顽固，但按常理，他的脑海里是不会有什么音乐的调子的。经过房前那排杨树时，他暗想："这些树竟如此高大了，它们可是我亲手种下的啊！"

他按响了门铃，一个女用人来开了门。

"你说——福尔赛先生，来谈一件重要事情。"

如果她知道是他的话，很可能会避而不见。

这真是痛苦的时刻，但他却觉得自己态度强硬了许多。"天哪！"他心里想着，"这事该从何说起呢！"

女用人折返身子："能说说是什么事情吗？"

"跟佐恩有关系。"索密斯答道。

于是客厅里仅留下他一个，眼前这座用大理石修建的池子可出自她第一个情人之手。她有过两个情人，偏偏就不能爱自己。啊！这真是一个不守妇道的坏女人！这一次和她见面，得不时提醒自己这些。忽然，他发现她出现在那两道长长的、沉重的紫色帘幕中间，保持着往昔的姿态和身段，褐色眼珠里透露的仍旧是那种严肃、惊异的神情，她似乎仍没下定决心，但最后终于还是用镇静而提防的声音说道："进来吧。"

他从幕帘间穿过，她还是和以前在画店或糖果店里遇到的那样美丽。这次，也是三十七年前和她结婚以来的第一次，他不再作为法律上的丈夫出现在她面前。因为那个家伙的古怪念头，她并没有穿成黑色。

"唐突来访，"他很想用一副恶狠狠的语气跟她说话，"但是这件事必须要解决，要么成，要么不成。"

"你请坐吧。"

"我不坐了，谢谢！"

对于自己今日所处的这种错误的地位，他表示很愤怒，对于二人必须用繁文缛节相处，他也觉得厌烦，一时之间便失去控制，想什么便说什么了：

"真是一件史无前例的荒唐事！我女儿一直执着己见，虽然我认为她是在发疯，但因为我一直以来的宠溺，如今只好跑来替她解决问题。我想你也很宠你儿子吧？"

"不假。"

"那这件事你怎么打算？"

"他自己做主。"

他觉得自己被冒犯了却又无计可施。一直以来还是这样，当年还是夫妻时自己也总是弄得手足无措。

"简直是荒唐透顶。"他说。

"本来就是。"

"如果当年你——哼！他们说不定还是——"他本来是想说"他们说不定是一对兄妹，这样也就没有今天的这些麻烦了"。但是话还没说完，便看到了她身体的颤抖，如同已经听到了他没说出口的那些话。这让他很受伤，于是就走到对面的窗子前面去。街外面的那些树倒没见长，这些树已经老了，长不了了。

　　"至于我这边，"他说，"你大可放心，如果将来他们结婚了，我也不会想和你或者你的儿子见面。如今这些年轻人，实在让人无法理解。但是看见女儿那副可怜的样子我又于心不忍，回去我该怎么跟她说呢？"

　　"请你将我的话告诉她，这事由佐恩自己做主。"

　　"你难道不反对？"

　　"非常反对，但我不会说出来。"

　　索密斯站起来啃着指头。

　　"我记得有一个傍晚——"他忽然说道，但又戛然而止。这个女人有一种魅力，使他连记恨或谴责的话都无法出口。"你的儿子，他现在在哪里？"

　　"我想他大概在他父亲的画室里。"

　　"你不妨叫他下来一趟。"

　　他看见她按了一下铃，然后女仆走了进来。

　　"告诉佐恩，我找他。"

　　女仆退出后，索密斯急忙说："如果是让他做主，这件非同一般的婚事或许就决定下来了，那样的话，就会有些例行手续要办。要找哪一家律师洽谈呢？海林吗？"

　　伊莲点了点头。

"你不打算跟他们一起生活吗？"

伊莲摇了摇头。

"这座房子怎么处理？"

"这也让佐恩自己做主。"

"这座房子，我在建造之初就怀有希望。如果他们居住于此或者他们的子孙居住于此，人家说这是报应，你相信这种说法吗？"索密斯忽而说起这些。

"对的。"

"哦，你相信！"

他从窗口走过来，站在离她很近的地方，而她站在钢琴的圆弧前，这情形就如同被包围了。

"我们以后都不太可能见面了，"他悠悠地说，"握下手好吗？"他的嘴唇在颤抖，声音也断断续续，"将以往埋葬了吧。"他伸出手。伊莲更加面无血色，眼神显得很忧郁，一动不动地看着他的眼睛，两只手握在身前，依然紧紧地交叉在一起。他听到一些动静，回头看时，佐恩正站在帘幕拉开的地方。佐恩神情很不一般，简直与他在科克街附近画店看见的那个年轻人判若两人。他的样子非常古怪，人看上去也老了很多，脸上看不出一点年轻人该有的神气，消瘦、呆滞、一头乱发、眼睛凹陷。索密斯费力地想要说一句话，嘴唇稍微抬起了一点，似笑非笑、似嘲弄非嘲弄："意见如何，小伙子？我代表我女儿而来，看起来，这件事要由你决定，你母亲说她将决定权交给你。"

佐恩一直望着母亲的脸，不说一句话。

"为了我女儿，我才出现在这里，"索密斯接着说道，"我该怎么回复她呢？"

那孩子的目光始终没有离开他母亲的脸庞，他平静地说道："请你转告芙蕾，我和她没有未来。我必须按照我父亲的遗愿来行事。"

"佐恩——"

"没有关系，母亲。"

索密斯顿然不知所措，他看看佐恩，又看看伊莲，然后抓起自己放在椅子上的帽子和太阳伞，径直向帘幕走去。佐恩闪到一旁为他让路。刚走出帘幕，就听见帘幕拉起来的铜环的响声，那声音让他把一个想法从心里释放了出来。

"一切都结束了！"他心里想着，走出了大门。

8. 忧郁的调子

索密斯从罗宾山的那座房子离开时，阳光正带着雾蒙蒙的光彩，从那寒冷午后阴暗的天空中钻了出来。平时，索密斯极少会去注意自然风光，而是全心全意地投入到那些风景画中。如今，目之所及的阴暗色彩让他感到很吃惊，似乎是带着一种和他相同的胜利感在悲鸣。他的任务不曾完成分毫，但这也算是失败当中的胜利了。他终于脱离了这些繁杂的事情，虽然以女儿的幸福为代价，但是这让她又重新回到了他的身边。她会怎么说呢？是否相信自己已然竭尽全力了呢？阳光洒在小路上，洒在那些榆树、榛树、冬青树和未被利用的土地上，一阵恐惧感突然向索密斯袭来。她会很痛苦的！这个男孩儿将她抛弃了，并说一定要跟当年抛弃了他父亲的女人在一起！他必须规劝她注意自尊！索密斯双拳紧握，为什么要抛弃他？他做错了什么？像一只狗偶然在镜子里看见自己，索密斯看着自己感到很不自在，对那个无法抓住的东西既喜爱又着急。

他并不急着回家，于是便逛到城里的鉴赏家俱乐部去用晚餐。在吃饭的时候，他的脑中突然闪过一个想法，若是这次没有前往罗宾山的话，或许这个男孩儿还不会这样果断地拒绝。他记起自己试图与伊莲握手而被她拒绝时，那个男孩儿表现出来的神情。他想着，是不是芙蕾太操之过急才会导致如此结局？

八点半的时候他回到了家。当他的汽车从这一侧的门口开进去的时候，恰好听到一辆摩托车轰鸣着开出那一侧的门口的声音。显然是小孟特，芙蕾在家也显得不是太孤单。但是当他回到房子里面时，却显得很沮丧，在镶嵌着乳白色墙板的大厅，芙蕾坐在那里，两只胳膊撑在膝盖上，双手交叉支着下颌，一束将壁炉塞得满满的白色山茶花就在她的对面。在他还没有来到她面前的时候，见到她这个样子便又开始担心了。她能够从这些白色的山茶花中看到什么呢？

"父亲，情况如何？"

索密斯摇了摇头，想说点什么却又说不出口。此事简直太让人头痛了！他看到女儿睁着大大的眼睛，嘴唇很明显地在抖动。

"父亲！你快说话啊！怎么样？怎么样？"

索密斯说道："宝贝，我，我已经尽力了，但是——"他再次摇摇头。

芙蕾三步并作两步地走到他身边，两只手分别搭在他的肩膀上。

"是不是他的母亲？"

索密斯说："不是的，他——这件事成不了，他说他必须按照父亲的遗愿来对待这件事。"他连忙用一只手扶住她的腰："宝贝，行了，你没必要为了这些人气坏自己，不要因为他们而伤心。"

芙蕾从他的怀抱中挣脱出来。

"你一定没有想尽办法，一定没有！父亲，你，你是在欺骗我！"

索密斯看着眼前那个如疯了一般扭动着的身躯，心如刀绞。

"你根本没有想办法，根本没有！我真傻，我永远都不相信他会——就在昨天他还——哎，我怎么会求你呢？"

索密斯平静地说道："是啊，我为了你低声下气，背离自己的本意，你怎么会求我呢？为了你想尽办法，得到的却是这样的结果，晚安吧！"

说着，他便走向门口，身体里所有的神经都在颤动。

芙蕾从他身后追了上来。

"他想抛下我是吗？你的意思是这样吗？父亲！"

索密斯回过头，勉强答应了一句："对。"

"哦！"芙蕾喊道，"你干了些什么，当时你到底干了些什么？"

这简直是莫大的冤枉，索密斯气坏了，不停地喘息着，喉咙似乎被堵住了，说不出一句话。他干了些什么？他们都对他干了些什么呢！在某种无法控制的自尊心的驱使下，索密斯抬起一只手捂住胸口，望着女儿。

"真是无耻！"芙蕾歇斯底里地喊了起来。

索密斯走了出去。他缓慢地、心寒地来到楼上的画廊，徘徊在自己那些珍贵的藏品之间。她被骄纵得太厉害了！越来越不成体统！不成体统！但是，把她娇惯成这样的人又是谁呢？任何事情都任性妄为，可是现在，他视为生命的这支鲜花，却不能这样做了！本来在那幅戈雅摹本前站着的他，转过身走到窗前透气去了。夜幕即将降临，月亮冉冉升起，淡淡的黄色从白杨树后透了出来！远处传来电动钢琴的声音，多么忧伤的曲调，嘭嘭嘭、啪啪啪。那是芙蕾打开的——她又能从中得到什么慰藉呢？看着芙蕾在月光照耀下的茶蘼和刺球花架下面来回地走动着，索密斯心中一阵莫名的难受，遭受如此打击的她该如何是好呢？他一直把她当成掌上明珠一样宠着她，但实际上，对她的了解又有多少呢？他一无所知——连一丝影子都捕捉不到。这忧伤的曲调和月光下闪耀的河水，还有这样的她！

"我要出去走一走。"他心里这样想着。

于是快步走下楼梯来到了大厅，灯还是开着的，与他上楼之前没什么两样。一支舞曲正从电动钢琴中嘭嘭嘭地迸发出来，他也不知道究竟是华尔兹、狐步舞还是其他流行曲目。他就这样穿过大厅，步入阳台。

什么地方可以让他看见她而不被发现呢？他静静地走过果园，来到了河边的船馆上，看到了芙蕾，心情终于放松了一些。她是他和安妮特的女儿，应该不会做傻事，但是处在目前这个状况，他也确定不了！通过船库的窗户，他可以看到最后的那一株刺球花和她身上舞动的裙摆，她就那样心绪不宁地走来走去。

感谢上帝，那个曲子终于弹完了！他来到窗户旁边，看到河水在睡莲底下慢慢流淌，偶尔也会激起些许被月光照得闪亮的泡泡。

他想到十九年前父亲过世的那个夜晚，他在船库中睡了一个晚上，早上起来时看到的清晨景色让他至今难忘。当时她刚刚出生，这个如今正在刺球花下徘徊的亲爱的女儿，使得他又对生活燃起了热情，使得他心里的一切怨恨和激愤都消失无踪。如果有什么办法能够让她开心起来的话，不管什么他都是愿意去做的！这时，河上的月光更加明亮了，一只猫头鹰恶叫着飞过，一只蝙蝠也掠过水面飞走了。

他又返回之前的那个窗口，还要这样徘徊多长时间呢？她走向河边，站在靠近他的栈桥上，索密斯勒紧双手，看着她，心里纠结着，是否应该和她聊一聊呢？他看到她，如此青春，却如此失去希望，深陷于相思之中，身边的人或物都感觉不到。这个夜晚将永远留在他的记忆里，河水发出淡淡的清香，柳树的枝条微微摆动。他将这世上能够给予她的一切全部给了她，却唯有这一件——或许是命运的捉弄，由于他的原因而无法得到的感情——他给不了。这让他很难受，如同一根鱼刺卡在嗓子眼里，让他说不出话来。

然后，他看到她转过身走向大房子，终于暗暗地松了一口气。如果她肯不再这样，要他给出什么补偿都是可以的，珍珠、宝马、别的年轻男子或者去某个地方旅行，都可以！从大房子里继续传来那支忧伤、单调、低微的曲子，似乎是她在说："不给我点什么东西排解一下的话，我会死掉的！"真是疯了！算了，只要对她有好处，就随她嘭嘭嘭地响一个晚上吧。他又一路摸索着，经过果园，回到了自家的阳台上。他想去找她聊一聊，但是却不知道该说些什么。他应该记得曾经情场失意的滋味，但现在却只隐隐知道是非常痛苦的记忆，其他却是什么也想不起来了。他脑袋一片空白，用手帕擦了擦双手和干燥的嘴唇，伸出头恰好能望见芙蕾背对着电动钢琴站在那里。一支点燃的香烟衔在她的嘴里，任凭烟气挡住半边面孔，双臂紧抱在胸前。索密斯感到她脸上的神情非常怪异，钢琴还在发出难听的声音，她眼睛睁得大大的，且炯炯有神，他第一次看到这样的女儿，脸上的每一寸肌肉都表现出强烈的鄙夷和怒气，这么清楚，一点都不像他的女儿。他没有胆量靠近，因为知道不管怎么安慰都没有用，于是，他便在壁炉旁那黑乎乎的角落里坐了下来。

　　命运真是和他开了一个天大的玩笑！这就是当年那段失败婚姻的报应啊！为什么会这样？当初他是那么急切地想要迎娶伊莲，伊莲也同意了，但是谁又知道她会一直都不爱他呢？索密斯在黑暗中坐着，一曲奏完了，下一曲也奏完了，索密斯就这样坐着，不知道自己在等些什么。他看见芙蕾从窗户扔出来的烟蒂掉到了草坪上，燃烧，然后熄灭。月亮绕过白杨树，向花园洒下那神秘莫测而又羞涩的光芒，这样的光束就如那个始终都不爱她的女人一样让他感到不安，这样的光照在那些厄里尼厄斯花①和芸苔上，给它们穿上了美丽的衣服。可是他视如生命的那支鲜花却如此不开心！哎！为什么，为什么开心无法像地方公债一样可以加上金边，并永远不会跌价呢？

　　不知道什么时候，大厅窗户里面的灯已经被关掉了，房中只剩下漆黑一片的静默。索密斯站了起来，轻手轻脚地往里面窥探了一眼，她上楼去了吧？于是他也走进了大厅，月光被阳台挡住，他只能看见比黑暗还要黑的家具的边沿。他摸索着走向最远的一扇窗户，想去关住它，却不小心碰上了一把椅子。一声喘息打破沉寂，

①厄里尼厄斯花：一种非洲种的花草，名字与希腊神话中的复仇女神相同。

原来她还在！他看到她缩着身体瘫软地窝在长沙发的角落里，要不要安慰她呢？他伸出手想碰她一下却还是不敢，她是否需要安慰呢？看着这个衣服、头发和美好青春纠结在一起，又挣扎着想要逃脱苦难的女儿，要不要就让她这样呢？最后他还是碰了碰她的头发说道："宝贝，别这样，去睡觉吧。我会想办法补偿你的。"这话讲得很不对理，但是，此时他又能怎么说呢。

9. 在老橡树下

客人离开之后，佐恩和他母亲都站在那里保持沉默，好久之后他突然说道："我本应出去送送他的。"

而索密斯早已顺着汽车道走远了，于是佐恩来到楼上父亲的画室，不让自己再回到母亲那里。

在前一个晚上伊莲从他的房间离开以后，他的决心就越来越坚定了。这次看到母亲在她以前嫁过的那个人面前的那副表情，他便确定下来。这个决定似乎是一个画龙点睛之笔。如果他执意要娶芙蕾，就相当于给了他母亲一巴掌，也背叛了他那已经离开人世的父亲。这是绝对不允许的！佐恩向来不怎么记仇，虽然他年纪还这般小，但是遇事却能够权衡轻重，所以也不会对父母有过多的怨言。抛弃人总是让人受不了的，这比被人抛弃，或者成为别人抛弃其他人的原因都要让人难受得多，比起芙蕾或者他母亲，他更加难受。但是他不能，也不愿表现出丝毫的怨恨！当他站在窗前看着落日的时候，前一个晚上看到的人世景象又浮现在他的眼前。一个又一个的国家，一片又一片的海洋，千百万的人，每个人都有自己的喜乐哀愁，每个人都有自己想要丢掉的东西，每个人都在为生存而奋斗。就算他想要为一己之私而放弃所有，但是把他的悲伤放在这个世界中来看的话，根本不算什么。如果他还像个三岁小孩一样哭闹或者做出某些下流的举动就太蠢了。他在心里想着那些一无所有的人，那些在战争中失去生命的人，还有很多虽然从战火中逃出来但是却失去一切的人，还有报纸上看过的饱受饥饿之苦的儿童，精神失常的人，陷身囹圄的人，以及太多太多可怜的人。

但是，假如某个人必须饿一顿，而其他许多人也是如此，这些对他又能起到什么安慰的作用呢？对他来说，这些并没有太大的帮助。他不想继续待在这里了，每天窝在房间里，除了沉思和猜想，其他什么事都做不了，应该离开这里去一个其他的地方，去看看外面的世界，想到这儿，他的心情轻松了不少。但是，不能再回到旺斯顿了，那里只会让他想起芙蕾，留在这里或是去旺斯顿都不行，若是碰到她的话，说不定就会……所以必须出远门，只有这样才能避免两个人碰面，不但如此，还要尽早决定，虽然他很爱他的母亲，但是却不想跟她一道出去，而这样的话就显得太残忍了，犹豫了好久，最终他决定提出母子俩一起去意大利。他就这样站在那哀伤的房间里，死命地抑制了自己两小时，随后便换上衣服，严肃地用晚餐去了。

他的母亲也穿上了晚服。虽然母子俩都吃得特别少，但却吃了很久，其间谈到了佐里恩遗作展出的相关事宜。展览会被安排在了十月，除了一些抄写方面的小事情之外，已经没有其他可担心的了。

晚餐后，伊莲披上她的外套，和他一起出去漫步，最后，来到了那棵橡树下，两个人都默默地伫立着。佐恩想着："假如我的情绪表现出来一丁点儿的话，我心里所有的事情便会泄露出来。"于是他伸出手搀着她，假装什么事也没有的样子说道："母亲，我们去意大利吧。"

伊莲也一副什么事情都没有的样子答道："好主意，但是我想着，如果我们一道去的话，我便会成为你的累赘，你应该多出去走走，多参观一些国家。"

"可是那样的话，就只剩下你独自一人了。"

"以前我也独自在这里生活过十多年，况且，在你父亲的展览会开幕期间，我不想出国。"

佐恩紧紧地勒了一下母亲的臂膀，这些话他自然理解。

"这座房子太空旷了，我不能让你独自在这里生活。"

"或许会离开这里，去伦敦。展览会开幕之后，我可能就会去巴黎。佐恩，你起码也要出一年的门，去看看外面的世界。"

"是的，我非常想看看外面的世界，锻炼锻炼。但是我并不想把你独自留在这儿。"

"宝贝，这也是我的义务。对你有益的事情，对我也是好事。你已经有护照了，为什么不明天就出发呢？"

"对，既然要走，早点走也好。可是，母亲，假如，假如我想在哪里安顿下来，美国或别的什么地方，你会赶过来吗？"

"无论哪里，无论何时，只要你请我去。但是得你确实需要我的时候才能请我过去。"

佐恩做了一个深呼吸。

"我感觉在英国非常憋闷。"

两个人又在橡树底下站了一会儿，远远地看着爱普索姆大看台沉浸在夜色中的那一端。橡树的枝叶替他们挡住月光，但月光却洒遍各处，洒向田野和远方，洒在他们身后大房子的窗户上。藤蔓铺满了房子，可惜的是，这里很快就要租出去了。

10. 芙蕾结婚了

芙蕾和米契尔·孟特结婚的消息登载在十月份的报刊上，一点儿也没有将这件事情的内在意义体现出来。这位"多赛特大老板"的曾孙女与一位第九代准男爵继承人的结合，其实代表着阶级之间的渗透。福尔赛开始摒弃对那些不属于他们的"繁文缛节"的憎恶，而把它当成是他们那与生俱来的占有欲的自然回报，这样的结合有助于国家的政治安定。同时，为了给更多的暴发户腾出位置，他们也必须提升提升了。不管是在汉诺威广场圣乔治教堂举办的高雅沉静的婚礼仪式上，还是之后在格林街大厅的新婚宴席上①。那些不明就里的人绝对看不出来哪位是福尔赛家的人，哪位是孟特家的人②。索密斯和那位第九代准男爵，不管是裤子的折印、胡须的样子、说话的语气，甚至礼帽的色泽，几乎都是没有什么区别的。而芙蕾的话，也和那些有模有样的莫司肯家、孟特家或查威尔家的女孩儿一样的大气、开朗，一样的阳光、漂亮和英姿飒爽。一定要找出什么区别的话，那就只能说福尔赛家的这些"上流人士"在服

———————————
①英俗婚礼在上午举行后，两家亲友在妇家进早餐，然后新婚夫妇出发度蜜月。索密斯因为家不在伦敦，故借用格林街招待。
②"多赛特大老板"现在已经是很遥远的事了。

饰、仪表和言行方面都要比孟特家略高一筹。从现在开始，他们的名字将正式收录于名门簿中，从此，他们将把财产和土地联合到一起。

　　土地、财产，这些与生俱来的占有欲的回报，是不是早晚都会成为革命的对象？这种繁荣，到今天来说，是否来得太迟了一些？这仍然是一些争论无果的问题。弗兰茜口中的、湾水路上即将走到终点的那个倜摩西，他说过公债终究是会涨的。也有人在暗地里说在这年头，小孟特这样做实在是太明智了，就像买入保险，他肯定是个社会主义者。在这一点上，人们并没有丝毫担心。地主阶级就是这样，做事情非常谨小慎微，不过是纸上谈兵而已，就像乔治对他妹妹弗兰茜说的那样："他们很快就会有小宝贝了，到那时他就会收敛一点了。"

　　这所教堂是当时时髦人家举行婚礼的一个场所，在东边的窗户上镶有比利时马林地方从一五二〇年起所制的染色玻璃。似乎是特意用来缓和那一段难听的祈祷词，让人望上去内心十分宁静。那一段话主要是想将大家的注意力引到小宝贝上面去。左侧的位子上坐着福尔赛家、海曼家、特威第曼家，右侧的位子上则坐着孟特家、查威尔家、莫司肯家。零零散散地还坐着芙蕾的一些好友和孟特的一些好友，他们在自己的座位上张大了嘴巴四处张望着。还有离开时季华服装店顺路来到这里的三位小姐，再加上芙蕾自己的保姆和孟特家的两名随从，宾客便齐了。在如此动荡不安的时代，这样多的人，也可以说是宾朋满座了。

　　瓦尔·达尔提夫人与她的丈夫在第三排坐着，这场悲喜剧她心里全都清楚，所以在婚礼上多次紧紧握住丈夫的手，当婚礼进行到高潮时，更是痛苦不堪。"佐恩心里能感应到吗？"她心里想着。当天清晨她收到佐恩从加拿大西部的英属哥伦比亚寄过来的一封信，那个时候，她还笑着对瓦尔说："瓦尔，佐恩到了英属哥伦比亚，他打算就待在加利福尼亚，那里天气非常好。"

瓦尔说："嗯！他终于醒悟过来了。"

"他还购买了一些土地，准备接他母亲过去呢。"

"她去那里干什么呢？"

"她整个心思都在佐恩那里，你觉得这是美好的解脱吗？"

瓦尔将他那一双精细的眼睛眯了起来，透过那黑黑的睫毛看过去，好像只有两个灰色的针头。

"芙蕾根本配不上他，她是那么缺少教养。"

"不幸的小芙蕾！"好丽叹息着，哎！那个孟特当然是在芙蕾还在气头上的时候得到她的，这个婚姻真是奇怪！当一个人失去了希望之后，便什么都不管了。以致这样匆忙地做出决定，就像瓦尔说的，只有万分之一的可能性。望着自己的小表妹穿着婚纱的背影，不知道该说些什么，于是好丽便开始用自己的眼睛整体打量起这个基督教婚礼来。

她本人拥有一桩幸福的婚姻，因此最看不得不幸的结合。虽然这桩婚姻也有可能会收获幸福，但是这像极了一场赌博。她认为，在这个摒弃宗教罪恶的年代里，用宗教热情将它在一群新潮的自由思想中神圣化，这样做根本就是犯罪！她的视线又从那个身着长袍的姓查威尔的主教身上挪到瓦尔这里来，她很确定瓦尔此刻必定是在琢磨着那匹梅弗莱牝驹在剑桥郡赛马中十五对一的事儿。她又把视线移到别处去，看到那位第九代准男爵跪在那儿假装祈祷。她还看到了他提起裤子的地方有两道折印，"瓦尔忘了提一提他的裤子了"，她心里这样想着，又把视线转向了别处。只见威尼弗列德那肥胖的身体套着长服，显出十分热情的样子。她的视线再次移动，这次定格在跪在同一排的索密斯和安妮特身上，那个不久前才从英法海峡的"南岸"返回的普罗斯伯·普罗芳德也将会在六七排后跪着。想到这里，好丽的嘴角浮现出一抹笑意。是的，这确实是一桩"小小的"好笑的事情，但是无论以后是什么结局，至少它是中规中矩地在教堂里完成的，并且次日清晨就会刊登在一家正规的报纸上。

大家开始吟唱赞美诗，她可以听到那位第九代准男爵在座位那里唱着的"米甸人的军队"。她们都拿着一样的圣歌集，她用自己的小指碰了一下瓦尔的拇指，一阵微微的从二十年前延续至今的战栗，传遍她的全身。瓦尔弯下身子小声对她说："嗨，你是否还记得那只耗子呢？"好丽用自己的中指和小指使劲掐了一下瓦尔的拇指，还记得他们在哥罗尼角结婚的时候，就看到一只耗子在婚姻登记处的桌子后面捋胡须！

唱完赞美诗之后，主教便开始布道。他说现在上议院对待离婚问题[1]打算限制放宽，但是遭到了教会的反对，人们正处于一个充满危机的年代。他说，你们都是在战场上品尝过魔鬼毒气的军人，所以一定要勇敢起来。结婚是为了繁衍后代，而不是为了那罪恶的欢乐。

好丽的目光好奇地四处打量，瓦尔的眼毛恰好和她对上。无论如何，他都不可以打呼噜。好丽用自己的拇指和食指捏了捏他的大

---

[1] 英国上议院当时讨论对离婚限制放宽，遭到教会的反对。

腿，这让他很不舒服地动了动。

布道结束了，危机也远离了，一双新人来到内间①签字，大家都感到放松了不少。

"她和他能够有始有终吗？"

"说话的是什么人？"她小声地问道。

"是老乔治·福尔赛。"

好丽好奇地端详着这个总听人谈到的福尔赛。自己刚从南非洲回国，难免会对家中的亲朋好友抱有一种孩子般的好奇心。他非常高，身上的衣服也十分干净整齐，他的双目让她产生了某种奇怪的感觉，犹如他是无业游民。

她听到他说："他们走了！"

只见新人从圣坛所②走出来，好丽首先观察了小孟特，只见他的双唇和两只耳朵都在不停地动着，视线一直从自己的脚下移到臂弯里挽着的新娘的手上，突然却好像有谁要被枪毙一般对大家怒目圆睁，但是看得出，他心里其实是乐开了花的。但是芙蕾却恰好相反！她穿着一套白色的礼服，面纱将前面的齐刘海遮住，整个人表现得非常镇静，深褐色的眼球平和地藏在眼皮下面，看上去比平时还要美上千百倍！表面上看，她在这里，但是看到她心底深处的话，谁又知道她会在哪里呢？当新人经过时，芙蕾抬了抬眼皮，好丽捕捉到她那清澈的眼白，让好丽觉得她现在的内心就像笼中困兽，长久都不能平静下来。

威尼弗列德此刻正站在格林街接待宾客，显得没有平时那么

---

①指教堂中放置祭衣、圣物的房间，或供祈祷会、主日学等所用的星期堂。
②教堂内牧师及唱诗班所占据的地方。

从容。她在被普罗斯伯·普罗芳德影响之后，打算将她的极富帝国主义特色的家具全部更换为表现派家具，也就在这个不尴不尬的时候，索密斯提出想要借她的房子用。米拉德木器店的那些家具，设计得十分有趣，并带有紫的、绿的、橙黄的圆点和一些不规则的线条。现在来看，她所购买的那些新兵和老兵[①]，还无法完全融合在一起，犹如军队中有一半穿着黄色制服而另一半却穿着红色的军装和皮帽，看上去极不协调，但是等一个月之后，房间里面的这些摆设就可以全部换成新的了。

她乐观坚强的个性也让大厅增色不少。或许这间大厅比她想象中更能够全面地显示出这个半赤化了的国家的帝国主义。谁也不能过于期待，因为如今正处于一个走向垄断的年代。她环顾四周，只见索密斯正牢牢地抓着一张布尔式椅子的靠背，而小孟特则站在屏风后面。那个屏风十分有趣，但是到目前为止谁也没有将这个有趣说出点什么来。第九代准男爵看到那个红色的大圆桌玻璃底下镶嵌的蓝色澳大利亚蝴蝶的翅膀时吓坏了，如今正严守在路易十五时期的橱柜旁边。

弗兰茜·福尔赛目不转睛地望着那块新的壁炉板，在那块乌木底子上细细地雕刻了很多奇形怪状的紫色小图案。乔治手中捧着一本天蓝色的小纸簿，靠在古瑟的旁边，似乎打算把赌注记下来。普罗斯伯·普罗芳德则在折腾着那扇大开着的在黑色底漆上镶有孔雀蓝夹板的门上的把手。他的旁边站着两手叉腰的安妮特。莫司肯家的两个人则像身体不适一般，始终都在阳台上那些花花草草中待着。那位准男爵的太太，看上去既瘦削又英勇，此时正透过自己手

---

① 此处的新兵、老兵，系指新添购与原有的家具。

上那副长柄眼镜，盯着房间里那酱黄色和橙黄色的灯罩。再添上一抹深深的紫红色，看上去就如天堂一般了。似乎每个人都在凝视着一件东西，唯有依旧身着新娘礼服的芙蕾，无依无靠地在那儿站着，左右顾盼。

　　屋子里面响起的全是喊喊喳喳的交谈声，根本听不清谁在说什么，但是这似乎并没有多大的关系，因为大家都不耐烦等待别人的回答。在威尼弗列德眼中，现在这个时代的谈话和自己年轻的时候是很不一样的，以前都是流行缓慢地交谈，而且也"非常有趣"，这样也就够了。福尔赛家的人谈话时语速也很快，芙蕾、伊莫金、克里斯托费，以及尼古拉的小儿子帕特利克。索密斯并不说话，但是站在古瑟旁边的乔治以及站在壁炉旁的弗兰茜，则一直在表达着自己的看法。有着一个漂亮鼻子的威尼弗列德向第九代准男爵靠近了一些，偶尔还会停顿一下，她的鼻子和斑白的上须一样，都有一些向下弯曲，威尼弗列德带着微笑慢悠悠地说："很有趣，是吗？"

　　准男爵的回答也很快："你对詹姆士·弗莱塞[①]写的那个将新娘埋起来足有半人深的部落还有印象吗？"

　　他和其他人一样说得很快！除此之外，他还长着一双灵动的、深褐色的、像极了神父的小眼睛，那周围布满了鱼尾纹。威尼弗列德感觉他可能会说出一些不堪入耳的话来。

　　"婚礼通常都是如此有趣。"她嘟囔着，便来到索密斯身边。索密斯安静得有些奇怪，威尼弗列德马上发现是什么事情使他如此呆滞。乔治·福尔赛站在他的右侧，安妮特和普罗斯伯·普罗芳德站在他的左侧。他稍一转身便可以看到他们两人，或是在乔治·福

_____
①詹姆士·弗莱塞：1854—1941年，英国著名人类学家。

尔赛那嘲讽的眼神当中看到他们的影子。因此他不理不睬是完全正确的。

"听说倜摩西快要离开了。"索密斯说道。

"索密斯，你想要将他安葬于何处呢？"

他扳着指头说："高门山。"连他和妻子在内，总共有十二个人了。

"你认为芙蕾今天的装扮如何？"

"太美了。"

索密斯点了点头，确实，她今天要比以前更美一些，但是他却隐约觉得这桩婚姻是这样不正常。他还能记起那天晚上瘫软地倒在沙发角落里的那个人。从那之后，直到现在，她都不曾和他说过知心话。他得知她后来又去过一次罗宾山，但是白跑了一趟，那里已经人去楼空。他也清楚她曾接到一封书信，但是具体内容就不得而知了，仅仅知道她把自己关在屋子里哭了好久。有时她会望着他，似乎在想他到底做了什么，以致这些人都如此恨他。事情就是这样，后来安妮特也到了家，那个难熬的夏天也结束了。之后，芙蕾突然告诉他，要嫁给小孟特。对他说的时候，她显得比较亲切一些了。

于是他同意了，不同意也不会有什么作用。而且天地可鉴，他始终都不会反对她，更何况那个男孩儿也对她很着迷。她太过于年轻，所以对一切都无所谓。若是自己表示反对，指不定她会做什么傻事。他觉得，或许她会想要去当医生或者律师那一类荒唐的职业，虽然她并没有绘画、创作、音乐方面的才能，但是，对于一名没结婚的女孩子来说，还是从事这些方面的工作最合适。总而言之，等她结了婚，或许就不会这样地心烦气躁了。

安妮特不反对这桩婚事："让她和这个男孩儿结婚吧，他并不如表面看上去那样轻佻、傲慢，或许并不坏。"虽然搞不清楚她是从什么地方听来的这套说辞，但是好歹使他省去了很多的疑惑。无论她的行为如何，但至少她看待事物还是比较准确的，而且阅历广泛，广泛得让人不高兴。他送给芙蕾五万镑不允许转让的嫁妆，他知道她对另一个人还念念不忘，所以这桩婚姻说不定还会有什么变化。但是以后，说不定她会忘掉他，然后和自己的丈夫情投意合。这对新人的蜜月之旅定在了西班牙，她一走，他又变得孤独了。

威尼弗列德的声音将他从自己的思绪中带了回来。

"真是意料之外！珍！"

是的，是她！套着一件极不像样的阿拉伯长袍，一条束发带松散地扎在头上，有几根头发已经散落下来。索密斯看到芙蕾前去和她打招呼，然后两个人一道去了楼梯间。

威尼弗列德说道："真是的，谁能料到她会来！"

"你为什么要请她呢？"索密斯问道。

"那是因为我觉得她不会来。"

威尼弗列德不曾意识到人的个性会驾驭人，或者说，她不知道如今芙蕾也是个"不幸的家伙"。

收到请柬后，珍也有"不管怎么样，我都不会搭理的"这样的想法，但是之后的某一天晚上，她梦到芙蕾神色惨淡地坐在小船上，一个劲地向她挥手求救。于是第二天清晨，她的想法就转变了。

"我想去换件衣服，你和我一起上去吧。"芙蕾走过去对她说道，于是她跟着芙蕾到了楼上，芙蕾领着她进了那间用来让她梳妆打扮的、伊莫金以前的卧房。

珍挺直身子坐在床边，她异常消瘦，犹如秋日里的精灵。芙蕾锁好门，然后在珍的面前把新娘礼服换下来。她长得太漂亮了！

"我觉得你肯定会把我当成笨蛋，"她一边说着，嘴唇不住地抖动，"若是佐恩该有多好，但是也无所谓了，米契尔会要我，如此我便能够从这个家走出去了。"她伸手从镶有花边的领口中取出了一封书信，"这是佐恩给我写的。"

珍接过来看了一眼，"在英属哥伦比亚的奥卡纳根湖，我不会回到英国了，愿上帝保佑你——佐恩"。

"你看到了吗?这样一来她再也不用担心了。"芙蕾说。

珍又把信还给她。

珍说："这对伊莲有失公平，她始终跟佐恩说他可以按照自己的意愿来办。"

芙蕾露出一丝凄惨的笑容："你不是也说，她破坏了你的幸福吗？"

珍抬头看着她："宝贝，自己的幸福是谁也破坏不了的，你这话根本没有道理可言，虽然有挫折，但我们还是可以再站起来。"

芙蕾俯下身子，将脸埋进她那阿拉伯长袍中，看到她这样，珍心里很难过。很快，她听到了芙蕾那强压着的啜泣声。

"别这样，别难过了，"她小声地说道，"来，来! 别哭了!"

但是芙蕾的下颌紧靠在她的大腿上，哭得十分厉害。

这些都是避不掉的，唉! 等事情过去了或许就好了。珍用手拍了拍眼前这个女子的短发，通过她的手指汇集她心里的一切母爱情怀，注入这个女孩儿的脑袋里面。

"宝贝，不要让这件事情困扰你，"她总算开口说道，"我们做不到把握生活，但是可以和生活抗争。我也是这样的，我也曾经和你一样放不下，如你此时这样哭泣过，但是你看我现在。"

芙蕾仰起头，哭泣声变成了凄惨的短笑。事实上，她眼前的这个女人是如此的消瘦、疲惫和放纵，但是眼神中却饱含着勇气。

她说道："好的！非常抱歉。只要去一个很远很远的地方，我就能忘掉他。"

珍看着她用冰凉的水将脸上的泪渍洗掉，等她再次站到镜子前面的时候，除了一点喜人的红晕之外，脸上的泪痕已无影无踪。珍从床边站起身来，拿着一个针球在手里把玩，故意将两根针插在错误的地方，似乎这是仅有的一种可以表达怜悯的方法。

芙蕾梳洗完毕，珍说："来，让我亲亲你。"于是便用下颌用力碰了碰芙蕾那暖暖的脸颊。

"你不必等着我，"芙蕾说道，"我想吸一支烟。"

珍看到她嘴里衔着一支烟，微闭着双眼坐在床边，于是便从她身边走开，下了楼梯。索密斯站在大厅入口处，似乎对女儿这么久还没有从楼上下来而感到焦躁。珍扬起了头，径直来到二楼的楼梯拐角处，正好看到弗兰茜站在那儿。

"你瞧！"珍冲着索密斯所在的方向扬了扬下颌，"他并不存在希望！"

"你这是何意？"弗兰茜问道，"不存在希望？"

"我就不待到新郎新娘上车了，"珍说道，"再见！"

"再见！"弗兰茜说，一双铁灰色的眼睛睁得大大的。这长久的怨恨，确实有些传奇色彩！

索密斯来到楼梯边上向下看了一眼，看到珍已经离开了，心满意足地呼出一口气。芙蕾怎么还没有下楼？虽然知道火车将会使她远远地离开自己，却还是担心他们会赶不上火车。之后，她穿着一身深黄色的衣服，戴着一顶黑色的丝绒小帽下来了，经过他步入大厅。他看到她依次吻了她的母亲、姑母、瓦尔的妻子以及伊莫金，之后走向他，就像平日里一样地灵敏、漂亮。她会如何对自己呢？在父女相处的这最终时刻，也不能奢望太多！

她的双唇碰了碰他的脸颊。

"好老爹！"说完，她便离开了。她已经很多年不曾称他为"好老爹"了。他深吸了一口气，慢慢地走下了楼梯。人们还在那儿扔着花纸屑和别的无趣的东西，他很希望她会再伸出脑袋对他笑一下，但若是不小心一点的话，就可能被那些人的鞋子打到她的眼睛，他听到小孟特十分激动的声音："先生，再见。真谢谢你，我太开心了。"

"再见，"他说道，"别误了火车。"

他在距离地面有四层高的台阶上站着。在这儿能够从那些惹人厌的帽子和人的头上看过去。看到这对新婚夫妇坐进了汽车，花纸屑和鞋子也如雨点一般抛洒着。一股无法言喻的感觉在索密斯心中涌了起来，双眼逐渐变得模糊。

11. 最后一个老福尔赛

当他们来筹备老倜摩西·福尔赛的殡葬事宜时，才发现他真的很了不起，就算是死亡也没有改变他的风采——倜摩西，他就是一个伟大的象征，他是一个独一无二的纯粹的个人主义者，也是唯一一个不知道有世界大战这回事的人。

对于史米赛尔和厨娘来说，他们一直以为老福尔赛是一辈子不会在尘世上消失的——但是这次殡葬的筹备却表明这是一个错误的想法。或许倜摩西先生此刻正拿着竖琴，和福尔赛小姐、裘丽姑太、海斯特姑太一块唱歌呢，还有佐里恩先生、史悦辛先生、詹姆士先生和罗杰先生也在那儿，海曼太太说不准在不在那，因为她是火葬的。但是厨娘心里还是觉得倜摩西先生并不会高兴——因为他非常讨厌风琴，很多次都听他这样说："这鬼东西！又来了！史米赛尔，你到上面去看看，看有什么办法没有。"虽然厨娘很喜欢听这些曲子，但是她知道倜摩西先生过不了多久就会打铃叫人，然后会说："嘿！去给他半个便士，叫他滚蛋。"而倜摩西总是太低估情绪的价值——所以每次厨娘她们都要从自己的腰包里再额外掏出三个便士才能让那个人走开。幸运的是，在他临死前的那几年，他便把这些风琴当作是苍蝇在嗡嗡地叫了，这倒是很让她们开心，因为这样她们就可以好好听听那些曲子。但是没想到的是一张竖琴！厨娘心里琢磨着，对于从不喜欢变革的倜摩西先生来说，这倒是一件新奇的事儿！但是她这些想法却从不跟史米赛尔说，因为史米赛尔对天堂有她自己的一套观念，并且总让人听不懂。

她在倜摩西筹备殡仪的时候哭了。之后大家把那瓶只在每年一次的圣诞节时才启用的雪莉酒喝了，是的，以后都用不上了。唉！亲爱的啊！她已经在这儿做了四十五年了，而史米赛尔在这儿待了四十三年！但是现在，她们只能去杜丁①那边住小房子了。靠着自己的积蓄和海斯特留给她们的那些恩赐生活——但是在有这么辉煌的经历之后再去找一户新的人家——没必要了！但是，只要能再看见索密斯先生、达尔提太太、弗兰茜小姐和尤菲米雅小姐一次，她们也会很高兴了。哪怕要自己雇一辆马车，她们也觉得自己一定得来参加送殡！况且，这六年来，倜摩西就像她们的孩子，一天一天地变得年幼起来，最终年幼到离开了这个世界。

　　她们在那个规定的时间里②，将家具又擦拭了一遍，将房屋又打扫了一遍，将最后的那只老鼠抓了起来，将所有的甲虫都熏死，让整间屋子看上去像样一点儿，要么，就谈论拍卖的时候该买些什么。安小姐的女工盒子，裘丽小姐（就是裘丽雅太太）的海藻簿子，还有海斯特小姐绣的隔火屏，还有粘在一个黑镜框里的倜摩西先生的头发——那是一金黄的头发。唉！这些是必须买的啊！只是如今的物价高得有点儿离谱！

　　索密斯发出了讣闻，同时安排事务所里的格拉德曼拟了一份名单——只发给族中的人、鲜花谨辞。他还命人准备了六辆马车。下葬之后，就会在房子里宣读遗嘱。

　　索密斯十一点的时候就到了，过来查看各类事宜是否布置妥当。十一点一刻的时候，他戴了黑手套，同时帽子上也缠了黑纱的格拉德曼也来了，于是他俩就一起站在客厅里等着。到了十一点

---

①伦敦西南的一个区。
②英国的风俗，人死后得经过一定的时间才可以殡葬。

半，马车都已经到了，在门口排成长长的一行，还是没有看到有其他人过来。

格拉德曼说道："索密斯先生，我觉得很奇怪，那些讣闻可都是我亲手寄出去的啊。"

"我也不明白，"索密斯回道，"可能是他和家里人很久没有往来了。"

索密斯注意到，在不久前，他的族人们往往对死者要比对活人好得多。但是现在，世态似乎已经改变了，芙蕾的婚礼有那么多人争着去，但是倜摩西出殡却没有一个人愿意来，当然，也许是其他的原因。索密斯想，假如自己不是已经知道了遗嘱的内容，说不定会为了避嫌而躲着这事。因为倜摩西留下了一大笔钱，但是却没有指明要留给谁，或许他们都不想被人理解为想来弄点儿遗产呢。

已经十二点了，出殡的队伍开始出发。第一辆马车载着躺在玻璃棺材里面的倜摩西，然后是索密斯和格拉德曼，他们每人坐着一辆马车跟在后面，紧接着就是史米赛尔和厨娘坐在同一辆马车上。刚开始的时候，车子只是缓慢地前行着，但是没多久，就在晴朗的天空下小跑起来。在高门山公墓的入口，因为要去小教堂为死者祷告，所以耽搁了一下，但是索密斯根本就不相信这些祷告，所以他宁愿待在外面晒晒太阳，但是，说到底，这些或许也是一种不能忽略的保险，也许到头来还是有点儿道理的。

四个人分成两排——索密斯和格拉德曼一排，厨娘和史米赛尔一排——就这样朝族人的墓穴走去，这对于最后一个福尔赛来说，实在不够威风大气。

索密斯和格拉德曼坐着自己的车子从湾水路回来时，心里非常惬意。完全是因为他的功劳——这个为福尔赛家效劳了五十四年之久的老头儿现在才尝到了一点甜头。他很清楚地记得海斯特姑太出殡之后的某一天，曾这样对佣摩西提议："我说，佣摩西叔叔，看在这个格拉德曼为我们家里辛苦效劳这么多年的份上，留给他五千镑怎么样？"出乎意料的是，他竟然点头答应了，要是在平时，想要他留一分钱给谁都是无法想象的。这个老家伙肯定要高兴坏了！因为格拉德曼太太的心脏不太好，儿子还在大战时弄断了一条腿，现在佣摩西把他的遗产分给他五千镑，索密斯也不自觉地感到非常惬意。他们两个人都坐在小客厅里——客厅那漆成天蓝色和金色的墙壁就像天堂的景色一样的美丽，所有的画框都非常鲜明，所有的家具也变得一尘不染——准备宣读那篇小小的杰作——佣摩西的遗嘱，索密斯背对着光坐在海斯特姑太的椅子上，跷着二郎腿，对面是迎着光坐在安姑太椅子上的格拉德曼，于是他开始读道：

我佣摩西·福尔赛，居住于伦敦湾水路巢庐，立最后的遗嘱如下：本人指定我居住在麦波社伦憩园的侄儿索密斯·福尔赛，以及居住于高门山福里路一百五十九号的汤姆士·格拉德曼（下面称其为我的委托人），为本遗嘱的执行人和委托人。我将赠予上述索密斯·福尔赛一千镑，不包括遗产税在内，赠予上述汤姆士·格拉德曼五千镑，不包括遗产税在内。

索密斯停顿了一下。本来身子向前倾斜着的老格拉德曼，这时用两只肥大的手紧紧抓着自己粗而肥的黑膝盖，并且嘴巴张开着，露出三颗闪光的镶金牙齿，眼睛眨啊眨的，不知不觉地老泪纵横。索密斯于是赶紧接着往下念：

其余的一切财产均委托我的委托人进行变卖、保管且执行下列各项信托：一部分用以偿付我的一切债务、丧葬费用和其他与我遗嘱有关的费用。其他部分，赠予我父佐里恩·福尔赛与我母安·皮尔斯当我去世时所有在世之直系男女卑亲属全部去世后，那第一个满二十一岁的成年直系男子卑亲属。我的意愿是在英国法律允许范围之内，将我的财产尽最大可能交由上述直系男子卑亲属妥善保存。

索密斯在读完那些投资和公证条款之后，停下来看了看格拉德曼。这个老头儿正用一块颜色鲜明的大手帕擦着额头，这块手帕的鲜艳颜色似乎给这个仪式添上了节日的味道。

"天啊，索密斯先生！"他惊呼道。这时候，他那律师的身份将他常人的身份给取代了。"天啊！现在的孩子里面还有两个吃奶的，还有一些年幼的孩子，如果他们其中有任何一个人可以活到八十岁——其实这也不算很上年纪——如果再加上二十一年的话——那就有一百年了，倜摩西先生的财产至少抵得上十五万镑了，就按五厘钱的利息计算，再加上复利，十四年之后就会翻倍，那时就有三十万镑——二十八年之后就有六十万镑——四十二年之后就有一百二十万镑——五十六年之后就有二百四十万镑——七十年之后就有四百八十万镑——八十四年之后就是九百六十万镑……天哪！到了一百年不就有两千万镑了！这真是一个极好的遗嘱，可惜我们是看不到了！"

索密斯淡淡地说道："事情总是会层出不穷地发生，说不定哪天被国家一把就全部拿走了，这年头，这种事并不稀奇。"

"还有五厘钱，"格拉德曼自言自语，"我倒是忘了，偈摩西先生买的是公债，现在所得税这么多，估计最多也就二厘，保险点儿算的话，应该是八百万镑。但是，也还是很大的一笔钱。"

索密斯站了起来，将遗嘱递给他，说道："你要去商业区，就把这个交给你保管，把该办的手续办好，应该不会有什么债务，再去登个广告。拍卖定在哪一天？"

"下个星期二。"格拉德曼说，"以在世一人或者多人的终生，直到去世后二十一年为期限——时间真是太远了，但我还是很高兴他把钱留给了本族……"

因为拍卖的东西基本上是维多利亚时代的东西，所以拍卖并没有在乔伯生拍卖行举行，来参加拍卖的人比参加出殡的人多多了，但是厨娘和史米赛尔并没有来，索密斯自己做主把她们一直想要的东西都给了她们。威尼弗列德来了，尤菲米雅和弗兰茜来了，欧斯代斯坐着自己的汽车来了。索密斯将那些小肖像、四张巴比松派绘画和两张J.R.签名的钢笔画全都买了回来，还有一些没有什么价值的遗物则另外放在一间房子里当作纪念物任族人自取，除了这些之外，其他的所有东西全都拿来拍卖了，但是价格都低得离谱。

这里面没有哪一件家具，没有哪一幅画或者哪一座瓷人偶是合乎当代人们眼光的。那个六十年来从未叫过的放蜂鸟的标本盒子被取下来时，就像落叶一样纷纷散落下来。看着他姑母亲坐过的那些椅子、那架她们几乎没有弹过的小型三角钢琴，还有那些只是看了封面却没有打开过的书本，那些她们曾经擦拭过的瓷器，她们曾经拉合过的窗帘，还有给她们暖脚的炉前地毯，特别是那些她们睡过且在那上面死去的床——一件接着一件地全卖给了小商小贩，还有富勒姆的家庭主妇们，索密斯很心痛，但是——你又有何办法呢？总不能全买下来堆满杂物间吧？不行，还是让它们走一切肉体和家具的必经之路，慢慢地消失掉吧。但是，当安姑太坐过的那长沙发被人拿出来拍卖，并打算只要有人喊三十先令就成交时，他突然喊道："五镑！"这一声引起了不小的骚动，最后，这个长沙发就是他的了。

　　当这次小小的拍卖在那间弥漫着一股霉味的拍卖行结束时，意味着那些维多利亚时代的骨灰已经被分散了。索密斯去了外边，在那十月迷蒙的阳光下，他觉得这个世界的好日子似乎也已经到尽头了，而且事实上，那块写着"出租"的牌子也将被挂起来，革命的乌云已在天际出现。芙蕾在遥远的西班牙，安妮特也不给人任何的安慰，湾水路从此没有了俏摩西，他就带着这种苦恼而空虚的灵魂走进了古班诺画廊，而佐里恩的水彩画就在那个地方展出。他去这里就只有一个目的——就是去鄙视一下这些画——说不定自己还可以暗自找到一丝安慰。听说那所房子——罗宾山那所不吉利的房子——就要被卖掉了，伊莲就要搬到英属哥伦比亚或者类似的某个地方，和她儿子一同生活了。是珍把这个消息告诉了瓦尔的妻子，然后她再告诉了瓦尔，瓦尔又告诉了他的母亲，他母亲最终告诉了索密斯。听到这个消息，索密斯一个激灵："为什么不把它买回来呢？本来就是打算给我的……"但是这念头在脑海里转瞬即逝。是的，这样的胜利实在是太惨烈了，不管是他，还是芙蕾，都不得不陷在这许多的屈辱回忆之中。经过那段痛哭的日子之后，她永远都不会再待在那里了。不行，这房子本就是一切不幸的根源，被仇怨的外壳包裹着，就让那些贵族或者暴发户将它买走吧，当这个女人搬出那里之后，这所房子也就只剩下一个仇恨的空壳罢了，他能想象得到，那块"出租或出售"的牌子高高地挂起了，就挂在那他一手建造的长满藤萝的墙上。

他看完了前面两个房间的作品，确实有很多！那个家伙已经死了，这地方也并非来不得。佐里恩的那些画，看了真是让人喜欢，也有一些艺术气息，甚至也大有自己的深意。"他父亲和我父亲，他和我，他的孩子和我的孩子！"索密斯思索着。就是为了那个女人，仇恨就这样一代一代地继续着。也许是上周芙蕾的婚礼和偶摩西的过世，让他的心没有那么硬了，这凄冷的秋景非常触动他，并且让他对过去所不能领会的东西——那是一个纯福尔赛无法领会的——似乎更加接近一些了：人类美的躯壳有一面具有它高尚的灵魂，这一面除了忘我的忠诚之外，是无法被捕捉到的。事实上，他对女儿的忠诚，几乎就符合这个真理了，这也让他些许明白了为什么自己不能顺心如意。站在堂兄的这些画作之间——觉得佐里恩达到的这个高度是他自己无法达到的——他对自己感到非常惊异，因为他发现自己对佐里恩和那个女人的怨恨好像减少了一些。但他还是一张画都没有买走。

当他经过售票处往外走时，他发现了一件出乎意料的事情，其实在他来这个画廊之前，他也不是没有想到过——伊莲出现在了这里。原来她还没有启程，在和这个家伙的遗物做最后的告别！当他们擦肩而过时，他极力克制着自己那内心深处的微微震动，克制着自己的感官，怕它们又对这个自己曾经占有过的女子的姿色产生本能的反应，他赶紧将眼睛撇到别的地方去了。但是，当走过去之后，他却还是忍不住回头看了一眼。看看这个最终的结局——这可是他这一生的热爱及失败的地方啊！以及因为这个而产生的疯狂与欲望，这是他一生中唯一的一次失败，但是这一切的一切，都将随着她这次在自己眼前的消失而彻底消失掉。就连回忆都有这么一种让人黯然神伤的味道，她此时也回过头来，忽然轻轻地抬起自己那戴了手套的手，嘴角浮出一丝微笑，深褐色的眼睛似乎在说话。现在，该是索密斯去忽视这个微笑和永别前的挥手了，当他走到外面新式的马路上时，全身不住地战栗。他明白她想说什么："我要离开这儿了，以后你和你的家人与我将永不相见——请原谅！愿你一切安好。"是的，就是这个意思，就是那个可怕的现实的最后结局，那是一种超出了道德、责任与常识之外的对他的感情——他曾经占有过她的身体，但是却永远得不到她的灵魂和她的心，真是让人伤心啊！的确，这样的结局对他来说，要比她对他冷漠无情，不再招手，更加让他难受。

三天后，还是在那个草木飞快凋零的十月。索密斯雇了一辆汽车去了高门山公墓，福尔赛家的墓地就在那一片林立的石碑之后。在靠近那棵杉树的地方，有一处俯瞰着那些墓穴和生圹的地方，看上去很像一个三角形的竞赛场，又丑，又高，但是很独特，他还记得当年史悦辛曾建议在这个碑面上刻上族徽装饰——一只原色雄鸡，但是后来这个建议被否决掉了，于是便改成了一个石花圈的样子，而石花圈下面就刻着一行生硬的字："佐里恩·福尔赛的家墓，一八五〇"。墓地收拾得很干净，一点儿也看不出新近下葬过的痕迹，那些灰色石头就这样在阳光下凄凉地沉睡着。现在，除了老佐里恩的妻子依据规定远远地葬在南福克郡，老佐里恩葬在罗宾山，苏珊·海曼举行了火葬，不知道去了哪里之外，其他人几乎都葬在这里了。

索密斯看着这个墓地，感到很满意——看上去显得很结实，不需要人看护，这很重要。因为他知道，他死了之后，便不会再有人来这里了。过不了多久自己也需要找一个葬身之地了，当然他也可能再活上二十年，这也不是不可能。这二十年里，没有姑母、叔父，只有一个不知道她行踪的妻子，还有一个已经嫁做人妻的女儿，想到这些，他不禁感慨万千、叹古惜今起来。

很多人说这里的公墓都已经满了——葬的都是些名人，坟头都修葺得无可挑剔，但是，说是这样说，人们还是可以从这儿清楚地望见伦敦。有一次，安妮特给他看了一篇法国作家莫泊桑写的小说，小说里面的氛围很丧气，某天夜里，所有的骷髅都从坟墓里爬了出来，而他们墓碑上的那些神圣的文字也全都变成了他们生前所犯罪行的状纸。当然这并不是真的。他也不懂什么法文，不过，英国人除了他们的牙齿和趣味令人讨厌之外，倒也没其他害处。

"佐里恩·福尔赛的家墓，一八五〇"，从这一年算起，有多少人被埋葬——有多少人化为了尘土！一架飞机轰隆隆地在他的头顶上空掠过，他抬头一看，令人深恶痛绝的扩张还在继续，可是到了最后，剩下的终究还是一抔黄土，还有墓碑上刻着的名字和生卒年月。想到自己和自己的族人在这次狂热的扩张中并没有怎么参与，他便不自觉地扬扬得意起来。他们都是本分善良的经纪人，每个人都有自己的身份，他们工作着，管理着，占有着。"多赛特大老板"，在一个艰难的年代里建造房子，而佐里恩·福尔赛在动荡的年代里，画着水彩画，除此之外，就算搜索自己的全部记忆，他也想不起来还有谁为创造什么而劳动过自己的双手——除非瓦尔·达尔提和他养马的事情也算在内。他们做过收藏家、律师、辩护士、商人、出版家、会计师、董事、房地产代理人，甚至军人——仅此而已。

但是尽管有这样的一些人，但国家还是一如既往地在扩张。他们也曾在这个扩张过程中起到过制止、控制和保卫的作用，而且还顺势地利用一些机会——当你想到"多赛特大老板"刚开始创业时穷得叮当响，但是到后来，他的直系亲属们，依照格拉德曼的估计，竟有一百万到一百五十镑万的财产，这还真不是坏事啊！但是有时候他却还是觉得这个家族的干劲已经没了，他们那占有的本能也被渐渐耗尽，到了第四代时——他们似乎已经失去了挣钱的能力，他们开始从事艺术、文学、农业或军事，或者靠遗产过日子——没有了壮志雄心，也失去了坚强的毅力，假如不小心的话，就会全部没落下去了。

索密斯从墓地那儿转过身来，面朝着风向，这里的空气还算是很清新的，但是他却总觉得这里面到处都弥漫着死亡的气息。他不安地站在那儿，望着那些十字架、骨灰瓶、天使，还有"不谢花"①，还有一些新鲜的或凋谢的花儿。突然，他似乎看到有一处墓地不同于这里的任何一块，于是他便穿过几块墓地走过去看。那是一个很僻静的角落。略显笨重和奇怪的十字架是用灰色的粗花岗岩石砌成的。旁边有四株长得很苍翠的杉树，墓地的后边有一个小小的用黄杨篱圈起来的花园，前面有一株长满金黄叶子的桦树，所以，这个墓比其他的墓显得要宽敞一点儿，在这个传统的墓地中，就像是在沙漠中看到绿洲一样，很对索密斯的艺术胃口，于是他便

---

①指供在墓前的不会轻易变色的鼠曲草。

在此处坐了来。

　　他透过那棵桦树的金黄叶子的缝隙望向伦敦，一连串的回忆瞬间涌上心头。他记起了，在孟特贝利尔广场时期，那个有着暗金色头发的伊莲，那个时候，她属于他，她的雪肩也属于他——伊莲，他一生中最爱的女人，但是却拒绝被自己占有。他看到波辛尼躺在那个四面白色的太平间里，看到伊莲像一只垂死的鸟儿一样坐在长沙发上，眼睛直直的。他又记起她坐在布隆森林那座尼俄柏绿铜像旁边，又一次拒绝了他。记忆又到了芙蕾快要出世的那个十一月的某一天，他站在那潺潺的河边，看着许多落叶在河面上漂着，河里面的水藻就像水蛇一般缠着绕着，永远地摆动着，盲目地扭动着、羁绊着。

　　记忆又将他带到那扇敞开的窗户前面，他望着外面的海德公园被冰凉的星空覆盖，死去的父亲就躺在他的身后，他想到了那张《未来城市》的蓝图；想到了那个男孩子和芙蕾的初次相遇；想到了普罗斯伯·普罗芳德的雪茄正散发出一缕缕青烟，以及芙蕾站在窗口指着下面那个家伙鬼鬼祟祟的样子；想到了曾经看到她和那个死去的家伙并排坐在罗德板球场的看台上；想到了在罗宾山看到的她和那个男孩子；想到了瘫坐在长沙发角落里的芙蕾；想到了她的嘴唇抵着他的面颊以及最后的那声道别——"好老爹"。最后，他突然好像看到了伊莲用戴着一只浅灰手套的手向他挥手，好像在说，一切都已经结束了。

　　他在那里坐了很久很久，回顾着自己这一生的事业。这一生，他在占有意识的角逐上一直是坚持不懈的，甚至会拿角逐上的一些失败来安慰自己。

"出租"——这个词汇代表着福尔赛时代以及福尔赛的生活方式，那个人们可以顺顺当当、理所当然地占有自己的灵魂、投资和女人的时代——已经出租了。现在，国家占有了或者将要占有他的投资，他的女人自己占有了自己，而且谁知道会有谁占有他的灵魂呢！"出租"，是的，就是这样一个健康又单纯的信条！

　　变革的浪潮汹涌着朝前奔去，只有等它那最具破坏性的洪峰过后，才能看到新的事物、新的财产。他坐在那里，潜意识地感知到了这些，但是他的思想却还死死地停留在过去——就像是一个骑在马上死盯着马尾巴驶进黑暗中的人，这股浪潮突破了整个维多利亚时代的堤坝，将那个时代的财产、习俗和道德全部卷走，将歌曲和古老的艺术形式也全部带走——潮水在这长眠着维多利亚主义的高门山脚下不断地汹涌着，潮水拍进他的嘴里，有着血一般的咸味。

　　索密斯高高地坐在这座山上最特别的一个地方，像投资的神像一样，在潜意识里抗拒着那不眠不休的潮声。但是本能上他将不会和它作对——他有着许多人类这种占有动物的原始智慧，当这些潮水在结束了取消和毁灭财产的狂热之后，就会平静下来，当在粉碎和打击了别人的创造和财产之后，就会消退下去，然后，新的事物，新的财产就会从一种比变革浪潮更古老的本能——家庭的本能中产生出来。

　　"我才不管。"普罗斯伯·普罗芳德曾说过。但是，索密斯这时并没有说"我才不管"[①]，但是在他的内心深处，他知道，变革只是两种生活形式之间的瞬间新陈代谢，新的财产必将取代破坏的地位。

――――――――――
[①]这是法文，而且这个家伙是他的眼中钉。

"出租"的牌子已经挂出来了，把舒适的家让出去，又有什么关系呢？总有一天，新的住户会跑过来，又会在这房子里住下。

　　坐在这里，只有一件事情让他的心无法平静——内心里那种凄楚的渴望，阳光像拥有魔法一般，透过浮云，照在他的脸上，也洒在金黄色的桦树叶子上，而且清风是那样的温柔，那几株杉树是那样的葱郁，此时，天上已挂上了一钩淡淡的新月。

　　那是他一直渴望得到，但是始终没有得到的东西——这些世界上的美和爱！

附录一　高尔斯华绥年表

1867 年　诞生于萨里郡金斯顿山帕克菲尔德宅的一个富裕的律师家庭。

1889 年　从牛津大学毕业。

1890 年　获得律师执照。之后，放弃本职工作，开始周游世界。

1895 年　开始写作，写作动力源自堂嫂艾达的鼓励。

1897 年　出版处女作短篇故事集《天涯海角》。

1898 年　出版《乔色林》。

1900 年　出版《维拉·卢边》。

1901 年　出版《史悦辛·福尔赛的获救》。

1904 年　出版《岛国的法利赛人》。

1905 年　和艾达正式结为夫妇。

1906 年　出版《有产者》，震动英国文坛。同年，又出版戏剧《银盒》，这是他第一部戏剧作品。

1907 年　出版《庄园》。

1909 年	出版《团结》和《友爱》。前者通过罢工来批判工业当中越来越严重的劳资矛盾；后者是一篇颇具同情心的社会田园小说。
1910 年	出版戏剧《正义》，并迅速得以演出，加快了英国监狱制度的改革。
1911 年	出版《贵族》，深入考察了特权阶层的意识形态。
1912 年	出版《鸽子》《长子》，描绘了不同阶层的方方面面。
1914 年	在第一次世界大战期间，出版戏剧《群众》和小说《弗里兰家传》，主题是关于贫穷的乡村生活。
1915 年	出版《黑暗的花》和《一点爱意》。
1917 年	英国政府颁赠骑士爵位被拒。
1918 年	第一次世界大战接近尾声的时候，接获召集令，到法国野战医院服务。同年，出版短篇小说集《五个传说》。
1919 年	出版《圣者的巡礼》。
1920 年	完成了《进退维谷》，出版《两面手法》和《觉醒》。
1921 年	完成《出租》，结束了福尔赛家族史的创作。
1922 年	正式集合出版《福尔赛世家》。
1924 年	出版《白猿》以及揭露大英帝国企图称霸世界野心的戏剧《森林》。
1925 年	出版戏剧《展示》。
1926 年	出版《白猿》《银匙》《逃跑》。
1928 年	出版《天鹅之歌》。
1929 年	集合出版三部曲《现代喜剧》，包括《白猿》《银匙》《天鹅之歌》。

1931年　出版《女侍》。

1932年　出版《开花的荒野》。同年 11 月 10 日，获得诺贝尔文学奖。

1933年　出版《河那边》。同年 1 月 31 日，不幸死于脑瘤。

附录二 诺贝尔文学奖大系书目

1901 年	苏利·普吕多姆（法国）	《孤独与沉思》
1902 年	特奥多尔·蒙森（德国）	《罗马史》
1903 年	比昂斯滕·比昂松（挪威）	《挑战的手套》
1904 年	何塞·埃切加赖（西班牙）	《伟大的牵线人》
1904 年	弗雷德里克·米斯特拉尔（法国）	《米赫尔》
1905 年	亨利克·显克微支（波兰）	《你往何处去》
1906 年	乔苏埃·卡尔杜齐（意大利）	《青春的诗》
1907 年	拉迪亚德·吉卜林（英国）	《丛林故事》
1908 年	鲁道夫·奥伊肯（德国）	《人生的意义与价值》
1909 年	拉格洛夫（瑞典）	《尼尔斯骑鹅旅行记》
1910 年	保尔·海泽（德国）	《骄傲的姑娘》
1911 年	梅特林克（比利时）	《青鸟》
1912 年	霍普特曼（德国）	《织工》
1913 年	泰戈尔（印度）	《新月集·飞鸟集》
1915 年	罗曼·罗兰（法国）	《约翰·克利斯朵夫》
1916 年	海顿斯坦姆（瑞典）	《查理国王的人马》
1917 年	彭托皮丹（丹麦）	《天国》
1917 年	耶勒鲁普（丹麦）	《明娜》
1919 年	卡尔·施皮特勒（瑞士）	《伊玛果》
1920 年	汉姆生（挪威）	《大地的成长》
1921 年	法朗士（法国）	《泰绮思》

1922 年	贝纳文特（西班牙）	《不该爱的女人》
1923 年	叶芝（爱尔兰）	《当你老了》
1924 年	莱蒙特（波兰）	《农夫》
1925 年	萧伯纳（爱尔兰）	《圣女贞德》
1926 年	黛莱达（意大利）	《邪恶之路》
1927 年	亨利·柏格森（法国）	《创造进化论》
1928 年	温塞特（挪威）	《新娘·女主人·十字架》
1929 年	托马斯·曼（德国）	《布登勃洛克一家》
1930 年	辛克莱·刘易斯（美国）	《巴比特》
1931 年	埃里克·卡尔费尔德（瑞典）	《荒原与爱情》
1932 年	约翰·高尔斯华绥（英国）	《福尔赛世家》
1933 年	伊凡·亚历克塞维奇·蒲宁（俄罗斯）	《阿尔谢尼耶夫的一生》
1934 年	路易吉·皮兰德娄（意大利）	《六个寻找剧作家的角色》
1936 年	尤金·奥尼尔（美国）	《进入黑夜的漫长旅程》
1937 年	马丁·杜·加尔（法国）	《蒂博一家》
1944 年	约翰内斯·延森（丹麦）	《希默兰的故事》
1945 年	加夫列拉·米斯特拉尔（智利）	《葡萄压榨机》
1946 年	赫尔曼·黑塞（瑞士）	《荒原狼》
1947 年	安德烈·纪德（法国）	《窄门》
1949 年	威廉·福克纳（美国）	《喧哗与骚动》
1954 年	海明威（美国）	《永别了，武器》
1956 年	希梅内斯（西班牙）	《小毛驴与我》
1957 年	加缪（法国）	《局外人》
1958 年	帕斯捷尔纳克（苏联）	《日瓦戈医生》